Salman Rushdie
Mitternachtskinder

SERIE PIPER
Band 716

Zu diesem Buch

Salman Rushdies Roman ist eine phantastische Familiengeschichte, die sich vor dem bizarren, farbenprächtigen Hintergrund des indischen Subkontinents entwickelt.

Saleem Sinai, Held und Chronist dieses Romans, kommt zur Welt zur selben Stunde, als sein Land die Unabhängigkeit erlangt: um die Mitternacht des 15. August 1947. So wie er sind alle »Mitternachtskinder« begabt mit wundersamen Eigenschaften – herkulischer Kraft, der Gabe, unsichtbar zu werden oder durch die Zeit zu reisen, überirdischer Schönheit, die buchstäblich blind macht. Die Fähigkeit, in Herz und Hirn anderer Menschen einzudringen, besitzt als einziger Saleem, dessen Lebensweg von Geburt an untrennbar verbunden ist mit den Geschicken seines Landes. Indien wird bei Rushdie zu einem wahren Habitat der Phantasie, nicht zuletzt deshalb, weil Saleem ein besessener Mythomane ist. Ein silberner Spucknapf, ein zerlöchertes Laken, eine gigantische Nase – dies und tausend andere Dinge mehr dienen dazu, ein Netz von Bedeutungen und Beziehungen zu schaffen. Es wimmelt in diesem Buch von Göttern und Dämonen, Zauberern, Admiralen, untreuen Frauen, Schlangenbeschwörern, Tanten, Politikern und Mördern. Jede Figur erzeugt andere Figuren, und jede hat ihre eigene merkwürdige Geschichte, die es zu verfolgen gilt.

In diesem märchenhaften Universum sind Realität und Fiktion untrennbar miteinander verbunden. Die Fülle der Personen und der humoristischen Details, die Komplexität der Handlung, die überbordende Phantasie, die Vielzahl an Episoden und Anekdoten, die derb-grotesken und magisch-mystischen Elemente dieses Epos machen »Mitternachtskinder« zu einer grandiosen Tour de force.

Salman Rushdie, geboren 1947 in Bombay. Studium der Geschichte in Cambridge; Arbeit am Theater und als freier Journalist. Erhielt 1981 für »Mitternachtskinder« den Booker Prize.

Salman Rushdie

Mitternachtskinder

Roman

Aus dem Englischen
von Karin Graf

Piper
München Zürich

Die Übersetzerin dankt Tilak Chopra, Fred Ilgner,
Brunhilde Valder und Clive Winter für ihre Unterstützung.

Von Salman Rushdie liegen in
der Serie Piper außerdem vor:

Das Lächeln des Jaguars (744)
Scham und Schande (1148)

Die Originalausgabe erschien 1981 unter dem Titel
»Midnight's Children« bei Jonathan Cape Ltd., London.

ISBN 3-492-10716-8
Neuausgabe Juli 1987
8. Auflage, 98.–109. Tausend März 1992
(7. Auflage, 69.–80. Tausend dieser Ausgabe)
© Salman Rushdie 1981
Deutsche Ausgabe:
© R. Piper & Co. Verlag, München 1983
Umschlag: Federico Luci,
unter Verwendung eines Bildes von Rita Mühlbauer und Hanno Rink
Foto Umschlagrückseite: Isolde Ohlbaum
Satz: Hieronymus Mühlberger, Augsburg
Druck und Bindung: Clausen & Bosse, Leck
Printed in Germany

Für Zafar Rushdie,
der, entgegen allen Erwartungen,
am Nachmittag geboren wurde

Inhalt

Buch III

Buch I

Das Laken mit dem Loch

Es war einmal ein kleiner Junge, der wurde in der Stadt Bombay geboren... Nein, so geht es nicht, ich kann mich um das Datum nicht herummogeln: Ich wurde am 15. August 1947 in Dr. Narlikars privatem Entbindungsheim geboren. Und die Zeit? Die Zeit spielt auch eine Rolle. Also dann: nachts. Nein, man muß schon genauer sein... Schlag Mitternacht, um die Wahrheit zu sagen. Uhrzeiger neigten sich einander zu, um mein Kommen respektvoll zu begrüßen. Oh, sprich's nur aus: genau in dem Augenblick, in dem Indien die Unabhängigkeit erlangte, purzelte ich in die Welt. Schweres Atmen war zu hören. Und draußen vor dem Fenster Feuerwerk und Menschenmassen. Ein paar Sekunden später brach mein Vater sich den großen Zeh; aber verglichen mit dem, was mich in diesem verhängnisvollen Augenblick befallen hatte, war sein Unfall eine bloße Lappalie, denn dank der verborgenen Willkürherrschaft dieser verbindlich grüßenden Uhren war ich auf geheimnisvolle Weise an die Geschichte gefesselt, war mein Geschick unlösbar mit dem meines Landes verkettet worden. Für die nächsten drei Jahrzehnte sollte es kein Entkommen geben. Wahrsager hatten mich prophezeit, Zeitungen feierten meine Ankunft, Politiker bescheinigten meine Echtheit. Ich hatte in der ganzen Sache nichts zu sagen. Ich, Saleem Sinai, später auch verschiedentlich Rotznase, Fleckengesicht, Kahlkopf, Schnüffler, Buddha und sogar Scheibe-vom-Mond genannt, war vom Schicksal schwer mit Beschlag belegt worden – selbst unter günstigsten Umständen eine gefährliche Verstrickung. Und ich konnte mir zu der Zeit noch nicht einmal selbst die Nase putzen.

Nun läuft jedoch die Zeit ab (da sie keine weitere Verwendung für mich hat). Ich werde bald einunddreißig Jahre alt. Vielleicht. Wenn mein zerfallender, überbeanspruchter Körper es zuläßt. Aber ich kann nicht darauf hoffen, mein Leben zu retten, ich kann nicht einmal damit rechnen, tausendundeine Nacht zu haben. Ich muß schnell arbeiten, schneller als Scheherazade, wenn mein Leben bei meinem Tod einen Sinn – ja, Sinn – gehabt haben soll. Ich gebe es zu: mehr als alles andere fürchte ich die Sinnlosigkeit.

Und es gibt so viele Geschichten zu erzählen, zu viele, solch ein Übermaß an ineinander verwobenen Leben Ereignissen Wundern Orten

Gerüchten, solch ein unentwirrbares Gemisch aus Unwahrscheinlichem und Alltäglichem! Ich habe Leben verschlungen; und um mich, nur mich allein, kennenzulernen, müssen Sie auch das Ganze verschlingen. Verzehrte Massen drängen und schieben in mir; und nur von der Erinnerung an ein großes weißes Laken geleitet, in dessen Mitte ein annähernd rundes Loch mit einem Durchmesser von ungefähr fünfzehn Zentimetern geschnitten worden war, an den Traum von diesem löchrigen, verstümmelten Leinenviereck geklammert, das mein Talisman, mein Sesam-öffne-dich ist, muß ich mich an die Arbeit machen, mein Leben von dem Punkt an neu zu schaffen, an dem es wirklich begann, gut zweiunddreißig Jahre vor irgend etwas so Offensichtlichem, so *Gegenwärtigem* wie meiner von Uhren geplagten, von Verbrechen befleckten Geburt.

Übrigens ist auch das Laken befleckt, mit drei Tropfen eines alten verblichenen Rots. Wie der Koran uns sagt: *Lies im Namen deines Herrn, der erschuf. Er schuf den Menschen aus einem Klumpen Blut.*

An einem kaschmirischen Morgen zu Beginn des Frühjahrs 1915 schlug mein Großvater Aadam Aziz sich, als er zu beten versuchte, an einem frostgehärteten Erdklumpen die Nase auf. Drei Tropfen Blut kullerten aus seinem linken Nasenloch, wurden in der frostigen Luft sofort hart und lagen, in Rubine verwandelt, vor seinen Augen auf dem Gebetsteppich. Nachdem er sich ruckartig aufgerichtet hatte und wieder erhobenen Kopfes kniete, merkte er, daß auch die Tränen, die ihm in die Augen geschossen waren, sich verfestigt hatten; und in dem Augenblick, in dem er sich verächtlich Diamanten von den Wimpern wischte, beschloß er, nie wieder, weder für einen Gott noch für einen Menschen, die Erde zu küssen. Dieser Entschluß hinterließ jedoch ein Loch in ihm, eine Leerstelle in einer lebenswichtigen Kammer seines Inneren, und machte ihn anfällig für Frauen und Geschichte. Trotz seines unlängst abgeschlossenen Medizinstudiums war er sich dessen zunächst nicht bewußt, stand auf, rollte den Gebetsteppich zu einem dicken Stumpen, klemmte ihn sich unter den rechten Arm und blickte mit klaren, diamantfreien Augen über das Tal.

Die Welt war wieder neugeboren. Nachdem das Tal einen Winter lang in einer Eisschale aus Eis herangereift war, hatte es sich feucht und gelb seinen Weg ins Freie gepickt. Das junge Gras wartete seine Zeit unter der Erdoberfläche ab; die Berge zogen sich für die warme Jahreszeit in ihre luftigen Erholungsorte zurück. (Im Winter, wenn das Tal unter dem Eis schrumpfte, drängten die Berge heran und grollten um die Stadt am See wie wütend aufgerissene Rachen.)

In jenen Tagen war der Sendemast noch nicht gebaut, und der Tempel von Sankara Acharya, eine kleine schwarze Blase auf einem staubfarbenen Hügel, beherrschte noch die Straßen und den See von Srinagar. In jenen Tagen gab es am Ufer des Sees noch kein Armeelager; keine endlosen Schlangen von Lastern und Jeeps in Tarnfarben verstopften die schmalen Bergstraßen, keine Soldaten versteckten sich hinter den Berggipfeln jenseits von Baramulla und Gulmarg. In jenen Tagen wurden Reisende nicht als Spione erschossen, wenn sie Brücken fotografierten, und das Tal hatte sich, abgesehen von den Hausbooten der Engländer auf dem See, trotz seiner frühjährlichen Erneuerungen seit dem Mogul-Reich kaum verändert; die Augen meines Großvaters aber – die wie alles übrige an ihm fünfundzwanzig Jahre alt waren – sahen die Dinge anders . . . und seine Nase hatte angefangen zu kribbeln.

Um das Geheimnis der veränderten Sehweise meines Großvaters zu offenbaren: er hatte fünf Jahre, fünf Frühlinge, fern von zu Hause verbracht. (Der Erdklumpen war im Grunde nicht mehr als ein Katalysator, wenn auch seine Gegenwart, als er unter einer zufälligen Falte im Gebetsteppich kauerte, entscheidend war.) Bei seiner Rückkehr nun sah er alles durch weitgereiste Augen. Anstelle der Schönheit des winzigen, von Riesenzähnen umschlossenen Tals bemerkte er nun die Beschränktheit und unmittelbare Nähe des Horizonts; und er war traurig, zu Hause zu sein und sich so vollkommen eingeschlossen zu fühlen. Er hatte auch – ihm unerklärlich – das Gefühl, der gewohnte Ort weise ihn ab, weil er gebildet und mit Stethoskop ausgestattet zurückkam. Unter dem Wintereis war er kühl neutral gewesen, aber jetzt bestand kein Zweifel mehr: die Jahre in Deutschland hatten ihn in eine feindliche Umgebung zurückkehren lassen. Lange Zeit später, als das Loch in ihm vor Haß verkrampft war und er kam, um sich vor dem Schrein des schwarzen steinernen Gottes im Tempel auf dem Hügel zu opfern, sollte er versuchen, sich an die Frühlinge seiner Kindheit im Paradies zu erinnern, daran, wie es war, bevor Reisen und Erdklumpen und Panzer alles durcheinanderbrachten.

An dem Morgen, an dem das Tal, mit einem Gebetsteppich wie mit einem Handschuh bekleidet, ihm einen Nasenstüber versetzte, hatte er widersinnigerweise versucht, so zu tun, als hätte sich nichts geändert. So war er in der um Viertel nach vier herrschenden bitteren Kälte aufgestanden, hatte die vorgeschriebenen Waschungen vorgenommen, sich angezogen und die Astrachanmütze seines Vaters aufgesetzt; danach hatte er den zu einem Stumpen zusammengerollten Gebetsteppich in den kleinen Garten vor ihrem alten, dunklen Haus am Seeufer gebracht und ihn über dem wartenden Klumpen ausgebreitet. Der Boden unter seinen Füßen trat sich trügerisch weich und machte ihn gleichzeitig unsicher und unvorsichtig. »Im Namen Allahs, des Gnädigen, des Barmherzigen . . .« – der Einleitungsteil, bei dem er die Hände wie ein Buch gefaltet vor sich hielt, tröstete einen Teil in ihm, beunruhigte aber einen anderen, größeren – ». . . Preis sei Allah, dem Herrn der Welten . . .« – aber nun kam ihm Heidelberg in den Sinn; dort war Ingrid, kurze Zeit seine Ingrid, und ihr Gesicht drückte Verachtung aus für sein nach Mekka gewandtes geistloses Plappern; dort ihre Freunde Oskar und Ilse Lubin, die Anarchisten, die seine Gebete mit ihren Antiideologien verspotteten – ». . . Dem Gnädigen, dem Barmherzigen, dem Herrscher am Tage des Gerichts . . .!« – Heidelberg, wo er zusammen mit Medizin und Politik gelernt hatte, daß Indien – wie das Radium – von den Europäern »entdeckt« worden war; selbst Oskar war von Bewunderung für Vasco da Gama erfüllt, und das hatte Aadam Aziz letztendlich von seinen Freunden getrennt, ihr Glaube, daß er irgendwie die Erfindung ihrer Vorfahren sei – ». . . Dir allein dienen wir, und zu Dir allein flehen wir um Beistand . . .« – hier war er also und versuchte, obwohl sie ihm nicht aus dem Kopf gingen, sich wieder mit einem früheren Ich zu vereinigen, das nichts von ihrem Einfluß wußte, aber alles kannte, was es wissen sollte, Unterwerfung beispielsweise, das, was er nun tat, als seine Hände, von alten Erinnerungen geführt, nach oben flogen, die Daumen sich auf die Ohren preßten und die Finger sich spreizten, als er auf die Knie sank – ». . . Führe uns auf den rechten Weg, den Weg derer, denen Du Deinen Segen gewährt hast . . .« Aber es hatte keinen Zweck, er war in einem seltsamen Zwischenreich gefangen, saß in der Falle zwischen Glauben und Unglauben, und dies war letzten Endes nur eine Scharade – ». . . die nicht Dein Mißfallen erregt haben und die nicht irre gegangen sind.« Mein Großvater beugte den Kopf zur Erde. Vornüber beugte er sich, und die Erde, vom Gebetsteppich bedeckt, wölbte sich nach oben, ihm entgegen. Und jetzt war die Zeit des Erdklumpens gekommen. Gleichzeitig ein Verweis von Ilse-Oskar-Ingrid-Heidelberg wie auch von Tal-und-Gott, schlug er ihn hart auf die Nasenspitze. Drei Tropfen fielen. Rubine und Diamanten gab es. Und sich aufrichtend, faßte mein Großvater einen Entschluß. Stand da. Rollte einen Stumpen. Starrte über den

See. Und wurde für immer in dieses Zwischenreich gestoßen, unfähig, einen Gott zu verehren, dessen Existenz er nicht ganz bezweifeln konnte. Bleibende Veränderung: ein Loch.

Der junge, frisch promovierte Doktor Aadam Aziz stand da, blickte auf den frühlingshaften See und witterte den Geruch von Veränderung, während sein (äußerst gerader) Rücken noch mehr Veränderungen zugewandt war. Sein Vater hatte während Aadams Auslandsaufenthalt einen Schlaganfall gehabt, und seine Mutter hatte das verheimlicht. Die Stimme seiner Mutter, die stoisch flüsterte: »... *weil dein Studium zu wichtig war, Sohn.*« Diese Mutter, ihr Leben lang ans Haus gebunden, in der Abgeschiedenheit des Purdah, hatte plötzlich die enorme Kraft gefunden, ihre vier Wände zu verlassen, um das kleine Edelsteingeschäft (Türkise, Rubine, Diamanten) zu führen, das zusammen mit einem Stipendium Aadams Medizinstudium ermöglicht hatte; so kehrte er zurück und fand die anscheinend unwandelbare Ordnung seiner Familie auf den Kopf gestellt. Seine Mutter ging zur Arbeit, während sein Vater hinter dem Schleier verborgen saß, den der Schlaganfall über seinen Verstand geworfen hatte ... auf einem Holzstuhl, in einem verdunkelten Raum saß er und machte Vogelgeräusche. Dreißig verschiedene Arten von Vögeln besuchten ihn, saßen draußen auf dem Sims vor seinem mit Läden verschlossenen Fenster und unterhielten sich über dieses und jenes. Er schien ganz glücklich zu sein.

(... Und schon kann ich sehen, wie die Wiederholungen losgehen; denn fand nicht auch meine Großmutter enorme ... und der Schlaganfall war auch nicht der einzige ... und auch das Messingäffchen hatte seine Vögel ... schon beginnt der Fluch, und wir sind noch nicht einmal zu den Nasen gekommen!)

Der See war nicht mehr zugefroren. Das Tauwetter war wie gewöhnlich schnell gekommen; viele der kleinen Boote, der Schikaras, waren im Schlummer überrascht worden, was ebenfalls normal war. Aber während diese Faulpelze auf dem Trockenen weiterschliefen und friedlich neben ihren Besitzern schnarchten, war das älteste Boot, wie alte Leute oft, im Nu auf und das erste Fahrzeug, das sich über den aufgetauten See bewegte. Tais Schikara ... auch das war üblich.

Seht, wie der alte Fährmann Tai schnell den Weg über das vom Nebel umspielte Wasser zurücklegt, vornübergebeugt am Heck seines Bootes stehend! Wie sein Ruderblatt, ein hölzernes Herz an einer gelben Stange, sich ruckweise durch die Wasserpflanzen bewegt! Weil er im Stehen rudert, wird er in dieser Gegend für höchst sonderbar gehalten ... und auch noch aus anderen Gründen. Tai, der Doktor Aziz eine dringende Botschaft überbringt, wird gleich die Geschichte in Gang setzen... während Aziz, der ins Wasser hinabschaut, sich ins Gedächtnis ruft, was Tai ihn vor Jahren lehrte: »Das Eis wartet immer, Aadam Baba, direkt unter der Haut des Wassers.« Aadams Augen sind von einem klaren Blau, dem erstaunlichen Blau des Berghimmels, das in die Pupillen der Menschen von Kaschmir herabzutröpfeln pflegt; sie haben nicht vergessen, wie man sieht. Sie sehen – dort! direkt unter der Oberfläche des Dalsees, wie das Skelett eines Geistes – das zarte Flechtwerk, das verschlungene Netz farbloser Linien, die kalten wartenden Adern der Zukunft. Seine deutschen Jahre, die so vieles andere ausgelöscht haben, haben ihn nicht der Gabe des Sehens beraubt. Tais Gabe. Er blickt auf, sieht das sich nähernde V von Tais Boot, winkt einen Gruß. Tais Arm hebt sich – aber das ist ein Befehl. »Warte!« Mein Großvater wartet; und in dieser Spanne, in der er den letzten Frieden seines Lebens, einen konfusen, bedenklichen Frieden, erlebt, mache ich mich am besten daran, ihn zu beschreiben.

Ich unterdrücke in meiner Stimme den natürlichen Neid des häßlichen Menschen auf das auffallend Eindrucksvolle und berichte, daß Doktor Aziz ein großer Mann war. Flach an eine Wand seines Elternhauses gepreßt, maß er fünfundzwanzig Ziegel (ein Ziegel für jedes Lebensjahr) oder etwas mehr als ein Meter fünfundachtzig. Auch ein starker Mann war er. Sein Bart war dicht und rot – und ärgerte seine Mutter, die sagte, nur Hadschis, Männer, die die Wallfahrt nach Mekka gemacht hatten, sollten sich rote Bärte wachsen lassen. Sein Haupthaar jedoch war sehr viel dunkler. Über seine Himmelsaugen wissen Sie Bescheid. Ingrid hatte gesagt: »Sie haben sich mit den Farben ausgetobt, als sie dein Gesicht gemacht haben.« Aber das Hauptmerkmal der Anatomie meines Großvaters war weder Größe noch Farbe, weder Muskelkraft noch Geradheit des Rückens. Hier war es, spiegelte sich im Wasser, wogte wie eine groteske Banane mitten in seinem Gesicht... Aadam Aziz betrachtet, während er auf Tai wartet, seine sich kräuselnde Nase. Sie hätte auch ein weniger dramatisches Gesicht als das seine leicht beherrscht, und selbst bei ihm sah man sie zuerst und erinnerte sich ihrer am längsten. »Eine Cyranase«, sagte Ilse Lubin, und Oskar fügte hinzu: »Ein Proboscissimus.« Ingrid verkündete: »Auf dieser Nase könnte man einen Fluß überqueren.« (Ihr Rücken war breit.) Meines Großvaters Nase: ihre Nasenflügel blähen sich, kurvenreich geschwungen wie Tänzerinnen. Zwischen ihnen wölbt sich der triumphale Bogen der Nase, zuerst auf- und auswärts, dann hinab und einwärts, die derzeit rotgetupfte Spitze in einem prachtvollen Schwung zur Oberlippe hin gebogen. Mit dieser Nase war es einfach, einen Erdklumpen zu treffen. Ich möchte meine Dankbarkeit gegenüber diesem mächtigen Organ, diesem kolossalen Apparat, der auch *mein* Geburtsrecht sein sollte, schriftlich niederlegen – wenn diese Nase nicht gewesen wäre, wer hätte mir je geglaubt, daß ich wirklich meiner Mutter Sohn, meines Großvaters Enkel war? Doktor Aziz' Nase – vergleichbar nur dem Rüssel des elefantenköpfigen Gottes Ganesch – begründete unbestreitbar sein Recht, ein Patriarch zu sein. Auch das lehrte ihn Tai. Als der junge Aadam gerade die Pubertät hinter sich gebracht hatte, sagte der verlotterte Fährmann: »Mit der Nase kann man eine Familie gründen, mein Prinzchen. Da gäbe es keinen Zweifel, wer die Brut gezeugt hat. Die Mogul-Kaiser hätten ihre rechte Hand für so eine Nase gegeben. In ihr warten Dynastien« – und hier wurde Tai grob – »wie Rotz.«

Bei Aadam Aziz nahm die Nase also ein patriarchalisches Aussehen an. Bei meiner Mutter sah sie edel und ein wenig kummervoll aus; bei meiner Tante Emerald snobistisch; bei meiner Tante Alia intellektuell; bei meinem Onkel Hanif war sie das Organ eines erfolglosen Genies; mein Onkel Mustapha machte sie zum Instrument eines zweitklassigen Schnüfflers; das Messingäffchen entging ihr vollkommen; aber bei mir – bei mir war sie etwas vollkommen anderes. Aber ich darf nicht alle meine Geheimnisse auf einmal enthüllen.

(Tai kommt langsam näher. Er, der die Macht der Nase offenbarte und nun meinem Großvater die Botschaft bringt, die ihn in seine Zukunft katapultieren wird, rudert seine Schikara über den frühmorgendlichen See . . .)

Niemand konnte sich erinnern, wann Tai jung gewesen war. Schon immer versah er den Fährdienst auf den Seen Dal und Nageen mit demselben Boot und stand in derselben vornübergebeugten Haltung. Wenigstens, soviel man wußte. Er lebte irgendwo in den schmuddeligen Eingeweiden des alten Holzhüttenviertels, und seine Frau zog Lotoswurzeln und andere seltsame Gemüse in einem der vielen »schwimmenden Gärten«, die im Frühling und Sommer auf der Wasseroberfläche wippten. Tai selbst gab fröhlich zu, daß er keine Ahnung hatte, wie alt er war. Seine Frau wußte es auch nicht – er sei, sagte sie, schon lederartig gewesen, als sie heirateten. Sein Gesicht war eine Skulptur wie von Wind auf Wasser: Kräuselwellen aus ledriger Haut. Er hatte

17

zwei Zähne aus Gold und sonst keine. In der Stadt hatte er nur wenige Freunde. Wenige Fährmänner oder Händler luden ihn ein, eine Huka zu rauchen, wenn er an den Schikara-Liegeplätzen oder einem der vielen baufälligen Proviantläden oder Teebuden am Ufer des Sees vorbeiglitt.

Die vorherrschende Meinung über Tai hatte Aadam Aziz' Vater, der Edelsteinhändler, schon vor langer Zeit ausgesprochen: »Der Verstand ist ihm zugleich mit den Zähnen ausgefallen.« (Aber nun saß der alte Aziz Sahib verloren inmitten von Vogelgezwitscher, während Tai schlicht und erhaben weitermachte.) Diesen Eindruck nährte der Fährmann durch sein Geschwätz, das phantastisch, bombastisch und endlos war und meistens nur für ihn selbst bestimmt. Wasser trägt Geräusche, und die Leute am See kicherten über seine Monologe, aber mit einem Unterton von Ehrfurcht und sogar Angst. Ehrfurcht, weil der alte Schwachkopf die Seen und Hügel besser kannte als jeder seiner Verleumder; Angst, weil er für sich in Anspruch nehmen konnte, so unermeßlich alt zu sein, daß sich die Jahre nicht mehr zählen ließen, die zudem so leicht um seinen Hühnerhals hingen, daß es ihn nicht davon abgehalten hatte, eine höchst begehrenswerte Frau zu erobern und mit ihr vier Söhne zu zeugen . . . und mit Ehefrauen am See, erzählte man, auch noch weitere. Die jungen Draufgänger an den Anlegestellen der Schikaras waren überzeugt, daß er irgendwo einen Haufen Geld versteckt hatte – einen Vorrat wertvoller Goldzähne vielleicht, die in einem Sack klapperten wie Walnüsse. Jahre später, als Onkel Puffs versuchte, mir seine Tochter anzudrehen, indem er anbot, ihr die Zähne ziehen zu lassen und durch goldene zu ersetzen, dachte ich an Tais vergessenen Schatz . . . und als Kind hatte Aadam Aziz ihn geliebt.

Trotz all der Munkeleien über Reichtum verdiente er sich seinen Lebensunterhalt als einfacher Fährmann, brachte Heu und Ziegen und Gemüse und Holz und auch Menschen gegen Bargeld über den See. Wenn sein Taxidienst in Betrieb war, baute er mitten auf der Schikara einen Pavillon auf, ein buntes Ding aus blumengemusterten Vorhängen und einem Baldachin mit passenden Kissen, und desodorierte sein Boot mit Räucherstäbchen. Der Anblick von Tais Schikara, die sich mit fliegenden Vorhängen näherte, war für Doktor Aziz immer ein charakteristisches Bild für das Nahen des Frühlings gewesen. Bald trafen dann auch die englischen Sahibs ein, und Tai setzte sie zu den Gärten von Shalimar und der Königsquelle über, plaudernd und knochendürr und vornübergebeugt. Er war der lebende Gegenbeweis für Oskar-Ilse-

Ingrids Glauben an die Unvermeidlichkeit der Veränderung... ein verschrobener, ausdauernder, vertrauter Geist des Tals. Ein Kaliban des Wassers, ein wenig zu sehr dem billigen kaschmirischen Schnaps zugetan.

Erinnerung an die blaue Wand meines Schlafzimmers: dort hing neben dem Brief des Premierministers viele Jahre lang der Knabe Raleigh und starrte schwärmerisch auf einen alten Fischer, der so etwas wie einen roten Dhoti trug und auf – was nur? – auf einem Stück Treibholz? – saß und hinaus aufs Meer deutete, während er seine fischigen Geschichten erzählte... und der Knabe Aadam, der mein Großvater werden sollte, liebte den Fährmann Tai gerade wegen des endlosen Wortschwalls, aufgrund dessen die anderen ihn für übergeschnappt hielten. Es war eine Zaubersprache, Worte, die wie Narrengold aus ihm strömten, an seinen zwei Goldzähnen vorbei, durchsetzt mit Schluckauf und Schnaps, zu den entlegensten Himalajahöhen der Vergangenheit emporstrebten und dann listig niedersausten zu irgendeiner Belanglosigkeit der Gegenwart. Aadams Nase zum Beispiel, deren Bedeutung viviseziert wurde wie eine Maus. Diese Freundschaft hatte Aadam mit großer Regelmäßigkeit in heißes Wasser gestürzt. (Kochendes Wasser. Im wahrsten Sinne des Wortes. Wozu seine Mutter sagte: »Das Ungeziefer dieses Fährmanns bringen wir um, selbst wenn es dich umbringt.«) Aber trotzdem kreuzte der alte Soliloquist in seinem Boot vor den Zehenspitzen des Gartens im See, und Aziz saß zu seinen Füßen, bis eine Stimme ihn ins Haus befahl, um ihn über Tais Schmutzigkeit zu belehren und vor den plündernden Armeen von Bakterien zu warnen, die in der Vorstellung seiner Mutter von dem gastfreundlichen alten Körper auf die gestärkten weißen, weiten Pajamas ihres Sohnes übersprangen. Aber immer wieder kehrte Aadam an das Seeufer zurück, um die Nebel nach der gekrümmten Gestalt des zerlumpten Bösewichts abzusuchen, der sein Zauberboot durch die magischen Wasser des Morgens steuerte.

»Aber wie alt bist du wirklich, Taiji?« (Doktor Aziz, erwachsen, mit rotem Bart und der Zukunft zugeneigt, erinnert sich an den Tag, an dem er jene Frage stellte, die nicht gestellt werden durfte.) Einen Augenblick lang Schweigen, lauter als ein Wasserfall. Der Monolog unterbrochen. Schlag des Ruderblattes ins Wasser. Er fuhr mit Tai in der Schikara, hockte auf einem Strohhaufen inmitten von Ziegen und war sich dessen wohl bewußt, daß ihn Stock und Badewanne zu Hause erwarteten. Er war wegen der Geschichten gekommen – und hatte den

Geschichtenerzähler mit einer einzigen Frage zum Schweigen gebracht.

»Sag's mir, Taiji, wie alt, *ehrlich*!« Und nun materialisierte sich aus dem Nichts eine Schnapsflasche: billiger Fusel aus den Falten des weiten, warmen Chughamantels. Dann ein Schaudern, ein Rülpser, ein funkelnder Blick. Glitzern von Gold. Und – endlich! – Worte. »Wie alt? Du fragst, wie alt, du kleiner Grünschnabel, du Naseweis . . .« Tai nahm den Fischer auf meiner Wand vorweg und wies auf die Berge. »So alt, Nakkoo!« Aadam, der Nakkoo, der Naseweis, folgte seinem ausgestreckten Finger. »Ich habe zugesehen, wie die Berge geboren wurden; ich habe Herrscher sterben sehen. Hör zu. Hör zu, Nakkoo . . .« Und wieder die Schnapsflasche, dann eine Schnapsstimme und Worte, berauschender als Schnaps. ». . . Ich habe diesen Isa, diesen Christus, gesehen, als er nach Kaschmir kam. Lächle, lächle nur, es ist deine Geschichte, die ich in meinem Kopf aufbewahre. Einst wurde sie in alten, verlorengegangenen Büchern niedergeschrieben. Einst wußte ich, wo ein Grab lag, in dessen Stein durchbohrte Füße eingemeißelt waren, die einmal im Jahr bluteten. Selbst mein Gedächtnis läßt nun nach, doch ich weiß, auch wenn ich nicht lesen kann.« Analphabetentum wurde mit einem Schlenker abgetan, Literatur zerfiel unter dem Wüten seiner umherschweifenden Hand. Die fuhr nun wieder in die Tasche des Chughamantels, zur Schnapsflasche, zu den vor Kälte aufgesprungenen Lippen. Tai hatte Lippen wie eine Frau. »Nakkoo, hör zu, hör zu. Ich habe viel gesehen. Yara, du hättest sehen sollen, wie dieser Christus kam, mit einem Bart bis zu den Eiern und einem Kopf, kahl wie ein Ei. Er war alt und ausgepumpt, aber er wußte, wie er sich zu benehmen hatte. ›Nach Ihnen, Taiji‹, pflegte er zu sagen und ›bitte nehmen Sie Platz‹, immer eine respektvolle Ausdrucksweise. Er nannte mich nie einen Spinner, sprach mich auch nie mit *tu* an, immer mit *aap*. Höflich, verstehst du? Und was für ein Appetit! Solch ein Hunger, daß ich mich vor Schrecken fast hingesetzt hätte. Egal ob Heiliger oder Teufel, ich schwöre dir, er konnte ein ganzes Kitz auf einmal essen. Na und? Ich habe ihm gesagt, essen Sie, stopfen Sie sich das Loch, ein Mann kommt nach Kaschmir, um das Leben zu genießen oder um es zu beenden oder beides. Seine Arbeit war erledigt. Er ist nur hierhergekommen, um es noch ein wenig auszukosten.« Hypnotisiert von diesem mit Schnaps versetzten Bildnis eines kahlköpfigen, gefräßigen Christus lauschte Aziz und wiederholte später zur Bestürzung seiner

Eltern, die mit Steinen handelten und keine Zeit für solchen »Kraftstoff« hatten, jedes Wort.

»So, du glaubst mir nicht?« Er leckte grinsend seine rauhen Lippen, weil er wußte, daß das Gegenteil stimmte. »Deine Aufmerksamkeit schweift ab?« Wieder wußte er, wie gebannt Aziz an seinen Lippen hing. »Vielleicht sticht dir das Stroh in den Hintern, he? Oh, es tut mir so leid, Babaji, daß ich dir keine Seidenkissen mit Goldbrokatarbeit zur Verfügung stellen kann – Kissen wie die, auf denen Kaiser Jehangir saß! Du hältst Kaiser Jehangir zweifellos bloß für einen Gärtner«, beschuldigte Tai meinen Großvater, »weil er Shalimar angelegt hat. Du Dummkopf! Was weißt du schon? Sein Name bedeutet Umfasser der Erde. Ist das ein Name für einen Gärtner? Gott allein weiß, was sie euch Burschen heutzutage beibringen? Wohingegen ich« – hier plusterte er sich ein wenig auf – »sein genaues Gewicht kenne, bis aufs Tola! Frag mich, wie viele Man, wie viele Sihr! Wenn er glücklich war, wurde er schwerer, und in Kaschmir war er am schwersten. Ich habe seine Sänfte getragen ... nein, nein, schau, du glaubst mir schon wieder nicht, die große Gurke in deinem Gesicht wackelt wie die kleine in deinen Pajamas! So, dann komm, mach, stell mir Fragen! Prüfe mich! Frag mich, wie oft die Lederriemen um die Tragstangen der Sänfte gewickelt wurden – die Antwort lautet: einunddreißigmal. Frag mich, was das letzte Wort des Kaisers war – ich sage dir, es war ›Kaschmir‹. Er hatte einen schlechten Atem und ein gutes Herz. Was denkst du denn, wer ich bin? Irgendein gewöhnlicher, unwissender, verlogener, verwilderter Hundebastard? Los, steig jetzt aus dem Boot, deine Nase macht es so schwer, daß man nicht mehr rudern kann, und außerdem wartet dein Vater darauf, meinen Kraftstoff aus dir rauszuprügeln, und deine Mutter, dir die Haut abzukochen.«

In der Schnapsflasche des Fährmanns Tai sehe ich die Dschinns vorhergesagt, von denen mein Vater besessen war ... und noch einen weiteren kahlköpfigen Ausländer wird es geben ... und Tais Kraftstoff prophezeit einen anderen Stoff, der der Alterstrost meiner Großmutter war und ihr auch Geschichten beibrachte ... und verwilderte Hundebastarde sind nicht weit. Genug. Ich mache mir selbst Angst.

Trotz der Prügel und des heißen Wassers glitt Aadam Aziz immer wieder mit Tai in seiner Schikara umher, inmitten von Ziegen Heu Blumen Möbeln Lotoswurzeln, wenn auch nie mit den englischen Sahibs, und immer wieder hörte er die wundersamen Antworten auf die eine fürchterliche Frage: »Aber Taiji, wie alt bist du, *ehrlich*?«

Von Tai lernte Aadam die Geheimnisse des Sees – wo man schwimmen konnte, ohne von Pflanzen hinabgezogen zu werden; die elf Arten von Wasserschlangen; wo die Frösche laichten; wie man eine Lotoswurzel kocht; und wo die drei Engländerinnen wenige Jahre zuvor ertrunken waren. »Es gibt einen gewissen Stamm europäischer Frauen, die zu diesem Gewässer kommen, um zu ertrinken«, sagte Tai. »Manchmal wissen sie es, manchmal nicht, aber ich weiß es in dem Augenblick, in dem ich sie rieche. Sie verstecken sich unter dem Wasser vor Gott weiß was oder wem – aber vor mir können sie sich nicht verstecken, Baba!« Tais Lachen erhob sich und steckte Aadam an – ein gewaltiges, dröhnendes Lachen, das makaber klang, wenn es aus diesem alten, verdorrten Körper herausbrach, bei meinem hünenhaften Großvater aber so natürlich war, daß in späteren Zeiten niemand wußte, daß es nicht wirklich seins war (mein Onkel Hanif erbte sein Lachen, so daß bis zu seinem Tod ein Stück von Tai in Bombay lebte). Und von Tai erfuhr mein Großvater auch etwas über Nasen.

Tai tippte an sein linkes Nasenloch. »Weißt du, was das ist, Nakkoo? Das ist die Stelle, an der die Außenwelt die Welt in dir trifft. Wenn sie sich nicht vertragen, spürst du es hier. Dann reibst du dir verlegen die Nase, um das Jucken wegzukriegen. So eine Nase, du kleiner Dummkopf, ist eine große Gabe. Ich sage dir: verlaß dich darauf. Wenn sie dich warnt, paß auf, sonst bist du erledigt. Folge deiner Nase, und du wirst es weit bringen.« Er räusperte sich, seine Augen verzogen sich in das Gebirge der Vergangenheit. Aziz lehnte sich ins Stroh zurück. »Ich kannte einmal einen Offizier – in der Armee jenes Alexander des Großen. Der Name tut nichts zur Sache. Der hatte genauso eine Pflanze wie du zwischen den Augen hängen. Als die Armee bei Gandhara Rast machte, verliebte er sich in eine Schlampe aus der Gegend. Sofort begann seine Nase wie verrückt zu jucken. Er kratzte, aber das war zwecklos. Er inhalierte Dämpfe von zerstampften und gekochten Eukalyptusblättern. Es nützte immer noch nichts, Baba! Das Jucken hat ihn verrückt gemacht, aber der verdammte Narr stemmte die Fersen in den Boden und blieb bei seiner kleinen Hexe, als die Armee nach Hause marschierte. Er wurde – was? – ein Einfaltspinsel, weder das eine noch das andere, nichts Halbes und nichts Ganzes, mit einer nörgelnden Frau und einer juckenden Nase, und am Ende stieß er sich sein Schwert in den Bauch. Was hältst du davon?«

. . . Doktor Aziz, den Rubine und Diamanten zu nichts Halbem und nichts Ganzem gemacht haben, erinnert sich 1915 an diese Geschichte, als Tai in Grußnähe kommt. Seine Nase juckt immer noch. Er kratzt, zuckt die Achseln, wirft den Kopf zurück, und dann ruft Tai.

»Ohé! Doktor Sahib! Die Tochter von Ghani dem Grundbesitzer ist krank.«

Die barsch ausgerichtete, ohne Umschweife über die Seeoberfläche gerufene Botschaft, ausgesprochen von Frauenlippen, die keinen Lange-nicht-gesehen-Gruß lächeln, obwohl Fährmann und Schüler sich ein halbes Jahrzehnt lang nicht gesehen haben, schickt die Zeit in einen sich beschleunigenden, wirbelnden, verschwimmenden Strudel der Erregung . . .

». . . Denk dir bloß, Sohn«, sagt Aadams Mutter, während sie in einer Haltung resignierter Erschöpfung auf einem Takht ruht und frisches Limonenwasser schlürft, »wie das Leben so spielt. So viele Jahre waren selbst meine Fußknöchel ein Geheimnis, und nun muß ich mich von fremden Menschen anstarren lassen, die noch nicht einmal zur Familie gehören.«

. . . Während Ghani der Grundbesitzer unter einem großen Ölgemälde der Jagdgöttin Diana in verschnörkeltem Goldrahmen steht. Er hat eine dicke dunkle Brille und sein berühmtes boshaftes Lächeln aufgesetzt und redet über Kunst. »Ich habe es von einem vom Pech verfolgten Engländer gekauft, Doktor Sahib. Fünfhundert Rupien nur – und ich habe mir nicht einmal die Mühe gegeben, ihn herunterzuhandeln. Was sind schon fünfhundert Scheinchen? Denn sehen Sie, ich bin ein Liebhaber der Kultur.«

». . . Sieh nur, mein Sohn«, sagt Aadams Mutter, als er sie zu untersuchen beginnt, »was eine Mutter nicht alles für ihr Kind tut. Sieh, wie ich leide. Du bist Arzt . . . befühle diese entzündeten, diese fleckigen Stellen. Begreife, daß mein Kopf morgens, mittags und abends schmerzt. Füll mein Glas auf, Kind.«

Aber der junge Doktor ist beim Ruf des Fährmanns in Krämpfe einer höchst unhippokratischen Erregung verfallen und schreit: »Ich komme gleich! Laß mich nur meine Sachen holen!« Der Bug der Schikara berührt den Saum des Gartens. Aadam eilt ins Haus, den Gebetsteppich wie einen Stumpen gerollt unter einem Arm. Seine blauen Augen blinzeln in dem plötzlichen Dämmerlicht drinnen, den Stumpen legt er auf einem hohen Regalbord auf einen Stapel von Nummern des *Vorwärts* und Lenins *Was tun?* und anderer Broschüren, staubiger Widerhall seines halb entschwundenen deutschen Lebens; unter seinem Bett zieht er eine gebrauchte Ledertasche heraus, die seine Mutter seinen

Doktori-Koffer nennt, und als er ihn und sich selbst mit Schwung hochreißt und aus dem Zimmer rennt, wird kurz das Wort HEIDEL-BERG sichtbar, auf dem Boden der Tasche ins Leder gebrannt. Eine Grundbesitzerstochter ist wahrhaftig eine gute Nachricht für einen Arzt, der Karriere machen will, selbst wenn sie krank ist. Nein: *weil* sie krank ist.

... Während ich wie ein leeres Picklesglas im Lichtkegel einer Schwenklampe sitze, heimgesucht von dieser Vision meines Großvaters vor dreiundsechzig Jahren, die aufgezeichnet werden will und meine Nasenlöcher mit dem beißenden Gestank der Verlegenheit seiner Mutter füllt, die ihre Furunkel hervorgebracht hat, mit der essigsauren Kraft von Aadam Aziz' Entschlossenheit, eine so erfolgreiche Praxis aufzubauen, daß sie nie wieder in das Edelsteingeschäft zurückkehren muß, mit der blinden Muffigkeit eines großen schattigen Hauses, in dem der junge Doktor befangen das Gemälde eines unscheinbaren Mädchens mit lebendigen Augen betrachtet, hinter dem am Horizont wie angewurzelt ein Hirsch steht, durchbohrt von einem Pfeil ihres Bogens. Das meiste von dem, was für unser Leben wichtig ist, findet in unserer Abwesenheit statt: doch ich scheine irgendwo den Trick gefunden zu haben, die Lücken in meinem Wissen zu füllen, so daß ich alles im Kopf habe, bis zum letzten Detail, so wie zum Beispiel den Dunst, der schräg durch die frühmorgendliche Luft zu treiben schien ... alles, und nicht nur die paar Hinweise, auf die man zufällig stößt, indem man beispielsweise einen alten Blechkoffer öffnet, der spinnwebig und verschlossen hätte bleiben sollen.

... Aadam füllt das Glas seiner Mutter nach und fährt besorgt mit der Untersuchung fort. »Streich Salbe auf diese Entzündungen und Flekken, Amma. Gegen die Kopfschmerzen gibt es Tabletten. Die Furunkel müssen aufgeschnitten werden. Aber wenn du vielleicht Purdah tragen würdest, wenn du im Laden sitzt ... damit keine respektlosen Augen ... solche Beschwerden beginnen oft in der Seele ...«

... Das Ruderblatt klatscht ins Wasser. Spucke plumpst in den See. Tai räuspert sich und murmelt böse: »Eine schöne Bescherung. Da geht ein Nakkoo-Kind fort, das noch feucht hinter den Ohren ist, ehe es auch nur das kleinste bißchen gelernt hat, und kommt zurück als großer Doktor Sahib mit einer großen Tasche voll ausländischer Maschinen und ist doch immer noch so dumm wie eine Eule. Das ist eine schlimme Bescherung, ich schwör's.«

... Unter dem Einfluß des Lächelns des Grundbesitzers, in dessen

Gegenwart er sich nicht entspannen kann, tritt Doktor Aziz unruhig von einem Fuß auf den anderen und wartet auf eine spontane Reaktion auf seine eigene außergewöhnliche Erscheinung. Er hat sich daran gewöhnt, daß die Leute vor Überraschung über seine Größe, sein vielfarbiges Gesicht, seine Nase unwillkürlich zusammenzucken . . . aber Ghani macht keine Anstalten dazu, und der junge Arzt beschließt seinerseits, sich sein Unbehagen nicht anmerken zu lassen. Wie angewurzelt bleibt er stehen. Sie sehen sich ins Gesicht, wobei jeder (so sieht es jedenfalls aus) seine Ansicht über den anderen unterdrückt, und legen so den Grundstein für ihre spätere Beziehung. Und nun verändert Ghani sich, wird vom Kunstliebhaber zum Mann der Tat. »Dies ist eine große Chance für Sie, junger Mann«, sagt er. Aziz' Augen sind zu Diana abgeschweift. Große Flächen ihrer lädierten rosa Haut sind zu sehen.

. . . Kopfschüttelnd stöhnt seine Mutter. »Nein, was weißt du schon, Kind, du bist Arzt, ein großes Tier geworden, aber das Edelsteingeschäft ist etwas anderes. Wer würde einen Edelstein von einer Frau kaufen, die von Kopf bis Fuß unter einem Überwurf versteckt ist? Es geht darum, Vertrauen herzustellen. Also müssen sie mich ansehen, und ich muß Schmerzen und Furunkel bekommen. Geh, geh, zerbrich dir nicht den Kopf über deine arme Mutter.«

». . . Großes Tier«, Tai spuckt in den See. »Großes Tier, große Tasche. Pah! Haben wir denn nicht genug Taschen zu Hause, daß du so ein Ding aus Schweinshaut mit zurückbringen mußt, das einen schon unrein macht, wenn man es nur ansieht? Und Gott weiß, was alles drinnen ist.« Zwischen geblümte Vorhänge und duftende Räucherstäbchen plaziert, wird Doktor Aziz aus den Gedanken an die Patientin gerissen, die auf der anderen Seite des Sees wartet. Tais bitterer Monolog dringt ihm ins Bewußtsein und verursacht einen dumpfen Schock, einen Geruch wie der auf einer Unfallstation, der den des Weihrauchs verdrängt . . . der alte Mann ist ohne Zweifel wütend auf etwas, besessen von einem unbegreiflichen Zorn, der sich gegen seinen einstmaligen Gefährten oder, genauer und merkwürdiger, gegen dessen Tasche zu richten scheint. Doktor Aziz versucht Konversation zu machen . . .

»Deiner Frau geht es gut? Reden sie immer noch von deinem Sack mit Goldzähnen?« . . . versucht, eine alte Freundschaft wiederzubeleben; aber Tai ist nun voll in Fahrt, ein Strom von Schmähungen ergießt sich aus ihm. Die Tasche aus Heidelberg erbebt unter diesem Sturzbach von Beschimpfungen. »Blutschänderische Schweinshauttasche aus dem

Ausland, voll mit Ausländertricks. Typische Tasche für ein großes Tier. Wenn ein Mann sich nun den Arm bricht, läßt diese Tasche nicht zu, daß der Knochenrichter ihn in Blätter bindet. Jetzt muß ein Mann seine Frau heißen, sich neben diese Tasche zu legen, und zusehen, wie ein Messer herauskommt und sie aufschneidet. Eine schöne Bescherung, was diese Ausländer euch jungen Männern da in den Kopf setzen. Es ist wirklich schlimm, ich schwör's dir. Diese Tasche sollte zusammen mit den Hoden der Gottlosen in der Hölle schmoren.«

. . . Ghani der Grundbesitzer läßt mit den Daumen seine Hosenträger schnappen. »Eine große Chance, ja, in der Tat. Man spricht gut von Ihnen in der Stadt. Gute medizinische Ausbildung. Gute Familie . . . gut genug jedenfalls. Und nun ist unsere Ärztin krank, also bekommen Sie die Gelegenheit. Die Frau ist jetzt andauernd krank, zu alt, denke ich, und auch nicht auf der Höhe der Entwicklung, also was? Ich sage: Arzt, heil dich selbst. Und Ihnen sage ich dies: In meinen Geschäftsbeziehungen bin ich vollkommen objektiv. Gefühle, Liebe hege ich allein für meine Familie. Wenn eine Person keine erstklassige Arbeit für mich leistet, dann geht sie! Sie verstehen mich? Also: meine Tochter Naseem ist unpäßlich. Sie werden Sie ausgezeichnet behandeln. Denken Sie daran, daß ich Freunde habe, und Krankheit befällt hoch und niedrig gleich.«

. . . »Legst du immer noch Wasserschlangen in Schnaps ein, damit sie dir Manneskraft geben, Taiji? Ißt du immer noch gern ungewürzte Lotoswurzeln?« Zögernde Fragen, die von Tais Zorneserguß beiseite gewischt werden. Doktor Aziz beginnt zu diagnostizieren. Für den Fährmann stellt die Tasche das Ausland dar, sie ist das Fremde, der Eindringling, der Fortschritt. Und ja, sie hat in der Tat vom Geist des jungen Doktors Besitz ergriffen, und ja, sie enthält Messer und Heilmittel für Cholera und Malaria und Pocken, und ja, sie steht zwischen Arzt und Fährmann und hat sie zu Widersachern gemacht. Doktor Aziz beginnt zu kämpfen, gegen Traurigkeit und gegen Tais Zorn, der beginnt, ihn anzustecken, zu seinem eigenen zu werden, der nur selten ausbricht, aber wenn, dann ohne Vorankündigung und mit Getöse aus seinem tiefsten Innern kommt, alles im Umfeld brachlegt und darauf verschwindet; und er, Aadam, fragt sich, warum jedermann so verstört ist . . . Sie nähern sich Ghanis Haus. Ein Träger, der mit verschränkten Händen auf einer kleinen hölzernen Anlegestelle steht, erwartet die Schikara. Aziz konzentriert sich auf die vor ihm liegende Arbeit.

. . . »Ist Ihre Hausärztin damit einverstanden, daß ich komme, Ghani

Sahib?«... Wieder wird eine zögernde Frage leichthin beiseite gewischt. Der Grundbesitzer sagt: »Oh, sie wird schon einverstanden
sein. Jetzt folgen Sie mir bitte!«
... Der Träger wartet an der Anlegestelle. Hält die Schikara fest, als
Aadam Aziz mit der Tasche in der Hand aussteigt. Und nun endlich
spricht Tai meinen Großvater direkt an. Mit verachtungsvollem Gesicht fragt Tai: »Sag mir eins, Doktor Sahib: Hast du in dieser Tasche
aus toten Schweinen auch eine von den Maschinen, mit denen die
ausländischen Ärzte immer riechen?« Aadam schüttelt verständnislos
den Kopf. Der Ekel in Tais Stimme verdichtet sich. »Du weißt schon,
Herr, so ein Ding wie ein Elefantenrüssel.« Aziz, der begreift, was er
meint, antwortet: »Ein Stethoskop? Natürlich.« Tai stößt die Schikara
von der Anlegestelle ab, spuckt aus, beginnt wegzurudern. »Ich wußte
es«, sagte er. »Nun wirst du so eine Maschine gebrauchen anstatt deine
eigene große Nase.«
Mein Großvater gibt sich nicht die Mühe, zu erklären, daß ein Stethoskop eher einem Ohr als einer Nase gleicht. Er unterdrückt seine Verärgerung, den empörten Zorn eines verstoßenen Kindes; und außerdem wartet ein Patient. Die Zeit kommt zur Ruhe und konzentriert
sich auf die Bedeutung des Augenblicks.

Das Haus war luxuriös, aber schlecht beleuchtet. Ghani war Witwer,
und das nutzten die Dienstboten deutlich aus. In den Ecken hingen
Spinnweben, und auf den Simsen lag der Staub in dicken Schichten. Sie
gingen einen langen Flur entlang; eine der Türen stand offen, und
dahinter sah Aziz einen Raum in ungezügelter Unordnung. Dieser
flüchtige Blick und dann noch ein Glitzern des Lichts auf Ghanis dunkler Brille enthüllten Aziz mit einem Mal, daß der Grundbesitzer blind
war. Das verstärkte sein Gefühl des Unbehagens: ein Blinder, der behauptete, europäische Gemälde zu schätzen? Er war aber auch beeindruckt, weil Ghani nichts angerempelt hatte... Vor einer massiven
Teakholztür blieben sie stehen. Ghani sagte: »Warten Sie hier zwei
Sekunden!« und ging in das Zimmer hinter der Tür.
In späteren Jahren schwor Doktor Aziz, daß er in jenen zwei Sekunden
der Einsamkeit in den finsteren Fluren voller Spinnweben im Herren-
haus des Grundbesitzers von dem fast unkontrollierbaren Verlangen
gepackt wurde, umzukehren und wegzulaufen, so schnell die Beine ihn
trugen. Das Rätsel des blinden Kunstliebhabers hatte ihn entnervt, sein
Inneres war als Ergebnis des heimtückischen Giftes von Tais Gemurmel

mit winzigen krabbelnden Insekten erfüllt, seine Nasenlöcher juckten so sehr, daß er überzeugt war, sich eine Geschlechtskrankheit geholt zu haben, und er spürte, wie seine Füße sich so langsam, als steckten sie in Stiefeln aus Blei, zu wenden begannen; er spürte das Blut in den Schläfen pochen, und das Gefühl, an einem Punkt zu stehen, an dem es kein Zurück mehr gab, wurde so übermächtig, daß er beinahe in seine deutsche Wollhose machte. Ohne es zu wissen, errötete er heftig, und in diesem Stadium erschien ihm seine Mutter; sie saß vor einem niedrigen Pult auf dem Boden, und ein Hautausschlag zog sich wie Schamröte über ihr Gesicht, als sie einen Türkis gegen das Licht hielt. Das Gesicht seiner Mutter spiegelte nun die ganze Verachtung des Fährmanns Tai wider. »Geh, geh, lauf«, sagte sie ihm mit Tais Stimme. »Mach dir keine Sorgen um deine arme alte Mutter.« Doktor Aziz merkte, wie er stotterte. »Was für einen unnützen Sohn du hast, Amma. Kannst du nicht sehen, daß mitten in mir ein Loch ist, groß wie eine Melone?« Seine Mutter lächelte gequält. »Du warst schon immer ein herzloser Junge«, seufzte sie und verwandelte sich dann in eine Eidechse auf der Flurwand und streckte ihm die Zunge heraus. Doktor Aziz hörte auf, sich schwindlig zu fühlen, wußte nicht recht, ob er tatsächlich laut gesprochen hatte, fragte sich, was er mit dieser Sache mit dem Loch meinte, merkte, daß seine Füße nicht mehr zu entkommen versuchten, und erkannte, daß er beobachtet wurde. Eine Frau mit dem Bizeps eines Ringers starrte ihn an und winkte ihm, ihr ins Zimmer zu folgen. Der Zustand ihres Saris machte ihm klar, daß sie eine Dienerin war, aber sie war nicht unterwürfig. »Sie sehen grün aus wie ein Fisch«, sagte sie. »Ihr jungen Ärzte. Kommt in ein fremdes Haus, und eure Leber verwandelt sich in Gallert. Kommen Sie, Doktor Sahib, Sie werden erwartet.« Seine Tasche eine Spur zu fest umklammernd, folgte er ihr durch die dunkle Teakholztür.

. . . In ein geräumiges Schlafzimmer, das genauso schlecht beleuchtet war wie das übrige Haus, wenn hier auch durch ein fächerförmiges Fenster hoch oben in einer Wand staubige Sonnenstrahlen durchsickerten. Diese verstaubten Strahlen illuminierten eine Szene, die bemerkenswerter war als alles, was der Doktor je erlebt hatte: ein Tableau von solch unwahrscheinlicher Fremdartigkeit, daß es seine Füße wieder zur Tür zog. Zwei weitere Frauen, ebenfalls wie Berufsringer gebaut, standen unbeweglich im Licht, und jede hielt mit hoch über den Kopf erhobenen Armen eine Ecke eines riesigen weißen Lakens, so daß es wie ein Vorhang zwischen ihnen hing. Herr Ghani tauchte aus der

Düsternis auf, die das sonnenbeschienene Laken umgab, und erlaubte dem verdutzten Aadam, vielleicht eine halbe Minute lang das absonderliche Bild anzustarren. Nach deren Ablauf machte der Doktor, ohne daß ein Wort gesprochen worden war, eine Entdeckung:

Genau in die Mitte des Bettuchs war ein annähernd rundes Loch mit einem Durchmesser von ungefähr fünfzehn Zentimetern geschnitten.

»Mach die Tür zu, Ayah«, befahl Ghani der ersten der Ringerinnen und wurde dann, sich an Aziz wendend, vertraulich. »Diese Stadt beherbergt viele Tunichtgute, die bei Gelegenheit versucht haben, ins Zimmer meiner Tochter zu klettern. Sie braucht«, er nickte in Richtung der drei muskelstrotzenden Frauen, »Beschützerinnen.«

Aziz betrachtete immer noch das Laken mit dem Loch. Ghani sagte: »Nun gut, machen Sie schon, untersuchen Sie meine Naseem auf der Stelle. Pronto.«

Mein Großvater spähte im Raum umher. »Aber wo ist sie, Ghani Sahib?« stieß er schließlich hervor. Die Ringerinnen setzten eine geringschätzige Miene auf und, so schien es ihm, strafften ihre Muskeln für den Fall, daß er versuchen sollte, irgendwelche Kapriolen zu machen.

»Aha, ich sehe Ihre Verwirrung«, sagte Ghani mit breiter werdendem boshaften Lächeln. »Ihr aus Europa zurückgekehrten Kerlchen vergeßt gewisse Dinge. Doktor Sahib, meine Tochter ist ein anständiges Mädchen, das versteht sich von selbst. Sie stellt ihren Körper nicht unter der Nase fremder Männer zur Schau. Sie werden verstehen, daß Ihnen nicht erlaubt werden kann, sie zu sehen, nein, unter keinen Umständen. Folglich habe ich darum gebeten, daß man sie hinter diesem Laken aufstellt. Dort steht sie, wie es sich für ein braves Mädchen gehört.«

Ein hitziger Ton hatte sich in Doktor Aziz' Stimme geschlichen. »Ghani Sahib, sagen Sie mir, wie ich sie untersuchen soll, ohne sie anzusehen!« Ghani hörte nicht auf zu lächeln.

»Sie werden freundlicherweise im einzelnen anführen, welcher Teil meiner Tochter der Untersuchung bedarf. Ich werde ihr dann den Befehl erteilen, den verlangten Körperteil gegen das Loch zu halten, das Sie hier sehen. Und auf diese Weise mag die Sache dann durchgeführt werden.«

»Aber über was für Beschwerden klagt die Dame eigentlich?« – mein Großvater war der Verzweiflung nahe. Worauf Herr Ghani, dessen Augen sich in ihren Höhlen nach oben drehten und dessen Lächeln sich

zu einer Grimasse des Kummers verzerrte, entgegnete: »Das arme
Kind! Es hat schreckliche, wirklich zu fürchterliche Magenschmerzen.«
»In diesem Fall«, sagte Doktor Aziz mit einiger Selbstbeherrschung,
»wird sie mir bitte ihren Magen zeigen.«

Jod

Padma – unsere pummelige Padma – schmollt großartig. (Sie kann
nicht lesen, und wie alle Leute, die Fisch mögen, hat sie es nicht gern,
wenn andere etwas wissen, was sie nicht weiß. Padma: stark, lustig, der
Trost meiner letzten Tage. Aber ganz gewiß ein Neidhammel.) Sie
versucht, mich von meinem Schreibtisch wegzulocken: »Iß, komm
schon, das Essen verdirbt ja.« Ich bleibe eigensinnig übers Papier gebeugt. »Aber was ist denn so kostbar«, verlangt Padma zu wissen und
durchteilt mit der rechten Hand erbittert die Luft, aufniederaufnieder,
»daß es all diesen Schreibscheiß braucht?« Ich antworte: Nun, da ich
die Details meiner Geburt ausgeplaudert habe, nun, da das Laken mit
dem Loch zwischen Arzt und Patientin steht, gibt es kein Zurück mehr.
Padma schnaubt, schlägt sich mit dem Handgelenk an die Stirn. »Meinetwegen, verhungre doch, verhungre, wen kümmert das schon?« Ein
lauteres, endgültigeres Schnauben . . . aber ich nehme keinen Anstoß
an ihrem Verhalten. Sie verdient ihren Lebensunterhalt, indem sie den
ganzen Tag in einem brodelnden Kessel rührt; etwas Heißes und Essig-
saures hat sie heute abend auf Hochdampf gebracht. Mit stämmiger
Taille, etwas behaartem Unterarm windet sie sich, gestikuliert, verschwindet. Arme Padma! Alles bringt sie auf die Palme. Vielleicht
sogar ihr Name: verständlich genug, denn ihre Mutter erzählte ihr, als
sie noch ganz klein war, sie sei nach der Lotosgöttin genannt worden,
die bei der Dorfbevölkerung gewöhnlich heißt: »die, die Dung besitzt«.
In der wiedereingekehrten Stille wende ich mich erneut Papierbogen
zu, die ein ganz klein wenig nach Gelbwurz riechen – bereit und willens, eine Erzählung, die ich gestern unvollendet ließ, aus ihrem Elend
zu erlösen – so wie Scheherezade, deren Überleben davon abhing, daß
Prinz Schehrijar von Neugierde verzehrt wurde, es Abend um Abend
tat! Ich beginne auf der Stelle, indem ich enthülle, daß die Vorahnungen meines Großvaters, die ihn in jenem Flur überkamen, nicht unbe-
gründet waren. In den folgenden Monaten und Jahren verfiel er einem
Zauber, den ich nur als den magischen Bann dieses riesigen – und bis
jetzt noch unbefleckten – Tuches bezeichnen kann.
»Schon wieder?« sagte Aadams Mutter und rollte mit den Augen. »Ich

sage dir, mein Kind, dieses Mädchen ist bloß deshalb so kränklich, weil es zu verweichlicht lebt. Zuviel Zuckerwerk und zu verwöhnt, weil die strenge Hand der Mutter fehlt. Aber geh, kümmre dich um deine unsichtbare Patientin, deiner Mutter geht es schon ganz gut mit ihrem kleinen Nichts von Kopfschmerz.«

In jenen Jahren, sehen Sie, zog die Grundbesitzerstochter Naseem Ghani sich eine ganz außerordentliche Reihe leichterer Erkrankungen zu, und jedesmal wurde ein Schikarabesitzer losgeschickt, um den hochgewachsenen jungen Doktor Sahib mit der großen Nase zu holen, der sich im Tal so einen guten Ruf erwarb. Aadam Aziz' Besuche in dem Schlafzimmer mit dem Sonnenstrahl und den drei Ringerinnen wurden zu einem beinahe wöchentlichen Ereignis; und bei jeder Visite wurde ihm durch das verstümmelte Bettuch hindurch ein Blick auf ein anderes fünfzehn Zentimeter großes Körpersegment der jungen Frau gewährt. Auf die anfänglichen Magenschmerzen folgten ein nur ganz leicht verrenkter rechter Knöchel, ein ins Fleisch gewachsener Nagel am großen Zeh des linken Fußes, ein winziger Schnitt im linken Unterschenkel. (»Wundstarrkrampf ist mörderisch, Doktor Sahib«, sagte der Grundbesitzer. »Meine Naseem darf nicht wegen eines Kratzers sterben.«) Da war die Sache mit ihrem steifen rechten Knie, das der Doktor durch das Loch im Laken behandeln mußte . . . und nach einer Weile wanderten die Krankheiten nach oben, wobei sie gewisse unaussprechliche Zonen vermieden, und begannen, sich auf ihrer oberen Hälfte fortzupflanzen. Sie litt an etwas Mysteriösem, das ihr Vater Fingerfäule nannte und das die Haut an ihren Händen abschuppen ließ; an schwachen Handgelenken, für die Aadam Kalziumtabletten verschrieb; und an Verstopfungsanfällen, gegen die er Abführmittel verordnete, da es außer Frage stand, daß ihm nicht erlaubt würde, ihr ein Klistier zu verabreichen. Sie hatte Fieber, und sie hatte Untertemperatur. Zu dieser Zeit wurde ihr das Thermometer in die Achselhöhle geklemmt, und er murmelte und brummelte etwas über die Unzulänglichkeit dieser Methode. In der anderen Achselhöhle entwickelte sie einmal einen leichten Anfall von Tinea chloris, und er bestäubte sie mit gelbem Puder; nach dieser Behandlung – die verlangte, daß er den Puder sanft, aber fest einrieb, obwohl der weiche verborgene Körper zu beben und zu zittern begann und Aadam hilfloses Gelächter durch das Bettuch dringen hörte, weil Naseem Ghani sehr kitzlig war – hörte das Jucken auf, aber Naseem fand schnell ein neues Sortiment von Beschwerden. Sie wechselte zwischen Anämie im Sommer und Bronchitis im Winter. (»Ihre Bronchien sind äußerst zart«, erklärte Ghani, »wie kleine Flöten.«) Weit weg schritt der Große Krieg von Krise zu Krise fort, während Doktor Aziz in dem Haus mit den Spinnweben ebenfalls in einen totalen Krieg gegen die unerschöpflichen Beschwerden seiner unterteilten Patientin eingespannt war. Und in all diesen Jahren wiederholte Naseem keine einzige Krankheit. »Was nur beweist«, teilte Ghani ihm mit, »daß Sie ein guter Arzt sind. Wenn Sie eine Krankheit heilen, ist sie ein für allemal davon geheilt. Aber ach!« – er schlug sich an die Stirn – »das arme Kind sehnt sich nach seiner verstorbenen Mutter, und sein Körper leidet. Es ist ein zu anhängliches Kind.«

Só bekam Doktor Aziz in seiner Vorstellung allmählich ein Bild von Naseem, eine schlecht zusammenpassende Collage ihrer gesondert untersuchten Teile. Dieses Phantombild einer unterteilten Frau begann ihn zu verfolgen, und das nicht nur in seinen Träumen. Von seiner Vorstellungskraft zusammengeleimt, begleitete sie ihn auf all seinen Visiten, sie zog in die vorderste Kammer seines Geistes, so daß er im Wachen und Schlafen in den Fingerspitzen ihre weiche kitzlige Haut oder die perfekten winzigen Handgelenke oder die Schönheit ihrer Knöchel spürte; er konnte ihren Duft von Lavendel oder Jasmin riechen; er konnte ihre Stimme und ihr hilfloses Jungmädchengelächter hören; aber sie war kopflos, denn nie hatte er ihr Gesicht gesehen.

Seine Mutter lag auf ihrem Bett, flach ausgestreckt auf dem Bauch. »Komm, komm her und drück mich«, sagte sie, »mein Doktorsohn, dessen Finger die Muskeln seiner alten Mutter lockern können. Drück, drück, mein Kind mit dem Ausdruck einer Gans, die Verstopfung hat.« Er knetete ihre Schultern durch. Sie ächzte, wand sich, entspannte sich. »Tiefer jetzt«, sagte sie. »Jetzt höher. Nach rechts. Gut. Mein brillanter Sohn, der nicht erkennt, was der Grundbesitzer Ghani anstellt. So klug ist mein Kind, aber er errät nicht, warum das Mädchen ständig mit so albernen Krankheiten darniederliegt. Hör zu, mein Junge; sieh dir die Nase in deinem Gesicht wenigstens ein einziges Mal an: dieser Ghani denkt, du bist ein guter Fang für sie. Im Ausland studiert und alles. Ich habe in Läden gearbeitet, und die Augen Fremder haben mich ausgezogen, damit du diese Naseem heiraten sollst! Natürlich habe ich recht; weshalb sonst würde er auch nur einen zweiten Blick auf unsere Familie werfen?« Aziz massierte seine Mutter stärker. »O Gott, hör auf jetzt, du brauchst mich nicht umzubringen, weil ich dir die Wahrheit sage!«

Im Jahre 1918 war es mit Aadam Aziz so weit gekommen, daß die regelmäßigen Ausflüge über den See zu seinem Lebensinhalt geworden waren. Und nun wurde er sogar noch eifriger, weil klar wurde, daß nach drei Jahren der Grundbesitzer und seine Tochter willens geworden waren, gewisse Schranken zu senken. Nun sagte Ghani zum ersten Mal: »Ein Knoten in der rechten Brust. Ist das beunruhigend, Doktor? Sehen Sie nach. Sehen Sie gut nach!« Und dort, von dem Lochrand eingerahmt, war eine vollkommen geformte und lyrisch schöne . . . »Ich muß sie anfassen«, sagte Aziz mit schier versagender Stimme. Ghani schlug ihm auf den Rücken. »Fassen Sie an, fassen Sie an!« rief er. »Die Hände des Heilers! Die heilende Berührung, was, Doktor?« Und Aziz streckte eine Hand aus . . . »Verzeihen Sie meine Frage, aber hat die Dame ihre Tage?« . . . Auf den Gesichtern der Ringerinnen erschien ein kleines, unerforschliches Lächeln. Ghani nickte leutselig. »Ja. Seien Sie doch nicht so verlegen, alter Knabe. Wir sind doch jetzt Familie und Arzt.« Und Aziz: »Dann machen Sie sich keine Sorgen. Die Knoten verschwinden, wenn die Tage vorbei sind.« . . . Und beim nächsten Mal: »Eine Muskelzerrung hinten an ihrem Oberschenkel, Doktor Sahib. Solche Schmerzen!« Und dort im Laken hing, Aadam Aziz' Augen schwächend, eine prachtvoll gerundete und unwahrscheinliche Hinterbacke . . . Und nun Aziz: »Ist es gestattet . . .« Daraufhin ein Wort von Ghani, eine gehorsame Antwort hinter dem Bettuch, eine Schnur wird gezogen, und Pajamas fallen von dem himmlischen Hinterteil, das sich wundersam durch das Loch wölbt. Aadam Aziz zwingt sich in eine medizinische Geistesverfassung . . . streckt die Hand aus . . . fühlt. Und schwört verblüfft bei sich, daß er sieht, wie in der Hinterbacke eine scheue, aber entgegenkommende Schamesröte aufsteigt.

An jenem Abend sinnierte Aadam über das Erröten. Wirkte der Zauber des Lakens auf beiden Seiten des Loches? Aufgeregt stellte er sich seine kopflose Naseem vor, wie sie unter seinen prüfenden Augen, seinem Thermometer, seinem Stethoskop erschauerte und versuchte, sich in ihrer Vorstellung ein Bild von *ihm* zu machen. Sie befand sich natürlich im Nachteil, weil sie nichts als seine Hände gesehen hatte . . . Mit unerlaubter Verzweiflung begann Aadam zu hoffen, daß Naseem Ghani eine Migräne entwickele oder ihr unerblicktes Kinn abschürfe, damit sie sich ins Gesicht sehen konnten. Er wußte, wie berufswidrig seine Gefühle waren, unternahm aber nichts, sie zu unterdrücken. Viel konnte er auch nicht tun. Sie hatten ein eigenes Leben angenommen. Kurzum: mein Großvater hatte sich verliebt und betrachtete das Laken mit dem Loch als etwas Geheiligtes und Magisches, denn durch dieses Laken hatte er die Dinge gesehen, die das Loch in ihm gefüllt hatten, das entstanden war, als er von einem Erdklumpen auf die Nase geschlagen und von dem Fährmann Tai beleidigt worden war.

An dem Tag, an dem der Weltkrieg endete, bekam Naseem die ersehnten Kopfschmerzen. Solche historischen Zusammentreffen haben die Existenz meiner Familie in der Welt verunreinigt und vielleicht besudelt.

Er traute sich kaum, auf das im Loch des Lakens Eingerahmte zu blikken. Vielleicht war sie abgrundtief häßlich; vielleicht erklärte das dieses ganze Theater . . . er blickte hin. Und sah ein sanftes Gesicht, das ganz und gar nicht häßlich war, eine gepolsterte Fassung für ihre glänzenden Edelsteinaugen, die braun und goldgesprenkelt waren: Tigeraugen. Doktor Aziz verfiel ihr endgültig. Und Naseem platzte heraus: »Aber Doktor, mein Gott, was für eine *Nase*!« Ghani, wütend: »Tochter, hüte deine . . .« Aber Patientin und Arzt lachten gemeinsam, und Aziz sagte: »Ja, ja, sie ist ein ganz beachtliches Exemplar. Man sagt mir, Dynastien warten darin . . .« Und er biß sich auf die Zunge, weil er beinah hinzugefügt hätte ». . . wie Rotz.«

Und Ghani, der drei lange Jahre blind neben dem Bettuch gestanden und immer gelächelt hatte, begann wieder einmal sein unerforschliches Lächeln zu lächeln, das sich auf den Lippen der Ringerinnen spiegelte.

In der Zwischenzeit hatte der Fährmann Tai seine unerklärte Entscheidung getroffen, das Waschen aufzugeben. In einem von Süßwasserseen getränkten Tal, in dem selbst die Ärmsten auf ihre Sauberkeit stolz sein konnten (und es auch waren), zog Tai es vor zu stinken. Drei Jahre lang hatte er sich nun weder gewaschen noch gebadet, nachdem er den Rufen der Natur nachgekommen war. Jahrein, jahraus trug er dieselben Kleider; seine einzige Konzession an den Winter bestand darin, daß er seinen Chughamantel über seine verfaulenden Pajamas zog. Der kleine Korb mit heißen Kohlen, den er nach kaschmirischer Art unter dem Chughamantel trug, um sich in der bitteren Kälte warm zu halten, belebte und verstärkte seine üblen Gerüche nur. Er gewöhnte sich an, langsam an dem Haus der Aziz' vorbeizutreiben und seine fürchterlichen Ausdünstungen über den kleinen Garten und ins Haus hinein auszuströmen. Blumen starben, Vögel flohen vom Sims vor dem Fenster des alten Vater Aziz. Natürlich verlor Tai Arbeit; besonders den Engländern widerstrebte es, von einer menschlichen Abtrittgrube übergesetzt zu werden. Rund um den See erzählte man sich, daß Tais Frau, von der plötzlichen Schmutzigkeit des Alten zum Wahnsinn getrieben, flehentlich um eine Erklärung gebeten habe. Er habe geantwortet: »Frag unseren aus dem Ausland zurückgekehrten Doktor, frag diesen Nakkoo, diesen deutschen Aziz!« War es also ein Versuch, die überempfindliche Nase des Doktors zu beleidigen (in der das Jucken der Gefahr unter dem betäubenden Beistand der Liebe etwas nachgelassen hatte)? Oder eine Geste der Unveränderlichkeit, dem Eindringen des Doktori-Koffers aus Heidelberg zum Trotz? Einmal fragte Aziz den steinalten Mann geradeheraus, wofür das alles gut sei, aber Tai hauchte ihn nur an und ruderte weg. Der Atem warf Aziz beinahe um; er war schneidend wie eine Axt.

1918 starb Doktor Aziz' Vater, seiner Vögel beraubt, im Schlaf, und sofort legte seine Mutter, die dank des Erfolgs von Aziz' Praxis das Edelsteingeschäft hatte verkaufen können und den Tod ihres Ehemanns nun als barmherzige Erlösung von einem Leben voller Verpflichtungen ansah, sich auf ihr eigenes Sterbebett und folgte ihrem Mann noch vor Ablauf der vierzigtägigen Trauerzeit. Als die indischen Regimenter bei Kriegsende zurückkehrten, war Doktor Aziz eine Waise und ein freier Mann – abgesehen davon, daß sein Herz durch ein Loch von etwa fünfzehn Zentimetern Durchmesser gefallen war.

Verheerende Wirkung von Tais Benehmen: es zerstörte Doktor Aziz' gute Beziehungen zu der auf dem Wasser lebenden Bevölkerung des Sees. Er, der als Kind ungezwungen mit Fischfrauen und Blumenverkäufern geplaudert hatte, fand sich nun schief angesehen. »Frag diesen Nakkoo, diesen deutschen Aziz!« Tai hatte ihn als Fremdling gebrandmarkt und damit als Person, der man nicht voll vertrauen konnte. Sie mochten den Fährmann nicht, aber die Verwandlung, die der Doktor augenscheinlich in ihm bewirkt hatte, fanden sie noch beunruhigender. Doktor Aziz fand sich von den Armen verdächtigt, sogar geächtet, und das verletzte ihn tief. Nun verstand er, was Tai im Schilde führte: der Mann versuchte, ihn aus dem Tal zu verjagen.

Auch die Geschichte vom Laken mit dem Loch sickerte durch. Die Ringerinnen waren offenbar weniger diskret, als sie aussahen. Aziz begann zu merken, daß die Leute mit dem Finger auf ihn zeigten. Frauen kicherten hinter vorgehaltener Hand . . .

»Ich habe beschlossen, Tai seinen Sieg zu lassen«, sagte er. Die drei Ringerinnen, die beiden, die das Laken hochhielten, und die dritte, die sich in der Nähe der Tür aufhielt, strengten sich an, ihn durch die

Watte in ihren Ohren hindurch zu verstehen. (»Ich habe das bei meinem Vater durchgesetzt«, erzählte ihm Naseem. »Diese Plaudertaschen werden von jetzt an nicht mehr klatschen und tratschen.«) Naseems Augen, im Loch eingerahmt, wurden größer denn je.

... Genau wie seine eigenen, als er ein paar Tage vorher bei einem Spaziergang durch die Straßen der Stadt den letzten Bus vor dem Winter hatte ankommen sehen, mit farbenfreudigen Inschriften bemalt – vorne grün SO GOTT WILL in Rot schattiert, hinten in schreiendem Gelb und mit Blau schattiert GOTT SEI DANK und in einem frechen Kastanienbraun TUT UNS LEID – AUF WIEDERSEHEN –, und durch ein Netz neuer Ringe und Falten in ihrem Gesicht Ilse Lubin erkannt hatte, die gerade ausstieg ...

Mittlerweile ließ Ghani der Grundbesitzer ihn allein mit den Wächterinnen mit verstopften Ohren: »Um ein wenig zu reden; die Arzt-Patient-Beziehung kann sich nur in strengster Vertraulichkeit vertiefen. Das erkenne ich nun, Aziz Sahib – verzeihen Sie meine frühere Aufdringlichkeit.« Mittlerweile wurde Naseems Zunge immer gelöster: »Was ist das für ein Gerede? Was sind Sie denn – ein Mann oder eine Maus? Seine Heimat wegen eines stinkigen Schikara-Wallahs zu verlassen!« ...

»Oskar ist gestorben«, erzählte Ilse ihm, während sie auf dem Takht seiner Mutter frisches Limonenwasser schlürfte, »wie ein Komödiant. Er ging hin, um mit der Armee zu reden und den Soldaten zu sagen, sie sollten keine Marionetten sein. Der Narr glaubte wirklich, die Truppen würden ihre Gewehre hinwerfen und weggehen. Wir haben vom Fenster aus zugesehen, und ich habe gebetet, daß sie ihn nicht einfach niedertrampeln würden. Das Regiment hatte inzwischen gelernt, im Gleichschritt zu marschieren, du hättest es nicht wiedererkannt. Als er an die Straßenecke gegenüber vom Exerzierplatz kam, stolperte er über seinen Schnürsenkel und fiel auf die Straße. Er wurde von einem Stabswagen angefahren und starb. Er konnte nie seine Schnürsenkel so zubinden, daß sie hielten, dieser Trottel« ... und hier froren Diamanten in ihren Wimpern ... »er war einer von der Sorte, die Anarchisten einen schlechten Ruf verschafft.«

»Schon gut«, räumte Naseem ein, »Sie haben also reelle Chancen, einen guten Posten an Land zu ziehen. Die Universität von Agra, die ist berühmt. Glauben Sie bloß nicht, ich wüßte das nicht. Universitätsarzt ...! klingt gut. Sagen Sie, daß Sie darauf erpicht sind, dann sieht die Sache ganz anders aus.« Die Augenwimpern in dem Loch senkten sich. »Ich werde Sie natürlich vermissen ...«

»Ich bin verliebt«, sagt Aadam Aziz zu Ilse Lubin. Und später: ». . . Ich habe sie also nur durch ein Loch in einem Laken gesehen, jeden Teil für sich, und ich schwöre, ihr Hintern errötet.«

»Sie müssen irgend etwas in die Luft tun hier oben«, sagte Ilse.

»Naseem, ich habe den Posten«, sagte Aadam aufgeregt. »Heute ist der Brief gekommen. Mit Wirkung vom April 1919. Ihr Vater sagt, er kann einen Käufer für mein Haus und auch für das Ladenlokal finden.«

»Wunderbar«, maulte Naseem, »ich muß also einen neuen Arzt finden. Oder ich bekomme vielleicht das alte Weib wieder, das von nichts eine Ahnung hat.«

»Da ich eine Waise bin«, sagte Doktor Aziz, »muß ich selbst anstelle meiner Verwandten kommen. Aber nichtsdestoweniger, Ghani Sahib, bin ich zum erstenmal gekommen, ohne daß man nach mir geschickt hat. Dies ist keine Visite.«

»Mein lieber Junge!« Ghani klopfte Aadam auf den Rücken. »Natürlich mußt du sie heiraten. Mit einer erstklassig guten Mitgift! Ich scheue keine Unkosten! Es wird die Hochzeit des Jahres sein, ganz gewiß, ja!«

»Ich kann dich nicht zurücklassen, wenn ich gehe«, sagte Aziz zu Naseem. Ghani sagte: »Schluß mit dem Spektakel! Diesen Zirkus mit dem Laken brauchen wir nicht mehr! Laßt es fallen, ihr Frauen, das ist jetzt ein junges Liebespaar!«

»Endlich«, sagte Aadam Aziz, »endlich sehe ich dich ganz. Aber nun muß ich gehen. Meine Visite . . . und eine alte Freundin ist bei mir. Ich muß es ihr sagen, sie wird sich für uns beide freuen. Eine liebe Freundin aus Deutschland.«

»Nein, Aadam Baba«, sagte sein Träger, »seit heute morgen habe ich Ilse Begum nicht mehr gesehen. Sie hat diesen alten Tai angestellt, um einen Ausflug in der Schikara zu machen.«

»Was ist da zu sagen, Herr?« murmelte Tai unterwürfig. »Es ist mir in der Tat eine Ehre, in das Heim einer so hohen Persönlichkeit, wie Sie es sind, bestellt zu werden. Herr, die Dame hat mich für einen Ausflug zu den Mogul-Gärten verpflichtet, um sie zu sehen, bevor der See zufriert. Eine ruhige Dame, Doktor Sahib, kein Wort hat sie von sich gegeben die ganze Zeit. So habe ich meinen nichtswürdigen privaten Gedanken nachgehangen, wie alte Narren es tun, und als ich mich nach ihr umdrehe, sitzt sie plötzlich nicht mehr auf ihrem Platz. Sahib, ich schwöre beim Kopf meiner Frau, es ist unmöglich, über die Rücklehne des Sitzes zu sehen, wie sollte ich es also wissen? Glauben Sie einem armen alten Fährmann, der Ihr Freund war, als Sie jung waren ...«

»Aadam Baba«, unterbrach der alte Träger, »entschuldigen Sie mich, aber gerade habe ich auf ihrem Tisch diesen Zettel gefunden.«

»Ich weiß, wo sie ist.« Doktor Aziz starrte Tai an. »Ich weiß nicht, wie du es schaffst, dich immer in mein Leben einzumischen, aber du hast mir den Ort einmal gezeigt. Du hast gesagt: Gewisse ausländische Frauen kommen hierher, um zu ertrinken.«

»Ich, Sahib?« Tai schockiert, übelriechend, unschuldig. »Der Kummer spielt Ihrem Verstand einen Streich. Wie kann ich von solchen Dingen wissen?«

Und nachdem der Körper, aufgebläht, eingehüllt in Wasserpflanzen, von einer Gruppe Fährleuten mit ausdrucksleeren Gesichtern herausgefischt worden war, besuchte Tai die Schikara-Anlegestelle und sagte den Männern dort, während sie vor seinem Atem zurückwichen, der stank wie der Atem eines unter der Ruhr leidenden Ochsen: »Er gibt mir die Schuld, stellt euch das vor! Bringt seine losen Europäerinnen her und sagt mir, es sei meine Schuld, wenn sie in den See springen!... Ich frage euch, woher wußte er so genau, wo zu suchen war? Ja, fragt ihn das, fragt diesen Nakkoo Aziz!«

Sie hatte eine Nachricht hinterlassen. Sie lautete: »Ich habe es nicht so gemeint.«

Ich gebe keinen Kommentar; diese Ereignisse, die, ich weiß nicht wie, über meine Lippen gepurzelt sind, durch Eile und Emotion verstümmelt, sollen andere beurteilen. Lassen Sie mich nun direkt werden und sagen, daß Tai während des langen, harten Winters 1918/19 krank wurde, sich eine zerstörerische Form von Hautkrankheit zuzog, ähnlich diesem europäischen Fluch, der Skrofulose genannt wird; aber er weigerte sich, Doktor Aziz aufzusuchen, und wurde von einem ortsansässigen Heilpraktiker behandelt. Und im März, als der See auftaute, fand in einem großen Zelt im Park von Grundbesitzer Ghanis Haus eine Hochzeit statt. Der Ehevertrag sicherte Aadam Aziz eine beachtliche Geldsumme, die dazu beitragen würde, ein Haus in Agra zu kaufen, und die Mitgift schloß auf Doktor Aziz' speziellen Wunsch ein bestimmtes verstümmeltes Bettuch ein. Das junge Paar saß auf einem Dais, bekränzt und frierend, während die Gäste vorbeidefilierten und ihm Rupien in den Schoß warfen. In der Nacht legte mein Großvater das Bettuch mit dem Loch unter seine Braut und sich, und am Morgen war es mit drei Blutstropfen geschmückt, die ein kleines Dreieck formten. Am Morgen wurde das Laken vorgezeigt, und nach der Zeremonie, bei der man den Vollzug der Ehe feierte, traf eine vom Grundbesitzer gemietete Limousine ein, um meine Großeltern nach Amritsar zu bringen, wo sie den Frontier Mail nehmen würden. Die Berge drängten sich zusammen und starrten, als mein Großvater zum letzten Mal seine Heimat verließ. (Er sollte noch einmal wiederkommen, aber nicht wieder weggehen.) Aziz meinte, er sähe einen alten Fährmann an Land stehen, der sie vorbeifahren sehen wollte – aber das war wahrscheinlich ein Irrtum, da Tai krank war. Die Blase von einem Tempel auf dem Sankara Acharya, den die Moslems sich angewöhnt hatten Takht-e-Sulaiman oder Thron Salomons zu nennen, schenkte ihnen keine Beachtung. Winterkahle Pappeln und schneebedeckte Safranfelder wellten sich um sie herum, als das Auto nach Süden fuhr, mit einer Ledertasche im Kofferraum, die unter anderem ein Stethoskop und ein Bettuch enthielt. Doktor Aziz hatte in der Magengrube ein Gefühl, das der Schwerelosigkeit nahekam.

Oder dem Fallen.

(... Und jetzt spiele ich die Rolle des Gespenstes. Ich bin neun Jahre alt, und die ganze Familie, mein Vater, meine Mutter, das Messingäffchen und ich, sind zu Besuch im Haus meiner Großeltern in Agra, und die Enkelkinder – darunter ich – führen das traditionelle Neujahrsstück auf, und ich habe die Rolle des Gespenstes. Folglich durchstöbere ich – heimlich, um die Geheimnisse der bevorstehenden Theateraufführung zu bewahren – das Haus nach einer geisterhaften Verkleidung. Mein Großvater ist ausgegangen und macht Visiten. Ich bin in seinem Zimmer. Und hier oben auf diesem Schrank liegt eine alte Truhe, von Staub und Spinnweben bedeckt, aber unverschlossen. Und hier, da drinnen, liegt die Erhörung meiner Gebete. Nicht einfach ein Bettuch, sondern eins, in das schon ein Loch geschnitten ist! Hier liegt es, in dieser Ledertasche in dieser Truhe, direkt unter einem alten Stethoskop und einer Tube mit verschimmeltem Wick-Inhaliermittel ... Der Auftritt des Lakens in unserer Vorstellung war nichts weniger als eine Sensation. Mein Großvater warf einen Blick darauf und erhob sich brüllend. Er eilte auf die Bühne und entgeisterte mich vor aller Augen. Meine Großmutter spitzte ihren Mund so, daß er zu verschwinden schien. Der eine brüllte mich mit der Stimme eines vergessenen Fährmanns an, die andere drückte ihren Zorn durch verschwundene Lippen aus, und so verwandelten sie gemeinsam den furchterregenden Geist in ein weinendes Wrack. Ich floh, machte mich aus dem Staub und lief in das kleine Kornfeld, ohne zu wissen, was geschehen war. Dort saß ich – vielleicht an genau der Stelle, an der Nadir Khan gesessen hatte! – mehrere Stunden lang, schwor mir immer wieder, daß ich nie wieder eine verbotene Truhe öffnen würde, und nahm ihnen vage übel, daß sie nicht verschlossen gewesen war. Aber aus ihrem Zorn konnte ich schließen, daß das Laken irgendwie sehr wichtig war.)

Ich bin von Padma unterbrochen worden, die mir mein Essen gebracht und dann mit einer Erpressung vorenthalten hat: »Wenn du schon die ganze Zeit mit diesem Geschreibsel verbringst und dir dabei die Augen verdirbst, mußt du es mir wenigstens vorlesen.« Ich habe für mein Brot gesungen – aber vielleicht erweist sich unsere Padma als nützlich, denn es ist unmöglich, sie davon abzuhalten, kritisch zu sein. Besonders böse ist sie wegen meiner Bemerkungen über ihren Namen. »Was weißt du schon, du Stadtjunge?« schreit sie – ihre Hand schneidet die Luft. »In meinem Dorf ist es keine Schande, nach der Dunggöttin zu heißen. Schreib sofort, daß du unrecht hast, ganz und gar.« Den Wünschen meines Lotos gemäß füge ich also unverzüglich einen kurzen Päan an den Dung ein.
Dung, der düngt und die Ernte wachsen läßt! Dung, der frisch und feucht zu dünnen, chapatiähnlichen Kuchen gepreßt und an die Bauleute im Dorf verkauft wird, die ihn benutzen, um die Wände ihrer aus Lehm gebauten Häuser zu sichern und zu verstärken! Dung, der lange braucht, bis er aus dem hinteren Ende des Rindviehs kommt und seinen göttlichen und geheiligten Status erklären kann! O ja, ich hatte unrecht, ich gebe zu, ich hatte Vorurteile, zweifellos, weil seine unglückseligen Gerüche eine Art haben, meine empfindliche Nase zu beleidigen – wie wunderbar, wie unbeschreiblich schön muß es sein, nach der Dungzustellerin genannt zu werden!
. . . Am 6. April 1919 roch die heilige Stadt Amritsar (prächtig, Padma, himmlisch!) nach Exkrementen. Und vielleicht beleidigte die (betörende!) Ausdünstung die Nase im Gesicht meines Großvaters nicht – schließlich benutzen die kaschmirischen Bauern ihn, wie oben beschrieben, als eine Art Gips. Selbst in Srinagar waren Straßenhändler mit Karren voll runder Dungfladen kein ungewöhnlicher Anblick. Aber dann war das Zeug nahezu trocken, fast geruchlos und nützlich. Der Dung in Amritsar war frisch und (schlimmer) überflüssig. Auch kam er nicht nur von Rindern. Er stammte aus den Hinterteilen der Pferde

zwischen den Deichseln der vielen Tongas, Ikkas und Gharries in der
Stadt; und Maultiere und Menschen und Hunde folgten dem Ruf der
Natur und vereinigten sich kameradschaftlich in Scheiße. Aber es gab
auch Kühe: heilige Kühe streiften in den staubigen Straßen umher, von
denen jede ihr Territorium abschritt und das beanspruchte Gebiet mit
Exkrementen absteckte. Und Fliegen, Volksfeind Nummer eins! Sie
schwirrten fröhlich von Haufen zu dampfendem Haufen, feierten und
befruchteten diese freigebig dargebrachten Gaben. Auch die Stadt
schwärmte umher, spiegelte die Bewegung der Fliegen. Doktor Aziz
sah von seinem Hotelfenster auf diese Szene hinab, als ein Dschaina in
einer Gesichtsmaske vorbeiging, der den Boden vor sich mit einem
Reisigzweig fegte, damit er nicht auf eine Ameise oder selbst eine
Fliege trat. Würzige süße Gerüche stiegen von einem Karren mit Im-
bissen auf. »Heiße Pakoras, heiße Pakoras!« In einem Geschäft auf der
anderen Straßenseite kaufte eine weiße Frau Seide, und Männer in
Turbanen beäugten sie. Naseem – nun Naseem Aziz – hatte stechende
Kopfschmerzen; es war das erste Mal, daß sie eine Krankheit wiederholte, aber das Leben außerhalb ihres ruhigen Tals hatte sie wie ein
Schock getroffen. Neben ihrem Bett stand ein Krug mit frischem Limonenwasser, der sich rasch leerte. Aziz stand am Fenster und atmete die
Stadt ein. Der Turm des Goldenen Tempels glitzerte in der Sonne. Aber
seine Nase juckte: etwas stimmte hier nicht.

Nahaufnahme der rechten Hand meines Großvaters: Nägel Knöchel
Finger, alle etwas größer, als man erwartet hätte. Büschel von rotem
Haar an den Handkanten. Daumen und Zeigefinger zusammenge-
drückt, nur durch die Dicke eines Papiers getrennt. Kurzum: mein
Großvater hielt ein Flugblatt. Es war ihm in die Hand gedrückt worden
(Schnitt auf eine Totale – jeder, der aus Bombay stammt, sollte über ein
grundlegendes Filmvokabular verfügen), als er die Hotelhalle betrat.
Trippeln eines Straßenjungen durch die Drehtür, Fallen von Flugblät-
tern in seinem Kielwasser, als der Laufbursche ihm nachsetzt. Irre
Drehungen der Tür, rundundrundundrund, bis auch die Hand des
Laufburschen nach einer Nahaufnahme verlangt, weil sie Daumen und
Zeigefinger zusammendrückt, nur durch die Dicke des Straßenjungen-
ohrs getrennt. Rausschmiß des jugendlichen Verteilers von Gossen-
traktaten; aber trotzdem behielt mein Großvater die Botschaft. Als er
jetzt aus seinem Fenster blickt, sieht er sie auf der gegenüberliegenden
Wand wiederholt und dort auf dem Minarett einer Moschee und in der
großen schwarzen Druckschrift einer Zeitung unter dem Arm eines

fliegenden Händlers. Flugblatt Zeitung Moschee Wand schreien: *Hartal!* Dem wortwörtlichen Sinne nach ein Tag des Trauerns, der Stille, des Schweigens. Aber das ist Indien zur Hochzeit des Mahatma, in der sogar die Sprache den Unterweisungen des Gandhiji gehorcht und das Wort unter seinem Einfluß einen neuen Beiklang bekommen hat. *Hartal – 7. April*, stimmen Moschee Zeitung Wand Flugblatt überein, denn Gandhi hat verfügt, daß an diesem Tag ganz Indien zum Stillstand kommen soll. Um friedlich die fortdauernde Anwesenheit der Briten zu betrauern.

»Ich verstehe diesen Hartal nicht, wo doch keiner tot ist«, weint Naseem leise. »Warum will der Zug nicht fahren? Wie lange sitzen wir hier fest?«

Doktor Aziz bemerkt einen soldatisch wirkenden jungen Mann auf der Straße und denkt – die Inder haben für die Briten gekämpft, so viele von ihnen haben mittlerweile die Welt gesehen und sind vom Ausland infiziert worden. Sie werden nicht leicht zur alten Welt zurückkehren. Die Briten befinden sich im Irrtum, wenn sie versuchen, die Uhr zurückzudrehen. »Es war ein Fehler, diese Rowlatt-Gesetze zu erlassen«, murmelt er.

»Was für ein Rowlatt?« jammert Naseem. »Wenn du mich fragst: das ist alles Quatsch.«

»Gegen politische Agitation«, erklärt Aziz und kehrt zu seinen Gedanken zurück. Tai hatte einmal gesagt: »Kaschmiris sind anders. Feiglinge, zum Beispiel. Drück einem Kaschmiri ein Gewehr in die Hand, und es muß von selber losgehen – er wird nie wagen abzudrücken. Wir sind nicht wie die Inder, die andauernd Schlachten veranstalten.« Aziz, der Tai im Kopf hat, fühlt sich nicht als Inder. Kaschmir ist schließlich im strengen Sinne nicht Teil des Empires, sondern ein unabhängiges Fürstentum. Er ist sich nicht sicher, ob der Hartal von Flugblatt Moschee Wand Zeitung sein Kampf ist, obwohl er sich doch nun in besetztem Gebiet befindet. Er dreht sich vom Fenster weg...

...und sieht Naseem ins Kissen weinen. Sie weint, seitdem er sie in ihrer zweiten Nacht bat, sich ein wenig zu bewegen. »Mich wo bewegen?« fragte sie. »Mich wie bewegen?« Er wurde verlegen und sagte: »Nur bewegen, ich meine, wie eine Frau...« Sie schrie vor Entsetzen auf. »Mein Gott, was habe ich geheiratet? Ich kenne euch Europaheimkehrer. Da lernt ihr schreckliche Frauen kennen, und dann versucht ihr, uns Mädchen so wie sie zu machen! Hör zu, Doktor Sahib, Ehemann oder nicht Ehemann, ich bin nicht... so eine, die man mit einem

unanständigen Wort bezeichnet.« Das war eine Schlacht, die mein Großvater nie gewann, und sie legte den Ton für ihre Ehe fest, die bald
regelmäßig zu einem verheerenden Kriegsschauplatz wurde, auf dem
Verwüstungen stattfanden, die das junge Mädchen hinter dem Laken
und den linkischen jungen Doktor geschwind in andere, fremdere Wesen
verwandelten . . . »Was nun, Frau?« fragt Aziz. Naseem vergräbt ihr
Gesicht im Kissen. »Was sonst?« sagt sie in dumpfem Ton. »Du, oder
was? Du willst, daß ich mich vor fremden Männern nackt zeige.« (Er hat
ihr gesagt, sie solle den Purdah aufgeben.)

Er sagt: »Dein Hemd bedeckt dich vom Hals bis zu den Handgelenken
und Knien. Deine weiten Pajamas verbergen dich bis über die Fußknöchel. Bleiben uns nur noch dein Gesicht und deine Füße. Frau, sind dein
Gesicht und deine Füße obszön?« Aber sie jammert: »Sie sehen mehr als
das. Sie sehen meine tiefe, tiefe Schmach!«

Und jetzt ein Unglück, das uns in die Welt des Jods katapultiert . . . Aziz,
der spürt, wie er die Beherrschung verliert, zerrt alle Purdahschleier
seiner Frau aus ihrem Koffer, schleudert sie in einen Papierkorb aus
Blech mit einem Bild von Guru Nanak und zündet sie an. Zu seiner
Überraschung schießen Flammen hoch, züngeln an den Vorhängen.
Aadam stürzt zur Tür und schreit um Hilfe, während die Vorhänge
lichterloh zu brennen beginnen . . . und Träger Gäste Waschfrauen strömen ins Zimmer und schlagen mit Staubtüchern Handtüchern Wäsche
anderer Leute auf den brennenden Stoff ein. Eimer werden gebracht, das
Feuer geht aus, und Naseem kauert auf dem Bett, während ungefähr
fünfunddreißig Sikhs, Hindus und Unberührbare sich in dem rauch-
erfüllten Zimmer drängen. Schließlich gehen sie, und Naseem läßt zwei
Sätze los, ehe sie ihre Lippen eigensinnig zusammenpreßt.

»Du bist ein Verrückter. Ich will mehr Limonenwasser.«

Mein Großvater öffnet das Fenster, dreht sich zu seiner Braut um. »Es
wird eine Weile dauern, bis der Rauch abgezogen ist; ich mache einen
Spaziergang. Kommst du mit?«

Lippen zusammengepreßt, Augen zusammengekniffen, ein einziges
heftiges Nein mit dem Kopf, und mein Großvater geht allein hinaus auf
die Straße. Zum Abschied ruft er: »Hör auf, ein gutes kaschmirisches
Mädchen zu sein. Fang an, darüber nachzudenken, wie du eine moderne
indische Frau wirst.«

. . . Während im Hauptquartier der britischen Armee ein gewisser Brigadegeneral R. E. Dyer seinen Schnurrbart wachst.

Es ist der 7. April 1919, und in Amritsar wird das großartige Vorhaben des Mahatmas fehlgeleitet. Der Bahnhof ist geschlossen, die Läden sind verrammelt, aber nun bricht aufrührerischer Pöbel sie auf. Doktor Aziz, mit seiner Ledertasche in der Hand, läuft durch die Straßen und leistet Hilfe, wo immer es möglich ist. Niedergetrampelte Körper sind dort, wo sie hinfielen, liegengelassen worden. Er verbindet Wunden, bestreicht sie großzügig mit Jod. Dadurch sehen sie blutiger als vorher aus, sind aber wenigstens desinfiziert. Schließlich kehrt er ins Hotelzimmer zurück, seine Kleider von roten Flecken getränkt, und Naseem gerät in Panik. »Laß mich helfen, laß mich helfen! Allah, was für einen Mann habe ich geheiratet, der in die Gosse geht und sich mit Vagabunden prügelt!« Überall betupft sie ihn mit wassergetränkten Wattebäuschen. »Ich versteh's nicht, warum kannst du nicht ein respektabler Arzt sein wie gewöhnliche Leute, die bloß wichtige Krankheiten und so etwas kurieren? O Gott, du bist ja voller Blut. Setz dich, setz dich hin jetzt, laß mich dich wenigstens waschen!«

»Das ist kein Blut, Frau.«

»Denkst du, ich kann nicht sehen, was los ist? Warum mußt du mich zum Narren halten, selbst wenn du verletzt bist? Darf sich nicht einmal deine eigene Frau um dich kümmern?«

»Es ist Jod, Naseem. Rote Medizin.«

Naseem – die, Kleidungsstücke herunterziehend, Wasserhähne aufdrehend, ein Wirbelwind von Aktivität geworden ist – erstarrt. »Das tust du absichtlich«, sagt sie, »damit ich dumm dastehe. Ich bin nicht dumm. Ich habe mehrere Bücher gelesen.«

Es ist der 13. April, und sie sind immer noch in Amritsar. »Diese Angelegenheit ist noch nicht beendet«, sagte Aadam Aziz zu Naseem. »Wir können nicht abreisen, weißt du: sie brauchen vielleicht noch einmal Ärzte.«

»Also müssen wir hier sitzen und bis zum Jüngsten Tag warten?« Er rieb sich die Nase. »Nein, so lange nicht, befürchte ich.«

An jenem Nachmittag sind die Straßen plötzlich voller Menschen, die sich Dyers neuen Kriegsrechtsbestimmungen zum Trotz alle in dieselbe Richtung bewegen. Aadam sagt zu Naseem: »Es muß eine Versammlung geplant sein – da wird das Militär Ärger machen. Versammlungen sind verboten.«

»Warum mußt du gehen? Warum wartest du nicht, bis du gerufen wirst?«

. . . Ein umgrenztes Grundstück kann alles sein, von einer Ödlandflä-
che bis zu einem Park. Das größte umgrenzte Grundstück in Amritsar
heißt Jallianwala Bagh. Dort wächst kein Gras. Überall liegen Steine
Dosen Glas. Um dort hinzukommen, muß man durch eine sehr enge
Gasse zwischen zwei Gebäuden gehen. Am 13. April drängeln sich
viele tausend Inder durch diese enge Gasse. »Es ist ein friedlicher Protest«, sagt jemand zu Doktor Aziz. Von den Massen mit fortgerissen,
kommt er am Ende der Gasse an. In seiner rechten Hand befindet sich
eine Tasche aus Heidelberg. (Eine Nahaufnahme ist nicht nötig.) Er
hat, das weiß ich, große Angst, denn seine Nase juckt schlimmer als je
zuvor; aber er ist ausgebildeter Arzt, er verdrängt es aus seinen Gedanken, er betritt das Areal. Jemand hält eine leidenschaftliche Rede. Straßenhändler ziehen durch die Menge und verkaufen Channa und Süßigkeiten. Die Luft ist erfüllt von Staub. So weit mein Großvater sehen
kann, scheint es keine Goondas, keine Unruhestifter, zu geben. Ein
kleiner Trupp Sikhs hat ein Tuch auf dem Boden ausgebreitet und ißt,
im Kreis um das Tuch gruppiert. Immer noch liegt ein Geruch nach Kot
in der Luft. Aziz dringt ins Innere der Menge vor, als Brigadegeneral
R. E. Dyer mit fünfzig berittenen Elitesoldaten am Zugang zur Gasse
eintrifft. Er ist der Militärkommandant von Amritsar – immerhin ein
wichtiger Mann; die gewachsten Spitzen seines Schnurrbarts sind vor
Wichtigkeit ganz starr. Als die einundfünfzig Männer die Gasse hinun-
termarschieren, hört das Jucken in der Nase meines Großvaters auf;
nun kitzelt es ihn in der Nase. Die einundfünfzig Männer betreten das
Gelände und gehen in Stellung, fünfundzwanzig zur Rechten Dyers
und fünfundzwanzig zu seiner Linken; und Aadam Aziz hört auf, sich
auf die Geschehnisse um ihn herum zu konzentrieren, da das Kitzeln
sich zu einer unerträglichen Intensität steigert. Als Brigadegeneral
Dyer einen Befehl erteilt, versetzt der Nieser meinem Großvater einen
Stoß ins Gesicht. »Haaa-tschiii!« niest er und kippt nach vorn, verliert
das Gleichgewicht, folgt seiner Nase und rettet dadurch sein Leben.
Sein Doktori-Koffer springt auf; Flaschen, Einreibemittel und Spritzen
liegen im Sand verstreut. Fieberhaft sucht er zwischen den Füßen der
Leute herum und versucht, seine Ausrüstung zu retten, bevor sie zertreten wird. Ein Geräusch wie von klappernden Zähnen im Winter
kommt auf, und jemand fällt über ihn. Etwas Rotes befleckt sein
Hemd. Jetzt sind Schreie und Schluchzer zu hören, und das seltsame
Klappern hält an. Immer mehr Leute scheinen gestolpert und auf meinen Großvater gefallen zu sein. Er beginnt, sich Sorgen um seinen

46

Rücken zu machen. Das Schloß seiner Tasche gräbt sich ihm in die Brust und bringt ihm eine so schwere und mysteriöse Quetschung bei, daß das Mal erst nach seinem Tod, Jahre später, auf dem Hügel Sankara Acharya oder Takht-e-Sulaiman verblassen wird. Seine Nase wird gegen eine Flasche mit roten Pillen gedrückt. Das Klappern hört auf, und die Geräusche von Menschen und Vögeln treten an seine Stelle. Verkehrslärm scheint es überhaupt keinen zu geben. Die fünfzig Männer des Brigadegenerals Dyer setzen ihre Maschinengewehre ab und verlassen die Stätte. Sie haben insgesamt eintausendsechshundertfünfzig Salven in die unbewaffnete Menge gefeuert. Davon haben eintausendfünfhundertsechzehn ihr Ziel getroffen, einen Menschen getötet oder verwundet. »Gut geschossen«, sagt Dyer zu seinen Männern. »Das war famos.«

***

Als mein Großvater an jenem Abend nach Hause kam, versuchte meine Großmutter angestrengt, eine moderne Frau zu sein, ihn zufriedenzustellen, und so verzog sie keine Miene über seine Erscheinung. »Ich sehe, du hast schon wieder das Jod verschüttet, kleiner Tolpatsch«, sagte sie beschwichtigend.
»Das ist Blut«, antwortete er, und sie fiel in Ohnmacht. Als er sie mit Hilfe von ein wenig Hirschhornsalz wieder zu sich gebracht hatte, sagte sie: »Bist du verletzt?«
»Nein«, sagte er.
»Aber *wo* bist du *gewesen*, mein *Gott*?«
»Nirgends auf Erden«, sagte er und begann in ihren Armen zu zittern.

Meine eigene Hand, gestehe ich, hat angefangen zu schlottern; nicht nur wegen des Themas, sondern auch, weil ich einen Riß, dünn wie ein Haar, bemerkt habe, der in meinem Handgelenk unter der Haut aufbricht... Macht nichts. Wir alle schulden dem Tod ein Leben. So lassen Sie mich mit dem unbestätigten Gerücht abschließen, daß der Fährmann Tai, der sich, kurz nachdem mein Großvater Kaschmir verlassen hatte, von seiner Skrofulose erholte, erst 1947 starb, als er (so erzählt man) über den Kampf Indiens und Pakistans um sein Tal erzürnt war und mit der ausdrücklichen Absicht, sich zwischen die gegnerischen Armeen zu stellen und ihnen gründlich die Meinung zu sagen, nach Chhamb ging. Kaschmir für die Kaschmiris: das war seine Devise. Natürlich erschossen sie ihn. Oskar Lubin hätte diese rhetori-

sche Geste vermutlich gutgeheißen; R. E. Dyer hätte vielleicht die
Schießfertigkeit seiner Mörder lobend erwähnt.

Ich muß zu Bett gehen. Padma wartet, und ich brauche ein bißchen
Wärme.

Triff-den-Spucknapf

Bitte glauben Sie, daß ich auseinanderfalle.

Ich spreche nicht metaphorisch; auch ist dies nicht der Eröffnungszug einer melodramatischen, Rätsel aufgebenden, schmierigen Bitte um Mitgefühl. Ich meine ganz einfach, daß ich angefangen habe, wie ein alter Krug überall rissig zu werden – daß mein armer Körper, einzigartig, unschön, von zu viel Geschichte herumgestoßen, dem Austrocknen oben und unten ausgesetzt, von Türen verstümmelt, von Spucknäpfen am Kopf verletzt, angefangen hat, aus den Nähten zu platzen. Kurzum, ich löse mich buchstäblich auf, im Augenblick noch langsam, obwohl es Anzeichen für eine Beschleunigung gibt. Ich bitte Sie nur, hinzunehmen (wie ich es hingenommen habe), daß ich letztendlich in (annähernd) sechshundertdreißig Millionen Partikel anonymen und notwendigerweise vergeßlichen Staubs zerfallen werde. Deshalb habe ich beschlossen, mich dem Papier anzuvertrauen, ehe ich vergesse. (Wir sind eine Nation von Vergeßlichen.)

Es gibt Momente des Schreckens, aber sie vergehen. Panik kommt wie ein blasenwerfendes Meeresungeheuer zum Luftholen hoch, schäumt an der Oberfläche, kehrt aber schließlich in die Tiefe zurück. Es ist wichtig, daß ich Ruhe bewahre. Ich kaue Betel und spucke in Richtung eines billigen Blechnapfes aus, spiele das uralte Spiel Triff-den-Spucknapf: Nadir Khans Spiel, das er von den alten Männern in Agra lernte . . . und heutzutage kann man »Raketenpaans« kaufen, in denen zusätzlich zu der gaumenrötenden Betelpaste das Labsal des Kokains in einem Blatt eingeschlagen liegt. Aber das hieße mogeln.

. . . Aus meinen Blättern steigt der unverkennbare Geruch von Chutney. Lassen Sie es mich nun also nicht länger verheimlichen: Ich, Saleem Sinai, Besitzer des sensibelsten Riechorgans der Geschichte, habe meine letzten Tage der Zubereitung von Würzmitteln en gros verschrieben. Aber nun: »Ein Koch?« stoßen Sie entsetzt hervor, »bloß ein Khansama? Wie ist das möglich?« Und ich räume ein, daß die Doppelbegabung für Kochkunst und Sprachkunst sich in der Tat selten zu solcher Meisterschaft entwickelt – doch bei mir ist es der Fall. Sie sind verblüfft, aber sehen Sie, ich bin schließlich nicht einer Ihrer Küchenhansel für zweihundert Rupien im Monat, ich bin mein eigener

Herr und arbeite unter dem safranfarbenen und grünen Flimmern meiner persönlichen Neongöttin. Und meine Chutneys und Kasaundis stehen schließlich in einem Zusammenhang mit meinem nächtlichen Geschreibsel – tags inmitten der Pickleskessel, nachts inmitten dieser Bogen, verbringe ich meine Zeit mit dem großen Werk des Konservierens. Erinnerung wird genau wie Obst vor der Verderbnis der Uhren gerettet.

Aber hier neben meinem Ellbogen ist Padma, die mich in die Welt des geradlinigen Erzählens, in das Universum des Was-geschah-danach zurückscheucht. »Bei diesem Tempo«, beschwert sich Padma, »bist du zweihundert Jahre alt, ehe es dir gelingt, von deiner Geburt zu erzählen.« Sie trägt Gleichgültigkeit zur Schau, streckt eine unbekümmerte Hüfte in meine Richtung, doch sie täuscht mich nicht. Ich weiß jetzt, daß sie trotz all ihrer Einsprüche angebissen hat. Es besteht kein Zweifel daran: meine Geschichte hat sie bei der Gurgel gepackt, so daß sie urplötzlich aufgehört hat, mich zu drängeln, ich solle nach Hause gehen, häufiger baden, meine essiggetränkten Kleider wechseln, selbst nur einen Augenblick lang diese finstere Picklesfabrik verlassen, in der ständig der Geruch von Gewürzen in der Luft schäumt . . . nun schlägt meine Dunggöttin einfach ein Feldbett in der Ecke dieses Büros auf und bereitet mein Essen auf zwei geschwärzten Gaskochern zu. Sie unterbricht mich beim Schreiben im Licht der Schwenklampe nur, um mich zurechtzuweisen: »Du solltest dich lieber beeilen, sonst stirbst du, ehe du es schaffst, geboren zu werden.« Den angemessenen Stolz des erfolgreichen Geschichtenerzählers niederkämpfend, versuche ich sie zu erziehen. »Dinge – sogar Menschen – haben eine Art, einander zu durchdringen«, erkläre ich, »wie Düfte beim Kochen. Ilse Lubins Selbstmord beispielsweise floß in den alten Aadam ein und saß dort in einer Pfütze, bis Aadam Gott erblickte. Ähnlich«, setze ich ernsthaft an, »ist die Vergangenheit in mich hineingetröpfelt . . . wir können sie also nicht ignorieren . . .« Ihr Achselzucken, das ihre Brust in hübsch anzusehende Schwingungen versetzt, unterbricht mich. »Für mich ist es eine verrückte Art, deine Lebensgeschichte zu erzählen«, ruft sie, »wenn du noch nicht einmal bis dahin kommst, wo dein Vater deine Mutter kennengelernt hat.«

. . . Und ganz gewiß dringt Padma in mich ein. Während aus meinem aufgesprungenen Körper Geschichte ausströmt, dringt mein Lotos, der mit beiden Beinen im Leben steht, leise herein mit seinem widersinnigen Aberglauben, seiner widersprüchlichen Liebe zum Legendären . . .

deshalb ist es auch angebracht, gleich die Geschichte des Todes von Mian Abdullah zu erzählen. Der dem Untergang geweihte Kolibri: eine Legende aus unserer Zeit.

... Und Padma ist eine großzügige Frau, denn sie bleibt in diesen letzten Tagen bei mir, obwohl ich nicht viel für sie tun kann. Es stimmt – und auch das sollte gesagt werden, ehe ich mich in die Erzählung von Nadir Khan stürze –, ich bin entmannt. Trotz Padmas vielzähliger und vielfältiger Begabungen und Bestrebungen kann ich nicht in sie eindringen, noch nicht einmal, wenn sie ihren linken Fuß auf meinen rechten legt, ihr rechtes Bein um meine Taille schlingt, ihren Kopf meinem zuneigt und kosende Laute von sich gibt; noch nicht einmal, wenn sie mir ins Ohr flüstert: »Jetzt, wo du mit dem Schreiben fertig bist, wollen wir doch mal sehen, ob wir's nicht schaffen, daß auch dein anderer Stift funktioniert!« Einerlei, was sie alles versucht, ich kann ihren Spucknapf nicht treffen.

Genug Bekenntnisse. Mich dem unentrinnbaren Druck Padmas mit ihrem Was-geschah-danach-Ismus beugend und mich an die begrenzte Zeitdauer erinnernd, die mir zur Verfügung steht, mache ich einen Sprung vom Jod nach vorn und lande im Jahr 1942. (Auch ich bin erpicht darauf, meine Eltern zusammenzubringen.)

Es scheint, daß mein Großvater, Doktor Aadam Aziz, sich im Spätsommer dieses Jahres eine höchst gefährliche Form von Optimismus zuzog. Wenn er durch Agra radelte, pfiff er durchdringend, falsch, aber sehr glücklich. Damit war er keineswegs allein, denn diese ansteckende Krankheit war in jenem Jahr trotz der energischen Bemühungen der Behörden, sie auszurotten, in ganz Indien ausgebrochen, und es mußten drastische Schritte unternommen werden, ehe sie unter Kontrolle gebracht war. Die alten Männer im Paangeschäft oben in der Cornwallis Road kauten Betel und argwöhnten einen faulen Zauber. »Ich lebe schon doppelt so lange, wie ich eigentlich sollte«, sagte der älteste, dessen Stimme krachte wie ein altes Radio, weil die Jahrzehnte sich an seinen Stimmbändern rieben, »und nie habe ich so viele Leute in so einer schlechten Zeit so fröhlich gesehen. Das ist Teufelswerk.« Es war wirklich ein sehr zäher Virus – allein das Wetter hätte solche Krankheitserreger von der Vermehrung abhalten müssen, da klar wurde, daß der Regen ausgeblieben war. Die Erde wurde rissig. Staub fraß an den Straßenrändern, und an manchen Tagen taten sich mitten in geschotterten Abschnitten riesige klaffende Spalten auf. Die Betelkauer im Paangeschäft hatten begonnen, von Omen zu reden; während sie sich mit ihrem Triff-den-Spucknapf-Spiel beruhigten, spekulierten sie über die zahllosen, namenlosen Gottweißwas, die nun aus der aufreißenden Erde hervorkommen könnten. Anscheinend war einem Sikh aus der Fahrradreparaturwerkstatt in der Hitze eines Nachmittags der Turban vom Kopf gestoßen worden, als sein Haar sich plötzlich ohne Grund aufgerichtet hatte. Und – prosaischer – die Wasserknappheit hatte den Punkt erreicht, an dem die Milchmänner kein sauberes Wasser mehr auftreiben konnten, um die Milch zu panschen . . . Weit weg war wieder einmal ein Weltkrieg im Gange. In Agra wurde es immer heißer. Aber immer noch pfiff mein Großvater. Die alten Männer im Paangeschäft fanden sein Pfeifen unter den gegebenen Umständen ziemlich geschmacklos.

(Und wie sie spucke ich aus und bin über Risse erhaben.)

Mein Großvater saß rittlings auf seinem Fahrrad, den Lederkoffer auf dem Träger befestigt, und pfiff. Trotz einer gereizten Nase spitzten seine Lippen sich. Trotz eines Mals auf der Brust, das sich dreiundzwanzig Jahre lang geweigert hatte zu verblassen, war seine gute Laune ungeschmälert. Luft kam durch seine Lippen und verwandelte sich in Klang. Er pfiff eine alte deutsche Melodie: O Tannenbaum.

Die Optimismusepidemie war von einem einzigen menschlichen Wesen verursacht worden, dessen Namen, Mian Abdullah, nur die Zeitungsleute benutzten. Für alle anderen war es der Kolibri, ein Geschöpf, das unmöglich wäre, existierte es nicht wirklich. »Magier wird Zauberkünstler«, schrieben die Zeitungsleute. »Mian Abdullah stieg aus dem berühmten Magierghetto in Delhi empor und wurde zur Hoffnung der hundert Millionen Moslems in Indien.« Der Kolibri war der Gründer, Vorsitzende, Einiger und die treibende Kraft des Zusammenschlusses Freier Islam, und 1942 wurden große Zelte und Tribünen auf dem Marktplatz von Agra errichtet, wo die zweite Jahresversammlung des Zusammenschlusses stattfinden sollte. Mein Großvater, der zweiundfünfzig Jahre alt war und dessen Haar infolge der Jahre und anderer Heimsuchungen weiß geworden war, hatte angefangen zu pfeifen, als er am Marktplatz vorbeikam. Nun legte er sich auf seinem Fahrrad in die Kurven, schnitt sie in einem eleganten Winkel, schlängelte sich zwischen Kuhfladen und Kindern durch . . . und erzählte zu einer anderen Zeit, an einem anderen Ort seiner Freundin, der Rani von Cooch Naheen: »Am Anfang habe ich mich als Kaschmiri gefühlt und war nicht gerade ein feuriger Moslem. Dann erhielt ich eine Quetschung auf der Brust, die mich zu einem Inder machte. Ich bin immer noch kein richtiger Moslem, aber ich bin unbedingt für Abdullah. Er kämpft meinen Kampf.« Seine Augen waren immer noch so blau wie der kaschmirische Himmel . . . er kam zu Hause an, und obwohl seine Augen noch einen Schimmer der Befriedigung zurückbehielten, hörte das Pfeifen auf, denn in dem Hof voll bösartiger Gänse wartete meine Großmutter, Naseem Aziz, mit mißbilligender Miene auf ihn. Er hatte den Fehler begangen, sie in Fragmenten zu lieben, die sich nun vereinigt und in die gewaltige Figur verwandelt hatten, die sie immer bleiben würde und die immer unter dem merkwürdigen Titel Ehrwürdige Mutter bekannt war.

Sie war eine frühzeitig gealterte breite Frau geworden, die zwei enorme, Hexenzitzen ähnliche Muttermale im Gesicht hatte, und sie lebte in einer unsichtbaren, selbstgeschaffenen Festung, einer eisenbewehrten Zitadelle von Traditionen und Gewißheiten. Etwas früher in demselben Jahr hatte Aadam Aziz lebensgroße Fotografien seiner Familie bestellt, die er im Wohnzimmer an die Wand hängen wollte; die drei Mädchen und die zwei Jungen hatten auch pflichtbewußt posiert, aber Ehrwürdige Mutter hatte rebelliert, als sie an die Reihe kam. Schließlich hatte der Fotograf versucht, sie zu erwischen, ohne daß sie es merkte, aber sie ergriff seine Kamera und zerschlug sie auf seinem Kopf. Glücklicherweise überlebte er, aber nirgendwo auf Erden gab es ein Foto meiner Großmutter. Sie war nicht so eine, die sich in dem kleinen schwarzen Kasten irgendeines Menschen einfangen ließ. Es reichte ihr, daß sie in unverschleierter, bargesichtiger Schamlosigkeit leben mußte – das auch noch aufzeichnen zu lassen kam nicht in Frage.

Vielleicht war es die Verpflichtung zu einem nackten Gesicht, gepaart mit Aziz' ständigen Bitten, sie solle sich unter ihm bewegen, die sie auf die Barrikaden getrieben hatte. Die häuslichen Regeln, die sie aufstellte, ergaben ein so unbezwingliches System der Selbstverteidigung, daß Aziz nach vielen fruchtlosen Angriffen den Versuch, ihre vielen Schanzen und Bollwerke zu stürmen, mehr oder weniger aufgegeben hatte und sie wie eine große selbstgefällige Spinne in ihrer auserwählten Domäne herrschen ließ. (Vielleicht war es auch gar kein System der Selbstverteidigung, sondern ein Mittel der Verteidigung gegen sich selbst.)

Zu den Dingen, denen sie jeglichen Zugang verwehrte, gehörten alle politischen Angelegenheiten. Wenn Doktor Aziz über so etwas zu sprechen wünschte, besuchte er seine Freundin, die Rani, und Ehrwürdige

Mutter schmollte, aber nicht sehr konzentriert, weil sie wußte, daß seine Besuche für sie einen Sieg darstellten.

Das Doppelherz ihres Königreichs waren ihre Küche und ihre Vorratskammer. Ich habe beide nie betreten, erinnere mich aber, durch die verschlossenen Fliegengittertüren der Vorratskammer auf die geheimnisvolle Welt drinnen zu starren, eine Welt der hängenden Drahtkörbe, mit Leinentüchern abgedeckt, um die Fliegen fernzuhalten, der Büchsen, die, wie ich wußte, angefüllt mit Gur und anderen Süßigkeiten waren, der verschlossenen Kästen mit ordentlichen quadratischen Schildern, der Nüsse und Rüben und Säcke voll Korn, der Gänseeier und Reisigbesen. Vorratskammer und Küche waren ihr unveräußerliches Territorium, und sie verteidigte sie grimmig. Als sie ihr letztes Kind, meine Tante Emerald, trug, bot ihr Ehemann ihr an, ihr die Aufgabe, den Koch zu beaufsichtigen, abzunehmen. Sie gab keine Antwort, aber als Aziz sich am nächsten Tag der Küche näherte, kam sie mit einem Metallkessel in der Hand zum Vorschein und versperrte den Eingang. Sie war fett und außerdem schwanger, so daß nicht mehr viel Platz in der Türöffnung blieb. Aadam Aziz runzelte die Stirn. »Was ist das, Frau?« Worauf meine Großmutter erwiderte: »Das ist, wieheißtesnoch, ein sehr schwerer Topf, und wenn ich dich nur ein einziges Mal hier drinnen erwische, wieheißtesnoch, stoße ich deinen Kopf hinein, tu etwas Dahi hinzu und mache, wieheißtesnoch, ein Korma.« Ich weiß nicht, wie meine Großmutter dazu kam, den Begriff *wieheißtesnoch* als ihr Leitmotiv anzunehmen, doch im Lauf der Jahre drang er immer häufiger in ihre Sätze ein. Ich stelle ihn mir gern als unbewußten Hilfeschrei vor ... als eine ernstgemeinte Frage. Ehrwürdige Mutter gab uns damit zu verstehen, daß sie trotz ihres Auftretens und ihres Umfangs keinen Halt im Universum hatte. Sehen Sie, sie wußte einfach nicht, wie es hieß.

... Und am Eßtisch herrschte sie nach wie vor gebieterisch. Kein Essen wurde auf den Tisch gestellt, keine Teller wurden gedeckt. Currygericht und Geschirr wurden auf einem niedrigen Beistelltisch zu ihrer Rechten arrangiert, und Aziz und die Kinder aßen, was sie austeilte. Es spricht für die Macht dieser Gewohnheit, daß sie ihrem Gatten, selbst wenn er von Verstopfung geplagt wurde, kein einziges Mal zugestand, sich sein Essen auszusuchen, und weder auf Bitten noch auf Ratschläge hörte. Eine Festung darf nicht wanken. Selbst dann nicht, wenn ihre Vasallen unregelmäßigen Stuhlgang haben.

Während der langen Verborgenheit Nadir Khans und der häufigen

Hausbesuche des jungen Zulfikar in der Cornwallis Road, der sich in Emerald verliebte, und des wohlhabenden Kunstlederhändlers namens Ahmed Sinai, der meine Tante Alia so tief verletzte, daß sie fünfundzwanzig Jahre lang grollte, bevor sie diesen Groll grausam an meiner Mutter ausließ, lockerte sich der eiserne Griff, in dem Ehrwürdige Mutter ihren Haushalt hielt, kein einziges Mal. Und sogar bevor Nadirs Ankunft das große Schweigen heraufbeschwor, hatte Aadam Aziz versucht, diesen Griff aufzubrechen, und war verpflichtet gewesen, einen Krieg gegen seine Frau zu führen. (All das trägt dazu bei, zu zeigen, wie bemerkenswert sein Anfall von Optimismus war.)

. . . 1932, zehn Jahre vorher, hatte er die Aufsicht über die Erziehung seiner Kinder übernommen. Ehrwürdige Mutter war entsetzt, aber das war die traditionelle Rolle eines Vaters, und so konnte sie nichts dagegen einwenden. Alia war elf, die zweite Tochter, Mumtaz, war fast neun. Die beiden Jungen, Hanif und Mustapha, waren acht und sechs, und die kleine Emerald war noch keine fünf. Ehrwürdige Mutter ging dazu über, ihre Ängste dem Koch der Familie, Daoud, anzuvertrauen. »Er trichtert ihnen ich weiß nicht was für ausländische Sprachen ein, wieheißtesnoch, und zweifellos auch noch anderen Unsinn.« Daoud rührte in den Töpfen, und Ehrwürdige Mutter schrie: »Wundert es dich da noch, wieheißtesnoch, daß die Kleine sich Emerald nennt? Auf englisch, wieheißtesnoch? Der Mann richtet mir meine Kinder zugrunde. Gib weniger Kümmel daran, wieheißtesnoch, du solltest mehr auf dein Kochen achten und dich weniger um die Angelegenheiten anderer Leute kümmern.«

Nur eine Bedingung in bezug auf Erziehung machte sie: religiöse Unterweisung. Anders als Aziz, dem seine ambivalente Haltung sehr zu schaffen machte, war sie gläubig geblieben. »Du hast deinen Kolibri«, sagte sie zu ihm, »ich aber habe, wieheißtesnoch, den Ruf Gottes. Ein besseres Geräusch, als wenn dieser Mann summt wie Kolibriflügel.« Das war einer ihrer seltenen politischen Kommentare . . . und dann kam der Tag, an dem Aziz den Religionslehrer hinauswarf, Daumen und Zeigefinger fest um das Ohr des Maulvi geschlossen. Naseem Aziz sah, wie ihr Mann den armen Kerl mit dem struppigen Bart zur Tür in der Gartenmauer führte, und rang nach Luft; als dann der Fuß ihres Mannes auf dem fleischigsten Teil des Geistlichen appliziert wurde, schrie sie auf. Donnerkeile losschleudernd, segelte Ehrwürdige Mutter in die Schlacht.

»Mann ohne Anstand!« verfluchte sie ihren Ehemann und: »Mann ohne, wieheißtesnoch, *Schamgefühl*!« Kinder sahen aus der Geborgenheit der rückwärtigen Veranda zu. Und Aziz: »Weißt du, was dieser Mann deinen Kindern beigebracht hat?« Und Ehrwürdige Mutter, die Frage gegen Frage schleudert: »Was tust du nicht noch alles, um Unheil, wieheißtesnoch, auf unsere Häupter zu laden?« Aber nun Aziz: »Du glaubst, es war Nastaliq-Schrift, was?« – daraufhin seine Frau, leidenschaftlicher werdend: »Würdest du Schweinefleisch essen? Wieheißtesnoch? Würdest du auf den Koran spucken?« Und mit lauter werdender Stimme pariert der Arzt: »Oder waren es ein paar Verse aus ›Die Kuh‹? Glaubst du das?«. . . Ohne ihm Beachtung zu schenken, erreicht Ehrwürdige Mutter ihren Höhepunkt: »Würdest du deine Töchter an Deutsche verheiraten?!« Und in der Pause, in der sie um Atem ringen muß, kann mein Großvater enthüllen: »Er hat sie hassen gelehrt, Frau. Er befiehlt ihnen, Hindus und Buddhisten und Dschainas und Sikhs und wer weiß was sonst noch für Vegetarier zu hassen. Willst du haßerfüllte Kinder haben, Frau?«

»Willst du gottlose haben?« Ehrwürdige Mutter sieht die Legionen des Erzengels Gabriel vor sich, die des Nachts herabsteigen, um ihre heidnische Brut in die Hölle zu schaffen. Sie hat eine lebhafte Vorstellung von der Hölle. Sie ist so heiß wie Rajputana im Juni, und jeder wird gezwungen, sieben Fremdsprachen zu lernen. . . »Ich schwöre diesen Eid, wieheißtesnoch«, sagte meine Großmutter. »Ich schwöre, daß kein Essen aus meiner Küche deine Lippen berühren wird! Nein, kein einziges Chapati, bis du den Maulvi Sahib zurückbringst und ihm, wieheißtesnoch, die Füße küßt!«

Der Hungerkrieg, der an diesem Tag begann, wurde beinahe zum tödlichen Duell. Getreu ihrem Wort reichte Ehrwürdige Mutter ihrem Mann bei den Mahlzeiten noch nicht einmal einen leeren Teller. Doktor Aziz ergriff sofortige Vergeltungsmaßnahmen, indem er sich weigerte, außerhalb des Hauses etwas zu sich zu nehmen. Tag um Tag sahen die fünf Kinder ihren Vater dahinschwinden, während ihre Mutter unbarmherzig über die Essensschüsseln wachte. »Kannst du denn ganz verschwinden?« fragte Emerald interessiert und fügte besorgt hinzu: »Tu es aber nicht, wenn du nicht weißt, wie du wieder zurückkommen kannst.« Aziz' Gesicht bekam Krater; selbst seine Nase schien dünner zu werden. Sein Körper war ein Schlachtfeld geworden, und jeden Tag wurde ein Stück davon weggesprengt. Er sagte zu Alia, seiner Ältesten, dem klugen Kind: »In jedem Krieg erleidet das Schlachtfeld schlimmere Verheerungen als die beteiligten Armeen. Das ist nur natürlich.« Er begann, Rikschas für seine Visiten zu nehmen. Hamdard, der Rikschabesitzer, begann sich Sorgen um ihn zu machen.

Die Rani von Cooch Naheen schickte Boten, die sich bei der Ehrwürdigen Mutter für ihn verwenden sollten. »Gibt es in Indien nicht genug hungernde Menschen?« fragten die Boten, und Naseem entsandte einen Basiliskenblick, der bereits zur Legende wurde. Die Hände im Schoß gefaltet, eine Dupatta aus Musselin knickerig eng um den Kopf gewunden, starrte sie die Besucher aus lidlosen Augen durchdringend an und brachte sie aus der Fassung. Ihre Stimmen wurden zu Stein, ihre Herzen zu Eis, und mit fremden Männern allein in einem Zimmer, triumphierte meine Großmutter, umgeben von niedergeschlagenen Augen. »Genug, wieheißtesnoch?« krähte sie. »Nun gut, vielleicht. Aber vielleicht auch nicht.«

Doch in Wahrheit war Naseem Aziz sehr beunruhigt, denn während Aziz' Hungertod einwandfrei beweisen würde, daß ihre Weltanschauung der seinen überlegen war, hatte sie keine Lust, des bloßen Prinzips wegen zur Witwe zu werden. Aber sie konnte keinen Ausweg aus der Situation sehen, der nicht zur Folge gehabt hätte, daß sie nachgab und das Gesicht verlor, und nachdem meine Großmutter gelernt hatte, ihr Gesicht zu entblößen, widerstrebte es ihr sehr, etwas davon zu verlieren.

»Werde krank, warum nicht?« Alia, das kluge Kind, fand die Lösung. Ehrwürdige Mutter blies zum taktischen Rückzug, verkündete, sie habe Schmerzen, absolut mörderische Schmerzen, wieheißtesnoch, und legte sich ins Bett. In ihrer Abwesenheit reichte Alia ihrem Vater den Ölzweig in Form einer Schale Hühnersuppe. Zwei Tage später erhob sich Ehrwürdige Mutter (nachdem sie es zum erstenmal in ihrem Leben abgelehnt hatte, sich von ihrem Mann untersuchen zu lassen), trat ihre Herrschaft wieder an und gab Aziz, achselzuckend die Entscheidung ihrer Tochter hinnehmend, sein Essen, als sei es eine ganz unbedeutende Angelegenheit.

Das war zehn Jahre vorher; aber 1942 verfallen die alten Männer im Paangeschäft beim Anblick des pfeifenden Arztes immer noch in kichernde Erinnerungen an die Zeit, als seine Frau ihn beinah dazu gebracht hatte, sich durch einen Zaubertrick in Nichts aufzulösen, obwohl er nicht wußte, wie er zurückkommen sollte. Bis spät in den Abend stoßen sie einander an mit: »Erinnert ihr euch, als . . .« und: »Vertrocknet wie ein Skelett an der Wäscheleine! Er konnte noch nicht einmal Fahrrad . . .« und: »Ich sage dir, Baba, diese Frau könnte schreckliche Dinge tun. Ich habe gehört, daß sie sogar die Träume ihrer Töchter träumen konnte, bloß um zu wissen, was sie im Schilde führten!« Aber wenn der Abend sich herabsenkt, hören die Rippenstöße auf, denn es ist Zeit für den Wettbewerb. Rhythmisch, schweigend bewegen sich ihre Kiefer, dann spitzen sich plötzlich alle Lippen, aber es kommt kein durch die Luft erzeugter Klang heraus. Kein Pfeifen, sondern ein langer roter Strahl von Betelsaft entweicht statt dessen durch altersschwache Lippen und bewegt sich mit unfehlbarer Genauigkeit auf einen alten Spucknapf aus Messing zu. Es gibt viel Schenkelklopfen und selbstgefällige Äußerungen wie »wah, wah, Sir!« und »absoluter Meisterschuß!« . . . Um die alten Herren herum gibt sich die Stadt planlosen abendlichen Freizeitbeschäftigungen hin. Kinder spielen Kabaddi und mit Reifen und malen Bärte auf die Plakate von Mian Abdullah. Und nun stellen die alten Männer den Spucknapf auf die Straße, immer weiter weg von der Stelle, an der sie hocken, und zielen mit immer länger werdendem Strahl darauf. Immer noch fliegt die Flüssigkeit geradewegs ins Ziel. »Oh, gut getroffen, Yara!« Die Straßenjungen machen sich einen Spaß daraus, unter und über diesem roten Schwall wegzuspringen, setzen diese Mutprobe über die ernsthafte Kunst des Triff-den-Spucknapf . . . Aber hier ist ein Stabswagen der Armee, der die Straßenjungen zerstreut, als er näher kommt . . . hier Brigadegeneral Dodson, der Militärkommandant der Stadt, der vor Hitze umkommt . . . und hier sein Adjutant Major Zulfikar, der ihm ein Handtuch reicht. Dodson tupft sich das Gesicht ab, Straßenjungen zerstreuen sich, das Auto stößt den Spucknapf um. Eine dunkelrote Flüssigkeit mit Klümpchen wie Blut gerinnt im Staub der Straße zu einer roten Hand und weist anklagend auf den Radj, der sich zurückzieht.

Erinnerung an ein stockfleckiges Foto (vielleicht das Werk desselben armen Fotografen mit dem eingeschlagenen Schädel, den seine lebensgroßen Fotos beinahe das Leben gekostet hätten): Aadam Aziz, vor Optimismusfieber glühend, schüttelt einem ungefähr sechzigjährigen Mann die Hand, einem ungeduldigen, munteren Typ, dem eine Strähne weißen Haars wie eine freundliche Narbe in die Stirn fällt. Es ist Mian Abdullah, der Kolibri. (»Sehen Sie, Doktor Sahib, ich halte mich fit. Wollen Sie mir einmal in den Bauch boxen? Versuchen Sie's, versuchen Sie's doch. Ich bin tiptop in Form!« . . . Auf dem Foto verbergen die Falten eines losen weißen Hemdes den Bauch, und die Faust meines Großvaters ist nicht geballt, sondern wird von der Hand des Exmagiers verschlungen.) Und wohlwollend sieht hinter ihnen die Rani von Cooch Naheen zu, die weiße Flecken bekam, eine Krankheit, die in die Geschichte einging und sich kurz nach der Unabhängigkeit enorm ausbreitete . . . »Ich bin das Opfer«, flüstert die Rani zwischen fotografierten Lippen, die sich kein einziges Mal bewegen, »das unselige Opfer meiner sich kreuzenden kulturellen Interessen. Meine Haut ist der äußere Ausdruck für den Internationalismus meines Geistes.« Ja, es findet eine Unterhaltung statt auf diesem Foto: die Optimisten, ausgezeichneten Bauchrednern ähnlich, treffen ihren Führer. Neben der Rani – hören Sie nun aufmerksam zu: Geschichte und Ahnenstamm treffen gleich zusammen! – steht ein sonderbarer Kerl, weich und füllig, mit Augen wie stehende Gewässer und Haaren, so lang wie die eines Dichters. Nadir Khan, der Privatsekretär des Kolibris. Wären seine Füße durch den Schnappschuß nicht erstarrt, würde er verlegen von einem Bein aufs andere treten. Durch sein törichtes steifes Lächeln verkündet er: »Es ist wahr, ich habe Verse geschrieben . . .« Woraufhin Mian Abdullah ihn unterbricht; mit offenem Mund, in dem spitzige Zähne schimmern, dröhnt er: »Aber was für Verse! Seite um Seite ohne einen einzigen Reim . . .!« Und die Rani, gütig: »Ein Modernist also?« Und Nadir, schüchtern: »Ja.« Welche Spannung nun in der stummen, unbewegten Szene liegt! Welch bissiges Hänseln, als der Kolibri spricht: »Machen Sie sich darüber keine Gedanken. Kunst sollte erhebend sein; sie sollte uns an unser ruhmreiches literarisches Erbe erinnern!« . . . Und ist das ein Schatten oder ein Ausdruck des Mißfallens auf der Stirn seines Sekretärs? . . . Nadirs Stimme, die ganz leise aus dem verblassenden Foto spricht: »Ich glaube nicht an hohe Kunst, Mian Sahib. Die Kunst muß nun über den Kategorien stehen; meine Lyrik und – oh – das Spiel Triff-den-Spucknapf sind gleichwertig.« . . . Nun scherzt die Rani, freundlich wie sie ist: »Gut, ich werde vielleicht ein Zimmer fürs Paanessen und Spucknapfzielen reservieren. Ich habe einen prächtigen silbernen Spucknapf mit Einlegearbeit aus Lapislazuli, und Sie müssen alle kommen und üben. Sollen die Wände von unserem Auswurf bespritzt sein! Wenigstens sind es dann anständige Flecken.« Und jetzt sind dem Foto die Worte ausgegangen; jetzt fällt meinem inneren Auge auf, daß der Kolibri die ganze Zeit auf die Tür gestarrt hat, die sich hinter der Schulter meines Großvaters ganz am Rand des Bildes befindet. Hinter der Tür ruft die Geschichte. Der Kolibri hat es eilig, wegzukommen . . . aber er ist bei uns gewesen, und seine Anwesenheit hat uns zwei Fäden beschert, die mich mein ganzes

Leben begleiten werden: den Faden, der mich ins Getto der Magier führt; und den Faden, der die Geschichte von Nadir, dem reimlosen, verblosen Dichter, und einem unbezahlbaren silbernen Spucknapf erzählt.

»Was für ein Unsinn«, sagt unsere Padma, »wie kann ein Bild reden? Hör jetzt auf, du bist sicher zu müde zum Denken.« Aber als ich ihr sage, daß Mian Abdullah die seltsame Eigenart hatte, zu summen, ohne Unterlaß zu summen, auf eine seltsame Weise zu summen, weder melodisch noch unmelodisch, doch irgendwie mechanisch, wie eine Maschine oder ein Dynamo summt, schluckt sie das ganz leicht und sagt verständnisvoll: »Ja, wenn er ein so energischer Mann war, überrascht mich das nicht.« Sie ist wieder ganz Ohr, also erwärme ich mich für mein Thema und berichte, daß Mian Abdullahs Summen mit seinem Arbeitstempo stieg und fiel. Das Summen konnte so tief abfallen, daß man Zahnschmerzen bekam, und wenn es zu seiner höchsten, fiebrigsten Tonlage anstieg, vermochte es bei jedem, der sich in unmittelbarer Nähe befand, eine Erektion zu erzeugen. (»Arré baap«, lacht Padma, »kein Wunder, daß er bei den Männern so beliebt war!«) Nadir Khan als sein Sekretär war ständig der Schwingungen hervorrufenden Marotte seines Herrn ausgesetzt, und seine Ohren Kiefer Penis benahmen sich unaufhörlich dem Diktat des Kolibris entsprechend. Warum blieb Nadir Khan dann bei ihm trotz der Erektionen, die ihn in Gesellschaft Fremder in Verlegenheit brachten, trotz schmerzender Backenzähne und eines Arbeitspensums, das von vierundzwanzig Stunden oft zweiundzwanzig beanspruchte? Nicht – glaube ich –, weil er es für seine dichterische Pflicht hielt, möglichst nahe ans Zentrum der Geschehnisse zu kommen und sie in Literatur zu verwandeln. Auch nicht, weil er für sich selbst Ruhm wollte. Nein: aber Nadir hatte eins mit meinem Großvater gemein, und das reichte aus. Auch er litt an der Optimismuskrankheit.

Wie Aadam Aziz, wie die Rani von Cooch Naheen verabscheute Nadir Khan die Moslemliga. (»Diese Bande von Speichelleckern!« rief die Rani mit ihrer silberhellen Stimme aus, die wie ein Slalomläufer um die Oktaven sauste. »Landbesitzer, die ererbte Privilegien zu verteidigen haben! Was haben die mit Moslems zu tun? Wie Kröten gehen sie zu den Briten und bilden jetzt, da der Kongreß sich weigert, Regierungen für sie!« Es war das Jahr der »Raus aus Indien«-Resolution. »Und noch schlimmer«, sagte die Rani mit Entschiedenheit, »sie sind verrückt. Weshalb sonst wollten sie Indien teilen?«)

Mian Abdullah, der Kolibri, hatte den Zusammenschluß Freier Islam nahezu im Alleingang aufgebaut. Er forderte die Führer von Dutzenden moslemischer Splittergruppen auf, eine lose zusammengeschlossene Alternative zum Dogmatismus und zu den überkommenen Interessen der Ligaangehörigen zu bilden. Es war ein großartiger Zaubertrick gewesen, denn alle kamen. Das war bei der ersten Versammlung in Lahore; Agra sollte die zweite erleben. Die großen Zelte sollten sich füllen mit Mitgliedern von ländlichen Bewegungen, städtischen Arbeitersyndikaten, religiösen Fanatikern und regionalen Gruppierungen. Bei dieser Zusammenkunft sollte bestätigt werden, was die erste Versammlung angekündigt hatte: daß die Liga mit ihrer Forderung nach einem geteilten Indien für niemanden als sich selbst sprach. »Sie haben uns den Rücken zugekehrt«, besagten die Plakate des Zusammenschlusses, »und jetzt behaupten sie, wir stünden hinter ihnen!« Mian Abdullah war gegen die Teilung.

Ergriffen von der Optimismusepidemie, erwähnte die Gönnerin des Kolibris, die Rani von Cooch Naheen, nie die Wolken am Horizont. Sie wies nie darauf hin, daß Agra eine Hochburg der Moslemliga war, sondern sagte nur: »Aadam, mein Junge, wenn der Kolibri hier seine Versammlung abhalten will, werde ich doch nicht vorschlagen, daß er nach Allahabad geht.« Sie trug, ohne sich zu beklagen oder sich einzumischen, die ganzen Kosten des Ereignisses, aber nicht, das muß gesagt werden, ohne sich Feinde in der Stadt zu machen. Die Rani lebte nicht wie andere indische Fürsten. Anstatt Rebhuhnjagden zu veranstalten, stiftete sie Stipendien. Anstatt Hotelskandale zu verursachen, machte sie Politik. Und so begannen die Gerüchte. »Diese Gelehrten, die sie hat, Mann, jeder weiß doch, daß sie außerplanmäßige Pflichten ableisten müssen. Sie gehen nur im Dunkeln in ihr Schlafzimmer, und sie läßt sie nie ihr fleckiges Gesicht sehen, sondern bannt sie mit ihrer singenden Hexenstimme ins Bett.« Aadam Aziz hatte noch nie an Hexen geglaubt. Er genoß ihren brillanten Freundeskreis, der im Persischen genauso zu Hause war wie im Deutschen. Aber Naseem Aziz, die die Geschichten über die Rani halb glaubte, begleitete ihn nie zum Heim der Prinzessin. »Wenn Gott wollte, daß die Menschen viele Sprachen sprechen«, argumentierte sie, »warum hat er uns dann nur eine mitgegeben?«

Und so kam es, daß keiner der Optimisten des Kolibris auf das, was geschah, vorbereitet war. Sie spielten Triff-den-Spucknapf und nahmen die Risse in der Erde nicht zur Kenntnis.

Manchmal schaffen Legenden Wirklichkeit und werden nützlicher als die Tatsachen. Der Legende zufolge also – gemäß dem immer von neuem verfeinerten Klatsch der Greise im Paangeschäft – war an Mian Abdullahs Untergang der Erwerb eines Fächers aus Pfauenfedern am Bahnhof von Agra schuld – und dabei hatte Nadir Khan ihn gewarnt, daß das Unglück bringe. Darüber hinaus hatte Abdullah an diesem Abend der Halbmonde mit Nadir gearbeitet, so daß sie beide den aufsteigenden neuen Mond durch Glas sahen. »Diese Dinge spielen eine Rolle«, sagen die Betelkauer. »Wir leben schon zu lange, und wir wissen es.« (Padma nickt zustimmend mit dem Kopf.)
Die Büros des Zusammenschlusses befanden sich im Erdgeschoß der Historischen Fakultät auf dem Universitätsgelände. Abdullah und Nadir hatten ihre nächtliche Arbeit beinahe beendet: das Summen des Kolibris war tief gestimmt und ging Nadir durch Mark und Bein. An der Wand des Büros hing ein Plakat, das Abdullahs Lieblingsmeinung gegen die Teilung zum Ausdruck brachte, ein Zitat des Dichters Iqbal: »Wo können wir ein Land finden, das Gott fremd ist?« Und nun erreichten die Meuchelmörder den Campus.
Tatsache war: Abdullah hatte eine Menge Feinde. Die Haltung der Briten ihm gegenüber war schon immer ambivalent gewesen. Brigadegeneral Dodson hatte ihn nicht in der Stadt haben wollen. Es klopfte an der Tür, und Nadir öffnete. Sechs Neumonde kamen herein, sechs sichelförmige Messer, in der Hand von Männern, die ganz in Schwarz gekleidet und deren Gesichter maskiert waren. Zwei Männer hielten Nadir fest, während die anderen sich auf den Kolibri zubewegten.
»In diesem Augenblick«, sagen die Betelkauer, »wurde das Summen des Kolibris höher. Höher und höher, Yara, und die Augen der Meuchelmörder wurden groß, als ihre Glieder ihre Gewänder zu Zelten bauschten. Dann – Allah, dann! – begannen die Messer zu singen, und Abdullah sang lauter, summte so hoch, so hoch, wie er nie zuvor gesummt hatte. Sein Körper war hart, und die langen gekrümmten Klingen hatten Mühe, ihn zu töten; eine zerbrach an einer Rippe, aber die anderen wurden schnell mit Rot befleckt. Aber nun – hören Sie nur! – erhob sich Abdullahs Summen über die Reichweite unseres menschlichen Ohrs und wurde von den Hunden der Stadt gehört. In Agra gibt es vielleicht achttausendvierhundertzwanzig Straßenköter.

Es steht fest, daß in jener Nacht einige gerade fraßen, andere starben; manche paarten sich, und andere hörten den Ruf nicht. Sagen wir, ungefähr zweitausend; es blieben also noch sechstausendvierhundertzwanzig Köter übrig, und die alle drehten sich auf der Stelle um und liefen zur Universität. Viele von ihnen rasten über die Eisenbahnschienen vom falschen Ende der Stadt. Es ist wohlbekannt, daß dies die Wahrheit ist. Jeder in der Stadt hat es gesehen, außer denen, die schliefen. Sie liefen geräuschvoll wie eine Armee, und danach war ihre Fährte von Knochen, Kot und Haarbüscheln übersät . . . und die ganze Zeit summte, summte, summte Abdullahji und sangen die Messer. Und wisset: plötzlich zersprang das Auge eines der Mörder und fiel aus seiner Höhle. Später fand man die Glasstücke in den Teppich getreten!«

Sie sagen: »Als die Hunde kamen, war Abdullah beinahe tot, und die Messer waren stumpf . . . sie kamen wie wilde Tiere und sprangen durchs Fenster, das keine Scheiben mehr hatte, weil Abdullahs Summen sie hatte zerspringen lassen . . . sie donnerten gegen die Tür, bis das Holz zersplitterte . . . und dann waren sie überall, Baba! . . . manchen fehlte ein Bein, andere waren räudig, aber die meisten hatten wenigstens Zähne, und einige davon waren scharf . . . Und jetzt stellt euch das vor: die Meuchelmörder können keine Störung befürchtet haben, denn sie hatten keine Posten aufgestellt und wurden so von den Hunden überrascht . . . die beiden Männer, die Nadir Khan, diesen Schwächling, festhielten, brachen mit vielleicht achtundsechzig Hunden im Nacken unter dem Gewicht dieser Bestien zusammen . . . danach waren die Mörder so übel zugerichtet, daß niemand sagen konnte, wer sie waren.«

»Irgendwann«, sagen sie, »stürzte Nadir sich aus dem Fenster und lief weg. Die Hunde und die Meuchelmörder waren zu beschäftigt, um ihn zu verfolgen.«

Hunde? Meuchelmörder? . . . Wenn Sie mir nicht glauben, prüfen Sie es nach. Finden Sie alles über Mian Abdullah und seinen Zusammenschluß heraus. Entdecken Sie, wie wir seine Geschichte unter den Teppich gefegt haben . . . und dann lassen Sie mich erzählen, wie Nadir Khan, sein Stellvertreter, drei Jahre unter den Teppichen meiner Familie verbrachte.

Als junger Mann hatte er sich ein Zimmer mit einem Maler geteilt, dessen Gemälde immer größer geworden waren, während er versuchte, das ganze Leben in seiner Kunst einzufangen. »Sieh mich an«, sagte er,

63

bevor er sich umbrachte, »ich wollte Miniaturenmaler sein und habe statt dessen Elefantiasis bekommen.« Die bombastischen Ereignisse der Nacht der sichelförmigen Messer erinnerten Nadir Khan an seinen Zimmergenossen, denn das Leben hatte sich boshafterweise wieder einmal geweigert, lebensgroß zu bleiben. Es hatte sich zum Melodramatischen gewendet: und das war ihm peinlich.

Wie konnte Nadir Khan quer durch die nächtliche Stadt laufen, ohne bemerkt zu werden? Ich schreibe dies der Tatsache zu, daß er ein schlechter Dichter war und als solcher der geborene Überlebende. Während er lief, war er merkwürdig gehemmt; sein Körper schien sich dafür zu entschuldigen, daß er sich benahm wie in einem billigen Thriller von der Art, wie sie Straßenhändler an Bahnhöfen verkaufen oder zusammen mit Flaschen einer grünen Medizin verschenken, die Erkältungen, Typhus, Impotenz, Heimweh und Armut heilen kann . . . Die Nacht in der Cornwallis Road war warm. Neben dem verlassenen Rikschaplatz stand eine leere Kohlenpfanne. Das Paangeschäft war geschlossen, und die alten Männer schliefen auf dem Dach und träumten vom morgigen Spiel. Eine unter Schlaflosigkeit leidende Kuh, die träge an einer Rot-und-Weiß-Zigarettenschachtel kaute, wanderte um einen zusammengerollten Schläfer herum. Das bedeutete, daß er am nächsten Morgen aufwachen würde, weil eine Kuh einen schlafenden Menschen ignoriert, es sei denn, er steht kurz vorm Tod. Dann beschnüffelt sie ihn bedächtig. Heilige Kühe fressen alles.

Das große alte Steinhaus meines Großvaters, vom Erlös des Edelsteingeschäfts und der Mitgift des blinden Ghani gekauft, lag im Dunkeln, in würdiger Entfernung von der Straße. Hinter dem Haus war ein ummauerter Garten, und am Gartentor stand das niedrige Häuschen, das billig an die Familie des alten Hamdard und seines Sohnes Raschid des Rikschajungen vermietet war. Vor dem Häuschen war der Brunnen mit seinem von einer Kuh betriebenen Wasserrad, von dem aus die Bewässerungskanäle zu dem kleinen Getreidefeld hinunterliefen, das das Haus die ganze Strecke bis hinunter zum Tor in der Umgrenzungsmauer entlang der Cornwallis Road säumte. Zwischen Haus und Feld verlief eine Gasse für Fußgänger und Rikschas. In Agra hatten kurz zuvor die Fahrradrikschas die Gefährte ersetzt, die von einem Mann zwischen den Holzdeichseln gezogen wurden. Für die von Pferden gezogenen Tongas gab es noch zu tun, aber auch sie wurden immer weniger . . . Nadir Khan duckte sich unter dem Tor weg, hockte sich einen Augenblick mit dem Rücken gegen die Umgrenzungsmauer und wurde rot, als er Wasser ließ. Durch die Gewöhnlichkeit seiner Entscheidung anscheinend aus dem Gleichgewicht gebracht, floh er dann ins Kornfeld und tauchte dort unter. Durch die von der Sonne ausgetrockneten Halme teilweise verdeckt, legte er sich in der Haltung eines Embryos nieder.

Raschid der Rikschajunge war siebzehn und auf dem Heimweg vom Kino. An jenem Morgen hatte er zwei Männer gesehen, die einen Karren vor sich herschoben, auf dem mit der Rückseite zueinander zwei riesige handgemalte Plakate befestigt waren, die für den neuen Film *Gai-Wallah* mit Raschids Lieblingsschauspieler Dev warben. FRISCH VON FÜNFZIG STÜRMISCHEN WOCHEN IN DELHI! DIREKT VON DREIUNDSECHZIG SCHARFGESCHOSSENEN WOCHEN IN BOMBAY! schrien die Plakate. ZWEITES HELLAUF BEGEISTERNDES JAHR! Der Film war ein Eastern. Sein Held, Dev, der nicht schlank war, durchritt das Weidegebiet allein. Es sah sehr nach der indischen Gangesebene aus. Gai-Wallah heißt Kuhjunge, und Dev spielte eine Art Ein-Mann-Sicherheitstruppe für den Schutz von Kühen. GANZ ALLEIN! und MIT EINER DOPPELFLINTE! spürte er die vielen Viehherden auf, die durch die Weidegründe zum Schlachthaus getrieben wurden, schlug die Viehhirten in die Flucht und befreite die heiligen Tiere. (Der Film war für ein Hindu-Publikum hergestellt; in Delhi hatte er Krawalle verursacht. Angehörige der Moslemliga hatten an den Kinos vorbei Kühe zum Schlachten getrieben und waren angepöbelt worden.) Die Lieder und die Tänze waren gut, und es gab ein wunderschönes Natsch-Mädchen, das anmutiger ausgesehen hätte, wenn es nicht mit einem breitkrempigen Cowboyhut hätte tanzen müssen. Raschid saß auf einer Bank vorne im Parkett und schloß sich dem Pfeifen und den Zurufen an. Er aß zwei Samosas und gab zu viel Geld aus. Seine Mutter würde gekränkt sein, aber er hatte sich jedenfalls amüsiert. Als er auf dem Heimweg in die Pedale seiner Rikscha trat, probierte er einige der Reitkunststücke aus, die er im Film gesehen hatte, ließ sich tief an einer Seite hinabhängen, fuhr im Freilauf einen leichten Abhang hinunter und setzte seine Riksche so ein wie Gai-Wallah sein Pferd, wenn er sich vor seinen Feinden verbergen wollte. Schließlich kam er wieder hoch, schlug den Lenker ein, und zu seinem Entzücken lief die Riksche brav durchs Tor und die Gasse neben dem Getreidefeld hinab. Gai-Wallah hatte diesen Trick benutzt, um sich an eine Bande Viehhirten heranzuschleichen, die spielend und trinkend im Gebüsch saßen. Raschid bremste, warf sich ins Kornfeld und rannte –

VOLLE WUCHT! – auf die nichtsahnenden Viehhirten zu, das Gewehr gespannt und schußbereit. Als er sich ihrem Lagerfeuer näherte, ließ er seinen »Haßschrei« los, um sie zu erschrecken. YAAAAAAA! Es lag auf der Hand, daß er so nahe beim Haus des Doktor Sahib nicht wirklich schrie, aber er sperrte beim Laufen den Mund auf und schrie schweigend. BLAMM! BLAMM! Nadir Khan hatte schlecht einschlafen können und schlug nun die Augen auf. Er sah – EEEYAAAH! – eine wilde sehnige Gestalt, die wie ein Schnellzug auf ihn zugerannt kam und dabei aus Leibeskräften schrie – aber vielleicht war er taub geworden, denn es war kein Ton zu hören! Er sprang auf, und gerade kam ein Schrei über seine allzu vollen Lippen, da sah Raschid ihn und fand ebenfalls seine Stimme wieder. In erschrockenem Unisono aufheulend, gaben sie beide Fersengeld. Dann blieben sie stehen, weil jeder die Flucht des anderen bemerkt hatte, und beäugten sich gegenseitig durch das ausdörrende Korn. Raschid erkannte Nadir Khan, sah seine zerrissenen Kleider und war tief beunruhigt.

»Ich bin ein Freund«, sagte Nadir dümmlich. »Ich muß Doktor Aziz sprechen.«

»Aber der Doktor schläft und ist nicht im Getreidefeld.« Reiß dich zusammen, sagte Raschid zu sich, hör auf, Unsinn zu reden! Das ist Mian Abdullahs Freund! . . . Aber Nadir schien nichts bemerkt zu haben; in seinem Gesicht arbeitete es heftig, als er versuchte, ein paar Worte herauszubringen, die ihm wie Hühnerfleischfasern zwischen den Zähnen hängengeblieben waren . . . »Mein Leben« – endlich gelang es ihm – »ist in Gefahr.«

Und nun kam ihm Raschid, immer noch vom Geist des Gai-Wallah erfüllt, zu Hilfe. Er führte Nadir zu einer Seitentür des Hauses. Sie war verriegelt und verschlossen, aber Raschid zog und hielt das Schloß in der Hand. »Made in India«, flüsterte er, als erkläre er das alles. Und als Nadir eintrat, zischte Raschid: »Zählen Sie ganz auf mich, Sahib. Mama ist die Losung! Ich schwöre beim grauen Haar meiner Mutter.«

Er befestigte das Schloß wieder draußen. Tatsächlich die rechte Hand des Kolibris gerettet zu haben! . . . Aber vor was? Vor wem? . . . Nun, das wirkliche Leben war manchmal besser als Kino.

»Ist er das?« fragt Padma einigermaßen bestürzt. »Dieses fette weiche feige Dickerchen? Wird er dein Vater?«

Unter dem Teppich

Das war das Ende der Optimismusepidemie. Am Morgen betrat eine Reinmachefrau die Büros des Zusammenschlusses Freier Islam und fand den zum Schweigen gebrachten Kolibri auf dem Fußboden, umgeben von Pfotenabdrücken und den Fetzen seiner Mörder. Sie schrie gellend; aber später, als die Sachverständigen dagewesen und wieder weg waren, befahl man ihr, das Zimmer zu säubern. Nachdem sie unzählige Hundehaare entfernt, zahllose Flöhe zerquetscht und die Überreste eines zerbrochenen Glasauges aus dem Teppich gezogen hatte, begehrte sie beim Hausverwalter der Universität auf, daß sie, wenn so etwas öfter geschehe, eine kleine Gehaltserhöhung verdiene. Sie war vermutlich das letzte Opfer des Optimismusbazillus, und in ihrem Fall dauerte die Krankheit nicht lange, denn der Hausverwalter war ein strenger Mann und feuerte sie.

Die Mörder wurden nie identifiziert und auch ihre Auftraggeber nicht namentlich bekannt. Mein Großvater wurde von Major Zulfikar, dem Adjutanten von Brigadegeneral Dodson, zur Universität gerufen, um den Totenschein für seinen Freund auszustellen. Major Zulfikar versprach, Doktor Aziz zu besuchen, um noch ein paar zu erledigende Kleinigkeiten abzuwickeln. Mein Großvater schneuzte sich und ging. Auf dem Marktplatz fielen die Zelte zusammen wie zerstochene Hoffnungen; nie wieder würde der Zusammenschluß tagen. Die Rani von Cooch Naheen wurde bettlägerig. Nachdem sie ihre Krankheiten ein Leben lang leichtgenommen hatte, ließ sie sich jetzt von ihnen vereinnahmen und lag jahrelang still, während sie zusah, wie sie die Farbe ihrer Laken annahm. Währenddessen waren die Tage in dem alten Haus in der Cornwallis Road voller potentieller Mütter und möglicher Väter. Du siehst, Padma: du wirst es gleich herausfinden.

Indem ich meine Nase benutze (denn sie hat, obgleich sie die Fähigkeiten verlor, die es ihr vor so kurzer Zeit noch ermöglichten, Geschichte zu machen, zum Ausgleich andere Talente erlangt), sie nach innen wende, habe ich die Atmosphäre im Haus meines Großvaters in jenen Tagen nach dem Tod von Indiens summender Hoffnung ausgeschnüffelt, und durch die Jahre weht eine merkwürdige, mit Unbehagen angefüllte Duftmischung zu mir herüber, der Hauch verborgener Dinge, gemischt mit den Gerüchen einer knospenden Romanze und dem scharfen Gestank der Neugierde und Kraft meiner Großmutter . . . während die Moslemliga sich, heimlich natürlich, über den Sturz ihres Widersachers freute, konnte man meinen Großvater jeden Morgen mit Tränen in den Augen auf dem, was er seinen Donnerbalken nannte, finden (meine Nase jedenfalls findet ihn). Aber seine Tränen sind keine Tränen des Kummers, Aadam Aziz hat schlicht den Preis dafür, ein Inder geworden zu sein, bezahlt und leidet schrecklich unter Verstopfung. Kläglich beäugt er die Klistierspritze, die an der Toilettenwand hängt.

Warum bin ich in den stillen Ort meines Großvaters eingedrungen? Warum, wenn ich hätte beschreiben können, wie Aadam sich nach Mian Abdullahs Tod in seiner Arbeit vergrub, die Betreuung der Kranken in den Slums an den Eisenbahngeleisen übernahm und sie vor den Quacksalbern rettete, die ihnen Pfefferwasser einspritzten und glaubten, gebratene Spinnen könnten Blindheit heilen, während er weiterhin seine Pflichten als Universitätsarzt erfüllte; wenn ich mich über die große Liebe hätte auslassen können, die zwischen meinem Großvater und seiner zweiten Tochter, Mumtaz, entstand, deren dunkle Haut zwischen ihr und der Zuneigung ihrer Mutter stand, deren Gabe der Sanftheit, Anteilnahme und Zartheit sie jedoch ihrem Vater mit seinen inneren Qualen, die nach ihrer Art bedingungsloser Zärtlichkeit schrien, lieb machten; warum, wenn ich mich auch dafür hätte entscheiden können, das mittlerweile ständige Jucken in seiner Nase zu beschreiben, ziehe ich es vor, mich in Exkrementen zu suhlen? Weil Aadam Aziz sich an jenem Nachmittag, nachdem er einen Totenschein unterschrieben hatte, an diesem stillen Ort befand, als plötzlich eine Stimme – leise, feige, verlegen, die Stimme eines Dichters ohne Reime – aus der Tiefe der großen alten Wäschetruhe in der Ecke des Raumes zu ihm sprach und ihm einen so großen Schrecken versetzte, daß er sich als abführend erwies und die Klistierspritze nicht von ihrem Haken abgenommen werden mußte. Raschid der Rikschajunge hatte Nadir Khan durch den Dienstboteneingang in den Donnerbalkenraum geführt, und er hatte Zuflucht in der Wäschetruhe gesucht. Während der erstaunte Schließmuskel meines Großvaters sich entspannte, vernahmen seine Ohren eine Bitte um Asyl, eine Bitte, die von Bettlaken, schmutziger Unterwäsche, alten Hemden und der Verlegenheit des Sprechers gedämpft war. Und so beschloß Aadam Aziz, Nadir Khan zu verstecken.

Nun kommt der Duft eines Streits, denn Ehrwürdige Mutter denkt an ihre Töchter, die einundzwanzigjährige Alia, die schwarze Mumtaz, die neunzehn ist, und die hübsche, unbeständige Emerald, die noch keine fünfzehn ist, aber einen Blick hat, der älter ist als alles, was ihre Schwestern besitzen. In der Stadt sind die drei Schwestern unter Spucknapf-Zielern und Rikschabesitzern, den Schiebern von Karren mit Filmplakaten und Hochschulstudenten gleichermaßen als die »Teen Batti«, die drei hellen Lichter, bekannt ... und wie kann Ehrwürdige Mutter zulassen, daß ein fremder Mann unter einem Dach mit Alias Ernsthaftigkeit, Mumtaz' schwarzer, glänzender Haut und Emeralds Augen wohnt ...? »Du bist nicht bei Sinnen, Mann, dieser Tod hat deinen Verstand getrübt.« Aber Aziz bestimmt: »Er bleibt.« In den Kellergewölben ... weil eine Versteckmöglichkeit in Indien schon immer von entscheidender architektonischer Bedeutung war, hat das Haus der Aziz' ausgedehnte unterirdische Gemächer, die nur durch Falltüren im Boden erreicht werden können, die mit Teppichen und Matten bedeckt sind ... hört Nadir Khan das dumpfe Grollen des Streits und fürchtet um sein Leben. Mein Gott (ich erschnüffle die Gedanken des Dichters mit den feuchten Händen), die Welt ist wahnsinnig geworden ... sind wir denn noch Menschen in diesem Land? Sind wir Tiere? Und wenn ich gehen muß, wann werden die Messer mich holen? ... Und Bilder von Fächern aus Pfauenfedern und vom durch Glas gesehenen Neumond, der sich in eine zustechende, rotbefleckte Klinge verwandelt, gehen ihm durch den Kopf ... Oben sagt Ehrwürdige Mutter: »Das Haus ist voller unverheirateter junger Mädchen, wieheißtsesnoch. Erweist du so deinen Töchtern Respekt?« Und nun das Aroma eines Wutanfalls; der große zerstörerische Zorn Aadam Aziz' ist entfesselt, und anstatt darauf hinzuweisen, daß Nadir Khan im Untergrund unter den Teppich gefegt sein wird, wo er kaum in der Lage sein wird, Töchter zu entjungfern; anstatt geziemend Zeugnis abzulegen für des verblosen Barden Anstandsgefühl, das so weit entwickelt ist, daß er noch nicht einmal von unsittlichen Annäherungsversuchen träumen könnte, ohne im Schlaf zu erröten; anstatt diese Zugangswege der Vernunft zu nutzen, brüllt mein Großvater: »Schweig still, Frau! Der Mann braucht unseren Schutz, er bleibt!« Daraufhin läßt sich ein unversöhnliches Parfüm, eine unumstößliche Wolke der Entschlossenheit, auf meiner Großmutter nieder, die sagt: »Sehr wohl. Du verlangst von mir, wieheißtsesnoch, daß ich schweige. Also wird von jetzt an, wieheißtsesnoch, kein Wort über meine Lippen kommen.« Und Aziz stöhnt: »Oh, verdammt, Frau, erspar uns deine verrückten Schwüre!«

Aber die Lippen der Ehrwürdigen Mutter waren versiegelt, und Schweigen senkte sich herab. Der Geruch von Schweigen füllt meine Nasenlöcher wie der eines verfaulenden Gänseeis; stärker als alles andere, nimmt er Besitz von der Erde ... Während Nadir Khan sich in seiner halbdunklen Unterwelt versteckte, versteckte auch seine Gastgeberin sich hinter einer betäubenden Mauer aus Geräuschlosigkeit. Zuerst sondierte mein Großvater die Mauer auf der Suche nach Lücken, er fand keine. Schließlich gab er es auf und wartete auf Sätze von ihr, die flüchtige Einblicke in ihr Ich darboten, so wie er einst starkes Verlangen nach den Fragmenten ihres Körpers gehabt hatte, die er durch ein Laken mit einem Loch gesehen hatte. Und das Schweigen füllte das Haus von Wand zu Wand, vom Boden bis zur Decke, so daß die Fliegen ihr Surren aufzugeben schienen und die Moskitos sich des Summens vor dem Biß enthielten. Stille brachte das Zischen der Gänse im Hof zum Schweigen. Die Kinder sprachen zuerst flüsternd und verstummten dann: während im Getreidefeld Raschid der Rikschajunge seinen stummen »Haßschrei« herausschrie und seinen eigenen Schweigeschwur einhielt, den er beim Haar seiner Mutter geschworen hatte.

In diesen Sumpf der Lautlosigkeit trat eines Abends ein stämmiger kleiner Mann, dessen Kopf so flach war wie die Kappe darauf, dessen Beine so gebogen waren wie Schilfrohr im Wind, dessen Nase beinah sein nach oben strebendes Kinn berührte und dessen Stimme infolgedessen dünn und scharf war – sie mußte so sein, um sich durch die schmale Lücke zwischen seinem Atmungsorgan und seinem Kiefer zu zwängen ... ein Mann, dessen Kurzsichtigkeit ihn zwang, im Leben alles schön der Reihe nach zu tun, was ihm den Ruf verschaffte, gründlich und langweilig zu sein, und ihn seinen Vorgesetzten lieb und teuer machte, da es sie in die Lage versetzte, sich gut bedient zu wissen, ohne sich bedroht zu fühlen; ein Mann, dessen gestärkte, gebügelte Uniform Schlämmkreide und Korrektheit ausdünstete und dem, obwohl er wie eine Figur aus dem Puppentheater aussah, ein unverkennbarer Geruch von Erfolg anhing: Major Zulfikar, ein Mann mit Zukunft, kam wie versprochen vorbei, um ein paar noch zu erledigende Kleinigkeiten abzuwickeln. Abdullahs Ermordung und Nadir Khans verdächtiges Verschwinden beschäftigten ihn sehr, und da er wußte, daß Aadam Aziz vom Optimismusbazillus angesteckt war, mißverstand er die Stille im Haus als Schweigen der Trauer und blieb nicht lange. (Im Keller kauerte Nadir zusammen mit Kakerlaken.) Major Zulfikar saß ruhig mit den fünf Kindern im Wohnzimmer, Hut und Stock neben sich auf der Musiktruhe von Telefunken, während die lebensgroßen Bilder der jungen Aziz ihn von der Wand herab anstarrten, und verliebte sich. Er war kurzsichtig, aber er war nicht blind, und in dem unglaublich erwachsenen Blick der kleinen Emerald, der hellsten der »drei hellen Lichter«, sah er, daß sie seine Zukunft verstanden und ihm deswegen sein Aussehen verziehen hatte, und bevor er sich verabschiedete, hatte er beschlossen, sie nach einem schicklichen Zeitraum zu heiraten. (»Sie?« rät Padma. »Dieses Gör ist deine Mutter?« Aber es gibt noch andere zukünftige Mütter, andere kommende Väter, die durch das Schweigen heran- und wieder weggetragen werden.)

In dieser morastigen Zeit ohne Worte entwickelte sich auch das Gefühlsleben der ernsthaften Alia, der Ältesten, und Ehrwürdige Mutter, in Vorratskammer und Küche eingeschlossen, hinter ihren Lippen versiegelt, war – wegen ihres Schwurs – nicht imstande, ihr Mißtrauen gegenüber dem jungen Kunstlederhändler, der ihre Tochter besuchen kam, auszudrücken. (Aadam Aziz hatte immer darauf bestanden, daß seine Töchter männliche Freunde haben durften.) Ahmed Sinai – »aha!« schreit Padma in triumphierender Erkenntnis – hatte Alia an der Universität kennengelernt und schien intelligent genug für das belesene, gescheite Mädchen, in dessen Gesicht die Nase meines Großvaters ein Aussehen von übergewichtiger Weisheit bekommen hatte. Aber Naseem Aziz hatte ein ungutes Gefühl bei ihm, weil er mit zwanzig geschieden worden war. (»Jeder kann einmal einen Fehler machen«, hatte Aadam ihr gesagt und damit beinah einen Streit vom Zaun gebrochen, weil sie einen Augenblick lang meinte, in seinem Ton habe etwas übertrieben Persönliches gelegen. Aber dann hatte Aadam hinzugefügt: »Laß nur einmal ein oder zwei Jahre über seine Scheidung vergehen, dann veranstalten wir in diesem Haus die erste Hochzeit, mit einem großen Zelt im Garten und Sängern und Süßigkeiten und allem.« Und diese Vorstellung gefiel Naseem trotz alledem.) Wenn Ahmed Sinai und Alia nun durch die eingemauerten Gärten des Schweigens spazierten, verständigten sie sich ohne Sprache; aber obwohl jeder erwartete, daß er sich erklärte, schien das Schweigen auch zu ihm durchgedrungen zu sein, und die Frage blieb ungefragt. Zu jener Zeit nahm Alias Gesicht eine Schwere an, einen pessimistischen Zug um den Unterkiefer, den sie nie

mehr ganz verlieren sollte. (»Na, na«, schilt Padma mich, »das ist doch
keine Art, dein geschätztes Mütterchen zu beschreiben.«)

Noch etwas: Alia hatte die Neigung ihrer Mutter, Fett anzusetzen,
geerbt. Mit den Jahren sollte sie sich aufblähen wie ein Ballon.

Und Mumtaz, die schwarz wie die Nacht aus dem Leib ihrer Mutter
gekommen war? Mumtaz war nie brillant und auch nicht so schön wie
Emerald, aber sie war gut und pflichtbewußt und einsam. Sie verbrach-
te mehr Zeit mit ihrem Vater als ihre Schwestern und wappnete ihn
gegen die schlechte Laune, die sich mit der Zeit durch das ständige
Jucken in seiner Nase noch verschlimmerte, und sie nahm die Aufgabe,
für die Bedürfnisse Nadir Khans zu sorgen, auf sich, stieg täglich mit
Essen und Besen in die Unterwelt und leerte sogar seinen persönlichen
Donnerbalken, so daß noch nicht einmal ein Latrinenreiniger seine
Anwesenheit erraten konnte. Wenn sie herabstieg, senkte er die
Augen, und kein Wort wurde in diesem stummen Haus zwischen ihnen
getauscht.

Was sagten die Spucknapf-Zieler noch mal über Naseem Aziz? »Sie
belauschte die Träume ihrer Töchter, bloß um zu wissen, was sie im
Schilde führten.« Ja, eine andere Erklärung gibt es nicht, seltsamere
Dinge sind in diesem unserem Land schon bekanntgeworden; nehmen
Sie nur einmal eine Zeitung, und besehen Sie die tägliche Auslese von
Wundern in diesem oder jenem Dorf – Ehrwürdige Mutter begann die
Träume ihrer Töchter zu träumen. (Padma nimmt dies ohne mit der
Wimper zu zucken hin, aber was andere so mühelos wie ein Laddoo
herunterschlucken, kann Padma genauso leicht zurückweisen. Jedes
Publikum hat seinen eigenen idiosynkratischen Glauben.) Also nun:
des Nachts in ihrem Bett schlafend, suchte Ehrwürdige Mutter Emeralds Träume heim und fand in ihnen einen fremden Traum – Major
Zulfikars Privatphantasie, ein großes modernes Haus mit einem Bad
neben dem Bett zu besitzen. Das war der Gipfel seines Ehrgeizes, und
auf diese Weise entdeckte Ehrwürdige Mutter nicht nur, daß ihre Tochter ihren Zulfi heimlich an Orten getroffen hatte, an denen es möglich
war zu sprechen, sondern auch, daß Emeralds Ehrgeiz größer war als
der ihres Liebsten. Und (warum nicht?) in Aadam Aziz' Träumen sah
sie ihren Ehemann mit einem faustgroßen Loch im Bauch traurig einen
Berg in Kaschmir besteigen, und sie erriet, daß seine Liebe zu ihr
nachließ, und sah auch seinen Tod voraus, so daß sie Jahre später, als
sie davon erfuhr, nur sagte: »Ach, letzten Endes wußte ich es.«

. . . Es kann nun nicht mehr lange dauern, dachte Ehrwürdige Mutter, bis unsere Emerald ihrem Major von dem Gast im Keller erzählt, und dann kann ich wieder sprechen. Aber dann drang sie eines Nachts in die Träume ihrer Tochter Mumtaz ein, der Schwarzen, die sie nie hatte lieben können, weil sie die Haut einer südindischen Fischersfrau hatte, und sie erkannte, daß der Ärger nicht aufhören würde, weil auch Mumtaz Aziz – wie ihr Verehrer unter den Teppichen – dabei war, sich zu verlieben.

Einen Beweis gab es nicht. Der Einbruch in Träume – oder das Wissen einer Mutter oder die Intuition einer Frau, nennen Sie es, wie Sie wollen – ist nichts, was vor Gericht Bestand hat, und Ehrwürdige Mutter wußte, daß es eine schwerwiegende Sache war, eine Tochter zu beschuldigen, unter ihres Vaters Dach ein Techtelmechtel anzufangen. Hinzu kam, daß Ehrwürdige Mutter etwas Stahlhartes bekommen hatte, und sie beschloß, nichts zu unternehmen, ihr Schweigen nicht zu brechen und Aadam Aziz entdecken zu lassen, wie gründlich seine modernen Ideen seine Kinder zugrunde richteten – es ihn selbst herausfinden zu lassen, nachdem er sie sein Leben lang geheißen hatte, mit ihren anständigen altmodischen Ansichten stillzuschweigen. »Eine verbitterte Frau«, sagt Padma, und ich pflichte bei.

»Nun?« fragt Padma. »Hat es gestimmt?«
Ja, in gewisser Weise stimmte es.
»Es gab ein Techtelmechtel? Im Keller? Ohne Anstandsdamen sogar?«
Man betrachte die Umstände – milderndere Umstände konnte es gar nicht geben. Im Untergrund scheinen Dinge statthaft zu sein, die im hellen Tageslicht absurd oder sogar falsch zu sein scheinen.
»Dieser dicke Dichter hat es der armen Schwarzen besorgt? Er hat es *getan*?«
Er war auch sehr lange da unten – lange genug, um anzufangen, mit fliegenden Kakerlaken zu reden, und zu fürchten, daß ihn eines Tages jemand auffordern würde wegzugehen, und von sichelförmigen Messern und heulenden Hunden zu träumen und zu entdecken, daß man im Untergrund keine Lyrik schreiben kann; und dann kommt dieses Mädchen mit den Speisen, und es macht ihm nichts aus, deine Töpfe zu leeren, und du schlägst die Augen nieder, aber du siehst ein Fußgelenk, das vor Anmut zu leuchten scheint, ein Fußgelenk, so schwarz wie das Schwarz der unterirdischen Nächte . . .

»Ich hätte nie gedacht, daß er so etwas vorhatte.« Padma klingt bewundernd. »Der fette alte Nichtsnutz!«

Und in diesem Haus, in dem jeder, selbst der Flüchtling, der sich im Keller vor seinen gesichtslosen Feinden verbirgt, merkt, daß die Zunge ihm trocken am Gaumen klebt, in dem selbst die Söhne des Hauses mit dem Rikschajungen ins Getreidefeld gehen müssen, um Witze über Huren zu reißen und die Länge ihrer Penisse zu vergleichen und verstohlen über den Traum, Filmregisseur zu sein, zu flüstern (Hanifs Traum, der seine traumdurchdringende Mutter entsetzt, die das Kino für eine Ausdehnung des Gunstgewerbes hält), in diesem Haus, in dem das Leben durch den Einbruch der Geschichte in eine Groteske verwandelt wurde, in der Düsternis der Unterwelt weiß er sich schließlich nicht mehr zu helfen. Er merkt, wie seine Augen nach oben schweifen, über zierliche Sandalen und lose Pajamas hinaus und über die weite Kurta und über die Dupatta, das Tuch der Sittsamkeit, bis Auge auf Auge trifft, und dann

»Und dann? Komm schon, Baba, was dann?«

lächelt sie ihn schüchtern an.

»Was?«

Und danach wird in der Unterwelt gelächelt, und etwas hat begonnen.

»Ja und? Willst du mir erzählen, daß das *alles* ist?«

Das ist alles: bis zu dem Tag, an dem Nadir Khan darum bat, meinen Großvater sprechen zu dürfen – seine Sätze waren in dem Nebel des Schweigens kaum verständlich –, und ihn um die Hand seiner Tochter bat.

»Armes Mädchen«, folgert Padma. »Kaschmirische Mädchen sind normalerweise weiß wie Bergschnee, aber sie ist schwarz geschaffen worden. Nun ja, ihre Haut hätte wahrscheinlich verhindert, daß sie eine gute Partie gemacht hätte, und dieser Nadir ist kein Dummkopf. Jetzt müssen sie ihn dableiben lassen und dafür sorgen, daß er zu essen und ein Dach über dem Kopf hat, und er braucht sich nur wie ein fetter Wurm im Boden zu verstecken. Ja, vielleicht ist er gar nicht so dumm.«

Mein Großvater versuchte mit aller Kraft, Nadir Khan zu überzeugen, daß er nicht mehr in Gefahr sei; die Meuchelmörder waren tot, und Mian Abdullah war ihr eigentliches Ziel gewesen; doch Nadir Khan träumte immer noch von den singenden Messern und bat flehentlich: »Noch nicht, Doktor Sahib, bitte noch eine Weile.« So daß mein Großvater, dessen Stimme in dem Haus, in dem so wenige Worte gesprochen wurden, schwach und unheimlich klang, eines Abends im Spätsommer 1943 – der Regen war wieder ausgeblieben – seine Kinder im Wohnzimmer versammelte, in dem ihre Porträts hingen. Als sie eintraten, entdeckten sie, daß ihre Mutter abwesend war, es vorgezogen hatte, mit ihrem Netz aus Schweigen in ihrem Zimmer eingesperrt zu bleiben; anwesend aber waren ein Rechtsanwalt und ein Mullah (obwohl es Aziz widerstrebte, hatte er Mumtaz' Wünschen nachgegeben), beide von der kränklichen Rani von Cooch Naheen beschafft, beide »äußerst diskret«. Und ihre Schwester Mumtaz war im Brautputz da, und neben ihr in einem vor die Radiotruhe plazierten Sessel war die glatthaarige, übergewichtige, verlegene Gestalt Nadir Khans. So kam es, daß die erste Hochzeit im Haus ohne Zelte, ohne Sänger, ohne Süßigkeiten und mit nur einem Minimum an Gästen stattfand. Und nachdem die Zeremonie vorbei war und Nadir Khan den Schleier seiner Braut lüftete – was Aziz plötzlich einen Schock versetzte: einen Augenblick lang war er wieder jung, war in Kaschmir und saß auf einem Podium, während Leute ihm Rupien in den Schoß warfen –, zwang mein Großvater sie alle, einen Eid zu schwören, niemandem die Anwesenheit ihres neuen Schwagers im Keller zu offenbaren. Als allerletzte gab Emerald zögernd ihr Versprechen.

Danach mußten die Söhne Aadam Aziz helfen, alle möglichen Einrichtungsgegenstände durch die Falltür im Fußboden des Wohnzimmers zu befördern: Dekorationen und Kissen und Lampen und ein großes bequemes Bett. Und endlich stiegen Nadir und Mumtaz hinunter in das Gewölbe, die Falltür wurde geschlossen und der Teppich an seinen Platz gerollt, und Nadir Khan, der seine Frau so zärtlich liebte, wie ein Mann es überhaupt kann, hatte sie in seine Unterwelt aufgenommen.

Mumtaz Aziz begann ein Doppelleben zu führen. Tagsüber war sie ein alleinstehendes Mädchen, das züchtig bei seinen Eltern lebte, mit mäßigem Erfolg ein Studium an der Universität absolvierte und die Gaben der Hilfsbereitschaft, Würde und Nachsicht kultivierte, die sie ihr Leben lang prägen würden, bis zu der Zeit und einschließlich der Zeit, in der sie von den sprechenden Wäschetruhen der Vergangenheit bestürmt und dann flach wie ein Reiskuchen zerquetscht wurde. Nachts aber, wenn sie durch eine Falltür hinabstieg, betrat sie ein lampenerleuchtetes, von der Welt abgeschiedenes Ehegemach, das ihr heimlicher Ehemann das Tadsch Mahal nannte, weil Tadsch Bibi der Name war, mit dem die Leute eine frühere Mumtaz gerufen hatten – Mumtaz

Mahal, die Frau des Herrschers Schahdschahan, dessen Name »König der Welt« bedeutete. Als sie starb, erbaute er ihr jenes Mausoleum, das auf Postkarten und Schokoladeverpackungen unsterblich gemacht wurde und dessen äußere Korridore nach Urin stinken und dessen Wände mit Graffiti bedeckt sind und dessen Echo von Führern für Besucher ausprobiert wird, obwohl Schilder in drei Sprachen um Stille bitten. Wie Schahdschahan und seine Mumtaz lagen Nadir und seine schwarze Dame Seite an Seite, und eine Einlegearbeit aus Lapislazuli war ihr Begleiter, denn die bettlägerige, sterbende Rani von Cooch Naheen hatte ihnen als Hochzeitsgeschenk einen wunderbar verzierten, mit Lapislazuli und Edelsteinen eingelegten Spucknapf aus Silber gesandt. In ihrer gemütlichen lampenerleuchteten Versenkung spielten Mann und Frau das Spiel der alten Männer.

Mumtaz bereitete die Paans für Nadir, mochte aber selbst den Geschmack nicht. Sie spuckte Ströme von Nibu-Pani. Sein Strahl war rot und ihrer hellgrün. Es war die glücklichste Zeit ihres Lebens. Und sie sagte nachher, am Ende des langen Schweigens: »Wir hätten schließlich Kinder bekommen, nur damals war es nicht richtig, das ist alles.« Mumtaz Aziz liebte ihr Leben lang Kinder.

Unterdessen bewegte Ehrwürdige Mutter sich träge durch die Monate, im Griff eines Schweigens, das so absolut geworden war, daß selbst die Dienstboten ihre Befehle in Zeichensprache entgegennahmen. Und einmal hatte der Koch Daoud sie bei dem Versuch, ihr einschläfernd wildes Signalisieren zu verstehen, angestarrt und infolgedessen nicht in Richtung des Topfs mit kochender Soße gesehen, der ihm auf den Fuß fiel und ihn wie ein fünfzehiges Ei briet; er machte den Mund auf, um zu schreien, aber kein Ton kam heraus, und danach war er überzeugt, daß das alte Weib Hexenkraft besäße, aber er war zu ängstlich, den Dienst zu quittieren. Er blieb bis zu seinem Tod, humpelte über den Hof und wurde von den Gänsen angegriffen.

Es waren keine einfachen Jahre. Die Dürre führte zu Rationierungen, und bei der rasenden Vermehrung der fleischlosen Tage und der reislosen Tage war es schwer, einen zusätzlichen verborgenen Mund mitzufüttern. Ehrwürdige Mutter war gezwungen, tief in ihre Vorratskammer zu greifen, und das konzentrierte ihren Zorn wie Feuer eine Soße. Aus den Muttermalen in ihrem Gesicht begannen Haare zu wachsen. Mumtaz beobachtete mit Besorgnis, daß ihre Mutter von Monat zu Monat anschwoll. Die ungesprochenen Worte in ihr blähten sie auf . . . Mumtaz hatte den Eindruck, daß die Haut ihrer Mutter gefährlich gedehnt wurde.

Und Doktor Aziz verbrachte seine Tage außerhalb des Hauses, fern von dem tödlichen Schweigen, so daß Mumtaz, die ihre Nächte unter der Erde verbrachte, in jener Zeit sehr wenig von dem geliebten Vater sah; und Emerald hielt ihr Versprechen und erzählte dem Major nichts von dem Familiengeheimnis, erzählte aber auch dafür ihrer Familie nichts von ihrer Beziehung zu ihm, was nur gerecht war, dachte sie; und im Getreidefeld wurden Mustapha und Hanif und Raschid der Rikscha-junge von der Lustlosigkeit der Zeiten angesteckt; und schließlich drif-tete das Haus in der Cornwallis Road auf den 9. August 1945 zu, und alles änderte sich.

Familiengeschichte hat natürlich ihre eigenen rituellen Diätvorschrif-ten. Es wird von einem erwartet, daß man nur die erlaubten Teile, die Halalportionen der Vergangenheit, denen ihre Röte, ihr Blut entzogen ist, herunterschluckt und verdaut. Leider macht das die Geschichten weniger saftig, daher bin ich im Begriff, das erste und einzige Mitglied meiner Familie zu werden, das die Gesetze des Halal verhöhnt. Ohne Blut aus dem Körper der Erzählung rinnen zu lassen, komme ich zum unaussprechlichen Teil und dränge vorwärts.

Was geschah im August 1945? Die Rani von Cooch Naheen starb, aber darauf will ich nicht hinaus, obwohl sie bei ihrem Hinscheiden weiß wie ein Laken geworden war, so daß sie gegen die Bettwäsche schwer auszumachen war. Nachdem sie ihre Funktion erfüllt hatte, nämlich meiner Geschichte einen silbernen Spucknapf zu vermachen, besaß sie den Anstand, rasch abzutreten . . . auch blieben 1945 die Monsunregen nicht aus. Im Dschungel von Birma wurden Orde Wingate und seine alliierten Kampftruppen ebenso wie die Armee von Subhas Chandra Bose, die auf seiten der Japaner kämpfte, von den Regenfällen aufge-weicht. Satyagraha-Demonstranten in Jullundur, die gewaltlos auf Eisenbahnschienen lagen, wurden bis auf die Haut durchnäßt. Die Risse in der lang ausgedörrten Erde begannen sich zu schließen. Im Haus in der Cornwallis Road waren Handtücher in Türen und Fenster ge-klemmt, die ständig ausgewrungen und ersetzt werden mußten. Mos-kitos gediehen prächtig in den Pfützen an den Straßenrändern. Und der Keller – Mumtaz' Tadsch Mahal – wurde feucht, bis sie schließlich krank wurde. Ein paar Tage lang erzählte sie es niemandem, aber als ihre Augen rot gerändert waren und sie allmählich vom Fieber geschüttelt wurde, flehte Nadir, der eine Lungenentzündung befürchtete, sie an, sich bei ihrem Vater in Behandlung zu begeben. Sie verbrachte viele Wochen danach in ihrem Mädchenbett, und Aadam Aziz saß am Bett seiner Tochter und legte ihr kühlende Flanelltücher auf die Stirn, während sie zitterte. Am 6. August war die Krankheit gebannt. Am Morgen des 9. ging es Mumtaz bereits so gut, daß sie ein wenig feste Nahrung zu sich nehmen konnte.

Und nun holte mein Großvater eine alte Ledertasche, in die am Boden das Wort Heidelberg ins Leder gebrannt war, denn er hatte beschlossen, Mumtaz einmal gründlich ärztlich zu untersuchen, da sie sehr hinfällig war. Als er die Tasche aufmachte, begann seine Tochter zu weinen.

(Und nun sind wir da. Padma: das ist es.)

Zehn Minuten später, als mein Großvater brüllend aus dem Krankenzimmer auftauchte, war die lange Zeit des Schweigens für immer beendet. Er schrie nach seiner Frau, seinen Töchtern, seinen Söhnen. Seine Lungen waren kräftig, und der Lärm erreichte Nadir Khan unten im Keller. Es war vermutlich nicht schwer für ihn, zu erraten, worum es bei dem Theater ging.

Die Familie versammelte sich im Wohnzimmer um die Musiktruhe unter den alterslosen Fotos. Aziz trug Mumtaz ins Zimmer und setzte sie auf eine Couch. Sein Gesicht sah schrecklich aus. Können Sie sich vorstellen, was er für ein Gefühl in der Nase hatte? Denn er konnte diese Bombe platzen lassen: seine Tochter war nach zwei Ehejahren noch Jungfrau.

Es war drei Jahre her, seit Ehrwürdige Mutter zuletzt gesprochen hatte. »Tochter, ist das wahr?« Das Schweigen, das wie eine zerrissene Spinnwebe in den Ecken des Hauses gehangen hatte, war endlich weggeblasen, aber Mumtaz nickte bloß: Ja, wahr.

Dann sprach sie. Sie sagte, sie liebe ihren Mann, und das andere würde am Ende schon gut ausgehen. Er sei ein guter Mann, und wenn es möglich sei, Kinder zu bekommen, würde er es bestimmt auch möglich finden, es zu machen. Sie sagte, eine Ehe solle nicht davon abhängen, habe sie gedacht, deshalb habe sie es nicht erwähnen wollen, und ihr Vater habe nicht recht daran getan, es vor jedermann so herauszuposaunen, wie er es getan habe. Sie hätte noch mehr gesagt, aber nun brach es aus der Ehrwürdigen Mutter heraus.

Die Worte von drei Jahren entströmten ihr (doch ihr Körper, der sich gedehnt hatte, da er sie alle aufbewahren mußte, wurde nicht weniger). Mein Großvater stand ganz still am Telefunken, als der Sturm über ihn hereinbrach. Wessen Idee war es gewesen? Wessen verrückter närrischer Plan, wieheißtesnoch, diesen Feigling, der noch nicht einmal ein Mann war, ins Haus zu lassen? Damit er hierblieb, wieheißtesnoch, frei wie ein Vogel, Essen und Unterkunft für drei Jahre, was hast du dich um fleischlose Tage gekümmert, wieheißtesnoch, was hast du schon von den Reiskosten gewußt? Wer war der Schwächling, wieheißtesnoch, ja, der weißhaarige Schwächling, der diese schändliche Heirat erlaubt hatte? Wer hatte seine Tochter in das *Bett* dieses, wieheißtesnoch, Schurken gelegt? Wessen Kopf steckte so voll von allem möglichen verdammten närrischen unverständlichen Zeug, wieheißtesnoch, wessen Verstand war von phantastischen ausländischen Ideen so aufgeweicht, daß er sein Kind in solch eine unnatürliche Ehe schicken konnte? Wer hatte sein Leben damit verbracht, Gott zu schmähen, wieheißtesnoch, und auf wessen Kopf entlud sich die Strafe? Wer hatte Unglück über dieses Haus gebracht ... eine Stunde und neunzehn Minuten lang sprach sie gegen meinen Großvater, und als sie fertig war, war den Wolken das Wasser ausgegangen und stand das Haus voller Pfützen. Und ehe sie fertig war, tat ihre jüngste Tochter Emerald etwas sehr Merkwürdiges.

Emeralds Hände hoben sich neben ihr Gesicht, ballten sich zu Fäusten, aber mit ausgestrecktem Zeigefinger. Die Zeigefinger drangen in die Ohren ein und schienen Emerald von ihrem Sitz zu heben, bis sie, die Finger in die Ohren gestopft, lief – VOLLE WUCHT! –, ohne Dupatta hinaus auf die Straße lief, durch Wasserpfützen, am Rikschastand vorbei, am Paangeschäft vorbei, wo die alten Männer gerade vorsichtig an die regenfrische Luft kamen, und ihre Geschwindigkeit verblüffte die Straßenjungen, die startbereit dastanden und darauf warteten, daß sie ihr Spiel, zwischen den Strömen von Betel hin und her zu springen, beginnen konnten, denn niemand war gewohnt, eine junge Dame und erst recht nicht eine der Teen Batti allein und verstört und mit den Fingern in den Ohren und ohne Dupatta um die Schultern durch die vom Regen aufgeweichten Straßen laufen zu sehen. Heutzutage sind die Städte voller moderner modischer Fräulein ohne Dupatta, aber damals schnalzten die alten Männer bekümmert mit der Zunge, denn eine Frau ohne Dupatta war eine Frau ohne Ehre, und warum hatte Emerald Bibi beschlossen, ihre Ehre zu Hause zu lassen? Die Alten waren verwirrt, aber Emerald wußte es. In der Luft nach dem Regen sah sie ganz klar und frisch, daß die Quelle allen Übels in ihrer Familie dieses feige Dickerchen (ja, Padma) war, das im Untergrund lebte. Wenn sie ihn loswerden könnte, würden alle wieder glücklich sein . . . Ohne eine Pause zu machen, lief Emerald zum Kasernenviertel, wo der Armeestützpunkt war, wo Major Zulfikar sein würde! In dem Augenblick, in dem meine Tante in seinem Büro eintraf, brach sie ihren Schwur. Zulfikar ist bei den Moslems ein berühmter Name. Es war der Name des zweischneidigen Schwertes, das Ali, der Vetter des Propheten Mohammed, trug. Es war eine Waffe, wie sie die Welt noch nie gesehen hatte.

Ach ja: noch etwas geschah an jenem Tag auf der Welt. Eine Waffe, wie sie die Welt noch nie gesehen hatte, wurde in Japan auf gelbe Menschen abgeworfen. In Agra aber setzte Emerald ihre eigene Geheimwaffe ein. Sie war krummbeinig, kurz, flachköpfig, ihre Nase berührte beinah ihr Kinn, sie träumte von einem großen modernen Haus mit einer an die Wasserleitung angeschlossenen Badewanne direkt neben dem Bett.

Major Zulfikar war sich nie ganz schlüssig gewesen, ob er glauben sollte, daß Nadir Khan hinter der Ermordung des Kolibri stand oder nicht, aber es dürstete ihn nach einer Gelegenheit, das herauszufinden. Als Emerald ihm von Agras unterirdischem Tadsch erzählte, wurde er so erregt, daß er vergaß, wütend zu sein, und mit einer Truppe von fünfzehn Männern in die Cornwallis Road eilte. Mit Emerald an der Spitze trafen sie im Wohnzimmer ein. Meine Tante: Verrat mit schönem Gesicht, ohne Dupatta und mit rosafarbenen weiten Pajamas. Aziz sah sprachlos zu, wie die Soldaten den Wohnzimmerteppich zurückrollten, während meine Großmutter versuchte, Mumtaz zu trösten. »Frauen müssen Männer heiraten«, sagte sie, »keine Mäuse, wieheißtesnoch! Es ist keine Schande, diesen, wieheißtesnoch, Wurm zu verlassen.« Aber ihre Tochter fuhr fort zu weinen.

Nadir war nicht mehr in seiner Unterwelt! Durch Aziz' ersten Aufschrei gewarnt, von der Verlegenheit überwältigt, die ihn leichter überflutete als der Monsunregen, verschwand er. In einer der Toiletten – ja, genau der, warum nicht, in der er aus der Geborgenheit einer Wäschetruhe Doktor Aziz angesprochen hatte – flog eine Falltür auf. Ein hölzerner »Donnerbalken« – ein »Thron« – lag auf der Seite, sein leerer Emailletopf rollte auf die Kokosmatte. Die Toilette hatte eine Tür nach draußen, die auf die Gasse neben dem Kornfeld führte; die Tür stand offen. Sie war von der Außenseite verschlossen gewesen, aber nur mit einem Schloß made in India, und es war somit einfach gewesen, sie aufzubrechen . . . und in der von Lampen gedämpft beleuchteten Abgeschiedenheit des Tadsch Mahal ein glänzender Spucknapf und eine

Nachricht, adressiert an Mumtaz, unterschrieben von ihrem Ehemann, drei Wörter, sechs Silben, drei Ausrufezeichen:

Talaaq! Talaaq! Talaaq!

Dem Englischen fehlt der donnernde Klang des Urdu, und Sie wissen sowieso, was es bedeutet. Du bist eine Geschiedene! Du bist eine Geschiedene! Du bist eine Geschiedene!

Nadir Khan hatte getan, was sich gehörte.

O furchteinflößender Zorn Major Zulfis, als er den Vogel ausgeflogen fand! Er sah nur noch eine Farbe: rot. O so vollkommen mit der Wut meines Großvaters vergleichbarer Zorn, wenn auch in lächerlichen Gesten ausgedrückt! Zuerst hüpfte Major Zulfi in hilflosen Wutanfällen auf und ab, beherrschte sich schließlich und stürzte durchs Badezimmer hinaus, an dem Thron vorbei, am Kornfeld vorbei, durch das Tor in der Umgrenzungsmauer hinaus. Keine Spur von einem rennenden dicklichen reimlosen Dichter mit langem Haar. Nach links geschaut: nichts. Und rechts: null. Wutentbrannt traf Zulfi seine Wahl und stürmte an dem Fahrradrikschastand vorbei. Alte Männer spielten Triff-den-Spucknapf, und der Spucknapf stand auf der Straße. Straßenjungen hüpften zwischen Strömen von Betelsaft hin und her. Major Zulfi lief, weiterweiterweiter. Zwischen den alten Männern und ihrem Ziel durch, aber er ermangelte der Geschicklichkeit der Straßenjungen. Was für ein unglückseliger Augenblick: ein niedriger, harter Strahl roter Flüssigkeit erwischte ihn genau im Schritt. Ein Fleck wie eine Hand griff krampfhaft nach der Leistengegend seines Kampfanzugs, drückte zu, stoppte seinen Vormarsch. In allmächtigem Zorn blieb Major Zulfikar stehen. Ach, das war noch unglückseliger, denn ein zweiter Spieler, der annahm, daß der verrückte Soldat weiterlaufen würde, hatte einen zweiten Strahl losgelassen. Eine zweite rote Hand umfing die erste und gab Major Zulfis Tag den Rest . . . langsam, mit Bedacht ging er zu dem Spucknapf und stieß ihn in den Staub. Er sprang darauf – einmal! zweimal! noch einmal! – und walzte ihn platt. Sich anmerken zu lassen, daß er sich dabei den Fuß verletzt hatte, weigerte er sich. Einigermaßen würdevoll humpelte er davon, zurück zum Wagen, der vor dem Haus meines Großvaters geparkt war. Die Alten holten sich ihr brutal behandeltes Gefäß wieder und begannen, es wieder in Form zu klopfen.

»Jetzt, wo ich heirate«, sagte Emerald zu Mumtaz, »ist es sehr unhöflich von dir, wenn du noch nicht einmal versuchst, dich zu amüsieren. Und du solltest mir Ratschläge geben und alles.« Damals hielt Mumtaz, obwohl sie ihre jüngere Schwester anlächelte, es für eine große Frechheit von Emerald, so etwas zu sagen, und verstärkte, unabsichtlich vielleicht, den Druck des Stiftes, mit dem sie ein Hennamuster auf die Fußsohlen ihrer Schwester auftrug. »He!« zeterte Emerald. »Du brauchst doch nicht gleich böse zu werden. Ich habe doch nur gemeint, wir sollten versuchen, Freunde zu sein.«

Die Beziehungen zwischen den Schwestern waren seit Nadir Khans Verschwinden etwas gespannt, und Mumtaz hatte es nicht gefallen, als Major Zulfikar (der es vorgezogen hatte, meinen Großvater nicht vor Gericht zu bringen, weil er einem Mann, nach dem gefahndet worden war, Obdach gewährt hatte, und die Sache mit Brigadegeneral Dodson ins reine gebracht hatte) um die Erlaubnis gebeten und sie auch bekommen hatte, Emerald zu heiraten. »Es sieht nach Erpressung aus«, dachte sie. »Und außerdem, was ist mit Alia? Die Älteste sollte nicht zuletzt heiraten, und sieh nur, wieviel Geduld sie mit ihrem Händler hat.« Aber sie sagte nichts und lächelte ihr nachsichtiges Lächeln und stellte ihre Gabe der Hilfsbereitschaft in den Dienst der Hochzeitsvorbereitungen und versprach, sie wolle versuchen, sich zu amüsieren, während Alia weiterhin auf Ahmed Sinai wartete. (»Sie wird ewig warten«, rät Padma. Richtig.)

Januar 1946. Zelte, Süßigkeiten, Gäste, Lieder, eine in Ohnmacht fallende Braut, ein strammstehender Bräutigam: . . . eine wunderbare Hochzeit . . . bei der der Kunstlederhändler Ahmed Sinai plötzlich in eine Unterhaltung mit der frisch geschiedenen Mumtaz vertieft war. »Sie mögen Kinder?« »Was für ein Zufall, ich auch. . .« »Und Sie haben keine bekommen, armes Mädchen? Nun, um die Wahrheit zu sagen, meine Frau konnte keine. . .« »O nein, wie traurig für Sie! Und sie muß schlechtgelaunt wie nur was gewesen sein!« ». . . Oh, höllisch . . . entschuldigen Sie. Die Gefühle sind mit mir durchgegangen.« »Schon gut, denken Sie nicht darüber nach. Hat sie mit Geschirr geworfen und all das?« »Ob sie mit Geschirr geworfen hat? Innerhalb eines Monats mußten wir von Zeitungspapier essen!« »Ach du meine Güte, was Sie für Lügengeschichten auftischen!« »Oh, es hat keinen Zweck. Sie sind zu schlau für mich. Aber Geschirr geworfen hat sie trotzdem.« »Sie armer, armer Mensch.« »Nein – Sie, Sie sind zu bedauern.« Und sie dachte: »So ein netter Kerl, wenn er zusammen mit Alia war, hat er immer so gelangweilt ausgesehen. . .« Und: ». . . Ich habe dieses Mädchen nie angesehen, aber meine Güte. . .« Und: ». . . Man sieht, daß er Kinder liebt; und dafür könnte ich. . .«

Und: ». . . Nun ja, die Hautfarbe ist ja nicht so schlimm. . .« Es war auffällig, daß Mumtaz, als es Zeit zum Singen war, die Kraft fand, in alle Lieder miteinzustimmen; doch Alia schwieg still. Sie war noch schlimmer verletzt worden als ihr Vater im Jallianwala Bagh, und an ihr konnte man keine Spuren sehen.

»So, trübsinniges Schwesterherz, du hast es also doch geschafft, dich zu amüsieren.«

Im Juni dieses Jahres heiratete Mumtaz wieder. Ihre Schwester – die damit dem Beispiel ihrer Mutter folgte – sprach nicht mehr mit ihr, bis sie kurz vor ihrer beider Tod die Gelegenheit sah, sich zu rächen. Aadam Aziz und Ehrwürdige Mutter versuchten ohne Erfolg, Alia zu überzeugen, daß solche Dinge vorkommen, daß man es besser sofort als später herausfand und daß Mumtaz schwer gekränkt worden sei und einen Mann brauche, der ihr half, sich zu erholen . . . außerdem habe Alia Verstand, sie würde sich wieder fangen.

»Aber, aber«, sagte Alia, »es hat noch keiner ein Buch geheiratet.«

»Ändere deinen Namen«, sagte Ahmed Sinai. »Es ist Zeit für einen Neuanfang. Wirf Mumtaz und ihren Nadir Khan aus dem Fenster. Ich suche dir einen neuen Namen aus. Amina. Amina Sinai: wie gefällt dir das?«

»Was immer du sagst, Mann«, sagte meine Mutter.

»Überhaupt«, schrieb Alia, das kluge Kind, in ihr Tagebuch, »wer will sich schon diese Heiraterei aufhalsen? Ich nicht, nie, nein.«

Mian Abdullah war für eine Menge optimistischer Menschen ein Fehlstart; sein Gehilfe (dessen Name im Haus meines Vaters nicht ausgesprochen werden durfte) war für meine Mutter die falsche Abzweigung. Aber es waren die Jahre der Dürre; viel von der damals ausgepflanzten Saat endete im Nichts.

»Was passierte mit dem Dickerchen?« fragt Padma ärgerlich. »Du willst doch nicht sagen, daß du es nicht *erzählst*?«

Eine öffentliche Ankündigung

Es folgte ein Januar voller Illusionen, eine Zeit, die an der Oberfläche so still war, daß 1947 überhaupt nicht begonnen zu haben schien. (Während in Wirklichkeit natürlich . . .) In der die Kabinettsmission – der alte Pethick-Lawrence, der clevere Cripps, der militärische A. V. Alexander – zusah, wie ihr Plan für die Machtübergabe fehlschlug. (Aber natürlich waren es in Wirklichkeit nur noch sechs Monate bis . . .) In der der Vizekönig, Wavell, begriff, daß er am Ende gestrandet war oder, um es mit unserem ausdrucksstarken Wort zu bezeichnen, funtoosh. (Was in Wirklichkeit natürlich nur alles beschleunigte, denn das brachte den letzten Vizekönig ins Spiel, der . . .) In der Attlee zu sehr damit beschäftigt schien, mit Aung Sam über die Zukunft Birmas zu entscheiden. (Während er in Wirklichkeit natürlich den letzten Vizekönig einwies, bevor er seine Ernennung verkündete; und der zukünftige letzte Vizekönig den König besuchte und mit absoluten Vollmachten ausgestattet wurde, so daß bald, bald . . .) In der die verfassunggebende Versammlung sich selbst vertagt hatte, ohne sich auf eine Verfassung zu einigen. (Aber in Wirklichkeit konnte jederzeit Earl Mountbatten, der letzte Vizekönig, mit seinem unerbittlichen Ticktack, seinem Soldatenmesser, das Subkontinente in drei Teile schneiden konnte, und seiner Frau bei uns eintreffen, die, hinter einer Toilettentür eingeschlossen, heimlich Hühnerbrüste aß.) Und mitten in der spiegelglatten Stille, durch die man unmöglich das Mahlen der großen Maschinen sehen konnte, wachte meine Mutter, die nagelneue Amina Sinai, die ebenfalls still und unveränderlich aussah, obwohl sich große Dinge unter ihrer Haut taten, eines Morgens mit einem Kopf auf, der von Schlaflosigkeit brummte, und einer Zunge, die dick belegt war mit ungeschlafenem Schlaf. Und sie merkte, wie sie, ohne es zu wollen, laut sagte: »Was macht die Sonne denn hier, Allah? Sie ist an der falschen Seite aufgegangen.«

. . . Ich muß mich unterbrechen. Das wollte ich heute nicht, denn Padma hat angefangen, böse zu werden, wenn meine Erzählung sich ihrer selbst bewußt wird, wenn ich wie ein unfähiger Puppenspieler die Hände zeige, die die Fäden halten, aber ich muß einfach einen Protest kundtun. Indem ich in ein Kapitel einbreche, das ich dank eines glücklichen Zufalls »Eine öffentliche Ankündigung« genannt habe, erteile ich also (so deutlich wie möglich) folgende allgemeinmedizinische Warnung: »Ein gewisser Doktor N. Q. Baligga«, möchte ich – von den Dächern! durch die Lautsprecher der Minarette! – verkünden, »ist ein Quacksalber. Er sollte eingesperrt, ausgelöscht, aus dem Fenster gestürzt werden. Oder schlimmer noch: seiner eigenen Quacksalberei überantwortet werden, durch eine falsch verschriebene Pille überall lepröse Geschwüre bekommen. Verdammter Narr«, unterstreiche ich mein Anliegen, »kann noch nicht einmal erkennen, was man ihm unter die Nase hält.«

Nachdem ich Dampf abgelassen habe, muß ich meine Mutter mit ihrer Sorge um das seltsame Benehmen der Sonne noch einen Augenblick lang allein lassen, um zu erklären, daß unsere Padma, erschreckt durch meine Hinweise auf Risse und Zusammenbrüche, sich heimlich diesem *Baligga* – diesem Jujumann! diesem Kräuter-Wallah – anvertraut hat und daß infolgedessen dieser Scharlatan vorbeikam, den mit einer Beschreibung zu würdigen ich mich nicht herablasse. Ich ließ in aller Unschuld und um Padmas willen zu, daß er mich untersuchte. Ich hätte das Schlimmste befürchten sollen, denn das Schlimmste tat er. Glauben Sie es nur, wenn Sie können: der Betrüger hat mich für ganz erklärt! »Ich sehe keine Risse«, intonierte er düster und unterschied sich von Nelson in Kopenhagen darin, daß er auf keinem Auge sehen konnte, seine Blindheit nicht die Wahl eines starrsinnigen Genies, sondern der unvermeidliche Fluch seiner Torheit war! Blind stellte er meinen Geisteszustand in Frage und streute Zweifel aus in bezug auf meine Zuverlässigkeit als Zeuge und Gottweißwasnoch: »Ich sehe keine Risse.«

Am Ende scheuchte Padma ihn fort. »Lassen Sie's gut sein, Doktor Sahib«, sagte Padma, »wir kümmern uns selbst um ihn.« Auf ihrem Gesicht sah ich eine Art dumpfer Schulderkenntnis . . . Abgang Baligga, der nie wieder auf diese Seiten zurückkehren wird. Aber guter Gott! Ist der Arztberuf – die Berufung Aadam Aziz' – so tief gesunken? Bis zu diesem Dreckskerl Baligga? Wenn das stimmt, kommen schließlich alle ohne Ärzte aus . . . und das führt mich zurück zu dem Grund, aus dem Amina Sinai eines Morgens mit der Sonne auf den Lippen aufwachte.

»Sie ist an der falschen Seite aufgegangen!« kreischte sie unversehens und begriff dann, als das Brummen der schlecht durchschlafenen Nacht nachließ, wie sie in diesem Monat der Illusionen einem Trick zum Opfer gefallen war, denn nichts weiter war geschehen, als daß sie in

Delhi im Heim ihres neuen Ehemannes, das nach Osten lag, aufgewacht war; in Wahrheit also stand die Sonne am richtigen Ort, und *ihre* Lage hatte sich verändert . . . aber etwas von dem verwirrenden Eindruck blieb haften und verhinderte, daß sie sich vollkommen wohl fühlte, selbst nachdem sie diesen grundlegenden Gedanken begriffen und ihn mit den vielen ähnlichen Fehlern beiseite gelegt hatte, die sie seit ihrer Ankunft gemacht hatte (denn ihre Verwirrung über die Sonne war ein regelmäßiges Ereignis, als weigere ihr Verstand sich, die veränderten Umstände, die neue Stellung ihres Bettes oberhalb des Erdbodens zu akzeptieren.)

»Letzten Endes kann jeder ohne Vater auskommen«, sagte Doktor Aziz zu seiner Tochter, als er sich verabschiedete, und Ehrwürdige Mutter fügte hinzu: »Noch eine Waise in der Familie, wieheißtesnoch, aber mach dir nichts daraus, auch Mohammed war eine Waise, und von deinem Ahmed Sinai, wieheißtesnoch, kann man wenigstens sagen, daß er halb kaschmirisch ist.« Dann hatte Doktor Aziz mit eigenen Händen einen grünen Blechkoffer in das Eisenbahnabteil gereicht, in dem Ahmed Sinai seine Braut erwartete. »Die Mitgift ist weder klein noch groß, wie's heute so ist«, sagte mein Großvater. »Wir sind keine Millionäre, verstehst du. Aber wir haben dir genug gegeben; Amina wird dir mehr geben.« In dem grünen Blechkoffer: silberne Samoware, Saris aus Brokat, Goldmünzen, die dankbare Patienten Doktor Aziz geschenkt hatten, ein Museum, dessen Schaustücke geheilte Krankheiten und gerettete Leben darstellten. Und jetzt hob Aadam Aziz seine Tochter (auf eigenen Armen) hoch und übergab sie nach der Mitgift der Obhut dieses Mannes, der ihr einen neuen Namen gegeben und sie somit zu einem neuen Geschöpf gemacht hatte und dadurch gewissermaßen ihr Vater wie auch ihr neuer Ehemann geworden war . . . er ging (auf eigenen Füßen) den Bahnsteig entlang, als der Zug sich in Bewegung setzte. Wie ein Staffelläufer am Ende seiner Runde stand er da, bekränzt von Rauch, inmitten von Comicsverkäufern und dem Durcheinander von Fächern aus Pfauenfedern und heißen Speisen und dem ganzen teilnahmslosen Tumult der hockenden Träger und Gipstiere auf Schubkarren, während der Zug an Geschwindigkeit gewann und Richtung Hauptstadt immer schneller in die nächste Runde des Rennens dampfte. In dem Abteil saß die neue Amina Sinai (in unbeschädigtem Zustand), die Füße auf dem grünen Blechkoffer, der einen Zentimeter zu hoch war, um unter den Sitz zu passen. Während ihre Sandalen auf das verschlossene Museum der Errungenschaften ihres

Vaters drückten, raste sie davon in ihr neues Leben und ließ Aadam Aziz zurück, der sich fortan dem Versuch widmete, die Sachkenntnisse der Medizin des Westens und der Hakims miteinander zu verschmelzen, einem Versuch, der ihn allmählich zermürben und ihn davon überzeugen sollte, daß die Oberherrschaft des Aberglaubens, des Hokuspokus und der Magie in Indien nie gebrochen würde, denn die Hakims weigerten sich mitzumachen; und als er älter und die Welt weniger wirklich wurde, begann er an seinem eigenen Glauben zu zweifeln, und als die Zeit kam, in der er den Gott sah, an den er nie weder hatte glauben noch nicht glauben können, hatte er es wahrscheinlich schon erwartet.

Als der Zug den Bahnhof verließ, sprang Ahmed Sinai auf und verriegelte zu Aminas großer Verblüffung die Abteiltür und zog die Rollos herunter; aber dann polterte es draußen plötzlich, und Hände drehten an den Türknäufen, und Stimmen sagten: »Lassen Sie uns herein, Maharadsch! Maharadschin, sind Sie da? Bitten Sie Ihren Mann, aufzumachen.« Und immer, in all den Zügen in dieser Geschichte, gab es diese Stimmen und diese Fäuste, die hämmerten und bettelten, in dem Grenzzug nach Bombay und all den Expreßzügen der Jahre; und immer war es furchterregend, bis schließlich ich derjenige draußen war, der sich festklammerte, als ging's ums liebe Leben, und bettelte: »He, Maharadsch! Lassen Sie mich hinein, hoher Herr.«

»Schwarzfahrer«, sagte Ahmed Sinai, aber sie waren mehr als das. Sie waren eine Prophezeiung. Bald sollte es weitere geben.

. . .Und nun stand die Sonne am falschen Ort, und sie, meine Mutter, lag im Bett und fühlte sich unwohl, aber auch erregt von dem, was in ihr geschehen war und was zunächst noch ihr Geheimnis war. An ihrer Seite schnarchte Ahmed Sinai und schnarchte mächtig. Für ihn gab es keine Schlaflosigkeit, überhaupt keine, trotz der Probleme, die ihn veranlaßt hatten, einen grauen Beutel voller Geld heraufzubringen und unter dem Bett zu verstecken, als er dachte, Amina würde nicht hinsehen. Mein Vater schlief fest, umschlossen von der besänftigenden Hülle der größten Gabe meiner Mutter, die, wie sich herausstellte, viel mehr wert war als der Inhalt des grünen Blechkoffers: Amina Sinai schenkte Ahmed die Gabe ihrer unerschöpflichen Emsigkeit.

Niemand gab sich jemals solche Mühe wie Amina. Von dunkler Haut, mit glühenden Augen, war meine Mutter von Natur die penibelste Person auf Erden. Emsig arrangierte sie Blumen in den Fluren und Zimmern des Hauses in Alt-Delhi; Teppiche wurden mit unendlicher

Sorgfalt ausgewählt. Sie konnte sich fünfundzwanzig Minuten lang darüber Gedanken machen, wo sie einen Stuhl hinstellen sollte. Als sie damit fertig war, ihr Heim einzurichten, hier ein winziges Detail hinzugefügt, dort eine Kleinigkeit verändert hatte, merkte Ahmed Sinai, daß seine Waisenunterkunft in etwas Freundliches und Liebevolles verwandelt worden war. Amina stand stets vor ihm auf, weil ihre Emsigkeit sie dazu trieb, alles abzustauben, sogar die Bambusjalousien (bis er einwilligte, einen Hammal einzustellen); aber was Ahmed nie erfuhr, war, daß die Begabungen seiner Frau am hingebungsvollsten, am entschlossensten nicht den Äußerlichkeiten ihres gemeinsamen Lebens galten, sondern der Person Ahmed Sinais selbst.

Warum hatte sie ihn geheiratet? – Um getröstet zu werden, um Kinder zu bekommen. Aber anfangs stellte die Schlaflosigkeit, die ihren Verstand umhüllte, sich ihrem ersten Ziel in den Weg, und Kinder kommen nicht immer sofort. So hatte Amina sich dabei ertappt, daß sie von einem unträumbaren Dichtergesicht träumte und mit einem unaussprechbaren Namen auf den Lippen erwachte. Sie fragen: Was hat sie dagegen getan? Ich antworte: Sie hat die Zähne zusammengebissen und sich zur Ordnung gerufen. Das hielt sie sich vor: »Du großer undankbarer Kindskopf, kannst du denn nicht sehen, wer jetzt dein Mann ist? Weißt du nicht, was einem Ehemann zusteht?« Lassen Sie mich, um einer fruchtlosen Debatte über die richtigen Antworten auf diese Fragen zuvorzukommen, sagen, daß nach Auffassung meiner Mutter einem Ehemann bedingungslose Treue und rückhaltlose, aus ganzem Herzen kommende Liebe zustanden. Aber eine Schwierigkeit gab es: Amina, in deren Seele sich Nadir Khan und Schlaflosigkeit ballten, merkte, daß sie Ahmed Sinai nicht auf natürliche Weise mit diesen Dingen beglücken konnte. Und so brachte sie ihre Gabe der Emsigkeit zur Anwendung und erzog sich dazu, ihn zu lieben. Zu diesem Zweck teilte sie ihn im Geiste in jeden einzelnen seiner Bestandteile auf, körperlich wie auch verhaltensmäßig, unterteilte ihn in Lippen und sprachliche Eigenarten und Vorurteile und ähnliches ... kurzum, sie verfiel dem Bann des Lakens ihrer eigenen Eltern, weil sie beschloß, sich Stück für Stück in ihren Ehemann zu verlieben.

Jeden Tag wählte sie einen isolierten Teil von Ahmed Sinai aus und konzentrierte ihr ganzes Wesen darauf, bis er vollkommen vertraut wurde und sie eine Wärme in sich aufsteigen spürte, die Zuneigung und schließlich Liebe wurde. So kam es, daß sie seine überlaute Stimme bewunderte und die Art, wie sie ihr in den Ohren dröhnte und sie erzittern ließ, und ebenso seine Eigenart, immer guter Laune zu sein, bis er sich rasiert hatte – danach wurde sein Verhalten jeden Morgen streng, schroff, geschäftsmäßig und distanziert –, und seine Geieraugen, die – davon war sie überzeugt – seine innere Güte hinter einem kalt-vieldeutigem Blick verbargen, und die Art, wie seine Unterlippe über seine Oberlippe hinausragte, und seine kleine Statur, die ihn dazu brachte, ihr zu verbieten, jemals hohe Absätze zu tragen . . . »Mein Gott«, sagte sie zu sich, »es scheint, an jedem Mann gibt es eine Million verschiedene Dinge zu lieben!« Aber sie war unverzagt. »Wer kennt schließlich schon«, argumentierte sie insgeheim, »ein anderes menschliches Wesen durch und durch?« und fuhr fort, seinen Appetit auf Gebratenes, seine Fähigkeit, persische Lyrik zu zitieren, die Zornesfalte zwischen seinen Augenbrauen lieben und bewundern zu lernen . . . »Wenn das so weitergeht«, dachte sie, »gibt es immer etwas Neues an ihm zu lieben, und so kann unsere Ehe sich einfach nicht abnutzen.« So richtete meine Mutter sich beharrlich in ihrem Leben in der alten Stadt ein. Der Blechkoffer thronte ungeöffnet auf einem alten Schrank.

Und ohne daß er es wußte oder vermutete, wurden Ahmed und sein Leben von seiner Frau bearbeitet, bis er nach und nach einem Mann ähnelte, den er nie gekannt hatte, und in einem Haus lebte, das einer unterirdischen Kammer ähnelte, die er nie gesehen hatte. Unter dem Einfluß eines rührigen Zaubers, der so unauffällig war, daß Amina sich wahrscheinlich nicht bewußt war, ihn zu bewerkstelligen, wurde Ahmed Sinais Haar dünner und der Rest glatt und fettig, und er entdeckte, daß er bereit war, es wachsen zu lassen, bis es sich über seine Ohren zu ringeln begann. Auch dehnte sein Magen sich aus, bis er zu dem nachgiebigen weichen Bauch wurde, gegen den ich so oft gedrückt werden sollte und den keiner von uns, bewußt zumindest, mit der Schwammigkeit Nadir Khans verglich. Seine entfernte Cousine Zohra sagte kokett zu ihm: »Du mußt abnehmen, Vetterchen, sonst kommen wir zum Küssen nicht mehr an dich heran!« Aber es nützte nichts . . . und nach und nach errichtete Amina in Alt-Delhi eine Welt weicher Kissen und Dekorationen über den Fenstern, die sowenig Licht wie möglich hereinließen . . . sie fütterte die Bambusjalousien mit schwarzem Tuch, und all diese winzigen Umwandlungen halfen ihr bei ihrer Herkulesarbeit, der Arbeit, Stück für Stück zu akzeptieren, daß sie einen neuen Mann lieben mußte. (Aber sie blieb anfällig für die verbotenen Traumbilder von . . . und fühlte sich immer zu Männern mit weichen Bäuchen und ziemlich langem glatten Haar hingezogen.)

Man konnte die neue Stadt nicht von der alten aus sehen. In der Neustadt hatte eine Rasse rosafarbener Eroberer Paläste in rosafarbenem Stein errichtet, doch die Häuser in den engen Gassen der Altstadt lehnten sich vornüber, stießen aneinander, drängelten sich, versperrten sich gegenseitig die Sicht auf die rosafarbenen Gebäude der Macht. Nicht, daß jemals jemand in diese Richtung gesehen hätte. In den moslemischen Muhallas oder Vierteln, die sich um Chandni Chowk ballten, waren die Leute es zufrieden, nach innen in die abgeschirmten Höfe ihres eigenen Lebens zu sehen, die Bambusjalousien über ihre Fenster und Veranden herabzurollen. In den engen Gassen hielten junge Faulenzer Händchen und hakten sich unter und küßten sich, wenn sie sich trafen, und standen, das Gesicht nach innen gewandt, Hüfte an Hüfte, im Kreis. Es gab nichts Grünes, und die Kühe hielten sich fern, weil sie wußten, daß sie hier nicht heilig waren. Ständig läuteten Fahrradklingeln. Und ihren Mißklang übertönten die Rufe umherziehender Obstverkäufer: *Kommt all ihr Herrschaften – oh! Eßt ein paar Datteln – oh!*

Zu alldem kamen an dem Januarmorgen, an dem meine Mutter und mein Vater jeweils Geheimnisse voreinander verbargen, das nervöse Getrappel der Schritte von Herrn Mustapha Kemal und Herrn S. P. Butt und auch das nachdrückliche Gepauke von Lifafa Das' Dugdugeetrommel.

Als die trappelnden Schritte in den Gassen des Muhallas gehört wurden, waren Lifafa Das und sein Guckkasten und seine Trommel noch ein Stück entfernt. Die Trappelfüße entstiegen einem Taxi und hasteten in die engen Gassen; währenddessen stand meine Mutter in ihrem Eckhaus in der Küche, rührte Khichri zum Frühstück und hörte zufällig mit an, wie mein Vater sich mit seiner entfernten Cousine Zohra unterhielt. Während die Füße an den Obstverkäufern und handhaltenden Faulenzern vorbeiklapperten, hörte meine Mutter: ». . . Ihr Jungvermählten, ich kann es nicht lassen, euch zu besuchen, soo süüß, ich kann's gar nicht sagen!« Während die Füße näher kamen, errötete mein Vater tatsächlich. In jenen Tagen befand er sich in der Blüte seines Charmes, seine Unterlippe ragte eigentlich gar nicht so sehr hervor, die Falte zwischen seinen Brauen war noch nicht so ausgeprägt . . . und Amina, die immer noch Khichri rührte, hörte Zohra flöten: »O sieh nur, rosa! Aber du bist ja auch so hell, Vetterchen . . .!« Und er ließ sie bei Tisch All-India Radio hören, was Amina nicht tun durfte; Lata

Mangeshkar sang ein klagendes Liebeslied, während Zohra fortfuhr: »Genau wie ich, meinst du nicht? Süße rosa Babys werden wir haben, eine vollkommene Verbindung, nicht wahr, Vetterchen, hübsche weiße Paare?« Und die Füße trappelten, und in der Pfanne wurde gerührt, während es weiterging: »Wie schrecklich, schwarz zu sein, Vetterchen, jeden Morgen zu erwachen und davon angestarrt zu werden, den Beweis deiner Minderwertigkeit im Spiegel gezeigt zu bekommen! Natürlich wissen sie es, selbst Schwarze wissen, daß Weiß schöner ist, meinst du nicht?« Die Füße sind jetzt sehr nah, und Amina stampft mit dem Topf in der Hand ins Eßzimmer, konzentriert sich angestrengt darauf, sich zurückzuhalten, und denkt: Warum muß sie heute kommen, wo ich Neuigkeiten mitzuteilen habe, und außerdem muß ich in ihrer Gegenwart um Geld bitten. Ahmed Sinai hatte es gern, wenn er nett um Geld gebeten wurde, wenn es ihm mit Liebkosungen und süßen Worten abgeschmeichelt wurde, bis seine Serviette sich im Schoß aufzurichten begann, weil sich in seinen Pajamas etwas rührte; und sie machte sich nichts daraus, bereitwillig lernte sie auch das lieben, und wenn sie Geld brauchte, verlegte sie sich aufs Streicheln und: »Janum, bitte. . .« und: ». . . Nur ein bißchen, damit ich schönes Essen kochen und die Rechnungen bezahlen kann. . .« und: »Du bist so großzügig, gib mir, was du willst, ich weiß, es wird genug sein« . . . die Techniken der Straßenbettler, und sie mußte es vor der da mit den untertassengroßen Augen und der kichernden Stimme tun, die so laut über Schwarze plapperte. Die Füße sind beinahe an der Tür, und Amina im Eßzimmer ist mit dem heißen Khichri nah an Zohras dummem Kopf, bereit zur Tat, worauf Zohra schreit: »Oh, Anwesende ausgenommen, *natürlich*!«, nur vorsichtshalber, weil sie sich nicht sicher ist, ob sie belauscht wurde oder nicht, und: »Oh, Ahmed, Vetterchen, du bist wirklich zu garstig, zu denken, ich hätte unsere reizende Amina gemeint, die ja gar nicht so schwarz ist, sondern nur wie eine weiße Dame im Schatten aussieht!« Währenddessen betrachtet Amina mit dem Topf in der Hand den hübschen Kopf und denkt: Soll ich? und traue ich mich? Und beruhigt sich selbst mit: »Es ist ein großer Tag für mich, und wenigstens hat sie das Thema Kinder aufs Tapet gebracht, deshalb ist es jetzt leicht für mich, zu . . .« Aber es ist zu spät, Latas Klage im Radio hat das Klingeln der Türglocke übertönt, so daß sie nicht gehört haben, wie der alte Musa, der Hausdiener, die Tür aufmacht; Lata hat das Geräusch ängstlicher, die Treppe hochklappernder Füße überdeckt, aber plötzlich sind sie hier, die

Füße von Herrn Mustapha Kemal und Herrn S. P. Butt, und kommen schlurfend zum Stillstand.

»Die Kanaillen haben eine Freveltat verübt!« Herr Kemal, der dünnste Mensch, den Amina je gesehen hat, löst mit seiner seltsam archaischen Ausdrucksweise (die von seiner Vorliebe für Rechtsstreitigkeiten herrührt, die wiederum zur Folge hatte, daß er die Schlußphrasen der Gerichtshöfe übernahm) eine Art Kettenreaktion absurder Panik aus, zu der der kleine, quieksende, rückgratlose S. P. Butt, in dessen Augen etwas Wildes wie ein Affe tanzt, beträchtlich beiträgt, indem er diese drei Wörter hervorstößt: »Ja, die Feuerteufel!« Und nun drückt Zohra in einer merkwürdigen Reflexhandlung das Radio an die Brust, dämpft Lata zwischen ihren Brüsten und schreit: »O Gott, o Gott, welche Feuerteufel? In diesem Haus? O Gott, ich kann die Hitze spüren!« Amina steht mit dem Khichri in der Hand wie angewurzelt da und starrt die beiden Männer in ihren Straßenanzügen an. Ihr Ehemann, die Geheimhaltung ist nun zum Teufel, erhebt sich, rasiert, aber noch nicht im Anzug, und fragt: »Der Godown?«

Godown, Gudam, Warenlager: nennen Sie es, wie Sie wollen, aber kaum hatte Ahmed Sinai seine Frage gestellt, senkte sich Schweigen über den Raum (abgesehen davon natürlich, daß Lata Mangeshkars Stimme immer noch aus Zohras Busen drang), denn die drei Männer teilten sich ein solches Gebäude im Industriegebiet am Rand der Stadt.

»Nicht der Godown, Gott behüte«, betete Amina im stillen, denn der Kunstlederhandel florierte – vermittelt durch Major Zulfikar, der nun Adjutant im Heereshauptquartier in Delhi war, hatte Ahmed Sinai den Auftrag ergattert, die Armee mit Kunstlederjacken und wasserfesten Tischtüchern zu beliefern –, und große Vorräte dieses Materials, von dem ihr Lebensunterhalt abhing, waren in diesem Warenlager verstaut.

»Aber wer sollte so etwas tun?« klagte Zohra in Eintracht mit ihren singenden Brüsten. »Was für Verrückte laufen heutzutage frei in der Welt herum?« . . . Und so hörte Amina zum ersten Mal den Namen, den ihr Mann vor ihr verheimlicht hatte und der in jenen Zeiten viele Herzen mit Schrecken erfüllte. »Es ist Ravana«, sagte S. P. Butt . . . doch Ravana ist der Name eines vielköpfigen Dämons; sind also Dämonen im Land unterwegs? »Was ist das für ein Unsinn?« Amina, die mit dem Haß ihres Vaters auf Aberglauben sprach, verlangte eine Antwort, und Herr Kemal lieferte sie. »Es ist der Name eines heimtückischen Haufens, Madam, einer Bande brandlegender Schurken. Dies sind unruhige Zeiten, sehr unruhige Zeiten.«

Im Warenlager: eine Rolle Kunstleder auf der anderen und die Waren, mit denen Herr Kemal handelt, Reis Tee Linsen – er hortet sie überall im Land in großen Mengen als eine Art Schutz gegen das vielköpfige vielmäulige raubgierige Ungeheuer Öffentlichkeit, das, ließe man die Zügel schießen, die Preise in einer Zeit des Überflusses so drücken würde, daß gottesfürchtige Unternehmer verhungern müßten, während das Ungeheuer fett würde . . . »Ökonomie ist Knappheit«, argumentiert Herr Kemal, »deshalb halten meine Vorräte nicht nur die Preise auf einem anständigen Niveau, sondern untermauern sogar die Struktur der Wirtschaft.« – Und dann liegt im Warenlager Herrn Butts Vorrat, in Kartons mit der Aufschrift MARKE AAG verpackt. Ich brauche Ihnen nicht zu sagen, daß »aag« Feuer heißt. S. P. Butt war Streichholzfabrikant.

»Unsere Informationen«, sagt Herr Kemal, »enthüllen nur, daß es im Industriegebiet brennt. Um welchen Godown es sich handelt, ist nicht spezifiziert.«

»Aber warum sollte es unserer sein?« fragt Ahmed Sinai. »Warum, wo wir doch noch Zeit zum Bezahlen haben?«

»Bezahlen?« unterbricht ihn Amina. »Wen bezahlen? Was bezahlen? Mann, Janum, mein Leben, was geht hier vor?« . . . Aber: »Wir müssen gehen«, sagt S. P. Butt, und Ahmed Sinai geht, in zerknitterten Nachtpajamas und allem, eilt trappelnd mit dem Dünnen und dem Rückgratlosen aus dem Haus, läßt ungegessenen Khichri, Frauen mit weit aufgerissenen Augen, gedämpften Lata zurück, und in der Luft hängt der Name Ravana . . . »eine Bande von Tunichtguten, Madame, skrupellosen Halsabschneidern und Flegeln allesamt«.

Und S. P. Butts letzte zittrige Worte: »Verdammte Hindu-Feuerteufel, Begum Sahiba. Aber was können wir Moslems tun?«

Was ist von der Ravana-Bande bekannt? Daß sie als fanatische antimoslemische Bewegung auftrat, was in jenen Tagen vor den Krawallen im Zusammenhang mit der Teilung, in denen ungestraft Schweinsköpfe in die Höfe der Freitagsmoscheen gelegt werden konnten, nichts Ungewöhnliches war. Daß sie mitten in der Nacht Männer ausschickte, die sowohl in der neuen als auch in der alten Stadt Wahlsprüche auf die Mauern malten: TEILUNG BRINGT ZERSTÖRUNG! MOSLEMS SIND DIE JUDEN ASIENS! und so weiter. Und daß sie Fabriken, Geschäfte, Warenlager im Besitz von Moslems abbrannte. Aber es gibt noch mehr, und das ist nicht allgemein bekannt: hinter dieser Fassade des Rassenhasses war die Ravana-Bande ein brillant ausgeklügeltes Geschäftsunternehmen. Anonyme Telefonanrufe, Briefe, die mit aus Zeitungen ausgeschnittenen Wörtern geschrieben waren, erreichten moslemische Geschäftsleute, denen die Wahl zwischen der Zahlung einer einmaligen Summe Bargeld und dem Niederbrennen ihrer Welt gelassen wurde. Interessanterweise erwies sich, daß die Bande Berufsethos hatte. Es wurden keine zweiten Forderungen gestellt. Und sie meinte es ernst: blieben die grauen Säcke mit der Löhnung aus, züngelten Flammen an Läden Fabriken Lagerhäusern. Die meisten Leute bezahlten, da sie dies der risikoreichen Alternative, der Polizei zu vertrauen, vorzogen. Auf die Polizei konnten sich die Moslems 1947 nicht verlassen. Und man sagt (obwohl ich dessen nicht sicher sein kann), daß die Erpresserbriefe bei ihrem Eintreffen auch eine Liste »zufriedener Kunden« enthielten, die bezahlt hatten und gut im Geschäft geblieben waren. Die Ravana-Bande gab – wie alle Profis – Referenzen an.

Zwei Männer in Straßenanzügen und einer in Pajamas liefen durch die engen Gassen des Moslem-Muhallas zu dem Taxi, das am Chandni Chowk wartete. Sie zogen neugierige Blicke auf sich: nicht nur wegen ihres unterschiedlichen Aufzugs, sondern weil sie versuchten, nicht zu laufen. »Lassen Sie sich keine Panik anmerken«, sagte Herr Kemal. »Geben Sie sich ruhig.« Aber immer wieder gerieten ihnen die Füße außer Kontrolle und hasteten weiter. Ruckweise, in kleinen Geschwindigkeitsschüben, gefolgt von einigen schlecht disziplinierten Schritten in ruhiger Gangart, verließen sie den Muhalla und kamen auf ihrem Weg an einem jungen Mann mit einem schwarzen Metallguckkasten auf Rädern vorbei, einem Mann mit einer Dugdugeetrommel: Lifafa Das, unterwegs zum Schauplatz der wichtigen Ankündigung, die dieser Episode ihren Namen gibt. Lifafa Das rührte seine Trommel und rief: »Kommt, seht alles, kommt, seht alles, kommt und seht! Kommt, seht Delhi, kommt, seht Indien, kommt seht! Kommt seht, kommt seht!« Aber Ahmed Sinai hatte anderes zu sehen.

Die Kinder des Muhallas hatten eigene Namen für die meisten der dort Wohnenden. Eine Gruppe von drei Nachbarn war als die »Kampfhähne« bekannt, weil hier die Häuser eines Mannes aus Sind und eines aus Bengalen durch einen der wenigen Hindu-Haushalte des Muhallas getrennt waren. Der Sindi und der Bengale hatten sehr wenig gemeinsam – sie sprachen weder dieselbe Sprache, noch kochten sie das gleiche Essen, aber sie waren beide Moslems, und sie verabscheuten beide den dazwischengepferchten Hindu. Sie warfen von ihren Dächern Abfall auf sein Haus. Sie stießen aus ihren Fenstern vielsprachige Beschimpfungen gegen ihn aus. Sie schleuderten Fleischfetzen vor seine Tür . . . während er wiederum Straßenjungen bezahlte, damit sie Steine in ihre Fenster warfen, Steine, um die Botschaften gewickelt waren: »Wartet ab«, besagten die Botschaften, »ihr kommt auch noch an die Reihe« . . . Die Kinder des Muhallas nannten meinen Vater nicht bei seinem richtigen Namen. Sie kannten ihn als den »Mann, der seiner Nase nicht folgen kann«.

Ahmed Sinai war Besitzer eines so untauglichen Orientierungssinns, daß er, sich selbst überlassen, sich sogar in den gewundenen Gassen seiner eigenen Nachbarschaft verlaufen konnte. Oft hatten die Straßenkinder ihn hilflos in den Gassen umherwandernd angetroffen und eine Vier-Anna-Chavanni-Münze angeboten bekommen, damit sie ihn nach Hause begleiteten. Ich erwähne das, weil ich glaube, daß die Gabe meines Vaters, die falsche Abzweigung zu nehmen, ihn nicht bloß sein ganzes Leben lang bedrückte, sondern auch ein Grund dafür war, daß er sich zu Amina Sinai hingezogen fühlte (denn sie hatte dank Nadir Khan bewiesen, daß auch sie die falsche Abzweigung nehmen konnte); und darüber hinaus floß seine Unfähigkeit, der eigenen Nase zu folgen, in mich ein, trübte in gewissem Maße das nasale Erbe, das ich von anderer Seite erhielt, und machte mich jahrelang unfähig, meinen eigenen wahren Weg zu erschnüffeln . . . Aber das reicht erst einmal, denn ich habe den drei Geschäftsleuten genug Zeit gegeben, das Industriegebiet zu erreichen. Ich werde nur hinzufügen, daß mein Vater (meiner Meinung nach als direkte Folge seines mangelnden Orientierungssinns) ein Mann war, über dem selbst in Augenblicken des Triumphes der Gestank zukünftigen Versagens hing, der Geruch einer falschen Abzweigung gleich hinter der nächsten Ecke, ein Aroma, das auch durch sein ständiges Baden nicht weggewaschen werden konnte. Herr Kemal, der es roch, sagte im Vertrauen zu S. P. Butt: »Diese Typen aus Kaschmir, alter Knabe: altbekannte Tatsache, daß sie sich nie waschen.« Diese Verleumdung verbindet meinen Vater mit dem Fährmann Tai . . . mit Tai in den Klauen der selbstzerstörerischen Wut, die ihn das Saubersein aufgeben ließ.

Im Industriegebiet schliefen Nachtwächter friedlich weiter, hörten nichts vom Lärm der Feuerwehrwagen. Warum? Wie? Weil sie ein Abkommen mit dem Ravana-Gesindel geschlossen hatten und, vor dem bevorstehenden Eintreffen der Bande rechtzeitig gewarnt, einen Schlaftrunk nahmen und ihre Flechtbetten aus den Gebäuden des Areals wegtrugen. Auf diese Weise vermied die Bande Gewalttätigkeit und besserten die Nachtwächter ihr mageres Einkommen auf. Es war eine gütliche und nicht unintelligente Abmachung.

Zwischen den schlafenden Nachtwächtern sahen Herr Kemal, mein Vater und S. P. Butt zu, wie verbrannte Fahrräder in schweren schwarzen Wolken in den Himmel aufstiegen. Butt Vater Kemal standen neben den Feuerwehrwagen, und Erleichterung durchströmte sie, denn was da brannte, war der Godown von Arjuna-India-Rad – der Firmenname Arjuna, einem Helden der hinduistischen Mythologie entliehen, hatte nicht verschleiern können, daß die Firma in moslemischem Besitz war. Von Erleichterung durchflutet, atmeten Vater Kemal Butt eine Luft, die von durch Brandstiftung verbrannten Fahrrädern erfüllt war, husteten und spuckten, als der Qualm von zu Asche verbrannten Rädern, die in Luft aufgelösten Geister von Ketten Klingeln Satteltaschen Lenkstangen, die Rahmen von Arjuna-India-Rädern in anderer Erscheinungsform in ihre Lungen ein- und wieder hinauszogen. Eine primitive Maske aus Pappkarton war an einen Telegrafenmast vor dem brennenden Godown genagelt – eine Maske mit vielen Gesichtern – eine Teufelsmaske mit fauchenden Gesichtern und breiten, sich kräuselnden Lippen und leuchtend roten Nüstern. Die Gesichter des vielköpfigen Ungeheuers Ravana, des Königs der Dämonen, sahen böse auf die Körper der Nachtwächter hinab, die so fest schliefen, daß niemand, weder die Feuerwehrleute noch Kemal, noch Butt, noch mein Vater, das Herz hatte, sie zu stören; und die ganze Zeit fiel vom Himmel die Asche von Pedalen und Schläuchen auf sie nieder.

»Verdammt üble Geschichte«, sagte Herr Kemal. Er hatte kein Mitleid. Er kritisierte die Besitzer der Arjuna-India-Rad-Gesellschaft.

Seht: die Wolke des Unglücks (das auch eine Erlösung ist) steigt auf und zieht sich am blassen Morgenhimmel wie ein Ball zusammen. Seht, wie sie sich nach Westen ins Herz der Altstadt drängt, wie sie, wie ein Finger, gütiger Gott, hinunterzeigt auf den moslemischen Muhalla am Chandni Chowk! . . . Wo gerade in diesem Augenblick Lifafa Das seine Artikel direkt in der Gasse der Sinais anbietet.

»Kommt, seht alles, seht die ganze Welt, kommt seht!«

Beinah ist es Zeit für die öffentliche Ankündigung. Ich will nicht verleugnen, daß ich aufgeregt bin: schon zu lange lungere ich im Hintergrund meiner eigenen Geschichte, und obwohl es noch ein Weilchen dauert, ehe ich sie übernehmen kann, ist es nett, einmal einen Blick hineinzuwerfen. Höchst erwartungsvoll folge ich also dem zeigenden Finger im Himmel und sehe auf das Viertel meiner Eltern hinab, auf Straßenverkäufer, die geröstete Pferdebohnen in zusammengedrehtem Papier feilbieten, auf die Hüfte an Hüfte, Hand in Hand dastehenden Faulenzer auf den Straßen, auf herumfliegende Papierschnitzel und kleine geballte Wirbelwinde von Fliegen, die um die Stände mit Süßigkeiten schwärmen . . . alles verkürzt durch meinen Blick von hoch oben im Himmel. Und Kinder sind da, ebenfalls in Scharen, durch das magische Rattern von Lifafa Das' Dugdugeetrommel und seine Stimme auf die Straße gelockt. »Dunya dekho«, seht die ganze Welt! Jungen ohne Höschen, Mädchen ohne Hemdchen und andere, schickere Kinder in weißer Schulkleidung, deren Shorts von Elastikgürteln mit S-förmigen Schlangenschnallen festgehalten werden, fette kleine Jungen mit plumpen Fingern, alle scharen sich um den schwarzen Kasten auf Rädern, einschließlich dieses einen Mädchens, eines Mädchens mit einer langen haarigen durchgehenden Augenbraue, die beide Augen überschattet, die achtjährige Tochter dieses unhöflichen Sindi, der bereits jetzt schon die Flagge des noch fiktiven Landes Pakistan auf seinem Dach hißt, der selbst jetzt seinen Nachbarn beschimpft, während seine Tochter mit ihrem Chavanni in der Hand auf die Straße hinausstürzt. Sie hat den Ausdruck einer Zwergenkönigin, und Mord lauert hinter ihren Lippen. Wie heißt sie? Ich weiß es nicht; aber ich kenne diese Augenbrauen.

Lifafa Das: der durch einen unglücklichen Zufall seinen schwarzen Guckkasten vor einer Wand aufgestellt hat, auf die jemand eine Swastika geschmiert hat (in diesen Tagen sah man sie überall; die extremistische RSSS-Partei malte sie auf jede Wand; nicht das seitenverkehrte Hakenkreuz der Nazis, sondern das alte Hindu-Symbol für Macht. Svasti bedeutet auf Sanskrit »gut«.) . . . dieser Lifafa Das, dessen Ankunft ich so laut verkündet habe, war ein junger Kerl, der unsichtbar war, bis er lächelte und schön wurde oder bis er seine Trommel schlug und für Kinder unwiderstehlich wurde. Dugdugeemänner: überall in Indien rufen sie: »Dilli dekho«, kommt seht Delhi! Aber dies war Delhi, und Lifafa Das hatte seinen Ruf entsprechend abgeändert: »Seht die ganze Welt, kommt seht alles!« Die übertreibende Formel begann sich nach einiger Zeit in seinem Verstand festzusetzen; immer mehr Ansichtskarten wanderten in seinen Guckkasten, während er verzweifelt versuchte, zu liefern, was er versprach, und alles in seinen Kasten zu stecken. (Das erinnert mich plötzlich an Nadir Khans Freund, den

Maler: ist das eine indische Krankheit, der Drang, die ganze Wirklichkeit in eine Kapsel zu schließen? Schlimmer: bin auch ich angesteckt?)

In dem Guckkasten Lifafa Das' waren Bilder vom Tadsch Mahal und vom Meenakshi-Tempel und vom heiligen Ganges, aber der Guckkasten-Mann hatte neben diesen berühmten Ansichten den Drang verspürt, auch zeitgenössischere Bilder aufzunehmen – Stafford Cripps verläßt Nehrus Residenz; Unberührbare werden berührt; gebildete Menschen schlafen in großer Zahl auf Eisenbahnschienen; ein Reklamefoto einer europäischen Schauspielerin mit einem Berg Früchte auf dem Kopf – Lifafa nannte sie Carmen Veranda; sogar ein auf Pappe aufgezogenes Zeitungsfoto von einem Brand im Industriegebiet. Lifafa Das hielt nichts davon, seine Zuschauerschaft vor den nicht immer angenehmen Zügen des Zeitalters zu schützen . . . und oft, wenn er in diese Gassen kam, erschienen Erwachsene genausogut wie Kinder, um zu sehen, was es in seinem Kasten auf Rädern Neues gab, und zu seinen beständigsten Kunden gehörte Begum Amina Sinai.

Aber heute liegt etwas Hysterisches in der Luft, etwas Sprödes und Bedrohliches hat sich auf dem Muhalla niedergelassen, während die Wolke der verbrannten India-Räder darüber hängt . . . und nun gerät es außer Rand und Band, als dieses Mädchen mit seiner durchgehenden Augenbraue zetert und mit einer Unschuld, die es nicht besitzt, lispelt: »Ich ssuerst! Weg da . . . laßt mich ssehen! Ich kann nichts *ssehen*!«

Denn es sind schon Augen an dem Loch in dem Kasten, es sind schon Kinder in die Bilderfolge versunken, und Lifafa Das sagt (ohne seine Arbeit zu unterbrechen – er dreht stur weiter an dem Knopf, der die Postkarten in dem Kasten in Bewegung hält): »Ein paar Minuten noch, Bibi, jeder kommt an die Reihe, warte nur.« Worauf die Zwergenkönigin mit der einen Augenbraue antwortet: »Nein! Nein! Ich will die erste ssein!« Lifafa hört auf zu lächeln – wird unsichtbar – zuckt die Achseln. Unbändige Wut erscheint auf dem Gesicht der Zwergenkönigin. Und nun steigt ein Affront auf, eine tödlich-böse Bemerkung zittert auf ihren Lippen. »Du hast *Nerven*, in diesen Muhalla zu kommen! Ich kenne dich: mein Vater kennt dich: jeder weiß, daß du ein Hindu bist!!«

Lifafa Das steht schweigend da und dreht den Griff seines Kastens; aber nun singt die Walküre mit Pferdeschwanz und einer Augenbraue und zeigt mit Patschfingern, und die Jungen in ihrer weißen Schulkleidung mit Schlangenschnallen fallen ein: »Hindu! Hindu! Hindu!« Und

Bambusjalousien fliegen hoch, und der Vater des Mädchens lehnt sich aus dem Fenster und fällt in den Chor ein, stößt Beschimpfungen gegen ein neues Ziel aus, und der Bengale fällt auf Bengali ein . . . »Muttervergewaltiger! Schänder unserer Töchter!« . . . und vergessen Sie nicht, daß in den Zeitungen von Angriffen auf moslemische Kinder gesprochen wurde, so daß plötzlich eine Stimme aufschreit – eine Frauenstimme, vielleicht sogar die der dummen Zohra: »Vergewaltiger! Arré, mein Gott, sie haben den Badmaash gefunden! Hier *ist* er!« Und jetzt ergreifen der Wahnsinn der Wolke, die wie ein in eine bestimmte Richtung zeigender Finger aussieht, und die ganze aus den Fugen geratene Unwirklichkeit der Zeit den Muhalla, und von jedem Fenster hallen die Schreie wider, und die Schuljungen haben zu singen begonnen: »Verge-waltiger! Verge-waltiger! Verge-verge-verge-waltiger!«, ohne richtig zu wissen, was sie sagen; die Kinder sind vor Lifafa Das zurückgewichen, und auch er hat sich bewegt, zieht seinen Kasten auf Rädern weiter und versucht wegzukommen, aber nun ist er von blutrünstigen Stimmen umgeben, und die Müßiggänger bewegen sich auf ihn zu, Männer steigen von Fahrrädern ab, ein Gefäß fliegt durch die Luft und zerbricht an einer Mauer neben ihm; er steht mit dem Rücken gegen einen Türeingang, als ein Kerl mit einer fettigen Haartolle ihn süßlich angrinst und sagt: »So, Mister: Sie sind das also? Mister Hindu, der unsere Töchter entehrt? Mister Götzenanbeter, der mit seiner Schwester schläft?« Und Lifafa Das: »Nein, um Himmels willen . . .«, lächelt wie ein Idiot . . . und dann geht die Tür hinter ihm auf, und er fällt nach hinten und landet in einem dunklen kühlen Korridor neben meiner Mutter Amina Sinai.

Sie hatte den Morgen allein mit der kichernden Zohra und dem Nachhall des Namens Ravana verbracht, ohne zu wissen, was dort draußen im Industriegebiet geschah. Sie hatte dem Gedanken nachgehangen, daß die ganze Welt verrückt zu werden schien, und als das Geschrei anfing und Zohra – ehe sie aufgehalten werden konnte – einfiel, verhärtete sich etwas in ihr, irgendeine Erkenntnis, daß sie die Tochter ihres Vaters war, irgendeine geisterhafte Erinnerung an Nadir Khan, der sich vor sichelförmigen Messern in einem Kornfeld verbarg, irgendeine Reizung ihrer Geruchswege, und sie ging nach unten, ihn zu retten, obwohl Zohra kreischte: »Was machst du, Schwesterchen, diese irre Bestie, um Gottes willen, laß ihn nicht hier herein, bist du übergeschnappt?«... Meine Mutter öffnete die Tür, und Lifafa Das fiel herein.

Stellen Sie sie sich vor: an diesem Morgen, ein dunkler Schatten zwischen dem Mob und seinem Opfer, ihr Leib berstend über seinem unsichtbaren, ungenannten Geheimnis. »Wah, wah«, applaudierte sie der Menge, »was für Helden! Helden, ich schwör's, aber wirklich! Nur fünfzig von euch gegen dieses schreckliche Ungeheuer von einem Kerl! Bei Allah, meine Augen glänzen vor Stolz, wenn ich euch so ansehe.«

... Und Zohra: »Komm zurück, Schwesterchen!« Und die fettige Tolle: »Warum verteidigen Sie diesen Goonda, Begum Sahiba? Das ist nicht recht gehandelt.« Und Amina: »Ich kenne diesen Mann. Er ist ein anständiger Mensch. Geht, verschwindet, habt ihr denn alle nichts zu tun? In einem moslemischen Muhalla würdet ihr einen Menschen in Stücke reißen?! Los, packt euch!« Aber der Mob ist nicht länger überrascht und bewegt sich wieder nach vorn... und jetzt. Jetzt kommt es.

»Hört zu«, rief meine Mutter, »hört gut zu! Ich trage ein Kind. Ich bin eine Mutter, die ein Kind haben wird, und ich biete diesem Mann meinen Schutz. Kommt jetzt, wenn ihr töten wollt, tötet auch eine Mutter und zeigt der Welt, was ihr für Männer seid!«

Und so geschah es, daß meine Ankunft – das Kommen Saleem Sinais – den versammelten Volksmassen verkündet wurde, bevor mein Vater davon erfahren hatte. Vom Augenblick meiner Empfängnis an, scheint es, bin ich öffentliches Eigentum gewesen.

Aber obwohl meine Mutter recht hatte, als sie ihre öffentliche Ankündigung machte, hatte sie auch unrecht. Dies ist der Grund: das Kind, das sie trug, erwies sich nicht als ihr Sohn.

Meine Mutter kam nach Delhi, machte sich daran, ihren Ehemann beharrlich zu lieben, wurde von Zohra und Khichri und trappelnden Füßen daran gehindert, ihrem Mann ihre Neuigkeit mitzuteilen, hörte Schreie, machte eine öffentliche Ankündigung. Und es funktionierte. Meine Verkündigung rettete ein Leben.

Nachdem die Menge sich zerstreut hatte, ging der alte Musa, der Hausdiener, auf die Straße und rettete Lifafa Das' Guckkasten, während Amina dem jungen Mann mit dem schönen Lächeln ein Glas frisches Limonenwasser nach dem anderen gab. Es schien, als habe sein Erlebnis ihm nicht nur Flüssigkeit, sondern auch Süße entzogen, denn er tat vier

Löffel Rohzucker in jedes Glas, während Zohra in anmutigem Schrek-ken auf einem Sofa kauerte. Und schließlich sagte Lifafa Das (dem durch Limonenwasser wieder Flüssigkeit und durch Zucker Süße zuge-führt worden war): »Begum Sahiba, Sie sind eine große Dame. Wenn Sie erlauben, segne ich Ihr Haus und auch Ihr ungeborenes Kind. Aber ich werde auch – bitte gestatten Sie es – noch etwas anderes für Sie tun.«

»Danke schön«, sagte meine Mutter, »aber Sie müssen gar nichts tun.«

Doch er fuhr fort (mit der Süße des Zuckers auf seiner Zunge): »Mein Vetter, Shri Ramram Seth, ist ein großer Seher, Begum Sahiba. Hand-leser, Astrologe, Wahrsager. Bitte kommen Sie zu ihm, und er wird Ihnen die Zukunft Ihres Sohnes offenbaren.«

Wahrsager hatten mich prophezeit . . . im Januar 1947 wurde meiner Mutter dafür, daß sie ein Leben geschenkt hatte, eine Prophezeiung zum Geschenk gemacht. Und trotz Zohras: »Es ist Wahnsinn, mit dem zu gehen, Amina Schwester, denk nicht eine Sekunde lang darüber nach. In diesen Zeiten muß man vorsichtig sein«; trotz der Erinnerung an die Skepsis ihres Vaters und seinen Daumenundzeigefinger um das Ohr eines Maulvis rührte das Angebot meine Mutter an einer Stelle, die Ja antwortete. Eingeholt von dem unlogischen Wunder ihrer nagel-neuen Mutterschaft, deren sie sich gerade erst sicher geworden war, sagte sie: »Ja, Lifafa Das, bitte treffen Sie mich in ein paar Tagen am Tor zum Roten Fort. Dann führen Sie mich zu Ihrem Vetter.«

»Ich werde jeden Tag warten«; er legte die Hände aneinander und war weg.

Zohra war so überwältigt, daß sie, als Ahmed Sinai nach Hause kam, nur den Kopf schütteln und sagen konnte: »Ihr Jungvermählten, ver-rückt wie die Eulen; ich muß euch euch selbst überlassen!«

Musa, der alte Hausdiener, hielt auch den Mund. Er hielt sich im Hintergrund unseres Lebens, immer, bis auf zweimal . . . einmal, als er uns verließ; einmal, als er zurückkehrte, um die Welt durch Zufall zu zerstören.

Vielköpfige Ungeheuer

Es sei denn, natürlich, so etwas wie Zufall gäbe es nicht. Dann wäre Musa – trotz seines Alters und seiner Unterwürfigkeit – nichts Geringeres als eine Zeitbombe, die leise bis zu ihrer vorherbestimmten Zeit abliefe; dann sollten wir entweder – optimistisch – aufstehen und jubeln, denn wenn alles vorhergeplant ist, dann haben wir alle einen Sinn, und der Schrecken, uns als Zufallsprodukte ohne *warum* zu erkennen, bleibt uns erspart; oder wir könnten – pessimistisch – natürlich auf der Stelle aufgeben, da wir die Sinnlosigkeit von Gedanke Entscheidung Handlung einsehen, weil sowieso nichts, was wir denken, von Belang ist; alles wird sein, wie es sein wird. Wo liegt dann der Optimismus? Im Schicksal oder im Chaos? War mein Vater opti- oder pessimistisch, als meine Mutter ihm ihre Neuigkeit mitteilte (nachdem jeder in der Nachbarschaft sie schon gehört hatte) und er antwortete: »Ich habe es dir ja gesagt; es war nur eine Frage der Zeit«? Die Schwangerschaft meiner Mutter, scheint es, war vom Schicksal bestimmt; meine Geburt jedoch verdankte viel dem Zufall.

»Es war nur eine Frage der Zeit«, sagte mein Vater mit allen Zeichen von Freude; doch die Zeit war meiner Erfahrung nach schon immer eine unsichere Sache und nichts, auf was man sich verlassen konnte. Sie konnte sogar geteilt werden: die Uhren in Pakistan eilten ihren indischen Gegenstücken eine halbe Stunde voraus . . . Herr Kemal, der mit der Teilung nichts zu tun haben wollte, sagte gern: »Hier liegt der Beweis für die Idiotie ihres Plans. Diese Liga-Leute planen, sich mit ganzen dreißig Minuten zu absentieren! Zeit-ohne-Teilung«, rief Herr Kemal aus, »das ist die Lösung!« Und S. P. Butt sagte: »Wenn sie die Zeit einfach so verändern können, was ist dann noch wirklich, frage ich Sie? Was ist wahr?«

Es sieht aus, als sei das ein Tag für große Fragen. Über die unzuverlässigen Jahre hinweg antworte ich S. P. Butt, dem in den Teilungskrawallen die Kehle durchgeschnitten wurde und der daraufhin das Interesse an der Zeit verlor: »Wahrheit und Wirklichkeit sind nicht unbedingt dasselbe.« *Wahrheit* war für mich seit meiner frühesten Kindheit etwas, was in den Geschichten verborgen war, die Mary Pereira mir erzählte: Mary, meine Ayah, die gleichzeitig mehr und weniger war als eine Mutter; Mary, die alles über uns wußte. *Wahrheit* war etwas, was direkt hinter dem Horizont verborgen war, auf den in dem Bild an meiner Wand der Finger des Fischers deutete, während der Knabe Raleigh seinen Erzählungen lauschte. Während ich dies nun im Lichtkegel meiner Schwenklampe schreibe, messe ich die Wahrheit an diesen frühen Dingen: Hätte Mary sie so erzählt, frage ich? Hätte der Fischer das gesagt? . . . Und nach diesen Maßstäben ist es unanfechtbar wahr, daß meine Mutter an einem Tag im Januar 1947, sechs Monate, bevor ich auftauchte, alles über mich erfuhr, während mein Vater mit einem Dämonenkönig aneinandergeriet.

Amina Sinai wartete auf einen geeigneten Augenblick, um Lifafa Das' Angebot anzunehmen; aber nachdem die India-Rad-Fabrik abgebrannt war, blieb Ahmed Sinai zwei Tage lang zu Hause und besuchte sein Büro am Connaught Place kein einziges Mal, als stähle er sich für eine unangenehme Begegnung. Zwei Tage lang blieb der angeblich geheime graue Geldbeutel an seinem Platz unter seiner Seite des Betts. Mein Vater zeigte kein Verlangen, über die Gründe für die Anwesenheit des grauen Beutels zu reden, also sagte Amina zu sich: »Und wenn schon, was macht's?« Denn auch sie hatte ihr Geheimnis, das geduldig an den Toren zum Roten Fort oberhalb des Chandni Chowk auf sie wartete. Insgeheim schmollend, behielt meine Mutter Lifafa Das für sich. »Wenn und bis er mir nicht erzählt, was er im Sinn hat, warum sollte ich ihm das erzählen?« argumentierte sie.

Und eines kalten Januarabends dann sagte Ahmed Sinai: »Ich muß heute abend ausgehen« und zog trotz ihrer Bitten: »Es ist kalt – du wirst krank . . .« einen Straßenanzug und den Mantel an, unter dem der mysteriöse graue Beutel einen lächerlich auffälligen Höcker bildete. So sagte sie schließlich: »Zieh dich warm an« und entließ ihn, wohin er auch ging, mit der Frage: »Wird es spät?« Worauf er antwortete: »Ja, ganz bestimmt.« Fünf Minuten nach seinem Weggang machte Amina Sinai sich auf zum Roten Fort, ins Herz ihres Abenteuers.

Eine Reise begann an einem Fort, eine andere sollte an einem Fort geendet haben und endete anderswo. Die eine sagte die Zukunft voraus, die andere bestimmte ihren geografischen Schauplatz. Während einer Reise gab es unterhaltsam tanzende Affen, an dem anderen Ort tanzte auch ein Affe, aber mit verheerendem Ergebnis. Bei beiden Abenteuern spielten Geier eine Rolle. Und vielköpfige Ungeheuer lauerten am Ende beider Wege.

Eins nach dem anderen also . . . und hier ist Amina Sinai unter den hohen Mauern des Roten Forts, wo Moguln herrschten und von dessen Höhe die neue Nation verkündet werden wird . . . obwohl weder Monarch noch Herold, wird meine Mutter (trotz des Wetters) mit Wärme begrüßt. Im letzten Licht des Tages ruft Lifafa Das: »Begum Sahiba! Ausgezeichnet, daß Sie gekommen sind!« Dunkelhäutig und angetan mit einem weißen Sari, winkt sie ihn zum Taxi; er greift nach der hinteren Tür, aber der Fahrer schnauzt ihn an: »Was glaubst du eigentlich? Was glaubst du denn, wer du bist? Komm schon, mach schon, steig vorne ein, aber ein bißchen plötzlich, laß die Dame im Fond sitzen!« So teilt Amina ihren Sitz mit einem schwarzen Guckkasten auf Rädern, während Lifafa Das sich entschuldigt: »Tut mir leid, Begum Sahiba. Gute Vorsätze sind keine Beleidigung.«

Aber hier – es kann nicht abwarten, bis es an der Reihe ist – ist noch ein Taxi, das vor einem anderen Fort hält und seine Fracht auslädt, drei Männer in Straßenanzügen, von denen jeder einen sperrigen grauen Beutel unter dem Mantel trägt . . . ein Mann so lang wie ein Leben und dünn wie eine Lüge, ein zweiter, der kein Rückgrat zu haben scheint, und ein dritter, dessen Unterlippe vorsteht, dessen Bauch zur Schwammigkeit neigt, dessen Haar ausdünnt und fettet und sich über den Ohren kringelt und zwischen dessen Augenbrauen die verräterische Falte ist, die sich mit dem Alter zur Narbe eines verbitterten zornigen Mannes vertiefen wird. Der Taxifahrer ist trotz des Wetters überschwenglich. »Purana Qila!« ruft er aus. »Alles aussteigen, bitte! Altes Fort, hier sind wir!« . . . Es hat viele, viele Delhis gegeben, und das Alte Fort, diese geschwärzte Ruine, ist ein so uraltes Delhi, daß unsere Altstadt neben ihm ein reines Wickelkind ist. Zu dieser Ruine aus undenkbar alten Zeiten sind Kemal, Butt und Ahmed Sinai durch einen anonymen Telefonanruf geschickt worden, der befahl: »Heute. Altes Fort. Direkt nach Sonnenuntergang. Aber keine Polizei . . . sonst Godown funtoosh!« Ihre grauen Beutel umklammernd, dringen sie in die uralte zerfallende Welt ein.

. . . Ihre Handtasche umklammernd, sitzt meine Mutter neben einem Guckkasten, während Lifafa Das vorne neben dem verwirrten, jähzornigen Fahrer sitzt und das Taxi in die Straßen auf der falschen Seite vom Hauptpostamt dirigiert, und als sie durch diese Gassen fährt, an deren Asphalt die Armut frißt wie eine Dürre, wo die Menschen ihr unsichtbares Leben führen (denn sie teilen Lifafa Das' Fluch der Unsichtbarkeit, und nicht alle haben ein schönes Lächeln), beginnt etwas

Neues sie zu bestürmen. Unter dem Druck dieser Straßen, die mit jeder Minute schmaler werden, mit jedem Zentimeter überfüllter, hat sie ihre »Stadtaugen« verloren. Wenn man Stadtaugen hat, kann man die unsichtbaren Menschen, die Männer mit den von Elefantiasis befallenen Eiern nicht sehen, und die Bettler in den Kistenwagen rempeln einen nicht an, und die einzelnen betongegossenen Stücke zukünftiger Abflußrohre sehen nicht wie Schlafsäle aus. Meine Mutter verlor ihre Stadtaugen, und die Neuheit dessen, was sie sah, ließ sie erröten, die Neuheit prasselte wie ein Hagelsturm auf ihre Haut. Sieh nur, mein Gott, diese schönen Kinder haben schwarze Zähne! Ist es denn die Möglichkeit . . . kleine Mädchen, die ihre Brustwarzen entblößen! Wie schrecklich, wirklich! Und, Allah-tobah, Gott behüte, Straßenkehrerinnen mit – nein! wie grauenhaft! – verkrüppeltem Rückgrat und Reisigbündeln und ohne Kastenzeichen; Unberührbare, guter Gott! . . . und überall Krüppel, verstümmelt von liebenden Eltern, die ihnen ein lebenslängliches Einkommen aus Bettelei sichern wollten . . . ja, Bettler in Kistenwagen, erwachsene Männer mit Beinen wie Kleinkinder in Kisten auf Rädern, hergestellt aus weggeworfenen Rollern und alten Mangokisten; meine Mutter schreit auf: »Lifafa Das, kehren Sie um!« Aber er lächelt sein schönes Lächeln und sagt: »Von hier an müssen wir zu Fuß gehen.« Als sie sieht, daß es kein Zurück gibt, befiehlt sie dem Taxi zu warten, und der schlechtgelaunte Fahrer sagt: »Ja natürlich, was bleibt einem bei einer großen feinen Dame anderes übrig als zu warten, und wenn Sie zurückkommen, muß ich die ganze Strecke bis zur Hauptstraße rückwärts fahren, weil hier kein Platz zum Wenden ist!« Kinder zerren am Saum ihres Saris, überall starren Köpfe meine Mutter an, die denkt: Es ist, als wäre man von einem schrecklichen Ungeheuer, einer Kreatur mit Köpfen und Köpfen und Köpfen, umgeben; doch sie verbessert sich: Nein, natürlich kein Ungeheuer, diese armen, armen Leute – was denn dann? Irgendeine Macht, eine Kraft, die ihre Stärke nicht kennt, die vielleicht zur Hinfälligkeit verkommen ist, weil sie nie angewandt wurde . . . Nein, dies sind trotz allem keine verkommenen Menschen. »Ich habe Angst«, bei dem Gedanken ertappt sich meine Mutter, gerade als eine Hand sie am Arm berührt. Sie dreht sich um und sieht sich dem Gesicht eines – unmöglich! – weißen Mannes gegenüber, der eine zerlumpte Hand ausstreckt und wie in einem mit hoher Stimme gesungenen ausländischen Lied sagt: »Geben Sie etwas, Begum Sahiba . . .« und das wie eine hängengebliebene Schallplatte wiederholt, während sie peinlich berührt in ein weißes

Gesicht mit langen Wimpern und geschwungener Patriziernase blickt – peinlich berührt, weil er weiß war, und Betteln war nichts für Weiße. ». . . die ganze Strecke von Kalkutta, zu Fuß«, sagte er, »und mit Asche bestreut, wie Sie sehen, Begum Sahiba, weil ich mich schäme, bei dem Morden dabeigewesen zu sein – letzten August, Sie erinnern sich, Begum Sahiba, Tausende in vier Tagen der Schmerzensschreie abgeschlachtet . . .« Lifafa Das steht hilflos dabei, weil er nicht weiß, wie er sich einem Weißen gegenüber verhalten soll, selbst wenn es nur ein Bettler ist. ». . . Haben Sie von dem Europäer gehört?« fragt der Bettler. ». . . Ja, mit den Mördern, Begum Sahiba, ging er nachts durch die Stadt mit Blut auf dem Hemd, ein Weißer, außer sich wegen des bevorstehenden Niedergangs seiner Art; haben Sie von ihm gehört?« . . . Und nun eine Pause in diesem verblüffenden Lied einer Stimme, und dann: »Er war mein Mann.« Erst da sah meine Mutter die unter Lumpen zusammengepreßten Brüste . . . »Geben Sie etwas für meine Scham.« Er zieht an ihrem Ärmel. Lifafa Das zieht an dem anderen und flüstert: »Hijra, Transvestit, kommen Sie, Begum Sahiba«; und Amina steht still, während sie in entgegengesetzte Richtungen gezerrt wird, und will sagen: Warte, weiße Frau, laß mich nur meine Besorgung erledigen, dann nehme ich dich mit nach Hause, geb' dir zu essen, kleide dich ein und schicke dich in deine Welt zurück; aber gerade da zuckt die weiße Frau die Schultern und geht mit leeren Händen die schmaler werdende Straße hinunter, schrumpft auf einen Punkt zusammen, bis sie – jetzt! – in der entfernten Schäbigkeit der Gasse verschwindet. Und nun sagt Lifafa Das mit einem seltsamen Ausdruck auf dem Gesicht: »Sie sind funtoosh! Total erledigt! Bald gehen sie alle, und dann können wir uns gegenseitig umbringen.« Mit leichter Hand berührt sie ihren Bauch und folgt ihm in einen dunklen Hauseingang, während ihr Gesicht in Flammen ausbricht.

. . . Während Ahmed Sinai am Alten Fort auf Ravana wartet. Mein Vater bei Sonnenuntergang: er steht im dunklen Eingang zu dem, was einst ein Raum in den zerstörten Mauern des Forts war, seine Unterlippe steht fleischig vor, die Hände sind hinter dem Rücken verschränkt, der Kopf steckt voller Geldsorgen. Er war nie ein glücklicher Mann. Er roch leicht nach zukünftigem Versagen; er behandelte Dienstboten schlecht; vielleicht wünschte er, daß er, anstatt das Kunstledergeschäft seines verstorbenen Vaters zu übernehmen, die Kraft gehabt hätte, seinen ursprünglichen Plan – die Neuordnung des Korans in genauer chronologischer Reihenfolge – zu verfolgen. (Er erzählte mir einmal:

»Als Mohammed seine Prophezeiungen machte, schrieben die Leute, was er sagte, auf Palmblättern auf, die in irgendeinem uralten Kasten aufbewahrt wurden. Nach seinem Tod versuchten Abu Bakr und die anderen, sich an die korrekte Reihenfolge zu erinnern, aber sie hatten kein sehr gutes Gedächtnis.« Und eine weitere falsche Abzweigung: anstatt ein heiliges Buch neu zu schreiben, lauerte mein Vater in einer Ruine und wartete auf Dämonen. Kein Wunder, daß er nicht glücklich war; und ich sollte ihm keine Hilfe sein. Als ich geboren wurde, brach ich seinen großen Zeh.) . . . Mein unglücklicher Vater, wiederhole ich, denkt schlechtgelaunt über Bargeld nach. Über seine Frau, die ihm Rupien abschmeichelt und ihm nachts die Taschen ausräumt. Und seine Exfrau (die schließlich bei einem Unfall starb, als sie mit dem Führer eines Kamelkarrens stritt und von dem Kamel in den Hals gebissen wurde), die ihm endlose Bittbriefe schreibt, trotz des Scheidungsabkommens. Und über seine entfernte Cousine Zohra, die Geld für ihre Mitgift von ihm braucht, damit sie Kinder aufziehen kann, die seine heiraten sollen, und sie so ihre Fänge noch tiefer in sein Vermögen graben kann. Und dann gibt es noch Major Zulfikars Geldverspechungen. (Zu jener Zeit verstanden Major Zulfi und mein Vater sich sehr gut.) Der Major hatte Briefe geschrieben, in denen er sagte: »Du mußt dich für Pakistan entscheiden, wenn es soweit ist, und mit Sicherheit wird es irgendwann soweit sein. Es ist mit Gewißheit eine Goldmine für Männer wie uns. Bitte, laß mich dich M. A. J. persönlich vorstellen . . .« Aber Ahmed Sinai mißtraute Muhammad Ali Jinnah und nahm Zulfis Angebot nie an; als Jinnah Präsident von Pakistan wurde, gab es also eine weitere falsche Abzweigung, über die er nachdenken mußte. Und schließlich gab es Briefe von dem alten Freund meines Vaters, dem Gynäkologen Dr. Narlikar in Bombay. »Die Briten ziehen in Scharen weg, Sinai Bhai. Grundbesitz ist spottbillig! Verkaufe alles, komm her, kaufe, verbring den Rest deines Lebens in Luxus!« Koranverse hatten in einem Kopf so voller Geld keinen Platz . . . und unterdessen ist er hier zusammen mit S. P. Butt, der in einem Zug nach Pakistan sterben wird, und Mustapha Kemal, der in seinem prächtigen Haus an der Flagstaff Road von Goondas ermordet werden wird und auf dessen Brust mit seinem eigenen Blut die Worte »blutschänderischer Hamsterer« geschrieben werden . . . zusammen mit diesen beiden dem Untergang geweihten Männern wartet er im unerforschlichen Schatten einer Ruine, um einen Erpresser auszuspähen, der sein Geld abholt. »Südwestliche Ecke«, hieß es in dem Telefonanruf, »Türmchen. Innerer steinerner Treppenaufgang. Hochsteigen. Oberster Treppenabsatz. Geld dort lassen. Gehen. Verstanden?« Den Anordnungen zuwider verstecken sie sich in dem Ruinenraum; irgendwo über ihnen, auf dem obersten Treppenabsatz des Türmchens, warten drei graue Beutel in der dichter werdenden Dunkelheit.

. . . In der dichter werdenden Dunkelheit eines unbelüfteten Treppenhausschachtes steigt Amina Sinai einer Prophezeiung entgegen. Lifafa Das spricht ihr Mut zu, denn nun, da sie sich per Taxi in die enge Flasche seiner Barmherzigkeit begeben hat, spürt er eine Veränderung in ihr, ein Bedauern über ihren Entschluß; er ermuntert sie beim Aufstieg. Der finstere Treppenhausschacht ist voller Augen; Augen, die beim Anblick der hochsteigenden schwarzen Dame durch die Türlatten funkeln, Augen, die sie wie helle rauhe Katzenzungen aufschlecken; und während Lifafa beschwichtigend redet, spürt meine Mutter, wie ihr Wille schwindet. Was sein wird, wird sein, ihre Willenskraft und Weltbeherrschung entrinnen ihr in den dunklen Schwamm der Treppenhausluft. Schleppend folgen ihre Füße den seinen, hinauf in die oberen Bereiche der riesigen, deprimierenden, heruntergekommenen Mietskaserne, in der Lifafa Das und seine Vettern eine kleine Ecke ganz oben haben . . . hier, kurz vor dem obersten Stockwerk, sieht sie trübes Licht auf die Köpfe schlangestehender Krüppel durchsickern. »Mein Vetter Numero zwei«, sagt Lifafa Das, »richtet Knochen.« Sie klettert vorbei an Männern mit gebrochenen Armen, Frauen mit Füßen, die in unmöglichen Winkeln nach hinten verrenkt sind, vorbei an gestürzten Fensterputzern und Maurern mit Splitterbrüchen; eine Arzttochter, die eine Welt, älter als die der Spritzen und Krankenhäuser, betritt; bis Lifafa Das schließlich sagt: »Hier sind wir, Begum« und sie durch ein Zimmer führt, in dem der Knochenrichter Zweige und Blätter um zertrümmerte Glieder befestigt, aufgeschlagene Köpfe in Palmwedel wickelt, bis seine Patienten beginnen, künstlichen Bäumen zu ähneln, und aus ihren Verletzungen Pflanzenwuchs sprießt . . . dann hinaus auf ein weitläufiges zementiertes Flachdach. Amina, die im Dunkeln gegen die Helligkeit der Laternen blinzelt, macht auf dem Dach wahnsinnige Gestalten aus: tanzende Affen, springende Mungos, Schlangen, die sich in Körben winden, und auf dem Geländer die Silhouetten großer Vögel, deren Körper genauso gekrümmt und grausam sind wie ihre Schnäbel: Geier.

»Arré baap«, schreit sie, »wohin bringen Sie mich?«

»Kein Grund zur Sorge, Begum, bitte«, sagt Lifafa Das. »Das sind

meine Vettern hier. Meine Vettern Numero drei und vier. Der eine läßt
Affen tanzen . . .«

»Ich übe gerade, Begum!« ruft eine Stimme. »Sehen Sie: der Affe zieht
in den Krieg und stirbt für sein Land!«

». . . und hier ist der Schlangen- und Mungomann.«

»Sehen Sie den Mungo springen, Sahiba! Sehen Sie die Kobra
tanzen!«

». . . Aber die Vögel . . .?«

»Haben nichts zu sagen, Madam: bloß, hier in der Nähe ist der parsi-
sche Turm des Schweigens, und wenn es dort keine Toten gibt, kommen die Geier. Jetzt schlafen sie; tagsüber sehen sie, glaube ich, meinen Vettern gern beim Üben zu.«

Ein kleines Zimmer am anderen Ende des Daches. Licht strömt durch
die Tür, als Amina eintritt . . . und drinnen einen Mann im gleichen
Alter wie ihr Ehemann vorfindet, einen schweren Mann mit mehreren
Kinnen, der eine fleckige weiße Hose und ein rotkariertes Hemd und
keine Schuhe anhat, der Anissamen knabbert und aus einer Flasche
Vimto trinkt und mit gekreuzten Beinen in einem Zimmer sitzt, an
dessen Wänden Bilder von Wischnu in allen seinen Verkörperungen
und Anschläge hängen, auf denen steht SCHREIBUNTERRICHT und
SPUCKEN WÄHREND DER VISITE IST EINE GANZ SCHLECHTE
ANGEWOHNHEIT. Möbel gibt es nicht . . . und Shri Ramram Seth
sitzt mit gekreuzten Beinen zehn Zentimeter über dem Boden.

Ich muß es gestehen: zu ihrer Schande kreischte meine Mutter gellend
auf . . .

. . . Während im Alten Fort Affen zwischen den Wällen kreischen. Die
Ruinenstadt, von Menschen verlassen, ist nun der Wohnort von
Languren. Langgeschwänzt und schwarzgesichtig, sind diese Affen von
einem überwältigenden Sendungsbewußtsein beherrscht. Hochhochhoch klettern sie, springen auf die höchsten Erhebungen der Ruine,
grenzen ihre Gebiete ab und widmen sich dann Stein um Stein dem
Abbruch der gesamten Festung. Padma, es ist wahr: du bist nie dagewesen, hast nie im Zwielicht gestanden und beobachtet, wie die sich
abrackernden, unbeirrbaren pelzigen Wesen die Steine bearbeiten, ziehen und schaukeln, schaukeln und ziehen, einen Stein nach dem anderen losmachen . . . jeden Tag lassen die Affen Steine die Mauern hinab-
rollen, sie an Kanten und Vorsprüngen abprallen und krachend in den
Gräben unten aufschlagen. Eines Tages wird es kein Altes Fort mehr
geben; am Ende wird es nichts als einen Haufen Geröll geben, bekrönt

von Affen, die triumphierend kreischen . . . und hier hastet gerade ein
Affe die Wälle entlang. Ich werde ihn Hanuman nennen, nach dem
Affengott, der Prinz Rama half, den eigentlichen Ravana zu besiegen,
Hanuman mit den fliegenden Streitwagen . . . Beobachten Sie nun, wie
er an seinem Türmchen – seinem Gebiet – ankommt; wie er von Ecke
zu Ecke seines Königreichs hüpft schnattert läuft, sein Hinterteil an den
Steinen reibt, dann innehält, etwas erschnüffelt, was nicht hier sein
sollte . . . Hanuman rast zu der Nische hier auf dem obersten Treppenabsatz, in der die drei Männer drei weiche graue fremdartige Dinger
hinterlassen haben. Und während Affen auf einem Dach hinter dem
Postamt tanzen, tanzt der Affe Hanuman vor Wut, fällt über die grauen
Dinger her. Ja, sie sind lose genug, er braucht nicht viel zu schaukeln
und zu ziehen, zu ziehen und zu schaukeln . . . beobachten Sie Hanuman nun, wie er die weichen grauen Steine zur Kante der steil abfallen-
den Außenmauer des Forts schleppt. Sehen Sie, wie er daran reißt:
ritsch! ratsch! . . . Sehen Sie, wie gewandt er Papier aus dem Inneren
der grauen Dinger schaufelt und es in Strömen herunterregnen läßt,
damit es die hinabgefallenen Steine im Graben umhülle! . . . Papier
fällt mit träger, zögernder Anmut, versinkt wie eine schöne Erinnerung
im Schlund der Dunkelheit; und nun Tritt! plumps! und noch einmal
Tritt! fliegen die drei weichen grauen Steine über die Kante, ababab in
die Dunkelheit, und endlich kommt ein dumpfes freudloses Plop. Hanuman verliert nach getaner Arbeit das Interesse, hastet fort zu einer
entfernten Zinne seines Königreichs und beginnt auf einem Stein zu
schaukeln.

. . . Während weiter unten mein Vater eine groteske Gestalt aus dem
Dämmerlicht hat treten sehen. Ohne etwas von der Katastrophe zu
ahnen, die oben stattgefunden hat, beobachtet er aus dem Schatten
seines Ruinenzimmers das Ungeheuer: ein zerlumptes Geschöpf in
Pajamas und mit dem Kopfputz eines Dämons, ein Teufelskopf aus
Pappmaché mit nach allen Seiten grinsenden Gesichtern . . . der offizielle Abgesandte der Ravana-Bande. Der Abholer. Mit klopfenden
Herzen beobachten die drei Geschäftsleute, wie dieser Geist aus dem
Alptraum eines Bauern im Treppenhausschacht verschwindet, der zu
dem Podest führt, und hören nach einer Weile in der Stille des ausge-
storbenen Abends die ganz und gar menschlichen Flüche des Teufels.
»Mutterschänder! Kastrierter Hund!« . . . Verständnislos sehen sie
ihren bizarren Peiniger herauskommen, in der Dunkelheit wegeilen
und verschwinden. Seine Verwünschungen . . . »Eselsficker! Schwei-

nesöhne! Exkrementenfresser!«... hallen in der Luft nach. Und nun, mit von Verwirrung umnebeltem Geist, gehen sie hoch. Butt findet einen zerrissenen Fetzen grauen Stoffs; Mustapha Kemal stößt auf eine zerknüllte Rupie; und mein Vater sieht vielleicht, ja, warum eigentlich nicht, aus dem Augenwinkel, wie ein Affe vorbeihuscht... und sie erraten alles.

Und nun ihr Ächzen und Herrn Butts schrille Verdammungen, die Echos auf die Flüche des Teufels sind; und unausgesprochen tobt in ihren Köpfen eine Schlacht: Geld oder Godown oder Godown oder Geld? Geschäftsleute bedenken in stummer Panik dieses zentrale Dilemma – aber selbst wenn sie das Bargeld den Plünderungen nahrungsuchender Hunde und Menschen überlassen, wie sollen sie dann die Brandstifter aufhalten? –, und ohne daß ein Wort gewechselt worden ist, überzeugt sie schließlich das unerbittliche Gesetz des Bargelds; sie stürzen Steintreppen hinunter, grasbewachsene Flächen entlang, durch zerstörte Tore und kommen – HALS ÜBER KOPF – im Graben an, beginnen dort, Rupien in ihre Taschen zu stecken, scheffeln raffen scharren, ignorieren Urinpfützen und verfaulende Früchte, vertrauen gegen alle Wahrscheinlichkeit darauf, daß es heute abend – dank Gottes Güte –, heute abend ausnahmsweise der Bande nicht gelingt, ihr Racheversprechen einzulösen. Aber natürlich...

... Aber natürlich schwebte Ramram der Seher nicht in der Luft, zehn Zentimeter über dem Boden. Der Schrei meiner Mutter verklang, ihr Blick wurde scharf, und sie bemerkte das kleine Bord, das aus der Wand herausragte. »Billiger Trick«, sagte sie sich und: »Was mache ich hier an diesem gottverlassenen Ort mit schlafenden Geiern und Affentänzern, und wieso warte ich darauf, daß mir ein Guru, der auf einem Bord sitzend frei in der Luft schwebt, wer weiß was für Torheiten erzählt?«

Was Amina Sinai nicht wußte, war, daß ich mich zum zweiten Mal in der Geschichte gleich bemerkbar machen würde. (Nein, nicht diese betrügerische Kaulquappe in ihrem Bauch: ich meine mich selbst in meiner historischen Rolle, von der Ministerpräsidenten geschrieben haben: »... sie ist gewissermaßen unser aller Spiegel.« Große Kräfte waren an diesem Abend am Werk, und gleich würden alle Anwesenden ihre Macht empfinden und sich fürchten.)

Vettern – eins bis vier – versammelten sich unter dem Türeingang, durch den die schwarze Dame gegangen war, von ihrem Schrei angelockt wie die Motten von der Kerze... Knochenrichter Kobramann

Affenmann sahen ruhig zu, wie sie sich, geführt von Lifafa Das, auf den unglaublichen Wahrsager zubewegte. Ermutigungen wurden nun gewispert (und wurde auch hinter rauhen Händen gekichert?): »Oh, ein zu schönes Schicksal wird er voraussagen, Sahiba!« und: »Komm, Vetterchen, die Dame wartet!« . . . Aber was war dieser Ramram? Ein Sprücheklopfer, einer, der für fünfzig Cents aus der Hand las und törichten Frauen entzückende Dinge vorhersagte – oder das Echte, das die Schlüssel in der Hand hielt? Und Lifafa Das: sah er in meiner Mutter eine Frau, die mit einem Zwei-Rupien-Schwindel zufriedengestellt werden konnte, oder sah er tiefer, in das unter der Oberfläche liegende Herz ihrer Schwäche? – Und als die Prophezeiung kam, waren da die Vettern ebenfalls erstaunt? – Und der Schaum vor dem Mund? Was war damit? Und stimmte es, daß meine Mutter unter dem erschütternden Einfluß dieses hysterischen Abends ihr gewohntes Ich fahrenließ – bereits zuvor hatte sie gespürt, wie es ihr in den alles aufschluckenden Schwamm der lichtlosen Luft im Treppenhausschacht entrann – und in einen Geisteszustand gelangte, in dem alles geschehen konnte und alles geglaubt werden konnte? Und es gibt auch noch eine weitaus schrecklichere Möglichkeit, aber bevor ich meinen Verdacht äußere, muß ich trotz dieses filmartigen Vorhangs aus Doppeldeutigkeiten so genau wie möglich beschreiben, was wirklich geschah: ich muß meine Mutter beschreiben, ihre Handflächen nach oben dem näher kommenden Handleser zugeneigt, ihre Augen groß und starr, wie die eines Pomfret – und die Vettern (kichernd?): »Was für eine Deutung Sie bekommen werden, Sahiba!« und: »Sprich, Vetterchen, sprich!« – aber der Vorhang fällt wieder, deshalb kann ich mir nicht sicher sein. Begann er wie ein billiger Zirkusgaukler und ging die banale Abfolge von Lebenslinie, Herzlinie und Kindern, die Multimillionäre würden, durch, während die Vettern »wah, wah!« und »absolute Meisterdeutung, Yara!« jubelten? Und dann, veränderte er sich dann? – wurde Ramram steif – rollten seine Augen nach oben, bis sie weiß wie Eier waren – fragte er in einer Stimme, fremd wie ein Spiegel: »Sie erlauben, Madam, daß ich die Stelle berühre?«, während die Vettern stumm wie schlafende Geier wurden? Und antwortete meine Mutter genauso fremd: »Ja, ich erlaube es«, so daß der Seher, abgesehen von den Mitgliedern ihrer Familie, erst der dritte Mann in ihrem Leben war, der sie berührte? Und geschah es dann, in diesem Augenblick, daß ein kurzer starker Stromstoß zwischen plumpen Fingern und mütterlicher Haut zuckte? Und meine Mutter, verschreckt wie ein Kaninchen, sah

112

dem Propheten im karierten Hemd zu, dessen Augen in dem weichen Gesicht immer noch Eiern glichen und der sich zu drehen begann; und plötzlich durchlief ihn ein Schauer, und er hatte wieder diese fremde hohe Stimme, als von seinen Lippen (diese Lippen muß ich auch beschreiben – aber später, denn nun. . .) die Worte kamen: »Ein Sohn.«

Vettern schwiegen – angeleinte Affen hörten auf zu schnattern – Kobras rollten sich in Körben zusammen – und der Wahrsager drehte sich im Kreis und spürte, wie aus seinem Munde die Geschichte sprach. (War es so?) Er begann: »Ein Sohn . . . solch ein Sohn!« Und dann kommt es: »Ein Sohn, Sahiba, der nie älter sein wird als sein Vaterland – weder älter noch jünger.« Und nun macht sich bei Schlangenbeschwörer Mungotänzer Knochenrichter Guckkastenmann richtige Angst breit, denn nie haben sie Ramram so gehört, wie er nun fortfährt, in einem hochgeschraubten Singsang: »Es wird zwei Köpfe geben – aber du wirst nur einen sehen –, es wird Knie und eine Nase, eine Nase und Knie geben.« Nase und Knie und Knie und Nase . . . paß gut auf, Padma; der Kerl hat sich in nichts geirrt! »Schlagzeilen ehren ihn, zwei Mütter nähren ihn! Radfahrer kosen ihn – Volksmassen stoßen ihn! Schwestern trauern, Kobras lauern . . .« Ramram dreht sich immer schneller, während vier Vettern murmeln: »Was ist das, Baba?« und »Deo, Schiwa, schütze uns!« Ramram unterdessen: »Wäsche wird ihn den Blicken entzieh'n – Stimmen werden ihn des Weges führ'n. Freunde verstümmeln ihn – Blut hintergeht ihn!« Und Amina Sinai: »Was meint er? Ich verstehe nicht – Lifafa Das, was ist in ihn gefahren?« Doch unerbittlich, eiäugig um ihre statuenstarre Gestalt wirbelnd, fährt Ramram Seth fort: »Ein Spucknapf wird ihn köpfen – ein Doktor wird ihn schröpfen – der Dschungel kettet ihn – Zauberer retten ihn! Soldaten plagen ihn – Tyrannen braten ihn . . .« Während Amina um Erklärungen bittet und die Vettern sich vor hilflosem Schrecken in händeflatternde Aufregung steigern, weil irgend etwas übermächtig geworden ist, traut sich niemand, Ramram Seth anzurühren, als er zum Höhepunkt wirbelt: »Er wird Söhne haben, ohne Söhne zu haben! Er wird alt sein, ehe er alt ist! *Und er wird sterben . . . ehe er tot ist.*«

Ist es so gewesen? War es in diesem Augenblick, daß Ramram Seth, ausgelaugt, weil eine größere Macht als die seine in ihn eingegangen war, plötzlich zu Boden fiel und ihm der Schaum vorm Mund stand? Wurde der Stock des Mungomanns zwischen seine klappernden Zähne

113

geschoben? Sagte Lifafa Das wirklich: »Begum Sahiba, Sie müssen gehen, bitte! Unser Vetterchen ist krank geworden«?

Und schließlich sagte der Kobramann – oder Affenmann oder Knochenrichter oder sogar Lifafa Das mit dem Guckkasten auf Rädern: »Zuviel Prophezeiung, Mann. Unser Ramram hat heute abend zuviel prophezeit.«

Viele Jahre später, als meine Mutter bereits vorzeitig verkalkt war und als alle möglichen Geister aus ihrer Vergangenheit aufstiegen, um ihr vor den Augen zu tanzen, sah sie den Guckkastenmann noch einmal wieder, den sie durch die Ankündigung meines Kommens gerettet hatte und der es ihr vergalt, indem er ihr zuviel Prophezeiung zuteil werden ließ, und gelassen, ohne Bitterkeit sprach sie mit ihm. »Du bist also zurück«, sagte sie. »Nun, das eine will ich dir sagen: ich wünschte, ich hätte verstanden, was dein Vetterchen meinte – mit dem Blut, mit den Knien und der Nase. Denn wer weiß? Vielleicht hätte ich einen anderen Sohn gehabt.«

Wie mein Großvater am Anfang in einem Flur voller Spinnweben im Haus eines blinden Mannes und auch am Ende wieder; wie Mary Pereira, nachdem sie ihren Joseph verloren hatte, und wie ich war meine Mutter gut im Geistersehen.

. . . Doch nun bin ich, weil es noch mehr Fragen und Doppeldeutigkeiten gibt, verpflichtet, gewisse Verdächtigungen auszusprechen. Auch Mißtrauen ist ein Ungeheuer mit zu vielen Köpfen; warum kann ich mich dann nicht davon abhalten, es auf meine eigene Mutter loszulassen? . . . Was, frage ich, wäre eine gerechte Beschreibung des Bauches des Sehers? Und die Erinnerung – meine neue, allwissende Erinnerung, die das Leben von Mutter Vater Großvater Großmutter und jedem anderen zum großen Teil umfaßt – antwortet: weich, schwammig wie Reismehlpudding. Und zögernd frage ich von neuem: Wie waren seine Lippen beschaffen? Und die unvermeidliche Antwort: voll, zu fleischig, poetisch. Ein drittes Mal befrage ich diese meine Erinnerung: Wie war sein Haar? Die Antwort: dünn, dunkel, glatt kringelte es sich über seinen Ohren. Und nun stellen meine unbegründeten Verdächtigungen die entscheidende Frage . . . hat Amina, die überaus Reine, tatsächlich . . . könnte sie wegen ihrer Schwäche für Männer, die Nadir Khan ähnelten . . . hätte sie nicht in ihrer merkwürdigen Geistesverfassung und durch die Krankheit des Sehers gerührt . . . »Nein!« brüllt Padma wütend. »Wie kannst du dich unterstehen, so etwas anzudeuten? Diese gute Frau – deine eigene Mutter? Daß sie so etwas täte? Du weißt überhaupt nichts und sagst trotzdem so etwas?« Und natürlich hat sie recht wie immer. Wenn sie etwas wüßte, würde sie sagen, daß ich mich nur für das rächte, was ich Amina mit Gewißheit tun sah, Jahre später, durch die schmierigen Fenster des Café Pionier; und vielleicht wurde meine irrationale Vorstellung dort geboren und wuchs unlogischerweise zeitlich rückwärts und traf voll ausgereift auf dieses frühere – und doch mit größter Sicherheit unschuldige – Abenteuer. Ja, das muß es sein. Aber das Ungeheuer will keine Ruhe geben . . . »Ah«, sagt es, »aber was ist mit ihrem Affentheater – dem, das sie an dem Tag veranstaltete, an dem Ahmed verkündete, daß sie nach Bombay zögen?« Jetzt äfft es sie nach: »Du – immer hast du zu bestimmen. Was ist mit mir? Angenommen, ich will nicht . . . Ich habe gerade erst dieses Haus in Ordnung gebracht, und schon . . .!« Also, Padma: war das Hausfraueneifer – oder Maskerade?

Ja – ein Zweifel bleibt. Das Ungeheuer fragt: »Warum versäumte sie dann irgendwie, ihrem Mann von dem Besuch zu erzählen?« Antwort der Beschuldigten (in Abwesenheit meiner Mutter von unserer Padma formuliert): »Aber denk doch mal, wie wütend er geworden wäre, mein Gott! Selbst wenn diese Brandstiftungssache nicht gewesen wäre, die ihm Sorgen machte! Fremde Männer, eine Frau allein – er wäre außer sich gewesen. Vollkommen außer sich!«

Unwürdiges Mißtrauen . . . Ich muß es ablegen, muß meine kritischen Anmerkungen für später aufsparen, als sie mir ohne eine Spur von Doppeldeutigkeit, ohne verdunkelnden Vorhang harte, klare, unumstößliche Beweise lieferte.

***

. . . Aber als mein Vater spät an jenem Abend mit einem Geruch nach Straßengraben zurückkam, der stärker war als sein üblicher Gestank nach künftigem Versagen, waren seine Augen und Wangen natürlich von aschigen Tränen gestreift; in seinen Nasenlöchern war Schwefel und auf seinem Kopf der graue Staub verräucherten Kunstleders . . . denn natürlich hatten sie den Godown niedergebrannt.

»Aber die Nachtwächter?« – schliefen, Padma, schliefen. Im voraus ermahnt, ihren Schlaftrunk zu nehmen, nur für den Fall . . . Diese mutigen Lalas, kriegerische Pathanen, die, in der Stadt geboren, nie den Khaiber gesehen hatten, packten kleine Papierpäckchen aus, schütteten rostfarbenes Pulver in ihren brodelnden Teekessel. Sie zogen ihre Flechtbetten weit genug vom Godown meines Vaters weg, um herabfallenden Balken und sprühenden Funken zu entgehen; und auf ihren Flechtbetten liegend, schlürften sie ihren Tee und traten in die bittersüßen Niederungen der Droge ein. Zuerst brüllten sie auf Paschto das Lob ihrer Lieblingshuren, bis sie heiser wurden; dann, als die geschmeidigen, zuckenden Finger der Droge ihre Rippen kitzelten, verfielen sie in wildes Kichern ... bis das Kichern Träumen wich und sie auf den Pferden der Droge reitend in den Grenzpässen der Droge umherstreiften und schließlich eine traumlose Vergessenheit erreichten, aus der nichts auf Erden sie erwecken konnte, bis die Droge ihre Wirkung getan hatte.

Ahmed, Butt und Kemal kamen mit dem Taxi an – der Taxifahrer, nervös wegen der drei Männer, die zerknüllte Bündel von Banknoten an sich gepreßt hielten, die aufgrund der unerfreulichen Substanzen, denen sie in dem Graben begegnet waren, schlimmer rochen als die Hölle, hätte nicht gewartet, wenn sie sich nicht geweigert hätten, ihn zu bezahlen. »Lassen Sie mich fahren, hohe Herren«, bat er. »Ich bin ein kleiner Mann, halten Sie mich nicht hier fest ...«, aber da bewegten ihre Rücken sich schon von ihm weg, auf das Feuer zu. Er sah ihnen zu, wie sie liefen und ihre Rupien umklammerten, die von Tomaten und Hundescheiße beschmutzt waren; mit offenem Mund starrte er auf den brennenden Godown, auf die Wolken am Abendhimmel, und wie jedem anderen am Tatort blieb ihm nichts anderes übrig, als von Kunstleder und Streichhölzern und brennendem Reis erfüllte Luft zu atmen. Die Hände vor den Augen, beobachtete der kleine Taxifahrer mit seinem kümmerlichen Schnurrbart durch die Finger hindurch, wie Herr Kemal, dünn wie ein verrückt gewordener Bleistift, nach den schlafenden Körpern der Nachtwächter trat und schlug; und in dem Augenblick, in dem mein Vater schrie: »Paßt auf!«, hätte er beinah auf sein Fahrgeld verzichtet und wäre entsetzt weggefahren ... aber er blieb trotz allem und sah den Godown unter der Gewalt der leckenden roten Zungen bersten, sah, wie sich ein unwahrscheinlicher Lavastrom von geschmolzenem Reis Linsen wasserdichten Jacken Streichhölzern eingemachtem Gemüse aus dem Godown ergoß, sah, wie die heißen roten Blumen des Feuers himmelwärts barsten, als sich der Inhalt des Lagerhauses wie eine schwarz verkohlte Hand der Verzweiflung über den harten gelben Boden legte. Ja, natürlich wurde der Godown abgebrannt, er fiel als Asche vom Himmel auf ihre Köpfe, er sank in die offenen Münder der grün und blau geschlagenen, aber immer noch schnarchenden Wächter ... »Gott schütze uns«, sagte Herr Butt, aber der pragmatische Mustapha Kemal antwortete: »Gott sei Dank sind wir gut versichert.«

»Genau da«, erzählte Ahmed Sinai später seiner Frau, »genau in diesem Augenblick beschloß ich, aus dem Kunstledergeschäft auszusteigen. Das Büro zu verkaufen, die Kundenkartei zu verkaufen und alles zu vergessen, was ich vom Kunstlederhandel weiß. Da – nicht vorher und nicht nachher – habe ich auch beschlossen, nicht mehr über die Phrasen nachzudenken, die dieser Zulfi von deiner Emerald immer über Pakistan drischt. In der Hitze dieses Feuers«, offenbarte mein Vater und entfesselte dabei ein weibliches Affentheater, »beschloß ich, nach Bombay zu ziehen und ins Immobiliengeschäft einzusteigen. Grundbesitz ist jetzt spottbillig dort«, sagte er zu ihr, bevor sie protestieren konnte. »Narlikar weiß es.«

(Aber es kam die Zeit, da er Narlikar einen Verräter nennen würde.)

In meiner Familie gehen wir immer weg, wenn wir geschubst werden – die Einfrierung von 48 war die einzige Ausnahme von dieser Regel. Der Fährmann Tai vertrieb meinen Großvater aus Kaschmir; Jod verjagte ihn aus Amritsar; der Zusammenbruch ihres Lebens unter den Teppichen führte direkt zur Abreise meiner Mutter aus Agra; und vielköpfige Ungeheuer schickten meinen Vater nach Bombay, damit ich dort geboren werden konnte. Gegen Ende jenes Januars hatte die Geschichte sich durch eine Reihe von Schubsern endlich an den Punkt gebracht, an dem sie beinahe für meinen Eintritt bereit war. Es gab Geheimnisse, die nicht aufgeklärt werden konnten, bis ich auf der Bildfläche erschien . . . zum Beispiel das Geheimnis von Shri Ramrams dunkelster Bemerkung: »Es wird eine Nase und Knie geben, Knie und eine Nase.«

Das Versicherungsgeld kam; der Januar ging vorbei; und in der Zeit, die vonnöten war, um alle Angelegenheiten in Delhi abzuwickeln und in die Stadt zu ziehen, in der – wie Dr. Narlikar der Gynäkologe wußte – Grundbesitz vorübergehend spottbillig war, konzentrierte meine Mutter sich auf ihr in Abschnitte unterteiltes Programm, demgemäß sie ihren Mann lieben lernen wollte. Es gelang ihr, eine tiefe Zuneigung für die Fragezeichen seiner Ohren zu empfinden; für die bemerkenswerte Tiefe seines Nabels, in den ihr Finger sogar ohne zu drücken bis über das erste Glied hinaus eindringen konnte; mit der Zeit liebte sie seine höckrigen Knie; aber sosehr sie es auch versuchte (und da ich sie im Zweifelsfall für unschuldig erklären möchte, biete ich hier keine möglichen Gründe dafür an), einen bestimmten Teil von ihm zu lieben, gelang es ihr nie, obwohl es das einzige war, was bei ihm voll funktionierte, und das, woran es Nadir Khan mit Sicherheit gemangelt hatte; in jenen Nächten, in denen er sich auf sie hievte – das Kind in ihrem Leib war noch nicht größer als ein Frosch –, hatte es einfach keinen Zweck.

. . . »Nein, nicht so schnell, Janum, mein Leben, ein bißchen länger, bitte«, sagt sie, und Ahmed versucht, um die Sache etwas hinauszuzögern, an das Feuer zurückzudenken, an das letzte, was an jenem hell glühenden Abend geschah. Als er sich nämlich umdrehte, um zu gehen, hörte er am Himmel ein gemeines Kreischen und hatte, als er aufsah, gerade noch Zeit, zu registrieren, daß ein Geier – nachts! – von den Türmen des Schweigens über ihm herflog und eine kaum angeknabberte Parsenhand fallen ließ, eine rechte Hand, dieselbe Hand, die ihn – nun! – voll ins Gesicht schlug, als sie niederfiel. Während Amina unter ihm im Bett sich selbst schilt: Warum kannst du es denn nicht genießen, du dumme Frau, von jetzt an mußt du es aber wirklich versuchen.

Am 4. Juni fuhren meine schlecht zusammenpassenden Eltern mit dem Grenzzug nach Bombay. (Es wurde gepoltert, Stimmen hielten sich fest, als ging's ums liebe Leben, Fäuste schrien auf: »Maharadsch! Machen Sie auf, einen Moment bloß! Ohé, um der Milch Ihrer Güte willen, hoher Herr, seien Sie uns gewogen!« Und auch – in einem grünen Blechkoffer unter der Mitgift verborgen – ein verbotener, mit Lapislazuli eingelegter, fein geschmiedeter Spucknapf war da.) Am selben Tag hielt Earl Mountbatten von Birma eine Pressekonferenz ab, in der er die Teilung Indiens verkündete und seinen Countdown-Kalender an die Wand hängte: siebzig Tage bis zum Machtwechsel . . . neunundsechzig . . . achtundsechzig . . . tick-tack.

Methwold

Die Fischer waren zuerst hier. Vor Mountbattens Ticktack und vor
Ungeheuern und öffentlichen Ankündigungen; als unterirdische Ehen
noch undenkbar und Spucknäpfe unbekannt waren; früher als Jod;
lange vor Ringerinnen, die Laken mit einem Loch hochhielten; und
weit, weit zurück noch vor Dalhousie und Elphinstone, bevor die Ost-
indische Kompanie ihr Fort baute, vor dem ersten William Methwold;
bei Anbruch der Zeit, als Bombay eine hantelförmige Insel war, die sich
in der Mitte zu einem schmalen glänzenden Strand verjüngte, hinter
dem der schönste und größte natürliche Hafen Asiens zu sehen war, als
auch Mazagaon und Worli, Matunga und Mahim, Salsette und Colaba
noch Inseln waren – kurzum, vor der Landgewinnung, bevor Tetrapoden und versenkte Pfeiler die Sieben Inseln in eine Halbinsel verwandelten, die wie eine ausgestreckte, greifende Hand nach Westen ins
Arabische Meer reichte; in dieser Urzeit vor Uhrtürmen segelten die
Fischer – die Kolis genannt wurden – in arabischen Dhaus und setzten
rote Segel gegen die untergehende Sonne. Sie fingen Pomfrets und
Krebse und machten uns alle zu Fischliebhabern. (Oder die meisten von
uns. Padma hat sich ihren Fischzaubereien ergeben, aber in unserem
Haus waren wir mit der Fremdartigkeit des kaschmirischen Blutes, mit
der eisigen Zurückhaltung des kaschmirischen Himmels infiziert und
blieben allesamt Fleischesser.)
Es gab auch Kokosnüsse und Reis. Und über allem der huldvoll herrschende Einfluß der Göttin Mumbadevi, deren Name – Mumbadevi,
Mumbabai, Mumbai – möglicherweise zum Namen der Stadt wurde.
Aber dann nannten die Portugiesen den Ort Bom Bahia, wegen seines
Hafens und nicht nach der Göttin der Pomfretleute . . . die Portugiesen
waren die ersten Invasoren und benutzten den Hafen, um ihren Han-
delsschiffen und ihren Kriegern Schutz zu gewähren; aber dann hatte
im Jahre 1633 ein Angestellter der Ostindischen Kompanie namens
Methwold eines Tages eine Vision. Diese Vision – ein Traum von einem
befestigten britischen Bombay, das Indiens Westen gegen alle Neu-
ankömmlinge verteidigen sollte – war eine solch kraftvolle Eingebung,
daß sie die Zeit in Bewegung setzte. Die Geschichte drehte sich weiter;
Methwold starb; und 1660 wurde Karl II. von England mit Katharina

aus dem portugiesischen Haus Braganza vermählt – jener Katharina, die ihr ganzes Leben lang neben der Apfelsinen verkaufenden Nell die zweite Geige spielen sollte. Aber sie hat einen Trost – ihre Mitgift brachte Bombay, vielleicht in einem grünen Blechkoffer, in britische Hand und brachte Methwolds Vision der Wirklichkeit einen Schritt näher. Danach dauerte es nicht mehr lange bis zum 21. September 1668, als die Kompanie endlich ihre Hand auf die Insel legen konnte . . . und schon legten sie los mit ihrem Fort und der Landgewinnung, und ehe man sich's versah, war eine Stadt da, Bombay, von der die alte Weise sang:

> Prima in Indis
> Tor zu Indien
> Stern des Ostens
> Mit dem Gesicht nach Westen

Unser Bombay, Padma! Damals sah es noch ganz anders aus, es gab keine Nachtclubs oder Picklesfabriken oder Oberoi-Sheraton-Hotels oder Filmstudios, doch die Stadt wuchs mit halsbrecherischer Geschwindigkeit, legte sich eine Kathedrale und eine Reiterstatue des Mahratten-Kriegerkönigs Sivaji zu, die (so glaubten wir früher) nachts zum Leben erwachte und furchteinflößend durch die Straßen der Stadt galoppierte – direkt am Marine Drive entlang! Über Chowpatty Sands! An den vornehmen Häusern auf dem Malabar Hill vorbei, um Kemp's Corner, schwindelerregend am Meer vorbei bis nach Scandal Point! Und ja, warum nicht, weiter und weiter, sogar meine Straße, die Warden Road, hinunter, direkt an dem Schwimmbad für Weiße von Breach Candy vorbei, bis hoch zu dem riesigen Mahalaxmi-Tempel und dem alten Willingdon Club . . . Während meiner ganzen Kindheit berichtete jedesmal, wenn Bombay schlimme Zeiten bevorstanden, irgendein schlafloser nächtlicher Spaziergänger, daß er gesehen habe, wie die Statue sich bewege; in der Stadt meiner Jugend tanzten Katastrophen zur übersinnlichen Musik der grauen Steinhufe eines Pferdes.
Und wo sind sie nun, die ersten Bewohner? Die Kokosnüsse haben am besten von allen abgeschnitten. Kokosnüsse werden immer noch täglich am Strand von Chowpatty geköpft, während am Juhastrand kleine Jungen unter den schmachtenden Blicken von Filmstars im Sun'n'Sand Hotel immer noch die Kokospalmen erklimmen und die zottige Frucht herunterholen. Kokosnüsse haben sogar ihr eigenes Fest, den Kokosnußtag, der wenige Tage vor meiner synchronistischen Geburt gefeiert

wurde. Wegen der Kokosnüsse können Sie beruhigt sein. Der Reis hat nicht so viel Glück gehabt; Reisfelder liegen nun unter Beton; Mietskasernen erheben sich, wo einst im Angesicht der See Reis wogte. Aber trotzdem sind wir in der Stadt große Reisesser. Patnareis, Kaschmirreis, Basmati wird täglich in die Metropole transportiert; so hat uns allen der ursprüngliche, der Urreis seinen Stempel aufgedrückt, und man kann nicht sagen, er sei umsonst gestorben. Was Mumbadevi betrifft – sie ist heute nicht mehr so beliebt, weil sie in der Gunst des Volkes durch den elefantenköpfigen Ganesch ersetzt wurde. Der Festkalender offenbart ihren Abstieg: Ganesch – »Ganpati Baba« – hat seinen Tag, Ganesch Chaturthi, an dem große Prozessionen nach Chowpatty ziehen, wobei sie Gipsnachbildungen des Gottes tragen, die sie dann ins Meer schleudern. Ganeschs Tag ist ein Fest, das Regen machen soll, es macht den Monsun möglich, und auch dies Fest wurde in den Tagen vor meiner Ankunft am Ende des Ticktack-Countdowns gefeiert – aber wo ist Mumbadevis Tag? Er steht nicht im Kalender. Wo sind die Gebete der Pomfretleute, die Rituale der Krebsfänger? . . . Von allen Urbewohnern sind die Koli-Fischer am schlechtesten weggekommen. Nun in einem winzigen Dorf im Daumen der handförmigen Halbinsel zusammengedrängt, haben sie zugegebenermaßen ihren Namen einem Bezirk gegeben – Colaba. Aber folgen Sie Colaba Causeway bis zur Spitze – an billigen Kleidergeschäften und iranischen Restaurants und den zweitklassigen Apartments von Lehrern, Journalisten und Angestellten vorbei –, und Sie finden sie zwischen dem Flottenstützpunkt und dem Meer eingeklemmt. Und manchmal drängeln sich Koli-Frauen, deren Hände nach Innereien vom Pomfret und nach Krebsfleisch stinken, in ihren karmesin- oder purpurroten Saris, die sie frech zwischen den Beinen hochgezurrt haben, arrogant an die Spitze einer Schlange, die auf den Colaba-Bus wartet, und in ihren vorstehenden und leicht fischigen Augen steht ein schmerzlicher Schimmer alter Niederlagen und Enteignungen. Ein Fort und danach eine Stadt nahmen ihnen ihr Land; Rammen (gefolgt von Tetrapoden) stahlen ihnen Stücke vom Meer. Aber immer noch gibt es arabische Dhaus, die jeden Abend ihr Segel gegen den Sonnenuntergang setzen . . . im August 1947 waren die Briten, die die Herrschaft der Fischernetze, der Kokosnüsse, des Reises und Mumbadevis beendet hatten, selbst dabei, Abschied zu nehmen; keine Herrschaft dauert ewig.

Und am 19. Juni, zwei Wochen nach ihrer Ankunft mit dem Grenzzug, ließen meine Eltern sich auf einen seltsamen Handel mit einem solchen

abschiednehmenden Engländer ein. Sein Name war William Methwold.

Die Straße zu Methwold's Estate (wir betreten nun mein Königreich,
kommen ins Innerste meiner Kindheit; ich habe einen kleinen Kloß im
Hals) zweigt zwischen einer Bushaltestelle und einer kleinen Laden-
zeile von der Warden Road ab. Chimalkers Spielzeughandlung; Das Paradies des Lesers; das Chimanbhoy-Fatbhoy-Juweliergeschäft; und vor
allem Bombelli der Zuckerbäcker mit seinem Marquiskuchen und seiner »Ein-Meter-Schokolade«! Namen, mit denen man zaubern kann;
aber dazu ist jetzt nicht die Zeit. An dem salutierenden Pappkarton-
pagen der Tip-Top-Reinigung vorbei führt die Straße uns nach Hause.
In jenen Tagen war an den rosa Wolkenkratzer der Narlikar-Frauen
(scheußliche Nachahmung des Sendemastes in Srinagar) noch nicht
einmal gedacht worden; die Straße führte einen kleinen Hügel hinauf,
nicht höher als ein zweistöckiges Gebäude; sie machte eine Kurve, um
das Meer zu sehen, um hinunter auf den Schwimmclub von Breach
Candy zu blicken, wo rosa Menschen in einem Becken von der Form
Britisch-Indiens schwimmen konnten, ohne Gefahr zu laufen, sich an
einer schwarzen Haut zu reiben; und da, edel um ein kleines Rondell
arrangiert, waren die Paläste William Methwolds, an denen Schilder
hingen, die – dank meiner – viele Jahre später wieder auftauchen sollten, Schilder, die zwei Wörter trugen, nur zwei, die meine nichtsahnenden Eltern aber zu Methwolds eigenartigem Spiel verlockten: ZU
VERKAUFEN.
Methwold's Estate: vier identische Häuser, in einem Stil erbaut, der zu
ihren ursprünglichen Bewohnern paßte (Häuser von Eroberern! römi-
sche Herrenhäuser; dreistöckige Götterstätten, die auf einem zweistök-
kigen Olymp, einem verkümmerten Kailash, standen!) – große, stabile
Herrenhäuser mit roten Dachgiebeln und Erkertürmchen an jeder Ecke,
elfenbeinweißen Ecktürmen, die mit roten Ziegeln gedeckte Hüte trugen (Türme, in die man Prinzessinnen einschließen konnte!) – Häuser
mit Veranden, mit Dienstbotenunterkünften, die man über eine hinter
dem Haus versteckte eiserne Wendeltreppe erreichte – Häuser, die ihr
Eigentümer, William Methwold, majestätisch nach den Palästen Euro-
pas benannt hatte: Versailles Villa, Buckingham Villa, Escorial Villa
und Sans Souci. Bougainvillea überwucherte sie; Goldfische schwammen in blaßblauen Teichen; Kakteen wuchsen in Steingärten; winziges
Springkraut kauerte unter Tamarinden; es gab Schmetterlinge und Ro-

sen und Rohrstühle auf dem Rasen. Und an jenem Tag Mitte Juni verkaufte Mr. Methwold seine leeren Paläste für lächerlich wenig – aber es gab Bedingungen. Ich präsentiere ihn Ihnen also ohne weitere Umstände, komplett mit Mittelscheitel . . . ein Titan von ein Meter achtzig, dieser Methwold, dessen Gesicht das Rosa von Rosen und ewiger Jugend hatte. Er hatte volles, dickes, schwarzes, pomadisiertes Haar, das in der Mitte gescheitelt war. Wir werden noch zu sprechen haben von diesem Mittelscheitel, dessen linealgerade Genauigkeit Methwold für Frauen unwiderstehlich machte, die den Drang verspürten, ihn zu zerzausen . . . Methwolds in der Mitte gescheiteltes Haar hat viel mit meinen Anfängen zu tun. Es war eine jener Haarlinien, an denen entlang Geschichte und Sexualität sich bewegten. Wie Seiltänzer. (Aber trotz alledem bin selbst ich, der ihn nie sah, nie einen Blick auf matt schimmernde Zähne oder phantastisch gekämmtes Haar warf, nicht fähig, ihm zu grollen.)

Und seine Nase? Wie sah die aus? Herausragend? Ja, sie muß es gewesen sein, das Erbe einer aristokratischen französischen Großmutter – aus Bergerac! –, deren Blut aquamarinblau in seinen Adern rann und seinen höflichen Charme mit etwas Grausamerem, einer süßen mörderischen Schattierung von Absinth verdüsterte.

Methwold's Estate wurde unter zwei Bedingungen verkauft: daß die Häuser komplett, mit allem, was sich darin befand, gekauft würden, daß der gesamte Inhalt von den neuen Eigentümern behalten würde und daß die tatsächliche Übergabe nicht vor dem 15. August um Mitternacht stattfinden sollte.

»Alles?« fragte Amina Sinai. »Ich darf noch nicht einmal einen Löffel wegwerfen? Allah, dieser Lampenschirm . . . Ich kann nicht einen einzigen *Kamm* loswerden?«

»Mit allem Drum und Dran«, sagte Methwold. »Das sind meine Bedingungen. Eine Laune, Mr. Sinai . . . Sie erlauben einem abschiednehmenden Kolonialisten sein kleines Spiel? Uns bleibt nicht mehr viel übrig, uns Briten, als unsere Spiele zu spielen.«

»Hör zu, jetzt hör zu, Amina«, sagt Ahmed später, »willst du ewig in diesem Hotelzimmer bleiben? Es ist ein phantastischer Preis, absolut phantastisch. Und was kann er machen, nachdem er die Urkunden übertragen hat? Dann kannst du jeden Lampenschirm hinauswerfen, den du willst. Es sind nicht einmal mehr zwei Monate. . .«

»Nehmen Sie einen Cocktail im Garten?« fragt Methwold. »Um sechs

Uhr jeden Abend. Cocktailstunde. Fester Brauch seit zwanzig Jahren.«

»Aber mein Gott, die Farbe ... und die Schränke sind voller alter Kleider, Janum ... wir müssen aus Koffern leben; es gibt nirgendwo Platz, um auch nur einen einzigen Anzug aufzuhängen!«

»Unangenehme Geschichte, Mr. Sinai.« Methwold schlürft seinen Scotch zwischen Kakteen und Rosen. »Habe so etwas noch nie erlebt. Jahrhundertelang anständige Regierung, dann plötzlich heißt's auf und davon. Sie werden zugeben, so übel waren wir nicht: haben Ihre Straßen gebaut. Schulen, Eisenbahnen, parlamentarisches System, alles lohnende Dinge. Das Tadsch Mahal fiel auseinander, bis ein Engländer es auf sich nahm, sich darum zu kümmern. Und nun plötzlich Unabhängigkeit. Siebzig Tage, um abzuhauen. Ich selbst bin restlos dagegen, aber was soll man machen?«

»... Und sieh dir die Flecken auf dem Teppich an, Janum; zwei Monate müssen wir wie diese Britischen leben? Hast du in die Badezimmer geschaut? Kein Wasser in der Nähe vom Topf. Ich hab' es nie geglaubt, aber es ist wahr, mein Gott, sie wischen sich ihren Hintern nur mit Papier ab ...!«

»Sagen Sie, Mr. Methwold«, Ahmed Sinais Stimme hat sich verändert; in der Gegenwart eines Engländers ist sie zu einer scheußlichen Nachahmung der gedehnten Oxforder Sprechweise geworden, »warum bestehen Sie auf der Verzögerung? Ein schneller Verkauf ist schließlich das beste Geschäft. Lassen Sie uns die Sache zu einem befriedigenden Abschluß bringen.«

»... Und überall Bilder von alten Engländerinnen, Baba! Kein Platz, um das Foto meines eigenen Vaters an die Wand zu hängen!«

»Es scheint, Mr. Sinai«, Mr. Methwold füllt die Gläser neu, während die Sonne hinter dem Breach-Candy-Schwimmbad im Arabischen Meer versinkt, »daß unter diesem steifen englischen Äußeren eine äußerst indische Begierde nach Allegorie schlummert.«

»Und so viel trinken, Janum ... das ist nicht gut.«

»Ich bin mir nicht sicher – Mr. Methwold, äh – was genau Sie meinen mit ...«

»... Oh, wissen Sie, auf gewisse Weise übertrage auch ich Macht. Es hat mich irgendwie gereizt, es zur selben Zeit zu tun wie der Raj. Wie gesagt: ein Spiel. Sie tun mir den Gefallen, nicht wahr, Sinai? Letzten Endes ist der Preis, wie Sie zugegeben haben, nicht schlecht.«

»Ist er vollkommen übergeschnappt, Janum? Was meinst du: ist es

124

denn sicher, Abschlüsse mit ihm zu machen, wenn er nicht richtig tickt?«

»Jetzt hör zu, Frau«, sagt Ahmed Sinai, »jetzt reicht es. Mr. Methwold ist ein feiner Mann, ein gebildeter Mann, ein ehrenwerter Mann. Ich dulde nicht, daß sein Name . . . Und außerdem machen die anderen Käufer deswegen sicherlich nicht so ein Geschrei . . . Im übrigen habe ich ihm zugesagt, also Schluß damit.«

»Nehmen Sie einen Cracker«, sagt Mr. Methwold und hält einen Teller hin. »Nur zu, Mr. S., bitte. Ja, eine merkwürdige Angelegenheit. Habe so etwas noch nie erlebt. Meine alten Mieter – alte Indienhasen, samt und sonders – plötzlich auf und davon. Miserabler Stil. Hat ihnen den Appetit verdorben. Über Nacht. Verblüfft einen einfachen Kerl wie mich. Sah aus, als wollten sie ihre Hände in Unschuld waschen – wollten kein bißchen mitnehmen. ›Vergiß es‹, sagten sie. Fangen zu Hause neu an. Nicht knapp bei Kasse, keiner von ihnen, verstehen Sie, aber trotzdem. Komisch. Lassen mich zurück, damit ich den Kopf hinhalte. Dann hatte ich meine Eingebung.«

». . . Ja, entscheiden, entscheiden«, sagt Amina erregt, »ich sitze hier wie ein Kloß, mit einem Baby, was habe ich damit zu tun? Ich muß im Haus eines Fremden leben, während dieses Kind wächst, und was kümmert es dich? . . . Oh, wozu du mich noch alles bringst . . .«

»Weine nicht«, sagt nun Ahmed, der im Hotelzimmer herumflattert. »Es ist ein gutes Haus. Du weißt doch, daß dir das Haus gefällt. Und zwei Monate . . . weniger als zwei . . . was, rührt es sich? Laß mich fühlen . . . Wo? Hier?«

»Da«, sagt Amina und schneuzt sich. »So ein guter, kräftiger Tritt.«

»Ich stelle mir vor«, erklärt Mr. Methwold, während er in die untergehende Sonne starrt, »daß ich meine eigene Besitzübergabe inszeniere. Alles zurücklasse, verstehen Sie? Geeignete Persönlichkeiten auswähle – so wie Sie selbst, Mr. Sinai! –, alles absolut intakt übergebe: tipptopp funktionierend. Sehen Sie sich um: alles in gutem Zustand, finden Sie nicht? Alles paletti, sagten wir immer. Oder wie Sie auf Hindustani sagen: Sabkuch ticktock hai. Alles in bester Ordnung!«

»Nette Leute kaufen die Häuser.« Ahmed bietet Amina sein Taschentuch an. »Nette neue Nachbarn . . . dieser Herr Homi Catrack in Versailles Villa ist Parse, aber Rennpferdbesitzer. Produziert Filme und alles. Und die Ibrahims in Sans Souci; Nussie Ibrahim bekommt auch ein Kind, ihr könnt Freundinnen sein . . . und der alte Ibrahim hat riesengroße Sisalfarmen in Afrika. Gute Familie.«

». . . Und danach kann ich mit dem Haus tun, was ich will . . .?«

»Danach, ja natürlich, er ist ja dann weg . . .«

». . . Es hat sich alles ausgezeichnet entwickelt«, sagt William Methwold. »Wußten Sie, daß mein Urahn der Mensch war, der die Idee
hatte, diese ganze Stadt zu bauen? Eine Art Raffles von Bombay. Als
sein Nachkomme empfinde ich in diesem entscheidenden Augenblick
die, ich weiß nicht, Notwendigkeit, meine Rolle zu spielen. Ja, ausgezeichnet . . . wann ziehen Sie ein? Geben Sie Bescheid, und ich ziehe
ins Taj Hotel. Morgen? Ausgezeichnet. Sabkuch ticktock hai.«

Dies waren die Menschen, unter denen ich meine Kindheit verbrachte:
Herr Homi Catrack, Filmmagnat und Rennpferdbesitzer, mit seiner
schwachsinnigen Tochter Toxy, die mit ihrer Pflegerin Bi-Appah, der
furchterregendsten Frau, die ich je kannte, eingeschlossen werden
mußte; dann waren da die Ibrahims in Sans Souci, der alte Ibrahim
Ibrahim mit seinem Spitzbart und seinem Sisal, seine Söhne Ismail und
Ishaq und Ismails winzige flattrige glücklose Frau Nussie, die wir wegen ihres watschelnden Gangs immer Nussie-die-Ente nannten und in
deren Leib mein Freund Sonny wuchs, sogar jetzt schon seinem Miß-
geschick, das er mit einer gynäkologischen Zange erlitt, immer näher
rückte . . . Escorial Villa war in Wohnungen aufgeteilt. Im Erdgeschoß
wohnten die Dubashes, er ein Physiker, der ein führender Kopf in der
Kernforschungsanlage von Trombay werden sollte, sie eine Null, unter
deren Ausdruckslosigkeit ein wahrhaftiger religiöser Fanatismus verborgen lag – aber lassen wir ihn dort liegen und erwähnen nur, daß sie
die Eltern von Cyrus waren (der erst in ein paar Monaten empfangen
werden sollte), meinem ersten Mentor, der in den Theaterstücken in der
Schule die Mädchenrollen übernahm und als Cyrus-der-Große bekannt
war. Über ihnen wohnte der Freund meines Vaters, Dr. Narlikar, der
hier ebenfalls eine Wohnung gekauft hatte . . . er war so schwarz wie
meine Mutter, hatte die Gabe, knallrot zu erglühen, wenn er erregt
oder aufgewühlt war, haßte Kinder, obwohl er uns auf die Welt brachte, und sollte bei seinem Tod einen Stamm von Frauen auf die Stadt
loslassen, die zu allem fähig waren und jedes Hindernis, das sich ihnen
in den Weg stellte, ausräumten. Und im obersten Stock schließlich
lebten Fregattenkapitän Sabarmati und Lila – Sabarmati, der einer der
größten Überflieger in der Marine war, und seine Frau mit ihren teuren
Vorlieben; er hatte sein Glück, für sie so billig ein Heim zu erwerben,
kaum zu fassen vermocht. Sie hatten zwei Söhne im Alter von acht-

zehn und von vier Monaten, die, als sie heranwuchsen, vulgär und rüpelhaft wurden und die Spitznamen Schlitzauge und Haaröl bekamen; und sie wußten nicht (wie konnten sie?), daß ich ihr Leben zerstören würde . . . Von William Methwold ausgewählt, zogen diese Leute, die den Mittelpunkt meiner Welt bilden sollten, in die Häuser ein und tolerierten die merkwürdigen Launen des Engländers – denn der Preis war schließlich in Ordnung.

. . . Dreißig Tage dauert es noch bis zur Übergabe der Macht, und Lila Sabarmati ist am Telefon: »Wie kannst du das bloß aushalten, Nussie? Hier sind in jedem Zimmer sprechende Papageien, und in den Schränken finde ich mottenzerfressene Kleider und getragene Büstenhalter!« . . . Und Nussie sagt zu Amina: »Goldfische, Allah, ich kann die Viecher nicht ausstehen, aber Methwold Sahib kommt persönlich, um sie zu füttern . . . und es gibt halbleere Gläser mit Fleischextrakt, die ich nicht wegwerfen darf, sagt er . . . es ist verrückt, Amina Schwester, was machen wir hier eigentlich?« . . . Und der alte Ibrahim weigert sich, in seinem Schlafzimmer den Deckenventilator anzustellen, und murmelt: »Diese Maschine fällt bestimmt runter – sie wird mir mitten in der Nacht den Kopf abschneiden – wie lange kann etwas so Schweres an der Decke kleben bleiben?« . . . Und Homi Catrack, der etwas von einem Asketen hat, muß auf einer großen weichen Matratze liegen, er leidet unter Rückenschmerzen und Schlaflosigkeit, und um die dunklen Ringe der Inzucht um seine Augen zieht die Schlaflosigkeit ihre Kreise, und sein Hausdiener erklärt ihm: »Kein Wunder, daß die ausländischen Herren alle weggegangen sind, Sahib, sie müssen ja danach schmachten, etwas Schlaf zu bekommen.« Aber sie alle halten durch, und neben den Problemen gibt es auch Vorteile. Hören Sie Lila Sabarmati (»die – zu schön, um gut zu sein«, sagte meine Mutter). . . »Ein Pianola, Amina Schwester! Und es funktioniert! Den ganzen Tag sitze ich da und spiele Gott weiß was! ›Blasse Hände, die ich liebte am Shalimar‹ . . . es macht auch so viel Spaß, man braucht nur die Pedale zu treten!« . . . Und Ahmed Sinai findet in Buckingham Villa (in der Methwold selbst wohnte, bevor sie unser wurde) einen Barschrank; er entdeckt die Wonnen eines guten Scotch und ruft: »Na und? Mr. Methwold ist ein bißchen exzentrisch, das ist alles – können wir ihm den Gefallen nicht tun? Wir mit unserer alten Kultur, können wir nicht genauso zivilisiert sein wie er?« . . . und er leert sein Glas in einem Zug. Vorteile und Nachteile: »All diese Hunde, die man versorgen muß, Nussie Schwester«, beklagt sich Lila Sabarmati. »Ich kann Hunde nicht ausstehen, kein bißchen. Und meine kleine Choochie-Katze, sso ssüß ist ssie, wirklich, absolut verschreckt!«... Und Dr. Narlikar, vor Gereiztheit glühend: »Über meinem Bett! Bilder von Kindern, Bruder Sinai! Ich sage dir: dick! rosa! drei! Ist das fair?«... Doch nun dauert es nur noch zwanzig Tage, man lebt sich ein, die scharfen Kanten verwischen sich, so daß sie alle nicht bemerkt haben, was geschieht: der Besitz, Methwold's Estate, verändert sie. Jeden Abend um sechs sind sie draußen in ihren Gärten und zelebrieren die Cocktailstunde, und wenn William Methwold sie besuchen kommt, verfallen sie mühelos in die Nachahmung der gedehnten Oxforder Sprechweise; und sie lernen alles über Deckenventilatoren und Gasherde und die richtige Ernährung von Papageien, und Methwold beaufsichtigt ihre Verwandlung und murmelt dabei verhalten. Hören Sie genau hin: was sagt er? Ja, das ist es. »Sabkuch ticktock hai«, murmelt William Methwold. Alles ist gut.

* * *

Als die Bombay-Ausgabe der *Times of India* auf der Suche nach einem jedermann ansprechenden, zu Herzen gehenden Aspekt der bevorstehenden Unabhängigkeitsfeierlichkeiten verkündete, daß sie jeder Mutter in Bombay einen Preis verleihen würde, die es einrichten könnte, genau zum Zeitpunkt der Geburt der neuen Nation einem Kind das Leben zu schenken, ging Amina Sinai, die gerade aus einem mysteriösen Traum erwacht war, in dem sie von Fliegenpapier geträumt hatte, Zeitungspapier auf den Leim. Zeitungspapier wurde Ahmed Sinai unter die Nase gehalten, und Aminas Finger, der triumphierend auf die Seite klopfte, unterstrich den Ton äußerster Gewißheit in ihrer Stimme.

»Siehst du, Janum?« verkündete Amina. »Das werde ich sein.«

Vor ihren Augen stieg eine Vision von fettgedruckten Schlagzeilen auf, die erklärten: »Baby Sinai – das Kind dieser glorreichen Stunde – in einer entzückenden Pose« – eine Vision von eins a erstklassigen riesengroßen Babyschnappschüssen für die Titelseite; aber Ahmed begann zu erörtern: »Denk nur einmal an all das, was dagegen spricht, Begum.« Bis sie ihren Mund schließlich vor Starrsinn wie einen Schraubstock zusammenpreßte und immer wieder sagte: »Komm mir nicht mit wenn und aber; ich werd's schon werden; ich weiß es einfach ganz sicher. Frag mich nicht wie.«

Und obwohl Ahmed die Prophezeiung seiner Frau William Methwold gegenüber als Scherz für die Cocktailstunde wiederholte, ließ Amina sich nicht erschüttern, selbst als Methwold lachte. »Weibliche Intuition – hervorragende Sache, Mrs. S.! Aber im Ernst, Sie können doch kaum erwarten, daß wir . . .« Selbst unter dem unwirschen Blick ihrer Nachbarin Nussie-die-Ente, die auch schwanger war und auch die *Times of India* gelesen hatte, blieb Amina ihrer Sache treu, denn Ramrams Vorhersage war ihr tief ins Herz gedrungen.

Um die Wahrheit zu sagen: Amina hatte mit fortschreitender Schwangerschaft die Worte des Wahrsagers immer schwerer auf ihre Schultern, ihren Kopf, ihren schwellenden Ballon drücken gespürt, so daß sie, eingefangen in einem Netz von Ängsten, die sie die Geburt eines Kindes mit zwei Köpfen befürchten ließen, der subtilen Magie von Methwold's Estate irgendwie entkam und nicht von Cocktailstunden, Papageien, Pianolas und englischem Akzent angesteckt wurde . . . Zunächst einmal hatte ihre Gewißheit, daß sie den Preis der *Times* gewinnen würde, also etwas Fragwürdiges, denn sie war zu der Überzeugung gekommen, daß, sollte dieser Teil der Prophezeiungen des Wahrsagers erfüllt werden, dadurch bewiesen würde, daß sich die anderen, was immer sie bedeuteten, genauso bewahrheiten würden. Deshalb sagte meine Mutter nicht gerade im Tonfall ungeschmälerten Stolzes und reiner Vorfreude: »Lassen Sie die Intuition beiseite, Mr. Methwold. Dies ist eine verbürgte Tatsache.«

Und für sich selbst setzte sie hinzu: »Und auch dies: ich werde einen Sohn bekommen. Aber man muß furchtbar auf ihn aufpassen, sonst . . .«

Mir scheint, daß die übernatürlichen Einbildungen Naseem Aziz', tief verankert im Wesen meiner Mutter, vielleicht tiefer, als sie wußte, begonnen hatten, ihre Gedanken und ihr Verhalten zu beeinflussen – jene Einbildungen, die Ehrwürdige Mutter davon überzeugt hatten, Flugzeuge seien Erfindungen des Teufels, und Fotoapparate könnten einem die Seele stehlen, und Geister seien genauso augenscheinlich Bestandteil der Wirklichkeit wie das Paradies, und es sei nichts Geringeres als eine Sünde, gewisse geheiligte Ohren zwischen Daumen und Zeigefinger zu nehmen, raunten nun im sich verdüsternden Kopf ihrer Tochter. »Selbst wenn wir mitten in all diesem englischen Plunder sitzen«, begann meine Mutter zu denken, »ist dies doch immer noch Indien, und Leute wie Ramram Seth wissen, was sie wissen.« Auf diese Weise wurde der Skeptizismus ihres geliebten Vaters durch die Leichtgläubigkeit meiner Großmutter ersetzt; und gleichzeitig wurde der abenteuerlustige Funke, den Amina von Doktor Aziz geerbt hatte, durch etwas anderes, ebenso Gewichtiges erstickt.

Um die Zeit, als Ende Juni der Regen kam, war der Fötus in ihrem Leib voll ausgeformt. Knie und Nase waren vorhanden und so viele Köpfe, wie wachsen würden, schon in der richtigen Lage. Was (am Anfang) nicht größer als ein Punkt gewesen war, hatte sich zu einem Komma, einem Wort, einem Satz, einem Absatz, einem Kapitel ausgedehnt; nun entwickelte es sich spurenhaft zu komplexeren Formen, wurde sozusagen ein Buch – vielleicht eine Enzyklopädie –, sogar eine ganze Sprache . . . das heißt, daß der Klumpen in meiner Mutter Mitte so groß und so schwer wurde, daß Amina sich, während die Warden Road am Fuß unseres zweigeschossigen Hügelchens von schmutziggelbem Regenwasser überflutet wurde und gestrandete Busse zu rosten begannen und Kinder in der aufgelösten Straße schwammen und Zeitungen aufgeweicht unter die Oberfläche absanken, in einem kreisrunden Turmzimmer im ersten Stock wiederfand und kaum fähig war, sich unter dem Gewicht ihres bleiernen Ballons zu bewegen.

Endloser Regen. Wasser sickerte unter Fenstern herein, in denen Tulpen aus farbigem Glas über bleiverglaste Scheiben tanzten. In Fensterrahmen geklemmte Handtücher saugten Wasser auf, bis sie schwer, gesättigt, nutzlos waren. Das Meer, grau und massig, dehnte sich aus, bis es auf Regenwolken an einem eingeengten Horizont traf. Regen trommelte gegen die Ohren meiner Mutter und vergrößerte das Durcheinander von Wahrsagern und mütterlicher Leichtgläubigkeit und verwirrender Gegenwart von fremden Besitztümern und veranlaßte sie, sich alle möglichen Seltsamkeiten vorzustellen. Unter ihrem wachsenden Kind in einer Falle gefangen, stellte Amina sich als überführte Mörderin zur Zeit der Moguln vor, als Tod durch Zerquetschen unter einem Felsblock eine übliche Strafe war . . . und in den kommenden Jahren sagte sie immer, wenn sie auf jene Zeit zurückblickte, die das Ende der Zeit war, bevor sie Mutter wurde, die Zeit, in der das Ticktack von Countdown-Kalendern jedermann auf den 15. August zuhetzte: »Davon weiß ich nichts. Für mich war es, als sei die Zeit stehengeblieben. Das Kind in meinem Bauch hielt die Uhren an. Dessen bin ich mir sicher. Lacht nicht: ihr erinnert euch an den Uhrturm oben auf dem Hügel? Ich sage euch, nach dem Monsun hat er nie wieder funktioniert. «

. . . Und Musa, der alte Diener meines Vaters, der das Paar nach Bombay begleitet hatte, ging hin und erzählte den anderen Dienstboten in den Küchen der rot gedeckten Paläste, in den Dienstbotenunterkünften hinter Versailles und Escorial und Sans Souci: »Es wird ein richtiges

Zehn-Rupien-Baby; yes, Sir! Ein Mordskerl von einem Zehn-Chip-Pomfret, wartet ab und seht selbst!« Die Dienstboten waren erfreut, denn eine Geburt ist etwas Feines und ein großes dickes Baby das Beste von allem . . .

. . . Und Amina, deren Bauch die Uhren angehalten hatte, saß unbeweglich in einem Turmzimmer und sagte zu ihrem Mann: »Leg deine Hand hierhin und fühl ihn einmal . . . da, hast du's gefühlt? . . . so ein großer kräftiger Junge, unsere kleine Scheibe-vom-Mond.«

Erst als der Regen endete und Amina so schwer geworden war, daß zwei Diener mit ihren Händen einen Sitz bilden mußten, um sie hochzuheben, kehrte Wee Willie Winkie zurück, um in der Manege zwischen den vier Häusern zu singen; und erst da erkannte Amina, daß sie nicht nur eine, sondern zwei ernsthafte Rivalinnen um den Preis der *Times of India* hatte (zumindest wußte sie von zweien) und daß es, Prophezeiung hin oder her, ein sehr knapper Endspurt werden würde.

»Wee Willie Winkie ist mein Name, für mein Brot zu singen meine Gabe!«

Ehemalige Zauberkünstler und Guckkastenmänner und Sänger . . . noch bevor ich geboren wurde, war die Form gegossen. Unterhaltungskünstler würden mein Leben orchestrieren.

»Hallo, ist hier alles komfortabel, so mit allem Komfort und Kom-nach? Oh, witzig-witzig, Damen und Männer, jetzt möchte ich Sie auch lachen sehen!«

Groß dunkel schön, ein Clown mit Akkordeon, stand er in der Zirkusmanege. Im Garten von Buckingham Villa promenierte der große Zeh meines Vaters (mit seinen neun Kollegen) mit und unter dem Mittelscheitel von William Methwold . . . sandalenbekleidet, knollig, ein Zeh, der nichts von seinem kommenden Verhängnis ahnte. Und Wee Willie Winkie (dessen richtigen Namen wir nie erfuhren) riß Witze und sang. Von einer Veranda im ersten Stock aus sah und hörte Amina zu und spürte von der benachbarten Veranda den Stachel des neidisch konkurrierenden Blicks von Nussie-der-Ente.

. . . Während ich an meinem Schreibtisch den Stachel von Padmas Ungeduld spüre. (Ich wünsche mir zuweilen ein einsichtigeres Publikum; eins, das die Notwendigkeit für Rhythmus, Tempo, die feinsinnige Einführung von Mollakkorden verstünde, die später ansteigen, anschwellen, die Melodie an sich reißen werden; das beispielsweise wüßte, daß das gleichmäßige Schlagen von Mountbattens Ticktack, obwohl Babygewicht und Monsun die Uhr im Uhrturm des Anwesens zum Schweigen gebracht haben, immer noch da ist, leise, aber unerbittlich, und es nur eine Frage der Zeit ist, bis es unsere Ohren mit seiner metronomisch schlagenden Musik erfüllt.) Padma sagt: »Ich will jetzt nichts von diesem Winkie wissen; tage- und nächtelang habe ich gewartet, und du bist immer noch nicht an der Stelle, wo du geboren wirst!« Aber ich rate zur Geduld; alles an seinem Platz, empfehle ich meinem Dunglotos, denn auch Winkie hat seinen Platz und Zweck. Hier neckt er nun die schwangeren Damen auf ihren Veranden, macht eine Pause in seinem Gesang und sagt: »Sie haben von dem Preis gehört, meine Damen? Ich auch. Meine Vanita kommt auch bald nieder, bald-bald: vielleicht kommt ihr Bild und nicht Ihres in die Zeitung!« . . . und Amina runzelt die Stirn, und Methwold lächelt (ist es ein gezwungenes Lächeln? warum?) unter seinem Mittelscheitel, und meines Vaters Lippe springt weise vor, während sein großer Zeh umherpromeniert, und er sagt: »Das ist ein frecher Kerl, er geht zu weit.« Aber nun weist Methwold – es sieht fast so aus, als fühle er sich peinlich berührt, ja sogar schuldig! – Ahmed Sinai zurecht: »Unsinn, alter Junge. Tradition des Narren, wissen Sie. Hat das Recht, zu provozieren und zu necken. Wichtiges gesellschaftliches Sicherheitsventil.« Und mein Vater zuckt die Schultern: »Hm.« Aber dieser Winkie ist gewitzt, denn nun gießt er Öl auf die Wogen und sagt: »So ein Baby ist nicht schlecht, zwei hingegen mehr als recht! Echt, meine Damen, ein Scherz, sehen Sie?« Und dann ein Stimmungsumschwung, als er eine dramatische Eingebung, einen entscheidenden Gedanken vorstellt: »Meine Damen und Herren, wie können Sie sich hier wohl fühlen, inmitten der langen Vergangenheit von Mr. Methwold Sahib? Ich sage Ihnen: es muß fremd sein, unwirklich; aber nun ist dies ein neuer Ort hier, meine Damen und Männer, und kein neuer Ort ist wirklich, bis er eine Geburt gesehen hat. Nach der ersten Geburt werden Sie sich zu Hause fühlen.« Danach ein Lied: »Daisy, Daisy . . .« Und Mr. Methwold fällt ein; aber immer noch befleckt etwas Dunkles seine Stirn . . .

. . . Und das ist der springende Punkt: ja, er muß sich schuldig fühlen, denn unser Winkie mag gewitzt und lustig sein, aber er ist nicht gewitzt genug. Und nun ist es an der Zeit, das erste Geheimnis von William Methwolds Mittelscheitel zu offenbaren, denn es ist hinabgetropft und hat sein Gesicht befleckt: eines Tages, lange vor Ticktack und

Verkäufen mit allem Drum und Dran, lud Mr. Methwold Winkie und seine Vanita ein, für ihn privat, in dem Zimmer, das nun der Empfangsraum meiner Eltern ist, zu singen, und nach einer Weile sagte er: »Passen Sie auf, Wee Willie, tun Sie mir einen Gefallen, Mann: dieses Rezept muß für mich eingelöst werden, schreckliche Kopfschmerzen; gehen Sie damit zu Kemp's Corner und überreden Sie den Apotheker, Ihnen die Tabletten auszuhändigen; die Dienstboten liegen alle mit Grippe im Bett.« Winkie, ein armer Mann, sagte: »Ja, Sahib, sofort, Sahib« und ging fort; und dann war Vanita allein mit dem Mittelscheitel und spürte, wie er eine Anziehungskraft auf ihre Finger ausübte, der zu widerstehen unmöglich war, und während Methwold, der einen leichten cremefarbenen Anzug mit einer Rose im Revers trug, unbeweglich in einem Rohrsessel saß, ertappte sie sich dabei, wie sie sich ihm mit ausgestreckten Fingern näherte, spürte, wie die Finger das Haar berührten, fand den Mittelscheitel und begann ihn zu zerzausen.

So daß nun, neun Monate später, Wee Willie Winkie über das unmittelbar bevorstehende Baby seiner Frau scherzte und auf der Stirn eines Engländers ein Fleck erschien.

»So?« sagt Padma. »Was kümmert mich dieser Winkie mit seiner Frau, von der du mir noch nicht einmal was erzählt hast?«

Einige Leute sind nie zufrieden, doch Padma wird es bald sein.

Aber nun wird sie erst einmal noch mehr enttäuscht, denn in einer lang ansteigenden Spirale entferne ich mich von den Ereignissen in Methwold's Estate – weg von Goldfischen und Hunden und Babywettbewerben und Mittelscheiteln, weg von großen Zehen und Ziegeldächern –, fliege über die Stadt, die nach den Regenfällen frisch und sauber ist, und überlasse Amina und Ahmed den Liedern Wee Willie Winkies; im Flug eile ich in die Gegend um das alte Fort, am Flora-Brunnen vorbei, und komme zu einem großen Gebäude, das von einem bombastischen Dämmerlicht und dem Parfüm hin und her schwingender Weihrauchgefäße erfüllt ist . . . denn hier, in der St.-Thomas-Kathedrale, erfährt Fräulein Mary Pereira etwas über die Farbe Gottes.

***

»Blau«, sagte der junge Priester ernsthaft. »Alle vorhandenen Zeugnisse, meine Tochter, lassen darauf schließen, daß unser Herr Jesus Christus von wunderschöner kristallener, blasser himmelblauer Farbe war.«

Die kleine Frau hinter dem hölzernen Gitterfenster des Beichtstuhls verfiel für einen Augenblick in Schweigen. Ein beunruhigtes, nachdenkliches Schweigen. Dann: »Aber wie, Vater? Menschen sind doch nicht *blau*. Kein Mensch auf der ganzen weiten Welt ist blau!«
Der Verwirrung der kleinen Frau entspricht die Bestürzung des Priesters . . . denn von Rechts wegen hätte sie nicht so reagieren dürfen. Der Bischof hatte gesagt: »Probleme mit neu Konvertierten . . . wenn sie nach der Farbe fragen, handelt es sich fast immer darum . . . wichtig, Brücken zu schlagen, mein Sohn. Bedenke«, so sprach der Bischof, »Gott ist die Liebe, und der Liebesgott der Hindus, Krischna, wird immer mit blauer Haut dargestellt. Sag ihnen: blau; das wird eine Art Brücke zwischen den Glaubensbekenntnissen bilden. Sachte, immer sachte, können Sie mir folgen; und außerdem ist Blau eine neutrale Farbe, damit geht man den üblichen Farbproblemen aus dem Weg, und du hältst dich von Schwarz und Weiß fern: ja, im großen und ganzen bin ich sicher, daß man sich dafür entscheiden muß.« Sogar Bischöfe können sich irren, denkt der junge Pater, aber unterdessen ist er ganz schön in der Klemme, denn die kleine Frau regt sich eindeutig auf, hat begonnen, einen schweren Tadel durch das Holzgitter loszulassen: »Blau, was ist denn das für eine Antwort, Vater, wie können Sie so etwas glauben? Sie sollten an den Heiligen Vater Papst in Rom schreiben, er wird Sie bestimmt aufklären; aber man braucht nicht Papst zu sein, um zu wissen, daß Menschen niemals blau sind!« Der junge Pater schließt die Augen, atmet tief durch, geht zum Gegenangriff über. »Haut ist schon oft blau gefärbt worden«, stottert er. »Die Pikten, die blauen arabischen Nomaden; hättest du die Gabe der Bildung, meine Tochter, würdest du sehen . . .« Aber jetzt hallt ein verächtliches Schnauben im Beichtstuhl wider. »Was, Vater? Sie vergleichen unseren Herrgott mit Wilden aus dem Urwald? O Herr, ich muß mir vor Scham die Ohren zuhalten!« . . . Und so geht es weiter, noch lange weiter, bis der junge Pater, dessen Magen ihm die Hölle heiß macht, plötzlich die Erleuchtung hat, daß hinter dieser Sache mit dem Blau noch etwas Wichtigeres stecken muß, und die eine bewußte Frage stellt; worauf die Tirade Tränen weicht und der junge Pater in Panik sagt: »Komm, beruhige dich, sicherlich ist der göttliche Glanz unseres Herrn doch nicht bloß eine Frage der Hautfarbe?« . . . Und durch das überströmende Salzwasser eine Stimme: »Ja, Vater, Sie sind letzten Endes doch nicht so übel; genau das habe ich ihm gesagt, genau diese eine Sache nur, aber er hat viele ungehörige Worte gebraucht und hat nicht hören

wollen . . .« Das ist es also, *er* ist in die Geschichte eingetreten, und nun sprudelt alles hervor, und Fräulein Mary Pereira, winzig jungfräulich aufgewühlt, legt eine Beichte ab, die uns einen entscheidenden Hinweis auf ihre Motive liefert, aufgrund deren sie in der Nacht meiner Geburt den letzten und wichtigsten Beitrag zur gesamten Geschichte Indiens im zwanzigsten Jahrhundert lieferte, vom Zeitpunkt an gerechnet, als mein Großvater sich die Nase aufschlug, bis zu der Zeit, in der ich erwachsen wurde.

Mary Pereiras Beichte: wie jede Mary hatte sie ihren Joseph, Joseph D'Costa, Krankenwärter in einer Klinik in der Pedder Road namens Dr. Narlikars Entbindungsheim (»Oho!« Padma sieht endlich einen Zusammenhang), wo sie als Hebamme arbeitete. Zuerst war alles sehr gut verlaufen; er hatte sie zu einer Tasse Tee oder Lassi oder Falooda eingeladen und Süßholz geraspelt. Er hatte Augen wie Preßlufthämmer, hart und erfüllt von Ratatat, aber er sprach mit sanfter Stimme und wußte sich gut auszudrücken. Mary, winzig, dicklich, jungfräulich, hatte in seinen Aufmerksamkeiten geschwelgt, aber nun war alles anders.

»Plötzlich, ganz plötzlich schnüffelt er die ganze Zeit in der Luft. Auf eine komische Art, mit gekräuselter Nase. Ich frage: Hast du dich erkältet oder was, Joe? Aber er sagt nein; nein, sagt er, er schnuppert den Wind von Norden. Aber ich sag ihm, Joe, in Bombay kommt der Wind vom Meer, von Westen, Joe . . .« Mit brechender Stimme beschreibt Mary Pereira den nachfolgenden Zorn Joseph D'Costas, der zu ihr sagte: »Du weißt überhaupt nichts, Mary, der Wind kommt nun von Norden, und er riecht nach Tod. Diese Unabhängigkeit ist bloß für die Reichen; die Armen werden dazu gebracht, sich gegenseitig umzubringen wie Ungeziefer. Im Pandschab, in Bengalen. Aufruhr, Aufruhr, Arme gegen Arme. Es liegt im Wind.«

Und Mary: »Du redest verrücktes Zeug, Joe, warum machst du dir Sorgen um so schlimme Sachen. Wir können doch weiter in Ruhe leben, oder?«

»Hör doch auf, du hast keine Ahnung.«

»Aber Joseph, selbst wenn das stimmt mit dem Töten, es sind doch bloß Hindus und Moslems: warum willst du gute Christen in ihren Streit hineinziehen? Die bringen sich doch schon seit ewigen Zeiten um.«

»Du und dein Christus. Geht es dir denn nicht in den Kopf, daß das die Religion der Weißen ist? Überlaß die weißen Götter den weißen Menschen. Gerade jetzt sterben unsere eigenen Leute. Wir müssen zurückschlagen, den Leuten zeigen, wen sie bekämpfen müssen, anstatt sich gegenseitig umzubringen, kapiert?«

Und Mary: »Deshalb habe ich nach der Farbe gefragt, Vater . . . und ich habe Joseph gesagt, immer wieder gesagt: Kämpfen ist schlecht, gib dich nicht mit diesen verrückten Ideen ab. Aber dann hat er aufgehört, mit mir zu reden, und angefangen, mit gefährlichen Typen herumzuhängen, und es tauchen Gerüchte über ihn auf, Vater, daß er angeblich Backsteine auf dicke Autos schmeißt und auch Flaschen verbrennt. Er wird verrückt, Vater, man sagt, er hilft Busse verbrennen und Straßenbahnen in die Luft jagen und ich weiß nicht was noch alles. Was soll ich machen, Vater, ich habe meiner Schwester von alldem erzählt. Meiner Schwester Alice, einem wirklich anständigen Mädchen, Vater. Ich hab' gesagt: Dieser Joe, er wohnt in der Nähe vom Schlachthaus, vielleicht ist ihm der Geruch in die Nase gestiegen und hat ihn benebelt. Alice ist also zu ihm hingegangen. Ich lege ein Wort für dich ein, sagt sie, aber dann, o Gott, was geschieht mit der Welt . . . ich sag' Ihnen ehrlich, Vater . . . O Baba˙. . .« Und Ihre Worte gehen in den Fluten unter, ihre Geheimnisse entströmen salzig ihren Augen, denn Alice kam zurück und erklärte, ihrer Meinung nach sei Mary an allem schuld, weil sie Joseph so lange mit einem Redeschwall überschüttet habe, bis er nichts mehr von ihr wissen wollte, anstatt ihn in seinem patriotischen Anliegen, das Volk wachzurütteln, zu unterstützen. Alice war jünger als Mary und hübscher, und danach gab es noch mehr Gerüchte, Alice-und-Joseph-Geschichten, und Mary wußte sich nicht mehr zu helfen.

»Die«, sagte Mary, »was weiß die schon von der ganzen Politik? Bloß um sich meinen Joseph zu krallen, wird sie jeden Unsinn wiederholen, den er von sich gibt, wie ein Beo. Ich schwöre, Vater . . .«

»Vorsicht, Tochter. Lästere nicht Gott . . .«

»Nein, Vater. Ich schwöre zu Gott, ich weiß nicht, was ich nicht alles tun werde, um diesen Mann wiederzukriegen. Ja: obwohl er . . . egal, was er . . . ai-o-ai-ooo!«

Salzwasser wäscht den Boden des Beichtstuhls . . . und ergibt sich hier nun ein neues Dilemma für den jungen Pater? Wägt er, trotz der Qualen eines verdorbenen Magens, auf unsichtbaren Waagschalen die Unverletzlichkeit des Beichtstuhls gegen die Gefahr ab, die ein Mann wie Joseph D'Costa für die zivilisierte Gesellschaft darstellt? Wird er Mary tatsächlich nach Josephs Adresse fragen und dann verraten . . . Kurzum, würde dieser bischofgeplagte, magenkrampfgeschüttelte junge Pater sich so wie Montgomery Clift in *I Confess* oder anders verhalten haben? (Als ich den Film vor ein paar Jahren im New-Empire-Kino sah, konnte ich die Frage nicht beantworten.) – Aber nein, schon wieder muß ich meine grundlosen Verdächtigungen unterdrücken. Was mit Joseph geschah, wäre wahrscheinlich so oder so geschehen. Und aller Wahrscheinlichkeit nach liegt die einzige Bedeutung des jungen Paters für meine Geschichte darin, daß er der erste Außenstehende war, der von Joseph D'Costas bitterem Haß auf die Reichen und von Mary Pereiras verzweifeltem Kummer erfuhr.

Morgen werde ich ein Bad nehmen und mich rasieren; ich werde eine nagelneue Kurta, gestärkt und glänzend, und dazu passende Pajamas anziehen. Ich werde mit Spiegelchen verzierte Pantoffeln tragen, die sich an den Zehen nach oben krümmen, mein Haar wird ordentlich gebürstet sein (wenn auch nicht in der Mitte gescheitelt), meine Zähne werden strahlen... in einem Wort: ich werde bestens aussehen. (»Gott sei Dank«, sagt die schmollende Padma.)

Morgen wird endlich ein Ende mit den Geschichten sein, die ich (weil ich bei ihrer Geburt nicht anwesend war) aus den wirbelnden Tiefen meines Gedächtnisses ziehen muß; denn die Metronommusik von Mountbattens Countdown-Kalender kann nicht länger überhört werden. In Methwold's Estate tickt der alte Musa immer noch wie eine Zeitbombe, aber ihn kann man nicht hören, weil nun ein anderer Klang ohrenbetäubend, aufdringlich anschwillt: der Klang verstreichender Sekunden, einer näher rückenden, unausweichlichen Mitternacht.

Tick-tack

Padma kann es hören: nichts eignet sich besser zum Aufbau von Spannung als ein Countdown. Ich habe meine Dungblume heute bei der Arbeit beobachtet, sie rührte in Kesseln wie ein Wirbelwind, als ließe das die Zeit schneller vergehen. (Und vielleicht tat es das auch: Zeit ist meiner Erfahrung nach so veränderlich und unbeständig wie Bombays Stromversorgung. Rufen Sie einfach die Zeitansage an, wenn Sie mir nicht glauben – da sie von Elektrizität abhängt, geht sie gewöhnlich ein paar Stunden vor oder nach. Es sei denn, wir sind diejenigen, die falsch gehen . . . von Leuten, die für »gestern« dasselbe Wort benutzen wie für »morgen«, kann man nicht behaupten, sie hätten die Zeit fest im Griff.)

Doch heute hörte Padma Mountbattens Ticktack . . . in England hergestellt, schlägt sie mit unerbittlicher Genauigkeit. Und nun ist die Fabrik leer; Dünste hängen in der Luft, aber die Kessel stehen verlassen; und ich habe mein Wort gehalten. Im Sonntagsstaat begrüße ich Padma, die an meinen Schreibtisch stürzt, sich neben mir zu Boden fallen läßt und befiehlt: »Fang an!« Ich zeige ein zufriedenes kleines Lächeln, merke, wie die Kinder der Mitternacht sich in meinem Kopf aufstellen, stoßend und drängelnd wie Koli-Fischerweiber; ich befehle ihnen zu warten, es dauert jetzt nicht mehr lange, ich räuspere mich, schüttele meinen Federhalter ein wenig aus und beginne.

Zweiunddreißig Jahre vor der Machtübergabe schlug mein Großvater sich an kaschmirischer Erde die Nase auf. Es gab Rubine und Diamanten. Unter der Haut des Wassers wartete das Eis der Zukunft. Ein Schwur erfolgte: sich weder vor Gott noch vor Menschen zu beugen. Dieser Schwur schuf ein Loch, das vorübergehend von einer Frau hinter einem Laken gefüllt werden sollte. Ein Fährmann, der einst prophezeit hatte, daß in der Nase meines Großvaters Dynastien lägen, ruderte ihn zornig über einen See. Es gab blinde Großgrundbesitzer und Ringerinnen. Und in einem düsteren Zimmer war ein Laken. An jenem Tag begann mein Erbe sich zu formen – das Blau des kaschmirischen Himmels, das in die Augen meines Großvaters hineingetröpfelt war; das lange Leiden meiner Urgroßmutter, das zur Duldsamkeit meiner Mutter und der späteren Unbeugsamkeit Naseem Aziz' werden sollte; die

Gabe meines Urgroßvaters, sich mit Vögeln zu unterhalten, die durch verschlungene Wege des Blutes in die Adern meiner Schwester, des Messingäffchens, eingehen sollte; der Konflikt zwischen großväterlichem Skeptizismus und großmütterlicher Leichtgläubigkeit; und vor allem die gespenstische Natur, die jenem Laken mit dem Loch innewohnte, die meine Mutter dazu verurteilte, einen Mann in Abschnitten lieben zu lernen, und die mich dazu verdammte, mein eigenes Leben – seine Bedeutungen, seine Strukturen – ebenfalls in Bruchstücken zu sehen, so daß es, als ich es endlich verstand, viel zu spät war.

Die Jahre ticken dahin – und mein Erbe wächst, denn nun habe ich die mythischen goldenen Zähne des Fährmanns Tai und seine Schnapsflasche, die die Flaschengeister meines Vaters vorhersagte; ich habe Ilse Lubin für Selbstmord und eingelegte Schlangen für Manneskraft; ich habe Tai-für-Unveränderlichkeit im Gegensatz zu Aadam-für-Fortschritt; und ich habe auch die Ausdünstungen des ungewaschenen Fährmanns, die meine Großeltern nach Süden trieben und Bombay möglich machten.

... Und nun, von Padma und Ticktack angetrieben, ziehe ich weiter, erwerbe Mahatma Gandhi und seinen Hartal, nehme Daumen-und-Zeigefinger zu mir, schlucke den Augenblick, in dem Aadam Aziz nicht wußte, ob er Kaschmiri oder Inder war; nun trinke ich Jod und handförmige Flecken, die in verschüttetem Betelsaft auftauchen, und ich schlucke Dyer samt Schnurrbart und allem herunter; mein Großvater wird von seiner Nase gerettet, und auf seiner Brust erscheint ein Bluterguß, der nie verblassen wird, so daß er und ich in seinem unaufhörlichen Pochen die Antwort auf die Frage Inder oder Kaschmiri finden. Befleckt von dem Bluterguß, den das Schloß einer Tasche aus Heidelberg verursacht hatte, verbanden wir uns auf Gedeih und Verderb mit Indien; doch die Fremdartigkeit der blauen Augen bleibt. Tai stirbt, aber sein Zauber hängt immer noch über uns und macht uns zu Außenseitern.

... Im Weitersausen mache ich Halt, um das Spiel des Triff-den-Spucknapf aufzugreifen. Fünf Jahre vor der Geburt einer Nation wächst mein Erbe noch an und schließt eine Optimismusepidemie ein, die zu meiner Zeit noch einmal aufflackern sollte, und Risse in der Erde, die in meiner Haut wiedergeboren-werden-sein-werden, und Kolibris, die früher Zauberkünstler waren und die lange Reihe ambulanter Unterhaltungskünstler begannen, die parallel zu meinem Leben verlaufen ist, und die Hexenzitzen ähnlichen Muttermale meiner Großmutter

und ihr Haß auf Fotografien und wieheißtesnoch und Kriege des
Hungerns und des Schweigens und die Klugheit meiner Tante Alia,
die sich in Altjüngferlichkeit und Bitterkeit verwandelte und schließlich in tödlicher Rache explodierte, und die Liebe zwischen Emerald
und Zulfikar, die mich befähigen sollte, eine Revolution anzuzetteln,
und sichelförmige Messer, todbringende Monde, die im Kosenamen
widerhallten, den meine Mutter mir gab, ihrem unschuldigen chand-
ka-tukra, ihrem liebevollen Scheibe-vom- . . . während ich nun größer werde und im Fruchtwasser der Vergangenheit schwimme, er-
nähre ich mich von einem Summen, das höherundhöher stieg, bis
Hunde zur Rettung kamen, von einer Flucht in ein Kornfeld und
einer Rettung durch Raschid den Rikschajungen mit seinen Gai-Wal-
lah-Possen, der – VOLLE WUCHT! – fuhr und dabei schweigend
schrie, der das Geheimnis von Schlössern, Made in India, offenbarte
und Nadir Khan in eine Toilette mit einer Wäschetruhe brachte; ja,
ich werde mit jeder Sekunde schwerer, mäste mich mit Wäschetruhen und der Liebe-unter-dem-Teppich zwischen Mumtaz und dem
reimlosen Barden, werde prall, indem ich Zulfikars Traum von einem
Bad neben dem Bett und ein unterirdisches Tadsch Mahal und einen
silbernen, mit Lapislazuli eingelegten Spucknapf schlucke; eine Ehe
zerbricht und nährt mich; eine Tante läuft, auf Verrat sinnend, ehr-
vergessen durch die Straßen von Agra, und auch das nährt mich;
und nun ist Schluß mit den falschen Anfängen, und Amina ist nicht
mehr Mumtaz, und Ahmed Sinai ist gewissermaßen sowohl ihr Vater als auch ihr Ehemann geworden . . . mein Erbe schließt auch die
Gabe ein, wenn nötig, neue Eltern für mich zu erfinden. Die Macht,
Vätern und Müttern das Leben zu schenken: die Ahmed immer haben wollte und nie hatte.

Durch meine Nabelschnur nehme ich Schwarzfahrer und die Gefahren des Kaufs von Fächern aus Pfauenfedern auf; Aminas Emsigkeit
tröpfelt in mich hinein und ominöse Dinge – trappelnde Schritte
und daß meine Mutter es nötig hatte, um Geld zu betteln, bis die
Serviette im Schoß meines Vaters sich zu bewegen und ein kleines
Zelt zu bilden begann – und die zu Asche verbrannten Überreste von
Arjuna-India-Rädern und ein Guckkasten, in den Lifafa Das alles auf
der Welt hineinzustecken versuchte, und Kanaillen, die Freveltaten
verübten; vielköpfige Ungeheuer schwellen in mir an – maskierte
Ravanas und achtjährige Mädchen, die lispeln und eine durchgehen-
de Augenbraue haben, Volksmassen, die »Vergewaltiger« schreien.

Öffentliche Ankündigungen geben mir Nahrung, während ich auf meine Zeit hinwachse, und es bleiben nur noch sieben Monate.

Wie viele Dinge Menschen Ahnungen bringen wir mit uns auf die Welt, wie viele Möglichkeiten und auch Beschränkungen von Möglichkeiten! – Denn sie alle waren die Eltern des Kindes, das in jener Mitternacht geboren wurde, und jedes der Mitternachtskinder hatte noch einmal genauso viele. Unter den Eltern der Mitternacht: das Scheitern des Plans der Kabinettsmission; die Entschlossenheit M. A. Jinnahs, der im Sterben lag und zu seinen Lebzeiten eine pakistanische Nation sehen wollte und alles getan hätte, um dies sicherzustellen – desselben Jinnah, den mein Vater, als er wie üblich eine Abzweigung verpaßte, nicht kennenlernen wollte; und Mountbatten mit seiner außerordentlichen Hast und seiner hühnerbrustfressenden Frau; und noch mehr und noch mehr – das Rote Fort und das Alte Fort, Affen und Geier, die Hände fallen ließen, und weiße Transvestiten und Knochenrichter und Mungoabrichter und Shri Ramram Seth, der zu viele Prophezeiungen machte. Und der Traum meines Vaters, den Koran neu zu ordnen, hat seinen Platz, und das Abbrennen eines Godown, das ihn zu einem Mann machte, der mit Immobilien und nicht mit Kunstleder handelte, und der Teil von Ahmed, den Amina nicht zu lieben vermochte. Um nur ein einziges Leben zu verstehen, muß man die Welt schlucken. Das habe ich Ihnen bereits gesagt.

Und Fischer und Katharina von Braganza und Mumbadevi Kokosnüsse Reis; Sivajis Statue und Methwold's Estate; ein Schwimmbekken in der Form Britisch-Indiens und ein zweigeschossiger Hügel; ein Mittelscheitel und eine Nase aus Bergerac; ein Uhrturm, der nicht funktionierte, und eine kleine Manege; die Begierde eines Engländers nach einer indischen Allegorie und die Verführung der Frau eines Akkordeonspielers. Papageien, Deckenventilatoren, die *Times of India*, alle sind Teil des Gepäcks, das ich mit auf die Welt brachte . . . wundern Sie sich dann noch, daß ich ein schweres Kind war? Der blaue Jesus tröpfelte in mich und Marys Verzweiflung und Josephs revolutionäre Wildheit und die Leichtlebigkeit von Alice Pereira . . . auch all das hat mich gemacht.

Wenn ich ein wenig wunderlich erscheine, denken Sie an die unbändige Fülle meines Erbes . . . vielleicht muß man sich, wenn man inmitten der wimmelnden Menge ein Individuum bleiben will, grotesk darstellen.

»Endlich«, sagt Padma befriedigt, »hast du gelernt, wie man etwas wirklich flott erzählt.«

***

13. August 1947: Unzufriedenheit in den Himmeln. Jupiter, Saturn und Venus sind in zänkischer Stimmung, die drei Sterne auf der Kreuzbahn ziehen in das ungünstigste Haus von allen. Astrologen aus Benares benennen es furchtsam: Karamstan! Sie betreten Karamstan! Während Astrologen gehetzt den Führern der Kongreßpartei Vorhaltungen machen, legt meine Mutter sich zu ihrem Nachmittagsschläfchen nieder. Während Lord Mountbatten beklagt, daß sich in seinem Generalstab keine ausgebildeten Okkultisten befinden, streicheln die sich langsam drehenden Schatten eines Deckenventilators Amina in den Schlaf. Während M. A. Jinnah, sorgenfrei in dem Bewußtsein, daß sein Pakistan in nur elf Stunden – einen ganzen Tag vor dem unabhängigen Indien, für das es noch fünfunddreißig Stunden dauert – geboren sein wird, über die Beteuerungen der Horoskopmacher spottet und amüsiert den Kopf schüttelt, bewegt sich auch Aminas Kopf hin und her.

Doch sie schläft. Und in diesen Tagen ihrer felsblockschweren Schwangerschaft sucht ein rätselhafter Traum ihren Schlaf heim; sie träumt von Fliegenpapier; wie schon zuvor, wandert sie in einer Kristallkugel umher, die mit baumelnden Streifen des klebrigen braunen Zeugs gefüllt ist; sie bleiben an ihren Kleidern haften und reißen sie herunter, während sie durch den undurchdringlichen Papierwald stolpert; und nun müht sie sich ab und zerrt an dem Papier, aber es schnappt nach ihr, bis sie nackt ist, und die ganze Zeit tritt das Baby in ihr, und lange Fliegenpapiertentakel strecken sich aus, um sie an ihrem sich hervorwölbenden Leib zu ergreifen, Papier klebt an ihrem Haar, ihrer Nase, ihren Zähnen, ihren Brüsten und Schenkeln, und als sie den Mund aufmacht, um zu schreien, fällt ein brauner festhaftender Knebel über ihre sich öffnenden Lippen . . .

»Amina Begum!« sagt Musa. »Wachen Sie auf! Schlimmer Traum, Begum Sahiba!«

Vorfälle während dieser letzten paar Stunden – die letzten Kleinigkeiten, die zu meinem Erbe hinzukamen: als noch fünfunddreißig Stunden blieben, träumte meine Mutter, sie klebe wie eine Fliege an braunem Papier. Und zur Cocktailstunde (noch dreißig Stunden) besuchte William Methwold meinen Vater im Garten von Buckingham Villa.

Während der Mittelscheitel über und neben dem großen Zeh umher-
promenierte, schwelgte Mr. Methwold in Erinnerungen. Geschichten
vom ersten Methwold, der diese Stadt ins Dasein geträumt hatte, erfüllten die Abendluft bei diesem vorletzten Sonnenuntergang. Und
mein Vater (darauf bedacht, den abreisenden Engländer zu beeindruk-
ken, äffte er die gedehnte Oxforder Sprechweise nach) antwortete mit:
»Eigentlich, alter Junge, ist unsere Familie auch ganz schön distin-
guiert.« Methwold hörte zu: mit schräggelegtem Kopf, roter Rose im
cremefarbenen Revers, breitrandigem Hut, der in der Mitte gescheiteltes Haar verdeckte, verschleierter Andeutung von Belustigung in den
Augen ... Ahmed Sinai, von Whisky auf Touren gebracht, von Wich-
tigtuerei angetrieben, erwärmt sich für sein Thema. »Mogul-Blut, um
die Wahrheit zu sagen.« Darauf Methwold: »Nein! Wirklich? Sie nehmen mich auf den Arm.« Und Ahmed, der längst nicht mehr zurück
kann, ist gezwungen, weiterzupreschen. »Diskreter Herkunft natürlich, aber Mogul-Blut mit Sicherheit.«
So zeigte mein Vater, dreißig Stunden vor meiner Geburt, wie auch er
sich nach erdichteten Vorfahren sehnte ... wie er dazu kam, einen
Familienstammbaum zu erfinden, der in späteren Jahren, als Whisky
die Grenzen seines Gedächtnisses verwischte und Flaschengeister kamen und ihn durcheinanderbrachten, keine Spur von Realität mehr
erkennen lassen sollte ... und wie er, um uns seine Absicht wirkungsvoll einzutrichtern, die Idee des Familienfluchs in unser Leben einführte.
»O ja«, sagte mein Vater, als Methwold einen ernsten, gar nicht lächelnden Kopf schräg legte, »viele alte Familien besitzen einen solchen
Fluch. In unserer Linie wird er vom ältesten Sohn an den ältesten Sohn
weitergereicht – nur schriftlich, denn allein ihn auszusprechen heißt
seine Kraft entfesseln, wissen Sie.« Nun Methwold: »Erstaunlich! Und
Sie kennen die Worte?« Mein Vater nickt mit vorstehender Lippe und
stillem Zeh, als er sich nachdrücklich an die Stirn klopft. »Alles hier
drinnen, alles memoriert. Nicht mehr in Gebrauch gewesen, seit ein
Urahn sich mit dem Herrscher Babur stritt und seinen Sohn Humayun
mit dem Fluch belegte ... schreckliche Geschichte das – jedes Schul-
kind kennt sie.«
Und die Zeit sollte kommen, da mein Vater, der gar nicht mehr anders
konnte als sich aus der Wirklichkeit zurückziehen, sich in ein blaues
Zimmer einsperren und versuchen sollte, sich an einen Fluch zu erinnern, den er eines Abends im Garten seines Hauses zusammenphan-

tasiert hatte, während er, sich an die Schläfe tippend, neben dem Nachfahren von William Methwold stand.

Nun, mit Fliegenpapier-Träumen und eingebildeten Vorfahren beladen, bin ich immer noch mehr als einen Tag davon entfernt, geboren zu werden . . . aber nun macht das unbarmherzige Ticktack sich wieder geltend: noch neunundzwanzig Stunden, achtundzwanzig, siebenundzwanzig . . .

Welche anderen Träume wurden in dieser letzten Nacht geträumt? War es damals – ja, warum nicht –, daß Dr. Narlikar, ohne das geringste von dem Drama zu ahnen, das sich in seinem Entbindungsheim abspielen sollte, erstmals von Tetrapoden träumte? War es in dieser letzten Nacht – während nördlich und westlich von Bombay Pakistan geboren wurde –, daß mein Onkel Hanif, der (wie seine Schwester) nach Bombay gekommen war und sich in eine Schauspielerin, die göttliche Pia (»Ihr Gesicht ist ihr Vermögen!« sagte die *Illustrated Weekly* einmal), verliebt hatte, sich erstmals den kinematographischen Trick ausdachte, der ihm bald den ersten seiner drei Erfolgsfilme verschaffen sollte? . . . Es scheint möglich; Mythen, Alpträume, Phantasien lagen in der Luft. So viel ist sicher: mein Großvater Aadam Aziz, der nun allein in dem großen alten Haus an der Cornwallis Road lebte – abgesehen von einer Frau, deren Willenskraft zuzunehmen schien, während er vom Alter zermürbt wurde, und einer Tochter, Alia, die ihre verbitterte Jungfräulichkeit behalten sollte, bis eine Bombe sie mehr als achtzehn Jahre später schließlich in Stücke riß –, wurde in dieser letzten Nacht plötzlich in schweren Eisenringen der Sehnsucht gefangen und lag wach, während sie auf seine Brust drückten; bis er schließlich um fünf Uhr am Morgen des 14. August – noch neunzehn Stunden – von einer unsichtbaren Kraft aus dem Bett gestoßen und zu einem alten Blechkoffer gezogen wurde. Als er ihn öffnete, fand er: alte Exemplare deutscher Zeitschriften; Lenins *Was tun?*; einen zusammengefalteten Gebetsteppich und als letztes das, was er, einem unwiderstehlichen Zwang gehorchend, noch einmal hatte sehen wollen – weiß und zusammengefaltet, in der Morgendämmerung matt leuchtend; aus dem Blechkoffer seiner Vergangenheit zog mein Großvater ein beflecktes Laken mit einem Loch und entdeckte, daß dieses Loch gewachsen war, daß in dem Stoff darum herum weitere, kleinere Löcher waren; und in den Klauen einer ungestümen nostalgischen Wut rüttelte er seine Frau wach und erstaunte sie dadurch, daß er brüllte, während er ihr mit ihrer Geschichte vor der Nase herumwedelte:

»Mottenzerfressen! Sieh dir das an, Begum: mottenzerfressen! Du hast vergessen, Mottenkugeln hineinzulegen!«

Aber nun läßt der Countdown sich nicht mehr verleugnen . . . achtzehn Stunden, siebzehn, sechzehn . . . und schon kann man in Dr. Narlikars Entbindungsheim die Schreie einer kreißenden Frau hören. Wee Willie Winkie ist hier und seine Frau Vanita; seit acht Stunden liegt sie nun schon in überlangen, unproduktiven Wehen. Die ersten überfielen sie gerade, als M. A. Jinnah, Hunderte von Kilometern entfernt, die mitternächtliche Geburt einer moslemischen Nation verkündete . . . aber sie windet sich immer noch auf einem Bett in der »Caritas-Station« von Narlikars Klinik (reserviert für die Armen) . . . die Augen quellen ihr halb aus dem Kopf, ihr Körper glänzt von Schweiß, aber das Kind macht keine Anstalten zu kommen, und sein Vater ist auch nicht da; es ist acht Uhr morgens, doch unter den gegebenen Umständen besteht immer noch die Möglichkeit, daß das Kind bis Mitternacht warten könnte.

Gerüchte in der Stadt: »Die Statue ist letzte Nacht losgaloppiert!« . . . »Und die Sterne stehen ungünstig!« . . . Aber trotz dieser schlechten Omen schwebte die Stadt, und in ihren Augenwinkeln glitzerte ein neuer Mythos. August in Bombay: ein Monat der Feste, der Monat von Krischnas Geburtstag und des Kokosnuß-Tags; und in diesem Jahr – noch vierzehn Stunden, dreizehn, zwölf – stand ein zusätzliches Fest auf dem Kalender, war ein neuer Mythos zu feiern, denn eine Nation, die es nie zuvor gegeben hatte, war kurz davor, ihre Unabhängigkeit zu erlangen und uns in eine Welt zu katapultieren, die, obwohl sie eine fünftausend Jahre alte Geschichte hatte, obwohl sie das Schachspiel erfunden und mit Ägyptens Mittlerem Reich Handel getrieben hatte, nichtsdestoweniger eigentlich nur in der Einbildung existierte; in ein mythisches Land, ein Land, das es nie geben würde außer durch die Anstrengungen eines phänomenalen kollektiven Willens – außer in einem Traum, den zu träumen wir alle einwilligten; es war eine Massenphantasie, an der Bengalen und Pandschabis, Madrasis und Jats in verschiedenem Maße teilhatten und die in regelmäßigen Abständen der Sanktionierung und Erneuerung bedurfte, die nur blutige Rituale bereithalten können. Indien, der neue Mythos – eine Gemeinschaftserfindung, in der alles möglich war, eine Fabel, der nur die beiden anderen mächtigen Phantasien gleichkamen: Geld und Gott.

Ich bin zu meiner Zeit der lebendige Beweis für die sagenhafte Natur dieses Kollektivtraums gewesen, aber für den Augenblick wende ich mich von diesen allgemeinen, makrokosmischen Begriffen ab, um mich auf ein persönlicheres Ritual zu konzentrieren; ich beschreibe nicht den massenhaften Aderlaß, der an den Grenzen des geteilten Pandschab vonstatten geht (wo die aufgeteilten Nationen sich im Blut der anderen waschen und ein gewisser kasperlgesichtiger Major Zulfikar zu lächerlich niedrigen Preisen Flüchtlingsbesitz kauft und damit den Grundstein zu einem Vermögen legt, das dem des Nizam von Haiderabad gleichkommt); ich wende meine Augen von der Gewalttätigkeit in Bengalen und dem langen Friedensmarsch Mahatma Gandhis ab. Egoistisch? Engstirnig? Gut, vielleicht; aber meiner Meinung nach entschuldbar. Schließlich wird man nicht jeden Tag geboren.

Es bleiben noch zwölf Stunden. Amina Sinai, von ihrem Fliegenpapier-Alptraum erwacht, wird nicht wieder schlafen, bis nach . . . Ramram Seth füllt ihre Gedanken aus, sie treibt in einer aufgewühlten See, in der Wogen der Erregung mit tiefen, schwindelerregenden, dunklen Wassertälern der Angst abwechseln. Aber auch noch etwas anderes ist im Gang. Sehen Sie ihre Hände – wie sie unwillkürlich ihren Leib fest nach unten drücken; sehen Sie ihre Lippen, die ohne ihr Wissen murmeln: »Komm, mach schon, du Langweiler, du willst doch nicht zu spät für die Zeitung kommen!«

Noch acht Stunden . . . um vier Uhr an jenem Nachmittag fährt William Methwold in seinem schwarzen Rover Baujahr 46 den zweigeschossigen Hügel hoch. Er parkt in der Manege zwischen den vier stattlichen Villen; aber heute besucht er weder den Goldfischteich noch den Kakteengarten; er begrüßt weder Lila Sabarmati mit seinem üblichen: »Was macht das Pianola? Alles paletti?«, noch grüßt er den alten Ibrahim, der im Schaukelstuhl schaukelnd und in Gedanken über Sisal versunken im Schatten einer Veranda sitzt; weder Catrack noch Sinai beachtend, nimmt er seine Stellung genau in der Mitte der Manege ein. Rose im Revers, cremefarbener Hut steif gegen die Brust gedrückt, Mittelscheitel schimmernd im Nachmittagslicht: William Methwold starrt geradeaus, am Uhrturm und an der Warden Road vorbei, über den der Landkarte nachgeformten Swimmingpool von Breach Candy hinaus, über die goldenen Vier-Uhr-Wellen hinweg, und salutiert; während dort draußen über dem Horizont die Sonne ihren langen Kopfsprung ins Meer beginnt.

Sechs Stunden noch. Die Cocktailstunde. William Methwolds Nachfolger sind in ihren Gärten – ausgenommen Amina, die in ihrem Turmzimmer sitzt und so den in ihre Richtung geworfenen diskret rivalisierenden Blicken von Nussie nebenan ausweicht, die vielleicht auch ihren Sonny hinunter und zwischen den Beinen hinausdrängt; neugierig beobachten sie den Engländer, der so unbeweglich und steif dasteht wie das Lineal, mit dem wir vorhin seinen Mittelscheitel verglichen haben, bis sie von einem Neuankömmling abgelenkt werden. Ein langer, sehniger Mann, der drei Reihen Perlen um den Hals und eine Kette aus Hühnerknochen um die Taille trägt, dessen dunkle Haut mit Asche gefärbt ist und dessen Haar lang und lose hängt – nackt bis auf Perlen und Asche, schreitet der Sadhu zwischen den Herrenhäusern heran. Musa, der alte Hausdiener, stürzt ihm entgegen, um ihn zu verscheuchen, zaudert aber, weil er nicht weiß, wie man einen heiligen Mann kommandiert. Durch den Schleier von Musas Unentschlossenheit dringt der Sadhu ein und betritt den Garten von Buckingham Villa, geht geradewegs an meinem verdutzten Vater vorbei und setzt sich dann mit gekreuzten Beinen unter den tröpfelnden Wasserhahn im Garten.

»Was willst du hier, Sadhuji?« Musa kann die Ehrerbietung nicht unterdrücken; darauf der Sadhu, ruhig wie ein See: »Ich bin gekommen, um die Ankunft des Einen zu erwarten. Des Mubarak – dessen, der gesegnet ist. Sie steht kurz bevor.«

Ob Sie es glauben oder nicht: ich wurde zweimal prophezeit! Und an jenem Tag, an dem zeitlich alles so bemerkenswert günstig ablief, ließ auch der Sinn meiner Mutter für zeitliche Koordinierung sie nicht im Stich; kaum waren die letzten Worte den Lippen des Sadhu entflohen, da erklang aus einem Turmzimmer im ersten Stock, in dem Glastulpen auf den Fenstern tanzten, ein durchdringender Schrei, ein Cocktail, der zu gleichen Teilen aus Panik, Erregung und Triumph bestand . . . »Arré Ahmed!« schrie Amina Sinai gellend. »Janum, das Baby! Es kommt – pünktlich auf die Minute!«

Spannung pulsiert in Methwold's Estate . . . und Homi Catrack kommt flott ausgezehrt tiefäugig angetrabt und bietet an: »Mein Studebaker steht zu Ihrer Verfügung, Sinai Sahib; nehmen Sie ihn – fahren Sie sofort!« . . . und als es noch fünf Stunden und dreißig Minuten dauern wird, fahren die Sinais, Mann und Frau, in dem geliehenen Wagen den zweigeschossigen Hügel hinab; der große Zeh meines Vaters drückt auf das Gaspedal, die Hände meiner Mutter drücken auf ihren Mondbauch; und nun sind sie nicht mehr zu sehen; um die Kurve herum, an der Tip-Top-Reinigung und dem Paradies des Lesers vorbei, an Fatbhoys Juwelen und Chimalkars Spielzeug, an der Ein-Meter-Schokolade und den Toren von Breach Candy vorbei, fahren sie zu Dr. Narlikars Entbindungsheim, wo Wee Willies Vanita sich mit durchgebogenem Rückgrat und hervorquellenden Augen immer noch aufbäumt und zusammenkrümmt und auch eine Hebamme namens Mary Pereira auf ihre Stunde wartet ... so daß weder Ahmed mit der vorspringenden Lippe und dem schwammigen Bauch und den erfundenen Vorfahren noch die dunkelhäutige, von Prophezeiungen gequälte Amina anwesend waren, als die Sonne schließlich über Methwold's Estate unterging und William Methwold genau in dem Augenblick, in dem sie endgültig verschwand – noch fünf Stunden und zwei Minuten –, einen langen weißen Arm über den Kopf erhob. Eine weiße Hand schlenkerte über pomadisiertem schwarzen Haar, lange, spitz zulaufende weiße Finger zuckten über dem Mittelscheitel, und das zweite und letzte Geheimnis wurde offenbart, denn die Finger krümmten sich und ergriffen das Haar, ließen ihren Raub auch nicht los, als sie es vom Kopf wegzogen; und in dem Augenblick nach dem Verschwinden der Sonne stand Mr. Methwold in ihrem Nachglanz auf Methwold's Estate da, mit seinem Haarteil in der Hand.

»Ein Glatzkopf!« ruft Padma aus. »Dem sein auf Hochglanz gebrachtes Haar ... ich hab's gewußt: zu gut, um echt zu sein!«

Kahl, kahl, glanzköpfig! Offenbart: der Trick, mit dem die Frau eines Akkordeonspielers hereingelegt worden war. Wie bei Samson hatte William Methwolds Macht dem Haar innegewohnt; doch nun, der kahle Fleck glüht in der Dämmerung, wirft er seinen Schopf durchs Fenster seines Automobils; verteilt anscheinend unbekümmert die unterschriebenen Erwerbsurkunden für seine Paläste und fährt weg. Niemand in Methwold's Estate hat ihn je wiedergesehen; aber ich, der ihn kein einziges Mal sah, finde es unmöglich, ihn zu vergessen.

Plötzlich ist alles safrangelb und grün. Amina Sinai in einem Raum mit safrangelben Wänden und grüner Holzverkleidung. In einem benachbarten Raum Wee Willie Winkies Vanita mit grüner Haut und Augen, deren Weißes safrangelb durchsetzt ist; durch innere Gänge, die zweifellos ähnlich farbenfroh sind, beginnt das Kind endlich seinen Abstieg. Safrangelbe Minuten und grüne Sekunden ticken auf den Uhren an den Wänden dahin. Das Feuerwerk und die Menschen vor Dr. Narlikars Entbindungsheim passen sich ebenfalls den Farben der Nacht an – safrangelbe Raketen, grün sprühender Regen; die Männer in Hemden in blaugrünen Farbtönen, die Frauen in lindgrünen Saris. Auf einem safrangelb und grün gemusterten Teppich redet Dr. Narlikar mit Ahmed Sinai. »Ich kümmere mich persönlich um deine Begum«, sagt er in einem Ton, der so sanft ist wie die Farbe des Abends. »Kein Grund zur Sorge. Du wartest hier; reichlich Platz zum Aufundab-Laufen.« Dr. Narlikar, der keine Kinder mag, ist dennoch ein erfahrener Gynäkologe. In seiner Freizeit hält er Vorträge, schreibt Pamphlete, redet der Nation zum Thema Verhütung ins Gewissen. »Geburtenkontrolle«, sagt er, »hat für die Öffentlichkeit Dringlichkeitsstufe Nummer eins. Eines Tages kriege ich das in die dicken Köpfe der Leute, und dann bin ich arbeitslos.« Ahmed Sinai lächelt, verlegen, nervös. »Vergiß deine Vorträge ausnahmsweise, wenigstens heute abend«, sagt mein Vater, »bring mein Kind zur Welt.«

Es sind neunundzwanzig Minuten vor Mitternacht. Dr. Narlikars Entbindungsheim wird heute abend mit reduziertem Personal geführt; viele sind abwesend, viele Angestellte, die es vorgezogen haben, die bevorstehende Geburt der Nation zu feiern, und heute abend nicht bei der Geburt von Kindern helfen wollen. In safrangelben Hemden, grünen Röcken drängeln sie sich in den erleuchteten Straßen unter den unendlichen Balkonen der Stadt, auf denen kleine irdene Lampen stehen, gefüllt mit geheimnisvollen Ölen; Dochte schwimmen in den Lampen, die jeden Balkon und jedes Dach säumen, und auch die Dochte passen sich unserem Zweifarbenschema an: die Hälfte der Lampen brennt safrangelb, die anderen flackern grün.

Durch das vielköpfige Ungeheuer der Menge schlängelt sich ein Polizeiwagen; die gelben und blauen Uniformen seiner Insassen sind durch das unirdische Licht in Safrangelb und Grün verwandelt. (Wir befinden uns nun, nur für einen Augenblick, auf dem Colaba Causeway, um zu verraten, daß die Polizei siebenundzwanzig Minuten vor Mitternacht nach einem gefährlichen Verbrecher fahndet. Sein Name: Joseph D'Costa. Der Pfleger ist abwesend, ist schon seit mehreren Tagen seiner Arbeit im Entbindungsheim, seinem Zimmer in der Nähe des Schlachthofs und dem Leben einer aufgewühlten jungfräulichen Mary ferngeblieben.)

Zwanzig Minuten vergehen mit Aaahs von Amina Sinai, die mit jeder Minute stärker und schneller werden, und schwachen, ermattenden Aaahs von Vanita im Raum nebenan. Das Ungeheuer in den Straßen hat schon zu feiern begonnen; der neue Mythos rinnt ihm durch die Adern und ersetzt sein Blut durch safrangelbe und grüne Körperchen. Und in Delhi sitzt ein drahtiger ernster Mann in der Versammlungshalle des Verfassunggebenden Rates und bereitet sich auf eine Rede vor. In Methwold's Estate verweilen Goldfische still in Teichen, während die Anwohner von Haus zu Haus gehen, sich mit Pistazien gefüllte Süßigkeiten bringen, sich umarmen und küssen – grüne Pistazien und safrangelbe Laddookugeln werden verspeist. Zwei Kinder bewegen sich geheime Gänge hinab, während in Agra ein alternder Arzt mit seiner Frau zusammensitzt, die zwei Muttermale wie Hexenzitzen im Gesicht hat, und inmitten von schlafenden Gänsen und mottenzerfressenen Erinnerungen sind sie irgendwie in Schweigen verfallen und haben sich nichts zu sagen. Und in allen Großstädten allen Kleinstädten allen Dörfern brennen auf Fenstersimsen Portalen Veranden die kleinen Öllampen, während im Pandschab in den grünen Flammen abplatzender Farbe und dem safrangelben Gleißen verfeuerten Treibstoffs Züge verbrennen wie die größten Öllampen der Welt.

Und die Stadt Lahore brennt auch.

Der drahtige ernste Mann erhebt sich. Mit heiligem Wasser aus Tanjore benetzt, steht er auf; seine Stirn mit geweihter Asche beschmiert, räuspert er sich. Ohne eine niedergeschriebene Rede in der Hand zu halten, ohne irgendwelche vorbereiteten Worte auswendig gelernt zu haben, beginnt Jawaharlal Nehru: ». . . Vor vielen Jahren trafen wir ein Abkommen mit dem Schicksal, und nun ist die Zeit gekommen, unser Versprechen einzulösen, nicht ganz oder in vollem Maße, aber doch zu einem sehr wesentlichen Teil . . .«

Es ist zwei Minuten vor zwölf. In Dr. Narlikars Entbindungsheim ermutigt ein glühender Arzt, unterstützt von einer Hebamme namens Flory, einer freundlichen dünnen Dame, die keine Rolle spielt, Amina Sinai: »Pressen Sie! Fester! . . . Ich kann den Kopf sehen . . . !«, während im Nebenraum ein Dr. Bose – mit Fräulein Mary Pereira an seiner Seite – die Aufsicht über das Endstadium von Vanitas vierundzwanzigstündigen Wehen führt . . . »Ja, jetzt, nur noch ein Versuch, kommen Sie; ein letztes Mal, und dann ist es vorbei . . . !« Frauen jammern und schreien, während Männer in einem anderen Raum schweigen. Wee Willie Winkie – unfähig zu singen – hockt in einer Ecke und schaukelt vor und zurück, vor und zurück . . . Ahmed Sinai sieht sich nach einem Stuhl um. Aber in diesem Zimmer gibt es keine Stühle; der Raum ist zum Aufundab-Laufen gedacht; Ahmed Sinai öffnet also eine Tür, findet einen Stuhl vor einem verlassenen Schreibtisch in der Anmeldung, hebt ihn hoch, bringt ihn in den Raum zum Aufundab-Laufen zurück, wo Wee Willie Winkie schaukelt, schaukelt, seine Augen so leer wie die eines Blinden . . . wird sie überleben? oder nicht? . . . und nun endlich ist Mitternacht.

Das Ungeheuer in den Straßen hat zu toben begonnen, während in Delhi ein drahtiger Mann sagt: ». . . Und Schlag Mitternacht, wenn die Welt schläft, erwacht Indien zu Leben und Freiheit . . .« Und neben dem Brüllen des Ungeheuers lassen sich zwei weitere Schreie vernehmen, Gekreisch, Gebrüll, Geheul von Kindern, die auf die Welt kommen. Ihr vergeblicher Protest vermischt sich mit dem Getöse der Unabhängigkeit, das safrangelb und grün in der Luft hängt . . . »Es kommt ein Augenblick, wie es ihn nur selten in der Geschichte gibt, da wir vom Alten zum Neuen schreiten, da ein Zeitalter endet und die Seele einer lange unterdrückten Nation ihren Ausdruck findet«. . . während Ahmed Sinai in einem Zimmer mit einem safrangelb und grün gemusterten Teppich immer noch einen Stuhl umklammert hält, als Dr. Narlikar eintritt, um ihn zu informieren: »Schlag Mitternacht, Sinai Bruder, hat deine Begum Sahiba einem großen gesunden Kind das Leben geschenkt: einem Sohn!« Nun begann mein Vater an mich zu denken (ohne zu wissen . . .); da das Bild meines Gesichts seine Gedanken erfüllte, vergaß er den Stuhl; ergriffen von der Liebe zu mir (obwohl . . .), vom Kopf bis zu den Fingerspitzen davon erfüllt, ließ er den Stuhl fallen.

Ja, es war meine Schuld (trotz allem) . . . es war die Macht meines Gesichts, meines und niemandes anderen, die Ahmed Sinais Hände veranlaßte, den Stuhl loszulassen, was wiederum den Stuhl veranlaßte, mit einer Geschwindigkeit von elf Metern in der Sekunde hinunterzufallen, und als Jawaharlal Nehru dem Verfassunggebenden Rat sagte: »Wir beenden heute eine Ära des Unglücks«, als Muschelhörner schmetternd die neue Freiheit verkündigten, schrie wegen mir auch mein Vater los, denn der fallende Stuhl hatte seinen großen Zeh zerschmettert.

Und nun kommen wir zur Sache: der Lärm ließ jedermann herbeilaufen; mein Vater und seine Verletzung schnappten den beiden schmerzensreichen Müttern, den beiden gleichzeitigen mitternächtlichen Geburten für einen kurzen Augenblick das Rampenlicht weg – denn Vanita hatte endlich ein Kind von bemerkenswerter Größe zur Welt gebracht: »Man hätte es nicht für möglich gehalten«, sagte Dr. Bose, »es kam einfach immer mehr, immer weiter zwängte der Junge sich heraus, er ist wirklich und wahrhaftig ein richtiger Zehn-Chip-Mordskerl!« Und Dr. Narlikar, der sich gerade die Hände wusch:

»Meiner auch.« Aber das war ein bißchen später – jetzt gerade kümmerten sich Narlikar und Bose um Ahmed Sinais Zeh; die Hebammen waren angewiesen, das neugeborene Paar zu waschen und zu wickeln; und nun trug Fräulein Mary Pereira ihr Teil bei.

»Geh nur, geh«, sagte sie zu der armen Flory, »sieh zu, ob du helfen kannst. Ich komme hier schon allein zurecht.«

Und als sie allein war – mit zwei Babys in ihren Armen, zwei Leben in ihrer Macht –, vollbrachte sie ihre eigene revolutionäre Tat – für Joseph, weil sie dachte: er wird mich gewiß dafür lieben –, vertauschte die Namensschilder an den beiden riesigen Neugeborenen, gewährte dem armen Baby ein privilegiertes Leben und verdammte das reich geborene Kind zu Akkordeons und Armut . . . »Liebe mich, Joseph!« hatte Mary Pereira im Kopf, und dann war es vollbracht. Am Fußgelenk eines Zehn-Chip-Mordskerls mit Augen so blau wie der Himmel in Kaschmir – und auch so blau wie Methwolds Augen – und einer Nase so dramatisch wie die eines kaschmirischen Großvaters – die auch die Nase einer französischen Großmutter war – befestigte sie diesen Namen: *Sinai.*

Safrangelb umhüllte mich, als ich dank Mary Pereiras Verbrechen das auserwählte Kind der Mitternacht wurde, dessen Eltern nicht seine Eltern waren, dessen Sohn nicht sein Sohn sein sollte . . . Mary nahm das Kind, das aus meiner Mutter Leib stammte und das nicht ihr Sohn sein sollte, einen weiteren Zehn-Chip-Mordskerl, wickelte ihn in Grün und brachte ihn zu Wee Willie Winkie – der sie aus blinden Augen anstarrte, der seinen neuen Sohn kaum wahrnahm, der nie etwas von Mittelscheiteln wußte . . . Wee Willie Winkie, der gerade erfahren hatte, daß Vanita es nicht geschafft hatte, ihre Niederkunft zu überleben. Um drei Minuten nach Mitternacht, während die Ärzte sich über einen gebrochenen Zeh aufregten, hatte Vanita eine Blutung gehabt und war gestorben.

So wurde ich meiner Mutter gebracht, die meine Echtheit keinen Augenblick bezweifelte. Ahmed Sinai saß mit geschientem Zeh auf ihrem Bett, als sie sagte: »Sieh nur, Janum, der arme Kerl hat die Nase seines Großvaters.« Er sah erstaunt zu, wie sie sich vergewisserte, daß nur ein Kopf da war; und dann entspannte sie sich vollkommen und sah ein, daß selbst Wahrsager nur begrenzte Gaben haben.

»Janum«, sagte meine Mutter eifrig, »du mußt die Zeitung anrufen. Ruf die *Times of India* an. Was habe ich dir gesagt? Ich habe gewonnen.«

». . . Dies ist nicht die Zeit für kleinliche oder destruktive Kritik«, sagte Jawaharlal Nehru dem Repräsentantenhaus, »nicht die Zeit für Feindseligkeiten. Wir müssen das erlauchte Haus des freien Indien erbauen, in dem alle seine Kinder leben können.« Eine Flagge entfaltet sich: sie ist safrangelb, weiß und grün.

»Ein Anglo?« ruft Padma entsetzt aus. »Was erzählst du mir da? Du bist ein Anglo-Inder? Dein Name ist nicht dein eigener?«

»Ich bin Saleem Sinai«, sage ich ihr. »Rotznase, Fleckengesicht, Schnüffel, Kahlkopf, Scheibe-vom-Mond. Was meinst du damit – nicht mein eigener?«

»Die ganze Zeit«, jammert Padma wütend, »hast du mich an der Nase herumgeführt. Deine Mutter hast du sie genannt; deinen Vater, deinen Großvater, deine Tanten. Was bist du für einer, daß du noch nicht mal Wert darauf legst, mir die Wahrheit über deine Eltern zu erzählen? Es ist dir egal, daß deine Mutter starb, als sie dich auf die Welt brachte? Daß dein Vater vielleicht noch irgendwo am Leben ist, arm, ohne einen Pfennig? Bist du ein Ungeheuer oder was?«

Nein: ich bin kein Ungeheuer. Ich habe mich auch nicht des Betrugs schuldig gemacht. Ich habe Anhaltspunkte vorgelegt . . . aber es gibt etwas viel Wichtigeres als das. Und zwar Folgendes: als wir schließlich Mary Pereiras Verbrechen entdeckten, merkten wir alle, daß es *keinen Unterschied machte*! Ich war immer noch ihr Sohn; sie blieben meine Eltern. Irgendwie versagte bei uns allen die Vorstellungskraft, und wir begriffen, daß wir uns einfach keinen Ausweg aus unseren Vergangenheiten ausdenken konnten . . . hätten Sie meinen Vater (selbst ihn, trotz allem, was geschehen war) gefragt, wer sein Sohn sei, so hätte ihn nichts auf Erden dazu verleiten können, in Richtung des X-beinigen, ungewaschenen Jungen des Akkordeonspielers zu zeigen. Obwohl er, dieser Shiva, sich zu einer Art Held entwickeln würde.

Also: es gab Knie und eine Nase, eine Nase und Knie. Tatsache war, daß überall im neuen Indien, diesem Traum, an dem wir alle teilhatten, Kinder geboren wurden, die nur zum Teil die Abkömmlinge ihrer Eltern waren – die Kinder der Mitternacht waren auch die Kinder *der Zeit*: gezeugt, verstehen Sie, von der Geschichte. So etwas kann vorkommen. Besonders in einem Land, das selbst eine Art Traum ist.

»Das reicht«, schmollt Padma. »Ich will nichts hören.« Da sie eine Art zweiköpfiges Kind erwartet hat, ist sie nun verärgert, weil ihr eine andere Art angeboten wird. Aber ob sie zuhört oder nicht, ich habe zu berichten.

Drei Tage nach meiner Geburt wurde Mary Pereira von Reue verzehrt. Es stand eindeutig fest, daß Joseph D'Costa auf der Flucht vor den nach ihm fahndenden Polizeiwagen sowohl ihre Schwester Alice als auch Mary verlassen hatte; und die kleine pummelige Frau – in ihrer Angst unfähig, ihr Verbrechen zu gestehen – erkannte, daß sie eine Törin gewesen war. »Dumme Kuh!« beschimpfte sie sich; doch sie behielt ihr Geheimnis für sich. Sie beschloß allerdings, eine Art Schadenersatz zu leisten. Sie gab ihre Stelle im Entbindungsheim auf und wandte sich an Amina Sinai: »Madam, obwohl ich es nur ein einziges Mal gesehen habe, hab' ich mich in Ihr Baby verliebt. Brauchen Sie eine Ayah?« Und Amina, deren Augen vor Mutterstolz glänzten: »Ja.« Von jenem Augenblick an widmete Mary Pereira (»Du könntest genausogut *sie* deine Mutter nennen«, wirft Padma ein und beweist damit, daß sie doch noch an der Geschichte interessiert ist. »Sie hat dich schließlich gemacht.«) ihr Leben meiner Erziehung und verknüpfte so den Rest ihrer Tage mit der Erinnerung an ihr Verbrechen.

Am 20. August folgte Nussie Ibrahim meiner Mutter in die Klinik in der Pedder Road, und der kleine Sonny folgte mir auf die Welt – aber es widerstrebte ihm herauszukommen; eine Zange mußte hineingreifen und ihn herausziehen; in der Hitze des Gefechts drückte Dr. Bose ein wenig zu fest zu, und Sonny erschien mit kleinen Dellen an den Schläfe, flachen Vertiefungen, die von der Zange herrührten – und ihn so unwiderstehlich machten wie das Haarteil William Methwolds den Engländer. Mädchen (Evie, das Messingäffchen, andere) streckten die Hand aus, um seine kleinen Täler zu streicheln . . . das führte später zu Schwierigkeiten zwischen uns.

Doch die interessanteste Einzelheit habe ich bis zuletzt aufgespart. Lassen Sie mich nun enthüllen, daß meine Mutter und ich am Tag nach meiner Geburt in einem safrangelben und grünen Schlafzimmer von zwei Menschen von der *Times of India* (Bombay-Ausgabe) besucht wurden. Ich lag in safrangelben Windeln in einem grünen Kinderbettchen und sah zu ihnen hoch. Ein Reporter war da, der seine Zeit damit verbrachte, meine Mutter zu interviewen, und ein großer adlerähnlicher Fotograf, der mir seine Aufmerksamkeit widmete. Am nächsten Tag erschienen sowohl die Worte als auch die Bilder gedruckt . . .

Erst kürzlich besuchte ich einen Kakteengarten, wo ich einst, vor vielen Jahren, einen Spielzeugglobus aus Blech vergraben hatte, der schlimm verbeult und mit Klebstreifen geflickt war; aus seinem Innern zog ich die Dinge heraus, die ich vor all den Jahren hineingelegt hatte. Sie beim Schreiben in der linken Hand haltend, kann ich – obwohl sie vergilbt und verschimmelt sind – immer noch sehen, daß das eine ein Brief, ein persönlicher Brief an mich ist, unterschrieben vom Ministerpräsidenten von Indien; das andere ist ein Zeitungsausschnitt.

Er hat eine Überschrift: MITTERNACHTSKIND.

Und einen Text: »Eine entzückende Pose von Baby Saleem Sinai, der gestern nacht genau im Augenblick der Unabhängigkeit unserer Nation geboren wurde – das glückliche Kind dieser glorreichen Stunde!«

Und ein großes Foto: ein eins a erstklassiger riesengroßer Babyschnappschuß auf der Titelseite, auf dem man immer noch ein Kind mit von Muttermalen gefleckten Wangen und einer laufenden und glänzenden Nase erkennen kann. (Das Bild ist untertitelt: *Foto: Kalidas Gupta*.)

Trotz Überschrift, Text und Foto muß ich unsere Besucher des Verbrechens der Trivialisierung beschuldigen: als reine Journalisten, die nie weiter sahen als bis zur Zeitung des nächsten Tags, hatten sie keine Ahnung von der Bedeutung des Ereignisses, das sie behandelten. Für sie war es nicht mehr als eine Story von allgemeinem menschlichen Interesse.

Woher ich das weiß? Weil der Fotograf am Ende des Interviews meiner Mutter einen Scheck überreichte – über einhundert Rupien.

Einhundert Rupien! Kann man sich eine belanglosere, lächerlichere Summe vorstellen? Es ist eine Summe, wegen der man sich, wenn man Lust hat, beleidigt fühlen könnte. Ich werde ihnen jedoch bloß dafür danken, daß sie meine Ankunft feierten, und vergebe ihnen ihren Mangel an wirklichem Geschichtsgefühl.

»Sei nicht so eitel«, sagt Padma mürrisch. »Einhundert Rupien sind keine Kleinigkeit; schließlich wird jeder einmal geboren, so eine tolle Sache ist es auch wieder nicht.«

Buch II

Der deutende Finger des Fischers

Ist es möglich, auf Geschriebenes eifersüchtig zu sein? Jemandem nächtliches Gekritzel übelzunehmen, als sei es das leibhaftige Fleisch und Blut einer Rivalin? Einen anderen Grund für Padmas exzentrisches Benehmen kann ich mir nicht denken, und diese Erklärung hat zumindest das Verdienst, genauso ausgefallen zu sein wie der Wutanfall, den sie bekam, als ich heute abend den Irrtum beging, ein Wort zu schreiben (und laut vorzulesen), das nicht hätte ausgesprochen werden dürfen ... seit der Episode, als uns der Quacksalber besuchte, rieche ich eine seltsame Unzufriedenheit bei Padma heraus, die ihre rätselhafte Spur aus ihren endokrinen (oder apokrinen) Drüsen absondert. Vielleicht verzweifelt wegen der Sinnlosigkeit ihrer mitternächtlichen Versuche, meinen »anderen Stift«, die nutzlose Gurke, die in meiner Unterhose verborgen ist, wieder zum Leben zu erwecken, ist sie quengelig geworden. (Und dann reagierte sie gestern abend so schlechtgelaunt auf die Enthüllung der Geheimnisse meiner Geburt und war so gereizt, weil ich die Summe von hundert Rupien so geringschätzte.) Ich gebe mir selbst die Schuld: in mein autobiographisches Unternehmen vertieft, habe ich es versäumt, Rücksicht auf ihre Gefühle zu nehmen, und habe heute abend mit dem unglückseligsten aller falschen Töne angefangen.

»Von einem Laken mit einem Loch zu einem Leben in Bruchstücken verurteilt«, schrieb ich und las ich vor, »habe ich doch größeren Erfolg gehabt als mein Großvater. Denn während Aadam Aziz das Opfer des Lakens blieb, bin ich sein Meister geworden – und Padma ist nun diejenige, die in seinem Bann steht. In meinem verzauberten Schatten sitzend, gewähre ich täglich flüchtige Blicke in mein Inneres – während sie, die unten auf dem Boden hockt und Blicke zu erhaschen sucht, gefangen ist, hilflos wie ein Mungo, der durch die starren Augen einer sich wiegenden Brillenschlange wie gebannt ist, gelähmt – ja! – von Liebe.«

Das war das Wort: Liebe. Geschrieben-und-gesprochen, ließ es ihre Stimme ungewöhnlich schrill ansteigen, ließ ihren Lippen heftige Worte entströmen, die mich verletzt hätten, wäre ich durch Worte noch verwundbar. »*Dich* lieben?« heulte unsere Padma höhnisch auf. »Wes-

wegen denn, mein Gott? Wozu bist du denn gut, kleines Prinzchen« –
und nun kam ihr versuchter *coup de grâce* – »als *Liebhaber?*« Mit
ausgestrecktem Arm, dessen Härchen im Lampenlicht schimmerten,
stieß sie einen verachtungsvollen Zeigefinger in Richtung meiner Lenden, die zugegebenermaßen nicht ihren Zweck erfüllen; einen langen
dicken Zeigefinger, steif vor Eifersucht, der unglücklicherweise nur
dazu diente, mich an einen anderen, längst vergessenen Finger zu erinnern . . . so daß sie, als sie ihren Pfeil sein Ziel verfehlen sah, kreischte:
»Hergelaufener Verrückter! Der Doktor hat recht gehabt!« und außer
sich aus dem Zimmer stürzte. Ich hörte, wie Füße die Eisentreppe zur
Fabrikhalle hinunterklapperten, Füße zwischen den dunkel verhängten
Pickleskesseln durcheilen, und dann, wie eine Tür zuerst entriegelt und
dann zugeschlagen wurde.

Man hat mich also verlassen, und da mir keine andere Wahl bleibt,
habe ich mich wieder meiner Arbeit zugewandt.

Der deutende Finger des Fischers: unvergeßlicher Mittelpunkt des Bildes, das an einer himmelblauen Wand in Buckingham Villa direkt über
dem himmelblauen Bettchen hing, in dem ich als Baby Saleem, Mitternachtskind, meine früheste Kindheit verbrachte. Der Knabe Raleigh –
und wer sonst noch? – saß, in Teakholz gerahmt, zu Füßen eines alten
sehnigen, Netze flickenden Seemanns – hatte er einen Walroßschnurr-
bart? –, dessen ausgestreckter rechter Arm sich zu einem wäßrigen
Horizont hinüberreckte, während seine dahinströmenden Geschichten
die faszinierten Ohren Raleighs umplätscherten – und wessen Ohren
sonst noch? Denn mit Sicherheit war noch ein Junge auf dem Bild, saß
mit gekreuzten Beinen da, in durchgeknöpftem Gewand und mit Rü-
schenkragen . . . und jetzt steigt eine Erinnerung in mir auf: an eine
Geburtstagsfeier, bei der eine stolze Mutter und eine gleichermaßen
stolze Ayah ein Kind mit einer gargantuesken Nase mit genauso einem
Kragen, genauso einem Gewand bekleideten . . . Ein Schneider saß in
einem himmelblauen Zimmer unter dem deutenden Finger und kopier-
te den Putz der englischen Mylords . . . »Seht mal, wie *ssüß*!« rief Lila
Sabarmati und demütigte mich für alle Zeiten. »Er sieht aus, als wäre
er geradewegs aus dem *Bild* herausgekommen!«

In einem Bild an einer Schlafzimmerwand saß ich neben Walter Raleigh und folgte mit den Augen dem deutenden Finger eines Fischers;
die Augen sind angestrengt auf den Horizont gerichtet, hinter dem was
lag? – meine Zukunft vielleicht; mein besonderes Verhängnis, dessen
ich mir von Anfang an bewußt war, war grau schimmernd in diesem

himmelblauen Zimmer gegenwärtig, undeutlich zuerst noch, doch unübersehbar . . . denn der Finger wies sogar noch weiter als bis zum schimmernden Horizont, er deutete über den Teakholzrahmen hinaus, über eine knappe Fläche himmelblauer Wand, und lenkte meinen Blick auf einen weiteren Rahmen, in dem mein unausweichliches Schicksal hing, für immer unter Glas fixiert: hier war ein riesengroßer Schnappschuß von einem Baby mit seinen prophetischen Überschriften, und hier, daneben, ein Brief auf hochwertigem Bütten, geprägt mit dem Staatssiegel – die Löwen von Sarnath standen über dem Dharma-Tschakra auf dem Sendschreiben des Ministerpräsidenten, das durch Vishwanath den Postboten eine Woche, nachdem mein Foto auf der Titelseite der *Times of India* erschienen war, eintraf.
Zeitungen feierten mich, Politiker bescheinigten mir meine Stellung. Jawaharlal Nehru schrieb: »Liebes Baby Sinai, meine verspäteten Glückwünsche zum glücklichen Zufall Deiner Geburtsstunde. Du bist der jüngste Träger dieses uralten Gesichts Indiens, das zugleich ewig jung ist. Mit gespannter Aufmerksamkeit werden wir über Dein Leben wachen; es wird gewissermaßen der Spiegel unseres eigenen sein.«
Und Mary Pereira, von Furcht ergriffen: »Die Regierung, Madam? Sie wird den Jungen im Auge behalten? Aber warum denn, Madam? Was stimmt denn nicht mit ihm?« – Und Amina, die den Unterton von Panik in der Stimme ihrer Ayah nicht verstand: »Das ist nur so eine Redensart, Mary. Sie meinen es nicht wirklich so.« Aber Mary entspannt sich nicht, und jedesmal, wenn sie das Zimmer des Säuglings betritt, zuckt ihr Blick verwirrt zu dem Brief in seinem Rahmen hin; ihre Augen blicken sich um, um zu sehen, ob die Regierung aufpaßt; fragende Augen: was wissen sie? hat jemand was gesehen? . . . Und was mich betraf, auch ich konnte, als ich größer wurde, die Erklärung meiner Mutter nicht ganz hinnehmen, aber sie wiegte mich in einem Gefühl falscher Sicherheit, so daß ich, obwohl etwas von Marys Mißtrauen in mich hineingetröpfelt war, immer noch überrascht war, als . . .
Vielleicht deutete der Finger des Fischers aber gar nicht auf den Brief in dem Rahmen, denn wenn man der Richtung des Fingers weiter folgte, führte er einen durchs Fenster, das zweistöckige Hügelchen hinunter, über die Warden Road, über das Schwimmbad von Breach Candy hinaus und zu einem anderen Meer, das nicht das Meer auf dem Bild war, einem Meer, auf dem die Segel der Koli-Dhaus purpur-

rot in der untergehenden Sonne leuchteten . . . ein anklagender Finger also, der uns zwang, die Enteigneten der Stadt anzusehen.

Oder vielleicht – und diese Vorstellung läßt mich trotz der Hitze ein wenig frösteln – war es ein warnender Finger, der Aufmerksamkeit auf sich selbst lenken wollte; er könnte – ja, warum nicht – die Prophezeiung eines anderen Fingers gewesen sein, eines Fingers – jenem nicht unähnlich –, dessen Eintritt in meine Geschichte die furchtbare Logik von Alpha und Omega offenbaren würde . . . mein Gott, was für ein Gedanke! Wieviel von meiner Zukunft hing über meinem Bettchen und wartete bloß darauf, daß ich sie verstand? Wie viele Warnungen wurden mir erteilt – wie viele nahm ich nicht zur Kenntnis? . . . Aber nein. Ich werde kein »hergelaufener Verrückter« sein, um Padmas beredten Ausdruck zu benutzen. Ich werde mich nicht hirnrissigen Abschweifungen hingeben, nicht, solange ich die Kraft habe, den Rissen zu widerstehen.

Als Amina Sinai und Baby Saleem in einem geliehenen Studebaker nach Hause kamen, nahm Ahmed Sinai einen Packpapierumschlag mit auf die Fahrt. In dem Umschlag war ein Limonenkasaundi-Glas, das gespült, ausgekocht, gereinigt worden – und nun wieder gefüllt war. Ein gut verschlossenes Glas, über dessen Blechdeckel eine Gummihaut gespannt war, die mit einem Gummiband festgehalten wurde. Was war unter Gummi versiegelt, in Glas aufbewahrt, hinter Packpapier verborgen? Dies: mit Vater, Mutter und Säugling reiste ein Quantum Salzlake, in der sachte eine Nabelschnur umhertrieb. (Aber war es meine oder die des anderen? Das kann ich Ihnen nicht sagen.) Während die neu eingestellte Ayah, Mary Pereira, den Weg zu Methwold's Estate mit dem Bus zurücklegte, reiste eine Nabelschnur mit großem Pomp im Handschuhfach des Studey eines Filmmagnaten. Während Baby Saleem zum Mann heranwuchs, hing Nabelschnurgewebe unveränderlich in abgefüllter Salzlake, hinten in einem Teakholzschrank. Und als Jahre später unsere Familie ihr Exil im Land der Reinen antrat, als ich mich abmühte, zu Reinheit zu gelangen, sollten Nabelschnüre für kurze Zeit zu Ehren kommen.

Nichts wurde weggeworfen; Baby und Nabelschnur wurden beide aufbewahrt; beide trafen in Methwold's Estate ein; beide warteten ihre Zeit ab.

Ich war kein schönes Kind. Babyschnappschüsse offenbaren, daß mein großes Mondgesicht zu groß, zu vollkommen rund war. In der Gegend des Kinns fehlte etwas. Helle Haut zog sich über meine Züge – aber Muttermale entstellten sie; dunkle Flecken zogen sich entlang meines westlichen Haaransatzes, eine dunkle Stelle färbte mein östliches Ohr. Und meine Schläfen: zu hervorstehend: byzantinische Zwiebeltürme. (Sonny Ibrahim und ich waren geborene Freunde – wenn unsere Köpfe zusammenstießen, gestatteten Sonnys Zangendellen meinen gewölbten Schläfen, sich hineinzuschmiegen, so fest wie genutetes Holz.) Amina Sinai, unsagbar erleichtert, weil ich nur einen einzigen Kopf hatte, betrachtete ihn mit verdoppelter mütterlicher Zuneigung, sah ihn durch einen verschönernden Schleier und nahm die eisige Absonderlichkeit meiner himmelblauen Augen, die Schläfen, die wie verkümmerte Hörner aussahen, selbst die üppige Gurkennase nicht wahr. Baby Saleems Nase: sie war monströs, und sie lief.

Interessante Züge meiner frühen Kindheit: groß und unschön, wie ich war, war ich augenscheinlich nicht zufrieden. Von meinen ersten Lebenstagen an ließ ich mich auf ein heroisches Programm der Selbstvergrößerung ein. (Als hätte ich gewußt, daß ich, um die Bürden meines zukünftigen Lebens tragen zu können, ganz schön groß sein müßte.) Bis Mitte September hatte ich den nicht unbeträchtlichen Brüsten meiner Mutter die Milch entzogen. Vorübergehend wurde eine Amme eingestellt, aber sie gab sich nach nur vierzehn Tagen geschlagen, ausgetrocknet wie eine Wüste, und beschuldigte Baby Sinai, es habe versucht, ihr mit seinem zahnlosen Gaumen die Brustwarzen abzubeißen. Ich ging zur Flasche über und kippte große Mengen Milchpräparate hinunter: auch die Flaschensauger litten und gaben der Amme recht, die sich beschwert hatte. Das Babytagebuch wurde peinlich genau geführt; es beweist, daß ich mich beinah zusehends ausdehnte und von Tag zu Tag größer wurde; leider wurde jedoch bei der Nase nicht Maß genommen, so daß ich nicht sagen kann, ob mein Atmungsapparat streng proportional oder schneller wuchs als der Rest. Ich muß sagen, daß ich einen gesunden Stoffwechsel hatte. Ausscheidungssubstanzen wurden reichlich aus den dafür bestimmten Öffnungen abgesondert; aus meiner Nase floß eine glänzende Rotzkaskade. Armeen von Taschentüchern, Regimenter von Windeln fanden ihren Weg in die große Wäschetruhe im Badezimmer meiner Mutter . . . und während ich Abfall aus verschiedenen Öffnungen ausstieß, blieben meine Augen ganz trocken. »So ein braves Baby, Madam«, sagte Mary Pereira, »vergießt keine einzige Träne.«

Das brave Baby Saleem war ein ruhiges Kind; ich lachte oft, aber lautlos. (Wie mein eigener Sohn begann ich mit einer Bestandsaufnahme und hörte zu, ehe ich mich in Glucksen und später in Sprache stürzte.) Eine Zeitlang fürchteten Amina und Mary, der Junge sei taub, aber gerade, als sie nahe daran waren, es seinem Vater mitzuteilen (vor dem sie ihre Sorge geheimgehalten hatten – kein Vater will ein Kind mit einem Defekt), brach er in Laute aus und wurde, in dieser Hinsicht jedenfalls, äußerst normal. »Es ist«, flüsterte Amina Mary zu, »als habe er beschlossen, uns zu beruhigen.«

Es gab ein ernsteres Problem. Amina und Mary brauchten ein paar Tage, um es zu bemerken. Mit dem wesentlichen, komplizierten Problem beschäftigt, sich in eine zweiköpfige Mutter zu verwandeln, die Sicht durch einen Nebel stinkiger Unterwäsche verhangen, entging ihnen, daß meine Augenlider sich nicht bewegten. Amina, die sich daran erinnerte, wie das Gewicht ihres ungeborenen Kindes während der Schwangerschaft die Zeit angehalten hatte, so daß sie so still wie ein toter grüner Teich gewesen war, begann sich zu fragen, ob nun nicht das Gegenteil eingetreten sei – ob das Baby eine magische Kraft auf die Zeit in seiner unmittelbaren Umgebung ausübte und sie beschleunigte, so daß Mutter-und-Ayah nie genug Zeit hatten, alles zu tun, was getan werden mußte, damit das Baby mit augenscheinlich phantastischer Geschwindigkeit wachsen konnte. Versunken in solchen chronologischen Wachträumen, bemerkte sie mein Problem nicht. Erst als sie die Idee verwarf und sich sagte, ich sei bloß ein braver strammer Bursche mit gutem Appetit, ein Frühentwickler, teilten die Schleier mütterlicher Liebe sich so weit, daß sie und Mary unisono kreischten: »Sieh, baap-re-baap! Sehen Sie, Madam! Sieh nur, Mary! Der kleine Kerl blinzelt nie!«

Die Augen waren zu blau: kaschmirblau, wechselbalgblau, blau vom Gewicht unvergossener Tränen, zu blau zum Blinzeln. Wurde ich gefüttert, flatterten meine Augenlider nicht; legte die jungfräuliche Mary mich über ihre Schulter und rief aus: »Oh, wie schwer, lieber Jesus!«, rülpste ich, ohne die Augen zusammenzukneifen. Humpelte Ahmed Sinai mit geschientem Zeh an mein Bettchen, überließ ich mich vorstehenden Lippen mit durchdringendem und starrem Blick . . . »Vielleicht täuschen wir uns auch, Madam«, meinte Mary, »vielleicht macht der kleine Herr uns nach – blinzelt, wenn wir blinzeln.« Und Amina: »Blinzeln wir abwechselnd und beobachten ihn.« Sie öffneten und schlossen ihre Augenlider abwechselnd und beobachteten meine eisige Bläue, aber nicht das kleinste Zucken war zu sehen, bis Amina die

Sache selbst in die Hand nahm und in die Wiege faßte, um meine Augenlider nach unten zu streichen. Sie schlossen sich: augenblicklich atmete ich im zufriedenen Rhythmus des Schlafs. Danach übernahmen Mutter und Ayah es einige Monate lang abwechselnd, meine Lider zu öffnen und zu schließen. »Er lernt es schon noch, Madam«, tröstete Mary Amina. »Er ist ein braves gehorsames Kind, und er kommt bestimmt dahinter.« Ich lernte die erste Lektion meines Lebens: niemand kann der Welt die ganze Zeit mit offenen Augen ins Gesicht sehen.

Wenn ich nun durch Babyaugen zurückblicke, kann ich alles ganz deutlich sehen – es ist erstaunlich, an wie vieles man sich erinnern kann, wenn man es versucht. Was ich sehen kann: die Stadt, die sich wie eine Schönechse in der Sommerhitze sonnt. Unser Bombay: es sieht aus wie eine Hand, aber in Wirklichkeit ist es ein Mund; immer offen, immer hungrig, verschlingt er Nahrung und Begabung aus allen anderen Orten Indiens. Ein prächtig aussehender Blutegel, der nichts hervorbringt als Filme Buschhemden Fische . . . in den Nachwirren der Teilung sehe ich Vishwanath den Postboten mit einem Büttenumschlag in der Satteltasche unseren zweigeschossigen Hügel hinanradeln und sein betagtes Arjuna-India-Rad an einem auseinanderfallenden Bus vorbeilenken – er wurde, obwohl nicht Monsunzeit ist, im Stich gelassen, weil sein Fahrer plötzlich beschloß, nach Pakistan auszuwandern, den Motor abstellte und wegging. Eine Busladung gestrandeter Passagiere, die an den Fenstern hingen, sich auf dem Dachgepäckträger festhielten, aus der Tür hervorquollen, ließ er einfach zurück . . . Ich kann ihre Flüche hören, Schweinesohn, Eselsarsch, aber trotzdem werden sie sich noch zwei Stunden an ihre hart erkämpften Plätze klammern, ehe sie den Bus seinem Schicksal überlassen. Und, und: hier ist der erste Inder, der den Ärmelkanal durchschwamm, Mr. Pushpa Roy. Er kommt gerade an den Toren des Breach-Candy-Schwimmbads an. Mit safrangelber Badekappe auf dem Kopf, die grüne Badehose in ein flaggenfarbenes Handtuch gewickelt, hat dieser Pushpa der Nur-für-Weiße-Politik der Badeanstalt den Krieg erklärt. In der Hand ein Stück Mysore-Sandelholzseife, richtet er sich auf, marschiert durch das Tor . . . worauf gedungene Pathanen ihn ergreifen – wie üblich retten Inder Europäer vor einer indischen Meuterei –, und schon kommt er heraus, wird, obwohl er sich heldenhaft wehrt, in die Warden Road geschleppt und in den Staub geworfen. Der Kanalschwimmer taucht in die Straße ein, entgeht um ein Haar Kamelen Taxis Fahrrädern (Vishwanath weicht aus, um

nicht über das Stück Seife zu fahren) . . . aber er ist nicht abge-
schreckt, rappelt sich hoch, staubt sich ab und gelobt, morgen wieder
da zu sein. Meine ganzen Kindheitsjahre hindurch wurden die Tage
durch den Anblick Pushpas des Schwimmers markiert, der mit safrangelber Badekappe und flaggenfarbigem Handtuch unfreiwillig in die
Warden Road eintauchte. Und am Ende errang er mit seinem unbe-
zwingbaren Feldzug einen Sieg, denn heute erlaubt die Verwaltung
der Badeanstalt bestimmten Indern – »den besseren« –, in das land-
kartenförmige Becken hinabzuschreiten. Aber Pushpa gehört nicht zu
den besseren; jetzt ist er alt und vergessen und beobachtet das
Schwimmbad von ferne . . . und nun ergießen sich immer mehr aus
der großen Masse in mich – wie zum Beispiel Bano Devi, die berühmte Ringerin jener Zeit, die nur mit Männern rang und drohte, jeden,
der sie besiegte, zu heiraten, und folglich keine Runde verlor; und
(näher an unserem Haus nun) der Sadhu unter dem Wasserhahn im
Garten, der Purushottam hieß und den wir (Sonny, Schlitzauge, Haaröl, Cyrus und ich) immer Puru-den-Guru nannten – weil er glaubte,
daß ich der Mubarak, der Gesegnete, sei, weihte er sein Leben der
Aufgabe, mich im Auge zu behalten, und brachte seine Tage damit zu,
meinem Vater das Aus-der-Hand-Lesen beizubringen und meiner
Mutter die Warzen wegzuzaubern; und dann ist da noch die Rivalität
zwischen dem alten Hausdiener Musa und der neuen Ayah Mary, die
wachsen wird, bis es zum Knall kommt; kurzum, Ende 1947 war das
Leben in Bombay so strotzend mannigfaltig, vielförmig formlos wie
eh und je . . . außer daß ich angekommen war; ich war schon dabei,
meinen Platz im Mittelpunkt des Universums einzunehmen, und bis
ich endlich soweit war, würde ich allem Bedeutung verleihen. Sie
glauben mir nicht? Hören Sie zu: an meiner Wiege singt Mary Pereira ein kleines Lied:

> Alles, was du sein willst, kannst du sein:
> Du kannst alles sein, was du willst.

Zur Zeit meiner Beschneidung durch einen Barbier mit Hasenscharte
aus dem königlichen Friseurgeschäft an der Gowalia Tank Road (ich
war etwas über zwei Monate alt) war ich in Methwold's Estate schon
sehr gefragt. (Beim Thema Beschneidung fällt mir ein: ich schwöre
immer noch, daß ich mich an den grinsenden Barbier erinnern kann,
der mir die Vorhaut hielt, während mein Glied sich wild wie eine
schlüpfrige Schlange wand, und an das herabsausende Rasiermesser

und an den Schmerz; aber man sagt mir, daß ich zu der Zeit noch nicht einmal mit der Wimper gezuckt hätte.)

Ja, ich war ein beliebter kleiner Kerl: meine beiden Mütter, Amina und Mary, konnten nicht genug von mir bekommen. In allen praktischen Angelegenheiten waren sie die engsten Verbündeten. Nach meiner Beschneidung badeten sie mich gemeinsam und kicherten gemeinsam, als mein verstümmeltes Organ zornig im Badewasser wackelte. »Auf den Jungen sollten wir lieber achtgeben, Madam«, sagte Mary keck. »Sein Ding hat ein Eigenleben.« Und Amina: »Ts, ts, Mary, du bist schrecklich, wirklich . . .« Aber dann, unter hilflos schluchzendem Gelächter: »Sehen Sie nur, Madam, sein armes kleines Pipimännchen!« Denn er wackelte wieder und hüpfte umher wie ein Huhn mit durchgeschnittener Gurgel . . . Gemeinsam sorgten sie wunderbar für mich, doch was die Gefühle anging, waren sie Rivalinnen auf den Tod. Als sie mich einmal zu einer Fahrt mit dem Kinderwagen durch die Hängenden Gärten am Malabar Hill ausführten, hörte Amina zufällig, wie Mary zu den anderen Ayahs sagte: »Seht nur, das ist mein eigener großer Sohn« – und fühlte sich seltsam bedroht. Danach wurde Baby Saleem das Schlachtfeld ihrer Liebe; die eine strebte danach, die andere in Bekundungen der Zuneigung zu übertreffen, während er, der mittlerweile blinzelte und laut gurgelte, sich an ihren Gefühlen weidete und sie dazu benutzte, sein Wachstum zu beschleunigen, und sich endlosen Umarmungen, Küssen, liebkosendem Kraulen unter dem Kinn freundlich entgegenreckte, sie schluckte und sich mit alledem für den Augenblick auflud, da er das entscheidende Merkmal menschlicher Wesen erlangte: jeden Tag und nur in den seltenen Augenblicken, in denen ich mit dem deutenden Finger des Fischers allein gelassen wurde, versuchte ich, mich in meinem Bettchen gerade aufzurichten.

(Und während ich mich vergeblich mühte, auf die Füße zu kommen, faßte auch Amina einen nutzlosen Beschluß – sie versuchte, aus ihren Gedanken den Traum von ihrem unnennbaren Ehemann zu verbannen, der in der Nacht nach meiner Geburt den Traum von dem Fliegenpapier ersetzt hatte. Der Traum war so überwältigend realistisch, daß er sie auch in ihren wachen Stunden nie verließ. Im Traum kam Nadir Khan an ihr Bett und schwängerte sie, und im Traum war alles so unverschämt verdreht, daß Amina nicht mehr so recht wußte, wer der Vater ihres Kindes war, und daß ich, das Kind der Mitternacht, mit einem vierten Vater versehen wurde, der sich an die Seite von Winkie und Methwold und Ahmed Sinai reihte. Erschüttert, aber hilflos in den

Fängen des Traums, begann meine Mutter Amina zu jener Zeit, den Nebel von Schuld aufzubauen, der in späteren Jahren ihren Kopf wie ein dunkler Kranz umgeben sollte.

Ich habe Wee Willie Winkie nie in seiner Glanzzeit gehört. Nachdem er blinden Auges beraubt worden war, kehrte seine Sicht allmählich wieder, aber in seine Stimme schlich sich ein harter und bitterer Ton. Er sagte uns, es sei Asthma, und kam weiterhin einmal in der Woche zu Methwold's Estate, um Lieder zu singen, die wie er Relikte der Methwold-Ära waren. »Good Night, Ladies«, sang er und fügte, da er sich auf dem laufenden hielt, seinem Repertoire »The Clouds Will Soon Roll By« hinzu und wenig später »How Much Is That Doggie In The Window?«. Er setzte ein recht ansehnliches Kleinkind mit bedrohlich aneinanderstoßenden Knien auf eine kleine Matte neben sich in die Manege und sang von Sehnsucht erfüllte Lieder, und niemand hatte das Herz, ihn wegzuschicken. Winkie und der Finger des Fischers waren zwei der wenigen Überlebenden aus den Tagen William Methwolds, denn nach dem Verschwinden des Engländers entledigten sich seine Nachfolger des im Stich gelassenen Inventars. Lila Sabarmati bewahrte ihr Pianola, Ahmed Sinai behielt seinen Whiskyschrank, der alte Ibrahim fand sich mit Deckenventilatoren ab, aber die Goldfische starben, manche vor Hunger, andere, weil sie so kolossal überfüttert waren, daß sie in kleinen Wolken aus Schuppen und unverdautem Fischfutter explodierten; die Hunde verwilderten und hörten schließlich auf, auf dem Anwesen umherzustreifen, und die verblassenden Kleider in den alten Schränken wurden den Reinmachefrauen und anderen Bediensteten geschenkt, so daß die Erben William Methwolds noch jahrelang von Männern und Frauen umsorgt wurden, die die zunehmend zerlumpter aussehenden Hemden und Kattunkleider ihrer ehemaligen Herren trugen. Doch Winkie und das Bild an meiner Wand überlebten; Sänger und Fischer wurden Institutionen in unserem Leben – wie die Cocktailstunde, die sich schon zu fest eingebürgert hatte, als daß man sie hätte aufgeben können. »Jede kleine Träne und Sorge«, sang Winkie, »bringt dich mir nur näher . . .« Und seine Stimme wurde immer schlimmer, bis sie wie ein Sitar klang, dessen aus einem lackierten Kürbis gebauter Klangkörper von Mäusen angefressen worden war. »Es ist Asthma«, behauptete er hartnäckig. Vor seinem Tod verlor er seine Stimme ganz; Ärzte revidierten seine Diagnose und stellten Kehlkopfkrebs fest, aber auch sie irrten sich, denn Winkie starb nicht an einer Krankheit, sondern an Bitterkeit über den Verlust einer Frau, von deren Untreue er nie etwas geahnt hatte. Sein Sohn, nach dem Gott der Schöpfung und der Vernichtung Shiva genannt, saß anfangs zu seinen Füßen und ertrug schweigend die Bürde, der Grund (so glaubte er jedenfalls) für den langsamen Verfall seines Vaters zu sein; und über die Jahre hinweg beobachteten wir, wie seine Augen allmählich von einem Zorn erfüllt wurden, für den es keine Worte gab; wir beobachteten, wie seine Fäuste sich um Kiesel schlossen und sie, anfangs kraftlos, aber je größer er wurde, desto gefährlicher, in die umgebende Leere warfen. Als Lila Sabarmatis älterer Sohn acht war, maßte er sich an, den jungen Shiva wegen seiner Grimmigkeit, seiner nicht gestärkten Shorts, seiner höckrigen Knie zu hänseln; worauf der Junge, den Marys Verbrechen zu Armut und Akkordeons verdammt hatte, einen spitzen flachen Stein schleuderte, dessen Rand scharf wie ein Rasiermesser war, und seinem Peiniger damit das rechte Auge ausschlug. Nach dem Unfall von Schlitzauge kam Wee Willie Winkie allein zu Methwold's Estate und überließ seinen Sohn den dunklen Labyrinthen, aus denen nur ein Krieg ihn retten sollte.

Warum Methwold's Estate Wee Willie Winkie trotz des Verfalls seiner Stimme und der Gewalttätigkeit seines Sohnes weiterhin duldete: er hatte ihnen einst einen wichtigen Hinweis auf ihr Leben gegeben. »Erst nach der ersten Geburt«, hatte er gesagt, »werden Sie wirklich hier sein.«

Das unmittelbare Ergebnis von Winkies Hinweis war, daß ich in frühester Kindheit sehr gefragt war. Amina und Mary wetteiferten um meine Aufmerksamkeit, aber in allen Häusern auf dem Grundstück gab es Menschen, die mich kennenlernen wollten; und schließlich überwand Aminas Stolz auf meine Beliebtheit ihren Widerwillen dagegen, mich aus den Augen zu lassen, und sie willigte ein, mich sozusagen turnusmäßig an die verschiedenen Familien auf dem Hügel auszuleihen. In einem himmelblauen Kinderwagen, von Mary Pereira geschoben, begann ich einen triumphalen Zug durch die Paläste mit den roten Ziegeldächern, beehrte jeden abwechselnd mit meiner Gegenwart und ließ sie ihren Eigentümern wirklich erscheinen. Und so kann ich, indem ich nun durch die Augen von Baby Saleem zurückblicke, die meisten Geheimnisse meiner Nachbarschaft enthüllen, denn in meiner Gegenwart lebten die Erwachsenen ihr Leben ohne Furcht, beobachtet zu werden, und ohne zu wissen, daß Jahre später jemand durch Kinderaugen zurückblicken und beschließen würde, die Katzen aus den Säcken zu lassen.

Hier ist also der alte Ibrahim und kommt fast um vor Sorge, weil drunten in Afrika die Regierungen seine Sisalplantagen verstaatlichen; hier ist sein ältester Sohn Ishaq und verzehrt sich vor Sorge um sein Hotelgeschäft, das in Schulden gerät, so daß er gezwungen ist, Geld von einheimischen Gangstern zu borgen; hier sind Ishaqs Augen und blicken begehrlich auf die Frau seines Bruders, obwohl es mir ein Rätsel ist, wieso Nussie-die-Ente bei irgend jemandem sexuelles Interesse wecken sollte; und hier ist Nussies Ehemann, Ismail der Rechtsanwalt, dem die Zangengeburt seines Sohnes eine wichtige Lehre erteilt hat: »Nichts im Leben kommt richtig heraus«, sagt er zu seiner Ente von einer Frau, »wenn man es nicht herauszwingt.« Diese Philosophie wendet er auf seine Rechtslaufbahn an und macht Karriere, indem er Richter besticht und Geschworene manipuliert; alle Kinder haben die Macht, ihre Eltern zu ändern, und Sonny verwandelte seinen Vater in einen höchst erfolgreichen Spitzbuben. Und dann ziehe ich hinüber zur Versailles Villa, wo Frau Dubash mit ihrem heiligen Schrein für den Gott Ganesch wohnt. Er klebt in der Ecke einer Wohnung von so übernatürlicher Unordnung, daß das Wort »dubash« bei uns zu Hause ein Tätigkeitswort mit der Bedeutung »Unordnung machen« wurde . . . »Oh, Saleem, du hast dein Zimmer schon wieder gedubasht, du schwarzer Mann!« schrie Mary oft. Und nun beugt die Ursache der Unordnung sich über das Verdeck meines Kinderwagens, um mich unter dem Kinn zu kraulen: Adi Dubash, der Physiker, Genius der Atome und des Durcheinanders. Seine Frau, die schon Cyrus-den-Großen in sich trägt, bleibt im Hintergrund. Sie wächst mit ihrem Kind, während in ihren inneren Augenwinkeln etwas Fanatisches schimmert, das den rechten Augenblick abwartet; es wird so lange nicht hervorkommen, bis Herr Dubash, der sein Leben lang tagtäglich mit den gefährlichsten Substanzen der Welt arbeitete, an einer Orange erstickt ist, deren Kerne seine Frau zu entfernen vergessen hatte. In die Wohnung Dr. Narlikars, des kinderhassenden Gynäkologen, wurde ich nie eingeladen; doch in den Haushalten von Lila Sabarmati und Homi Catrack wurde ich zum Voyeur, ein winziger Teilhaber an Lilas tausendundeinen Treuebrüchen und schließlich Zeuge der Anfänge der Liaison zwischen der Frau des Marineoffiziers und dem Filmmagnaten und Rennpferdbesitzer, was mir, alles zu seiner Zeit, gute Dienste leisten sollte, als ich einen bestimmten Racheakt plante.
Sogar ein Baby ist mit dem Problem konfrontiert, sich zu definieren, und ich muß sagen, daß meine frühe Beliebtheit auch ihre problemati-

schen Seiten hatte, denn ich wurde mit einer verwirrenden Vielfalt von Ansichten zu diesem Thema bombardiert, war der Gesegnete für einen Guru unter einem Wasserhahn, ein Voyeur für Lila Sabarmati, ein Rivale ihres Sonny, und zwar ein erfolgreicherer, in den Augen Nussies-der-Ente (obwohl ich zu ihren Gunsten sagen muß, daß sie sich ihre Ressentiments nie anmerken ließ und genauso wie jeder andere darum bat, mich ausleihen zu dürfen), und für meine zweiköpfige Mutter war ich alles mögliche Kindische – sie nannten mich Joonoo-Moonoo und Putch-Putch und Kleine-Scheibe-vom-Mond.

Aber was bleibt einem Baby schon übrig, als das alles zu schlucken und zu hoffen, sich später einen Reim darauf machen zu können? Geduldig und trockenen Auges saugte ich Nehrus Brief und Winkies Prophezeiung auf, aber den tiefsten Eindruck hinterließ jener Tag, an dem Homi Catracks schwachsinnige Tochter ihre Gedanken über die Manege und in meinen Kleinkinderkopf schickte.

Toxy Catrack mit dem übergroßen Kopf und dem sabbernden Mund; Toxy, die splitternackt an einem vergitterten Fenster im obersten Stockwerk stand und mit Bewegungen, die von vollkommenem Selbstekel zeugten, masturbierte, die oft und kräftig durch die Stangen spuckte und uns manchmal auf den Kopf traf . . . sie war einundzwanzig Jahre alt, ein plappernder Halbidiot, das Ergebnis jahrzehntelanger Inzucht; aber in meinem Kopf war sie schön, denn sie hatte nicht die Gaben verloren, mit denen jedes Kind geboren wird und die auszulöschen das Leben sich anschickt. Ich kann mich an nichts von dem erinnern, was Toxy sagte, als sie ihre Gedanken ausschickte, um sie mir einzuflüstern, wahrscheinlich war es auch nichts außer Gurgeln und Spucken; aber sie gab einer Tür in meinem Geist einen kleinen Stoß, und als sich ein Vorfall in einer Wäschetruhe ereignete, war es wahrscheinlich Toxy, die ihn ermöglicht hatte.

Für den Augenblick ist das genug über die ersten Tage von Baby Saleem – meine pure Anwesenheit übt bereits eine Wirkung auf die Geschichte aus; schon bewirkt Baby Saleem Veränderungen in den Menschen seiner Umgebung; und im Fall meines Vaters bin ich überzeugt, daß ich derjenige war, der ihn zu den Exzessen trieb, die, unausweichlich vielleicht, zu der erschreckenden Zeit der Einfrierung führten.

Ahmed Sinai vergab seinem Sohn nie, daß er ihm den Zeh gebrochen hatte. Sogar nachdem die Schiene entfernt worden war, hinkte er noch ein wenig. Mein Vater beugte sich über mein Bettchen und sagte: »So, mein Sohn: du fängst so an, wie du weitermachen willst. Schon hast du angefangen, auf deinen armen alten Vater einzudreschen!« Meiner Meinung nach war das nur zum Teil im Scherz gesagt. Denn mit meiner Geburt änderte sich für Ahmed Sinai alles. Seine Stellung im Haus wurde durch mein Kommen untergraben. Plötzlich hatte Aminas Emsigkeit sich anderen Zielen zugewandt; sie schmeichelte ihm nie mehr Geld ab, und die Serviette in seinem Schoß wurde von trauriger Sehnsucht nach den alten Zeiten durchschauert. Jetzt hieß es: »Dein Sohn braucht das und das«, oder: »Janum, du mußt mir Geld für das und das geben.« Schwache Leistung, dachte Ahmed Sinai. Mein Vater war ein Mann, der sich selbst sehr wichtig vorkam.

Und deshalb war ich daran schuld, daß Ahmed Sinai in jenen Tagen nach meiner Geburt der Doppelphantasie verfiel, die sein Verderben sein sollte, nämlich den unwirklichen Welten der Dschinns und des Landes unter dem Meer.

Erinnerung an meinen Vater an einem Abend in der kühlen Jahreszeit, als er auf meinem Bett saß (ich war sieben Jahre alt) und mir mit leicht belegter Stimme die Geschichte von dem Fischer erzählte, der in einer am Strand angeschwemmten Flasche den Dschinn fand . . . »Glaube nie den Versprechungen eines Dschinns, mein Sohn! Wenn du sie aus der Flasche läßt, fressen sie dich auf!« Und ich, schüchtern – denn ich konnte Gefahr im Atem meines Vaters riechen: »Aber Abba, kann ein Dschinn wirklich in einer Flasche leben?« Worauf mein Vater in einem plötzlichen Stimmungsumschwung in lautes Gelächter ausbrach, aus dem Zimmer ging und mit einer dunkelgrünen Flasche mit weißem Etikett zurückkam. »Hier«, sagte er mit sonorer Stimme, »willst du den Dschinn hier drinnen sehen?« »Nein!« quiekte ich ängstlich, aber »Ja!« brüllte meine Schwester, das Messingäffchen, aus dem Nachbarbett . . . und nebeneinander kauernd sahen wir mit wohligem Entsetzen zu, wie er die Verschlußkappe abschraubte und den Flaschenhals dramatisch mit der Hand bedeckte; und nun, aus dem Nichts, tauchte in der anderen Hand ein Feuerzeug auf. »So mögen alle bösen Dschinns zugrunde gehen!« rief mein Vater, zog die Hand weg und hielt die Flamme an den Flaschenhals. Von Furcht ergriffen beobachteten das Äffchen und ich eine unheimliche Flamme, blau-grün-gelb, die sich in einem Kreis langsam die Innenwände der Flasche hinunterbewegte, bis sie am Boden ankam, kurz aufflackerte und erlosch. Am nächsten Tag rief ich stürmisches Gelächter hervor, als ich Sonny, Schlitzauge und Haaröl erzählte: »Mein Vater kämpft mit Dschinns; er besiegt sie, es

stimmt wirklich!« . . . Und es stimmte. Ahmed Sinai, der Schmeicheleien und der liebevollen Zuwendung beraubt, begann kurz nach meiner Geburt einen lebenslangen Kampf mit Geistern aus der Flasche.
Doch in einem irrte ich mich: er gewann ihn nicht.

Schrankbars hatten seinen Appetit angeregt, aber erst meine Ankunft
trieb ihn dahin . . . In jenen Tagen war Bombay zum »trockenen Staat«
erklärt worden. Die einzige Art, sich ein alkoholisches Getränk zu
verschaffen, war, sich als Alkoholiker ausweisen zu lassen, und so
entstand eine neue Sorte Ärzte, Dschinn-Ärzte. Mit einem von ihnen,
Dr. Sharabi, wurde mein Vater durch Homi Catrack von nebenan bekannt gemacht. Am ersten jedes Monats stellten sich mein Vater und
Herr Catrack und viele der ehrbarsten Männer der Stadt vor Dr. Shara-
bis Praxistür aus Ornamentglas auf, gingen hinein und kamen mit
kleinen rosa Alkoholpässen wieder heraus. Aber für die Bedürfnisse
meines Vaters war die erlaubte Ration zu klein, und so begann er auch
seine Diener hinzuschicken, Gärtner, Hausburschen und Fahrer (wir
hatten nun ein Auto, einen Rover Baujahr 46 mit Trittbrett, genauso
einen, wie ihn William Methwold gehabt hatte), sogar der alte Musa
und Mary Pereira brachten meinem Vater immer mehr rosa Pässe, die
er zum Vijay-Warenhaus brachte, gegenüber von dem Friseurgeschäft
in der Gowalia Tank Road, das auch Beschneidungen durchführte, und
gegen die braunen Papiertüten des Alkoholismus eintauschte, in denen
die klingenden grünen Dschinn-Flaschen steckten. Und Whisky-
flaschen auch: Ahmed Sinai verlor seine Konturen, indem er die grünen Flaschen und roten Etiketten seiner Diener vertrank. Die Armen,
die sonst wenig zum Verhökern hatten, verkauften ihre Identität auf
kleinen rosa Zettelchen, und mein Vater machte sie flüssig und versoff
sie.

Um sechs Uhr jeden Abend betrat Ahmed Sinai die Welt der Dschinns,
und jeden Morgen setzte er sich unrasiert, mit roten Augen und dröh-
nendem Schädel, an den Frühstückstisch, weil seine die ganze Nacht
während Schlacht ihn erschöpft hatte; und mit den Jahren verging die
gute Laune, die er immer vor dem Rasieren an den Tag gelegt hatte,
und als Resultat seines Krieges mit den Flaschengeistern blieben nur
noch Gereiztheit und Erschöpfung zurück.

Nach dem Frühstück ging er nach unten. Im Erdgeschoß hatte er zwei
Zimmer für sein Büro reserviert, denn sein Orientierungssinn war so
schlecht wie eh und je, und die Vorstellung, sich in Bombay auf dem
Weg zur Arbeit zu verlaufen, behagte ihm gar nicht; doch den Weg nur

eine Treppe hinab konnte selbst er finden. Obwohl ihm die Konturen verschwammen, erledigte mein Vater seine Immobiliengeschäfte, und sein wachsender Zorn darüber, daß meine Mutter sich hauptsächlich mit ihrem Kind beschäftigte, fand hinter seiner Bürotür ein neues Ventil – Ahmed Sinai begann mit seinen Sekretärinnen zu flirten. Nach Nächten, in denen sein Streit mit Flaschen sich hin und wieder in harten Worten entlud – »Was für eine Frau ich mir ausgesucht habe! Ich hätte mir einen Sohn kaufen und eine Kinderschwester anstellen sollen – was ist der Unterschied!« Und dann Tränen und Amina: »Ach Janum, quäl mich nicht!« Das provozierte wiederum: »Quälen, du spinnst wohl? Du hältst es für eine Qual, wenn ein Mann seine Frau um Zuwendung bittet? Gott schütze mich vor dummen Frauen!« –, humpelte mein Vater hinunter und machte den Colaba-Mädchen schöne Augen. Und nach einer Weile begann es Amina aufzufallen, daß es seine Sekretärinnen nie lange hielt, daß sie von heute auf morgen den Dienst quittierten, ohne Kündigung plötzlich die Auffahrt entlangstürmten; und Sie müssen selber urteilen, ob sie es vorzog, blind zu sein, oder ob sie es als Strafe hinnahm. Jedenfalls tat sie nichts dagegen und fuhr fort, ihre Zeit mir zu widmen; ihr einziger Akt des Anerkennens bestand darin, den Mädchen einen Kollektivnamen zu geben. »Diese Anglos«, sagte sie zu Mary und offenbarte einen Hauch von Snobismus, »mit ihren komischen Namen, Fernanda und Alonso und alles, und erst ihre Nachnamen, mein Gott! Sulaca und Colaco und ich weiß nicht was noch alles. Was sollte ich mir über die da den Kopf zerbrechen? Billige Weiber. Ich nenne sie sämtlich seine Coca-Cola-Mädchen – so klingen sie nämlich alle.«

Während Ahmed in Hintern kniff, begann Aminas lange Leidenszeit, aber vielleicht wäre er froh gewesen, wenn sie den Anschein erweckt hätte, sich über die da den Kopf zu zerbrechen.

Mary Pereira sagte: »Die Namen sind gar nicht so komisch, Madam, entschuldigen Sie, es sind gute christliche Wörter.« Und Amina erinnerte sich an Ahmeds Cousine Zohra, die sich über schwarze Haut lustig gemacht hatte – überschlug sich fast, um sich zu entschuldigen, und verfiel dabei in Zohras Fehler: »Oh, doch nicht *du*, Mary, wie konntest du annehmen, daß ich mich über dich lustig machte?«

Mit Schläfen wie Hörner und einer Nase wie eine Gurke lag ich in meinem Bettchen und hörte zu; und alles, was geschah, geschah meinetwegen ... Eines Tages im Januar 1948, nachmittags um fünf, bekam mein Vater Besuch von Dr. Narlikar. Wie üblich umarmten sie sich und schlugen sich auf den Rücken. »Eine kleine Schachpartie?« fragte mein Vater, dem Ritual entsprechend, denn diese Besuche entwickelten sich zu einer Gewohnheit. Sie spielten Schach auf die alte indische Art, das Shatranj-Spiel, und durch die Schlichtheit des Schachbretts von den Verwicklungen des Lebens befreit, träumte Ahmed ungefähr eine Stunde von der Neuordnung des Korans, und dann war es sechs Uhr, Cocktailstunde, Zeit für die Dschinns . . . Aber an jenem Abend sagte Narlikar: »Nein.« Und Ahmed: »Nein? Was heißt hier *nein?* Komm, setz dich, spiel, plaudere . . .« Narlikar unterbricht ihn: »Heute abend, Bruder Sinai, muß ich dir etwas zeigen.« Nun sitzen sie in einem Rover Baujahr 46 (Narlikar betätigt die Anlasserkurbel und springt auf), sie fahren die Warden Road entlang nach Norden, am Mahalaxmi-Tempel zur Linken und am Willingdon-Golfclub zur Rechten vorbei, lassen den Rennplatz hinter sich, fahren gemütlich über den Hornby Vellard entlang der Kaimauer; das Vallabhbhai-Patel-Stadion kommt in Sicht mit seinen riesigen, aus Pappe ausgeschnittenen Ringern, Bano Devi, der Unbesiegbaren Frau, und Dara Singh, dem Stärksten Mann der Welt . . . am Meer promenieren Channaverkäufer und Leute, die ihre Hunde ausführen. »Stopp!« befiehlt Narlikar, und sie steigen aus. Sie stehen mit dem Gesicht zum Meer, eine Brise kühlt ihre Gesichter, und dort draußen, am Ende eines schmalen betonierten Stegs inmitten der Wellen, liegt die Insel, auf der das Grabmal des Mystikers Hadschi Ali steht. Zwischen Vellard und Grab wandeln Pilger.

»Dort«, zeigt Narlikar. »Was siehst du da?« Und Ahmed, verblüfft: »Nichts. Das Grabmal. Leute. Worum geht es denn, alter Knabe?« Und Narlikar: »Das meine ich nicht. *Dort!*« Und nun sieht Ahmed, daß Narlikars deutender Finger auf den Betonsteg weist . . . »Die Promenade?« fragt er. »Was willst du denn damit? In ein paar Minuten kommt die Flut und bedeckt sie, das weiß doch jeder . . .« Narlikar, dessen Haut glüht wie ein Signalfeuer, fängt an zu sinnieren. »Genau so, Bruder Ahmed, genau so. Land und Meer, Meer und Land, der ewige Kampf, nicht wahr?« Verwirrt schweigt Ahmed. »Es gab einmal sieben Inseln«, erinnert Narlikar ihn. »Worli, Mahim, Salsette, Matunga, Colaba, Mazagaon, Bombay. Die Briten haben sie miteinander verbunden. Meer, Bruder Ahmed, wurde zu Land. Das Land stieg auf und ging mit der Flut nicht unter!« Ahmed lechzt nach seinem Whisky, seine Lippe beginnt sich vorzuschieben, während Pilger den schmaler werdenden Steg hinunterhasten. »Komm zur Sache«, verlangt er. Und Narlikar, der so glänzt, daß er blendet: »Die Sache, Ahmed Bhai, ist *dies*!«

Es kommt aus seiner Tasche: ein kleines, fünf Zentimeter hohes Gipsmodell: der Tetrapode! Wie ein dreidimensionaler Mercedes-Stern stehen drei Beine auf seiner Handfläche, ein viertes ragt, einem Lingam ähnlich, in die Abendluft; es läßt meinen Vater erstarren. »Was ist das?« fragt er, und nun erklärt ihm Narlikar: »Das ist das Baby, das uns reicher als Haiderabad macht, Bhai! Diese kleine Spielerei macht uns, dich und mich, zu Herren von *alldem*!« Er zeigt dort hinaus, wo das Meer über den verlassenen Betonsteg herfällt . . . »Das Land unter dem Meer, mein Freund! Wir müssen die Dinger zu Tausenden – zu Zehntausenden herstellen! Wir müssen eine Offerte für Landgewinnungskontrakte einreichen! Ein Vermögen wartet, verpaß die Gelegenheit nicht, Bruder, dies ist die Chance deines Lebens!«

Warum ließ mein Vater sich darauf ein, den unternehmerischen Traum eines Gynäkologen zu träumen? Warum nahm ihn nach und nach die Vision von voll ausgewachsenen Tetrapoden aus Beton, die über Kaimauern stiegen, vierbeinigen Eroberern, die über das Meer triumphierten, genauso gefangen wie den glühenden Arzt? Warum gab Ahmed sich in den folgenden Jahren dem Hirngespinst jedes Inselbewohners hin – dem Mythos, die Wellen zu bezwingen? Vielleicht, weil er Angst hatte, eine weitere Abzweigung zu verpassen, vielleicht um der Kameradschaft bei den Shatranj-Spielen willen; oder vielleicht war es Narlikars Glaubwürdigkeit – »Dein Kapital und meine Kontakte, Ahmed Bhai, was für Probleme kann es da schon geben? Jeder bedeutende Mann in dieser Stadt hat einen Sohn, der von mir auf die Welt gebracht worden ist; keine Tür wird sich uns verschließen. Du übernimmst die Produktion, ich besorge den Vertrag. Fifty-fifty, fair ist fair!« Meiner Ansicht nach gibt es jedoch eine simplere Erklärung. Mein Vater, ehefraulicher Zuwendung beraubt, von seinem Sohn verdrängt, durch Whisky und Dschinn verwirrt, versuchte, seine Position in der Welt wiederherzustellen, und der Traum von den Tetrapoden bot ihm die Gelegenheit. Mit ganzem Herzen stürzte er sich in die große Narretei; Briefe wurden geschrieben, an Türen wurde geklopft, Schwarzgeld ging von Hand zu Hand; all das trug dazu bei, den Namen Ahmed Sinai in den Korridoren des Sachivalaya bekannt zu machen – in den Gängen des Staatssekretariats bekamen sie Wind von einem Moslem, der mit seinen Rupien herumwarf wie mit Heu. Und Ahmed Sinai trank sich in Schlaf und war sich der Gefahr, in der er schwebte, nicht bewußt.

Unser Leben zu jener Zeit wurde von Schriftverkehr bestimmt. Der Ministerpräsident schrieb mir, als ich gerade sieben Tage alt war – als ich mir noch nicht einmal selbst die Nase putzen konnte, bekam ich schon Fanpost von Lesern der *Times of India*, und eines Morgens im Januar erhielt auch Ahmed Sinai einen Brief, den er nie vergessen sollte.

Den roten Augen beim Frühstück folgte das rasierte Kinn des Arbeitstages; Schritte die Treppe hinunter; alarmiertes Kichern des Coca-Cola-Mädchens. Das Quietschen eines Stuhls, der an einen mit grünem Kunstleder bezogenen Schreibtisch gerückt wurde. Metallisches Geräusch eines metallenen Brieföffners, der beim Aufheben kurz ans Telefon schlug. Das kurze Ratschen von Metall, das einen Briefumschlag aufschlitzte, und eine Minute später lief Ahmed wieder die Treppe hoch, schrie nach meiner Mutter und brüllte:

»Amina! Komm her, Frau! Die Hundesöhne haben meine Eier in den Eiskübel geworfen!«

In den Tagen, nachdem Ahmed den amtlichen Brief erhalten hatte, der ihn informierte, daß alle seine Aktiva eingefroren worden waren, redete die ganze Welt gleichzeitig . . . »Um Himmels willen, Janum, mäßige deine Worte!« sagt Amina – und bilde ich es mir ein, oder errötet ein Baby in einem himmelblauen Bettchen?

Und Narlikar, der schweißschäumend eintrifft: »Ich gebe mir die ganze Schuld, wir haben dafür gesorgt, daß wir zu bekannt wurden. Es sind schlechte Zeiten, Sinai Bhai – friere die Guthaben eines Moslems ein, sagen sich die, und du bringst ihn dazu, nach Pakistan abzuhauen und sein ganzes Vermögen zurückzulassen. Pack die Eidechse am Schwanz, und sie bricht ihn ab! Dieser sogenannte säkulare Staat hat ein paar verdammt clevere Einfälle.«

»Alles«, sagt Ahmed Sinai, »Bankkonto, Sparbriefe, die Mieteinnahmen aus dem Besitz in Kurla – alles gesperrt, eingefroren. Laut Gesetz, steht in dem Brief. Laut Gesetz lassen sie mir keine vier Annas, Frau – nicht einmal einen Chavanni für den Guckkasten!«

»Es sind diese Fotos in der Zeitung«, beschließt Amina. »Wie könnten diese Emporkömmlinge, diese gerissenen Schnüffler sonst wissen, wer zu belangen ist? Mein Gott, Janum, es ist meine Schuld . . .«

»Keine zehn Pice für einen Klacks Channa«, fügt Ahmed Sinai hinzu,

»keinen Anna, den ich einem Bettler als Almosen geben könnte. Eingefroren – wie im Kühlschrank!«

»Es ist meine Schuld«, sagt Ismail Ibrahim. »Ich hätte Sie warnen sollen, Sinai Bhai. Ich habe von diesen Einfrierungen gehört – man wählt natürlich nur wohlhabende Moslems aus. Sie müssen kämpfen . . .«

». . . Auf Biegen und Brechen!« beharrt Homi Catrack. »Wie ein Löwe! Wie Aurangseb – dein Urahn, nicht wahr? –, wie die Rani von Jhansi! Dann wollen wir doch mal sehen, in was für einem Land wir gelandet sind!«

»Es gibt Gerichtshöfe in diesem Staat«, fügt Ismail Ibrahim hinzu; Nussie-die-Ente lächelt wie eine Kuh, während sie Sonny säugt; ihre Finger bewegen sich, abwesend seine Dellen streichelnd, auf und ab und rund herum in einem gleichmäßigen, unveränderlichen Rhythmus . . . »Sie müssen meinen Rechtsbeistand annehmen«, sagt Ismail zu Ahmed. »Ganz umsonst, mein guter Freund. Nein, nein, davon will ich nichts hören. Wieso denn nicht? Wir sind schließlich Nachbarn.«

»Pleite«, sagt Ahmed. »Eingefroren, wie Wasser.«

»Nun komm schon«, unterbricht Amina ihn; ihre Hingabe erklimmt neue Höhen, denn sie führt ihn in ihr Schlafzimmer . . . »Janum, du mußt dich eine Weile hinlegen.« Und Ahmed: »Was soll das, Frau? In so einem Augenblick – ausgenommen, erledigt, zerstoßen wie Eis –, und du denkst an . . .« Aber sie hat die Tür geschlossen; Pantoffeln sind abgestreift worden, Arme strecken sich ihm entgegen, und einige Augenblicke später langen ihre Hände hinunter hinunter hinunter; und dann: »O mein Gott, Janum, ich habe gedacht, du redest nur so unflätig daher, aber es ist wahr! So kalt, Allah, so kaaaalt, wie kleine runde Eisbällchen!«

So etwas kommt vor: nachdem der Staat die Aktiva meines Vaters eingefroren hatte, spürte meine Mutter, wie sie immer kälter wurden. Am ersten Tag wurde das Messingäffchen gezeugt – gerade noch rechtzeitig, denn obwohl Amina ihrem Ehemann jede Nacht beilag, um ihn zu wärmen, obwohl sie sich eng an ihn kuschelte, wenn sie spürte, wie er zitterte, während die eisigen Finger der Wut und Machtlosigkeit von seinen Lenden aus nach oben krochen, konnte sie es danach nicht mehr über sich bringen, ihre Hand auszustrecken und ihn zu berühren, denn seine kleinen Eisbällchen waren zu kalt zum Anfassen geworden.

Sie – wir – hätte wissen sollen, daß etwas Schlimmes geschehen würde. In jenem Januar waren der Strand von Chowpatty und auch Juju und Trombay mit den unheilverkündenden Kadavern von Pomfrets übersät, die, ohne daß es irgendeine Erklärung dafür gegeben hätte, mit dem Bauch nach oben wie schuppige Finger an die Küste trieben.

Schlangen und Leitern

Und weitere schlechte Vorzeichen: man sah Kometen über der Back Bay explodieren; man berichtete, daß man Blumen richtig bluten habe sehen; und im Februar entkamen die Schlangen aus dem Schaapsteker-Institut. Es ging das Gerücht, daß ein verrückter bengalischer Schlangenbeschwörer, ein Tubrispieler, durch das Land reise und Schlangen aus der Gefangenschaft wegzaubere, sie zur Strafe für die Teilung seines geliebten Goldenen Bengalen mit Hilfe der rattenfängerischen Faszination seiner Flöte aus Schlangenfarmen entführe (solchen wie der von Schaapsteker, in der die toxischen Wirkungen von Schlangengift erforscht und Gegengifte entwickelt wurden). Nach einer Weile kamen neue Gerüchte hinzu: der Tubrispieler sei über zwei Meter groß und habe eine hellblaue Haut. Er war Krischna, der gekommen war, sein Volk zu züchtigen; er war der himmelfarbene Jesus der Missionare.

Es scheint, daß in den Nachwehen meiner Wechselbalggeburt, während ich mich mit halsbrecherischer Geschwindigkeit vergrößerte, alles schiefging, was irgendwie schiefgehen konnte. Im Schlangenwinter Anfang 1948 und in den nachfolgenden heißen und regnerischen Jahreszeiten überstürzten sich die Ereignisse, so daß wir alle, als im September das Messingäffchen geboren wurde, erschöpft und für ein paar Jahre der Ruhe bedürftig waren.

Entwichene Kobras verschwanden in den Abwasserkanälen der Stadt; Gebänderte Kraits wurden in Bussen gesichtet. Religiöse Führer bezeichneten das Entweichen der Schlangen als Warnung – der Gott Naga sei losgelassen worden, stimmten sie an, um die Nation dafür zu bestrafen, daß sie offiziell ihren Göttern abgeschworen habe. (»Wir sind ein säkularer Staat«, verkündete Nehru, und Morarji und Patel und Menon stimmten alle zu; aber trotzdem fröstelte Ahmed Sinai unter dem Einfluß der Einfrierung.) Und eines Tages, als Mary bereits gefragt hatte: »Wovon werden wir jetzt leben, Madam?«, machte uns Homi Catrack mit Dr. Schaapsteker persönlich bekannt. Er war einundachtzig Jahre alt, seine Zunge schnellte dauernd zwischen seinen papierenen Lippen vor und zurück, und er war bereit, die Miete für eine Wohnung im obersten Stock mit Blick auf das Arabische Meer in bar zu bezahlen. Ahmed Sinai war in jenen Tagen bettlägerig; die Eiseskälte der Einfrierung drang durch die Laken; aus medizinischen Gründen kippte er ungeheure Mengen Whisky in sich hinein, dem es aber nicht gelang, ihn aufzuwärmen ... so war es Amina, die einwilligte, das obere Stockwerk von Buckingham Villa an den alten Schlangendoktor zu vermieten. Und Ende Februar trat Schlangengift in unser Leben.

Dr. Schaapsteker war ein Mann, der zu wilden Geschichten anregte. Die abergläubischeren Wärter in seinem Institut schworen, er habe die Fähigkeit, jede Nacht zu träumen, daß er von Schlangen gebissen werde, und sei daher gegen ihre Bisse immun. Andere raunten, er sei halb Mensch, halb Schlange, das Kind einer unnatürlichen Vereinigung zwischen einer Frau und einer Kobra. Er war besessen vom Gedanken an das Gift des Gebänderten Kraits – *Bungarus fasciatus*; und diese Besessenheit wurde legendär. Gegen den Biß des Bungarus ist kein Gegengift bekannt, doch Schaapstekers Lebensziel war es, eins zu finden. Er kaufte durch Stürze verletzte Pferde aus den Catrack-Ställen (unter anderen) und injizierte ihnen kleine Dosen von dem Gift, aber den Pferden, gar nicht hilfreich, gelang es nicht, Antikörper zu entwickeln. Ihnen trat Schaum vors Maul, sie starben aufrecht stehend und mußten zu Leim verarbeitet werden. Es wurde behauptet, daß Dr. Schaapsteker – »Scharfstecher Sahib« – mittlerweile die Macht erlangt habe, Pferde zu töten, indem er sich ihnen einfach mit aufgezogener Spritze näherte ... aber Amina schenkte diesen verstiegenen Geschichten keine Beachtung. »Er ist ein alter Herr«, sagte sie zu Mary Pereira. »Was sollen wir uns um Leute scheren, die ihn anschwärzen? Er bezahlt seine Miete und ermöglicht uns unsere Lebenshaltung.« Amina war dem europäischen Schlangendoktor dankbar, besonders in jenen Tagen der Einfrierung, als Ahmed anscheinend nicht die Kraft zum Kämpfen hatte.

»Meine geliebten Eltern«, schrieb Amina, »ich schwöre bei Kopf und Kragen, daß ich nicht weiß, warum solche Dinge uns passieren ... Ahmed ist ein guter Mann, aber diese Sache hat ihn schwer getroffen. Wenn Ihr einen Rat für Eure Tochter habt, sie hat ihn bitter nötig.« Drei Tage, nachdem sie diesen Brief erhalten hatten, trafen Aadam Aziz und Ehrwürdige Mutter mit dem Grenzzug im Hauptbahnhof von Bombay ein, und Amina, die sie in unserem Rover Baujahr 46 nach Hause fuhr, sah aus dem Seitenfenster, erblickte die Mahalaxmi-Rennbahn und spürte ihre verwegene Idee erstmals keimen.

»Diese moderne Inneneinrichtung ist schön und gut für euch jungen Leute, wieheißtesnoch«, sagte Ehrwürdige Mutter, »aber mir gebt doch bitte einen altmodischen Takht, auf dem ich sitzen kann. Diese Sessel sind so weich, wieheißtesnoch, daß ich das Gefühl habe, ich falle.«

»Ist er krank?« fragte Aadam Aziz. »Soll ich ihn untersuchen und ihm eine Arznei verschreiben?«

»Jetzt ist nicht die Zeit, sich im Bett zu verstecken«, erklärte Ehrwürdige Mutter. »Er muß nun ein Mann sein, wieheißtesnoch, und sich wie ein Mann verhalten.«

»Wie gut ihr beide ausseht, meine Eltern!« rief Amina und dachte, ihr Vater sei recht alt geworden; mit dem Verstreichen der Jahre schien er immer kürzer zu werden, während Ehrwürdige Mutter so breit geworden war, daß Sessel, egal wie weich, unter ihrem Gewicht ächzten . . . und manchmal, infolge einer optischen Täuschung, glaubte Amina, sie sähe mitten im Leib ihres Vaters einen Schatten, dunkel wie ein Loch.

»Was ist in diesem Indien noch geblieben?« fragte Ehrwürdige Mutter und schnitt die Luft mit der Hand. »Geht weg, laßt alles zurück, geht nach Pakistan. Seht, wie gut dieser Zulfikar sich macht – er verhilft euch zu einem Start. Sei ein Mann, mein Sohn – steh auf und fang neu an!«

»Er will jetzt nicht sprechen«, sagte Amina. »Er muß sich ausruhen.«

»Ausruhen?« röhrte Aadam Aziz. »Der Mann ist ein Waschlappen!«

»Selbst Alia, wieheißtesnoch«, sagte Ehrwürdige Mutter, »ist ganz allein nach Pakistan gegangen – selbst sie verdient anständig, unterrichtet in einer guten Schule. Man sagt, sie wird bald Direktorin.«

»Pst, Mutter, er will schlafen . . . laß uns nach nebenan gehen . . .«

»Es gibt eine Zeit zum Schlafen, wieheißtesnoch, und eine Zeit zum Wachen! Hör zu: Mustapha verdient viele hundert Rupien im Monat, wieheißtesnoch, bei der Behörde. Was ist mit deinem Mann? Ist er sich zu gut zum Arbeiten?«

»Mutter, er ist aus dem Gleichgewicht gebracht. Seine Temperatur ist so niedrig . . .«

»Was gibst du ihm zu essen? Von heute an, wieheißtesnoch, übernehme ich die Küche. Junge Leute heutzutage – wie die kleinen Kinder, wieheißtesnoch!«

»Wie du wünschst, Mutter.«

»Ich sage dir, wieheißtesnoch, es sind diese Fotos in der Zeitung. Ich habe dir geschrieben – oder nicht? –, daß daraus nichts Gutes kommen würde. Fotos nehmen Stücke von dir weg. Mein Gott, wieheißtesnoch, als ich dein Bild sah, warst du so durchsichtig geworden, daß ich die Schrift von der anderen Seite durch dein Gesicht hindurch sehen konnte!«

»Aber das ist bloß . . .«

»Erzähl mir keine Geschichten, wieheißtesnoch! Ich danke Gott, daß du dich von diesem Foto erholt hast!«

Nach diesem Tag war Amina von den Erfordernissen der Haushaltsführung befreit. Ehrwürdige Mutter saß am Kopfende des Eßtischs und teilte Essen aus (Amina brachte Teller zu Ahmed, der im Bett blieb und von Zeit zu Zeit stöhnte: »Vernichtet, Frau! Zerbrochen – wie ein Eiszapfen!«), während Mary Pereira sich in der Küche Zeit nahm, zum Wohle ihrer Besucher einige der besten und feinsten Mangopickles, Limonenchutneys und Gurkenkasaundis der Welt zuzubereiten. Und im eigenen Heim nun wieder in den Stand der Tochter zurückversetzt, begann Amina zu spüren, wie die Gefühlsregungen des Essens anderer Leute in sie hineinträufelten – denn Ehrwürdige Mutter teilte die Currygerichte und Fleischbällchen der Unnachgiebigkeit aus, Gerichte, durchtränkt von der Persönlichkeit ihrer Schöpferin. Amina aß die Fischsalans des Eigensinns und die Birianis der Entschlossenheit. Und obwohl Marys Pickles teilweise als Gegenmittel wirkten – da sie die Schuld ihres Herzens und die Furcht vor Entdeckung hineingerührt hatte, lag es, so gut sie auch schmeckten, in ihrer Macht, demjenigen, der sie aß, namenlose Ungewißheit und Träume von anklagenden Fingern aufzuzeigen –, erfüllte die Kost, die Ehrwürdige Mutter bereit hielt, Amina mit einer Art Wut und bewirkte sogar bei ihrem geschlagenen Ehemann leichte Anzeichen der Besserung. So kam schließlich der Tag, an dem Amina, die mir zusah, wie ich in der Badewanne dilettantisch mit Spielzeugpferdchen aus Sandelholz spielte und dabei die süßen Düfte des Holzes einatmete, die das Badewasser ausströmte, den abenteuerlustigen Zug in sich wiederentdeckte, den sie von ihrem immer schmächtiger werdenden Vater geerbt hatte, den Zug, der Aadam Aziz einst aus seinen Bergen in die Ebene gebracht hatte. Amina drehte sich zu Mary Pereira um und sagte: »Ich habe es satt. Wenn niemand in diesem Haus das alles wieder in Ordnung bringt, dann muß ich mich eben darum kümmern.«

Spielzeugpferdchen galoppierten vor Aminas innerem Auge, während sie es Mary überließ, mich abzutrocknen, und in ihr Schlafzimmer marschierte. Erinnerungsbilder an die Mahalaxmi-Rennbahn kanterten durch ihren Kopf, als sie Saris und Petticoats beiseite schob. Das Fieber eines verwegenen Plans rötete ihre Wangen, als sie den Deckel eines alten Blechkoffers aufmachte . . . nachdem sie ihre Börse mit den Münzen und Rupienscheinen von dankbaren Patienten und Hochzeitsgästen gefüllt hatte, ging meine Mutter zur Rennbahn.

Während das Messingäffchen in ihr wuchs, stolzierte meine Mutter über die Sattelplätze der nach der Göttin des Reichtums benannten Rennbahn; frühmorgendlicher Übelkeit und Krampfadern trotzend, stellte sie sich am Totalisator an, setzte Geld auf Dreierwetten und auf absolute Außenseiter. Ohne die geringste Ahnung von Pferden zu haben, setzte sie auf Stuten, von denen man wußte, daß sie nicht ausdauernd genug waren, um lange Rennen zu gewinnen; sie setzte ihr Geld auf bestimmte Jockeys, weil ihr deren Lächeln gefiel. Eine Börse mit der Mitgift umklammernd, die unangetastet in ihrem Blechkoffer gelegen hatte, seit ihre eigene Mutter sie weggepackt hatte, ließ sie sich ein auf wilde Spekulationen mit Hengsten, die aussahen, als gehörten sie ins Schaapsteker-Institut . . . und gewann und gewann und gewann.

»Gute Neuigkeiten«, sagt Ismail Ibrahim, »ich habe immer gemeint, ihr solltet den Kampf mit den Hundesöhnen aufnehmen. Ich beginne sofort mit dem Verfahren . . . aber dazu braucht man Bargeld, Amina. Habt ihr Bargeld?«

»Das Geld wird dasein.«

»Nicht für mich«, erklärt Ismail. »Meine Dienste sind, wie schon gesagt, umsonst, absolut gratis. Aber verzeihen Sie, Sie müssen wissen, wie die Dinge liegen; man muß den Leuten kleine Geschenke machen, um sich den Weg zu ebnen . . .«

»Hier«, Amina überreicht ihm einen Umschlag, »reicht das fürs erste?«

»Mein Gott!« Ismail läßt das Päckchen überrascht fallen, und Rupiennoten mit großen Nennwerten verteilen sich über den Wohnzimmerboden. »Was für eine Quelle haben Sie denn da angezapft . . .« Und Amina: »Fragen Sie lieber nicht – dann frage ich auch nicht, wie Sie es ausgeben.«

Schaapstekers Geld bezahlte unsere Lebensmittelrechnungen, aber Pferde fochten unseren Krieg aus. Die Glückssträhne meiner Mutter auf der Rennbahn war so lang, die Fundgrube so reichhaltig, daß man es nicht geglaubt hätte, wenn es nicht wirklich geschehen wäre . . . Monat um Monat setzte sie ihr Geld auf die hübsche ordentliche Frisur eines Jockeys oder die schönen Farben eines Schecken, und nie

verließ sie die Rennbahn ohne einen großen, mit Geldscheinen vollgestopften Umschlag.

»Die Sache läuft gut«, sagte Ismail Ibrahim zu ihr. »Aber Amina
Schwester, Gott weiß, was Sie im Schilde führen. Ist es anständig? Ist
es legal?« Und Amina: »Zerbrechen Sie sich nicht den Kopf. Man muß
die Dinge nehmen, wie sie sind. Ich tue, was getan werden muß.«

Kein einziges Mal in dieser ganzen Zeit empfand meine Mutter Vergnügen an ihren gewaltigen Siegen, denn sie wurde von mehr als
einem Baby niedergedrückt – seit sie die mit uralten Vorurteilen gefüllten Currygerichte von Ehrwürdiger Mutter aß, war sie überzeugt, daß
Wetten das Zweitschlimmste auf der Welt sei, gleich nach Alkohol; und
so fühlte sie sich, obwohl sie keine Verbrecherin war, von Sünde verzehrt.

Warzen plagten ihre Füße, obwohl Purushottam der Sadhu (der unter
unserem Wasserhahn im Garten saß, bis tröpfelndes Wasser mitten in
seinem üppig wuchernden, verfilzten Haupthaar einen kahlen Fleck
geschaffen hatte) sie phantastisch wegzaubern konnte; doch den ganzen Schlangenwinter und die heiße Jahreszeit über kämpfte meine
Mutter den Kampf ihres Mannes.

Sie fragen: wie ist das möglich? Wie konnte eine Hausfrau, wie hilfsbe-
reit, wie entschlossen sie auch war, Renntag um Renntag, Monat um
Monat mit Pferden ein Vermögen gewinnen? Sie denken bei sich: aha,
dieser Homi Catrack ist doch Pferdebesitzer, und jeder weiß, daß die
meisten Rennen manipuliert sind; Amina hat ihren Nachbarn um heiße Tips gebeten! Ein einleuchtender Gedanke, aber Herr Catrack verlor
genausooft, wie er gewann; er traf meine Mutter auf dem Rennplatz
und war über ihren Erfolg erstaunt. (»Bitte, Catrack Sahib«, bat Amina
ihn, »lassen Sie das unser Geheimnis sein. Wetten ist etwas Schreckliches, es wäre so beschämend, wenn meine Mutter es herausfände.«
Und benommen nickend sagte Catrack: »Wie Sie wünschen.«) Der
Parse steckte also nicht dahinter – aber vielleicht kann ich mit einer
anderen Erklärung dienen. Hier ist sie, in einem himmelblauen Bettchen in einem himmelblauen Zimmer mit dem deutenden Finger eines
Fischers an der Wand: jedesmal, wenn seine Mutter weggeht und dabei
eine Börse voller Geheimnisse fest umklammert hält, ist hier Baby
Saleem, das einen Ausdruck äußerst gespannter Konzentration angenommen hat, dessen Blick von einer so kraftvollen Zielstrebigkeit erfüllt ist, daß sich seine Augen zu einem tiefen Marineblau verdunkelt
haben, und dessen Nase merkwürdig zuckt, während es in der Ferne ein

Ereignis zu beobachten scheint, es aus der Entfernung zu lenken scheint, so wie der Mond die Gezeiten kontrolliert.

»Bald gehen wir vor Gericht«, sagt Ismail Ibrahim. »Ich glaube, Sie können recht zuversichtlich sein . . . mein Gott, Amina, haben Sie die Minen König Salomons gefunden?«

In dem Augenblick, in dem ich alt genug war, Brettspiele zu spielen, verliebte ich mich in »Schlangen und Leitern«. O vollkommene Ausgewogenheit von Belohnung und Strafe! O scheinbar zufällige Wahl, vom fallenden Würfel getroffen! Leitern hinaufkletternd, Schlangen herunterrutschend, verbrachte ich einige der glücklichsten Tage meines Lebens. Als mein Vater in der Zeit, da das Schicksal mich prüfte, von mir verlangte, ich solle das Shatranj-Spiel beherrschen, erboste ich ihn, indem ich ihn statt dessen aufforderte, sein Glück zwischen den Leitern und schlingenden Schlangen zu wagen.

Jedes Spiel hat eine Moral, und das Spiel mit den »Schlangen und Leitern« erfaßt – was keiner anderen Tätigkeit je gelingen kann – die ewige Wahrheit, daß für jede Leiter, die man erklimmt, gleich um die Ecke eine Schlange wartet, und daß eine Leiter einen für jede Schlange entschädigt. Aber es ist mehr als das, mehr als bloß eine Angelegenheit von Zuckerbrot und Peitsche, denn im Spiel impliziert ist die unveränderliche Zweiheit der Dinge, die Dualität von Oben gegen Unten, Gut gegen Böse; die stabile Rationalität der Leitern gleicht die okkulten Windungen der Schlange aus; im Gegensatz von Stiege und Kobra können wir bildlich jeden erdenklichen Gegensatz erkennen, Alpha gegen Omega, Vater gegen Mutter; hier ist der Krieg zwischen Mary und Musa und die Polarität von Knien und Nase . . . aber schon früh im Leben fand ich heraus, daß dem Spiel eine entscheidende Dimension fehlte, die der Zweideutigkeit – denn wie die Ereignisse zeigen werden, ist es auch möglich, eine Leiter herunterzurutschen und dank dem Gift einer Schlange den Gipfel des Triumphs zu erklimmen . . . Weil ich für den Augenblick jedoch nichts komplizieren möchte, berichte ich nur, daß meine Mutter, kaum hatte sie die Leiter zum Sieg in Gestalt ihres Glücks auf der Rennbahn entdeckt, daran erinnert wurde, daß es in den Gassen des Landes immer noch von Schlangen wimmelte.

Aminas Bruder Hanif war nicht nach Pakistan gegangen. Er war dem Kindheitstraum gefolgt, den er in einem Kornfeld in Agra Rashid dem Rikschajungen zugeflüstert hatte, und war in Bombay eingetroffen, wo er eine Beschäftigung in den großen Filmstudios suchte. Mit der Zuversicht des Frühreifen war es ihm nicht nur gelungen, als jüngster Mann in der Geschichte des indischen Kinos bei einem Film Regie zu führen, sondern er hatte auch einen der strahlendsten Stars an diesem Zelluloidhimmel gefreit und geheiratet, die göttliche Pia, deren Gesicht ihr Vermögen war und deren Saris aus Stoffen bestanden, mit denen die Designer sich sichtlich vorgenommen hatten zu beweisen, daß es möglich war, jede dem Menschen bekannte Farbe in einem einzigen Muster zu vereinigen. Ehrwürdige Mutter billigte die göttliche Pia nicht, aber Hanif war in meiner ganzen Familie der einzige, der nicht unter Mutters einengendem Einfluß stand, ein lustiger, beleibter Mann mit dem dröhnenden Lachen des Fährmanns Tai und dem aufbrausenden harmlosen Zorn seines Vaters Aadam Aziz; er führte sie einfach in ein kleines unfilmisches Apartment am Marine Drive und sagte zu ihr: »Wir haben noch Zeit genug, wie die Fürsten zu leben, wenn ich mir erst einen Namen gemacht habe.« Sie fügte sich; sie spielte die Hauptrolle in seinem ersten Spielfilm, der zum Teil von Homi Catrack und zum Teil von der D. W. Rama Studiogesellschaft mbH finanziert war – er hieß *Die Liebenden von Kaschmir*; und eines Abends, noch während ihrer Rennplatzbesuche, ging Amina Sinai zur Premiere. Ihre Eltern kamen nicht mit, weil Ehrwürdige Mutter das Kino verabscheute und Aadam Aziz nicht mehr die Kraft hatte, dagegen anzukämpfen – genauso wie er, der mit Mian Abdullah gegen Pakistan gekämpft hatte, nicht mehr mit ihr stritt, wenn sie das Land pries, sondern gerade noch genug Kraft hatte, standhaft zu bleiben und nicht auszuwandern. Doch Ahmed Sinai, durch die Kochkünste seiner Schwiegermutter wiederbelebt, wiewohl empört über ihr langes Bleiben, kam auf die Beine und begleitete seine Frau. Sie nahmen ihre Plätze neben Hanif und Pia und dem männlichen Star des Films ein, einem von Indiens erfolgreichsten »lover-boys«, I. S. Nayyar. Und sie ahnten nicht, daß eine Schlange in den Kulissen wartete ... aber wollen wir doch in der Zwischenzeit Hanif Aziz seinen großen Augenblick gönnen. *Die Liebenden von Kaschmir* enthielt nämlich eine Idee, die meinem Onkel eine spektakuläre, wenn auch kurze Zeit des Triumphs bescherte. In jenen Tagen war es den männlichen Idolen und ihren führenden Damen nicht erlaubt, sich auf der Leinwand zu berühren, aus Furcht, daß ihre Fühlungnahme die Jugend der Nation verderben könne ... doch dreiunddreißig Minuten nach Beginn der *Liebenden* kam aus dem Premierenpublikum ein schockiertes Gesumme, denn Pia und Nayyar hatten angefangen zu küssen – nicht sich, sondern *Dinge*.

Pia küßte einen Apfel voller Sinnlichkeit, mit üppig schwellenden angemalten Lippen, und gab ihn dann an Nayyar weiter, der einen männlich-leidenschaftlichen Kuß auf die andere Seite pflanzte. Das war die Geburt dessen, was später als indirekter Kuß bekanntwurde – und um wieviel feinsinniger war diese Idee als alles, was es in unserem gegenwärtigen Kino gibt, wie aufgeladen von Sehnsucht und Erotik! Das Kinopublikum (das heutzutage beim Anblick eines jungen Paares, das hinter einem Busch verschwindet, der dann lächerlich zu wackeln anfängt, rauhen Beifall spenden würde – so sehr hat unser Vermögen, etwas anzudeuten, nachgelassen) starrte gebannt auf die Leinwand und sah zu, wie die Liebe zwischen Pia und Nayyar sich vor dem Hintergrund des Dalsees und des eisblauen kaschmirischen Himmels in Küssen ausdrückte, die sie auf Tassen mit rosafarbenem kaschmirischen Tee drückten. Bei den Brunnen von Shalimar preßten sie die Lippen auf ein Schwert . . . aber nun, auf der Höhe von Hanif Aziz' Triumph, weigerte sich die Schlange zu warten; unter ihrem Einfluß gingen die Lichter im Kino an. Vor den überlebensgroßen Figuren von Pia und Nayyar, die bei gedämpfter Musik mit gespitzten Lippen Mangos küßten, sah man die Gestalt eines verzagten Mannes mit spärlichem Bartwuchs, der mit dem Mikrofon in der Hand auf die Bühne unterhalb der Leinwand schritt. Die Schlange kann äußerst unerwartete Formen annehmen; nun verspritzte sie ihr Gift in der Maske dieses inkompetenten Geschäftsführers. Pia und Nayyar verblaßten und erstarben, und die durchs Mikrofon verstärkte Stimme des Bärtigen sagte: »Meine Damen und Herren, Sie verzeihen, aber ich habe eine schreckliche Nachricht.« Seine Stimme brach – die Schlange schluchzte, um ihren Zähnen Kraft zu verleihen! – und fuhr dann fort: »Heute nachmittag wurde im Birla House in Delhi unser geliebter Mahatma getötet. Ein Verrückter schoß ihn in den Bauch, meine Damen und Herren – unser Bapu ist tot.«

Die Zuschauer hatten zu schreien begonnen, bevor er fertig war – das Gift seiner Worte drang in ihre Adern; erwachsene Männer wälzten sich in den Gängen und hielten sich die Bäuche, nicht vor Lachen, sondern vor Weinen: *Hai Ram! Hai Ram!* – Frauen rauften sich die Haare: die schönsten Frisuren der Stadt wallten über die Ohren der vergifteten Damen herab – Filmstars kreischten wie Fischweiber, und etwas Schreckliches lag in der Luft – und Hanif flüsterte: »Mach, daß du hier rauskommst, große Schwester – wenn das ein Moslem getan hat, werden wir es teuer bezahlen müssen.«

Für jede Leiter gibt es eine Schlange . . . und nach dem vorzeitigen Ende der *Liebenden von Kaschmir* blieb unsere Familie achtundvierzig Stunden lang innerhalb der Wände von Buckingham Villa. (»Rückt Möbel gegen die Türen, wieheißtesnoch!« befahl Ehrwürdige Mutter. »Wenn ihr Hindu-Diener habt, schickt sie nach Hause!«) Und Amina wagte nicht, die Rennbahn zu besuchen.

Doch für jede Schlange gibt es eine Leiter, und schließlich gab uns das Radio einen Namen bekannt. Nathuram Godse. »Gott sei Dank«, platzte Amina heraus, »es ist kein moslemischer Name!«

Und Aadam, dem die Nachricht von Gandhis Tod eine neue Alterslast auferlegt hatte: »Dieser Godse ist nichts, für das man dankbar sein muß!«

Amina jedoch war vor Erleichterung leichtsinnig. Taumelig eilte sie die lange Leiter der Erleichterung hoch . . . »Warum eigentlich nicht? Dadurch, daß er Godse ist, hat er uns das Leben gerettet!«

***

Nachdem sich Ahmed Sinai von seinem mutmaßlichen Krankenbett erhoben hatte, benahm er sich weiterhin wie ein Invalide. Mit einer Stimme wie trübes Glas sagte er zu Amina: »So, du hast also Ismail gesagt, er solle vor Gericht gehen, ausgezeichnet, meinetwegen; aber wir werden verlieren. In diesen Gerichtshöfen muß man die Richter kaufen . . .« Und Amina stürzt zu Ismail: »Nie – unter keinen Umständen – dürfen Sie Ahmed von dem Geld erzählen. Ein Mann muß seinen Stolz wahren.« Und später: »Nein, Janum, ich gehe nirgendwohin; nein, das Baby strengt mich überhaupt nicht an; du ruhst dich aus, ich muß einkaufen gehen – vielleicht besuche ich auch Hanif; wir Frauen, weißt du, müssen uns irgendwie beschäftigen.«

Und kommt nach Hause mit Umschlägen, randvoll mit Rupienscheinen . . . »Nehmen Sie's, Ismail, jetzt, wo er auf den Beinen ist, müssen wir schnell und vorsichtig sein.« Und abends sitzt sie pflichtbewußt neben ihrer Mutter: »Ja, natürlich hast du recht, und Ahmed wird bald ganz reich werden, warte nur ab!«

Und endlose Verzögerungen beim Gericht; und Umschläge, die sich leeren; und das Baby wächst, und bald wird Amina nicht mehr in der Lage sein, sich hinter das Steuer des Rover Baujahr 46 zu klemmen; und kann ihre Glückssträhne anhalten? und Musa und Mary streiten sich wie betagte Tiger.

Was veranlaßt die Streitigkeiten?

Welche Reste von Schuld Angst Scham, eingelegt in Marys Gedärm, brachten sie dazu, den alten Hausdiener mit Absicht ohne Absicht auf ein Dutzend verschiedene Arten zu provozieren – durch Hochtragen der Nase, das ihre höhere Position anzeigen soll, durch angriffslustiges Abbeten des Rosenkranzes vor der Nase des gläubigen Moslems, durch Annahme des Titels »mausi«, kleine Mutter, den die anderen Dienstboten auf dem Anwesen ihr verliehen hatten und den Musa als Bedrohung seiner Position ansah, durch übertriebene Vertraulichkeit mit der Begum Sahiba – ein wenig kicherndes Getuschel in den Ecken, gerade laut genug, daß der förmliche, steife, korrekte Musa es hören und sich irgendwie betrogen fühlen konnte.

Welches winzige Schmutzkörnchen in dem Meer des Alters, das nun über dem alten Hausdiener zusammenschlug, saß zwischen seinen Lippen fest und rundete sich zur dunklen Perle des Hasses – welch ungewohnte Lähmungen befielen Musa, dessen Hand und Fuß schwerfällig wurden, so daß Vasen zerbrochen und Aschenbecher verschüttet wurden und eine verschleierte Andeutung einer bevorstehenden Entlassung – von Marys bewußten oder unbewußten Lippen? – eine zwanghafte Angst hervorrief, die zurückfiel auf die Person, die sie ausgelöst hatte?

Und (um die sozialen Faktoren nicht auszulassen) was war der demütigende Effekt des Dienerstatus, des Dienstbotenzimmers hinter einer rußschwarzen Küche, in der Musa zusammen mit Gärtner, Gelegenheitsarbeiter und Laufbursche schlafen mußte – während Mary stilvoll auf einer Binsenmatte neben einem Neugeborenen schlief?

Und war Mary schuldlos oder nicht? Wurde die Unfähigkeit, zur Kirche zu gehen – denn in Kirchen fand man Beichtstühle, und in Beichtstühlen konnten keine Geheimnisse gewahrt werden –, in ihr sauer, wurde sie dadurch eine Spur bissig, eine Spur verletzend?

Oder müssen wir den Blick über die Psychologie hinaus richten – unsere Antworten in Bemerkungen suchen wie zum Beispiel: daß eine Schlange Mary auflauerte und Musa dazu verurteilt war, die Doppeldeutigkeit von Leitern zu erfahren? Oder sollten wir noch weitergehen, über Schlange-und-Leiter hinaus, und die Hand des Schicksals in dem Streit sehen – sollten wir sagen, daß es notwendig war, einen Abschied zu bewerkstelligen, damit Musa als explosiver Geist zurückkehren, damit er die Rolle einer Bombe-in-Bombay übernehmen kann . . . oder konnte es denn sein, wenn wir einmal aus diesen Höhen in die Niederungen des Lächerlichen hinabsteigen wollen, daß Ahmed Sinai – den der Whisky herausforderte, den Dschinns zur Grobheit anstachelten – den bejahrten Hausdiener so erregt hatte, daß Musas Verbrechen, durch das er Marys Rekord einholte, aus dem verletzten Stolz eines mißbrauchten alten Gefolgsmannes heraus begangen wurde und nichts mit Mary zu tun hatte?

Ich bereite den Fragen ein Ende und beschränke mich auf Tatsachen: Musa und Mary standen fortwährend miteinander auf Kriegsfuß. Und ja: Ahmed beleidigte ihn, und Aminas Schlichtungsversuche waren vielleicht nicht erfolgreich, und ja: die berauschenden Schatten des Alters hatten ihn davon überzeugt, daß er entlassen werden würde, ohne Vorwarnung, von einem Augenblick auf den anderen; und so kam es, daß Amina eines Morgens im August entdeckte, daß im Haus eingebrochen worden war.

Die Polizei kam. Amina meldete, was fehlte: ein silberner, mit Lapislazuli eingelegter Spucknapf, Goldmünzen, mit Juwelen besetzte Samoware und Teeservice, der Inhalt eines grünen Blechkoffers. Die Dienstboten wurden in der Halle aufgestellt und den Drohungen von Inspektor Johnny Vakeel ausgesetzt. »Kommt schon, gebt es nur zu« – der Lathiknüppel trommelte gegen sein Bein –, »sonst werdet ihr erleben, daß wir ganz andere Saiten aufziehen können. Wollt ihr den ganzen Tag und die ganze Nacht auf einem Bein stehen? Wollt ihr mit Wasser übergossen werden – abwechselnd kochendheiß und eiskalt? Wir haben viele Möglichkeiten bei der Polizei . . .« Und nun eine lärmende Kakophonie von seiten der Dienstboten: Ich nicht, Inspektor Sahib, ich bin ein ehrlicher Junge; um Himmels willen, durchsuchen Sie meine Sachen, Sahib! Und Amina: »Was zuviel ist, ist zuviel, Sir, Sie gehen zu weit. Von meiner Mary weiß ich sowieso, daß sie unschuldig ist. Ich lasse nicht zu, daß sie verhört wird.« Der Polizeibeamte unterdrückt seinen Ärger. Eine Durchsuchung der Habseligkeiten wird angeordnet – »Nur für alle Fälle, Madam. Die Intelligenz dieser Kerle ist beschränkt – und vielleicht haben Sie den Diebstahl zu früh entdeckt, bevor der Verbrecher sich mit der Beute davonmachen konnte.«

Die Suche hat Erfolg. In der Bettrolle Musas, des alten Hausdieners: ein silberner Spucknapf. In sein armseliges Kleiderbündel eingewickelt: Goldmünzen, ein silberner Samowar. Unter seinem Flechtbett verborgen: ein fehlendes Teeservice. Und jetzt hat Musa sich Ahmed Sinai zu Füßen geworfen; Musa bettelt: »Verzeih, Sahib! Ich war verrückt; ich habe gedacht, Sie würden mich auf die Straße setzen!« Aber Ahmed

Sinai will nicht zuhören; die Einfrierung tut ihre Wirkung. »Ich fühle mich so schwach«, sagt er und verläßt das Zimmer, und entgeistert fragt Amina: »Aber Musa, warum hast du denn diesen schrecklichen Schwur geleistet?«

... Denn in der Zeit zwischen dem Aufstellen im Gang und den Entdeckungen in den Dienstbotenunterkünften hatte Musa zu seinem Herrn gesagt: »Ich war es nicht, Sahib. Wenn ich Sie beraubt habe, will ich Aussatz bekommen, soll meine alte Haut mit eiternden Schwären bedeckt sein!«

Mit entsetztem Gesicht wartet Amina auf Musas Antwort. Das Gesicht des alten Hausdieners verkrampft sich zu einer Maske des Zorns; die Worte werden ausgespien. »Begum Sahiba, ich habe Ihnen nur Ihre kostbaren Besitztümer genommen, aber Sie und Ihr Sahib und Ihr Vater haben mir mein ganzes Leben genommen; und als ich alt wurde, haben Sie mich mit christlichen Ayahs gedemütigt.«

Schweigen herrscht in Buckingham Villa – Amina hat sich geweigert, ihn anzuzeigen, doch Musa geht weg. Mit der Bettrolle auf dem Rücken steigt er eine eiserne Wendeltreppe herab und entdeckt, daß Leitern ebensogut herunter- wie hinaufführen können; den Hügel hinab geht er davon und hinterläßt einen Fluch auf dem Haus.

Und Mary Pereira (hat der Fluch das in Gang gesetzt?) steht kurz vor der Entdeckung, daß man, selbst wenn man eine Schlacht gewinnt, selbst wenn Treppen sich günstig auf die eigene Person auswirken, einer Schlange nicht aus dem Weg gehen kann.

Amina sagt: »Mehr Geld kann ich Ihnen nicht beschaffen, Ismail. Haben Sie genug?« Und Ismail: »Ich hoffe ja – aber man weiß nie – könnten Sie denn noch . . .?« Doch Amina: »Das Problem ist, daß ich so dick geworden bin und so. Ich komme nicht mehr ins Auto rein. Es muß einfach reichen.«

... Für Amina verlangsamt die Zeit sich wieder einmal; wieder einmal geht ihr Blick durch Bleiverglasung, auf der rote Tulpen mit grünen Stengeln harmonisch tanzen; ein zweites Mal verweilt ihr Blick auf einem Uhrturm, der seit den Regenfällen von 1947 nicht mehr funktioniert; wieder einmal regnet es. Die Rennsaison ist vorüber.

Ein hellblauer Uhrturm: gedrungen, abblätternd, außer Betrieb. Er stand am Ende der Zirkusmanege auf schwarzgeteertem Beton – dem Flachdach der oberen Stockwerke der Gebäude entlang der Warden Road, die an unser zweigeschossiges Hügelchen angrenzten, so daß man, wenn man über die Grenzmauer von Buckingham Villa kletterte, glatten schwarzen Teer unter den Füßen hatte. Und unterhalb des schwarzen Teers die Breach-Candy-Vorschule, aus der jeden Nachmittag während der Schulzeit die Klimpermusik von Miss Harrisons Klavier heraufdrang, das die unveränderlichen Weisen der Kindheit spielte; und darunter die Geschäfte, das Paradies des Lesers, Fatbhoys Juweliergeschäft und Chimalkars Spielzeughandlung und Bembelli, in dessen Schaufenstern massenhaft Ein-Meter-Schokolade lag. Die Tür zum Uhrturm war angeblich abgeschlossen, aber es war ein billiges Schloß von einer Sorte, die Nadir Khan erkannt hätte: Made in India. Und an drei aufeinanderfolgenden Abenden kurz vor meinem ersten Geburtstag bemerkte Mary Pereira, als sie abends an meinem Fenster stand, eine schemenhafte Figur, die über das Dach glitt und viele unförmige Gebilde in den Händen hielt, einen Schatten, der sie mit unerklärlichem Grauen erfüllte. Nach dem dritten Abend erzählte sie es meiner Mutter; die Polizei wurde gerufen, und Inspektor Vakeel kehrte zu Methwold's Estate zurück, begleitet von einem Sonderkommando – »alles erstklassige Scharfschützen, Begum Sahiba, überlassen Sie nur alles uns!« –, die, als Straßenfeger verkleidet, die Gewehre unter den Lumpen verborgen, den Uhrturm observierten, während sie den Staub in der Manege zusammenfegten.

Es wurde Abend. Hinter Vorhängen und Bambusjalousien spähten die Bewohner von Methwold's Estate furchtsam in Richtung Uhrturm. Straßenfeger gingen unsinnigerweise im Dunkeln ihren Pflichten nach. Johnny Vakeel bezog auf unserer Veranda Stellung, das Gewehr hinter der Brüstung verborgen ... und um Mitternacht kam ein Schatten über die Seitenwand der Breach-Candy-Vorschule und schlug, einen Sack über die Schulter geworfen, seinen Weg zum Turm ein ... »Er muß hineingehen«, hatte Vakeel zu Amina gesagt. »Wir müssen sicher sein, daß wir den richtigen Johnny erwischen.« Der Johnny tappte über das flache Teerdach, erreichte den Turm, ging hinein.

»Inspektor Sahib, worauf warten Sie noch?«

»Pst, Begum, das ist Sache der Polizei. Bitte treten Sie ein Stück zurück. Wir fassen ihn, wenn er herauskommt; verlassen Sie sich auf mich. Geschnappt«, sagte Vakeel mit Genugtuung, »wie eine Ratte in der Falle.«

»Aber wer ist er?«

»Wer weiß?« Vakeel zuckte die Achseln. »Bestimmt irgendein Gauner. Heutzutage ist überall was faul.«

. . . Und dann wird die Stille der Nacht wie Milch getrennt durch einen
einzigen, abgerissenen Schrei; jemand torkelt von innen gegen die Tür
des Uhrturms; sie wird aufgerissen; es gibt einen Krach, und etwas
schießt wie der Blitz auf die schwarze Dachpappe hinaus. Inspektor
Vakeel wirft sich in Aktion, sein Gewehr wirbelnd, schießt er wie John
Wayne aus der Hüfte; Straßenfeger ziehen Waffen aus ihren Besen und
ballern los . . . Geschrei aufgeregter Frauen, Geheul von Dienstboten . . . Stille.

Was liegt braun und schwarz, gebändert und gekrümmt auf der
schwarzen Dachpappe? Was verströmt schwarzes Blut und bewegt
Dr. Schaapsteker dazu, von seinem Ausguck im obersten Stockwerk
laut zu kreischen: »Ihr Vollidioten! Ihr Wanzenbrüder! Transvestiten-
brut!« . . . Was stirbt züngelzungig, während Vakeel auf das Teerdach
stürzt?

Und im Uhrturm? Was für ein Gewicht hat im Fallen so ein allmächti-
ges Getöse verursacht? Wessen Hand riß eine Tür auf, in wessen Ferse
sind die beiden rot ausfließenden Löcher zu sehen, gefüllt mit einem
Gift, für das kein Gegengift bekannt ist, einem Gift, das ganze Ställe
voller Schindmähren umgebracht hat? Wessen Leichnam wird von Polizisten in Zivil aus dem Turm getragen, in einem Leichenzug ohne
Sarg, mit falschen Straßenkehrern, die ihm das Geleit geben? Warum
fällt Mary Pereira, als das Mondlicht auf das tote Gesicht fällt, in einem
plötzlichen und dramatischen Ohnmachtsanfall wie ein Kartoffelsack
zu Boden, mit Augen, die sich in den Höhlen nach oben verdrehen?

Und was sind das für seltsame Vorrichtungen, angeschlossen an billige
Zeitmesser, die die Innenwände des Uhrturms säumen? Warum stehen
da so viele Flaschen, deren Hälse mit Lumpen verstopft sind?

»Verdammtes Glück gehabt, Begum Sahiba, daß Sie meine Jungs gerufen haben«, sagt Inspektor Vakeel. »Das war Joseph D'Costa – stand
ganz oben auf unserer Fahndungsliste. Bin schon ein Jahr oder so
hinter ihm her. Durch und durch bösartiger Schurke. Sie sollten einmal die Wände in dem Uhrturm da sehen! Regale, die vom Boden bis
zur Decke mit selbstgebastelten Bomben gefüllt sind. Genug Spreng-
stoff, um diesen ganzen Hügel ins Meer zu jagen!«

***

Melodrama auf Melodrama, das Leben nimmt die Färbung eines Bombayer Schmachtfetzens an; Schlangen folgen Leitern, Leitern folgen
Schlangen; inmitten von zuviel Geschehnis wurde Baby Saleem krank.

Als sei es unfähig, so viele Vorgänge aufzunehmen, schloß es die Augen und wurde rot und fiebrig. Während Amina die Resultate von Ismails Prozeß gegen die Staatsbehörden erwartete, während das Messingäffchen in ihrem Leib wuchs, während Mary in einen Dauerschock verfiel, von dem sie sich erst dann völlig erholte, als Josephs Geist zurückkehrte, um sie heimzusuchen, während die Nabelschnur im Picklesglas hing und Marys Chutneys unsere Träume mit deutenden Fingern füllten, während Ehrwürdige Mutter die Herrschaft in der Küche innehatte, untersuchte mich mein Großvater und sagte: »Es besteht wohl kein Zweifel: der arme Junge hat Typhus.«

»O Gott im Himmel«, rief Ehrwürdige Mutter aus, »welcher schwarze Teufel, wieheißtesnoch, ist bloß gekommen, um sich auf diesem Haus niederzulassen?«

So habe ich die Geschichte von der Krankheit gehört, die meinem Leben beinahe ein Ende bereitet hätte, bevor es überhaupt angefangen hatte: Tag und Nacht sahen Ende August 1948 Mutter und Großvater nach mir; Mary raffte sich auf, verdrängte zeitweilig ihre Schuldgefühle und drückte mir kalte Flanellappen auf die Stirn; Ehrwürdige Mutter sang Wiegenlieder und löffelte mir Essen in den Mund; selbst mein Vater vergaß vorübergehend seine eigene Unpäßlichkeit und stand hilflos flatternd in der Tür. Aber dann kam die Nacht, in der Doktor Aziz, der so klapprig wie ein altes Pferd aussah, sagte: »Mehr kann ich nicht tun. Bis zum Morgen wird er tot sein.« Und inmitten der jammernden Frauen und der beginnenden Wehen meiner Mutter, die der Kummer vorzeitig ausgelöst hatte, und des Haareraufens von Mary Pereira klopfte es; ein Diener kündigte Dr. Schaapsteker an, der meinem Großvater eine kleine Flasche überreichte und sagte: »Ich will Ihnen nichts vormachen: entweder bringt es ihn um, oder es rettet ihm das Leben. Genau zwei Tropfen, dann abwarten.«

Mein Großvater, der mit in die Hände gestütztem Kopf inmitten der Trümmer seiner medizinischen Gelehrsamkeit saß, fragte: »Was ist es?« Und Dr. Schaapsteker, fast zweiundachtzig, mit aus den Mundwinkeln schnellender Zunge: »Verdünntes Gift der Königskobra. Es hat Fälle gegeben, bei denen es funktioniert hat.«

Schlangen können zum Triumph führen, genauso wie man Leitern herunterfallen kann: mein Großvater verabreichte mir das Kobragift, weil er wußte, daß ich sowieso sterben würde. Die Familie stand daneben und sah zu, wie das Gift sich im Körper des Kindes verteilte ... und sechs Stunden später war meine Temperatur wieder normal. Danach verlor meine Wachstumsrate ihr phänomenales Ausmaß, aber als Ersatz für das Verlorene wurde etwas anderes gegeben: Leben und ein frühes Bewußtsein von der Doppeldeutigkeit von Schlangen.

Während meine Temperatur fiel, wurde in Dr. Narlikars Entbindungsheim meine Schwester geboren. Es war der 1. September, und die Geburt verlief so mühelos, daß sie auf Methwold's Estate praktisch unbeachtet hingenommen wurde, denn am selben Tag besuchte Ismail Ibrahim meine Eltern in der Klinik und verkündete, daß der Prozeß gewonnen sei . . . Während Ismail feierte, umklammerte ich die Stäbe meines Bettchens; während er rief: »Damit wären die Einfrierungen erledigt! Ihre Aktiva sind wieder die Ihren! Auf Befehl des Hohen Gerichts!«, kämpfte ich mit rotem Gesicht gegen die Schwerkraft; und während Ismail mit unbewegter Miene sagte: »Sinai Bhai, das Recht hat triumphiert« und dabei dem entzückten, triumphierenden Blick meiner Mutter auswich, zog ich, Baby Saleem, genau ein Jahr, zwei Wochen und einen Tag alt, mich in meinem Bettchen hoch, bis ich aufrecht stand.

Die Ereignisse dieses Tages wirkten sich zweifach aus: ich wuchs mit unwiderruflich krummen Beinen auf, weil ich zu früh auf die Füße gekommen war, und das Messingäffchen (so genannt wegen ihres dikken Schopfes rotgoldenen Haars, das erst dunkel wurde, als sie neun war) lernte, daß sie viel Krach schlagen mußte, wenn sie in ihrem Leben ein wenig Beachtung bekommen wollte.

Vorfall in einer Wäschetruhe

Zwei ganze Tage ist es her, seit Padma aus meinem Leben gestürmt ist. Ihren Platz an dem Kessel mit Mangokasaundi nimmt seit zwei Tagen eine andere Frau ein – ebenfalls mit breiter Taille, ebenfalls mit behaartem Unterarm, aber in meinen Augen überhaupt kein Ersatz! –, während mein Dunglotos ich weiß nicht wohin verschwunden ist. Ein Gleichgewicht ist durcheinandergebracht worden, ich spüre, wie sich an meinem ganzen Körper Risse auftun, denn plötzlich bin ich allein, ohne das mir notwendige Ohr, und das ist nicht genug. Ich werde von einem plötzlichen Wutanfall ergriffen: warum sollte ich von meinem einzigen Anhänger so unvernünftig behandelt werden? Andere Männer vor mir haben Geschichten vorgetragen, andere wurden nicht so Hals über Kopf verlassen. Als Valmiki, der Dichter des *Ramayana*, dem elefantenköpfigen Ganesch sein Meisterwerk diktierte, lief ihm da der Gott mittendrin weg? Sicherlich nicht. (Man beachte, daß ich trotz meiner moslemischen Abstammung zur Genüge Bombayer bin, um mich in Hindu-Geschichten gut auszukennen, und das Bild des rüsselnasigen, flatterohrigen Ganesch, der feierlich nach Diktat schreibt, ist mir sogar sehr lieb.)

Wie soll ich ohne Padma auskommen? Wie auf ihre Unwissenheit und ihren Aberglauben verzichten, notwendige Gegengewichte zu meiner wunderbeladenen Allwissenheit? Wie ohne ihren paradoxen, fest in der Erde verankerten Geist zurechtkommen, der meine Füße auf dem Boden hält – hielt? Mir scheint, ich bin zur Spitze eines gleichschenkligen Dreiecks geworden, das zu gleichen Teilen von Zwillingsgottheiten getragen wird, dem wilden Gott der Erinnerung und der Lotosgöttin der Gegenwart . . . aber muß ich mich nun mit der schmalen Eindimensionalität einer geraden Linie abfinden?

Vielleicht verstecke ich mich hinter all diesen Fragen. Ja, das stimmt vielleicht. Ich sollte offen sprechen, ohne den Deckmantel eines Fragezeichens: unsere Padma ist weg, und ich vermisse sie. Ja, das ist es.

Aber immer noch gibt es genug zu tun, zum Beispiel:

Im Sommer 1956, als die meisten Dinge auf der Welt noch größer waren als ich, entwickelte meine Schwester, das Messingäffchen, die seltsame Angewohnheit, Schuhe in Brand zu stecken. Während Nasser vor Suez Schiffe versenkte und so den Lauf der Welt verlangsamte, indem er sie zwang, um das Kap der Guten Hoffnung zu fahren, versuchte meine Schwester ebenfalls, unseren Fortschritt zu hemmen. Gezwungen, um Aufmerksamkeit zu kämpfen, besessen von dem Bedürfnis, sich in den Mittelpunkt aller, selbst unangenehmer, Ereignisse zu stellen (sie war schließlich meine Schwester; doch keine Ministerpräsidenten schrieben ihr Briefe, keine Sadhus beobachteten sie von ihren Plätzen unter Wasserhähnen im Garten aus; nicht vorhergesagt, nicht fotografiert, war ihr Leben von Anfang an ein Kampf), trug sie ihren Krieg in die Welt der Fußbekleidung, vielleicht weil sie hoffte, sie zwinge uns, wenn sie unsere Schuhe verbrannte, lange genug stillzustehen, damit wir bemerken konnten, daß sie da war . . . sie machte jedenfalls keinen Versuch, ihre Verbrechen zu verbergen. Als mein Vater sein Zimmer betrat und ein Paar schwarzer Halbschuhe in Flammen fand, stand meine Schwester mit dem Streichholz in der Hand darüber gebeugt. Seine Nase wurde von dem unnachahmlichen Geruch angezündeten Stiefelleders, vermischt mit Kirschblüten-Stiefelpolitur und ein wenig Drei-in-einem-Öl, überfallen . . . »Sieh nur, Abba«, sagte das Äffchen betörend, »sieh nur, wie schön, genau dieselbe Farbe wie mein Haar!«

Trotz aller Vorsichtsmaßnahmen trieb die muntere rote Blume der Besessenheit meiner Schwester in jenem Sommer auf dem ganzen Anwesen Blüten, blühte in den Sandalen von Nussie-der-Ente und der Filmmagnaten-Fußbekleidung von Homi Catrack; haarfarbene Flammen leckten an Herrn Dubashs Wildlederschuhen mit den heruntergetretenen Absätzen und an Lila Sabarmatis Stöckelschuhen. Obwohl die Streichhölzer versteckt und die Dienstboten stets wachsam waren, fand das Messingäffchen immer einen Weg und ließ sich auch durch Strafen und Drohungen nicht abschrecken. Ein Jahr lang wurde Methwold's Estate immer wieder vom Qualm in Brand gesteckter Schuhe attackiert, bis ihr Haar zu einem anonymen Braun nachdunkelte und sie das Interesse an Streichhölzern zu verlieren schien.

Amina Sinai, der die Vorstellung, ihre Kinder zu schlagen, ein Greuel war und die vom Temperament her nicht in der Lage war, ihre Stimme zu erheben, war mit ihrem Latein beinahe zu Ende, und das Äffchen wurde Tag um Tag zum Schweigen verurteilt. Das war die bevorzugte disziplinarische Maßnahme meiner Mutter: unfähig, uns zu schlagen, befahl sie uns, die Lippen zu versiegeln. Zweifellos klang in ihren Ohren noch ein Echo der großen Stille nach, mit der ihre eigene Mutter

Aadam Aziz gequält hatte – denn auch Stille hat ein Echo, dumpfer und länger anhaltend als der Nachhall jeglichen Klangs –, und mit einem nachdrücklichen »*Chup!*« legte sie den Finger auf die Lippen und befahl unseren Zungen zu schweigen. Diese Strafe schüchterte mich jedesmal so unfehlbar ein, daß ich mich unterwarf; das Messingäffchen jedoch war aus weniger weichem Holz geschnitzt. Lautlos, hinter Lippen, die so fest zusammengepreßt waren wie die ihrer Großmutter, plante sie die Lederverbrennung – genauso wie vor langer Zeit einst ein anderer Affe in einer anderen Stadt eine Tat ausgeführt hatte, die unweigerlich dazu führte, daß ein Halbalederlager abgebrannt wurde . . .

Sie war so schön (wenn auch etwas dürr), wie ich häßlich war, aber sie war von Anfang an so unberechenbar wie ein Wirbelwind und machte Krach wie eine große Menschenmenge. Zählen Sie die Fenster und Vasen, die mit Absicht ohne Absicht zerbrochen wurden; rechnen Sie, wenn Sie können, die Mahlzeiten zusammen, die irgendwie von ihren heimtückischen Eßtellern flogen und Flecke auf wertvolle Perserteppiche machten! Schweigen war in der Tat die schlimmste Strafe, die man ihr auferlegen konnte, aber sie ertrug sie heiter, stand unschuldig inmitten der Trümmer zerbrochener Stühle und zerschlagener Ziergegenstände.

Mary Pereira sagte: »Dieses Kind! Dieses Äffchen! Es hätte mit vier Beinen geboren werden sollen!« Aber Amina, in deren Gedächtnis sich hartnäckig die Erinnerung hielt, daß sie um ein Haar einen Sohn mit zwei Köpfen geboren hätte, schrie: »Mary! Was sagst du da? Untersteh dich, so etwas auch nur zu denken!« . . . Obwohl meine Mutter widersprach, stimmte es doch, daß das Messingäffchen ebensosehr Tier wie Mensch war, und wie alle Dienstboten und Kinder auf Methwold's Estate wußten, hatte sie die Gabe, mit Vögeln und Katzen zu sprechen. Auch mit Hunden: aber nachdem sie im Alter von sechs Jahren von einem angeblich tollwütigen streunenden Hund gebissen worden war und um sich tretend und schreiend drei Wochen lang jeden Nachmittag ins Breach-Candy-Krankenhaus gezerrt werden mußte, um eine Spritze in den Bauch zu bekommen, vergaß sie deren Sprache anscheinend oder weigerte sich, noch etwas mit ihnen zu tun zu haben. Von Vögeln lernte sie singen, von Katzen lernte sie eine gefährliche Form von Unabhängigkeit. Nie wurde das Messingäffchen so wütend, wie wenn jemand liebevoll mit ihr sprach; nach Zuneigung hungernd, die ihr durch meinen übermächtigen Schatten vorenthalten wurde, neigte sie dazu, sich gegen jeden zu wenden, der ihr gab, was sie wollte, als verteidigte sie sich gegen die Möglichkeit, betrogen zu werden.

. . . So beispielsweise, als Sonny Ibrahim all seinen Mut zusammennahm, um ihr zu sagen: »He, hör mal, Saleems Schwester – du bist 'ne tolle Type. Ich, ähm, weißt du, ich bin ganz schön scharf auf dich . . .« Und auf der Stelle marschierte sie hinüber zum Garten von Sans Souci, wo seine Mutter und sein Vater Lassi schlürften, und sagte: »Tante Nussie, ich weiß nicht, was euer Sonny die ganze Zeit im Schilde führt. Gerade eben erst habe ich ihn und Cyrus hinter einem Busch gesehen, wie sie ganz komische Sachen mit ihren Pipimännchen gemacht haben!« . . .

Das Messingäffchen hatte schlechte Tischmanieren; sie trampelte über Blumenbeete; sie bekam das Etikett »Problemkind«, aber sie und ich waren ein Herz und eine Seele, trotz der eingerahmten Briefe aus Delhi und des Sadhus unter dem Wasserhahn. Von Anfang an beschloß ich, sie als Verbündete zu behandeln, nicht als Konkurrentin, und als Ergebnis warf sie mir kein einziges Mal meine Vorherrschaft in unserem Haushalt vor, sondern sagte: »Was gibt es da denn vorzuwerfen? Ist es deine Schuld, daß sie denken, du seist so großartig?« (Aber als ich Jahre später den gleichen Fehler beging wie Sonny, behandelte sie mich ebenso.)

Und es war das Äffchen, das einen Falsch-Verbunden-Anruf beantwortete und so die Ereigniskette in Gang setzte, die zu einem Vorfall in einer weißen Wäschetruhe aus Holzlatten führte.

Schon im Alter von fastneun wußte ich das eine: jedermann wartete auf mich. Mitternacht und Babyschnappschüsse, Propheten und Ministerpräsidenten hatten um mich herum einen glühenden und unentrinnbaren Nebel der Erwartung geschaffen . . . in dem mein Vater mich in der Kühle der Cocktailstunde an seinen weichen Bauch zog und sagte: »Große Dinge! Mein Sohn: was hast du nicht alles vor dir! Große Taten, ein großes Leben!« Während ich mich zwischen hervorspringender Lippe und großem Zeh wand, sein Hemd mit meinem ewig auslaufenden Nasenschleim näßte, purpurrot anlief und kreischte: »Laß mich los, Abba. Jeder *sieht's!*« Und er posaunte hinaus und brachte mich damit über alle Maßen in Verlegenheit: »Sollen sie doch zusehen! Soll die ganze Welt sehen, wie ich meinen Sohn liebe!« . . . und meine Großmutter, die uns eines Winters besuchte, erteilte mir

ebenfalls Ratschläge: »Spuck nur ordentlich in die Hände, wieheißtesnoch, und du wirst besser sein als alle anderen auf der ganzen
Welt!«... Hilflos in diesem Dunst der Erwartung treibend, spürte ich
schon damals die ersten Regungen dieses gestaltlosen Tieres in mir, das
an diesen Abenden ohne Padma noch immer in meinem Magen rumort
und kratzt: verflucht von einer Vielzahl von Hoffnungen und Kosenamen (Schnüffler und Rotznase hatte ich schon erhalten), bekam ich
Angst, daß alle sich irrten – daß meine so oft hinausposaunte Existenz
sich als absolut nutzlos, nichtig, sinnlos erweisen könnte. Und um
diesem wilden Tier zu entkommen, gewöhnte ich mir schon in einem
frühen Alter an, mich in der großen weißen Wäschetruhe meiner Mutter zu verstecken; denn obwohl die Kreatur in mir war, schien die
tröstliche Anwesenheit einhüllender schmutziger Wäsche mich in den
Schlaf zu lullen.

Außerhalb der Wäschetruhe, umgeben von Menschen, die ein nieder-
schmetternd klares Zielbewußtsein zu besitzen schienen, vergrub ich
mich in Märchen. Hatim Tai und Batman, Superman und Sindbad
halfen mir, die fastneun Jahre durchzustehen. Wenn ich mit Mary
Pereira einkaufen ging – überwältigt von ihrer Fähigkeit, das Alter
eines Hähnchens durch einen Blick auf seinen Hals zu bestimmen, von
der puren Entschlußkraft, mit der sie toten Pomfrets ins Auge starrte –,
wurde ich Aladdin auf der Reise durch eine märchenhafte Höhle; wenn
ich Dienstboten dabei beobachtete, wie sie Vasen mit einer Hingabe
abstaubten, die ebenso majestätisch wie unerklärlich war, stellte ich mir
vor, daß Ali Babas vierzig Räuber sich in den abgestaubten Vasen
verbargen; wenn ich im Garten Purushottam den Sadhu anblickte, der
von Wasser ausgewaschen wurde, verwandelte ich mich in den Geist
der Lampe; und auf diese Weise umging ich fast immer die schreckliche
Vorstellung, daß ich als einziger im Universum keine Ahnung hatte,
was ich sein oder wie ich mich benehmen sollte. Zweck: er schlich sich
hinter mir heran, wenn ich dastand und von meinem Fenster aus die
europäischen Mädchen betrachtete, die in dem landkartenförmigen
Schwimmbecken am Meer herumtollten. »Wo kriegt ihr ihn her?«
jaulte ich laut auf; das Messingäffchen, das mein himmelblaues Zimmer teilte, sprang halb aus seiner Haut. Ich war damals fastacht; sie
war beinahsieben. Ich fing sehr früh damit an, mich von der Sinnfrage
verwirren zu lassen.

Aber aus Wäschetruhen sind Dienstboten ausgeschlossen, und auch
Schulbusse fehlen. In meinem fastneunten Jahr besuchte ich schon die

Cathedral and John Connon High School für Jungen an der Outram Road in der Gegend des alten Forts; gewaschen und gekämmt stand ich jeden Morgen am Fuß unseres zweigeschossigen Hügelchens, trug weiße Shorts mit einem blau-weiß gestreiften Elastikgürtel mit Schlangenschnalle, Ranzen über der Schulter, und meine mächtige Gurkennase tröpfelte wie gewöhnlich. Schlitzauge und Haaröl, Sonny Ibrahim und der frühreife Cyrus-der-Große warteten ebenfalls. Und was herrschten im Bus, inmitten von rappelnden Sitzen und nostalgischen Sprüngen in den Scheiben, für Gewißheiten! Welche fastneun Jahre alten Gewißheiten, die Zukunft betreffend! Sonnys Prahlereien: »Ich werde Stierkämpfer! Spanien! Chiquitas! He, toro, toro!« Er hielt seinen Ranzen vor sich wie Manolete die Muleta und spielte seine Zukunft vor, während der Bus um Kemp's Corner ratterte, vorbei an Thomas Kemp und Co. (Drogerie), unter dem Radscha-Plakat von Air-India (»See you later, alligator! Ich bin unterwegs nach London mit Air-India!«) und der anderen Reklametafel, auf der während meiner ganzen Kindheit das Kolynos-Kind, ein Kobold mit schimmernden Zähnen und einer grünen, elfenhaften Chlorophyllkappe, die Vorzüge von Kolynos-Zahnpasta anpries: »Hält Zähne weiß, hält Zähne rein! Glanz kommt mit Kolynos ganz von allein!« Das Kind auf der Reklametafel, die Kinder im Bus: eindimensional, von Gewißheit breitgeschlagen, wußten sie, wozu sie bestimmt waren. Hier ist Glandy Keith Colaco, ein schilddrüsenkranker Ballon von einem Kind, dem auf der Oberlippe schon das Haar in Büscheln sprießt: »Ich werde die Kinos meines Vaters übernehmen; wenn ihr Ferkel euch Filme ansehen wollt, dann müßt ihr kommen und mich auf Knien um Plätze anbetteln!« . . . Und Fat Perce Fishwala, dessen Dickleibigkeit nur aufs Überfressen zurückzuführen ist und der zusammen mit Glandy Keith die privilegierte Stellung des Klassentyrannen einnimmt: »Pah! Was ist das schon! Ich werde Diamanten und Smaragde und Mondsteine haben! Perlen so groß wie meine Eier!« Der Vater von Fat Percy besitzt das andere Juweliergeschäft der Stadt; sein großer Feind ist der Sohn von Herrn Fatbhoy, der, da er klein und intellektuell ist, im Krieg der Kinder mit Perlenhoden schlecht abschneidet . . . Und Schlitzauge kündigt seine Zukunft als Kricketspieler in der Nationalmannschaft an, unter vornehmer Nichtbeachtung seiner einen leeren Augenhöhle, und Haaröl, der so geschniegelt und akkurat ist wie sein Bruder krausköpfig und zerzaust, sagt: »Was seid ihr für egoistische Kerle! Ich werde wie mein Vater zur Marine gehen; ich werde mein Land verteidigen!« Worauf er mit Linealen, Kompassen, in Tinte getauchten Kügelchen bombardiert wird . . . im Schulbus hielt ich den Mund, während er Chowpatty Beach hinunterratterte, an der Wohnung meines Lieblingsonkels Hanif vom Marine Drive nach links abbog, am Victoria-Bahnhof vorbei auf den Flora-Brunnen zuhielt, am Churchgate-Bahnhof und am Crawford-Markt vorbeifuhr; ich war der sanftmütige Clark Kent und behielt meine wahre Identität für mich; aber was in aller Welt war das? »He, Rotznase!« brüllte Glandy Keith. »He, was, meint ihr, wird denn mal aus unserm Schnüffler?« Und der Antwortruf von Fat Perce Fishwala: »Pinocchio!« Und der Rest fällt ein und singt heiser im Chor: »There are no strings on me!« . . ., während Cyrus-der-Große ruhig wie ein Genie dasitzt und die Zukunft des führenden Atomforschungsinstituts der Nation plant.

Und zu Hause waren das Messingäffchen mit ihren Schuhbränden und mein Vater, der nur aus den Tiefen seines Zusammenbruchs aufgetaucht war, um einmal mehr auf den Unsinn mit den Tetrapoden zu verfallen . . . »Wo findet ihr ihn?« flehte ich inständig, an meinem Fenster stehend; der Finger des Fischers deutete irreführend aufs Meer hinaus.

Aus Wäschetruhen verbannt: Schreie wie »Pinocchio! Gurkennase! Rotzgesicht!«. In meinem Versteck verborgen, war ich vor der Erinnerung an Fräulein Kapadia sicher, die Lehrerin in der Breach-Candy-Vorschule, die sich an meinem ersten Tag dort von der Tafel abgewandt hatte, um mich zu begrüßen, meine Nase gesehen und in einem gellenden, jedoch geringfügigen Echo des berühmten Mißgeschicks meines Vaters erschrocken ihren Staubwedel fallengelassen hatte, der den Nagel ihres großen Zehs zertrümmerte; begraben zwischen schmutzigen Schnupftüchern und zerknüllten Pajamas konnte ich für eine Weile meine Häßlichkeit vergessen.

Typhus befiel mich, Kobragift heilte mich, und meine anfänglich überhitzte Wachstumsrate verlangsamte sich. Zu der Zeit, als ich fastneun war, war Sonny Ibrahim drei Zentimeter größer als ich. Aber ein Teil von Baby Saleem schien immun gegen Krankheit und Schlangengiftextrakt zu sein. Zwischen meinen Augen schoß es wie ein Pilz nach vorn und nach unten, als hätten alle meine expandierenden Kräfte, aus dem Rest meines Körpers vertrieben, beschlossen, sich auf diesen einzigen, unvergleichlichen Vorstoß zu konzentrieren . . . zwischen meinen Augen und oberhalb meiner Lippen blühte meine Nase wie ein preisgekrönter Eierkürbis. (Aber immerhin blieben mir Weisheitszähne erspart; man sollte versuchen, mit seinen Pfunden zu wuchern.)

Was ist in einer Nase? Die übliche Antwort: »Das ist einfach. Ein Atmungsapparat, Riechorgane, Haare.« Aber in meinem Fall war die Antwort noch einfacher, wenn auch, muß ich gestehen, recht abstoßend: in meiner Nase war Rotz. Ich bitte vielmals um Entschuldigung, muß aber auf Einzelheiten bestehen: Verstopfung der Nase zwang mich, durch den Mund zu atmen, so daß ich aussah wie ein nach Luft schnappender Goldfisch; eine beständige Blockierung verdammte mich zu einer Kindheit ohne Wohlgerüche, zu einem Leben, das von Moschus- und Jasmindüften und dem Geruch von Mangokasaundi und selbstgemachtem Eis und auch schmutziger Wäsche nichts wußte. Eine Behinderung in der Welt außerhalb von Wäschetruhen kann ein Vorteil sein, wenn man darin ist. Aber nur für die Dauer des Aufenthalts.

Besessen von der Frage nach dem Zweck machte ich mir Sorgen wegen meiner Nase. Gekleidet in die bitteren Kleidungsstücke, die regelmäßig von meiner Rektorentante Alia eintrafen, ging ich zur Schule, spielte Kinderkricket, kämpfte, betrat die Welt der Märchen . . . und machte mir Sorgen. (In jenen Tagen hatte meine Tante Alia begonnen, uns eine Flut von Kinderkleidern zu schicken, in deren Säume sie ihre altjüngferliche Verdrießlichkeit eingenäht hatte. Das Messingäffchen und ich wurden in ihre Geschenke gekleidet, trugen zuerst die Babysachen der itterkeit, dann die Spielanzüge des Ressentiments; ich wuchs in weißen Shorts auf, die mit Eifersucht gestärkt waren, während das Äffchen die hübschen geblümten Hängerchen aus Alias ungetrübtem Neid trug . . . ohne zu ahnen, daß unsere Garderobe uns mit den Netzen ihrer Rache umgarnte, führten wir unser wohlgekleidetes Leben.) Meine Nase: elefantengleich wie der Rüssel Ganeschs, hätte sie, meinte ich, ein unübertreffliches Atmungsorgan sein müssen, ein Riecher, der nicht seinesgleichen hatte, wie wir sagen; statt dessen war sie dauernd verstopft und so nutzlos wie ein Schischkebab aus Holz.

Genug. Ich saß in der Wäschetruhe und vergaß meine Nase, vergaß die Besteigung des Mount Everest im Jahre 1953 – als das schmuddelige Schlitzauge kicherte: »He, Jungs! Meint ihr, daß Tensing Schnüfflers Gesicht hochklettern könnte?« – und die Streitigkeiten meiner Eltern über meine Nase, für die Ahmed Sinai unablässig Aminas Vater verantwortlich machte: »Nie zuvor hat es in meiner Familie so eine Nase gegeben! Wir haben ausgezeichnete Nasen, stolze Nasen, königliche Nasen, Frau!« Zu der Zeit hatte Ahmed Sinai bereits begonnen, an die erdichteten Vorfahren zu glauben, die er William Methwold zuliebe geschaffen hatte; durchtränkt von Dschinns, sah er Mogul-Blut in seinen Adern fließen . . . Vergessen war auch die Nacht, als ich achteinhalb war und mein Vater, dessen Atem nach Dschinns roch, in mein Zimmer kam, um mir die Bettdecke wegzureißen und gebieterisch zu fragen: »Was führst du im Schilde? Schmutzfink! Du bist mir ein sauberer Schmutzfink!« Ich sah schläfrig, unschuldig, verstört aus. Er brüllte weiter: »Tsts, tsts! Schmutzig! Gott bestraft Jungen, die das tun! Er hat deine Nase schon so groß wie eine Pappel gemacht. Er läßt dich nicht mehr wachsen, er läßt dein Pipimännchen schrumpfen!« Und meine Mutter, die im Nachthemd in das aufgeschreckte Zimmer kam: »Janum, um Himmels willen, der Junge hat doch nur geschlafen!« Durch die Lippen meines Vaters brüllte der Dschinn, hatte ihn vollkommen in der Gewalt: »Sieh dir sein Gesicht an! Hat schon je einer so eine Nase vom Schlafen bekommen?«

In einer Wäschetruhe gibt es keine Spiegel; weder unanständige Witze noch deutende Finger gelangen hinein. Die Wut der Väter wird durch benutzte Bettücher und abgelegte Büstenhalter gedämpft. Eine Wäschetruhe ist ein Loch in der Welt, ein Ort, den die Zivilisation außerhalb ihrer selbst gestellt hat, jenseits des Erlaubten; das macht sie zum besten aller Verstecke. In der Wäschetruhe war ich, wie Nadir Khan in seiner Unterwelt, sicher vor jedem Druck, den Forderungen von Eltern und Geschichte entzogen . . .

. . . Meinem Vater, der mich an seinen weichen Bauch zog und mit einer Stimme, die von momentaner Rührung erstickt war, sagte: »Schon gut, schon gut, ja, ja, bist ein guter Junge; du kannst alles sein, was du willst, du mußt es nur genug wollen! Schlaf jetzt . . .« Und Mary Pereira, die seine Worte mit ihrem kleinen Vers wiederholte: »Alles, was du sein willst, kannst du sein. Du kannst alles sein, was du willst!« Mir war bereits aufgefallen, daß unsere Familie stillschweigend an gute Geschäftsprinzipien glaubte; sie erwartete eine ansehnliche Gegenleistung für ihre Investition in mich. Kinder bekommen Essen Obdach Taschengeld große Ferien Liebe, dem Anschein nach alles frei und umsonst, und die meisten der kleinen Narren glauben, es sei eine Art Entschädigung dafür, daß sie geboren worden sind. »There are no strings on me!« singen sie; aber ich, Pinocchio, habe die Fäden gesehen. Eltern werden vom Motiv des Profits getrieben – nicht mehr und nicht weniger. Für ihre Zuwendungen erwarteten sie von mir die immense Dividende der Größe. Mißverstehen Sie mich nicht. Es hat mir nichts ausgemacht. Ich war zu der Zeit ein pflichtbewußtes Kind. Ich sehnte mich danach, ihnen zu geben, was sie wollten, was Wahrsager und gerahmte Briefe ihnen versprochen hatten; ich wußte nur nicht wie. Wo kam Größe her? Wie bekam man welche? *Wann?* . . . Als ich sieben Jahre alt war, kamen Aadam Aziz und Ehrwürdige Mutter zu uns zu Besuch. An meinem siebten Geburtstag ließ ich mich gehorsam herausputzen wie die Jungen auf dem Bild mit dem Fischer; schwitzend und beklommen in dem fremdländischen Gewand, lächelte ich immerzu. »Seht nur, meine kleine Scheibe-vom-Mond!« rief Amina, während sie einen Kuchen anschnitt, der mit kandierten Bauernhoftieren belegt war. »So *süüß*! Vergießt nie auch nur eine einzige Träne!« Ich drängte die Tränenfluten zurück, die sich direkt hinter meinen Augen sammelten, weil mir heiß war, weil ich mich unbehaglich fühlte, weil es in meinem ganzen Stapel von Geschenken keine einzige Ein-Meter-Schokolade gab, und brachte Ehrwürdiger Mutter, die krank im Bett lag, ein Stück Kuchen. Man hatte mir ein Stethoskop geschenkt; es hing mir um den Hals. Sie gab mir die Erlaubnis, sie zu untersuchen; ich verschrieb mehr Bewegung. »Du mußt durch das Zimmer gehen, einmal am Tag zum Schrank und zurück. Du darfst dich auf mich stützen; ich bin der Arzt.« Der mit einem Stethoskop ausgestattete Mylord geleitete die Großmutter mit den Hexenmuttermalen durchs Zimmer; humpelnd und knarrend gehorchte sie. Nachdem sie drei Monate lang so behandelt worden war, erholte sie sich vollständig. Die Nachbarn kamen, um zu feiern, und brachten Rasgullas und Gulab-Jamans und andere Süßigkeiten mit. Ehrwürdige Mutter, die königlich auf einem Takht im Wohnzimmer thronte, verkündete: »Seht ihr meinen Enkel? Er hat mich geheilt, wieheißtesnoch. Ein Genie! Genialität, wieheißtesnoch, ist eine Gabe Gottes.« War es also das? Sollte ich aufhören, mir Sorgen zu machen? Stand Genialität in keinerlei Zusammenhang mit wollen oder lernen wie oder Bescheid wissen über oder fähig sein zu? War sie etwas, was sich zur vorbestimmten Stunde wie ein makelloser, schön gewirkter Schal aus feinster Wolle auf meine Schultern herabsenken würde? Größe als herabfallender Mantel: nie würde man ihn zur Wäscherei schicken müssen. Genialität schlägt man nicht auf einem Stein . . . Dieser eine Hinweis, dieser eine zufällige Satz meiner Großmutter war meine einzige Hoffnung; und wie sich herausstellte, hatte sie gar nicht so unrecht. (Der Vorfall rückt näher, und die Kinder der Mitternacht warten.)

Jahre später in Pakistan, an jenem Abend, an dem ihr das Dach auf den Kopf fallen und sie platter als einen Reispfannkuchen zerquetschen sollte, sah Amina Sinai die alte Wäschetruhe in einer Vision. Als sie hinter ihren Augenlidern emporstieg, begrüßte sie sie wie eine nicht besonders gern gesehene Cousine. »Du bist's also wieder«, sagte sie zu ihr. »Na ja, warum auch nicht? Zur Zeit fallen mir laufend wieder Dinge ein. Scheint so, als ob man einfach nichts zurücklassen kann.« Wie alle Frauen in unserer Familie war sie vorzeitig alt geworden; die Truhe erinnerte sie an das Jahr, in dem das Alter angefangen hatte, über sie zu kommen. Die große Hitze von 1956 – die, wie Mary Pereira mir erzählte, durch kleine glühende unsichtbare Insekten verursacht worden war – summte wieder in ihren Ohren. »Damals haben meine Warzen angefangen, mir das Leben zur Hölle zu machen«, sagte sie laut, und der Beamte des Zivilschutzes, der vorgesprochen hatte, um die Verdunklung durchzusetzen, lächelte traurig und dachte bei sich: Alte Leute hüllen sich während eines Kriegs in der Vergangenheit ein wie in einem Leichentuch; so sind sie immer bereit zu sterben, wenn es nötig ist. Er schlich sich davon, vorbei an den Bergen von Frotteehandtüchern mit kleinen Fehlern, die den größten Teil des Hauses füllten, und überließ es Amina, ihre schmutzige Wäsche für sich allein zu erörtern . . . Nussie Ibrahim – Nussie-die-Ente – bewunderte Amina stets: »Was du für eine *Haltung* hast, meine Liebe! Welche *Anmut*! Ich schwöre, es kommt mir vor wie ein Wunder: du gleitest einher, als ständest du auf einem unsichtbaren *Roller*!« Aber in dem Sommer der Hitzetierchen verlor meine elegante Mutter endlich ihren Kampf gegen die Warzen, weil der Sadhu Purushottam plötzlich seine Zauberkraft verlor. Wasser hatte eine kahle Stelle in sein Haar gewaschen, das stetige Tröpfeln der Jahre hatte ihn verschlissen. War er von seinem gesegneten Kind, seinem Mubarak, enttäuscht? War es meine Schuld, daß seine Mantras ihre Kraft verloren? Augenscheinlich höchst beunruhigt sagte er zu meiner Mutter: »Es hat nichts zu sagen, warten Sie nur, ich kriege Ihre Füße bestimmt hin.« Aber Aminas Warzen wurden schlimmer; sie ging zu Ärzten, die sie mit Kohlensäure auf dem absoluten Gefrierpunkt vereisten, aber dadurch vermehrten sie sich nur noch, so daß sie zu humpeln begann und es mit ihrer Anmut für immer vorbei war, und sie erkannte den unmißverständlichen Gruß des Alters. (Zum Bersten voll mit Phantasiegebilden, verwandelte ich sie in ein feenhaftes Wesen – »Amma, vielleicht bist du in Wirklichkeit eine Meerjungfrau, die aus Liebe zu einem Mann Menschengestalt angenommen hat – deshalb ist dir bei jedem Schritt, als gingest du auf Rasierklingen!« Meine Mutter lächelte, lachte aber nicht.)

1956. Ahmed Sinai und Dr. Narlikar spielten Schach und diskutierten – mein Vater war ein erbitterter Gegner Nassers, während Narlikar ihn offen bewunderte. »Der Mann ist schlecht fürs Geschäft«, sagte Ahmed. »Aber er hat Stil«, erwiderte Narlikar leidenschaftlich erglüht. »Er läßt sich von niemand herumschubsen.« Zur gleichen Zeit befragte Jawaharlal Nehru Astrologen zum Fünfjahresplan des Landes, um ein weiteres Karamstan zu verhindern, und während die Welt Aggression mit Okkultem vereinte, lag ich verborgen in einer Wäschetruhe, die eigentlich nicht mehr groß genug war, um bequem zu sein, und Amina Sinai wurde von Schuld erfüllt.

Sie versuchte mittlerweile, ihr Abenteuer auf der Rennbahn aus ihren Gedanken zu verdrängen, aber dem Gefühl der Sünde, das das Kochen ihrer Mutter ihr eingeflößt hatte, konnte sie nicht entkommen; deshalb fiel es ihr nicht schwer, die Warzen als Strafe zu betrachten . . . nicht nur für die Jahre zurückliegende Eskapade in Mahalaxmi, sondern auch, weil es ihr nicht gelungen war, ihren Mann vor den rosa Zettelchen des Alkoholismus zu retten; als Strafe für die ungezügelte, unweibliche Art des Messingäffchens und für die Größe der Nase ihres einzigen Sohnes. Wenn ich sie mir nun in Erinnerung rufe, kommt es mir vor, als habe ein Nebel der Schuld sich um ihren Kopf zu bilden begonnen – ihre schwarze Haut schwitzte schwarze Wolken aus, die vor ihren Augen hingen. (Padma würde es glauben, Padma würde wissen, was ich meine!) Und so, wie ihre Schuld wuchs, wurde auch der Nebel dichter – ja, warum nicht? –, und es gab Tage, an denen man kaum den Kopf auf ihrem Hals sehen konnte! . . . Amina war einer jener seltenen Menschen geworden, die die Bürden der Welt auf die eigenen Schultern nehmen; sie begann, die magnetische Anziehungskraft der willfährig Schuldigen auszustrahlen, und von da an empfanden alle, die mit ihr in Berührung kamen, den unerhört starken Drang, ihre eigene private Schuld zu beichten. Wenn sie den Kräften meiner Mutter erlagen, lächelte sie sie mit einem lieblichen traurigen umnebelten Lächeln an, und sie gingen erleichtert weg und ließen ihre Bürden auf ihren Schultern zurück, und der Nebel der Schuld verdichtete sich. Amina hörte von Dienstboten, die geschlagen, und von Beamten, die bestochen wurden; wenn mein Onkel Hanif und seine Frau, die göttliche Pia, zu Besuch kamen, berichteten sie bis ins kleinste von ihren Auseinandersetzungen; Lila Sabarmati vertraute ihre Ehebrüche dem taktvollen, langmütigen, geneigten Ohr meiner Mutter an; und Mary Pereira mußte ständig gegen die beinahe unwiderstehliche Versuchung ankämpfen, ihr Verbrechen zu gestehen.

Mit der Schuld der Welt konfrontiert, lächelte meine Mutter benebelt und schloß fest die Augen; und zu der Zeit, als ihr das Dach auf den Kopf fiel, war ihr Sehvermögen stark beeinträchtigt; aber die Wäschetruhe konnte sie noch sehen.

Was lag der Schuld meiner Mutter wirklich zugrunde? Ich meine wirklich, was lag unter Warzen und Dschinns und Beichten? Es war eine unaussprechliche Unpäßlichkeit, ein Leiden, das noch nicht einmal benannt werden konnte und das sich nicht mehr auf Träume von einem unterirdischen Ehemann beschränkte . . . meine Mutter war der Magie des Telefons verfallen (so wie auch mein Vater ihr bald verfallen sollte).

An den Nachmittagen jenes Sommers, Nachmittagen, heiß wie Handtücher, klingelte gewöhnlich das Telefon. Wenn Ahmed Sinai in seinem Zimmer schlief, seine Schlüssel unter dem Kopfkissen und Nabelschnüre in seinem Schrank, übertönte das Schrillen des Telefons das Summen der Hitzetierchen, und meine Mutter kam, humpelnd wegen ihrer Warzen, in die Halle, um das Gespräch entgegenzunehmen. Und nun, was ist das, was ihr Gesicht mit der Farbe trocknenden Blutes überzieht? . . . Was flattert sie mit den Lippen wie ein Fisch, was schnappt sie erstickt nach Luft, während sie nicht ahnt, daß sie beobachtet wird? . . . Und warum sagt meine Mutter, nachdem sie volle fünf Minuten zugehört hat, mit einer Stimme wie zerbrochenes Glas, »tut mir leid, falsch verbunden«? Warum glitzern Diamanten auf ihren Augenlidern? . . . Das Messingäffchen flüsterte mir zu: »Wenn es das nächstemal klingelt, wollen wir es herausfinden.«

Fünf Tage später. Wieder ein Nachmittag; aber heute ist Amina weg, zu Besuch bei Nussie-der-Ente, als das Telefon Antwort heischt. »Schnell! Schnell, sonst weckt es ihn auf!« Das Äffchen, behend, wie der Name sagt, hebt den Hörer ab, ehe Ahmed Sinai auch nur seinen Schnarchrhythmus geändert hat . . . »Hallo? Jaaa? Hier ist sieben null fünf sechs eins. Hallo?« Wir lauschen, unsere Nerven zum Zerreißen gespannt, aber einen Augenblick lang kommt gar nichts. Dann, als wir schon aufgeben wollen, kommt die Stimme: ». . . Oh . . . ja . . . hallo?« Und das Äffchen schreit fast: »Hallo? Wer ist da, bitte?« Wieder Stille; die Stimme, die sich nicht vom Sprechen hat abhalten können, überlegt sich ihre Antwort, und dann: ». . . Hallo? . . . Ist da die Shanti-Prasad-

Lkw-Vermietung, bitte . . . ?« Und das Äffchen, blitzschnell: »Ja, was wünschen Sie?« Eine weitere Pause; die Stimme, die verlegen, beinahe entschuldigend klingt, sagt: »Ich möchte einen Lastwagen mieten.« O windige Entschuldigung der Telefonstimme! O durchsichtiger Humbug von Geistern! Die Stimme am Telefon war nicht die Stimme von jemand, der Lastwagen mietet; sie war weich, ein wenig fleischig, die Stimme eines Dichters . . . doch danach klingelte das Telefon regelmäßig; manchmal hob meine Mutter ab, hörte schweigend zu, während ihr Mund fischähnliche Bewegungen machte, und sagte schließlich viel zu spät: »tut mir leid, falsch verbunden«; andere Male drängelten das Äffchen und ich uns ums Telefon, zwei Ohren an der Muschel, während das Äffchen Aufträge für Lastwagen entgegennahm. Ich überlegte: »He, Äffchen, was meinst du? Ob der Kerl sich nicht manchmal wundert, warum die Lastwagen nie *ankommen*?« Und sie, mit großen Augen und flattriger Stimme: »Mann, glaubst du etwa . . . vielleicht *tun* sie es ja!«

Aber ich konnte mir nicht vorstellen, wie, und ein winziger Keim des Verdachts schlug Wurzeln in mir, ein winziger Schimmer einer Ahnung, daß unsere Mutter ein Geheimnis haben könnte – unsere Amma! Die immer sagte: »Habt bloß keine Geheimnisse, denn sie werden schlecht in euch; wenn ihr etwas nicht erzählt, macht es euch Magenschmerzen« – ein winziger Funken, den mein Erlebnis in der Wäschetruhe zu einem Waldbrand entfachen sollte. (Denn diesmal, wissen Sie, lieferte sie mir den Beweis.)

Und nun ist es endlich Zeit für schmutzige Wäsche. Mary Pereira erzählte mir immer gern: »Wenn du ein großer Mann sein willst, Baba, mußt du sehr sauber sein. Wechsle die Kleider«, riet sie mir, »bade regelmäßig. Geh, Baba, sonst schick' ich dich zum Wäscher, und er walkt dich auf seinem Stein durch.« Auch mit Ungeziefer drohte sie mir: »Meinetwegen, bleib eben schmutzig, dann hat dich niemand lieb außer den Fliegen. Sie bleiben auf dir sitzen, wenn du schläfst; Eier legen sie unter deine Haut.« Zum Teil war die Wahl meines Verstecks eine Trotzhandlung. Wäschern und Stubenfliegen die Stirn bietend, verbarg ich mich an dem unreinen Ort; aus Bettlaken und Handtüchern schöpfte ich Kraft und Trost; ungehemmt lief meine Nase in Wäsche, die dazu verurteilt war, auf Steinen geschlagen zu werden, und immer, wenn ich aus meinem hölzernen Wal wieder auftauchte in die Welt, umgab mich noch die traurig-reife Weisheit schmutziger Wäsche und lehrte mich ihre Philosophie der

Kühle und Würde-trotz-allem und der schrecklichen Unausweichlichkeit von Seife.

Eines Nachmittags im Juni trippelte ich auf Zehenspitzen durch die Flure des schlafenden Hauses zu meinem auserwählten Refugium, stahl mich an meiner schlafenden Mutter vorbei in die weißgekachelte Stille ihres Badezimmers, hob, an meinem Ziel angelangt, den Deckel und ließ mich in die weiche Unendlichkeit von (vornehmlich weißen) Textilien fallen, deren einzige Erinnerungen nur meinen früheren Besuchen galten. Leise seufzend zog ich den Deckel zu und ließ Unterhosen und Unterhemden das Leid, lebendig, überflüssig und beinah neun Jahre alt zu sein, wegmassieren.

Elektrizität liegt in der Luft. Hitze summt wie Bienen. Ein Mantel, der irgendwo am Himmel hängt, wartet darauf, mir sanft über die Schultern zu fallen . . . irgendwo greift ein Finger in eine Wählscheibe, eine Wählscheibe schwirrt rundundrund, elektrische Impulse schießen durch ein Kabel, sieben, null, fünf, sechs, eins. Das Telefon klingelt. Gedämpftes Schrillen der Klingel dringt in die Wäschetruhe, in der ein fastneunjähriger Junge unbequem verborgen liegt . . . Ich, Saleem, wurde steif vor Angst, Angst vor Entdeckung, denn nun drangen noch mehr Geräusche in die Truhe: Quietschen von Bettfedern, leises Trappeln von Pantoffeln über den Flur, das Telefon mitten im Klingeln zum Schweigen gebracht und – oder ist das Einbildung? war ihre Stimme so leise, daß ich sie gar nicht hörte? – die Worte, wie üblich zu spät gesprochen: »Tut mir leid. Falsch verbunden.«

Und nun kehren humpelnde Schritte ins Schlafzimmer zurück, und die schlimmsten Ängste des Jungen im Versteck bewahrheiten sich. Türknäufe, die sich drehen, schreien ihm Warnungen zu, rasierklingenscharfe Schritte dringen tief in ihn ein, während sie sich über die kühlen weißen Fliesen bewegen. Er bleibt zu Eis erstarrt, stockstill, seine Nase tröpfelt stumm in schmutzige Kleidung. Eine Pajamakordel – schlangengleicher Unglücksbote! – schiebt sich in sein linkes Nasenloch. Schniefen hieße sterben; er weigert sich, darüber nachzudenken.

. . . Im Zugriff des Schreckens wie in einem Schraubstock eingespannt, merkt er, wie sein Auge durch eine Ritze in der Wäschetruhe blickt . . . und sieht eine Frau in einem Badezimmer weinen. Regen tropft aus einer dicken schwarzen Wolke. Und nun mehr Geräusche, mehr Bewegung: die Stimme seiner Mutter hat zu sprechen begonnen, zwei Silben, immer wieder, und ihre Hände haben angefangen, sich zu bewe-

gen. Von Unterwäsche eingemummelte Ohren bemühen sich, die
Geräusche zu verstehen – das eine: *Dir? Bir? Dil?* – und das andere:
Ha? Ra? Nein – Na. Ha und Ra sind ausgeschlossen, Dil und Bir
scheiden für immer aus; und der Junge hört mit eigenen Ohren einen
Namen, der nicht mehr ausgesprochen wurde, seit Mumtaz Aziz zu
Amina Sinai wurde: Nadir. Nadir. Na. Dir. Na.
Und ihre Hände bewegen sich. Verloren in ihren Erinnerungen an
andere Zeiten, an das, was nach den Triff-den-Spucknapf-Spielen in
einem Keller in Agra geschah, fliegen sie freudig über ihre Wangen, sie
halten ihren Busen fester als jeder Büstenhalter, und nun liebkosen sie
ihr nacktes Zwerchfell, sie verirren sich unter Deck . . . ja, das haben
wir immer getan, mein Liebster, es hat genügt, mir hat es genügt,
obwohl mein Vater uns, und du bist weggelaufen, und jetzt das Telefon,
Nadirnadirnadirnadirnadirnadir . . . Hände, die das Telefon hielten,
halten nun Fleisch, und was macht unterdessen eine andere Hand an
einem anderen Ort? Was hat eine andere Hand, nachdem sie eingehängt hat, vor? . . . Es spielt keine Rolle, denn hier, an ihrem ausge-
kundschafteten stillen Ort, wiederholt Amina einen alten Namen, immer wieder, bis es schließlich aus ihr herausbricht: »Arré Nadir Khan,
wo kommst du jetzt her?«
Geheimnisse. Der Name eines Mannes. Nie-zuvor-erblickte Bewegungen der Hände. Der Kopf eines Jungen, angefüllt mit Gedanken, die
keine Form haben, gequält von Vorstellungen, die sich nicht in Worte
fassen lassen, und in einem linken Nasenloch schlängelt sich eine Pajamakordel immer höher und läßt sich nicht länger ignorieren . . .
Und nun – O schamlose Mutter! Offenbarerin von Falschheit, von
Gefühlen, die im Familienleben keinen Platz haben, und mehr: O un-
verfrorene Enthüllerin, welche die schwarze Mango entblößte! – treibt
Amina Sinai, die sich die Augen trocknet, ein trivialeres Bedürfnis, und
während das rechte Auge ihres Sohnes durch die Holzlatten in der
Wäschetruhe späht, wickelt meine Mutter ihren Sari auf! Während ich,
in der Wäschetruhe kauernd, lautlos rufe: »Tu's nicht tu's nicht tu's
nicht!« . . . aber ich kann mein Auge nicht schließen. Ohne mit der
Wimper zu zucken, nimmt die Pupille das verkehrtstehende Bild des zu
Boden fallenden Saris auf, ein Bild, das wie üblich im Kopf umgedreht
wird; durch eisblaue Augen sehe ich dem Sari einen Slip folgen, und
dann – o schrecklich! – bückt meine Mutter sich, eingerahmt in Wäsche
und Holzlatten, um ihre Kleider aufzuheben! Und hier ist er und versengt meine Netzhaut – der Anblick des Gesäßes meiner Mutter,

schwarz wie die Nacht, rund und geschwungen und nichts auf Erden so ähnlich wie einer gigantischen schwarzen Alfonsomango! In der Wäschetruhe kämpfe ich, ganz außer mir durch den Anblick, mit mir selbst . . . Selbstbeherrschung wird gleichzeitig notwendig und unmöglich . . . unter dem wie der Blitz einschlagenden Einfluß der schwarzen Mango gehen mit mir die Nerven durch, die Pajamakordel erringt den Sieg, und während Amina Sinai auf dem Topf Platz nimmt . . . Ich niese nicht, es war weniger als ein Niesen, aber mehr als ein Zucken, es war mehr als das. Es ist Zeit, offen zu reden: vernichtet von einer zweisilbigen Stimme und fliegenden Händen, zerschmettert von einer schwarzen Mango, gab die auf das offenkundige mütterliche Doppelleben reagierende und wegen der Anwesenheit des mütterlichen Gesäßes zitternde Nase Saleem Sinais einer Pajamakordel nach und wurde von einem umwälzenden – einem weltverändernden – einem unumstößlichen Niesen ergriffen. Schmerzend steigt die Pajamakordel im Nasenloch einen Zentimeter höher. Aber auch andere Dinge steigen: durch dieses fieberhafte Einatmen heraufgeholt, werden die Nasenflüssigkeiten unbarmherzig hoch hoch hoch gesaugt, Nasenschleim fließt nach oben, wider die Schwerkraft, wider die Natur. Nebenhöhlen werden unerträglichem Druck ausgesetzt . . . bis innen in dem fastneunjahrealten Kopf etwas platzt. Rotz schießt durch einen gebrochenen Damm in dunkle, neue Kanäle. Schleim steigt höher, als Schleim je steigen sollte. Ausscheidungsflüssigkeit reicht bis, ja, vielleicht bis an die Grenzen des Gehirns . . . ein Schock tritt ein. Etwas Elektrisches ist feucht geworden.

Schmerz.

Und dann Lärm, betäubend vielzüngig erschreckend, *in seinem Kopf!* . . . In einer weißen Wäschetruhe aus Holz, in dem verdunkelten Auditorium meines Schädels begann meine Nase zu singen.

Aber im Augenblick ist keine Zeit zuzuhören, denn eine Stimme ist in der Tat sehr nahe. Amina Sinai hat die untere Tür der Wäschetruhe geöffnet, und ich purzele hinaus, die Wäsche wie eine Haube um meinen Kopf gewickelt. Die Pajamakordel wird meiner Nase entrissen, und nun schießt ein Blitz durch die dunklen Wolken um meine Mutter – und ein Refugium ist für immer verloren.

»Ich hab' nicht hingesehen«, winselte ich durch Socken und Bettücher hindurch. »Ich habe nichts gesehen, Ammi, ich schwör' es dir!!«

Und Jahre später, in einem Korbsessel sitzend, zwischen Handtüchern mit kleinen Fehlern und einem Radio, das übertriebene Siegesmeldungen brachte, erinnerte Amina sich daran, wie sie Daumen und Zeigefinger um das Ohr ihres lügenhaften Sohnes geschlossen und ihn zu Mary Pereira geführt hatte, die wie üblich auf einer Schilfmatte in einem himmelblauen Zimmer schlief; wie sie gesagt hatte: »Dieser junge Esel, dieser hergelaufene Tunichtgut darf einen ganzen Tag lang nicht sprechen.« . . . Und kurz bevor das Dach auf sie fiel, sagte sie laut: »Es war meine Schuld. Ich habe ihn zu schlecht erzogen.« Als die Explosion der Bombe die Luft durchschnitt, fügte sie, ihre letzten Worte auf Erden an den Geist einer Wäschetruhe richtend, sanft, aber bestimmt hinzu: »Geh jetzt weg. Ich hab' genug von dir.«

Auf dem Berg Sinai hörte der Prophet Musa oder Moses Gebote, die nicht von einem Körper stammten; auf dem Berg Hira sprach der Prophet Muhammad (auch als Mohammed, Mahomet, der Vorletzte und Mahound bekannt) zum Erzengel (Gabriel oder Jibreel, wie Sie wollen). Und auf der Bühne der Cathedral and John Cannon High School für Jungen, die »unter der Schirmherrschaft« der Anglo-Schottischen Erziehungsgesellschaft stand, hörte mein Freund Cyrus-der-Große, der wie üblich eine Frauenrolle spielte, die Stimmen der heiligen Johanna, die die Sätze Bernard Shaws sprach. Aber Cyrus scheidet aus; anders als Johanna, deren Stimmen in einem Feld gehört wurden, hörte ich, wie Musa oder Moses, wie Muhammad der Vorletzte, Stimmen auf einem Hügel.
Muhammad (über dessen Namen wir uns nicht streiten wollen, möchte ich hinzufügen; ich möchte niemanden beleidigen) hörte eine Stimme sagen »trag vor!« und dachte, er würde verrückt; ich hörte zuerst einen Kopfvoll plapperndes Gerede wie in einem nicht exakt eingestellten Radio, und da mir durch mütterliches Gebot die Lippen versiegelt waren, konnte ich auch nicht um Trost bitten. Muhammad, der immerhin vierzig war, suchte und erhielt Bestätigung von Frau und Freunden. »Wahrlich«, sagten sie, »du bist der Gesandte Gottes.« Ich, der mit fastneun meine Strafe erduldete, konnte weder die Hilfe des Messingäffchens in Anspruch nehmen noch Mary Pereira um besänftigende Worte bitten. Verstummt für einen Abend und eine Nacht und einen Morgen, mühte ich mich allein ab, zu verstehen, was mir zugestoßen war, bis ich endlich den Schal der Genialität wie einen bestickten Schmetterling herabflattern sah und der Mantel der Größe sich auf meinen Schultern niederließ.
In der Hitze jener stummen Nacht (ich war stumm; um mich herum

raschelte das Meer wie Papier in der Ferne, Krähen krächzten in den Fängen ihrer fedrigen Alpträume, die tuckernden Geräusche saumseliger Taxis drangen von der Warden Road herauf, das Messingäffchen bettelte, bevor es mit einem in der Maske der Neugierde erstarrten Gesicht einschlief: »Komm schon, Saleem, kein Mensch hört zu. Was hast du getan? Erzähl erzähl erzähl!«... während in mir die Stimmen gegen meine Schädelwände dröhnten) war ich von den heißen Fingern der Erregung gepackt – die aufgewiegelten Insekten der Erregung tanzten in meinem Bauch –, denn auf eine Art, die ich damals nicht ganz verstand, war endlich die Tür, die Toxy Catrack in meinem Kopf einmal heimlich aufgedrückt hatte, aufgebrochen worden, und durch sie hindurch konnte ich – zunächst noch schattenhaft, unbestimmt, rätselvoll – den Grund erspähen, warum ich geboren worden war.

Gabriel oder Jibreel befahl Muhammad: »Trag vor!«, und dann begann Der Vortrag, im Arabischen als Al-Quran bekannt: »Trag vor im Namen deines Herrn, der erschuf. Er schuf den Menschen aus einem Klumpen Blut...« Das war auf dem Berg Hira außerhalb von Mekka Sharif; auf einem zweigeschossigen Hügelchen gegenüber dem Breach-Candy-Schwimmbad wiesen auch mich Stimmen an vorzutragen: »Morgen!« dachte ich aufgeregt. »Morgen!«

Bis Sonnenaufgang hatte ich entdeckt, daß die Stimmen kontrolliert werden konnten – ich war ein Rundfunkempfänger und konnte die Lautstärke laut und leise stellen, ich konnte einzelne Stimmen auswählen, ich konnte durch eine Willensanstrengung sogar mein neu entdecktes inneres Ohr abstellen. Es war erstaunlich, wie schnell die Angst mich verließ; gegen Morgen dachte ich: »Mann, das ist besser als All-India Radio, Mann, besser als Radio Ceylon!«

Um die Loyalität von Schwestern vorzuführen: als die vierundzwanzig Stunden um waren, lief das Messingäffchen auf der Stelle ins Schlafzimmer meiner Mutter. (Es war, glaube ich, ein Sonntag: keine Schule. Oder vielleicht auch nicht – es war der Sommer der Sprachmärsche, und oft waren die Schulen geschlossen, weil auf den Busstrecken Gefahr bestand, daß es zu Gewalttätigkeiten kam.)

»Die Zeit ist um!« rief sie und rüttelte meine Mutter aus dem Schlaf. »Amma, wach auf, es ist Zeit! Darf er jetzt reden?«

»Na gut«, sagte meine Mutter und kam in ein himmelblaues Zimmer, um mich zu umarmen, »wir haben dir verziehen. Aber versteck dich nie wieder dort drin...«

»Amma«, sagte ich eifrig, »meine Ammi, hör mir bitte zu. Ich muß dir was sagen. Etwas Wichtiges. Aber bitte, bitte, weck zuallererst Abba.«

Und nach vielen »Was?«, »Warum?« und »Gewiß nicht« sah meine Mutter, daß etwas Außergewöhnliches in meinen Augen lag, und ging besorgt hin, um Ahmed Sinai aufzuwecken: »Janum, bitte komm. Ich weiß nicht, was in Saleem gefahren ist.«

Familie und Ayah versammelten sich im Wohnzimmer. Zwischen Kristallvasen und prallen Kissen stand ich auf einem persischen Läufer unter den wirbelnden Schatten des Deckenventilators und lächelte in ihre besorgten Augen und bereitete meine Offenbarung vor. Das war es – der Beginn meiner Erstattung ihrer Investition, meine erste Dividendenausschüttung, die erste von vielen, dessen war ich sicher ... meine schwarze Mutter, der Vater mit vorstehender Lippe, das Äffchen von einer Schwester und die Ayah, die ein Verbrechen verheimlichte, warteten in siedendheißer Verwirrung.

Spuck's aus. Direkt, frisch von der Leber weg. »Ihr sollt die ersten sein, die es erfahren«, sagte ich und versuchte meiner Stimme einen erwachsenen Tonfall zu verleihen. Und dann trug ich es ihnen vor. »Ich habe gestern Stimmen gehört. In meinem Kopf sprechen Stimmen zu mir. Ich glaube – Ammi, Abboo, ich glaub' das wirklich –, Erzengel haben angefangen, mit mir zu reden.«

Endlich! Glaubte ich! Jetzt! Jetzt ist es gesagt! Nun wird es Rückenklopfen geben, Süßigkeiten, öffentliche Ankündigungen, noch mehr Fotos vielleicht, nun werden ihre Brustkästen vor Stolz schwellen. O blinde Unschuld der Kindheit! Als Dank für meine Ehrlichkeit – für meinen offenherzig-verzweifelten Versuch zu gefallen – fiel man von allen Seiten über mich her. Selbst das Äffchen: »O *Gott*, Saleem, dieser ganze Tamasha, dieser ganze Zirkus wegen so einer blöden Hirnrissigkeit?« Und schlimmer als das Äffchen war Mary Pereira: »Jesus Christus, Herr, bewahre uns. Heiliger Vater in Rom, was für eine Gotteslästerung habe ich heute gehört!« Und schlimmer als Mary Pereira war meine Mutter Amina Sinai: die schwarze Mango jetzt verborgen, ihre eigenen unaussprechlichen Namen noch warm auf ihren Lippen, schrie sie: »Der Himmel behüte! Das Kind wird es noch fertigbringen, daß uns das Dach über dem Kopf zusammenstürzt!« (War auch das meine Schuld?) Und Amina fuhr fort: »Du schwarzer Mann! Goonda! O Saleem, bist du denn vollkommen übergeschnappt? Was ist denn bloß passiert mit meinem lieben kleinen Jungen – wirst du zu einem Wahnsinnigen – einem *Peiniger*?!« Und schlimmer als Aminas Schreien war

das Schweigen meines Vaters, schlimmer als ihre Angst war die ungezügelte Wut, die ihm auf der Stirn geschrieben stand, und am schlimmsten von allem war die Hand meines Vaters, die sich plötzlich ausstreckte, mit dicken Fingern, massigen Gelenken, stark wie die eines
Ochsen, um mir einen mächtigen Schlag gegen den Kopf zu versetzen,
so daß ich nach jenem Tag auf dem linken Ohr nie wieder richtig hören
konnte, so daß ich seitwärts durch das aufgeschreckte Zimmer, durch
die schockierte Atmosphäre flog und eine grüne Tischplatte aus opakem
Glas zertrümmerte, so daß ich, nachdem ich zum erstenmal in meinem
Leben meiner selbst sicher gewesen war, in eine grüne, glasig-wolkige
Welt voll schneidender Kanten gestürzt wurde, eine Welt, in der ich
den Menschen, auf die es am meisten ankam, nichts mehr von den
Vorgängen in meinem Kopf erzählen konnte; grüne Scherben zer-
fleischten mir die Hände, als ich in dieses wirbelnde Universum eintrat,
in dem ich, bis es schließlich zu spät war, von ständigen Zweifeln
hinsichtlich meiner Bestimmung gequält werden sollte.
In einem weißgekachelten Badezimmer bestrich meine Mutter mich
neben einer Wäschetruhe mit Jod, Gaze umhüllte meine Schnittwunden, während die Stimme meines Vaters durch die Tür befahl: »Frau,
daß niemand ihm heute etwas zu essen gibt. Hörst du? Soll er seinen
Scherz auf nüchternem Magen genießen!«
In jener Nacht träumte Amina Sinai von Ramram Seth, der zehn Zentimeter über dem Boden schwebte und dessen Augenhöhlen mit dem
Weißen von Eiern gefüllt waren. Er stimmte an: Wäsche wird ihn den
Blicken entzieh'n – Stimmen werden ihn des Weges führ'n . . . aber als
sie sich nach mehreren Tagen, in denen der Traum ihr, wohin sie auch
ging, auf den Schultern saß, ein Herz faßte, um ihren in Ungnade
gefallenen Sohn ein wenig über seine ungeheuerliche Behauptung aus-
zufragen, antwortete er mit einer Stimme, die genauso verhalten war
wie die ungeweinten Tränen seiner Kindheit: »Ich war nur albern,
Amma. Ein dummer Scherz, wie du gesagt hast.«
Sie starb neun Jahre später, ohne die Wahrheit erfahren zu haben.

All-India Radio

Realität ist eine Frage der Perspektive; je weiter man sich von der Vergangenheit entfernt, desto konkreter und plausibler erscheint sie – aber nähert man sich der Gegenwart, erscheint sie unvermeidlich immer unglaublicher. Stellen Sie sich vor, Sie sind in einem großen Kino, sitzen zuerst in der letzten Reihe und rücken allmählich Reihe um Reihe nach vorne, bis Ihre Nase fast gegen die Leinwand gepreßt wird. Allmählich lösen die Gesichter der Stars sich in tanzendes Korn auf, winzige Einzelheiten nehmen groteske Ausmaße an, die Illusion löst sich auf – oder besser, es wird klar, daß die Illusion selbst Wirklichkeit *ist* . . . wir sind von 1915 bis 1956 gekommen, sind also der Leinwand ein gutes Stück näher . . . hiermit gehe ich aus dem Bild und wiederhole ohne jegliches Schamgefühl noch einmal meine unglaubliche Behauptung: nach einem merkwürdigen Vorfall in einer Wäschetruhe wurde ich eine Art Radio.

. . . Aber heute fühle ich mich verwirrt. Padma ist nicht zurückgekehrt – soll ich die Polizei alarmieren? soll ich sie als vermißt melden? –, und in ihrer Abwesenheit bröckelt meine Gewißheit. Selbst meine Nase spielt mir Streiche – als ich tagsüber zwischen den Pickleskesseln herumstreifte, um die sich unsere Armee starker, erschreckend kompetenter Frauen mit behaarten Armen kümmert, habe ich gemerkt, daß ich nicht in der Lage war, Zitronen- von Limonengeruch zu unterscheiden. Die Belegschaft kichert hinter vorgehaltener Hand: der arme Sahib hat Unglück gehabt – worin? – doch sicher nicht in der *Liebe*? . . . Padma, und die Risse verbreiten sich über meinem ganzen Körper, verteilen sich wie ein Spinnennetz strahlenförmig von meinem Nabel aus, und die Hitze . . . unter diesen Umständen ist ein wenig Verwirrung sicher gestattet. Beim Durchlesen meiner Arbeit habe ich einen Irrtum in der Chronologie entdeckt. Die Ermordung Mahatma Gandhis ereignet sich auf diesen Seiten zum falschen Zeitpunkt. Aber ich kann nun nicht sagen, wie die Ereignisfolge tatsächlich gewesen ist; in meinem Indien wird Gandhi weiterhin zur falschen Zeit sterben.

Entkräftet ein Irrtum das ganze Gefüge? Ist es in meinem verzweifelten Verlangen nach Bedeutung schon so weit mit mir gekommen, daß ich bereit bin, alles zu verdrehen – die ganze Geschichte meines Zeitalters neu zu schreiben, bloß um mich in den Mittelpunkt zu stellen? In meiner Verwirrung kann ich es nicht beurteilen. Das muß ich anderen überlassen. Für mich kann es kein Zurück mehr geben; ich muß beenden, was ich angefangen habe, selbst wenn es sich unweigerlich nicht als das herausstellt, was ich begonnen habe ...

Yé Akashvani hai. Hier ist All-India Radio.

Ich bin in die brodelnden Straßen hinausgegangen, um in einem nahe gelegenen iranischen Café rasch etwas zu essen; nun, wieder zurückgekehrt, sitze ich mit nur einem billigen Transistor zur Gesellschaft im nächtlichen Licktkegel meiner Schwenklampe. Eine heiße Nacht, siedende Luft, erfüllt von den nachhaltigen Düften der verstummten Pickleskessel, Stimmen im Dunkeln. Picklesgerüche, drückend schwül in der Hitze, regen die Säfte der Erinnerung an, betonen Ähnlichkeiten und Unterschiede zwischen damals und heute ... damals war es heiß; heute ist es für die Jahreszeit ungewöhnlich heiß. Damals wie heute wachte jemand im Dunkeln und hörte körperlose Zungen. Damals wie heute das eine taube Ohr. Und Angst, die in der Hitze gedieh ... damals wie heute waren es nicht die Stimmen, die beängstigend waren. Er, der damals junge Saleem, hatte Angst vor einem Gedanken – dem Gedanken, die Empörung seiner Eltern könnte dazu führen, daß sie ihm ihre Liebe entzogen, und selbst wenn sie anfingen, ihm zu glauben, würden sie seine Gabe als beschämende Mißbildung ansehen ... während ich heute, ohne Padma, diese Worte in die Dunkelheit schicke und Angst habe, daß man mir nicht glaubt. Er und ich, ich und er ... ich habe seine Gabe nicht mehr, und er hatte die meine nie. Es gibt Zeiten, in denen er mir beinah wie ein Fremder vorkommt ... er hatte keinen Knacks. Keine Spinnweben durchzogen ihn in der Hitze.

Padma würde mir glauben, aber Padma ist nicht da. Damals wie heute: Hunger. Aber anderer Art: nun habe ich nicht wie damals Hunger, weil mir mein Essen verweigert wird, sondern weil ich meine Köchin verloren habe.

Und ein weiterer, offensichtlicherer Unterschied: damals kamen die Stimmen nicht über die Schwingungen im Transistor (das in unserem Teil der Welt nie mehr aufhören wird, Impotenz zu symbolisieren – seit der allbekannten Bestechung mit dem kostenlosen Transistorgerät für eine Sterilisation verkörpert die keifende Maschine das, was Männer vollziehen konnten, bevor Scheren zuschnappten und Knoten geknüpft wurden) ... Damals brauchte der Fastneunjährige in seinem mitternächtlichen Bett keine Maschinen.

Unterschiedlich und ähnlich, sind wir vereint durch Hitze. Damals wie heute blendet ein schimmernder Hitzeschleier seine damalige Zeit in die meinige über . . . meine Verwirrung, die sich durch Hitzewellen fortpflanzt, ist auch die seinige.

Was am besten gedeiht bei Hitze: Zuckerrohr, Kokospalmen, bestimmte Hirsesorten wie Bajra, Ragi und Jowar und, vorausgesetzt, es gibt Wasser, Tee und Reis. Unser heißes Land ist auch der Welt zweitgrößter Baumwollproduzent – jedenfalls war es das, als ich unter dem verrückten Auge von Herrn Emil Zagollo und dem kälteren Blick eines eingerahmten spanischen Konquistadors Geographie lernte. Doch der tropische Sommer bringt auch fremdartigere Früchte hervor: die exotischen Blumen der Imagination blühen und erfüllen die drückenden, dampfenden Nächte mit Gerüchen, schwer wie Moschus, die den Menschen düstere Träume der Unzufriedenheit eingeben – damals wie heute lag Unbehagen in der Luft. Teilnehmer an Sprachmärschen verlangten die Aufteilung des Staates Bombay entlang von Sprachgrenzen – der Traum von Maharashtra stand an der Spitze einiger Prozessionen, das Wunschbild von Gujarat führte die anderen vorwärts. Die Hitze, die an der verstandesmäßigen Unterscheidung zwischen Phantasie und Realität nagte, ließ alles möglich erscheinen; das halbwache Chaos nachmittäglicher Siestas benebelte die Gehirne der Menschen, und die Luft war erfüllt von der Klebrigkeit erweckter Begierden.

Was am besten gedeiht bei Hitze: Phantasie, Unvernunft, Lust.

Im Jahre 1956 marschierten bei Tag also Sprachen militant durch die Straßen, des Nachts wüteten sie in meinem Kopf. *Mit gespannter Aufmerksamkeit werden wir über dein Leben wachen; es wird gewissermaßen der Spiegel unseres eigenen sein.*

Es ist Zeit, über die Stimmen zu reden.

Wenn doch nur unsere Padma hier wäre . . .

Das mit den Erzengeln war natürlich ein Irrtum. Die Hand meines Vaters – die in (bewußter? unbeabsichtigter?) Nachahmung einer anderen, körperlosen Hand, die ihn einmal direkt ins Gesicht geschlagen hatte, auf mein Ohr eindrosch – hatte zumindest die eine heilsame Wirkung: sie zwang mich, meine ursprüngliche, Propheten nachäffende Haltung zu überdenken und schließlich aufzugeben. Als ich in jener Nacht, da ich in Ungnade gefallen war, im Bett lag, zog ich mich tief in mich zurück, obwohl das Messingäffchen in unserem blauen Zimmer quengelte: »Aber *wozu* hast du es getan, Saleem? Du, der du doch

sonst immer viel zu brav bist und alles?«... bis sie unzufrieden einschlief, während ihr Mund immer noch still arbeitete und ich allein
war mit dem Echo der Gewalttat meines Vaters, das in meinem linken Ohr summte, das flüsterte: »Weder Michael noch Anael, auch
nicht Gabriel, vergiß Cassiel, Sachiel und Samael! Erzengel sprechen
nicht mehr zu den Sterblichen. Der Vortrag wurde vor langer Zeit in
Arabien beendet, der letzte Prophet wird nur kommen, um den
Weltuntergang anzukündigen.« Als ich in jener Nacht begriff, daß
die Stimmen in meinem Kopf den himmlischen Heerscharen an Zahl
bei weitem überlegen waren, erkannte ich, nicht ohne Erleichterung,
daß ich letzten Endes doch nicht erwählt war, den Vorsitz über das
Ende der Welt zu führen. Meine Stimmen, weit davon entfernt, heilig zu sein, stellten sich als so profan und so mannigfach wie Staub
heraus.

Telepathie also: so etwas, worüber man immer in der Sensations-
presse liest. Aber ich bitte um Geduld – warten Sie. Warten Sie nur
ab. Es war Telepathie, aber auch mehr als Telepathie. Schreiben Sie
mich nicht zu leicht ab.

Telepathie also: die inneren Monologe all der sogenannten wimmelnden Millionen, Massen und Klassen gleichermaßen, drängten
sich in meinem Kopf, um einen Platz zu ergattern. Am Anfang, als
ich noch damit zufrieden war, Zuhörer zu sein – bevor ich zu *handeln* begann –, gab es ein Sprachenproblem. Die Stimmen schwatz-
ten in allen Sprachen, von Malayalam bis zu den Naga-Dialekten,
von der Reinheit des Urdu um Lucknow bis zum nuschelnden Tamil
des Südens. Ich verstand nur einen Bruchteil dessen, was innerhalb
meiner Schädelwände gesagt wurde. Erst später, als ich begann, der
Sache auf den Grund zu gehen, erfuhr ich, daß unter den Übertra-
gungen der Oberfläche – dem Zeug, das man zuvorderst im Kopf hat
und das ich ursprünglich mitbekam – die Sprache verschwand und
durch allgemeinverständliche Gedankenformen ersetzt wurde, die
Worten bei weitem überlegen waren... aber das war erst, nachdem
ich unter dem polyglotten Toben in meinem Kopf jene anderen kostbaren Signale gehört hatte, die ganz anders als alles übrige waren,
die meisten von ihnen schwach und entfernt, weit weg wie Trom-
meln, deren beharrlicher Rhythmus schließlich die Fischmarkt-
kakophonie meiner Stimmen durchbrach... jene heimlichen nächtlichen Rufe, Gleiches rief Gleichem... die unbewußten Leuchtfeuer
der Kinder der Mitternacht, die zunächst nur ihre Existenz signali-

sierten, indem sie einfach übermittelten: »Ich.« Aus dem hohen Norden: »Ich.« Und dem Süden Osten Westen: »Ich.« »Ich.« »Und ich.«

Aber ich darf mich nicht selbst überholen. Am Anfang, bevor ich zu dem vordrang, was Mehr-als-Telepathie war, begnügte ich mich mit Zuhören, und bald war ich in der Lage, mein inneres Ohr auf die Stimmen »einzustellen«, die ich verstehen konnte; auch dauerte es nicht lange, bis ich in dem Getöse die Stimmen meiner Familie heraushörte und die von Mary Pereira und die von Freunden, Klassenkameraden, Lehrern. Auf der Straße lernte ich den Gedankengang vorübergehender Fremder zu identifizieren – der Dopplereffekt funktionierte auch in diesen paranormalen Bereichen, und die Stimmen wurden höher und dann wieder tiefer, während die Fremden vorbeigingen.

All das behielt ich irgendwie für mich. Durch das Summen in meinem linken, oder schlechten, Ohr, täglich an den Zorn meines Vaters erinnert und darauf bedacht, mein rechtes Ohr betriebsfähig zu halten, blieben meine Lippen versiegelt. Für einen neunjährigen Jungen sind die Schwierigkeiten, Wissen zu verbergen, fast unüberwindlich, aber zum Glück waren meine Nächsten und Teuersten genauso darauf bedacht, meinen Ausbruch zu vergessen, wie ich, die Wahrheit zu verheimlichen.

»Oh, du, Saleem! Was für ein Zeug du gestern erzählt hast! Schäm dich, Junge, du solltest dir besser den Mund mit Seife auswaschen!« . . . An dem Morgen, nach dem ich in Ungnade gefallen war, schlug Mary Pereira, die vor Entrüstung zitterte wie eine ihrer Götterspeisen, das perfekte Mittel zu meiner Rehabilitation vor. Ich senkte reumütig den Kopf, ging ohne ein Wort ins Badezimmer und schrubbte dort unter den verblüfften Augen von Ayah und Äffchen Zähne Zunge Mundhöhle Gaumen mit einer Zahnbürste ab, die mit dem scharfen stinkigen Schaum medizinischer Seife bedeckt war. Die Nachricht von meinem dramatischen Sühneopfer, von Mary und Äffchen weitergetragen, verbreitete sich rasch im Haus, und meine Mutter umarmte mich: »Schon gut, bist ein braver Junge, reden wir nicht mehr davon.« Ahmed Sinai nickte brummig am Frühstückstisch: »Wenigstens hat der Junge den Anstand, zuzugeben, wenn er zu weit gegangen ist.«

Als die mir durch Glas zugefügten Schnittwunden verheilten, war es, als sei auch meine Ankündigung weggewischt, und um die Zeit meines neunten Geburtstages erinnerte sich niemand mehr außer mir an den Tag, an dem ich Erzengel gelästert hatte. Den Geschmack von Reinigungsmitteln spürte ich noch wochenlang auf der Zunge, und er gemahnte mich an die Notwendigkeit der Geheimhaltung.

Sogar das Messingäffchen war mit meiner zur Schau getragenen Reue zufrieden – in ihren Augen benahm ich mich nun wieder anständig und war einmal mehr der Brave in der Familie. Um ihre Bereitwilligkeit, die alte Ordnung wieder einzuführen, unter Beweis zu stellen, zündete sie die Lieblingspantoffeln meiner Mutter an und gewann den ihr von Rechts wegen zustehenden Platz als schwarzes Schaf der Familie zurück. Außenstehenden gegenüber schlug sie sich außerdem auf die Seite meiner Eltern – dabei zeigte sie einen Konservatismus, den man bei so einem Wildfang nie vermutet hätte – und hielt meinen einzigen Fehltritt vor ihren und meinen Freunden geheim.

Was Wunder, daß in einem Land, in dem jede körperliche und geistige Eigentümlichkeit eines Kindes die Familie in tiefe Schande stürzt, meine Eltern, die sich an Geburtsmale im Gesicht, Gurkennase und krumme Beine gewöhnt hatten, sich einfach weigerten, noch irgendwelche weiteren Peinlichkeiten an mir wahrzunehmen; ich meinerseits erwähnte kein einziges Mal das Summen in meinem Ohr, das gelegentliche Glockenläuten der Taubheit, die periodischen Schmerzen. Ich hatte gelernt, daß Geheimnisse nicht immer etwas Schlechtes waren.

Aber stellen Sie sich die Verwirrung in meinem Kopf vor! Wo hinter dem abscheulichen Gesicht, über der Zunge mit dem Geschmack nach Seife, direkt an dem durchlöcherten Trommelfell ein nicht sehr ordentlicher Geist lauerte, so voller Krempel wie die Taschen eines Neunjährigen ... versetzen Sie sich irgendwie in mich hinein, blicken Sie durch meine Augen hinaus, hören Sie den Lärm, die Stimmen – und dann den Zwang, andere Leute nichts wissen zu lassen. Am allerschwierigsten war es, überrascht zu tun, wenn meine Mutter beispielsweise sagte: He Saleem rat mal was wir machen ein Picknick in der Aarey Milk Colony und ich mußte oooh wie aufregend machen wenn ich es auch die ganze Zeit schon wußte weil ich ihre unausgesprochene innere Stimme gehört hatte. Und an meinem Geburtstag sah ich alle Geschenke, noch ehe sie ausgepackt waren, in den Gedanken der Spender, und der Spaß an der Schatzsuche wurde mir verdorben, weil ich im Kopf meines Vaters jeden Hinweis erkennen, jeden Preis lokalisieren konnte. Und viel schlimmere Dinge wie zum Beispiel meinen Vater in seinem Büro im Erdgeschoß zu sehen, hier sind wir, und in dem Augenblick in dem ich dort drinnen bin ist mein Kopf voll von Gottweißwas für einem Schmutz denn mein Vater denkt an seine Sekretärin, Alice oder Fernanda, sein neuestes Coca-Cola-Mädchen. Langsam zieht er sie in seinem Kopf aus, und in meinem Kopf spielt sich das gleiche ab, splitternackt sitzt sie auf einem Korbstuhl und erhebt sich nun, Riffelmuster auf dem Hintern, das denkt mein Vater, MEIN VATER, der mich jetzt ganz komisch ansieht. Was ist denn los Sohn geht's dir nicht gut doch prima Abba prima muß jetzt gehen, MUSS MACHEN DASS ICH WEGKOMME, Hausarbeiten machen, Abba, und raus, lauf weg ehe er das verräterische Zeichen auf deinem Gesicht sieht (mein Vater sagte immer, daß ein rotes Licht auf meiner Stirn aufleuchtete, wenn ich log) . . . Sie sehen, wie schwer es ist, mein Onkel Hanif kommt vorbei, um mich zum Ringen mitzunehmen, und schon bevor wir im Vallabh-bai-Patel-Stadion am Hornby Vellard angekommen sind, bin ich traurig. Wir gehen mit der Menge an den riesigen, aus Pappe ausgeschnittenen Figuren von Dara Singh und Tagra Baba und den übrigen vorbei, und seine Traurigkeit, die Traurigkeit meines Lieblingsonkels, tröpfelt in mich hinein, wie eine Eidechse lebt sie direkt unter der Hecke seiner Lustigkeit, verborgen durch sein dröhnendes Lachen, das einmal das Lachen des Fährmanns Tai war, wir sitzen auf vorzüglichen Plätzen, während das Flutlicht auf den Rücken der ineinander verknäuelten Ringer tanzt, und ich bin gefangen im unbezwinglichen Griff des Kummers meines Onkels, des Kummers um seine fehlschlagende Filmkarriere, ein Flop nach dem anderen, er wird wahrscheinlich nie wieder einen Filmauftrag bekommen. Aber ich darf die Traurigkeit nicht aus meinen Augen herauströpfeln lassen. Er mischt sich in meine Gedanken ein, he Phaelwan, he kleiner Ringer, was zieht denn dein Gesicht nach unten es sieht länger aus als ein schlechter Film willst du Channa? willst du Pakoras? was? Und ich schüttele den Kopf, nein, nichts, Hanif Mamu, so daß er sich entspannt sich umdreht und anfängt zu schreien Ohé mach schon Dara so ist's recht gib ihm Saures, Dara *yara*! Und daheim hockt meine Mutter mit der Eismaschine im Flur und sagt mit ihrer wirklichen Außenstimme Willst du mir helfen Sohn dein Lieblingseis mit Pistaziengeschmack und ich drehe die Kurbel aber ihre Innenstimme prallt gegen das Innere meines Kopfes, ich kann sehen, wie sie alle Winkel und Ecken ihrer Gedanken mit Alltagsdingen auszufüllen versucht, dem Preis von Pomfrets, der Einteilung ihrer häuslichen Pflichten, muß den Elektriker holen, damit er den Deckenventilator im Eßzimmer repariert, wie sie sich verzweifelt darauf konzentriert,

Teile ihres Mannes zu lieben, aber das Wort, das nicht erwähnt werden darf, schafft sich immer wieder Raum, die beiden Silben, die ihr an jenem Tag im Badezimmer entschlüpften, Na Dir Na Dir Na, es fällt ihr immer schwerer, den Hörer aufzulegen, wenn einer sich verwählt hat, MEINE MUTTER, ich sage Ihnen, wenn ein Junge hinter erwachsene Gedanken kommt, können sie ihn wirklich vollkommen durcheinanderbringen. Und selbst nachts keine Schonung. Ich wache Schlag Mitternacht mit Mary Pereiras Träumen in meinem Kopf auf. Nacht um Nacht. Immer zu meiner persönlichen Geisterstunde, die auch für sie von Bedeutung ist. Ihre Träume werden vom Bild eines Mannes geplagt, der seit Jahren tot ist, Joseph D'Costa, der Traum gibt mir den Namen preis, er ist mit einer Schuld umhüllt, die ich nicht verstehe, der gleichen Schuld, die jedesmal in uns alle eindringt, wenn wir ihre Chutneys essen. Hier liegt ein Geheimnis; aber weil das Geheimnis nicht vorne in ihren Gedanken ist, kann ich es nicht herausbekommen, und währenddessen ist Joseph da, jede Nacht, manchmal in Menschengestalt, aber nicht immer, manchmal ist er ein Wolf oder eine Schnekke, einmal ein Besen, aber wir (sie träumend, ich zuschauend) wissen, er ist es, unheilvoll unversöhnlich anklagend. Sie in der Sprache seiner Verkörperungen verfluchend, heult er sie an, wenn er der Wolfs-Joseph ist, bedeckt sie mit den Schleimspuren von Joseph-der-Schnecke, schlägt sie mit dem Borstenteil seiner Beseninkarnation ... und am Morgen wenn sie mir befiehlt zu baden aufzuräumen mich für die Schule fertigzumachen muß ich die Fragen herunterschlucken. Ich bin neun Jahre alt und verirre mich in den Wirren der Leben anderer Menschen, die in der Hitze ineinanderlaufen.

Um den Bericht von den ersten Tagen meines verwandelten Lebens zu Ende zu bringen, muß ich ein schmerzliches Geständnis hinzufügen: mir fiel ein, daß ich meiner Eltern Meinung über mich verbessern könnte, wenn ich meine neue Fähigkeit dazu benutzte, mir bei der Schularbeit helfen zu lassen – kurzum, ich begann, im Unterricht zu mogeln. Das heißt, ich stellte mich auf die inneren Stimmen meiner Lehrer und auch meiner klügeren Klassenkameraden ein und stahl mir Informationen aus ihren Gedanken. Ich stellte fest, daß nur sehr wenige meiner Lehrer eine Prüfung abhalten konnten, ohne in Gedanken die idealen Antworten aufzusagen – und ich wußte auch, daß bei den wenigen Malen, wenn der Lehrer von anderen Dingen in Anspruch genommen wurde, seinem Liebesleben oder seinen Finanzschwierigkeiten, die Lösungen immer im altklugen, altmeisterlichen Kopf unseres

Klassengenies, Cyrus-des-Großen, gefunden werden konnten. Meine Noten begannen sich dramatisch zu verbessern – aber nicht übertrieben, denn ich achtete darauf, meine Versionen unterschiedlich von ihren gestohlenen Originalen zu gestalten; selbst wenn ich telepathisch einen ganzen Englischaufsatz von Cyrus abschrieb, fügte ich etwas mediokres eigenes Beiwerk hinzu. Meine Absicht war es, keinen Verdacht zu erregen; das gelang mir nicht, aber ich entging der Entdeckung. Unter Emil Zagallos wütenden, forschenden Blicken blieb ich unschuldig engelhaft; zum gedankenverlorenen, kopfschüttelnden Erstaunen von Herrn Tandon, dem Englischlehrer, brachte ich schweigend meinen Betrug zustande – wohl wissend, daß sie die Wahrheit nicht glauben würden, selbst wenn ich aus Dummheit oder durch Zufall aus der Schule plauderte.

Lassen Sie mich zusammenfassen: an einem entscheidenden Punkt in der Geschichte unserer jungen Nation, zu einer Zeit, da Fünfjahrespläne aufgestellt wurden und Wahlen näherrückten und Teilnehmer an Sprachmärschen um Bombay kämpften, erlangte ein neunjähriger Knabe namens Saleem Sinai eine wunderbare Gabe. Obwohl sein verarmtes, unterentwickeltes Land seine Fähigkeiten zu so vielen lebenswichtigen Zwecken hätte einsetzen können, zog er es vor, seine Talente zu verbergen, sie mit belanglosem Voyeurismus und harmlosen Betrügereien zu verplempern. Dieses Verhalten – nicht gerade, ich gestehe es, das eines Helden – war das direkte Ergebnis einer Geistesverwirrung, die unablässig Sittlichkeit – das Verlangen, das zu tun, was richtig ist – und Beliebtheit – das erheblich zweifelhaftere Verlangen, das zu tun, was gebilligt wird – miteinander verwechselte. Da er die Ächtung durch die Eltern fürchtete, unterschlug er die Nachricht von seiner Verwandlung; da er nach dem Lob der Eltern strebte, mißbrauchte er seine Talente in der Schule. Dieser Makel seines Charakters kann teilweise mit seinem zarten Alter entschuldigt werden, aber nur teilweise. Wirres Denken sollte in seinem Werdegang viel verpfuschen. Ich kann in meiner Selbsteinschätzung sehr hart sein, wenn ich will.

Was stand auf dem Flachdach der Breach-Candy-Vorschule – einem Dach, erinnern Sie sich, das vom Garten von Buckingham Villa aus erreicht werden konnte, indem man einfach über eine Grenzmauer stieg? Was – nicht länger fähig, die Funktion zu erfüllen, wofür es bestimmt war – wachte über uns in jenem Jahr, als selbst der Winter vergaß kalt zu werden; wer beobachtete Sonny Ibrahim, Schlitzauge,

Haaröl und mich, wenn wir Kabaddi und Kinderkricket und Himmel-
und-Hölle spielten, woran gelegentlich Cyrus der Große und andere
Freunde, die zu Besuch kamen, teilnahmen: Fat Perce Fishwala und
Glandy Keith Colaco? Was war gegenwärtig, wenn Toxy Catracks Pflegerin Bi-Appah bei jeder sich bietenden Gelegenheit aus dem obersten
Stockwerk von Homis Heim schrie: »Ihr Rotzlöffel! Krachmacher! Sa-
tansbraten! Hört mit dem Krawall auf!« . . . so daß wir alle wegliefen
und (wenn sie unserem Blick entschwunden war) zurückkehrten, um
vor dem Fenster, an dem sie gestanden hatte, Grimassen zu ziehen.
Kurzum, was war hoch und blau, blätterte ab, überblickte unser Leben,
was schien eine Zeitlang auf der Stelle zu treten, weil es nicht nur auf
die kommende Zeit wartete, in der wir lange Hosen anziehen würden,
sondern vielleicht auch auf das Kommen von Evie Burns? Vielleicht
hätten Sie gern ein paar Anhaltspunkte: Was hatte einst Bomben verborgen? Wo war Joseph D'Costa am Schlangenbiß gestorben? . . . Als
ich nach einigen Monaten der inneren Qual endlich Zuflucht vor erwachsenen Stimmen suchte, fand ich sie in einem alten Uhrturm, den
abzuschließen sich niemand die Mühe machte; und hier in der Abgeschiedenheit rostender Zeit unternahm ich paradoxerweise meine ersten zaghaften Schritte in eine bestimmte Richtung, was später dazu
führte, daß ich in bedeutende Ereignisse verstrickt wurde und mit Persönlichkeiten des öffentlichen Lebens zu tun bekam – eine Verstrik-
kung, aus der ich mich nie wieder befreien sollte . . . niemals, bis Die
Witwe . . .
Aus Wäschetruhen verbannt, begann ich mich, wann immer es möglich
war, unbeobachtet in den Turm der lahmgelegten Stunden zu schleichen. Wenn die Manege wegen Hitze oder durch Zufall oder aufgrund
spionierender Blicke entvölkert wurde, wenn Amina und Ahmed zu
ihrem Canastaabend in den Willingdon Club gingen, wenn das Messingäffchen das Haus verlassen hatte, sich bei den Heldinnen, die sie
sich neuerdings zugelegt hatte, der Schwimm- und Tauchmannschaft
der Walsingham-Schule für Mädchen, herumtrieb . . . das heißt, wenn
die Umstände es zuließen, betrat ich mein Geheimversteck, streckte
mich auf der Strohmatte aus, die ich aus der Dienstbotenunterkunft
gestohlen hatte, schloß die Augen, ließ mein neu erwachtes inneres
Ohr (das, wie alle Ohren, mit der Nase verbunden war) frei durch die
Stadt schweifen – und noch weiter, nach Norden und Süden, Osten und
Westen – und hörte allem möglichen zu. Um dem unerträglichen
Zwang zu entkommen, Leute, die ich kannte, zu belauschen, übte ich

meine Kunst an Fremden aus. So kam es, daß ich mich aus vollkommen unwürdigen Gründen in die öffentlichen Angelegenheiten Indiens drängte – von zuviel Intimität aus der Fassung gebracht, benutzte ich die Welt außerhalb unseres Hügelchens zur angenehmen Entspannung.

Die Welt, wie sie von einem verfallenen Uhrturm aus entdeckt wurde: zuerst war ich nicht mehr als ein Tourist, ein Kind, das durch die wundersamen Gucklöcher eines privaten »Dillidekho«-Apparats spähte. Dugdugeetrommeln wirbelten in meinem linken (beschädigten) Ohr, als ich das Tadsch Mahal zum ersten Mal durch die Augen einer fetten Engländerin, die an Durchfall litt, erblickte; danach hüpfte ich, um den Süden gegenüber dem Norden nicht zu kurz kommen zu lassen, hinunter zum Meenakshi-Tempel in Madurai und nistete mich zwischen den verschwommenen mystischen Wahrnehmungen eines singenden Priesters ein. Ich fuhr in Gestalt eines Autorikschafahrers um den Connaught Place in Neu-Delhi und beklagte mich bei meinen Fahrgästen bitter über die steigenden Benzinkosten; in Kalkutta schlief ich unbequem in einem Stück Abflußrohr. Mittlerweile vom Reisefieber gründlich gepackt, schwirrte ich los zum Kap Comorin und wurde eine Fischersfrau, deren Sari so eng war wie ihre Moral lose . . . an rotem Strand, umspült von drei Meeren, flirtete ich mit drawidischen Herumtreiberinnen in einer Sprache, die ich nicht verstand; dann ging es hinauf in den Himalaja, in die moosbedeckte Neandertalerhütte eines Angehörigen vom Stamme der Goojar, ich stand unter der Pracht eines vollkommen kreisförmigen Regenbogens und vor der sich herabwälzenden Moräne des Kolahoigletschers. In der goldenen Festung von Dschaisalmer kostete ich das Innenleben einer Frau, die mit Spiegeln verzierte Kleider anfertigte, und in Khadschuraho war ich ein halbwüchsiger Dorfjunge, in tiefe Verlegenheit gestürzt durch die erotischen tantrischen Skulpturen auf den Chandela-Tempeln inmitten der Felder, aber unfähig, meine Augen abzuwenden . . . in der exotischen Arglosigkeit des Reisens konnte ich ein kleines bißchen Frieden finden. Aber schließlich war der Tourismus nicht mehr befriedigend; Neugierde begann zu nörgeln. »Wollen wir doch mal herausfinden«, sagte ich zu mir, »was hier in der Gegend wirklich vorgeht.«

Angespornt vom eklektischen Geist meiner neun Jahre, sprang ich in die Köpfe von Film- und Kricketstars – ich erfuhr, was hinter dem *Filmfare*-Klatsch über die Tänzerin Vyjayantimala steckte, und ich war mit Polly Umrigar an der Linie im Brabourne-Stadion; ich war Lata

Mangeshkar die Playbacksängerin und Bubu der Clown im Zirkus hinter dem Beamtenviertel ... und es war unvermeidlich, daß ich durch das zufällige Verfahren meines Gedankenhüpfens die Politik entdeckte.

Einmal war ich ein Grundbesitzer in Uttar Pradesh, und mein Bauch quoll über die Pajamakordel, als ich Leibeigenen befahl, mein überschüssiges Getreide in Brand zu stecken ... ein anderes Mal verhungerte ich in Orissa, wo wie üblich Lebensmittelknappheit herrschte: ich war zwei Monate alt, und die Brüste meiner Mutter hatten keine Milch mehr. Ich ergriff für kurze Zeit Besitz vom Denken eines Funktionärs der Kongreßpartei, der einen Dorfschullehrer bestach, in der kommenden Wahlkampagne seinen Einfluß zugunsten der Partei Gandhis und Nehrus geltend zu machen, und auch von den Gedanken eines Bauern aus Kerala, der beschlossen hatte, für die Kommunisten zu stimmen. Ich wurde kühner: eines Nachmittags drang ich vorsätzlich in den Kopf des Chefministers unseres Staates ein, und so erfuhr ich mehr als zwanzig Jahre, bevor die ganze Nation darüber lachte, daß Morarji Desai täglich »sein eigenes Wasser einnahm« ... ich war in ihm, schmeckte die Wärme, als er gurgelnd ein Glas schäumenden Urins hinunterkippte. Und schließlich erreichte ich meinen Höhepunkt: ich wurde Jawaharlal Nehru, Ministerpräsident und Verfasser eingerahmter Briefe: ich saß mit dem großen Mann inmitten eines Haufens von Astrologen mit Zahnlücken und zottigen Bärten und regulierte den Fünfjahresplan, um ihn harmonisch nach der Sphärenmusik auszurichten ... das vornehme Leben steigt zu Kopfe. »Seht mich an!« frohlockte ich insgeheim. »Ich kann überall hingehen, wohin ich will!« In diesem Turm, der einmal bis zum Bersten mit den explosiven Vorrichtungen von Joseph D'Costas Haß angefüllt gewesen war, platzte dieser Satz (begleitet von den entsprechenden Ticktack-Geräuscheffekten) ganz und gar ausformuliert in meine Gedanken: »Ich bin die Bombe in Bombay ... seht, wie ich explodiere!«

Denn mich hatte das Gefühl beschlichen, daß ich irgendwie eine Welt schuf, daß die Gedanken, in die ich schlüpfte, *meine* waren, daß die Körper, die ich in Besitz nahm, auf meinen Befehl handelten, daß ich die aktuellen Ereignisse, Kunst, Sport, die ganze üppige Vielfalt eines erstklassigen Rundfunksenders, die sich in mich ergoß, irgendwie *geschehen ließ* ... was bedeutet, daß ich der Illusion des Künstlers verfallen war und die vielfältigen Realitäten des Landes für das ungeformte Rohmaterial meiner Begabung hielt. »Ich kann einfach alles herauskriegen!« triumphierte ich. »Es gibt nichts, was ich nicht in Erfahrung bringen kann!«

Heute, im Rückblick auf diese verlorenen, verlebten Jahre, kann ich sagen, daß der Geist der Selbstverherrlichung, der mich damals ergriff, ein Reflex war, einem Instinkt der Selbsterhaltung entsprungen. Hätte ich nicht geglaubt, daß ich selbst die sich ergießenden Massen kontrollierte, hätte ihre geballte Identität die meine ausgelöscht ... aber dort in meinem Uhrturm, erfüllt von der Anmaßung meines Übermuts, wurde ich Sin, der uralte Mondgott (nein, kein Inder: ich habe ihn aus dem alten Hadramaut importiert), fähig, über Entfernungen hinweg zu handeln und die Gezeiten der Welt zu verschieben.

Aber als der Tod Methwold's Estate besuchte, kam er dennoch überraschend für mich.

Obwohl seine Aktiva schon seit vielen Jahren nicht mehr eingefroren waren, blieb die Zone unterhalb Ahmed Sinais Gürtellinie kalt wie Eis. Seit dem Tag, an dem er aufgeschrien hatte: »Die Hundesöhne haben meine Eier in den Eiskübel geworfen!« und Amina sie in die Hand genommen hatte, um sie zu wärmen, so daß ihre Finger vor Kälte an ihnen klebengeblieben waren, hatte sein Geschlecht schlafend darniedergelegen, ein wolliger Elefant in einem Eisberg, ähnlich dem, den man 1956 in Rußland gefunden hatte. Meine Mutter Amina, die geheiratet hatte, um Kinder zu bekommen, fühlte, wie das ungeschaffene Leben in ihrem Schoß verfaulte, und machte sich Vorwürfe, daß sie mit ihren Warzen und was nicht noch allem für ihn nicht mehr anziehend wäre. Sie erörterte ihr Unglück mit Mary Pereira, aber die Ayah erklärte ihr nur, daß man von diesen »Mannsbildern« kein Glück erwarten könne; gemeinsam machten sie Pickles, während sie redeten, und Amina rührte ihre Enttäuschungen in ein scharfes Limonenchutney, das einem unweigerlich die Tränen in die Augen trieb.

Obwohl Ahmed Sinais Bürostunden von Phantasievorstellungen von Sekretärinnen erfüllt waren, die nackt Diktate entgegennahmen, Visionen von seinen Fernandas oder Poppys, die so, wie der liebe Gott sie geschaffen hatte, im Zimmer einherschlenderten mit geriffelten Mustern auf dem Hintern, weigerte sein Apparat sich zu reagieren, und eines Tages, als die wirkliche Fernanda oder Poppy nach Hause gegangen war und er mit Dr. Narlikar Schach spielte und seine Zunge (ebenso wie sein Spiel) durch die Dschinns ziemlich gelöst worden war, vertraute er ihm verlegen an: »Narlikar, ich habe anscheinend das Interesse verloren an du-weißt-schon-was!«

Ein Freudenschimmer strahlte von dem leuchtenden Gynäkologen aus; der Geburtenkontrollen-Fanatiker sprach dem dunklen, glühenden Arzt aus den Augen, als er folgende Rede hielt: »Bravo!« rief Dr. Narlikar. »Bruder Sinai, *verdammt gute Leistung!* Du — und, darf ich hinzufügen, ich selbst —, ja, du und ich, Sinai Bhai, sind Persönlichkeiten von seltenem geistigen Wert! Nicht für uns sind die keuchenden Erniedrigungen des Fleisches — ist es nicht edler, frage ich dich, die Zeugung zu fliehen, es zu unterlassen, die ungeheuren Massen, die im Augenblick unser Land an den Bettelstab bringen, auch nur um ein einziges weiteres elendes Menschenleben zu vermehren, und statt dessen unsere Energien darauf zu richten, ihnen *mehr Land, auf dem sie stehen können,* zu geben? Ich sage dir, mein Freund: du und ich und unsere Tetrapoden: aus den Tiefen des Ozeans werden wir Grund hervorbringen!« Um diese feierliche Rede würdig zu begießen, schenkte Ahmed Sinai etwas zu trinken ein; mein Vater und Dr. Narlikar tranken auf ihren vierbeinigen Betontraum.

»Land ja! Liebe nein!« sagte Dr. Narlikar ein wenig unsicher; mein Vater füllte sein Glas nach.

In den letzten Tagen des Jahres 1956 schien der Traum, mit Hilfe von Abertausenden großer Betontetrapoden dem Meer Land abzugewinnen — derselbe Traum, der Ursache für die Einfrierung gewesen und jetzt für meinen Vater eine Art Ersatz für die sexuelle Aktivität war, die das Nachspiel der Einfrierung ihm verweigerte —, tatsächlich der Erfüllung nahe. Diesmal jedoch gab Ahmed Sinai sein Geld vorsichtig aus, diesmal blieb er im Hintergrund verborgen, und sein Name tauchte auf keinerlei Dokumenten auf; diesmal hatte er die Lektion, die die Einfrierung ihm erteilt hatte, gelernt und war entschlossen, sowenig Aufmerksamkeit wie möglich auf sich zu ziehen. Als Dr. Narlikar ihn dadurch betrog, daß er starb und keinen Beweis für die Beteiligung meines Vaters an dem Tetrapodenprojekt hinterließ, wurde Ahmed Sinai (der, wie wir gesehen haben, dazu neigte, angesichts von Katastrophen die Nerven zu verlieren), folglich vom Maul eines sich lange hinziehenden, gewundenen Abstiegs geschluckt; er sollte sich nicht wieder erheben, bis er sich ganz am Ende seiner Tage endlich in seine Frau verliebte.

* * *

Dies ist die Geschichte, wie man sie sich danach in Methwold's Estate erzählte: Dr. Narlikar hatte in der Nähe des Marine Drive Freunde besucht; nach dem Besuch hatte er beschlossen, zum Strand von Chowpatty hinunterzubummeln und sich Bhel-Puri und Kokosnußmilch zu kaufen. Als er munter entlang der Kaimauer bummelte, überholte er das Schwanzende eines Sprachmarsches, der sich langsam vorwärtsbewegte und friedlich sang. Dr. Narlikar näherte sich der Stelle, an der er auf der Kaimauer mit Erlaubnis der Stadtbehörde einen einzelnen, symbolischen Tetrapoden hatte aufstellen lassen, eine Art Ikone, die den Weg in die Zukunft wies. Und hier bemerkte er etwas, was ihn den Verstand verlieren ließ. Eine Gruppe Bettlerinnen hatte sich um den Tetrapoden geschart und verrichtete Puja. Auf den Sockel des Objekts hatten sie brennende Öllampen gestellt; eine der Frauen hatte ein OM-Symbol auf die Spitze gemalt; sie sagten Gebete auf, während sie den Tetrapoden gründlich und andächtig wuschen. Ein technisches Wunder war in den Schiwa-lingam verwandelt worden. Dr. Narlikar, der Fruchtbarkeitsgegner, wurde wild, da ihm bei diesem Anblick schien, als seien alle dunklen priapischen Mächte des antiken zeugungskräftigen Indien auf die Schönheit des sterilen Betons des zwanzigsten Jahrhunderts losgelassen worden . . . er preschte vor, wobei er die betenden Frauen wüst beschimpfte; vor Wut leuchtete er leidenschaftlich auf, und als er sie erreichte, trat er mit dem Fuß gegen ihre kleinen Öllampen; es wird berichtet, er habe sogar versucht, die Frauen wegzustoßen. Und all das sahen die Teilnehmer des Sprachmarsches mit eigenen Augen.

Die Ohren der Marschierer hörten die Grobheit seiner Sprache; die Füße der Marschierer hielten an, ihre Stimmen erhoben sich tadelnd. Fäuste wurden geschüttelt, Flüche ausgestoßen. Worauf der gute Doktor, vor Wut jegliche Vorsicht vergessend, sich der Menge zuwandte und ihre Sache, ihre Herkunft und ihre weiblichen Verwandten verunglimpfte. Schweigen senkte sich herab und übte seine Macht aus. Schweigen lenkte die Füße der Marschierer zu dem glühenden Gynäkologen hin, der zwischen dem Tetrapoden und den klagenden Frauen stand. Schweigend streckten die Hände der Marschierer sich nach Narlikar aus, und in tiefem Schweigen klammerte er sich an den vierbeinigen Beton, während sie versuchten, ihn zu sich zu ziehen. Während ringsum vollkommene Geräuschlosigkeit herrschte, verlieh die Angst Dr. Narlikar die Kraft von Napfschnecken; seine Arme hielten an dem Tetrapoden fest und ließen sich nicht loslösen. Die Marschierer hängten sich selbst an den Tetrapoden ... schweigend begannen sie zu schaukeln, stumm überwand die Kraft der schieren Zahl sein Gewicht. An einem Abend, erfüllt von dämonischer Stille, kippte der Tetrapode und schickte sich an, der erste seiner Art zu werden, der in den Wassern versank und die große Aufgabe der Landgewinnung begann. Dr. Suresh Narlikar, dessen Mund sich lautlos zu einem A öffnete, klammerte sich wie ein phosphoreszierendes Weichtier daran fest ... Mann und vierbeiniger Beton fielen ohne einen Ton. Das Klatschen des Wassers brach den Bann.

Es hieß, daß niemand Mühe hatte, als Dr. Narlikar herabstürzte und von seiner geliebten Obsession zermalmt wurde, den Leichnam ausfindig zu machen, weil er ein Licht aussandte, das wie Feuer durchs Wasser nach oben strahlte.

***

»Wißt ihr, was los ist?« »He, Mann, was gibt's?« – Kinder, ich eingeschlossen, hingen in Trauben vor der Gartenhecke von Escorial Villa, in der sich Dr. Narlikars Junggesellenwohnung befand, und ein Laufbursche von Lila Sabarmati, der eine Miene ernster Würde aufsetzte, informierte uns: »Sie haben seinen Tod nach Hause gebracht, in Seide gehüllt.«

Es war mir nicht erlaubt, den Tod von Dr. Narlikar zu sehen, als er mit safrangelben Blumen bekränzt auf seinem harten Einzelbett lag; aber ich brachte sowieso alles darüber in Erfahrung, denn die Nachricht verbreitete sich weit über die Grenzen seines Zimmers hinaus. Am meisten hörte ich darüber von den Dienstboten des Anwesens, die es ganz natürlich fanden, offen über einen Tod zu sprechen, aber selten etwas übers Leben sagten, denn im Leben war ja alles offensichtlich. Von Dr. Narlikars eigenem Hausdiener erfuhr ich, daß der Tod durch Verschlucken großer Mengen des Meers selbst die Eigenschaften von Wasser angenommen hatte: er war zu etwas Flüssigem geworden und sah glücklich, traurig oder gleichgültig aus, je nachdem, wie das Licht darauf fiel. Homi Catracks Gärtner warf ein: »Es ist gefährlich, zu lange den Tod anzusehen, sonst trägt man ein bißchen von ihm mit sich fort, und das hat Folgen.« Wir fragten: Folgen? Was für Folgen? Welche Folgen? Wie? Und Purushottam der Sadhu, der seinen Platz unter dem Wasserhahn im Garten von Buckingham Villa zum erstenmal seit Jahren verlassen hatte, sagte: »Ein Tod läßt die Lebenden sich selbst zu deutlich sehen; nachdem sie in seiner Nähe gewesen sind, werden sie überdreht.« Diese außergewöhnliche Behauptung wurde in der Tat von den Ereignissen bestätigt, denn danach wurde Toxy Catracks Pflegerin Bi-Appah, die geholfen hatte, den Leichnam zu waschen, noch verbissener, noch zänkischer, noch furchterregender; und es sah so aus, als sei jeder, der den Tod Dr. Narlikars sah, als er feierlich aufgebahrt dalag, betroffen. Nussie Ibrahim wurde noch alberner und glich noch mehr einer Ente, und Lila Sabarmati, die über dem Tod wohnte und geholfen hatte, sein Zimmer herzurichten, gab sich anschließend einem promiskuösen Verhalten hin, das schon immer in ihr geschlummert hatte, und begab sich auf einen Weg, an dessen Ende Kugeln fallen sollten und ihr Ehemann, Fregattenkapitän Sabarmati, den Verkehr von Colaba mit einem äußerst unüblichen Stab regeln sollte . . .

Unsere Familie jedoch hielt sich vom Tod fern. Mein Vater weigerte sich, hinzugehen und ihm die letzte Ehre zu erweisen, und sollte seinen ehemaligen Freund nie mehr mit Namen nennen, sondern einfach »diesen Verräter«.

Zwei Tage später, nachdem die Nachricht in den Zeitungen gestanden hatte, kam Dr. Narlikar plötzlich zu einem riesigen Anhang weiblicher Verwandter. Nachdem er sein Leben lang Junggeselle und Frauenfeind gewesen war, wurde er im Tod von einem Meer riesenhafter, lärmender, omnikompetenter Frauen verschlungen, die aus den seltsamsten Winkeln der Stadt hervorgekrochen kamen, aus Molkereien und aus Kinokassen, aus Mineralwasserausschänken am Straßenrand und aus unglücklichen Ehen; in einem Jahr der Umzüge hielten die Narlikar-Frauen ihre eigene Parade ab, ein enormer Strom überdimensionaler Weiblichkeit floß unser zweigeschossiges Hügelchen hinan, um Dr. Narlikars Wohnung so vollzufüllen, daß man von der Straße her ihre Ellbogen aus den Fenstern herausragen und ihre Hintern auf die Veranda überfließen sah. Eine Woche lang konnte keiner nachts ein Auge zutun, weil das Klagen der Narlikar-Frauen die Luft erfüllte, aber ungeachtet ihres Geheuls erwiesen die Frauen sich als so kompetent, wie sie aussahen. Sie übernahmen die Leitung des Entbindungsheims, sie durchforsteten Narlikars sämtliche geschäftlichen Transaktionen, und sie schalteten meinen Vater kaltlächelnd aus dem Tetrapoden-geschäft aus, einfach so. Nach all diesen Jahren blieb mein Vater mit nichts als einem Loch in der Tasche zurück, während die Frauen Narlikars Leichnam nach Benares schafften, um ihn einäschern zu lassen, und die Dienstboten des Anwesens flüsterten mir zu, sie hätten gehört, daß die Asche des Doktors in der Dämmerung am Manikarnika-Ghat in das Wasser des heiligen Ganges gestreut worden und nicht untergegangen sei, sondern wie winzige Leuchtkäfer auf der Wasseroberfläche geschwommen und ins Meer hinausgespült worden sei, wo sie mit ihrer seltsamen Leuchtkraft sicher die Schiffskapitäne erschreckt habe.

Was Ahmed Sinai betraf: ich schwör's, nach Narlikars Tod und der Ankunft der Frauen begann er buchstäblich zu verblassen ... allmählich wurde seine Haut bleich, sein Haar verlor die Farbe, innerhalb weniger Monate war er bis auf das Dunkle seiner Augen vollkommen weiß geworden. (Mary Pereira erklärte Amina: »Dieser Mann ist kalt bis aufs Blut, deshalb hat seine Haut jetzt Eis produziert, weißes Eis wie im Kühlschrank.«) Ich sollte in aller Aufrichtigkeit sagen, daß er, obwohl er vorgab, von seiner Verwandlung in einen Weißen beunruhigt zu sein, und Ärzte und so weiter aufsuchte, insgeheim doch eher erfreut war, als sie das Problem nicht erklären und kein Heilmittel verschreiben konnten, denn schon lange beneidete er Europäer um ihre Hautfarbe. Eines Tages, als es wieder gestattet war, Witze zu machen (nach Dr. Narlikars Tod hatte man einen angemessenen Zeitraum verstreichen lassen), erzählte er Lila Sabarmati bei der Cocktailstunde: »Die besten Menschen sind alle weiß unter der Haut; ich habe lediglich die Heuchelei aufgegeben.« Seine Nachbarn, die sämtlich dunkler waren als er, lachten höflich und fühlten sich merkwürdig beschämt.

Der Tatbestand deutet offenkundig darauf hin, daß der Schock über Narlikars Tod schuld daran war, daß sich ein schneeweißer Vater zu meiner ebenholzschwarzen Mutter gesellte; aber ich riskiere es (obwohl ich nicht weiß, wieviel Sie bereit sind zu schlucken), noch eine alternative Erklärung zu liefern, eine Theorie, entwickelt in der abstrakten Abgeschiedenheit meines Uhrturms ... denn auf meinen ständigen Psychoreisen entdeckte ich etwas recht Seltsames: in den ersten neun Jahren der Unabhängigkeit befiel eine ähnliche Pigmentstörung (deren erstes bezeugtes Opfer wahrscheinlich die Rani von Cooch Naheen gewesen ist) scharenweise die Geschäftswelt der Nation. Überall in Indien stolperte ich über gute indische Geschäftsleute, deren Vermögen wuchs und gedieh dank des ersten Fünfjahresplans, der sich darauf konzentrierte, den Handel auszubauen ... Geschäftsleute, die in der Tat sehr, sehr bleich geworden waren oder wurden! Es scheint, daß die ungeheuren (sogar heroischen) Anstrengungen, die damit verbunden waren, die Macht von den Briten zu übernehmen und Herr des eigenen Schicksals zu werden, ihren Wangen die Farbe entzogen hatte . . . falls das stimmt, war mein Vater vielleicht ein spätes Opfer eines weit verbreiteten Phänomens, das freilich im allgemeinen nicht beachtet wurde. Die Geschäftsleute Indiens wurden weiß.

Daran hat man für einen Tag genug zu kauen. Aber Evelyn Lilith Burns kommt, das Café Pionier ist schmerzlich nahe, und – entscheidender – die anderen Kinder der Mitternacht, einschließlich meines Alter ego Shiva – der mit den tödlichen Knien –, üben extrem starken Druck aus. Bald werden die Risse weit genug für sie sein, so daß sie hinausschlüpfen können . . .

Übrigens: irgendwann gegen Ende des Jahres 1956 fand höchstwahrscheinlich auch der Sänger und Hahnrei Wee Willie Winkie den Tod.

Liebe in Bombay

Im Ramzàn, dem Fastenmonat, gingen wir sooft wir konnten ins Kino. Nachdem wir um fünf Uhr morgens von der unermüdlichen Hand meiner Mutter wachgerüttelt worden waren, nachdem wir vor Morgengrauen Melonen und gezuckertes Limonenwasser zum Frühstück bekommen hatten, übernahmen das Messingäffchen und ich es abwechselnd (oder manchmal auch gemeinsam rufend), Amina zu erinnern: »Die Halb-Elf-Uhr-Vorstellung! Es ist Metro-Kinderklub-Tag, Amma, biiiitte!« Dann die Fahrt mit dem Rover zum Kino, wo wir weder Coca-Cola trinken noch Kartoffelchips probieren würden, weder Kwality-Eiskrem noch Samosas in fettigem Papier; aber wenigstens gab es eine Klimaanlage und an unsere Kleider geheftete Kinderklub-Abzeichen und Wettbewerbe und Geburtstagsdurchsagen, die ein Conférencier mit einem spärlichen Schnurrbart machte, und schließlich nach der Vorschau, in der »Nächste Attraktion« und »Demnächst in diesem Theater« vorgestellt wurden, und dem Zeichentrickfilm (»Gleich kommt der Hauptfilm, aber zuerst...!«) den Film *Quentin Durward* vielleicht oder *Scaramouche*. »Draufgängerisch!« sagten wir danach, wenn wir Filmkritiker spielten, zueinander, und »ein unflätiger Draufgänger außer Rand und Band!« – obwohl wir von Draufgängern und Unflätigkeit keine Ahnung hatten. Gebetet wurde nicht viel in unserer Familie (außer am Eid-ul-Fitr, wenn mein Vater mich in die Freitagsmoschee führte, um den Feiertag zu begehen, indem er mir ein Taschentuch um den Kopf band und die Stirn auf den Boden drückte) ... aber wir fasteten immer gern, denn wir mochten das Kino.

Evie Burns und ich stimmten überein: der Welt größter Filmstar war Robert Taylor. Ich mochte auch Jay Silverheels als Tonto, aber sein Komo-Sabay, Clayton Moore, war für die Rolle des Lone Ranger meiner Ansicht nach zu fett.

Evelyn Lilith Burns tauchte am Neujahrstag 1957 auf, um sich mit ihrem verwitweten Vater in einer Wohnung in einem der beiden gedrungenen, häßlichen Betonblöcke niederzulassen, die, fast ohne daß wir es bemerkt hatten, auf den unteren Ausläufern unseres Hügelchens entstanden und seltsam aufgeteilt waren: Amerikaner und andere Ausländer lebten (wie Evie) in Noor Ville; Erfolgsgeschichten von indischen Aufsteigern endeten im Laxmi Vilas. Von der Höhe von Methwold's Estate sahen wir auf sie alle hinab, auf Braun und Weiß gleichermaßen. Aber niemand sah je auf Evie Burns hinab – außer einem einzigen Mal. Nur einmal legte jemand sie aufs Kreuz.

Ehe ich noch in meine erste lange Hose stieg, verliebte ich mich in Evie; aber die Liebe in jenem Jahr war eine seltsame Kettenreaktion. Um Zeit zu sparen, setze ich uns alle im Metro-Kino in dieselbe Reihe; Robert Taylor spiegelt sich in unseren Augen, während wir in flatternder Trance dasitzen – und auch in symbolischer Reihenfolge: Saleem Sinai sitzt neben und ist verliebt in Evie Burns, sie sitzt neben und ist verliebt in Sonny Ibrahim, der sitzt neben und ist verliebt in das Messingäffchen, das neben dem Gang sitzt und einen Mordshunger hat . . . ich liebte Evie Burns ungefähr sechs Monate meines Lebens; zwei Jahre später war sie wieder in Amerika, erstach eine alte Frau und wurde in die Besserungsanstalt geschickt.

An dieser Stelle ist es angebracht, kurz meinen Dank auszudrücken: hätte Evie nicht unter uns gelebt, wäre meine Geschichte vielleicht nie über Tourismus in einem Uhrturm und Mogeln im Unterricht hinausgediehen . . . und dann hätte es keinen Höhepunkt in der Herberge einer Witwe gegeben, keinen klaren Beweis für meine Bedeutung, kein Finale in einer qualmenden Fabrik, über der die zwinkernde, safrangelbe und grüne tanzende Gestalt der Neongöttin Mumbadevi thront. Aber Evie Burns (war sie Schlange oder Leiter? die Antwort liegt auf der Hand: *beides*) kam, komplett mit dem silbernen Fahrrad, das mich nicht nur in die Lage versetzte, die Mitternachtskinder zu entdecken, sondern auch die Teilung des Staates Bombay zu sichern.

Um mit dem Anfang anzufangen: ihr Haar war aus Vogelscheuchenstroh, ihre Haut mit Sommersprossen übersät, und ihre Zähne lebten in einem Metallkäfig. Diese Zähne waren, schien es, das einzige auf Erden, worüber sie keine Macht hatte – sie wuchsen aufs Geratewohl, in heimtückischen Überlappungen, wie wild verlegtes Pflaster, und taten ihr schrecklich weh, wenn sie Eis aß. Diese eine Verallgemeinerung erlaube ich mir: Amerikaner haben das Weltall bezwungen, haben aber keine Herrschaft über ihre Münder; wohingegen Indien machtlos ist, seine Kinder aber ausgezeichnete Zähne haben.)

Von Zahnschmerzen gefoltert, war meine Evie großartig über den Schmerz erhaben. Sie weigerte sich, von Zähnen und Zahnfleisch beherrscht zu werden, aß Kuchen und trank Cola, wann immer es welches gab, und beklagte sich nie. Eine zähe Göre, Evie Burns: ihre Bezwingung des Schmerzes bestätigte ihre Oberherrschaft über uns alle. Es wurde einmal festgestellt, daß alle Amerikaner eine Grenze brauchen: Schmerz war die ihre, und sie war entschlossen, sie nach vorn zu verlegen.

Einmal schenkte ich ihr schüchtern eine Blumenkette (Königin-der-Nacht für meine Lilie-des-Abends), von meinem eigenen Taschengeld bei einer Straßenhändlerin in Scandal Point gekauft. »Ich trage keine Blumen«, sagte Evelyn Lilith, schleuderte die unerwünschte Kette in die Luft und durchschoß sie, ehe sie niederfiel, mit einer Kugel aus ihrer unfehlbaren Daisy-Luftpistole. Indem sie Blumen mit einer Daisy vernichtete, tat sie kund, daß sie sich durch nichts behindern ließ, nicht einmal durch eine Kette: sie war unsere kapriziöse, quirlige Lilie-des-Hügels. Und zugleich Eve. Der Adamsapfel meines Auges.

Wie sie ankam: Sonny Ibrahim, Schlitzauge und Haaröl Sabarmati, Cyrus Dubash, das Äffchen und ich spielten Kinderkricket in der Manege zwischen Methwolds vier Palästen. Ein Neujahrsspiel: Toxy applaudierte an ihrem vergitterten Fenster, selbst Bi-Appah war guter Laune und beschimpfte uns ausnahmsweise nicht. Kricket ist – selbst wenn es von Kindern gespielt wird – ein ruhiges Spiel: Frieden in Leinsamenöl getränkt. Der Kuß von Leder und Weidenholz, vereinzelter Applaus, der gelegentliche Ruf – »Guter Schlag, Sir!« – »Was'n?«, aber Evie auf ihrem Fahrrad scherte sich einen Dreck drum.

»He, ihr da! Ihr alle! He, wasisn los? Seid ihr taub oder was?«

Ich schlug gerade den Ball (elegant wie Ranji, kräftig wie Vinoo Mankad), als sie auf ihrem Zweirad den Hügel heranstürmte, mit fliegendem Strohhaar, leuchtenden Sommersprossen und Mundmetall, das im Sonnenlicht optische Signale ausstrahlte, eine Vogelscheuche rittlings auf einer silbernen Kugel . . . »He, du da mit der Rotznase, hör auf, dem blöden Ball nachzuglotzen, du Monster. Ich zeig' dir was, was sich lohnt, beglotzt zu werden.«

Unmöglich, sich Evie Burns vorzustellen, ohne gleichzeitig ein Fahrrad heraufzubeschwören, und nicht irgendein Zweirad, sondern eins der letzten großen Oldtimer, ein Arjuna-India-Rad in tadellosem Zustand, mit einem Rennradlenker, der mit Klebeband umwickelt war, mit fünf Gängen und einem Sattel aus kunstledernem Gepardenfell; und einem silbernen Rahmen (die gleiche Farbe, das brauche ich Ihnen nicht zu sagen, wie das Pferd des Lone Ranger) . . . das schlampige Schlitzauge und das ordentliche Haaröl, Cyrus-das-Genie und das Äffchen und Sonny Ibrahim und ich selbst – die besten Freunde, die wahren Söhne des Anwesens, seine Erben kraft Geburtsrecht – Sonny mit der bedächtigen Unschuld, die sein Teil war, seit die Zange sein Gehirn eingedellt hatte, und ich mit meinem gefährlichen geheimen Wissen – ja, wir alle, zukünftige Stierkämpfer und Marineoffiziere und so weiter, standen mit offenen Mündern erstarrt, als Evie Burns ihr Fahrrad zu fahren begann, schnellerschnellerschneller, immer um den Rand der Manege herum. »Nukucktmichmal an, kuckt mir zu, ihr Blödköppe!«

Mal auf dem Gepardensattel sitzend, mal nicht: Evie gab eine Vorstellung. Einen Fuß auf dem Sattel, ein Bein hinter sich ausgestreckt, wirbelte sie um uns herum; sie legte Tempo zu und vollführte dann einen Kopfstand auf dem Sitz! Sie konnte mit gespreizten Beinen auf dem Vorderrad sitzen, mit dem Gesicht nach hinten, und die Pedale verkehrt herum bearbeiten ... die Schwerkraft war ihr Sklave, Geschwindigkeit ihr Element, und wir wußten, eine Autorität weilte unter uns, eine Hexe auf Rädern, und die Heckenblumen streuten ihr Blütenblätter, der Staub der Manege erhob sich in Beifallswolken, denn auch die Zirkusmanege hatte ihre Herrin gefunden: sie war die Leinwand unter dem Pinsel von Evis wirbelnden Rädern.

... Jetzt bemerkten wir, daß unsere Heldin ein Daisy-Luftgewehr auf die rechte Hüfte setzte ... »Kommt noch mehr, ihr Nullen!« kläffte sie und zog die Waffe. Ihre Kugeln verliehen Steinen die Gabe des Flugs; wir warfen Annas in die Luft, und sie schoß sie herunter, schoß sie mausetot. »Mehr Ziele!« – und Schlitzauge rückte ohne zu murren sein geliebtes Rommépspiel heraus, damit sie den Königen die Köpfe abschießen konnte. Annie Oakley in Zahnklammern – niemand wagte, ihre Schießkünste in Frage zu stellen, außer einmal, und das war am Ende ihrer Herrschaft, während der großen Katzeninvasion, und da gab es mildernde Umstände.

Erhitzt und schwitzend stieg Evie Burns ab und verkündete: »Von jetzt an gibt's einen neuen großen Häuptling hier. Ist das klar, Inder? Irgend was dagegen?«

Nichts dagegen; da wußte ich, daß ich mich verliebt hatte.

Am Strand von Juhu mit Evie: sie gewann die Kamelrennen, konnte mehr Kokosmilch trinken als jeder von uns, konnte ihre Augen unter dem beißenden Salzwasser des Arabischen Meers öffnen.

Machten sechs Monate so einen Unterschied? (Evie war ein halbes Jahr älter als ich.) Berechtigte es einen, mit Erwachsenen zu sprechen, als wäre man ihresgleichen? Evie wurde gesehen, wie sie mit dem alten Ibrahim Ibrahim plauderte; sie behauptete, Lila Sabarmati bringe ihr bei, Make-up aufzulegen; sie besuchte Homi Catrack, um über Gewehre zu plaudern. (Es war die tragische Ironie von Homi Catracks Leben, daß er, auf den eines Tages ein Gewehr gerichtet sein sollte, ein wahrer *aficionado* von Feuerwaffen war . . . in Evie fand er ein gleichgesinntes Geschöpf, ein mutterloses Kind, das, anders als seine Toxy, einen messerscharfen Verstand hatte und mit allen Wassern gewaschen war. Übrigens verschwendete Evie Burns kein Mitleid an die arme Toxy Catrack. »Nicht ganz richtig im Kopf«, ließ sie uns unbekümmert wissen, »sollte wie 'ne Ratte um die Ecke gebracht werden.« Aber Evie: Ratten sind nicht schwach! Dein Gesicht hatte mehr von einem Nagetier an sich als der ganze Körper deiner verachteten Toxy.)

Das war Evelyn Lilith, und innerhalb von ein paar Wochen nach ihrer Ankunft hatte ich die Kettenreaktion in Gang gesetzt, von deren Auswirkungen ich mich nie völlig erholen sollte.

Sie begann mit Sonny Ibrahim, Sonny-von-nebenan, Sonny mit den Zangendellen, der geduldig in den Kulissen meiner Geschichte gesessen und auf seinen Auftritt gewartet hat. In jenen Tagen war Sonny arg mitgenommen: mehr als eine Zange hatte ihn eingedrückt. Das Messingäffchen zu lieben war (selbst im neunjährigen Sinne des Wortes) kein leichtes Kunststück.

Wie ich schon sagte, hatte meine Schwester, als zweite und unvorhergesagt geboren, begonnen, auf jede Liebeserklärung heftig zu reagieren. Obwohl man annahm, daß sie die Sprachen der Vögel und Katzen beherrschte, erregten die zärtlichen Worte von Liebenden eine fast tierische Wut in ihr. Doch Sonny war zu einfältig, um sich abhalten zu lassen. Seit Monaten schon belästigte er sie mit Erklärungen wie: »Saleems Schwester, du bist 'ne ganz schön tolle Type!« oder: »Hör mal, willst du nicht mein Mädchen sein? Wir könnten vielleicht mit deiner Ayah ins Kino gehen . . .« Und genau die gleiche Anzahl von Monaten ließ sie ihn schon für seine Liebe leiden – erzählte seiner Mutter Lügengeschichten, stieß ihn zufällig-absichtlich in Schlammpfützen, griff ihn sogar einmal körperlich an und ließ ihn mit langen, sein ganzes Gesicht hinuntergekratzten Klauenspuren und einem gekränkten, traurigen Hundeblick zurück; aber er wollte nicht lernen. Und so hatte sie schließlich ihre schrecklichste Rache geplant.

Das Äffchen besuchte die Walsingham-Schule für Mädchen in der Nepean Sea Road, eine Schule voller hochgewachsener, mit prachtvollen Muskeln versehener Europäerinnen, die wie Fische schwammen und wie U-Boote tauchten. Von unserem Schlafzimmerfenster aus konnten wir sehen, wie sie in ihrer Freizeit Kapriolen in dem landkartenförmigen Becken des Breach Candy Club machten, von dem wir natürlich ausgeschlossen waren . . . und als ich entdeckte, daß das Messingäffchen sich diesen exklusiven Schwimmerinnen als eine Art Maskottchen angeschlossen hatte, war ich vielleicht zum erstenmal wirklich betrübt über sie . . . aber man konnte nicht reden mit ihr, sie ging ihren eigenen Weg. Vierschrötige fünfzehnjährige weiße Mädchen ließen sie im Walsingham-Schulbus neben sich sitzen. Drei solcher Weibsbilder warteten jeden Morgen mit ihr an derselben Stelle, an der Sonny, Schlitzauge, Haaröl, Cyrus-der-Große und ich auf den Bus von der Cathedral-Schule warteten.

Eines Morgens waren, aus längst vergessenem Grund, Sonny und ich die einzigen Jungen an der Haltestelle. Vielleicht machte irgendein Bazillus die Runde oder so etwas. Das Äffchen wartete, bis Mary Pereira uns unter der Obhut der vierschrötigen Schwimmerinnen allein gelassen hatte, und dann schoß mir plötzlich, als ich mich ganz ohne besonderen Grund in ihre Gedanken einschaltete, durch den Kopf, was sie in Wirklichkeit plante, und ich schrie auf: »He!« – aber zu spät. Das Äffchen kreischte: »Du hältst dich da raus!«, und dann hatten sie und die drei muskulösen Schwimmerinnen sich schon auf Sonny Ibrahim gestürzt; Leute, die auf der Straße geschlafen hatten, und Bettler und vorbeiradelnde Angestellte sahen mit unverhohlener Belustigung zu, denn sie rissen ihm jeden Fetzen vom Leib . . . »Verdammt noch mal, Mann, willst du einfach dastehen und zusehen?« – Sonny schrie um Hilfe, aber ich war steif und starr, wie konnte ich Partei ergreifen, wie konnte ich zwischen meiner Schwester und meinem besten Freund entscheiden, und er, in Tränen jetzt: »Ich sag's meinem Daddy!«; das Äffchen hingegen: »Das wird dich lehren, keine Scheiße mehr zu reden – und das wird dich lehren«, keine Schuhe, kein Hemd mehr, sein Unterhemd von einer Turmspringerin entrissen. »Und das wird dich lehren, keine schmalzigen Liebesbriefe mehr zu schreiben«, keine Sokken mehr jetzt und reichlich Tränen, und: »Da!« kreischte das Messingäffchen; der Walsingham-Bus kam an, und die Angreiferinnen und das Messingäffchen sprangen hinein und entschwanden. »Ta-ta-ba-ta, Loverboy«, schrien sie noch, und Sonny blieb auf der Straße zurück, auf dem Bürgersteig gegenüber von Chimalker und dem Paradies des Lesers, nackt wie am Tag seiner Geburt; seine Zangendellen glitzerten wie Felsvertiefungen, denn Vaseline aus seinem Haar war hineingeträufelt, und auch seine Augen waren naß, als er sagte: »Warum macht sie das bloß, Mann? Warum, wo ich ihr doch bloß gesagt habe, ich mag...«

»Keine Ahnung«, sagte ich und wußte nicht, wo ich hinsehen sollte. »Sie macht so was, das ist alles.« Und ich wußte auch nicht, daß die Zeit kommen sollte, in der sie mir etwas viel Schlimmeres antat.

Aber das war neun Jahre später... in der Zwischenzeit hatte Anfang 1957 der Wahlkampf begonnen: die Jan Sangh propagierte Altersheime für betagte heilige Kühe; in Kerala versprach E. M. S. Namboodiripad, daß der Kommunismus jedem Essen und Arbeit gäbe; in Madras entfachte die Anna-DMK-Partei von C. N. Annadurai die Flammen des Regionalismus; die Kongreßpartei schlug mit Reformen wie dem Hindu-Erbfolgegesetz zurück, das Hindu-Frauen gleiche Erbrechte zugestand – kurzum, jeder war damit beschäftigt, sich für seine eigene Sache einzusetzen; ich jedoch fand gegenüber Evie Burns keine Worte und wandte mich an Sonny Ibrahim mit der Bitte, sich für mich einzusetzen.

In Indien sind wir schon immer für Europäer anfällig gewesen... seit Evie bei uns war, waren nur ein paar Wochen vergangen, und schon trieb es mich unwiderstehlich, auf groteske Weise europäische Literatur nachzuäffen. (Wir hatten in der Schule *Cyrano* in einer vereinfachten Fassung durchgenommen; ich hatte außerdem den Comic *Illustrierte Klassik* gelesen.) Vielleicht wäre es gerecht zu sagen, daß Europa sich in Indien als Farce wiederholt... Evie war Amerikanerin. Das gleiche.

»Aber he, Mann, das ist nicht fair, Mann. Warum tust du es nicht selber?«

»Hör zu, Sonny«, bat ich, »du bist doch mein Freund, oder?«

»Jaaa, aber du hast mir noch nicht mal geholfen...«

»Schließlich ist sie meine Schwester, Sonny, wie konnte ich?«

»Nein; also mußt du deinen Dreck allein...«

»He, Sonny, Mann, denk doch mal nach. Denk doch nur mal nach. Diese Mädchen müssen vorsichtig behandelt werden, Mann. Du hast doch gesehen, was das Äffchen für einen Rappel kriegt! Du hast die Erfahrung hinter dir, Yaar, du hast es durchgemacht. Du weißt, wie sachte du das nächste Mal vorgehen mußt. Was weiß ich denn schon, Mann? Vielleicht mag sie mich überhaupt nicht. Willst du denn, daß auch mir die Kleider vom Leib gerissen werden? Wär' dir dann wohler?«

Und der unschuldige, gutmütige Sonny: »... Nein, eigentlich nicht...«

»Na also! Du gehst hin. Singst ein wenig mein Lob. Sag ihr, sie soll sich nicht an meiner Nase stören. Auf den Charakter kommt's an. Kannst du das machen?«

» . . . Tjaaa . . . ich . . . gut, aber du sprichst auch mit deiner Schwester, okay?«

»Ich red' mit ihr, Sonny. Was kann ich schon versprechen? Du weißt ja, wie sie ist. Aber ich rede mit ihr, ganz bestimmt.«

Man kann seine Strategien so sorgfältig ausdenken, wie man will, Frauen zerschlagen sie mit einem Streich. Für jeden siegreichen Wahlkampf gibt es doppelt so viele, die fehlschlagen . . . von der Veranda von Buckingham Villa aus spionierte ich durch die Stäbe der Bambusjalousie hinter Sonny Ibrahim her, als er meinen auserwählten Wahlbezirk sondierte . . . und hörte die Stimme der Wählerschaft, den ansteigenden nasalen Klang von Evie Burns, der die Luft mit Verachtung zerteilte: »Wer? *Der?* Warum sagte dem nicht, er soll sich erst mal die Nase putzen? Der Schnüffler? Der kann ja noch nicht mal *Rad* fahren!«

Das stimmte.

Und Schlimmeres stand bevor, denn sah ich nun etwa nicht (obwohl eine Bambusjalousie die Szene in schmale Schlitze aufteilte), wie Evies Gesichtsausdruck allmählich weicher wurde und sich änderte? Streckte Evies Hand (durch die Jalousie längs unterteilt) sich nicht nach meinem Wahlhelfer aus? Und berührten nicht Evies Finger (die Nägel bis zum Fleisch abgekaut) Sonnys Zangendellen und tauchten dabei in herabgetröpfelte Vaseline? Und sagte Evie oder sagte sie etwa nicht: »Wenn man dich dagegen sieht, du bist richtig *süß*!« Lassen Sie mich traurig bestätigen, daß ich tat, sie tat, sie taten, sie tat.

Saleem Sinai liebt Evie Burns, Evie liebt Sonny Ibrahim, Sonny ist ganz verrückt nach dem Messingäffchen; aber was sagt das Äffchen? »Mach mich nicht krank, Allah«, sagte meine Schwester, als ich – ziemlich nobel, wenn man in Betracht zieht, wie er mich im Stich gelassen hatte – versuchte, für Sonny einzutreten. Das Votum der Wähler lautete für uns beide: Daumen nach unten.

Ich gab noch nicht auf. Die Sirenenverlockungen Evie Burns' – die sich nie etwas aus mir machte, wie ich zugeben muß – führten unweigerlich zu meinem Sturz. (Aber ich nehme ihr nichts übel, denn mein Sturz führte zu einem Aufstieg.)

In der Abgeschiedenheit meines Uhrturms nahm ich Urlaub von meinen Streifzügen quer durch den Subkontinent, um darüber nachzudenken, wie ich um meine sommersprossige Eve freien sollte. »Vergiß Mittelsmänner«, riet ich mir selbst, »das mußt du persönlich erledigen.« Schließlich legte ich mir meinen Plan zurecht: ich mußte ihre Interessen teilen, ihre Leidenschaften zu den meinen machen . . . Gewehre haben mir noch nie zugesagt. Ich beschloß, Radfahren zu lernen.

Evie hatte in jenen Tagen den vielen Forderungen der Kinder oben vom Hügel nachgegeben, ihnen ihre Fahrradkünste beizubringen; deshalb konnte ich mich ohne weiteres der Schlange anschließen, die bei ihr Unterricht nehmen wollte. Wir versammelten uns in der Manege; Evie, oberste Herrin der Manege, stand inmitten von fünf wackligen, sich unbändig konzentrierenden Radfahrern, während ich neben ihr stand, ohne Fahrrad. Bis zu Evies Ankunft hatte ich kein Interesse an Rädern gezeigt, also hatte ich auch keins bekommen . . . demütig erlitt ich die Peitschenhiebe von Evies Zunge.

»Wo hast du bloß *gelebt*, Schmernase? Vermutlich willste meins borgen?«

»Nein«, log ich zerknirscht, und sie erbarmte sich. »Okay, okay«, Evie zuckte die Schultern. »Steig auf, und dann wollnwirmasehn, aus was für 'nem Holz du geschnitzt bist.«

Lassen Sie mich sofort klarstellen, daß ich, als ich auf das silberne Arjuna-India-Rad kletterte, vom höchsten Hochgefühl erfüllt war; und als Evie, das Fahrrad am Lenker festhaltend, rundundrundherum ging und rief: »Haste das Gleichgewicht noch nicht? Nein? Mann, willste etwa ein ganzes Jahr lang üben!« – als Evie und ich uns im Kreis bewegten –, fühlte ich mich . . . wie sagt man? . . . glücklich.

Rundundrundund . . . Schließlich stotterte ich, um ihr zu gefallen: »Gut . . . ich glaube, ich . . . laß mich«, und augenblicklich war ich allein, sie hatte mich zum Abschied angestoßen, und das Silbergeschöpf flog glänzend und unkontrollierbar quer über die Zirkusmanege . . . Ich hörte sie rufen: »Die Bremse! Brems doch endlich, du verdammter Trottel!« – aber meine Hände konnten sich nicht rühren, ich war steif wie ein Brett geworden, und da, PASS AUF, vor mir war das blaue Zweirad von Sonny Ibrahim auf Kollisionskurs, AUS DEM WEG, DU IDIOT, Sonny im Sattel versuchte einen Schlenker zu machen und auszuweichen, aber trotzdem strömte Blau auf Silber zu, Sonny schwenkte nach rechts, aber ich nahm den gleichen Weg, AUAAA, MEIN RAD, und silbernes Rad berührte blaues, Rahmen küßte Rahmen, ich flog hoch und über den Lenker auf Sonny zu, der eine identische Parabel zu mir hin beschrieb, KRACH, fielen die Räder unter uns zur Erde, in intimer Umarmung verschlungen, KRACH, trafen Sonny und ich uns freischwebend in der Luft, grüßte Sonnys Kopf den meinen . . . Mehr als neun Jahre zuvor war ich mit Beulen an den Schläfen geboren worden und hatte Sonny durch eine Zange Dellen bekommen; alles hat seinen Grund, scheint es, denn nun fanden meine sich vorwölbenden Schläfen ihren Weg in Sonnys Dellen. Es paßte genau. Mit ineinandergefügten Köpfen begannen wir unseren Abstieg zur Erde, stürzten zu Boden, zum Glück ein gutes Stück von den Rädern entfernt, WUMM, und für einen Augenblick versank die Welt.

Dann Evie mit lodernden Sommersprossen: »O du kleine Mißgeburt, du Rotzhaufen, kaputtgemacht hastes . . .« Aber ich hörte nicht zu, denn der Unfall in der Manege hatte vollendet, was die Wäschetruhe-Katastrophe begonnen hatte, und sie waren nun vorne in meinem Kopf, nicht mehr ein gedämpftes Hintergrundgeräusch, das ich nie bemerkt hatte; sie alle schickten ihre Hier-bin-ich-Signale aus, von Norden Süden Osten Westen . . . die anderen Kinder, die zu jener Mitternachtsstunde geboren worden waren, riefen: »Ich«, »ich«, »ich« und »ich«.

»He! He, Rotzkopf! Alles okay? . . . He, wo ist seine *Mutter*?«

***

Unterbrechungen, nichts als Unterbrechungen! Die verschiedenen Teile meines etwas komplizierten Lebens weigern sich mit vollkommen vernunftwidrigem Starrsinn, ordentlich in ihren getrennten Abteilen zu bleiben. Stimmen ergießen sich aus ihrem Uhrturm, um die Manege einzunehmen, die eigentlich Evies Domäne ist . . . und nun, genau in dem Augenblick, in dem ich die sagenhaften Kinder des Ticktacks beschreiben sollte, trägt mich der Frontier Mail davon, zaubert mich fort in die verfallende Welt meiner Großeltern, so daß Aadam Aziz der natürlichen Entfaltung meiner Geschichte in die Quere kommt. Nun gut. Man muß die Dinge nehmen, wie sie sind.

In jenem Januar nahmen meine Eltern uns während meiner Genesung von der schweren Gehirnerschütterung, die ich mir bei meinem Fahrradunfall zugezogen hatte, mit nach Agra zu einem Familientreffen, das sich als schlimmer herausstellte als das berüchtigte (und, wie von manchen behauptet wird, erfundene) Schwarze Loch von Kalkutta. Zwei Wochen lang waren wir gezwungen zuzuhören, wie Emerald und Zulfikar (der nun Generalmajor war und darauf bestand, General genannt zu werden) berühmte Namen fallenließen und Andeutungen über ihr sagenhaftes Vermögen machten, das mittlerweile zum siebtgrößten in Pakistan geworden war; ihr Sohn Zafar versuchte (aber nur einmal!) an den verblassenden roten Zöpfen des Äffchens zu ziehen. Und wir waren gezwungen, in stummem Entsetzen zuzusehen, wie mein Beamtenonkel Mustapha und seine halb iranische Frau Sonia ihre Brut namenloser, geschlechtsloser Gören in die äußerste Anonymität prügelten und knüppelten; und das bittere Aroma von Alias Altjüngferlichkeit erfüllte die Luft und verdarb das Essen; und mein Vater zog sich gewöhnlich früh zurück, um seinen heimlichen nächtlichen Kampf gegen die Dschinns aufzunehmen; und Schlimmeres und Schlimmeres und Schlimmeres.

Eines Nachts erwachte ich Schlag Mitternacht, und der Traum meines Großvaters befand sich mit einemmal in meinem Kopf; ich konnte deshalb nicht umhin, ihn so zu sehen, wie er sich selbst sah – als verfallenden alten Mann, in dessen Mitte man bei entsprechendem Licht einen gigantischen Schatten entdecken konnte. Als die Überzeugungen, die seiner Jugend Kraft gegeben hatten, unter dem gebündelten Einfluß des Alters und von Ehrwürdiger Mutter und infolge des Fehlens gleichgesinnter Freunde dahinschwanden, erschien in der Mitte seines Körpers wieder ein altes Loch; so wurde er zu einem verschrumpelten, ausgehöhlten alten Mann wie so viele andere, und der Gott (und andere Idole), gegen den er so lange angekämpft hatte, gewann allmählich wieder Macht über ihn . . . Ehrwürdige Mutter verbrachte unterdessen die ganzen zwei Wochen damit, Mittelchen zu finden, um die verachtete Filmschauspielerfrau meines Onkels Hanif zu beleidigen. Und das war auch die Zeit, in der ich als Gespenst in einem Theaterstück für Kinder auftrat und auf dem Schrank meines Großvaters in einer alten Ledertruhe ein Laken fand, das von Motten angefressen war, dessen größtes Loch aber von Menschenhand stammte: für diese Entdeckung wurde ich (Sie werden sich erinnern) mit brüllendem großelterlichen Zorn belohnt.

Eine Errungenschaft gab es jedoch. Raschid der Rikschajunge schenkte mir seine Freundschaft (derselbe Mensch, der in seiner Jugend in einem Kornfeld schweigend geschrien und Nadir Khan in Aadam Aziz' Toilette geführt hatte): er nahm mich unter seine Fittiche und brachte mir – ohne meinen Eltern etwas zu sagen, die es so kurz nach meinem Unfall verboten hätten – das Fahrradfahren bei. Als wir abfuhren, hatte ich dieses Geheimnis zusammen mit all meinen anderen verstaut: nur hatte ich nicht vor, dieses sehr lange geheimzuhalten.

. . . Und im Zug nach Hause klammerten sich außen am Abteil Stimmen fest: »Ohé, Maharadsch! Machen Sie auf, hoher Herr!« – Stimmen von Schwarzfahrern kämpften mit jenen, denen ich zuhören wollte, den neuen Stimmen in meinem Kopf – und dann wieder der Hauptbahnhof von Bombay und die Fahrt nach Hause an Rennbahn und Tempel vorbei, und nun verlangt Evelyn Lilith Burns, daß ich ihren Teil erst beende, ehe ich mich höheren Dingen zuwende.

»Wieder zu Hause!« brüllt das Äffchen. »Hurra . . . Back-to-Bom!«
(Sie ist wieder einmal in Ungnade gefallen. In Agra hat sie die Stiefel des Generals angezündet.)

Es ist amtlich bezeugt, daß das Komitee zur Neuorganisation des Staates Nehru seinen Bericht schon im Oktober 1955 vorgelegt hatte; ein Jahr später wurden seine Empfehlungen durchgeführt. Indien war von neuem geteilt worden, in vierzehn Staaten und sechs zentral verwaltete »Unionsterritorien«. Die Grenzen dieser Staaten wurden jedoch nicht von Flüssen oder Gebirgen oder irgendwelchen landschaftlichen Gegebenheiten gebildet, sondern von Mauern aus Wörtern. Sprache teilte uns: Kerala gehörte jenen, die Malayalam sprachen, die einzige Sprache der Erde, deren Name ein Palindrom ist; in Karnataka sollte man Kanarese sprechen; und der verstümmelte Staat Madras – heute als Tamil Nadu bekannt – umschloß die *aficionados* des Tamil. Durch ein Versehen erfolgte jedoch nichts im Staate Bombay, und in der Stadt Mumbadevis wurden die Sprachmärsche immer länger und lauter und verwandelten sich schließlich in politische Parteien, die Samyukta Maharashtra Samiti (Vereinigte Maharashtra-Partei), die sich für die Marathi-Sprache einsetzte und die Schaffung des Dekkanstaates Maharashtra forderte, und die Maha Gujarat Parishad (Große Gujarat-Partei), die unter dem Banner der Gujarati-Sprache marschierte und von einem Staat nördlich der Stadt Bombay träumte, der sich bis zur Halbinsel Kathiawar und dem Ran von Kutch erstrecken sollte . . . ich erwärme mich für diese kalte Geschichte, diese alten toten Kämpfe zwischen der dürren Steifheit des Marathi, das in der trockenen Hitze des Dekkan entstand, und der sumpfigen, kathiawarischen Weichheit des Gujarati, um zu erklären, warum an dem Tag im Februar 1957, der unmittelbar auf unsere Rückkehr aus Agra folgte, Methwold's Estate von der Stadt durch einen Strom singender Menschheit abgeschnitten

war, der die Warden Road stärker überflutete als die Wasser des Mon-
sunregens, ein Umzug, der so lang war, daß er zwei Tage brauchte, um
vorüberzuziehen; und es hieß, daß die Statue Sivajis zum Leben erwacht sei, um steinern an seiner Spitze zu reiten. Die Demonstranten
trugen schwarze Flaggen; viele von ihnen waren Geschäftsinhaber auf
Hartal; viele von ihnen waren streikende Textilarbeiter aus Mazagaon
und Matunga; aber wir auf unserem Hügelchen wußten nichts über
ihre Arbeit; der endlose Ameisenzug aus Sprache in der Warden Road
zog uns Kinder so magnetisch an wie die Glühbirne die Motten. Die
Demonstration war so ungeheuer groß, die aufgerührte Leidenschaft so
gewaltig, daß alle vorhergegangenen Märsche aus dem Gedächtnis ge-
tilgt wurden, als hätten sie nie stattgefunden – und keiner von uns
durfte den Hügel hinuntergehen, um auch nur einen winzigen Blick zu
erhaschen. Wer war also am kühnsten von uns allen? Wer drängte uns,
wenigstens den halben Weg hinunterzukriechen, bis zu der Stelle, wo
die Straße einen Bogen machte und in einer Haarnadelkurve steil zur
Warden Road hinunterführte? Wer sagte: »Wovor soll man denn Angst
haben? Wir gehen doch bloß ein Stück runter, um *einen* Blick zu
riskieren«?... Großäugige, ungehorsame Inder folgten ihrem sommersprossigen amerikanischen Häuptling. (»Sie haben Dr. Narlikar
umgebracht – Demonstranten sind's gewesen«, warnte uns Haaröl mit
zittriger Stimme. Evie spuckte ihm auf die Schuhe.)
Ich aber, Saleem Sinai, hatte Wichtigeres zu tun. »Evie«, sagte ich mit
ruhiger Lässigkeit, »willst du mal sehen, wie ich radfahre?« Keine
Antwort. Evie war in das Schauspiel versunken... und war das ein
Abdruck ihres Fingers in Sonny Ibrahims linker Zangendelle, in Vaseline eingebettet, für aller Augen sichtbar? Ein zweites Mal und mit etwas
mehr Nachdruck sagte ich: »Ich kann's jetzt, Evie. Ich mach' es auf
dem Fahrrad vom Äffchen. Willst du mal sehen?« Und nun Evie, grausam: »Ich kuck' hier zu. Das ist Klasse. Warum sollte ich *dir* zukucken
wollen?« Und ich, ein wenig weinerlich nun: »Aber ich hab's *gelernt*,
Evie, du *mußt*...« Geschrei von der Warden Road herauf ertränkt
meine Worte. Ihr Rücken ist mir zugewandt und Sonnys Rücken, die
Rücken von Schlitzauge und Haaröl, die intellektuelle Rückseite von
Cyrus-dem-Großen... meine Schwester, die den Abdruck von Evies
Finger auch gesehen hat und aussieht, als gefiele ihr das nicht, stachelt
mich an: »Mach schon. Nun mach schon, zeig's ihr! Was glaubt die
eigentlich, wer sie ist?« Und hinauf auf ihr Fahrrad... »Ich kann's
Evie, sieh her!« In Kreisen fahre ich immer rund um die kleine Traube

von Kindern. »Siehst du? *Siehst* du's?« Ein Moment des Glücks, und dann Evie, ernüchternd ungeduldig soll-mir-doch-egal-sein: »Willste wohl machen, daß du mir aus dem Weg gehst, verflixt noch mal! Ich will *das* sehen!« Ein Finger, mit abgekautem Nagel und allem, sticht hinunter in Richtung des Sprachmarsches; ich bin zugunsten der Parade der Samyukta Maharashtra Samiti entlassen! Und obwohl das Äffchen treu ergeben sagt: »Das ist nicht fair! Er kann es wirklich *gut*!« und obwohl die Sache selbst Spaß macht, dreht etwas in mir durch; und ich fahre um Evie herum, schnellerschnellerschneller, heule Rotz und Wasser: »Was ist bloß los mit dir? Was soll ich denn tun, damit . . .« Und dann gewinnt etwas anderes die Oberhand, weil ich merke, daß ich sie gar nicht zu fragen brauche, ich kann einfach in diesen sommersprossigen Kopf mit dem metallenen Mund hinein und alles herausfinden, diesmal kann ich wirklich erfahren, was darin vorgeht . . . und schon bin ich, immer noch radfahrend, drinnen, aber zuvorderst in ihrem Kopf sind die Marathi-Marschierer, in den Winkeln ihrer Gedanken stecken amerikanische Schlager, aber nichts, was mich interessiert; und nun, erst jetzt, jetzt zum ersten Mal, getrieben von den Tränen unerwiderter Liebe, beginne ich einzudringen . . . Ich merke, wie ich stoße, tauche, mich durch ihre Schutzwälle hindurchkämpfe . . . bis zu dem geheimen Ort, wo sich ein Bild ihrer Mutter befindet, die einen rosa Kittel trägt und einen winzigen Fisch am Schwanz hält, und ich stöbere tiefertiefertiefer, wo ist es, was treibt sie an, als sie plötzlich zusammenzuckt und herumwirbelt und mich anstarrt, während ich radele, rundundrundundrundundrundund . . .

»Mach, daß du rauskommst!« schreit Evie Burns. Sie hält sich die Hände an die Stirn. Ich radle, mit nassen Augen, tauche eineinein: bis dahin, wo Evie am Eingang eines Schlafzimmers in einem Holzhaus steht und ein scharfes und glänzendes Etwas hält, von dem etwas Rotes heruntertröpfelt, im Eingang zu einem, mein Gott, und auf dem Bett eine Frau, die, in einem rosa, mein Gott, und Evie mit dem, und Rot befleckt das Rosa, und ein Mann kommt, mein Gott, und nein nein nein nein nein . . .

»RAUS RAUS RAUS!« Verdutzte Kinder sehen zu, wie Evie brüllt, der Sprachmarsch ist vergessen, doch plötzlich fällt er ihr wieder ein, denn Evie hat das Fahrrad des Äffchens hinten gepackt. WAS MACHST DU DA, EVIE, als sie es wegstößt, DA, RAUS MIT DIR, DU ARSCH, FAHR ZUR HÖLLE! – Sie hat mich, so fest sie kann, angestoßen, und ich verliere die Kontrolle und sause den Abhang hinunter um die Haarnadelkurve, hinunterhinunter, MEIN GOTT, DER MARSCH, an der Tiptop-Reinigung vorbei, an Noor Ville und Laxmi Vilas vorbei, AAAAA, und hinunter ins Maul des Marsches, Köpfe Füße Körper. Die Wellen des Marsches teilen sich, als ich Zeter und Mordio schreiend ankomme und auf einem durchgegangenen Damenrad in die Geschichte krache.

Hände packen den Lenker, als ich in der aufgewühlten Menschenmasse zum Stillstand komme. Ein Lächeln zwischen guten Zähnen umgibt mich. Es ist kein freundliches Lächeln. »Seht her, ein kleiner Laad Sahib kommt von dem großen reichen Hügel herunter, um sich uns anzuschließen!« Das alles auf Marathi, das ich kaum verstehe – es ist mein schlechtestes Fach in der Schule –, und das Lächeln fragt: »Du willst dich der SMS anschließen, kleines Prinzchen?« Und ich, der ich gerade ahne, was da gesagt wird, aber so benommen bin, daß ich die Wahrheit sage, schüttele den Kopf: Nein. Und das Lächeln: »Aha, der junge Nawab mag unsere Sprache nicht! Was mag er denn dann?« Und noch ein Lächeln: »Vielleicht Gujarati? Du sprichst Gujarati, Mylord?« Aber mein Gujarati war so schlecht wie mein Marathi; in der sumpfigen Sprache von Kathiawar kannte ich nur einen Spruch; und das Lächeln drängte mich, und Finger stießen mich: »Sprich, kleiner Herr! Sag etwas auf Gujarati!« – also sagte ich ihnen, was ich kannte, einen Vers, den ich in der Schule von Glandy Keith Colaco gelernt hatte. Er benutzte ihn, wenn er Gujarati-Jungen tyrannisierte, einen Vers, mit dem man sich über den Rhythmus der Sprache lustig machte:

> Soo ché? Saru ché!
> Danda lé ké maru ché!

Wie geht's dir? – Mir geht's gut! – Ich nehm' den Stock und schlag dich tot! Ein Unsinn, ein Nichts, neun bedeutungsleere Wörter ... aber als ich sie aufsagte, begann das Lächeln zu lachen, und dann begannen die Stimmen in meiner Nähe und dann weiter und weiter weg meinen Singsang aufzunehmen: WIE GEHT'S DIR? MIR GEHT'S GUT!, und sie verloren das Interesse an mir. »Geh, geh weg mit deinem Fahrrad, Herrchen«, höhnten sie. ICH NEHM' DEN STOCK UND SCHLAG DICH TOT, ich floh das Hügelchen hinauf, während mein Singsang vorwärts und rückwärts eilte, nach vorn zur Spitze und zurück zum Schluß des zweitagelangen Umzugs, und dabei zum Kampflied wurde.

An jenem Nachmittag stieß die Spitze des Zugs der Samyukta Maharashtra Samiti an Kemp's Corner mit der Spitze einer Demonstration der Maha Gujarat Parishad zusammen; SMS-Stimmen sangen: »Soo ché? Saru ché!«, und MGP-Kehlen öffneten sich voller Wut; unter den Plakaten mit dem Air-India-Radscha und dem Kolynos-Kind fielen die beiden Parteien mit nicht geringer Hingabe übereinander her, und begleitet von meinem kleinen Vers kam der erste der Sprachkrawalle in Gang, wurden fünfzehn Menschen getötet und über dreihundert verletzt.

Auf diese Weise wurde ich zum unmittelbar verantwortlichen Auslöser der Gewalttätigkeit, die mit der Teilung des Staates Bombay endete, als deren Folge die Stadt die Hauptstadt von Maharashtra wurde – zumindest war ich also auf der Seite der Gewinner.

Was war da in Evies Kopf? Verbrechen oder Traum? Ich fand es nie heraus, aber etwas anderes hatte ich gelernt: wenn man tief in den Kopf von jemand anderem eindringt, *fühlt er einen dort drinnen.*

Evelyn Lilith Burns wollte danach nicht viel mit mir zu tun haben, aber seltsamerweise war ich geheilt von ihr. (Immer waren es Frauen, die mein Leben verändert haben: Mary Pereira, Evie Burns, Jamila die Sängerin, Parvati-die-Hexe müssen für das, was ich bin, einstehen; und Die Witwe, die ich für den Schluß aufbewahre, und nach dem Schluß Padma, meine Dunggöttin. Frauen haben mich zwar zu dem gemacht, was ich bin, aber vielleicht haben sie nie eine zentrale Rolle gespielt – vielleicht war der Platz, den sie hätten einnehmen sollen – das Loch in meiner Mitte, das ich von meinem Großvater Aadam Aziz geerbt hatte –, zu lange von meinen Stimmen besetzt. Oder vielleicht – man muß alle Möglichkeiten bedenken – haben sie mir immer ein wenig Angst gemacht.)

Mein zehnter Geburtstag

»O Herr, was gibt's da zu sagen? Es ist alles meine eigene jämmerliche Schuld!«

Padma ist zurück. Und ist nun, da ich mich von dem Gift erholt habe und wieder an meinem Schreibtisch sitze, zu überreizt, um zu schweigen. Immer wieder züchtigt sich mein zurückgekehrter Lotos, schlägt sich auf die schweren Brüste, klagt mit voller Lautstärke. (In meinem geschwächten Zustand ist das ziemlich quälend, aber ich mache ihr keinerlei Vorhaltungen.)

»Glaub mir nur, Herr, wie sehr mir dein Wohlergehen am Herzen liegt! Was für Geschöpfe wir Frauen doch sind, haben keinen Augenblick Frieden, wenn unsere Männer krank darniederliegen . . . Ich bin so froh, daß es dir wieder gutgeht, du glaubst es nicht!«

Padmas Geschichte (in ihren eigenen Worten erzählt und ihr wieder vorgelesen, damit sie sie augenrollend, laut jammernd, brustschlagend bestätige): »Mein eigner dummer Stolz und meine Eitelkeit, Saleem Baba, sind der Grund, daß ich von dir weggelaufen bin, obwohl die Arbeit hier gut ist und du so dringend jemand brauchst, der auf dich aufpaßt! Aber schon nach kurzer Zeit wollte ich unbedingt wieder zurückkommen.

Da hab' ich also gedacht, wie soll ich zu diesem Mann zurückgehen, der mich nicht liebt und sich bloß mit diesem blöden Geschreibsel beschäftigt? (Vergib mir, Saleem Baba, aber ich muß die Wahrheit erzählen. Und Liebe ist für uns Frauen das Größte von allem.)

Also bin ich zu einem heiligen Mann gegangen, der mir beigebracht hat, was ich tun muß. Dann hab' ich mit meinen paar Pico einen Bus aufs Land genommen und hab' nach Kräutern gegraben, mit denen deine Männlichkeit vom Schlaf erweckt werden könnte . . . stell dir vor, Herr, ich hab' gezaubert mit diesen Worten: ›Kraut, das du von Stieren ausgerissen worden bist!‹ Dann hab' ich Kräuter in Wasser und Milch gemahlen und gesagt: ›Du zeugungstärkendes und lebensvolles Kraut! Pflanze, die du von den Gandharva für Varuna ausgegraben wurdest! Gib meinem Herrn Saleem deine Kraft. Gib ihm Hitze wie die vom Feuer Indras. Wie die männliche Antilope, o Kraut, besitzest du alle Kraft, die da ist; du besitzest die Kräfte Indras und die lebensvolle Kraft der wilden Tiere.‹

Mit diesem Heilmittel bin ich zurückgekehrt, und wie immer warst du allein, und wie immer hast du die Nase in Papier gesteckt. Aber Eifersucht, das schwör' ich, hab' ich hinter mir gelassen; sie sitzt auf dem Gesicht und macht alt. O Gott vergib mir, unauffällig hab' ich das Heilmittel in dein Essen getan! . . . Und dann, hai-hai, mag der Himmel mir vergeben, aber ich bin eine einfache Frau, wenn heilige Männer mir etwas sagen, was soll ich dagegenhalten? . . . Aber wenigstens geht's dir jetzt besser, Gott sei Dank, und vielleicht bist du nicht böse. «

Dank Padmas Liebestrank war ich eine Woche im Delirium. Mein Dunglotos schwört (durch Zähne, die schon viel geknirscht haben), daß ich steif wie ein Brett war und Schaum vor dem Mund hatte. Fieber hatte ich auch. Im Delirium brabbelte ich von Schlangen, aber ich weiß, daß Padma keine Schlange ist und mir nie etwas Böses wollte.

»Diese Liebe, Herr«, jammert Padma, »sie treibt eine Frau direkt in den Wahnsinn. «

Ich wiederhole: Ich mache Padma keine Vorhaltungen. Am Fuße der Westgats suchte sie nach den Kräutern der Männlichkeit: nach *Mucuna pruritus* und der Wurzel von *Feronia elephantum*; wer weiß, was sie fand? Wer weiß, was, mit Milch gepanscht und meinem Essen untergemischt, meine Innereien zu Butter schlug, so wie Indra, alle Anhänger der hinduistischen Kosmologie wissen das, die Materie erschuf, indem er die Ursuppe in seinem großen Butterfaß rührte? Na ja, Schwamm drüber. Der Versuch war edel, aber bei mir läßt sich nichts mehr wiederherstellen – Die Witwe hat mich erledigt. Noch nicht einmal die echte Mucuna hätte meine Unfähigkeit beheben können; Feronia hätte in mir nie die »lebensvolle Kraft der wilden Tiere« erzeugt.

Immerhin bin ich wieder einmal an meinem Tisch; wieder einmal sitzt Padma zu meinen Füßen und treibt mich voran. Ich habe einmal mehr mein Gleichgewicht wiedergefunden – die Basis meines gleichschenkligen Dreiecks ist gesichert. Ich schwebe über der Spitze, über Gegenwart und Vergangenheit erhaben, und spüre, wie es mir wieder leichter aus der Feder fließt.

Eine Art Zauber ist also ausgeübt worden, und Padmas Exkursion auf der Suche nach Liebesträncken hat mich für kurze Zeit mit dieser Welt uralter Gelehrsamkeit und Zauberkunde in Berührung gebracht, die von den meisten von uns heutzutage so verachtet wird; doch trotz Magenkrämpfen und Fieber und Schaum vor dem Mund bin ich froh, daß sie über meine letzten Tage hereingebrochen ist, denn darüber nachsinnen heißt, ein wenig von dem verlorenen Sinn für Proportionen wiedergewinnen.

Denken Sie nur: in meiner Version trat die Geschichte am 15. August 1947 in eine neue Phase ein – in einer anderen Version aber ist dieses unausweichliche Datum nicht mehr als ein flüchtiger Augenblick im Zeitalter der Dunkelheit, Kali-Yuga, in dem die Kuh der Sittlichkeit dazu verurteilt war, auf einem einzigen wackligen Bein zu stehen! Kali-Yuga – der Wurf, mit dem man in unserem nationalen Würfelspiel verliert; das Schlimmste von allem; das Zeitalter, in dem Besitz einem Menschen seinen Rang verleiht, in dem Reichtum mit Tugend gleichgesetzt wird, in dem Leidenschaft das einzige Band zwischen Männern und Frauen wird, in dem Falschheit Erfolg bringt (ist es ein Wunder, daß in einer solchen Zeit auch ich nicht mehr wußte, was gut und was böse war?), begann am Freitag, den 18. Februar 3102 v. Chr., und wird bloße 432 000 Jahre dauern! Obwohl ich mir bereits reichlich zwergenhaft vorkomme, sollte ich dennoch hinzufügen, daß das Zeitalter der Dunkelheit nur die vierte Phase des gegenwärtigen Maha-Yuga-Zyklus ist, der insgesamt zehnmal so lang ist; und wenn Sie bedenken, daß tausend Maha-Yugas erst einen einzigen Tag Brahmas ergeben, werden Sie verstehen, was ich mit Proportion meine.

Ein wenig Demut an dieser Stelle (wo ich mich zitternd anschicke, die Mitternachtskinder vorzustellen) ist, meine ich, nicht unangebracht.

Padma rutscht verlegen hin und her. »Was redest du da?« fragt sie und errötet ein wenig. »Das ist Brahmanengerede, was hat das mit mir zu tun?«

... Geboren und erzogen in der Tradition der Moslems, merke ich plötzlich, daß ich von einem älteren Wissen überwältigt bin, während hier neben mir meine Padma ist, deren Rückkehr ich so ernsthaft ersehnt hatte ... meine Padma! Die Lotosgöttin, die Dungbesitzende, die Honiggleiche und die Aus-Gold-Gemachte, deren Söhne Feuchtigkeit und Schlamm sind ...

»Du mußt immer noch Fieber haben«, protestiert sie kichernd. »Wieso aus Gold gemacht, Herr? Und du weißt, daß ich keine Kin ...«

... Padma, die zusammen mit den Yaksa-Geistern, welche den heiligen Schatz der Erde darstellen, und den heiligen Flüssen Ganges Yamuna Sarasvati und den Baumgöttinnen eine der Wächterinnen des

Lebens ist, die die Sterblichen bezaubern und trösten, während sie durch das Traumgespinst der Maja schreiten . . . Padma, der Lotoskelch, der aus Wischnus Nabel erwuchs und aus dem Brahma selbst geboren wurde; Padma die Quelle, die Mutter der Zeit! . . .

»He«, jetzt klingt sie besorgt, »laß mich deine Stirn fühlen!«

. . . Und wo in diesem Plan der Dinge bin ich? Bin ich (durch ihre Rückkehr bezaubert und getröstet) bloß sterblich – oder etwas mehr? So etwas wie – ja, warum nicht – mit meinem Mammutrüssel, meiner Ganeschnase – so etwas wie der Elefant vielleicht. Der wie Sin der Mond über die Wasser herrscht und das Geschenk des Regens bringt . . . dessen Mutter Ira war, die königliche Gemahlin von Kashyap, dem alten Schildkrötenmann, Herr und Urahn aller Geschöpfe auf Erden . . . der Elefant, der auch der Regenbogen ist und der Blitz und dessen Symbolwert, muß hinzugefügt werden, hochproblematisch und unklar ist.

Nun gut: schwer faßbar wie Regenbogen, unberechenbar wie Blitze, wortreich wie Ganesch, scheint es, daß ich letzten Endes doch meinen Platz in der altehrwürdigen Lehre habe.

»Mein Gott«, Padma stürzt los, um ein Handtuch in kaltes Wasser zu tauchen, »deine Stirn glüht wie Feuer! Du legst dich jetzt besser hin; es ist noch zu früh, um mit diesem ganzen Geschreibsel weiterzumachen! Die Krankheit redet, nicht du.«

Aber ich habe schon eine Woche verloren; deshalb muß ich, Fieber hin, Fieber her, voranpreschen; denn nachdem ich im Augenblick den Bestand an alten Götter- und Heldensagen erschöpft habe, komme ich zum phantastischen Kern meiner eigenen Geschichte und muß klar und unverhüllt über die Mitternachtskinder schreiben.

Begreifen Sie, was ich sage: in der ersten Stunde des 15. August 1947 – zwischen Mitternacht und ein Uhr morgens – wurden innerhalb der Grenzen dieses neugeborenen unabhängigen Staates Indien nicht weniger als tausendundein Kind geboren. Das ist an sich keine ungewöhnliche Tatsache (obwohl diese Zahl merkwürdig literarische Anklänge hat) – zu jener Zeit übertraf die Geburtenrate in unserem Teil der Welt die Sterberate um ungefähr sechshundertsiebenundachtzig in der Stunde. Was das Ereignis bemerkenswert (bemerkenswert! da haben Sie ein leidenschaftsloses Wort, bitte sehr!) machte, war die Beschaffenheit dieser Kinder, von denen jedes dank einer Laune der Biologie oder vielleicht aufgrund einer außernatürlichen Macht des Augenblicks oder möglicherweise auch durch reinen Zufall (obwohl Gleichzeitigkeit in solchem Ausmaß selbst C. G. Jung verblüffen würde) mit Zügen, Begabungen oder Fähigkeiten ausgestattet war, die man nur als übernatürlich beschreiben kann. Es war, als ob – wenn Sie mir einen Augenblick der Extravaganz in dem ansonsten, das verspreche ich, nüchternsten Bericht gestatten, den ich zustande bringen kann –, als ob die Geschichte, als sie diesen höchst bedeutungs- und verheißungsvollen Zeitpunkt erreichte, beschlossen habe, in diesem Augenblick den Samen einer Zukunft auszusäen, die sich wahrhaft von allem unterscheiden würde, was die Welt bisher gesehen hatte.

Falls ein ähnliches Wunder auf der anderen Seite der Grenze, in dem kurz zuvor abgetrennten Pakistan, bewirkt wurde, so weiß ich nichts davon; meine Wahrnehmungen wurden, solange sie anhielten, begrenzt vom Arabischen Meer, dem Golf von Bengalen, dem Himalajamassiv, aber auch von den künstlichen Grenzen, die durch den Pandschab und Bengalen verliefen.

Es blieb nicht aus, daß es einer Reihe dieser Kinder nicht gelang zu überleben. Unterernährung, Krankheit und die Mißgeschicke des Alltags hatten nicht weniger als vierhundertzwanzig von ihnen zur Strecke gebracht, als ich mir ihrer Existenz bewußt wurde; man kann allerdings annehmen, daß auch diese Todesfälle ihren Sinn hatten, denn 420 ist seit unvordenklichen Zeiten die Zahl, die mit Betrug, Täuschung und Gaunerei in Verbindung gebracht wird. Kann es also sein, daß die fehlenden Kinder eliminiert wurden, weil sie sich als unzulänglich herausstellten und nicht die wahren Kinder dieser Mitternachtsstunde waren? Nun, zum ersten ist dies ein weiterer Ausflug in die Phantasie, zum zweiten hängt es von einer Lebensanschauung ab, die sowohl über die Maßen theologisch als auch barbarisch grausam ist. Es ist überdies eine nicht zu beantwortende Frage, eine weitere Untersuchung lohnt sich daher nicht.

Im Jahre 1957 näherten sich die überlebenden fünfhunderteinundachtzig Kinder alle ihrem zehnten Geburtstag, wobei sie zum größten Teil keinerlei Ahnung von der Existenz der anderen hatten – obwohl es gewiß Ausnahmen gab. In der Stadt Baud am Fluß Mahanadi in Orissa gab es ein Paar Zwillingsschwestern, das in der Gegend schon legendär geworden war. Denn trotz ihrer beeindruckenden Reizlosigkeit besaßen sie beide die Fähigkeit, jeden Mann, der sie sah, dazu zu bringen, sich hoffnungslos und selbstmörderisch in sie zu verlieben, so daß ihre verwirrten Eltern ständig von einem Strom von Männern belästigt wurden, die einem oder beiden der verwirrenden Kinder die Ehe antrugen; alte Männer, die die Weisheit ihrer Bärte vergessen hatten, und Jugendliche, die den Schauspielerinnen im Wanderkino, das einmal im Monat nach Baud kam, zu Füßen hätten liegen sollen; und noch eine andere, beunruhigendere Prozession beraubter Familien gab es, die die Zwillinge verfluchten, weil sie ihre Söhne so verhext hätten, daß sie gewalttätig gegen sich selbst geworden seien, sich tödliche Verstümmelungen beigebracht und gegeißelt und (in einem Fall) sogar selbst geopfert hätten. Abgesehen von so raren Beispielen, waren die Kinder der Mitternacht jedoch aufgewachsen, ohne etwas von ihren wahren Geschwistern zu ahnen, ihren Mitauserwählten, die sich über die Länge und Breite von Indiens ungeschliffenem und schlecht proportioniertem Diamanten verteilten.

Und dann, als Folge eines bei einem Fahrradunfall erlittenen Schocks, wurde ich, Saleem Sinai, ihrer aller gewahr.

Jedwedem, dessen persönliche Geistesverfassung nicht flexibel genug ist, als daß er diese Tatsachen akzeptieren könnte, muß ich sagen: So war es, der Wahrheit kann man sich nicht entziehen. Ich werde einfach die Last des Zweifels, der diese Ungläubigen heimsucht, auf meine Schultern nehmen müssen. Aber kein des Lesens und Schreibens kundiger Mensch kann in diesem unserem Indien ganz unempfänglich für die Art Information sein, die ich gerade offenbaren will – jeder Leser unserer Landespresse muß unweigerlich auf eine Reihe – zugegebenermaßen unbedeutenderer – Wunderkinder und bunt gemischter Mißgeburten gestoßen sein. Erst letzte Woche war von diesem bengalischen Jungen die Rede, der sich als Wiederverkörperung von Rabindranath Tagore ausgab und zur Verblüffung seiner Eltern aus dem Stegreif Verse von bemerkenswerter Qualität darzubieten begann; und ich selbst kann mich an Kinder mit zwei Köpfen (manchmal mit einem menschlichen und einem tierischen) und anderen seltsamen Zügen, so wie zum Beispiel Stierhörner, erinnern.

Ich sollte sofort sagen, daß nicht alle Gaben, die den Kindern zuteil wurden, erstrebenswert oder auch nur den Kindern selbst erwünscht waren, und in einigen Fällen hatten die Kinder überlebt, waren aber der Eigenschaften, die die Mitternacht ihnen gegeben hatte, beraubt worden. Lassen Sie mich beispielsweise (als Gegenstück zu der Geschichte von den Zwillingen in Baud) ein Bettlermädchen namens Sundari erwähnen, das in einer Straße hinter dem Hauptpostamt geboren wurde, nicht weit von dem Dach entfernt, auf dem Amina Sinai Ramram Seth gelauscht hatte, und dessen Schönheit so außerordentlich war, daß sie es sofort nach ihrer Geburt zustande brachte, ihre Mutter und die Nachbarsfrauen, die ihr bei der Niederkunft geholfen hatten, blind zu machen. Sein Vater, der ins Zimmer stürzte, als er die Schreie der Frauen hörte, war noch gerade rechtzeitig von ihnen gewarnt worden, aber dieser eine flüchtige Blick auf seine Tochter verminderte sein Sehvermögen so sehr, daß er danach nicht mehr in der Lage war, zwischen ausländischen Touristen und Indern zu unterscheiden – ein Handikap, das seine Verdienstmöglichkeit als Bettler stark beeinträchtigte. Danach mußte Sundari eine Zeitlang immer einen Lumpen über dem Gesicht tragen, bis eine alte und skrupellose Großtante sie auf den knochigen Arm nahm und ihr mit einem Küchenmesser neunmal das Gesicht zerschnitt. Zu der Zeit, als ich ihrer gewahr wurde, hatte Sundari ein anständiges Einkommen, denn niemand, der sie erblickte, konnte umhin, ein Mädchen zu bemitleiden, das früher einmal offenkundig zu schön zum Ansehen gewesen und jetzt so grausam entstellt war; sie erhielt mehr Almosen als jedes andere Mitglied ihrer Familie.

Weil keins der Kinder vermutete, daß der Zeitpunkt ihrer Geburt etwas mit dem zu tun hatte, was sie waren, brauchte ich eine Weile, um das herauszufinden. Nach dem Fahrradunfall (und besonders, nachdem die Teilnehmer an einem Sprachmarsch mich einmal von Evie Burns geheilt hatten) begnügte ich mich zuerst damit, nacheinander die Geheimnisse der sagenhaften Wesen zu entdecken, die plötzlich in meinem geistigen Gesichtsfeld aufgetaucht waren. Ich sammelte sie voller Gier, so wie manche Jungen Insekten sammeln und andere Eisenbahnzüge ausfindig machen; ich verlor das Interesse an Autogrammalben und allen anderen Erscheinungsformen des Sammlerinstinktes und stürzte mich bei jeder Gelegenheit in die losgelöste und insgesamt doch vielversprechendere Wirklichkeit der fünfhunderteinundachtzig. (Zweihundertsechsundsechzig von uns waren Jungen; wir wurden von unseren weiblichen Gegenstücken an Zahl übertroffen – dreihundertfünfzehn einschließlich Parvatis, Parvatis-der-Hexe.)

Mitternachtskinder! . . . Ein Junge aus Kerala, der die Fähigkeit besaß, in Spiegel einzutreten und aus jeder spiegelnden Oberfläche im Land wieder aufzutauchen – aus Seen und (mit größeren Schwierigkeiten) aus den polierten Karosserien von Automobilen . . . und ein Mädchen aus Goa mit der Gabe, Fisch zu vermehren . . . und Kinder, die sich verwandeln konnten: ein Werwolf aus dem Nilgirigebirge und von der großen Wasserscheide der Windjakette ein Junge, der sich nach Belieben größer oder kleiner machen konnte und (mutwillig) bereits Anlaß zu wilder Panik und Gerüchten über die Rückkehr von Riesen gewesen war... aus Kaschmir kam ein blauäugiges Kind, über dessen ursprüngliches Geschlecht ich mir immer im Zweifel war, da er (oder sie) es durch Eintauchen in Wasser ändern konnte, wie er (oder sie) wollte. Manche von uns nannten dieses Kind Narada, andere Markandaya, je nachdem, welche alte Legende wir gehört hatten, die von einer Geschlechtsumwandlung handelte... in der Nähe von Jalna im Herzen des ausgedörrten Dekkan fand ich einen Jungen, der mit einer Wünschelrute nach Wasser suchte, und in Budge-Budge am Rande Kalkuttas ein scharfzüngiges Mädchen, dessen Worte allein schon die Macht hatten, jemandem körperliche Wunden zuzufügen; nachdem ein paar Erwachsene gemerkt hatten, daß sie nach einer von ihr leicht hingeworfenen spitzen Bemerkung stark zu bluten begannen, beschloß man, sie in einen Bambuskäfig zu sperren und darin den Ganges hinunter bis zu den Sundarbans (dem angestammten Heim von Ungeheuern und Gespenstern) treiben zu lassen; doch niemand wagte es, sich ihr zu nähern, und sie bewegte sich, umgeben von einem Vakuum aus Furcht, durch die Stadt; niemand hatte den Mut, ihr Nahrung zu verweigern. Es gab einen Jungen, der Metall essen konnte, und ein Mädchen, das einen so grünen Daumen hatte, daß es sogar in der Wüste Thar preiswürdige Auberginen ziehen konnte, und mehr und mehr und mehr... von ihrer Anzahl und der exotischen Vielzahl ihrer Gaben überwältigt, schenkte ich in jenen Anfangstagen ihrem gewöhnlichen Ich wenig Beachtung; es war aber unvermeidlich, daß unsere Probleme, wenn welche auftraten, die alltäglichen menschlichen Probleme waren, die sich aus Charakter-und-Umgebung ergeben; bei unseren Streitereien waren wir einfach nur ein Haufen Kinder.

Eine bemerkenswerte Tatsache: je näher der Zeitpunkt unserer Geburt an Mitternacht lag, desto größer waren unsere Gaben. Diejenigen Kinder, die in den letzten Sekunden der Stunde nach Mitternacht geboren wurden, waren (offen gestanden) wenig mehr als Zirkusmonster: bärtige Mädchen, ein Junge mit den voll funktonierenden Kiemen einer Mahaseer-Forelle, siamesische Zwillinge mit zwei Körpern, die an einem einzigen Kopf und Hals baumelten – der Kopf konnte mit zwei Stimmen, einer männlichen und einer weiblichen, sprechen und jede Sprache und jeden Dialekt, der auf dem Subkontinent gesprochen wurde; aber obwohl sie so wundersam waren, handelte es sich hier um die

Unglücklichen, die lebendigen Opfer jener überirdischen Stunde. Jene Kinder, die eine halbe Stunde nach Mitternacht geboren waren, besaßen interessantere und nützlichere Fähigkeiten – im Wald von Gir lebte ein Hexenmädchen, in dessen Macht es stand, durch Handauflegen zu heilen, und in Schillong gab es den Sohn eines reichen Teeplantagenbesitzers, der damit gesegnet (oder vielleicht dazu verdammt) war, nichts vergessen zu können, was er je gehört oder gesehen hatte. Doch die Kinder, die in der allerersten Minute geboren waren – für diese Kinder hatte die Stunde die höchsten Begabungen aufgespart, von denen die Menschheit je träumte. Wenn du zufällig ein Geburtsregister besäßest, Padma, in dem die Uhrzeit bis auf die Sekunde genau festgehalten wäre, würdest auch du wissen, welcher Sproß einer berühmten Familie aus Lucknow (einundzwanzig Sekunden nach Mitternacht geboren) schon im Alter von zehn Jahren die vergessenen Künste der Alchemie vollkommen beherrschte, mit denen er das Vermögen seines alten, aber verschwenderischen Hauses wieder neu schuf, und welche Wäscherstochter aus Madras (siebzehn Sekunden nach Mitternacht) höher fliegen konnte als jeder Vogel, einfach indem sie die Augen schloß, und welcher Silberschmiedsohn aus Benares (zwölf Sekunden nach Mitternacht) die Gabe mitbekam, durch die Zeit zu reisen und somit sowohl die Zukunft vorherzusagen als auch die Vergangenheit zu erhellen ... eine Gabe, der wir, Kinder, die wir waren, blind vertrauten, wenn es um längst vergangene und vergessene Dinge ging, die wir aber verspotteten, wenn er uns vor unserem eigenen Ende warnte ... glücklicherweise gibt es solche Register nicht; und ich für mein Teil werde ihre Namen und selbst ihre Wohnorte nicht bekanntgeben – und wenn es so aussieht, als täte ich dies, sind die Angaben nicht richtig –, denn obwohl solche Belege den absoluten Beweis für meine Behauptungen erbringen würden, verdienen die Kinder der Mitternacht es nun dennoch, nach alldem, in Ruhe gelassen zu werden, vielleicht zu vergessen; ich aber hoffe (entgegen aller Hoffnung), mich zu erinnern ...

Parvati-die-Hexe wurde in Alt-Delhi in einem Slum geboren, der sich um die Treppen der Freitagsmoschee ballte. Es war dies kein gewöhnlicher Slum, obwohl die aus Pappkartons und Wellblechstücken und Jutesackfetzen gebauten Hütten, die bunt durcheinander im Schatten der Moschee standen, nicht anders als irgendein anderes Elendsviertel aussahen ... denn dies war das Getto der Magier, ja, genau der Ort, der einst einen Kolibri hervorgebracht hatte, den Messer durchbohrt und Hundebastarde nicht hatten retten können ... der Slum der Zau-

berkünstler, dem ständig die größten Fakire und Taschenspieler und
Gaukler des Landes zuströmten, um ihr Glück in der Hauptstadt zu
suchen. Sie fanden Blechhütten und Polizeirazzien und Ratten . . . Parvatis Vater war einst der größte Zauberkünstler von Audh gewesen; sie
war inmitten von Bauchrednern aufgewachsen, die Steine Witze erzählen lassen konnten, und Schlangenmenschen, die ihre eigenen Beine
schlucken konnten, und Feuerschluckern, die Flammen aus ihren
Arschlöchern verströmten, und tragischen Clowns, die Glastränen aus
ihren Augenwinkeln ausscheiden konnten; nachsichtig hatte sie inmitten der Menge gestanden, die nach Luft rang, während ihr Vater ihr
Nägel durch den Hals trieb; und die ganze Zeit hatte sie ihr eigenes
Geheimnis gehütet, das größer war als jeglicher Humbug der Illusioni-
sten um sie herum; denn Parvati-der-Hexe, bloße sieben Sekunden
nach Mitternacht am 15. August geboren, waren die Kräfte des echten
Adepten, des Eingeweihten, verliehen worden, die wahren Gaben der
Zauberei und Hexerei, die Kunst, die keine Kunstfertigkeit brauchte.
So gab es Mitternachtskinder, die mit der Macht der Verwandlung, des
Flugs, der Weissagung und Zauberei begabt waren . . . aber zwei von
uns wurden Schlag Mitternacht geboren. Saleem und Shiva, Shiva und
Saleem, Nase und Knie und Knie und Nase . . . Shiva hatte die Stunde
die Gaben des Krieges verliehen (die Gabe von Rama, der den nicht zu
spannenden Bogen spannen konnte, von Arjuna und Bhima, in ihm
waren der uralte Heldenmut der Kurus und Pandavas vereinigt, und
nichts konnte sich ihm in den Weg stellen . . . und mir die größte
Begabung von allem . . . die Fähigkeit, in die Herzen und Gedanken der
Menschen zu schauen.
Doch es ist Kali-Yuga; die Kinder der Mitternacht wurden, befürchte
ich, mitten im Zeitalter der Dunkelheit geboren, so daß wir, auch wenn
wir es leicht fanden, hervorragend zu sein, nie sicher waren, ob wir gut
sein sollten oder nicht.
Da, nun habe ich es gesagt. Das war ich – das waren wir.
Padma sieht aus, als sei ihre Mutter gestorben – ihr Gesicht mit dem
sich öffnenden und schließenden Mund ist das Gesicht eines gestrande-
ten Pomfrets. »O Baba!« sagt sie schließlich. »O Baba! Du bist krank,
was hast du gesagt?«
Nein, das wäre zu einfach. Ich weigere mich, Zuflucht in der Krankheit
zu suchen. Begehen Sie nicht den Fehler, das, was ich Ihnen eröffnet
habe, als reines Delirium abzutun oder womöglich als die krankhaft
übersteigerten Phantasien eines einsamen häßlichen Kindes. Ich habe

zuvor festgestellt, daß ich nicht bildlich spreche; was ich gerade geschrieben (und der verblüfften Padma laut vorgelesen) habe, ist nichts als die lautere Wahrheit, ich schwör's bei-den-Haaren-meiner-Mutter.

Wirklichkeit kann Metaphorisches zum Inhalt haben, das macht sie nicht weniger wirklich. Tausendundein Kind wurde geboren, tausendundeine Möglichkeit gab es, die es nie zuvor an einem Ort und zu einer Zeit gegeben hatte, tausendundeine Sackgasse gab es. Die Mitternachtskinder können für viele Dinge stehen, je nachdem, zu welcher Ansicht Sie neigen: sie können als die letzte Verkörperung all dessen, was in unserer mythengeplagten Nation antiquiert und rückschrittlich ist, betrachtet werden, und dann war ihre Niederlage, gesehen im Kontext eines auf dem Weg zur Modernisierung begriffenen Wirtschaftssystems des zwanzigsten Jahrhunderts, durchaus wünschenswert; oder als die wahre Hoffnung auf Freiheit, die nun für alle Zeiten erstickt ist; was sie aber auf keinen Fall werden dürfen: die bizarre Schöpfung eines umherschweifenden, erkrankten Gemüts. Nein: um Krankheit geht es weder im einen noch im andern Fall.

»Schon gut, schon gut, Baba«, Padma versucht, mich zu beruhigen. »Warum wirst du denn so ärgerlich? Ruh dich aus, ruh dich ein Weilchen aus, das ist alles, was ich verlange.«

Gewiß war die Zeit in jenen Tagen, die zu meinem zehnten Geburtstag führten, halluzinatorisch; doch die Halluzinationen waren nicht in meinem Kopf. Mein Vater, Ahmed Sinai, war, vom Tod des Verräters Dr. Narlikar und dem zunehmend mächtigeren Einfluß von Dschinn-und-Tonic getrieben, in eine Traumwelt von beunruhigender Unwirklichkeit geflohen, und der heimtückischste Aspekt dieses langsamen Verfalls war, daß die Leute ihn lange Zeit fälschlicherweise für das genaue Gegenteil von dem hielten, was er war . . . Da kommt Sonnys Mutter, Nussie-die-Ente, und sagt zu Amina eines Abends in unserem Garten: »Wie gut geht's euch doch allen, Amina Schwester, jetzt, wo euer Ahmed in der Blüte seines Lebens steht! So ein prächtiger Mann, und er hat's so weit gebracht, weil ihm an seiner Familie liegt!« Sie sagt es so laut, daß er es hören kann, und obwohl er so tut, als erkläre er dem Gärtner, was mit der kränkelnden Bougainvillea zu machen sei, obwohl er einen Ausdruck demütiger Mißachtung seiner selbst annimmt, ist es ganz und gar nicht überzeugend, weil sein gedunsener Körper, ohne daß er es weiß, begonnen hat, sich aufzublasen und einherzustolzieren. Sogar Purushottam, der entmutigte Sadhu unter dem Wasserhahn im Garten, sieht verlegen aus.

Mein verblassender Vater . . . fast zehn Jahre lang war er am Frühstückstisch, bevor er sich das Kinn rasierte, immer guter Laune gewesen, aber als Bart und Haupthaar zusammen mit der blasser werdenden Haut weiß wurden, war der Fixpunkt seines Glücks nicht länger gewiß, und es kam der Tag, an dem er zum ersten Mal beim Frühstück einen Wutanfall bekam. Das war der Tag, an dem die Steuer erhöht und gleichzeitig die Steuerschwelle gesenkt wurde; mit einer heftigen Geste warf er die *Times of India* hin und blickte mit den roten Augen um sich, die er, wie ich wußte, nur bei seinen Wutanfällen hatte. »Es ist, als ginge man aufs Klo!« explodierte er kryptisch; Ei Toast Tee erzitterten unter seinem detonierenden Zorn. »Man hebt sein Hemd und läßt die Hose runter! Frau, diese Regierung bescheißt uns von oben bis unten!« Und meine Mutter errötet rosa durch das Schwarz hindurch: »Janum, die Kinder, bitte!« Aber er war schon davongestampft, und mir wurde auf einmal völlig klar, was die Leute meinten, wenn sie sagten, das Land sei im Arsch.

In den folgenden Wochen erblich das Kinn meines Vater noch mehr, und noch etwas mehr als der Frieden am Frühstückstisch war verloren; er begann zu vergessen, was für ein Mann er in der alten Zeit vor Narlikars Verrat gewesen war. Die Rituale unseres häuslichen Lebens begannen zu verfallen. Er begann, dem Frühstückstisch fernzubleiben, so daß Amina ihm kein Geld mehr abschmeicheln konnte, aber zum Ausgleich ging er nachlässig mit seinem Bargeld um, und seine weggehängten Kleider waren voller Rupienscheine und Münzen, so daß sie ihr Auskommen hatte, indem sie ihm die Taschen ausräumte. Ein deprimierenderes Symptom seines Rückzugs vom Familienleben aber war, daß er uns nur noch selten Gutenachtgeschichten erzählte, und wenn er es tat, genossen wir sie nicht, weil sie schlecht ausgedacht und nicht überzeugend waren. Ihr Thema war immer noch dasselbe, Prinzen Kobolde fliegende Pferde Abenteuer im Zauberland, aber in seiner unpersönlichen Stimme konnten wir das Ächzen und Knarren einer rostenden, verblühten Vorstellungskraft hören.

Mein Vater war der Abstraktion erlegen. Es scheint, daß Narlikars Tod und das Ende seines Tetrapodentraums Ahmed Sinai gezeigt hatten, wie unzuverlässig die Natur menschlicher Beziehungen war; er hatte beschlossen, sich aller solcher Bande zu entledigen. Er gewöhnte sich an, vor Morgengrauen aufzustehen und sich mit seiner derzeitigen

Fernanda oder Flory unten in seinem Büro einzuschließen, vor dessen Fenster die beiden immergrünen Bäume, die er zur Erinnerung an meine und des Messingäffchens Geburt gepflanzt hatte, schon hoch genug gewachsen waren, um das Tageslicht, wenn es auftauchte, weitgehend fernzuhalten. Da wir kaum je wagten, ihn zu stören, begab mein Vater sich in eine tiefe Einsamkeit, ein Zustand, der in unserem übervölkerten Land so ungewöhnlich ist, daß er an Anormalität grenzt; er begann, das Essen aus unserer Küche zurückzuweisen und von billigem Dreck zu leben, der täglich von seinem Mädchen in einem Tiffin-Behälter gebracht wurde, lauwarmen Parathas und aufgeweichten Gemüsesamosas und Limonaden. Ein seltsamer Duft wehte unter seiner Bürotür hervor; Amina hielt ihn für den Geruch von verbrauchter Luft und zweitklassigem Essen, ich aber bin überzeugt, daß ein alter Geruch in stärkerer Form wiedergekehrt war, das alte Aroma des Versagens, das ihm schon in frühesten Zeiten angehangen hatte.

Er stieß die vielen Mietskasernen ab, die er bei seiner Ankunft in Bombay billig gekauft hatte und auf denen unser Familienvermögen beruhte. Er sagte sich los von allen Geschäftsverbindungen mit menschlichen Wesen – selbst von seinen anonymen Mietern in Kurla und Worli, in Matunga und Mazagaon und Mahim –, machte seine Aktiva flüssig und tauchte in die verdünnte und abstrakte Luft der Finanzspekulation ein. Eingeschlossen in seinem Büro, hatte er in jenen Tagen nur noch durchs Telefon zur Außenwelt Kontakt, von seinen armen Fernandas einmal abgesehen. Er verbrachte den Tag, indem er eingehend mit diesem Instrument konferierte, während es sein Geld in diesen und jenen Wertpapieren oder den und den Aktien anlegte, während es in Regierungsanleihen oder in im Kurs fallende Dividendenpapiere investierte und kurzfristig oder langfristig verkaufte, wie er befahl . . . und dabei unweigerlich den besten Tagespreis erzielte. In einer Glückssträhne, vergleichbar nur dem Erfolg, den meine Mutter so viele Jahre zuvor beim Pferderennen gehabt hatte, eroberten mein Vater und sein Telefon die Börse im Sturm, ein Kunststück, das durch Ahmed Sinais zunehmend schlimmer werdende Trinkgewohnheiten noch bemerkenswerter wurde. Dschinndurchtränkt gelang es ihm nichtsdestoweniger, von den abstrakten Wogen des Geldmarktes getragen, auf dessen emotionale, unvorhersagbare Verschiebungen und Veränderungen zu reagieren wie ein Liebhaber auf die geringfügigste Laune seiner Geliebten . . . er konnte spüren, wann eine Aktie steigen würde, wann der Höchstpreis erreicht würde, und immer stieg er vor dem Sturz aus. So wurde sein Eintauchen in die abstrakte Einsamkeit seiner Telefontage versteckt, so verbargen seine finanziellen Bravourstückchen seine stetige Entfernung von der Realität; doch unter dem Mantel seines wachsenden Reichtums wurde sein Zustand beständig schlimmer.

Schließlich kündigte die letzte seiner kattunberockten Sekretärinnen, weil sie das Leben in einer Atmosphäre, die so dünn und abstrakt war, daß sie das Atmen beschwerlich machte, nicht mehr ertragen konnte; und nun ließ mein Vater Mary Pereira holen und schmeichelte ihr mit: »Wir sind doch Freunde, Mary, du und ich, oder nicht?«, worauf die arme Frau antwortete: »Ja, Sahib, ich weiß. Sie werden mich versorgen, wenn ich alt bin« und versprach, Ersatz zu finden. Am nächsten Tag brachte sie ihm ihre Schwester, Alice Pereira, die für alle möglichen Chefs gearbeitet hatte und für Männer eine beinahe unendliche Geduld aufbrachte. Alice und Mary hatten ihren Streit wegen Joe D'Costa längst begraben; die jüngere Frau kam nach der Arbeit oft zu uns herauf und brachte ihre Lebhaftigkeit und Keckheit in das etwas bedrückende Klima unseres Heims. Ich mochte sie gern, und durch sie erfuhren wir von den größten Exzessen meines Vaters, deren Opfer ein Papagei und eine Promenadenmischung waren.

Bis Juli war Ahmed Sinais Trunkenheit fast ein Dauerzustand geworden; eines Tages, berichtete Alice, hatte er sich plötzlich zu einer Autofahrt aufgemacht, die sie um sein Leben fürchten ließ, und war dann doch irgendwie zurückgekehrt, mit einem verhängten Vogelbauer, in dem, so sagte er, seine neueste Errungenschaft sei, ein Bülbül, auch indische Nachtigall genannt. »Gott weiß wie lange«, vertraute Alice uns an, »erzählte er mir alles von Bülbüls, alle Märchen von seinem Gesang und was weiß ich, wie dieser Kalif von seinem Lied gefesselt wurde, wie sein Gesang die Schönheit der Nacht verlängern konnte. Gott weiß, was der arme Mann alles schwatzte, persisch und arabisch zitierte, ich konnte mir keinen Reim darauf machen. Aber dann hat er das Tuch abgenommen, und in dem Käfig ist nichts als ein sprechender Papagei; irgendein Schwindler im Hehlerbasar muß die Federn angemalt haben! Wie konnte ich das nun dem armen Mann sagen, wo er doch so aufgeregt war wegen seinen Vogels und alles und dasaß und rief: ›Sing, kleiner Bülbül! Sing!‹ . . . und es ist wirklich komisch, kurz bevor er starb, weil man ihn angemalt hatte, hat er ihm diese eine Zeile wiederholt, geradeheraus –

nicht krächzend wie ein Vogel, wißt ihr, sondern in seiner eigenen nämlichen Stimme: ›Sing, kleiner Bülbül! Sing!‹«

Aber es sollte noch schlimmer kommen. Ein paar Tage später saß ich mit Alice auf der eisernen Wendeltreppe für die Dienstboten, als sie sagte: »Baba, ich weiß nicht, was in deinen Daddy gefahren ist. Den ganzen Tag sitzt er da unten und verflucht den Hund mit Flüchen!«

Die Promenadenmischung, die wir Sherri getauft hatten, war Anfang des Jahres das zweigeschossige Hügelchen hochspaziert und hatte uns einfach adoptiert, ohne zu wissen, daß auf Methwold's Estate das Leben für Tiere eine gefährliche Sache war; und in seiner Bezechtheit hatte Ahmed Sinai sie zum Versuchskaninchen für seine Experimente mit dem Familienfluch gemacht.

Das war genau der erdichtete Fluch, den er sich zusammenphantasiert hatte, um William Methwold zu beeindrucken, doch in den verflüssigten Kammern seines Gehirns überredeten ihn nun die Dschinns, daß er nicht erfunden sei, daß er nur die Worte vergessen habe; deshalb verbrachte er in seinem ungesund einsamen Büro lange Stunden damit, mit Formeln zu experimentieren . . .

»Mit was für Zeug er das arme Geschöpf verflucht!« sagte Alice. »Mich wundert's, daß es nicht auf der Stelle tot umfällt.«

Aber Sherri saß einfach in der Ecke und grinste ihn blöde an, weigerte sich, dunkelrot anzulaufen oder sich mit Geschwüren zu bedecken, bis er eines Abends aus seinem Büro ausbrach und Amina befahl, uns alle zum Hornby Vellard zu fahren. Auch Sherri kam mit. Mit verdutzten Gesichtern spazierten wir den Vellard auf und ab, und dann sagte er: »Steigt ins Auto ein, alle.« Nur Sherri wollte er nicht mitfahren lassen . . . als der Rover mit meinem Vater am Steuer losbrauste, begann sie, hinter uns her zu jagen, während das Äffchen schrie Papapapa und Amina bettelte Janum-bitte und ich in stummem Entsetzen dasaß. Wir mußten kilometerweit fahren, fast bis zum Santa-Cruz-Flughafen, bevor er sich dafür rächen konnte, daß die Hündin sich weigerte, seinen Zauberkünsten zu erliegen . . . beim Laufen platzte ihr eine Arterie, und sie starb, Blut aus Maul und Hintern spritzend, unter dem Blick einer hungrigen Kuh.

Das Messingäffchen (das Hunde noch nicht einmal mochte) weinte eine Woche lang; meine Mutter bekam Angst, sie würde austrocknen, und hieß sie literweise Wasser trinken, goß es, wie Mary sagte, in sie hinein, als sei sie ein Rasen; mir aber gefiel der neue junge Hund, den mein Vater mir, vielleicht aus einem aufflackernden Schuldgefühl heraus, zu meinem zehnten Geburtstag kaufte; er hieß Baroneß Simki von der Heiden und hatte einen Stammbaum, der von preisgekrönten Schäferhunden nur so strotzte, obwohl meine Mutter später entdeckte, daß er genauso falsch wie der angebliche Bülbül war, genauso eingebildet wie der vergessene Fluch und die Mogul-Vorfahren meines Vaters; und nach sechs Monaten starb er an einer Geschlechtskrankheit. Danach hatten wir keine Haustiere mehr.

Mein Vater war nicht der einzige, der sich meinem zehnten Geburtstag mit dem Kopf in den Wolken seiner privaten Träume näherte, denn da ist Mary Pereira, die in ihrer Vorliebe für die Zubereitung von Chutneys, Kasaundis und Pickles aller Art schwelgt und trotz der Gegenwart ihrer fröhlichen Schwester Alice ein Gesicht macht, als würde sie von Gespenstern heimgesucht.

»Hallo, Mary!« Padma – die offenbar eine Schwäche für meine verbrecherische Ayah entwickelt hat – begrüßt ihre Rückkehr ins Rampenlicht. »Was ist denn mit *ihr* los?«

Dies, Padma: von Alpträumen geplagt, in denen Joseph D'Costa Überfälle verübte, fiel es Mary immer schwerer, Schlaf zu finden. Weil sie wußte, was die Träume für sie bereit hielten, zwang sie sich, wach zu bleiben; dunkle Ringe erschienen unter ihren Augen, die von einem dünnen, filmartigen Schleier überzogen waren, und ihre verschwommenen Wahrnehmungen verschmolzen Wachen und Träumen allmählich zu etwas sehr Ähnlichem . . . es ist gefährlich, in so einen Zustand zu geraten, Padma. Nicht nur leidet die Arbeit darunter, sondern es entweichen auch Dinge aus den Träumen . . . Joseph D'Costa war es in der Tat gelungen, die verwischte Grenze zu übertreten, und er erschien jetzt in Buckingham Villa nicht als Alptraum, sondern als leibhaftiger Geist. Sichtbar nur für Mary Pereira (zu jener Zeit), begann er, sie in allen Räumen unseres Hauses heimzusuchen, in dem er, zu ihrem Entsetzen und zu ihrer Scham, so nonchalant auftrat, als sei es sein eigenes. Sie sah ihn im Wohnzimmer zwischen Vasen aus geschliffenem Glas und Dresdner Porzellanfiguren und den sich drehenden Schatten der Deckenventilatoren, er rekelte sich in weichen Sesseln und ließ seine langen, mit Lumpen bekleideten Beine über die Armlehne baumeln; seine Augen waren mit dem Weißen von Eiern ausgefüllt, und wo die Schlange ihn in die Füße gebissen hatte, waren Löcher. Einmal sah sie ihn nachmittags in Amina Begums Schlafzimmer, als er sich seelenruhig direkt neben meine schlafende Mutter legte, und sie platzte heraus: »He du! Verschwinde! Was glaubst du eigentlich, hältst dich wohl für einen Herrn?« – aber sie erreichte nur, daß meine verwirrte Mutter wach wurde. Josephs Geist quälte Mary ohne Worte, und das Schlimmste war, daß sie merkte, wie sie sich an ihn gewöhnte, wie vergessene Empfindungen der Zuneigung sich in ihr regten, und obwohl sie sich sagte, es sei verrückt, wurde sie langsam von einer Art wehmütiger Liebe zu dem toten Krankenpfleger erfüllt.

Doch die Liebe wurde nicht erwidert; Josephs eiweiße Augen blieben ausdruckslos, seine Lippen blieben in einem anklagenden, bitteren Grinsen zusammengepreßt, und schließlich erkannte sie, daß diese neue Verkörperung sich nicht von ihrem alten Traum-Joseph unterschied (allerdings wurde sie von ihr nie angegriffen) und daß sie, wenn sie ihn loswerden wollte, das Undenkbare tun und ihr Verbrechen der Welt gestehen müßte. Aber sie gestand nicht, und das war wahrscheinlich meine Schuld – denn Mary liebte mich wie ihren eigenen nicht empfangenen und unempfänglichen Sohn, und ihre Beichte hätte mich tief verletzt, deshalb erlitt sie um meinetwillen den Geist ihres Gewissens und stand, von Gespenstern heimgesucht, in der Küche (mein Vater hatte an einem dschinndurchtränkten Abend den Koch gefeuert) und kochte unser Essen und wurde zufällig die Verkörperung der ersten Zeile meines Lateinlehrbuchs, *Ora maritima*: »Am Meeresrand kocht die Magd die Mahlzeit.« *Ora maritima, ancilla cenam parat.* Sehen Sie einer kochenden Ayah in die Augen, und Sie werden mehr sehen, als Lehrbücher je wissen.

* * *

An meinem zehnten Geburtstag holte mich manches ein.

An meinem zehnten Geburtstag war klar, daß es das launische Wetter – Stürme, Regenfluten, Hagelschauer aus wolkenlosem Himmel –, das auf die unerträgliche Hitze des Jahres 1956 gefolgt war, geschafft hatte, den zweiten Fünfjahresplan zu Fall zu bringen. Obwohl gerade Wahlen bevorstanden, war die Regierung gezwungen, der Welt mitzuteilen, daß sie keine weiteren Entwicklungshilfedarlehen annehmen könne, es sei denn, die Kreditgeber seien bereit, eine unbegrenzte Zeit auf Rückzahlung zu warten. (Doch lassen Sie mich den Sachverhalt nicht zu sehr übertreiben: obwohl die Produktion von Fertigstahl 1961, am Ende des Plans, nur 2,4 Millionen Tonnen erreicht hatte und obwohl sich in diesen fünf Jahren die Zahl der landlosen und arbeitslosen Massen de facto erhöht hatte, so daß sie größer war, als sie es unter dem britischen

Radsch je gewesen war, gab es auch wesentliche Verbesserungen. Die Produktion von Eisenerz wurde fast verdoppelt, die Stromkapazität verdoppelte sich tatsächlich, die Kohleförderung sprang von achtunddreißig Millionen auf vierundfünfzig Millionen Tonnen. Fünf Millionen Meter Baumwollstoff wurden jedes Jahr produziert. Außerdem große Mengen Fahrräder, Werkzeugmaschinen, Dieselmotoren, Elektropumpen und Deckenventilatoren. Aber ich kann mir nicht helfen, ich muß mit einem Fehlschlag enden: das Analphabetentum blühte nach wie vor, die Bevölkerung wuchs weiterhin rapide.)

An meinem zehnten Geburtstag bekamen wir Besuch von meinem Onkel Hanif, der sich auf Methwold's Estate äußerst unbeliebt machte, indem er gutgelaunt dröhnte: »Die Wahlen stehen ins Haus! Behaltet die Kommunisten im Auge!«

An meinem zehnten Geburtstag errötete meine Mutter (die angefangen hatte, zu mysteriösen »Besorgungen« zu verschwinden) dramatisch und unerklärlich, als mein Onkel Hanif seinen Fauxpas beging.

An meinem zehnten Geburtstag bekam ich einen jungen Schäferhund mit einem unechten Stammbaum, der kurz danach an Syphilis sterben sollte.

An meinem zehnten Geburtstag versuchte auf Methwold's Estate jeder angestrengt, fröhlich zu sein, aber unter dieser dünnen Tünche war jeder von dem gleichen Gedanken besessen: »Zehn Jahre, mein Gott! Wo sind sie geblieben? Was haben wir gemacht?«

An meinem zehnten Geburtstag verkündete der alte Ibrahim, er unterstütze die Maha Gudjarat Parishad; was die Herrschaft über die Stadt Bombay betraf, legte er sich damit auf die Verliererseite fest.

An meinem zehnten Geburtstag, nachdem mein Verdacht durch ein Erröten erregt worden war, kundschaftete ich die Gedanken meiner Mutter aus, und was ich dort sah, führte dazu, daß ich begann, sie zu beschatten, daß ich ein so wagemutiger Privatdetektiv wurde wie Bombays legendärer Dom Minto, und es führte zu den wichtigen Entdeckungen im Café Pionier und in seiner unmittelbaren Umgebung.

An meinem zehnten Geburtstag gab es ein Fest, bei dem meine Familie anwesend war, die vergessen hatte, wie man fröhlich ist, Klassenkameraden aus der Cathedral-Schule, die von ihren Eltern geschickt worden waren, und eine Reihe gelinde gelangweilter Schwimmerinnen aus dem Breach-Candy-Schwimmbad, die dem Messingäffchen erlaubten, mit ihnen herumzutollen und ihre schwellenden Muskeln zu kneifen; von den Erwachsenen waren Mary und Alice Pereira da und die Ibrahims und Homi Catrack und Onkel Hanif und Pia-Tante und Lila Sabarmati, an der der Blick jedes Schuljungen (und auch Homi Catracks) kleben blieb, zur beträchtlichen Verärgerung Pias. Aber das einzige Mitglied der Bande von der Hügelspitze, das teilnahm, war der getreue Sonny Ibrahim, der einem Boykott trotzte, den eine verbitterte Evie Burns über die Festlichkeiten verhängt hatte. Er übermittelte mir eine Botschaft: »Evie sagt, ich soll dir sagen, daß du raus aus der Bande bist.«

An meinem zehnten Geburtstag stürmten Evie, Schlitzauge, Haaröl und sogar Cyrus-der-Große mein privates Versteck; sie besetzten den Uhrturm und beraubten mich seines Schutzes.

An meinem zehnten Geburtstag sah Sonny verstört aus und sonderte sich das Messingäffchen von seinen Schwimmerinnen ab und wurde furchtbar wütend auf Evie Burns. »Der werd' ich's beibringen«, sagte sie zu mir. »Mach dir keine Sorgen, großer Bruder, der werd' ich's schon zeigen.«

An meinem zehnten Geburtstag im Stich gelassen von einer Gruppe von Kindern, erfuhr ich, daß fünfhunderteinundachtzig andere ebenfalls ihren Geburtstag feierten. So begriff ich das Geheimnis meiner eigenen Geburtsstunde, und ich beschloß, aus einer Bande ausgestoßen, meine eigene zu bilden, eine Bande, die sich kreuz und quer übers ganze Land erstreckte und deren Hauptquartier hinter meinen Augenbrauen war.

Und an meinem zehnten Geburtstag stahl ich die Initialen des Metro-Kinderklubs – die ebenfalls die Initialen einer englischen Kricketmannschaft waren, die gerade das Land bereiste – und gab sie der neuen Mitternachtskinder-Konferenz, meiner ganz eigenen MKK.

So war es, als ich zehn war: nichts als Ärger außerhalb meines Kopfes, nichts als Wunder in ihm.

Im Café Pionier

Keine Farben außer Grün und Schwarz die Wände sind grün der Himmel ist schwarz (es gibt kein Dach) die Sterne sind grün Die Witwe ist grün aber ihr Haar ist schwarz so schwarz. Die Witwe sitzt auf einem hohen hohen Stuhl der Stuhl ist grün der Sitz ist schwarz das Haar der Witwe hat einen Mittelscheitel er ist grün zur Linken und zur Rechten schwarz. Hoch wie der Himmel ist der Stuhl grün der Sitz ist schwarz der Arm der Witwe ist lang wie der Tod seine Haut ist grün die Fingernägel sind lang und scharf und schwarz. Zwischen den Wänden die Kinder sind grün die Wände sind grün der Arm der Witwe schlängelt sich herab die Schlange ist grün die Kinder schreien die Fingernägel sind schwarz sie kratzen der Arm der Witwe ist auf der Jagd seht die Kinder laufen und schreien die Hand der Witwe schließt sich grün und schwarz um sie. Jetzt werden die Kinder eins nach dem anderen gewürgt mmmff bis sie ruhig sind die Hand der Witwe hebt die Kinder grün eins nach dem anderen hoch ihr Blut ist schwarz Fingernägel graben sich ins Fleisch das Blut spritzt schwarz auf Wände (die grünen) als die greifende Hand die Kinder eins nach dem anderen so hoch wie den Himmel hebt der Himmel ist schwarz es gibt keine Sterne Die Witwe lacht ihre Zunge ist grün doch seht ihre Zähne sind schwarz. Und entzweigerissene Kinder in Witwenhänden die zupacken sie rollen halbierte Kinder zu kleinen Bällen rollen die Bälle sind grün die Nacht ist schwarz. Und kleine Bälle fliegen in die Nacht zwischen den Wänden die Kinder schreien als sie eins nach dem anderen durch die Hand der Witwe. Und in eine Ecke gekauert verkrochen das Äffchen und ich (die Wände sind grün die Schatten schwarz) breite hohe Wände Grün verblaßt zu Schwarz es gibt kein Dach und Witwenhand kommt einsnachdemanderen schreien die Kinder und mmmff und kleine Bälle und Hand und Schrei und mmmff und schwarze Spritzer. Jetzt nur noch sie und ich und keine Schreie mehr die Hand der Witwe tastet suchend die Haut ist grün die Nägel sind schwarz tastet sich zu der Ecke vor tastet während wir uns tiefer in die Ecke zurückziehen unsere Haut ist grün unsere Furcht ist schwarz und nun kommt die Hand und greift hinein greift und sie meine Schwester stößt mich hinaus hinaus aus der Ecke während sie zusammengekauert starrend zurückbleibt die Hand die

Nägel graben sich ein Schrei und mmmff und schwarzer Spritzer und hinauf hoch wie der Himmel und lachende Witwe zerrt ich rolle mich in kleine Bälle die Bälle sind grün und hinaus in die Nacht die Nacht ist schwarz . . .

Heute ist das Fieber gefallen. Zwei Tage und zwei Nächte lang (sagt man mir) hat Padma gewacht und mir kalte nasse Flanellappen auf die Stirn gelegt und mich während meiner Fieberschauer und der Träume von Witwenhänden festgehalten; zwei Tage lang hat sie sich wegen ihres Trankes aus unbekannten Kräutern Vorwürfe gemacht. »Aber«, beruhige ich sie, »diesmal hatte es damit nichts zu tun.« Ich erkenne dieses Fieber; es ist aus meinem Innern herausgekommen und von nirgendwo anders; wie ein übler Gestank ist es durch meine Risse gedrungen. Genauso ein Fieber habe ich mir an meinem zehnten Geburtstag zugezogen, zwei Tage habe ich im Bett verbracht; jetzt, da meine Erinnerungen wiederkehren, um aus mir auszuströmen, ist auch das alte Fieber wiedergekommen. »Mach dir keine Sorgen«, sage ich. »Diesen Bazillus habe ich mir vor fast einundzwanzig Jahren geholt.«

Wir sind nicht allein. Es ist Morgen in der Picklesfabrik; sie haben mir meinen Sohn gebracht. Jemand (es ist gleichgültig, wer) steht neben Padma an meinem Bett und hält ihn auf dem Arm. »Baba, Gott sei Dank geht es dir besser, du weißt nicht, was du in deiner Krankheit alles geredet hast.« Jemand spricht aufgeregt und versucht, sich vor der Zeit seinen Weg in meine Geschichte zu erzwingen, aber das geht nicht . . . jemand, der diese Picklesfabrik und den dazugehörenden Abfüllbetrieb gegründet hat, der sich um mein unergründliches Kind gekümmert hat, so wie einst . . . warten Sie ab! Damals hat diese Person es mir beinah aus der Nase gezogen, aber glücklicherweise habe ich, Fieber hin oder her, immer noch meine fünf Sinne beisammen! Sie muß einfach zurücktreten und in Anonymität gehüllt warten, bis sie an der Reihe ist, und das wird erst ganz zum Schluß sein. Ich wende die Augen von ihr ab, um Padma anzusehen. »Glaub ja nicht«, ermahne ich sie, »daß, was ich dir erzählt habe, nicht ganz und gar wahr sei, bloß weil ich Fieber hatte. Alles ist genauso passiert, wie ich es geschildert habe.«

»O Gott, du und deine Geschichten!« ruft sie aus. »Den ganzen Tag, die ganze Nacht – du hast dich selber krank gemacht! Hör eine Weile auf damit, mein Lieber, das wird niemand schaden.« Trotzig presse ich die Lippen zusammen, und daraufhin sie, in einem plötzlichen

Stimmungsumschwung: »Sag mal, Herr, möchtest du irgendwas haben?«

»Grünes Chutney«, verlange ich. »Hellgrün – grün wie Grashüpfer.« Und jemand, der nicht genannt werden kann, erinnert sich und sagt zu Padma (so leise, wie man nur an Krankenbetten und bei Beerdigungen spricht): »Ich weiß, was er meint.«

... Warum habe ich in diesem entscheidenden Augenblick, in dem alles mögliche darauf wartete, beschrieben zu werden – als das Café Pionier so nahe war und die Rivalität von Knien und Nase –, ein bloßes Würzmittel in die Unterhaltung eingeführt? (Warum verschwende ich in diesem Bericht Zeit auf unwichtiges Eingemachtes, wenn ich die Wahlen von 1957 beschreiben könnte – wenn vor einundzwanzig Jahren ganz Indien auf die Wahlen wartete?) Weil ich die Luft geschnüffelt habe und hinter dem bekümmerten Ausdruck meiner Besucher einen durchdringenden Hauch von Gefahr witterte. Ich habe vor, mich zu verteidigen, aber dazu bedarf ich der Hilfe von Chutney ...

Bis jetzt habe ich Ihnen die Fabrik noch nicht bei Tageslicht gezeigt. Folgendes ist unbeschrieben geblieben: durch grün getönte Glasfenster blickt mein Zimmer auf einen eisernen Steg hinaus und dann hinunter auf die Kochebene, wo Kupferkessel brodeln und sieden, wo Frauen mit kräftigen Armen auf Holztreppchen stehen und mit langstieligen Schöpflöffeln durch den Picklesdunst rühren, der wie mit Messern in die Nase sticht; sieht man in die andere Richtung durch ein grün getöntes Fenster in die Welt hinaus, glänzen in der Morgensonne stumpf die Eisenbahnschienen, die in regelmäßigen Abständen von den chaotischen Signalbrücken des Stromsystems überspannt werden. Bei Tageslicht tanzt unsere safrangelbe-und-grüne Neongöttin nicht über den Fabriktoren; wir schalten sie ab, um Strom zu sparen. Aber Elektrozüge brauchen Strom: gelbe-und-braune Stadtbahnen rattern von Dadar und Borivli, von Kurla und der Bassein Road nach Süden zum Churchgate-Bahnhof. Menschliche Fliegen hängen in dicken, weißbehosten Trauben von den Zügen; ich leugne nicht, daß man auch innerhalb der Fabrikmauern ein paar Fliegen sehen kann. Aber es gibt auch Eidechsen, die das wettmachen, still hängen sie mit dem Kopf nach unten von der Decke, und ihre Kehle erinnert an die Halbinsel Kathiawar ... auch Geräusche warten schon darauf, gehört zu werden: Brodeln von Kesseln, lautes Singen, derbe Flüche, schlüpfrige Witze, erzählt von Frauen mit flaumigen Armen; die scharfnasigen, dünnlippigen Ermahnungen von Vorarbeiterinnen, das allgegenwärtige Klirren der Picklesgläser in dem angrenzenden Abfüllbetrieb, das Brausen von Zügen und das unregelmäßige, doch unvermeidliche Summen von Fliegen . . . während grashüpfergrünes Chutney aus dem Kessel geholt und mir dann auf einem saubergewischten Teller mit safrangelben und grünen Streifen am Rand gebracht wird, zusammen mit einem weiteren Teller, der mit Leckerbissen aus dem iranischen Laden um die Ecke beladen ist; während Was-nun-gezeigt-ist wie üblich weiterläuft und Was-nun-gehört-werden-kann die Luft erfüllt (ganz zu schweigen von dem, was gerochen werden kann), stelle ich fest, allein in meinem Bett im Büro liegend, daß man Ausflüge vorschlägt, und zucke vor Schreck zusammen.

». . . Wenn du wieder bei Kräften bist«, sagt jemand, der nicht genannt werden kann, »einen Tag nach Elephanta, warum nicht, eine kleine Fahrt mit dem Motorboot, und alle diese Höhlen mit den schönen Skulpturen, oder an den Strand von Juhu zum Schwimmen, und Kokosmilch gibt's dort und Kamelrennen, oder sogar zur Aarey Milk Colony . . .!« Und Padma: »Frische Luft, ja, und der Kleine ist bestimmt gern mit seinem Vater zusammen.« Und jemand, meinem Sohn über den Kopf streichend: »Ja, natürlich, wir gehen alle zusammen. Schönes Picknick, schöner Tag im Freien. Baba, das wird dir guttun . . .«

Als das Chutney, vom Hausdiener getragen, in meinem Zimmer ankommt, beeile ich mich, diesen Vorschlägen einen Riegel vorzuschieben. »Nein«, lehne ich ab, »ich habe zu arbeiten.« Und ich sehe, wie zwischen Padma und der Person ein Blick gewechselt wird, und ich erkenne, daß ich recht hatte, mißtrauisch zu sein. Denn schon einmal hat man mich mit Picknickangeboten hereingelegt! Schon einmal haben falsches Lächeln und Angebote, zur Aarey Milk Colony zu fahren, mich dazu verleitet, aus dem Haus zu gehen und in ein Auto zu steigen, und ehe ich wußte, wie mir geschah, waren da Hände, die mich ergriffen, Krankenhausflure und Ärzte und Schwestern, die mich festhielten, während eine Maske über meiner Nase Betäubungsmittel verströmte und eine Stimme sagte: Zähl jetzt, zähl bis zehn . . . Ich weiß, was sie vorhaben. »Hört mal«, sage ich zu ihnen, »ich brauche keine Ärzte.«

Und Padma: »Ärzte? Wer redet denn von . . .« Aber sie täuscht niemanden, und mit einem kleinen Lächeln sage ich: »Hier, nehmt alle etwas von dem Chutney. Ich habe euch ein paar wichtige Sachen zu erzählen.«

Und während Chutney – das gleiche Chutney, das 1957 meine Ayah

Mary Pereira so vollendet zubereitete, das grashüpfergrüne Chutney, das auf ewig mit jenen Tagen verbunden ist – sie in die Welt meiner Vergangenheit zurücktrug, während Chutney sie milde und empfänglich stimmte, sprach ich sanft und überzeugend zu ihnen und entzog mich dank einer Mischung aus Würze und Redekunst den Händen der bösartigen Kräutermänner. Ich sagte: »Mein Sohn wird es verstehen. Ebenso wie für jedes andere Lebewesen erzähle ich meine Geschichte für ihn, damit er später, wenn ich in meinem Kampf gegen die Risse unterlegen bin, Bescheid weiß. Sittlichkeit, Urteilskraft, Charakter . . . alles fängt mit der Erinnerung an . . . und ich behalte Durchschläge.«
Grünes Chutney auf Chili-Pakoras gleitet in jemandes Schlund, Grashüpfergrünes auf lauwarmen Chapatis verschwindet hinter Padmas Lippen. Ich sehe sie schwach werden und presche voran. »Ich habe euch die Wahrheit gesagt«, sage ich noch einmal. »Die Wahrheit der Erinnerung, denn die Erinnerung hat ihre eigene, besondere. Sie wählt aus, eliminiert, verändert, übertreibt, untertreibt, verherrlicht und schmäht auch, aber letzten Endes schafft sie ihre eigene Realität, ihre heterogene, doch in der Regel zusammenhängende Version der Ereignisse, und kein menschliches Wesen bei gesundem Verstand traut je der Version eines anderen mehr als seiner eigenen.«
Ja, ich sagte »bei gesundem Verstand«. Ich wußte, was sie dachten: »Viele Kinder erfinden eingebildete Freunde, aber tausendundeinen! Das ist einfach verrückt!« Die Mitternachtskinder erschütterten selbst Padmas Glauben an meine Erzählung, aber ich stimmte sie um, und nun wird nicht mehr von Ausflügen geredet.
Wie ich sie überzeugte: indem ich über meinen Sohn sprach, der meine Geschichte kennen sollte; indem ich die Vorgehensweise meines Gedächtnisses erhellte; und durch andere Hilfsmittel, manche naiv aufrichtig, andere fuchsschlau. »Selbst Mohammed«, sagte ich, »hielt sich zuerst für wahnsinnig: glaubt ihr, der Einfall sei mir nie gekommen? Der Prophet aber hatte seine Khadija, seinen Abu Bakr, die ihn von der Echtheit seiner Berufung überzeugten; niemand lieferte ihn Irrenhausärzten aus.« Mittlerweile erfüllte das grüne Chutney sie mit Gedanken an vergangene Jahre; ich sah Schuld und Beschämung auf ihren Gesichtern. »Was ist Wahrheit?« Ich wurde rhetorisch. »Was ist geistige Gesundheit? Ist Jesus aus dem Grab auferstanden? Glauben Hindus nicht – Padma –, daß die Welt eine Art Traum sei, daß Brahma das Universum träumte und es immer noch träumt; daß wir nur undeutlich durch dieses Traumgespinst, das die Maja ist, hindurchsehen? Ma-

ja«, ich nahm einen hochmütigen, belehrenden Ton an, »kann definiert
werden als alles, was trügerisch ist, als Schwindel, Kunstgriff und Betrug. Erscheinungen, Gespenster, Luftbilder, Taschenspielereien, die
scheinbare Form der Dinge: all das gehört zur Maja. Wenn ich sage,
daß sich gewisse Dinge ereigneten, die du, in Brahmas Traum versunken, kaum glauben kannst, wer von uns hat dann recht? Nimm noch
etwas Chutney«, fügte ich gnädig hinzu und nahm mir selbst eine
großzügige Portion. »Es schmeckt sehr gut.«
Padma begann zu weinen. »Ich hab' nie gesagt, daß ich nicht glaube«,
heulte sie. »Natürlich, jeder Mensch muß seine Geschichte auf seine
Art erzählen, aber. . .«
»Aber«, unterbrach ich abschließend, »auch du – oder etwa nicht –
willst wissen, wie es weitergeht? Mit den Händen, die tanzten, ohne
sich zu berühren, und mit den Knien? Und später kommt noch der
merkwürdige Stab von Fregattenkapitän Sabarmati und natürlich Die
Witwe? Und die Kinder – was wurde aus ihnen?«
Und Padma nickte. So viel also zu Ärzten und Irrenhäusern; man läßt
mich weiterschreiben. (Allein, abgesehen von Padma zu meinen Füßen.) Chutney und Redekunst, Theologie und Neugierde: diese Dinge
haben mich gerettet. Und noch eins – nennen Sie es Erziehung oder
Herkunft; Mary Pereira hätte es meine Kinderstube genannt. Durch
meine Belesenheit und meine reine Aussprache beschämte ich sie so,
daß sie sich nicht würdig fühlten, über mich zu urteilen; keine sehr
edle Tat, aber wenn um die Ecke der Krankenwagen wartet, ist alles
erlaubt. (Und er wartete tatsächlich: ich roch es.) Trotzdem – ich habe
eine wertvolle Warnung bekommen. Es ist eine gefährliche Sache,
wenn man versucht, anderen seine Sicht der Dinge aufzudrängen.
Padma, wenn du an meiner Verläßlichkeit ein wenig zweifelst, nun, ein
wenig Zweifel ist nichts Schlechtes. Männer, die sich ihrer Sache ganz
und gar sicher sind, vollbringen schreckliche Taten. Frauen auch.
Unterdessen bin ich zehn Jahre alt und finde heraus, wie man sich im
Kofferraum des Autos meiner Mutter versteckt.
Das war der Monat, in dem Purushottam der Sadhu (dem ich von
meinem Innenleben nie erzählt hatte) schließlich an seiner stationären
Existenz verzweifelte und sich den selbstmörderischen Schluckauf zuzog, der ihn ein ganzes Jahr lang bedrängte, häufig seinen Körper
mehrere Zentimeter vom Boden hochhob, so daß sein durchs Wasser
kahl gewordener Kopf beängstigend gegen den Wasserhahn im Garten
krachte, und ihn schließlich umbrachte. Eines Abends zur Cocktail-

stunde kippte er mit immer noch zum Lotossitz verschlungenen Beinen zur Seite weg, und für die Warzen meiner Mutter gab es keinerlei Hoffnung auf Heilung mehr. Es war der Monat, in dem ich abends oft im Garten von Buckingham Villa stand und zusah, wie die Sputniks den Himmel durchkreuzten, und mich dabei gleichzeitig froh und isoliert fühlte, wie die kleine Laika, der erste und immer noch einzige Hund, der in den Weltraum geschossen wurde (die Baroneß Simki von der Heiden, die sich in Kürze die Syphilis holen sollte, saß neben mir und folgte mit ihren Schäferhundaugen dem hellen Nadelstich, der Sputnik II war – es war eine Zeit großen hündischen Interesses am Kampf um die Vorherrschaft im All; in dem Evie Burns und ihre Bande meinen Uhrturm besetzten und Wäschetruhen sowohl verboten worden als auch mittlerweile zu klein waren, so daß ich um der Geheimhaltung und der geistigen Gesundheit willen gezwungen war, meine Besuche bei den Mitternachtskindern auf unsere private stille Stunde zu beschränken – ich besprach mich mit ihnen jede Mitternacht und nur um Mitternacht, in jener Stunde, die Wundern vorbehalten ist, die irgendwie außerhalb der Zeit ist; und der Monat, in dem ich – um zur Sache zu kommen – beschloß, durch eigenen Augenschein die schreckliche Sache zu beweisen, die ich, vorne in den Gedanken meiner Mutter sitzend, erspäht hatte. Seit der Zeit, als ich in einer Wäschetruhe verborgen gelegen und zwei schockierende Silben gehört hatte, verdächtigte ich meine Mutter, Geheimnisse zu haben; meine Streifzüge in ihre Gedankengänge hatten meinen Verdacht bestätigt, so daß ich mit einem kühlen Glitzern in den Augen und mit stahlharter Entschlossenheit eines Nachmittags nach der Schule Sonny Ibrahim besuchte, um mich seiner Hilfe zu versichern.

Ich fand Sonny, umgeben von spanischen Stierkampfplakaten, in seinem Zimmer vor, wo er verdrießlich für sich allein Zimmerkricket spielte. Als er mich sah, rief er mit unglücklicher Miene: »He, Mann, tut mir verdammt leid wegen Evie, Mann, sie will auf keinen hören, was zum Teufel hast du ihr denn eigentlich getan?« . . . Ich aber hielt eine würdevolle Hand hoch, gebot Stille, und es wurde still.

»Jetzt ist keine Zeit für so was, Mann«, sagte ich. »Es geht darum, daß ich wissen muß, wie man Schlösser ohne Schlüssel aufmacht.«

Eine wahre Tatsache, Sonny Ibrahim betreffend: trotz all seiner Stierkampfträume lag seine Begabung auf dem Gebiet der Mechanik. Schon seit einiger Zeit hatte er die Aufgabe übernommen, für Comics und Versorgung mit Limonade alle Fahrräder auf Methwold's Estate zu warten. Selbst Evelyn Lilith Burns gab ihr geliebtes India-Rad in seine Obhut. Es sah so aus, als würden alle Maschinen durch das unschuldige Entzücken, mit dem er ihre beweglichen Teile liebkoste, freundlich gestimmt; kein Mechanismus konnte seiner Betreuung widerstehen. Um es anders auszudrücken: Sonny Ibrahim war (aus reinem Forschungstrieb) ein Experte im Knacken von Schlössern geworden.

Als ihm nun eine Gelegenheit geboten wurde, mir seine Loyalität zu beweisen, leuchteten seine Augen auf: »Brauchst mir bloß das Schloß zu zeigen, Mann! Bring mich hin!«

Als wir sicher waren, daß uns keiner beobachtete, schlichen wir über die Auffahrt zwischen Buckingham Villa und Sonnys Sans Souci; wir stellten uns hinter den alten Rover meiner Familie, und ich zeigte auf den Kofferraum. »Das ist es«, gab ich an. »Ich muß es von außen und auch von innen öffnen können.«

Sonny bekam große Augen. »He, was hast du vor, Mann? Läufst du heimlich von zu Hause weg oder was?«

Den Finger auf die Lippen gelegt, setzte ich eine geheimnisvolle Miene auf. »Kann ich nicht erklären, Sonny«, sagte ich feierlich. »Unter Verschluß zu haltende Information Geheimstufe eins.«

»Wow, Mann«, sagte Sonny und zeigte mir in dreißig Sekunden, wie man den Kofferraum mit Hilfe eines dünnen rosa Plastikstreifens öffnete. »Nimm ihn, Mann«, sagte Sonny Ibrahim. »Du brauchst ihn mehr als ich.«

Es war einmal eine Mutter, die, um Mutter zu werden, eingewilligt hatte, ihren Namen zu ändern; die sich die Aufgabe gestellt hatte, sich Stück um Stück in ihren Ehemann zu verlieben, der es aber nie gelang, einen bestimmten Teil zu lieben, den Teil seltsamerweise, der ihr die Mutterschaft ermöglichte; deren Füße durch Warzen behindert und deren Schultern unter der sich mehr und mehr ansammelnden Schuld der Welt gebeugt waren; deren Ehemannes Organ, das nicht geliebt werden konnte, sich nie wieder von den Auswirkungen einer Einfrierung erholte, und die wie ihr Ehemann schließlich den Mysterien des Telefons erlag und lange Minuten damit verbrachte, den Worten falsch verbundener Teilnehmer zu lauschen . . . kurz nach meinem zehnten Geburtstag (als ich mich von dem Fieber erholt hatte, das unlängst wiedergekehrt ist, um mich nach einer Pause von fast einundzwanzig Jahren zu quälen) nahm Amina Sinai ihre neueste Angewohnheit wieder auf, plötzlich und immer unmittelbar nach einer falschen Verbindung zu dringenden Besorgungen aufzubrechen. Doch nun fuhr, im Kofferraum des Rovers versteckt, ein blinder Passagier mit ihr, der von gestohlenen Kissen verdeckt und geschützt dalag und einen dünnen rosa Plastikstreifen in der Hand hielt.

Oh, welche Leiden man im Namen der Rechtschaffenheit durchmacht! Die Prellungen und Beulen! Das Einatmen der nach Gummi riechenden Luft im Kofferraum durch klappernde Zähne! Und ständig die Furcht vor Entdeckung... »Angenommen, sie geht wirklich einkaufen? Wird der Kofferraum plötzlich auffliegen? Werden lebendige Hühner mit zusammengebundenen Füßen und gestutzten Flügeln hineingeworfen werden, flatternde, hackende Vögel in mein Versteck einfallen? Wird sie mich sehen? Mein Gott, dann darf ich eine Woche lang den Mund nicht aufmachen!« Meine Knie unters Kinn gezogen – das durch ein altes ausgeblichenes Kissen vor Kniestübern geschützt war –, reiste ich im Vehikel mütterlicher Treulosigkeit ins Unbekannte. Meine Mutter war eine vorsichtige Fahrerin; sie fuhr langsam und bog mit Vorsicht um Ecken; aber danach hatte ich schwarze und blaue Flecken, und Mary Pereira las mir die Leviten, weil ich mich in Raufereien verwickeln ließ: »Arré Gott was für eine Bescherung es ist ein Wunder daß sie dich nicht ganz und gar zu Kleinholz gemacht haben mein Gott was soll nur aus dir werden du schlimmer schwarzer Junge du Haddi-Phaelwan du Ringer der nur aus Haut und Knochen besteht!«

Um meine Gedanken von der rüttelnden Dunkelheit abzulenken, drang ich mit äußerster Behutsamkeit in den Teil des Geistes meiner Mutter ein, der für die Fahrtätigkeit verantwortlich war; folglich konnte ich unserer Route folgen. (Und auch im normalerweise aufgeräumten Geist meiner Mutter einen erschreckenden Grad an Unordnung ausmachen. Schon in jenen Tagen begann ich, Leute nach dem Grad ihrer inneren Aufgeräumtheit einzuordnen und zu entdecken, daß ich die unordentlicheren Typen vorzog, deren Gedanken – die ständig ineinander übergingen, so daß die Vorfreude aufs Essen dem ernsthaften Problem des Broterwerbs in die Quere kam und sexuelle Phantasien ihre politischen Betrachtungen überlagerten – enger verwandt mit meinem eigenen durcheinanderpurzelnden Wirrwarr im Gehirn waren, in dem alles in alles mögliche andere überlief und der weiße Punkt der Bewußtheit wie ein wildgewordener Floh von einer Sache zur anderen hüpfte... Amina Sinai, deren emsige Ordnungsinstinkte sie mit einem Geist von beinah anormaler Ordentlichkeit versehen hatten, war ein seltsamer Neuankömmling in den Rängen der Verwirrung.)

Wir fuhren Richtung Norden, am Breach-Candy-Krankenhaus und am Mahalaxmi-Tempel vorbei, nach Norden über den Hornby Vellard am Vallabhbhai-Patel-Stadion und an Hadschi Alis Inselgrab vorbei, nördlich von dem, was (bevor der Traum des ersten William Methwold Wirklichkeit wurde) einmal die Insel Bombay gewesen war. Wir fuhren in Richtung der anonymen Masse aus Mietskasernen und Fischerdörfern und Textilfabriken und Filmstudios, zu der sich die Stadt in diesen nördlichen Zonen auswuchs (nicht weit von hier! ganz und gar nicht weit von hier, wo ich in Blickweite der Stadtbahnen sitze!) . . . ein Gebiet, das mir in jenen Tagen vollkommen unbekannt war. Schnell verlor ich die Orientierung und war gezwungen, mir einzugestehen, daß ich mich nicht mehr zurechtfand. Endlich hielten wir am Ende einer nicht gerade einnehmenden Seitenstraße voll von Leuten, die in Kanalrohren schliefen, voller Fahrradreparaturwerkstätten und zerlumpter Männer und Jungen. Haufen von Kindern belagerten meine Mutter, als sie ausstieg; sie, die keine Fliege verscheuchen konnte, teilte kleine Münzen aus und vergrößerte dadurch die Menge enorm. Schließlich machte sie sich von ihnen los und ging die Straße hinunter. Ein Junge bettelte: »Auto polieren, Begum? Erstklassig eins a Auto polieren, Begum? Ich Auto bewachen, bis du kommen, Begum? Ich guter Wachmann, du fragen!« . . . Einigermaßen angstvoll wartete ich ab, was sie sagen würde. Wie konnte ich unter den Augen eines Straßenjungenwächters aus diesem Kofferraum herauskommen? Erst einmal wäre es peinlich gewesen, und zweitens hätte mein Auftauchen in der Straße Aufsehen erregt . . . meine Mutter sagte: »Nein.« Sie ging die Straße hinunter und entschwand; der Möchtegernpolierer und Wachmann gab schließlich auf; es kam ein Augenblick, in dem sich aller Köpfe wandten, um ein zweites Auto vorbeifahren zu sehen, nur für den Fall, daß es ebenfalls stehenblieb, um eine Dame auszuladen, die Münzen wie Nüsse verteilte; und in diesem Augenblick (ich hatte durch mehrere Paar Augen gesehen, die mir dabei halfen, den richtigen Moment auszuwählen), bewerkstelligte ich meinen Trick mit dem rosa Plastikstreifen und war wie der Blitz draußen auf der Straße neben einem geschlossenen Kofferraum. Meine Lippen grimmig zusammenpressend und alle ausgestreckten Hände ignorierend, ging ich in der Richtung los, die meine Mutter eingeschlagen hatte, ein Schnüffler im Taschenformat mit der Nase eines Bluthunds und einer lauten Trommel an der Stelle, an der mein Herz hätte sein sollen . . . und kam wenige Minuten später im Café Pionier an.

Schmutziges Glas im Fenster, schmutzige Gläser auf dem Tisch – das Café Pionier machte nicht viel her, verglichen mit den Gaylords und Kwalitys der eleganteren Viertel der Stadt, ein richtiges rutputty Bumslokal mit bunten Reklametafeln, die LIEBLICHES LASSI und FANTASTIKO FALOODA und BHEL-PURI NACH BOMBAYER ART anpriesen, mit Filmmusik, die aus einem billigen Radio neben der Ladenkasse plärrte, ein langer schmaler grünlicher Raum, der von flakkerndem Neonlicht erleuchtet wurde, eine abstoßende Welt, in der Männer mit abgebrochenen Zähnen und ausdruckslosen Augen und zerknitterten Karten an kunstlederbezogenen Tischen saßen. Aber trotz all seiner Schmuddeligkeit und Baufälligkeit war das Café Pionier ein Sammelort vieler Träume. Jeden Morgen füllte es sich mit den bestaussehenden Taugenichtsen der Stadt, all den Gaunern und Taxifahrern und kleinen Schiebern und gewieften Zockern, die vor langer Zeit in die Stadt gekommen waren und von Starruhm, grotesk vulgären Wohnungen und Schwarzgeldzahlungen träumten; denn jeden Morgen um sechs schickten die größeren Studios kleinere Angestellte zum Café Pionier, um Statisten für einen Drehtag anzuheuern. Jeden Morgen, wenn die D. W. Rama Studios und Filmistan Talkies und RK Films ihre Wahl trafen, war das Café Pionier eine halbe Stunde lang der Brennpunkt aller Hoffnungen und Ambitionen der Stadt; dann gingen die Scouts der Studios weg, begleitet von den Glückspilzen des Tages, und das Café leerte sich und versank in seine übliche neonbeleuchtete Lethargie. Gegen Mittag betrat eine andere Kategorie von Träumern das Café, um den Nachmittag über Karten und Liebliches Lassi gebeugt und starke Biris qualmend zu verbringen – andere Männer mit anderen Hoffnungen: damals wußte ich es nicht, aber das nachmittägliche Pionier war ein berüchtigter Treffpunkt der Kommunisten.

Es war Nachmittag; ich sah meine Mutter das Café Pionier betreten, wagte aber nicht, ihr zu folgen, sondern blieb auf der Straße stehen, drückte meine Nase gegen eine spinnwebenverhangene Ecke der schmierigen Fensterscheibe und ignorierte die neugierigen Blicke, die ich abbekam – denn meine weißen Shorts, wenn auch vom Kofferraum beschmutzt, waren doch gestärkt, mein Haar, wenn auch vom Kofferraum zerzaust, war doch pomadisiert, meine Schuhe, wenn auch abgeschürft, waren doch die Turnschuhe eines wohlhabenden Kindes. Ich folgte ihr mit den Augen, als sie zögernd und wegen der Warzen humpelnd an wackligen Tischen und Männern mit harten Augen vorbeiging; ich sah, wie meine Mutter sich an einen im Schatten liegenden

Tisch am entfernten Ende der schmalen Höhle setzte, und dann sah ich den Mann, der sich erhob, um sie zu begrüßen.

Seine Gesichtshaut hing in Falten herunter, was offenbarte, daß er einmal Übergewicht gehabt hatte; seine Zähne waren von Paan befleckt. Er trug eine saubere weiße Kurta mit Lucknow-Stickerei um die Knopflöcher. Er hatte langes, poetisch langes Haar, das sich ihm über die Ohren kringelte, aber oben war sein Kopf kahl und glänzend. Verbotene Silben hallten in meinem Kopf wider: Na. Dir. Nadir. Ich erkannte, daß ich verzweifelt wünschte, ich hätte nie beschlossen herzukommen.

Es war einmal ein Ehemann in der Unterwelt, der floh und eine liebevolle Scheidungsbotschaft zurückließ, ein Dichter, dessen Verse sich noch nicht einmal reimten, dem von verwilderten Hundebastarden das Leben gerettet wurde. Nachdem er ein Jahrzehnt verschwunden war, tauchte er von Gott-weiß-wo wieder auf, seine Haut hing lose herab zum Gedenken an seine einstmalige Fülligkeit, und wie seine Es-war-einmal-Frau hatte er einen neuen Namen angenommen ... Nadir Khan war nun Qasim Khan, offizieller Kandidat der offiziellen Kommunistischen Partei Indiens. Lal Qasim. Der rote Qasim. Nichts ist ohne Bedeutung, nicht ohne Grund wird man rot. Mein Onkel Hanif sagte: »Behaltet die Kommunisten im Auge!«, und meine Mutter wurde purpurrot; Politik und Gefühle vereinigten sich auf ihren Wangen ... durch die schmutzige, viereckige, gläserne Kinoleinwand, die das Fenster des Café Pionier darstellte, beobachtete ich, wie Amina Sinai und der Nicht-mehr-Nadir ihre Liebesszene zu Ende spielten; sie traten so ungeschickt auf, wie nur wirkliche Amateure es tun.

Auf dem kunstlederüberzogenen Tisch eine Schachtel Zigaretten: State Express 555. Auch Zahlen haben ihre Bedeutung: 420, der Name, mit dem man Betrüger bezeichnet; 1001, die Zahl der Nacht, der Zauberei, der alternativen Realitäten – eine Zahl, von Dichtern geliebt und verabscheut von Politikern, für die alle alternativen Abwandlungen der Welt eine Bedrohung darstellen; und 555, die ich jahrelang für die böseste aller Zahlen hielt, für die Zahl des Teufels, des Großen Ungeheuers, Schaitans persönlich! (Cyrus-der-Große erzählte mir das, und die Möglichkeit, daß er sich irrte, zog ich nicht in Betracht. Doch er irrte sich: die wahre dämonische Zahl ist nicht 555, sondern 666: trotzdem sind die drei Fünfen in meiner Vorstellung bis auf den heutigen Tag von einer dunklen Aura umgeben.) ... Aber ich lasse mich hinreißen. Hier sei nur gesagt, daß Nadir-Qasims Lieblingsmarke die obengenannte State Express war, daß auf der Packung dreimal die Ziffer fünf wiederholt wurde und daß die Hersteller W. D. & H. O. Wills waren. Unfähig, meiner Mutter ins Gesicht zu sehen, konzentrierte ich mich auf die Zigarettenschachtel und schnitt von der Einstellung der zwei Liebenden auf diese extreme Nahaufnahme von Nikotin.

Aber nun kommen Hände ins Bild – zuerst die Hände Nadir-Qasims, deren poetische Weichheit mit der Zeit etwas schwielig geworden ist; Hände, die flackern wie Kerzenflammen, kriechen über Kunstleder vor, zucken dann zurück; danach die Hände einer Frau, schwarz wie Jet, die sich wie elegante Spinnen zentimeterweise nach vorn bewegen; Hände, die sich erheben, von der kunstlederbezogenen Tischplatte weg, Hände, die über drei Fünfen schweben und den seltsamsten aller Tänze beginnen, sich heben, senken, einander umkreisen, ein Muster weben, Hände, die sich nach einer Berührung sehnen, Hände, die sich ausstrecken, straffen, zittern, fordern – zum Schluß aber immer wieder zurückzukken, Fingerspitzen vermeiden Fingerspitzen, denn was ich hier auf meiner schmutzigen Glasleinwand sehe, ist letzten Endes ein indischer Film, in dem körperlicher Kontakt verboten ist, damit die zuschauende Blüte der indischen Jugend nicht verdorben werde; und es sind Füße unter dem Tisch, und darüber sind Gesichter, Füße, die sich Füßen nähern, Gesichter, die sich zärtlich einander zuneigen, aber in einem grausamen Schnitt des Zensors sich plötzlich voneinander entfernen . . . zwei Fremde, die beide einen Bühnennamen tragen, der nicht ihr Geburtsname ist, spielen ihre halb ungewollten Rollen. Ich sah mir den Film nicht bis zu Ende an, schlüpfte in den Kofferraum des unpolierten, unbewachten Rovers zurück und wünschte, ich wäre nie hineingegangen, konnte aber nicht dem Wunsch widerstehen, ihn noch einmal von vorne zu sehen.

Was ich ganz zum Schluß sah: die Hände meiner Mutter, die ein halbleeres Glas mit Lieblichem Lassi hoben, die Lippen meiner Mutter, die sich sanft, sehnsüchtig auf das Ornamentglas preßten, die Hände meiner Mutter, die das Glas ihrem Nadir-Qasim reichten, der seinen eigenen poetischen Mund auf die andere Seite des Glases preßte. So kam es, daß das Leben schlechte Kunst imitierte und daß die Schwester meines Onkels Hanif die Erotik des indirekten Kusses in die grüne Neonschäbigkeit des Café Pionier einführte.

Ich fasse zusammen: Im Hochsommer 1957, auf dem Höhepunkt des Wahlkampfes, errötete Amina Sinai unerklärlicherweise bei einer zufälligen Erwähnung der Kommunistischen Partei Indiens. Ihr Sohn – in dessen aufgewühlten Gedanken immer noch Raum für eine Verbohrtheit mehr war, denn ein zehnjähriges Gehirn kann jede Menge fixer Ideen unterbringen – folgte ihr in den Norden der Stadt und bespitzelte eine schmerzerfüllte Szene ohnmächtiger Liebe. (Nun, da Ahmed Sinai eingefroren war, war Nadir-Qasim noch nicht einmal sexuell im Nachteil; hin- und hergerissen zwischen einem Ehemann, der sich in einem Büro einschloß und Promenadenmischungen verfluchte, und einem Exehemann, der einst verliebt Triff-den-Spucknapf gespielt hatte, blieben Amina Sinai nichts anderes als Glasküsse und Handtänze.)

Fragen: Nahm ich danach noch jemals die Dienste eines rosa Plastikstreifens in Anspruch? Kehrte ich je zu dem Café der Statisten und Marxisten zurück? Konfrontierte ich meine Mutter mit der abscheulichen Natur ihres Vergehens – denn wie kommt eine Mutter dazu, so etwas . . . gleichgültig, was einmal war –, verübt vor den Augen ihres einzigen Sohnes, wie konnte sie wie konnte sie wie konnte sie? Antworten: ich tat es nicht, ich tat es nicht, ich tat es nicht.

Was ich tat: Wenn sie »Besorgungen« machte, nistete ich mich in ihren Gedanken ein. Nicht länger darauf bedacht, mich mit eigenen Augen zu überzeugen, fuhr ich im Kopf meiner Mutter in den Norden der Stadt; geschützt durch dieses unwahrscheinliche Inkognito saß ich im Café Pionier und hörte Unterhaltungen über die Wahlaussichten des Roten Qasim mit an; körperlos, aber ganz und gar gegenwärtig, folgte ich meiner Mutter, wenn sie Qasim auf seinen Runden begleitete, treppauf, treppab in die Mietskasernen des Viertels (waren es die Chawls, die mein Vater vor kurzem, seine Mieter ihrem Schicksal überlassend, verkauft hatte?), wenn sie ihm dabei half, Wasserhähne reparieren zu lassen, und Vermieter bedrängte, Reparaturen und Desinfizierung in Angriff zu nehmen. Amina Sinai bewegte sich im Auftrag der Kommunistischen Partei unter den Bedürftigen – eine Tatsache, die bei ihr unweigerlich Erstaunen hinterließ. Vielleicht tat sie es aufgrund der zunehmenden Verarmung ihres eigenen Lebens; im Alter von zehn Jahren war ich jedoch nicht zu Mitleid aufgelegt, und auf meine Art begann ich, Racheträume zu träumen.

Von dem legendären Kalifen Harun al Raschid sagt man, er habe es genossen, sich inkognito unter die Bewohner Bagdads zu mischen; auch ich bin im geheimen durch die Nebenstraßen meiner Stadt gereist, aber ich kann nicht behaupten, es hätte mir großen Spaß gemacht.

Nüchterne Beschreibungen des Ausgefallenen und Bizarren und ihr Gegenteil, nämlich überhöhte, stilisierte Versionen des Alltäglichen – diese Techniken, die auch Geisteshaltungen sind, habe ich dem furchtbarsten der Mitternachtskinder abgesehen – oder auch mir einverleibt –, meinem Rivalen, meinem Wechselbalggenossen, dem angeblichen Sohn Wee Willie Winkies: Shiva-von-den-Knien. Es waren Techniken, die in seinem Fall ohne jegliches bewußtes Nachdenken angewandt wurden, und die Folge war, daß sie ein Weltbild von erstaunlicher Gleichförmigkeit schufen, das es gestattete, beiläufig, sozusagen im Vorbeigehen, die schrecklichen Morde an Prostituierten zu erwähnen, die in jenen Tagen die Gossenpresse zu füllen begannen (während die Leichen die Gosse füllten), und sich andererseits leidenschaftlich über die kniffligen Einzelheiten eines bestimmten Kartenspiels aufzuhalten. Der Tod und eine Niederlage beim Rommé waren für Shiva ein und dasselbe, daher seine furchterregende, gleichgültige Gewalt, die am Ende . . . aber ich will mit dem Anfang anfangen:

Obwohl es zugegebenermaßen meine eigene Schuld ist, muß ich doch sagen, daß Sie nur die halbe Wahrheit begreifen, wenn Sie mich bloß als Radio betrachten. Denken ist genausooft bildhaft oder rein emblematisch wie verbal, und überhaupt war es für mich notwendig, um mit meinen Kollegen in der Mitternachtskinder-Konferenz in Verbindung zu treten und sie zu verstehen, so schnell wie möglich über das verbale Stadium hinauszukommen. Wenn ich in ihre unendlich vielfältigen Gedanken eingedrungen war, war ich gezwungen, hinter die Oberflächenschicht der zuvorderst liegenden, in unverständlichen Sprachen gedachten Gedanken zu gelangen, was offenkundig zur Folge hatte (wie bereits zuvor demonstriert wurde), daß sie sich meiner Anwesenheit bewußt wurden. Da ich mich an den dramatischen Effekt erinnerte, den diese Bewußtheit auf Evie Burns gehabt hatte, gab ich mir ziemlich viel Mühe, den Anprall meines Eindringens zu mildern. Normalerweise sendete ich jeweils zuerst ein Bild von meinem Gesicht, das, wie ich hoffte, besänftigend, freundlich, zuversichtlich und wie eine Führerpersönlichkeit lächelte, und von einer in Freundschaft ausgestreckten Hand. Es gab jedoch Probleme zuhauf.

Ich brauchte eine kleine Weile, bis ich erkannte, daß dieses Bild stark verzerrt war, da ich selbst meiner Erscheinung gegenüber so befangen war; das wie ein Honigkuchenpferd grinsende Bildnis, das ich über die Gedankenwellen der Nation sendete, war folglich so häßlich, wie ein Bildnis nur sein konnte, ein Bildnis, das sich auszeichnete durch eine wundersam vergrößerte Nase, ein ganz und gar nicht vorhandenes Kinn und riesige Flecken an jeder Schläfe. Es ist kein Wunder, daß ich oft mit einem Aufschrei geistigen Erschreckens begrüßt wurde. Auch ich erschrak oft ähnlich über die Selbstbildnisse meiner zehnjährigen Kameraden. Als wir entdeckten, was da vor sich ging, ermutigte ich die Mitglieder der Konferenz nacheinander, sich in einem Spiegel oder in einer unbewegten Wasserfläche zu betrachten, und erst dann fanden wir heraus, wie wir wirklich aussahen. Die einzigen Probleme, die es gab, waren, daß unser Mitglied aus Kerala (das, Sie erinnern sich, durch Spiegel reisen konnte) schließlich aus Versehen durch den Spiegel eines Restaurants im besseren Teil von Delhi auftauchte und sich schleunigst auf den Rückzug begeben mußte, während das blauäugige Mitglied aus Kaschmir zufällig in einen See fiel und das Geschlecht wechselte – es fiel als Mädchen hinein und kam als schöner Knabe heraus.

Als ich mich Shiva zum ersten Mal vorstellte, sah ich in seinem Geist das furchteinflößende Bild eines kleinen, rattengesichtigen Jungen mit abgefeilten Zähnen und zwei der größten Knie, die die Welt je gesehen hat.

Mit einem Bild von so grotesken Ausmaßen konfrontiert, ließ ich das Lächeln auf meinem eigenen strahlenden Bild ein wenig vergehen, meine ausgestreckte Hand begann zu zögern und zu zittern. Und Shiva reagierte, als er meine Anwesenheit spürte, zunächst mit äußerster Wut; hohe kochende Wellen des Zorns brachten das Innere meines Kopfes zum Sieden; aber dann: »He – sieh an – ich kenne dich! Du bist doch das reiche Kind von Methwold's Estate, oder?« Und ich, gleichermaßen erstaunt: »Winkies Sohn – der Schlitzauge blind gemacht hat!« Sein Selbstbildnis blähte sich vor Stolz auf. »Ja, Yaar, das bin ich. Mann, mit mir legt sich niemand an!« Ich war so erstaunt, ihn wiederzutreffen, daß mir nur banale Sätze einfielen: »So was! Wie geht's deinem Vater eigentlich? Er kommt nicht mehr vorbei . . .« Und er, in einem Ton, der sich erleichtert anhörte: »Der, Mann? Mein Vater ist tot!«

Eine kurze Pause; dann Verwirrung – kein Zorn jetzt – und Shiva: »Hör mal, Yaar, das ist verdammt gut – wie machst du das?« Ich ließ meine Standarderklärung vom Stapel, aber er unterbrach mich nach ein paar Sekunden. »So! Hör mal, mein Vater hat gesagt, ich bin auch um Punkt Mitternacht geboren – kapierst du denn nicht, dadurch sind wir doch gemeinsam die Bosse von deiner Bande! Mitternacht ist das Beste, okay? Also – diese anderen Rotznasen müssen tun, was wir ihnen sagen!« Vor meinen Augen stieg das Bild einer zweiten und stärkeren Evelyn Lilith Burns auf . . . ich verdrängte diesen unfreundlichen Gedanken und erklärte: »So hab' ich mir die Konferenz nicht vorgestellt, mir schwebte eher eine Art loser Zusammenschluß von Gleichen vor, weißt du, wo alle Ansichten frei erörtert werden können . . .« Eine Art wütendes Schnauben hallte zwischen den Wänden meines Kopfes wider. »Das ist doch lauter Quatsch, Mann. Was können wir mit so einer Bande schon anstellen? Banden müssen Bandenbosse haben. Ich zum Beispiel« (wieder blähte er sich auf vor Stolz), »ich bin hier in Matanga schon seit zwei Jahren der Anführer einer Bande. Seit ich acht bin. Ältere Kinder und alles. Was hältst du davon?« Und ich, ohne es zu wollen: »Was macht sie denn, deine Bande – hat sie Regeln und so was?« Shiva-Gelächter in meinen Ohren . . . »Ja, kleiner reicher Bengel: eine Regel. Jeder tut, was ich sage, oder ich quetsche ihm mit meinen Knien die Scheiße aus dem Leib!« Verzweifelt versuchte ich weiterhin, Shiva zu meiner Ansicht zu bekehren: »Die Sache ist, wir müssen doch für einen bestimmten *Zweck* hiersein, findest du nicht? Ich meine, es muß einen *Grund* geben, dem mußt du doch zustimmen. Also hab' ich mir gedacht, daß wir versuchen sollten, herauszufinden, was das ist, und dann, weißt du, dem unser Leben weihen . . .« »Reicher Bengel!« brüllte Shiva. »Du hast doch keinen blassen Schimmer! Was für ein *Zweck*, Mann? Was in dieser beschissenen Welt hat schon einen *Grund*, Yara? Aus welchem Grund bist du reich und ich arm? Wo liegt der Grund fürs Hungern, Mann? Gott weiß wie viele Millionen verdammte Idioten leben in diesem Land, Mann, und du glaubst, es gibt einen Zweck! Mann, ich will dir was sagen – du mußt dir nehmen, was du kannst, damit tun, was du kannst, und dann mußt du sterben. Da hast du deinen Grund, reicher Knabe. Alles andere ist nur gottverdammtes *Geschwafel*!«

Und nun beginne ich in meinem Mitternachtsbett zu beben . . . »Aber die Geschichte«, sage ich, »und der Ministerpräsident hat mir einen Brief geschrieben . . . und glaubst du noch nicht einmal an . . . wer weiß, was wir könnten . . .« Er, mein Alter ego Shiva, mischt sich ein: »Hör mal zu, kleiner Junge – du hast so viel schwachsinniges Zeug im Kopf, daß ich schon sehe, ich muß das hier übernehmen. Du sagst das gefälligst all den anderen Freaks!«

Nase und Knie und Knie und Nase . . . die Rivalität, die in jener Nacht begann, sollte nie enden, bis zwei Messer zuschlugen, hineinhineinhinein . . . ob der Geist Mian Abdullahs, den Messer vor Jahren getötet hatten, in mich hineingetröpfelt war, mir den Gedanken an einen losen Zusammenschluß eingeflößt und mich durch Messer verwundbar gemacht hatte, kann ich nicht sagen; aber in diesem Augenblick nahm ich mein bißchen Mut zusammen und sagte zu Shiva: »Du kannst die Konferenz nicht leiten; ohne mich können sie dich ja noch nicht einmal hören!«

Und er bekräftigte die Kriegserklärung: »Reiches Kind, sie werden alles über mich wissen wollen. Versuch mal, mich aufzuhalten!«

»Ja«, sagte ich zu ihm, »das werde ich versuchen!«

Schiwa, der Gott der Vernichtung, der auch der allmächtigste der Götter ist; Schiwa, der größte aller Tänzer; der, der auf einem Stier reitet; der, dem keine Macht widerstehen kann . . . der Junge Shiva, erzählte er uns, hatte von Anfang an ums Überleben kämpfen müssen. Und als sein Vater ungefähr ein Jahr zuvor seine Stimme restlos verloren hatte, mußte Shiva sich gegen Wee Willie Winkies väterlichen Eifer verteidigen. »Er verband mir die Augen, Mann! Er hat mir einen Lumpen um die Augen gewickelt und mich aufs Dach vom Chawl gebracht, Mann! Wißt ihr, was er in der Hand hatte? Einen gottverdammten Hammer, Mann! Einen Hammer! Der Hundesohn wollte mir die Beine zerschlagen, Mann – so was passiert, weißt du das, reicher Knabe, das machen sie mit Kindern, damit sie mit Betteln immer Geld verdienen können – du kriegst nämlich mehr, wenn du ganz verschandelt bist, Mann! Er schubst mich also so lange, bis ich auf dem Dach lieg', Mann, und dann . . .« Und dann wurde ein Hammer geschwungen, hinunter, auf Knie zu, die größer und höckriger waren als die jedes Polizisten, ein leichtes Ziel, aber nun traten die Knie in Aktion, schneller als der Blitz gingen die Knie auseinander – sie spürten den Luftzug des herabstürzenden Hammers – und spreizten sich weit, und dann senkte sich der Hammer, immer noch von des Vaters Hand gehalten, zwischen die Knie, und dann ballten die Knie sich zusammen wie Fäuste. Der Hammer polterte harmlos auf Beton. Wee Willie Winkies Handgelenk war eingeklemmt zwischen den Knien seines Sohnes, dem er die Augen verbunden hatte. Heisere Atemzüge entweichen den Lippen des gepeinigten Vaters. Und immer noch schließen die Knie sich enger zusammen, enger und enger, bis es einen Knacks gibt. »Hab' sein verdammtes Handgelenk gebrochen, Mann! Das war ihm eine Lehre – verdammt gut, was? Das schwör' ich dir!«

Shiva und ich wurden unter dem Aszendenten Steinbock geboren; mich ließ die Konstellation unbehelligt, aber Shiva gab sie ihre Gabe. Der Steinbock ist, wie jeder Astrologe Ihnen sagen kann, das Tierkreiszeichen, das Macht über die Knie besitzt.

**

Am Wahltag 1957 erlitt die allindische Kongreßpartei einen gewaltigen Schock. Obwohl sie die Wahl gewann, machten zwölf Millionen Stimmen die Kommunisten zur größten einzelnen Oppositionspartei, und in Bombay unterließ eine große Menge Wähler es trotz der Anstrengungen von Boß Patil, ihr Kreuz hinter das Kongreßsymbol der heiligen Kuh und des säugenden Kalbs zu machen, und zog das weniger gefühlvolle Piktogramm der Samyukta Maharashtra Samiti und der Maha Gujarat Parishad vor. Wenn die kommunistische Gefahr auf unserem Hügelchen diskutiert wurde, errötete meine Mutter weiterhin, und wir fanden uns mit der Teilung des Staates Bombay ab.

Ein Mitglied der Mitternachtskinder-Konferenz spielte bei den Wahlen eine untergeordnete Rolle. Winkies angeblicher Sohn Shiva wurde angeworben von – nun, vielleicht nenne ich den Namen der Partei besser nicht, aber nur eine Partei war in der Lage, wirklich große Summen auszugeben –, und am Wahltag konnte man ihn und seine Bande, die sich Cowboys nannte, vor einem Wahllokal im Norden der Stadt stehen sehen. Manche hielten lange stabile Stöcke in der Hand, andere jonglierten mit Steinen, wieder andere stocherten mit Messern in den Zähnen, und alle ermunterten die Wählerschaft, ihre Stimme weise und mit Bedacht abzugeben . . . Und nachdem die Wahllokale geschlossen hatten, wurden an den Wahlurnen Siegel aufgebrochen? Wurden die Urnen mit getürkten Stimmzetteln gefüllt? Auf jeden Fall wurde bei der Stimmenauszählung entdeckt, daß der Rote Qasim es knapp verfehlt hatte, einen Sitz zu erringen; und die Zahlmeister meines Rivalen waren sehr erfreut.

. . . Doch nun sagt Padma nachsichtig: »Was war das für ein Datum?« Und ohne nachzudenken sage ich: »Irgendwann im Frühjahr.« Und dann fällt mir ein, daß mir ein weiterer Irrtum unterlaufen ist – daß die Wahlen 1957 vor und nicht nach meinem zehnten Geburtstag stattfanden; aber obwohl ich mir das Gehirn zermartert habe, weigert mein Gedächtnis sich hartnäckig, die Ereignisfolge zu ändern. Das ist beunruhigend. Ich weiß nicht, was schiefgelaufen ist.

In dem sinnlosen Versuch, mich zu trösten, sagt sie: »Warum machst

du so ein langes Gesicht? Jeder vergißt doch mal 'ne Kleinigkeit, andauernd!«
Aber wenn kleine Dinge verschwinden, folgen dann große nicht dicht hinterher?

Alpha und Omega

Aufruhr herrschte in Bombay in den Monaten nach der Wahl, Aufruhr herrscht in meinen Gedanken, wenn ich mich dieser Tage nun erinnere. Mein Irrtum hat mich völlig aus der Fassung gebracht; deshalb stelle ich mich, um wieder das Gleichgewicht zu erlangen, fest auf den vertrauten Boden von Methwold's Estate, lege die Geschichte der Mitternachtskinder-Konferenz zur einen, den Schmerz über das Café Pionier zur anderen Seite und berichte Ihnen über den Fall von Evie Burns.

Ich habe diese Episode etwas seltsam betitelt. »Alpha und Omega« starrt mir vom Blatt entgegen und verlangt nach einer Erklärung – eine merkwürdige Überschrift für die Halbzeit meiner Geschichte, eine, die nach Anfang und Ende riecht, während man doch sagen könnte, sie sollte sich mehr mit der Mitte befassen. Ich bin jedoch gänzlich unbußfertig und beabsichtige nicht, sie zu ändern, obwohl es viele Alternativtitel gibt, zum Beispiel »Von Äffchen zu Rhesus« oder »Finger Redux« oder – etwas verblümter – »Der Ganter«, eine deutliche Anspielung auf den mythischen Vogel, den Hamsa oder Parahamsa, Symbol des Vermögens, in zwei Welten zu leben, der konkreten und der geistigen, der Welt von Land-und-Wasser und der Welt von Luft-und-Flug. Aber »Alpha und Omega« ist es, und »Alpha und Omega« bleibt es. Denn hier gibt es Anfänge und alle möglichen Enden, aber Sie werden ja bald sehen, was ich meine.

Padma schnalzt gereizt mit der Zunge. »Du redest schon wieder so komisch«, kritisiert sie. »Erzählst du nun von Evie oder nicht?«

. . . Nach den allgemeinen Wahlen war sich die Zentralregierung immer noch nicht über die Zukunft Bombays schlüssig. Der Staat sollte geteilt werden, dann nicht geteilt werden, dann war erneut von Teilung die Rede. Und was die Stadt selbst betraf – sie sollte die Hauptstadt von Maharashtra sein, oder sowohl von Maharashtra und Gujarat, oder ein unabhängiger Staat für sich . . . Während die Regierung versuchte, zu klären, was in aller Welt sie tun sollte, beschlossen die Bewohner der Stadt, mitzuhelfen, damit es schnell ging. Krawalle breiteten sich aus (und man konnte immer noch das alte Schlachtlied der Mahrattas hören – *Wie geht's dir? Mir geht's gut! Ich nehm' den Stock und schlag' dich tot!* –, das sich über die Schlägereien erhob), und um alles noch

schlimmer zu machen, trug das Wetter zu dem Wirrwarr bei. Es gab eine schlimme Dürre, Straßen wurden rissig, in den Dörfern wurden Bauern gezwungen, ihre Kühe zu schlachten; und an Weihnachten (dessen Bedeutung jeder Junge, der auf eine Missionsschule ging und von einer katholischen Ayah gegängelt wurde, wohl oder übel zur Kenntnis nehmen mußte) gab es eine Reihe geräuschvoller Explosionen im Walkeshwar-Reservoir, und die Hauptwasserleitungen, die Lebensadern der Stadt, begannen Fontänen in die Luft zu blasen wie riesige Stahlwale. Die Zeitungen waren voll von Gerede über Saboteure; Spekulationen über die Identität und die politische Zugehörigkeit der Verbrecher machten Berichten über die anhaltende Welle von Hurenmorden den Platz streitig. (Mich interessierte besonders die Information, daß der Mörder seine eigene seltsame »Handschrift« hatte. Die Damen der Nacht waren alle erdrosselt worden, und die Leichen hatten blaue Flecke am Hals, Flecke, die für Daumenabdrücke zu groß, aber mit den Abdrücken, die ein Paar riesiger, übernatürlich mächtiger Knie hinterlassen würde, vollkommen zu vereinbaren waren.)
Aber ich schweife ab. Was, fragt Padmas Stirnrunzeln fordernd, hat das alles mit Evelyn Lilith Burns zu tun? Augenblicklich nehme ich sozusagen Habachtstellung ein und liefere die Antwort: In den Tagen nach der Zerstörung der städtischen Trinkwasserversorgung begannen sich die streunenden Katzen Bombays in den Stadtgebieten zu versammeln, wo es noch relativ reichlich Wasser gab; das heißt in den wohlhabenderen Gebieten, in denen jedes Haus seine eigene Zisterne über oder unter dem Haus hatte. Und infolgedessen wurde das zweigeschossige Hügelchen von Methwold's Estate von einer Armee durstiger Katzentiere überschwemmt; Katzen schwärmten über die ganze Manege aus, Katzen kletterten Bougainvilleen hoch und sprangen in Wohnzimmer, Katzen stießen Vasen um und tranken das abgestandene Blumenwasser, Katzen kampierten in Badezimmern und schlürften Flüssigkeit aus den Klosetts, Katzen nahmen in den Küchen von William Methwolds Palästen überhand. Die Dienstboten des Anwesens wurden bei ihren Versuchen, die große Katzeninvasion zurückzuschlagen, besiegt; die Damen des Anwesens konnten nur noch hilflose Entsetzensschreie ausstoßen. Überall lagen die harten, trockenen Würmer aus Katzenexkrementen; Gärten wurden durch die schiere Anzahl der Katzen zugrunde gerichtet; und nachts fand kein Mensch Schlaf, wenn die Armee sich äußerte und ihren Durst zum Mond sang. (Die Baroneß Simki von der Heiden weigerte sich, die Katzen zu bekämp-

fen; sie zeigte schon Anzeichen der Krankheit, die in Kürze zu ihrem Ableben führen sollte.)

Nussie Ibrahim rief meine Mutter an, um zu verkünden: »Amina, Schwester, das ist das Ende der Welt.«

Sie irrte sich, denn am dritten Tag nach der großen Katzeninvasion besuchte Evelyn Lilith Burns, ihre Daisy-Luftpistole lässig in der Hand haltend, der Reihe nach jeden Haushalt des Anwesens und bot an, gegen eine Prämie die Miezenplage im Eiltempo zu beenden.

Den ganzen Tag lang hallte Methwold's Estate von den Geräuschen aus Evies Luftpistole und dem gequälten Maunzen der Katzen wider, als Evie der Reihe nach die ganze Armee aufstöberte und dadurch reich wurde. Aber – wie die Geschichte so oft beweist – der Augenblick des größten Triumphes birgt auch den Keim in sich, der schließlich zum Sturz führt, und so erwies es sich auch hier, denn was das Messingäffchen betraf, so brachte Evies Katzenverfolgung das Faß zum Überlaufen.

»Bruder«, sagte das Messingäffchen grimmig zu mir, »ich hab' dir gesagt, das Mädchen kauf' ich mir noch, und jetzt, genau jetzt ist die Zeit reif.«

Unbeantwortbare Fragen: Stimmte es, daß meine Schwester sowohl die Sprache der Katzen als auch die der Vögel erlernt hatte? War es ihre Zuneigung zu Katzen, die sie so weit trieb? . . . Zur Zeit der großen Katzeninvasion war das Haar des Äffchens zu Braun verblaßt, sie hatte ihre Gewohnheit, Schuhe zu verbrennen, aufgegeben, aber immer noch, und wer weiß aus welchem Grund, hatte sie ein Ungestüm, das keiner von uns anderen je besaß; und sie ging hinunter in die Manege und brüllte aus vollem Hals: »Evie! Evie Burns! Komm raus, auf der Stelle, wo immer du auch steckst!«

Von fliehenden Katzen umgeben, erwartete das Äffchen Evelyn Burns. Ich ging hinaus auf den Balkon im ersten Stock, um zuzusehen; Sonny und Schlitzauge und Haaröl und Cyrus sahen von ihren Balkonen aus ebenfalls zu. Wir sahen Evie Burns aus der Richtung der Küchen von Versailles Villa auftauchen; sie pustete den Rauch vom Lauf ihrer Pistole.

»Ihr Inder könnt von Glück sagen, daß ihr mich hier habt«, erklärte Evie, »sonst hätten euch diese Katzen einfach aufgefressen.«

Wir sahen Evie verstummen, als sie sah, was da so angespannt in den Augen des Äffchens lauerte, und dann fiel das Äffchen wie der Blitz über Evie Burns her, und es begann eine Schlacht, die mehrere Stunden zu dauern schien (es können aber nur ein paar Minuten gewesen sein). Vom Staub der Manege eingehüllt, wälzten sie sich, traten kratzten bissen sie, kleine Haarbüschel stiegen aus der Staubwolke auf, und man sah Ellbogen und Füße in beschmutzten weißen Söckchen und Knie und Kleiderfetzen, die aus der Staubwolke flogen, Erwachsene kamen herbeigerannt, Dienstboten konnten sie nicht auseinanderzerren, und schließlich richtete Homi Catracks Gärtner seinen Schlauch auf sie, um sie zu trennen . . . das Messingäffchen stand ein wenig taumelig auf, schüttelte den durchnäßten Saum ihres Kleides und nahm die Straf-androhungen, die über Amina Sinais und Mary Pereiras Lippen kamen, nicht zur Kenntnis; denn da, in dem nassen Schmutz der Manege, lag Evie Burns, mit zerbrochener Zahnklammer, das Haar mit Staub und Spucke überzogen, ihr Geist und ihre Herrschaft über uns ein für allemal gebrochen.

Wenige Wochen später schickte ihr Vater sie endgültig nach Hause. »Damit sie eine anständige Erziehung in sicherer Entfernung von die-sen Wilden bekommt«, hörte man ihn sagen; ich hörte nur einmal von ihr, sechs Monate später, als sie mir aus heiterem Himmel den Brief schrieb, der mich darüber informierte, daß sie eine alte Dame erstochen hatte, die gegen ihren Angriff auf eine Katze protestiert hatte. »Der hab' ich's vielleicht gegeben«, schrieb Evie. »Sag deiner Schwester, sie hat noch mal Glück gehabt.« Ich salutiere vor dieser unbekannten alten Frau: sie hat die Rechnung des Äffchens bezahlt.

Interessanter als Evies letzte Mitteilung ist ein Gedanke, der mir nun einfällt, da ich durch den dunklen Tunnel der Zeit zurückblicke. Wäh-rend ich mir das Bild vom Äffchen und von Evie, die sich im Schmutz wälzen, vor Augen halte, kann ich, glaube ich, die treibende Kraft hinter ihrem Kampf auf Leben und Tod ausmachen, einen Beweggrund, der viel schwerer wiegt als die bloße Verfolgung von Katzen: sie kämpften meinetwegen. Als Evie und meine Schwester (die sich in vieler Hinsicht nicht unähnlich waren) traten und kratzten, ging es vorgeblich um das Schicksal von ein paar durstigen, streunenden Tie-ren; doch vielleicht galten Evies Tritte mir, vielleicht drückten sie die Gewalt ihrer Wut über mein Eindringen in ihren Kopf aus, und viel-leicht war die Kraft des Äffchens die Kraft ihrer geschwisterlichen Treue und ihr Kriegsakt in Wirklichkeit ein Akt der Liebe.

Blut wurde also in der Manege vergossen. Ein anderer verworfener Titel für diese Seiten hieß – Sie dürfen es ruhig wissen – »Dicker als

Wasser«. In jenen Tagen der Wasserknappheit lief etwas Dickeres als Wasser über Evie Burns' Gesicht, die Bande des Blutes motivierten das Messingäffchen, und in den Straßen der Stadt vergossen Randalierer gegenseitig ihr Blut. Es geschahen blutige Morde, und vielleicht ist es nicht ganz passend, diesen Blutkatalog mit der nochmaligen Erwähnung zu beenden, daß meiner Mutter das Blut in die Wangen schoß. Zwölf Millionen Stimmen in jenem Jahr waren rot, und Rot ist die Farbe des Blutes. Bald wird noch mehr Blut fließen: die Blutgruppen A und 0, Alpha und Omega – und noch eine weitere, dritte Möglichkeit – müssen festgehalten werden. Auch andere Faktoren: Zygotie und Kellsche Antikörper und das mysteriöseste aller Merkmale des Blutes, bekannt als Rhesus, was auch der Name einer Affenart ist.

Alles hat Gestalt, wenn man danach sucht. Man kann der Form nicht entkommen.

Aber ehe das Blut an die Reihe kommt, werde ich mich (wie der Parahamsa, der von einem Element ins andere gleiten kann) aufmachen und kurz zu den Angelegenheiten meiner Innenwelt zurückkehren, denn obwohl die Kinder vom Hügel mich nach dem Fall von Evie Burns nicht ächteten, fand ich es schwer zu verzeihen; und eine Weile zog ich mich zurück und hielt mich abseits, versunken in die Ereignisse in meinem Kopf, in die Frühgeschichte der Vereinigung der Mitternachtskinder.

Um ehrlich zu sein: ich mochte Shiva nicht. Ich hatte eine Abneigung gegen seine ungeschliffene Sprache und seine grobschlächtigen Ideen, und ich begann, ihn einer Serie schrecklicher Verbrechen zu verdächtigen – obwohl es sich als unmöglich für mich erwies, in seinen Gedanken einen Beweis dafür zu finden, denn er konnte als einziges der Mitternachtskinder jeden Teil seiner Gedanken vor mir verschließen, den er für sich behalten wollte, was an sich schon meine wachsende Abneigung und mein Mißtrauen gegen den rattengesichtigen Kerl verstärkte. Ich war jedoch alles andere als unfair, und es wäre nicht fair gewesen, ihn von den anderen Mitgliedern der Konferenz fernzuhalten.

Ich sollte erläutern, daß ich, als meine geistige Geschicklichkeit zunahm, merkte, daß es nicht nur möglich war, die Ausstrahlungen der Kinder aufzunehmen und meine eigenen Botschaften auszusenden, sondern auch (da ich anscheinend von dieser Radiometapher nicht loskomme) als eine Art nationales Sendernetz zu fungieren. Indem ich meinen transformierten Geist allen Kindern öffnete, konnte ich ihn in eine Art Forum verwandeln, in dem sie durch mich zueinander sprechen konnten. In den ersten Tagen des Jahres 1958 versammelten sich folglich die fünfhunderteinundachtzig Kinder für eine Stunde zwischen Mitternacht und ein Uhr morgens in der Lok Sabha oder dem Parlament meines Gehirns.

Wir waren so bunt gemischt, wüst und undiszipliniert wie jede andere Gruppe von fünfhunderteinundachtzig Zehnjährigen, und zu unserer natürlichen Überschwenglichkeit kam noch die Aufregung der gegenseitigen Entdeckung hinzu. Nachdem wir eine Stunde lang aus vollem Halse geschrien geplappert gestritten gekichert hatten, fiel ich erschöpft in einen Schlaf, der zu tief für Alpträume war, und wachte trotzdem mit Kopfschmerzen auf; aber das war mir gleichgültig. Einmal aufgewacht, war ich gezwungen, dem vielfachen Elend mütterlicher Untreue und väterlichen Verfalls, der Unbeständigkeit von Freundschaft und den diversen Schikanen in der Schule ins Gesicht zu blicken; im Schlaf stand ich im Mittelpunkt der aufregendsten Welt, die je ein Kind entdeckte. Trotz Shiva war es schöner zu schlafen.

Shivas Überzeugung, daß er (oder er-und-ich) kraft seiner (und meiner) Geburt Schlag Mitternacht der einzig mögliche Führer unserer Gruppe sei, hatte viel für sich, das mußte ich zugeben. Damals schien mir – und auch heute noch erscheint es mir so –, als sei das Mitternachtswunder tatsächlich von bemerkenswert hierarchischer Natur gewesen, als nähmen die Fähigkeiten der Kinder dramatisch ab, je später nach Mitternacht sie geboren waren, aber selbst diese Ansicht war heiß umstritten . . . »Wiemeinstdudaswiekannstdudassagen?« riefen sie im Chor, der Junge aus dem Wald von Gir, dessen Gesicht vollkommen ausdrucks- und wesenlos war (abgesehen von Augen Nasenlöchern Platzfürdenmund) und das alle Züge annehmen konnte, die er wollte, und Harilal, der so schnell wie der Wind laufen konnte, und Gott weiß wie viele andere . . . »Wer sagt eigentlich, das eine sei mehr wert als das andere?« und: »Kannst du fliegen? Ich kann *fliegen*!« und: »Ja, und ich, kannst du aus einem Fisch fünfzig Fische machen?« und: »Heute habe ich morgen besucht. Kannst du das? Na also . . .«

. . . Angesichts eines solchen Sturmes der Entrüstung schlug sogar Shiva einen anderen Ton an; doch er sollte einen neuen finden, der viel gefährlicher war – gefährlich für die Kinder und für mich.

Ich hatte nämlich herausgefunden, daß ich gegen die Verlockungen der Führerschaft nicht immun war. Wer fand die Kinder überhaupt? Wer ersann die Konferenz? Wer gab ihr ihren Versammlungsort? War ich nicht mit ihm zusammen der Älteste, und sollte man mir nicht den Respekt und den Gehorsam erweisen, der meinem Dienstalter gebührte? Und führte nicht der den Klub, der das Klubhaus zur Verfügung stellte?... Darauf Shiva: »Vergiß das alles, Mann. Dieser Klub-Blubb-Bluff ist doch bloß für euch reiche Jungs!« Aber eine Zeitlang wurde er überstimmt. Parvati-die-Hexe, die Zauberkünstlerstochter aus Delhi, ergriff Partei für mich (so wie sie mir Jahre später das Leben retten sollte) und verkündete: »Nein, hört einmal alle her jetzt: ohne Saleem kommen wir nirgends hin. Wir können nicht reden und nichts. Er hat recht. Er soll der Chef sein!« Und ich: »Nein, laßt den Chef beiseite, betrachtet mich nur als... als großen Bruder vielleicht. Ja, wir sind eine Familie, gewissermaßen. Ich, ich bin bloß der Älteste.« Darauf antwortete Shiva verächtlich, aber ohne etwas dagegen einwenden zu können: »Okay, großer Bruder: dann sag uns jetzt, was wir tun sollen.«

Da machte ich dann die Konferenz mit den Begriffen bekannt, die mich schon die ganze Zeit quälten: mit dem Begriff des Zwecks und dem der Bedeutung. »Wir müssen darüber nachdenken«, sagte ich, »wozu wir da sind.«

Ich gebe getreulich die Ansichten einer typischen Auswahl der Konferenzmitglieder wieder (mit Ausnahme der Zirkusfreaks und derjenigen, die, wie Sundari, das Bettlermädchen mit den Messernarben, ihre Kräfte verloren hatten und dazu neigten, bei unseren Debatten zu schweigen wie arme Verwandte bei einem Festmahl): unter den vorgeschlagenen Philosophien und Zielen waren Kollektivismus – »wir sollten alle zusammenkommen und irgendwo leben, oder nicht?, was würden wir von anderen Leuten brauchen?« – und Individualismus – »du sagst wir, aber zusammen sind wir unwichtig; was zählt, ist, daß jeder von uns eine Gabe hat, die er zu seinem Nutzen einsetzen kann« –, Sohnespflicht – »jedenfalls können wir unseren Vätern-Müttern helfen, das ist unsere Aufgabe« – und Kinderrevolution – »jetzt endlich müssen wir allen Kindern zeigen, daß es möglich ist, Eltern loszuwerden!« –, Kapitalismus – »denkt bloß mal, was wir für Geschäfte machen könnten! Allah, wie reich wir werden könnten!« – und Altruismus – »unser Land braucht begabte Leute; wir müssen die Regierung fragen, wie sie unsere Fähigkeiten einzusetzen wünscht« –, Wissenschaft – »wir müssen zulassen, daß man uns erforscht« – und Religion – »wir wollen uns der Welt offenbaren, damit alle in Gott frohlocken« –, Mut – »wir sollten in Pakistan einmarschieren!« – und Feigheit – »um

Himmels willen, wir müssen geheim bleiben, stellt euch doch bloß vor, was sie uns antun werden, uns als Hexen steinigen und wer weiß was«.
Es gab Erklärungen zugunsten der Frauenrechte und Petitionen, die für die Verbesserung des Loses der Unberührbaren eintraten; Kinder ohne Land träumten von Land und solche, die zu Bergstämmen gehörten, von Jeeps; und auch Machtphantasien gab es. »Sie können uns nicht aufhalten, Mann! Wir können hexen und fliegen und Gedanken lesen und sie in Frösche verwandeln und Gold und Fische machen, und sie verlieben sich in uns, und wir können durch Spiegel verschwinden und unser Geschlecht verändern . . . wie sollen sie kämpfen können?«
Ich will nicht leugnen, daß ich enttäuscht war. Ich hätte es nicht sein sollen; außer ihren Gaben war an den Kindern nichts Ungewöhnliches; ihre Köpfe waren voll von all den üblichen Dingen, Vätern Müttern Geld Essen Land Besitz Ruhm Macht Gott. Nirgends in den Gedanken der Konferenz konnte ich etwas so Neues wie uns selbst finden . . . aber auch ich befand mich schließlich auf dem falschen Gleis, ich konnte nicht klarer sehen als irgend jemand sonst, und sogar als Soumitra der Zeitreisende sagte: »Ich sage euch – das alles ist sinnlos – sie machen uns fertig, noch ehe wir angefangen haben!«, beachtete ihn keiner von uns. Mit dem Optimismus der Jugend – der eine ansteckendere Form derselben Krankheit ist, die einst meinen Großvater Aadam Aziz ergriffen hatte – weigerten wir uns, die dunkle Seite zu betrachten, und kein einziger von uns deutete an, daß die Vernichtung der Zweck der Mitternachtskinder sein könnte, daß wir keine Bedeutung haben würden, bis wir ausgelöscht wären.
Um ihre Intimsphäre zu respektieren, lehne ich es ab, die Stimmen voneinander zu unterscheiden – und auch aus anderen Gründen. Zum einen könnte meine Erzählung nicht mit fünfhunderteinundachtzig voll abgerundeten Persönlichkeiten fertig werden, zum anderen blieben die Kinder trotz ihrer wundersam voneinander verschiedenen mannigfaltigen Gaben für meinen Verstand eine Art vielköpfiges Ungeheuer, das in den unendlich vielen Sprachen Babels sprach; sie verkörperten das Wesen der Vielfalt, und ich sehe keinen Sinn darin, sie jetzt zu teilen. (Doch es gab Ausnahmen. Insbesondere gab es Shiva, und es gab Parvati-die-Hexe.)
. . . Schicksal, historische Rolle, göttliches Wesen: das hieß für zehnjährige Speiseröhren den Mund zu voll nehmen. Vielleicht sogar für meine; trotz der stets gegenwärtigen Ermahnungen des deutenden Fingers des Fischers und des Briefs des Ministerpräsidenten wurde ich von

meinen durch die Nase eingesogenen Wunderdingen andauernd durch
die geringfügigen Vorkommnisse des Alltagslebens abgelenkt, durch
Hungergefühl oder Schläfrigkeit, durch Affentheater mit dem Äffchen
oder Kinobesuche, bei denen ich mir *Die Schlangenpriesterin* oder *Vera
Cruz* ansah, durch meine wachsende Sehnsucht nach langen Hosen und
die unerklärliche Hitze unterhalb des Gürtels, die durch das näherrük-
kende Schulfest hervorgerufen wurde, bei dem uns, den Jungen von der
Cathedral and John Connor High School für Jungen, gestattet sein
würde, den Boxstep und den Mexican Hat Dance mit den Mädchen von
der Schwesterinstitution zu tanzen – solchen wie Masha Miovic, der
Meisterin im Brustschwimmen (»Hi hi«, sagte Glandy Keith Colaco),
und Elizabeth Purkiss und Janey Jackson, europäischen Mädchen, mein
Gott, die weite Röcke trugen und was vom Küssen verstanden! –,
kurzum, meine Aufmerksamkeit wurde ständig von der schmerz-
haften, mühevollen Qual des Erwachsenwerdens in Anspruch genommen.

Selbst ein symbolischer Ganter muß schließlich einmal zur Erde zurück; deshalb genügt es jetzt nicht (wie es auch damals nicht genügte),
wenn ich meine Geschichte auf ihre wunderbaren Seiten beschränke;
ich muß zum Alltäglichen zurückkehren (wie ich stets dahin zurückgekehrt bin); ich muß zulassen, daß Blut vergossen wird.

Die erste Verstümmelung Saleem Sinais, auf die rasch die zweite folgte,
fand eines Mittwochs Anfang 1958 – dem Mittwoch des freudig erwarteten Festes – unter der Schirmherrschaft der Anglo-Schottischen Erziehungsgesellschaft statt. Das heißt, sie ereignete sich in der Schule.
Saleems Angreifer: gutaussehend, frenetisch, mit dem zottigen
Schnurrbart eines Barbaren: ich präsentiere die umherspringende,
Haare raufende Gestalt Herrn Emil Zagallos, der uns Geographie und
Gymnastik lehrte und der an jenem Morgen, ohne es zu beabsichtigen,
die Krise meines Lebens heraufbeschwor. Zagallo behauptete, Peruaner
zu sein, und liebte es, uns Dschungelinder, Glasperlensammler zu nennen; er hängte einen Druck, der einen grimmigen, verschwitzten Soldaten mit spitzem Blechhut und Metallhosen zeigte, über der Tafel auf
und hatte eine unnachahmliche Art, in Zeiten großer nervlicher An-
spannung mit spitzem Finger darauf zu deuten und zu brüllen: »Ihr
säht ihn, ihr Wilden? Diesär Mann ist Zivilisation! Zeigt ihm gefälligst
Rräspäkt: er hat ein *Schwärt*!« Und dann ließ er seinen Rohrstock
durch die ummauerte Luft sausen. Wir nannten ihn Pagal-Zagal, den

verrückten Zagallo, denn trotz all seines Geredes von Lamas und Conquistadores und dem Pazifischen Ozean glaubten wir felsenfest an das Gerücht, daß er in einer Mietskaserne in Mazagaon geboren wurde und seine goanesische Mutter von einem Schiffsagenten sitzengelassen worden war; er war also nicht nur ein »Anglo«, sondern dazu auch noch unehelich geboren. Da wir das wußten, verstanden wir, warum Zagallo seine romanische Aussprache pflegte, und auch, warum er immer wütend war und mit den Fäusten gegen die Steinwände des Klassenzimmers schlug; doch das Wissen hielt uns nicht davon ab, Angst zu haben. Und an diesem Mittwochmorgen wußten wir, daß uns Ärger bevorstand, denn der frei wählbare Kathedralenbesuch war ausgefallen.

Die Doppelstunde am Mittwochmorgen war Zagallos Geographiestunde, aber nur Idioten und Jungen aus bigotten Elternhäusern nahmen daran teil, denn es war gleichzeitig die Zeit, in der wir frei wählbar in einem Zweierzug zur St.-Thomas-Kathedrale abziehen konnten, in einem langen Zug von Jungen jeder erdenklichen Religionszugehörigkeit, die vor der Schule in den Schoß des taktvollerweise frei wählbaren Gottes der Christen flüchteten. Das machte Zagallo verrückt, aber er konnte nichts dagegen tun; an diesem Tag jedoch lag in seinen Augen ein finsteres Glitzern, denn der Krächzer (will sagen, Mr. Crusoe der Direktor) hatte in der Morgenversammlung bekanntgegeben, daß der Kirchenbesuch ausfalle. Mit nackichter, kratziger Stimme, die aus seinem Gesicht hervortönte, dem Gesicht eines betäubten Frosches, verurteilte er uns zu doppelter Geographie und Pagal-Zagal und überraschte uns damit alle, denn uns war nicht klar gewesen, daß es auch Gott gestattet war, eine Wahl zu treffen. Verdrossen trotteten wir in Zagallos Höhle; einer der armen Idioten, denen die Eltern nie erlaubten, in die Kathedrale zu gehen, flüsterte mir boshaft ins Ohr: »Wartet bloß ab, heute kriegt er euch Kerle wirklich dran.«

Padma: er tat es wirklich.

Trübsinnig sitzen in der Klasse: Glandy Keith Colaco, Fat Perce Fishwala, Jimmy Kapadia der Stipendiat, dessen Vater Taxifahrer war, Haaröl Sabarmati, Sonny Ibrahim, Cyrus-der-Große und ich. Auch andere, aber jetzt ist keine Zeit mehr, denn mit Augen, die sich vor Entzücken verengen, ruft der verrückte Zagallo uns zur Ordnung.

»Mänschliche Geographie«, kündigt Zagallo an. »Das ist *was*? Kapadia?«

»Bitte Sir weiß nicht Sir.« Hände fliegen in die Luft – fünf gehören

Idioten, die vom Kirchgang ausgeschlossen sind, die sechste, wie nicht anders zu erwarten, Cyrus-dem-Großen. Aber Zagallo will heute Blut sehen: die Gottesfürchtigen werden leiden. »Schmotz aus dem Dschongel.« Er knufft Jimmy Kapadia und beginnt dann beiläufig ein Ohr zu verdrehen. »Wänn ihr euch ab ond zu im Onterricht blicken lassen würdet, dann wüßtet ihr's.«

»Au au au ja Sir Entschuldigung Sir . . .« Sechs Hände winken, aber Jimmys Ohr ist in Gefahr abzugehen. Heldenmut gewinnt die Oberhand in mir . . . »Sir bitte hören Sie auf Sir er hat ein Herzleiden Sir!« Das ist wahr, aber die Wahrheit ist gefährlich, denn nun fährt Zagallo mich an: »So, ein kleinär Streithammäl, nicht wahr?« Und ich werde an den Haaren vor die Klasse geführt. Unter den erleichterten Blicken meiner Mitschüler – *Gott sei Dank ist es er und nicht wir* – winde ich mich vor Schmerzen unter gefangenen Haarbüscheln.

»Also beantworte die Frage. Do weißt, was mänschliche Geographie ist?«

Schmerz erfüllt meinen Kopf und wischt jeglichen Gedanken an telepathisches Mogeln weg: »Au Sir nein Sir aua!«

. . . Und nun kann man beobachten, wie Zagallo eine Eingebung überkommt, ein witziger Einfall, der sein Gesicht zum Abklatsch eines Lächelns verzieht; man kann sehen, wie seine Hand mit ausgestrecktem Daumen-und-Zeigefinger nach vorne schießt, bemerken, wie Daumen-und-Zeigefinger sich um meine Nasenspitze schließen und abwärts ziehen . . . wo die Nase hinführt, muß der Kopf folgen, und schließlich hängt die Nase herab, und meine Augen sind gezwungen, feucht auf Zagallos in Sandalen steckende Füße mit schmutzigen Zehennägeln zu starren, während Zagallo seinen Witz entfesselt.

»Säht, Jongens – ihr säht, was wir hier haben? Beachtet bitte das entsätzliche Gesicht diesär primitivän Kreatur. Es erinnert euch an was?«

Und die eifrigen Antworten: »Sir an den Teufel Sir.« »Bitte Sir an einen Vetter von mir!« »Nein Sir an ein Gemüse Sir ich weiß nicht welches.« Bis Zagallo den Tumult übertönt: »Ruhä! Affensöhne! Diesäs Objekt hier« – er zieht an meiner Nase –, »*das* ist mänschliche Geographie!«

»Wie Sir wo Sir was Sir?«

Zagallo lacht nun. »Das säht ihr nicht?« wiehert er. »Im Gesicht diesäs häßlichen Affän erkännt ihr nicht die ganze Karte *Indiens*?«

»Ja Sir nein Sir zeigen Sie's uns Sir!«

»Säht hier – die Halbinsel Dekkan hängt hinonter!« Wieder Auameine-nase.

»Sir Sir wenn das die Karte von Indien ist was sind dann die Flecken Sir?« Das ist Glandy Keith Colaco, der sich kühn vorkommt. Kichern und Prusten von seiten meiner Kameraden. Und Zagallo meistert die Hürde mühelos: »Diese Fläcken«, schreit er, »sind Pakistan! Diesäs Mottärmal auf dem rächtän Ohr ist der Ostflügel und diese entsätzliche befläckte linke Wange der Wästen. Denkt daran, domme Jongens: Pakistan ist ein Fläck auf dem Angesicht Indiens!«

»Ho ho«, lacht die Klasse. »Absolut klasse Witz, Sir!«

Aber nun hat meine Nase genug; sie setzt ihren eigenen spontanen Aufstand gegen den zupackenden Daumen-und-Zeigefinger in Szene und setzt eine eigene Waffe in Gang . . . ein großer Tropfen glänzenden Schleims tritt aus dem linken Nasenloch aus und plumpst in Herrn Zagallos Handfläche. Fat Perce Fishwala brüllt: »Sehensiesichdasan, Sir! Der Tropfen aus seiner Nase, Sir! Soll das *Ceylon* sein?«

Nun, da seine Handfläche mit Schleim beschmiert ist, ist Herr Zagallo plötzlich gar nicht mehr zum Scherzen aufgelegt. »Biest«, verflucht er mich, »siehst do, was do getan hast?« Zagallos Hand gibt meine Nase frei, greift in mein Haar. Nasenausfluß wird in meine ordentlich gescheitelten Locken gerieben. Und nun wird mein Haar noch einmal gepackt, noch einmal zieht die Hand . . . aber nun nach oben, und mein Kopf ist nachgeruckt, meine Füße erheben sich auf die Zehenspitzen, und Zagallo: »Was bist do? Sag mir, was do bist!«

»Sir ein Biest Sir!«

Die Hand packt fester zu, zieht noch mehr nach oben. »Noch einmal.« Nun, auf den Zehennägeln stehend, jaule ich: »Auuu Sir ein Biest ein Biest bitte Sir auuu!«

Und noch fester und noch mehr nach oben . . . »Noch einmal!« Aber plötzlich hört es auf, meine Füße sind wieder flach auf dem Boden, und die Klasse ist in tödliches Schweigen verfallen.

»Sir«, sagt Sonny Ibrahim. »Sie haben ihm die Haare ausgerissen, Sir.«

Und nun die Kakophonie: »Sehen Sie, Sir, Blut.« »Er blutet, Sir.« »Bitte Sir, soll ich ihn zur Krankenschwester bringen?«

Wie eine Statue stand Herr Zagallo da, mit einem Büschel meiner Haare in der Faust. Während ich – zu erschrocken, um Schmerz zu empfinden – die Stelle auf meinem Kopf befühlte, wo Herr Zagallo eine Mönchstonsur geschaffen hatte, einen Kreis, in dem nie wieder Haare wachsen sollten, und erkannte, daß der Fluch meiner Geburt, der mich mit meinem Land verband, sich einmal mehr unerwartet ausgewirkt hatte.

Zwei Tage später gab Krächzer Crusoe bekannt, daß Herr Emil Zagallo aus persönlichen Gründen leider den Lehrkörper verlasse; ich wußte aber, was die Gründe waren. Meine entwurzelten Haare waren an seiner Hand haftengeblieben wie Blutflecke, die sich nicht auswaschen lassen, und niemand will einen Lehrer mit Haaren in der Handfläche. »Das erste Zeichen von Verrücktheit«, wie Glandy Keith gern sagte, »und das zweite ist, danach zu gucken!«

Zagallos Vermächtnis: eine Mönchstonsur und, schlimmer als das, ein kompletter Satz neuer Schmähungen, die meine Klassenkameraden mir entgegenschleuderten, während wir darauf warteten, daß Schulbusse uns nach Hause brachten, damit wir uns für das Fest umziehen konnten: »Rotznase ist ein Kahlkopf!« und: »Schnüffler hat ein Kartengesicht!« Als Cyrus sich in die Schlange einreihte, versuchte ich, die Menge gegen ihn aufzuwiegeln, indem ich probierte anzustimmen: »Cyrus-der-Große, geboren in der Dose, macht sich in die Hose.« Aber niemand griff das Angebot auf.

So kommen wir zu den Ereignissen des Cathedral-Schulfestes. Bei dem Kameradenschinder zu Helfershelfern des Schicksals wurden und Finger sich in Springbrunnen verwandelten und Masha Miovic, die legendäre Brustschwimmerin, in eine totenähnliche Ohnmacht fiel . . . Ich hatte immer noch den Verband der Krankenschwester um den Kopf, als ich zum Fest ging. Ich kam zu spät, weil es nicht leicht gewesen war, meine Mutter zu überreden, mich gehen zu lassen. Um die Zeit, als ich unter Papierschlangen und Ballons und den professionell mißtrauischen Blicken hagerer Anstandsdamen die Versammlungshalle betrat, tanzten folglich die besten Mädchen bereits Boxstep und Mexican Hat mit lächerlich adretten Partnern. Natürlich hatten die Aufsichtsschüler die Auswahl bei den Damen; ich beobachtete sie mit glühendem Neid, Guzder und Joshdi und Stevenson und Rushdie und Talyarkhan und Tayabali und Jussawalla und Waglé und King; ich versuchte, mich ihnen beim Partnerwechsel aufzudrängen, aber wenn sie meinen Verband und meine Gurkennase und die Flecken auf meinem Gesicht sahen, lachten sie bloß und drehten mir den Rücken . . . mit aufkeimendem Haß in der Brust aß ich Kartoffelchips und trank Bubble-Up und Vimto und sagte zu mir: »Diese Armleuchter, wenn sie wüßten, wer ich bin, würden sie mir verdammt schnell aus dem Weg gehen!« Aber trotzdem war die Furcht, meine wahre Natur zu enthüllen, größer als mein etwas abstraktes Verlangen nach den herumwirbelnden europäischen Mädchen.

»He, Saleem, das bist du doch? He, Mann, was ist denn mit dir passiert?« Aus meiner verbitterten, einsamen Träumerei (selbst Sonny hatte jemanden, mit dem er tanzte, aber er hatte schließlich seine Zangendellen, und er trug keine Unterhosen – nicht ohne Grund wirkte er attraktiv) wurde ich von einer Stimme gerissen, die hinter meiner linken Schulter ertönte – einer tiefen, kehligen Stimme, die verheißungsvoll klang – aber auch bedrohlich. Einer Mädchenstimme. Aufgeschreckt drehte ich mich um fand mich einer Erscheinung mit goldenem Haar und einer berühmten vorstehenden Brust gegenüber . . . mein Gott, sie war vierzehn Jahre alt, weshalb sprach sie mich überhaupt an? . . . »Ich heiße Masha Miovic«, sagte die Erscheinung. »Ich kenne deine Schwester.«

Natürlich! Die Heldinnen des Äffchens, die Schwimmerinnen von der Walsingham-Schule, kannten natürlich die Meisterin im Brustschwimmen! . . . »Ich weiß . . .«, stotterte ich, »ich weiß deinen Namen.«

»Und ich weiß deinen«, sie rückte mir die Krawatte gerade, »das ist nur fair.« Über ihre Schulter sah ich Glandy Keith Colaco und Fat Perce, die uns in einem geifernden Anfall von Neid beobachteten. Ich richtete mich gerade auf und drückte die Schultern heraus. Masha Miovic erkundigte sich erneut nach meinem Verband. »Es ist nichts«, sagte ich mit, wie ich hoffte, tiefer Stimme, »ein Sportunfall.« Und dann, indem ich mich fieberhaft bemühte, meine Stimme nicht umkippen zu lassen: »Möchtest du gerne . . . tanzen?«

»In Ordnung«, sagte Masha Miovic, »aber versuch bloß nicht zu knutschen.«

Saleem schreitet mit Masha Miovic aufs Parkett, nachdem er geschworen hat, nicht zu knutschen. Saleem und Masha tanzen den Mexican Hat, Masha und Saleem tanzen Boxstep mit den Besten! Ich gestatte meinem Gesicht, einen überlegenen Ausdruck anzunehmen; seht ihr, man braucht kein Aufsichtsschüler zu sein, um ein Mädchen zu kriegen! . . . Der Tanz ging zu Ende, und immer noch auf der Welle meiner freudigen Erregung schwimmend, sagte ich: »Hättest du Lust auf einen kleinen Spaziergang, du weißt schon, im Schulhof?«

Masha Miovic lächelt vertraulich: »Meinetwegen ja, ganz kurz nur, aber Hände weg, okay?«

Hände weg, schwört Saleem. Saleem und Masha schnappen frische Luft . . . Mann, ist das toll. Das nennt man leben. Tschüß Evie, hallo Brustschwimmerin . . . Glandy Keith Colaco und Fat Perce Fishwala treten aus den Schatten des Schulhofs. Sie kichern: »Hi hi hi.« Masha Miovic sieht verwirrt aus, als sie uns den Weg versperren. »Ho ho«, sagt Fat Perce, »Masha, ho ho. Da hast du aber 'nen schönen Verehrer.« Und ich: »Halt die Klappe, du.« Darauf Glandy Keith: »Willste wissen, wie er seine Kriegsverletzung bekommen hat, Mashy?« Und Fat Perce: »Hi ho ha.« Masha sagt: »Seid nicht so *roh*; er hat sie bei einem Sportunfall bekommen!« Fat Perce und Glandy Keith fallen fast um vor Heiterkeit; dann verrät Fishwala alles: »Zagallo hat ihm im Unterricht das Haar ausgerissen! Hi ho.« Und Keith: »Rotznase ist ein Kahl-kopf!« Und beide zusammen: »Schnüffler hat ein Kartengesicht!« Verwirrung malt sich auf Masha Miovics Gesicht. Und noch etwas, der Anflug einer gewissen sexuellen Mutwilligkeit . . . »Saleem, sie sind so unverschämt zu dir!«

»Ja«, sage ich, »kümmere dich nicht um sie.« Ich versuche, sie langsam wegzudrängen. Aber sie insistiert: »Du wirst dir doch so etwas nicht gefallen lassen?« Schweißperlen der Erregung stehen auf ihrer Oberlippe, ihre Zunge steckt im Mundwinkel, Masha Miovics Augen sagen: »*Was bist du? Mann oder Maus?*« . . . und unter dem Bann der Meisterin im Brustschwimmen kommt mir etwas anderes in den Sinn: das Bild von zwei unwiderstehlichen Knien, und nun stürze ich mich auf Colaco und Fishwala. Während sie durch ihr Kichern abgelenkt sind, rammt sich mein Knie in Glandys Leistengegend, und bevor er umfällt, hat eine ähnliche Kniebeuge Fat Perce umgelegt. Ich wende mich an die Dame meines Herzens, sie spendet dezent Beifall. »He Mann, nicht schlecht.«

Aber nun ist mein großer Augenblick vergangen; Fat Percy rappelt sich auf, und Glandy Keith bewegt sich schon auf mich zu . . . ich verzichte auf jegliche Vortäuschung von Männlichkeit, drehe mich um und renne davon. Und die zwei kleinen Schinder sind hinter mir her, und hinter ihnen kommt Masha Miovic und ruft: »Wo rennst du denn hin, kleiner Held?« Aber ich habe jetzt keine Zeit für sie, darf mich nicht kriegen lassen, muß ins nächste Klassenzimmer und versuchen, die Tür zu schließen, aber Fat Perce hat seinen Fuß dazwischengeklemmt, und jetzt sind auch die beiden drinnen, und ich rase zur Tür, zerre daran mit der rechten Hand und versuche, sie aufzureißen, *mach, daß du rauskommst, wenn du kannst*, sie drücken die Tür zu, ich aber ziehe mit der

Kraft, die mir meine Angst verleiht, ich habe sie ein paar Zentimeter weit offen, meine Finger krallen sich um den Türrahmen, und nun wirft sich Fat Perce mit seinem ganzen Gewicht gegen die Tür, und sie schließt sich zu schnell, als daß ich meine Hand wegziehen könnte, und zu ist sie. Ein Knall. Und draußen kommt Masha Miovic an und sieht zu Boden und sieht das obere Drittel meines Mittelfingers daliegen wie ein Klümpchen gut durchgekauten Kaugummis. Das war der Augenblick, in dem sie in Ohnmacht fiel.

Kein Schmerz. Alles weit weg. Fat Perce und Glandy Keith fliehen, um Hilfe zu holen oder um sich zu verstecken. Aus purer Neugierde sehe ich meine Hand an. Mein Finger ist ein Springbrunnen geworden: rote Flüssigkeit schießt im Rhythmus meines Herzschlags heraus. Wußte nicht, daß ein Finger so viel Blut enthält. Hübsch. Nun ist die Krankenschwester da, keine Sorge, Schwester. Nur ein Kratzer. *Deine Eltern werden telefonisch benachrichtigt; Mr. Crusoe holt seine Autoschlüssel.* Die Schwester legt einen großen Wattebausch über den Stumpen. Saugt sich voll wie rote Zuckerwatte. Und nun Crusoe. Steig ins Auto, Saleem, deine Mutter fährt direkt ins Krankenhaus. Ja Sir. Und das Stück, hat jemand das *Stückchen*? Ja, Herr Direktor, hier ist es. Danke, Schwester. Wahrscheinlich nutzlos, aber man weiß ja nie. Halt das fest, während ich fahre, Saleem ... und meine abgetrennte Fingerkuppe in der unversehrten linken Hand haltend, werde ich durch die widerhallenden Straßen der Nacht ins Breach-Candy-Krankenhaus gefahren.

Im Krankenhaus: weiße Wände Bahren alle reden durcheinander. Worte umplätschern mich wie Springbrunnen. »O Gott schütze uns, meine kleine Scheibe-vom-Mond, was haben sie dir angetan?« Darauf der alte Crusoe: »Hm, hm, Mrs. Sinai. Unfälle kommen eben vor. Jungen sind und bleiben Jungen.« Meine Mutter jedoch, zornentbrannt: »Was für eine Schule ist das eigentlich, Mr. Caruso? Ich stehe hier mit dem zerschmetterten Finger meines Sohnes, und Sie kommen mir mit so etwas. Das reicht nicht. Nein, Sir.« Und nun, während Crusoe sagt: »Mein Name lautet eigentlich ... wie Robinson, wissen Sie – he, he«, nähert sich der Arzt und stellt eine Frage; die Antwort, die darauf erteilt wird, verändert die Welt.

»Mrs. Sinai, Ihre Blutgruppe, bitte? Der Junge hat Blut verloren. Vielleicht ist eine Transfusion nötig.« Und Amina: »Ich bin A, aber mein Mann 0.« Und nun bricht sie zusammen und weint, und der Arzt fährt fort: »Aha, in dem Fall wissen Sie vielleicht auch, welche Blutgruppe Ihr Sohn ...« Aber sie, die Arzttochter, muß zugeben, daß sie die

Frage, Alpha oder Omega, nicht beantworten kann. »Nun, in dem Fall müssen wir schnell einen Test vornehmen; aber wie steht's mit dem Rhesusfaktor?« Meine Mutter, unter Tränen: »Sowohl mein Mann als auch ich – Rhesus-positiv.« Und der Arzt: »Na gut, wenigstens das.«

Aber als ich mich auf dem Operationstisch befinde – »Bleib einfach da sitzen, Sohn, ich geb' dir eine örtliche Betäubung, nein, Madam, er steht unter Schock, Vollnarkose wäre unmöglich, schon gut, Sohn, halt bloß deinen Finger hoch und beweg ihn nicht, helfen Sie ihm, Schwester, und es wird im Nu vorbei sein« –, während der Chirurg den Stummel annäht und das Wunder vollbringt, die Nagelwurzeln zu transplantieren, entsteht auf einmal im Hintergrund, eine Million Meilen entfernt, Unruhe, und: »Haben Sie eine Sekunde Zeit, Mrs. Sinai?«, und ich kann nicht richtig hören ... Worte treiben aus unendlicher Ferne zu mir her ... Mrs. Sinai, sind Sie sicher? 0 und A? A und 0? Und Rhesus-positiv, Sie alle beide? Heterozygot oder homozygot? Nein, es muß ein Fehler vorliegen, wie kann er nur ... Tut mir leid, ganz einwandfrei ... negativ ... und weder A noch ... entschuldigen Sie, gnädige Frau, aber ist er wirklich Ihr ... nicht adoptiert oder ... Die Krankenschwester tritt zwischen mich und das Meilen entfernte Geschnatter, aber es nützt nichts, denn nun heult meine Mutter: »Aber selbstverständlich müssen Sie mir glauben, Doktor, mein Gott, *selbstverständlich ist er unser Sohn!*«

Weder A noch 0. Und der Rhesusfaktor: unwahrscheinlich positiv. Und die Zygotie bietet keinen Hinweis. Und im Blut enthalten: seltene Kellsche Antikörper. Und meine Mutter weint weint weint weint ... »Ich versteh's nicht. Bin Arzttochter und verstehe es nicht.«

Haben Alpha und Omega mich entlarvt? Deutet der Rhesus mit seinem unwiderlegbaren Finger? Und wird Mary Pereira gezwungen sein ... Ich wache in einem kühlen weißen Zimmer mit Jalousien und in Gesellschaft von All-India Radio auf. Tony Brent singt: »Red Sails In The Sunset«.

Ahmed Sinai, mit einem vom Whisky und nun von etwas noch Schlimmerem verheerten Gesicht, steht neben der Jalousie. Amina redet flüsternd auf ihn ein. Wieder Gesprächsfetzen über eine Entfernung von einer Million Meilen hinweg. Janumbitte. Ichbittedich. Nein, wie kannst du das sagen. Natürlich war es. Natürlich bist du

der. Wie konntest du nur denken, ich würde. Wer könnte es. O Gott,
steh nicht einfach da und kuck. Ich schwöre, ichschwörebeimkopfmei-
nermutter. Jetzt pst er ist . . .

Ein neues Lied von Tony Brent, dessen Repertoire heute dem von Wee
Willie Winkie auf unheimliche Weise ähnlich ist: »How Much Is That
Doggie In The Window?«, hängt, von Radiowellen getragen, in der
Luft. Mein Vater kommt auf mein Bett zu, baut sich vor mir auf, nie
zuvor hat er mich so angesehen. »Abba . . .« Und er: »Ich hätte es
wissen müssen. Sieh doch hin, wo ist etwas von mir in dem Gesicht.
Diese Nase, ich hätte . . .« Er macht auf dem Absatz kehrt und verläßt
das Zimmer; meine Mutter folgt ihm, zu aufgewühlt, um auch jetzt
noch zu flüstern: »Nein, Janum, ich lass' nicht zu, daß du so etwas von
mir glaubst! Ich bringe mich um! Ich«, und die Tür schlägt hinter
ihnen zu. Von draußen ertönt ein Geräusch: wie ein Klatschen. Oder
ein Schlagen. Das meiste von dem, was für das eigene Leben von
Bedeutung ist, findet statt, wenn man nicht da ist.

Tony Brent beginnt schmachtend, seinen neuesten Erfolgsschlager in
mein gesundes Ohr zu singen, und versichert mir melodiös, daß die
Wolken bald vorbeiziehen werden: »The Clouds Will Soon Roll By«.

. . . Und jetzt habe ich, Saleem Sinai, vor, mein damaliges Ich kurzfristig mit der Gabe der nachträglichen Einsicht auszustatten; ich zerstöre
die Einheitlichkeit und die Konventionen schönen Schreibens und lasse
es erkennen, was auf es zukam, nur damit ihm erlaubt sei, die folgenden Gedanken zu denken: »O ewiger Gegensatz zwischen Innen und
Außen! Denn ein menschliches Wesen ist zumindest alles andere als
ein Ganzes, alles andere als homogen; alle Arten von allem möglichen
sind wahllos vermengt in ihm, und es ist in der einen Minute die eine
Person und in der nächsten eine andere. Der Körper andererseits ist so
homogen wie nur möglich. Unteilbar, ein einteiliger Anzug, ein gehei-
ligter Tempel, wenn man so will. Dieses Ganze zu bewahren ist wichtig. Der Verlust meines Fingers jedoch (der durch den deutenden Finger
von Raleighs Fischer plastisch vorhergesagt wurde), ganz zu schweigen
von der Entfernung bestimmter Haupthaare, hat all das zunichte gemacht. So geraten wir in eine Sachlage, die nichts weniger als revolutionär ist, und ihre Auswirkung auf die Geschichte muß zwangsläufig
ganz schön entsetzlich sein. Entkorken Sie den Körper, und Gott allein
weiß, wem Sie damit gestatten herauszupurzeln. Plötzlich sind Sie für
alle Zeiten ein anderer als der, der Sie waren, und die Welt verändert

sich, so daß Eltern aufhören, Eltern zu sein, und Liebe sich in Haß verwandelt. Und das, merken Sie sich das, sind nur die Auswirkungen auf das Privatleben. Die Folgen für den Bereich des öffentlichen Handelns sind – waren – werden (wie gezeigt wird) nicht weniger tiefreichend sein.«

Nun aber höre ich auf, von meiner Gabe des Vorherwissens Gebrauch zu machen, und lasse Sie endlich mit dem Bild eines zehnjährigen Jungen mit verbundenem Finger zurück, eines Jungen, der in einem Krankenhausbett sitzt und über Blut und klatschende Geräusche und den Ausdruck auf dem Gesicht seines Vaters nachsinnt. Langsam zoome ich ins Tele und lasse den Soundtrack meine Worte übertönen, denn Tony Brent kommt nun zum Ende seines Potpourris, und auch sein Finale lautet wie das von Winkie: »Good Night, Ladies« ist der Titel des Liedes. Fröhlich plätschert es dahin, plätschert dahin, plätschert dahin . . .

(Abblende.)

Das Kolynos-Kind

Von Ayah zu Witwe bin ich immer die Sorte Mensch gewesen, *dem Dinge angetan werden*, doch Saleem Sinai, ewiges Opfer, sieht sich unbeirrt als Protagonist. Ich ignoriere Marys Verbrechen, übergehe Typhus und Schlangengift, setze mich hinweg über zwei Unfälle, einen in der Wäschetruhe und einen in der Manege (bei dem Sonny Ibrahim, Meister im Schlösserknacken, meinen knospenden Schläfenhörnern gestattete, in seine Zangendellen einzudringen, so daß durch diese Kombination die Tür zu den Mitternachtskindern aufgeschlossen wurde), beachte nicht die Auswirkungen von Evies Stoß und der Untreue meiner Mutter, kümmere mich nicht darum, daß ich mein Haar an die bittere Gewalt Emil Zagallos und meinen Finger an die lippenleckenden Anstachelungen Masha Miovics verloren habe, und werde nun in der Art und der Ernsthaftigkeit, die einem Mann der Wissenschaft angemessen sind, meinen Anspruch auf einen Platz im Mittelpunkt der Dinge darlegen – auch wenn alle äußeren Anzeichen dagegen sprechen.

»... Dein Leben, das in gewissem Sinne der Spiegel unseres eigenen sein wird«, schrieb der Ministerpräsident und nötigt mich damit, mich wissenschaftlich mit der Frage auseinanderzusetzen: *in welchem Sinne?* Wie, unter welchen Bedingungen kann man davon sprechen, daß die Laufbahn eines einzelnen Individuums auf das Schicksal einer Nation einwirkt? Ich muß mit Adverben und Bindestrichen antworten: ich war der Geschichte sowohl buchstäblich als auch metaphorisch, sowohl aktiv als auch passiv verbunden, in den – wie unsere (bewundernswert modernen) Wissenschaftler sie bezeichnen könnten – »Verknüpfungsmodi«, die aus der »dualistisch kombinierten Konfiguration« der beiden oben genannten entgegengesetzten Adverbpaare gebildet sind. Daher sind Bindestriche notwendig: aktiv-buchstäblich, passiv-metaphorisch, aktiv-metaphorisch und passiv-buchstäblich war ich mit meiner Welt untrennbar verbunden.

Da ich Padmas unwissenschaftliche Bestürzung spüre, verfalle ich in die ungenaue Ausdrucksweise der Umgangssprache: Mit der Kombination von »aktiv« und »buchstäblich« meine ich natürlich alle meine Handlungen, die den Lauf zukunftsträchtiger historischer Ereignisse direkt – *buchstäblich* – beeinträchtigten oder änderten, beispielsweise die Art, mit der ich den Teilnehmern am Sprachmarsch zu ihrem Schlachtruf verhalf. Die Vereinigung von »passiv« und »metaphorisch« umfaßt alle soziopolitischen Tendenzen und Ereignisse, die mich durch ihr bloßes Vorhandensein im metaphorischen Sinne berührten – beispielsweise werden Sie, wenn Sie zwischen den Zeilen der Episode mit der Überschrift »Der deutende Finger des Fischers« lesen, daß die Beziehung zwischen den Versuchen des jungen Staates, dem ausgereiften Erwachsenendasein zuzueilen, und meinen eigenen frühen explosiven Wachstumsanstrengungen unverkennbar ist . . . Als nächstes decken »passiv« und »buchstäblich«, wenn mit Bindestrich geschrieben, sämtliche Augenblicke ab, in denen nationale Ereignisse einen direkten Einfluß auf mein Leben und das meiner Familie hatten – unter dieser Rubrik sollten Sie das Einfrieren der Aktiva meines Vaters und auch die Explosion im Walkeshwar-Reservoir einordnen, die die große Katzeninvasion auslöste. Und schließlich gibt es den »Modus« des »Aktiv-Metaphorischen«, der all jene Anlässe zusammenfaßt, bei denen sich Dinge, die von mir oder an mir getan wurden, im Makrokosmos öffentlicher Angelegenheiten widerspiegelten und meine private Existenz sich symbolisch als eins mit der Geschichte erwies. Die Verstümmelung meines Mittelfingers ist ein einschlägiges Beispiel, denn als ich von meiner Fingerkuppe getrennt wurde und Blut (weder Alpha noch Omega) in Fontänen herausschoß, geschah der Geschichte etwas Ähnliches, und alle Arten von allem möglichen begannen sich über uns zu ergießen; aber da die Geschichte in einem viel größeren Maßstab als jedes Individuum arbeitet, brauchte man erheblich länger, um sie wieder zusammenzuflicken und die Schweinerei aufzuwischen.

»Passiv-metaphorisch«, »passiv-buchstäblich«, »aktiv-metaphorisch«: die Mitternachtskinder-Konferenz war alles drei; doch nie wurde sie, was ich mir am meisten für sie wünschte; nie operierten wir im ersten, bedeutendsten der »Verbindungsmodi«. Das »Aktiv-Buchstäbliche« ging an uns vorbei.

Verwandlung ohne Ende: der neunfingrige Saleem ist von einer untersetzten blonden Krankenschwester, deren Gesicht in einem Lächeln von erschreckender Unehrlichkeit erstarrt ist, zur Pforte des Breach-Candy-Hospitals gebracht worden. Er blinzelt in dem heißen blendenden Licht der Welt draußen und versucht, sich auf zwei verschwimmende Schattengestalten zu konzentrieren, die aus der Sonne auf ihn zukommen. »Siehst du?« gurrt die Schwester. »Sieh mal, wer dich abholen kommt.« Und Saleem erkennt, daß etwas Schreckliches mit der Welt passiert ist, denn Vater und Mutter, die ihn hätten abholen sollen, sind anscheinend unterwegs in seine Ayah Mary Pereira und in seinen Onkel Hanif verwandelt worden.

Hanif Aziz dröhnte wie die Schiffssirenen im Hafen und roch wie eine alte Tabakfabrik. Ich liebte ihn innig wegen seines Lachens, seines unrasierten Kinns, weil er so aussah, als sei er ziemlich locker zusammengesetzt, und weil seine Bewegungen so schlecht koordiniert waren, daß jede Geste zum Risiko wurde. (Wenn er Buckingham Villa besuchte, versteckte meine Mutter die Kristallvasen.) Erwachsene trauten ihm nie zu, daß er sich mit angemessener Schicklichkeit benahm (»Behaltet die Kommunisten im Auge!« grölte er, und sie erröteten), und das war ein Bindeglied zwischen ihm und allen Kindern – anderer Leute Kinder, da er und Pia keine Kinder hatten. Onkel Hanif, der eines Tages ohne Vorwarnung vom Dach seines Hauses spazieren sollte.

. . . Er haut mir auf den Rücken und wirft mich nach vorn in Marys Arme. »He, kleiner Ringer! Gut siehst du aus!« Doch Mary, hastig: »Aber so dünn, Jesus! Hast du nicht richtig zu essen gekriegt? Willst du Maismehlpudding? Bananenmilch? Haben sie dir Pommes frites gegeben?« . . . während Saleem sich in dieser neuen Welt umsieht, in der alles zu schnell zu gehen scheint; seine Stimme klingt, als sie schließlich ertönt, ganz hoch, als habe jemand sie beschleunigt: »Amma-Abba?« fragt er. »Das Äffchen?« Und Hanif dröhnt: »Ja, alles paletti! Der Junge ist wirklich tiptop in Form! Komm schon, Phaelwan: drehen wir eine Runde in meinem Packard, okay?« Und gleichzeitig redet Mary Pereira. »Schokoladenkuchen«, verspricht sie, »Laddoos, Pistaki-Lauz, Fleischsamosas, Kulfi. So dünn bist du geworden, Baba, der Wind bläst dich ja weg.« Der Packard fährt davon, verpaßt die Abbiegung von der Warden Road zu dem zweigeschossigen Hügelchen, und Saleem: »Hanif Mamu, wohin . . .« Keine Zeit, den Satz zu Ende zu bringen; Hanif röhrt: »Deine Tante Pia wartet! Mein Gott, du wirst schon sehen, ob wir nicht 'ne ganz tolle Zeit miteinander verbringen!« Verschwörerisch senkt er die Stimme: »Jede Menge«, sagt er dunkel, »*Spaß.*« Und Mary: »Arré Baba, ja! Solche Steaks! Und grünes Chutney!« . . .

»Nicht das dunkle«, sage ich, endlich in die Falle gegangen, und Erleichterung malt sich auf den Wangen meiner Kidnapper. »Nein nein nein«, plappert Mary, »hellgrün, Baba. Genau so, wie du's gerne

magst.« Und: »*Hell*grün!« grölt Hanif. »Mein Gott, grün wie Grashüpfer!«

Allzu schnell . . . sind wir nun an Kemp's Corner, Autos schießen wie
Kugeln darum herum . . . aber eines ist unverändert. Auf seiner Reklametafel grinst das Kolynos-Kind, das ewige Koboldlächeln des Jungen
mit der grünen Chlorophyllkappe, das irre Grinsen des zeitlosen Kindes, das endlos eine unerschöpfliche Tube Zahnpasta auf eine hellgrüne
Zahnbürste quetscht: *Hält Zähne weiß, hält Zähne rein! Glanz kommt
mit Kolynos ganz von allein!* . . . und Sie mögen auch mich für ein
unfreiwilliges Kolynos-Kind halten, das Krisen und Verwandlungen
aus einer Tube ohne Boden quetscht, Zeit auf seine metaphorische
Zahnbürste preßt, saubere weiße Zeit, gestreift mit grünem Chloro-
phyll.

Dies war also der Beginn meines ersten Exils. (Es wird ein zweites und
ein drittes geben.) Ich ertrug es, ohne mich zu beklagen. Ich hatte
natürlich erraten, daß es eine Frage gab, die ich nie stellen durfte, daß
ich wie ein Comic-Heft aus der Leihbücherei in Scandal Point auf
unbestimmte Zeit ausgeliehen worden war und daß meine Eltern, wenn
sie mich zurückhaben wollten, nach mir schicken würden. Wenn oder
sogar falls: denn ich machte mir nicht wenig Vorwürfe wegen meiner
Verbannung. Hatte ich mir nicht selbst eine weitere Mißbildung beigebracht und zu O-Beinen Gurkennase Schläfenhörnern Wangenflecken
hinzugefügt? War es nicht möglich, daß mein verstümmelter Finger in
den Augen meiner langmütigen Eltern das Faß zum Überlaufen gebracht hatte (wie es schon beinahe bei der Bekanntmachung meiner
Stimmen geschehen wäre)? Daß ich nicht länger ein gesundes geschäft-
liches Risiko, es nicht länger wert war, daß sie ihre Liebe und ihre
Fürsorge investierten? . . . Ich beschloß, meinen Onkel und meine Tante dafür zu belohnen, daß sie so freundlich gewesen waren, ein so
elendes Geschöpf wie mich aufzunehmen, den vorbildlichen Neffen zu
spielen und die Ereignisse abzuwarten. Es gab Zeiten, in denen ich
wünschte, das Äffchen würde kommen und mich besuchen oder mich
wenigstens einmal anrufen, aber mich mit solchen Sachen aufzuhalten
hieß nur den Ballon meines Gleichmuts durchlöchern; deshalb tat ich
mein Bestes, um sie aus meinen Gedanken zu verdrängen. Außerdem
stellte sich heraus, daß das Leben bei Hanif und Pia Aziz genau das
machte, was mein Onkel versprochen hatte: jede Menge Spaß.

Sie machten all das Getue um mich, das Kinder von kinderlosen Erwachsenen erwarten und huldvoll akzeptieren. Ihre Wohnung über

dem Marine Drive war nicht groß, hatte aber einen Balkon, von dem aus ich Erdnußschalen auf die Köpfe vorübergehender Passanten fallen lassen konnte; es gab kein Gästezimmer, aber mir wurde ein köstlich weiches weißes Sofa mit grünen Streifen angeboten (ein früher Beweis für meine Verwandlung in das Kolynos-Kind); Ayah Mary, die mir anscheinend ins Exil gefolgt war, schlief auf dem Fußboden neben mir. Tagsüber füllte sie meinen Magen mit den versprochenen Kuchen und Süßigkeiten (bezahlt von meiner Mutter, wie ich mittlerweile glaube); ich hätte eigentlich unendlich fett werden müssen, nur hatte ich wieder einmal begonnen, in andere Richtungen zu wachsen, und am Ende jenes Jahres mit seiner beschleunigten Geschichte hatte ich tatsächlich (ich war erst elfeinhalb) meine volle Erwachsenengröße erreicht, als hätte mich jemand bei meinen Babyspeckfalten gepackt und sie ausgequetscht wie eine Zahnpastatube, so daß unter dem Druck die Zentimeter nur so aus mir herausschossen. Durch den Kolynos-Effekt vor Fettleibigkeit gerettet, sonnte ich mich im Entzücken meines Onkels und meiner Tante, die begeistert waren, ein Kind im Haus zu haben. Wenn ich Seven-Up auf dem Teppich verschüttete oder in mein Essen nieste, sagte mein Onkel schlimmstenfalls: »Hai-yo! Schwarzer Mann!« in seiner dröhnenden Dampfschiffstimme und machte die Wirkung dadurch zunichte, daß er breit grinste. Meine Tante Pia wurde unterdessen die nächste in der langen Reihe von Frauen, die mich behexten und schließlich ganz und gar zugrunde richteten.

(Ich sollte erwähnen, daß meine Hoden zu der Zeit, in der ich am Marine Drive wohnte, auf den Schutz durch den Beckenknochen verzichteten und beschlossen, vorzeitig und ohne Vorwarnung in ihre kleinen Säcke zu plumpsen. Auch dieses Ereignis spielte in der Folge eine Rolle.)

Meine Mumani – meine Tante – die göttliche Pia Aziz: mit ihr leben hieß im heißen klebrigen Herzen eines Bombay-Films existieren. In jenen Tagen war die Filmkarriere meines Onkels auf schwindelerregende Weise im Niedergang begriffen, und – so ist der Lauf der Welt – Pias Stern sank mit ihm. Ihre Gegenwart ließ jedoch keinerlei Gedanken an Mißerfolg aufkommen. Der Filmrollen beraubt, hatte Pia ihr Leben in einen Spielfilm verwandelt, in dem ich in einer zunehmenden Zahl von Nebenrollen eingesetzt wurde. Ich war der getreue Leibdiener: Pia in Unterröcken, mit weichen Hüften, die sich meinen verzweifelt abgewandten Augen entgegenrundeten, kicherte, während ihre Augen, von Kajal glänzend, gebieterisch blitzten – »Komm schon, Junge, weshalb

bist du so scheu, halt bitte diese Falten, solange ich den Sari drapiere.«
Ich war außerdem ihr vertrauter Gefährte. Während mein Onkel auf
chlorophyllgestreiftem Sofa saß und sich Drehbücher ausdachte, die nie
jemand verfilmen würde, hörte ich dem nostalgischen Monolog meiner
Tante zu, wobei ich versuchte, meine Augen von zwei unwahrscheinli-
chen Kugeln, rund wie Melonen, golden wie Mangos, abzuwenden: ich
beziehe mich, wie Sie wahrscheinlich erraten haben, auf die entzückenden Brüste Pia Mumanis. Sie saß auf dem Bett, einen Arm über die
Stirn gelegt, und ereiferte sich: Weißt du, Junge, ich bin eine großartige Schauspielerin, ich habe mehrere Hauptrollen gespielt! Aber sieh,
wie das Schicksal so spielt! Früher einmal, mein Junge, hat Gott weiß
wer buchstäblich darum gebettelt, in diese Wohnung kommen zu dürfen, früher einmal bezahlten die Reporter von *Filmfare* und *Screen
Goddess* Bestechungsgelder, um hereinzukommen! Ja, und das Tanzen,
ich war berühmt im Restaurant Venice – all die bekannten Jazzmusiker
kamen und saßen mir zu Füßen, ja, sogar der große Braz. Junge, wer
war nach den *Liebenden von Kaschmir* ein größerer Star? Nicht Poppy,
nicht Vyjayantimala, kein Mensch!« Und ich nickte eindringlich, nein-
natürlich-niemand, während ihre wunderbaren in Haut gehüllten Melonen sich hoben und . . . mit einem dramatischen Aufschrei fuhr sie
fort: »Aber selbst damals, in der Zeit unseres unüberbietbaren Ruhms,
jeder Film ein goldener Jubiläumsfilm, will dieser Onkel von dir in
einer Zweizimmerwohnung leben wie ein Angestellter! Ich mache also
kein Aufhebens davon, ich bin nicht so wie gewisse Schauspielerinnen
von der billigen Sorte, ich lebe einfach und verlange keine Cadillacs
oder Klimaanlagen oder Dunlopillo-Betten aus England, ich brauche
keine bikiniförmigen Schwimmbecken wie diese Roxy Vishwanatham!
Hier bin ich geblieben, wie eine Frau aus dem gemeinen Volk, hier
verrotte ich nun! Verrotte ganz und gar! Aber eins weiß ich: mein
Gesicht ist mein Vermögen, was brauche ich da sonst noch für Reichtümer?« Und ich stimme eifrig zu: »Mumani, keine, überhaupt keine.«
Sie tat einen wilden Aufschrei; selbst mein seit dem Schlag taubes Ohr
wurde davon durchdrungen. »Ja natürlich, auch du willst, daß ich arm
bin! Die ganze Welt möchte Pia in Lumpen sehen! Selbst der da, dein
Onkel, der seine trostlos langweiligen Drehbücher schreibt! O mein
Gott, ich sag' ihm, bau Tänze ein oder exotische Schauplätze! Mach
deine Schurken schurkisch, warum nicht, mach deine Helden zu richtigen Männern! Aber er sagt, nein, das ist alles Unsinn, er sieht, daß
nun . . . obwohl er früher nicht so stolz war! Nun muß er über ge-

wöhnliche Menschen und soziale Probleme schreiben! Und ich sage: ja,
Hanif, tu das, das ist gut, aber bau der Form halber etwas Komisches
ein, einen kleinen Tanz für deine Pia und auch Drama und Tragödie;
das will das Publikum haben!« Ihre Augen schwammen in Tränen.
»Und weißt du, worüber er jetzt schreibt? Über . . .«, sie sah aus,
als bräche ihr das Herz, ». . . das Alltagsleben in einer Picklesfabrik!«

»Pst, Mumani, psst«, bitte ich, »Hanif Mamu kann es hören!«

»Soll er es doch hören!« tobte sie, und nun flossen die Tränen reichlich.
»Soll auch seine Mutter in Agra es hören; wegen ihnen sterbe ich noch
vor Scham!«

Ehrwürdige Mutter hatte ihre Schauspieler-Schwiegertochter nie ge-
mocht. Ich hörte sie einmal zu meiner Mutter sagen: »Eine Schauspielerin heiraten, wieheißtesnoch, mein Sohn hat sich sein Bett in der
Gosse bereitet, bald, wieheißtesnoch, wird sie ihn dazu bringen, Alkohol zu trinken und Schweinefleisch zu essen.« Schließlich nahm sie
widerwillig hin, daß die Verbindung nicht zu hintertreiben war; aber
sie gewöhnte sich an, Pia Besserungsepisteln zu schreiben. »Höre,
Tochter«, schrieb sie, »laß diese Schauspielerei sein. Warum so ein
schamloses Benehmen? Arbeiten, ja, ihr Mädchen habt moderne Ideen,
aber nackt auf der Leinwand tanzen! Wo du schon für eine kleine
Summe die Konzession für eine gute Tankstelle erwerben könntest. Ich
würde sie mir sofort von meinem eigenen Taschengeld kaufen. Sitz in
einem Büro, beschäftige Angestellte, das ist ordentliche Arbeit.« Keiner von uns erfuhr je, wo Ehrwürdige Mutter ihren Traum von den
Zapfsäulen her hatte, von dem sie im hohen Alter besessen sein sollte;
aber sie bombardierte Pia damit, sehr zum Abscheu der Schauspielerin.

»Warum fordert diese Frau mich nicht auf, Stenotypistin zu werden?«
jammerte Pia Hanif und Mary und mir am Frühstückstisch vor. »Warum nicht Taxifahrerin oder Weberin? Ich sage euch, dieses Zapfsäulen-
gefasel macht mich verrückt.«

Mein Onkel erbebte (einmal in seinem Leben) beinah vor Wut. »Hier
ist ein Kind am Tisch«, sagte er, »und sie ist deine Mutter; erweise ihr
Respekt.«

»Respekt kann sie haben«, Pia wirbelte aus dem Zimmer, »aber sie will
Kraftstoff.«

. . . Und meine am meisten geschätzte Nebenrolle wurde gespielt,
wenn ich bei Pias und Hanifs regelmäßig stattfindenden Kartenabenden

mit Freunden dazu befördert wurde, den geheiligten Platz des Sohnes, den sie nie gehabt hatte, einzunehmen. (Frucht einer unbekannten Verbindung, habe ich mehr Mütter gehabt, als die meisten Mütter Kinder haben; Eltern das Leben zu schenken ist eine meiner seltsameren Begabungen gewesen – eine Art umgekehrter Fruchtbarkeit jenseits der Kontrolle durch Verhütungsmittel und sogar durch Die Witwe selbst.) Waren Besucher da, so pflegte Pia Aziz auszurufen: »Seht her, Freunde, hier ist mein persönlicher Kronprinz! Das Juwel in meinem Ring! Die Perle in meinem Halsband!« Und dann zog sie mich an sich und bettete meinen Kopf so, daß meine Nase gegen ihre Brust gedrückt wurde und sich wunderbar anschmiegte zwischen den weichen Kissen ihrer unbeschreiblichen . . . unfähig, solchen Wonnen standzuhalten, zog ich den Kopf weg. Doch ich war ihr Sklave, und mittlerweile weiß ich, warum sie sich solche Vertraulichkeiten mit mir gestattete. Vorzeitig mit Hoden versehen und rapide wachsend, war ich dennoch (arglistigerweise) mit dem Kennzeichen sexueller Unschuld ausgestattet: Saleem Sinai trug während des Aufenthalts im Heim seines Onkels noch immer kurze Hosen. Nackte Knie bewiesen Pia meine Kindlichkeit; von Söckchen getäuscht, drückte sie mein Gesicht gegen ihre Brust, während ihre Stimme, vollkommen wie ein Sitar, in mein gesundes Ohr flüsterte: »Kind, Kind, hab keine Angst, deine Wolken ziehen bald vorbei.«

Für meinen Onkel ebenso wie für meine theatralische Tante spielte ich (zunehmend perfekter) die Rolle des Ersatzsohnes. Hanif Aziz traf man tagsüber mit Bleistift und Schreibblock in der Hand auf dem gestreiften Sofa an, wo er sein Pickles-Epos schrieb. Er trug seinen üblichen Lungi lose um die Taille gebunden, befestigt mit einer enormen Sicherheitsnadel; aus seinen Falten sahen haarig die Beine hervor. Seine Fingernägel trugen die Flecken eines Lebens mit Gold Flakes, seine Zehennägel sahen ähnlich verfärbt aus. Ich bildete mir ein, daß er Zigaretten mit den Zehen rauchte. Tief beeindruckt von der Vision, fragte ich ihn, ob er dieses Kunststück tatsächlich vollbringen könne, und wortlos steckte er sich eine Gold Flake zwischen großen Zeh und Nachbarn und verbog sich zu bizarren Verrenkungen. Ich klatschte begeistert, aber für den Rest des Tages schien er ziemliche Schmerzen zu haben.

Ich kümmerte mich um seine Bedürfnisse, wie ein guter Sohn das tun sollte, leerte Aschenbecher, spitzte Bleistifte, brachte Wasser zum Trinken, während er, der sich nach seinem anfänglichen Fabulieren daran erinnert hatte, daß er seines Vaters Sohn war, und sich gegen alles sperrte, was unwirklich klang, an seinem unglückseligen Drehbuch herumbastelte.

»Sonny Jim«, informierte er mich, »dieses verdammte Land träumt seit fünftausend Jahren. Es wird allmählich Zeit, daß es aufwacht.« Hanif liebte es, über Prinzen und Dämonen, Götter und Helden, ja, genaugenommen über die ganze Ikonographie des Bombay-Films herzuziehen; im Tempel der Illusionen war er der Hohepriester der Realität geworden, während ich, der ich mir meiner Wundernatur bewußt war, die mich über alle mildernden Umstände hinaus in das (von Hanif verachtete) Mythenleben Indiens verwickelte, mir auf die Lippen biß und nicht wußte, wo ich hinsehen sollte.

Hanif Aziz, der einzige realistische Autor, der in der Filmindustrie von Bombay arbeitete, schrieb die Geschichte einer Picklesfabrik, die ausschließlich von Frauen gegründet, verwaltet und betrieben wurde. Es gab lange Szenen, die die Gründung einer Gewerkschaft beschrieben; es gab detaillierte Beschreibungen des Einlegevorgangs. Er fragte Mary Pereira nach Rezepten aus, und sie diskutierten stundenlang die perfekte Mischung von Zitronen, Limonen und Garam Masala. Es zeugt von Ironie, daß dieser Erzanhänger des Naturalismus ein so kundiger (wenn auch ahnungsloser) Prophet war, wenn es um die Geschicke seiner eigenen Familie ging; in den indirekten Küssen der *Liebenden von Kaschmir* sagte er die Treffen zwischen meiner Mutter und Nadir-Qasim im Café Pionier voraus, und auch in seinem unverfilmten Chutney-Szenarium lauerte eine Prophezeiung, die sich als entsetzlich genau erweisen sollte.

Er bedrängte Homi Catrack mit Drehbüchern. Catrack produzierte keins davon; sie lagen in der kleinen Wohnung am Marine Drive herum und bedeckten jede verfügbare Oberfläche; sogar vom Klosettdeckel mußte man sie entfernen, ehe man ihn hochheben konnte; Catracks Studio zahlte ihm jedoch (aus Barmherzigkeit? oder aus einem anderen Grund, der bald zu enthüllen sein wird?) ein Gehalt. So überlebten sie, Hanif und Pia, dank der Großzügigkeit eines Mannes, der später das zweite menschliche Wesen sein sollte, das von dem emporschießenden Saleem ermordet wurde.

Homi Catrack bat ihn: »Wie wär's mit einer einzigen Liebesszene?« Und Pia: »Glaubst du denn, Dorfbewohner geben ihre Rupien aus, bloß um zu sehen, wie Frauen Alfonso-Mangos einlegen?« Aber Hanif, halsstarrig: »Das ist ein Film über Arbeit, nicht übers Küssen. Und kein

Mensch legt Alfonsos ein. Man muß Mangos mit größerem Stein nehmen.«

Der Geist Joe D'Costas folgte Mary, soviel ich weiß, nicht ins Exil; doch diente seine Abwesenheit nur dazu, ihre Angst noch zu verstärken. Sie begann in jenen Tagen am Marine Drive zu befürchten, daß er auch für andere außer ihr selbst sichtbar werden und in ihrer Abwesenheit das schreckliche Geheimnis, die Geschehnisse in Dr. Narlikars Entbindungsheim während der Unabhängigkeitsnacht betreffend, enthüllen würde. Daher verließ sie jeden Morgen bibbernd vor Aufregung die Wohnung und kam dem Zusammenbruch nahe in Buckingham Villa an; erst wenn sie herausgefunden hatte, daß Joe unsichtbar und stumm geblieben war, entspannte sie sich. Wenn sie jedoch mit Samosas und Kuchen und Chutneys beladen zum Marine Drive zurückgekehrt war, steigerte ihre Angst sich wieder . . . aber da ich (weil ich selbst genug Ärger hatte) entschlossen war, mich aus allen Köpfen außer denen der Kinder herauszuhalten, wußte ich nicht warum.
Panik zieht Panik an: auf ihren Fahrten in überfüllten Bussen (die Straßenbahnen waren gerade abgeschafft worden) hörte Mary alle möglichen Gerüchte und Klatschgeschichten, die sie als unumstößliche Tatsachen an mich weitergab. Mary zufolge wurde das Land von einer Art übernatürlicher Invasion heimgesucht. »Ja, Baba, man sagt, in Kurukshetra ist eine alte Sikh-Frau in ihrer Hütte aufgewacht und hat gesehen, wie sich der längst vergangene Krieg zwischen Kurus und Pandavas direkt vor ihrer Tür abgespielt hat. Es stand in der Zeitung und alles; sie hat die Stelle gezeigt, wo sie die Streitwagen von Arjuna und Karna gesehen hat, und da waren wirklich Wagenspuren im Schlamm! Baap-re-baap, so schlimme Dinge: in Gwalior haben sie den Geist der Rani von Jhansi gesehen; Rakshasas, vielköpfig wie Ravana, wurden gesehen, die den Frauen was antaten und Bäume mit einem Finger umstürzten. Ich bin eine gute Christin, Baba, aber ich bekomme es mit der Angst zu tun, wenn es heißt, das Grab unseres Herrn Jesus ist in Kaschmir gefunden worden. Auf den Grabstein sind zwei durchbohrte Füße gemeißelt, und eine Frau aus der Gegend hat geschworen, sie hat sie am Karfreitag bluten sehen – richtiges Blut, Gott schütze uns! . . . was geht bloß vor, Baba, warum können diese alten Dinge nicht begraben bleiben und aufhören, anständige Leute zu quälen?« Und ich hörte mit großen Augen zu, und obwohl mein Onkel Hanif vor Lachen brüllte, bin ich heute noch halb davon überzeugt, daß sich in

jener Zeit beschleunigten Geschehens und ungesunder Stunden die Vergangenheit Indiens erhob, um seine Gegenwart durcheinanderzubringen. Der neugeborene säkulare Staat wurde auf furchteinflößende Weise an sein sagenhaftes Alter erinnert, an eine Vorzeit, in der Demokratie und Frauenstimmrecht keine Rolle spielten ... so daß die Menschen von atavistischen Sehnsüchten ergriffen wurden, den neuen Mythos der Freiheit vergaßen und zu ihren alten Gewohnheiten, ihren regionalistischen Bindungen und Vorurteilen zurückkehrten und der Staatskörper aufzubrechen begann. Wie ich schon sagte: man braucht bloß eine Fingerkuppe abzuhauen, und schon sprudeln Fontänen der Verwirrung, ohne daß man weiß, wie einem geschieht.

»Und Kühe, Baba, haben sich einfach in Luft aufgelöst, pfff! Und in den Dörfern müssen die Bauern hungern.«

Zur gleichen Zeit war auch ich von einem seltsamen Dämon besessen, aber damit Sie mich richtig verstehen können, muß ich zunächst berichten, was sich an einem harmlosen Abend zutrug, an dem Pia und Hanif Aziz eine Gruppe Freunde zum Kartenspielen eingeladen hatten.

Meine Tante neigte dazu, zu übertreiben, denn trotz der Abwesenheit von *Filmfare* und *Screen Goddess* war die Wohnung meines Onkels immer noch ein beliebter Treffpunkt. An Kartenabenden platzte sie aus den Nähten: Jazzmusiker kamen, die über Streitigkeiten und Kritiken in amerikanischen Zeitschriften plauderten, Sängerinnen, die in den Handtaschen Mundsprays mit sich herumtrugen, und Mitglieder der Uday-Shankar-Tanztruppe, die versuchte, einen neuen Tanzstil zu schaffen, indem sie Formen des westlichen Balletts mit dem Bharatanatyam mischte; es waren Musiker da, die für einen Auftritt beim Musikfestival im All-India Radio, dem Sangeet Sammelan, verpflichtet worden waren; es waren Maler da, die untereinander heftig stritten. Die Luft war erfüllt mit politischen und anderen Gesprächen. »Tatsache ist, daß ich der einzige Künstler in Indien bin, der mit einem echten Sinn für ideologisches Engagement malt!« – »Oh, das mit Ferdy ist wirklich schlimm, er wird danach nie wieder eine andere Band bekommen.« – »Menon? Erzähl mir nichts von Krishna. Ich habe ihn gekannt, als er noch Prinzipien hatte. Ich selbst habe nie aufgehört ...« – »Ohé, Hanif, Yaar, warum läßt sich Lal Qasim zur Zeit nicht mehr hier blicken?« Und mein Onkel wirft mir einen besorgten Blick zu: »Pst ... welcher Qasim! Ich kenne niemand, der so heißt.«

... Und mit dem Stimmengewirr in der Wohnung vermischten sich das Abendlicht und der Lärm vom Marine Drive: Spaziergänger mit Hunden, die bei Straßenhändlern Chambeli und Channa kauften, die Rufe von Bettlern und Bhel-Puri-Verkäufern und die Lampen, die gleich einer geschlungenen Kette um Malabar Hill herum angingen . . . ich stand mit Mary Pereira auf dem Balkon und hielt mein lädiertes Ohr ihren gewisperten Gerüchten hin, die Stadt im Rücken und die eng aufeinanderhockenden Gruppen beim Kartenspiel vor Augen. Und eines Tages erkannte ich unter den Kartenspielern die asketische Gestalt von Herrn Homi Catrack mit den tief in den Höhlen liegenden Augen. Er begrüßte mich mit verlegener Herzlichkeit: »Hallo, junger Freund! Geht's dir gut? Natürlich, natürlich geht's dir gut!«

Mein Onkel Hanif spielte mit Hingabe Rommé, war aber von einer seltsamen fixen Idee besessen – nämlich nie ein Blatt hinzulegen, bis er eine Dreizehn-Herzen-Folge beisammen hatte. Immer Herzen, sämtliche Herzen und nichts als Herzen durften es sein. In seinem Streben nach unerreichbarer Perfektion warf mein Onkel zur grölenden Belustigung seiner Freunde richtig gute Dreiergruppen ab und ganze Folgen von Piks, Karos, Kreuzen. Ich hörte, wie der berühmte Shehnaispieler Ustad Changez Kaan (der sein Haar färbte, so daß an heißen Abenden seine Ohren am Rand von herabrinnender schwarzer Flüssigkeit verfärbt waren) zu meinem Onkel sagte: »Komm, Mister, hör doch auf mit deinen Herzensgeschichten, und spiel einfach so wie wir anderen.« Mein Onkel sah der Versuchung ins Auge und dröhnte dann über das Getöse hinweg: »Nein, verdammt noch mal, geht zum Teufel und laßt mich spielen, wie ich will!« Er spielte Karten wie ein Schwachkopf, aber ich, der ich noch nie solche Zielstrebigkeit gesehen hatte, hätte am liebsten Beifall geklatscht.

Ein regelmäßiger Besucher bei Hanifs legendären Kartenabenden war ein Fotograf der *Times of India*, der jede Menge scharfer Geschichten und unanständiger Anekdoten auf Lager hatte. Mein Onkel stellte mich ihm vor: »Das ist der Mensch, der dich auf die Titelseite gebracht hat, Saleem. Das ist Kalidas Gupta. Ein schrecklicher Fotograf, ein richtiger Gauner. Unterhalte dich nicht zu lang mit ihm, sonst schwirrt dir der Kopf von Skandalgeschichten.« Kalidas hatte eine silberne Mähne und eine Nase wie ein Adler. Ich fand ihn toll. »Kennen Sie wirklich Skandalgeschichten?« fragte ich ihn, doch er sagte nur: »Sohn, wenn ich dir welche erzählte, würden dir die Ohren glühen.« Aber er bekam nie heraus, daß der böse Geist, die *éminence grise*, hinter der größten Skandalgeschichte, die die Stadt je gekannt hatte, niemand anders war

als Saleem Rotznase . . . ich darf nicht vorgreifen. Die Affäre mit dem
seltsamen Stab von Fregattenkapitän Sabarmati muß an ihrem richtigen Platz erzählt werden. Man darf Wirkungen nicht gestatten, den
Ursachen vorauszugehen – auch wenn gerade das Jahr 1958 sich durch
besondere Unbeständigkeit auszeichnete.

Ich war allein auf dem Balkon. Mary Pereira war in der Küche und half
Pia, Schnittchen und Käsepakoras zu machen; Hanif Aziz war in seine
Suche nach den dreizehn Herzen vertieft, und nun kam Herr Homi
Catrack heraus und stellte sich neben mich. »Frische Luft schnappen«,
sagte er. »Ja, Sir«, antwortete ich. »So«, er atmete tief aus. »So, so. Das
Leben meint's gut mit dir? Bist ein prima Kerlchen. Laß mich dir die
Hand schütteln.« Zehnjährige Hand wird von Filmmagnatenfaust ver-
schluckt (die linke, die verstümmelte rechte hängt arglos an meiner
Seite) . . . und nun ein Schreck. Die linke Hand merkt, wie Papier
hineingeschoben wird – sinistres Papier in der Linken, hineingelegt von
behender rechter Faust! Catracks Griff wird fester, seine Stimme leiser,
doch zugleich zischend wie die einer Kobra; in dem Zimmer mit dem
grüngestreiften Sofa unhörbar, dringen seine Worte in mein gutes
Ohr: »Gib das deiner Tante. Ganz heimlich. Kannst du das? Und kein
Wort darüber, sonst schicke ich dir die Polizei auf den Hals, damit sie
dir die Zunge herausschneidet.« Und nun, laut und fröhlich: »Gut! Bin
ich froh, dich so guter Dinge zu sehen!« Homi Catrack tätschelt mir
den Kopf und begibt sich wieder zu seinen Karten.

Aus Angst vor der Polizei habe ich zwei Jahrzehnte lang geschwiegen,
aber nun ist Schluß. Nun muß alles heraus.

Die Kartenspielergruppe ging früh auseinander. »Der Junge muß schlafen«, flüsterte Pia. »Morgen muß er wieder zur Schule gehen.« Ich
fand keine Gelegenheit, mit meiner Tante allein zu sein; ich wurde auf
mein Sofa gepackt und knüllte immer noch den Zettel in meiner linken
Faust. Mary schlief auf dem Fußboden . . . ich beschloß, einen Alptraum vorzutäuschen. (Die Anwendung von Tricks war mir durchaus
nicht fremd.) Unglücklicherweise war ich jedoch so müde, daß ich
einschlief, und am Ende brauchte ich nichts mehr vorzutäuschen: denn
ich träumte die Ermordung meines Klassenkameraden Jimmy Kapadia.

. . . Wir spielen Fußball im Haupttreppenschacht der Schule, auf roten
Fliesen, rutschend, gleitend. Ein schwarzes Kreuz ist in die blutroten
Fliesen eingelassen. Mr. Crusoe steht oben an der Treppe und spricht:

»Ihr dürft nicht das Geländer herunterrutschen, Kinder, das schwarze Kreuz ist da, wo einmal ein Junge hingefallen ist.« Jimmy spielt Fußball auf dem Kreuz. »Das mit dem Kreuz ist doch ein Märchen«, sagt Jimmy. »Sie erzählen einem Märchen, um einem den Spaß zu verderben.« Seine Mutter ruft ihn an. »Spiel nicht, Jimmy, dein schwaches Herz.« Die Glocke. Der Telefonhörer wird wieder eingehängt, und nun die Glocke . . . Tintengetränkte Kügelchen beflecken die Luft im Klassenzimmer. Fat Perce und Glandy Keith amüsieren sich köstlich. Jimmy will einen Bleistift, gibt mir einen Rippenstoß. »He Mann, du hast doch einen Bleistift, gib mal her. Zwei Sekunden, Mann.« Ich gebe ihn her. Zagallo kommt herein. Zagallo hebt Schweigen gebietend die Hand: seht, wie mein Haar auf seiner Handfläche wächst! Zagallo in einem spitzen Zinnsoldatenhut . . . Ich brauche meinen Bleistift wieder. Ich strecke den Finger aus und stoße Jimmy an. »Sir, bitte sehen Sie mal, Sir, Jimmy ist umgefallen.« »Sir, ich habe gesehen, wie Rotznase ihn gestoßen hat!« »Rotznase hat Kapadia erschossen, Sir!« »Spiel nicht, Jimmy, dein schwaches Herz!« »Seid gefälligst ruhig«, schreit Zagallo, »Schmotz aus dem Dschongel, haltet den Mond.«
Jimmy, zusammengekrümmt auf dem Boden. »Sir, Sir, bitte, Sir, wird man ein Kreuz aufstellen?« Er borgte einen Bleistift, ich stieß, er fiel. Sein Vater ist Taxifahrer. Jetzt fährt das Taxi in die Klasse, ein Wäschebündel wird auf den Rücksitz gelegt, hinaus fährt Jimmy. Ding, eine Glocke. Jimmys Vater klappt den Taxiblinker ein. Jimmys Vater sieht mich an. »Rotznase, du übernimmst die Kosten.« »Aber, bitte, Sir, ich habe das Geld nicht, Sir.« Und Zagallo: »Wir setzen es auf deine Rechnung.« Seht mein Haar auf Zagallos Hand. Flammen schießen aus Zagallos Augen. »Fünfhondert Millionen, was ist da schon ein Totär?« Jimmy ist tot, fünfhundert Millionen leben noch. Ich fange an zu zählen: eins zwei drei. Zahlen marschieren über Jimmys Grab. Eine Million zwei Millionen drei Millionen vier. Wen kümmert das schon, wenn einer, irgendeiner stirbt. Einhundert Millionen und eins zwei drei. Zahlen marschieren nun durchs Klassenzimmer. Mahlend und malmend zweihundert Millionen drei vier fünf. Fünfhundert Millionen leben noch. Und ich bin nur einer davon . . .

. . . Im Dunkel der Nacht erwachte ich aus dem Traum von Jimmy Kapadias Tod, der zum Traum von der Vernichtung durch Zahlen wurde. Ich kreischte heulte schrie, hielt aber das Papier immer noch in der Faust, und eine Tür flog auf und gab den Blick auf Onkel Hanif und Tante Pia frei. Mary Pereira versuchte, mich zu trösten, aber Pia riß alles an sich, sie war ein göttlicher Wirbel aus Unterröcken und Dupatta, sie wiegte mich in ihren Armen: »Ist doch nichts passiert, mein Diamant! Laß gut sein jetzt!« Und Onkel Hanif, schläfrig: »He, Phaelwan! Ist gut jetzt, komm schon, komm mit uns. Bring den Jungen mit, Pia!« Und jetzt bin ich gut aufgehoben in Pias Armen. »Ausnahmsweise heute abend, meine Perle, darfst du bei uns schlafen« – und da bin ich, kuschele mich zwischen Onkel und Tante, schmiege mich an die parfümierten Kurven meiner Mumani.

Stellen Sie sich, wenn Sie können, meine plötzliche Freude vor; stellen Sie sich vor, mit welcher Geschwindigkeit der Alptraum meinen Gedanken entfloh, als ich mich in die Unterröcke meiner außergewöhnlichen Tante kuschelte! Als sie wieder herumrutschte, um bequem zu liegen, und eine goldene Melone meine Wange streichelte! Als Pias Hand die meine suchte und sie festhielt . . . nun kam ich meiner Pflicht nach. Als die Hand meiner Tante sich um die meine legte, ging Papier von Hand zu Hand. Ich merkte, wie sie stumm erstarrte; dann nahm sie mich nicht mehr wahr, obwohl ich immer näher näher näher an sie heranrückte; sie las im Dunkeln, und ihr Körper wurde immer starrer, und dann wußte ich mit einem Mal, daß man mich hereingelegt hatte, daß Catrack mein Feind war, und nur die Polizisten, die man mir angedroht hatte, hielten mich davon ab, alles meinem Onkel zu erzählen.

(In der Schule berichtete man mir am nächsten Tag von Jimmy Kapadias plötzlichem tragischen Tod zu Hause, durch Herzversagen. Ist es möglich, einen Menschen umzubringen, indem man seinen Tod träumt? Meine Mutter behauptete das immer, und in dem Fall war Jimmy Kapadia mein erstes Mordopfer. Homi Catrack sollte das nächste sein.)

Als ich von meinem ersten Tag in der Schule zurückkam, wo ich die ungewohnte Betretenheit von Fat Perce und Glandy Keith genossen hatte (»Hör mal, Yaar, wie konnten wir wissen, daß dein Finger in der . . . he, Mann, wir haben Freikarten fürs Kino morgen, willst du mit?«) und mich in meiner gleichermaßen unerwarteten Beliebtheit (»Kein Zagallo mehr! Toll, Mann! Du hast deine Haare wirklich für 'ne gute Sache geopfert!«) gesonnt hatte, war Tante Pia ausgegangen. Ich setzte mich still zu meinem Onkel Hanif, während Mary Pereira in der Küche das Essen machte. Es war eine friedliche kleine Familienszene, doch der Friede wurde durch das Krachen einer zugeschlagenen Tür abrupt zerstört. Hanif ließ seinen Bleistift fallen, als Pia mit der gleichen Vehemenz, mit der sie die Wohnungstür zugeschlagen hatte, die Wohnzimmertür aufriß. Dann dröhnte er fröhlich: »Na, Frau, was gibt's denn für ein Drama?«... Aber Pia ließ sich nicht entschärfen. »Kritzel weiter«, sagte sie, und ihre Hand schnitt durch die Luft. »Allah, hör nicht auf wegen mir! So viel Talent, in diesem Haus kann man noch nicht mal aufs Klo gehen, ohne über deinen Genius zu stolpern. Bist du glücklich, Mann? Verdienen wir viel Geld? Ist Gott dir wohlgesonnen?« Hanif blieb immer noch fröhlich. »Komm, Pia, unser kleiner Gast ist hier. Setz dich, trink eine Tasse Tee...« Schauspielerin Pia erstarrte in einer Haltung ungläubigen Erstaunens. »O Gott, in was für eine Familie bin ich geraten! Mein Leben liegt in Trümmern, und du bietest Tee an, deine Mutter bietet Benzin an! Wahnsinn ist das alles...« Und Onkel Hanif, nun die Stirn runzelnd: »Pia, der Junge...« Ein Aufschrei. »Ahaaa! Der Junge – aber der Junge hat gelitten; er leidet auch jetzt; er weiß, was Verlust heißt, was es heißt, sich verloren zu fühlen! Und auch ich bin im Stich gelassen worden: ich bin eine große Schauspielerin, doch hier sitze ich, umgeben von Geschichten über Postboten auf Fahrrädern und Eselskarrentreibern! Was weißt du schon vom Kummer einer Frau? Bleib sitzen, bleib ruhig sitzen, laß dir von einem fetten, reichen Parsi-Filmproduzenten Almosen geben, es soll dir egal sein, daß deine Frau unechten Schmuck trägt und seit zwei Jahren keinen neuen Sari mehr bekommen hat; der Rücken einer Frau ist breit, aber, mein lieber Mann, du hast meine Tage zur Einöde gemacht! Geh, laß mich allein, ich will in Ruhe aus dem Fenster springen! Und jetzt geh' ich ins Schlafzimmer«, schloß sie, »und wenn du nichts mehr von mir hörst, dann deshalb, weil mein Herz gebrochen ist und ich tot bin.« Noch mehr Türenknallen: es war ein phantastischer Abgang.

Onkel Hanif zerbrach geistesabwesend einen Bleistift in zwei Hälften. Er schüttelte fragend den Kopf: »Was ist bloß in sie gefahren?« Ich wußte es. Ich, von Polizisten bedrohter Geheimnisträger, wußte es und biß mir auf die Lippen. Denn da ich in der Ehekrise meines Onkels und meiner Tante wie in einer Falle gefangen saß, hatte ich meine vor kurzem geschaffene Regel verletzt und Pias Kopf betreten: ich hatte ihren Besuch bei Homi Catrack gesehen und wußte, daß sie nun schon seit Jahren seine Geliebte war; ich hatte gehört, wie er ihr sagte, daß er ihrer Reize überdrüssig sei und daß es jemand Neues gebe; und ich, der ich ihn ohnehin schon genug haßte, weil er meine geliebte Tante verführt hatte, haßte ihn nun doppelt so leidenschaftlich, weil er ihr die Schmach antat, sie fallenzulassen.

»Geh zu ihr«, sagte mein Onkel, »vielleicht kannst du sie aufheitern.«

Der Junge Saleem geht durch wiederholt zugeschlagene Türen ins Allerheiligste seiner tragischen Tante und findet bei seinem Eintritt den schönsten aller Körper in wundervoller Hingabe quer über das eheliche Bett gebreitet – wo noch in der vergangenen Nacht sich Körper an Körper schmiegte – wo Papier von Hand zu Hand ging . . . eine Hand flattert zu ihrem Herzen hoch, ihre Brust hebt sich, und der Junge Saleem stottert: »Tante, o Tante, es tut mir leid.«

Klagelaute wie von einer Totenfee ertönen vom Bett her. Tragödinnenarme fliegen hoch und mir entgegen. »Hai! Hai, hai! Ai-hai-hai!« Ich brauche keine weitere Einladung, sondern fliege diesen Armen entgegen, ich stürze mich zwischen sie, um auf meiner trauernden Tante zu liegen. Die Arme schließen sich um mich, engerenger, Nägel graben sich durch mein weißes Schulhemd, aber das ist mir gleichgültig! – Denn unterhalb meines Gürtels mit der S-Schnalle hat etwas angefangen sich zu regen. Tante Pia wirft sich in ihrer Verzweiflung unter mir hin und her, und ich werfe mich mit ihr hin und her, vergesse aber nicht, meine rechte Hand aus dem Gefecht herauszuhalten. Steif ragt sie über dem Getümmel. Mit der anderen Hand beginne ich sie zu streicheln, ohne zu wissen, was ich da mache. Ich bin erst zehn Jahre alt und trage immer noch kurze Hosen, aber ich weine, weil sie weint, und das Zimmer ist erfüllt von unserem Schluchzen – und auf dem Bett beginnen zwei Körper, während sie sich hin und her werfen, sich in einer Art Rhythmus zu bewegen, unnennbar undenkbar, Hüften drängen sich mir entgegen, während sie schreit: »Oh! O Gott, o Gott, oh!!« Und vielleicht schreie auch ich, ich kann es nicht sagen; etwas gewinnt die Oberhand über den Kummer, während mein Onkel auf einem gestreiften Sofa Bleistifte entzweibricht, etwas, das immer stärker wird, während sie sich unter mir aufbäumt und windet. Und schließlich, ergriffen von einer Kraft, die stärker ist als die meine, lasse ich meine rechte Hand sinken, ich habe meinen Finger vergessen, und als er ihre Brust berührt, preßt Wunde gegen Haut . . .

»Autsch!« Ich schreie vor Schmerz, und meine Tante reißt sich aus der makabren Verzauberung dieser wenigen Augenblicke, stößt mich von sich und versetzt mir eine klatschende Backpfeife. Glücklicherweise ist es die linke Wange; es besteht keine Gefahr, daß mein mir verbliebenes gutes Ohr beschädigt wird. *Schurke!* schreit meine Tante. »Eine Familie von Irren und Perversen, weh mir, welche Frau hat je so arg gelitten?«

Von der Tür her kommt ein Husten. Ich richte mich auf, vor Schmerz zitternd. Auch Pia ist auf den Beinen, ihr Haar fällt wie ein Tränenschleier herab. Mary Pereira steht in der Tür, hustend, ihre Haut purpurrot vor Verwirrung, und hält ein in braunes Papier gewickeltes Paket in der Hand.

»Sieh mal, Baba, was ich vergessen habe«, bringt sie schließlich heraus. »Du bist jetzt ein großer Mann: sieh, deine Mutter hat dir zwei Paar schöne weiße lange Hosen geschickt.«

Nachdem ich mich so unbesonnen hatte übermannen lassen, als ich versuchte, meine Tante aufzuheitern, wurde es schwierig für mich, in der Wohnung am Marine Drive zu bleiben. In den nächsten Tagen wurden regelmäßig lange, intensive Telefongespräche geführt; Hanif überredete jemanden, während Pia gestikulierte, daß vielleicht jetzt, nach fünf Wochen . . . und eines Abends, als ich von der Schule zurückkam, holte meine Mutter mich mit unserem alten Rover ab, und mein erstes Exil ging zu Ende.

Weder während unserer Fahrt nach Hause noch irgendwann später gab man mir eine Erklärung für mein Exil. Ich beschloß deshalb, es mir auch nicht zur Aufgabe zu machen, danach zu fragen. Ich trug jetzt lange Hosen, ich war daher ein Mann und mußte meine Sorgen wie ein Mann ertragen. Ich erklärte meiner Mutter: »Es ist nicht so schlimm mit dem Finger. Onkel Hanif hat mir beigebracht, den Stift anders zu halten, damit ich einigermaßen schreiben kann.« Sie schien sich angestrengt auf die Straße zu konzentrieren. »Es waren schöne Ferien«, fügte ich höflich hinzu. »Danke schön, daß ihr mich hingeschickt habt.«

»O Kind«, platzte sie heraus, »du mit deinem Gesicht wie die aufgehende Sonne, was soll ich dir sagen? Sei nett zu deinem Vater, er ist zur Zeit nicht glücklich.« Ich sagte, ich würde versuchen, nett zu sein; sie schien die Kontrolle über das Lenkrad zu verlieren, und wir fuhren gefährlich nahe an einem Bus vorbei. »Was für eine Welt«, sagte sie nach einer Weile. »Schreckliche Dinge geschehen, und man weiß nicht wie.«

»Ich weiß«, stimmte ich zu. »Ayah hat es mir erzählt.« Meine Mutter sah mich furchtsam an; dann warf sie Mary, die auf dem Rücksitz saß, funkelnde Blicke zu. »Du schwarze Frau«, rief sie, »was hast du gesagt?« Ich berichtete, was mir Mary von wundersamen Ereignissen erzählt hatte, aber die gräßlichen Gerüchte schienen meine Mutter zu beruhigen. »Was weißt du schon?« seufzte sie. »Du bist doch nur ein Kind.«

Was ich weiß, Amma? Ich weiß vom Café Pionier! Als wir nach Hause fuhren, war ich plötzlich wieder von meinen frischen Gelüsten nach Rache an meiner untreuen Mutter erfüllt, eine Lust, die sich im Strahlenglanz meines Exils mehr und mehr verloren hatte, nun aber wiederkam und sich mit meinem neugeborenen Abscheu vor Homi Catrack vereinigte. Diese doppelköpfige Lust war der Dämon, der mich beherrschte und mich dazu trieb, das Schlimmste zu tun, was ich je tat . . . »Alles wird gut werden«, sagte meine Mutter. »Warte nur ab.«
Ja, Mutter.

Mir fällt auf, daß ich in diesem ganzen Kapitel nichts über die Mitternachtskinder-Konferenz gesagt habe, aber um die Wahrheit zu sagen, sie schien mir in jenen Tagen nicht sehr wichtig. Ich hatte andere Dinge im Kopf.

Fregattenkapitän Sabarmatis Stab

Ein paar Monate später, als Mary Pereira ihr Verbrechen schließlich gestand und das Geheimnis ihrer elf Jahre währenden Verfolgung durch den Geist Joseph D'Costas offenbarte, erfuhren wir, daß sie nach ihrer Rückkehr aus dem Exil einen schlimmen Schock erlitt, als sie den Zustand sah, in den der Geist in ihrer Abwesenheit geraten war. Er hatte angefangen zu zerfallen, so daß nun Stücke von ihm fehlten: ein Ohr, mehrere Zehen an jedem Fuß, fast alle Zähne; und in seinem Bauch war ein Loch, größer als ein Ei. Über diese auseinanderfallende Erscheinung bedrückt, fragte sie (als sie sicher war, daß niemand sonst in Hörweite war): »O Joe, was hast du bloß mit dir angestellt?« Er antwortete, daß die Verantwortung für ihr Verbrechen so lange fest auf seinen Schultern ruhe, bis sie gestehe, und daß sie sein System völlig durcheinanderbringe. Von dem Augenblick an war es unumgänglich, daß sie gestehen würde; doch jedesmal, wenn sie mich ansah, ließ sie sich wieder davon abhalten. Trotzdem war es nur eine Frage der Zeit.

Unterdessen versuchte ich, ohne auch nur im geringsten zu ahnen, wie nahe der Zeitpunkt war, da man mich als Betrüger entlarven würde, mit Methwold's Estate zurechtzukommen, wo sich ebenfalls eine Reihe von Verwandlungen ereignet hatten. Zum einen wollte mein Vater offenbar nichts mehr mit mir zu tun haben, eine Einstellung, die ich zwar verletzend, jedoch (angesichts meines verstümmelten Körpers) vollkommen verständlich fand. Zum andern hatte sich das Geschick des Messingäffchens bemerkenswert gewendet. »Meine Position in diesem Haushalt«, mußte ich mir eingestehen, »ist usurpiert worden.« Denn nun war es das Äffchen, das von meinem Vater ins abstrakte Heiligtum seines Büros zugelassen wurde, das Äffchen drückte er an seinen weichen Bauch, und das Äffchen mußte die Last seiner Zukunftsträume tragen. Ich hörte sogar, wie Mary Pereira dem Äffchen das kleine Liedchen vorsang, das mein Leben lang mein musikalisches Leitmotiv gewesen war: »Alles, was du sein willst«, sang Mary, »kannst du sein. Du kannst sein, was immer du willst.« Selbst auf meine Mutter schien die Stimmung sich übertragen zu haben; und nun war es meine Schwester, die bei Tisch immer die größte Portion Pommes frites bekam und die Extraportion Nargisi Kofta und den erlesensten Pasanda. Während ich mir – jedesmal, wenn mich eines der Familienmitglieder zufällig ansah – der tiefer werdenden Falte zwischen ihren Augenbrauen und einer Atmosphäre der Unsicherheit und des Mißtrauens bewußt war. Aber wie hätte ich mich beschweren können? Das Äffchen hatte meine bevorzugte Stellung jahrelang ertragen. Abgesehen vielleicht von dem einen Mal, als ich in unserem Garten vom Baum fiel, nachdem sie mich geschubst hatte (und das konnte schließlich aus Versehen passiert sein), hatte sie meine Vorherrschaft mit tadelloser Würde und sogar Loyalität akzeptiert. Jetzt war ich an der Reihe; mir, der ich nun lange Hosen trug, wurde abverlangt, meine Degradierung wie ein Erwachsener hinzunehmen. »Dieses Erwachsenwerden«, sagte ich mir, »ist schwieriger, als ich erwartet hätte.«

Das Äffchen, muß gesagt werden, war über ihre Erhebung zum Lieblingskind nicht weniger erstaunt als ich. Sie tat ihr Bestes, um in Ungnade zu fallen, aber offenbar konnte sie nichts falsch machen. Es war die Zeit, in der sie mit dem Christentum liebäugelte, was zum Teil auf den Einfluß ihrer europäischen Schulfreundinnen und zum Teil auf Mary Pereira zurückzuführen war, die ständig mit dem Rosenkranz herumspielte (weil sie wegen ihrer Furcht vor dem Beichtstuhl nicht zur Kirche gehen konnte, beglückte sie statt dessen uns mit Bibelgeschichten); zum größten Teil war es jedoch, glaube ich, ein Versuch des Äffchens, die alte bequeme Position in der Familie zurückzugewinnen, die »unter allem Hund« genannt wurde (und da ich gerade von Hunden spreche: die Baroneß Simki war in meiner Abwesenheit eingeschläfert worden, an Promiskuität eingegangen).

Meine Schwester sprach andächtig über den süßen Jesus sanft und mild; meine Mutter lächelte vage und strich ihr übers Haar. Sie ging Kirchenlieder summend durch das Haus, meine Mutter nahm die Melodien auf und sang mit. Sie erbat sich ein Nonnengewand, das ihre liebste Krankenschwesterntracht ersetzen sollte; sie bekam es. Sie zog Kichererbsen auf einen Faden und benutzte das, Gegrüßet-seist-du-Maria murmelnd, als Rosenkranz, und meine Eltern lobten die Geschicklichkeit ihrer Hände. Es peinigte sie, daß es ihr nicht gelang, bestraft zu werden, und so verstieg sie sich zu extremer religiöser Inbrunst, sagte morgens und abends das Vaterunser auf, fastete in der Fastenzeit anstatt während des Ramzān und offenbarte einen ungeahnten Hang zum Fanatismus, der später ihre Persönlichkeit allmählich beherrschen sollte; und trotzdem wurde sie anscheinend toleriert. Schließlich erörterte sie die Angelegenheit mit mir. »Na, Bruder«, sagte sie, »sieht so aus, daß von jetzt an einfach ich das brave Kind sein muß, und du kannst dich dafür amüsieren, soviel du willst.«

Sie hatte wahrscheinlich recht; da meine Eltern offensichtlich ihr Interesse an mir verloren hatten, hätte ich eigentlich ein größeres Maß an Freiheit erlangen sollen, doch ich war wie hypnotisiert von den Verwandlungen, die mein Leben in jeder Hinsicht mitmachte, und amüsieren konnte man sich anscheinend unter solchen Umständen kaum. Mein Körper veränderte sich: zu früh erschien weicher Flaum auf meinem Kinn, und meine Stimme geriet außer Kontrolle und sauste das Stimmregister hinauf und herunter. Ich kam mir außerordentlich absurd vor: meine sich streckenden Glieder machten mich tolpatschig, und ich muß eine Clownsfigur abgegeben haben, als ich aus Hemden und Hosen herauswuchs und wie ein Tölpel aus meiner Kleidung hervorsah. Ich hatte irgendwie das Gefühl, diese Kleidungsstücke, die komisch um meine Fuß- und Handgelenke flatterten, hätten sich gegen mich verschworen, und selbst als ich mich nach innen, meinen geheimen Kindern zu, wandte, fand ich Veränderung vor, und sie gefiel mir gar nicht.

Die allmähliche Auflösung der Mitternachtskinder-Konferenz – die an dem Tag, an dem die chinesische Armee über den Himalaja herunterkam, um das indische Heer zu demütigen, endgültig auseinanderbrach – war schon weit fortgeschritten. Wenn eine Neuigkeit sich abnutzt, folgt unvermeidlich Langeweile und dann Zwietracht. Oder (um es anders auszudrücken), wenn ein Finger verstümmelt wird und Blutfontänen herausschießen, werden alle erdenklichen Gemeinheiten möglich . . . ob nun der Verlust meines Fingers die Risse in der Konferenz (aktiv-metaphorisch) bewirkt hatte oder nicht, auf jeden Fall verbreiterten sie sich. Oben in Kaschmir verfiel Narada-Markandaya den solipsistischen Träumen des wahren Narziß und befaßte sich nur noch mit den erotischen Vergnügungen des ständigen Geschlechtswechsels, während Soumitra der Zeitreisende gekränkt war durch unsere Weigerung, seine Beschreibungen der Zukunft anzuhören, in der (sagte er) das Land von einem Urin trinkenden Zittergreis regiert werden würde, der sich weigerte zu sterben, und die Leute alles vergessen würden, was sie je gelernt hätten, und Pakistan sich wie eine Amöbe teilen würde und die Ministerpräsidenten beider Hälften von ihren Nachfolgern ermordet werden würden, die beide – er schwor es trotz unseres Unglaubens – den gleichen Namen tragen würden . . . der gekränkte Soumitra blieb regelmäßig unseren nächtlichen Treffen fern und verschwand für lange Perioden in den spinnwebartigen Labyrinthen der Zeit. Und die Schwestern aus Baud begnügten sich mit ihrer Fähigkeit, junge und alte Narren zu verhexen. »Wozu soll diese Konferenz gut sein?« erkundigten sie sich. »Wir haben schon jetzt zu viele Liebhaber.« Und unser alchimistisches Mitglied beschäftigte sich in einem Laboratorium, das sein Vater (dem er sein Geheimnis offenbart hatte) ihm eingerichtet hatte; vom Stein der Weisen in Anspruch genommen, hatte er wenig Zeit für uns. Wir hatten ihn an die Verlockung des Goldes verloren.

Und auch andere Faktoren waren am Werk. Kinder, gleichgültig, wie zauberisch begabt sie sein mögen, sind nicht immun gegen ihre Eltern, und so merkte ich, je mehr die Vorurteile und Weltanschauungen der Erwachsenen Vorherrschaft über ihre Gedanken gewannen, wie Kinder aus Maharashtra Gujaratis verabscheuten und hellhäutige Nordländer drawidische »Blackies« schmähten; es gab religiöse Streitigkeiten, und der Klassengedanke drang in unsere Ratsversammlungen ein. Die reichen Kinder rümpften die Nase, weil sie sich in solch primitiver Gesellschaft befanden; Brahmanen wurden zunehmend unruhig bei der Vorstellung, daß sie auch nur ihren Gedanken gestatteten, die Gedanken Unberührbarer zu berühren, während bei den Niedriggeborenen die Zwänge der Armut und der Druck des Kommunismus offenkundig wurden ... und zu alldem kamen das Aufeinanderprallen von Persönlichkeiten und die hundert stürmischen Streitigkeiten, die in einem Parlament, das ganz aus halberwachsenen Gören besteht, unvermeidlich sind.

So erfüllte die Mitternachtskinder-Konferenz die Prophezeiung des Ministerpräsidenten und wurde tatsächlich zu einem Spiegel der Nation; der passiv-buchstäbliche Modus war zugange, auch wenn ich mit zunehmender Verzweiflung und schließlich mit wachsender Resignation dagegen zu Felde zog ... »Brüder, Schwestern!« sende ich mit einer geistigen Stimme, die so unkontrollierbar ist wie ihr körperliches Gegenstück, aus. »Laßt das nicht zu! Laßt nicht zu, daß die endlose Dualität von Massen-und-Klassen, Kapital-und-Arbeit, sie-und-wir uns trennt! Wir«, rief ich leidenschaftlich, »müssen ein drittes Prinzip sein, wir müssen die Kraft sein, die dem Dilemma zwischen die Hörner fährt, denn nur indem wir anders sind, neu sind, können wir die Verheißung unserer Geburt erfüllen!« Ich hatte Anhänger und keinen größeren als Parvati-die-Hexe, aber ich spürte, wie sie mir entschlüpften, jeder durch sein eigenes Leben abgelenkt ... genauso, wie auch ich in Wahrheit durch meines abgelenkt wurde. Es war, als entpuppte sich unser glorreicher Kongreß als ein weiteres Kinderspielzeug und nicht mehr, als zerstörten die langen Hosen, was die Mitternacht geschaffen hatte . . . »Wir müssen ein Programm verabschieden«, argumentierte ich, »unseren eigenen Fünfjahresplan, warum nicht?« Aber hinter meiner angstvollen Sendung konnte ich das amüsierte Lachen meines größten Rivalen hören, und da war Shiva schon in allen unseren Köpfen und sagte verächtlich: »Nein, kleiner reicher Bengel, es gibt kein drittes Prinzip, es gibt nur Geld-und-Armut und Haben-und-Mangel und Rechts-und-Links, es gibt nur Ich-gegen-die-Welt! Die Welt ist keine Idee, reicher Junge; die Welt ist kein Ort für Träumer und ihre Träume; die Welt, kleine Rotznase, das sind die Dinge. Dinge und ihre Hersteller regieren die Welt; sieh dir Birla und Tata und all die Mächtigen an: sie stellen Dinge her. Der Dinge wegen wird das Land regiert. Nicht wegen der Menschen. Der Dinge wegen schicken uns Amerika und Rußland Güter, aber fünfhundert Millionen bleiben hungrig. Wenn du Dinge hast, dann hast du Zeit zum Träumen, wenn du keine hast, dann kämpfst du.« Die Kinder hörten fasziniert zu, wie wir stritten . . . oder vielleicht auch nicht, vielleicht gelang es noch nicht einmal unserem Zwiegespräch, ihr Interesse zu fesseln. Und nun ich: »Aber Menschen sind keine Dinge; wenn wir zusammenkommen, wenn wir einander lieben, wenn wir zeigen, daß dies, nur dies, dieses Zusammensein von Menschen, diese Konferenz, diese Kinder, die miteinander durch dick und dünn gehen, der dritte Weg sein kann . . .« Doch Shiva schnaubt: »Kleiner reicher Bengel, das ist doch alles bloß Geschwafel. All das Geschwätz von der Bedeutung-des-Individuums. All das Blabla von den Möglichkeiten-der-Menschheit. Heutzutage sind die Menschen bloß eine andere Art von Ding.« Und ich, Saleem, falle in mich zusammen: »Aber . . . der freie Wille . . . Hoffnung . . . die große Seele, auch als *Mahatma* bekannt, der Menschheit . . . und was ist mit Dichtung und Kunst und . . .« Worauf Shiva den Sieg an sich riß: »Siehst du? Ich wußte, du würdest dich als so was herausstellen. Matschig wie zu lange gekochter Reis. Gefühlsduselig wie eine Großmutter. Geh, wer will schon deinen Quatsch hören? Wir alle müssen unser Leben leben. Verdammt noch mal, Gurkennase, ich hab' deine Konferenz satt. Sie hat mit keinem einzigen Ding zu tun.«

Sie fragen: Das sollen Zehnjährige sein? Ich antworte: Ja, aber. Sie sagen: Haben Zehnjährige oder beinah Elfjährige die Rolle des Individuums in der Gesellschaft diskutiert? Und die Rivalität von Kapital und Arbeitskraft? Wurden die spezifischen Probleme von landwirtschaftlichen und industriellen Zonen deutlich gemacht? Und Konflikte zwischen verschiedenen sozio-kulturellen Traditionen? Diskutierten Kinder, die keine viertausend Tage alt waren, die Frage nach der Identität und die dem Kapitalismus inhärenten Konflikte? Stellten sie, die weniger als einhunderttausend Stunden durchlebt hatten, Gandhi und Marxlenin, Macht und Ohnmacht einander gegenüber? Wurde Kollektivität der Einzigartigkeit entgegengesetzt? Wurde Gott von Kindern getötet? Selbst wenn wir in Betracht ziehen, daß die angeblichen Wunder wahr seien, können wir dann glauben, daß Straßenjungen wie alte Männer mit Bärten sprachen?

Ich sage: vielleicht nicht in diesen Worten, vielleicht überhaupt nicht in Worten, sondern in der reineren Sprache der Gedanken; aber mit Gewißheit lag das alldem zugrunde, denn Kinder sind die Gefäße, in die Erwachsene ihr Gift gießen, und das Gift der Erwachsenen war es, das uns fertigmachte. Gift, und nachdem viele Jahre vergangen waren, das Messer einer Witwe.

Kurzum: nach meiner Rückkehr nach Buckingham Villa verlor sogar das Salz der Mitternachtskinder seine Würze; es gab nun Nächte, in denen ich mir noch nicht einmal die Mühe machte, mein die Nation umfassendes Sendernetz in Gang zu setzen; und der Dämon in mir (der zwei Köpfe hatte) hatte freie Hand, um seinen teuflischen Streich auszuhecken. (Ob Shiva an den Hurenmorden schuldig war oder nicht, erfuhr ich nie; doch der Einfluß von Kali-Yuga war so stark, daß ich, der brave Junge, das geborene Opfer, mit Sicherheit für zwei Todesfälle verantwortlich war. Als erster kam Jimmy Kapadia und als zweiter Homi Catrack.)

Wenn es ein drittes Prinzip gibt, so heißt es Kindheit. Aber es stirbt, oder besser, es wird ermordet.

Wir alle hatten unsere Probleme in jenen Tagen. Homi Catrack hatte seine schwachsinnige Toxy, und die Ibrahims hatten andere Sorgen: Sonnys Vater Ibrahim lief Gefahr, nachdem er jahrelang Richter und Geschworene bestochen hatte, einer Revision durch die Anwaltskammer unterzogen zu werden, und Sonnys Onkel Ishaq, der das zweitklassige Hotel Embassy am Flora-Brunnen betrieb, war angeblich bei ortsansässigen Gangstern hoch verschuldet und hatte ständig Angst, man könnte ihn »kaltmachen« (in jenen Tagen wurden Meuchelmorde so alltäglich wie die Hitze) . . . deshalb ist es vielleicht nicht verwunderlich, daß wir alle die Existenz Professor Schaapstekers vergessen hatten. (Inder werden mit dem Alter größer und mächtiger, Schaapsteker aber war Europäer, und seine Rasse welkt unglücklicherweise mit den Jahren dahin und verschwindet oft ganz.)

Aber nun lenkten mich meine Schritte, vielleicht von meinem Dämon getrieben, ins oberste Stockwerk von Buckingham Villa, wo ich einen verrückten alten Mann vorfand, unglaublich winzig und geschrumpft, dessen schmale Zunge in einem fort zwischen seinen Lippen herausschnellte und zurückwich – züngelnd und leckend: den Pferdemörder und ehemaligen Forscher, der nach Schlangenserum suchte, Scharfstecher Sahib, mittlerweile zweiundneunzig und nicht mehr in dem Institut tätig, das nach ihm benannt worden war; vielmehr hatte er sich in eine dunkle Wohnung im obersten Stock zurückgezogen, die voll tropischer Pflanzen und in Salzlake eingelegter Schlangen war. Das Alter hatte es nicht geschafft, ihm die Zähne zu ziehen und die Giftdrüsen zu entfernen, sondern hatte ihn statt dessen in die Inkarnation des Schlangenhaften verwandelt; ihm erging es wie anderen Europäern, die zu lange bleiben: der uralte Wahnwitz Indiens hatte sein Hirn eingepökelt, so daß er sich schließlich die abergläubische Vorstellung der Institutswärter zu eigen machte, der zufolge er das letzte Glied einer Linie war, die ihren Anfang nahm, als eine Königskobra sich mit einer Frau paarte, die einem menschlichen (doch zugleich schlangenähnlichen) Kind das Leben schenkte . . . es scheint, daß ich mein Leben lang immer nur um eine Ecke biegen mußte, um in weitere neue und sagenhaft verwandelte Welten zu purzeln. Steigen Sie eine Leiter (oder auch eine Treppe) hoch, und Sie finden eine Schlange, die Sie erwartet.

Die Vorhänge waren immer zugezogen, in Schaapstekers Räumen ging die Sonne weder auf noch unter, und es tickten keine Uhren. War es der Dämon oder unser gemeinsames Gefühl der Einsamkeit, das uns gegenseitig anzog? . . . Denn in jenen Tagen, da sich der Aufstieg des Äffchens und der Niedergang der Konferenz anbahnten, begann ich, wann immer möglich, die Treppen hinaufzusteigen und den Phantastereien des verrückten, zischenden Alten zuzuhören.

Als ich das erstemal in seinen unverschlossenen Unterschlupf stolperte, begrüßte er mich: »So, Kind – du hast dich also vom Typhus erholt.« Der Satz rührte die Zeit wie eine träge Staubwolke auf und vereinigte mich wieder mit meinem einjährigen Ich; ich erinnerte mich an die Geschichte von Schaapsteker, der mir mit Schlangengift das Leben gerettet hatte. Und danach saß ich während mehrerer Wochen zu seinen Füßen, und er offenbarte mir die Kobra, die zusammengerollt in mir lag.

Wer zählte, mir zu Nutz und Frommen, die okkulten Kräfte von Schlangen auf? (Ihr Schatten tötet Kühe; wenn sie im Traum eines Mannes auftreten, empfängt seine Frau; werden sie umgebracht, bleibt der Familie des Mörders zwanzig Generationen lang männliche Nachkommenschaft versagt.) Und wer beschrieb mir – mit Hilfe von Büchern und ausgestopften Kadavern – die natürlichen Widersacher der Kobra? »Erforsche deine Feinde, Kind«, zischte er, »sonst bringen sie dich mit Sicherherheit um.« . . . Zu Schaapstekers Füßen studierte ich den Mungo und den Eber, den Adjutanten mit dem Dolchschnabel und den Barasingahirsch, der Schlangenköpfe mit dem Fuß zertritt, und die Pharaonsratte und den Ibis, den über einen Meter großen furchtlosen und krummschnäbligen Sekretär, dessen Aussehen und Name mich zu verdächtigen Gedanken bezüglich der Alice Pereira meines Vaters anregten, und den Schakalbussard, die Zibetkatze, den Honigdachs aus den Bergen, den Erdkuckuck, das Pekari und den gewaltigen Cangambavogel. Schaapsteker unterwies mich aus den Tiefen seiner Senilität in den Dingen des Lebens. »Sei weise, Kind. Sei klug wie die Schlange. Sei verschwiegen, greife aus der Deckung eines Busches an.«

Einmal sagte er: »Betrachte mich als einen weiteren Vater. Habe ich dir nicht dein Leben geschenkt, als es verloren war?« Mit dieser Bemerkung bewies er, daß er ebenso unter meinem Bann stand wie ich unter dem seinen; er hatte akzeptiert, daß auch er einer in der endlosen Reihe von Eltern war, denen das Leben zu schenken ich allein die Macht hatte. Und obwohl ich nach einer Weile die Luft in seinen Gemächern zu bedrückend fand und ihn einmal mehr der Einsamkeit überließ, aus der er nie wieder aufgestört werden sollte, hatte er mir gezeigt, wie man vorgehen mußte. Vom zweiköpfigen Dämon meiner Rache verzehrt, benutzte ich (zum ersten Mal) meine telepathischen Fähigkeiten als Waffe, und auf diese Weise entdeckte ich Näheres über die Beziehung zwischen Homi Catrack und Lila Sabarmati. Lila und Pia waren von Anfang an Rivalinnen gewesen: stets war es darum gegangen, wer die Schönere von beiden sei; die Frau des designierten Erben des Titels »Admiral der Flotte« war die neue Geliebte des Filmmagnaten geworden. Während Fregattenkapitän Sabarmati zu Manövern auf See war, führten Lila und Homi bestimmte eigene Manöver aus; während der Löwe der Meere den Tod des damaligen Admirals erwartete, trafen auch Homi und Lila eine Verabredung mit dem Sensenmann (mit meiner Hilfe).

»Sei verschwiegen«, sagte Scharfstecher Sahib; verschwiegen spionierte ich meinem Feind Homi und der Männer wechselnden Mutter von Schlitzauge und Haaröl nach (die seit kurzem sehr von sich eingenommen waren, seit die Zeitungen tatsächlich verkündet hatten, daß die Beförderung von Fregattenkapitän Sabarmati eine reine Formsache sei; *nur eine Frage der Zeit . . .*). »Liederliche Frau«, flüsterte der Dämon in mir leise, »die du die schlimmste aller mütterlichen Treulosigkeiten verübst. Wir werden ein schreckliches Exempel an dir statuieren; an dir werden wir zeigen, welches Schicksal die Wollüstigen erwartet. O unachtsame Ehebrecherin! Hast du nicht gesehen, was es der erlauchten Baroneß Simki von der Heiden eingebracht hat, daß sie sich mit jedem Köter einließ? – die, um das Ding beim Namen zu nennen, eine Hündin war wie du selbst.«

Mittlerweile urteile ich über Lila Sabarmati etwas abgeklärter; schließlich hatten sie und ich eines gemeinsam – wie die meine besaß ihre Nase ungeheure Fähigkeiten. Ihre Magie war jedoch rein weltlicher Art: ein Krausziehen der Nase konnte den stählernsten aller Admirale bezaubern, ein winziges Blähen der Nasenflügel entzündete seltsame Feuer in den Herzen von Filmmagnaten. Ich bedaure es ein wenig, diese Nase verraten zu haben; es war ein wenig, wie wenn man einen Vetter rücklings erdolcht.

Was ich entdeckte: jeden Sonntagmorgen um zehn fuhr Lila Sabarmati Schlitzauge und Haaröl zu den wöchentlichen Treffen des Metro-Kinderklubs ins Metro-Kino. (Sie erbot sich, auch uns mitzunehmen; Sonny und Cyrus, das Äffchen und ich quetschten uns in ihren Hindustan, made in India.) Und während wir auf Lana Turner oder Robert Taylor oder Sandra Dee zufuhren, bereitete auch Herr Homi Catrack sich auf ein allwöchentliches Rendezvous vor. Während Lilas Hindustan an den Eisenbahnschienen entlangtuckerte, band Homi sich einen cremefarbenen Seidenschal um den Hals; während sie an roten Ampeln hielt, zog er eine Safarijacke in Technicolor-Farben über; wenn sie uns in die Dunkelheit des Zuschauersaals schob, setzte er eine Sonnenbrille mit Goldrand auf; und wenn sie uns unserem Film überließ, ließ auch er ein Kind im Stich. Toxy Catrack reagierte auf seinen Weggang nie anders als mit Jammern Treten Strampeln; sie wußte, was vorging, und selbst Bi-Appah konnte sie nicht bändigen.

Es waren einmal Radha und Krischna und Rama und Sita und Laila und

Majnu und auch (denn wir sind nicht unbeeinflußt vom Westen) Romeo und Julia und Spencer Tracy und Katherine Hepburn. Die Welt ist voller Liebesgeschichten, und alle Liebenden sind in gewissem Sinne Avataras ihrer Vorgänger. Wenn Lila ihren Hindustan zu einer Adresse in einer Nebenstraße vom Colaba Causeway lenkte, war sie Julia, die auf ihren Balkon heraustrat; wenn Homi mit cremefarbenem Schal und Goldrandbrille losraste, um sie zu treffen (im selben Studebaker, in dem meine Mutter einst in Dr. Narlikars Entbindungsheim gebracht worden war), war er Leander, der durch den Hellespont auf Heros brennende Kerze zuschwamm. Was meine Rolle in der Angelegenheit betrifft – ich möchte ihr keinen Namen geben.

Ich gestehe: was ich tat, war kein heroischer Akt. Ich kämpfte nicht auf Pferderücken mit glühenden Augen und flammendem Schwert gegen Homi; statt dessen war ich klug wie die Schlange und begann Artikel aus Zeitungen auszuschneiden. Aus KOMITEE ZUR BEFREIUNG GOAS BEGINNT SATYAGRAHA-KAMPAGNE gewann ich die Buchstaben »FREGAT«; SPRECHER DER OST-PAKISTAN-VERSAMMLUNG ZUM VERRÜCKTEN ERKLÄRT gab mir die zweite Silbe »TEN«. »KAPITÄN« fand ich verborgen in NEHRU ERWÄGT RÜCKTRITT AUF VERSAMMLUNG DER KONGRESSPARTEI; für mein zweites Wort schnitt ich »SAB« aus MASSENVERHAFTUNGEN BEI KRAWALLEN IM ROT VERWALTETEN KERALA: SABOTEURE LAUFEN AMOK: GHOSH KLAGT KONGRESS-GOONDAS AN aus und bekam »ARM« aus GRENZAKTIVITÄTEN DER CHINESISCHEN ARMEE VERLETZEN GRUNDSÄTZE VON BANDUNG. Um den Namen zu vollenden, schnipselte ich die Buchstaben »ATI« aus DULLES' AUSSENPOLITIK IST WIDERSPRÜCHLICH UND UNBERECHENBAR, BEHAUPTET MINISTERPRÄSIDENT. Da ich die Geschichte so zusammenschnitt, daß sie meinen schändlichen Zwecken diente, nahm ich das WARUM INDIRA GHANDI NUN KONGRESSPRÄSIDENTIN IST und behielt das »WARUM«; doch wollte ich mich nicht auf die Politik beschränken und nahm »GEHT« aus dem tragischen ZUM BEGRÄBNIS VON ABDUL KALAM AZAD GEHT JEDER, wobei ich das »ZUM« schon einmal aufhob. Für das »IHRE« wandte ich mich der Werbung zu und fand: WAS IST FÜR IHRE ZÄHNE DA? KOLYNOS-ZAHNPASTA! Eine Geschichte von allgemein menschlichem Interesse aus dem Sportteil, MITTELSTÜRMER VON MOHUN BAGAN NIMMT SICH EINE FRAU, gab mir ihr letztes Wort. Ich näherte mich nun dem Ende, pflückte ein »AM« aus

PAKISTAN AM RANDE DES POLITISCHEN CHAOS: PARTEIENHA-
DER BRINGT DAS GEMEINWESEN DURCHEINANDER und ein
»SONNTAG« aus dem Impressum des *SONNTAG-BLITZ*. Die Ereignis-
se in Pakistan lieferten mir STELLVERTRETENDER SPRECHER OST-
PAKISTANS BEI MÖBELSCHLACHT GETÖTET: ANLASS ZU SOR-
GEN. Indem ich flink das S gegen das M austauschte, bekam ich »MOR-
GEN«. Zum Schluß war ich gezwungen, meine Wörter noch einmal in
kleinen Stücken zu finden: TOD AUF DEM SÜDCOL: SHERPA
STÜRZT AB versorgte mich mit dem dringend benötigten »COL«;
»ABA« war jedoch schwer zu finden und tauchte schließlich in einer
Kinoanzeige auf: ALI-BABA: SIEBZEHNTE SUPERKOLOSSALE WO-
CHE – MASSENHAFTE VORBESTELLUNGEN! . . . Es waren die Tage,
in denen Scheich Abdullah, der Löwe von Kaschmir, einen Feldzug für
eine Volksabstimmung in seinem Staat durchführte, um dessen Zukunft
festzulegen; durch seinen Mut fand ich in der Schlagzeile ABDULLAHS
AUFSTACHELUNG GRUND FÜR SEINE NEUERLICHE VERHAF-
TUNG, SAGT REGIERUNGSSPRECHER die Buchstaben für »CAUSE«.
Damals verkündete auch Acharya Vinobha Bhave, der in seiner Bhoodan-
Kampagne zehn Jahre damit verbracht hatte, Grundbesitzer zu überreden, den Armen Land zu schenken, daß die Schenkungen die Million-
Morgen-Grenze überschritten hatten, und startete zwei neue Kampag-
nen, in denen er dazu aufforderte, ganze Dörfer (»gramdan«) und die
eigene Lebensenergie (»jivandan«) herzugeben. Als J. P. Narayan ankün-
digte, er werde sein Leben Bhaves Werk widmen, gab mir die Überschrift
NARAYAN FOLGT BHAVES WEG mein langgesuchtes »WAY«. Nun
brauchte ich nur noch ein abschließendes Fragezeichen und fand es am
Ende der Frage, die in jenen seltsamen Tagen unaufhörlich gestellt wurde:
WER KOMMT NACH NEHRU?
In der Abgeschiedenheit eines Badezimmers klebte ich meine fertige
Mitteilung – mein erster Versuch, die Geschichte neu zu ordnen – auf ein
Blatt Papier; schlangengleich bewahrte ich das Dokument in meiner
Tasche auf wie Gift in einer Drüse. Durchtrieben richtete ich es so ein, daß
ich einen Abend mit Haaröl und Schlitzauge verbrachte. Wir spielten das
Spiel »Mord im Dunkel«. . . Während eines Mordspiels schlüpfte ich in
Fregattenkapitän Sabarmatis Schrank und schob mein todbringendes
Sendschreiben in die Innentasche seiner Ersatzuniform. In jenem Augen-
blick (warum sollte ich es verhehlen?) empfand ich das Entzücken der
Schlange, die ihr Ziel trifft und spürt, wie ihre Giftzähne in die Ferse ihres
Opfers eindringen . . .

FREGATTENKAPITÄN SABARMATI
(lautete meine Mitteilung)
WARUM GEHT IHRE FRAU AM SONNTAGMORGEN
ZUM COLABA CAUSEWAY?

Nein, ich bin nicht mehr stolz auf das, was ich tat, aber bedenken Sie, daß mein Rachedämon zwei Köpfe hatte. Indem ich die Untreue Lila Sabarmatis entlarvte, hoffte ich, meiner Mutter gleichfalls einen heilsamen Schock zu versetzen. Zwei Fliegen mit einer Klappe; zwei bestrafte Frauen sollte es geben, aufgespießt auf den beiden Giftzähnen meiner gespaltenen Schlangenzunge. Es ist nicht falsch, wenn man sagt, daß die Anfänge dessen, was als Sabarmati-Affäre bekannt wurde, in Wirklichkeit in einem schmuddeligen Café im Norden der Stadt lagen, wo ein blinder Passagier einem Ballett kreisender Hände zusah.

Ich war verschwiegen, ich griff aus der Deckung eines Busches an. Was trieb mich dazu? Hände im Café Pionier, falsch verbundene Anrufer am Telefon, Mitteilungen, die mir auf Balkonen zugesteckt und die unter dem Schutz von Bettüchern weitergereicht wurden, die Heuchelei meiner Mutter und Pias untröstlicher Schmerz: »Hai! *Ai*-hai! Ai-hai-*hai*!«... Mein Gift war langsam, doch drei Wochen später tat es seine Wirkung.

Später kam heraus, daß Fregattenkapitän Sabarmati, nachdem er meine anonyme Mitteilung erhalten hatte, den ruhmreichen Dom Minto, Bombays berühmtesten Privatdetektiv, engagiert hatte. (Minto, alt und nahezu lahm, hatte mittlerweile seine Tarife gesenkt.) Er wartete, bis er Mintos Bericht erhielt. Und dann:

An jenem Sonntagmorgen saßen sechs Kinder im Metro-Kinderklub in einer Reihe und sahen *Francis, das redende Maultier, und das Geisterhaus.* Sie sehen, ich hatte ein Alibi, ich kam noch nicht einmal in die Nähe vom Schauplatz des Verbrechens. Wie Sin, der Sichelmond, wirkte ich aus der Ferne auf die Gezeiten der Welt ein... während ein Maultier auf der Leinwand redete, besuchte Fregattenkapitän Sabarmati das Marinearsenal. Er quittierte einen guten, langnasigen Revolver und Munition. In der linken Hand hielt er ein Stück Papier, auf dem in der sauberen Handschrift eines Privatdetektivs eine Adresse stand, in der rechten hielt er den Revolver gepackt. Mit dem Taxi kam der Fregattenkapitän am Colaba Causeway an. Er bezahlte den Fahrer, ging mit dem Revolver in der Hand eine enge Gasse hinunter, an Marktständen mit Hemden und Spielwarengeschäften vorbei, und stieg die Treppe eines Apartmentblocks hoch, der etwas zurückgesetzt am hinteren Ende eines ausbetonierten Hofes stand. Er klingelte an der Tür von Apartment 18 C; das hörte in 18 B ein anglo-indischer Lehrer, der private Lateinstunden gab. Als Fregattenkapitän Sabarmatis Frau Lila die Tür aufmachte, schoß er ihr aus nächster Nähe zweimal in den Bauch. Sie fiel nach hinten; er marschierte an ihr vorbei und fand Herrn Homi Catrack vor, der sich, ohne sich den Hintern abzuputzen, von der Toilette erhob und wie von Sinnen an seiner Hose zog. Fregattenkapitän Vinoo Sabarmati schoß ihm einmal in die Geschlechtsteile, einmal ins Herz und einmal durch das rechte Auge. Der Revolver war nicht schallgedämpft, und als er aufhörte zu sprechen, herrschte ungeheure Stille in der Wohnung. Herr Catrack setzte sich, nachdem er erschossen worden war, auf die Toilette und schien zu lächeln.

Fregattenkapitän Sabarmati ging mit dem rauchenden Revolver in der Hand aus der Wohnung (er wurde durch einen Türspalt von dem entsetzten Lateinlehrer gesehen), er schlenderte über den Colaba Causeway, bis er einen Verkehrspolizisten auf seinem kleinen Podest sah. Fregattenkapitän Sabarmati sagte zu dem Polizisten: »Ich habe gerade meine Frau und ihren Liebhaber mit diesem Revolver getötet; ich ergebe mich . . .« Aber er hatte mit dem Revolver vor der Nase des Polizisten hin und her gefuchtelt; der Beamte ängstigte sich so, daß er seinen Stab, mit dem er den Verkehr regelte, fallen ließ und floh. Fregattenkapitän Sabarmati, allein gelassen auf dem Podest des Polizisten und inmitten des plötzlichen Verkehrschaos, begann die Autos zu dirigieren und benutzte den rauchenden Revolver dabei als Stab. In dieser Haltung fand ihn das Aufgebot von zwölf Polizisten vor, das zehn Minuten später eintraf, ihn mutig ansprang, an Händen und Füßen ergriff und ihm den ungewöhnlichen Stab wegnahm, mit dem er zehn Minuten lang fachmännisch den Verkehr geregelt hatte.

In einer Zeitung hieß es über die Sabarmati-Affäre: »Das ist ein Schauspiel, in dem Indien entdecken wird, was es war, was es ist und was es sein wird.« . . . Aber Fregattenkapitän Sabarmati war nur eine Marionette; ich war der Puppenspieler, und die Nation spielte mein Stück – bloß hatte ich es nicht so gemeint! Ich hatte nicht geglaubt, er würde . . . Ich wollte nur . . . ein Skandal, ja, ein Schreck, eine Lektion für alle ungetreuen Ehefrauen und Mütter, aber nicht das, nein, nie.

Entsetzt über das, was durch meine Tat ausgelöst worden war, ritt ich die turbulenten Gedankenwellen der Stadt... im Allgemeinen Parsenkrankenhaus sagte ein Arzt: »Begum Sabarmati wird überleben, aber sie wird darauf achten müssen, was sie ißt.«... Homi Catrack aber war tot... und wer wurde als Verteidiger bestellt? – Wer sagte: »Ich werde ihn kostenlos, umsonst und unentgeltlich verteidigen«? – Wer, der einst den Einfrierungsfall gewonnen hatte, trat nun für den Fregattenkapitän ein? Sonny Ibrahim sagte: »Wenn ihn irgendeiner freikriegt, dann mein Vater.«

Fregattenkapitän Sabarmati war der beliebteste Mörder in der Geschichte der indischen Rechtsprechung. Ehemänner begrüßten seine Bestrafung einer vom Wege abgekommenen Frau; treue Frauen fühlten sich in ihrer Treue bestätigt. In Lilas eigenen Söhnen fand ich folgende Gedanken: »Wir wußten, daß sie so war. Wir wußten, ein Marineoffizier würde das nicht hinnehmen.« Ein Kolumnist, der in der *Illustrated Weekly of India* ein Porträt zu der vierfarbig gedruckten Karikatur von Fregattenkapitän Sabarmati als »Persönlichkeit der Woche« schrieb, sagte: »Im Fall Sabarmati verbinden sich die edlen Gefühle des Ramajana mit dem billigen Melodrama des Bombay-Films; doch stimmen alle überein, daß der Protagonist ein aufrichtiger Mann ist, und unbestreitbar ist er ein attraktiver Mann.«

Meine Rache an meiner Mutter und an Homi Catrack hatte eine nationale Krise herbeigeführt... denn die Vorschriften der Marine setzten fest, daß kein Mann, der in einem Zivilgefängnis gewesen war, zum Rang eines Admirals der Flotte aufsteigen konnte. Deshalb verlangten Admiräle und Stadtpolitiker und natürlich Ismail Ibrahim: »Fregattenkapitän Sabarmati muß in einem Marinegefängnis bleiben. Er ist unschuldig, solange er nicht für schuldig befunden wird. Seine Laufbahn darf nicht ruiniert werden, wenn es irgend vermieden werden kann.« Und die Behörden: »Ja.« Und Fregattenkapitän Sabarmati, gut aufgehoben im Marinegefängnis, entdeckte die Strafen des Ruhms – überschwemmt mit Beistandstelegrammen, erwartete er seinen Prozeß, Blumen füllten seine Zelle, und obwohl er darum bat, auf eine Asketendiät, bestehend aus Reis und Wasser, gesetzt zu werden, überhäuften Gönner ihn mit Tiffin-Behältern voll Birianis und Pistaki-Lauz und anderen üppigen Speisen. Und der Fall wurde beim Gerichtshof vorgezogen und in Nullkommanichts verhandelt... Der Staatsanwalt sagte: »Die Anklage lautet auf Mord ersten Grades.«

Mit starrem Kiefer und festem Blick antwortete Fregattenkapitän Sabarmati: »Nicht schuldig.«

Meine Mutter sagte: »O mein Gott, der arme Mann, wirklich traurig, nicht wahr?«

Ich sagte: »Aber eine untreue Ehefrau ist etwas Schreckliches, Amma...«, und sie wandte den Kopf ab.

Der Staatsanwalt sagte: »Hier liegt ein ganz klarer Fall vor. Hier gibt es: Motiv, Gelegenheit, Geständnis, Leiche, Vorsatz – den quittierten Revolver, die ins Kino geschickten Kinder, den Bericht des Detektivs. Was bleibt zu sagen? Der Staat hat das Beweisverfahren abgeschlossen.«

Und die öffentliche Meinung: »So ein anständiger Mann, Allah!«

Ismail Ibrahim sagte: »Hier liegt ein Fall von versuchtem Selbstmord vor.«

Darauf die öffentliche Meinung: »????????«

Ismail Ibrahim führte aus: »Als der Fregattenkapitän Dom Mintos Bericht erhielt, wollte er sich selbst davon überzeugen, ob er stimmte, und, wenn ja, sich selbst umbringen. Er quittierte den Empfang eines Revolvers; er war für ihn selbst bestimmt. In völlig verzweifelter Verfassung fuhr er zu der Adresse in Colaba, nicht als Mörder, sondern als toter Mann! Aber dort – als er seine Frau dort sah, Geschworene! – als er sie halbnackt mit ihrem schamlosen Geliebten sah! – Geschworene, sah dieser anständige Mann, dieser großartige Mann rot! Absolut rot, und solange er rot sah, verübte er die Tat. Deshalb gibt es keinen Vorsatz und auch keinen Mord ersten Grades. Totschlag ja, aber keinen kaltblütigen Mord. Geschworene, Sie dürfen ihn nicht für schuldig befinden.«

Und in der Stadt raunte es: »Nein, das ist zuviel... diesmal ist Ismail Ibrahim zu weit gegangen... aber, aber... die Geschworenen sind zum größten Teil Frauen... und keine reichen Frauen... deshalb für den Charme des Fregattenkapitäns und die Brieftasche des Rechtsanwalts doppelt anfällig... wer weiß? Wer weiß, was da noch alles kommt?«

Die Geschworenen sagten: »Nicht schuldig.«

Meine Mutter rief: »O wunderbar!... Aber, aber: ist das *Gerechtigkeit*?« Und der Richter antwortete ihr: »Kraft der mir übertragenen Befugnisse hebe ich dieses unsinnige Urteil auf. Der Anklage für schuldig befunden.«

Oh, die wilde Erregung jener Tage! Würdenträger der Marine und

Bischöfe und andere Politiker verlangten damals: »Sabarmati muß im Marinegefängnis bleiben und die Berufung beim Hohen Gericht abwarten. Der blinde Eifer eines einzigen Richters darf diesen großartigen Mann nicht zugrunde richten!« Und die Polizeibehörden kapitulierten: »Sehr wohl.« Der Fall Sabarmati schießt nach oben, rast mit nie dagewesener Geschwindigkeit der Verhandlung vor dem Hohen Gericht zu . . . und der Fregattenkapitän sagt zu seinem Rechtsanwalt: »Ich habe das Gefühl, als hätte ich mein Geschick nicht mehr unter Kontrolle, als habe etwas anderes die Sache in die Hand genommen . . . lassen Sie es uns Schicksal nennen.«

Ich sage: »Nennen Sie es Saleem oder Rotznase oder Schnüffler oder Fleckengesicht, nennen Sie es kleine Scheibe-vom-Mond.«

Der Urteilsspruch des Hohen Gerichts: »Der Anklage für schuldig befunden.« Die Schlagzeilen der Presse: KOMMT SABARMATI ENDLICH INS ZIVILGEFÄNGNIS? Ismail Ibrahims Erklärung: »Wir gehen durch alle Instanzen! Bis zum Obersten Gerichtshof.« Und nun die Bombe. Eine öffentliche Äußerung vom Chefminister des Staates persönlich: »Es ist eine schwerwiegende Sache, eine Ausnahme vom Gesetz zu machen, aber angesichts von Fregattenkapitän Sabarmatis Verdiensten um sein Land gestatte ich ihm, in Marinearrest zu bleiben und die Entscheidung des Obersten Gerichtshofes abzuwarten.«

Und noch mehr Schlagzeilen in der Presse, die wie Moskitos stachen: STAATSREGIERUNG VERHÖHNT DAS GESETZ! SABARMATI-SKANDAL NUN ÖFFENTLICHE SCHANDE! . . . Als ich erkannte, daß die Presse sich gegen den Fregattenkapitän gewandt hatte, wußte ich, daß es um ihn geschehen war.

Der Urteilsspruch des Obersten Gerichtshofes: »Schuldig.«

Ismail Ibrahim sagte: »Gnade! Wir reichen ein Gnadengesuch beim Präsidenten von Indien ein!«

Und nun müssen im Rashtrapati Bhavan bedeutende Dinge erwogen werden – hinter den Toren des Präsidentenhauses muß ein Mann entscheiden, ob irgendein Mensch über das Gesetz gestellt werden kann, ob die Ermordung des Galans einer Ehefrau zugunsten einer Karriere in der Marine außer acht gelassen werden sollte; und noch schwerwiegendere Dinge – soll Indien die Herrschaft des Gesetzes oder das alte Prinzip der sich über alles hinwegsetzenden Vorherrschaft von Helden billigen? Wenn der große Rama noch lebte, würden wir ihn ins Gefängnis werfen, weil er den Entführer Sitas erschlug? Bedeutende Dinge – mein rachsüchtiger Einbruch in die Geschichte meiner Zeit war gewiß keine belanglose Angelegenheit.

Der Präsident von Indien sagte: »Ich werde diesen Mann nicht begnadigen.«

Nussie Ibrahim (deren Mann seinen größten Fall verloren hatte) jammerte: »Hai! Ai-hai!« und wiederholte eine frühere Beobachtung: »Amina Schwester, wenn dieser gute Mann ins Gefängnis geht – ich sage Ihnen, das ist das Ende der Welt!«

Ein Geständnis zittert hinter meinen Lippen: »Es war alles meine Schuld, Amma; ich wollte dir eine Lehre erteilen. Amma, fahr nicht zu andern Männern mit Lucknow-Stickerei auf dem Hemd; hör auf mit der Teetassenküsserei, Mutter! Ich trage nun lange Hosen und darf als Mann zu dir sprechen.« Aber es kam nie aus mir heraus; es bestand keine Notwendigkeit dazu, denn ich hörte, wie meine Mutter auf einen Falsch-Verbunden-Anruf reagierte – mit seltsam gedämpfter Stimme sprach sie Folgendes in die Muschel: »Nein, hier wohnt niemand, der so heißt, bitte glauben Sie mir, was ich sage, und rufen Sie mich nie wieder an.«

Ja, ich hatte meiner Mutter eine Lehre erteilt, und nach der Sabarmati-Affäre sah sie ihren Nadir-Qasim niemals in Fleisch und Blut wieder, nicht, solange sie lebte, aber seiner beraubt, fiel sie dem Schicksal aller Frauen in unserer Familie zum Opfer, nämlich dem Fluch, vor der Zeit alt zu werden; sie begann zu schrumpfen, und ihr Humpeln wurde ausgeprägter, und in ihren Augen war die Leere des Alters.

Meine Rache zog eine Reihe unvorhergesehener Entwicklungen nach sich. Am dramatischsten war vielleicht, daß in den Gärten von Methwold's Estate seltsame Blumen aus Holz und Blech mit handgemalten leuchtend roten Buchstaben auftauchten . . . die in allen Gärten außer unserem aufgestellten schicksalsschweren Schilder legten Beweis dafür ab, daß meine magischen Fähigkeiten sogar mein eigenes Verständnis überstiegen und daß ich, nachdem ich einmal von meinem zweigeschossigen Hügelchen verbannt worden war, es zustande gebracht hatte, alle anderen zu vertreiben.

Schilder in den Gärten von Versailles Villa, Escorial Villa und Sans Souci; Schilder, die sich in der Brise, die zur Cocktailstunde vom Meer her kam, zunickten. Auf jedem Schild konnte man dieselben elf Buchstaben ausmachen, alle leuchtend rot, alle fünfundzwanzig Zentimeter hoch: ZU VERKAUFEN. So lautete die Botschaft der Schilder.

ZU VERKAUFEN – Versailles Villa, deren Besitzer tot auf einer Toilette saß; der Verkauf wurde im Namen der armen schwachsinnigen Toxy von der gräßlichen Pflegerin Bi-Appah getätigt; sobald der Verkauf abgeschlossen war, verschwanden Pflegerin und Gepflegte auf immer, und Bi-Appah hielt auf dem Schoß einen Koffer, der sich vor Banknoten ausbeulte... Ich weiß nicht, was mit Toxy geschah, aber wenn ich den Geiz ihrer Pflegerin bedenke, war es bestimmt nichts Gutes... ZU VERKAUFEN – die Wohnung der Sabarmatis in Escorial Villa; Lila Sabarmati, der das Sorgerecht für ihre Kinder abgesprochen wurde, verschwand aus unserem Leben, während Schlitzauge und Haaröl ihre Taschen packten und in die Obhut der indischen Marine abreisten, die *in loco parentis* getreten war, bis ihr Vater seine dreißig Jahre im Gefängnis abgesessen hatte... ZU VERKAUFEN – auch das Sans Souci der Ibrahims, denn Ishaq Ibrahims Hotel Embassy hatten Gangster am Tag von Fregattenkapitän Sabarmatis endgültiger Niederlage abgebrannt, als bestraften die kriminellen Schichten der Stadt die Familie des Rechtsanwalts für sein Scheitern; und dann mußte Ismail Ibrahim *aufgrund bestimmter Beweise für berufliches Fehlverhalten* (um den Bericht der Bombayer Anwaltskammer zu zitieren) seine Praxis zumachen; in »Geldverlegenheit« befindlich, verschwanden auch die Ibrahims aus unserem Leben. Und ZU VERKAUFEN schließlich – die Wohnung von Cyrus Dubash und seiner Mutter, denn während des Zetergeschreis um die Sabarmati-Affäre war, fast gänzlich unbemerkt, der Atomphysiker seinen Tod durch Ersticken an einem Orangenkern gestorben, so daß sich der religiöse Fanatismus der Mutter ungehemmt an Cyrus austoben konnte und die Räder der Zeit der Enthüllungen in Bewegung gesetzt wurden, die das Thema meines nächsten kleinen Vortragsstücks sein wird.

Die Schilder nickten in den Gärten vor sich hin, die ihre Erinnerungen an Goldfische und Cocktailstunden und Katzeneindringlinge verloren; und wer nahm sie ab? Wer waren die Erben der Erben William Methwolds?... Sie kamen in Schwärmen aus der ehemaligen Residenz Dr. Narlikars: dickbäuchige und unanständig kompetente Frauen, die dank dem Reichtum, zu dem ihnen die Tetrapoden verholfen hatten (denn dies waren die Jahre der großen Landgewinnung), fetter und kompetenter denn je geworden waren. Die Narlikar-Frauen – der Marine kauften sie Fregattenkapitän Sabarmatis Wohnung und der abreisenden Frau Dubash das Heim ihres Cyrus ab, Bi-Appah bezahlten sie mit gebrauchten Banknoten, und die Gläubiger der Ibrahims wurden mit Narlikar-Geld ausgesöhnt.

Mein Vater weigerte sich als einziger von allen Anwohnern zu verkaufen; sie boten ihm riesige Summen, er aber schüttelte den Kopf. Sie erklärten ihren Traum – den Traum, die Häuser dem Erdboden gleichzumachen und auf dem zweigeschossigen Hügelchen ein großes Mietshaus zu errichten, das dreißig Stockwerke hoch in den Himmel ragen würde, ein triumphaler rosafarbener Obelisk, ein Wegweiser ihrer Zukunft. Ahmed Sinai, in Abstraktionen verloren, wollte nichts davon wissen. Sie erklärten ihm: »Wenn Sie erst einmal von Schutt umgeben sind, müssen Sie für einen Apfel und ein Ei verkaufen«; er blieb (in Erinnerung an ihre Tetrapoden-Falschheit) hart.

Nussie-die-Ente sprach, als sie wegzog: »Ich habe es Ihnen ja gesagt, Amina Schwester – das Ende! Das Ende der Welt!« Diesmal hatte sie recht und unrecht; die Welt drehte sich auch nach dem August 1958 weiter, aber die Welt meiner Kindheit war in der Tat zu Ende gegangen.

Padma – hattest du, als du klein warst, eine eigene Welt? Ein Weltrund aus Blech, auf das die Kontinente und Ozeane und das Polareis aufgedruckt waren? Zwei billige Erdhalbkugeln aus Metall, von einem Gestell aus Plastik zusammengehalten? Nein, natürlich nicht, aber ich hatte eine. Es war eine Welt voller Etiketten: *Atlantischer Ozean* und *Amazonas* und *Wendekreis des Steinbocks*. Und am Nordpol trug sie die Inschrift: MADE AS ENGLAND. In jenem August der nickenden Schilder und der Habsucht der Narlikar-Frauen hatte diese Blechwelt ihren Halt verloren; ich besorgte mir ein Klebeband, pappte die Erde am Äquator zusammen und begann sie dann, als mein Drang zum Spielen größer wurde als mein Respekt, als Fußball zu benutzen. In der Zeit nach der Sabarmati-Affäre, als die Luft von der Reue meiner Mutter und den privaten Tragödien der Erben Methwolds erfüllt war, kickte ich meine scheppernde Weltkugel aus Blech auf dem Anwesen herum, in der beruhigenden Gewißheit, daß die Welt immer noch aus einem Stück war (wenn auch durch Klebestreifen zusammengehalten) und zu meinen Füßen lag . . . bis an dem Tag, als Nussie-die-Ente ihre letzte eschatologische Wehklage anstimmte – an dem Tag, als Sonny Ibrahim aufhörte, Sonny-von-nebenan zu sein –, meine Schwester das Messingäffchen sich in unerklärlicher Wut auf mich stürzte und schrie: »O Gott, hör auf herumzukicken, Bruder; fühlst du dich heute noch nicht mal ein kleines bißchen *elend*?« Und sie sprang hoch in die Luft, landete mit beiden Füßen auf dem Nordpol und mahlte die Welt unter ihren wütenden Absätzen in den Staub unserer Auffahrt.

Es scheint, daß der Weggang von Sonny Ibrahim, ihrem verschmähten Verehrer, den sie mitten auf der Straße nackt ausgezogen hatte, das Messingäffchen letztlich doch berührt hatte, obwohl sie ihr Leben lang leugnete, daß Liebe möglich sei.

Enthüllungen

Om Hare Khusro Hare Khusrovand Om

Wisset, o ihr Ungläubigen, daß in den dunklen Mitternächten des HIMMLI-SCHEN WELTRAUMS in einer Zeit vor der Zeit die Sphäre des Gesegneten Khusrovand lag!!! Selbst MODERNE WISSENSCHAFTLER bestätigen nun, daß man *generationenlang* GELOGEN hat, um vor dem Volk, *das ein Anrecht darauf hat, es zu erfahren,* die Unzweifelhaft WAHRE Existenz dieser HEILI-GEN HEIMSTÄTTE DER WAHRHEIT zu verbergen!!! Führende Intellektuelle überall in der Welt, auch in Amerika, sprechen von der ANTIRELIGIÖSEN VERSCHWÖRUNG der Roten, JUDEN usw., um diese LEBENSWICHTIGE NACHRICHT zu verheimlichen! Nun hebt der SCHLEIER sich. Der Gesegnete HERR KHUSRO kommt mit Unwiderlegbaren Beweisen. Lest und glaubt!

Wisset, daß in dem WAHRHAFT EXISTIERENDEN Khusrovand Heilige leb-ten, deren geistige Reinheit so weit fortgeschritten war, daß sie durch MEDI-TATION & Co. Kräfte ZUM WOHLE ALLER gewonnen hatten, Kräfte, die über jegliche VORSTELLUNGSKRAFT HINAUSGINGEN! Sie SAHEN DURCH Stahl hindurch und konnten EISENTRÄGER mit den ZÄHNEN UM-BIEGEN!!!

* * * JETZT! * * *

Zum 1. Mal können solche Kräfte in Ihrem
Dienst genutzt werden. HERR KHUSRO ist

* * * HIER! * * *

Höret vom Fall von Khusrovand: wie der ROTE TEUFEL *Bhimuta* (SCHWARZ sei sein Name) einen fürchterlichen Meteoritensturm entfesselte (der von WELTOBSERVATORIEN wohl aufgezeichnet, aber nicht erklärt wur-de) . . . einen so schrecklichen STEINREGEN, daß das Schöne Khusrovand ZERSTÖRT & seine Heiligen VERNICHTET wurden.

Doch der edle *Juraell* und die wunderschöne *Khalila* waren weise. Indem sie in einer Ekstase der Kundalini-Kunst SICH SELBST OPFERTEN, retteten sie die SEELE ihres ungeborenen Sohnes HERRN KHUSRO. In Höchster Yogatrance (deren Kräfte nun in der GANZEN WELT ANERKANNT sind) gingen sie in die Wahre Einheit ein und verwandelten ihre Edlen Geister in einen Blitzenden *Strahl* KUNDALINI-LEBENSKRAFT-ENERGIE-LICHT, dessen gemeine Imitation & *Kopie* der heute wohlbekannte LASERSTRAHL ist. Auf diesem STRAHL flog die Seele des ungeborenen Khusro, überquerte die BODENLO-SEN TIEFEN der Himmlischen Weltraum-Ewigkeit, bis sie zu UNSEREM GLÜCK! auf unsere Duniya (Welt) kam & und sich im Leib einer einfachen Parsenfrau aus Guter Familie niederließ.

So wurde der Knabe geboren & war von wahrer Güte & Unvergleichlicher VERSTANDESKRAFT. (Womit die LÜGE, daß wir alle Gleich Geboren werden, als LÜGE erwiesen ist! Ist der Schwindler dem Heiligen gleich? NATÜRLICH NICHT!!) Eine Zeitlang aber lag seine wahre Natur verborgen, bis daß er, als er in einer DRAMENaufführung (FÜHRENDE KRITIKER stellten fest, die Reinheit seiner Darstellung fordere den Glauben heraus) eine Erden-Heilige verkörperte, ERWACHTE & wußte, WER er WAR. Nun hat er seinen Wahren Namen angenommen,

HERR

KHUSRO

KHUSROVANI

* BHAGWAN *

& macht sich, Asketenschläfe mit Asche bestreut, demütig daran, Krankheit zu heilen und Dürre zu beenden & die Legionen von *Bhimutha* zu BEKÄMPFEN, wo immer sie Auftauchen mögen. Denn FÜRCHTET EUCH! *Bhimuthas* STEINREGEN wird AUCH zu uns kommen! Gebt nicht acht auf die LÜGEN von Politikern Poeten Roten und so weiter. SETZT EUER VERTRAUEN in den Einzigen Wahren Herrn

KHUSRO KHUSRO KHUSRO

KHUSRO KHUSRO KHUSRO

& sendet Spenden an Postfach 555, Hauptpostamt, Bombay 1

SEGEN! SCHÖNHEIT!! WAHRHEIT!!!

Om Hare Khusro Hare Khusrovand Om

Cyrus-der-Große hatte einen Atomphysiker zum Vater und eine religiöse Fanatikerin zur Mutter, deren Glaube sauer in ihr geworden war, weil er so viele Jahre von der dominierenden Rationalität ihres Dubash unterdrückt worden war. Und als Cyrus' Vater an einer Apfelsine erstickte, deren Kerne zu entfernen seine Mutter vergessen hatte, widmete sich Frau Dubash der Aufgabe, ihren verstorbenen Ehemann aus der Persönlichkeit ihres Sohnes auszulöschen – Cyrus nach ihrer eigenen seltsamen Vorstellung neu zu formen. *Cyrus-der-Große, geboren in der Dose, macht sich in die Hose* – Cyrus das Schulwunder – Cyrus als heilige Johanna in Shaws Stück – all diese Cyrusse, an die wir uns gewöhnt hatten, mit denen wir aufgewachsen waren, verschwanden nun, und an ihre Stelle trat die aufgeblasene, fast rindviehhaft sanfte Gestalt des Herrn Khusro Khusrovand. Im Alter von zehn Jahren verschwand Cyrus aus der Cathedral School, und es begann der kometenhafte Aufstieg von Indiens reichstem Guru. (Es gibt so viele Darstellungen Indiens wie Inder, und verglichen mit Cyrus' Indien wirkt meine Darstellung beinah banal.)

Warum ließ er es zu? Warum bedeckten Plakate die Stadt und füllten Anzeigen die Zeitungen, ohne daß ein Pieps von dem Geniekind kam . . . Weil Cyrus (obwohl er uns nicht ohne Schalkhaftigkeit Vorträge über die Teile einer Frau zu halten pflegte) einfach der fügsamste aller Jungen war und nicht im Traum daran gedacht hätte, seiner Mutter Widerstand zu leisten. Für seine Mutter zog er eine Art Brokatrock und einen Turban an; um der Sohnespflicht willen ließ er Millionen von Anhänger seinen kleinen Finger küssen. Im Namen der Mutterliebe wurde er wirklich Herr Khusro, das erfolgreichste heilige Kind der Geschichte, und im Handumdrehen wurde er von Menschenmassen begrüßt, die bis zu einer halben Million zählen mochten, Wunder wurden ihm zugeschrieben, amerikanische Gitarristen kamen und saßen zu seinen Füßen, und sie alle brachten ihre Scheckbücher mit. Herr Khusrovand legte sich Buchhalter und Steuerparadiese zu und einen Luxusdampfer mit Namen *Khusrovand-Sternenschiff* und ein Flugzeug – *Lord Khusros Astralflieger*. Und irgendwo in diesem milde lächelnden, Segen verteilenden Jungen . . . an einem Ort, der durch den erschreckend tüchtigen Schatten seiner Mutter auf immer verdeckt war (sie hatte immerhin im selben Haus wie die Narlikar-Frauen gewohnt; wie gut kannte sie sie? wieviel von deren furcherregender Kompetenz war auf sie übergegangen?), lauerte der Geist eines Jungen, der einmal mein Freund gewesen war.

»Dieser Herr Khusro?« fragt Padma erstaunt. »Du meinst denselben Mahaguru, der letztes Jahr im Meer ertrunken ist?« Ja, Padma, er konnte nicht auf dem Wasser gehen; und nur sehr wenigen Menschen, die mit mir in Berührung gekommen sind, ist ein natürlicher Tod vergönnt gewesen . . . laß mich gestehen, daß Cyrus' Vergötterung mich ein wenig ärgerte. »*Ich* hätte es sein sollen«, dachte ich sogar, »ich bin das Zauberkind; nicht nur meine Vorrangstellung zu Hause ist dahin, sondern auch meine wahre innerste Natur ist nun entwendet worden.«

Padma, ich wurde nie ein »Mahaguru«, nie saßen mir Millionen zu Füßen, und das war meine eigene Schuld, denn vor vielen Jahren war ich eines Tages hingegangen, um Cyrus' Vortrag über die Teile einer Frau zu hören.

»Was?« Padma schüttelt verdutzt den Kopf. »Was soll denn das jetzt?«

Der Atomphysiker Dubash besaß eine wunderschöne kleine Marmorstatue – eine nackte Frau –, und mit Hilfe dieser Figur hielt sein Sohn fachmännische Vorträge über weibliche Anatomie vor einem Publikum kichernder Jungen. Nicht umsonst; Cyrus-der-Große erhob eine Gebühr. Als Gegenleistung für Anatomie verlangte er Comic-Heftchen – und ich gab ihm in aller Unschuld ein Exemplar von diesem kostbarsten aller Superman-Comics, dem mit der Rahmengeschichte von der Explosion des Planeten Krypton und dem Raketenflugzeug, in dem sein Vater Jor-El ihn durch den Weltraum beförderte, damit er auf der Erde landen und von den guten freundlichen Kents adoptiert würde . . . hat niemand sonst das gesehen? Hat in all den Jahren niemand begriffen, daß Frau Dubash den mächtigsten aller modernen Mythen umarbeitete und neu erfand – die Legende vom Kommen des Superman? Ich sah die Reklametafeln, die das Kommen des Herrn Khusro Khusrovand Bhagwan herausposaunten, und sah mich wieder einmal gezwungen, die Verantwortung für die Ereignisse in meiner turbulenten, sagenhaften Welt zu übernehmen.

Wie ich die Beinmuskeln meiner um mich besorgten Padma bewundere! Da hockt sie, einen Meter von meinem Tisch entfernt, den Sari nach Art der Fischweiber hochgezurrt. Wadenmuskeln zeigen kein Anzeichen von Anstrengung, Schenkelmuskeln, die sich durch Sarifalten abzeichnen, stellen ihre löbliche Kraft zur Schau. Stark genug, um ewig zu hocken, gleichzeitig der Schwerkraft und dem Krampf trotzend, lauscht Padma gelassen meiner weitschweifigen Geschichte. O mächtige Picklesfrau! Welch beruhigende Solidität, welch tröstliche Aura von Dauerhaftigkeit in ihrem Bizeps und Trizeps . . . denn meine Bewunderung erstreckt sich auch auf ihre Arme, die meine im Nu niederringen könnten und aus denen es, wenn sie mich allnächtlich in zwecklosen Umarmungen umschließen, kein Entkommen gibt. Nachdem wir unsere Krise hinter uns gebracht haben, leben wir in vollkommener Harmonie: ich erzähle, ihr wird erzählt; sie ist mir zu Diensten, ich nehme ihre Dienste bereitwillig an. Ich bin tatsächlich ganz und gar zufrieden mit der duldsamen Kraft von Padma Mangroli, die unerklärlicherweise mehr interessiert ist an mir als an meinen Geschichten.
Warum ich beschlossen habe, mich über Padmas Muskulatur auszulassen: in diesen Tagen erzähle ich meine Geschichte ebensosehr ihren Muskeln wie irgend etwas oder irgendeinem anderen (beispielsweise meinem Sohn, der bis jetzt noch nicht einmal lesen gelernt hat). Weil ich mit halsbrecherischer Geschwindigkeit voraneile, sind Irrtümer und Übertreibungen und schrille Änderungen im Tonfall möglich; ich ren-

ne mit den Rissen um die Wette, doch weiß ich wohl, daß bereits Irrtümer vorgekommen sind und daß mit dem sich beschleunigenden Verfall (ich komme mit dem Schreiben kaum noch mit) die Gefahr der Unzuverlässigkeit zunimmt . . . in dieser Lage lerne ich, Padmas Muskeln als Richtschnur zu benutzen. Wenn sie gelangweilt ist, entdecke ich in ihren Muskelsträngen ein Kräuseln, das auf Desinteresse verweist; wenn sie nicht überzeugt ist, geht in ihrer Wange ein nervöses Zucken los. Das Tanzen ihrer Muskulatur trägt dazu bei, mich in der richtigen Bahn zu halten, denn in der Autobiographie wie in jeder Literatur ist das, was wirklich geschah, weniger wichtig als das, wovon der Autor seinen Leser überzeugen kann . . . Padma gibt mir, nachdem sie die Geschichte von Cyrus-dem-Großen akzeptiert hat, den Mut, rasant weiterzumachen, von der schlimmsten Zeit meines elfjährigen Lebens zu erzählen (es soll, sollte noch schlimmer kommen) – von dem August-und-September, da die Enthüllungen schneller hervorsprudelten als Blut.

Die nickenden Schilder waren kaum abgenommen, als die Abrißkommandos der Narlikar-Frauen heranrückten; Buckingham Villa wurde vom stürmischen Staub der sterbenden Paläste William Methwolds eingehüllt. Durch eine Staubwolke den Blicken von der Warden Road her entzogen, verfolgten uns doch noch die Telefone; und das Telefon informierte uns mit der zitternder Stimme meiner Tante Pia vom Selbstmord meines geliebten Onkels Hanif. Des Einkommens, das er von Homi Catrack bezogen hatte, beraubt, hatte mein Onkel seine dröhnende Stimme und seine Versessenheit auf Herzen und Wirklichkeit auf das Dach seines Wohnblocks am Marine Drive mitgenommen und war in die abendliche Meeresbrise hinausgetreten. Im Fallen erschreckte er die Bettler so sehr, daß sie ihre Blindheit vorzutäuschen vergaßen und schreiend wegliefen . . . im Leben wie im Tod setzte Hanif Aziz sich für die Sache der Wahrheit ein und schlug Blendwerk in die Flucht. Er war fast vierunddreißig Jahre alt. Mord bringt Tod hervor; indem ich Homi Catrack tötete, hatte ich auch meinen Onkel getötet. Es war meine Schuld, und das Sterben war noch nicht vorüber.

Die Familie versammelte sich in Buckingham Villa: aus Agra kamen Aadam Aziz und Ehrwürdige Mutter, aus Delhi mein Onkel Mustapha, der Beamte, der die Kunst der Übereinstimmung mit seinen Vorgesetzten so weit verfeinert hatte, daß sie aufgehört hatten, ihn zu hören, weshalb er nie befördert wurde, und seine halb iranische Frau Sonia und ihre Kinder, die so gründlich geprügelt worden waren, daß sie jegliche Identität verloren hatten und ich mich noch nicht einmal daran erinnern kann, wie viele es überhaupt waren, und aus Pakistan die bittere Alia und sogar General Zulfikar und meine Tante Emerald, die siebenundzwanzig Gepäckstücke und zwei Diener mitbrachten und nie aufhörten, auf die Uhr zu sehen und sich nach dem Datum zu erkundigen. Ihr Sohn Zafar kam auch. Und um den Kreis zu schließen, brachte meine Mutter Pia dazu, in unserem Haus zu bleiben, »wenigstens für die vierzig Trauertage, meine Schwester«.

Vierzig Tage lang wurden wir vom Staub belagert; Staub kroch unter den nassen Handtüchern durch, die wir überall um die Fenster geklemmt hatten, Staub folgte verschlagen jedem Trauergast ins Haus herein, Staub drang sogar durch die Wände und hing wie eine formlose Geistererscheinung in der Luft, Staub dämpfte das herkömmliche Wehklagen und auch die tödlich hinterhältigen Attacken der trauernden Verwandten. Die Überreste von Methwold's Estate ließen sich auf meiner Großmutter nieder und reizten sie zu großem Zorn, sie reizten die zusammengekniffenen Nasenlöcher des Kasperlegesichts von General Zulfikar und zwangen ihn, aufs Kinn zu niesen. Manchmal sah es in dem Geisterdunst des Staubes so aus, als könnten wir die Formen der Vergangenheit ausmachen: die Luftspiegelung von Lila Sabarmatis zu Staub verfallenem Pianola oder die Gefängnisstäbe vor dem Fenster von Toxy Catracks Zelle; Dubash' nackte kleine Statue tanzte in Staubform durch unsere Gemächer, und Sonny Ibrahims Stierkampf-Plakate besuchten uns als Wolken. Die Narlikar-Frauen waren weggezogen, während Bulldozer ihr Werk verrichteten; wir waren allein in dem Staubsturm, der uns allen das Aussehen von vernachlässigtem Mobiliar gab, als wären wir Tische und Stühle, die man jahrzehntelang ohne Schutzhüllen stehengelassen hatte; wir sahen aus wie die Geister unserer selbst. Wir waren eine Dynastie, die aus einer Nase, dem hakenförmigen Monstrum in Aadam Aziz' Gesicht, geboren worden war, und der Staub, der zu der Zeit unseres Kummers in unsere Nasen eindrang, baute unsere Zurückhaltung ab und riß die Schranken nieder, die Familien überleben lassen. Im Staubsturm der sterbenden Paläste wurden Dinge gesagt und gesehen und getan, von denen sich keiner von uns je wieder erholte.

Ehrwürdige Mutter fing damit an, vielleicht weil die Jahre sie so ausgefüllt hatten, bis sie dem Berg Sankara Acharya in ihrem heimatlichen Srinagar glich, so daß sie dem Staub die größte Angriffsfläche bot.

Grollend kam aus ihrem gebirgigen Körper ein Lärm wie eine Lawine, der, als er sich in Worte verwandelte, zu einem heftigen Angriff auf Tante Pia, die hinterbliebene Witwe, wurde. Wir alle hatten bemerkt, daß meine Mumani sich ungewöhnlich benahm. Unausgesprochen herrschte der Eindruck, daß eine Schauspielerin von ihrem Rang der Herausforderung des Witwentums stilvoll hätte gewachsen sein müssen; unbewußt waren wir alle begierig gewesen, ihren Schmerz zu sehen, freuten uns darauf, mitzuerleben, wie eine vorzügliche Tragödin ihren eigenen Jammer orchestrierte, erwarteten eine vierzigtägige Raga, in der alles, Bravour und Sanftheit, heulender Schmerz und leise Verzweiflung, genau den Proportionen der Kunst entsprechend vermischt würde, doch Pia blieb still, trockenen Auges und auf enttäuschende Weise gefaßt. Amina Sinai und Emerald Zulfikar weinten und rauften sich die Haare in dem Versuch, Pias Talente zu wecken; doch als nichts Pia zu bewegen schien, verlor Ehrwürdige Mutter schließlich die Geduld. Der Staub kam zu ihrer Wut aus Enttäuschung hinzu und machte sie noch bitterer. »Diese Frau, wieheißtesnoch«, grollte Ehrwürdige Mutter, »habe ich euch nicht über sie Bescheid gesagt? Mein Sohn, Allah, er hätte alles werden können, aber nein, wieheißtesnoch, sie muß ihn dazu bringen, sein Leben zu zerstören. Er muß von einem Dach springen, wieheißtesnoch, um sich von ihr zu befreien.«

Es war ausgesprochen, konnte nicht zurückgenommen werden. Pia saß versteinert da; mein Inneres bebte wie Maismehlpudding. Ehrwürdige Mutter fuhr grimmig fort; sie schwor einen Eid beim Haar auf dem Kopf ihres toten Sohnes. »Bis daß diese Frau dem Andenken meines Sohnes Hochachtung erweist, wieheißtesnoch, bis sie die echten Tränen einer Ehefrau vergißt, wird kein Essen meine Lippen berühren. Es ist eine Schmach und eine Schande, wieheißtesnoch, wie sie mit Kajal um die Augen dasitzt, anstatt mit Tränen darin.« Das Haus hallte von diesem Echo ihrer alten Fehden mit Aadam Aziz wider. Und bis zum zwanzigsten Tag fürchteten wir alle, daß meine Großmutter Hungers stürbe und die vierzig Tage wieder von vorn anfangen würden. Sie lag eingestaubt auf ihrem Bett; wir warteten und fürchteten.

Ich überwand den toten Punkt in der Beziehung zwischen Großmutter und Tante, deshalb kann ich mit Fug und Recht behaupten, zumindest ein Leben gerettet zu haben. Am zwanzigsten Tag suchte ich Pia Aziz auf, die wie eine Blinde in ihrem Zimmer im Erdgeschoß saß; um einen Vorwand für meinen Besuch zu haben, entschuldigte ich mich unbeholfen für meine Unbesonnenheit in der Wohnung am Marine Drive.

Nach einem abweisenden Schweigen sprach Pia. »Immer Melodramatik«, sagte sie tonlos. »Bei seinen Familienangehörigen, bei seiner Arbeit. Er starb an seinem Haß auf das Melodramatische; deshalb wollte ich nicht weinen.« Damals verstand ich das nicht; nun bin ich mir sicher, daß Pia völlig recht hatte. Eines Lebensunterhalts beraubt, weil er den auf billige Effekte bedachten Stil des Bombay-Kinos verächtlich ablehnte, spazierte mein Onkel Hanif über den Rand eines Dachs; Melodramatik inspirierte (und besudelte vielleicht auch) am Ende seinen Sturzflug zur Erde. Zu Ehren seines Andenkens weigerte sich Pia zu weinen . . . aber die Anstrengung, dies zuzugeben, brach die Dämme ihrer Selbstbeherrschung. Staub brachte sie zum Niesen, das Niesen trieb ihr die Tränen in die Augen, und nun wollten die Tränen nicht mehr aufhören, und wir alle wurden endlich Zeugen der lang erhofften Darbietung, denn nun, da sie einmal fielen, fielen sie wie die Fontäne des Flora-Brunnens, und sie konnte ihrem eigenen Talent nicht widerstehen. Künstlerin, die sie war, formte sie die Flut, führte Leitthemen und Nebenmotive ein, schlug auf ihre bemerkenswerten Brüste ein, daß es wirklich schmerzlich anzusehen war, preßte sie nun, bearbeitete sie dann wieder mit den Fäusten . . . sie zerriß ihre Gewänder und raufte sich das Haar. Es war eine Tränenekstase, und sie bewegte meine Großmutter dazu, wieder Nahrung zu sich zu nehmen. Dal und Pistazien ergossen sich in meine Großmutter, während aus meiner Tante Salzwasser floß. Nun stürzte Naseem Aziz sich auf Pia, umarmte sie, verwandelte das Solo in ein Duett, vermischte die Musik der Versöhnung mit den unerträglich schönen Weisen des Kummers. Unbeschreiblicher Applaus juckte in unseren Handflächen. Und das Beste sollte noch kommen, denn Pia, die Künstlerin, führte ihre epischen Bemühungen zu einem alles übertreffenden Ende. Sie legte den Kopf in ihrer Schwiegermutter Schoß und sagte mit einer von Unterwerfung und Leere erfüllten Stimme: »Ma, gestatte, daß deine unwürdige Tochter endlich auf dich hört; sag mir, was ich tun soll, und ich werde es tun.« Und Ehrwürdige Mutter sprach unter Tränen: »Tochter, dein Vater Aziz und ich werden bald nach Rawalpindi gehen; im Alter wollen wir in der Nähe unserer jüngsten Tochter, unserer Emerald, leben. Auch du wirst kommen, und es wird eine Tankstelle gekauft.« Und so kam es, daß der Traum von Ehrwürdiger Mutter begann in Erfüllung zu gehen, und Pia Aziz willigte ein, die Welt des Films der des Treibstoffs zuliebe fahrenzulassen. Mein Onkel Hanif, dachte ich, hätte das wahrscheinlich gutgeheißen.

Der Staub beeinflußte uns alle in diesen vierzig Tagen; Ahmed Sinai machte er rauh und ungehobelt, so daß er sich weigerte, mit seinen Verwandten zusammenzusitzen, und den Trauernden durch Alice Pereira Botschaften übermitteln ließ, Botschaften, die er auch aus seinem Büro herausbrüllte: »Macht nicht soviel Radau! Ich arbeite mitten in diesem Tohuwabohu!« Er ließ General Zulfikar und Emerald ständig auf Kalender und Flugpläne schauen, während ihr Sohn Zafar vor dem Messingäffchen damit anzugeben begann, daß er seinen Vater dazu herumkriegen würde, eine Ehe zwischen ihnen zu arrangieren. »Du solltest dich glücklich schätzen«, sagte dieser kecke Vetter zu meiner Schwester. »Mein Vater ist in Pakistan ein großer Mann.« Aber obwohl Zafar das Aussehen seines Vaters geerbt hatte, hatte das Äffchen nicht den Mumm, ihn zu bekämpfen, weil der Staub seine Lebensgeister blockiert hatte. Meine Tante Alia verbreitete unterdessen ihre uralte staubige Enttäuschung in der Luft, und meine lächerlichsten Verwandten, die Familie meines Onkels Mustapha, saßen stumpfsinnig in den Ecken und wurden wie üblich ignoriert; Mustapha Aziz' Schnurrbart, bei seiner Ankunft stolz gewachsen und an den Spitzen nach oben gezwirbelt, hing unter der deprimierenden Einwirkung des Staubes inzwischen längst herab.

Und dann, am zweiundzwanzigsten Tag der Trauerzeit, sah mein Großvater Aadam Aziz Gott.

Er war achtundsechzig in jenem Jahr – immer noch ein Jahrzehnt älter als das Jahrhundert. Aber sechzehn Jahre ohne Optimismus hatten einen hohen Preis gefordert; seine Augen waren noch immer blau, sein Rücken aber war krumm. Mit einem bestickten Käppchen auf dem Haupt und mit einem knöchellangen Chughamantel bekleidet – der ebenfalls in eine dünne Staubschicht eingehüllt war –, schlurfte er durch Buckingham Villa und knabberte abwesend an rohen Möhren, wobei dünne Spuckefäden über die grauweißen Konturen seines Kinns rannen. Und in dem Maße, wie er verfiel, wurde Ehrwürdige Mutter größer und kräftiger; sie, die einst beim Anblick von Jod mitleidig gejammert hatte, schien sich nun an seiner Schwäche zu weiden, als wäre ihre Ehe eine dieser mythischen Verbindungen, in denen Sukkuben Männern als unschuldige Jungfern erscheinen, die, nachdem sie sie ins Ehebett gelockt haben, ihre wahre, schreckliche Gestalt wieder annehmen und beginnen, ihre Seelen zu schlucken ... meine Großmutter hatte in jenen Tagen einen Schnurrbart bekommen, der fast so üppig war wie das staubig herunterhängende Haar auf der Oberlippe ihres einzigen überlebenden Sohnes. Sie saß mit gekreuzten Beinen auf dem Bett, schmierte sich eine mysteriöse Flüssigkeit auf die Oberlippe, die um die Haare herum fest wurde und die sie dann mit energischer, gewalttätiger Hand abriß. Doch das Heilmittel diente nur dazu, das Übel zu verschlimmern.

»Er ist wieder wie ein Kind geworden, wieheißtesnoch«, erklärte Ehrwürdige Mutter den Kindern meines Großvaters, »und Hanif hat ihm den Rest gegeben.« Sie wies uns warnend darauf hin, daß er begonnen habe, Dinge zu sehen. »Er redet zu Menschen, die nicht da sind«, flüsterte sie laut, während er, geräuschvoll die Luft durch die Zähne saugend, im Zimmer umherwanderte. »Wie laut er ruft, wieheißtesnoch! Mitten in der Nacht!« Und sie ahmte ihn nach: »Ha, Tai, bist du's?« Sie erzählte uns Kindern von dem Fährmann und dem Kolibri und der Rani von Cooch Naheen. »Der arme Mann hat zu lange gelebt, wieheißtesnoch; kein Vater sollte erleben müssen, daß sein Sohn vor ihm stirbt.« . . . Und Amina schüttelte beim Zuhören mitfühlend den Kopf, ohne zu wissen, daß Aadam Aziz ihr dies als Vermächtnis hinterlassen würde – daß auch sie in ihren letzten Tagen von Dingen heimgesucht werden würde, die kein Recht hatten zurückzukehren.

Wegen des Staubes konnten wir die Deckenventilatoren nicht benutzen; Schweiß rann über das Gesicht meines schwergeprüften Großvaters und hinterließ Schmutzstreifen auf seinen Wangen. Manchmal schnappte er sich jemanden, der gerade in seiner Nähe war, und sprach mit äußerster geistiger Klarheit: »Diese Nehrus werden nicht eher glücklich sein, bis sie sich zu Erbkönigen gemacht haben!« Oder er sabberte dem sich windenden General Zulfikar ins Gesicht: »Ach, unglückliches Pakistan! Welch schlechte Dienste seine Herrscher ihm erweisen!« Zu anderen Zeiten aber schien er sich einzubilden, er sei in einem Edelsteingeschäft, und murmelte: ». . . Ja, es gab Smaragde und Rubine . . .« Das Äffchen flüsterte mir zu: »Stirbt der Großvater?«

Was von Aadam Aziz in mich hereintröpfelte: eine gewisse Anfälligkeit für Frauen, aber auch ihre Ursache, das Loch in seiner Mitte, das durch sein (und auch mein) Unvermögen, an Gott zu glauben oder nicht zu glauben, verursacht wurde. Und noch etwas – etwas, das ich im Alter von elf Jahren sah, bevor irgend jemand sonst es bemerkte. Mein Großvater hatte begonnen, rissig zu werden.

»Im Kopf?« fragte Padma. »Du meinst im Dachstübchen?«

Der Fährmann Tai sagte: »Das Eis wartet immer, Aadam Baba, direkt

unter der Haut des Wassers.« Ich sah die Risse in seinen Augen – ein
zartes Flechtwerk von farblosen Linien in dem Blau. Ich sah, wie sich
ein Netzwerk von Rissen unter seiner ledrigen Haut ausbreitete, und
ich antwortete auf die Frage des Äffchens: »Ich glaube ja.« Vor dem
Ende der vierzigtägigen Trauerzeit hatte die Haut meines Großvaters
begonnen, aufzuplatzen und sich zu schuppen und zu schälen; er konnte kaum den Mund zum Essen aufmachen wegen der Schnitte in den
Mundwinkeln, und seine Zähne fielen allmählich aus wie angesprühte
Fliegen. Doch an Rissen zu sterben, das kann sich hinziehen, und es
dauerte lange, bis wir etwas von den anderen Rissen erfuhren, von der
Krankheit, die an seinen Knochen nagte, so daß sein Skelett in dem
wettergegerbten Hautsack schließlich zu Staub zerfiel.

Padma wirkt plötzlich verstört: »Was sagst du da? Du, Herr, willst du
sagen, daß du auch . . . welches namenlose Wesen kann die *Knochen*
eines Menschen auffressen? Ist es . . .«

Keine Zeit für eine Unterbrechung jetzt, keine Zeit für Mitleid oder
Panik, ich bin schon weiter gegangen, als ich sollte. Ich schreite ein
wenig in der Zeit zurück, da ich erwähnen muß, daß auch etwas von
mir in Aadam Aziz hineintröpfelte, denn am dreiundzwanzigsten Tag
der Trauerzeit forderte er meine gesamte Familie auf, sich in demselben
Raum, dem mit den Kristallvasen (jetzt brauchte man sie nicht mehr
vor meinem Onkel zu verstecken) und den Kissen und den stillstehenden Ventilatoren, zu versammeln, in dem ich meine eigenen Visionen
verkündet hatte . . . Ehrwürdige Mutter hatte gesagt: »Er ist wieder
wie ein Kind geworden.« Wie ein Kind verkündete mein Großvater,
daß er drei Wochen, nachdem er vom Tod eines Sohnes erfahren hatte,
den er lebend und wohlauf glaubte, mit eigenen Augen den Gott gesehen habe, an dessen Tod er sein ganzes Leben zu glauben versucht
habe. Und wie einem Kind wurde ihm nicht geglaubt. Von einer einzigen Person abgesehen . . . »Ja, hört zu«, sagte mein Großvater mit
einer Stimme, die nur noch ein matter Abglanz seiner alten dröhnenden Sprechweise war. »Ja, Rani, sind Sie hier? Und Abdullah? Komm,
setz dich, Nadir, ich habe eine Neuigkeit für euch – wo ist Ahmed? Alia
wird wollen, daß er dabei ist . . . Gott, meine Kinder; Gott, den ich
mein Leben lang bekämpft habe. Oskar? Ilse? – Nein, ich weiß natürlich, daß sie tot sind. Ihr denkt, ich sei alt, vielleicht närrisch, aber ich
habe Gott gesehen.« Und langsam, Gedankensprüngen und Abschweifungen zum Trotz, kommt die Geschichte heraus: um Mitternacht
erwachte mein Großvater in seinem dunklen Zimmer. Es war jemand

da – jemand, der nicht seine Frau war, nicht Ehrwürdige Mutter, die in ihrem Bett schnarchte. Jemand anderer. Jemand, mit leuchtendem Staub bedeckt, erhellt vom untergehenden Mond. Und Aadam Aziz: »Ha, Tai, bist du's?« Und Ehrwürdige Mutter murmelt im Schlaf: »Ach, schlaf, Mann, vergiß das . . .« Aber der Jemand, das Etwas ruft mit lauter, erschreckender (und erschreckter?) Stimme: »Jesus Christus Allmächtiger!« (Inmitten der Kristallvasen lacht mein Großvater entschuldigend, heh-heh, weil er den ketzerischen Namen erwähnt hat.) »Jesus Christus Allmächtiger!«, und mein Großvater schaut und sieht, ja, in seinen Händen sind Löcher, seine Füße sind durchbohrt wie einst . . . Er reibt sich die Augen, schüttelt den Kopf, sagt: »Wer? Wie war der Name? Was haben Sie gesagt?« Und die Erscheinung, erschreckend, erschreckt: »Gott! Gott!« Und nach einer Pause: »Ich hatte nicht geglaubt, daß Sie mich sehen können.«

»Aber ich sah Ihn«, sagt mein Großvater unter stillstehenden Ventilatoren. »Ja, ich kann es nicht leugnen, ich habe Ihn mit Sicherheit gesehen.« . . . Und die Erscheinung: »Sie sind derjenige, dessen Sohn gestorben ist.« Und mein Großvater fragt, und es durchzuckt ihn ein Schmerz: »Warum? Warum ist das geschehen?« Darauf das Geschöpf, nur durch Staub sichtbar gemacht: »Gott hat seine Gründe, Alter. Das Leben ist nun mal so, klar?«

Ehrwürdige Mutter schickte uns alle fort. »Der alte Mann weiß nicht mehr, was er sagt, wieheißtesnoch. So etwas, daß ein Mensch aber auch auf seine alten Tage noch zum Gotteslästerer wird!« Mary Pereira aber ging fort mit einem Gesicht, weiß wie ein Laken; Mary wußte, wen Aadam Aziz gesehen hatte – wer wegen seiner Verantwortung für ihr Verbrechen zerfallen war und Löcher in Händen und Füßen hatte, wessen Ferse von einer Schlange durchbohrt worden war, wer in einem nahe gelegenen Uhrturm gestorben und versehentlich für Gott gehalten worden war.

Ich kann die Geschichte meines Großvaters ebensogut hier und jetzt beenden; ich bin nun schon so weit gegangen, und später bietet sich die Gelegenheit vielleicht nicht mehr . . . irgendwo in den Tiefen der Senilität meines Großvaters, die mich unweigerlich an die Verrücktheit von Professor Schaapsteker im obersten Stock erinnerte, faßte die bittere Vorstellung Wurzeln, daß Gott durch seine lässige Haltung gegenüber Hanifs Selbstmord seine eigene Schuld an der Sache bewiesen hätte. Aadam packte General Zulfikar an seinen militärischen Rockaufschlägen und flüsterte ihm zu: »Weil ich nie geglaubt habe, deshalb hat er meinen Sohn gestohlen!« Und Zulfikar: »Nein, nein, Doktor Sahib, Sie dürfen sich nicht so quälen . . .« Aber Aadam Aziz vergaß seine Vision nie, wenn sich auch die einzelnen Züge der speziellen Gottheit, die er gesehen hatte, in seinem Gedächtnis verwischten und nur ein leidenschaftliches, geiferndes Verlangen nach Rache (eine Begierde, die uns ebenfalls beiden gemeinsam ist) zurückblieb . . . am Ende der vierzigtägigen Trauerzeit weigerte er sich, nach Pakistan zu gehen (wie Ehrwürdige Mutter geplant hatte), weil dies ein eigens für Gott geschaffenes Land sei, und in seinen letzten Lebensjahren brachte er oft Schande über sich, indem er mit seinem Stock, den er als alter Mann brauchte, in Moscheen und Tempel stolperte, Verwünschungen ausstieß und nach jedem Betenden oder heiligen Mann schlug, der sich in Reichweite befand. In Agra wurde er um des Mannes willen, der er einmal gewesen war, toleriert; die Alten im Paan-Geschäft in der Cornwallis Road spielten Triff-den-Spucknapf und schwelgten mitfühlend in Erinnerungen an die Vergangenheit des Doktor Sahib. Ehrwürdige Mutter mußte ihm schon allein darum nachgeben, weil die Bilderstürmerei seines Greisenalters in einem Land, in dem niemand ihn kannte, einen Skandal verursacht hätte.

Hinter seiner Närrischkeit und seinen Wutanfällen breiteten die Risse sich weiter aus, die Krankheit nagte stetig an seinen Knochen, während Haß alles übrige von ihm wegfraß. Er starb jedoch erst 1964. Das kam so: am Mittwoch, den 25. Dezember 1963 – am Weihnachtstag! –, erwachte Ehrwürdige Mutter und merkte, daß ihr Mann weg war. Sie trat in den Hof vor ihrem Haus hinaus, stand inmitten zischender Gänse und der blassen Schatten der Morgendämmerung, rief nach einem Diener und bekam gesagt, daß der Doktor Sahib mit der Rikscha zum Bahnhof gefahren sei. Als sie glücklich am Bahnhof ankam, war der Zug schon weg, und so trat mein Großvater, einem unbekannten Impuls folgend, seine letzte Reise an, damit er seine Geschichte dort beenden konnte, wo sie (und meine auch) begonnen hatte, in einer Stadt, an einem See gelegen und von Bergen umgeben.

Das Tal lag in einer Eischale aus Eis verborgen; die Berge hatten sich herangedrängt *und grollten um die Stadt am See wie wütend aufgerissene Rachen* . . . Winter in Srinagar, Winter in Kaschmir. Am Freitag, den 27. Dezember, wurde ein Mann, auf den die Beschreibung meines Großvaters paßte, mit einem Chughamantel bekleidet, sabbernd, in der Nähe der Hazratbal-Moschee gesehen. Um vier Uhr fünfundvierzig des Samstagmorgens entdeckte Hadschi Muhammad Khalil Ghanai, daß die kostbarste Reliquie des Tals, das heilige Haar des Propheten, aus dem Allerheiligsten der Moschee gestohlen worden war.

War er es? War er es nicht? Wenn er es war, warum betrat er dann nicht mit dem Stock in der Hand die Moschee, um die Gläubigen durchzuprügeln, wie er es sich angewöhnt hatte? Wenn er es nicht war, warum geschah es dann? Man munkelte, die Zentralregierung habe sich verschworen, »die kaschmirischen Moslems zu demoralisieren«, indem sie deren heiliges Haar stehlen ließ, und man munkelte andererseits von pakistanischen Agents provocateurs, die angeblich die Reliquie gestohlen hatten, um Unruhe zu stiften . . . haben sie es getan? Oder nicht? War dieser wunderliche Vorfall wirklich politisch motiviert, oder war es der vorletzte Versuch eines Vaters, der seinen Sohn verloren hatte, sich an Gott zu rächen? Zehn Tage lang wurde in keinem moslemischen Haushalt Essen gekocht; es gab Krawalle, und es wurden Autos verbrannt; aber mein Großvater war inzwischen über politische Händel erhaben, und es ist nicht bekannt, daß er sich einem Umzug angeschlossen hätte. Er war ein Mann mit einer einzigen Mission; und was bekannt ist, ist nur, daß er am 1. Januar 1964 (einem Mittwoch, genau eine Woche nach seiner Abreise aus Agra) sein Gesicht dem Hügel zuwandte, der von Moslems irrigerweise Takht-e-Sulaiman, Salomons Sitz, genannt wird und auf dem ein Sendemast, aber auch die schwarze Blase des Tempels des Acharya Sankara stand. Mein Großvater beachtete nicht das Leid der Stadt und stieg hoch, während die Krankheit, die an ihm nagte, sich geduldig durch seine Knochen fraß. Er wurde nicht erkannt.

Doktor Aadam Aziz *(Heidelberg-Rückkehrer)* starb fünf Tage, bevor die Regierung verkündete, daß ihre Großfahndung nach dem einzelnen Haar des Propheten erfolgreich gewesen sei. Als sich die heiligsten Heiligen des Staates versammelten, um die Echtheit des Haars zu bestätigen, konnte mein Großvater ihnen nicht mehr die Wahrheit sagen. (Falls sie sich irrten . . . aber ich kann die Frage, die ich aufgeworfen habe, nicht beantworten.) Des Verbrechens bezichtigt, und später aufgrund schlechten Gesundheitszustands wieder freigelassen, wurde ein gewisser Abdul Rahim Bande; doch vielleicht hätte mein Großvater, wenn er noch gelebt hätte, ein seltsameres Licht auf die Sache werfen können . . . am Mittag des 1. Januar traf Aadam Aziz vor dem Tempel des Acharya Sankara ein. Er wurde gesehen, wie er seinen Spazierstock erhob; innen im Tempel wichen Frauen, die vor dem Schiwa-Lingam Puja vollzogen, zurück – so wie einst Frauen vor dem Zorn eines anderen, von Tetrapoden besessenen Doktors zurückgewichen waren; und dann bemächtigten sich die Risse endgültig seiner, und die Beine gaben nach unter ihm, als seine Knochen zerfielen, und sein Sturz bewirkte, daß das, was von seinem Skelett noch übrig war, vollends in die Brüche ging. Identifiziert wurde er mit Hilfe der Papiere in der Tasche seines Chughamantels: einem Foto von seinem Sohn und einem halb vollendeten (und glücklicherweise richtig adressierten) Brief an seine Frau. Der Leichnam, zu zerbrechlich, um transportiert werden zu können, wurde im Tal seiner Geburt beigesetzt.

Ich beobachte Padma; ihre Muskeln haben erregt zu zucken begonnen. »Bedenk doch mal«, sage ich, »ist das, was meinem Großvater zugestoßen ist, so seltsam? Erinnere dich doch, was für ein heiliges Theater veranstaltet wurde, bloß weil jemand ein Haar gestohlen hat, denn an dieser Geschichte ist jedes Wort wahr; verglichen damit, ist doch der Tod eines alten Mannes sicher etwas vollkommen Normales.« Padma entspannt sich, ihre Muskeln geben mir das Zeichen weiterzumachen. Denn zu lange habe ich bei Aadam Aziz verweilt; vielleicht habe ich Angst vor dem, was als nächstes erzählt werden muß; aber die Enthüllung wird nicht vorenthalten werden.

Eine letzte Tatsache: nach dem Tod meines Großvaters erkrankte Ministerpräsident Nehru und wurde nie wieder gesund. Der tödlichen Krankheit fiel er schließlich am 27. Mai 1964 zum Opfer.

Wenn ich nicht ein Held hätte sein wollen, hätte Herr Zagallo mir nie die Haare ausgerissen. Wenn mein Haar unversehrt geblieben wäre, hätten Glandy Keith und Fat Perce mich nicht gehänselt, hätte Masha Miovic mich nicht angestachelt, hätte ich nicht meinen Finger eingebüßt. Und aus meinem Finger floß Blut, das weder Alpha noch Omega war und mich ins Exil schickte; und im Exil wurde ich von Rachegelüsten erfüllt, die zur Ermordung Homi Catracks führten; und wäre Homi nicht gestorben, wäre mein Onkel vielleicht nicht von einem Dach in die Meeresbrise hinausspaziert, und dann wäre mein Großvater nicht nach Kaschmir gefahren und an der Anstrengung, den Berg Sankara Acharya zu ersteigen, gestorben. Und mein Großvater war der Begründer meiner Familie, und mein Schicksal war durch meinen Geburtstag mit dem der Nation verbunden, und der Vater der Nation war Nehru. Nehrus Tod: kann ich um den Schluß herumkommen, daß ich auch daran schuld war?

Aber nun befinden wir uns wieder im Jahre 1958, denn am siebenund-
dreißigsten Tag der Trauerzeit kam die Wahrheit, die sich über elf Jahre
hinweg an Mary Pereira – und somit auch an mich – herangeschlichen
hatte, endlich ans Licht. Die Wahrheit in Gestalt eines uralten Mannes,
dessen Höllengestank selbst in meine verstopfte Nase drang und dem
Finger und Zehen fehlten und dessen Körper mit Geschwüren und
Löchern übersät war, kam unser zweigeschossiges Hügelchen herauf
und erschien durch die Staubwolke; und es erblickte ihn Mary Pereira,
die gerade die Bambusjalousien auf der Veranda saubermachte.

So war nun Marys Alptraum wahr geworden, hier war nun, sichtbar
durch die Staubdecke, der Geist Joe D'Costas und ging auf das Büro von
Ahmed Sinai im Erdgeschoß zu! Als wäre es nicht genug gewesen, daß
er sich Aadam Aziz gezeigt hatte . . . »Arré, Joseph«, schrie Mary und
ließ den Staubwedel fallen, »geh du bloß weg! Komm bloß nicht hierher! Laß die Sahibs mit deinen Sorgen in Ruhe! O Gott, Joseph, geh,
geh, du bringst mich noch um!« Doch der Geist ging weiter, die Auffahrt entlang.

Mary Pereira läßt die Bambusjalousien im Stich, läßt sie schief hängen,
hastet ins Innere des Hauses, um sich meiner Mutter zu Füßen zu
werfen – die kleinen fetten Hände flehend gefaltet: »Begum Sahiba!
Begum Sahiba! Vergeben Sie mir!« Und meine Mutter, erstaunt: »Was
ist denn, Mary? Welche Laus ist dir denn über die Leber gekrochen?«
Doch Mary ist Zwiegesprächen nicht mehr zugänglich, sie weint hemmungslos und schreit: »O Gott, meine Stunde hat geschlagen, meine
liebste Madam, lassen Sie mich bitte in Frieden ziehen, stecken Sie
mich nicht ins Gefängnis!« Und weiter: »Elf Jahre, meine Madam,
sagen Sie, habe ich Sie nicht alle geliebt? O Madam, und dieses Kind
mit dem Gesicht wie der Mond; aber jetzt bin ich erledigt, ich bin eine
schlechte Frau, ich werde in der Hölle brennen! *Funtoosh!*« heult Mary, und noch einmal: »Es ist zu Ende, *funtoosh!*«

Noch immer erriet ich nicht, was kam, selbst dann nicht, als Mary sich
auf mich warf (ich war jetzt größer als sie, und ihre Tränen näßten
meinen Hals): »O Baba, Baba, heute mußt du etwas erfahren, etwas,
was ich getan habe, aber komm jetzt . . .«, und die kleine Frau richtete
sich mit ungeheurer Würde auf, ». . . ich werde es euch allen sagen,
ehe dieser Joseph es tut. Begum, Kinder, all ihr anderen hohen Herren
und Damen, kommen Sie nun ins Büro des Sahibs, und ich werde
reden.«

Öffentliche Ankündigungen haben in meinem Leben Akzente gesetzt.

Amina in einer Gasse in Delhi und Mary in einem Büro ohne Sonne . . . ich ging mit Mary Pereira, die meine Hand nicht loslassen wollte, nach unten, und meine ganze Familie marschierte verdutzt hinter uns her.

Was war im Zimmer bei Ahmed Sinai? Was hatte meinem Vater einen Gesichtsausdruck verliehen, aus dem Dschinns und Geld gewichen waren und in dem sich nun äußerste Verzweiflung malte? Was saß zusammengekauert in einer Ecke des Zimmers und erfüllte die Luft mit Schwefelgestank? Was, geformt wie ein Mensch, hatte keine Finger und Zehen; wessen Gesicht schien aufzuspringen wie die heißen Quellen von Neuseeland (die ich im *Wunderbuch der Wunder* gesehen hatte)? . . . Keine Zeit, das zu erklären, denn Mary Pereira hat zu reden begonnen, plappert ein Geheimnis aus, das über elf Jahre verborgen war, reißt uns alle aus der Traumwelt, die sie erfand, als sie die Namensschildchen vertauschte, zwingt uns die entsetzliche Wahrheit auf. Und die ganze Zeit hielt sie mich fest; wie eine Mutter, die ihr Kind beschützt, schirmte sie mich vor meiner Familie ab. (Die gerade erfuhr . . . genau wie ich . . . daß sie nicht . . .)

. . . Es war kurz nach Mitternacht, und auf den Straßen gab es Feuerwerk und Menschenmassen, das vielköpfige Ungeheuer röhrte, ich tat es für meinen Joseph, Sahib, aber bitte schicken Sie mich nicht ins Gefängnis, sehen Sie, der Junge ist ein braver Junge, Sahib, ich bin eine arme Frau, Sahib, ein einziger Fehler, ein einziger Augenblick in so vielen Jahren, nicht ins Gefängnis, Sahib, ich werde gehen, elf Jahre hab' ich gegeben, aber jetzt gehe ich, Sahib, bloß, das ist ein guter braver Junge, Sahib, Sie dürfen ihn nicht wegschicken, Sahib, nach elf Jahren ist er Ihr Sohn . . . Oh, du Kind mit dem Gesicht wie die aufgehende Sonne, o Saleem, meine Scheibe-vom-Mond, du mußt wissen, daß dein Vater Winkie war, und deine Mutter ist auch tot . . .

Mary Pereira lief aus dem Zimmer.

Ahmed Sinai sagte mit einer Stimme, so weit weg wie die eines Vogels: »Das dort in der Ecke ist mein alter Diener Musa, der mich einmal zu berauben versuchte.«

(Kann eine Erzählung so viel in so kurzer Zeit aushalten? Ich blicke zu Padma hinüber; sie sieht betäubt aus, wie ein Fisch.)

Es war einmal ein Diener, der meinen Vater beraubte; der schwor, er sei unschuldig; der den Fluch der Lepra auf sich herabbeschwor, wenn er sich als Lügner erweisen sollte, und dem die Lüge nachgewiesen wurde. Mit Schimpf und Schande bedeckt, hatte er das Haus verlassen;

aber ich sagte Ihnen damals, er sei eine Zeitbombe, und er war zurückgekehrt und war explodiert. Musa war tatsächlich von Lepra befallen
worden und war über das Schweigen der Jahre hinweg zurückgekommen, um meinen Vater um Vergebung zu bitten, damit er von seinem
selbstauferlegten Fluch erlöst werden konnte.

... Jemand wurde Gott genannt, der nicht Gott war; ein anderer
wurde für einen Geist gehalten und war kein Geist; und ein Dritter
entdeckte, daß er, obwohl er Saleem Sinai hieß, nicht seiner Eltern
Sohn war ...

»Ich vergebe dir«, sagte Ahmed Sinai zu dem Aussätzigen. Nach jenem
Tag war er von einer seiner Obsessionen geheilt; er versuchte nie
wieder, seinen eigenen (und vollkommen imaginären) Familienfluch zu
ergründen.

»Ich konnte es nicht anders erzählen«, sage ich zu Padma. »Sonst tut es
zu weh; ich mußte es einfach heraustrompeten, verrückt, wie es klingt,
einfach so.«
»O Herr«, Padma plärrt hilflos, »o Herr, Herr!«
»Nun komm schon«, sage ich. »Es ist eine alte Geschichte.«
Aber die Tränen gelten nicht mir; für den Augenblick hat sie alles über
was-an-den-Knochen-unter-der-Haut-kaut vergessen; sie weint über
Mary Pereira, die sie, wie ich schon sagte, immer mehr ins Herz geschlossen hat.
»Was ist aus ihr geworden?« sagt sie mit roten Augen. »Aus dieser
Mary?«
Ich werde von irrationalem Zorn ergriffen. Ich brülle: »Frag sie doch
selbst!«
Frag sie, wie sie nach Hause in die Stadt Panadji in Goa fuhr, wie sie
ihrer uralten Mutter die Geschichte ihrer Schande erzählte! Frag, wie
die Schmach ihre Mutter zur Raserei trieb (und das war so abwegig
nicht; es war eine Zeit, in der alte Leute den Verstand verlieren konnten)! Frag: Gingen Tochter und alte Mutter auf die Straßen, um Vergebung zu suchen? War es nicht genau die Zeit, in der – was nur alle zehn
Jahre einmal geschieht – der mumifizierte Leichnam des heiligen Franz
Xaver (eine ebenso heilige Reliquie wie das Haar des Propheten) aus
seiner Gruft in der Kathedrale von Bom Jesus geholt und durch die
Stadt getragen wurde? Ertappten Mary und die heftig erregte Frau
Pereira sich dabei, wie sie sich an den Katafalk herandrängten; war die
alte Dame außer sich vor Kummer über das Verbrechen ihrer Tochter?

Kletterte die alte Frau Pereira, »Hai! Ai-hai! Ai-hai-hai!« schreiend, auf die Bahre hinauf, um den Fuß des Heiligen zu küssen? Verfiel Frau Pereira inmitten einer unüberschaubaren Menge in heilige Raserei? Frag sie! Preßte sie, von ihrem wildgewordenen Geist besessen, ihre Lippen auf den großen Zeh am linken Fuß des heiligen Franz oder nicht? Frag selbst: *Hat Marys Mutter den rechten Zeh ganz und gar abgebissen?*

»Wie?« jammert Padma, ganz verstört durch meinen Zorn. »Was soll das heißen: frag sie . . .?«

Und auch dies ist wahr: Als die Zeitungen schrieben, daß die alte Dame auf übernatürliche Weise bestraft worden sei – hatten sie das erfunden? Als sie Aussagen kirchlicher Würdenträger und Augenzeugen zitierten, die beschrieben, wie die alte Frau in massiven Stein verwandelt wurde – hatten sie das etwa auch erfunden? Nein? Frag sie, ob es wahr ist, daß die Kirche die Steinfigur einer alten Frau in den Städten und Dörfern Goas ausstellen ließ, um zu zeigen, was mit denen geschah, die sich den Heiligen gegenüber schlecht benahmen? Frag: Wurde diese Statue nicht in mehreren Dörfern gleichzeitig gesehen – und ist das nun Beweis für einen Betrug oder für ein weiteres Wunder?

»Du weißt doch, daß ich keinen fragen kann«, heult Padma . . . aber ich mache heute abend, da ich spüre, wie mein Zorn nachläßt, keine weiteren Enthüllungen mehr.

In dürren Worten also: Mary Pereira verließ uns und ging zu ihrer Mutter nach Goa. Alice Pereira jedoch blieb; Alice blieb in Ahmed Sinais Büro und tippte und holte Sandwiches und Erfrischungsgetränke.

Was mich betraf – als die Trauerzeit für meinen Onkel Hanif um war, ging ich in mein zweites Exil.

Züge mit Pfefferstreuern

Ich kam zwangsweise zu dem Schluß, daß Shiva, mein Rivale, mein Wechselbalgbruder, nicht mehr zum Forum meines Geistes zugelassen werden konnte; die Gründe dafür waren unedel, ich gebe es zu. Ich hatte Angst, er würde entdecken, was ich mit Sicherheit nicht vor ihm würde verbergen können – das Geheimnis unserer Geburt. Shiva, für den die Welt aus Dingen bestand, der sich Geschichte nur als den beständigen Kampf des eigenen Ichs-gegen-die-Masse vorstellen konnte, würde bestimmt auf seinem Geburtsrecht bestehen; und entsetzt beim bloßen Gedanken daran, daß mein X-beiniger Widersacher mich im blauen Zimmer meiner Kindheit ersetzen könnte, während ich, notgedrungen, verdrossen das zweigeschossige Hügelchen hinab in die Slums im Norden wanderte, weigerte ich mich zu akzeptieren, daß die Prophezeiung Ramram Seths für Winkies Sohn bestimmt gewesen war, daß Ministerpräsidenten an Shiva geschrieben hatten und daß die Fischer für Shiva aufs Meer hinausdeuteten . . . kurzum, ich bewertete mein elfjähriges Dasein als Sohn viel höher als bloße Blutsverwandtschaft und beschloß, daß mein zerstörerisches, gewalttätiges Alter ego nie wieder an den durch Fraktionskämpfe zunehmend beeinträchtigten Ratsversammlungen der Mitternachtskinder-Konferenz teilnehmen sollte, daß ich mein Geheimnis – das einst Marys gewesen war – hüten würde wie mein eigenes Leben.

Zu der Zeit gab es Nächte, in denen ich es vermied, die Konferenz überhaupt einzuberufen – nicht wegen des unbefriedigenden Verlaufs, den sie genommen hatte, sondern weil ich wußte, daß es Zeit und Kaltblütigkeit erforderte, einen Wall um mein neues Wissen zu errichten, der den Kindern den Zugang dazu verwehren würde; mit der Zeit, darauf baute ich, würde mir das gelingen . . . vor Shiva aber hatte ich Angst. Er, das wildeste und mächtigste der Kinder, würde vordringen, wo andere nicht hingelangen konnten . . . Auf jeden Fall entzog ich mich meinen Mitkindern, und dann war es plötzlich zu spät, denn nachdem ich Shiva ins Exil geschickt hatte, fand ich mich plötzlich selbst in einem Exil wieder, von dem aus ich nicht mit meinen über fünfhundert Kollegen in Verbindung treten konnte: es verschlug mich über die durch Teilung geschaffene Grenze nach Pakistan.

Ende September 1958 ging die Trauerzeit für meinen Onkel Hanif zu
Ende, und wunderbarerweise legte sich die Staubwolke, die uns umhüllt hatte, infolge eines gnädigen Regenschauers. Als wir gebadet,
frische Kleider angezogen und die Deckenventilatoren eingeschaltet
hatten, traten wir, für kurze Zeit vom trügerischen Optimismus frischer, nach Seife riechender Sauberkeit erfüllt, aus den Badezimmern,
um einen staubigen, ungewaschenen Ahmed Sinai zu entdecken, der,
die Whiskyflasche in der Hand, die Augen rot gerändert, im Wahn-
sinnsgriff der Dschinns aus seinem Büro nach oben schwankte. Er hatte
in der privaten Welt seiner Abstraktionen mit den undenkbaren Realitäten gerungen, die Marys Enthüllungen freigesetzt hatten, und war
dank irgendeiner blödsinnigen Auswirkung des Alkohols von einer unbeschreiblichen Wut erfaßt, die sich weder gegen die abwesende Mary
noch gegen den anwesenden Wechselbalg richtete, sondern gegen meine Mutter – gegen Amina Sinai, sollte ich sagen. Vielleicht weil er
wußte, daß er sie um Verzeihung bitten sollte, und das nicht tun wollte,
schrie Ahmed Sinai sie in Hörweite ihrer entsetzten Familie stundenlang an; ich will die Schimpfworte, mit denen er sie belegte, nicht
wiederholen und auch nicht erwähnen, welch lästerliche Schritte zu
unternehmen er ihr für ihr weiteres Leben nahelegte. Schließlich
schritt jedoch Ehrwürdige Mutter ein.
»Schon einmal, meine Tochter«, sagte sie, ohne auf Ahmeds anhaltendes Toben zu achten, »haben dein Vater und ich, wieheißtesnoch, gesagt, daß es keine Schande sei, einen unzulänglichen Ehemann zu verlassen. Jetzt sage ich es wieder: du hast, wieheißtesnoch, einen Mann
von unaussprechlicher Schlechtigkeit. Geh weg von ihm, geh heute
und nimm deine Kinder mit, wieheißtesnoch, damit sie diese Flüche,
die er wie ein Tier aus der Gosse, wieheißtesnoch, von seinen Lippen
speit, nicht mehr hören müssen. Nimm deine Kinder, sage ich, wieheißtesnoch – deine *beiden* Kinder«, sagte sie und preßte mich an ihre
Brust. Nachdem Ehrwürdige Mutter mich einmal legitimiert hatte,
konnte sich ihr niemand widersetzen; mir scheint heute, über die Jahre
hinweg, daß es selbst meinen fluchenden Vater beeindruckte, wie sie
sich für das elfjährige rotznasige Kind einsetzte.
Ehrwürdige Mutter regelte alles; meine Mutter war wie Wachs – wie
Modelliermasse! – in ihren allmächtigen Händen. Zu der Zeit glaubte
meine Großmutter noch (ich muß sie weiterhin so nennen), daß sie und
Aadam Aziz bald nach Pakistan auswandern würden; deshalb wies sie
meine Tante Emerald an, uns alle – Amina, das Äffchen, mich selbst,

sogar meine Tante Pia – mit sich zu nehmen und ihr Kommen zu erwarten. Meine Tante Emerald wirkte alles andere als erfreut, aber sowohl sie als auch General Zulfikar fügten sich. Und da mein Vater sich benahm wie ein Geistesgestörter, was uns um unsere Sicherheit fürchten ließ, und die Zulfikars schon Plätze auf einem Schiff gebucht hatten, das an jenem Abend ablegen sollte, verließ ich die Stätte, die mein ganzes Leben lang mein Heim gewesen war, am selben Tag und ließ Ahmed Sinai allein mit Alice Pereira zurück, denn als meine Mutter ihren zweiten Mann verließ, gingen die anderen Diener auch alle fort.

In Pakistan ging meine zweite überstürzte Wachstumsperiode zu Ende. Und in Pakistan entdeckte ich, daß die Existenz einer Grenze meine Gedankenübertragungen an die Überfünfhundert irgendwie blockierte, so daß ich, einmal mehr von zu Hause vertrieben, auch jener Gabe verlustig ging, die mein ureigenes Geburtsrecht war: der Gabe der Mitternachtskinder.

An einem hitzedurchglühten Nachmittag lagen wir vor dem Ran von Kutch vor Anker. Hitze summte in meinem schlechten linken Ohr, trotzdem blieb ich lieber auf Deck und sah zu, wie kleine, irgendwie verdächtig aussehende Ruderboote und Fischerdhaus einen Fährdienst zwischen unserem Schiff und dem Ran betrieben und in Segeltuch eingeschlagene Gegenstände hin und her, her und hin transportierten. Unter Deck spielten die Erwachsenen Housie-Housie; ich hatte keine Ahnung, wo das Äffchen war. Zum ersten Mal war ich auf einem richtigen Schiff (gelegentliche Besuche auf amerikanischen Kriegsschiffen im Hafen von Bombay zählten nicht, da es sich um reinen Tourismus handelte; außerdem war es stets peinlich, sich in Gesellschaft Dutzender hochschwangerer Damen zu befinden, die diese Ausflüge immer in der Hoffnung machten, daß ihre Wehen begännen und sie Kinder gebären würden, die kraft ihrer Geburt auf See ein Anrecht auf die amerikanische Staatsbürgerschaft hätten). Ich starrte durch den Hitzeschleier auf den Ran. *Der Ran von Kutch* ... ich hatte das schon immer für einen Zaubernamen gehalten und halb gewünscht, halb gefürchtet, den Ort zu besuchen, dieses Chamäleongebiet, das die eine Hälfte des Jahres Land und die andere Hälfte des Jahres Meer war und auf dem der zurückweichende Ozean, wie es hieß, alles mögliche sagenhafte Strandgut zurückließ wie beispielsweise Schatztruhen, weiße, gruselige Quallen und ab und zu sogar die nach Luft schnappende legendäre Schreckensgestalt eines Wassermanns. Da ich zum ersten Mal auf dieses Wasserland, diesen Alptraum-Sumpf starrte, hätte ich mich erregt fühlen sollen, aber die Hitze und die Ereignisse der letzten Zeit lasteten auf mir; meine Oberlippe war immer noch kindlich naß von Nasenschleim, aber mich bedrückte das Gefühl, ich sei von einer überlangen und sabbernden Kindheit unmittelbar in ein vorzeitiges (wenn auch noch tröpfelndes) Alter eingetreten. Meine Stimme war tiefer geworden; ich hatte anfangen müssen, mich zu rasieren, und mein Gesicht war mit Blut befleckt, wo die Klinge Pickelköpfchen abgeschnitten hatte . . . Der Zahlmeister des Schiffes kam an mir vorbei und sagte: »Du gehst besser nach unten, Sohn. Gerade jetzt ist es am heißesten.« Ich erkundigte mich nach den Fährbooten. »Bloß Vorräte«, sagte er, entfernte sich und überließ es mir, über eine Zukunft nachzusinnen, in der es wenig gab, worauf man sich freuen konnte, außer der widerwilligen Gastfreundschaft General Zulfikars, der selbstzufriedenen Gespreiztheit meiner Tante Emerald, die es zweifellos genießen würde, mit ihrem weltlichen Erfolg und Status vor ihrer unglücklichen Schwester und ihrer verwitweten Schwägerin anzugeben, und der dummen Anmaßung ihres Sohnes Zafar . . . »Pakistan«, sagte ich laut, »Arsch der Welt!« Und wir waren noch nicht einmal angekommen . . . Ich betrachtete die Boote; sie schienen durch einen schwindelerregenden Dunst zu schwimmen. Auch das Deck schien heftig zu schwanken, obwohl es so gut wie keinen Wind gab; und obwohl ich versuchte, mich an der Reling festzuklammern, waren die Planken zu schnell für mich: sie rasten hoch und schlugen mich auf die Nase.

So kam ich nach Pakistan mit einem leichten Sonnenstich, der zur Leere meiner Hände und zum Wissen um meine Geburt hinzukam. Und was war der Name des Schiffs? Welche beiden Schwesterschiffe verkehrten noch zwischen Bombay und Karatschi, bevor die Politik ihren Fahrten ein Ende machte? Unser Schiff war die *S. S. Sabarmati*; ihre Schwester, die an uns vorbeifuhr, gerade als wir den Hafen von Karatschi erreichten, war die *Sarasvati*. Wir dampften ins Exil an Bord eines Schiffs, das die Namensschwester des Fregattenkapitäns war, was wieder einmal beweist, daß man der Wiederholung nicht entfliehen kann.

Wir erreichten Rawalpindi in einem heißen, staubigen Zug. (Der General und Emerald reisten in einem klimatisierten Abteil, für uns übrige kauften sie gewöhnliche Erster-Klasse-Fahrkarten.) Aber es war kühl, als wir 'Pindi erreichten, und ich setzte zum ersten Mal den Fuß in eine nördliche Stadt . . . Ich erinnere mich an sie als an eine anonyme Stadt mit niedrigen Gebäuden; Kasernen, Obsthandlungen, Sportwarenindustrie, großgewachsene Militärs in den Straßen, Jeeps, Möbelschreiner, Polo. Eine Stadt, in der man ganz entsetzlich frieren konnte. Und in einer neuen und teuren Wohngegend ein geräumiges Haus, das von einer hohen, mit Stacheldraht bewehrten Mauer umgeben war und vor dem Wachen patrouillierten: General Zulfikars Residenz. Es gab ein Bad neben dem Doppelbett, in dem der General schlief; es gab ein Schlagwort im Haus: »Organisieren wir's!«; die Dienstboten trugen grüne Armeepullover und Uniformmützen; abends drang von ihren Unterkünften der Duft von Bhang und Charas herauf. Das Mobiliar war teuer und überraschend schön; schlechten Geschmack konnte man Emerald nicht vorwerfen. Es war trotz all seines militärischen Anstrichs ein langweiliges Haus ohne Leben; selbst die Goldfische in dem Aquarium, das in die Eßzimmerwand eingelassen war, schienen lustlos Blasen aufsteigen zu lassen; sein vielleicht interessantester Bewohner war noch nicht einmal ein Mensch. Sie gestatten mir, daß ich einen Augenblick lang Bonzo, den Hund des Generals, beschreibe. Entschuldigung: die alte Beaglehündin des Generals.

Diese mit einem Kropf behaftete Kreatur von pergamentner Antiquität war ihr Leben lang höchst träge und nutzlos gewesen, aber während ich mich noch vom Sonnenstich erholte, sorgte sie für den ersten Eklat, der sich während unseres Aufenthalts ereignete – eine Art Vorschau auf die »Revolution der Pfefferstreuer«. General Zulfikar hatte sie eines Tages mit zu einem militärischen Ausbildungslager genommen, wo er das Training einer Einheit in einem eigens präparierten Minenfeld überwachen sollte. (Dem General war sehr daran gelegen, daß die Grenze zwischen Indien und Pakistan auf ihrer gesamten Länge vermint wurde. »Organisieren wir's!« rief er oft aus. »Geben wir diesen Hindus doch was, worüber sie sich aufregen können! Wir sprengen ihre Invasoren in so viele Stücke, daß für eine Wiedergeburt nichts mehr übrigbleibt.« Er machte sich jedoch nicht übermäßige Sorgen um die Grenzen Ost-Pakistans, weil er der Ansicht war, daß »diese verdammten Blackies sich um sich selber kümmern können«.) . . . Und nun entschlüpfte Bonzo der Leine, entkam irgendwie den hastig zupackenden Händen junger Burschen und watschelte aufs Minenfeld hinaus.

Blinde Panik. Nach Minen suchende Soldaten tappen in rasendem Zeitlupentempo durch das Sprengfeld. General Zulfikar und andere hohe

Tiere der Armee gehen hinter ihrer Tribüne in Deckung und warten auf die Explosion . . . Aber es kam keine, und als die Zierde der pakistanischen Armee aus Mülltonnen und hinter Bänken hervorspähte, sah sie, wie Bonzo sich mit der Nase am Boden graziös einen Weg durch das Feld mit den todbringenden Samen suchte, ganz unbekümmert und unbefangen. General Zulfikar warf sein Käppi in die Luft. »Verdammt gut!« schrie er mit der dünnen Stimme, die sich zwischen Nase und Kinn hervorquetschte. »Die alte Dame kann die Minen riechen!« Bonzo wurde unverzüglich als vierbeiniger Minendetektor mit dem ehrenhalber verliehenen Titel eines Hauptfeldwebels in die Armee aufgenommen.

Ich erwähne Bonzos Leistung, weil der General dadurch etwas an die Hand bekam, was er uns unter die Nase reiben konnte. Wir Sinais – und Pia Aziz – waren hilflose, unproduktive Mitglieder des Zulfikar-Haushalts, und der General legte Wert darauf, daß wir das nicht vergaßen: »Selbst eine verdammte hundert Jahre alte Beaglehündin kann ihren verdammten Lebensunterhalt verdienen«, hörte man ihn murmeln, »aber mein Haus ist voller Leute, die keine einzige verdammte Sache organisieren können.« Doch noch vor Ende Oktober sollte er zumindest für meine Anwesenheit dankbar sein . . . und die Verwandlung des Äffchens ließ nicht mehr lange auf sich warten.

Wir gingen zur Schule mit Vetter Zafar, der nun, da wir Kinder aus einem zerrütteten Elternhaus waren, offenbar nicht mehr so wild darauf war, meine Schwester zu heiraten; aber seine schlimmste Tat beging er an einem Wochenende, als wir in die Berghütte des Generals in Nathia Gali hinter Murree mitgenommen wurden. Ich war in einem Zustand höchster Erregung (meine Krankheit war gerade für geheilt erklärt worden): Berge! Möglicherweise Panther! Kalte, beißende Luft! – so daß ich mir nichts dabei dachte, als der General mich fragte, ob es mir etwas ausmache, ein Bett mit Zafar zu teilen, und ich erriet es noch nicht einmal, als die Gummiunterlage über die Matratze gebreitet wurde . . . Ich erwachte in den frühen Morgenstunden in einer widerlichen Pfütze voll lauwarmer Flüssigkeit und begann Zeter und Mordio zu schreien. Der General erschien an unserem Bett und begann seinem Sohn den Verstand aus dem Leibe zu prügeln. »Du bist jetzt ein erwachsener Mann! Verdammt noch mal! Trotzdem und immer noch tust du's! Organisier dich! Tunichtgut! Wer benimmt sich schon so beschissen? Feiglinge, nur die! Ich will verdammt sein, wenn ich einen Feigling zum Sohn habe . . .« Mein Vetter Zafar näßte jedoch zur Beschämung seiner Familie auch weiterhin das Bett; obwohl er verprügelt wurde, lief ihm die Flüssigkeit die Beine hinab, und eines Tages passierte es, als er wach war. Doch das geschah, nachdem mit meiner Hilfe bestimmte Züge mit Pfefferstreuern ausgeführt worden waren, die mir bewiesen, daß die Verknüpfungsmodi immer noch zu funktionieren schienen, auch wenn die telepathischen Wellen in diesem Land blokkiert waren: aktiv-buchstäblich ebenso wie -metaphorisch trug ich dazu bei, das Land der Reinen zu verändern.

Das Messingäffchen und ich beobachteten in jenen Tagen hilflos, wie unsere Mutter dahinwelkte. Sie, die in der Hitze immer so beflissen und eifrig gewesen war, begann in der nördlichen Kälte zu erschlaffen. Nach dem Verlust zweier Ehemänner hatte sie (in ihren eigenen Augen) auch ihren Lebensinhalt verloren, und außerdem mußte eine Beziehung wieder aufgebaut werden: die zwischen Mutter und Sohn. Eines Abends preßte sie mich fest an sich und sagte: »Liebe, mein Kind, ist etwas, was jede Mutter lernt; sie wird nicht mit einem Baby geboren, sondern sie entsteht allmählich, und elf Jahre lang habe ich gelernt, dich als meinen Sohn zu lieben.« Aber hinter ihrer Sanftheit lag eine Distanz, als wolle sie sich selbst überreden . . . ein Abstand, den ich auch aus dem mitternächtlichen Geraune des Äffchens heraushörte: »He, Bruder, warum gehen wir nicht hin und schütten Wasser über Zafar – sie werden bloß denken, er hat ins Bett gemacht?« – und daß ich diese Kluft empfand, zeigte mir, daß ihre Vorstellungskraft, obwohl sie *Sohn* und *Bruder* sagten, hart daran arbeitete, Marys Geständnis zu verdauen; ohne damals zu wissen, daß es ihnen nie gelingen sollte, sich *Bruder* und *Sohn* nach dem alten Bild vorzustellen, hatte ich weiter schreckliche Angst vor Shiva und war noch entsprechend mehr von dem fatalen Verlangen beseelt, mich ihrer Verwandtschaft würdig zu erweisen. Obwohl Ehrwürdige Mutter mich anerkannt hatte, fühlte ich mich erst wohl, als mein Vater auf einer mehr-als-drei-Jahre-entferntliegenden Veranda sagte: »Komm, mein Sohn, komm her und laß mich dich lieben.« Vielleicht ist das der Grund für mein Benehmen am Abend des 7. Oktober 1958.

. . . Ein elfjähriger Junge, Padma, wußte sehr wenig über die inneren Angelegenheiten Pakistans, doch an diesem Oktobertag konnte er sehen, daß eine ungewöhnliche Abendeinladung vorbereitet wurde. Mit elf Jahren wußte Saleem nichts über die Verfassung von 1956 und ihre allmähliche Aushöhlung, aber seine Augen waren scharf genug, um die

Sicherheitsoffiziere der Armee auszumachen, die Militärpolizisten, die an jenem Nachmittag eintrafen, um heimlich hinter jedem Gartenbusch zu lauern. Parteienhader und die vielfältigen Inkompetenzen von Ghulam Mohammed waren ihm unbekannt, aber es war klar, daß seine Tante Emerald ihre besten Juwelen anlegte. Die Farce von Vier-Ministerpräsidenten-in-zwei-Jahren hatte ihn nie zum Kichern gebracht, aber in dem Hauch von Drama, der über dem Haus des Generals hing, konnte er spüren, daß so etwas wie ein Schlußvorhang auf sie zukam. Ohne etwas über die Entstehung der Republikanischen Partei zu wissen, war er dennoch neugierig auf die Gästeliste für die Zulfikar-Party; obwohl er sich in einem Land befand, wo Namen nichts bedeuteten – wer war Chaudhuri Muhammad Ali? oder Suhrawardy? oder Chundrigar oder Noon? –, machte die von Onkel und Tante sorgsam gehütete Anonymität der Gäste, die zum Abendbrot erwartet wurden, stutzig. Obwohl er doch einmal Schlagzeilen über Pakistan aus Zeitungen ausgeschnitten hatte – STELLVERTRETENDER SPRECHER OST-PAKISTANS BEI MÖBELSCHLACHT GETÖTET –, hatte er doch keine Ahnung, weshalb um sechs Uhr abends eine lange Reihe schwarzer Limousinen durch die bewachte Einfahrt auf das Zulfikar-Anwesen zukamen, weshalb Flaggen auf ihren Motorhauben wehten, weshalb ihre Insassen sich weigerten zu lächeln oder weshalb Emerald und Pia und meine Mutter mit einem Gesichtsausdruck, der eher zu einer Beerdigung als zu einer gesellschaftlichen Zusammenkunft gepaßt hätte, hinter General Zulfikar standen. Wer was starb? Wer saß in den Limousinen, und warum kamen sie? – Ich hatte keine Ahnung, aber ich stand auf Zehenspitzen hinter meiner Mutter und starrte auf die getönten Fenster der geheimnisvollen Wagen.

Wagentüren öffneten sich, Offiziersburschen, Adjutanten sprangen aus den Fahrzeugen und öffneten die hinteren Türen; ein kleiner Muskel begann im Gesicht meiner Tante Emerald zu zucken. Und dann, wer stieg aus den Automobilen mit den wehenden Flaggen aus? Welche Namen sollten diesem sagenhaften Aufgebot an Schnurrbärten, Exerzierstöckchen, bohrenden Augen, Orden und Epauletten zugeordnet werden? Saleem kannte weder Namen noch Seriennummern; Ränge konnten jedoch festgestellt werden. Orden und Epauletten, stolz auf Brust und Schulter getragen, kündigten die Ankunft wahrhaft hoher Tiere an. Und aus dem letzten Wagen kam ein hochgewachsener Mann mit einem auffallend runden Kopf, rund wie ein Blechglobus, wenn auch nicht mit Längen- und Breitengraden markiert; obwohl er einen

Kopf wie ein Planet hatte, war er nicht beschriftet wie die Weltkugel, die das Messingäffchen einmal zertreten hatte; nicht MADE AS ENGLAND (wenn auch bestimmt in Sandhurst ausgebildet), bewegte er sich durch das Spalier salutierender Orden-und-Epauletten, blieb vor meiner Tante Emerald stehen und schloß sich mit seinem Gruß den anderen an.

»Herr Oberkommandierender«, sagte meine Tante, »willkommen in unserem Heim.«

»Emerald, Emerald«, kam es aus dem Mund in dem kugelförmigen Kopf – dem Mund, der sich direkt unter einem adretten Schnurrbart befand, »warum diese Förmlichkeit, warum der ganze Takaluff?« Worauf sie ihn umarmte und sprach: »Also dann, Ayub, du siehst blendend aus.«

Damals war er noch General, doch der Feldmarschall war nicht mehr weit weg . . . wir folgten ihm ins Haus; wir sahen ihm zu, wie er (Wasser) trank und (laut) lachte; beim Essen sahen wir ihm wieder zu, sahen, daß er aß wie ein Bauer, so daß sein Schnurrbart mit Soße bekleckert wurde . . . »Hör mal, Em«, sagte er. »Immer diese Vorbereitungen, wenn ich komme! Ich bin doch nur ein einfacher Soldat, Dal und Reis aus deiner Küche wären ein Festmahl für mich.«

»Ein Soldat, ja«, antwortete meine Tante, »aber einfach – nie! Kein einziges Mal!«

Lange Hosen berechtigten mich, umgeben von Orden-und-Epauletten, neben Vetter Zafar am Tisch zu sitzen; das zarte Alter verpflichtete uns jedoch zum Schweigen. (General Zulfikar zischte uns militärisch zu: »Ein Pieps von euch, und ihr bekommt Arrest. Wenn ihr bleiben wollt, haltet den Mund. Kapiert?« Da wir den Mund hielten, stand es Zafar und mir frei, zu sehen und zu hören. Aber im Gegensatz zu mir versuchte Zafar nicht, sich seines Namens würdig zu erweisen . . .)

Was hörten Elfjährige beim Essen? Was verstanden sie unter ausgelassenen militärischen Anspielungen auf »diesen Suhrawardy, der sich immer gegen die pakistanische Idee gewehrt hat«, oder auf Noon, »der eigentlich Sunset heißen müßte, nicht«? Und welche Unterströmungen von Gefahr drangen durch die Erörterungen von Wahlschiebung und Schwarzgeld in ihre Haut und ließen die flaumigen Härchen sich aufrichten? Und als der Oberkommandierende den Koran zitierte, wieviel von seiner Bedeutung verstanden die elfjährigen Ohren?

»Es steht geschrieben«, sagte der rundköpfige Mann, und die Orden-und-Epauletten verstummten: »*Und wir vernichteten Ad und Thamud.*

*Der Satan ließ ihnen ihre Werke wohlgefällig erscheinen und machte
sie abwendig vom Weg, wiewohl sie einsichtig waren.«*
Es war, als sei damit ein Stichwort gegeben; ein Wink meiner Tante
entließ die Dienstboten. Sie erhob sich und verließ den Raum ebenfalls; meine Mutter und Tante Pia gingen mit ihr. Auch Zafar und ich
erhoben uns von unseren Plätzen, aber *er*, er persönlich, rief über die
ganze Länge der verschwenderisch gedeckten Tafel herunter: »Die kleinen Männer sollten bleiben. Es geht letzten Endes um ihre Zukunft.«
Die kleinen Männer, ängstlich, aber auch stolz, setzten sich und hielten, dem Befehl gehorchend, den Mund.
Jetzt nur noch Männer. Eine Veränderung im Gesicht des Rundköpfi-
gen, etwas Dunkleres, etwas Fleckiges und Verwegenes hat von ihm
Besitz ergriffen . . . »Vor zwölf Monaten«, sagte er, »habe ich zu Ihnen
allen gesprochen. Geben wir den Politikern ein Jahr – habe ich das nicht
gesagt?« Nickende Köpfe, zustimmendes Murmeln. »Meine Herren,
wir haben ihnen ein Jahr gegeben; die Situation ist unerträglich geworden, und ich bin nicht bereit, sie länger hinzunehmen!« Orden-und-
Epauletten nehmen eine strenge, staatsmännische Miene an, Kiefer
werden starr, Augen blicken durchdringend in die Zukunft. »Daher
übernehme ich heute abend« – ja, ich war da! ein paar Meter von ihm
entfernt! – General Ayub und ich, meine Wenigkeit und der alte Ayub
Khan! – »die Kontrolle über den Staat.«
Wie reagieren Elfjährige auf die Ankündigung eines Staatsstreichs?
Wenn sie die Worte ». . . Staatsfinanzen total zerrüttet. . . überall Korruption und Unreinheit. . .« hören, werden dann auch ihre Kiefer
starr? Richtet ihr Blick sich auf ein vielversprechenderes Morgen?
Wenn Elfjährige hören, wie ein General ruft: »Die Verfassung ist hiermit aufgehoben! Die Legislative des Staates und die der Provinzen
werden aufgelöst! Politische Parteien sind fortan abgeschafft!« – was
meinen Sie, was sie empfinden?
Als General Ayub Khan sagte: »Von nun an herrscht Kriegsrecht!«,
begriffen sowohl Vetter Zafar als auch ich, daß seine Stimme – diese
von Macht und Entscheidungsbefugnis und dem reichen Timbre der
besten Speisen meiner Tante erfüllte Stimme – etwas aussprach, für das
wir nur ein Wort kannten: Verrat. Ich bin stolz darauf, sagen zu können, daß ich einen kühlen Kopf bewahrte, doch Zafar verlor die Kontrolle über einen heikleren Körperteil. Feuchtigkeit befleckte seinen
Hosenladen, die gelbe Feuchtigkeit der Furcht tröpfelte seine Beine
hinunter und befleckte Perserteppiche; Orden-und-Epauletten rochen

etwas und wandten sich ihm mit einem Ausdruck unendlichen
Abscheus zu, und dann (das war das schlimmste von allem) wurde
gelacht.

General Zulfikar hatte gerade zu seiner Rede angehoben: »Wenn Sie
gestatten, Sir, werde ich die Strategie für die heutige Nacht einmal in
allen Einzelheiten darlegen« – da machte sein Sohn in die Hosen. In
kalter Wut warf mein Onkel seinen Sohn hinaus; »Lude! Weib!« folgte
es Zafar aus dem Eßzimmer nach in der dünnen scharfen Stimme
seines Vaters; »Feigling! Schwuler! Hindu!« tönte es aus dem Kasperl-
gesicht, so daß es den Sohn die Treppe hinauftrieb . . . Zulfikars Blick
blieb an mir hängen. Eine Bitte war in seinen Augen zu lesen. *Rette die
Ehre der Familie. Mach die Blamage, die ich meinem Sohn verdanke,
wieder wett.* »Du, mein Junge!« sagte mein Onkel. »Willst du herkommen und mir helfen?«

Natürlich nickte ich. Ich bewies meine Männlichkeit, meine Eignung
zum Sohn, als ich meinem Onkel half, die Revolution zu machen. Und
dadurch, daß ich das tat, daß ich mir seine Dankbarkeit verdiente, daß
ich das Gekicher der versammelten Orden-und-Epauletten zum Verstummen brachte, schuf ich mir einen neuen Vater. General Zulfikar
wurde der letzte in der Reihe der Männer, die gewillt waren, mich
»Sonny« oder »Sonny Jim« oder sogar schlicht »mein Sohn« zu
nennen.

Wie wir die Revolution machten: General Zulfikar beschrieb Truppenbewegungen; ich bewegte symbolisch Pfefferstreuer hin und her, während er seine Ausführungen vorbrachte. Im Bann des aktiv-metaphorischen Verknüpfungsmodus verschob ich Salzgefäße und Schüsselchen
mit Chutney: dieses Senfglas ist Kompanie A, die das Hauptpostamt
besetzt; dort stehen zwei Pfefferstreuer links und rechts von einem
Vorlegelöffel, was bedeutet, daß Kompanie B den Flughafen eingenommen hat. Das Schicksal der Nation lag in meinen Händen, als ich
Gewürze und Besteck verschob, leere Birianiteller mit Hilfe von Was-
sergläsern gefangennahm, Salzgefäße als Wachen um Wasserkaraffen
postierte. Und als General Zulfikar aufhörte zu reden, endete auch der
Marsch des Tafelservices. Ayub Khan schien es sich auf seinem Stuhl
gemütlich zu machen; bildete ich mir nur ein, daß er mir zuzwinkerte?
Auf jeden Fall sagte der Oberkommandierende: »Ausgezeichnet, Zulfikar, gute Leistung.«

Bei den von Pfefferstreuern etcetera ausgeführten Zügen blieb ein einziger Gegenstand verschont: ein Sahnekännchen aus massivem Silber,

das bei unserem Coup auf der Tischplatte das Oberhaupt des Staates darstellte, Präsident Iskandar Mirza; drei Wochen lang blieb Mirza noch im Amt.

Ein elfjähriger Junge kann nicht beurteilen, ob ein Präsident wirklich korrupt ist, selbst wenn Orden-und-Epauletten es behaupten; es steht Elfjährigen nicht an, zu sagen, ob Mirzas Verbindungen zu der schwachen Republikanischen Partei ihn für ein hohes Amt unter dem neuen Regime untauglich machten. Saleem Sinai gab kein politisches Urteil ab, aber als mich mein Onkel am 1. November wachrüttelte, natürlich um Mitternacht, und flüsterte: »Komm, Sonny, es ist Zeit, daß du einen Vorgeschmack auf die Sache selbst kriegst!«, sprang ich fix aus dem Bett; ich zog mich an und ging in die Nacht hinaus, in dem stolzen Bewußtsein, daß mein Onkel meine Begleitung der seines eigenen Sohnes vorgezogen hatte.

Mitternacht. Rawalpindi flog mit siebzig Meilen in der Stunde an uns vorbei. Motorräder vor uns neben uns hinter uns. »Wohin fahren wir, Onkel Zulfi?« *Wart's ab.* Die schwarze Limousine mit den getönten Scheiben hält vor einem im Dunkeln liegenden Haus. Posten bewachen die Tür mit über Kreuz gehaltenen Gewehren, die auseinandergehen, um uns durchzulassen. Ich marschiere im Gleichschritt an der Seite meines Onkels durch schwach erleuchtete Korridore, bis wir plötzlich in ein dunkles Zimmer geraten, in dem ein Mondstrahl ein Himmelbett beleuchtet. Ein Moskitonetz hängt wie ein Leichentuch über dem Bett.

Ein Mann wacht auf, verwirrt, *was zum Teufel geht . . .* Doch General Zulfikar hält einen langläufigen Revolver; das Rohr wird mmmff dem Mann in den aufgerissenen Mund geschoben. »Halt's Maul«, sagt mein Onkel überflüssigerweise. »Komm mit.« Ein nackter, übergewichtiger Mann taumelt aus seinem Bett. Seine Augen fragen: *Werdet ihr mich erschießen?* Schweiß rollt den stattlichen Bauch hinunter, glitzert im Mondlicht, tröpfelt auf sein Pipimännchen, aber es ist bitterkalt, er schwitzt nicht wegen der Hitze. Er sieht aus wie ein weißer lachender Buddha, lacht aber nicht. Zittert. Der Revolver meines Onkels wird ihm aus dem Mund gezogen. »Umdrehen. Abteilung marsch!« . . . Und der Lauf der Waffe wird zwischen die Backen eines überfütterten Gesäßes gestoßen. Der Mann schreit: »Um Himmels willen Vorsicht, das Ding ist nicht gesichert!« Junge Burschen kichern, als nacktes Fleisch im Mondschein auftaucht, in die schwarze Limousine bugsiert wird . . . In jener Nacht saß ich neben einem nackten Mann, den mein

Onkel zu einem Militärflughafen fuhr; ich stand da und sah zu, als das bereitgestellte Flugzeug losrollte, schneller wurde und abhob. Was aktiv-metaphorisch mit Pfefferstreuern begann, endete damals; ich stürzte nicht nur eine Regierung – ich schickte auch einen Präsidenten ins Exil.

Mitternacht hat viele Kinder; die Nachkommen der Unabhängigkeit waren nicht alle von menschlicher Art. Gewalt, Korruption, Armut, Generäle, Chaos, Gier und Pfefferstreuer . . . ich mußte ins Exil gehen, um zu erfahren, daß die Kinder der Mitternacht mannigfaltiger waren, als ich – sogar ich – es mir hätte träumen lassen.

»Wirklich und wahrhaftig?« fragt Padma. »Du warst wirklich dabei?« Wirklich und wahrhaftig. »Man sagt, daß Ayub ein guter Mann war, ehe er böse wurde«, sagt Padma; das ist noch die Frage. Aber mit elf Jahren traf Saleem solche Urteile nicht. Die Züge der Pfefferstreuer erfordern keine moralische Wahl. Saleem war nicht an öffentlichem Umbruch interessiert, sondern an persönlicher Rehabilitierung. Sie sehen das Paradox – mein bis dahin folgenreichster Raubzug in die Geschichte war vom provinziellsten aller Beweggründe motiviert. In jedem Fall war es nicht »mein« Land – wenigstens damals nicht. Nicht mein Land, obwohl ich darin lebte – als Flüchtling, nicht als Bürger; im indischen Paß meiner Mutter eingetragen, hätte ich mir wahrscheinlich eine Menge Mißtrauen eingehandelt, wäre vielleicht sogar deportiert oder als Spion verhaftet worden, wären da nicht mein zartes Alter gewesen und die Macht meines Beschützers mit dem Kasperlgesicht . . . vier lange Jahre lang.

Vier Jahre des Nichts.

Außer daß ich zu einem Teenager heranwuchs. Außer daß ich zusah, wie meine Mutter auseinanderbrach. Außer daß ich beobachtete, wie das Äffchen, ein entscheidendes Jahr jünger als ich, dem heimtückischen Bann dieses gottbesessenen Landes verfiel; das Äffchen, einst so rebellisch und wild, nahm ein zimperliches und unterwürfiges Gehabe an, das sogar ihr selbst am Anfang aufgesetzt vorgekommen sein muß; das Äffchen lernte, wie man kochte und einen Haushalt führte und Gewürze auf dem Markt kaufte; das Äffchen vollzog den endgültigen Bruch mit dem Vermächtnis ihres Großvaters, indem sie Gebete auf Arabisch lernte und sie zu allen vorgeschriebenen Zeiten aufsagte; bei dem Äffchen offenbarte sich der puritanisch-fanatische Zug, der schon damals zutage getreten war, als sie um eine Nonnentracht gebeten hatte; sie, die alle Angebote irdischer Liebe verschmähte, wurde von der Liebe zu jenem Gott verführt, den man nach einem Götzenbild in einem heidnischen Schrein benannt hatte, der um einen riesigen Meteoriten errichtet worden war; Allah in der Kaaba, dem Heiligtum des großen Schwarzen Steines.

Aber sonst war nichts.

Vier Jahre ohne die Mitternachtskinder; vier Jahre ohne Warden Road und Breach Candy und Scandal Point und die Verlockungen der Ein-Meter-Schokolade; weit weg von der Cathedral School und der Reiterstatue Shivajis und den Melonenverkäufern am Tor zu Indien; weg von Divali und Ganesh Chaturthi und Kokosnuß-Tag; vier Jahre der Trennung von einem Vater, der allein in einem Haus saß, das er nicht verkaufen wollte; allein, abgesehen von Professor Schaapsteker, der in seiner Wohnung blieb und die Gesellschaft der Menschen scheute.

Ist es wirklich möglich, daß vier Jahre lang nichts geschieht? Offensichtlich nicht ganz. Meinem Vetter Zafar, dem sein Vater nie verziehen hatte, daß er in Anwesenheit der Geschichte in die Hosen gemacht hatte, wurde bedeutet, daß er zur Armee gehen werde, sobald er alt genug sei. »Ich will sehen, wie du beweist, daß du kein Weib bist«, sagte sein Vater zu ihm.

Und Bonzo starb; General Zulfikar vergoß mannhafte Tränen.

Und Marys Geständnis verblaßte, bis es, weil niemand davon sprach, als böser Traum empfunden wurde, von jedem außer mir.

Und die Beziehungen zwischen Indien und Pakistan wurden (ohne mein Zutun) immer schlechter; ganz ohne meine Hilfe eroberte Indien Goa – »den portugiesischen Pickel auf dem Gesicht von Mutter Indien«; ich saß auf den Zuschauerrängen und spielte keine Rolle bei der Erlangung umfangreicher US-Hilfe für Pakistan, und auch für die chinesisch-indischen Grenzscharmützel in der Aksai-Chin-Region von Ladakh konnte man mir keine Vorwürfe machen; die Volkszählung im Jahre 1961 brachte eine Analphabetenrate von 23,7 Prozent an den Tag, aber ich war in den Registern nicht eingetragen. Das Problem der Unberührbaren blieb weiterhin akut; ich tat nichts, es zu lindern; und bei den Wahlen von 1962 gewann der Allindische Kongreß 361 von 494 Sitzen in der Lok Sabha und über 61 Prozent aller Sitze im Landesparlament. Nicht einmal dabei konnte man sagen, daß meine unsichtbare Hand sich gerührt habe, außer vielleicht metaphorisch: der Status quo in Indien blieb erhalten, und in meinem Leben änderte sich auch nichts.

Dann, am 1. September 1962, feierten wir den vierzehnten Geburtstag des Äffchens. Mittlerweile wurden wir (trotz der anhaltenden Zuneigung meines Onkels zu mir) von allen als sozial Tieferstehende, als die glücklosen armen Verwandten der großen Zulfikars betrachtet; die Feier war also eine schäbige Angelegenheit. Das Äffchen jedoch vergnügte sich allem Anschein nach. »Es ist meine Pflicht, Bruder«, sagte sie zu mir. Ich traute meinen Ohren kaum . . . aber vielleicht ahnte meine Schwester, wie ihr Schicksal verlaufen würde, vielleicht wußte sie, welche Verwandlung sie erwartete; warum soll ich annehmen, daß ich allein die Gabe geheimen Wissens hatte?

Vielleicht erriet sie dann auch, daß Emerald Zulfikar, sobald die engagierten Musiker zu spielen begannen (Shehnai und Vina waren da, Sarangi und Sarod kamen an die Reihe, Tabla und Sitar vollführten ihre virtuosen Kreuzverhöre), mit herzloser Eleganz auf sie zukommen und verlangen würde: »Komm schon, Jamila, sitz nicht da wie eine Melone, sing uns ein Lied, sei ein braves Mädchen!«

Und daß meine smaragdeisige Tante mit diesem Satz unabsichtlich die Verwandlung meiner Schwester vom Äffchen zur Sängerin in die Wege leiten würde; denn obwohl sie mit der mürrischen Unbeholfenheit einer Vierzehnjährigen protestierte, wurde sie von meiner organisierenden Tante ohne Umschweife auf das Podium gezerrt; und obwohl sie aussah, als wünschte sie, daß sich der Fußboden unter ihren Füßen auftue, faltete sie die Hände; da sie keinen Ausweg sah, begann das Äffchen zu singen.

Ich bin, glaube ich, nicht gut im Beschreiben von Gefühlen . . . ich bin aber überzeugt, daß meine Leserschaft in der Lage ist, *mitzumachen*, sich selbst vorzustellen, was ich nicht habe verdeutlichen können, so daß meine Geschichte auch die Ihrige wird . . . doch als meine Schwester zu singen begann, wurde ich, das ist gewiß, von einem Gefühl ergriffen, das so machtvoll war, daß ich es nicht begreifen konnte, bis es mir viel später von der ältesten Hure der Welt erklärt wurde. Denn mit der ersten Note legte das Messingäffchen ihren Spitznamen ab; sie, die mit Vögeln geredet hatte (so wie vor langer Zeit in einem Bergtal ihr Urgroßvater), mußte die Kunst des Gesangs von Singvögeln erlernt haben. Mit einem guten Ohr und einem schlechten hörte ich ihrer makellosen Stimme zu, die nicht die einer Vierzehnjährigen, sondern bereits die einer erwachsenen Frau war, erfüllt von der Reinheit des Flügelschlags und dem Schmerz des Exils und dem Flug des Adlers und der Lieblosigkeit des Lebens und der Melodie von Bülbüls und der glorreichen Allgegenwärtigkeit Gottes; eine Stimme, die später mit der von Mohammeds Muezzin Bilal verglichen wurde und die von den Lippen eines recht mageren jungen Mädchens kam.

Was ich nicht verstand, muß noch warten, bis es erzählt wird; lassen Sie mich hier festhalten, daß meine Schwester auf der Feier zu ihrem vierzehnten Geburtstag zu ihrem Namen kam und danach als Jamila die Sängerin bekannt war und daß ich begriff, als ich zuhörte, wie sie »Meine Dupatta aus rotem Muslin« und »Shahbaz Qalandar« sang, daß der Prozeß, der in meinem ersten Exil begonnen hatte, sich im zweiten der Vollendung näherte: daß von nun an Jamila das Kind war, das zählte, und daß ich hinter ihrem Talent immer zurückstehen müßte.

Jamila sang – ich neigte demütig den Kopf. Aber ehe sie ganz in ihr Königreich eingehen konnte, mußte noch etwas anderes geschehen: ich mußte richtig fertiggemacht werden.

Dränage und die Wüste

Was-an-den-Knochen-kaut weigert sich innezuhalten ... es ist nur eine Frage der Zeit. Was mich aufrechthält: ich klammere mich an Padma. Padma zählt – Padmas Muskeln, Padmas behaarte Unterarme, Padma, mein ureigener reiner Lotos ... der verlegen befiehlt: »Genug. Fang an. Fang an jetzt.«

Ja, es muß mit dem Telegramm anfangen. Telepathie zeichnete mich vor den andern aus, Telekommunikation zog mich nach unten ...

Es war einmal eine Frau, die schnitt sich gerade Warzen aus den Füßen, als ein Telegramm eintraf ... Nein, so geht es nicht, ich kann mich um das Datum nicht herummogeln: meine Mutter, rechten Knöchel auf linkem Knie, kratzte am 9. September 1962 mit einer spitzen Feile Warzen aus ihrer Fußsohle. Und die Zeit? Die Zeit spielt auch eine Rolle. Also dann: am Nachmittag. Nein, es ist wichtig, genauer zu sein ... Um Punkt drei Uhr, wenn es auch im Norden am heißesten ist, brachte ein Hausbursche ihr auf einem silbernen Tablett einen Umschlag. Ein paar Sekunden später traf weit weg in Neu-Delhi Verteidigungsminister Krishna Menon (er handelte, während Nehru auf der Konferenz der Commonwealth-Ministerpräsidenten weilte, auf eigene Faust) die folgenschwere Entscheidung, wenn nötig mit Gewalt gegen die chinesische Armee an der Himalajagrenze vorzugehen. »Die Chinesen müssen vom Bergrücken von Thag La vertrieben werden«, sagte Menon, während meine Mutter ein Telegramm aufriß. »Wir werden zurückschlagen.« Aber verglichen mit den Folgen des Telegramms war seine Entscheidung eine Kleinigkeit; denn während die Vertreibungsmaßnahme mit dem Decknamen LEGHORN zum Scheitern verurteilt war und schließlich Indien in das makaberste aller Theater, das Kriegstheater, verwandelte, sollte das Telegramm mich insgeheim, doch unerbittlich in die Krise stürzen, die mit meiner endgültigen Vertreibung aus meiner inneren Welt endete. Während das 33. indische Corps Instruktionen zufolge handelte, die von Menon an General Thapar ergangen waren, war auch ich in große Gefahr gebracht worden; als hätten unsichtbare Kräfte beschlossen, daß auch ich die Grenzen dessen überschritten hatte, was mir zu tun oder zu wissen oder zu sein erlaubt war, als hätte die Geschichte beschlossen, mich entschieden in meine

Schranken zu weisen. Ich hatte bei der ganzen Sache nichts zu sagen; meine Mutter las das Telegramm, brach in Tränen aus und sagte: »Kinder, wir fahren nach Hause!«. . . Danach war es, wie ich anfangs schon in anderem Zusammenhang sagte, nur noch eine Frage der Zeit.

Was in dem Telegramm stand: BITTE SCHNELL KOMMEN SINAI SAHIB ERLITT HERZSTIEFEL SCHWER KRANK GRÜSSE ALICE PEREIRA.

»Natürlich, fahr sofort, meine Liebste«, sagte meine Tante Emerald zu ihrer Schwester. »Aber was, mein Gott, kann nur dieser *Herzstiefel* sein?«

Es ist möglich, sogar wahrscheinlich, daß ich nur der erste Historiker bin, der die Geschichte meines unbestreitbar außergewöhnlichen Lebens und seiner Zeit schreibt. Diejenigen, die in meine Fußstapfen treten, werden jedoch unweigerlich auf das vorliegende Werk zurückgreifen, dieses Quellenbuch, diesen Hadith oder diese Purana oder diese Grundrisse, zwecks Orientierung und Belehrung. Diesen zukünftigen Exegeten sage ich: Wenn Sie zur Untersuchung der Ereignisse gelangen, die auf das »Herzstiefel-Telegramm« folgten, denken Sie daran, daß im Herzen des Hurrikans, der über mir losbrach – in der Schneide des Schwerts, um das Bild zu wechseln, mit dem mir der *Coup de grâce* versetzt wurde –, eine einzige, alles vereinigende Macht lag. Ich meine die Telekommunikation.

Telegramme und, nach den Telegrammen, Telefone waren mein Verhängnis; ich bin jedoch großmütig und werde niemanden der Verschwörung bezichtigen, auch wenn man durchaus glauben könnte, daß die Kontrolleure der Kommunikation beschlossen hätten, ihr Monopol über den Äther der Nation zurückzuerobern . . . Ich muß zu der banalen Abfolge von Ursache und Wirkung zurückkehren (Padma runzelt die Stirn): wir trafen am 16. September mit einer Dakota auf dem Flughafen Santa Cruz ein; doch um das Telegramm zu erklären, muß ich zeitlich weiter ausholen.

Wenn Alice Pereira einst gesündigt hatte, indem sie ihrer Schwester Joseph D'Costa gestohlen hatte, dann hatte sie in diesen letzten Jahren vieles abgebüßt, denn vier Jahre lang war sie für Ahmed Sinai die einzige menschliche Gesellschaft gewesen. Isoliert auf dem staubigen Hügelchen, das einmal Methwold's Estate gewesen war, hatte sie enorme Anforderungen an ihre entgegenkommende Gutmütigkeit ausgehalten. Er ließ sie bis Mitternacht bei sich sitzen, während er Dschinns trank und sich über die Ungerechtigkeiten seines Lebens austobte; er erinnerte sich an seinen alten, jahrelang vergessenen Traum, den Koran zu übersetzen und neu zu ordnen, und warf seiner Familie vor, sie habe ihn so ausgezehrt, daß er nicht mehr die Energie hätte, solch eine Aufgabe zu beginnen; und weil sie gerade da war, richtete sein Zorn sich außerdem oft gegen sie selbst und äußerte sich in langen Tiraden, in denen es wimmelte von Gossensprüchen und den nutzlosen Flüchen, die er sich in den Tagen seiner tiefsten Abstraktion ausgedacht hatte. Sie versuchte, verständnisvoll zu sein; er war ein einsamer Mann, seine einst zuverlässige Beziehung zum Telefon war durch die wirtschaftlichen Kapriolen der Zeit zerstört worden; sein sicheres Gespür in finanziellen Angelegenheiten hatte begonnen, ihn zu verlassen . . . auch wurde er das Opfer seltsamer Ängste. Als die chinesische Straße im Aksai-Chin-Gebiet entdeckt wurde, gelangte er zu der Überzeugung, daß die gelben Horden innerhalb von ein paar Tagen auf Methwold's Estate eintreffen würden, und Alice tröstete ihn mit eiskaltem Coca-Cola und sagte: »Machen Sie sich keine Sorgen. Diese Schlitzaugen sind zu klein, um unsere Jawans zu schlagen. Trinken Sie lieber Ihr Cola; nichts wird sich ändern.«

Am Ende hatte er sie zermürbt; sie blieb zum Schluß nur noch bei ihm, weil sie große Lohnerhöhungen verlangte und auch bekam, und schickte einen großen Teil des Geldes ihrer Schwester Mary nach Goa; doch am 1. September erlag auch sie den Schmeicheleien des Telefons.

Mittlerweile verbrachte sie ebensoviel Zeit wie ihr Arbeitgeber am Telefon, besonders wenn die Narlikar-Frauen anriefen. Die furchtbaren Narlikars belagerten zu jener Zeit meinen Vater, riefen ihn zweimal am Tag an, versuchten ihn zu beschwatzen und zum Verkauf zu überreden, erinnerten ihn daran, daß seine Lage hoffnungslos war, flatterten um seinen Kopf wie Geier um einen brennenden Godown . . . am 1. September ließen sie wie ein Geier aus längst vergangenen Zeiten einen Arm fallen, der ihn mitten ins Gesicht traf, denn sie bestachen Alice Pereira, damit sie ihm weglief. Unfähig, ihn länger zu ertragen, schrie sie: »Gehen Sie selbst ans Telefon! Ich bin nicht mehr da.«

In jener Nacht begann Ahmed Sinais Herz anzuschwellen. Übervoll von Haß Groll Selbstmitleid Schmerz schwoll es an wie ein Ballon, schlug zu stark, schlug unregelmäßig und streckte ihn schließlich nieder wie einen Ochsen; im Breach-Candy-Krankenhaus stellten die Ärzte fest, daß das Herz meines Vaters tatsächlich seine Form verändert hatte – eine neue Schwellung hatte sich klumpig aus der unteren linken Herzkammer herausgedrückt. Es hatte sich, um Alices Wort zu benutzen, »gestiefelt«.

»Back-to-Bom!« kreischte ich glücklich und erschreckte die Gepäckträger am Flughafen. »Back-to-Bom!« jubelte ich trotz allem, bis die neuerdings so gesetzte Jamila sagte: »O Saleem, *ehrlich, pst!*« Alice Pereira holte uns am Flughafen ab (ein Telegramm hatte sie alarmiert), und dann saßen wir in einem richtigen schwarz-gelben Bombayer Taxi, und ich schwelgte in den Rufen der Händler, die Channa-heißen-Channa feilboten, im Gedränge von Kamelen Fahrrädern Menschen Menschen Menschen, dachte, daß neben Mumbadevis Stadt Rawalpindi wie ein Dorf aussehe, entdeckte besonders die Farben neu, die vergessene Leuchtkraft von Gulmohr und Bougainvillea, das fahle Grün des Wassers im Becken des Mahalaxmi-Tempels, das steife Schwarzweiß der Sonnenschirme der Verkehrspolizisten und das Blau-Gelb ihrer Uniformen, aber am meisten von allem das Blau Blau Blau des Meeres . . . nur das Grau des von der Krankheit gezeichneten Gesichts meines Vaters lenkte mich von dem Regenbogenaufruhr der Stadt ab und ernüchterte mich.
Alice Pereira verließ uns im Krankenhaus und fuhr weiter, um ihrer Arbeit bei den Narlikar-Frauen nachzugehen, und dann geschah etwas Bemerkenswertes. Meine Mutter Amina Sinai, die beim Anblick meines Vaters aus Lethargie und Depression und Schuldschleier und Warzenschmerz auffuhr, schien wunderbarerweise ihre Jugend wiederzugewinnen; ihre ganze frühere Begabung zur Hilfsbereitschaft erlangte sie wieder, und sie machte sich, von einem unaufhaltsamen Willen getrieben, an die Wiederherstellung Ahmed Sinais. Sie brachte ihn nach Hause in das Schlafzimmer im ersten Stock, in dem sie ihn während der Einfrierung gepflegt hatte; Tag und Nacht saß sie bei ihm und verströmte ihre Stärke in seinen Körper. Und ihre Liebe wurde belohnt, denn nicht nur erholte Ahmed Sinai sich so vollkommen, daß die europäischen Ärzte im Breach-Candy-Hospital sich nicht genug wundern konnten, sondern es geschah etwas noch Wunderbareres: als Ahmed Sinai nämlich unter Aminas Obhut zu sich selbst fand, kehrte er nicht zu dem Ich zurück, das Flüche geübt und mit Dschinns gerungen hatte, sondern zu dem Ich, das er immer hätte sein können, voller Bußfertigkeit und Versöhnlichkeit und Lachen und Großzügigkeit und, das war das schönste Wunder von allen, voller Liebe. Ahmed Sinai hatte sich zu guter Letzt in meine Mutter verliebt.

Und ich war das Opferlamm, mit dem sie ihre Liebe besiegelten.

Sie hatten sogar begonnen, wieder miteinander zu schlafen, und obwohl meine Schwester – etwas von dem alten Äffchen schlug durch – sagte: »Im selben Bett, Allah, *iiih*, wie schmutzig!«, freute ich mich für sie und für kurze Zeit sogar noch mehr für mich selbst, denn ich war zurück im Land der Mitternachtskinder-Konferenz. Während Schlagzeilen auf den Krieg zumarschierten, erneuerte ich meine Bekanntschaft mit meinen Wunderkindern, ohne zu wissen, wie viele Enden mich erwarteten.

Am 9. Oktober – INDISCHE ARMEE ZU KOMPROMISSLOSEM EINSATZ BEREIT – hatte ich das Gefühl, die Konferenz einberufen zu können (die Zeit und meine eigenen Anstrengungen hatten den nötigen Wall um Marys Geheimnis errichtet). Sie kamen zurück in meinen Kopf, und es war eine glückliche Nacht, eine Nacht, in der wir alte Mißstimmigkeiten begruben und uns unsererseits kompromißlos für eine Wiedervereinigung einsetzen konnten. Wir beteuerten immer wieder unsere Freude darüber, wieder beisammen zu sein, und ignorierten die tieferliegende Wahrheit – daß wir wie alle Familien waren, daß die Vorfreude auf ein Familientreffen schöner ist als die Wirklichkeit und daß die Zeit kommt, in der alle Familien getrennte Wege gehen müssen. Am 15. Oktober – UNPROVOZIERTER ANGRIFF AUF INDIEN – begannen die Fragen, die ich gefürchtet und nicht zu provozieren versucht hatte: *Warum ist Shiva nicht hier?* Und: *Warum hast du einen Teil deines Geistes abgeschottet?*

Am 20. Oktober wurde die indische Armee von den Chinesen am Bergrücken von Thag La geschlagen – vernichtend geschlagen. Eine offizielle Stellungnahme aus Peking lautete: *Chinesische Grenzposten gingen zur Selbstverteidigung über.* Aber als zur gleichen Zeit die Kinder der Mitternacht gemeinsam einen Angriff auf mich starteten, konnte ich mich nicht verteidigen. Sie griffen auf breiter Front und aus allen Richtungen an, beschuldigten mich der Heimlichtuerei, der Irreführung, der Anmaßung, des Egoismus; mein Geist, nicht länger ein Parlamentssaal, wurde zum Schlachtfeld, auf dem sie mich vernichtend schlugen. Jetzt war ich nicht mehr der »große Bruder Saleem«, und hilflos hörte ich zu, wie sie mich in Stücke rissen, denn trotz ihres Getöses und ihrer Wut konnte ich nicht herauslassen, was ich versiegelt hatte; ich konnte mich nicht dazu überwinden, ihnen Marys Geheimnis zu erzählen. Sogar Parvati-die-Hexe, die so lange Zeit meine ergebenste Anhängerin gewesen war, verlor schließlich die Geduld mit mir. »O Saleem«, sagte sie, »Gott weiß, was Pakistan dir angetan hat, aber du hast dich schrecklich verändert.«

Einst, vor langer Zeit, hatte der Tod Mia Abdullahs eine andere Konferenz zunichte gemacht, die nur durch seine Willenskraft zusammengehalten worden war; als nun die Mitternachtskinder den Glauben an mich verloren, verloren sie auch den Glauben an das, was ich für sie geschaffen hatte. Zwischen dem 20. Oktober und dem 20. November berief ich weiterhin unsere nächtlichen Sitzungen ein – oder versuchte, sie einzuberufen; aber sie flohen vor mir, nicht einzeln, sondern zu zehnt oder zwanzig; jede Nacht waren weniger Kinder bereit, sich einzuschalten, jede Woche zogen sich über hundert ins Privatleben zurück. Hoch oben im Himalaja flohen Gurkhas und Rajputen in wilden Haufen vor der chinesischen Armee; und in den oberen Regionen meines Geistes wurde auch eine andere Armee von Dingen zerstört – Hader, Vorurteile, Langeweile, Eigensucht –, die ich für zu klein, zu unbedeutend gehalten hatte, um mich damit zu befassen.

(Doch wie eine schleichende Krankheit weigerte sich der Optimismus zu verschwinden; ich glaubte weiterhin – und tue das auch heute noch –, daß was-wir-gemeinsam-hatten am Ende was-uns-trennte überwogen hätte. Nein: ich werde nicht die volle Verantwortung für das Ende der Kinderkonferenz übernehmen, denn was jede Möglichkeit einer Erneuerung zunichte machte, war Ahmed und Amina Sinais Liebe.)

. . . Und Shiva? Shiva, dem ich kaltblütig sein Geburtsrecht vorenthielt? Kein einziges Mal in jenem letzten Monat schickte ich meine Gedanken auf die Suche nach ihm; aber daß es ihn irgendwo auf der Welt gab, nagte in den Winkeln meines Geistes. Shiva-der-Vernichter, Shiva mit den aneinanderstoßenden Knien . . . zuerst war er ein stechender Gewissensbiß, dann wurde er zur fixen Idee und schließlich, als die Erinnerung an seine reale Person abgestumpft war, zu einer Art Prinzip. In meiner Vorstellung repräsentierte er alle Rachsucht und Gewalt und Haßliebe-zu-Dingen auf der Welt, so daß ich selbst jetzt, wenn ich von Wasserleichen höre, die wie Ballons auf dem Hugli treiben und platzen, wenn sie von vorbeifahrenden Booten angestoßen werden, oder von in Brand gesteckten Zügen oder ermordeten Politikern oder Krawallen in Orissa oder im Pandschab, den Eindruck habe, als liege die Hand Shivas schwer auf allen diesen Dingen und verdamme uns dazu, in alle Ewigkeit zwischen Mord Vergewaltigung Gier Krieg umherzuirren – kurzum, als habe Shiva uns zu dem gemacht, was wir sind. (Auch er wurde Schlag Mitternacht geboren; auch er war, wie ich, mit der Geschichte verbunden. Die Verknüpfungsmodi – wenn meine Annahme richtig ist, daß sie auf mich zutrafen – befähigten auch ihn, den Lauf der Zeiten zu beeinflussen.)

Ich rede, als hätte ich ihn nie wiedergesehen, was nicht stimmt. Aber das muß sich natürlich wie alles andere in die Schlange einordnen; im Augenblick habe ich nicht die Kraft, diese Geschichte zu erzählen.

Die Optimismuskrankheit nahm in jenen Tagen wieder einmal epidemische Ausmaße an; ich unterdessen wurde von einer Entzündung der Nasennebenhöhlen befallen. Seltsamerweise durch die Niederlage am Bergrücken von Thag La ausgelöst, wurde der Optimismus der Öffentlichkeit so prall (und so gefährlich) wie ein mit zuviel Gas gefüllter Ballon; meine langmütigen Nasengänge jedoch, die von Anfang an mit zuviel Rotz angefüllt gewesen waren, gaben endlich den Kampf gegen die Verstopfung auf. Während Parlamentarier Reden hervorsprudelten über »die chinesische Aggression« und »das Blut unserer zu Märtyrern gewordenen jungen Männer«, ergossen sich aus meinen Augen Tränen; während die Nation sich aufblies und sich einredete, die Vernichtung der kleinen gelben Männer stehe bevor, schwollen auch meine Nasennebenhöhlen an und entstellten ein Gesicht, das ohnehin so auffällig war, daß Ayub Khan persönlich es mit unverhohlener Verblüffung angestarrt hatte. Von der Optimismuskrankheit angesteckt, verbrannten Studenten Mao Tse-tung und Tschou En-lai in effigie; der Mob, dem das Optimismusfieber im Gesicht geschrieben stand, griff chinesische Schuhmacher, Trödler und Restaurantbesitzer an. Vor Optimismus glühend, internierte die Regierung sogar indische Bürger chinesischer Abstammung – nun »feindliche Ausländer« – in Lagern in Rajasthan. Die Birla-Industriewerke spendeten der Nation einen Schießstand für kleinkalibrige Waffen; Schulmädchen begannen, militärische Paraden abzuhalten. Aber ich, Saleem, hatte das Gefühl, ich würde gleich den Erstickungstod sterben. Die Luft, vom Optimismus angedickt, weigerte sich, in meine Lungen vorzudringen.

Ahmed und Amina Sinai gehörten zu den schlimmsten Opfern der erneut ausgebrochenen Optimismuskrankheit; nachdem sie sich schon durch ihre neugeborene Liebe damit angesteckt hatten, ließen sie sich freudig auf die öffentliche Begeisterung ein. Als Morarji Desai, der

Urin trinkende Finanzminister, seinen Appell »Gold für Eisen« an die Nation richtete, lieferte meine Mutter Goldspangen und Smaragdohrringe ab; als Morarji eine Emission von Verteidigungspfandbriefen in Umlauf brachte, kaufte Ahmed Sinai sie haufenweise. Der Krieg hatte Indien anscheinend eine neue Morgenröte beschert; in der *Times of India* war auf einer Karikatur mit der Überschrift »Krieg mit China« Nehru dargestellt, der sich mit »Emotionale Integration«, »Arbeitsfrieden« und »Vertrauen des Volkes in die Regierung« etikettierte Diagramme ansah und ausrief: »Nie hatten wir es so gut!« Ausgesetzt im Meer des Optimismus, trieben wir – die Nation, meine Eltern, ich – hilflos auf die Klippen zu.

Als Volk sind wir von Analogien besessen. Ähnlichkeiten zwischen diesem und jenem, zwischen anscheinend unverbundenen Dingen lassen uns entzückt in die Hände klatschen, wenn wir sie herausfinden. Es ist eine Art nationaler Sehnsucht nach Form – oder vielleicht einfach ein Ausdruck unserer tiefen Überzeugung, daß Form in der Realität verborgen liege, daß Bedeutung sich nur blitzartig enthülle. Deshalb sind wir auch so empfänglich für Omen . . . als beispielsweise die indische Flagge erstmals gehißt wurde, erschien über jenem bewußten Ort in Delhi ein Regenbogen, ein safrangelber und grüner Regenbogen, und wir fühlten: uns war Segen zuteil geworden. Inmitten von Analogien geboren, stellte ich fest, daß sie mich auch weiterhin verfolgten . . . während die Inder blind auf ein militärisches Debakel zusteuerten, näherte auch ich mich (und zwar vollkommen ahnungslos) einer eigenen Katastrophe.

Die Karikaturen der *Times of India* sprachen von »Emotionaler Integration«; in Buckingham Villa, dem letzten Überbleibsel von Methwold's Estate, waren die Gefühle noch nie so integriert gewesen. Ahmed und Amina verbrachten ihre Tage wie frisch verliebte Jugendliche, und während die Pekinger *Volkszeitung* sich beschwerte: »Die Regierung Nehru hat endlich ihr Mäntelchen der Neutralität abgelegt«, beschwerten sich weder meine Schwester noch ich, denn zum ersten Mal seit Jahren brauchten wir nicht so zu tun, als seien wir im Krieg zwischen unseren Eltern neutral; was der Krieg für Indien getan hatte, hatte auf unserem zweigeschossigen Hügelchen die Einstellung der Feindseligkeiten erreicht. Ahmed Sinai hatte sogar seinen nächtlichen Kampf gegen die Dschinns eingestellt.

Am 1. November – INDER GREIFEN UNTER ARTILLERIESCHUTZ AN – hatten meine Nasengänge einen Zustand akuter Krise erreicht.

Obwohl meine Mutter mich täglich mit Wick-Inhaliermitteln und dampfenden Schüsseln folterte, die in Wasser aufgelöstes Wick Vapo Rub enthielten, obwohl ich mit einer Decke über dem Kopf dasitzen und versuchen mußte, die Dämpfe einzuatmen, weigerten sich meine Nasennebenhöhlen, auf die Behandlung anzusprechen. Das war der Tag, an dem mein Vater mir seine Arme entgegenstreckte und sagte: »Komm, mein Sohn, komm her und laß mich dich lieben.« Wahnsinnig vor Glück (vielleicht hatte die Optimismuskrankheit mich am Ende doch erwischt) ließ ich mich an seinen weichen Bauch drücken; aber als er mich losließ, hatte Nasenschleim sein Buschhemd befleckt. Ich glaube, das führte endgültig mein Verderben herbei, denn an jenem Nachmittag ging meine Mutter zum Angriff über. Unter dem Vorwand, einen Freund anzurufen, führte sie ein bestimmtes Telefongespräch. Während Inder unter Artillerieschutz angriffen, plante Amina Sinai, durch eine Lüge geschützt, meinen Untergang.

Bevor ich jedoch beschreibe, wie ich die Wüste meiner späteren Jahre betrat, muß ich gestehen, daß ich meinen Eltern möglicherweise bitter Unrecht tat. Soweit ich weiß, machten sie sich kein einziges Mal in der ganzen Zeit seit Mary Pereiras Enthüllung auf die Suche nach ihrem richtigen, ihrem leiblichen Sohn, und ich habe diese Unterlassung an mehreren Stellen in diesem Bericht auf einen gewissen Mangel an Vorstellungskraft zurückgeführt – ich habe mehr oder weniger gesagt, daß ich ihr Sohn blieb, weil sie sich mich nicht außerhalb dieser Rolle vorstellen konnten. Und auch schlimmere Deutungen sind möglich – daß sie zum Beispiel nicht die geringste Lust verspürten, einen Straßenjungen ins Herz zu schließen, der elf Jahre in der Gosse verbracht hatte; doch ich möchte ein edleres Motiv andeuten: vielleicht, trotz allem, trotz Gurkennase Fleckengesicht Kinnlosigkeit Schläfenhörnern O-Beinen Fingerverlust Mönchstonsur und meines schlechten linken Ohrs (von dem sie zugegebenermaßen nichts wußten), sogar trotz Mary Pereiras mitternächtlichen Babytauschs . . . vielleicht, sage ich, liebten meine Eltern mich trotz all dieser Ärgernisse. Ich zog mich vor ihnen in meine geheime Welt zurück; aus Furcht vor ihrem Haß ließ ich nicht die Möglichkeit gelten, daß ihre Liebe stärker als Häßlichkeit, stärker sogar als Blut war. Es ist gut möglich, daß das, was am Telefon arrangiert wurde und was schließlich am 21. November 1962 stattfand, aus dem nobelsten aller Gründe geschah: daß meine Eltern mich aus Liebe zugrunde richteten.

Dieser 20. November war ein schrecklicher Tag, die Nacht war eine

schreckliche Nacht ... sechs Tage zuvor, an Nehrus dreiundsiebzig-
stem Geburtstag, hatte die große Auseinandersetzung mit der chinesischen Armee begonnen; die indische Armee – UNSERE JAWANS IN
VOLLER AKTION – hatte die Chinesen in Walong angegriffen. Die
Nachricht von dem Desaster in Walong und dem fluchtartigen Rückzug
von General Kaul und vier Bataillionen erreichte Nehru am Samstag,
den 18.; am Montag, den 20., verbreitete sie sich durch Rundfunk und
Presse und erreichte Methwold's Estate. PANIK IN NEU-DELHI! IN-
DISCHE ARMEE AUFGERIEBEN! An jenem Tag – dem letzten meines alten Lebens – saß ich mit meiner Schwester und meinen Eltern um
die Telefunken-Musiktruhe gedrängt, während die Telekommunikation
die Furcht vor Gott und China in unsere Herzen einpflanzte. Und nun
sagte mein Vater etwas Verhängnisvolles. »Frau«, hob er feierlich an,
während Jamila und ich vor Angst zitterten, »Begum Sahiba, dieses
Land ist erledigt. Bankrott. Funtoosh.« Die Abendzeitung verkündete
das Ende der Optimismuskrankheit: ÖFFENTLICHE MORAL VER-
SIEGT. Und auf dieses Ende sollten andere folgen, andere Dinge sollten
ebenfalls versiegen.

Ich ging zu Bett mit dem Kopf voll von chinesischen Gesichtern Gewehren Panzern ... aber um Mitternacht war mein Kopf leer und
ruhig, denn auch die mitternächtliche Konferenz war versiegt; das einzige der Zauberkinder, das bereit war, mit mir zu reden, war Parvati-
die-Hexe, und wir, aufs äußerste deprimiert über das, was Nussie-die-
Ente »das Ende der Welt« genannt hätte, konnten nur noch schweigend
miteinander kommunizieren.

Und noch andere, banalere Dinge wurden trockengelegt: in dem mächtigen Staudamm des Wasserkraftwerks von Bhakra Nangal erschien ein
Riß, und das große Reservoir dahinter floß durch den Spalt aus ... und
das Landgewinnungskonsortium der Narlikar-Frauen, Optimismus
und Niederlagen und allem anderen außer den Lockungen des Reichtums unzugänglich, gewann weiterhin Land aus den Tiefen der See ...
aber die entscheidende Trockenlegung, die, welcher diese Episode letztlich ihren Titel verdankt, fand am nächsten Morgen statt, als ich mich
gerade etwas entspannt hatte und dachte, daß vielleicht doch noch
etwas gut werden könnte ... denn am Morgen hatten wir die unwahrscheinlich freudige Nachricht vernommen, daß die Chinesen plötzlich,
ohne daß sie dazu gezwungen waren, ihren Vormarsch gestoppt hatten.
Anscheinend waren sie damit zufrieden, die Kontrolle über die Höhen
des Himalajas erlangt zu haben. WAFFENRUHE! schrien die Zeitun-

gen, und meine Mutter fiel vor Erleichterung fast in Ohnmacht. (Es ging das Gerücht, daß General Kaul gefangengenommen worden sei; Indiens Präsident, Dr. Radhakrischnan, kommentierte: »Leider entspricht dieser Bericht ganz und gar nicht der Wahrheit.«)

Trotz tränender Augen und geschwollener Nasennebenhöhlen war ich glücklich; sogar trotz des Endes der Kinderkonferenz sonnte ich mich in dem neuen Schein des Glücks, der Buckingham Villa durchdrang, so daß ich, als meine Mutter vorschlug: »Laßt uns wegfahren und feiern! Ein Picknick, Kinder, wie gefällt euch das?«, natürlich eifrig zustimmte. Es war der Morgen des 21. November; wir halfen bei der Zubereitung von Sandwiches und Parathas, wir hielten an einem Geschäft für Erfrischungsgetränke und luden einen Blechbehälter mit Eis und einen Kasten Cola in den Kofferraum unseres Rovers; Eltern vorne, Kinder hinten, so fuhren wir los. Jamila die Sängerin sang während der Fahrt für uns.

Durch entzündete Nasennebenhöhlen fragte ich: »Wohin fahren wir? Nach Juhu? Elephanta? Marvé? Wohin?« Und meine Mutter, verlegen lächelnd: »Es ist eine Überraschung, wart nur ab.« Durch Straßen voll von erleichterten, jubilierenden Menschenmassen fuhren wir ... »Das ist die falsche Richtung«, rief ich aus. »Hier geht's doch nicht zum Strand?« Meine Eltern sprachen beide gleichzeitig, beruhigend, heiter: »Wir müssen erst noch einmal haltmachen, und dann geht's los, versprochen!«

Telegramme riefen mich zurück, Musiktruhen jagten mir Angst ein, doch es war das Telefon, das Datum Ort Zeit meiner Vernichtung vormerkte ... und meine Eltern logen mich an.

... Wir hielten vor einem mir unbekannten Gebäude in der Carnac Road. Äußeres: zerfallend. Alle Fenster: blind. »Kommst du mit mir, Sohn?« Ahmed Sinai stieg aus dem Auto aus; ich, glücklich, meinen Vater bei seinem Geschäftsbesuch begleiten zu dürfen, ging unbefangen neben ihm her. Ein Messingschild am Hauseingang: *Hals-Nasen-Ohren-Klinik.* Und ich, plötzlich erschrocken: »Was ist das denn, Abba? Warum sind wir...« Und die Hand meines Vaters drückt fester auf meine Schulter — und dann ein Mann in einem weißen Kittel — und Krankenschwestern — und: »Ah ja, Herr Sinai, das ist also der junge Saleem — ganz pünktlich — sehr schön«, während ich: »Abba, nein — was ist mit dem Picknick...«, aber nun lotsen mich Ärzte irgendwohin, mein Vater bleibt zurück, der Mann in dem Kittel ruft ihm nach: »Wird nicht lange dauern — verdammt gute Nachricht, das mit der

Waffenruhe, nicht wahr?« Und die Schwester: »Komm bitte mit zum Umkleiden und zur Narkose.«

Hereingelegt! Hereingelegt, Padma! Ich habe dir gesagt: mit einem Picknick hat man mich einmal hereingelegt; und dann war es ein Krankenhaus und ein Raum mit einem harten Bett und hellen Deckenlampen, und ich weinte: »Nein nein nein«, und die Schwester: »Stell dich jetzt nicht so an, du bist doch fast ein erwachsener Mann, leg dich hin«, und ich erinnerte mich daran, wie mit den Nasengängen alles in meinem Kopf angefangen hatte, wie die Nasenflüssigkeit hochhochhoch irgendwohin-wo-Nasenflüssigkeit-nicht-hingelangen-sollte gezogen worden war, wie die Verbindung zustande gekommen war, die meine Stimmen freigelassen hatte, und ich trat mit den Füßen um mich und schrie, so daß sie mich festhalten mußten. »Ehrlich«, sagte die Schwester, »so ein Baby. So was hab' ich noch nie erlebt.«

Und so endete, was in einer Wäschetruhe begonnen hatte, auf einem Operationstisch, denn ich wurde an Händen und Füßen festgehalten, und ein Mann sagte: »Du wirst nichts spüren, es ist noch harmloser als eine Mandeloperation. Diese Nasennebenhöhlen haben wir im Handumdrehen operiert, vollkommen gesäubert«, und ich: »Nein, bitte nein«, doch die Stimme fuhr fort: »Ich lege dir jetzt diese Maske an, zähl einfach bis zehn.«

Zählen. Die Zahlen marschieren eins zwei drei.

Zischen von ausströmendem Gas. Die Zahlen zermalmen mich vier fünf sechs.

Gesichter verschwimmen in Nebel. Und immer noch die turbulenten Zahlen; ich weinte, glaube ich, die Zahlen stampften sieben acht neun.

Zehn.

»Guter Gott, der Junge ist immer noch bei Bewußtsein. Erstaunlich. Wir versuchen es lieber noch mal – kannst du mich hören? Saleem, so heißt du doch, oder? Braver Junge, zähl doch noch mal bis zehn für mich!« Mich könnt ihr nicht austricksen. In meinem Kopf haben Massen getobt. Der Herr der Zahlen, ich. Hier kommen sie wieder elf zwölf.

Aber sie werden mich erst gehen lassen wenn . . . dreizehn vierzehn fünfzehn . . . O Gott, o Gott, der Nebel so schwindelerregend, und ich falle zurück zurück zurück, sechzehn, hinter Krieg und Pfefferstreuer, zurück zurück, siebzehn achtzehn neunzehn.

Zwan

Es gab einmal eine Wäschetruhe und einen Jungen, der zu sehr schniefte. Seine Mutter entkleidete sich und offenbarte eine schwarze Mango. Er hörte Stimmen, die nicht die Stimmen der Erzengel waren. Eine Hand machte sein linkes Ohr taub. Und was am besten bei Hitze gedieh: Phantasie, Unvernunft, Lust. Es gab einen Zufluchtsort im Uhrturm und Mogeln im Unterricht. Und Liebe in Bombay verursachte einen Fahrradunfall; Schläfenhörner schmiegten sich in Zangendellen; und fünfhunderteinundachtzig Kinder fanden sich in meinem Kopf ein. Mitternachtskinder: die vielleicht die Verkörperung der Hoffnung auf Freiheit waren, die vielleicht auch Monster waren, die erledigt werden mußten. Parvati-die-Hexe, die treueste von allen, und Shiva, der ein Lebensprinzip wurde. Es gab die Frage nach dem Zweck und die Auseinandersetzung zwischen Ideen und Dingen. Es gab Knie und Nase und Nase und Knie.

Streitereien begannen, und die Welt der Erwachsenen unterwanderte die Welt der Kinder; es gab Eigensucht und Snobismus und Haß. Und die Unmöglichkeit eines dritten Prinzips; die Angst, zu guter Letzt zu gar nichts zu kommen, begann zu wachsen. Und was niemand sagte: daß der Zweck der fünfhunderteinundachtzig in ihrer Vernichtung lag, daß sie gekommen waren, um zu nichts zu kommen. Diesbezügliche Prophezeiungen wurden ignoriert.

Und Enthüllungen und das Sich-Abkapseln eines Geistes und Exil und vier Jahre danach Wiederkehr, wachsendes Mißtrauen, heraufziehende Zwietracht, Auszug in Gruppen von zwanzig oder zehn. Und am Ende blieb nur noch eine einzige Stimme, doch der Optimismus lebte noch immer fort; was-wir-gemeinsam-hatten behielt die Möglichkeit bei, das-was-uns-trennte zu überwinden.

Bis:

Schweigen um mich her. Ein dunkler Raum (mit zugezogenen Jalousien). Kann nichts sehen (es gibt nichts zu sehen).

Schweigen in mir. Eine Verbindung unterbrochen (für immer). Kann nichts hören (es gibt nichts zu hören).

Schweigen, wie eine Wüste. Und eine gesäuberte freie Nase (Nasengänge voller Luft). Luft bricht wie ein Vandale in meine geheimen Orte ein.

Dräniert. Man hat mich dräniert. Den Parahamsa am Fliegen gehindert. (Für alle Zeiten.)

O sprich es aus, sprich es aus: die Operation, deren vorgeblicher Zweck es war, meine entzündeten Nasennebenhöhlen zu dränieren und meine Nasengänge ein für allemal zu säubern, hatte zur Folge, daß jegliche Verbindung, die in einer Wäschetruhe hergestellt worden war, unterbrochen wurde, ich meiner durch die Nase erhaltenen Telepathie beraubt wurde, ich der Fähigkeiten der Mitternachtskinder verlustig ging.

In unserem Namen liegt unser Schicksal; da wir in einem Land leben, in dem Namen noch nicht, wie in der westlichen Welt, zur Bedeutungslosigkeit verkommen sind und noch immer mehr sind als bloßer Schall, sind wir auch die Opfer unserer Benennung. In Sinai steckt Ibn Sina, der Meisterzauberer, Adept des Sufismus, und zugleich Sin der Mond, der uralte Gott von Hadramaut, der seinen eigenen Verknüpfungsmodus hat, seine Macht, über Entfernungen hinweg auf die Gezeiten der Welt einzuwirken. Aber Sin ist auch der Buchstabe S, gekrümmt wie eine Schlange; Schlangen verbergen sich zusammengerollt in dem Namen. Und es gibt auch den Zufall der Transkription; zwar nicht in Nastaliq, doch in römischer Schrift ist Sinai auch die Bezeichnung des Orts-der-Offenbarung, des Zieh-deine-Schuhe aus, der Gebote und goldenen Kälber; doch letzten Endes, wenn Ibn Sina vergessen und der Mond untergegangen ist, wenn Schlangen verborgen liegen und Offenbarungen zu Ende gehen, ist es der Name der Wüste – der Einöde, der Unfruchtbarkeit, des Staubs; der Name für das Ende.

In Arabien – *Arabia Deserta* – predigten zur Zeit des Propheten Mohammed auch andere Propheten: Maslama vom Stamm der Banu Hanifa in der Jamama, dem Herzen Arabiens, und Hanzala ibn Safwan und Khalid ibn Sinan. Maslamas Gott war ar-Rahman, »der Barmherzige«; heute beten die Moslems zu Allah, ar-Rahman. Khalid ibn Sinan wurde zum Stamm der 'Abs gesandt; eine Weile folgte man ihm nach, dann wurde er vergessen. Propheten sind nicht immer falsche Propheten, einfach weil sie von der Geschichte überholt werden. Verdiente Männer haben stets die Wüste durchstreift.

»Frau«, sagte Ahmed Sinai, »dieses Land ist am Ende.« Nach der Waffenruhe und der Dränage suchten ihn diese Worte wiederholt heim, und Amina Sinai begann auf ihn einzureden, er solle nach Pakistan auswandern, wo sich ihre noch lebenden Schwestern bereits befanden und wohin ihre Mutter nach dem Tod ihres Vaters gehen sollte. »Ein neuer Anfang«, schlug sie vor, »Janum, es wäre herrlich. Was bleibt uns schon auf diesem gottverlassenen Hügel?«

So wurde Buckingham Villa am Ende doch noch den Klauen der Narlikar-Frauen ausgeliefert, und über fünfzehn Jahre zu spät zog meine Familie nach Pakistan, ins Land der Reinen. Ahmed Sinai ließ sehr wenig zurück; es gibt Möglichkeiten, Geld mit Hilfe multinationaler Gesellschaften zu verschieben, und mein Vater kannte diese Möglichkeiten. Und ich war zwar traurig darüber, die Stadt meiner Geburt zu verlassen, doch nicht unglücklich darüber, aus der Stadt wegzuziehen, in der Shiva irgendwo wie eine sorgfältig versteckte Tretmine lauerte.

Wir verließen Bombay schließlich im Februar 1963, und am Tag unserer Abreise trug ich einen alten Blechglobus in den Garten und vergrub ihn zwischen den Kakteen. Darin waren: der Brief eines Ministerpräsidenten und ein riesengroßes Titelseitenfoto von einem Baby, überschrieben »Mitternachtskind« . . . Es sind vielleicht keine Reliquien – ich maße mir nicht an, diese trivialen Erinnerungsstücke meines Lebens mit dem Haar des Propheten in Hazratbal oder mit dem Leichnam des heiligen Franz Xaver in der Kathedrale von Bom Jesus zu vergleichen – aber sie sind alles, was von meiner Vergangenheit überlebt hat: ein zerbeulter Blechglobus, ein stockfleckiger Brief, ein Foto. Sonst nichts, noch nicht einmal ein silberner Spucknapf. Abgesehen von einem vom Äffchen zertretenen Planeten sind die einzigen Aufzeichnungen in den verschlossenen Büchern des Himmels, Sidjeen und Illiyun, den Büchern des Guten und des Bösen, versiegelt; jedenfalls wird es so erzählt.

. . . Erst als wir an Bord der *S. S. Sabarmati* waren und vor dem Ran von Kutch vor Anker lagen, erinnerte ich mich an den alten Schaapsteker und fragte mich plötzlich, ob ihm irgend jemand gesagt hatte, wohin wir gingen. Zu fragen traute ich mich nicht aus Angst, die Antwort könne *nein* lauten; als ich also an das Abreißkommando dachte, das sich an die Arbeit machte, und mir vorstellte, wie die Maschinen der Zerstörung ins Büro meines Vaters und mein eigenes blaues Zimmer einbrachen, die eiserne Wendeltreppe für die Dienstboten und die Küche abrissen, in der Mary Pereira ihre Ängste in Chutneys und Pickles gerührt hatte, wie sie den Balkon niedermachten, auf der meine Mutter mit dem Kind in ihrem Bauch wie versteinert gesessen hatte, da hatte ich auch das Bild einer mächtigen, schwingenden Kugel vor Augen, die in Scharfstechers Reich krachte, und das des verrückten alten Mannes selbst, bleich, verbraucht, züngelzungig, der dort zwischen niederstürzenden Türmchen und rotem Ziegeldach auf ein zusammenfallendes Haus hinausgeschleudert wurde. Der alte Schaapsteker schrumpfte alterte starb im Sonnenschein, den er so viele Jahre nicht mehr gesehen hatte. Aber vielleicht stelle ich mir das zu dramatisch vor: ich habe das vielleicht alles aus einem alten Film namens *Lost Horizon*, in dem schöne Frauen dahinwelkten und starben, wenn sie von Shangri-La weggingen.

Für jede Schlange gibt es eine Leiter, für jede Leiter eine Schlange. Wir trafen am 9. Februar in Karatschi ein – und innerhalb weniger Monate hatte meine Schwester Jamila die Karriere begonnen, die ihr den Namen »Engel Pakistans« und »Bülbül-des-Glaubens« einbringen würde; wir hatten Bombay verlassen, aber wir gewannen den Abglanz von Ruhm. Und noch etwas: wenn man mich auch dräniert hatte – wenn auch keine Stimmen mehr in meinem Kopf sprachen und es auch nie wieder tun würden –, so gab es doch eine Entschädigung: zum ersten Mal in meinem Leben genoß ich die erstaunlichen Wonnen, die der Geruchssinn vermitteln kann.

Jamila die Sängerin

Es stellte sich heraus, daß er fein genug war, den klebrigen Gestank der Heuchelei hinter dem Willkommenslächeln zu unterscheiden, mit dem meine Tante Alia uns im Hafen von Karatschi begrüßte. Unheilbar verbittert, seit mein Vater in die Arme ihrer Schwester desertiert war, war meine Tante die Rektorin vor ungebrochener Eifersucht schwerfällig und beleibt geworden, die dicken dunklen Haare der Mißgunst sprossen durch fast alle Poren ihrer Haut. Und vielleicht gelang es mir, meine Eltern und Jamila zu täuschen, als sie mit ausgebreiteten Armen auf uns zuwatschelte und rief: »Ahmed Bhai, endlich! Aber besser spät als nie!« und wie eine Spinne ihre Gastfreundschaft anbot – die natürlich angenommen wurde; ich aber, der ich einen Großteil meiner Kinderzeit die bitteren Fäustlinge und die säuerlichen Pudelmützen ihres Neids getragen hatte, der, ohne es zu wissen, von den harmlos aussehenden Babysachen, in die sie ihren Haß eingestrickt hatte, mit Versagen angesteckt worden war und der sich außerdem gut daran erinnern konnte, was es hieß, von Rachedurst besessen zu sein, ich, Saleem-der-Dränierte, konnte die rachsüchtigen Ausdünstungen riechen, die aus ihren Drüsen sickerten. Es stand jedoch nicht in meiner Macht zu protestieren, wir wurden in den Datsun ihrer Rache geladen und die Bunder Road hinunter zu ihrem Haus in Guru Mandir gefahren – wie die Fliegen oder noch dümmer, denn wir feierten auch noch unsere Gefangenschaft.

. . . Aber was für ein Geruchssinn es war! Die meisten von uns werden von der Wiege an darauf geeicht, das kleinstmögliche Spektrum von Gerüchen zu erkennen; ich jedoch hatte mein Leben lang überhaupt nichts riechen können und ahnte folglich nichts von Geruchstabus. Daher fiel es mir zum Beispiel schwer, Unschuld zu heucheln, wenn jemand einen Darmwind fahren ließ – was mich bei meinen Eltern in gewisse Schwierigkeiten brachte; wichtiger war jedoch, daß meine Nase das Vorrecht hatte, viel mehr zu inhalieren als die Gerüche rein physischen Ursprungs, mit denen der Rest der menschlichen Rasse sich zufrieden geben mußte. Von den frühesten Tagen meiner Jugendzeit in Pakistan an begann ich also die heimlichen Aromen der Welt kennenzulernen, das zu Kopf steigende, doch schnell verfliegende Parfüm neuer Liebe und auch den penetranten länger anhaltenden beißenden Geruch des Hasses. (Nicht lange nach meiner Ankunft im Land der Reinen entdeckte ich in mir selbst die größte Unreinheit von allen, die der Schwesterliebe, und die langsam verbrennenden Feuer meiner Tante füllten meine Nasenlöcher von Anfang an.) Eine Nase vermittelt Ihnen Wissen, aber nicht Macht-über-die-Ereignisse; mein Einmarsch in Pakistan, bewaffnet (wenn dies das richtige Wort ist) nur mit einer neuen Manifestation meines nasalen Erbes, verlieh mir die Macht, die Wahrheit zu erschnüffeln, zu riechen, was in der Luft lag, Spuren zu folgen, nicht aber die einzige Macht, die ein Eindringling braucht – die Kraft, meine Feinde zu bezwingen.

Ich leugne es nicht: ich vergab Karatschi nie, daß es nicht Bombay war. Zwischen der Wüste und trüben, salzhaltigen Meeresarmen gelegen, deren Ufer mit verkrüppelten Mangroven bedeckt waren, schien meine neue Stadt von einer Häßlichkeit zu sein, die sogar die meine in den Schatten stellte. Sie war zu schnell gewachsen – ihre Bevölkerung hatte sich seit 1947 vervierfacht – und wirkte daher so unförmig klotzig wie ein riesiger Zwerg. Zu meinem sechzehnten Geburtstag bekam ich eine Lambretta geschenkt; und wenn ich auf meinem fensterlosen Fahrzeug durch die Straßen der Stadt fuhr, atmete ich die fatalistische Hoffnungslosigkeit der Slumbewohner und die selbstgefällige, abwehrende Haltung der Reichen ein; ich folgte den Geruchsspuren der Enteignung und auch des Fanatismus, wurde einen langen unterirdischen Gang hinuntergelockt, an dessen Ende die Tür lag, die zu Tai Bibi führte, der ältesten Hure der Welt ... aber ich lasse die Zügel schießen. Im Herzen meines Karatschi lag Alia Aziz' Haus, ein großes altes Gebäude in der Clayton Road (sie mußte jahrelang wie ein Geist, der niemanden hatte, den er heimsuchen konnte, darin herumgewandert sein), ein Haus der Schatten und vergilbten Farbe, über das jeden Nachmittag der lange, anklagende Schatten des Minaretts der benachbarten Moschee fiel. Selbst als ich Jahre später im Getto der Magier im Schatten einer anderen Moschee lebte – einem Schatten, der, wenigstens eine Zeitlang, eine schützende, nicht bedrohliche Penumbra war –, legte ich nie meine aus Karatschi stammende Haltung gegenüber den Schatten von Moscheen ab, aus denen mir der engherzige, einengende, anklagende Geruch meiner Tante entgegenzuschlagen schien. Die ihre Zeit abwartete, deren Rache jedoch, als sie schließlich kam, vernichtend war.

Karatschi war in jenen Tagen eine Stadt der Miragen: aus der Wüste gestampft, war es ihr doch nicht ganz gelungen, die Macht der Wüste zu zerstören. Oasen glänzten im Asphalt der Elphinstone Street, Karawansereien konnte man inmitten der Elendsquartiere um die schwarze Brücke, die Kala Pul, schimmern sehen. In der regenlosen Stadt (die mit der Stadt meiner Geburt nur gemeinsam hatte, daß auch sie als Fischerdorf begonnen hatte) behielt die verborgene Wüste ihr ursprüngliches Vermögen bei, Erscheinungen zu produzieren, mit dem Ergebnis, daß den Bewohnern Karatschis schnell die Realität entglitt und sie deshalb gern bereit waren, ihre Führer um Rat zu fragen, was wirklich war und was nicht. Bedrängt von imaginären Sanddünen und den Geistern einstiger Könige und auch von dem Wissen, daß der Name des Glaubens, auf dem die Stadt stand, »Unterwerfung« bedeutete, schieden meine neuen Mitbürger die faden gekochten Gerüche der Fügsamkeit aus, die deprimierend für eine Nase waren, die – ganz zum Schluß, so kurz es auch gewesen war – den höchst pikanten Nonkonformismus Bombays geschnuppert hatte.

Kurz nach unserer Ankunft – und vielleicht bedrückt durch die moscheenbeschattete Atmosphäre des Hauses in der Clayton Road – beschloß mein Vater, uns ein neues Heim zu bauen. Er kaufte ein Grundstück in der elegantesten der »Gesellschaften«, den neuen Wohnungsbausiedlungen, und zu seinem sechzehnten Geburtstag bekam Saleem mehr als eine Lambretta – ich erfuhr von den übersinnlichen Fähigkeiten von Nabelschnüren.

Was hatte, in Salzlake eingelegt, sechzehn Jahre lang im Schrank meines Vaters gestanden und nur auf einen solchen Tag gewartet? Was hatte uns, wie eine Wasserschlange in einem alten Einmachglas schwimmend, auf unserer Seereise begleitet, nur um schließlich in harter, unfruchtbarer Karatschi-Erde begraben zu werden? Was hatte einst Leben in einem Leib genährt – was durchdrang nun die Erde mit wundersamem Leben und gebar einen modernen Bungalow im amerikanischen Stil mit Zwischenstockwerken? . . . Ich verkneife mir diese rätselhaften Fragen und erkläre, daß meine Familie (Tante Alia eingeschlossen) sich an meinem sechzehnten Geburtstag auf unserem Grundstück auf dem Boden der Korangi Road versammelte; unter den Augen einer Gruppe von Arbeitern und dem Bart eines Mullah übergab Ahmed Saleem eine Hacke; ich trieb sie feierlich in die Erde. »Ein neuer Anfang«, sagte Amina, »Inshallah, wir werden jetzt alle zu neuen Menschen.« Angespornt von ihrem edlen und unerfüllbaren Verlangen, vergrößerte ein Arbeiter geschwind mein Loch, und nun wurde ein Einmachglas hervorgeholt. Salzlake wurde auf den durstigen Boden ausgegossen, und was innen übrigblieb, erhielt den Segen des Mullah. Danach wurde eine Nabelschnur – war es meine oder Shivas? – in die Erde gepflanzt, und sofort begann ein Haus zu wachsen. Es gab Süßigkeiten und nichtalkoholische Getränke; der Mullah, der einen bemerkenswerten Appetit an den Tag legte, verzehrte neununddreißig Laddoos, und Ahmed Sinai beschwerte sich kein einziges Mal über die Kosten. Der Geist der vergrabenen Schnur inspirierte die Arbeiter; doch obwohl die Grundmauern bis tief in den Boden reichten, verhinderten sie nicht, daß das Haus einstürzte, noch ehe wir darin wohnten.

Was ich über die Nabelschnüre vermutete: obwohl sie die Macht besaßen, Häuser wachsen zu lassen, verstanden einige ihr Handwerk wohl besser als andere. Die Stadt Karatschi gab meinem Standpunkt recht: auf vollkommen ungeeigneten Schnüren erbaut, war sie voll von verunstalteten Häusern, den verkrüppelten, buckligen Kindern unzureichender Lebensadern, Häusern, die auf geheimnisvolle Weise blind wurden und deren Fenster man nicht sah, Häusern, die wie Radioapparate oder Klimaanlagen oder Gefängniszellen aussahen, verrückten, kopflastigen Gebäuden, die mit schöner Regelmäßigkeit wie Betrunkene umkippten, wild wuchernden Häusern, deren Unzulänglichkeit als Wohnquartier nur noch von ihrer ganz außergewöhnlichen Häßlichkeit übertroffen wurde. Die Stadt überlagerte die Wüste; aber entweder waren die Schnüre daran schuld oder die Unfruchtbarkeit des Bodens, daß sie sich zu etwas Groteskem auswuchsen.

Als ich nach Karatschi und ins Jünglingsalter kam, konnte ich Trauer und Freude riechen, Intelligenz und Dummheit mit geschlossenen Augen erschnüffeln – und natürlich war mir klar, daß die neuen Nationen des Subkontinents und ich allesamt die Kindheit hinter uns gelassen hatten, daß uns allesamt Wachstumsschmerzen und merkwürdige, unbeholfene stimmliche Veränderungen erwarteten. Die Dränage zensierte mein Innenleben, mein Sinn für Zusammenhänge blieb unvermindert.

Nur mit einer hypersensiblen Nase bewaffnet, drang Saleem in Pakistan ein, aber am schlimmsten von allem war, daß er *von der falschen Seite* her eindrang! Alle erfolgreichen Versuche, diesen Teil der Welt zu erobern, sind vom Norden ausgegangen, alle Eroberer sind vom Land hergekommen. Ahnungslos gegen die Winde der Geschichte segelnd, erreichte ich Karatschi von Nordosten und vom Meer her. Was folgte, sollte mich eigentlich nicht überrascht haben.

Im nachhinein betrachtet, hat es offensichtliche Vorteile, von Norden her einzubrechen. Von Norden kamen die Feldherren der Omaijaden, Hadjdjadj bin Jusuf und Mohammed ibn Qasim und auch die Ismailiten. (Honeymoon Lodge, wo angeblich Ali Khan mit Rita Hayworth verweilte, blickte über unser Grundstück mit der Nabelschnur; Gerüchten zufolge erregte der Filmstar viel Anstoß damit, daß er in phantastischen, hauchdünnen Hollywood-Negligés durch den Garten spazierte.) O unabwendbare Überlegenheit des Nordens! Aus welcher Richtung stieg Mahmud von Ghasni in die Indusebene herab und brachte eine Sprache mit, die sich nicht weniger als dreier Formen des Buchstabens S rühmt? Die unausbleibliche Antwort: sé, sind und swad waren Eindringlinge aus dem Norden. Und Mohammed bin Sam Ghuri, der die Ghasnawiden stürzte und das Kalifat von Delhi gründete? Auch Sam Ghuris Sohn drang in Richtung Süden vor.

Und Tughlag und die Mogulherrscher . . . aber ich habe deutlich gemacht, was ich meine. Es bleibt nur noch hinzuzufügen, daß wie die Armeen auch Ideen von den nördlichen Höhen nach Süden Süden Süden fegten: die Legende von Sikandar But-Shikan dem Bilderstürmer aus Kaschmir, der gegen Ende des vierzehnten Jahrhunderts jeden Hindu-Tempel im Tal zerstörte (und so einen Präzedenzfall für meinen Großvater schuf), gelangte von den Hügeln in die Flußebene, und fünfhundert Jahre später folgte die Mudschahiddin-Bewegung Said Ahmed Barilwis den ausgetretenen Pfaden. Barilwis Ideen: Selbstverleugnung, Haß auf Hindus, heiliger Krieg . . . Philosophien wie auch Könige (um mich kurz zu fassen) kamen alle aus der entgegengesetzten Richtung zu mir.

Saleems Eltern sagten: »Wir müssen alle neue Menschen werden.« Im Land der Reinen wurde Reinheit unser Ideal. Aber Saleem war durch Bombay auf ewig verdorben, sein Kopf war voll von allen möglichen Religionen neben der Allahs (wie die ersten Moslems Indiens, die handeltreibenden Mopla aus Malabar, hatte ich in einem Land gelebt, dessen Götterbevölkerung der Zahl seiner menschlichen Bevölkerung gleichkam, so daß sich meine Familie in einer unbewußten Revolte gegen das beängstigende Gedränge der Götter der Ethik des Geschäfts und nicht der des Glaubens verschrieben hatte), und sein Körper sollte eine ausgesprochene Vorliebe für das Unreine zeigen. Wie die Mopla war ich dazu verurteilt, ein Außenseiter zu sein, doch am Ende entdeckte mich die Reinheit, und selbst ich, Saleem, wurde von allen meinen Untaten gereinigt.

Nach meinem sechzehnten Geburtstag studierte ich Geschichte am College meiner Tante Alia, aber selbst das Studium konnte mir nicht das Gefühl geben, zu diesem Land zu gehören, dem die Mitternachtskinder ermangelten, in dem meine Kommilitonen Demonstrationen veranstalteten, um eine strengere, islamischere Gesellschaft zu fordern – wodurch sie bewiesen, daß sie es fertiggebracht hatten, das Gegenteil von Studenten überall sonst auf der Welt zu werden, da sie nicht weniger, sondern mehr Vorschriften verlangten. Meine Eltern jedoch waren entschlossen, Wurzeln zu schlagen; obwohl Ayub Khan und Bhutto ein Bündnis mit China anstrebten (das noch kurz zuvor unser Feind gewesen war), wollten Ahmed und Amina keine Kritik an ihrer neuen Heimat hören; und mein Vater kaufte eine Handtuchfabrik.

Um meine Eltern war ein neuer Glanz in jenen Tagen; Amina hatte ihren Nebel von Schuld verloren, und die Warzen schienen auch nicht mehr ihr Spiel mit ihr zu treiben, während Ahmed, obgleich immer noch weiß, spürte, wie seine eingefrorenen Lenden unter der Hitze der neu entdeckten Liebe zu seiner Frau auftauten. An manchen Morgen hatte Amina Bißspuren am Hals, manchmal kicherte sie hemmungslos wie ein Schulmädchen. »Ihr zwei, ehrlich«, sagte ihr Schwester Alia, »wie Flitterwöchner oder ich weiß nicht was.« Aber ich konnte riechen, was hinter Alias Zähnen versteckt war, was drinnen blieb, wenn die freundlichen Worte herauskamen . . . Ahmed Sinai benannte seine Handtücher nach seiner Frau: Marke Amina.

»Wer sind denn schon diese Multi-Multis? Diese Dawoods, Saigools, Haroons?« rief er fröhlich aus und tat damit die reichsten Familien des Landes ab. »Wer sind die Valikas oder Zulfikars? Von ihnen könnte ich doch zehn auf einmal schlucken. Wartet nur ab!« versprach er. »In zwei Jahren wird sich die ganze Welt mit Tüchern der Marke Amina abtrocknen. Die besten Frotteetücher! Die modernsten Maschinen! Wir werden die ganze Welt säubern und trocknen; Dawoods und Zulfikars werden darum betteln, mein Geheimnis kennenzulernen, und ich werde sagen, ja, die Handtücher sind von bester Qualität, aber das Geheimnis liegt nicht in der Herstellung; die Liebe hat alles errungen.« (Ich entdeckte in der Rede meines Vaters die anhaltende Wirkung des Optimismusvirus.)

Eroberte die Marke Amina im Namen der Sauberkeit (sie folgt immerhin gleich nach . . .) die Welt? Kamen Valikas und Saigools zu Ahmed

Sinai und fragten: »Gott, uns bleibt die Spucke weg, Yaar, wie schaffst du das bloß?« Wischte hochwertiges Frotteetuch mit von Ahmed selbst entworfenen Mustern – ein wenig knallig, aber einerlei, sie waren aus Liebe entstanden – die Feuchtigkeit von Pakistanis und Exportmärkten gleichermaßen weg? Hüllten sich Russen Amerikaner Engländer in den unsterblich gemachten Namen meiner Mutter? . . . Die Geschichte der Marke Amina muß noch eine Weile warten; denn gleich hebt die Karriere von Jamila der Sängerin ab; das Haus im Schatten der Moschee in der Clayton Road ist von Onkel Puffs besucht worden.

Sein richtiger Name war Major (a. D.) Alauddin Latif; von der Stimme meiner Schwester hatte er »von meinem verflixt guten Freund General Zulfikar, war mit ihm 47 bei der Grenzschutztruppe«, gehört. Er tauchte kurz nach Jamilas fünfzehntem Geburtstag in Alia Aziz' Haus auf, stramm und strahlend und mit einem Mund voll massiver Goldzähne, die er gern vorzeigte. »Ich bin ein einfacher Kerl«, erklärte er, »wie unser erlauchter Präsident. Ich verwahre mein Bargeld an einem sicheren Ort!« Wie unser erlauchter Präsident hatte er einen vollkommen kugelförmigen Kopf, aber anders als Ayub Khan hatte Latif die Armee verlassen und war ins Showgeschäft eingestiegen. »Pakistans absoluter Nummer-eins-Impresario, alter Freund«, erzählte er meinem Vater. »Gehört sonst nichts dazu außer Organisation, alte Angewohnheit aus der Militärzeit, ist nicht totzukriegen.« Major Latif hatte einen Vorschlag: er wollte Jamila singen hören. »Und wenn sie nur ein Zehntel so gut ist, wie man mir gesagt hat, mein guter Mann, dann mache ich sie berühmt! Jawohl, über Nacht, gewiß doch! Kontakte: das ist alles, was man braucht; Kontakte und Organisation; und Ihr sehr ergebener Major (a. D.) Latif hat das alles. *Alauddin* Latif«, betonte er und strahlte Ahmed Sinai golden an. »Kennen Sie die Geschichte? Ich reibe bloß meine gute alte Lampe, und schon hopst der Geist heraus und bringt Ruhm und Reichtum. Ihr Mädchen wird in verflixt guten Händen sein. *Verflixt* guten.«
Es ist ein Glück für die unzählbaren Anhänger von Jamila der Sängerin, daß Ahmed Sinai in seine Ehefrau verliebt war; durch sein eigenes Glück milde gestimmt, unterließ er es, den Major auf der Stelle hinauszuwerfen. Mittlerweile glaube ich außerdem, daß meine Eltern bereits zu dem Schluß gekommen waren, daß die Gabe ihrer Tochter zu außergewöhnlich war, als daß sie sie für sich hätten behalten können; der erhebende Zauber ihrer Engelsstimme hatte begonnen, sie die kategori-

schen Imperative des Talents zu lehren. Doch eine Sorge hatten Ahmed und Amina. »Unsere Tochter«, sagte Ahmed – entgegen dem Anschein stets der Altmodischere von beiden –, »stammt aus guter Familie, aber Sie wollen sie auf eine Bühne vor Gott weiß wie viele fremde Männer stellen...?« Der Major sah beleidigt aus. »Sir«, sagte er förmlich, »glauben Sie etwa, ich sei ein Mann ohne Feingefühl? Habe doch selbst Töchter, alter Freund. Sieben, dem Himmel sei Dank. Habe ein kleines Reisebüro für sie organisiert, alles läuft übers Telefon. Würde nicht im Traum dran denken, sie in ein Bürofenster zu setzen. Es ist genaugenommen das größte Reisebüro im Land, das so funktioniert. Tatsache ist, wir schicken Zugführer nach England, Busunternehmer auch. Ich will damit sagen«, fügte er hastig hinzu, »daß Ihrer Tochter ebensoviel Respekt entgegengebracht würde wie meinen. Sogar noch mehr: sie wird ein Star!«

Major Latifs Töchter – Safia, Rafia und fünf weitere -afias – wurden von dem, was in meiner Schwester noch vom Äffchen übrigblieb, insgesamt »die Puffias« tituliert; ihr Vater erhielt zunächst den Spitznamen »Vater Puffia« und dann – ein Ehrentitel – Onkel Puffs. Und er hielt Wort; binnen sechs Monaten waren Jamilas Lieder zu Hits geworden, sie hatte eine Armee von Bewunderern, alles; und all das, wie ich gleich erklären werde, ohne ihr Gesicht zu zeigen.

Onkel Puffs wurde zu einer festen Einrichtung in unserem Leben; fast allabendlich besuchte er das Haus in der Clayton Road, und zwar um die Stunde, die für mich immer noch die Cocktailstunde war, um Granatapfelsaft zu schlürfen und Jamila zu bitten, ihm etwas vorzusingen. Sie, die sich zum sanftmütigsten aller Mädchen entwickelte, tat ihm stets den Gefallen... danach räusperte er sich, als sei ihm etwas in der Kehle steckengeblieben, und begann, mit mir reichlich derb übers Heiraten zu scherzen. Vierundzwanzigkarätiges Grinsen blendete mich: »Zeit, daß du dir eine Frau nimmst, junger Mann. Hör auf meinen Rat: such dir ein Mädchen mit gutem Verstand und schlechten Zähnen aus, dann hast du einen Freund und einen Geldschrank in einem!« Onkel Puffs Töchter, behauptete er, entsprächen alle der obigen Beschreibung... Verlegen, weil ich roch, daß er es nur halb im Spaß meinte, rief ich: »Oh, Onkel *Puffs*!« Er kannte seinen Spitznamen, mochte ihn sogar ganz gern. Er schlug mir auf den Oberschenkel und rief: »Spielst wohl den Spröden, was? Verflixt richtig. Okay, mein Junge: du suchst dir eins meiner Mädchen aus, und ich garantiere dir, daß ich ihr alle Zähne ziehen lasse. Bis du sie dann heiratest, hat sie ein Eine-Million-

Lächeln als Mitgift.« Worauf es meiner Mutter gewöhnlich gelang, das Thema zu wechseln; sie war nicht versessen auf Onkel Puffs Idee, einerlei wie kostspielig die Gebisse waren . . . an jenem ersten Abend wie so oft danach sang Jamila für Major Alauddin Latif. Ihre Stimme drang durch das Fenster und ließ den Verkehr verstummen, die Vögel hörten auf zu zwitschern, und in der Hamburgerbude auf der anderen Straßenseite wurde das Radio abgestellt, die Leute auf der Straße blieben stehen, und die Stimme meiner Schwester umflutete sie . . . als sie aufhörte, bemerkten wir, daß Onkel Puffs weinte.

»Ein Juwel«, sagte er und trompetete in sein Taschentuch. »Mein Herr, gnädige Frau, Ihre Tochter ist ein Juwel. Ich bin absolut beschämt. Verflixt beschämt. Sie hat mir bewiesen, daß eine goldene Stimme sogar goldenen Zähnen vorzuziehen ist.«

Und als der Ruhm von Jamila der Sängerin den Punkt erreicht hatte, an dem sie sich einem öffentlichen Auftritt nicht länger entziehen konnte, war es Onkel Puffs, der das Gerücht in die Welt setzte, sie habe einen Autounfall gehabt, durch den sie furchtbar entstellt worden sei; Major (a. D.) Latif war's, der ihren berühmten, alles verhüllenden weißen Seidentschador entwarf, den reich mit Goldbrokat und religiösen Schriftzeichen bestickten Vorhang oder Schleier, der sie züchtig verbarg, wenn sie in der Öffentlichkeit auftrat. Der Tschador von Jamila der Sängerin wurde von zwei nie ermüdenden muskulösen Gestalten hochgehalten, die ebenfalls von Kopf bis Fuß (aber schlichter) verschleiert waren – die offizielle Version lautete, daß es ihre weibliche Leibwache sei, doch war ihr Geschlecht durch ihre Burqas hindurch unmöglich zu bestimmen; und genau in die Mitte hatte der Major ein Loch geschnitten. Durchmesser: sechs Zentimeter. Umrandung: mit feinstem Goldfaden bestickt. So wurde die Geschichte unserer Familie wieder einmal zum Schicksal einer Nation, denn wenn Jamila sang, die Lippen vor die brokatene Öffnung gepreßt, verliebte sich ganz Pakistan in ein fünfzehnjähriges Mädchen, das es immer nur durch ein goldenweißes Laken mit einem Loch erspähte.

Das Gerücht von dem Unfall besiegelte ihre Beliebtheit; ihre Konzerte brachten das Bambino-Theater in Karatschi schier zum Bersten und füllten die Shalimar-Anlage in Lahore; ihre Schallplatten führten regelmäßig die Hitlisten an. Und als sie öffentliches Eigentum, »Engel Pakistans«, »Stimme der Nation«, »Bülbül-e-Din«, das ist »Nachtigall des Glaubens«, wurde und eintausendundeinen ernstgemeinten Heiratsantrag pro Woche bekam, als sie die Lieblingstochter des ganzen

Landes wurde und in eine Existenz hineinwuchs, die ihren Platz innerhalb unserer Familie unter sich zu begraben drohte, fiel sie dem Zwil-
lingsvirus des Ruhms zum Opfer. Der eine machte sie zum Opfer ihres
eigenen Bildes in der Öffentlichkeit, denn das Gerücht von dem Unfall
zwang sie, ständig eine golden-weiße Burqa zu tragen – sogar in der
Schule meiner Tante Alia, die sie weiterhin besuchte –, während der
andere Virus sie der Überbetonung und Vereinfachung des Ichs unterwarf, die die unvermeidlichen Begleiterscheinungen des Startums sind,
so daß die blinde und blindmachende Hingabe und der bedingungslose
Nationalismus, die bereits zuvor in ihr zum Vorschein gekommen waren, ihre Persönlichkeit nun fast ausschließlich zu dominieren begannen.
Die Berühmtheit machte sie zur Gefangenen in einem vergoldeten
Zelt, und da sie die neue Tochter der Nation war, begann ihr Charakter
mehr den auffallendsten Aspekten der nationalen Persönlichkeit als der
Kindheitswelt ihrer Äffchenjahre zu verdanken.
Die Stimme von Jamila der Sängerin war ständig in der Voice-of-
Pakistan zu hören, so daß sie in den Dörfern des Ost- und des Westflü-
gels allmählich wie ein übernatürliches Wesen wirkte, das niemals mü-
de wurde, ein Engel, der Tag und Nacht für sein Volk sang, während
Ahmed Sinai, dessen letzte noch verbleibende Bedenken gegen die
Laufbahn seiner Tochter dank ihrer enormen Einkünfte mehr als bloß
beschwichtigt waren (obwohl er aus Delhi stammte, war er im Grunde
seines Herzens mittlerweile ein richtiger Bombayer Moslem, dem
Geldangelegenheiten wichtiger als fast alles andere waren), gern zu
meiner Schwester sagte: »Siehst du, Tochter; Anständigkeit, Reinheit,
Kunst und ein guter Geschäftssinn können ein und dasselbe sein; dein
alter Vater war klug genug, das herauszufinden.« Jamila lächelte sanft
und stimmte zu ... sie entwickelte sich von einer mageren Range zu
einer schlanken Schönheit mit schrägstehenden Augen und goldener
Haut, deren Haar fast so lang war, daß sie sich darauf setzen konnte;
sogar ihre Nase sah gut aus. »Bei meiner Tochter«, sagte Ahmed Sinai
stolz zu Onkel Puffs, »dominieren die edlen Züge meiner Seite der
Familie.« Onkel Puffs warf einen komisch-verlegenen Blick auf mich
und räusperte sich. »Verflixt gutaussehendes Mädchen, Sir«, sagte er
zu meinem Vater. »Wirklich Klasse, heiliger Strohsack!«
Wo immer sie auftauchte, drang Beifallsdonner an die Ohren meiner
Schwester; bei ihrem ersten, mittlerweile legendären Konzertabend im
Bambino (wir saßen auf Plätzen, die Onkel Puffs reserviert hatte – »die
verflixt besten Plätze im Haus!« –, neben seinen sieben Puffias, alle

verschleiert . . . Onkel Puffs knuffte mich in die Rippen: »He, Junge –
wähl! Such dir eine aus! Denk an die Mitgift!«, und ich wurde rot und
starrte angestrengt auf die Bühne) waren die *Wah!-Wah!*-Rufe manchmal lauter als Jamilas Stimme, und nach dem Auftritt ertrank Jamila
hinter der Bühne in einem Meer von Blumen. Wir mußten uns den Weg
durch den blühenden Kampfergarten der Liebe der Nation erkämpfen,
und als wir zu ihr vorgedrungen waren, war sie einer Ohnmacht nahe,
nicht vor Erschöpfung, sondern weil die Blüten den Raum mit dem
überwältigend süßen Parfüm der Anbetung erfüllten. Auch ich merkte,
wie mir schwindlig wurde, bis Onkel Puffs begann, Blumen in großen
Sträußen aus dem Fenster zu schleudern – sie wurden von Scharen ihrer
Anhänger aufgesammelt –, während er brüllte: »Blumen sind gut und
schön, verflixt noch mal, aber selbst eine Nationalheldin braucht Luft!«
Beifall gab es auch an dem Abend, an dem Jamila die Sängerin (samt
Familie) in die Residenz des Präsidenten eingeladen wurde, um für den
Befehlshaber der Pfefferstreuer zu singen. Wir ignorierten Berichte in
ausländischen Zeitungen über veruntreute Gelder und Schweizer Bankkonten und schrubbten uns, bis wir glänzten; eine Familie im Handtuch-
geschäft ist zu makelloser Sauberkeit verpflichtet. Onkel Puffs polierte
seine Goldzähne besonders sorgfältig, und in einer großen Halle, beherrscht von girlandenbekränzten Porträts von Muhammad Ali Jinnah,
dem Gründer Pakistans, dem Qaid-i-Azam, und seinem ermordeten
Freund und Nachfolger Liaqat Ali, wurde ein Laken mit einem Loch
hochgehalten, und meine Schwester sang. Jamilas Stimme verstummte
schließlich; die Stimme einer goldenen Fangschnur folgte auf ihr brokat-
umrandetes Lied. »Jamila Tochter«, hörten wir, »deine Stimme wird ein
Schwert für die Reinheit sein; sie wird eine Waffe sein, mit der wir die
Seelen der Menschen reinigen.« Präsident Ayub war, wie er selbst
zugab, ein einfacher Soldat; er flößte meiner Schwester die einfachen
soldatischen Tugenden des Glaubens an den Führer und des Vertrauens
in Gott ein, und sie sprach: »Der Wille des Präsidenten ist die Stimme
meines Herzens.« Durch das Loch in einem Laken weihte Jamila die
Sängerin sich dem Patriotismus, und der Diwan-i-khas, die Halle, in der
diese Privataudienz stattfand, hallte vom Applaus wider, der nun sehr
gesittet klang – nicht das wilde Wah-Wah der Menge im Bambino,
sondern der reglementierte Beifall von Orden-und-Epauletten mit Fangschnüren und das entzückte Klatschen rührseliger Eltern. »Ich muß
schon sagen!« flüsterte Onkel Puffs. »Verflixt gut, nicht wahr?«
Was ich riechen konnte, konnte Jamila singen. Wahrheit Schönheit

Glück Schmerz: alles hatte einen eigenen Duft und konnte von meiner
Nase unterschieden werden; jedes konnte in Jamilas Darbietungen seinen idealen Ausdruck finden. Meine Nase, ihre Stimme: die Begabungen ergänzten sich vollkommen, entwickelten sich aber auseinander.
Während Jamila patriotische Lieder sang, schien meine Nase lieber bei
den häßlicheren Gerüchen zu verweilen, die in sie eindrangen: der
Bitterkeit von Tante Alia, dem scharfen unveränderlichen Gestank der
Kleingeisterei meiner Kommilitonen, so daß sie in die Wolken aufstieg,
während ich in die Gosse fiel.

Im nachhinein betrachtet, glaube ich jedoch, daß ich schon verliebt in
sie war, lange ehe man es mir sagte . . . gibt es einen Beweis für Saleems unaussprechliche Schwesterliebe? Es gibt einen. Jamila die Sängerin hatte mit dem verschwundenen Messingäffchen eine Leidenschaft gemeinsam: sie liebte Brot. Chapatis, Parathas, Tandoori nans?
Ja, aber. Also nun: wurde Hefe bevorzugt? In der Tat; meine Schwester
verzehrte sich – trotz ihres Patriotismus – stets nach gesäuertem Brot.
Und was war in ganz Karatschi die einzige Quelle für gute Hefelaibe?
Kein Bäcker; das beste Brot der Stadt wurde jeden Donnerstagmorgen
durch eine Luke in einer ansonsten durchgehenden Mauer von den
Schwestern des verborgenen Ordens von Santa Ignatia herausgereicht.
Jede Woche brachte ich ihr auf meiner Lambretta die warmen frischen
Laibe von den Nonnen. Ich reihte mich geduldig in lange Schlangen
ein, ließ mich nicht abhalten von dem allzu pikanten, scharfen Geruch,
der aus den engen, von Kot verdreckten Gassen um das Nonnenkloster
stieg, stellte alle anderen Dinge zurück und holte das Brot. Kritik war
meinem Herzen fremd; kein einziges Mal fragte ich meine Schwester,
ob dieses letzte Relikt ihrer einstigen Liebäugelei mit dem Christentum
angesichts ihrer neuen Rolle als Bülbül des Glaubens nicht einen eher
schlechten Eindruck machte . . .

Ist es möglich, die Ursprünge einer unnatürlichen Liebe aufzuspüren?
Wurde Saleem, der sich nach einem Platz im Mittelpunkt der Geschichte gesehnt hatte, berauscht von dem, was er von seinen eigenen Le-
benshoffnungen in seiner Schwester wiederfand? Verliebte sich die arg
verstümmelte einstmalige Rotznase, ein Mitglied der Mitternachtskinder-Konferenz, das man ebenso zugrunde gerichtet hatte wie das von
einem Messer verunstaltete Bettlermädchen Sundari, in die neue Ganz-
heit seiner Schwester? Betete ich, einst der Mubarak, der Gesegnete, in
meiner Schwester die Erfüllung meiner geheimsten Träume an? . . . Ich
sage nur, daß ich mir dessen, was geschah, vollkommen unbewußt war,

bis ich mit einem Roller zwischen meinen sechzehn Jahre alten Schenkeln den Fährten der Huren zu folgen begann.

Während Alias Groll schwelte; als die Produktion der Handtücher Marke Amina aufgenommen wurde; inmitten der Verherrlichung von Jamila der Sängerin; als ein Haus mit Zwischengeschossen, das auf Befehl einer Nabelschnur entstand, noch weit von der Fertigstellung entfernt war; zur Zeit der spät erblühten Liebe meiner Eltern; umgeben von den recht öden Gewißheiten des Landes der Reinen ... wurde Saleem Sinai mit sich selbst einig. Ich will nicht sagen, daß er nicht traurig gewesen sei; da ich mich weigere, meine Vergangenheit zu zensieren, gebe ich zu, daß er so mürrisch, oft so unkooperativ, bestimmt so pickelig wie die meisten Jungen seines Alters war. Seine Träume, denen die Kinder der Mitternacht verwehrt waren, waren so von Sehnsucht erfüllt, daß ihm fast übel wurde, und nachts wachte er oft auf, weil der schwere, seine Sinne betäubende Moschusgeruch des Bedauerns Brechreiz bewirkte; es gab Alpträume, in denen Zahlen auftauchten, die eins zwei drei marschierten, und ein Paar fest zupackender würgender Greifknie ... doch es gab eine neue Begabung und eine Lambretta und eine (wenn auch noch unbewußte) demütige und unterwürfige Liebe zu seiner Schwester ... ich wende meinen Erzählerblick von der gerade beschriebenen Vergangenheit ab und bestehe darauf, daß es Saleem damals-wie-heute gelang, seine Aufmerksamkeit der noch unbeschriebenen Zukunft zuzuwenden. Wann immer möglich, entfloh ich einer Wohnung, in der die beißenden Gerüche des Neids meiner Tante das Leben unerträglich machten, und einem mit gleichermaßen unangenehmen Gerüchen gefüllten College, bestieg mein Stahlroß und erforschte die Geruchsstraßen meiner neuen Stadt. Und nachdem wir vom Tod meines Großvaters in Kaschmir erfahren hatten, war ich sogar noch mehr entschlossen, die Vergangenheit in dem dicken brodelnden Geruchseintopf der Gegenwart zu ertränken. O schwindelerregende Zeit, da noch nichts in Kategorien eingeteilt wurde! Ehe ich sie zu formen begann, strömten die Duftmischungen formlos in mich ein: die zerfallenden traurigen Ausdünstungen von Tierkot in den Gärten des Museums an der Frere Road, die pusteligen Körpergerüche junger Männer in weiten Pajamas, die an Sadar-Abenden Händchen hielten, die Messerschärfe ausgespuckter Betelnuß und die bittersüße Vermengung von Betelnuß und Opium: »Raketenpaans« konnte man in den von Händlern überlaufenen Gassen zwischen der Elphinstone Street und der Victoria Road herausriechen. Kamelgerüche, Autogerüche, die wie Mücken aufreizenden Abgase der Motorrikschas, das Aroma von geschmuggelten Zigaretten und Schwarzgeld, die konkurrierenden Ausdünstungen der städtischen Busfahrer und der einfache Schweiß ihrer wie die Ölsardinen zusammengequetschten Fahrgäste. (Ein Busfahrer war damals so in Harnisch geraten, weil ihn ein Rivale von einer anderen Gesellschaft überholt hatte – der ekelerregende Mief der Niederlage strömte aus seinen Drüsen –, daß er mit seinem Bus nachts zum Haus seines Widersachers fuhr, hupte, bis der arme Kerl herauskam, und ihn mit Rädern überfuhr, die wie meine Tante nach Rache stanken.) Moscheen überschütteten mich mit dem Itr der Andacht; ich konnte die bombastischen Emissionen der Macht riechen, die Militärfahrzeuge mit wehenden Flaggen verströmten; sogar in den Kinoplakaten konnte ich die billigen, aufdringlichen Parfüme importierter Spaghetti-Western und der brutalsten Kriegsfilme entdecken, die je gedreht wurden. Eine Zeitlang glich ich einem Menschen, der unter Drogen steht, mir drehte sich der Kopf vor lauter Geruchsverwicklungen; aber dann setzte mein überwältigendes Verlangen nach Form sich durch, und ich überlebte.

Die Beziehungen zwischen Indien und Pakistan verschlechterten sich zunehmend; die Grenzen wurden geschlossen, so daß wir nicht nach Agra fahren konnten, um meinen Großvater zu betrauern; auch die Auswanderung von Ehrwürdiger Mutter nach Pakistan verzögerte sich etwas. Unterdessen arbeitete Saleem an einer allgemeinen Geruchstheorie: der Prozeß der Einordnung in Kategorien hatte begonnen. Ich betrachtete diese wissenschaftliche Vorgehensweise als meine eigene persönliche Huldigung an den Geist meines Großvaters . . . zu Anfang vervollkommnete ich meine Unterscheidungsfähigkeit, bis ich die unzähligen Sorten Betelnuß und (mit geschlossenen Augen) die zwölf verschiedenen Marken von Erfrischungsgetränken, die es auf dem Markt gab, auseinanderhalten konnte. (Lange bevor der amerikanische Berichterstatter Herbert Feldman nach Karatschi kam und beklagte, daß es in einer Stadt, die nur drei Lieferanten für Flaschenmilch hatte, ein Dutzend Arten von kohlensäurehaltigem Wasser gab, konnte ich mit verbundenen Augen dasitzen und Pakola von Hoffmanns Mission, Citra-Cola von Fanta unterscheiden. Für Feldman waren diese Getränke eine Manifestation des kapitalistischen Imperialismus, ich, der ich herausschnüffelte, was Canada-Dry und was 7-Up war, der unfehlbar Pepsi von Coca unterschied, war mehr daran interessiert, ihren heiklen Geruchstest zu bestehen. Doppel-Kola und Kola-Kola, Perri-Cola und

Bubble-Up konnte ich im Schlaf identifizieren und benennen.) Erst als ich mir sicher war, daß ich konkrete Gerüche beherrschte, widmete ich mich jenen anderen Aromen, die nur ich riechen konnte: den Düften der Gefühle und all den tausendundeinen Antrieben, die uns zu Menschen machen: Liebe und Tod, Gier und Demut, Haben und Nichthaben wurden etikettiert und in ordentliche Schubfächer meines Geistes gelegt.

Frühe Ordnungsversuche: ich bemühte mich, Gerüche nach ihren Farben zu klassifizieren – Kochwäsche und die Druckfarbe des *Daily Jang* teilten sich die Eigenschaft blau, während altes Teakholz und frische Fürze beide dunkelbraun waren. Autos und Friedhöfe ordnete ich beide als grau ein . . . es gab auch eine Einordnung nach Gewicht: Fliegengewichtsgerüche (Papier), Gerüche der Bantamgewichtsklasse (frisch geseifte Körper, Gras), Weltergewichte (Schweiß, Königin der Nacht); Shahi-Korma und Fahrradöl waren in meinem System Halbschwergewichtler, während Zorn, Patschuli, Verrat und Mist zum Schwergewichtsgestank der Welt gehörten. Und ein geometrisches System hatte ich auch: die Rundheit der Freude und die Eckigkeit des Ehrgeizes; ich kannte elliptische Gerüche und auch ovale und quadratische . . . ein Lexikograph der Nase, bereiste ich die Bunder Road und das PECHS; ein Schmetterlingsforscher, fing ich vorbeiziehende Düfte wie Schmetterlinge im Netz meiner Nasenhaare. O wundersame Reisen vor der Geburt der Philosophie! . . . Denn bald begriff ich, daß meine Arbeit, wenn sie von Wert sein sollte, eine moralische Dimension bekommen müßte, daß die einzig wichtigen Unterteilungen die unendlich feinen Abstufungen von guten und bösen Gerüchen waren. Nachdem ich die entscheidende Bedeutung der Moral erkannt und schnüffelnd entdeckt hatte, daß Gerüche geheiligt oder auch profan sein konnten, erfand ich in der Einsamkeit meiner Motorrollerausflüge die Wissenschaft der nasalen Ethik.

Geheiligt: Purdahschleier, Halalfleisch, Muezzintürme, Gebetsteppiche; profan: westliche Schallplatten, Schweinefleisch, Alkohol. Ich verstand nun, weshalb Mullahs (geheiligt) sich weigerten, am Vorabend des Id-ul-Fitr Flugzeuge (profan) zu besteigen. Um sicher zu sein, daß sie den neuen Mond sahen, waren sie nicht bereit, in Fahrzeuge zu steigen, deren heimliche Ausdünstungen das Gegenteil von Göttlichkeit waren. Ich erkannte die geruchsmäßige Unvereinbarkeit von Islam und Sozialismus und den unveräußerlichen Gegensatz, der zwischen dem After Shave der Mitglieder des Sind-Clubs und dem Armen-

gestank der Bettler bestand, die vor den Toren des Clubs auf der Straße
schliefen ... mehr und mehr jedoch wurde ich von einer häßlichen
Wahrheit überzeugt – nämlich, daß mir an den geheiligten, das heißt
guten Gerüchen nur wenig lag, selbst wenn solche Aromen meine
Schwester einhüllten, während sie sang; während der beißende Geruch
der Gosse eine verhängnisvoll unwiderstehliche Anziehungskraft auszuüben schien. Außerdem war ich sechzehn; unter meinem Gürtel, in
meinen blütenweißen Unterhosen, rührte sich etwas, und in keiner
Stadt, in der Frauen eingesperrt werden, herrscht Mangel an Huren.
Während Jamila von Heiligkeit und Vaterlandsliebe sang, erforschte ich
das Profane und die Lust. (Ich hatte Geld wie Heu; mein Vater war
großzügig sowie liebend geworden.)
Beim ewig unvollendeten Jinnah-Mausoleum lernte ich die Damen der
Straße kennen. Andere Jugendliche kamen hierher, um amerikanische
Mädchen wegzulocken, sie in ein Hotel oder Schwimmbad zu führen;
ich zog es vor, meine Unabhängigkeit zu behalten und zu bezahlen.
Und schließlich spürte ich die Hure aller Huren auf, deren Begabungen
ein Spiegel meiner eigenen waren. Ihr Name war Tai Bibi, und sie
behauptete, fünfhundertzwölf Jahre alt zu sein.
Aber ihr Geruch! Die ergiebigste Fährte, die Saleem je aufgespürt hatte; er fühlte sich von einem gewissen Etwas, einem Hauch historischer
Majestät, verhext ... er hörte sich selbst zu der zahnlosen Kreatur
sagen: »Es ist mir egal, wie alt du bist; auf den Geruch kommt's an.«
(»Mein Gott«, unterbrach mich Padma, »so etwas! Wie konntest du
bloß?«)
Obwohl sie nie andeutete, daß sie etwas mit einem kaschmirischen
Fährmann zu tun hatte, übte ihr Name den allerstärksten Einfluß aus;
obwohl sie sich vielleicht einen Scherz mit Saleem erlaubte, als sie
sagte: »Junge, ich bin fünfhundertzwölf Jahre alt«, wurde sein Sinn für
Geschichte dennoch geweckt. Denken Sie von mir, was Sie wollen, aber
ich verbrachte einen heißen, feuchten Nachmittag in einem Zimmer in
einer Mietskaserne mit einer flohverseuchten Matratze, einer nackten
Glühbirne und der ältesten Hure der Welt.
Was machte Tai Bibi letztlich unwiderstehlich? Welche Gabe der Kör-
perbeherrschung besaß sie, die andere Huren in den Schatten stellte?
Was machte die erst seit kurzem sensibilisierten Nasenlöcher unseres
Saleem verrückt? Padma: meine uralte Prostituierte beherrschte ihre
Drüsen so vollkommen, daß sie ihre Körpergerüche denen eines jegli-
chen Menschen auf Erden anpassen konnte. Endokrine und apokrine

Drüsen gehorchten den Anweisungen ihres altehrwürdigen Willens, und obwohl sie sagte: »Erwarte nicht von mir, daß ich's im Stehen tue; dafür könntest du gar nicht genug bezahlen«, waren ihre Duftgaben mehr, als er ertragen konnte.

(. . . »Tsss, ts, ts«, Padma hält sich die Ohren zu. »Mein Gott, so ein schmutzigdreckiger Mann, das hab' ich ja gar nicht gewußt!«. . .)

Da war er also, dieser sonderbare und abscheuliche Junge, mit einem alten Weib, das sagte: »Im Stehen tue ich's nicht, meine Warzen«, und dann bemerkte, daß die Erwähnung von Warzen ihn zu erregen schien; sie flüsterte ihm das Geheimnis ihrer endokrinen und apokrinen Fähigkeiten zu und fragte, ob er wolle, daß sie die Gerüche von irgend jemandem nachahme, er könne beschreiben, und sie könne versuchen, und durch Ausprobieren könnten sie . . . und zuerst schreckte er zurück. Nein nein nein, aber sie lockte ihn mit einer Stimme wie zerknülltes Papier, bis er, weil er allein war, außerhalb der Welt und außerhalb aller Zeit, allein mit dieser unmöglichen mythischen alten Vettel, begann, Gerüche mit dem ganzen Scharfsinn seiner wundersamen Nase zu beschreiben, und Tai Bibi begann, seine Beschreibungen nachzuahmen, und verblüffte ihn zutiefst, als es ihr durch Ausprobieren gelang, die Körpergerüche seiner Mutter seiner Tanten wiederzugeben, oho, das gefällt dir, kleiner Sahibzada, halt deine Nase so nahe dran, wie du willst, du bist mir schon ein komischer kleiner Kerl . . . bis plötzlich durch Zufall, ja, ich schwöre es, ich habe sie nicht darum gebeten, durch Ausprobieren mit einem Mal der unaussprechlichste aller Düfte auf Erden aus dem rissigen, zerknitterten uralt-ledrigen Körper weht, und nun kann er nicht verbergen, was sie sieht, oho, kleiner Sahibzada, ich glaube, ich hab's, du brauchst mir nicht zu sagen, wer sie ist, aber sie ist mit Sicherheit diejenige, welche.

Und Saleem: »Halt den Mund, halt den Mund . . .« Aber mit der Unbarmherzigkeit ihres schnatternden Alters bohrt Tai Bibi weiter: »Oho, ja bestimmt, dein Schatz, kleiner Sahibzada – wer? Deine Cousine vielleicht? Deine Schwester . . .« Saleems Hand ballt sich zur Faust; trotz des verstümmelten Fingers erwägt die rechte Hand Gewalttätigkeit . . . und nun spricht Tai Bibi: »Mein Gott ja! Deine Schwester! Mach schon, schlag mich, du kannst doch nicht verbergen, was da mitten auf deiner Stirn geschrieben steht! . . .« Und Saleem sammelt seine Kleider ein, zwängt sich in seine Hose, halt den Mund, alte Hexe, während sie zu ihm sagt: ja geh, geh doch, aber wenn du mich nicht bezahlst, werde ich, ich werde, du wirst schon sehen, was ich tun werde, und nun fliegen Rupien durch das Zimmer, fallen rings um die fünfhundertzwölf Jahre alte Kurtisane nieder, nimm, nimm, nur halt deine abscheuliche Klappe, während sie spricht: Vorsicht, mein Prinzchen, bist selbst auch keine Schönheit; nun ist er angezogen, stürzt aus der Mietskaserne, die Lambretta wartet, aber Straßenjungen haben auf den Sattel gepinkelt, er fährt davon, so schnell er kann, doch die Wahrheit fährt mit ihm, und nun lehnt sich Tai Bibi aus einem Fenster und brüllt: »He, Bhaenchud! He, kleiner Schwesternficker, wohin so schnell? Was wahr ist, ist wahr, ist wahr . . .!«

Mit einiger Berechtigung mögen Sie fragen: Geschah es gerade in . . . Und sicher war sie doch nicht fünfhundertzwölf Jahre alt . . . aber ich habe geschworen, alles zu gestehen, und ich bestehe darauf, daß ich das unaussprechliche Geheimnis meiner Liebe zu Jamila der Sängerin aus dem Mund und den Duftdrüsen dieser außergewöhnlichsten aller Huren erfuhr.

»Unsere Frau Braganza hat recht«, beschimpft mich Padma. »Sie sagt, die Männer haben nur schmutziges Zeug im Kopf.« Ich ignoriere sie; mit Frau Braganza und ihrer Schwester, Frau Fernandes, werde ich mich zu gegebener Zeit befassen; im Augenblick muß letztere sich mit der Buchhaltung der Fabrik begnügen, während erstere sich um meinen Sohn kümmert. Während ich, um die gespannte Aufmerksamkeit meiner angewiderten Padma Bibi wiederzugewinnen, ein Märchen erzähle.

Es war einmal ein Prinz, der lebte in dem im hohen Norden gelegenen Fürstentum Kif. Er hatte zwei wunderschöne Töchter, einen Sohn, der genauso bemerkenswert gut aussah, einen nagelneuen Rolls-Royce und ausgezeichnete politische Kontakte. Dieser Fürst, oder Nawab, glaubte leidenschaftlich an den Fortschritt, weshalb er die Verlobung seiner älteren Tochter mit dem Sohn des wohlhabenden und bekannten Generals Zulfikar arrangiert hatte; was seine jüngere Tochter anbelangte, so machte er sich große Hoffnungen auf eine Verbindung mit dem Sohn des Präsidenten selbst. Sein Automobil, das erste, das je in diesem von Bergen umgebenen Tal gesehen wurde, liebte er fast ebensosehr wie seine Kinder; es schmerzte ihn, daß seine Untertanen, die sich daran gewöhnt hatten, die Straßen von Kif für gesellschaftliche Zusammenkünfte, Streitereien und Triff-den-Spucknapf-Spiele zu benutzen, ihm nicht aus dem Weg gehen wollten. Er ließ eine Erklärung verbreiten, der zufolge das Auto die Zukunft darstellte und man es vorbeifahren lassen mußte; die Leute nahmen keine Notiz von der Mitteilung, obwohl sie an Geschäfte und Mauern und sogar, wie es heißt, an die Flanken von Kühen geklebt wurde. Die zweite Mitteilung war gebieterischer; sie befahl den Bürgern, die Schnellstraßen freizugeben, wenn sie die Hupe des Autos hörte; die Kifs jedoch rauchten und spuckten und stritten weiterhin auf den Straßen. Die dritte Mitteilung, die mit einer blutrünstigen Zeichnung geschmückt war, besagte, daß das Auto fortan jeden überfahren werde, der seiner Hupe nicht gehorchte. Die Kifs fügten der Zeichnung auf dem Plakat neue, anstößigere Kritzeleien hinzu, und dann verfuhr der Nawab, der ein guter Mann war, dessen Geduld jedoch Grenzen kannte, tatsächlich so, wie er angedroht hatte. Als die berühmte Sängerin Jamila mit Familie und Impresario eintraf, um bei der Verlobungsfeier ihres Vetters zu singen, fuhr das Auto sie ohne Behinderung von der Grenze zum Palast, und der Nawab sagte stolz: »Kein Problem, das Auto wird nun respektiert. Der Fortschritt ist eingetreten.«

Der Sohn des Nawab, Mutasim, der das Ausland bereist hatte und einen sogenannten Pilzkopf trug, war für seinen Vater ein Quell ständiger Sorge, denn obwohl er so gut aussah, daß bei seinen Reisen durch Kif Mädchen mit silbernem Nasenschmuck wegen der Glut seiner Schönheit in Ohnmacht sanken, schien er sich für solche Dinge nicht zu interessieren, sondern gab sich mit seinen Poloponys und der Gitarre zufrieden, der er seltsame westliche Lieder entlockte. Er trug Buschhemden, auf denen sich Noten und ausländische Straßenschilder gegen die halbbekleideten Körper rosahäutiger Mädchen drängten. Als aber Jamila die Sängerin, hinter einer Burqa aus Goldbrokat verborgen, im Palast eintraf, wurde Mutasim der Schöne – der wegen seiner Auslandsreisen nie das Gerücht von ihrer Entstellung gehört hatte – von der Idee besessen, er müsse ihr Gesicht sehen; er verliebte sich Hals über Kopf in die Blicke ihrer züchtigen Augen, die er durch ihr Laken mit dem Loch sah.

In jenen Tagen hatte der Präsident von Pakistan Wahlen angesetzt; sie sollten am Tag nach der Verlobungsfeier in Form eines Wahlrechts namens Basisdemokratie stattfinden. Die hundert Millionen Menschen Pakistans waren in einhundertzwanzigtausend annähernd gleichgroße Wahlkreise aufgeteilt worden, und jeder Teil wurde von einem Basisdemokraten repräsentiert. Das Wahlkollegium der einhundertzwanzigtausend »BD« sollte den Präsidenten wählen. In Kif schlossen die vierhundertzwanzig Basisdemokraten Mullahs, Straßenfeger, den Chauffeur des Nawab, zahlreiche Männer, die auf dem Grundbesitz des

Nawab Haschisch in Halbpacht anbauten, und andere loyale Bürger ein; der Nawab hatte sie alle zur Hennazeremonie seiner Tochter eingeladen. Er war jedoch auch verpflichtet gewesen, zwei richtige Bösewichte, die Wahlleiter der Combined Opposition Party, der Vereinigten Oppositionspartei, einzuladen. Diese Bösewichte zankten sich ständig, doch der Nawab begrüßte sie höflich. »Heute abend seid ihr meine verehrten Gäste«, sagte er zu ihnen, »morgen ist ein anderer Tag.« Die Bösewichte aßen und tranken, als hätte sie nie zuvor Essen gesehen, aber jeder – selbst Mutasim der Schöne, dessen Geduld begrenzter war als die seines Vaters – hatte den Auftrag, sie gut zu behandeln.

Die Vereinigte Oppositionspartei war, was Sie nicht überraschen wird, eine Ansammlung von Schurken und Schuften erster Güte, einig nur in ihrem Entschluß, den Präsidenten zu stürzen und zu den schlimmen alten Zeiten zurückzukehren, in denen Zivilisten und nicht Soldaten sich die Taschen mit Geldern aus der Staatskasse vollstopften; doch aus irgendeinem Grund waren sie an einen furchteinflößenden Anführer geraten. Das war Fräulein Fatimah Jinnah, die Schwester des Begründers der Nation, eine Frau, die vom Alter so ausgedörrt war, daß der Nawab vermutete, sie sei schon vor langer Zeit gestorben und von einem Meisterpräparator ausgestopft worden – eine Auffassung, der auch sein Sohn anhing, der einen Film mit dem Titel *El Cid* gesehen hatte, in dem ein Toter eine Armee in die Schlacht führte . . . doch da war sie jedenfalls, entschlossen, sich in den Wahlkampf zu stürzen, weil es dem Präsidenten nicht gelungen war, das Mausoleum ihres Bruders mit Marmor zu verkleiden; eine schreckliche Feindin, über Verleumdung und Verdächtigung erhaben. Man munkelte sogar, daß ihr Widerstand gegen den Präsidenten den Glauben der Menschen an ihn erschüttert habe – war er schließlich nicht die Wiederverkörperung der großen islamischen Helden der Vorzeit? Die Reinkarnation von Mohammed bin Sam Ghuri, von Iltutmish und den Moguln? Der Nawab hatte bemerkt, daß COP-Aufkleber an den seltsamsten Orten auftauchten; jemand hatte sogar die Frechheit gehabt, einen am Kofferraum seines Rolls zu befestigen. »Schlimme Zeiten«, sagte der Nawab zu seinem Sohn. Mutasim antwortete: »Das hast du davon, daß du Wahlen angesetzt hast – Latrinenreiniger und schäbige Schneider sollen ihre Stimmen abgeben, um einen Herrscher zu wählen?«

Doch heute war ein Tag des Glücks; in den Frauengemächern überzogen Frauen Hände und Füße der Tochter des Nawab mit einem feinen Hennamuster; bald würden General Zulfikar und sein Sohn Zafar eintreffen. Die Herrscher von Kif verdrängten die Wahl aus ihren Köpfen und weigerten sich, über die zerbröselnde Gestalt Fatima Jinnahs, der *mader-i-millat*, das ist »Mutter der Nation«, nachzudenken, die so brutal darauf bestanden hatte, bei der Wahl ihrer Kinder Verwirrung zu stiften.

Auch in der Unterkunft der Gruppe um Jamila die Sängerin herrschte eitel Glück. Ihr Vater, ein Handtuchfabrikant, der die weiche Hand seiner Frau anscheinend nicht loslassen konnte, rief: »Seht ihr? Wessen Tochter tritt hier auf? Ist es ein Haroon-Mädchen? Eine Valika-Frau? Ist es eine Dawood- oder Saigol-Maid? Nicht die Spur!« . . . Aber sein Sohn Saleem, ein unglückseliger Kerl mit einem Gesicht wie eine Karikatur, schien von tiefem Unbehagen erfaßt zu sein – vielleicht bedrückte ihn die Vorstellung, am Schauplatz großer historischer Ereignisse zugegen zu sein; er warf seiner begabten Schwester Blicke zu, in denen etwas wie Scham lag.

An jenem Nachmittag nahm Mutasim der Schöne Jamilas Bruder Saleem zur Seite und versuchte angestrengt, Freundschaft mit ihm zu schließen; er zeigte Saleem die Pfauen, die vor der Teilung aus Rajasthan eingeführt worden waren, und des Nawab kostbare Sammlung von Zauberbüchern, der er solche Zauberformeln und Beschwörungen entnahm, die ihm halfen, mit Weisheit zu regieren; und während Mutasim (der nicht der Intelligenteste oder Vorsichtigste war) Saleem zum Polofeld begleitete, gestand er, daß er eine Liebesbeschwörung auf ein Stück Pergament geschrieben habe, weil er hoffte, es gegen die Hand der berühmten Sängerin Jamila pressen und sie dadurch in sich verliebt machen zu können. Als er damit herausrückte, veränderte sich Saleems Miene, und er sah aus wie ein schlechtgelaunter Hund, er versuchte, sich abzuwenden, doch nun wollte Mutasim unbedingt wissen, wie Jamila die Sängerin in Wirklichkeit aussah. Saleem jedoch bewahrte Stillschweigen, bis Mutasim, von wilder Leidenschaft besessen, darum bat, er möge ihn in Jamilas Nähe führen, so daß er den Zauberspruch gegen ihre Hand pressen könne. Da sagte Saleem, dessen verschlagene Miene dem von der Liebe befallenen Mutasim nicht auffiel: »Gib mir das Pergament!«, und Mutasim, der sich mit der Geographie europäischer Städte auskannte, in Zauberdingen aber unerfahren war, gab seinen Zauberspruch an Saleem ab, weil er dachte, er würde sich auch dann noch zu seinen Gunsten auswirken, wenn er von jemand anderem angewandt würde.

Der Abend senkte sich auf den Palast, der Wagenkonvoi, in dem General und Begum Zulfikar, ihr Sohn Zafar und ihre Freunde unterwegs waren, war ebenfalls im Anzug. Aber nun drehte der Wind sich und begann aus Norden zu wehen: ein kalter Wind und auch ein berauschender, denn im Norden von Kif lagen die besten Haschischfelder des Landes, und zu dieser Jahreszeit waren die weiblichen Pflanzen reif zur Paarung. Die Luft war vom Parfüm der berauschenden Lust der Pflanzen erfüllt, und alle, die es einatmeten, wurden bis zu einem gewissen Grad narkotisiert. Die undefinierbare Glückseligkeit der Pflanzen befiel die Fahrer des Konvois, der den Palast nur mit viel Glück erreichte, nachdem er eine Reihe Barbierstände am Straßenrand umgeworfen hatte und in mindestens einen Teeladen eingedrungen war, so daß die Kifs sich fragten, ob die neuen pferdelosen Kutschen nun auch noch ihre Häuser erobern würden, nachdem sie die Straßen gestohlen hatten.

Der Nordwind drang in die riesige und überaus sensible Nase von Saleem, Jamilas Bruder, und machte ihn so träge, daß er in seinem Zimmer einschlief und die Ereignisse eines Abends verpaßte, an dem der Haschaschinwind, wie er später erfuhr, das Benehmen der Gäste bei der Verlobungsfeier beeinflußte, so daß sie zwanghaft kicherten und einander aus Augen unter schweren Lidern aufreizend anblickten; Generäle mit Fangschnüren saßen breitbeinig auf vergoldeten Stühlen und träumten vom Paradies. Die Mehndi-Zeremonie fand inmitten einer so tiefen schläfrigen Zufriedenheit statt, daß es niemandem auffiel, als der Bräutigam sich so vollkommen entspannte, daß er in die Hosen machte; und sogar die streitenden Bösewichte von der COP hakten sich unter und sangen ein Volkslied. Und als Mutasim der Schöne, beherrscht von der sinnlichen Begierde der Haschischpflanzen, sich hinter das große goldseidene Bettuch mit seinem einzelnen Loch stürzen wollte, hielt Major Alauddin Latif ihn mit glückseliger guter Laune davon ab und verhinderte, sogar ohne ihm die Nase blutig zu schlagen, daß er das Gesicht von Jamila der Sängerin sah. Der Abend endete, als alle Gäste an ihren Tischen eingeschlafen waren, doch Jamila die Sängerin wurde von einem schläfrig strahlenden Latif in ihre Gemächer geleitet.

Um Mitternacht wurde Saleem wach und merkte, daß er immer noch das magische Pergament von Mutasim dem Schönen in der rechten Hand hielt, und da der Nordwind immer noch sanft durch sein Zimmer blies, entschloß er sich, in Chappals und Morgenmantel durch die dunklen Korridore des herrlichen Palastes zu schleichen, vorbei an all dem aufgehäuften Schutt einer verfallenden Welt, rostenden Rüstungen und alten Wandteppichen, die jahrhundertelang die Milliarde Motten des Palastes mit Nahrung versorgt hatten, riesigen Mahaseer-Forellen, die in Glasmeeren schwammen, und einer Fülle von Jagdtrophäen, einschließlich eines trübe gewordenen goldenen Rebhuhns auf einer Teakholzplatte, das an den Tag erinnerte, an dem ein früherer Nawab in Begleitung von Lord Curzon und Konsorten 111111 Rebhühner an einem einzigen Tag geschossen hatte; er schlich an den Statuen toter Vögel vorbei in die Zenana-Gemächer, wo die Frauen des Palastes schliefen, wählte, in der Luft schnüffelnd, eine Tür aus, drückte den Griff nach unten und ging hinein.

Ein riesiges Bett stand da mit einem sich sacht bewegenden Moskitonetz, in dem sich ein Strom farblosen, irremachenden mitternächtlichen Mondlichts fing; Saleem bewegte sich darauf zu und blieb dann stehen, weil er am Fenster die Gestalt eines Mannes gesehen hatte, der versuchte, ins Zimmer einzusteigen. Mutasim der Schöne, dreist geworden infolge seiner Vernarrtheit und des Haschaschinwinds, hatte beschlossen, koste es was es wolle, Jamilas Gesicht anzusehen... Und Saleem, im Schatten des Zimmers unsichtbar, rief aus: »Hände hoch, oder ich schieße!« Saleem bluffte, aber das wußte Mutasim, dessen Hände das Fensterbrett umklammerten und sein volles Gewicht trugen, nicht, und so befand er sich in einem Dilemma: sollte er sich festhalten und erschossen werden oder loslassen und fallen? Er versuchte, Einwände zu machen. »Du hast doch hier auch nichts zu suchen«, sagte er. »Ich sage es Amina Begum.« Er hatte die Stimme seines Peinigers erkannt, doch Saleem wies ihn auf die Schwäche seiner Position hin, und Mutasim bat inständig: »Ist ja gut, nur schieß nicht« und durfte so, wie er hochgekommen war, wieder hinuntersteigen. Am Tag danach überredete Mutasim seinen Vater, bei Jamilas Eltern einen offiziellen Heiratsantrag vorzubringen, doch sie, die ohne Liebe geboren und aufgezogen worden war, hielt an ihrem alten Haß auf alle fest, die behaupteten, sie zu lieben, und wies ihn ab. Er verließ Kif und kam nach Karatschi, doch sie wollte sich nicht auf seine zudringlichen Anträge einlassen, und schließlich trat er in die Armee ein und wurde ein Märtyrer des Krieges von 1965.

Die Tragödie von Mutasim dem Schönen ist jedoch nur eine Nebenhandlung unserer Geschichte, denn nun waren Saleem und seine Schwester allein, und sie, die durch den Wortwechsel zwischen den beiden jungen Männern wach geworden war, fragte: »Saleem? Was ist los?«

Saleem trat ans Bett seiner Schwester, seine Hand suchte die ihre, und Pergament wurde gegen Haut gepreßt. Erst jetzt ließ Saleem, dessen Zunge der Mond und die lustgetränkte Brise gelöst hatten, jeden Gedanken an Reinheit fahren und gestand seiner mit offenem Munde zuhörenden Schwester seine Liebe.

Schweigen herrschte, dann schrie sie auf: »O nein, wie kannst du . . .«, aber der Zauber des Pergaments focht eine Schlacht mit der Stärke ihres Hasses auf die Liebe aus, und so lauschte sie, obwohl ihr Körper steif und angespannt wie der eines Ringers wurde, doch seinen Erklärungen, daß es keine Sünde sei, er habe alles bedacht, sie seien ja schließlich nicht wirklich Bruder und Schwester, das Blut in seinen Adern sei nicht das ihre; in der Brise dieser wahnsinnigen Nacht versuchte er alle Knoten zu lösen, die noch nicht einmal Mary Pereiras Geständnis zu entknoten vermocht hatte. Doch noch während er sprach, konnte er hören, wie hohl seine Worte klangen, und er erkannte, daß es, obwohl alles, was er sagte, die buchstäbliche Wahrheit war, noch andere Wahrheiten gab, die wichtiger geworden waren, weil die Zeit sie geheiligt hatte; und obwohl weder Scham noch Entsetzen angebracht waren, las er beides auf ihrer Stirn, roch es auf ihrer Haut und konnte es, was viel schlimmer war, in sich fühlen und an sich riechen.

So war letzten Endes noch nicht einmal das Zauberpergament von Mutasim dem Schönen wirkungsvoll genug, um Saleem Sinai und Jamila die Sängerin zusammenzubringen; gesenkten Hauptes verließ er ihr Zimmer, und sie blickte ihm nach mit den Augen eines aufgescheuchten Rehs. Und mit der Zeit ließ die Wirkung des Zauberspruchs gänzlich nach, und sie nahm schreckliche Rache. Als er das Zimmer verließ, wurden die Korridore des Palastes plötzlich vom Gekreisch einer frisch verlobten Prinzessin erfüllt, die von ihrer Hochzeitsnacht geträumt hatte, und in diesem Traum schwamm ihr Ehebett plötzlich und unerklärlicherweise in einer gelben, ranzig riechenden Flüssigkeit; danach zog sie Erkundigungen ein, und als sie erfuhr, wie prophetisch ihr Traum gewesen war, beschloß sie, nicht in die Pubertät zu kommen, solange Zafar lebte, damit sie weiterhin in ihrem Palastbett schlafen und vom übelriechenden Greuel seiner Schwäche verschont bleiben konnte.

Am nächsten Morgen fanden sich die beiden Bösewichte von der Vereinigten Oppositionspartei beim Erwachen wieder in ihren eigenen Betten, aber als sie sich angekleidet hatten und die Tür ihrer Kammer öffneten, fanden sie zwei der größten Soldaten Pakistans davor, die friedlich mit gekreuzten Gewehren dastanden und den Ausgang versperrten. Die Bösewichte brüllten und verlegten sich aufs Bitten, aber die Soldaten blieben auf dem Posten, bis die Wahllokale geschlossen hatten; dann verschwanden sie geräuschlos. Die Bösewichte suchten den Nawab auf und trafen ihn in seinem außergewöhnlichen Rosengarten an; sie fuchtelten mit den Armen und erhoben die Stimme, Rechtsverdrehung wurde erwähnt und Wahlschiebung und auch Schikane, doch der Nawab zeigte ihnen dreizehn neue Sorten der Kifi-Rose, die er selbst gekreuzt hatte. Sie tobten weiter – Tod der Demokratie, autokratische Tyrannei –, bis er ganz, ganz sanft lächelte und sagte: »Meine Freunde, gestern wurde meine Tochter mit Zafar Zulfikar verlobt, bald wird mein anderes Mädchen hoffentlich den lieben Sohn unseres Präsidenten heiraten. Denkt doch einmal darüber nach – welche Schande für mich, welche Schmach für meinen Namen, wenn in Kif auch nur eine einzige Stimme gegen meine zukünftigen Verwandten abgegeben würde! Freunde, ich bin ein Mann, für den Ehre von Bedeutung ist, deshalb bleibt in meinem Haus, eßt und trinkt, doch verlangt nichts, was ich nicht geben kann.«

Und wir alle lebten glücklich bis ans Ende unserer Tage... auf jeden Fall endet meine Geschichte auch ohne den traditionellen, frei erfundenen letzten Satz aus den Märchen im Phantastischen, denn als die Basisdemokraten ihre Pflicht getan hatten, verkündeten die Zeitungen – *Jang, Dawn, Pakistan Times* – einen überwältigenden Sieg der Moslem-Liga des Präsidenten über die Vereinigte Oppositionspartei der *mader-i-millat* und bewiesen mir damit, daß ich nur ein ganz kleiner, bescheidener Tatsachenverdreher war und daß in einem Land, wo Wahrheit das ist, was man aus ihr macht, die Wirklichkeit buchstäblich aufhört zu existieren, so daß alles möglich wird außer dem, was uns gegenüber als Tatsache ausgegeben wird. Und vielleicht war das der Unterschied zwischen meiner indischen Kindheit und meiner pakistanischen Jugend – in ersterer war ich von unendlich vielen alternativen Wirklichkeiten belagert, während ich in letzterer inmitten einer gleichermaßen unendlichen Zahl von Falschheiten, Unwirklichkeiten und Lügen hilflos und ohne Orientierung umhertrieb.

Ein kleiner Vogel flüstert mir ins Ohr: »Sei fair! Niemand, kein Land, hat ein Monopol auf Unwahrheit.« Ich nehme die Kritik hin; ich weiß, ich weiß. Und Jahre später wußte es auch Die Witwe. Und Jamila: für die das, was (durch Zeit, Gewohnheit, den Ausspruch einer Großmuter, Mangel an Vorstellungskraft, das Sichfügen eines Vaters) als Wahrheit geheiligt worden war, sich als glaubwürdiger erwies als das, was sie im Grunde für wahr erkannt hatte.

Wie Saleem Reinheit erlangte

Was noch darauf wartet, erzählt zu werden: die Wiederkehr von Tick-tack. Doch nun beginnt ein Countdown, diesmal zu einem Ende, nicht zu einer Geburt; auch eine Ermüdung ist zu erwähnen, eine generelle Mattigkeit, die so tief ist, daß das Ende, wenn es kommt, die einzige Lösung ist; denn Menschen kann wie Nationen und fiktiven Charakteren einfach die Puste ausgehen, und dann hilft nichts, als mit ihnen Schluß zu machen.

Wie ein Stück aus dem Mond fiel und Saleem Reinheit erlangte . . . die Uhr läuft nun, und weil jeder Countdown unabdingbar bei null endet, möchte ich festhalten, daß das Ende am 22. September 1965 kam und daß die Null just in dem Augenblick erreicht wurde, als es Mitternacht schlug. Auch wenn die alte Standuhr im Haus meiner Tante Alia, die genau ging, aber immer zwei Minuten zu spät ertönte, nie eine Chance zum Schlagen hatte.

Meine Großmutter Naseem Aziz traf Mitte des Jahres 1964 in Pakistan ein. Sie ließ ein Indien hinter sich, in dem Nehrus Tod erbitterte Machtkämpfe heraufbeschworen hatte. Morarji Desai, der Finanzminister, und Jagjivan Ram, der einflußreichste Sprecher der Unberührbaren, waren sich in ihrem Entschluß einig, die Etablierung einer Nehru-Dynastie zu vereiteln; Indira Gandhi war somit die Führerschaft verwehrt. Der neue Ministerpräsident war Lal Bahadur Shastri, ein weiterer Angehöriger jener Generation von Politikern, die anscheinend in Unsterblichkeit eingelegt waren; aber im Fall von Shastri war dies nur Maja, Illusion. Nehru und Shastri haben beide ihre Sterblichkeit voll unter Beweis gestellt, doch sind noch genügend andere übrig, die die Zeit in ihren mumifizierten Fingern festhalten und verhindern, daß sie sich bewegt . . . in Pakistan jedoch machten die Uhren Tick-tack.

Nach außen hin billigte Ehrwürdige Mutter die Karriere meiner Schwester nicht; sie hatte einen zu starken Beigeschmack von Startum. »Meine Familie, wieheißtesnoch«, seufzte sie Pia Mumani vor, »ist noch unkontrollierbarer als der Benzinpreis.« Insgeheim war sie aber vielleicht doch beeindruckt, denn Macht und Rang respektierte sie, und

Jamila war nun so hoch aufgestiegen, daß sie bei den mächtigsten und angesehensten Familien des Landes ein und aus ging . . . meine Großmutter ließ sich in Rawalpindi nieder; erstaunlicherweise demonstrierte sie jedoch Unabhängigkeit, indem sie es vorzog, nicht im Haus von General Zulfikar zu leben. Sie und meine Tante Pia zogen in einen bescheidenen Bungalow in der Altstadt; sie legten ihre Ersparnisse zusammen und erwarben eine Konzession für die lang erträumte Zapfsäule.

Naseem erwähnte Aadam Aziz nie und trauerte auch nicht um ihn; es schien fast, als sei sie erleichtert, daß mein verdrossener Großvater, der in seiner Jugend die pakistanische Bewegung verachtet hatte und aller Wahrscheinlichkeit nach der Moslem-Liga die Schuld am Tod seines Freundes Mian Abdullah gab, ihr durch sein Ableben erlaubt hatte, allein ins Land der Reinen zu gehen. Ehrwürdige Mutter widersetzte sich der Vergangenheit und konzentrierte sich auf Benzin und Öl. Die Tankstelle hatte eine vorzügliche Lage, nahe der großen Überlandstraße zwischen Rawalpindi und Lahore; das Geschäft lief sehr gut. Pia und Naseem übernahmen es abwechselnd, den Tag in dem Glashäuschen des Geschäftsführers zu verbringen, während Tankwarte Wagen und Armeelaster volltankten. Sie erwiesen sich als magische Kombination. Pia zog Kunden mit dem Leuchtfeuer einer Schönheit an, die sich hartnäckig weigerte zu vergehen; Ehrwürdige Mutter, die sich durch ihr Witwentum in eine Frau verwandelt hatte, die mehr am Leben ihrer Mitmenschen als an ihrem eigenen interessiert war, gewöhnte sich an, die Kunden der Tankstelle zu einer Tasse rosafarbenen kaschmirischen Tees in ihr Glashäuschen einzuladen; sie nahmen nicht ohne Beklemmung an, doch sobald sie erkannten, daß die alte Dame nicht vorhatte, sie mit endlosen Erinnerungen zu langweilen, entspannten sie sich, sie lockerten ihre Hemdkragen, ihre Zungen lösten sich, und Ehrwürdige Mutter konnte durch anderer Leute Leben in gesegnete Vergessenheit eintauchen. Die Tankstelle wurde in der Gegend schnell berühmt, Fahrer begannen, Umwege zu machen, um bei ihr vorzufahren – oft an zwei aufeinanderfolgenden Tagen, damit sie sowohl ihre Augen wohlgefällig auf meiner göttlichen Tante Pia ruhen lassen als auch ihre Kümmernisse meiner unendlich geduldigen Großmutter berichten konnten, welche die Saugfähigkeit eines Schwamms entwickelt hatte und immer wartete, bis ihre Gäste ganz zu Ende erzählt hatten, ehe sie aus ihren eigenen Lippen ein paar Tropfen schlichten soliden Rats quetschte. Während ihre Autos mit Benzin gefüllt und von Tankwarten poliert wurden, lud meine Großmutter ihr Leben wieder auf und polierte es. Sie saß in ihrem gläsernen Beichtstuhl und löste die Probleme der Welt; ihre eigene Familie hatte in ihren Augen jedoch anscheinend an Bedeutung verloren.

Schnurrbärtig, matriarchalisch, stolz: Naseem Aziz hatte ihre eigene Methode gefunden, mit Tragödien fertig zu werden, doch zugleich war sie das erste Opfer dieses Geistes teilnahmsloser Mattigkeit geworden, der das Ende zur einzig möglichen Lösung machte. (Tick, tack.) . . . Auf den ersten Blick schien sie freilich nicht die geringste Absicht zu haben, ihrem Mann in den für die Gerechten reservierten Kampfergarten zu folgen; sie schien mehr mit den Methusalems Indiens gemeinsam zu haben, das sie im Stich gelassen hatte. Mit erschreckender Geschwindigkeit wurde sie immer breiter und breiter, bis Maurer bestellt wurden, die ihr Glashäuschen ausbauen sollten. »Macht es groß, ganz groß«, befahl sie ihnen mit einem seltenen Aufflackern von Humor. »Vielleicht bin ich in hundert Jahren noch hier, wieheißtesnoch, und nur Allah weiß, wie dick ich bis dahin geworden bin; ich möchte euch doch nicht alle zehn bis zwölf Jahre bemühen.«

Pia Aziz jedoch war mit »Zapfgefasel« nicht zufrieden. Sie begann eine Reihe von Affären mit Obersten Kricketspielern Polospielern Diplomaten, Affären, die vor einer Ehrwürdigen Mutter, die das Interesse an allem außer dem, was Fremde taten, verloren hatte, leicht zu verbergen waren, ansonsten aber das Stadtgespräch einer doch recht kleinen Stadt waren. Meine Tante Emerald nahm sich Pia vor, und sie antwortete: »Willst du, daß ich ewig heule und mir die Haare raufe? Ich bin noch jung; junge Leute sollten sich ein wenig umsehen.« Emerald sprach dünnlippig: »Aber sei doch ein wenig respektierlich . . . der Name der Familie . . .« Worauf Pia heftig den Kopf schüttelte. »Sei du doch respektierlich, Schwester«, sagte sie, »ich, ich will leben.«

Mir aber scheint, daß in der Art, wie Pia auf ihrem Recht beharrte, etwas Hohles war, daß auch sie spürte, wie sich mit den Jahren ihre Persönlichkeit allmählich abnutzte, daß ihre fiebrigen Romanzen ein letzter verzweifelter Versuch waren, sich ihrer Rolle entsprechend zu benehmen – so wie man es von einer Frau wie ihr erwartete. Ihr Herz war nicht dabei, irgendwo tief innen wartete auch sie auf ein Ende . . . In meiner Familie sind wir, seit Ahmed Sinai einmal von einer Hand geschlagen wurde; die Geier fallengelassen hatten, immer für Sachen anfällig gewesen, die vom Himmel fallen, und die Blitze aus heiterem Himmel waren nur noch ein Jahr entfernt.

Nach der Nachricht vom Tod meines Großvaters und dem Eintreffen von Ehrwürdiger Mutter in Pakistan begann ich wiederholt von Kaschmir zu träumen; nie war ich in den Gärten von Shalimar spazierengegangen – nun tat ich das des Nachts im Traum; ich glitt in Schikaras dahin und erstieg den Hügel von Sankara Acharya, wie mein Großvater es getan hatte; ich sah Lotoswurzeln und Berge wie zornige Rachen. Auch das kann als eine Form der Teilnahmslosigkeit betrachtet werden, die uns schließlich alle befiel – außer Jamila, die Gott und Vaterland hatte, die sie antrieben –, als mahnende Erinnerung daran, daß meine Familie weder richtig zu Indien noch zu Pakistan gehörte. In Rawalpindi trank meine Großmutter rosafarbenen kaschmirischen Tee, in Karatschi wurde ihr Enkel von den Wassern eines Sees umspült, den er nie gesehen hatte. Es sollte nicht mehr lange dauern, bis sich der Traum von Kaschmir in die Köpfe der restlichen Bevölkerung Pakistans ergoß; die Verbindung mit der Geschichte ließ nicht von mir ab, und 1965 stellte ich fest, daß mein Traum Gemeinschaftseigentum der Nation würde und ein Faktor von herausragender Bedeutung für das kommende Ende, bei dem alle möglichen Dinge vom Himmel fielen und ich endlich gereinigt wurde.

Tiefer konnte Saleem nicht sinken: ich konnte an mir selbst den Jauchegestank meiner Laster riechen. Ich war ins Land der Reinen gekommen und hatte die Gesellschaft von Huren gesucht – als ich mir ein neues, rechtschaffenes Leben hätte aufbauen müssen, brachte ich statt dessen eine unaussprechliche (und unerwiderte) Liebe hervor. Der große Fatalismus, der mich dann ganz und gar überwältigen sollte, fing an, Besitz von mir zu ergreifen, und ziellos fuhr ich auf meiner Lambretta durch die Straßen der Stadt; Jamila und ich gingen einander so weit wie möglich aus dem Weg und waren zum ersten Mal in unserem Leben nicht in der Lage, auch nur ein einziges Wort miteinander zu wechseln.

Reinheit – dieses höchste aller Ideale!, diese engelhafte Tugend, nach der Pakistan benannt war und die aus jeder Note der Lieder meiner Schwester triefte! – schien sehr weit weg; wie hätte ich wissen können, daß die Geschichte – in deren Macht es steht, den Sündern zu vergeben – zu diesem Zeitpunkt unaufhaltsam auf einen Augenblick zusteuerte, in dem es ihr gelingen würde, mich mit einem Streich von Kopf bis Fuß zu reinigen?

Unterdessen tobten andere Kräfte sich aus; Alia Aziz hatte begonnen, ihre fürchterliche Altjungfernrache zu nehmen.

Tage in Guru Mandir: Paangerüche, Küchendünste, der schwüle Duft des Minarettschattens, der lang deutende Finger der Moschee: der Haß meiner Tante Alia auf den Mann, der sie verlassen, und auf die Schwester, die ihn geheiratet hatte, wuchs sich zu etwas Faßbarem, Sichtbarem aus, er saß wie ein großer Gecko auf ihrem Wohnzimmerteppich und stank nach Kotze. Aber ich schien der einzige zu sein, der ihn roch, denn Alias Talent zur Verstellung hatte genauso geschwind zugenommen wie die Haare auf ihrem Kinn und ihre Tüchtigkeit im Umgang mit den Pflastern, mit denen sie jeden Abend ihren Bart mitsamt den Wurzeln ausriß.

Der Beitrag meiner Tante Alia zum Schicksal der Nationen – durch ihre Schule und ihr College – darf nicht gering geschätzt werden. Da sie die Frustrationen einer alten Jungfer in den Lehrplan, in die Backsteine und auch in die Studenten ihrer beiden Erziehungsinstitutionen hatte einfließen lassen, hatte sie einen Stamm von Kindern und jungen Erwachsenen herangezogen, der sich von einer uralten Rachsucht besessen fühlte, ohne genau zu wissen warum. O allgegenwärtige Unfruchtbarkeit jungfräulicher Tanten! Sie säuerte den Anstrich an ihrem Haus, und die harte Füllung der Bitterkeit machte ihre Polstermöbel klumpig; die Verdrängungen einer alten Jungfer wurden in Vorhangsäume eingenäht wie einst vor langer Zeit in die Babykleidung von . . . Bitterkeit, die aus den Spalten der Erde hervorkroch.

Was meiner Tante Alia Vergnügen bereitete: Kochen. Was sie in der einsamen Verrücktheit der Jahre in den Rang einer Kunstform erhoben hatte: das Schwängern von Essen mit Gefühlen. Hinter wem ihre Leistungen auf diesem Gebiet zurückblieben: meiner alten Ayah, Mary Pereira. Von wem inzwischen die beiden erfahrenen Köchinnen übertroffen worden sind: von Saleem Sinai, Chefpickler in der Braganza-Picklesfabrik . . . nichtsdestoweniger fütterte sie uns, solange wir in ihrer Villa in Guru Mandir wohnten, mit den Birianis der Zwietracht und den Nargisi Koftas des Mißklangs; und nach und nach traten deswegen sogar in der harmonischen herbstlichen Liebe meiner Eltern Dissonanzen auf.

Doch auch Gutes muß über meine Tante gesagt werden. In der Politik sprach sie sich lauthals gegen eine Regierung vermittels militärischer Befehlsgewalt aus; hätte sie nicht einen General zum Schwager gehabt, hätte man ihr wahrscheinlich die Leitung von Schule und College entzogen. Ich will sie nicht nur durch die dunkle Brille meiner privaten Verzweiflung zeigen: sie hatte Vortragsreisen in die Sowjetunion und nach Amerika absolviert. Auch schmeckte ihr Essen gut (trotz seiner verborgenen Ingredienzien).

Aber die Luft und das Essen in diesem moscheenbeschatteten Haus begannen ihren Tribut zu fordern ... in Verwirrung gestürzt, zum einen durch seine schreckliche Liebe und zum anderen durch Alias Essen, begann Saleem jedesmal wie eine rote Bete zu erröten, wenn seine Schwester in seinen Gedanken auftauchte, während Jamila, ohne es zu wissen, von Sehnsucht nach frischer Luft und nach Speisen ergriffen, die nicht mit dunklen Emotionen gewürzt waren, immer weniger Zeit dort verbrachte und statt dessen kreuz und quer durchs Land reiste (aber nie in den Ostflügel), um ihre Konzerte zu geben. Bei den zunehmend seltener werdenden Gelegenheiten, bei denen Bruder und Schwester sich im selben Zimmer fanden, sprangen sie aufgeschreckt einen Zentimeter vom Boden hoch und starrten bei der Landung wütend die Stelle an, von der sie hochgesprungen waren, als sei sie plötzlich heiß wie ein Backofen geworden. Zu anderen Zeiten leisteten sie sich ein Verhalten, dessen Bedeutung in die Augen gesprungen wäre, wenn die übrigen Hausbewohner nicht andere Dinge im Kopf gehabt hätten: Jamila gewöhnte sich beispielsweise an, ihren weiß-goldenen Reiseschleier auch im Haus zu tragen, selbst wenn ihr vor Hitze schwindlig wurde, bis sie sicher war, daß ihr Bruder ausgegangen war; während Saleem, der ihr weiterhin wie ein Sklave gesäuertes Brot aus dem Nonnenkloster Santa Ignatia holte, es vermied, ihr die Laibe selbst zu überreichen; gelegentlich bat er seine giftige Tante, als Zwischenhändlerin zu agieren. Alia sah ihn amüsiert an und fragte: »Was ist denn mit *dir* los, Junge – du hast doch keine ansteckende Krankheit?« Saleem errötete unbändig, da er fürchtete, seine Tante könne etwas von seinem Umgang mit käuflichen Frauen erraten haben, und vielleicht stimmte das auch, aber sie war hinter Wichtigerem her.

... Er entwickelte überdies die Neigung, in langes dumpfes Schweigen zu verfallen, das er unterbrach, indem er plötzlich mit einem bedeutungslosen Wort herausplatzte: »Nein!« oder »Aber!« oder mit noch mysteriöseren Ausrufen wie »Peng!« oder »Wumm!«. Unsinnige Worte inmitten trüben Schweigens: als führe Saleem einen inneren Dialog von solcher Intensität, daß Bruchstücke dieses Dialogs oder der Pein, die er bereitete, von Zeit zu Zeit über seine Lippen sprudelten. Der innere Mißklang wurde zweifellos durch die Currygerichte der Unruhe verschlimmert, die wir essen mußten; und am Ende, als Amina so heruntergekommen war, daß sie mit unsichtbaren Wäschetruhen sprach, und Ahmed, seit seinem Schlaganfall nur noch ein Schatten seiner selbst, kaum mehr als sabbern und kichern konnte, während ich mich zurückzog und stumm grollte, mußte meine Tante äußerst zufrieden darüber gewesen sein, daß sie sich so effektvoll am Sinai-Clan gerächt hatte. Es sei denn, auch sie wäre durch die Erfüllung ihrer lang gehegten Begierde ausgelaugt gewesen; in dem Fall hatte auch sie keine Möglichkeiten mehr, und ihre Schritte hallten hohl, wenn sie, das Kinn mit Enthaarungspflaster beklebt, durch das Irrenhaus stolzierte, zu dem ihr Haus geworden war, während ihre Nichte aufsprang, weil irgendeine Stelle im Fußboden plötzlich heiß geworden war, und ihr Neffe aus dem Nichts »Yaa!« brüllte und ihrem einstmaligen Verehrer die Spucke übers Kinn lief und Amina die wiederauferstandenen Geister ihrer Vergangenheit begrüßte: »Ihr seid also wieder da; nun ja, warum nicht? Nichts scheint jemals ganz zu verschwinden.«

Tick tack . . . Im Januar 1965 stellte meine Mutter Amina Sinai fest, daß sie wieder schwanger war, nach einer Pause von siebzehn Jahren. Als sie sich sicher war, teilte sie die gute Nachricht ihrer großen Schwester Alia mit und gab meiner Tante Gelegenheit, ihre Rache zu vervollkommnen. Was Alia zu meiner Mutter sagte, ist nicht bekannt; was sie in ihre Gerichte rührte, kann nur gemutmaßt werden, doch die Wirkung auf Amina war jedenfalls verheerend. Sie wurde von Träumen von einem mißgestalteten Kind mit einem Blumenkohl anstelle des Gehirns geplagt; sie wurde von Erscheinungen Ramram Seths bedrängt, und die alte Prophezeiung von einem Kind mit zwei Köpfen fing an, sie von neuem ganz verrückt zu machen. Meine Mutter war zweiundvierzig Jahre alt, und die Angst (die sowohl ihrer Natur entsprang als auch von Alia hervorgerufen wurde), in diesem Alter noch ein Kind zu bekommen, trübte den Glanz, der sie umgab, seitdem sie ihrem Mann durch ihre Fürsorge zu seinem Liebesherbst verholfen hatte; unter dem Einfluß des Kormas der Rache meiner Tante – mit schlimmen Prophezeiungen und Kardamom gewürzt – bekam meine Mutter Angst vor ihrem Kind. Während die Monate vergingen, begannen ihre zweiundvierzig Jahre einen schrecklichen Zoll zu fordern; das Gewicht ihrer vier Jahrzehnte nahm täglich zu, und sie wurde unter ihrem Alter zerdrückt. Im zweiten Monat wurde ihr Haar weiß. Im dritten war ihr Gesicht verschrumpelt wie eine verfaulende Mango. Im

433

vierten Monat war sie bereits eine alte Frau, zerfurcht und dick, wieder einmal von Warzen gequält, und wieder sprossen die unvermeidlichen Haare in ihrem Gesicht; wieder einmal schien sie in einen Nebel von Schuld eingehüllt, als sei es eine Schande, wenn eine Dame in so offenkundig ehrwürdigem Alter noch ein Baby bekam. Während das Kind jener verworrenen Zeit in ihr wuchs, wurde der Gegensatz zwischen seiner Jugend und ihrem Alter immer größer; und zu diesem Zeitpunkt fiel sie in einen alten Rohrsessel und empfing Besuche von den Geistern ihrer Vergangenheit. Der Verfall meiner Mutter war in seiner Plötzlichkeit entsetzlich; Ahmed Sinai sah hilflos zu und wurde mit einem Mal gewahr, daß er kraftlos, hilflos, entmannt war.

Selbst jetzt fällt es mir schwer, über diese Zeit des Endes aller Möglichkeit zu schreiben, in der mein Vater merkte, daß seine Handtuchfabrik dem Ruin entgegenging. Die Auswirkungen von Alias kulinarischer Hexerei (die sich sowohl über den Magen auswirkte – nämlich wenn er aß – als auch durch die Augen – nämlich wenn er seine Frau ansah) waren mittlerweile nicht mehr zu übersehen: er betrieb die Geschäfte immer lascher und verhielt sich der Belegschaft gegenüber gereizt.

Um den Ruin der Handtücher Marke Amina zusammenfassend zu schildern: Es fing damit an, daß Ahmed Sinai seine Arbeiter so herumzukommandieren begann, wie er es einst in Bombay mit seinen Dienstboten getan hatte, und daß er versuchte, Webermeistern und Hilfspackern gleichermaßen die ewigen Wahrheiten bezüglich der Herr-Knecht-Beziehung einzuschärfen. Die Folge war, daß die Leute ihm scharenweise davonliefen und beispielsweise erklärten: »Ich bin nicht Ihr Latrinenreiniger, Sahib; ich bin ein qualifizierter Weber der Gruppe A« und sich überhaupt weigerten, ihm die geziemende Dankbarkeit dafür zu erweisen, daß er die Güte besaß, sie zu beschäftigen. Benommen vom Zorn der Lunchpakete meiner Tante, ließ er sie alle ziehen und heuerte statt dessen einen Haufen gemeiner Faulpelze an, die Baumwollrollen und Maschinenteile klauten, aber bereit waren, Kratzfüße zu machen, wann immer man es von ihnen verlangte; und der Anteil der Ausschußware ging erschreckend in die Höhe, Aufträge wurden nicht eingehalten, Neubestellungen nahmen erschreckend ab. Ahmed Sinai ging dazu über, Berge – Himalajas! – von Ausschußware mit nach Hause zu bringen, denn das Fabriklager war zum Überfließen voll von den minderwertigen Produkten seiner Mißwirtschaft; er gewöhnte sich das Trinken wieder an, und im Sommer dieses Jahres wurde das Haus in Guru Mandir wieder von den alten Obszönitäten seiner Schlacht mit den Dschinns überspült, und wir mußten uns seitlich an den Mount Everests und Nanga Parbats verhunzter Frotteetücher vorbeidrücken, die Diele und Korridore säumten.

Wir hatten uns dem Schoß des brodelnden Zorns meiner Tante ausgeliefert; mit Ausnahme von Jamila, die wegen ihrer langen Abwesenheiten am wenigsten betroffen war, wurde uns allen die Hölle heiß gemacht. Es war eine leidvolle und verworrene Zeit, in der die Liebe meiner Eltern unter dem Gewicht ihres neuen Kindes und dem Gewicht des alten Grolls meiner Tante zerbrach und in der Verwirrung und Ruin langsam durch die Fenster des Hauses sickerten und von Herz und Verstand der Nation Besitz ergriffen, so daß der Krieg, als er dann ausbrach, in den gleichen betäubenden Dunst von Unwirklichkeit gehüllt war, in dem wir mittlerweile lebten.

Mein Vater steuerte stetig auf seinen Schlaganfall zu, doch bevor die Bombe in seinem Gehirn losging, brannte noch eine andere Sicherung durch; im April 1965 hörten wir von den sonderbaren Vorfällen im Ran von Kutch.

Während wir im Netz der Rache meiner Tante wie die Fliegen umherzappelten, mahlten die Mühlen der Geschichte weiter. Präsident Ayubs Ruf wurde schlechter: Gerüchte über Manipulationen bei der Wahl im Jahre 1964 wurden einander zugeraunt und ließen sich nicht unterdrücken. Dann war da noch die Sache mit dem Sohn des Präsidenten, Gauhar Ayub, dessen rätselhaftes Gandhara-Industrieunternehmen ihn über Nacht zu einem »Multi-Multi« machte. O endlose Folge ruchloser Söhne der Großen! Gauhar mit seinen Einschüchterungsmethoden und Prahlereien, und später in Indien Sanjay Gandhi mit seinem Maruti-Autounternehmen und seinem Jugend-Kongreß, und nun auch noch Kanti Lal Desai . . . die Söhne der Großen richten ihre Eltern zugrunde. Doch auch ich habe einen Sohn: Aadam Sinai, der sich mutig auflehnt gegen alles, was vorher war, wird den Trend umkehren. Söhne brauchen nicht unbedingt schlimmer zu sein als ihre Väter, sie können auch besser sein . . . im April 1965 jedoch brachte die Fehlbarkeit der Söhne die Luft zum Klingen. Und wessen Sohn war es, der am 1. April die Mauern des Präsidentenpalastes stürmte — welcher unbekannte Vater hatte den übelriechenden Kerl in die Welt gesetzt, der auf den Präsidenten zulief und eine Pistole auf seinen Bauch abfeuerte? Einige Väter bleiben der Geschichte zum Glück unbekannt; auf jeden Fall scheiterte der Attentäter, weil sein Gewehr wunderbarerweise

Ladehemmung hatte. Jemandes Sohn wurde von der Polizei abgeführt, damit ihm die Zähne einzeln gezogen wurden, damit ihm die Fingernägel versengt wurden; zweifellos drückte man brennende Zigarettenenden an seiner Eichel aus; deshalb wäre es für den namenlosen Möchtegernattentäter wahrscheinlich kein großer Trost, wenn er wüßte, daß er einfach von einer Welle der Geschichte mitgerissen worden war, einer Strömung, bei der immer wieder beobachtet wurde, daß Söhne (von hoher und von niedriger Geburt) sich außergewöhnlich schlecht benahmen. (Nein, ich nehme mich selbst nicht aus.)

Kluft zwischen Berichterstattung und Wirklichkeit: Zeitungen zitierten ausländische Ökonomen – PAKISTAN MODELL FÜR ENTWICKLUNGSLÄNDER –, während Bauern (ohne daß darüber berichtet wurde) die »grüne Revolution« verfluchten und behaupteten, daß die meisten der neu gebohrten Brunnen nutzlos, vergiftet und sowieso am falschen Ort seien; Leitartikel priesen die Integrität der Führungsspitze der Nation, während Gerüchte, dicht wie Fliegenschwärme, umliefen über Schweizer Bankkonten und die neuen amerikanischen Wagen des Präsidentensohnes. Die *Dawn* in Karatschi sprach von einer weiteren Morgenröte – GUTE BEZIEHUNGEN ZWISCHEN INDIEN UND PAKISTAN ZU ERWARTEN? –, doch im Ran von Kutch deckte ein weiterer unzulänglicher Sohn eine andere Geschichte auf.

In den Städten: Trugbilder und Lügen; im Norden, hoch in den Bergen, bauten die Chinesen Straßen und planten Atombombenexplosionen; aber es ist Zeit, sich vom Allgemeinen dem Besonderen zuzuwenden oder, um genauer zu sein, dem Sohn des Generals, meinem Vetter, dem Bettnässer Zafar Zulfikar. Er wurde zwischen April und Juli zum Prototyp der vielen enttäuschenden Söhne des Landes; ihn als Werkzeug benutzend, deutete die Geschichte mit ihrem Finger auf Gauhar, auf den zukünftigen Sanjay und den noch bevorstehenden Kanti Lal und natürlich auf mich.

Also – Vetter Zafar. Mit dem ich zu jener Zeit viel gemeinsam hatte . . . mein Herz war erfüllt von verbotener Liebe, seine Hosen füllten sich trotz aller Anstrengungen andauernd mit etwas Faßbarerem, aber gleichermaßen Verbotenem. Ich träumte von mythischen Liebenden, sowohl glücklichen als auch solchen, die unter einem unglücklichen Stern standen – Schah Jehan und Mumtaz Mahal, aber auch Montague und Capulet; er träumte von seiner Verlobten aus Kif, die ihm in seinen Gedanken, weil sie selbst nach ihrem sechzehnten Geburtstag nicht in die Pubertät kam, wie eine Phantasiegestalt in unerreichbarer

Zukunft vorgekommen sein muß . . . im April 1965 wurde Zafar zu Manövern in das von Pakistan kontrollierte Gebiet des Ran von Kutch geschickt.

Grausamkeit des Kontinents gegenüber dem mit schwacher Blase: Zafar war, obwohl Leutnant, Zielscheibe des Spotts im Militärstützpunkt Abbotabad. Es ging die Geschichte um, man habe ihm befohlen, eine Unterhose aus Gummi wie einen Ballon um seine Geschlechtsteile zu tragen, damit die glorreiche Uniform der Pak-Armee nicht entweiht würde; einfache Soldaten bliesen, wenn er vorbeiging, anzüglich die Backen auf. (All das gelangte später an die Öffentlichkeit dank der Erklärung, die er unter Tränen abgab, nachdem man ihn wegen Mordes verhaftet hatte.) Möglicherweise hatte sich ein taktvoller Vorgesetzter, der nur versuchte, Zafar aus der Schußlinie des Abbotabader Humors zu entfernen, seine Verlegung zum Ran von Kutch ausgedacht . . . Inkontinenz verdammte Zafar Zulfikar zu einem Verbrechen, das genauso abscheulich war wie meines. Ich liebte meine Schwester, während er . . . aber lassen Sie mich die Geschichte in der richtigen Reihenfolge erzählen.

Bereits seit der Teilung war der Ran »umstrittenes Gebiet«, obwohl in der Praxis keine Seite große Lust hatte, sich auf einen Konflikt einzulassen. Auf den Hügeln entlang dem 23. Breitengrad, der inoffiziellen Grenze, hatte die pakistanische Regierung eine Kette von Grenzposten errichtet und jeden mit einer einsamen Besatzung von sechs Mann und einem Signalfeuer ausgestattet. Mehrere dieser Posten wurden am 9. April 1965 von Truppen der indischen Armee besetzt; pakistanische Verbände, zu denen mein Vetter Zafar gehörte und die Manöver in dem Gebiet abgehalten hatten, eröffneten einen zweiundachtzig Tage währenden Kampf um die Grenze. Der Krieg im Ran dauerte bis zum 1. Juli. So viel steht fest, aber alles andere liegt unter der zweifach dunstigen Atmosphäre von Unwirklichkeit und Heuchelei verborgen, die alle Vorgänge in jener Zeit beeinflußte und besonders die in dem phantasmagorischen Ran . . . so daß die Geschichte, die ich erzählen will und die im wesentlichen der von meinem Vetter Zafar erzählten entspricht, höchstwahrscheinlich genauso wahr wie alles andere ist, sieht man einmal von dem ab, was man uns offiziell mitteilte.

. . . Als die jungen pakistanischen Soldaten das Sumpfgebiet des Ran betraten, brach ihnen kalter, klebriger Schweiß auf der Stirn aus, das grünliche, meeresgrundähnliche Licht ängstigte sie, und sie erzählten sich Geschichten, die ihnen noch mehr Furcht einjagten, Sagen von schrecklichen Dingen, die in diesem Wasserland geschahen, von dämonischen Seeungeheuern mit glühenden Augen, von Fischfrauen, deren Fischköpfe sich unter Wasser befanden und dort atmeten, während ihre vollendet geformten nackten menschlichen Unterleiber auf dem Strand lagen und die Unbedachten zu verhängnisvollen sexuellen Akten verlockten, denn es ist wohlbekannt, daß keiner mit dem Leben davonkommt, der eine Fischfrau geliebt hat . . . so daß sie, bis sie die Grenzposten erreichten und in den Krieg zogen, ein verstörter Haufen siebzehnjähriger Jungen waren, die sicherlich aufgerieben worden wären, wenn nicht die gegnerischen Inder der grünen Luft des Ran noch viel länger ausgesetzt gewesen wären als sie; in dieser Zauberwelt wurde also ein verrückter Krieg ausgefochten, in dem jede Seite dachte, sie sähe Ausgeburten der Hölle auf der Seite ihres Feindes kämpfen; doch am Ende streckten die indischen Soldaten die Waffen; viele von ihnen brachen unter Tränen zusammen und weinten, Gott sei Dank, es ist vorbei; sie erzählten von den großen schlüpfrigen Dingern, die nachts um die Grenzposten schwabbelten, und den in der Luft schwebenden Geistern von Ertrunkenen, die Kränze aus Tang und Muscheln in den Nabeln hatten.

Was die kapitulierenden indischen Soldaten im Beisein meines Vetters sagten: »Und überhaupt waren diese Grenzposten leer; wir haben gesehen, daß niemand drin war, und sind hineingegangen.«

Das Geheimnis der verlassenen Grenzposten kam den jungen pakistanischen Soldaten, die sie besetzt halten sollten, bis die Ablösung eintraf, zunächst gar nicht rätselhaft vor; meinem Vetter, Leutnant Zafar, fiel auf, daß seine Blase und sein Darm in den sieben Nächten, die er in Gesellschaft von nur fünf Jawans an einem dieser Orte verbrachte, sich mit hysterischer Häufigkeit entleerten. Im Verlauf der vom Gekreisch der Hexen und dem namenlosen schlüpfrigen Schlurfen der Dunkelheit erfüllten Nächte sanken die sechs jungen Männer so entwürdigend tief, daß niemand mehr meinen Vetter auslachte; sie hatten alle genug damit zu tun, in die eigenen Hosen zu machen. Einer der jungen Soldaten flüsterte während des gespenstischen Grauens ihrer vorletzten Nacht entsetzt: »Hört mal, Jungs, wenn ich hier mein Leben lang sitzen müßte, würd' ich verdammt noch mal auch schleunigst abhauen!«

Ganz aufgelöst und dem Zusammenbruch nahe schwitzten die Soldaten im Ran; und dann, in ihrer letzten Nacht, wurden ihre schlimmsten Ängste bestätigt. Sie sahen aus der Dunkelheit eine Geisterarmee auf sich zukommen; sie waren in dem der Küste am nächsten gelegenen Grenzposten, und in dem grünlichen Mondlicht konnten sie die Segel von Geisterschiffen, von Phantomdhaus erkennen; und die Geisterarmee rückte näher, unaufhaltsam, trotz des Geschreis der Soldaten, Gespenster, die moosbedeckte Truhen und seltsame verhängte Sänften trugen, in denen sich ungesehene Dinge stapelten; und als die Geisterarmee zur Tür hereinkam, fiel mein Vetter Zafar ihr zu Füßen und begann, unverständliches Zeug zu stammeln.

Dem ersten Phantom, das den Außenposten betrat, fehlten mehrere Zähne, und es trug ein Krummesser im Gürtel; als es die Soldaten in der Hütte sah, erglühten seine Augen vor scharlachrotem Zorn. »Gott verdammich!« sagte der Obergeist. »Wozu seid ihr Schweinehunde bloß hier? Hat man euch etwa nicht ordentlich ausbezahlt?«

Keine Geister – Schmuggler. Als die sechs jungen Soldaten wieder zu sich kamen, merkten sie, daß sie die absurdesten Stellungen eingenommen hatten, getrieben von erniedrigender Furcht, und obwohl sie versuchten, das wieder wettzumachen, war ihre Schande überwältigend vollkommen – und jetzt kommen wir zur Sache. In wessen Auftrag arbeiteten die Schmuggler? Wessen Name kam über die Lippen des Schmugglerbosses und bewirkte, daß mein Vetter vor Entsetzen die Augen aufriß? Wessen Vermögen, das ursprünglich auf dem Elend von Hindu-Familien gründete, die im Jahre 1947 geflüchtet waren, wurde nun vergrößert durch die Schmugglerkolonnen, die im Frühjahr und im Sommer durch den ungeschützten Ran zogen und von dort in die Städte Pakistans? Welcher General mit einem Kasperl-Gesicht und einer Stimme, so dünn wie eine Rasierklinge, befehligte die Phantomtruppen? . . . Doch ich will mich auf die Tatsachen konzentrieren. Im Juli 1965 kehrte mein Vetter Zafar auf Urlaub in sein Vaterhaus in Rawalpindi zurück, und eines Morgens ging er langsam auf das Schlafzimmer seines Vaters zu – auf seinen Schultern trug er nicht nur die Erinnerung an die tausend Demütigungen und Schläge, die er in seiner Kindheit erduldet hatte, nicht nur die Schande, lebenslänglich ein Bettnässer zu sein, sondern auch das Wissen, daß sein eigener Vater die Verantwortung für Das-was-im-Ran-geschah trug, als Zafar Zulfikar nur noch ein brabbelndes, am Boden kauerndes Nichts gewesen war. Mein Vetter fand seinen Vater in der Badewanne neben dem Bett vor und schnitt ihm mit dem langen Krummesser eines Schmugglers die Kehle durch.

Hinter Zeitungsberichten verborgen – HEIMTÜCKISCHE INDISCHE

INVASION VON UNSEREN TAPFEREN JUNGS ZURÜCKGE-
SCHLAGEN –, wurde die Wahrheit über General Zulfikar zu etwas
geisterhaft Ungewissem; daß die Grenzwachen bestochen worden waren, hieß in den Zeitungen: UNSCHULDIGE SOLDATEN VON INDI-
SCHEN TRUPPEN HINGEMETZELT; und wer sollte die Geschichte
von der umfangreichen Schmugglertätigkeit meines Onkels verbreiten? Welcher General, welcher Politiker besaß nicht die Transistorradios der Gesetzeswidrigkeit meines Onkels, die Klimaanlagen und die
importierten Uhren seiner Sünden? General Zulfikar starb; Vetter Zafar ging ins Gefängnis und brauchte nicht die Ehe mit einer Prinzessin
aus Kif einzugehen, die sich hartnäckig weigerte zu menstruieren, eben
um nicht die Ehe mit ihm eingehen zu müssen; und die Vorfälle im
Ran von Kutch wurden sozusagen der Zunder für das größere Feuer,
das im August ausbrach, das Feuer des Endes, in dem Saleem schließlich unfreiwillig seine schwer bestimmbare Reinheit erhielt.
Was meine Tante Emerald betraf: man gab ihr die Erlaubnis auszuwandern; sie hatte Vorbereitungen dazu getroffen und wollte nach Suffolk
in England gehen, wo sie bei dem ehemaligen Kommandeur ihres Mannes, Brigadegeneral Dodson, wohnen sollte, der im Greisenalter begonnen hatte, seine Zeit in der Gesellschaft gleichaltriger Indienhasen zu
verbringen und dabei alte Filme von Delhi-Durbar und der Ankunft
von Georg V. am Tor zu Indien anzusehen ... sie freute sich auf das
leere Vergessen der Nostalgie und auf den englischen Winter, als der
Krieg kam und all unsere Probleme löste.

**

Am ersten Tag des »falschen Friedens«, der bloße siebenunddreißig
Tage anhalten sollte, traf Ahmed Sinai der Schlag. Er blieb linksseitig
gelähmt und fing an, zu sabbern und zu lallen wie ein kleines Kind;
auch er gab unsinniges Zeug von sich und legte eine ausgesprochene
Vorliebe für die unartigen Ausdrücke an den Tag, die Kinder für Exkremente verwenden. »Aa« und »Pipimännchen« kichernd, gelangte mein
Vater ans Ende seiner wechselvollen Laufbahn, nachdem er noch einmal, ein letztes Mal, vom Weg abgekommen war und auch den Kampf
mit den Dschinns verloren hatte. Gelähmt und gackernd saß er inmitten der Ausschußware seines Lebens; inmitten der Ausschußware
beugte auch meine Mutter, die unter dem Gewicht ihrer ungeheuerli-
chen Schwangerschaft zermalmt wurde, ernst den Kopf, wenn sie von
Lila Sabarmatis Pianola besucht wurde oder vom Geist ihres Bruders

Hanif oder einem Paar Hände, das wie Motten um eine Flamme um ihre eigenen Hände tanzte . . . Fregattenkapitän Sabarmati besuchte sie mit seinem seltsamen Stab in der Hand, und Nussie-die-Ente flüsterte: »Das Ende, Amina Schwester! Das Ende der Welt!« in das welk werdende Ohr meiner Mutter . . . und nachdem ich mich nun durch die krankhafte Realität meiner Jahre in Pakistan gekämpft habe, nachdem ich mich abgemüht habe, ein wenig Sinn in das zu bringen, was (durch den Schleier der Rache meiner Tante Alia hindurch) aussah wie eine Reihe schrecklicher, unerklärlicher Vergeltungsmaßnahmen dafür, daß wir uns von unseren Bombayer Wurzeln entfernt hatten, habe ich nun den Punkt erreicht, an dem ich Ihnen von Enden erzählen muß.

Lassen Sie mich folgendes unmißverständlich klarstellen: ich bin der festen Überzeugung, daß der geheime Zweck des indo-pakistanischen Krieges von 1965 nicht mehr und nicht weniger war als die Tilgung meiner umnachteten Familie vom Angesicht der Erde. Um die neuere Geschichte unserer Zeit zu verstehen, muß man nur das Bombenmuster dieses Krieges mit analytischem, unvoreingenommenem Auge untersuchen. Sogar Enden haben Anfänge; alles muß der Reihe nach erzählt werden. (Ich habe schließlich Padma, die alle meine Versuche, das Pferd beim Schwanz aufzuzäumen, zunichte macht.) Am 8. August 1965 hatte meine Familiengeschichte sich in eine Lage gebracht, in der Das-was-durch-Bombenmuster-erreicht-wurde sich als barmherzige Erlösung erwies. Nein, lassen Sie mich den gewichtigen Satz aussprechen: wenn wir gereinigt werden sollten, bedurfte es wahrscheinlich eines Mittels von der Größenordnung dessen, was dann folgte.

Alia Aziz, übersättigt von ihrer schrecklichen Rache; meine Tante Emerald, verwitwet und aufs Exil wartend; die hohle Laszivität meiner Tante Pia und der Rückzug meiner Großmutter Naseem Aziz ins Glashäuschen; mein Vetter Zafar mit seiner ewig Kind bleibenden Prinzessin und einer Zukunft als bettnässender Gefängnisinsasse; der Rückzug meines Vaters ins Kindische und das spukhaft beschleunigte Altern Amina Sinais . . . all diese schrecklichen Zustände sollten dadurch kuriert werden, daß die Regierung meinen Traum vom Besuch Kaschmirs übernahm. In der Zwischenzeit hatten die unerbittlichen Weigerungen meiner Schwester, meiner Liebe ihre Gunst zu erweisen, mich in eine zutiefst fatalistische Geistesverfassung getrieben; da mir meine Zukunft mittlerweile einerlei war, sagte ich Onkel Puffs, daß ich bereit sei, jede der Puffias zu heiraten, die er für mich auswählte. (Indem ich das tat, verurteilte ich sie alle zum Untergang; jeder, der versucht, sich mit den Geschicken unseres Hauses zu verbinden, teilt am Ende auch unser Schicksal.)

Ich will versuchen, nicht mehr in Rätseln zu sprechen. Es ist wichtig, sich auf stichhaltige, unumstößliche Fakten zu konzentrieren. Aber welche Fakten? Überschritten pakistanische Truppen in Zivil eine Woche vor meinem achtzehnten Geburtstag, am 8. August, die Waffenstillstandslinie in Kaschmir, und drangen sie in den indischen Sektor ein oder nicht? In Delhi gab Ministerpräsident Shastri bekannt, es handle sich um eine »Masseninvasion . . . mit dem Ziel, den Staat zu zerrütten«; doch hier kontert Zulfikar Ali Bhutto, Pakistans Außenminister: »Wir erklären nachdrücklich, daß wir uns in keiner Weise in den Aufstand des autochthonen Volkes von Kaschmir gegen die Tyrannei einmischen.«

Wenn es doch geschah, was waren dann die Motive? Wieder eine Sturzflut möglicher Erklärungen: der anhaltende Zorn, der durch den Vorfall im Ran von Kutch geweckt worden war; der Wunsch, ein für allemal den alten Streit um den Besitz des Vollkommenen Tals zu regeln? . . . Oder eine, die nicht in den Zeitungen stand: der Druck der innenpolitischen Probleme in Pakistan – die Regierung Ayub wankte, und zu solchen Zeiten wirkt ein Krieg Wunder. War das der Grund oder dieser oder jener? Um die Sache zu vereinfachen, führe ich zwei eigene an: der Krieg ereignete sich, weil ich Kaschmir in die Traumvorstellungen unserer Führer träumte; überdies war ich immer noch unrein, und der Krieg sollte mich von meinen Sünden erlösen.

Jehad, Padma! Heiliger Krieg!

Doch wer griff an? Wer verteidigte sich? An meinem achtzehnten Geburtstag handelte sich die Wirklichkeit erneut eine schreckliche Tracht Prügel ein. Von den Schutzwällen des Roten Forts in Delhi sandte ein Ministerpräsident (nicht der, der mir vor langer Zeit einen Brief geschrieben hatte) mir diesen Geburtstagsgruß: »Wir geloben, daß der Gewalt mit Gewalt begegnet werden wird, und nie werden wir zulassen, daß die Aggression gegen uns Erfolg hat!« Während mich in Guru Mandir Jeeps mit Lautsprechern grüßten und mir versicherten: »Die indischen Aggressoren werden geschlagen werden! Wir sind eine Kriegerrasse. Ein Pathane, ein Moslem aus dem Pandschab ist zehnmal soviel wert wie einer von diesen bewaffneten Babus!«

Jamila die Sängerin wurde in den Norden gerufen, um unseren zehnmal soviel werten Burschen ein Ständchen zu bringen. Ein Diener malt die Fensterscheiben schwarz an; nachts öffnet mein Vater in der Torheit seiner zweiten Kindheit die Fenster und schaltet das Licht ein. Ziegel und Steine fliegen durch die Öffnungen: die Geschenke zu meinem achtzehnten Geburtstag. Und die Ereignisse werden immer noch komplizierter: überquerten indische Truppen am 30. August die Waffenstillstandslinie bei Uri, »um pakistanische Überfallkommandos zu verjagen« – oder um einen Angriff einzuleiten? Als unsere zehnmal besseren Soldaten am 1. September die Linie bei Chhamb überschritten, waren sie da Aggressoren oder nicht?

Was feststeht: daß die Stimme von Jamila der Sängerin pakistanische Truppen in den Tod sang und daß Muezzins uns von ihren Minaretten herab – ja, sogar in der Clayton Road – versprachen, daß jeder, der im Kampf sterbe, geradenwegs in den Kampfergarten eingehe. Die Mudschahid-Philosophie von Syed Ahmad Barilwi bestimmte die Atmosphäre; wir wurden aufgefordert, Opfer zu bringen »wie nie zuvor«.

Und im Radio, welche Vernichtung, welches Gemetzel! In den ersten fünf Tagen des Krieges verkündete die Voice of Pakistan die Zerstörung von mehr Flugzeugen, als Indien je besessen hatte; in acht Tagen massakrierte All-India Radio die pakistanische Armee bis zum letzten Mann und weit darüber hinaus. Vollkommen außer mir durch den doppelten Wahnsinn des Krieges und meines Privatlebens, begann ich verwegene Gedanken zu denken . . .

Große Opfer: zum Beispiel bei der Schlacht um Lahore? – Am 6. September überquerten indische Truppen die Grenze bei Wagah und verbreiterten dadurch die Front beträchtlich, die nun nicht mehr nur auf Kaschmir beschränkt war; und wurden große Opfer gebracht oder nicht? Stimmte es, daß die Stadt praktisch ungeschützt war, weil sich die ganze pakistanische Armee und Luftwaffe im kaschmirischen Sektor befanden? Die Voice of Pakistan tönte: O denkwürdiger Tag! O unwiderlegbare Lektion in der Fatalität des Aufschubs! Im Vertrauen darauf, die Stadt einnehmen zu können, *stoppten die Inder ihren Vormarsch und legten eine Frühstückspause ein.* All-India Radio gab den Fall von Lahore bekannt; unterdessen entdeckte ein Privatflugzeug die Invasoren beim Frühstück. Während die BBC die Geschichte vom AIR übernahm, wurde die Bürgerwehr Lahores mobilisiert. Hören Sie die Voice of Pakistan! – alte Männer, junge Knaben, zornentbrannte Großmütter bekämpften die indische Armee, Brücke um Brücke verteidigten sie mit jeder verfügbaren Waffe! Lahme Männer beluden ihre Taschen mit Granaten, zogen die Sicherheitsstifte, warfen sich vor heranrükkende indische Panzer; zahllose alte Damen entleibten indische Babus

mit Mistgabeln! Sie starben bis auf den letzten Mann und das letzte
Kind, doch sie retteten die Stadt, wehrten die Inder ab, bis Unterstützung aus der Luft eintraf! Märtyrer, Padma! Helden, für den Kampfergarten bestimmt! Wo den Männern vier wunderschöne Huris, unberührt von Mensch und Dschinn, beigesellt würden und den Frauen vier
entsprechend virile Männer. *Welchen der Segnungen deines Herrn
würdest du dich versagen?* Was ist dieser heilige Krieg doch für eine
tolle Sache, in dem die Menschen mit einem außerordentlichen Opfer
alle ihre Schandtaten sühnen können! Kein Wunder, daß Lahore verteidigt wurde; worauf konnten die Inder sich schon freuen? Nur auf die
Wiedergeburt – als Kakerlaken vielleicht oder als Skorpione oder Wunderheiler, da gibt's doch wirklich keinen Vergleich.
Aber stimmte es oder nicht? Lief es so ab oder nicht? Oder sagte All-
India Radio – *große Panzerschlacht, riesige pakistanische Verluste, 450
Panzer zerstört* – die Wahrheit?
Nichts war wirklich, nichts sicher. Onkel Puffs kam zu Besuch in das
Haus in der Clayton Road und hatte keine Zähne mehr im Mund. (Zur
Zeit des indisch-chinesischen Grenzkriegs, als unsere Loyalität wo-
anders lag, hatte meine Mutter goldene Spangen und juwelenbesetzte
Ohrringe für die »Gold für Eisen«-Kampagne gestiftet; aber was war
das schon, verglichen mit der Opferung eines ganzen Mundes voll
Gold?) »Die Nation«, sagte er undeutlich durch seine zahnlosen Kiefer,
»darf nicht, verflixt noch mal, wegen der Eitelkeit eines Mannes Mangel leiden!« – Aber hatte er es wirklich getan oder nicht? Wurden die
Zähne wirklich im Namen des heiligen Krieges geopfert, oder lagen sie
zu Hause in einem Schrank? »Ich fürchte«, sagte Onkel Puffs mit
gepreßter Stimme, »du mußt noch eine Weile auf diese besondere
Mitgift warten, die ich dir versprochen habe.« – Vaterlandsliebe oder
Geiz? War dieses Entblößen der Kiefer ein außerordentlicher Beweis
für seine Vaterlandsliebe oder ein mieser Trick, um zu verhindern, daß
er einen Puffia-Mund mit Gold füllen mußte?
Und gab es Fallschirmspringer oder nicht? ». . . sind über jeder größeren Stadt abgesprungen«, verkündete die Voice of Pakistan. »Alle
wehrfähigen Personen sind verpflichtet, bewaffnet Wache zu halten
und nach Beginn der Sperrstunde bei Anbruch der Dämmerung ohne
Vorwarnung zu schießen.«. Doch »trotz der Provokation durch pakistanische Luftangriffe«, behauptete der Rundfunk in Indien, »haben
wir nicht reagiert!« Wem sollte man glauben? Machten pakistanische
Kampfflieger wirklich diesen »kühnen Angriff«, der ein Drittel der

indischen Luftwaffe erwischte, als sie sich hilflos auf dem Rollfeld befand? Machten sie machten sie nicht? Und diese nächtlichen Tänze am Himmel: pakistanische Mirages und Mystères gegen Indiens weniger romantisch betitelte MiGs: kämpften pakistanische Miragen und Mysterien mit Hindu-Eindringlingen, oder war alles nur eine Art erstaunlicher Illusion? Fielen Bomben? Gab es wirklich Explosionen? Konnte man wirklich sagen, daß es einen Todesfall gab?

Und Saleem? Was machte er im Krieg?

Dies: während ich darauf wartete, eingezogen zu werden, ging ich auf die Suche nach freundlichen, vergessenmachenden, paradiesbringenden Bomben.

Der schreckliche Fatalismus, der mich kurz zuvor überkommen hatte, nahm eine noch schrecklichere Form an; da ich durch die Zerstörung meiner Familie, beider Länder, denen ich angehört hatte, dem Zusammenbruch von allem, was mit gutem Gewissen wirklich genannt werden kann, zugrunde ging, an dem Leid um meine schmutzige unerwiderte Liebe krankte, suchte ich Vergessen im – ich lasse es zu edel klingen; keine pompösen Phrasen dürfen benutzt werden. Unverblümt also: ich durchfuhr die nächtlichen Straßen der Stadt auf der Suche nach dem Tod.

Wer starb im heiligen Krieg? Wer fand, was ich suchte, während ich in strahlend weißen Pajamas und Kurta von meiner Lambretta getragen nach der Sperrstunde durch die Straßen fuhr? Wer, der sich für den Krieg geopfert hatte, ging geradenwegs in den Garten der Wohlgerüche ein? Studieren Sie das Bombenmuster, erfahren Sie das Geheimnis der Gewehrschüsse.

Am Abend des 22. September fanden über jeder pakistanischen Stadt Luftangriffe statt. (Obwohl All-India Radio . . .) Flugzeuge, wirkliche oder Phantome, warfen reale oder mythische Bomben. Es ist folglich entweder Tatsache oder Ausgeburt einer krankhaften Phantasie, daß von den einzigen drei Bomben, die auf Rawalpindi fielen und explodierten, die erste auf dem Bungalow landete, in dem meine Großmutter Naseem Aziz und meine Tante Pia sich unter einem Tisch verbargen, die zweite einen Flügel des Städtischen Gefängnisses niederriß und meinem Vetter Zafar ein Leben in Gefangenschaft ersparte und die dritte eine große verdunkelte Villa, umgeben von einer bewachten Mauer, zerstörte; die Wachen waren auf ihren Posten, konnten aber nicht verhindern, daß Emerald Zulfikar zu einem entlegeneren Ort als Suffolk getragen wurde. Sie hatte an jenem Abend Besuch vom Nawab von Kif und seiner störrisch unreifen Tochter, der die Notwendigkeit erspart blieb, eine erwachsene Frau zu werden. Auch in Karatschi reichten drei Bomben. Die indischen Flugzeuge, die zögerten, tief herab zu kommen, bombardierten aus großer Höhe; der überwiegende Teil ihrer Ladung fiel ins Meer, ohne Schaden anzurichten. Eine Bombe jedoch löschte Major (a. D.) Alauddin Latif und seine sämtlichen sieben Puffias aus und entband mich damit auf immer von meinem Versprechen; und dann gab es noch zwei letzte Bomben. Unterdessen trat an der Front Mutasim der Schöne aus seinem Zelt, um zur Toilette zu gehen; ein Geräusch wie von einer Mücke schwirrte (oder schwirrte nicht) auf ihn zu, und er starb mit voller Blase an der durchschlagenden Wirkung der Kugel eines Heckenschützen.

Und ich muß Ihnen noch von den letzten beiden Bomben erzählen.

Wer überlebte? Jamila die Sängerin, die die Bomben nicht finden konnten; in Indien die Familie meines Onkels Mustapha, mit der die Bomben sich nicht abgaben; doch meines Vaters längst vergessene entfernte Cousine Zohra war mit ihrem Mann nach Amritsar gezogen, und sie wurden ebenfalls von einer Bombe aufgespürt.

Und zwei weitere Bomben verlangen, bekanntgegeben zu werden.

. . . Während ich, mir der engen Verbindung zwischen dem Krieg und mir nicht bewußt, wie närrisch auf die Suche nach Bomben ging; nach der Sperrstunde fuhr ich los, doch wachsame Kugeln fanden ihr Ziel nicht . . . und Flammentücher schlugen aus einem Bungalow in Rawalpindi, Laken, in deren Mitte ein geheimnisvolles dunkles Loch hing, das sich zum Rauchbild von einer alten dicken Frau mit Muttermalen auf den Wangen ausweitete . . . und der Krieg tilgte ein Mitglied meiner ausgelaugten, hoffnungslosen Familie nach dem anderen vom Erdboden.

Doch nun war der Countdown zu Ende.

Und endlich lenkte ich meine Lambretta heimwärts und befand mich am Rondell von Guru Mandir, als die Flugzeuge, Miragen und Mysterien, über mich wegdröhnten, während mein Vater, verblödet seit seinem Schlaganfall, das Licht andrehte und die Fenster öffnete, obwohl gerade ein Zivilschutzbeamter dagewesen war, um sich zu vergewissern, daß ordnungsgemäß verdunkelt worden war; und als Amina Sinai zu der Erscheinung einer alten weißen Wäschetruhe sagte: »Geh jetzt weg. Ich hab' genug von dir«, flitzte ich an Zivilschutzjeeps vorbei, aus denen zornige Fäuste mich grüßten, und ehe Ziegel und Steine die

Lichter im Haus meiner Tante Alia auslöschen konnten, kam das Heulen, und ich hätte wissen sollen, daß ich nun nicht mehr anderswo nach dem Tod zu suchen brauchte, aber ich war immer noch im mitternächtlichen Schatten der Moschee auf der Straße, als er kam und sich in die erleuchteten Fenster der Idiotie meines Vaters stürzte, der Tod, der wie streunende Hunde heulte und sich in fallendes Mauerwerk und Flammentücher und in eine so große Druckwelle verwandelte, daß er mich von meiner Lambretta fegte und ich mich mehrmals überschlug, während in dem Haus der großen Bitterkeit meiner Tante Vater Mutter Tante ungeborenes Geschwisterchen, das in einer Woche sein Leben hätte beginnen sollen, alle alle alle platter als Reispfannkuchen zerquetscht wurden. Das Haus krachte wie ein Waffeleisen über ihren Köpfen zusammen, während drüben in der Korangi Road eine letzte Bombe, die eigentlich für die Ölraffinerie bestimmt war, auf einem Wohnhaus mit Zwischengeschossen im amerikanischen Stil landete, das zu vollenden einer Nabelschnur nicht ganz gelungen war. Doch in Guru Mandir gingen viele Geschichten zu Ende, die Geschichte von Amina und ihrem längst verflossenen unterirdischen Ehemann und ihrer Emsigkeit und der öffentlichen Ankündigung und die ihres Sohnes-der-nicht-ihr-Sohn-war und ihres Glücks mit Pferden und die von Warzen und tanzenden Händen im Café Pionier und der letzten Niederlage, die ihr die Schwester beibrachte, und von Ahmed, der immer vom Weg abkam und eine Unterlippe hatte, die hervorragte, und einen weichen Bauch, Ahmed, der bei einer Einfrierung weiß wurde und der Abstraktion unterlag und Hunde auf der Straße aufplatzen ließ und sich zu spät verliebte und starb, weil er für Alles-was-vom-Himmel-fällt anfällig war; platter als Pfannkuchen waren sie nun, und um sie herum explodierte das Haus und stürzte ein, es war ein Augenblick von so gewaltiger Zerstörungskraft, daß Dinge, die tief in vergessenen Blechkoffern begraben waren, hinauf in die Luft flogen, während andere Dinge Menschen Erinnerungen rettungslos im Schutt begraben wurden; die Finger der Explosion reichten weit weit hinunter bis auf den Boden eines Schrankes und brachen einen grünen Blechkoffer auf, die zupackende Hand der Explosion schleuderte den Inhalt des Koffers in die Nacht, und etwas, das viele Jahre lang verborgen war und von keines Menschen Auge gesehen wurde, kreist nun in der Luft wie ein umherwirbelndes Stück vom Mond, etwas fängt das Licht des Mondes auf und fällt, fällt hinab, gerade als ich mich nach der Detonation benommen aufrappele, etwas dreht sich, wendet sich, überschlägt sich abwärts, silbern wie das Mondlicht, ein wunderschön gearbeiteter silberner Spucknapf mit Einlegearbeit aus Lapislazuli, die Vergangenheit stürzt auf mich zu wie eine von Geiern fallengelassene Hand, um mich zu reinigen und zu befreien, denn als ich nun aufblicke, spüre ich etwas am Hinterkopf, und danach gibt es nur noch einen winzigen, doch unendlichen Moment äußerster Klarheit, in dem ich nach vorne stolpere, um mich vor dem Scheiterhaufen meiner Eltern zu Boden zu werfen, einen kurzen, doch endlosen Augenblick des Wissens, bevor ich der Vergangenheit Gegenwart Erinnerung Zeit Scham Liebe entledigt werde, eine flüchtige, aber auch zeitlose Explosion, während der ich den Kopf neige ja ich füge mich ja in die Notwendigkeit des Schlags, und dann bin ich leer und frei, denn all die Saleems strömen aus mir heraus, von dem Baby, das in riesengroßen Schnappschüssen auf der Titelseite erschien, bis zu dem Achtzehnjährigen mit seiner unsittlichen schmutzigen Liebe, heraus strömen Scham und Schuld und Gefallenwollen und Liebebedürftigkeit und die Entschlossenheit, eine historische Rolle zu finden, und zu schnelles Wachstum, ich bin befreit von Rotznase und Fleckengesicht und Kahlkopf und Schnüffler und Kartengesicht und Wäschetruhen und Evie Burns und Sprachmärschen, befreit vom Kolynos-Kind und den Brüsten von Pia Mumani und Alpha und Omega, freigesprochen von den mehrfachen Morden an Homi Catrack und Hanif und Aadam Aziz und Ministerpräsident Jawaharlal Nehru, ich habe fünfhundertjährige Huren und Liebesgeständnisse mitten in der Nacht abgeschüttelt, bin frei nun, über alle Sorgen erhaben, krache auf den Asphalt, habe Unschuld und Reinheit dank einem herabstürzenden Stück vom Mond wiedererlangt, bin saubergeschrubbt wie eine Wäschetruhe aus Holz, und mein Kopf ist eingeschlagen (genau wie vorhergesagt) vom silbernen Spucknapf meiner Mutter.

Am Morgen des 23. September gaben die Vereinten Nationen das Ende der Feindseligkeiten zwischen Indien und Pakistan bekannt. Indien hatte weniger als 750 Quadratkilometer pakistanischen Bodens besetzt, Pakistan hatte nicht mehr als 500 Quadratkilometer seines kaschmirischen Traums erobert. Es hieß, die Waffenruhe sei zustande gekommen, weil beiden Seiten mehr oder minder gleichzeitig die Munition ausgegangen sei; somit hatten die Erfordernisse der internationalen Diplomatie und die politisch motivierten Machenschaften der Waffenlieferanten die vollständige Auslöschung meiner Familie verhindert. Einige von uns überlebten, weil niemand unseren potentiellen Mördern die Bomben Kugeln Flugzeuge verkaufte, die zu unserer vollständigen Vernichtung nötig gewesen wären.

Sechs Jahre später jedoch kam es zu einem weiteren Krieg.

Buch III

Der Buddha

Offensichtlich (denn sonst müßte ich an dieser Stelle eine phantastische Erklärung für meine anhaltende Anwesenheit in diesem »irdischen Jammertal« einfügen) können Sie mich zu denen zählen, die der Krieg von 65 nicht auslöschte. Saleem, dem ein Spucknapf den Schädel verletzt hatte, war bloß partiell lädiert, wurde nur rein gewischt, während andere, weniger Glückliche, weggewischt wurden; bewußtlos im nächtlichen Schatten einer Moschee liegend, wurde ich gerettet, weil die Munitionslager leer waren.

Tränen – die, in Abwesenheit kaschmirischer Kälte, keinerlei Chance haben, sich zu Diamanten zu verhärten – strömen über die an füllige Busen erinnernden Wangen Padmas. »O Herr, dieser Kriegs-Tamasha, tötet die Besten, hinterläßt die Schwächsten!« Ihr Gesicht sieht aus, als seien vor kurzem ganze Horden von Schnecken von ihren geröteten Augen abwärts gekrochen und hätten ihre klebrig glänzenden Spuren darauf hinterlassen, als sie meinen durch Bomben plattgedrückten Clan betrauert. Meine Augen bleiben wie gewöhnlich trocken, und ich weigere mich mit Anstand, auf die unbeabsichtigte Beleidigung einzugehen, die in Padmas tränenreichem Ausruf steckt.

»Trauere um die Lebenden«, weise ich sie sanft zurecht. »Die Toten haben ihren Kampfergarten.« Gräme dich um Saleem! Dem der Zutritt zum himmlischen Rasen verwehrt blieb, weil sein Herz immer noch schlug, und der wieder einmal inmitten der klammen Metallgerüche einer Krankenhausstation erwachte, für den es keine Huris, unberührt von Mensch und Dschinn, gab, die die versprochenen Tröstungen der Ewigkeit bereithielten – ich konnte von Glück sagen, daß mir die widerwilligen, mit Bettpfannen klappernden Dienstleistungen eines massigen Pflegers zuteil wurden, der, während er mir den Kopf verband, sauertöpfisch murmelte, daß, Krieg hin oder her, die Doktor Sahibs sonntags gern zu ihren Strandhütten hinausführen. »Sie wären besser noch einen Tag bewußtlos gewesen«, äußerte er, bevor er weiterzog, um auch in anderen Krankensälen gute Laune zu verbreiten.

Gräme dich um Saleem – der, verwaist und gereinigt, der hundert täglichen Nadelstiche des Familienlebens beraubt, die allein aus dem wie ein Ballon aufsteigenden Phantasiegebilde der Geschichte die Luft

lassen und es auf einen leichter zu handhabenden menschlichen Maßstab bringen konnten, mit den Wurzeln ausgerissen und unsanft über
die Jahre hinweggeschleudert worden war, dazu bestimmt, ohne Erinnerungen in ein Erwachsenendasein zu stürzen, das in jeder Beziehung
mit jedem Tag grotesker wurde.

Frische Schneckenspuren auf Padmas Wangen. Da ich mich gezwungen
sehe, sie irgendwie zu trösten und auf andere Gedanken zu bringen,
nehme ich Zuflucht bei der Filmvorschau. (Wie ich sie im alten Metro-
Kinderklub liebte! O Schmatzen der Lippen beim Anblick des Titels
NÄCHSTE ATTRAKTION, der auf gerafften blauen Samt projiziert
wurde! O erwartungsvolles Wäßrigwerden des Mundes, bevor die
Leinwand erdröhnte DEMNÄCHST! – Denn das Versprechen einer
exotischen Zukunft ist mir immer als das perfekte Gegenmittel für die
Enttäuschungen der Gegenwart vorgekommen.) »Hör auf, hör auf«,
rede ich meinem traurig dahockenden Publikum zu. »Ich bin noch nicht
fertig! Es gibt noch eine Hinrichtung durch elektrischen Strom und
einen Regenwald, eine Pyramide aus Köpfen auf einem Feld, getränkt
von auslaufenden Markknochen, knappes Entkommen kommt noch
und ein Minarett, das schrie! Padma, es gibt noch viel, das zu erzählen
sich lohnt: meine weiteren Prüfungen, im Korb der Unsichtbarkeit und
im Schatten einer anderen Moschee; warte die Ahnungen von Resham
Bibi und den Schmollmund von Parvati-der-Hexe ab! Vaterschaft und
auch Verrat und natürlich die unvermeidliche Witwe, die zu meiner
Geschichte der Dränage oben die unwiderrufliche Niedertracht des Ent-
leerens unten hinzufügte . . . kurzum, es gibt noch Nächste-Attraktio-
nen und Demnächst zuhauf; ein Kapitel geht zu Ende, wenn die Eltern
sterben, aber es beginnt auch eine neue Art Kapitel.«

Durch mein Angebot an Neuigkeiten etwas getröstet, schnüffelt meine
Padma, wischt den Weichtierschleim weg, trocknet die Augen, atmet
tief ein . . . und für den Kerl mit dem vom Spucknapf eingeschlagenen
Kopf, den wir zuletzt in seinem Krankenhausbett antrafen, vergehen
ungefähr fünf Jahre, bis mein Dunglotos ausatmet.

(Während Padma, um sich zu beruhigen, den Atem anhält, erlaube ich
mir, eine Nahaufnahme im Stil des Bombayer Kinos einzublenden –
durch eine leichte Brise werden die Seiten eines Kalenders umgeblät-
tert, schnell fliegen sie hintereinander weg, um das Vergehen der Zeit
anzuzeigen; ich überblende zu turbulenten Totalen, Straßenkrawalle
kommen ins Bild, Halbtotale zeigen brennende Busse und in Flammen
stehende englischsprachige Bibliotheken des British Council und des

United States Information Service; die Kalenderblätter flattern immer schneller vorbei, und wir können gerade noch erspähen, wie Ayub Khan stürzt, während General Yahya das Amt des Präsidenten übernimmt und verspricht, Wahlen abzuhalten ... doch nun öffnen sich Padmas Lippen, und es bleibt keine Zeit mehr, bei den sich wütend gegenüberstehenden Bildern von Z. A. Bhutto und Scheich Mujibur Rahman zu verweilen; ausgeatmete Luft beginnt sichtbar ihrem Mund zu entströmen, und die Traumgesichter der Führer der Pakistan People's Party und der Awami-Liga flimmern und werden ausgeblendet; der Windstoß aus Padmas sich leerenden Lungen beruhigt paradoxerweise die Brise, die in den Seiten meines Kalenders weht, der bei einem Datum Ende 1970 aufgeschlagen bleibt, vor der Wahl, die das Land in zwei Hälften teilte, vor dem Krieg des Westflügels gegen den Ostflügel, der PPP gegen die Awami-Liga, Bhuttos gegen Mujib ... vor der Wahl im Jahre 1970 und weit entfernt von der Bühne der Öffentlichkeit treffen drei junge Soldaten in einem mysteriösen Lager in den Bergen um Murree ein.)

Padma hat die Kontrolle über sich wiedererlangt. »Schon gut, schon gut«, sagt sie mahnend und tut mit einer Armbewegung ihre Tränen ab. »Worauf wartest du? Fang an«, befiehlt der Lotos mir hochmütig. »Fang ganz von vorne an.«

* * *

Das Lager in den Bergen ist auf keiner Karte zu finden; es liegt zu weit entfernt von der Straße nach Murree, als daß ein Autofahrer mit noch so feinen Ohren das Bellen seiner Hunde hören könnte. Der Drahtverhau, der es umgibt, ist gut getarnt, das Tor trägt weder Zeichen noch Namen. Und doch existiert es – hat es existiert, wenn seine Existenz auch heftig bestritten wurde, beim Fall von Dacca beispielsweise, als Pakistans besiegter Tiger Niazi zu diesem Thema von seinem alten Kameraden, Indiens siegreichem General Sam Manekshaw, befragt wurde, höhnte der Tiger: »Hundeeinheit zwecks Spurensicherung und nachrichtendienstlicher Tätigkeit? Nie davon gehört; da haben sie dir einen Bären aufgebunden, alter Knabe. Verdammt lächerliche Idee, wenn ich so sagen darf.« Trotz der Behauptung des Tigers Sam gegenüber bestehe ich darauf: das Lager gab es tatsächlich ...

... »Nehmt gefälligst Haltung an!« schreit Stabsoffizier Iskandar seine neuesten Rekruten, Ayooba Baloch, Farooq Rashid und Shaheed Dar, an. »Ihr seid nun eine HESPNAT-Einheit!« Mit dem Exerzierstöckchen schlägt er sich gegen den Oberschenkel, dreht sich auf dem Absatz um und läßt sie auf dem Exerzierplatz stehen, wo sie von der Gebirgssonne gebraten wurden und in der Gebirgsluft zu Eis erstarrten. Mit herausgestreckter Brust, zurückgedrückten Schultern, starr vor Gehorsam, hören die drei jungen Männer die kichernde Stimme des Burschen des Stabsoffiziers, Lala Moin: *»Ihr seid also die armen Grünschnäbel, die den Menschenhund bekommen!«*

Abends auf ihren Pritschen: »Spurensicherung und Nachrichtendienst!« flüstert Ayooba Baloch stolz. »Spione, Mann! OSS-117-Typen! Die sollen uns bloß auf diese Hindus loslassen – dann wird man schon sehen, wozu wir imstande sind! Schra-bumm! Schra-bamm! Was für Schwächlinge, Yara, diese Hindus! Alles Vegetarier! Gemüse«, zischt Ayooba, »ist Fleisch immer unterlegen.« Er ist gebaut wie ein Panzer. Sein Bürstenschnitt beginnt direkt über den Augenbrauen.

Und Farooq: »Glaubst du, es wird Krieg geben?« Ayooba schnaubt: »Was denn sonst? Warum soll's denn keinen geben? Hat Bhutto Sahib nicht jedem Bauern einen Morgen Land versprochen? Wo soll es denn herkommen? Für so viel Boden müssen wir den Pandschab und Bengalen erobern! Wartet nur ab, nach den Wahlen, wenn die People's Party gewonnen hat – Schra-bamm! Schra-proch!«

Farooq ist beunruhigt: »Diese Inder haben Sikh-Truppen, Mann. Mit *so* langen Bärten und Haaren; bei Hitze juckt das wie verrückt, und sie drehen alle durch und kämpfen wie die Teufel . . .!«

Ayooba gluckst vor Vergnügen. »Vegetarier, ich schwör's dir, Yaar . . . wie sollen die denn so muskulöse Typen wie uns schlagen?« Aber Farooq ist lang und dünn.

Shaheed Dar flüstert: »Aber was hat er damit gemeint: Menschenhund?«

. . . Morgen. In einer Hütte, in der eine Wandtafel hängt, poliert Stabsoffizier Iskandar seine Fingerknöchel am Rockaufschlag, während ein gewisser Hauptfeldwebel Najmuddin neue Rekruten einweist. Nach dem Schema Frage-und-Antwort; Najmuddin liefert sowohl die Fragen als auch die Antworten. Unterbrechungen sind nicht zulässig. Während über der Tafel die bekränzten Porträts von Präsident Yahya und Mutasim dem Märtyrer streng herabstarren. Und durch die (geschlossenen) Fenster das ständige Bellen von Hunden. Auch Najmuddins Fragen und Antworten werden gebellt. Wozu seid ihr hier? Zur Ausbildung. Auf welchem Gebiet? Verfolgung und Gefangennahme. Wie werdet ihr operieren? In Hundeeinheiten: drei Mann, ein Hund. Wel-

che besonderen Merkmale? Fehlen eines Mannschaftsoffiziers, Notwendigkeit, eigene Entscheidungen zu treffen, gleichzeitig erforderlich: ein ausgeprägter islamischer Sinn für Selbstdisziplin und Verantwortung. Auftrag der Einheiten? Unerwünschte Elemente auszurotten. Verhalten solcher Elemente? Heimtückisch, gut getarnt, unauffällig. Erklärte Absichten derselben? Verabscheuungswürdig: Zerstörung des Familienlebens, Ermordung Gottes, Enteignung von Großgrundbesitzern, Abschaffung der Filmzensur. Mit welchem Ziel? Vernichtung des Staates, Anarchie, Fremdherrschaft. Besonderer Anlaß zur Besorgnis? Bevorstehende Wahlen und darauffolgende Zivilregierung. (Politische Gefangene wurden, werden befreit. Alles mögliche Gesindel läuft herum.) Pflichten der Einheiten? Bedingungslos gehorchen, unermüdlich fahnden, unerbittlich verhaften. Vorgehensweise? Verborgen, wirksam, schnell. Rechtliche Basis für solche Festnahmen? Pakistanische Notstandsverordnungen, die es gestatten, unerwünschte Personen für einen Zeitraum von sechs Monaten, ohne Kontakt zur Außenwelt, zu inhaftieren. Anmerkung: ein Zeitraum, der um weitere sechs Monate verlängert werden kann. Irgendwelche Fragen? Nein. Gut. Ihr seid HESPNAT-Einheit 22. Abzeichen mit Hündinnen werden an die Rockaufschläge genäht.
Und der Menschenhund?

Mit gekreuzten Beinen, blauäugig ins Leere starrend, sitzt er unter einem Baum. Bodhibäume wachsen in dieser Höhe nicht, er begnügt sich mit einem Chinarbaum. Seine Nase: knollig, gurkenähnlich, an der Spitze blau vor Kälte. Und auf seinem Kopf eine Mönchstonsur, wo einst Herrn Zagallos Hand. Und ein verstümmelter Finger, dessen fehlender Teil Masha Miovic zu Füßen fiel, nachdem Glandy Keith die Tür. Und auf seinem Gesicht Flecken wie auf einer Landkarte . . . »Pschsch – tu!« (Er spuckt aus.)
Seine Zähne sind fleckig, Betelsaft rötet sein Zahnfleisch. Ein roter Strom ausgespuckter Paanflüssigkeit kommt über seine Lippen, um mit löblicher Genauigkeit einen wunderschön gearbeiteten silbernen Spucknapf zu treffen, der vor ihm auf dem Boden steht. Ayooba Shaheed Farooq starren ihn verblüfft an. »Versucht bloß nicht, ihm den wegzunehmen«, Hauptfeldwebel Najmuddin zeigt auf den Spucknapf. »Das macht ihn wild.« Ayooba setzt an: »Sir Sir, ich dachte, Sie hätten gesagt, drei Personen und ein . . .«, doch Najmuddin bellt: »Keine Fragen. Bedingungslos gehorchen. Das ist euer Spürhund; das ist alles. Wegtreten!«
Zu der Zeit waren Ayooba und Farooq sechzehneinhalb Jahre alt. Shaheed

(der nicht sein richtiges Alter angegeben hatte) war vielleicht ein Jahr jünger. Weil sie so jung waren und noch keine Zeit gehabt hatten, die Art Erinnerung zu erlangen, die Menschen die Herrschaft über die Realität verschafft, wie zum Beispiel die Erinnerung an Liebe oder an Hungersnot, waren die Kindersoldaten höchst empfänglich für Legenden und Klatschgeschichten. Innerhalb von vierundzwanzig Stunden und im Verlauf von Unterhaltungen mit anderen HESPNAT-Einheiten im Speisesaal war der Menschenhund vollkommen mythologisiert . . . »Aus einer wirklich bedeutenden Familie, Mann!« – »Das schwachsinnige Kind, sie haben ihn in die Armee gesteckt, damit ein Mann aus ihm wird!« – »Hatte 65 eine Kriegsverletzung, Yaar, kann oder will sich nicht daran erinnern!« – »Hört mal, ich hab' gehört, er ist der Bruder von . . .« – »Nein, Mann, das ist verrückt, sie ist gut, weißt du, so schlicht und heilig, wie könnte sie ihren Bruder im Stich lassen?« – »Auf jeden Fall weigert er sich, darüber zu reden.« – »Ich hab' was Schreckliches gehört; sie hat ihn gehaßt, Mann, deshalb!« – »Erinnert sich an nichts, interessiert sich nicht für Menschen, lebt wie ein Hund!« – »Aber das mit dem Spurensichern stimmt wirklich? – Seht ihr, was er für eine Nase hat?« – »Ja, Mann, er kann jeder Spur auf Erden folgen!« – »Durch Wasser, Baba, über Felsen. So einen Spürhund habt ihr noch nie gesehen!« – »Und er kann nichts fühlen! Das stimmt wirklich! Taub, ich schwör's, von Kopf bis Fuß taub! Wenn du ihn berührst, merkt er es noch nicht einmal – nur am Geruch erkennt er, daß du da bist!« – »Muß die Kriegsverletzung sein!« – »Aber dieser Spucknapf, Mann, wer weiß? Den schleppt er überall mit sich herum wie ein Liebespfand!« – »Ich sag' euch, ich bin froh, daß es euch drei erwischt hat; der macht mir eine Gänsehaut, Yaar, mit seinen blauen Augen.« – »Wißt ihr, wie sie das mit seiner Nase herausgefunden haben? Er ist einfach in ein Minenfeld gelaufen, Mann, ich schwör's, und hat sich einen Weg hindurch gesucht, als könnte er die verdammten Minen riechen!« – »Ach was, Mann, was du da erzählst, ist doch eine alte Geschichte, das war der erste Hund in dem ganzen HESPNAT-Unternehmen, dieser Bonzo, Mann, bring uns nicht durcheinander!« – »He, du, Ayooba, du paßt besser auf, was du tust; man sagt, ein paar ganz hohe Tiere haben ein Auge auf ihn!« – »Ja, ich hab's dir ja gesagt, Jamila die Sängerin . . .« – »Ach, halt den Mund. Wir haben genug von deinen Märchen!«
Nachdem sich Ayooba, Shaheed und Farooq mit ihrem seltsamen gefühllosen Spürhund abgefunden hatten (nach dem Vorfall bei den La-

trinen), gaben sie ihm den Spitznamen Buddha, »alter Mann«; nicht
nur weil er sieben Jahre älter sein mußte als sie und tatsächlich 1965 an
dem Krieg-von-vor-sechs-Jahren teilgenommen hatte, als die drei Kindersoldaten noch nicht einmal lange Hosen trugen, sondern auch, weil
ihn der Nimbus hohen Alters umgab. Der Buddha war vor seiner Zeit
alt.

O trefflicher phonetischer Doppelsinn! Das Urdu-Wort »buddha« mit
der Bedeutung »alter Mann« wird mit harten, fast stimmlosen d ausgesprochen. Aber es gibt auch einen Buddha mit weichen d, was bedeutet:
Er-der-unter-dem-Bhodi-Baum-Erleuchtung-erlangte . . . Es war einmal ein Prinz, der konnte das Leiden in der Welt nicht ertragen und
erlangte die Fähigkeit, ebenso nicht in der Welt zu leben wie darin zu
leben; er war gegenwärtig, aber auch abwesend; sein Körper war an
einem Ort, doch sein Geist war an einem anderen. Im alten Indien saß
Gautama Buddha erleuchtet unter einem Baum in Gaja; im Wildpark
von Sarnath lehrte er andere, sich vom irdischen Leiden zu befreien
und inneren Frieden zu erlangen; und Jahrhunderte später saß Saleem
der Buddha unter einem anderen Baum, unfähig, sich an Schmerz zu
erinnern, gefühllos wie Eis, rein gewischt wie eine Schiefertafel . . .
Etwas verlegen muß ich zugeben, daß Gedächtnisverlust zu den Tricks
gehört, die unsere sensationslüsternen Filmemacher regelmäßig an-
wenden. Mit leicht gesenktem Kopf akzeptiere ich, daß mein Leben
wieder einmal den Charakter eines Bombay-Films angenommen hat;
aber wenn ich das strittige Problem der Reinkarnation einmal beiseite
lasse, gibt es schließlich nur eine begrenzte Anzahl von Methoden, wie
man wiedergeboren werden kann. Ich entschuldige mich also für das
Melodrama, muß aber hartnäckig darauf bestehen, daß ich, er, wieder
neu angefangen hatte; daß ihm (oder mir) nach Jahren, in denen er sich
nach Bedeutung gesehnt hatte, die ganze Sache ausgetrieben worden
war; daß ich (oder er), nachdem Jamila die Sängerin, die mich in die
Armee eingeschmuggelt hatte, um mich nicht mehr sehen zu müssen,
mich so rachsüchtig im Stich gelassen hatte, das Schicksal hinnahm,
mit dem meine Liebe vergolten wurde, und ohne mich zu beklagen
unter einem Chinarbaum saß; daß der Buddha, von der Geschichte
befreit, die Kunst der Unterwerfung lernte und nur tat, was von ihm
verlangt wurde. Um zusammenzufassen: ich wurde ein Bürger Pakistans.

Man konnte darüber streiten, ob es unvermeidlich war, daß der Buddha während der Ausbildungsmonate begann, Ayooba Baloch zu erzürnen. Vielleicht lag es daran, daß er es vorzog, abseits von den Soldaten zu leben, in einer strohgedeckten Asketenhütte am anderen Ende der Hundezwinger; oder daß man ihn so oft unter seinem Baum sitzend fand, die Beine untergeschlagen, den silbernen Spucknapf krampfhaft festhaltend, die Augen ins Leere blickend, ein törichtes Lächeln auf den Lippen, als sei er tatsächlich glücklich, daß er den Verstand verloren hatte! Dazu kam, daß Ayooba, der Apostel des Fleisches, seinen Spürhund vielleicht nicht männlich genug fand. »Wie eine Eierfrucht, Mann«, gestatte ich Ayooba, sich zu beklagen. »Ich schwöre es – Gemüse!«

(Wir können auch, wenn wir die Dinge aus einem weiteren Gesichtswinkel betrachten, bestätigen, daß zum Jahreswechsel Verärgerung in der Luft lag. Wurden nicht sogar General Yahya und Bhutto erregt und ungeduldig angesichts der Tatsache, daß Scheich Mujib mutwillig auf seinem Recht beharrte, die neue Regierung zu bilden? Die elende bengalische Awami-Liga hatte von 162 möglichen Sitzen im Ostflügel 160 errungen, während Bhuttos PPP nur 81 westliche Wahlkreise für sich hatte. Ja, eine ärgerliche Wahl. Man kann sich leicht vorstellen, wie verärgert Yahya und Bhutto, beide Angehörige des Westflügels, gewesen sein müssen. Und wenn sogar die Mächtigen verdrießlich werden, wie soll man da dem kleinen Mann einen Vorwurf machen? Die Verärgerung Ayooba Balochs, so wollen wir schließen, verschaffte ihm einen Platz in vorzüglicher, um nicht zu sagen erhabener Gesellschaft.)

Bei Ausbildungsmanövern, bei denen Ayooba Shaheed Farooq dem Buddha nachkrochen, wenn er selbst noch der schwächsten Spur durch Gebüsch über Felsen durch Bäche folgte, mußten die drei Jungen seine Geschicklichkeit anerkennen; aber immer noch fragte Ayooba, der Panzergleiche: »Erinnerst du dich wirklich nicht? An nichts? Allah, hast du kein schlechtes Gefühl dabei? Irgendwo hast du vielleicht Vater Mutter Schwester«, doch der Buddha unterbrach ihn sanft: »Versuch nicht, mir den Kopf mit all diesen Geschichten vollzustopfen. Ich bin, wer ich bin, mehr gibt's dazu nicht zu sagen!« Seine Aussprache war so sauber – »Wirklich erstklassiges Lucknow-Urdu, *wah-wah!*« sagte Farooq voll Bewunderung –, daß Ayooba, der so ungehobelt wie ein Hinterwäldler sprach, verstummte; und die drei Jungen begannen noch inbrünstiger an die Gerüchte zu glauben. Ohne es zu wollen, waren sie fasziniert von diesem Mann mit der Nase wie eine Gurke und dem

Kopf, der sich Erinnerung Familie Geschichte verweigerte und außer Gerüchen absolut nichts enthielt... »wie ein faules Ei, das jemand ausgesaugt hat«, murmelte Ayooba seinen Kameraden zu und setzte dann, zu seinem Hauptthema zurückkehrend, hinzu: »Allah, sogar seine Nase sieht wie Gemüse aus.«

Das Unbehagen blieb. Spürten sie in der gefühllosen Leere des Buddhas, daß er etwas von einem »unerwünschten Element« an sich hatte? – Denn war seine Zurückweisung von Vergangenheit und Familie nicht genau die Art subversiven Benehmens, die »auszurotten« sie bestimmt waren? Die Offiziere im Lager jedoch waren taub gegen Ayoobas Verlangen – »Sir Sir, können wir nicht einfach einen richtigen Hund haben, Sir?« –, so daß Farooq, der geborene Gefolgsmann, der sich Ayooba bereits als Führer und als Helden erkoren hatte, rief: »Was können wir schon machen? Bei den Beziehungen, die die Familie von diesem Kerl hat, müssen ein paar hohe Tiere dem Stabsoffizier befohlen haben, sich mit ihm abzufinden. So sieht's aus.«

Und ich unterstelle (obwohl keiner von dem Trio in der Lage gewesen wäre, diesen Gedanken auszudrücken), daß im tiefsten Grunde ihres Unbehagens die Furcht vor Schizophrenie, vor Spaltung, lag, die wie eine Nabelschnur in jedem pakistanischen Herzen vergraben lag. In jenen Tagen waren der Ost- und der Westflügel des Landes durch die unüberbrückbare Landmasse Indiens getrennt, aber auch Vergangenheit und Gegenwart sind durch eine unüberbrückbare Kluft voneinander geschieden. Religion war der Klebstoff Pakistans, sie hielt die Hälften zusammen, genauso wie das Bewußtsein, die Bewußtheit seiner selbst als homogener Einheit in der Zeit, einer Mischung von Vergangenheit und Gegenwart, der Klebstoff der Persönlichkeit ist, der unser Damals und unser Jetzt zusammenhält. Genug des Philosophierens: Was ich sage, ist, daß der Buddha durch Aufgabe des Bewußtseins und Lossagung von der Geschichte das denkbar schlechteste Beispiel lieferte – und dem Beispiel folgte kein Geringerer als Scheich Mujib, als er den Ostflügel in die Sezession führte und ihn unter dem Namen »Bangladesch« für unabhängig erklärte! Ja, Ayooba Shaheed Farooq fühlten sich mit Recht unbehaglich – denn selbst zu jener Zeit, als ich mich jeglicher Verantwortung entzogen hatte, blieb ich durch das Wirken der metaphorischen Verknüpfungsmodi für die kriegerischen Auseinandersetzungen des Jahres 1971 verantwortlich.

Aber ich muß zu meinen neuen Kameraden zurückkehren, damit ich den Vorfall bei den Latrinen wiedergeben kann: da waren Ayooba,

panzergleich, der die Einheit führte, und Farooq, der es zufrieden war,
ihm zu folgen. Der dritte Junge jedoch war ein eher düsterer, mehr
verschlossener Typ und stand folglich meinem Herzen am nächsten.
An seinem fünfzehnten Geburtstag hatte Shaheed Dar ein falsches
Alter angegeben und sich zur Armee gemeldet. An jenem Tag hatte
sein Vater, ein Halbpächter aus dem Pandschab, Shaheed mit aufs Feld
genommen und seine neue Uniform naß geweint. Der alte Dar erklärte
seinem Sohn die Bedeutung seines Namens, das ist »Märtyrer«, und
gab der Hoffnung Ausdruck, er werde sich dieses Namens würdig erweisen und vielleicht das erste Familienmitglied werden, das in den
Kampfergarten käme und diese erbärmliche Welt zurückließe, in der
ein Vater niemals darauf hoffen konnte, seine Schulden zu bezahlen
und gleichzeitig seine neunzehn Kinder zu ernähren. Die erdrückende
Hypothek eines Namens und das damit verbundene bevorstehende
Märtyrertum begannen gewaltig auf Shaheed zu lasten; in seinen
Träumen fing er an, seinen Tod zu sehen, der die Form eines leuchtenden Granatapfels annahm und mitten in der Luft hinter ihm her-
schwebte, ihm überall hinfolgte und abwartete, bis seine Zeit gekommen war. Die verwirrende und auch etwas unheroische Vision eines
Granatapfeltodes machte Shaheed zu einem in sich gekehrten Burschen, der niemals lächelte.
In sich gekehrt, ohne jemals zu lächeln, beobachtete Shaheed, wie verschiedene HESPNAT-Einheiten aus dem Lager in den Kampf geschickt
wurden, und gelangte zu der Überzeugung, daß seine Zeit und die Zeit
des Granatapfels nahten. Er sah, wie Einheiten, bestehend aus drei
Mann und einem Hund, in Jeeps abfuhren, die mit Tarnfarbe gestrichen waren, und schloß daraus auf eine eskalierende politische Krise; es
war Februar, und die Verärgerung der Erhabenen wurde täglich deutli-
cher. Ayooba-der-Panzer jedoch behielt eine örtlich gebundene Sicht
der Dinge bei. Seine Verärgerung nahm ebenfalls zu, doch ihr Gegenstand war der Buddha.
Ayooba hatte sich in das einzige weibliche Wesen im Lager vernarrt,
eine magere Latrinenreinigerin, die nicht älter als vierzehn sein konnte
und deren Brustwarzen gerade erst begannen, sich auf ihrem zerlumpten Hemd abzuzeichnen: ein niedriges Wesen, sicherlich, aber sie war
alles, was da war, und für eine Latrinenreinigerin hatte sie sehr hübsche Zähne und eine gefällige Art, flotte Blicke über die Schulter zu
werfen . . . Ayooba begann ihr nachzulaufen, und so erspähte er sie, als
sie in die strohgedeckte Hütte des Buddhas ging, und deshalb lehnte er

ein Fahrrad gegen die Bude und stellte sich auf den Sattel, und deshalb
fiel er herunter, denn was er sah, gefiel ihm nicht. Danach packte er das
Latrinenmädchen grob am Arm und sprach zu ihm: »Warum treibst
du's mit dem Verrückten – warum, wenn ich, Ayooba . . .?«, und sie
erwiderte, daß sie den Menschenhund mochte, er ist komisch, sagt, er
kann nichts spüren, er steckt seinen Schwengel in mich rein und kann
noch nicht mal was fühlen, aber es ist schön, und er sagt, daß er meinen
Geruch mag. Die Offenheit der Göre, die Aufrichtigkeit von Latrinen-
reinigern fand Ayooba zum Kotzen; er erklärte ihr, sie habe eine Seele
aus Schweinedreck und eine mit Scheiße beschmierte Zunge, und wild
vor Eifersucht dachte er sich das Schelmenstück mit den Elektrokabeln
aus, den Trick mit dem elektrisch aufgeladenen Pissoir. Der Schauplatz
sagte ihm zu, er sorgte für eine gewisse poetische Gerechtigkeit.
»Kann nichts fühlen, ha?« sagte Ayooba höhnisch zu Farooq und
Shaheed. »Wartet bloß ab: den lass' ich schon noch über die Klinge
springen.«
Am 10. Februar (als Yahya, Bhutto und Mujib sich weigerten, zu Gesprächen auf höchster Ebene zusammenzutreffen) verspürte der Buddha den Ruf der Natur. Ein etwas besorgter Shaheed und ein heiterer
Farooq lungerten in der Nähe der Latrinen herum; während Ayooba,
der mit Hilfe von Elektrokabeln die metallenen Fußplatten des Pissoirs
an die Batterie eines Jeeps angeschlossen hatte, außer Sichtweite hinter
der Latrinenhütte neben dem Jeep stand, dessen Motor lief. Der Buddha erschien, mit Augen, so weit offen wie die eines Charasrauchers,
und einem Gang, als schwebe er auf Wolken, und als er in die Latrine
driftete, rief Farooq aus: »Ohé! Ayooba, Yara!« und begann zu kichern. Die Kindersoldaten warteten auf das gepeinigte Geheul, das das
Zeichen sein würde, daß ihr gefühlloser Spürhund zu pissen begonnen
hatte und der Strom den goldenen Strom hochstieg und ihn in seinen
gefühllosen und Gassenmädchen stoßenden Schwengel stach.
Aber es kam kein Schrei; Farooq, der unruhig wurde und sich hinters
Licht geführt fühlte, begann die Stirn zu runzeln, und als die Zeit
verging, wurde Shaheed nervös und brüllte zu Ayooba Baloch hinüber:
»Du da, Ayooba! Was machst du eigentlich, Mann?« Darauf Ayooba-
der-Panzer: »Was glaubst du denn, Yaar, ich hab' den Saft vor fünf
Minuten angestellt!« . . . Und nun rannte Shaheed – VOLLE WUCHT!
– in die Latrine und fand den Buddha, wie er mit einem Ausdruck
benommenen Vergnügens drauflos urinierte und eine Blase leerte, die
sich vierzehn Tage lang gefüllt haben mußte, während der Strom, of-

fensichtlich ohne daß er etwas merkte, durch seine untere Gurke in ihn übertragen wurde, so daß er sich mit Elektrizität auflud und ein blaues Knistern um die Spitze seiner gargantuesken Nase spielte; und Shaheed, der nicht den Mut hatte, dieses unmögliche Wesen anzufassen, das durch seinen Schwengel Strom absorbieren konnte, brüllte: »Schalt aus, Mann, sonst wird er geröstet wie eine Zwiebel!« Der Buddha trat unbekümmert aus der Latrine und knöpfte sich mit der rechten Hand die Hose zu, während die linke seinen silbernen Spucknapf hielt; und die drei Kindersoldaten begriffen, daß es wirklich stimmte. Allah, gefühllos wie Eis, taub gegen Gefühle wie gegen Erinnerungen . . . Nach diesem Vorfall konnte man den Buddha eine Woche lang nicht berühren, ohne einen elektrischen Schlag zu bekommen, und nicht einmal das Latrinenmädchen konnte ihn in seiner Hütte besuchen.

Seltsamerweise hörte Ayooba Baloch nach der Sache mit den Elektrokabeln auf, Groll gegen den Buddha zu hegen, und begann ihn sogar mit Respekt zu behandeln; die Hundeeinheit wurde durch dieses bizarre Ereignis zu einem wirklichen Team zusammengeschweißt und war bereit, den Kampf gegen die Übeltäter dieser Erde aufzunehmen.

Ayooba-dem-Panzer war es versagt, dem Buddha einen Schock zu versetzen; aber wo der kleine Mann versagt, triumphieren die Mächtigen. (Als Yahya und Bhutto beschlossen, Scheich Mujib über die Klinge springen zu lassen, gab es keine Panne.)

Am 15. März 1971 versammelten sich zwanzig Einheiten des HESP-NAT-Lagers in einer Hütte, in der eine Wandtafel hing. Das bekränzte Konterfei des Präsidenten blickte auf einundsechzig Männer und neunzehn Hunde herab; Yahya Khan hatte soeben Mujib den Olivenzweig sofortiger Gespräche mit ihm selbst und mit Bhutto angeboten, um alle Verärgerungen zu beseitigen; doch auf seinem Porträt trug er ein untadeliges Pokerface zur Schau, von dem sich kein Hinweis auf seine wahren, schockierenden Absichten ablesen ließ . . . während Stabsoffizier Iskandar seine Fingerknöchel an den Rockaufschlägen rieb, erteilte Hauptfeldwebel Najmuddin Befehle: einundsechzig Männer und neunzehn Hunde wurden geheißen, die Uniform abzulegen. Heftiges Rascheln in der Hütte: neunzehn Individuen gehorchen bedingungslos und entfernen Hundehalsbänder mit Kennmarken. Die Hunde, ausgezeichnet trainiert, ziehen die Augenbrauen kraus, geben aber nicht Laut, und gehorsam beginnt der Buddha sich auszuziehen. Fünf Dutzend Mitmenschen folgen seinem Beispiel; fünf Dutzend stehen im Nu stramm und zittern in der Kälte neben ordentlichen Häufchen von Militärmützen Hosen Schuhen Hemden grünen Pullovern mit Lederflicken an den Ellbogen. Einundsechzig Mann, nackt bis auf die nicht ganz makellose Unterwäsche, werden (von Lala Moin, dem Offiziersburschen) mit Zivilkleidung aus Armeebeständen versehen; Najmuddin bellt einen Befehl, und dann stehen sie alle da, manche in Lungis und Kurtas, manche in Pathanen-Turbanen. Es gibt Männer in billigen Baumwollhosen und Männer in gestreiften Angestelltenhemden. Der Buddha trägt Dhoti und Kameez; er fühlt sich wohl, aber um ihn herum winden sich Soldaten in schlecht sitzender Zivilkleidung. Dies ist jedoch eine militärische Operation; keine Stimme, weder eine menschliche noch eine hündische, erhebt sich, um Klage zu führen.

Am 15. März wurden zwanzig HESPNAT-Einheiten, nachdem sie Anordnungen bezüglich der Bekleidung nachgekommen waren, via Ceylon nach Dacca geflogen; unter ihnen waren Shaheed Dar, Farooq Rashid, Ayooba Baloch und ihr Buddha. Ebenfalls auf dieser umständlichen Route flogen sechzigtausend der hartgesottensten Soldaten des Westflügels in den Ostflügel; die sechzigtausend waren wie die einundsechzig alle in Zivil. Der befehlshabende Offizier im Generalsrang (in einem schmucken blauen Zweireiher) war Tikka Khan; der Offizier, der Dacca zu Fall brachte und dann die Kapitulation erzwang, wurde Tiger Niazi genannt. Er trug ein Buschhemd, lange Hosen und auf dem Kopf einen flotten kleinen Filzhut.

Via Ceylon flogen wir, sechzigtausend und einundsechzig unschuldige Flugpassagiere, und da wir es vermieden, Indien zu überfliegen, verpaßten wir die Chance, aus siebentausend Metern Höhe die Feiern für Indira Gandhis Neue Kongreßpartei zu beobachten, die kurz zuvor bei einer anderen Wahl einen überwältigenden Sieg errungen hatte – 350 von 515 Sitzen in der Lok Sabha. Ohne etwas von Indira zu wissen, ohne ihren Wahlslogan GARIBI HATAO, Fort mit der Armut, zu sehen, der überall in dem großen Diamanten Indien auf Mauern und Bannern prangte, landeten wir zu Anfang des Frühjahrs in Dacca und wurden in eigens requirierten Zivilbussen in ein Militärlager gefahren. Während dieses letzten Stadiums unserer Reise kamen wir jedoch nicht umhin, Fetzen eines Liedes zu hören, das aus einem unsichtbaren Grammophon erklang. Das Lied hieß »Amar Sonar Bangla« (»Unser goldenes Bengalen«, Verfasser: R. Tagore), und darin kam vor: »Im Frühling macht der Duft deiner Mangohaine mein Herz vor Entzücken trunken.« Da jedoch keiner von uns Bengali verstehen konnte, waren wir gegen den hinterhältig umstürzlerischen Text gefeit, auch wenn unsere Füße ohne es zu wollen den Takt mitschlugen (das muß zugegeben werden).

Zunächst wurde Ayooba Shaheed Farooq und dem Buddha der Name der Stadt, in die sie gekommen waren, nicht mitgeteilt. Ayooba, der der Vernichtung von Vegetariern entgegenfieberte, raunte: »Hab' ich's euch nicht gesagt? Jetzt zeigen wir's denen! Spionage und so, Mann! Zivilkleidung und alles! Auf los geht's los, Einheit Nummer 22! Schra-bumm, Schra-bamm, Schra-proch!«

Doch wir waren nicht in Indien; Vegetarier waren nicht unser Ziel; und nachdem man uns tagelang hatte schmoren lassen, wurden wieder Uniformen an uns ausgegeben. Diese zweite Verwandlung fand am 25. März statt.

Am 25. März brachen Yahya und Bhutto abrupt ihre Gespräche mit Mujib ab und kehrten in den Westflügel zurück. Es wurde Abend; Stabsoffizier Iskandar, gefolgt von Najmuddin und Lala Moin, der unter dem Gewicht von einundsechzig Uniformen und neunzehn Hundehalsbändern schwankte, platzte in die HESPNAT-Baracken herein. Najmuddin: »Jetzt aber los! Taten, nicht Worte! Eins, zwei, hoppla-hopp!« Flugpassagiere legten Uniformen an und griffen zu Waffen, während Stabsoffizier Iskandar endlich den Zweck unseres Ausflugs bekanntgab. »Dieser Mujib«, offenbarte er, »dem geben wir eins aufs Dach. Den lassen wir über die Klinge springen, unter Garantie!«

(Am 25. März, nach dem Scheitern der Gespräche mit Bhutto und Yahya, rief Scheich Mujibur Rahman den Staat Bangladesch aus.)

HESPNAT-Einheiten drangen aus den Baracken hervor, drängten sich in wartende Jeeps, während sich die auf Band aufgenommene Stimme von Jamila der Sängerin durch die Lautsprecher des Militärstützpunktes in patriotischen Hymnen erhob. (Und Ayooba stieß den Buddha in die Rippen: »Hör mal, komm schon, erkennst du nicht – denk doch mal, Mann, ist das nicht deine liebe – Allah, dieser Typ ist bloß zum Schnüffeln gut!«)

Um Mitternacht – hätte es denn schließlich eine andere Zeit sein können? – verließen sechzigtausend Elitesoldaten ebenfalls ihre Baracken; Passagiere, die als Zivilisten geflogen waren, starteten nun die Panzer. Ayooba Shaheed Farooq und der Buddha jedoch wurden persönlich ausgewählt, um Stabsoffizier Iskandar beim größten Abenteuer dieser Nacht zu begleiten. Ja, Padma: als Mujib verhaftet wurde, war ich es, der ihn aufspürte. (Sie hatten mir eins seiner alten Hemden geliefert; es ist leicht, wenn man den Geruch einmal hat.)

Padma ist beinahe außer sich vor Angst. »Aber Herr, du hast doch nicht, kannst doch nicht, du würdest doch so was nicht tun . . . !« Padma, ich hab's getan. Ich habe geschworen, alles zu erzählen; kein Körnchen Wahrheit zu verbergen. (Aber auf ihrem Gesicht sind Schneckenspuren, und sie muß eine Erklärung haben.)
Also bin ich gezwungen – glauben Sie mir oder glauben Sie mir nicht, aber es war so! –, noch einmal zu wiederholen, daß alles endete und alles wieder begann, als ein Spucknapf mich am Hinterkopf traf. Saleem mit seiner verzweifelten Suche nach Bedeutung, einem würdigen Zweck, allumhüllender Genialität war verschwunden und sollte nicht eher wiederkehren, bis eine Dschungelschlange – für den Augenblick jedoch gibt es nur den Buddha, der keine singende Stimme als Verwandte erkennt; der sich weder an Väter noch an Mütter erinnert; für den Mitternacht keine Bedeutung hat; der einige Zeit nach einem reinigenden Unfall im Bett eines Militärkrankenhauses erwachte und die Armee als sein Los hinnahm; der sich dem Leben fügt, zu dem er erwacht, und seine Pflicht tut; der Befehlen folgt; der sowohl in der Welt als auch außerhalb der Welt lebt; der den Kopf beugt; der Mensch oder Tier über Straßen und durch Flüsse aufspüren kann; der weder weiß noch sich darum kümmert, unter wessen Auspizien, wem zu Gefallen, auf wessen rachsüchtiges Betreiben er in die Uniform gesteckt wurde; der, kurzum, nicht mehr und nicht weniger ist als der offiziell anerkannte Spürhund der HESPNAT-Einheit 22.
Aber wie bequem dieser Gedächtnisverlust ist, wieviel er entschuldigt! Gestatten Sie mir also, mich selbst zu kritisieren: die Philosophie des Hinnehmens, der der Buddha anhing, hatte Folgen, die nicht mehr oder minder verhängnisvoll waren als seine frühere Gier, im Mittelpunkt zu stehen; und hier in Dacca wurden diese Folgen offenbar.
»Nein, das ist nicht wahr«, jammert meine Padma; so hat man auch das meiste von dem, was sich in jener Nacht zutrug, geleugnet.
Mitternacht, 25. März 1971: an der Universität vorbei, die unter Beschuß war, führte der Buddha Truppen zu Scheich Mujibs Schlupfwinkel. Studenten und Dozenten kamen aus ihren Unterkünften, sie wurden von Kugeln begrüßt, und Jod befleckte den Rasen. Scheich Mujib jedoch wurde nicht erschossen; man fesselte ihm die Hände, man mißhandelte ihn, und Ayooba Baloch führte ihn zu einem wartenden Lie-

467

ferwagen. (Wie schon einmal zuvor, nach der Revolution der Pfefferstreuer . . . aber Mujib war nicht nackt, er trug einen grün-gelb gestreiften Pajama.) Und während wir durch die Straßen der Stadt fuhren, sah Shaheed aus Fenstern und sah Dinge, die nicht wahr waren,
nicht wahr sein konnten: Soldaten drangen ohne zu klopfen in Frauen-
unterkünfte ein; Frauen wurden auf die Straße gezerrt, und auch in sie
drang man ein, und wiederum machte sich niemand die Mühe zu klopfen. Und Zeitungsredaktionen, die in dem schmutzig-gelbschwarzen
Rauch billigen Zeitungspapiers für die Schmutzpresse verbrannten,
und Gewerkschaftsbüros, bis auf die Grundmauern zertrümmert, Stra-
ßengräben, die sich mit nicht bloß schlafenden Menschen füllten –
nackte Oberkörper sah man und Einschußlöcher wie ausgedrückte
Pickel. Ayooba Shaheed Farooq sahen durch sich bewegende Fenster
schweigend zu, wie unsere Jungs, unsere Soldaten-für-Allah, unsere
prächtigen Jawans, von denen jeder zehnmal soviel wert war wie ein
Babu, Pakistan zusammenhielten, indem sie mit Flammenwerfern Ma-
schinengewehren Handgranaten über die Slums der Stadt herfielen. Bis
wir Scheich Mujib zum Flughafen gebracht hatten, wo Ayooba ihm
eine Pistole ins Kreuz drückte und ihn in ein Flugzeug stieß, das ihn in
den Westflügel in Gefangenschaft flog, hatte der Buddha längst die
Augen geschlossen. (»Stopf mir nicht den Kopf mit all diesen Geschichten voll«, hatte er einmal zu Ayooba-dem-Panzer gesagt. »Ich bin, wer
ich bin, mehr gibt's dazu nicht zu sagen.«)
Und Stabsoffizier Iskandar sammelt seine Truppen: »Sogar jetzt noch
gibt es subversive Elemente, die ausgerottet werden müssen.«
Wenn das Denken unerträglich schmerzhaft wird, ist Handeln das beste
Heilmittel . . . Hundesoldaten ziehen an den Leinen, werden losgelas-
sen, springen freudig an die Arbeit. O Wolfshundjagden auf unerwünschte Personen! O ertragreiche Festnahmen von Professoren und
Poeten! O bedauerliches Erschießen wegen Widerstands bei der Fest-
nahme von Angehörigen der Awami-Liga und Modekorrespondenten!
Hunde des Krieges rufen in der Stadt zur Vernichtung auf, aber wenn
Spürhunde auch unermüdlich sind, Soldaten sind schwächer: Farooq
Shaheed Ayooba übergeben sich abwechselnd, als der Gestank bren-
nender Slums ihnen in die Nasen steigt. Der Buddha, in dessen Nase
der Gestank Bilder von versengender Lebhaftigkeit erzeugt, macht einfach mit seiner Arbeit weiter. Schnüffel sie heraus: überlaß den Rest
den Soldatenjungen. HESPNAT-Einheiten durchforsten die schwelenden Überreste der Stadt. Kein unerwünschtes Element ist heute nacht

sicher, kein Versteck unauffindbar. Bluthunde spüren die fliehenden
Feinde der nationalen Einheit auf; unübertreffliche Wolfshunde graben
grimmig die Zähne in ihre Beute.

Wie viele Verhaftungen – zehn, vierhundertzwanzig, eintausendund-
eine? – nahm unsere HESPNAT-Einheit in jener Nacht vor? Wie viele
hasenfüßige Intellektuelle Daccas versteckten sich in Frauensaris und
mußten auf die Straße gezerrt werden? Wie oft ließ Stabsoffizier Iskandar – »Nehmt diese Spur auf! Das ist der Gestank der Subversion!« –
die Kriegshunde der Einheit los? In der Nacht vom 25. Mai fanden
Dinge statt, die ewig unaufgeklärt bleiben müssen.

Sinnlosigkeit von Statistiken: 1971 flohen zehn Millionen Flüchtlinge
über die Grenze von Ost-Pakistan–Bangladesch nach Indien – aber
zehn Millionen lassen sich (wie alle Zahlen über eintausendundeins)
nicht begreifen. Vergleiche helfen nicht: »Die größte Völkerwanderung
in der Geschichte der Menschheit« – bedeutungslos. Größer als der
Exodus, größer als die bei der Teilung fliehenden Massen, strömte das
vielköpfige Ungeheuer nach Indien. An der Grenze bildeten indische
Soldaten die Guerillas aus, die als Mukti Bahini bekannt wurden; in
Dacca gab Tiger Niazi den Ton an.

Und Ayooba Shaheed Farooq? Unsere Jungs in Grün? Wie gefiel es
ihnen, gegen ihre fleischfressenden Kameraden zu kämpfen? Meuter-
ten sie? Wurden Offiziere – Iskandar, Najmuddin, sogar Lala Moin –
mit von Ekel erfüllten Kugeln durchsiebt? Nein, wurden sie nicht. Die
Unschuld war verloren, aber trotz eines neuen, grimmigen Zugs um die
Augen, trotz des unwiderruflichen Verlusts von Gewißheit, trotz der
Zerstörung ihrer obersten moralischen Werte fuhr die Einheit mit ihrer
Arbeit fort. Der Buddha war nicht der einzige, der tat, was man ihm
sagte . . . während hoch über dem Kampfgetümmel die Stimme von
Jamila der Sängerin anonyme Stimmen bekämpfte, die die Texte von
R. Tagore sangen: »Mein Leben verstreicht in schattigen Dorfhütten,
angefüllt mit Reis von deinen Feldern; sie machen mein Herz vor
Entrücken trunken.«

Ihre Herzen wurden trunken, aber nicht vor Entzücken. Ayooba und
Konsorten folgten Befehlen; der Buddha folgte Geruchsspuren. Ins
Herz der Stadt, das gewalttätig toll blutdurchtränkt ist, da die Soldaten
des Westflügels vollends außer Rand und Band geraten sind, seit sie
wissen, daß sie Unrecht tun, ins Herz der Stadt marschiert Einheit
Nummer 22; durch die geschwärzten Straßen geht es, wo der Buddha

sich auf den Boden konzentriert, Fährten erschnüffelt und das Chaos von Zigarettenschachteln Kuhmist umgefallenen Fahrrädern im Stich gelassenen Schuhen ignoriert; dann weiter zu anderen Aufgaben, hinaus aufs Land, wo ganze Dörfer niedergebrannt werden, weil sämtliche Bewohner dafür verantwortlich gemacht werden, daß Mukti Bahini aufgenommen wurden. Der Buddha und drei Jungen spüren niedere Funktionäre der Awami-Liga und bekannte Kommunisten auf. Vorbei an auswandernden Dorfbewohnern geht es, die ihren Besitz in Bündeln auf dem Kopf tragen, vorbei an aufgerissenen Eisenbahnschienen und ausgebrannten Bäumen, und immer, als ob eine unsichtbare Macht ihre Schritte lenkte und sie in ein noch finstereres Herz des Wahnsinns zöge, werden sie nach Süden Süden Süden geschickt, immer näher zum Meer, zum Delta des Ganges und zum Meer.

Und schließlich – wem folgten sie damals? Spielten Namen noch eine Rolle? – hetzte man sie auf ein Wild, dessen Geschicklichkeit der des Buddhas gleich und entgegengesetzt gewesen sein muß – weshalb sonst dauerte die Jagd so lange? Schließlich stecken sie – unfähig, ihrer Ausbildung zu entkommen: unermüdlich zu fahnden, unerbittlich zu verhaften – mittendrin in einer Mission, deren Ende nicht abzusehen ist, und fahnden nach einem Feind, der sich ihnen endlos entzieht; doch sie können sich nicht mit leeren Händen bei ihrem Stützpunkt zurückmelden, und weiter geht's, nach Süden Süden Süden, vorwärtsgelockt von der sich ewig entfernenden Geruchsfährte und vielleicht von noch etwas mehr: denn noch nie in meinem Leben war das Schicksal abgeneigt, mir zu helfen.

Sie haben ein Boot gekapert, denn der Buddha sagte, die Spur führe den Fluß hinunter; hungrig unausgeschlafen erschöpft in einem Universum verlassener Reisfelder rudern sie ihrem unsichtbaren Beutestück nach; den großen braunen Fluß hinunter fahren sie, bis der Krieg zu weit weg ist, als daß sie sich daran erinnern könnten, aber der Geruch lockt sie immer noch weiter. Der Fluß hat hier einen vertrauten Namen: Padma. Doch der Name ist eine Täuschung; in Wirklichkeit ist der Fluß immer noch Sie, die Mutter allen Wassers, die Göttin Ganga, die durch Schiwas Haar hinunter zur Erde strömt. Der Buddha hat seit Tagen nicht gesprochen; er zeigt bloß, hierhin, dort lang, und sie fahren weiter, nach Süden Süden Süden zum Meer.

Ein namenloser Morgen. Ayooba Shaheed Farooq erwachen im Boot ihrer absurden Verfolgungsjagd, das am Ufer des Padma-Ganges ver-

täut ist – und stellen fest, daß er weg ist. »Allah, Allah«, jault Farooq
auf. »Haltet euch die Ohren und betet um Barmherzigkeit; er hat uns
in diese überschwemmte Gegend gebracht und ist abgehauen. Es ist
alles deine Schuld, du, Ayooba, du mit deinem Trick mit den Elektrokabeln, und das ist seine Rache!« . . . Die Sonne steigt auf. Seltsame,
fremdartige Vögel sind am Himmel. Hunger und Angst nagen wie
Mäuse an ihren Bäuchen: und wasistwenn, wasistwenn die Mukti Bahini . . . Eltern werden um Hilfe angerufen. Shaheed hat seinen Gra-
natapfeltraum geträumt. Verzweiflung plätschert gegen die Planken
des Boots. Und in der Ferne, kurz vor dem Horizont, eine unmögliche
endlose riesige grüne Mauer, die sich rechts und links bis an die Enden
der Erde erstreckt! Unausgesprochene Furcht: wie kann das sein, wie
kann das, was wir da sehen, wahr sein, wer baut Mauern quer über die
Welt? . . . Und dann Ayooba: »Seht mal, seht, Allah!« Denn durch die
Reisfelder kommt eine bizarre Jagd in Zeitlupe auf sie zu: zuerst der
Buddha mit seiner Gurkennase, aus einer Meile Entfernung kann man
sie erkennen, und durch die Reisfelder planschend folgt ihm ein wild
gestikulierender Bauer mit einer Sense, ein in Rage gebrachter Vater
Zeit, während entlang einem Deich eine Frau mit lose herunterhängen-
dem Haar läuft, die ihren Sari zwischen den Beinen hochgerafft hat und
mit lauter Stimme bittet und kreischt, während der Rächer mit der
Sense durch unter Wasser stehenden Reis stolpert, von Kopf bis Fuß
mit Wasser und Schlamm bedeckt. Ayooba brüllt vor nervöser Erleichterung: »Der alte geile Bock! Hat seine Finger nicht von den Dorfwei-
bern lassen können! Mach schon, Buddha, laß dich nicht erwischen;
der säbelt dir sonst beide Gurken ab!« Und Farooq: »Aber was dann?
Wenn der Buddha in Stücke gehauen ist, was dann?« Und nun zieht
Ayooba-der-Panzer eine Pistole aus dem Halfter. Ayooba zielt: er
streckt beide Hände aus, versucht, nicht zu zittern, und zieht ab: eine
Sense schwingt sich in die Luft. Und langsam langsam erheben sich die
Arme eines Bauern, als wolle er beten, Knie knien sich ins Reisfeld, ein
Gesicht fällt nach vorn unter die Wasseroberfläche, um mit der Stirn
den Boden zu berühren. Auf dem Deich jammert eine Frau. Und Ayoo-
ba sagt zum Buddha: »Das nächste Mal bist *du* dran.« Ayooba-der-
Panzer zittert wie Espenlaub. Und die Zeit liegt tot in einem Reisfeld.

Aber immer noch gibt es die sinnlose Jagd, den Feind, den man nie
sehen wird, und der Buddha deutet: »Dort lang«, und die vier rudern
weiter, nach Süden Süden Süden, sie haben die Stunden gemordet und

das Datum vergessen. Sie wissen nicht mehr, ob sie etwas nachjagen oder vor etwas weglaufen, aber was auch immer sie antreibt, es führt sie immer näher an die unmögliche Mauer. »Da lang«, beharrt der Buddha, und dann sind sie drinnen, in dem Dschungel, der so dicht ist, daß die Geschichte kaum je ihren Weg hinein gefunden hat. Die Sundarbans: sie verschlingen sie.

In den Sundarbans

Ich gestehe: es gab kein letztes schwer zu erjagendes Wild, das uns nach Süden Süden Süden trieb. Allen meinen Lesern möchte ich gerne mit entblößter Brust eingestehen: während Ayooba Shaheed Farooq nicht zwischen der Jagd nach etwas und dem Weglaufen vor etwas unterscheiden konnten, wußte der Buddha, was er tat. Wenn ich mir auch bewußt bin, daß ich jeglichen zukünftigen Kommentatoren oder giftspritzenden Kritikern (denen ich sage: schon zweimal habe ich Bekanntschaft mit Schlangengift gemacht; beide Male habe ich mich als stärker erwiesen als das Gift) durch ein Schuldbekenntnis, die Offenbarung moralischer Verworfenheit, den Beweis der Feigheit noch mehr Munition liefere, muß ich doch sagen, daß er, der Buddha, am Ende nicht mehr fähig war, seine Pflichten weiterhin so unterwürfig zu erfüllen, Fersengeld gab und floh. Von den an der Seele nagenden Maden des Pessimismus, der Sinnlosigkeit und der Scham infiziert, desertierte er in die geschichtslose Anonymität des Regenwaldes und schleppte in seinem Gefolge drei Kinder mit. Was ich hoffe sowohl in eingelegtem Gemüse als auch in Worten unsterblich zu machen: jene Geistesverfassung, in der die Folgen des Alles-Hinnehmens nicht geleugnet werden konnten, in der eine Überdosis Wirklichkeit eine ansteckende Sehnsucht nach Flucht in die Sicherheit von Träumen erzeugte . . . Aber wie alle Zufluchtsorte war der Dschungel anders, vollkommen anders – war sowohl weniger als auch mehr –, als er erwartet hatte.

»Ich bin froh«, sagt meine Padma. »Ich bin so froh, daß du weggelaufen bist.« Aber ich bestehe darauf: nicht ich. Er. Er, der Buddha. Der, bis die Schlange kam, Nicht-Saleem bleiben würde, der, auch wenn er weglief, immer noch von seiner Vergangenheit getrennt war; obwohl er in seiner Hand, als wäre er daran festgeklebt, einen gewissen silbernen Spucknapf hielt.

Der Dschungel schloß sich hinter ihnen wie eine Gruft, und nach Stunden zunehmend beschwerlicheren, aber auch hektischeren Ruderns durch unbegreiflich labyrinthische Salzwasserkanäle, überragt von Baumgewölben, so hoch wie Kathedralen, hatten Ayooba Shaheed Farooq sich hoffnungslos verirrt; immer wieder wandten sie sich an den

Buddha, der zeigte: »Da lang« und dann: »Dort hinunter«, aber obwohl sie fieberhaft ruderten, ohne auf ihre Müdigkeit Rücksicht zu
nehmen, sah es so aus, als wich die Möglichkeit, diesen Ort je wieder zu
verlassen, vor ihnen zurück wie die Laterne eines Geistes, bis sie
schließlich ihren angeblich unfehlbaren Spürhund anfuhren und in
seinen wie gewöhnlich milchig-blauen Augen vielleicht ein kleines
Licht der Beschämung oder der Erleichterung leuchten sahen; und nun
flüsterte Farooq in der Grabesgrünheit des Waldes: »Du weißt es nicht.
Du sagst bloß irgendwas.« Der Buddha schwieg, doch in seinem
Schweigen lasen sie ihr Schicksal, und nun, da er überzeugt war, daß
der Dschungel sie verschlungen hatte, so wie eine Kröte eine Mücke
verschlingt, nun, da er sicher war, daß er nie wieder die Sonne sehen
würde, brach Ayooba Baloch, Ayooba-der-Panzer höchstpersönlich,
vollkommen zusammen und weinte wie ein Monsun. Angesichts des
widersinnigen Anblicks dieser riesenhaften Gestalt mit Bürstenschnitt,
die wie ein Baby plärrte, gerieten auch Farooq und Shaheed außer Rand
und Band; so daß Farooq fast das Boot umwarf, als er den Buddha
angriff, der all die Faustschläge, die auf seine Brust Schultern Arme
herabprasselten, nachsichtig ertrug, bis Shaheed Farooq um der Sicherheit willen auf die Planken zog. Ayooba Baloch weinte ohne Unterlaß
drei ganze Stunden oder Tage oder Wochen, bis der Regen begann und
seine Tränen überflüssig machte; und Shaheed Dar hörte sich sagen:
»Jetzt sieh mal, was du mit deiner Heulerei angerichtet hast, Mann«,
und bewies damit, daß sie bereits begannen, der Logik des Dschungels
zu erliegen, und das war nur der Anfang, denn als das Geheimnis des
Abends die Unwirklichkeit der Bäume noch steigerte, begannen die
Sundarbans im Regen zu wachsen.
Zunächst waren sie so damit beschäftigt, ihr Boot leerzuschöpfen, daß
sie es nicht bemerkten; außerdem stieg der Wasserpegel, was sie vielleicht durcheinanderbrachte, doch im letzten Licht konnte kein Zweifel
daran bestehen, daß der Dschungel an Größe, Macht und Wildheit
gewann; man konnte sehen, wie die riesigen Stelzenwurzeln ungeheurer, uralter Mangroven sich durstig durch die Dämmerung schlängel-
ten, den Regen aufsaugten und dicker als Elefantenrüssel wurden, während die Mangroven selbst in solche Höhen wuchsen, daß, wie Shaheed
Dar später sagte, die Lieder der Vögel in den Wipfeln gewiß bis zu Gott
dringen konnten. Die Blätter hoch oben in den großen Nipapalmen
begannen sich wie riesengroße grüne hohle Hände auszubreiten und
schwollen in dem nächtlichen Regenguß an, bis der ganze Wald über-

dacht zu sein schien; und dann begannen die Nipafrüchte zu fallen. Sie waren größer als jede Kokosnuß auf Erden und gewannen erschreckend an Geschwindigkeit, wenn sie aus schwindelerregenden Höhen fielen, um im Wasser wie Bomben zu explodieren. Regenwasser füllte ihr Boot; sie hatten nur ihre weichen grünen Mützen und eine alte Ghee-dose zum Ausschöpfen; und als die Nacht hereinbrach und die Nipa-früchte sie aus der Luft bombardierten, sagte Shaheed Dar: »Es nützt nichts – wir müssen an Land gehen«, obwohl sein Traum vom Granat-apfel seine Gedanken beherrschte und es ihm durch den Kopf ging, daß dies der Ort sein könnte, an dem er sich bewahrheitete, selbst wenn die Früchte hier anders waren.

Während Ayooba mit rotgeränderten Augen und einer Mordsangst dasaß und Farooq vernichtet schien, weil sein Held zusammengebrochen war, während der Buddha Schweigen bewahrte und den Kopf senkte, blieb nur Shaheed allein des Denkens fähig, denn obwohl er durchnäßt und entkräftet war und der nächtliche Dschungel um ihn herum kreischte, konnte er doch jedesmal ein paar klare Gedanken fassen, wenn er über den Granatapfel seines Todes nachdachte; und so war es Shaheed, der uns, ihnen befahl, unser, ihr sinkendes Boot an Land zu rudern.

Eine Nipafrucht verfehlte das Boot um drei Zentimeter, verursachte aber so einen Aufruhr im Wasser, daß sie kenterten; im Dunkeln kämpften sie sich an Land, wobei sie Pistolen Ölzeug Gheedose über den Kopf hielten, zogen das Boot hinter sich her, fielen in ihr klatschnasses Gefährt – das Bombardement von Nipapalmen und schlangengleiche Mangroven waren ihnen längst einerlei – und schlie-fen ein.

Als sie wach wurden, trotz der Hitze naß-zitternd, war aus dem Regen ein starkes Nieseln geworden. Sie stellten fest, daß ihre Körper mit fünf Zentimeter langen Blutegeln bedeckt waren, die fast farblos wa-ren, weil sie nie direkt von der Sonne beschienen wurden; nun aber, mit Blut angefüllt, waren sie hellrot geworden, und einer nach dem anderen explodierten sie auf den Körpern der vier Menschenwesen, weil sie zu gierig waren, um mit Saugen aufzuhören, wenn sie voll waren. Blut tröpfelte ihre Beine hinunter und auf den Waldboden; der Dschungel saugte es auf und wußte, wie sie beschaffen waren.

Wenn die herabfallenden Nipafrüchte auf dem Dschungelboden zer-platzten, schieden auch sie eine blutfarbene Flüssigkeit aus, eine rote Milch, die sofort von einer Million Insekten, einschließlich riesenhafter

Fliegen, genauso durchsichtig wie die Blutegel, bedeckt war. Auch die Fliegen wurden rot, wenn sie sich mit der Milch der Frucht füllten ... die ganze Nacht durch, schien es, waren die Sundarbans weitergewachsen. Am höchsten von allen waren die Sundribäume, die dem Dschungel den Namen gegeben hatten; Bäume, die hoch genug waren, um einem auch noch die schwächste Hoffnung auf Sonne zu nehmen. Wir, die vier, kletterten aus dem Boot, und erst als sie den Fuß auf einen harten, nackten Boden setzten, über den hellrosa Skorpione und wimmelnde Massen sandfarbener Erdwürmer krochen, fiel ihnen ihr Hunger und Durst wieder ein. Überall um sie herum floß Regenwasser von Blättern, und sie hielten dem Dach des Dschungels den Mund hin und tranken; doch in dem Wasser war etwas vom Irrwitz des Urwalds, vielleicht weil es über die Sundriblätter und Mangrovenzweige und Nipawedel zu ihnen gelangte, und so gerieten sie, indem sie es tranken, immer mehr in den Bann dieser fahlgrünen Welt, in der die Vögel Stimmen wie knarrendes Holz hatten und alle Schlangen blind waren. In dieser trüben, miasmatischen Geistesverfassung, die der Dschungel heraufbeschwor, bereiteten sie ihre erste Mahlzeit zu, eine Mischung aus Nipafrüchten und zermatschten Erdwürmern, von der sie einen so heftigen Durchfall bekamen, daß sie sich zwangen, ihre Exkremente zu untersuchen, für den Fall, daß ihre Därme in dem Durcheinander herausgefallen waren.

Farooq sagte: »Wir werden sterben.« Aber Shaheed war von einem mächtigen Überlebenswillen erfaßt, denn nachdem er sich von den nächtlichen Zweifeln erholt hatte, war er zu der Überzeugung gekommen, daß er nicht auf diese Weise von hinnen gehen sollte.

Im Regenwald verirrt und in dem Bewußtsein, daß das Nachlassen des Monsuns nur eine vorübergehende Pause war, befand Shaheed, daß der Versuch, einen Weg aus dem Dschungel zu finden, wenig Zweck hatte, wenn der wiederkehrende Monsun ihr unzulängliches Schiff jeden Augenblick sinken lassen konnte. Nach seinen Anweisungen wurde aus Ölzeug und Palmwedeln ein Unterstand gebaut; Shaheed sagte: »Solange wir uns an Früchte halten, können wir überleben.« Den Zweck ihrer Reise hatten sie alle längst vergessen; die Jagd, die in weiter Ferne, in der wirklichen Welt begonnen hatte, wurde im veränderten Licht der Sundarbans zu einem absurden Hirngespinst, was ihnen ermöglichte, sie ein für allemal aufzugeben.

So kam es, daß Ayooba Shaheed Farooq und der Buddha sich den schrecklichen Sinnestäuschungen des Traumwaldes auslieferten. Die

Tage vergingen, gingen unter dem Getöse des wiederkehrenden Regens ineinander über, und trotz Schüttelfrost Fieber Durchfall blieben sie am Leben, verbesserten ihren Unterstand, indem sie die unteren Äste von Sundris und Mangroven abrissen, tranken die rote Milch der Nipafrüchte und erlernten Fertigkeiten zum Überleben, wie das Vermögen, Schlangen zu erwürgen und angespitzte Stöcke so gezielt zu werfen, daß sie vielfarbige Vögel durch den Kropf aufspießten. Aber eines Nachts erwachte Ayooba im Dunkeln und sah sich der durchsichtigen Gestalt eines Bauern mit einem Einschußloch im Herzen und einer Sense in der Hand gegenüber, die traurig auf ihn herunterstarrte, und als er sich mühte, aus dem Boot herauszukommen (das sie in ihren primitiven Unterstand gezogen hatten), trat aus dem Loch im Herzen des Bauern eine farblose Flüssigkeit aus und tropfte auf Ayoobas Schießarm. Am nächsten Morgen konnte Ayooba seinen Arm nicht mehr bewegen; er hing steif an seiner Seite, als habe man ihn eingegipst. Obwohl Farooq Rashid Hilfe und Mitleid offerierte, hatte es keinen Zweck; der Arm wurde durch die unsichtbare Flüssigkeit des Geistes festgehalten.

Nach dieser ersten Erscheinung verfielen sie in eine Geistesverfassung, in der sie dem Wald alles zugetraut hätten; jede Nacht schickte er ihnen neue Strafen, die anklagenden Augen der Ehefrauen von Männern, die sie aufgespürt und verhaftet, das Geschrei und Äffchengeschnatter von Kindern, die sie zu Waisen gemacht hatten . . . und in dieser ersten Zeit, der Zeit der Bestrafung, war sogar der teilnahmslose Buddha mit seiner feinen Städterstimme gezwungen zu gestehen, daß auch er angefangen hatte, nachts wach zu werden, und dann spürte, wie der Wald sich wie ein Schraubstock um ihn schloß, so daß er das Gefühl hatte, keine Luft mehr zu bekommen.

Als der Dschungel sie genug bestraft hatte – als sie nur noch zitternde Schatten der Menschen waren, die sie einst gewesen –, gestattete er ihnen den zweischneidigen Luxus des Heimwehs. Eines Nachts sah Ayooba, der sich schneller in die Kindheit zurückbewegte als die anderen und begonnen hatte, an seinem einst beweglichen Daumen zu lutschen, wie seine Mutter auf ihn herabblickte und ihm die köstlichen Süßigkeiten ihrer Liebe anbot, doch in dem Augenblick, in dem er nach den Laddoos griff, huschte sie davon, und er sah sie auf einen riesigen Sundribaum klettern, wo sie sich mit dem Schwanz an einem hohen Ast festklammerte und zu schaukeln begann: ein weißer Affe, der aussah wie ein Totengeist und die Züge seiner Mutter trug, besuchte

Ayooba von da an jede Nacht, so daß er sich nach einer Weile an mehr als an ihre Süßigkeiten erinnern mußte: wie sie gern zwischen den Schachteln mit ihrer Mitgift gesessen hatte, als ob auch sie einfach ein Ding gewesen sei, einfach eins der Geschenke, die ihr Vater ihrem Ehemann gegeben hatte; im Herzen der Sundarbans verstand Ayooba Baloch zum ersten Mal seine Mutter und hörte auf, am Daumen zu lutschen. Auch Farooq Rashid wurde eine Vision zuteil. Eines Tages meinte er, er sähe in der Dämmerung seinen Bruder ganz außer sich durch den Wald laufen, und war überzeugt, sein Vater sei gestorben. Er erinnerte sich an einen vergessenen Tag, an dem sein Vater ihm und seinem schnellfüßigen Bruder erzählt hatte, daß der örtliche Groß-grundbesitzer, der Geld zu 300 Prozent verlieh, eingewilligt habe, als Gegenleistung für das letzte Darlehen seine Seele zu kaufen. »Wenn ich sterbe«, sagte der alte Bauer zu Farooqs Bruder, »mußt du den Mund aufmachen, und mein Geist wird dort hineinfliegen, und dann lauf lauf lauf, denn der Zamindar wird hinter dir her sein!«

Farooq, der ebenfalls auf erschreckende Weise kindische Züge ange-nommen hatte, fand im Wissen um den Tod seines Vaters und die Flucht seines Bruders die Kraft, die kindischen Gewohnheiten aufzuge-ben, die der Dschungel anfangs wieder in ihm erweckt hatte; er hörte auf, zu weinen, wenn er hungrig war, und warum zu fragen. Auch Shaheed Dar wurde von einem Affen mit dem Gesicht eines Vorfahren besucht; doch er sah nur einen Vater, der ihn aufgefordert hatte, sich seines Namens würdig zu erweisen. Dies trug jedoch ebenfalls dazu bei, das Verantwortungsgefühl in ihm wiederherzustellen, das durch den Krieg, in dem man bloß Befehlen folgen mußte, untergraben worden war. Es schien also, daß sie der magische Dschungel, nachdem er sie mit ihren Missetaten gequält hatte, bei der Hand nahm und zu einem neuen Erwachsensein führte. Und durch den nächtlichen Wald flatter-ten die Totengeister ihrer Hoffnungen davon; diese jedoch konnten sie nicht deutlich erkennen und auch nicht ergreifen.

Dem Buddha war es zunächst jedoch nicht vergönnt, Heimweh zu empfinden. Er hatte sich angewöhnt, mit untergeschlagenen Beinen unter einem Sundribaum zu sitzen; Augen und Geist schienen leer, und nachts wurde er nicht mehr wach. Aber schließlich drang der Wald doch zu ihm durch; eines Nachmittags, während der Regen auf die Bäume trommelte und auf den Blättern verdampfte, sahen Ayooba Shaheed Farooq den Buddha unter seinem Baum sitzen, als eine blinde, durchsichtige Schlange ihn in die Ferse biß und ihr Gift verspritzte.

Shaheed Dar zerquetschte der Schlange mit einem Stock den Kopf; der Buddha, der von Kopf bis Fuß gefühllos war, schien nichts zu merken. Seine Augen waren geschlossen. Danach warteten die Soldatenjungen darauf, daß der Menschenhund starb, aber ich war stärker als das Schlangengift. Zwei Tage lang war er starr wie ein Baum, und seine Augen blickten überkreuz, so daß er die Welt spiegelverkehrt sah, und alles, was rechts war, war links; schließlich entspannte er sich, und der Ausdruck milchiger Geistesabwesenheit war aus seinen Augen verschwunden. Ich war durch Schlangengift in die Einheit zurückgestoßen, wieder mit der Vergangenheit verbunden, und sie begann über die Lippen des Buddhas zu strömen. Als er aufgehört hatte zu schielen, flossen seine Worte so reichlich, daß sie eine andere Erscheinungsform des Monsuns zu sein schienen. Die Kindersoldaten hörten gebannt den Geschichten zu, die seinem Mund entströmten. Sie begannen mit einer Geburt um Mitternacht und setzten sich unaufhaltsam fort, denn er holte sich alles wieder, alles, alle verlorenen Geschichten, all die unzähligen komplizierten Vorgänge, die erst einen Menschen ausmachen. Mit offenem Mund, unfähig, sich loszureißen, tranken die Kindersoldaten sein Leben wie von Blättern verunreinigtes Wasser, als er von bettnässenden Vettern sprach, revolutionären Pfefferstreuern, der vollkommenen Stimme einer Schwester . . . Ayooba Shaheed Farooq hätten (früher einmal) alles darum gegeben, zu wissen, ob diese Gerüchte stimmten, doch in den Sundarbans schrien sie noch nicht einmal auf.

Und weiter ging es: zu der spät erblühten Liebe und Jamila in einem Schlafzimmer, von einem Lichtstrahl umgeben. Nun murmelte Shaheed doch: »Deshalb also, als er gestand, konnte sie es danach nicht mehr aushalten in seiner Nähe . . .« Aber der Buddha fährt fort, und es wird offensichtlich, daß er sich darum bemüht, sich etwas ganz Besonderes ins Gedächtnis zu rufen, etwas, das sich weigert zurückzukehren, das sich ihm hartnäckig entzieht, so daß er ans Ende gelangt, ohne es zu finden, und selbst nachdem er über einen heiligen Krieg berichtet und offenbart hat, was vom Himmel fiel, stirnrunzelnd und unbefriedigt dasitzt.

Stille herrschte, und dann sagte Farooq Rashid: »Yaar, so viel in einem Menschen, so viel Schlechtes; kein Wunder, daß er den Mund gehalten hat.«

Du siehst, Padma: ich habe diese Geschichte schon einmal erzählt. Aber was weigerte sich zurückzukehren? Was konnte trotz des befreienden Gifts einer farblosen Schlange nicht über meine Lippen kommen? Padma: der Buddha hatte seinen Namen vergessen. (Um genau zu sein: seinen Vornamen.)

Und immer noch regnete es. Der Wasserpegel stieg täglich, bis sie begriffen, daß sie tiefer in den Dschungel eindringen mußten, um auf höhergelegenes Terrain zu gelangen. Es regnete zu heftig, als daß das Boot von Nutzen gewesen wäre; also zogen Ayooba Farooq und der Buddha, die immer noch den Anweisungen Shaheeds folgten, es weit weg vom versumpfenden Ufer, vertäuten es am Stamm eines Sundribaums und deckten ihr Gefährt mit Blättern zu; danach zogen sie, da ihnen nichts anderes übrigblieb, noch weiter in die dichte Ungewißheit des Dschungels.

Nun veränderten die Sundarbans wieder einmal ihren Charakter; wieder einmal klangen Ayooba Shaheed Farooq die Wehklagen von Familien in den Ohren, aus deren Schoß sie gerissen hatten, was sie einst, Jahrhunderte vorher, »unerwünschte Elemente« genannt hatten; vehement stürzten sie vorwärts in den Dschungel, um den anklagenden, schmerzerfüllten Stimmen ihrer Opfer zu entkommen; und nachts versammelten sich die gespenstischen Affen in den Bäumen und sangen »Unser goldenes Bengalen«: ». . . O Mutter, ich bin arm, aber was ich habe, lege ich dir zu Füßen, und es macht mein Herz trunken vor Entzücken.« Unfähig, der unerträglichen Tortur der unaufhörlich klagenden Stimmen zu entkommen, nicht imstande, die Last der Scham, die durch ihr im Dschungel erlerntes Verantwortungsgefühl um vieles schwerer geworden war, einen Augenblick länger zu ertragen, wurden die drei Soldatenjungen schließlich zu verzweifelten Maßnahmen getrieben. Shaheed Dar bückte sich und hob zwei Hände voll von regenschwerem Dschungelschlamm auf; im Bann dieser schrecklichen Haluzination stopfte er sich den tückischen Schlamm des Regenwaldes in die Ohren. Und nach ihm verstopften sich auch Ayooba Baloch und Farooq Rashid die Ohren mit Schlamm. Nur der Buddha ließ seine Ohren (ein gutes, ein bereits schlechtes) unverstopft; als sei nur er allein bereit, die Vergeltung des Dschungels zu ertragen, als neige er den Kopf vor der Unvermeidlichkeit seiner Schuld . . . Der Schlamm des Traumwaldes, der zweifellos im Verborgenen auch die durchsichtigen Dschungelinsekten und den teuflischen leuchtend orangefarbenen Vogelkot enthielt, entzündete die Ohren der drei Soldatenjungen und machte sie alle stocktaub; so blieb ihnen zwar der klagende Singsang des Dschungels erspart, doch mußten sie sich nun in einer Art rudimentärer Zei-

chensprache unterhalten. Sie schienen jedoch ihre krankhafte Taubheit
den widerwärtigen Geheimnissen vorzuziehen, die die Sundriblätter
ihnen ins Ohr geflüstert hatten.

Endlich hörten die Stimmen auf, die freilich mittlerweile nur noch der
Buddha (mit seinem einen guten Ohr) hören konnte; endlich, als die
vier Wanderer kurz davor waren, in Panik auszubrechen, zeigte der
Dschungel ihnen durch einen Vorhang aus Bartflechten einen so herrlichen Anblick, daß sie alle einen Kloß in der Kehle bekamen. Sogar der
Buddha schien seinen Spucknapf fester zu packen. Während nur ein
einziges gutes Ohr für alle vier hörte, drangen sie in eine von den
lieblichen Melodien von Singvögeln erfüllte Lichtung vor, in deren
Mitte ein monumentaler Hindu-Tempel stand, der in vergessenen Jahrhunderten aus einem einzigen ungeheuren Felsblock gehauen worden
war; auf seinen Mauern tanzten Friese von Männern und Frauen, die
sich in Stellungen paarten, die eine unübertreffliche Gelenkigkeit er-
forderten und manchmal auch höchst komisch wirkten, so absurd waren sie. Das Quartett näherte sich diesem Wunder mit ungläubigen
Schritten. Innen fanden sie schließlich etwas Ruhe vor dem endlosen
Monsun und außerdem die hochragende Statue einer schwarzen tanzenden Göttin, die die Soldatenjungen aus Pakistan nicht benennen
konnten, doch der Buddha wußte, daß es Kali war, fruchtbar und
furchtbar, mit Resten goldener Farbe auf den Zähnen. Die vier Reisenden legten sich ihr zu Füßen und fielen in einen Schlaf, der vom Regen
nicht gestört wurde und endete – war es um die Mitternacht? –, als sie
gleichzeitig erwachten und merkten, daß vier junge, unaussprechlich
schöne Mädchen sie anlächelten. Shaheed, dem die vier Huris einfielen,
die ihn im Kampfergarten erwarteten, dachte erst, er sei in der Nacht
gestorben; doch die Huris sahen ganz und gar wirklich aus, und ihre
Saris, unter denen sie überhaupt nichts trugen, waren zerrissen und
vom Dschungel beschmutzt. Als nun acht Augen in acht Augen starrten, wurden Saris aufgewickelt und ordentlich gefaltet auf den Boden
gelegt; danach kamen die nackten und gleich aussehenden Töchter des
Waldes zu ihnen, acht Arme umschlangen acht Arme, acht Beine ver-
flochten sich mit acht Beinen; unter der Statue der vielgliedrigen Kali
überließen sich die Reisenden Liebkosungen, die ganz und gar wirklich
waren, Küssen und Liebesbissen, die sanft und schmerzhaft waren,
Kratzen, das Spuren hinterließ, und sie erkannten, daß sie genau das
das das gebraucht hatten, sich ohne es zu wissen genau danach gesehnt
hatten, daß sie, nachdem sie die kindischen Regressionen und den kind-

lichen Kummer ihrer ersten Tage im Dschungel erlitten und die Attakken der Erinnerung und der Verantwortung und die noch größeren Qualen erneuter Anklagen überlebt hatten, nun endgültig diese Kindheit hinter sich ließen; und dann vergaßen sie Gründe und Folgen und Taubheit, vergaßen alles und gaben sich ohne einen einzigen Gedanken im Kopf den vier gleich aussehenden Schönheiten hin.

Nach jener Nacht konnten sie sich nicht mehr von dem Tempel losreißen, außer um sich mit Essen zu versorgen, und jede Nacht kehrten die süßen Frauen ihrer höchst befriedigten Träume schweigend zurück; nie sprachen sie, waren immer hübsch und ordentlich in ihren Saris und brachten das verirrte Quartett stets zu einem unglaublichen vereinigten Höhepunkt des Entzückens. Keiner von ihnen wußte, wie lange diese Zeit andauerte, denn in den Sundarbans folgte die Zeit unbekannten Gesetzen, doch schließlich kam der Tag, da sie einander ansahen und erkannten, daß sie durchsichtig wurden, daß man durch ihre Körper hindurchsehen konnte, noch nicht ganz deutlich, sondern verschwommen, als sehe man durch Mangosaft. Voller Entsetzen begriffen sie, daß dies der letzte und schlimmste Trick des Dschungels war, daß er sie, indem er ihre Herzenswünsche erfüllte, dazu verleitete, ihre Träume aufzubrauchen, so daß sie, während ihr Traumleben ihnen entschlüpfte, so hohl und durchsichtig wie Glas wurden. Der Buddha erkannte nun, daß die Farblosigkeit der Insekten und Blutegel und Schlangen vielleicht mehr mit den Raubzügen zu tun hatte, die auf ihre insektenhafte, blutegelhafte, schlangenhafte Einbildungskraft unternommen wurden, als mit dem Fehlen von Sonnenlicht . . . durch den Schock der Durchsichtigkeit gewissermaßen zum ersten Mal richtig wach, betrachteten sie den Tempel mit neuen Augen, sahen die großen klaffenden Risse in dem massiven Fels, erkannten, daß große Stücke sich lösen und jeden Augenblick auf sie herunterkrachen könnten; und dann, in einer düsteren Ecke des verlassenen Heiligtums, sahen sie die Überreste dessen, was vielleicht einmal vier kleine Feuer gewesen waren – uralte Asche, Brandmale auf Stein – oder vielleicht vier Scheiterhaufen; und in der Mitte von jedem der vier ein kleiner, geschwärzter, vom Feuer verzehrter Haufen Knochen, die nicht zerfallen waren.

Wie der Buddha die Sundarbans verließ: der Wald der Illusionen ließ, als sie vom Tempel auf das Boot zuflohen, seinen letzten und furchtbarsten Trick auf sie los: sie hatten kaum das Boot erreicht, als es auf sie zukam, zuerst ein Grollen in weiter Ferne, dann ein Dröhnen, das sogar in die mit Schlamm verstopften Ohren dringen konnte, sie hatten das

Boot losgebunden und sprangen verstört hinein, als die Welle kam, und nun waren sie dem Wasser ausgeliefert, das sie mühelos gegen Sundris oder Mangroven oder Nipas hätte schmettern können, doch statt dessen trug die Flutwelle sie über aufgewühlte braune Kanäle, während der Wald ihrer Qual wie eine große grüne Mauer an ihnen vorbeiraste. Es war, als werfe der Dschungel, nachdem er seines Spielzeugs überdrüssig geworden war, sie ganz unfeierlich aus seinem Machtgebiet; vom Wasser getragen, von der unvorstellbaren Kraft der Welle nach vorn und immer weiter nach vorn getrieben, hüpften sie erbärmlich inmitten abgefallener Äste und abgestreifter Häute von Wasserschlangen auf und ab, bis sie schließlich aus dem Boot geschleudert wurden, als die abebbende Welle es an einem Baumstumpf zerschlug. Als die Welle zurückging, saßen sie in einem überschwemmten Reisfeld, bis zur Hüfte im Wasser, doch lebendig, aus dem Herzen des Dschungels der Träume hinausgetragen, in den ich in der Hoffnung auf Frieden geflohen war und wo ich sowohl weniger als auch mehr gefunden hatte, und wieder einmal war ich in der Welt der Armeen und Daten.

Als sie aus dem Dschungel auftauchten, schrieb man Oktober 1971. Und ich muß zugeben (obwohl die Tatsache meiner Meinung nach nur meine Verwunderung über die zeitverschiebende Zauberkraft des Waldes verstärkt), daß in jenem Monat keine Flutwelle registriert wurde, obwohl ein Jahr zuvor Überschwemmungen das Gebiet in der Tat verheert hatten.

Als ich zurückgekehrt war aus den Sundarbans, forderte mein altes Leben mich zurück. Ich hätte es wissen sollen: alten Bekannten kann man nicht entkommen. Was man einmal war, das bleibt man für immer.

Im Laufe des Jahres 1971 verschwanden drei Soldaten und ihr Spürhund für sieben Monate vom Angesicht der Erde. Im Oktober jedoch, als die Regenfälle aufhörten und die Guerillaeinheiten der Mukti Bahini pakistanische Militärvorposten zu terrorisieren begannen, als Hekkenschützen der Mukti Bahini Soldaten und kleine Funktionäre gleichermaßen abschossen, tauchte unser Quartett aus der Unsichtbarkeit auf und versuchte, da ihm nicht viel anderes übrigblieb, sich wieder dem Gros der Besatzungstruppen aus dem Westflügel anzuschließen. Wenn er später befragt wurde, erklärte der Buddha sein Verschwinden stets mit Hilfe einer verzwickten Geschichte, in der davon die Rede war, wie er sich in einem Dschungel inmitten von Bäumen, deren

Wurzeln nach einem schnappten wie Schlangen, verlaufen hatte. Vielleicht war es ein Glück für ihn, daß er nie von Offizieren der Armee, der er angehörte, offiziell verhört wurde. Auch Ayooba Baloch, Farooq Rashid und Shaheed Dar wurden keinem solchen Verhör unterzogen, doch in ihrem Fall lag das daran, daß sie nicht lange genug am Leben blieben, als daß man hätte Fragen stellen können.

. . . In einem vollkommen verlassenen Dorf mit strohgedeckten Hütten, deren Lehmwände mit Dung verputzt waren – in einer aufgegebenen Gemeinde, aus der sogar die Hühner geflohen waren –, beklagten Ayooba Shaheed Farooq ihr Schicksal. Vom giftigen Schlamm des Regenwaldes taub, ein Gebrechen, das sie nun, da die vorwurfsvollen Stimmen des Dschungels nicht mehr die Luft erfüllten, doch sehr aus der Fassung brachte, heulte jeder sein eigenes Klagelied, redeten alle auf einmal, wobei keiner den anderen hörte; der Buddha jedoch war gezwungen, ihnen allen zuzuhören: Ayooba, der mit dem Gesicht zur Wand in einem kahlen Raum stand, sein Haar in einem Spinnennetz verheddert, und weinte: »Meine Ohren, meine Ohren, als ob Bienen darin summten«, Farooq, der gereizt brüllte: »Wer hat nun überhaupt Schuld daran? – Wem seine Nase konnte jedes verdammte Ding aufspüren? – Wer hat gesagt, hier lang und dort lang? – Und wer, wer wird uns glauben? – Das mit den Dschungeln und den Tempeln und den durchsichtigen Schlangen? – Was für eine Geschichte, Allah; Buddha, wir sollten dich auf der Stelle erschießen!« Shaheed dagegen sprach leise: »Ich habe Hunger.« Nachdem sie wieder draußen in der wirklichen Welt waren, vergaßen sie die Lektionen des Dschungels, und Ayooba rief: »Mein Arm! Allah, Mann, mein lahmer Arm! Der Geist, aus dem Flüssigkeit ausgelaufen ist . . .!« Und Shaheed: »Deserteure, werden sie sagen – mit leeren Händen, ohne einen Gefangenen, und das nach so vielen Monaten! – Allah, vielleicht kommen wir vors Kriegsgericht, was meinst du, Buddha?« Und Farooq: »Du Hund, siehst du, wie weit es mit uns gekommen ist? Und alles ist deine Schuld. O Gott, es ist nicht zum Aushalten, unsere Uniformen! Sieh dir unsere Uniformen an, Buddha – Fetzen und Lumpen wie die eines Bettlerjungen! Stell dir vor, was der Stabsoffizier – und dieser Najmuddin – beim Kopf meiner Mutter, ich schwöre, daß ich nicht – ich bin kein Feigling! Nein!« Und Shaheed, der Ameisen totmacht und sie von der flachen Hand ableckt: »Wie sollen wir überhaupt wieder zur Truppe stoßen? Wer weiß, wo die anderen sind und ob es sie überhaupt noch gibt? Schließlich haben wir gesehen und gehört, wie Mukti Bahini – peng!

peng! sie schießen aus ihren Verstecken, und schon bist du tot! Tot wie
eine Ameise!« Doch auch Farooq redet: »Und nicht bloß die Uniformen, Mann, die Haare! Ist das ein militärischer Haarschnitt? Das hier,
was so lang über die Ohren fällt wie Würmer? Diese Frauenhaare?
Allah, die machen uns mausetot – gegen die Wand und *peng! peng!* –
wirst schon sehen, ob ich recht hab'!« Doch nun beruhigt sich Ayooba-
der-Panzer; Ayooba verbirgt sein Gesicht in den Händen; Ayooba sagt
leise zu sich selbst: »O Mann, o Mann, ich bin gekommen, um diese
verdammten vegetarischen Hindus zu bekämpfen, Mann. Und das hier
ist ganz was anderes, Mann. Zu schlimm.«
Es ist irgendwann im November; langsam sind sie nach Norden Norden Norden vorgedrungen, an umherflatterndem Zeitungspapier mit
seltsam verschnörkelter Schrift vorbei, durch leere Felder und verlasse-
ne Siedlungen, gelegentlich ein altes Weib überholend, das ein Bündel
an einem Stock über der Schulter trug, oder eine Gruppe Achtjähriger,
aus deren verschlagenem Blick der Hunger sprach, und die bedrohliche
Messer in ihren Taschen verbargen. Sie haben gehört, wie die Mukti
Bahini unsichtbar durch das qualmende Land ziehen, wie Kugeln summend wie Bienen-aus-dem-Nichts kommen . . . und nun sind sie am
Ende ihrer Kräfte, und Farooq sagt: »Wenn du nicht gewesen wärst,
Buddha – Allah, du Monster mit deinen blauen ausländischen Augen.
O Gott, Yaar, wie du *stinkst*!«
Wir alle stinken: Shaheed, der (mit seinem zerfetzten Stiefelabsatz)
einen Skorpion auf dem schmutzigen Fußboden der verlassenen Hütte
zertritt; Farooq, der unsinnigerweise nach einem Messer sucht, mit
dem er sich die Haare schneiden kann; Ayooba, der den Kopf gegen
eine Wand der Hütte lehnt, während eine Spinne auf seinem Scheitel
entlangläuft; und der Buddha auch: der Buddha, der zum Himmel
stinkt, umklammert mit der rechten Hand einen angelaufenen silbernen Spucknapf und versucht, sich an seinen Namen zu erinnern. Und
kann sich nur auf Spitznamen besinnen: Rotznase, Fleckengesicht,
Kahlkopf, Schnüffler, Scheibe-vom-Mond.

. . . Mit untergeschlagenen Beinen saß er mitten im Jammersturm der
Angst seiner Gefährten und zwang sich, seinem Gedächtnis auf die
Sprünge zu helfen; aber nein, nichts wollte kommen. Und endlich
schleuderte der Buddha den Spucknapf auf den Lehmboden und rief vor
stocktauben Ohren aus: »Es ist nicht – NICHT – FAIR!«
Mitten im Chaos des Krieges entdeckte ich fair-und-unfair. Unfairneß

roch wie Zwiebeln; die Schärfe ihres Duftes trieb mir die Tränen in die
Augen. Vom bitteren Aroma der Ungerechtigkeit überwältigt, erinnerte ich mich daran, wie Jamila die Sängerin sich über ein Krankenhausbett gebeugt hatte – wessen Bett? *Welcher Name?* – wie auch Orden-
und-Epauletten dabei waren – wie meine Schwester – nein, nicht meine
Schwester! wie *sie* – gesagt hatte: »Bruder, ich muß weggehen, um im
Dienst des Vaterlandes zu singen; die Armee wird sich von nun an um
dich kümmern – um meinetwillen wird man sich so gut um dich kümmern.« Sie war verschleiert; hinter weiß-goldenem Brokat roch ich ihr
Verräterinnenlächeln; durch weichen Schleierstoff pflanzte sie den Kuß
der Rache auf meine Schläfe; und dann überließ sie, die schon immer
schreckliche Rache an denen geübt hatte, die sie am meisten liebten,
mich der Fürsorge von Epauletten-und-Orden … und nach Jamilas
Verrat erinnerte ich mich, wie ich vor langer Zeit von Evie Burns
verstoßen worden war, erinnerte mich der Exile und Picknicktricks und
des ganzen ungeheuren Bergs unsinniger Vorfälle, die mir das Leben
schwer gemacht hatten; und nun beklagte ich Gurkennase, Fleckengesicht, O-Beine, Schläfenhörner, Mönchstonsur, Fingerverlust, Ein-
schlechtes-Ohr und den gefühllos machenden, Kopf einschlagenden
Spucknapf; ich weinte jetzt ungehemmt, doch mein Name entzog sich
mir immer noch, und ich wiederholte: »Nicht fair, *nicht fair*, NICHT
FAIR!« Und überraschenderweise kam Ayooba-der-Panzer aus seiner
Ecke; Ayooba, der sich vielleicht an seinen eigenen Zusammenbruch in
den Sundarbans erinnerte, hockte sich vor mich und legte seinen gesunden Arm um meinen Hals. Ich nahm seine Tröstungen hin, ich
weinte in sein Hemd, doch dann war da eine Biene, die auf uns zu-
summte; während er mit dem Rücken zum glaslosen Fenster der Hütte
hockte, kam etwas winselnd durch die überhitzte Luft geschossen;
während er sagte: »He, Buddha – komm schon, Buddha – he, he!« und
während andere Bienen, die Bienen der Taubheit, in seinen Ohren
summten, stach ihn etwas in den Nacken. Aus seiner Kehle drang ein
plopsendes Geräusch, und er fiel vornüber auf mich. Die Kugel des
Heckenschützen, die Ayooba tötete, hätte, wäre er nicht dagewesen,
meinen Kopf durchschlagen. Im Sterben rettete er mir das Leben.
Ich vergaß vergangene Demütigungen, ließ fair-und-unfair und man-
muß-die-Dinge-nehmen-wie-sie-kommen beiseite und kroch unter der
Leiche von Ayooba-dem-Panzer hervor, während Farooq schrie: »O
Gott, o Gott, oh!« und Shaheed sagte: »Allah, ich weiß noch nicht mal,
ob mein Gewehr …« Und dann wieder Farooq: »O Gott, oh! O Gott,

wer weiß, wo der Bastard ist . . . !« Doch Shaheed steht, wie man es bei
Soldaten im Film sieht, flach gegen die Wand neben dem Fenster gepreßt. In diesen Stellungen: ich auf dem Boden, Farooq in eine Ecke
gekauert, Shaheed gegen Dungverputz gepreßt, warteten wir hilflos
auf das, was passieren würde.

Es kam kein zweiter Schuß; vielleicht hatte der Heckenschütze, weil er
die Stärke der Truppe nicht kannte, die sich in der Lehmhütte verbarg,
einfach geschossen und war weggelaufen. Wir drei blieben eine Nacht
und einen Tag in der Hütte, bis die Leiche Ayooba Balochs unsere
Beachtung forderte. Bevor wir weggingen, trieben wir eine Hacke auf
und begruben ihn . . . Und danach, als die indische Armee tatsächlich
kam, begrüßte kein Ayooba Baloch sie mit seinen Theorien von der
Überlegenheit des Fleisches über Gemüse, kein Ayooba ging mit dem
Ruf »Schra-bumm! Schra-bamm! Schra-proch!« ins Gefecht. Vielleicht war es auch besser so.

. . . Und irgendwann im Dezember erreichten wir drei auf gestohlenen
Fahrrädern ein Feld, von dem aus man die Stadt Dacca am Horizont
sehen konnte; ein Feld, auf dem so seltsame, so ekelerregend stinkende
Frucht wuchs, daß wir uns nicht auf den Fahrrädern halten konnten.
Um nicht herunterzufallen, stiegen wir ab und betraten das schreckli-
che Feld.

Ein Bauer ging mit einem riesigen Jutesack auf dem Rücken umher,
räumte auf und pfiff dabei vor sich hin. Die weiß verfärbten Knöchel
der Hand, die den Sack umklammerten, verrieten seine Entschlossenheit; das Pfeifen, das durchdringend, aber melodiös war, zeigte, daß er
den Mut nicht sinken ließ. Das Pfeifen hallte im Feld wider, prallte von
hinuntergefallenen Helmen ab, wurde von den Läufen schlammver-
stopfter Gewehre dumpf zurückgeworfen und versank spurlos in den
verstreut am Boden liegenden Stiefeln der seltsamen, ach so seltsamen
Früchte, deren Geruch dem Buddha Tränen in die Augen trieb, so wie
ihm auch die Tränen kamen, wenn er Unfairneß roch. Die Früchte
waren tot, von irgendeiner unbekannten Fäulnis befallen . . . und die
meisten von ihnen, doch nicht alle, trugen die Uniform der westpaki-
stanischen Armee. Abgesehen von dem Pfeifen hörte man nur, wie
Gegenstände in den Schatzsack des Bauern fielen: Ledergürtel, Uhren,
goldene Zahnfüllungen, Brillengestelle, Tiffin-Behälter, Feldflaschen,
Stiefel. Der Bauer sah sie und kam auf sie zugelaufen; er lächelte
gewinnend und sprach schnell, mit einer einschmeichelnden Stimme,

die nur der Buddha hören mußte. Farooq und Shaheed starrten mit glasigen Augen auf das Feld, während der Bauer mit seinen Erklärungen begann.

»Viel Schießen. *Peng! Peng!*« Mit der rechten Hand bildete er eine Pistole. Er sprach schlechtes, gestelztes Hindi. »Ho, ihr Herren! Indien ist gekommen, meine Herren! Ho ja! Ho ja.« – Und auf dem ganzen Feld tröpfelte nahrhaftes Knochenmark aus den Früchten in die Erde, während er sagte: »Ich nicht schießen, meine Herren. Ho nein. Ich haben Neuigkeiten – ho, solche Neuigkeiten! Indien kommt! Jessore ist gefallen, meine Herren; in ein vier Tagen auch Dacca, ja nicht?« Der Buddha hörte zu, die Augen des Buddhas sahen über den Bauern hinweg auf das Feld. »Solche Sachen, mein Herr! Indien! Sie haben mächtigen Soldatenkerl, der kann sechs Menschen auf einmal totmachen, zerbricht Hälse *krick-krack* zwischen Knien, meine Herren. Knie – heißt richtig so?« Er klopfte sich auf seine eigenen. »Ich habe sehen, meine Herren. Mit diese Augen, ho ja! Der kämpft nicht mit Gewehr, nicht mit Schwert. Mit Knien, und sechs Hälse machen *krick-krack*. Ho Gott!« Shaheed übergab sich ins Feld. Farooq Rashid war zum anderen Ende des Feldes gegangen und starrte in ein Mangobaumdickicht. »Ein, zwei Wochen, dann ist Krieg vorbei, meine Herren. Alle zurückkommen. Jetzt alle fort, aber ich nicht, meine Herren! Soldaten sind gekommen, suchen nach Bahini und bringen viele mit um, auch mein Sohn. Ho ja, ihr Herren, ho ja wirklich.« Die Augen des Buddhas waren trüb und ausdruckslos geworden. In der Ferne konnte er das Krachen schwerer Artillerie hören. Rauchsäulen stiegen in den farblosen Dezemberhimmel auf. Die seltsamen Früchte lagen reglos da, eine leichte Brise war aufgekommen, doch nichts rührte sich . . . »Ich bleiben hier, meine Herren. Hier ich kennen Name von Vögeln und Pflanzen. Ho ja. Deshmukh ist mein Name, Verkäufer von Kurzartikel mein Beruf. Ich verkaufen viele sehr feine Sachen. Wollen Sie? Medizin für Verstopfung, verdammt gut, ho ja. Ich haben. Wollen Sie Uhr, was glüht im Dunkeln? Ich auch haben. Und Buch, ho ja, und Witztrick, wirklich. Ich berühmt in Dacca früher. Ho ja, ganz wirklich. Nicht schießen.«

Der Verkäufer von Kurzwaren plapperte weiter, bot einen Artikel nach dem anderen zum Verkauf an, wie zum Beispiel einen Zaubergürtel, der dem Träger die Fähigkeit verlieh, Hindi zu sprechen – »Ich jetzt tragen, mein Herr, sprechen verdammt gut, ja nicht? Viel indische Soldaten kaufen, sie sprechen so viele verschiedene Zungen, der Gürtel ist gottgesandt von Gott!« –, und dann bemerkte er, was der Buddha in der Hand hielt. »Ho Herr! Absolutes Meisterwerk! Ist Silber? Ist Edelstein? Sie geben; ich geben Radio, Fotoapparat, funktioniert beinah, mein Herr! Ist verdammt gutes Geschäft, mein Herr. Für nur ein Spucknapf, das ist verdammt gut. Ho ja. Ho ja, mein Herr, Leben muß weitergehen; Handel muß weitergehen, mein Herr, richtig, nicht?«

»Erzähl mir mehr«, sagte der Buddha, »über den Soldaten mit den Knien.«

Aber wieder summt nun eine Biene; in der Ferne, am anderen Ende des Feldes, fällt jemand auf die Knie, jemandes Stirn berührt den Boden, als bete er, und in dem Feld wird eine der Früchte, die noch lebendig genug war, um schießen zu können, auch sehr still. Shaheed Dar ruft einen Namen:

»Farooq! Farooq, Mann!«

Doch Farooq weigert sich zu antworten.

Später, als der Buddha seinem Onkel Mustapha von seinen Kriegserlebnissen berichtete, erzählte er, wie er durch das Feld mit dem auslaufenden Knochenmark auf seinen gefallenen Kameraden zugestolpert war und wie er lange, bevor er zu Farooqs betender Leiche kam, vom größten Geheimnis des Feldes plötzlich aufgeschreckt wurde.

In der Mitte des Feldes war eine kleine Pyramide. Ameisen krochen darüber hin, doch es war kein Ameisenhügel. Die Pyramide hatte sechs Füße und drei Köpfe, und dazwischen war ein Mischmasch aus Rumpfstücken, Uniformfetzen, Gedärmstücken, und hie und da sah man zerschmetterte Knochen. Die Pyramide lebte noch. Einer ihrer drei Köpfe war auf dem linken Auge blind – das Vermächtnis eines Kinderstreits. Ein weiterer hatte Haar, das dick mit Haaröl festgepappt war. Der dritte Kopf war der merkwürdigste: er hatte tiefe Dellen, wo die Schläfen sein sollten, Dellen, die von einer Geburtszange stammen konnten, die ihn bei der Geburt zu fest gepackt hatte . . . es war dieser dritte Kopf, der den Buddha ansprach.

»Hallo, Mann«, sagte er, »was zum Teufel tust du denn hier?«

Shaheed Dar sah, wie die Pyramide aus feindlichen Soldaten sich anscheinend mit dem Buddha unterhielt; Shaheed, plötzlich von unsinniger Energie ergriffen, stürzte sich auf mich und stieß mich zu Boden: »Wer bist du? – Spion? Verräter? Was? – Wieso wissen sie, wer du . . .?« Während Deshmukh, der Verkäufer von Kurzwaren, mitleidsvoll um uns herumflatterte: »Ho, ihr Herren! Schon genug gekämpft. Seid normal jetzt, meine Herren. Ich bitte. Ho Gott.«

Selbst wenn Shaheed mich hätte hören können, hätte ich ihm damals das nicht sagen können, wovon ich später überzeugt war: daß der Zweck dieses ganzen Krieges gewesen war, mich wieder mit einem alten Leben zu vereinigen, mich wieder mit meinen alten Freunden zusammenzubringen. Sam Manekshaw marschierte auf Dacca, um seinen alten Freund, den Tiger, zu treffen; und die Verknüpfungsmodi wirkten noch nach, denn auf dem Feld des auslaufenden Knochenmarks hörte ich von den Heldentaten von Knien und wurde von einer sterbenden Pyramide aus Köpfen begrüßt; und in Dacca sollte ich Parvati-der-Hexe begegnen.

Als Shaheed sich beruhigte und von mir abließ, war die Pyramide nicht mehr in der Lage zu sprechen. Später, am selben Nachmittag, nahmen wir unsere Reise zur Hauptstadt wieder auf. Deshmukh, der Verkäufer von Kurzwaren, rief uns fröhlich nach: »Ho, ihr Herren! Ho, meine armen Herren! Wer weiß, wann ein Mensch stirbt? Wer, meine Herren, weiß warum?«

Sam und der Tiger

Manchmal müssen Berge versetzt werden, ehe alte Kameraden wieder vereint werden können. Am 15. Dezember 1971 ergab sich Tiger Niazi in der Hauptstadt des gerade befreiten Staates Bangladesch seinem alten Kumpel Sam Manekshaw; während ich mich meinerseits den Umarmungen eines Mädchens hingab, das untertassengroße Augen, einen Pferdeschwanz wie ein langes glänzendes schwarzes Seil und Lippen hatte, die zu jener Zeit noch nicht zum charakteristischen Schmollmund geworden waren. Diese Wiedervereinigungen kamen nicht leicht zustande, und als Geste der Hochachtung für alle, die sie ermöglichten, unterbreche ich meine Erzählung kurz, um die Wiesos und Wozus darzulegen.

Lassen sie mich also ausholen: wenn Yahya Khan und Z. A. Bhutto beim Coup vom 25. März nicht unter einer Decke gesteckt hätten, wäre ich weder in Zivilkleidung nach Dacca eingeflogen worden, noch wäre aller Wahrscheinlichkeit nach General Tiger Niazi im Dezember in der Stadt gewesen. Weiterhin war das indische Eingreifen in den Disput um Bangladesch auch die Folge sich wechselseitig bedingender großer Kräfte. Wären nicht zehn Millionen Menschen über die Grenze nach Indien gegangen und hätten die Regierung in Delhi gezwungen, 200 000 000 Dollar pro Monat für Flüchtlingslager auszugeben – der ganze Krieg von 1965, dessen heimlicher Zweck die Auslöschung meiner Familie gewesen war, hatte sie nur 70 000 000 Dollar gekostet! –, hätten indische Soldaten, angeführt von General Sam, vielleicht nie die Grenze in umgekehrter Richtung überquert. Doch Indien kam auch noch aus anderen Gründen: wie ich von den kommunistischen Magiern erfahren sollte, die im Schatten der Freitagsmoschee in Delhi lebten, war die Regierung in Delhi tief beunruhigt über den nachlassenden Einfluß von Mujibs Awami-Liga und die wachsende Popularität der revolutionären Mukti Bahini; Sam und der Tiger trafen sich in Dacca, um zu verhindern, daß die Bahini an Macht gewannen. Hätte es die Mukti Bahini also nicht gegeben, hätte Parvati-die-Hexe vielleicht nie die indischen Truppen auf ihrem »Befreiungsfeldzug« begleitet . . . Aber selbst das ist noch nicht die ganze Erklärung. Ein dritter Grund für das Eingreifen Indiens war die Befürchtung, daß die Unruhen in

Bangladesch, wenn sie nicht rechtzeitig eingedämmt würden, sich über die Grenze nach Westbengalen ausbreiteten; so verdanken Sam und der Tiger und auch Parvati und ich unsere Begegnung zumindest teilweise den aufrührerischen Elementen in der westbengalischen Politik: die Niederlage des Tigers war nur der Anfang eines Feldzugs gegen die Linken in Kalkutta und Umgebung.

Indien kam, das stand jedenfalls fest; und dafür, daß es so rasant kam – denn in nur drei Wochen hatte Pakistan die Hälfte seiner Marine, ein Drittel seiner Armee, ein Viertel seiner Luftwaffe und schließlich, nachdem der Tiger kapituliert hatte, mehr als die Hälfte seiner Bevölkerung verloren –, gebührt den Mukti Bahini einmal mehr Dank, denn da sie, vielleicht aus Naivität, nicht begriffen, daß das Vorrücken der Inder gleichermaßen ein gegen sie gerichtetes taktisches Manöver wie eine Schlacht gegen die Besatzungstruppen des Westflügels war, setzten die Bahini General Manekshaw über pakistanische Truppenbewegungen und über die Stärken und Schwächen des Tigers in Kenntnis; Dank gebührt auch Tschou En-lai, der sich (trotz Bhuttos dringender Gesuche) weigerte, Pakistan materielle Hilfe im Krieg zu leisten. Da ihm chinesische Waffen verweigert wurden, kämpfte Pakistan mit amerikanischen Gewehren, amerikanischen Panzern und Flugzeugen; als einziger auf der ganzen Welt war der amerikanische Präsident entschlossen, zu Pakistan hin zu »kippen«. Während Henry A. Kissinger für die Sache Yahya Khans plädierte, arrangierte derselbe Yahya insgeheim den berühmten Staatsbesuch des Präsidenten in China . . . große Kräfte waren also am Werk, um meine Wiedervereinigung mit Parvati und die Sams mit dem Tiger zu verhindern, doch trotz des kippenden Präsidenten war in drei kurzen Wochen alles vorbei.

Am Abend des 14. Dezember umkreisten Shaheed Dar und der Buddha die Randzonen der belagerten Stadt Dacca; doch die Nase des Buddhas war (Sie werden es nicht vergessen haben) in der Lage, mehr zu erschnüffeln als die meisten anderen. Seiner Nase folgend, die Sicherheit und Gefahr riechen konnte, schmuggelten sie sich durch die indischen Linien und betraten die Stadt im Schutze der Nacht. Während sie verstohlen durch Straßen zogen, in denen niemand außer ein paar hungernden Bettlern zu sehen war, schwor der Tiger, daß er bis zum letzten Mann kämpfen werde, doch am nächsten Tag kapitulierte er statt dessen. Was man nicht weiß: ob der letzte Mann dankbar war, daß er verschont geblieben war, oder verärgert darüber, daß er die Gelegenheit, in den Kampfergarten zu kommen, verpaßt hatte.

Und so kehrte ich in jene Stadt zurück, in der Shaheed und ich in den letzten Stunden vor den Wiedervereinigungen viele Dinge sahen, die nicht wahr waren, die nicht möglich waren, denn unsere Jungens hätten sich nicht so schlecht benommen, hätten sich nicht so schlecht benehmen können; wir sahen, wie bebrillte Männer mit Eierköpfen in Nebenstraßen erschossen wurden, wir sahen, wie die Intelligenzija der Stadt zu Hunderten massakriert wurde, doch es war nicht wahr, weil es nicht wahr sein konnte, der Tiger war schließlich ein anständiger Kerl, und unsere Jawans waren zehn Babus wert. Wir zogen durch die unmögliche Sinnestäuschung der Nacht und versteckten uns in Türeingängen, während Feuer aufblühten wie Blumen und mich daran erinnerten, wie das Äffchen immer Schuhe angezündet hatte, um ein wenig Aufmerksamkeit auf sich zu ziehen. In nicht gekennzeichneten Gräbern wurden durchschnittene Kehlen begraben, und Shaheed begann sein: »Nein, Buddha – so was, Allah, man kann seinen Augen nicht trauen – nein, es ist nicht wahr, wie kann es – Buddha, sag, was ist mit meinen Augen?« Und endlich sprach der Buddha, weil er wußte, daß Shaheed nicht hören konnte. »O Shaheeda«, sagte er und offenbarte damit, wie wählerisch er war, »manchmal muß ein Mensch sich aussuchen, was er sehen will und was nicht; schau weg, schau jetzt nicht hin.« Doch Shaheed starrte auf einen Marktplatz, auf dem Ärztinnen mit dem Bajonett erstochen wurden, ehe sie vergewaltigt wurden, und wieder vergewaltigt, ehe sie erschossen wurden. Über ihnen und hinter ihnen starrte das kühle weiße Minarett einer Moschee blind auf die Szene.

Als redete er zu sich selbst, sagte der Buddha: »Es wird Zeit, daß wir uns überlegen, wie wir unsere eigene Haut retten; Gott weiß, warum wir zurückgekommen sind.« Der Buddha trat in den Eingang eines verlassenen Hauses, das nur noch eine zerbrochene, zerbröselnde Schale war und das einmal einen Teeladen, eine Fahrradreparaturwerkstatt, ein Freudenhaus und einen winzigen Treppenabsatz beherbergt hatte, auf dem ein Notar gesessen haben mußte, denn sein niedriges Pult war noch da, auf dem er eine am unteren Rand mit Draht eingefaßte Brille zurückgelassen hatte, die im Stich gelassenen Siegel und Stempel waren noch da, dank deren er einst mehr gewesen war als bloß ein alter Niemand – Stempel und Siegel, die ihn zu einem Richter über Wahrheit und Unwahrheit gemacht hatten. Der Notar war nicht da, deshalb konnte ich ihn nicht bitten, zu bestätigen, was geschah, ich konnte keine eidesstattliche Erklärung abgeben; doch auf der Matte hinter seinem Pult lag ein weites Kleidungsstück, ähnlich einer Dschellaba, und ohne länger zu warten, zog ich meine Uniform mitsamt dem Hündinnenabzeichen der HESPNAT-Einheiten aus und wurde anonym, ein Deserteur in einer Stadt, deren Sprache ich nicht sprechen konnte.

Shaheed Dar jedoch blieb auf der Straße; im ersten Licht des Morgens beobachtete er, wie Soldaten von dem was-nicht-geschehen-war weghuschten; und dann kam die Granate. Ich, der Buddha, war immer noch in dem leeren Haus, aber Shaheed war nicht von Mauern geschützt.

Wer kann sagen warum wie wer; doch geworfen wurde die Granate mit Sicherheit. In jenem letzten Augenblick seines nicht zweigeteilten Lebens wurde Shaheed plötzlich von einem unwiderstehlichen Drang erfaßt, nach oben zu sehen . . . danach, in der Unterkunft des Muezzins, erzählte er dem Buddha: »So komisch, Allah – der Granatapfel – in meinem Kopf, genauso, größer und leuchtender als je zuvor – weißt du, Buddha, wie eine Glühbirne – Allah, was konnte ich schon tun, ich hab' hingesehen!« Und ja, da war sie, hing direkt über seinem Kopf, die Granate seiner Träume, fiel fiel fiel, explodierte in der Höhe seiner Hüfte und pustete seine Beine in einen anderen Teil der Stadt.

Als ich bei ihm ankam, war Shaheed bei Bewußtsein, trotz der Zweiteilung, und zeigte nach oben: »Bring mich dort hin, Buddha, ich will's, ich will.« So trug ich den jetzt nur noch halben (und deshalb einigermaßen leichten) Jungen eine schmale Wendeltreppe hinauf in das kühle weiße Minarett, wo Shaheed von Glühbirnen plapperte, während rote Ameisen und schwarze Ameisen um einen toten Kakerlaken kämpften. Sie fochten entlang der Verschalungsrillen in dem roh gegossenen Betonfußboden. Unten, zwischen verkohlten Häusern, zerbrochenem Glas und Rauchdunst, tauchten ameisenähnliche Menschen auf und bereiteten sich auf den Frieden vor; die Ameisen jedoch ignorierten die Ameisenähnlichen und kämpften weiter. Und der Buddha: er stand reglos, blickte milchig hinunter und um sich, nachdem er sich zwischen die obere Hälfte von Shaheed und das einzige Möbelstück in diesem Horst gestellt hatte, einen niedrigen Tisch, auf dem ein Grammophon stand, das an einen Lautsprecher angeschlossen war. Der Buddha bewahrte seinen halbierten Gefährten vor dem desillusionierenden Anblick dieses mechanischen Muezzins, dessen Aufruf zum Gebet immer an derselben Stelle einen Kratzer hatte, zog aus den Falten seines formlosen Gewands einen glitzernden Gegenstand: und richtete seinen milchigen Blick auf den silbernen Spucknapf. Er stand da, in Gedanken verloren, als er von Schreien aufgeschreckt wurde, blickte auf und sah einen verlassenen Kakerlaken. (Blut war entlang der Verschalungsrillen geflossen; Ameisen waren dieser dunklen, zähflüssigen Spur gefolgt und an der lecken Stelle eingetroffen; und Shaheed drückte seinen Zorn darüber aus, daß er das Opfer nicht nur eines, sondern zweier Kriege wurde.)

Als er ihm zu Hilfe kam und seine Füße auf den Ameisen tanzten, stieß der Buddha mit dem Ellbogen gegen einen Schalter; das Lautsprechersystem wurde in Gang gesetzt, und danach vergaßen die Leute nie wieder, wie eine Moschee die schreckliche Qual des Krieges hinausgeschrien hatte.

Es dauerte nur wenige Augenblicke; dann war es still. Shaheeds Kopf sank vornüber. Und der Buddha fürchtete, entdeckt zu werden, nahm seinen Spucknapf an sich und stieg in die Stadt hinab, als die indische Armee eintraf. Shaheed, dem das nun nichts mehr ausmachte, ließ ich als Beitrag zum Friedensmahl der Ameisen zurück und ging in die frühmorgendlichen Straßen hinaus, um General Sam willkommen zu heißen.

Im Minarett hatte ich zwar milchig auf meinen Spucknapf geblickt, doch der Geist des Buddhas war nicht müßig gewesen. Er enthielt vier Wörter, die auch Shaheeds obere Hälfte immer wieder wiederholt hatte, bis die Ameisen kamen: dieselben vier nach Zwiebeln stinkenden Wörter, die mich einst an Ayooba Balochs Schulter zum Weinen gebracht hatten – bis die Biene summte . . . »Es ist nicht fair«, dachte der Buddha und dann, wie ein Kind, noch einmal und noch einmal: »Es ist nicht fair« und noch einmal und noch einmal.

Shaheed hatte endlich seinem Namen Ehre gemacht und somit den Herzenswunsch seines Vaters erfüllt; doch der Buddha konnte sich an den seinen immer noch nicht erinnern.

Wie der Buddha seinen Namen wiedererlangte: Einst, vor langer Zeit, an einem anderen Unabhängigkeitstag, war die Welt safrangelb und grün gewesen. An diesem Morgen waren die Farben grün, rot und gold. Und in den Städten rief man »Jai Bangla!«. Und Frauenstimmen sangen »Unser Goldenes Bengalen«, was ihre Herzen vor Entzücken trunken machte . . . Im Stadtzentrum erwartete General Tiger Niazi auf dem Podium seiner Niederlage General Manekshaw. (Biographische Details: Sam war Parse. Er kam aus Bombay. Leute aus Bombay hatten an jenem Tag ihre große Stunde.) Und inmitten von Grün und

Rot und Gold wurde der Buddha in seinem formlosen, anonymen Gewand von den Massen angerempelt, und dann kam Indien. Indien, mit Sam an der Spitze.

War es General Sams Idee? Oder sogar ein Gedanke Indiras? – Unter Umgehung dieser müßigen Fragen stelle ich nur fest, daß der indische Marsch auf Dacca weit mehr als eine bloße Militärparade war; wie es einem Triumph zukommt, war er mit zusätzlichen Spektakeln garniert. Ein spezieller IAF-Truppentransporter war mit einhundertundeinem der besten Unterhaltungskünstler und Zauberer, die Indien zur Verfügung stellen konnte, nach Dacca geflogen. Sie kamen aus dem berühmten Magiergetto in Delhi, und viele von ihnen hatten zu diesem Anlaß die erinnerungsträchtige Uniform der indischen Armee angezogen, so daß viele Bewohner Daccas glaubten, der Sieg der Inder sei von vornherein unvermeidlich gewesen, da sogar ihre uniformierten Jawans Zauberer ersten Ranges waren. Die Zauberer und die anderen Artisten marschierten neben den Soldaten her und unterhielten die Massen; Akrobaten formierten sich zu lebenden Pyramiden, auf Karren stehend, die von weißen Ochsen gezogen wurden; ungewöhnlich talentierte weibliche Schlangenmenschen konnten ihre Beine bis zu den Knien verschlucken; Jongleure operierten außerhalb der Schwerkraft, so daß sie der entzückten Masse Ooohs und Aaahs entlockten, als sie mit vierhundertzwanzig Spielzeuggranaten gleichzeitig jonglierten; Trickspieler konnten die Königin der Chiriyas (die Herrscherin der Vögel, die Pik-Königin) aus den Ohren der Damen ziehen; die große Tänzerin Anarkali, deren Name »Granatapfelblüte« bedeutet, vollführte Sprünge Drehungen Pirouetten auf einem Eselskarren, wobei ein riesiger silberner Nasenschmuck an ihrem rechten Nasenloch klingelte; Meister Vikram, der Sitarspieler, hatte einen Sitar, der auf die geringste Gefühlsregung im Herzen seines Publikums reagieren und sie noch steigern konnte; so hatte er einmal (erzählte man), als er vor einem schlechtgelaunten Publikum spielte, dessen miserable Stimmung so intensiviert, daß die Macht seiner Musik, hätte sein Tablaspieler ihn nicht mitten in seiner Raga unterbrochen, bewirkt hätte, daß sie alle aufeinander eingestochen und den Konzertsaal zertrümmert hätten . . . heute riß Meister Vikrams Musik die zum Feiern aufgelegten Zuhörer zu fieberhafter Begeisterung hin; er machte, wollen wir einmal sagen, ihre Herzen vor Entzücken trunken.

Und da war Picture Singh persönlich, ein Zweimeterriese, der zweihundertvierzig Pfund wog und wegen seiner unübertrefflichen Geschicklichkeit beim Schlangenbeschwören als der Bezauberndste Mann der Welt bekannt war. Noch nicht einmal die legendären Tubriwallahs aus Bengalen konnten sein Talent übertreffen; er schritt, vom Kopf bis Fuß von todbringenden Kobras, Mambas, Kraits umschlungen, die alle noch ihre Giftdrüsen hatten, durch die begeistert kreischenden Volksmassen . . . Picture Singh, welcher der letzte in der Reihe der Männer sein sollte, die bereit waren, mein Vater zu werden . . . und direkt hinter ihm kam Parvati-die-Hexe.

Parvati-die-Hexe unterhielt die Massen mit Hilfe eines großen geflochtenen Deckelkorbs; glückliche Freiwillige stiegen in den Korb, und Parvati ließ sie so vollkommen verschwinden, daß sie erst dann zurückkehren konnten, wenn sie es wollte. Parvati, von der Mitternacht mit den wahren Gaben der Zauberei versehen, hatte sie in den Dienst des bescheidenen Illusionistenhandwerks gestellt, so daß es passieren konnte, daß man sie fragte: »Aber wie bringen Sie das zuwege?« und: »Nun kommen Sie schon, schönes Fräuleinchen, erzählen Sie uns den Trick, warum nicht?« – lächelnd, strahlend, ihren Zauberkorb schwenkend, kam Parvati mit den Befreiungstruppen auf mich zu.

Die indische Armee marschierte in die Stadt ein, ihre Helden folgten den Magiern, darunter, wie ich später erfuhr, jener Kriegskoloß, der rattengesichtige Major mit den todbringenden Knien . . . doch nun gab es noch mehr Zauberer, denn die überlebenden Gaukler der Stadt kamen aus ihren Verstecken und begannen einen wundersamen Wettstreit, bei dem sie versuchten, alles und jedes zu übertreffen, was die fremden Magier zu bieten hatten, und das Leiden der Stadt wurde im großen freudigen Erguß ihrer Magie weggewaschen und gelindert. Dann sah mich Parvati-die-Hexe und gab mir meinen Namen zurück.

»Saleem! O mein Gott, Saleem, du, Saleem Sinai, bist du's, Saleem?«

Der Buddha zuckt zusammen wie ein junger Hund. Augen in der Masse starren. Parvati drängt sich zu ihm durch. »Hör mal, du mußt es sein!« Sie packt ihn am Ellbogen. Untertassengroße Augen erforschen milchigblaue. »Mein Gott, diese Nase, ich will nicht unhöflich sein, aber natürlich! Sieh doch, ich bin's, Parvati! O Saleem, stell dich doch nicht so an, komm, komm schon . . . !«

»Das ist es!« sagt der Buddha. »Saleem: das war es.«

»O Gott, zuviel Aufregung!« ruft sie. »Arré baap, Saleem, du erinnerst dich – die Kinder, Yaar. Oh, es ist zu schön! Weshalb siehst du denn so ernst aus, wenn ich dich am liebsten mit Umarmungen totdrücken würde? So viele Jahre hab' ich dich nur da drin gesehen«, sie tippt an ihre Stirn, »und jetzt bist du hier mit einem Gesicht wie ein Fisch! He, Saleem! Komm schon, sag wenigstens guten Tag.«

Am 15. Dezember 1971 ergab Tiger Niazi sich Sam Manekshaw; der Tiger und dreiundneunzigtausend pakistanische Soldaten wurden Kriegsgefangene. Ich wurde unterdessen der freiwillige Gefangene der indischen Zauberer, denn Parvati zog mich mit den Worten: »Jetzt, wo ich dich gefunden hab', lass' ich dich nicht wieder gehen«, in den Umzug hinein.

An jenem Abend leerten Sam und der Tiger ein Gläschen nach dem anderen und schwelgten in Erinnerungen an die alten Zeiten in der britischen Armee. »Ich muß schon sagen, Tiger«, sagte Sam Manekshaw, »es war verflucht anständig von dir, daß du kapituliert hast.« Und der Tiger: »Sam, du hast dich verdammt wacker geschlagen.« Eine winzige Wolke zieht über General Sams Gesicht: »Hör mal, alter Kumpel: man hört so verdammt scheußliche Lügen. Gemetzel, alter Knabe, Massengräber, Sondereinheiten namens HESPNAT oder so ein Quatsch, den man sich ausgedacht haben soll, um jeglichen Widerstand auszumerzen . . . kein wahres Wort daran, vermute ich?« Und der Tiger: »Hundeeinheit zwecks Spurensicherung und nachrichtendienstlicher Tätigkeit? Nie davon gehört. Da haben sie dir einen Bären aufgebunden, alter Knabe. Da gibt's ein paar wirklich schlechte Informanten auf beiden Seiten. Nein, lächerlich, verdammt lächerlich, wenn ich so sagen darf.« »Hab' ich mir gedacht«, sagt General Sam. »Ich muß schon sagen, verdammt schön, dich zu sehen, Tiger, alter Schurke!« Und der Tiger: »Ist schon Jahre her, was, Sam? 'ne verdammt lange Zeit.«

. . . Während alte Freunde in Offiziersmessen »Auld Long Syne« sangen, stahl ich mich aus Bangladesch, aus meiner Zeit in Pakistan, davon. »Ich schaffe dich raus«, sagte Parvati, nachdem ich ihr alles erklärt hatte. »Willst du, daß es ganz, ganz heimlich passiert?«

Ich nickte: »Ganz, ganz heimlich.«

Anderswo in der Stadt bereiteten sich dreiundneunzigtausend Soldaten darauf vor, in Kriegsgefangenenlager abtransportiert zu werden; doch mich ließ Parvati-die-Hexe in einen Weidenkorb mit fest schließendem Deckel steigen. Sam Manekshaw war gezwungen, seinen alten Freund, den Tiger, in Schutzhaft zu nehmen, doch mir versicherte Parvati-die-Hexe: »So schnappen sie dich nie.«

Hinter einer Kaserne, wo die Zauberer auf ihren Rücktransport nach Delhi warteten, stand Picture Singh, der Bezauberndste Mann der Welt, Wache, als ich an jenem Abend in den Korb der Unsichtbarkeit kletterte. Wir lungerten lässig herum, rauchten Biris und warteten, bis keine Soldaten mehr in Sicht waren, während Picture Singh mir die Geschichte seines Namens erzählte. Vor zwanzig Jahren hatte ein Fotograf von Eastman-Kodak eine Aufnahme von ihm gemacht, auf der seine Lippen sich lächelnd kräuselten und Schlangen sich um ihn ringelten; dieses Porträt tauchte später in jeder zweiten Kodak-Reklame und in jeder zweiten Geschäftsauslage in Indien auf, und damals hatte der Schlangenbeschwörer seinen Beinamen angenommen. »Was meinen Sie, Hauptmann?« bellte er liebenswürdig. »Ein schöner Name, nicht? Hauptmann, was soll man da machen, ich kann mich noch nicht einmal erinnern, welchen Namen ich vorher gehabt hab', welchen Namen Vater und Mutter mir gegeben haben! Schön blöd, nicht, Hauptmann?« Aber Picture Singh war nicht blöd, und er konnte weit mehr als bloß bezaubern. Plötzlich verlor seine Stimme ihren lässigen, schläfrigen, gutmütigen Tonfall; er flüsterte: »Jetzt! Jetzt, Hauptmann, ek dum, ein bißchen plötzlich!« Parvati machte den Deckel ihres geheimnisvollen Weidenkorbs auf; ich tauchte kopfüber hinein. Der Deckel klappte wieder zu und sperrte das letzte Tageslicht aus.

Picture Singh flüsterte: »Okay, Hauptmann – ausgezeichnet!« Und Parvati beugte sich ganz nah über mich; ihre Lippen mußten die Außenseite des Korbs berühren. Was Parvati-die-Hexe durch Flechtwerk flüsterte:

»He, du, Saleem, stell dir bloß vor! Du und ich, Herr – Mitternachtskinder, Yaar! Das ist doch etwas, oder etwa nicht?«

Das ist doch etwas . . . Saleem, in die Dunkelheit des Flechtwerks eingehüllt, wurde an Mitternächte längst vergangener Jahre erinnert, an kindliche Kämpfe, bei denen um Zweck und Bedeutung gerungen wurde; von Sehnsucht nach Vergangenem überwältigt, begriff ich immer noch nicht, was das Etwas war. Dann flüsterte Parvati noch ein paar Worte, und in dem Korb der Unsichtbarkeit löste ich, Saleem Sinai, mich samt meinem losen anonymen Gewand auf der Stelle in dünne Luft auf.

»Aufgelöst? Wie aufgelöst, was aufgelöst?« Padmas Kopf ruckt hoch; Padmas Augen starren mich verblüfft an. Achselzuckend wiederhole ich bloß: Aufgelöst, einfach so. Verschwunden. Entstofflicht. Wie ein Dschinn: pfff, genau so.

»So«, bedrängt mich Padma, »sie war also wirklich-ehrlich eine Hexe?«

Wirklich-ehrlich. Ich war in dem Korb, aber auch nicht in dem Korb; Picture Singh hob ihn mit einer Hand hoch und beförderte ihn in den Laderaum des Armeelasters, der ihn und Parvati und neunundneunzig andere zu dem am Militärflughafen wartenden Flugzeug brachte; ich wurde mit dem Korb befördert, aber auch nicht befördert. Später sagte Picture Singh: »Nein, Hauptmann, ich konnte Ihr Gewicht nicht spüren«, und auch ich konnte kein Rucken Plumpsen Knallen spüren. Einhundertundein Artisten waren mit einem IAF-Truppentransporter aus der Hauptstadt Indiens eingetroffen; einhundertundzwei Personen kehrten zurück, auch wenn eine von ihnen gleichzeitig da und nicht da war. Ja, Zaubersprüche können gelegentlich etwas bewirken. Aber auch versagen: meinem Vater, Ahmed Sinai, gelang es nie, Sherri, die Promenadenmischung, mit einem Fluch zu belegen.

Ohne Paß oder Einreiseerlaubnis kehrte ich unter dem Mantel der Unsichtbarkeit in das Land meiner Geburt zurück. Ob Sie es glauben oder nicht – aber selbst ein Skeptiker muß eine andere Erklärung für meine Anwesenheit hier liefern. Wanderte der Kalif Harun al Raschid (in einer früheren Sammlung wundersamer Geschichten) nicht auch ungesehen unsichtbar inkognito in einen Mantel gehüllt durch die Straßen von Bagdad? Was Harun in den Straßen Bagdads gelang, machte für mich Parvati-die-Hexe möglich, als wir durch die Luftwege des Subkontinents flogen. Sie tat es; ich war unsichtbar. *Bas. Genug.*

Erinnerungen an die Unsichtbarkeit: in dem Korb erfuhr ich, wie es war, wie es sein wird, wenn man tot ist. Ich hatte die typischen Eigenschaften von Geistern angenommen! Gegenwärtig, aber substanzlos; wirklich, aber ohne Sein und Gewicht . . . ich entdeckte in dem Korb, wie Geister die Welt sehen. Blaß dunstig trübe . . . sie war rings um mich herum, aber nur so ein bißchen; ich befand mich in einer Sphäre der Abwesenheit, an deren Rändern man die Geistererscheinungen des Flechtwerks wie schwache Spiegelungen sehen konnte. Die Toten sterben und werden allmählich vergessen, die heilende Kraft der Zeit kommt hinzu, und sie verblassen – doch in Parvatis Korb erfuhr ich, daß auch das Gegenteil wahr ist, daß auch Geister anfangen zu vergessen, daß die Toten ihre Erinnerungen an die Lebenden verlieren und daß sie schließlich, wenn sie ganz losgelöst von ihrem Leben sind, vergehen – kurzum, daß das Sterben nach dem Tod noch lange Zeit weitergeht. Parvati sagte später: »Ich hab' es dir nicht sagen wollen – aber niemand sollte so lange unsichtbar bleiben –, es war gefährlich, aber was hätten wir sonst tun können?«

Im Bann von Parvatis Hexerei spürte ich, wie mir die Macht über die Welt entglitt – und wie leicht, wie friedlich, nie mehr, niemals zurückzukehren, in diesem wolkigen Nirgendwo zu schweben, weiter weiter weiter getragen zu werden wie eine vom Wind weggeblasene Spore – kurzum, ich war in Lebensgefahr.

Woran ich mich in diesem geisterhaften Zeit-Raum festhielt: an einem silbernen Spucknapf. Der, obwohl er wie ich durch Parvatis geflüsterte Worte verwandelt worden war, dennoch eine Erinnerung an die Außenwelt war . . . weil ich fein gearbeitetes Silber umklammerte, das sogar in diesem namenlosen Dunkel glitzerte, überlebte ich. Trotz meiner Gefühllosigkeit von Kopf bis Fuß wurde ich gerettet, vielleicht durch das Glitzern meines kostbaren Erinnerungsstücks.

Nein – es steckte mehr dahinter als ein Spucknapf: denn wie wir alle mittlerweile wissen, übt es große Wirkung auf unseren Helden aus, wenn er auf begrenztem Raum eingeschlossen ist. Ist er im Dunkeln eingesperrt, stürzen sich Verwandlungen auf ihn. Als er noch ein Embryo war und in der Abgeschiedenheit eines Leibes heranwuchs (nicht dem seiner Mutter), wurde er da nicht die Verkörperung des neuen Mythos vom 15. August, des Ticktack-Kindes – kam er da nicht als der Mubarak, das Gesegnete Kind, zur Welt? In einem vollgestopften Waschraum, wurden da nicht Namensschilder vertauscht? Allein in einer Wäschetruhe, mit einer Kordel in der Nase, erblickte er da nicht eine schwarze Mango und nieste zu heftig, verwandelte er da nicht sich und seine obere Gurke in eine Art übernatürliches Amateurradio? Von Ärzten und Krankenschwestern umringt, von Narkosemasken eingezwängt, verfiel er da nicht der Magie der Zahlen und gelangte, nachdem er oben eine Dränage durchgemacht hatte, in eine zweite Phase, in der er zum Geruchsphilosophen und (später) zu einem ausgezeichneten Spürhund wurde? In einer kleinen verlassenen Hütte, eingequetscht unter der Leiche von Ayooba Baloch, erfuhr er da nicht die Bedeutung von fair und unfair? Na also – gefangen in der okkulten Gefahr des Korbes der Unsichtbarkeit, wurde ich nicht nur durch das Glitzern eines Spucknapfes gerettet, sondern auch durch eine weitere Verwandlung: als mich diese schreckliche, wesenlose Einsamkeit, die nach Friedhöfen roch, in der Gewalt hatte, entdeckte ich den Zorn.

Etwas in Saleem verging, und etwas Neues wurde geboren. Es verging: ein alter Stolz auf Babyschnappschüsse und gerahmte Nehru-Briefe; eine alte Entschlossenheit, bereitwillig eine prophezeite historische Rolle zu übernehmen; und auch eine Bereitwilligkeit, Zugeständnisse zu machen, zu verstehen, wieso ihn Eltern und Fremde wegen seiner Häßlichkeit verachten oder verbannen durften; verstümmelte Finger und Mönchstonsuren schienen nicht länger ausreichend als Entschuldigung für die Art, in der er, ich behandelt worden war. Mein Zorn galt im Grunde allem, was ich bis dahin blind akzeptiert hatte: dem Ansinnen meiner Eltern, ich möge ihnen das, was sie in mich investiert hatten, zurückerstatten, indem ich bedeutend und genial wurde; selbst die Verknüpfungsmodi erweckten eine blinde, unbändige Wut in mir. Warum ich? Warum mußte gerade ich infolge von Zufällen, die sich bei meiner Geburt ereigneten, Prophezeiungen et cetera für Sprachenkrawalle und wer-kommt-nach-Nehru verantwortlich sein, für Pfefferstreuerrevolutionen und Bomben, die meine Familie auslöschten? Warum sollte ich, Saleem Rotznase, Schnüffler, Kartengesicht, Scheibevom-Mond, die Schuld für das auf mich nehmen, was-nicht-getan wurde von den pakistanischen Soldaten in Dacca? ... *Warum sollte ich als einziger von all den Über-fünfhundert-Millionen die Bürde der Geschichte tragen?*
Was meine Entdeckung der Unfairneß (die nach Zwiebeln roch) begonnen hatte, führte mein unsichtbarer Zorn zu Ende. Der Zorn befähigte mich, die sanften Sirenenversuchungen der Unsichtbarkeit zu überleben; der Zorn trieb mich, nachdem ich im Schatten einer Freitagsmoschee wieder aus der Versenkung aufgetaucht war, zu dem Entschluß, von diesem Augenblick an meine eigene, nicht schon im voraus festgelegte Zukunft zu bestimmen. Und dort, in der Stille der nach Friedhof riechenden Isolation, hörte ich die einstige Stimme der jungfräulichen Mary Pereira, die sang:

> Alles, was du sein willst, kannst du sein,
> Du kannst sein, was immer du willst.

Als ich mir heute abend meine Wut ins Gedächtnis rufe, bleibe ich vollkommen ruhig; die Witwe hat mir, zusammen mit allem anderen, auch meinen Zorn weggenommen. Während ich mich meiner im Korb entstandenen Rebellion gegen die Unvermeidlichkeit erinnere, gestatte ich mir sogar ein gequältes, verständnisvolles Lächeln. »Jungen«, murmele ich über die Jahre hinweg dem vierundzwanzigjährigen Saleem

zu, »sind eben Jungen.« In der Herberge der Witwen wurde mir ein für
allemal die grausame Lektion beigebracht: Es gibt kein Entkommen;
nun, da ich über Papier gebeugt im Lichtkegel einer Schwenklampe
sitze, will ich nichts mehr sein außer dem, was wer ich bin. Wer was
bin ich? Meine Antwort: ich bin die Summe all dessen, was vor mir
geschah, all dessen, was unter meinen Augen getan wurde, all dessen,
was mir angetan wurde. Ich bin jeder Mensch und jedes Ding, dessen
Dasein das meine beeinflußte oder von meinem beeinflußt wurde. Ich
bin alles, was geschieht, nachdem ich nicht mehr bin, und was nicht
geschähe, wenn ich nicht gekommen wäre. Auch bin ich in dieser
Hinsicht nicht besonders außergewöhnlich; jedes »ich«, jeder der mitt-
lerweile-sechshundert-Millionen-so-und-so-viele, enthält eine ähnliche Vielzahl. Ich wiederhole zum letzten Mal: Um mich zu verstehen,
müssen Sie eine Welt schlucken.

Freilich werde ich nun, da alles, was-in-mir-war, sich fast ganz ergossen hat, nun, da die Risse sich in mir weiten – ich kann das Reißen
Fetzen Knirschen hören und fühlen –, langsam dünner, beinahe durchsichtig; es ist nicht mehr viel von mir übrig, und bald wird gar nichts
mehr da sein. Sechshundert Millionen Staubkörnchen, und alle durchsichtig, unsichtbar wie Glas . . .

Aber damals war ich zornig. Drüsenüberfunktion in einer Weiden-
amphore: apokrine und endokrine Drüsen verströmten Schweiß und
Gestank, als versuchte ich, mein Schicksal durch meine Poren zu vergießen; und um meinem Zorn Gerechtigkeit widerfahren zu lassen,
muß ich festhalten, daß er eine augenblicklich erfolgende Großtat für
sich beanspruchen konnte – daß ich, als ich aus dem Korb der Unsichtbarkeit in den Schatten der Moschee purzelte, durch mein Aufbegehren
von der Unwirklichkeit der Gefühllosigkeit erlöst worden war; als ich,
den silbernen Spucknapf in der Hand, im Dreck des Magiergettos
landete, merkte ich, daß ich wieder zu fühlen begonnen hatte.

Manche Leiden zumindest lassen sich überwinden.

Der Schatten der Moschee

Es besteht nicht der Schatten eines Zweifels: etwas beschleunigt sich. Reißen Knirschen Krachen – während in der grauenhaften Hitze Straßen aufplatzen, steuere auch ich der Auflösung zu. Was-an-den-Knochen-nagt (was festzustellen, geschweige denn zu heilen, nicht mehr in der Macht der Medizinmänner liegt, wie ich den viel zu vielen Frauen um mich herum regelmäßig erklären mußte) läßt sich nicht mehr lange verheimlichen, und immer noch bleibt so viel zu erzählen . . . Onkel Mustapha wächst in mir und der Schmollmund von Parvati-der-Hexe; eine gewisse Locke vom Haar eines Helden wartet in den Kulissen, und ebenfalls warten dreizehn Tage dauernde Wehen und Geschichte als Analogon zur Frisur einer Ministerpräsidentin; Verrat wird es geben und Schwarzfahren und den Geruch (herübergeweht von einer Brise, die erfüllt ist von Witwenklagen), von etwas, das in einer gußeisernen Kasserolle brät . . . so daß auch ich gezwungen bin, schneller zu machen, loszustürmen auf die abschließende Zeile; bevor das Gedächtnis so rissig wird, daß keine Hoffnung mehr besteht, die Lücken jemals wieder auffüllen zu können, muß ich das Zielband durchlaufen. (Doch gibt es jetzt schon Schwund und Lücken; gelegentlich werde ich improvisieren müssen.)

Sechsundzwanzig Picklesgläser stehen gewichtig auf einem Regal; sechsundzwanzig Spezialmischungen, alle ordentlich etikettiert und mit vertrauten Wendungen beschriftet: »Züge mit Pfefferstreuern« beispielsweise oder »Alpha und Omega« oder »Fregattenkapitän Sabarmatis Stab«. Sechsundzwanzig klappern beredt, wenn Stadtbahnen gelbbräunlich vorbeifahren; fünf leere Gläser auf meinem Schreibtisch scheppern drängend und gemahnen mich an meine unvollendete Aufgabe. Doch ich kann jetzt nicht bei leeren Picklesgläsern verweilen; die Nacht gehört den Worten, und grünes Chutney muß warten, bis es an der Reihe ist.

. . . Padma spricht sehnsüchtig: »O Herr, wie schön muß Kaschmir im August sein, wenn hier die Sonne wie Chili brennt!« Ich sehe mich gezwungen, meine pummelige, aber muskulöse Gefährtin, deren Aufmerksamkeit abgeschweift ist, zu tadeln und festzustellen, daß unsere Padma Bibi, langmütig tolerant trostreich, sich allmählich genau wie eine traditionelle indische Ehefrau benimmt. (Und ich mich, mit meiner Reserviertheit und meiner Beschäftigung mit mir selbst, wie ein Ehemann?) Vor kurzem habe ich trotz meines stoischen Fatalismus angesichts der sich ausbreitenden Risse den Traum von einer alternativen (aber unmöglichen) Zukunft in Padmas Atem gerochen; sie nimmt die unerbittliche Endgültigkeit innerer Fissuren einfach nicht zur Kenntnis und hat begonnen, den bittersüßen Duft der Hoffnung-auf-Heirat auszuströmen. Mein Dunglotos, der gegen die Sticheleien, die unsere Belegschaft, die Frauen mit dem Flaum auf den Unterarmen, aus höhnischen Mündern schleuderte, so lange Zeit unempfindlich blieb; der das Zusammenleben mit mir außerhalb und über alle gesellschaftlichen Anstandsregeln gestellt hat, ist anscheinend einem Verlangen nach Legalisierung erlegen . . . kurzum, obwohl sie kein Wort über das Thema verloren hat, erwartet sie von mir, daß ich eine ehrbare Frau aus ihr mache. Das Parfüm ihrer traurigen Hoffnungsfreude durchdringt ihre harmlosesten beflissenen Bemerkungen – sogar gerade in diesem Augenblick, als sie sagt: »He, Herr, warum eigentlich nicht – bring dein Geschreibsel zu Ende, und dann spann mal aus; fahr nach Kaschmir, ruh dich eine Weile aus – und vielleicht nimmst du deine Padma auch mit, und sie kümmert sich um . . .?« Hinter diesem aufkeimenden Traum von Ferien in Kaschmir (der einst auch der Traum Jehangirs, des Mogul-Herrschers, der armen vergessenen Ilse Lubin und vielleicht Christi persönlich war) schnüffle ich einen weiteren Traum heraus, doch weder der eine noch der andere kann in Erfüllung gehen. Denn nun engen die Risse, die Risse und noch einmal die Risse meine Zukunft auf ihren einzigen unausweichlichen Endpunkt ein, und sogar Padma muß zurückstehen, wenn ich meine Geschichten zu Ende bringen soll.

Heute schreiben die Zeitungen von der angeblichen politischen Wiedergeburt Indira Gandhis, aber als ich, in einem Weidenkorb verborgen, nach Indien zurückkam, sonnte sich »Die Madam« auf der Höhe ihres Ruhms. Heute vergessen wir vielleicht schon, versinken bereitwillig in den heimtückischen Wolken der Amnäsie, doch ich erinnere mich und will festhalten, wie ich – wie sie – wie es kam, daß – nein, ich kann's nicht sagen, ich muß es in der richtigen Reihenfolge erzählen, bis mir nichts anderes übrigbleibt, als zu enthüllen . . . Am 16. Dezember 1971 purzelte ich aus einem Korb in ein Indien, in dem Frau Gandhis Neue Kongreßpartei eine Mehr-als-zwei-Drittel-Mehrheit in der Nationalversammlung besaß.

In dem Korb der Unsichtbarkeit verkehrte sich ein Gefühl der Unge-rechtigkeit in Zorn und in noch etwas anderes – durch die Wut verwan-delt, war ich außerdem von einem quälenden Mitgefühl für das Land überwältigt worden, mit dem ich durch meine Geburt nicht nur ver-schwistert, sondern (gewissermaßen) an der Hüfte zusammengewach-sen war, so daß, was einem von uns zustieß, beiden geschah. Wenn ich, rotznasig, fleckengesichtig und so weiter, eine schwere Zeit durchge-macht hatte, dann auch meine subkontinentale Zwillingsschwester; und nun, da ich mir das Recht auf eine bessere Zukunft zugestanden hatte, war ich entschlossen, auch die Nation daran teilhaben zu lassen. Ich glaube, als ich in Staub und Schatten purzelte und amüsierte Bei-fallsrufe mich empfingen, hatte ich bereits beschlossen, das Land zu retten.

(Doch es gibt Risse und Lücken . . . hatte ich schon damals begonnen einzusehen, daß meine Liebe zu Jamila der Sängerin in gewissem Sinne ein Fehler war? Hatte ich schon begriffen, daß ich einfach die Ver-ehrung, die, wie ich nun erkannte, eine alles überragende, alles umfas-sende Vaterlandsliebe war, auf sie übertragen hatte? Wann merkte ich, daß meine wirklich inzestuösen Gefühle meiner wahren, meiner bluts-verwandten Schwester, Indien selbst, galten und nicht dieser schlager-singenden Schlampe, die mich kaltblütig fallengelassen hatte, so wie eine Schlange ihre Haut abwirft, und mich in den metaphorischen Abfalleimer der Armee geworfen hatte? Wann wann wann? . . . Ich muß mich geschlagen geben und eingestehen, daß ich es nicht mehr genau weiß.)

. . . Saleem saß blinzelnd im Schatten der Moschee im Staub. Ein Riese stand breit grinsend vor ihm und fragte: »Achha, Hauptmann, gute Reise gehabt?« Und Parvati träufelte aufgeregt Wasser aus einem Lotah auf seine aufgesprungenen, nach Salz schmeckenden Lippen . . . Ge-fühl! Eiskaltes Wasser, das in irdenen Surahis kühl gehalten wurde, ausgedörrte Lippen, Silber und Lapislazuli, die von einer Faust um-klammert wurden . . . »Ich kann fühlen!« rief Saleem der gutmütigen Menge entgegen.

Es war um die Zeit des Nachmittags, die Chaya genannt wird, als der Schatten der hohen Freitagsmoschee aus rotem Backstein und Marmor über die zusammengewürfelten Behausungen des Slums fiel, der um sie herum gebaut war, des Slums, unter dessen wackligen Wellblechdächern sich die Hitze so staute, daß man es außer zur Chaya und des Nachts in den baufälligen Buden nicht aushalten konnte . . . nun aber hatten sich Zauberer und Schlangenmenschen und Jongleure und Fakire in dem Schatten um die einzige Wasserstelle versammelt, um den Neuankömmling zu begrüßen. »Ich kann fühlen!« rief ich, und darauf sagte Picture Singh: »Gut so, Hauptmann – sagen Sie doch, was für ein Gefühl ist es, wiedergeboren zu werden, wie ein Baby aus Parvatis Korb zu fallen?« Ich merkte, daß Picture Singh verblüfft war – meine Nase sagte es mir; Parvatis Trick hatte ihn ganz eindeutig in Erstaunen versetzt, aber als wahrer Profi dachte er nicht im Traum daran, sie zu fragen, wie sie es geschafft hatte. So entging Parvati-die-Hexe, die ihre grenzenlose Macht benutzt hatte, um mich in Sicherheit zu zaubern, der Entdeckung; außerdem glaubten die Magier des Gettos, wie ich später entdeckte, mit der absoluten Sicherheit berufsmäßiger Illusionisten nicht an Magie. Folglich sagte Picture Singh verblüfft zu mir: »Ich schwöre es, Hauptmann – Sie waren so leicht da drin, wie ein Baby!« – Aber er hätte es sich nicht träumen lassen, daß meine Schwerelosigkeit etwas anderes gewesen sein konnte als ein Trick.

»Hör mal, Baby Sahib!« rief Picture Singh. »Was sagst du dazu, Baby Hauptmann? Muß ich dich über die Schulter legen, damit du ein Bäuerchen machst?« – Und nun sagte Parvati nachsichtig: »Ach der da, Baba, macht immer Witze-Blitze.« Sie lächelte jeden der Umstehenden strahlend an . . . doch dann folgte ein unheilverkündendes Ereignis. Eine Frauenstimme im Rücken des Magierhaufens begann zu klagen: »Ai-o-ai-o! Ai-o-o!« Überrascht teilte sich die Menge, und eine alte Frau stürmte hervor und auf Saleem zu; ich mußte mich gegen eine geschwungene Bratpfanne verteidigen, bis Picture Singh sie erschreckt am pfannenschwenkenden Arm packte und brüllte: »He, Capteena, was soll der Lärm?« Und die alte Frau jammerte stur: »Ai-o-ai-o!«

»Resham Bibi«, sagte Parvati böse. »Was ist dir über die Leber gelaufen?« Und Picture Singh: »Wir haben Besuch, Capteena – was soll er bloß von deinem Geschrei halten? Arré, sei still, Resham, unsere Parvati kennt diesen Hauptmann persönlich! Führ bloß nicht so ein Geschrei vor ihm auf.«

»Ai-o-ai-o! Das Unglück ist über uns hereingebrochen! Ihr fahrt in fremde Länder und bringt es mit! Ai-oooo!«

Verstörte Magiergesichter starrten von Resham Bibi zu mir – denn obwohl sie Menschen waren, die das Übernatürliche leugneten, waren sie Künstler und glaubten wie alle Artisten blind an Glück und Unglück . . . »Du hast selber gesagt«, klagte Resham Bibi, »daß dieser Mann zweimal geboren ist und noch nicht einmal von einer Frau! Nun kommt Zerstörung, Pest und Tod. Ich bin alt, und deshalb weiß ich es. Arré Baba«, wandte sie sich bittend an mich, »habt Mitleid, geht jetzt – geht schnell!« Ein Murmeln wurde laut – »Es ist wahr, Resham Bibi kennt die alten Geschichten« –, aber dann wurde Picture Singh zornig. »Der Hauptmann ist mein Ehrengast«, sagte er. »Er bleibt in meiner Hütte, solange er will, ob kurz oder lang. Was redet ihr denn alle? Das hier ist nicht der Ort, wo man Ammenmärchen erzählen kann.«

Saleem Sinai verweilte zunächst nur ein paar Tage im Magiergetto, aber in dieser kurzen Zeit ereigneten sich einige Dinge, die die durch Ai-o-ai-o erweckten Ängste beschwichtigten. Die lautere, unge-schminkte Wahrheit ist, daß die Gettoillusionisten und andere Artisten in jenen Tagen begannen, sich zu neuen Gipfelleistungen aufzuschwin-gen. Balancekünstlern gelang es, mit eintausendundeinem Ball gleich-zeitig zu jonglieren, und die noch nicht ausgebildete Schutzbefohlene eines Fakirs geriet auf ein Bett glühender Kohlen und spazierte dann so unbekümmert darauf herum, als habe sie die Talente ihres Mentors durch Osmose übernommen; man erzählte mir, daß der Seiltrick er-folgreich ausgeführt worden sei. Auch fiel die monatliche Polizeirazzia im Getto aus, was seit Menschengedenken nicht mehr vorgekommen war, und das Lager erlebte einen nicht abreißenden Besucherstrom, die Diener der Reichen, die um die Dienstleistungen eines oder mehrerer Koloniebewohner für die Unterhaltung bei diesem oder jenem Gala-abend nachsuchten . . . es sah in der Tat so aus, als habe Resham Bibi die Dinge falsch verstanden, und ich wurde im Getto rasch sehr beliebt. Ich wurde Saleem Kismeti, Lucky Saleem tituliert; man gratulierte Par-vati, weil sie mich in den Slum gebracht hatte. Und schließlich brachte Picture Singh Resham Bibi zu mir, damit sie sich entschuldigte.

»Tschuldigung«, sagte Resham zahnlos und floh; Picture Singh fügte hinzu: »Es ist schwer für die Alten; ihr Geist wird verwirrt, und sie erinnern sich verkehrt. Hauptmann, hier sagt jeder, daß du uns Glück gebracht hast, aber wirst du uns bald verlassen?« – Und Parvati starrte mich dumpf mit untertassengroßen Augen an, die bettelten, nein nein nein; aber ich war gezwungen, mit »ja« zu antworten.

Saleem ist sich heute sicher, daß er »ja« antwortete, daß er am selben Morgen, immer noch in das formlose Gewand gekleidet, immer noch seinen unzertrennlichen silbernen Spucknapf festhaltend, fortging, ohne sich nach einem Mädchen umzudrehen, das ihm mit anklagend

feuchten Augen nachsah, daß er hastig vorbeilief an übenden Jongleuren und Ständen mit Süßigkeiten, die seine Nase mit den Versuchun-
gen von Rasgullas erfüllten, vorbei an Barbieren, die eine Rasur für
zehn Paisa offerierten, am tatterigen Gefasel alter Weiber und dem
amerikanisch eingefärbten Gezeter von Schuhputzern, die Busladun-
gen voll japanischer Touristen in identischen blauen Anzügen und un-
passenden safrangelben Turbanen, die ihnen unterwürfig boshafte
Fremdenführer um die Köpfe gewickelt hatten, bedrängten, vorbei an
der hochaufragenden Treppe zur Freitagsmoschee, an Verkäufern von
Kurzwaren und Itr-Essenzen und Gipsabgüssen vom Qutb Minar und
bemalten Spielzeugpferden und umherflatternden, zum Schlachten bestimmten Hühnern, vorbei an Plakaten, die zum Hahnenkampf einlu-
den, und an Kartenspielern mit ausdruckslosem Blick – und schließlich
aus dem Getto der Illusionisten auftauchte und sich plötzlich auf dem
Faiz-Basar befand, gegenüber den sich unendlich erstreckenden Mauern eines Roten Forts, von dessen Wällen herab ein Ministerpräsident
einst die Unabhängigkeit verkündet hatte und in dessen Schatten eine
Frau einst von einem Guckkastenmann, einem Dilli-dekho-Mann,
empfangen worden war, der sie in die enger werdenden Gassen geführt
hatte, auf daß sie hörte, wie die Zukunft ihres Sohnes inmitten von
Mungos und Geiern und invaliden Männern, deren Arme mit Blättern
bandagiert waren, prophezeit wurde. Von dort wandte er sich, kurz
gesagt, nach rechts und ging von der Altstadt auf die rosenfarbenen
Paläste zu, die vor langer Zeit von rosahäutigen Eroberern erbaut worden waren: ich ließ meine Retter im Stich und ging zu Fuß nach Neu-
Delhi.

Warum? Warum verschmähte ich Undankbarer den sehnsüchtigen
Kummer Parvatis-der-Hexe, wandte mein Gesicht vom Alten ab und
wanderte zum Neuen hin? Warum verließ ich sie an jenem Morgen so
leichthin, da ich doch bei den nächtlichen Kongressen meines Geistes so
viele Jahre lang in ihr meine treueste Verbündete gehabt hatte? Wenn
ich mich durch die von Rissen verursachten Ausfälle kämpfe, kann ich
mich an zwei Gründe erinnern, kann aber nicht sagen, welcher der
ausschlaggebende war oder ob ein dritter . . . zunächst einmal hatte ich
auf jeden Fall Bilanz gezogen. Saleem blieb, als er über seine Aussich-
ten nachdachte, nichts anderes übrig, als sich einzugestehen, daß sie
nicht gut waren. Ich hatte keinen Paß, war dem Gesetz zufolge ein
illegaler Einwanderer (nachdem ich einst ein legaler Auswanderer gewesen war); überall warteten Kriegsgefangenenlager auf mich. Selbst

wenn ich meinen Status als besiegter entflohener Soldat außer acht
ließ, war die Liste meiner Nachteile immer noch beträchtlich lang: ich
hatte weder Geld noch Kleider zum Wechseln, noch irgendwelche Qua-
lifikationen – weder hatte ich mein Studium beendet noch mich in dem,
was ich davon mitbekommen hatte, irgendwie hervorgetan; wie sollte
ich mich an mein ehrgeiziges Projekt machen, die Nation zu retten,
ohne ein Dach über dem Kopf oder eine Familie zu haben, die mich
schützte stützte förderte . . . Da durchzuckte es mich wie der Blitz, daß
ich irrte, daß ich hier, ausgerechnet in dieser Stadt, Verwandte hatte –
und nicht nur irgendwelche Verwandte, sondern auch noch einflußrei-
che! Meinen Onkel Mustapha Aziz, einen hohen Beamten, der, als ich
das letzte Mal von ihm hörte, in seinem Ministerium die Nummer
Zwei gewesen war; welch besseren Schutzherrn für meine messian-
ischen Ambitionen gab es als ihn? Unter seinem Dach konnte ich sowohl Kontakte als auch neue Kleider bekommen; unter seiner Schirmherrschaft würde ich mir eine gehobene Stellung in der Verwaltung
suchen und beim Studium der administrativen Praxis sicherlich den
Schlüssel zum nationalen Heil finden, und Minister würden mir ihr
Ohr leihen, mit den Großen würde ich mich vielleicht duzen . . . ! Von
diesen hochfliegenden Träumen besessen, teilte ich Parvati-der-Hexe
mit: »Ich muß weg, große Dinge stehen bevor!« Und als ich an ihren
plötzlich glühenden Wangen erkannte, daß sie verletzt war, tröstete ich
sie: »Ich komme und besuche dich oft. Sehr oft.« Aber das war kein
Trost für sie . . . Hochherzigkeit war also ein Beweggrund dafür, die,
die mir geholfen hatten, zu verlassen; aber gab es nicht auch etwas
Gemeineres, Niedrigeres, Persönlicheres? Es gab etwas. Parvati hatte
mich einmal heimlich hinter einen Schuppen aus Blech und Kistenholz
gezogen; wo Kakerlaken ihre Eier legten, wo Ratten sich liebten, wo
Fliegen sich an Straßenköterscheiße mästeten, umklammerte sie mein
Handgelenk und bekam glühende Augen und eine zischende Zunge;
verborgen im fauligen Bauch des Gettos gestand sie, daß ich nicht das
erste der Mitternachtskinder sei, das ihr über den Weg gelaufen war!
Und nun folgte eine Geschichte von einem Umzug in Dacca und von
Magiern, die neben Helden einhermarschierten, von Parvati, die zu
einem Panzer hochblickte, und Parvati-Augen, die beim Anblick eines
Paars gigantischer Greifknie aufleuchteten . . . Knie, die sich prächtig
durch eine gestärkte, gebügelte Uniform hindurch wölbten, und Parvati
rief: »O du! O du . . .«, und dann kam der unaussprechliche Name, der
Name meiner Schuld, der Name von jemandem, der mein Leben hätte

führen sollen, wenn nicht in einem Entbindungsheim ein Verbrechen
verübt worden wäre. Parvati und Shiva, Shiva und Parvati, durch das
göttliche Schicksal ihrer Namen dazu bestimmt, einander zu begegnen,
wurden im Augenblick des Siegs miteinander vereint. »Ein Held,
Mann!« zischte sie stolz hinter dem Schuppen. »Sie werden ihn zu
einem großen Offizier mit allem Drum und Dran machen!« Und was
wurde dann aus einer Falte ihres zerlumpten Gewands hervorgezogen?
Was wuchs einst prächtig auf dem Haupt eines Helden und schmiegte
sich nun an die Brüste einer Zauberin? »Ich bat ihn, und er gab es mir«,
sagte Parvati-die-Hexe und zeigte mir eine Locke seines Haars.
Lief ich vor dieser Locke schicksalsträchtigen Haars weg? Floh Saleem
aus Furcht vor einer Begegnung mit seinem Alter ego, das er vor so
langer Zeit aus den Ratsversammlungen der Nacht verbannt hatte,
zurück in den Schoß einer Familie, deren Tröstungen dem Kriegshelden
verweigert worden waren? War es Hochherzigkeit oder Schuldgefühl?
Ich kann es nicht mehr sagen, ich schreibe nur nieder, woran ich mich
erinnere, nämlich, daß Parvati-die-Hexe flüsterte: »Vielleicht kommt
er, wenn er Zeit hat, und dann sind wir zu dritt!« Und noch ein Satz
wurde wiederholt: »Mitternachtskinder, Yaar . . . das ist doch etwas,
oder etwa nicht?« Parvati-die-Hexe erinnerte mich an Dinge, die ich zu
verdrängen versucht hatte, und ich ging fort von ihr, zum Haus von
Mustapha Aziz.

Von meinem letzten kläglichen Kontakt mit den brutalen Vertraulichkeiten des Familienlebens bleiben nur Bruchstücke, doch da alles nie-
dergelegt und anschließend eingelegt werden muß, versuche ich, einen
Bericht zusammenzustückeln . . . lassen Sie mich zu Beginn festhalten,
daß mein Onkel Mustapha in einem geräumigen, anonymen Beamten-
bungalow in einem ordentlichen Beamtengarten wohnte, direkt hinter
dem Rajpath, im Herzen der Lutyens-Stadt. Ich ging über den ehemaligen Kingsway und sog die zahllosen Düfte der Stadt ein, die aus den
State Handicraft Emporia und den Auspuffrohren der Autorikschas
herauswehten, das Aroma von Banyan- und Deodarbäumen, vermischt
mit den geisterhaften Gerüchen längst verschwundener Vizekönige
und Mem-Sahibs mit Handschuhen und auch mit den bedeutend schär-
feren Körpergerüchen aufgeputzter reicher Begums und Flittchen. Hier
stand die riesige Anzeigetafel mit den Wahlergebnissen, um die sich
(während des ersten Machtkampfs zwischen Indira und Morarji Desai)
die Massen gedrängt hatten, die auf die Ergebnisse warteten und begie-

rig fragten: »Ist es ein Junge oder ein Mädchen?« . . . zwischen alt und
neu, zwischen dem India Gate und den Ministerien, bestürmt von
Gedanken an entschwundene Reiche (der Moguln und der Briten) und
auch an meine eigene Geschichte – denn dies war die Stadt der öffentlichen Ankündigung, der vielköpfigen Monster und einer herabfallenden
Hand –, schritt ich resolut aus und stank zum Himmel, wie alles andere, was sich in Sichtweite befand. Und schließlich, nachdem ich links,
Richtung Dupleix Road, abgebogen war, gelangte ich zu einem anonymen Garten mit einer niedrigen Mauer und einer Hecke. In einer Ecke
sah ich ein Schild im Wind schaukeln, so wie im Garten von Methwold's Estate einmal Schilder geblüht hatten; doch erzählte dieses Echo
der Vergangenheit eine andere Geschichte. Nicht ZU VERKAUFEN
mit seinen fünf ominösen Vokalen und sechs schicksalsträchtigen Kon-
sonanten; die hölzerne Blume im Garten meines Onkels verkündete
enigmatisch: *Herr Mustapha Aziz und Flie.*

Da ich nicht ahnte, daß das letzte Wort die von meinem Onkel gewohn-
heitsmäßig benutzte trockene Abkürzung für das gefühlsbefrachtete
Substantiv »Familie« war, stürzte das nickende Schild mich in Verwirrung. Nachdem ich jedoch eine kurze Zeit in seinem Haushalt verbracht hatte, erschien es mir völlig passend, denn die Familie von
Mustapha Aziz war in der Tat so zerquetscht, so insektengleich, so
nichtssagend wie jene mythisch verstümmelte *Flie.*

Mit welchen Worten wurde ich begrüßt, als ich ein wenig nervös, voller
Hoffnungen auf den Beginn einer neuen Laufbahn, an der Tür klingelte? Welches Gesicht erschien hinter der mit Fliegendraht bespannten
Haustür und blickte unangenehm überrascht drein? Padma, ich wurde
von Onkel Mustaphas Frau, der verrückten Tante Sonia, mit dem Ausruf begrüßt: »*Ptui!* Allah! Stinkt der Kerl!«

Und obwohl ich einschmeichelnd »Guten Tag, liebe Tante Sonia!« sagte
und die von Fliegendraht beschattete Erscheinung der runzlig werdenden iranischen Schönheit dämlich angrinste, redete sie weiter: »Saleem, nicht wahr? Ja, ich erinnere mich an dich. Ein ungezogener
kleiner Balg warst du. Hast immer geglaubt, aus dir würde Gott weiß
was. Und weshalb? Wegen irgendeinem blöden Brief, den der fünf-
zehnte Unter-Unter-Hilfssekretär des Ministerpräsidenten dir geschickt haben muß.« Bei diesem ersten Treffen hätte ich voraussehen
können müssen, daß meine Pläne zunichte gemacht würden; ich hätte
an meiner verrückten Tante die unversöhnlichen Dünste der Beamten-
eifersucht riechen müssen, die alle meine Versuche, einen Platz in der

Welt zu erobern, vereiteln sollte. Mir hatte man einen Brief geschickt, ihr nie; das machte uns zu Feinden fürs Leben. Aber die Tür öffnete sich, der Duft von sauberen Kleidern und Duschen zog heraus, und ich, dankbar für bescheidene Wohltaten, versäumte es, die tödlichen Düfte meiner Tante zu untersuchen.

Mein Onkel Mustapha, dessen einst prächtig gewachster Schnurrbart sich von dem lähmenden Sandsturm der Zerstörung auf Methwold's Estate nie mehr erholt hatte, der bei der Beförderung zum Leiter seiner Dienststelle nicht weniger als siebenundvierzigmal übergangen worden war, hatte schließlich angefangen, seine Unzulänglichkeiten dadurch zu kompensieren, daß er seine Kinder verprügelte und nächtens darüber schwafelte, daß er ganz offenkundig das Opfer antimoslemischer Vorurteile sei, durch eine widersprüchliche, doch absolute Treue zur jeweiligen Regierung und eine Leidenschaft für Ahnenforschung; dieses war sein einziges Hobby, und er frönte ihm mit einem Fanatismus, der noch schlimmer war als weiland der meines Vaters, als er seine Abstammung von den Mogul-Herrschern beweisen wollte. Bei ersterem leistete seine Frau, die halbiranische Möchtegern-Salondame Sonia (geborene Khosrovani), ihm bereitwillig Gesellschaft; sie war von einem Leben, das ihr abverlangte, eine »Chamcha« (eigentlich ein Löffel, im übertragenen Sinn aber ein Schmeichler) für siebenundvierzig verschiedene und aufeinanderfolgende Nummer-Eins-Ehefrauen zu sein, die sie vorher, als sie noch die Ehefrauen der Nummer Drei waren, durch übergroße Herablassung brüskiert hatte, nachweislich in den Wahnsinn getrieben worden. Unter den gemeinschaftlichen Schlägen meines Onkels und meiner Tante waren meine Vettern und Cousinen mittlerweile so gründlich zu Brei geschlagen worden, daß ich mir Anzahl, Geschlecht, Größe oder Aussehen nicht mehr ins Gedächtnis rufen kann; ihre jeweilige Persönlichkeit existierte natürlich schon lange nicht mehr. Im Haus meines Onkels Mustapha saß ich schweigend inmitten meiner vollkommen zermalmten Vettern und Cousinen und hörte seinen nächtlichen Monologen zu, bei denen er sich ständig widersprach, weil er chaotisch hin und her schwankte zwischen seinem Groll darüber, nicht befördert worden zu sein, und seiner blinden, hündischen Ergebenheit gegenüber allem und jedem, was die Ministerpräsidentin tat. Wenn Indira Gandhi ihn aufgefordert hätte, Selbstmord zu verüben, so hätte Mustapha Aziz dies zwar antimoslemischem Fanatismus zugeschrieben, das staatsmännische Kalkül jedoch, das hinter diesem Ersuchen steckte, verteidigt und den Auftrag ausgeführt,

ohne daß er es gewagt (oder auch nur gewünscht) hätte, dagegen aufzu-
mucken.

Was die Ahnenforschung betraf: Onkel Mustapha verbrachte seine
ganze Freizeit damit, riesige Tagebücher mit spinnenartigen Stammbäu-
men zu füllen und die bizarren Abstammungslinien der größten Familien im Land immer weiter zu erforschen und zu verewigen; doch
während meines Aufenthaltes hörte meine Tante Sonia eines Tages von
einem Rischi aus Hardwar, der angeblich dreihundertfünfundneunzig
Jahre alt war und sich den Stammbaum jeder einzelnen Brahmanensippe
im Land eingeprägt hatte. »Selbst darin«, kreischte sie meinen Onkel an,
»bist du auch bloß Nummer Zwei!« Die Existenz dieses Rischi aus
Hardwar trieb sie vollends in den Wahnsinn, so daß ihre Gewalttätigkeit
gegenüber den Kindern dermaßen zunahm, daß wir in täglicher Erwartung eines Mordes lebten, und am Ende sah mein Onkel Mustapha sich
gezwungen, sie einsperren zu lassen, weil ihre Exzesse ihn in seiner
Arbeit beeinträchtigten.

Dies war also die Familie, in die ich gekommen war. Ihre Anwesenheit in
Delhi kam in meinen Augen schließlich einer Entweihung meiner eigenen Vergangenheit gleich; in einer Stadt, die für mich für alle Zeiten von
den Geistern des jungen Ahmed und der jungen Amina in Beschlag
belegt war, krabbelte diese schreckliche Fliege auf geweihtem Boden.

Aber nie kann mit Sicherheit bewiesen werden, daß die genealogische
Leidenschaft meines Onkels in den kommenden Jahren in den Dienst
einer Regierung gestellt wurde, die immer mehr dem Zwillingszauber
von Macht und Astrologie verfiel; so daß, was in der Herberge der
Witwen geschah, ohne seine Hilfe vielleicht nie geschehen wäre . . . aber
nein, auch ich bin ein Verräter gewesen, ich verdamme nicht, ich sage
nur, daß ich unter seinen genealogischen Tagebüchern einmal eine
schwarze Ledermappe mit dem Etikett TOP SECRET und dem Titel
PROJEKT MKK sah.

Das Ende ist nahe und kann nicht mehr lange aufgeschoben werden; aber
während sich die Indira-Regierung genauso, wie es einst unter dem
Regime ihres Vaters geschah, täglich mit Lieferanten okkulten Gedan-
kengutes berät, während Seher aus Benares dazu beitragen, die Geschichte Indiens zu formen, muß ich zu schmerzlichen persönlichen
Erinnerungen abschweifen, denn bei Onkel Mustapha erhielt ich Gewißheit über den Tod meiner Familie im Krieg von 65 und auch über das
Verschwinden der berühmten pakistanischen Sängerin Jamila wenige
Tage vor meiner Ankunft.

. . . Als die verrückte Tante Sonia hörte, daß ich im Krieg auf der falschen Seite gekämpft hatte, weigerte sie sich, mir Essen zu geben (wir saßen beim Abendbrot), und kreischte: »Gott, du bist vielleicht unverfroren, ist dir das klar? Hast du denn keine Grütze im Kopf? Kommt ins Haus eines hohen Beamten – ein entflohener Kriegsverbrecher, Allah! Willst du, daß dein Onkel seine Stelle verliert? Willst du, daß wir alle auf die Straße gesetzt werden? Du solltest dir vor Scham die Ohren halten! Geh – geh, mach, daß du fortkommst, oder besser: wir sollten die Polizei rufen und dich auf der Stelle ausliefern! Geh, laß dich gefangennehmen, was soll das uns kümmern, du bist noch nicht einmal der leibliche Sohn unserer dahingeschiedenen Schwester . . .«

All das trifft Saleem wie der Blitz: er muß um seine Sicherheit fürchten und erfährt gleichzeitig die unumstößliche Wahrheit: seine Mutter ist tot; außerdem begreift er, daß seine Position schwächer ist, als er dachte, denn in diesem Zweig der Familie ist der Akt der Anerkennung nicht vollzogen worden; Sonia, die weiß, was Mary Pereira gestand, ist zu allem fähig! . . . Und ich sage mit dünner Stimme: »Meine Mutter? Dahingeschieden?« Und nun sagt Onkel Mustapha, der vielleicht spürt, daß seine Frau zu weit gegangen ist, widerstrebend: »Mach dir nichts draus, Saleem. Natürlich mußt du bleiben – muß er doch, Frau, was soll er sonst tun? – Und der arme Kerl weiß noch nicht einmal . . .« Dann erzählten sie es mir.

Im Herzen jener verrückten Fliege fiel mir ein, daß ich den Toten mehrere Trauerzeiten schuldete; nachdem ich vom Ableben meiner Mutter, meines Vaters und der Tanten Alia und Pia und Emerald, meines Vetters Zafar und seiner Kifi-Prinzessin, Ehrwürdiger Mutter und meiner entfernten Verwandten Zohra und ihres Ehemanns erfuhr, beschloß ich, die nächsten vierhundert Tage in Trauer zu verbringen, wie es recht und billig war: zehn Trauerzeiten von jeweils vierzig Tagen. Und dann, dann war da noch die Sache mit Jamila der Sängerin . . .

Sie hatte erfahren, daß ich während der Kriegswirren in Bangladesch verschwunden war; die Nachricht hatte sie, die ihre Liebe immer erst zeigte, wenn es zu spät war, vielleicht halb um den Verstand gebracht. Jamila, die Stimme Pakistans, Bülbül-des-Glaubens, hatte sich gegen die neuen Herrscher des verstümmelten, mottenzerfressenen, vom Krieg geteilten Pakistan ausgesprochen; während Bhutto dem UN-Sicherheitsrat erzählte: »Wir schaffen ein neues Pakistan! Ein besseres

Pakistan! Mein Land hört auf mich!«, hielt meine Schwester Schmäh-
reden auf ihn in der Öffentlichkeit; sie, die Reinste der Reinen, die
patriotischste der Patrioten, wurde rebellisch, als sie von meinem Tod
erfuhr. (So sehe ich es zumindest, von meinem Onkel hörte ich nur die
nackten Tatsachen. Er hatte sie durch diplomatische Kanäle zu Ohren
bekommen, die auf psychologisches Theoretisieren nicht eingehen.)
Zwei Tage nach ihrer Tirade gegen die Kriegstreiber war meine
Schwester vom Erdboden verschwunden. Onkel Mustapha versuchte
es zartfühlend auszudrücken: »Schlimme Dinge geschehen dort drüben, Saleem. Andauernd verschwinden Menschen; wir müssen das
Schlimmste befürchten.«
Nein! Nein nein nein! Padma, er irrte sich! Jamila verschwand nicht in
den Fängen des Staates, denn in derselben Nacht träumte ich, daß sie
im Schutze der Dunkelheit und eines einfachen Schleiers, nicht dem
augenblicklich erkennbaren Zelt aus Goldbrokat von Onkel Puffs, sondern einer gewöhnlichen schwarzen Burqa, mit dem Flugzeug aus der
Hauptstadt floh, und hier ist sie, kommt in Karatschi an, nicht verhört,
nicht verhaftet, frei. Sie nimmt ein Taxi, das sie in die Tiefen der Stadt
führt, und jetzt kommt eine hohe Mauer mit verriegelten Toren und
einer Luke, durch die ich vor langer Zeit einmal Brot erhielt, das ge-
säuerte Brot, für das meine Schwester eine Schwäche hatte; sie bittet
darum, hereingelassen zu werden, Nonnen öffnen die Tore, als sie um
Asyl bittet, ja, da ist sie, sie ist in Sicherheit, Tore werden hinter ihr
verriegelt, sie tauscht eine Unsichtbarkeit gegen eine andere ein; nun
gibt es eine andere Ehrwürdige Mutter, als Jamila die Sängerin, die als
Messingäffchen einmal mit dem Christentum liebäugelte, Sicherheit
Schutz Frieden in dem verborgen lebenden Orden der heiligen Ignatia
findet . . . ja, sie ist dort in Sicherheit, nicht verschwunden, nicht in
den Händen der Polizei, die tritt prügelt verhungern läßt, sondern sie
hat Ruhe gefunden, nicht in einem anonymen Grab am Ufer des Indus,
nein, sondern sie lebt; während sie Brot backt, singt sie süß für die
verborgenen Nonnen; ich weiß es, ich weiß es, ich weiß es. Woher
weiß ich es? Ein Bruder weiß so etwas, das ist alles.
Wieder einmal bestürmt mich Verantwortung: es führt kein Weg daran
vorbei – Jamilas Fall war, wie üblich, ganz und gar meine Schuld.

Vierhundertzwanzig Tage lang lebte ich im Haus von Herrn Mustapha
Aziz . . . Saleem betrauerte nachträglich seine Toten, doch glauben Sie
keinen Augenblick lang, daß meine Ohren verschlossen gewesen wä-

ren! Glauben Sie nicht, ich hätte nicht gehört, was um mich herum gesagt wurde, hätte den ewigen Streit zwischen Onkel und Tante nicht mitbekommen (der zu seinem Entschluß, sie ins Irrenhaus einweisen zu lassen, beigetragen haben mag). Sonia Aziz schrie gellend: »Dieser Straßenkehrer – dieser dreckige Kerl, noch nicht einmal dein Neffe ist er. Ich weiß nicht, was in dich gefahren ist, wir sollten ihn vor die Tür setzen!« Und Mustapha antwortete ruhig: »Der arme Junge ist vor Kummer ja ganz durcheinander – wie können wir also, du mußt ihn dir nur einmal ansehen. Er ist nicht ganz richtig im Kopf, hat so viel durchgemacht.« Nicht ganz richtig im Kopf! Das war ungeheuerlich, daß das ausgerechnet von ihnen kam – von dieser Familie, neben der ein Stamm schnatternder Kannibalen beherrscht und zivilisiert ausgesehen hätte! Warum ließ ich mir das gefallen? Weil ich ein Mann war, der einen Traum träumte. Aber vierhundertzwanzig Tage lang ging dieser Traum nicht in Erfüllung.

Ein traurig herunterhängender Schnurrbart, groß-aber-gebeugt, eine ewige Numer Zwei: mein Onkel Mustapha war nicht mein Onkel Hanif. Er war nun das Oberhaupt der Familie, der einzige seiner Generation, der den Holocaust von 1965 überlebt hatte; aber er war mir überhaupt keine Hilfe ... eines bitteren Abends wagte ich mich in seine mit Genealogien vollgestopfte Höhle und erklärte ihm – mit angemessener Feierlichkeit und ehrerbietigen, jedoch entschlossenen Gesten – meine historische Mission, die Nation vor dem Verderben zu retten. Er aber seufzte tief und sagte: »Hör zu, Saleem, was soll ich deiner Ansicht nach tun? Du wohnst bei mir, du ißt mein Brot und tust nichts – aber das ist in Ordnung, du hast schließlich zum Haushalt meiner verstorbenen Schwester gehört, und ich muß für dich sorgen – also bleib, ruh dich aus, erhol dich, dann wollen wir weitersehen. Wenn du einen Posten als Angestellter oder so etwas haben willst, das kann vielleicht arrangiert werden. Aber verzichte auf diese Träume von Gott-weiß-was. Unser Land ist in sicheren Händen. Schon jetzt führt Indiraji radikale Reformen durch – Landreformen, Steuerstrukturierung, Erziehungswesen, Geburtenkontrolle – überlaß das ihr und ihrer Regierung.« So gönnerhaft behandelt hat er mich, Padma! Als sei ich ein dummes Kind! O wie beschämend, wie entwürdigend und beschämend, von Tölpeln herablassend behandelt zu werden!

Bei jeder Biegung stellt sich mir etwas in den Weg; ich bin ein Prophet in der Wüste, wie Maslama, wie ibn Sinan! Wie sehr ich mich auch anstrenge, die Wüste ist mein Schicksal. Oh, wie armselig die mangelnde Hilfsbereitschaft speichelleckerischer Onkel ist! Oh, wie zweitrangige kriecherische Verwandte die Ambitionen hemmen! Daß mein Onkel meine Bitte um ein höheres Amt abschlug, hatte eine einschneidende Auswirkung: je mehr er seine Indira pries, desto mehr verabscheute ich sie. Im Grunde bereitete er mich auf meine Rückkehr ins Getto der Magier vor und auf... auf *sie*... Die Witwe.

Eifersucht: das war es. Die grüne Eifersucht meiner verrückten Tante Sonia, die wie Gift ins Ohr meines Onkels tröpfelte, hielt ihn davon ab, auch nur einen Handschlag zu tun, um mir zu meiner erwählten Laufbahn zu verhelfen. Die Großen hängen immer von der Gnade unbedeutender Männer ab. Und auch von der Gnade unbedeutender verrückter Frauen.

Am vierhundertachtzehnten Tag meines Aufenthalts veränderte sich etwas in der Atmosphäre des Irrenhauses. Jemand kam zum Essen: jemand mit einem Kugelbauch, einem spitz zulaufenden Kopf voll fettiger Locken und einem Mund, so fleischig wie die Schamlippen einer Frau. Ich meinte ihn von Zeitungsfotos her zu erkennen. Ich wandte mich an einen meiner geschlechtslosen alterslosen gesichtslosen Vettern und erkundigte mich interessiert: »Ist das nicht, wie heißt er noch, Sanjay Gandhi?« Aber die zermalmte Kreatur war zu kaputt, um antworten zu können... war er es, war er es nicht? Zu jener Zeit wußte ich noch nicht, was ich jetzt niederschreibe: daß bestimmte hohe Tiere in dieser außergewöhnlichen Regierung (und auch bestimmte Söhne von Ministerpräsidentinnen, die niemand in irgendein Amt gewählt hatte) die Fähigkeit erworben hatten, sich zu vervielfältigen... ein paar Jahre später sollte es überall in Indien ganze Sanjay-Banden geben! Kein Wunder, daß diese unglaubliche Dynastie alle anderen zwingen wollte, Geburtenkontrolle zu üben... vielleicht war er es also, vielleicht auch nicht. Auf jeden Fall verschwand jemand mit Mustapha Aziz im Arbeitszimmer meines Onkels, und in jener Nacht tauchte eine verschlossene schwarze Ledermappe auf – ich erhaschte einen Blick darauf –, auf der stand TOP SECRET und PROJEKT MKK; und am nächsten Morgen sah mein Onkel mich mit anderen Augen an, angstvoll beinah oder mit diesem besonderen Blick des Abscheus, den Beamte für diejenigen reservieren, die offiziell in Ungnade fallen. Damals hätte mir klar sein müssen, was mir bevorstand, aber im nachhinein betrachtet ist alles einfach. Die Einsicht kommt mir nun, zu spät, nun, da ich endgültig an den Rand der Geschichte gedrängt bin, nun, da die Verbindungen zwischen meinem Leben und dem der Nation für immer

gelöst sind . . . um dem unerklärlichen Blick meines Onkels zu entgehen, ging ich hinaus in den Garten und traf Parvati-die-Hexe.

Sie hockte, den Korb der Unsichtbarkeit neben sich, auf dem Bürgersteig; als sie mich sah, leuchteten ihre Augen vorwurfsvoll auf. »Du
hast gesagt, du würdest kommen, aber du hast es nie getan, deshalb bin
ich«, stotterte sie. Ich senkte den Kopf. »Ich war in Trauer«, sagte ich
lahm, und sie: »Aber du hättest doch trotzdem – mein Gott, Saleem, du
ahnst ja nicht, in unserer Kolonie kann ich keinem von meiner wahren
Zauberkraft erzählen, noch nicht einmal Picture Singh, der wie ein
Vater zu mir ist. Ich muß sie immer unter Verschluß halten, denn sie
glauben an so was nicht, und ich dachte: Jetzt ist Saleem gekommen,
jetzt habe ich endlich einen Freund, wir können reden, wir können
zusammensein, wir sind ja beide und haben gewußt – und, arré, wie
soll ich es sagen, Saleem – dir ist es egal, du hast bekommen, was du
wolltest, und bist einfach fortgegangen, ich bedeute dir nichts, ich
weiß . . .«

In jener Nacht hatte meine verrückte Tante Sonia, die nur wenige Tage
später in eine Zwangsjacke gesteckt werden sollte (es kam in die Zeitung, innen ein kleiner Artikel; das Ministerium meines Onkels muß
verärgert gewesen sein), eine der wilden Eingebungen der wahrhaft
Wahnsinnigen und platzte in das Schlafzimmer, in das eine halbe Stunde zuvor jemand mit untertassengroßen Augen durch das Fenster im
Erdgeschoß eingestiegen war. Sie fand mich mit Parvati-der-Hexe im
Bett, und danach hatte mein Onkel Mustapha kein Interesse mehr
daran, mir Obdach zu gewähren, sondern er sprach: »Du stammst von
Straßenkehrern ab und wirst dein Leben lang ein Dreckskerl bleiben.«
Am vierhundertzwanzigsten Tag nach meiner Ankunft verließ ich, aller Familienbande ledig, das Haus meines Onkels und kehrte endlich zu
meinem wahren Erbe, Armut und Elend, zurück, um das ich durch
Mary Pereiras Verbrechen so lange betrogen gewesen war. Parvati-die-
Hexe wartete am Straßenrand auf mich; ich erzählte ihr nicht, daß ich
in gewisser Hinsicht über die Unterbrechung froh gewesen war, denn
als ich sie im Dunkel jener unerlaubten Mitternacht küßte, hatte ich
gesehen, wie ihr Gesicht sich veränderte und zum Gesicht einer verbotenen Liebe wurde; die geisterhaften Züge Jamilas der Sängerin traten
an die Stelle der Züge des Hexenmädchens. Jamila, die sich (ich weiß
es!) in ein Nonnenkloster in Karatschi gerettet hatte, war plötzlich
ebenfalls hier, nur hatte sie eine geheimnisvolle Verwandlung durchgemacht. Sie hatte begonnen zu faulen, die entsetzlichen Pusteln und

Geschwüre verbotener Liebe breiteten sich über ihr Gesicht aus. So wie einst der Geist Joe D'Costas verfault war, besessen von der okkulten Lepra der Schuld, blühten die widerlichen Blumen des Inzests auf dem gespensterhaften Gesicht meiner Schwester, und ich konnte es nicht, konnte dieses unerträgliche Geistergesicht nicht küssen berühren ansehen. Ich war nahe daran, mit einem Schrei verzweifelter Sehnsucht und Beschämung zurückzuzucken, als Sonia Aziz mit elektrischem Licht und Geschrei über uns herfiel.

Und was Mustapha betraf, so war der verfängliche Akt, den ich zusammen mit Parvati beging, in seinen Augen vielleicht nicht mehr als ein nützlicher Vorwand, um mich loszuwerden; doch ob es wirklich stimmt, wird sich nie mit Sicherheit beweisen lassen, weil die schwarze Mappe verschlossen war – mein Verdacht stützt sich nur auf einen bestimmten Ausdruck in seinen Augen, einen Geruch von Angst, drei Initialen auf einem Etikett – und weil später, als alles zu Ende war, eine gefallene Dame und ihr schamlippiger Sohn hinter geschlossenen Türen zwei Tage damit verbrachten, Akten zu verbrennen. Und wie können wir wissen, ob eine davon mit MKK etikettiert war oder nicht?

Ich wollte sowieso nicht bleiben. Familie: ein überbewerteter Begriff. Glauben Sie nicht, daß ich traurig gewesen wäre! Glauben Sie bloß nicht, daß mir bei meinem Ausschluß aus dem letzten gastfreundlichen Heim, das mir offenstand, ein Kloß im Halse hochgestiegen wäre! Ich sage Ihnen, ich war guter Laune, als ich wegging . . . vielleicht stimmt etwas bei mir nicht, vielleicht mangelt es mir grundsätzlich an emotionaler Reaktionsfähigkeit; doch meine Gedanken strebten immer nach Höherem. Daher bin ich so unverwüstlich. Schlagen Sie mich: ich stehe wieder auf. (Aber gegen die Risse nützt kein Widerstand.)

Um das Ganze zusammenzufassen: ich entsagte meinen früheren naiven Hoffnungen auf ein höheres Amt im Staatsdienst und kehrte zum Slum der Magier und der Chaya der Freitagsmoschee zurück. Wie Gautama, der erste und wahre Buddha, gab ich mein bequemes Leben auf und ging wie ein Bettler in die Welt. Das war am 23. Februar 1973; Bergwerke und Weizenhandel wurden verstaatlicht, die Ölpreisspirale drehte sich immer höher und sollte nach einem Jahr viermal so hoch sein, in der Kommunistischen Partei Indiens war die Kluft zwischen Danges Moskau-Fraktion und Namboodiripads CPI(M) unüberbrückbar geworden, und ich, Saleem Sinai, war wie Indien fünfundzwanzig Jahre, sechs Monate und acht Tage alt.

Die Magier waren durch die Bank Kommunisten. Ja, richtig: Rote! Aufrührer, eine Gefahr für die Öffentlichkeit, der Abschaum der Erde – eine Gemeinschaft von Gottlosen, die lästerlicherweise direkt im Schatten des Gotteshauses lebten! Schamlos noch dazu; in aller Unschuld scharlachrot; geboren mit dem blutigen Fleck auf der Seele! Und lassen Sie mich sofort anmerken, daß ich, der ich in Indiens anderem wahren Glauben, den wir als Businessismus bezeichnen können, erzogen worden war und seine Anhänger verlassen hatte und von ihnen verlassen worden war, mich auf der Stelle geborgen und zu Hause fühlte, nachdem ich das entdeckt hatte. Als ein abtrünniger Businessist begann ich fanatisch rot und röter zu werden, so bestimmt und so vollständig, wie mein Vater einst weiß geworden war, so daß meine Mission, das Land zu retten, nun in einem neuen Licht gesehen werden konnte. Revolutionäre Methodenlehren boten sich an. Nieder mit der Herrschaft unkooperativer Flimmerkisten-Onkel und ihrer geliebten Führer! Erfüllt von dem Gedanken der direkten Kommunikation mit den Massen, ließ ich mich in der Magierkolonie nieder und verdiente mir einen kargen Lebensunterhalt, indem ich ausländische und einheimische Touristen mit meiner wundersamen scharfsinnigen Nase unterhielt, die mich befähigte, ihre bescheidenen touristischen Geheimnisse herauszuschnüffeln. Picture Singh lud mich ein, seine Hütte mit ihm zu teilen. Ich schlief auf Sackfetzen zwischen Körben, in denen Schlangen zischten, doch es machte mir nichts aus – auch merkte ich, daß ich fähig war, Hunger Durst Moskitos und (in der ersten Zeit) die bittere Kälte eines Winters in Delhi zu ertragen. Dieser Picture Singh, der Bezauberndste Mann der Welt, war auch unbestritten der Häuptling des Gettos; Händel und Probleme wurden im Schatten seines allgegenwärtigen und enormen schwarzen Schirms gelöst, und ich, der ich nicht nur riechen, sondern auch lesen und schreiben konnte, wurde eine Art Adjutant dieses imposanten Mannes, der seinen Schlangenvorführungen unweigerlich einen Vortrag über Sozialismus folgen ließ und der in den Hauptstraßen und Gassen der Stadt für mehr als nur seine Geschicklichkeit als Schlangenbeschwörer berühmt war. Ich kann mit absoluter Sicherheit sagen, daß Picture Singh der größte Mann war, den ich je kennenlernte.

Eines Nachmittags während der Chaya wurde das Getto von einer weiteren Ausgabe des schamlippigen jungen Mannes besucht, den ich bei meinem Onkel Mustapha gesehen hatte. Auf den Stufen der Moschee stehend, entfaltete er ein Banner, das dann von zwei Helfern hochgehalten wurde. Darauf war zu lesen: FORT MIT DER ARMUT, und es trug das Symbol der Indira-Kongreßpartei, das an der Kuh saugende Kalb. Sein Gesicht ähnelte bemerkenswert einem runden Kalbsgesicht, und als er sprach, entfesselte er einen Taifun üblen Mundgeruchs: »O Brüder! O Schwestern! Was hat die Kongreßpartei euch zu sagen? Dies: alle Menschen sind gleich geschaffen!« Weiter kam er nicht, die Menge zog sich vor seinem Atemhauch zurück, der roch wie Bullenscheiße unter heißer Sonne, und Picture Singh begann schallend zu lachen: »O ha ha, Hauptmann, das ist wirklich zu komisch, Herr!« Und der Schamlippige, dämlich: »Okay, Sie da, Bruder, dürfen wir auch lachen?« Picture Singh schüttelte den Kopf, hielt sich die Seiten: »Oh, was für eine Rede, Hauptmann! Absolutes Meisterwerk!« Sein Lachen rollte unter seinem Schirm hervor und steckte die Menge an, bis wir uns alle lachend auf der Erde wälzten, Ameisen zerquetschten, von Kopf bis Fuß in Staub gehüllt wurden und die Stimme des Kongreß-Mondkalbs sich in Panik erhob: »Was soll das? Glaubt dieser Kerl etwa nicht, daß wir gleich sind? Was für eine schlechte Meinung er haben muß . . .«, aber nun schritt Picture Singh, den Schirm über dem Kopf, auf seine Hütte zu. Erleichtert fuhr der Schamlippige mit seiner Rede fort . . . doch nicht lange, denn Picture Singh kam wieder, mit einem kleinen runden Deckelkorb unter dem linken und einer Holzflöte unter dem rechten Arm. Er stellte den Korb auf die Stufe neben die Füße des Kongreß-Wallahs, hob den Deckel ab, setzte die Flöte an die Lippen. Unter erneutem Gelächter sprang der junge Politikus einen halben Meter in die Luft, als eine Königskobra schläfrig aus ihrer Behausung auftauchte . . . Der Schamlippige heult auf: »Was machen Sie da? Wollen Sie mich umbringen?« Doch Picture Singh, der seinen Schirm inzwischen zusammengeklappt hat, ignoriert ihn und spielt weiter, immer ungestümer, und die Schlange entrollt sich, schneller schneller spielt Picture Singh, bis die Flötenmusik jeden Schlupfwinkel des Slums erfüllt und droht, die Mauern der Moschee zu erklimmen, und schließlich ragt die große Schlange, in der Luft schwebend, nur von der Verzauberung durch die Melodie gestützt, fast zwei Meter hoch aus dem Korb und tanzt auf dem Schwanz . . . Picture Singh spielt sanfter. Nagaraj rollt sich wieder zusammen. Der Bezauberndste Mann der Welt hält dem jungen Mann von der Kongreßpartei die Flöte hin. »Na, Hauptmann«, sagt Picture Singh zuvorkommend, »versuchen Sie's mal.« Doch der Schamlippige: »Mann, Sie wissen doch, daß ich das nie könnte!« Darauf schnappt sich Picture Singh die

Kobra direkt unterhalb des Kopfes, reißt seinen Mund weit weit weit auf und stellt dabei ein heroisches Wrack von Zähnen und Gaumen zur Schau. Mit dem linken Augen zwinkert er dem jungen Mann von der Kongreßpartei zu und steckt den züngelnden Schlangenkopf in seine abscheulich gähnende Öffnung! Eine ganze Minute verstreicht, ehe Picture Singh die Kobra in den Korb zurücklegt. Sehr freundlich sagt er zu dem jungen Mann: »Sehen Sie, Hauptmann, hier liegt der Kern der Sache: manche Menschen sind besser, andere schlechter. Aber wenn Sie anderer Ansicht sind, will ich Ihnen Ihren Glauben nicht nehmen.«

Als er diese Szene beobachtete, lernte Saleem, daß Picture Singh und die Magier Menschen waren, die die Realität fest im Griff hatten; so fest hielten sie sie gepackt, daß sie sie im Dienst ihrer Künste drehen und wenden konnten, wie sie wollten; doch nie vergaßen sie, was sie in Wirklichkeit war.

Die Probleme des Magiergettos waren die Probleme der kommunistischen Bewegung in Indien. Innerhalb der Grenzen der Kolonie konnte man die vielen Spaltungen und Zwistigkeiten, die die Partei im ganzen Land erschütterten, en miniature wiederfinden. Picture Singh, beeile ich mich hinzuzufügen, war darüber erhaben; er, der Patriarch des Gettos, besaß einen Schirm, dessen Schatten die Eintracht unter den hadernden Fraktionen wiederherstellte. Doch die Streitigkeiten, über die unter dem Schirmdach des Schlangenbeschwörers verhandelt wurde, arteten immer mehr aus, als die eigentlichen Gaukler, die, die Kaninchen aus Hüten zogen, sich solidarisch hinter Danges offizielle moskautreue CPI stellten, die Frau Gandhi während des ganzen Ausnahmezustands unterstützte, während die Schlangenmenschen weiter nach links und zu den schrägen Verworrenheiten des chinesisch orientierten Flügels tendierten. Feuer- und Schwertschlucker priesen die Guerillataktik der Naxaliten-Bewegung, während Hypnotiseure und Zauberer, Die-über-glühende-Kohlen-schritten, für Namboodiripads Manifest (er war weder Moskowiter noch Pekinese) eintraten und die Gewalttätigkeit der Naxaliten beklagten. Bei den Falschspielern gab es trotzkistische Tendenzen und bei den gemäßigten Mitgliedern der Bauchredner-Sektion sogar eine Bewegung, die Kommunismus-durch-Wahlen forderte. Ich war in ein Milieu gekommen, in dem religiöse und regionalistische Engstirnigkeit zwar vollkommen fehlte, in dem jedoch unsere uralte nationale Begabung, sich durch Teilung zu vermehren, ein neues Ventil gefunden hatte. Bekümmert erzählte mir

Picture Singh, daß es während der allgemeinen Wahlen im Jahre 1971 anläßlich eines Streits zwischen einem naxalitischen Feuerschlucker und einem moskautreuen Zauberer zu einem bizarren Mord kam. Erzürnt über die Ansichten des ersteren, hatte der Zauberkünstler versucht, eine Pistole aus seinem Zauberhut zu ziehen, doch kaum hatte er die Waffe zum Vorschein gebracht, als der Anhänger Ho Chi Minhs seinen Widersacher mit einer schrecklichen lodernden Flamme so versengte, daß er starb.

Unter seinem Schirm sprach Picture Singh von einem Sozialismus, der nicht auf ausländischen Einflüssen beruhte. »Hört zu, Hauptmänner«, sagte er zu Bauchrednern und Puppenspielern, die miteinander auf Kriegsfuß standen, »geht ihr etwa in eure Dörfer und redet von Stalins und Maos? Macht es Biharis oder Tamilen-Bauern etwas aus, daß Trotzki ermordet wurde?« Die Chaya seines magischen Schirms beruhigte auch die ungezügeltsten Hexenmeister und ließ mich zu der Überzeugung gelangen, daß der Schlangenbeschwörer Picture Singh in nicht allzu ferner Zeit in die Fußstapfen Mian Abdullahs treten würde (lang, lang ist's her), daß er wie der legendäre Kolibri das Getto verlassen und mit schierer Willenskraft die Zukunft gestalten würde und daß er sich, anders als der Held meines Großvaters, nicht aufhalten ließe, bis er und seine Sache den Sieg davongetragen hätten ... aber, aber. Immer ein Aber. Was geschah, geschah. Das wissen wir alle.

Bevor ich mich wieder meiner Lebensgeschichte zuwende, möchte ich gern kundtun, daß es Picture Singh war, der mir anhand eines Zeitungsfotos von Frau Gandhi klarmachte, daß die korrupte »schwarze« Wirtschaft des Landes ebensolche Ausmaße angenommen hatte wie die offizielle »weiße«. Ihr Haar, in der Mitte gescheitelt, war auf der einen Seite schneeweiß und auf der anderen schwarz wie die Nacht, so daß sie, je nachdem, welche Seite sie präsentierte, entweder einem Wiesel oder einem Hermelin glich. Die Wiederkehr des Mittelscheitels in der Geschichte und die Wirtschaft als Gegenstück zur Frisur einer Ministerpäsidentin ... diese wichtigen Erkenntnisse verdanke ich dem Bezauberndsten Mann der Welt. Es war Picture Singh, der mir erzählte, daß Mishra, der Eisenbahnminister, gleichzeitig der offiziell ernannte Minister für Bestechung war, durch den die größten Abschlüsse in der schwarzen Wirtschaft getätigt wurden und der auch dafür sorgte, daß die richtigen Minister und Beamten geschmiert wurden. Ohne Picture Singh hätte ich vielleicht nie etwas von der Wahlschiebung bei den Bundeswahlen in Kaschmir erfahren. Die Demokratie liebte er jedoch nicht: »Gott verdamme dieses Wahlspektakel, Hauptmann«, sagte er zu mir. »Jedesmal, wenn das an der Reihe ist, passiert was Schlimmes, und unsere Landsleute benehmen sich wie die Clowns.« Ich, in meinem Dürsten nach Revolution, bestritt mitnichten die Meinung meines Lehrmeisters.

Natürlich gab es auch ein paar Ausnahmen von den Regeln des Gettos: ein oder zwei Zauberer behielten ihren Hindu-Glauben bei und schlossen sich der sektiererischen Hindu-Partei Jana Sangh oder den berüchtigten Ananda-Marg-Extremisten an; bei den Jongleuren gab es sogar Swatantra-Wähler. Im nichtpolitischen Sinne war die alte Dame Resham Bibi eines der wenigen Mitglieder der Gemeinschaft, die unheilbare Phantasten blieben und (beispielsweise) dem Aberglauben huldigten, demzufolge Frauen nicht auf Mangobäume klettern durften, weil ein Mangobaum, der einmal das Gewicht einer Frau getragen hatte, danach immer bittere Früchte tragen würde . . . und da war der seltsame Fakir namens Chishti Kahn, dessen Gesicht so glatt und schimmernd war, daß niemand wußte, ob er neunzehn oder neunzig war, und der seine Hütte mit einer sagenhaften Schöpfung aus Bambusstökken und Fetzen leuchtend bunten Papiers umgeben hatte, so daß seine Behausung aussah wie eine verkleinerte vielfarbige Ausgabe des in der Nähe gelegenen Roten Forts. Erst wenn man durch das Tor ging, das an den Eingang zu einer Burg erinnerte, erkannte man, daß sich hinter der übertrieben akkuraten Fassade mit Zinnen und Schanzen aus Bambus und Papier ein Elendsquartier aus Blech und Pappe wie alle anderen verbarg. Chishti Khan hatte dadurch, daß er seine Sachkenntnis in punkto Zaubern sein wirkliches Leben beeinflussen ließ, den einen unverzeihlichen Fauxpas begangen; er war im Getto nicht beliebt. Die Magier hielten sich von ihm fern, damit sie von seinen Träumen nicht krank gemacht wurden.
Deshalb werden Sie verstehen, warum Parvati-die-Hexe, die Besitzerin wahrhaft wundersamer Kräfte, sie ihr Leben lang geheimgehalten hatte; das Geheimnis der Gaben, die ihr die Mitternacht verliehen hatte, wäre ihr von einer Gemeinschaft, die stets die Möglichkeit des Wunders geleugnet hatte, nicht leicht verziehen worden.

Auf der rückwärtigen Seite der Freitagsmoschee, wo die Magier einen nicht sehen konnten und Gefahr nur von Leuten drohte, die im Abfall kramten, nach herrenlosen Kisten fahndeten und nach Wellblech such-

ten, zeigte mir Parvati-die-Hexe, scharf wie Mostrich, was sie konnte.
In einem bescheidenen Shalwar-kameez, zusammengestoppelt aus den
Überresten von einem Dutzend anderer, gab die Mitternachtszauberin
mit dem Schwung und der Begeisterung eines Kindes eine Vorstellung
für mich. Mit untertassengroßen Augen, einem Pferdeschwanz, dick
wie ein Tau, schön geschwungenen vollen roten Lippen . . . niemals
hätte ich ihr so lange widerstehen können, wäre da nicht dieses Gesicht
gewesen, die kranken verwesenden Augen Nase Lippen von . . . Anfangs schienen Parvatis Fähigkeiten keine Grenzen gesetzt zu sein.
(Aber es gab welche.) Nun also: wurden Dämonen heraufbeschworen?
Tauchten Dschinns auf und boten Reichtümer und Weltreisen auf fliegenden Teppichen an? Wurden Frösche in Prinzen verwandelt, und
wurden Steine zu Juwelen? Wurden Seelen verkauft, und erstanden
Tote auf? Nichts dergleichen: die Zauberei, die Parvati-die-Hexe für
mich vollbrachte – die einzige Zauberei, die auszuüben sie je bereit war
–, gehörte zur weißen Magie. Es war, als ob das »Geheime Buch« der
Brahmanen, der Atharvaveda, ihr alle seine Geheimnisse offenbart hätte; sie konnte Krankheiten heilen und gegen Gifte wirken (um das zu
beweisen, ließ sie sich von Schlangen beißen und bekämpfte ihr Gift
mit einem seltsamen Ritual; dazu gehörte es, daß sie zum Schlangengott Takshasa betete, Wasser trank, in das die heilenden Kräfte des
Krimukabaums und die von alten Kleidungsstücken, die man in Wasser
gekocht hatte, eingegangen waren, und dazu mußte sie noch einen
Zauberspruch aufsagen: *Garudamand, der Adler, trank Gift, doch es
hatte keine Macht über ihn; und auf die gleiche Weise habe ich seine
Macht aus der Bahn geworfen, so wie man einen Pfeil aus seiner Bahn
bringt*) – sie konnte Wunden heilen und Talismane weihen – sie kannte
den Sraktya-Zauber und den Baumritus. Und all dies zeigte sie mir in
einer Reihe nächtlicher Sondervorstellungen unter den Mauern der
Moschee – aber trotzdem war sie nicht glücklich.
Wie immer muß ich die Verantwortung auf mich nehmen; der Geruch
von Trauer, der Parvati-die-Hexe umgab, war mein Werk. Denn sie
war fünfundzwanzig Jahre alt und wollte mehr von mir als meine
Bereitschaft, ihr Publikum zu sein; Gott weiß warum, aber sie wollte
mich in ihrem Bett – oder, um genau zu sein, sie wollte, daß ich ihr auf
dem Stück Sackleinen beischlief, das ihr als Bett in der Hütte diente, die
sie mit Schlangenmenschen aus Kerala teilte, drei weiblichen Drillin-
gen, die verwaist waren, ebenso wie sie – ebenso wie ich.
Was sie für mich tat: dank der Macht ihrer Magie begann Haar zu

wachsen, wo keins mehr gewachsen war, seit Herr Zagallo zu fest
gezogen hatte; ihre Hexenkunst brachte die Geburtsmale auf meinem
Gesicht durch heilende Kräuterumschläge zum Verschwinden; selbst
meine Beine, so schien es, waren dank ihrer Fürsorge nicht mehr ganz
so krumm. (Für mein eines schlechtes Ohr konnte sie jedoch nichts
tun; keine Zauberkraft auf Erden ist stark genug, das Vermächtnis der
Eltern auszulöschen.) Aber was auch immer sie für mich tat, ich war
nicht in der Lage, für sie das zu tun, was sie am meisten wünschte.
Denn obwohl wir uns gemeinsam auf der rückwärtigen Seite der Moschee an der Mauer niederließen, zeigte das Mondlicht mir, wie ihr
Nachtgesicht sich verwandelte, sich stets in das meiner fernen, entschwundenen Schwester verwandelte ... nein, nicht meiner Schwester ... in das verweste, häßlich entstellte Gesicht von Jamila der Sängerin. Parvati salbte ihren Körper mit Pasten und Ölen, durchtränkt
von erotischer Magie, sie kämmte ihr Haar tausendmal mit einem
Kamm aus aphrodisischen Hirschknochen, und in meiner Abwesenheit
(dessen bin ich mir sicher) muß sie allen möglichen Liebeszauber ausprobiert haben, doch ich war im Bann eines älteren Zaubers und konnte
anscheinend nicht erlöst werden. Ich war dazu verdammt, zu sehen,
wie die Gesichter der Frauen, die mich liebten, sich verwandelten in die
Züge von ... aber Sie wissen ja, wessen zerfallende Züge erschienen
und meine Nasenlöcher mit ihrem unheiligen Gestank erfüllten.
»Armes Mädchen«, seufzt Padma, und ich gebe ihr recht; doch bis Die
Witwe mir Vergangenheit Gegenwart Zukunft entzog, blieb ich unter
dem Zauberbann des Äffchens.
Als Parvati-die-Hexe sich endlich ihr Scheitern eingestand, bekam sie
über Nacht einen ausgeprägten, beunruhigenden Schmollmund. Sie
schlief in der Hütte der Gummimenschen-Waisen ein, und beim Erwachen waren ihre vollen Lippen unsagbar sinnlich schmollend vor-
geschoben. Die verwaisten Drillinge erzählten ihr beunruhigt kichernd,
was mit ihrem Gesicht geschehen war; energisch versuchte sie, ihre
Gesichtszüge wieder in die richtige Stellung zu bringen, doch weder
Muskeln noch Hexerei konnten ihr früheres Aussehen wiederherstellen; schließlich fand Parvati sich mit ihrer Tragödie ab und resignierte,
so daß Resham Bibi jedem, der es hören wollte, erzählte: »Das arme
Mädchen – ein Gott muß sie angehaucht haben, als sie eine Grimasse
schnitt.«
(In jenem Jahr trugen zufällig alle schicken Damen in den Städten aus
erotischem Kalkül genauso einen Ausdruck zur Schau; die hochnäsigen

Mannequins in der Eleganza-73-Modenschau liefen alle mit einem Schmollmund über den Laufsteg. In der entsetzlichen Armut des Magierslums befand sich die schmollende Parvati wenigstens in dieser Hinsicht auf der Höhe der Mode.)

Die Magier verwandten viel Energie auf das Problem, Parvati wieder zum Lächeln zu bringen. Sie opferten einen Teil ihrer Zeit, stellten ihre Arbeit hintan und auch banalere Beschäftigungen, wie Blech- und Papphütten, die im Sturm umgefallen waren, wieder aufzubauen oder Ratten zu töten, und führten ihr zu Gefallen ihre schwierigsten Kunststücke vor, doch der Schmollmund blieb. Resham Bibi bereitete einen grünen Tee, der nach Kampfer roch, und flößte ihn Parvati ein. Der Tee bewirkte eine so gründliche Verstopfung, daß man sie neun Wochen lang nicht mehr hinter ihrer Hütte den Darm entleeren sah. Zwei jungen Jongleuren kam der Gedanke, daß sie vielleicht von neuem um ihren verstorbenen Vater traure, und sie machten sich daran, sein Porträt auf einen Fetzen alten Segeltuchs zu zeichnen, den sie über ihre Matte aus Sackleinen hängten. Die Drillinge machten Witze, und Picture Singh, zutiefst besorgt, befahl seinen Kobras, sich zu verknoten; doch nichts funktionierte, denn wenn es schon Parvatis Kräfte überstieg, ihre verschmähte Liebe zu heilen, welche Hoffnung konnten die anderen dann hegen? Die Macht von Parvatis Schmollmund schuf im Getto ein namenloses Gefühl des Unbehagens, das die ganze Feindseligkeit der Magier gegenüber dem Unbekannten nicht völlig zerstreuen konnte.

Und dann hatte Resham Bibi eine Idee. »Narren sind wir«, sagte sie zu Picture Singh, »sehen noch nicht einmal, was wir direkt vor der Nase haben. Das arme Mädchen ist fünfundzwanzig, Baba – beinah eine alte Frau! Sie sehnt sich nach einem Ehemann!« Picture Singh war beeindruckt. »Resham Bibi«, sagte er anerkennend, »dein Gehirn ist doch noch nicht abgestorben.«

Danach widmete Picture Singh sich der Aufgabe, einen passenden jungen Mann für Parvati zu finden; viele der jüngeren Männer im Getto wurden beschwatzt gepiesackt bedroht. Eine Reihe von Kandidaten wurden vorgeführt, Parvati aber wies sie alle ab. An dem Abend, an dem sie Bismillah Khan, dem vielversprechendsten Feuerschlucker der Kolonie, sagte, er solle mit seinem Atem, der nach scharfen Chilis roch, woanders hingehen, gab sogar Picture Singh alle Hoffnung auf. An dem Abend sagte er zu mir: »Hauptmann, das Mädchen bereitet mir nur Kummer und bringt mich noch zur Verzweiflung. Du bist mit ihr befreundet – hast du keine Idee?« Dann kam ihm selbst eine Idee, eine Idee, die hatte warten müssen, bis er verzweifelt war, denn selbst Picture Singh war nicht frei von Standesdenken – weil er mich wegen meiner angeblich »höheren« Geburt als »zu gut« für Parvati betrachtete, hatte der alternde Kommunist bis jetzt nicht daran gedacht, daß ich . . . »Sag mir eins, Hauptmann«, fragte Picture Singh scheu, »hast du vor, eines Tages zu heiraten?«

Saleem Sinai spürte, wie Panik in ihm aufstieg.

»He, hör mal, Hauptmann, du magst doch das Mädchen, oder?« – Und ich, unfähig, das zu leugnen, sagte: »Natürlich.« Und nun grinste Picture Singh von einem Ohr zum anderen, während Schlangen in Körben zischten. »Magst du sie sehr, Hauptmann? *Sehr* sehr?« Doch ich dachte an Jamilas Gesicht in der Nacht und traf eine verzweifelte Entscheidung: »Pictureji, ich kann sie nicht heiraten.« Worauf er stirnrunzelnd fragte: »Bist du vielleicht schon verheiratet, Hauptmann? Hast irgendwo Frau und Kinder, die auf dich warten?« Jetzt gab es kein Zurück mehr; leise und beschämt sagte ich: »Ich kann niemanden heiraten, Pictureji. Ich kann keine Kinder haben.«

Die Stille im Schuppen wurde vom Zischen der Schlangen und dem nächtlichen Bellen streunender Hunde unterbrochen.

»Sagst du auch die Wahrheit, Hauptmann? Ist es medizinisch bewiesen?«

»Ja.«

»Wenn es nämlich um diese Dinge geht, darf man nicht lügen, Hauptmann. Es bringt Unglück, großes Unglück, wenn man über seine Männlichkeit Späße macht. Dann kann man für nichts mehr garantieren, Hauptmann.«

Und ich ließ mich dazu verleiten, noch beharrlicher zu lügen, und beschwor den Fluch Nadir Khans, der auch der Fluch meines Onkels Hanif und während der Einfrierung und ihres langen Nachspiels auch der meines Vaters war, auf mich selbst herab: »Ich sag's dir doch«, schrie Saleem, »es ist wahr, und damit hat's sich!«

»Ja, dann, Hauptmann«, sagte Pictureji mit tragischer Stimme und schlug sich mit dem Handgelenk gegen die Stirn, »dann weiß nur noch der liebe Gott, was man mit dem armen Mädchen tun soll.«

Eine Hochzeit

Ich heiratete Parvati-die-Hexe am 23. Februar 1975, am zweiten Jahrestag meiner Rückkehr als Ausgestoßener ins Magiergetto.

Padma erstarrt: angespannt wie eine strammgezogene Wäscheleine fragt sie forschend: »Verheiratet? Aber erst gestern abend hast du noch gesagt, du würdest nicht – und warum hast du's mir in all diesen Tagen, Wochen, Monaten nicht erzählt?« Ich blicke sie traurig an und erinnere sie daran, daß ich den Tod meiner armen Parvati, die keines natürlichen Todes gestorben ist, schon erwähnt habe . . . langsam entspannt sich Padma, während ich fortfahre: »Frauen haben mich gemacht, und Frauen haben mich zerstört. Von der Ehrwürdigen Mutter bis zur Witwe und darüber hinaus war ich auf Gedeih und Verderb dem meiner Ansicht nach fälschlicherweise so genannten schwachen Geschlecht preisgegeben. Vielleicht ist auch das eine Frage der Verknüpfung: betrachtet man nicht auch Mutter Indien, Bharat-Mata, im allgemeinen als ein weibliches Wesen? Und wie du weißt, kann man ihr nicht entrinnen.«

In dieser Geschichte hat es zweiunddreißig Jahre vor meiner Geburt gegeben, bald vollende ich vielleicht selbst mein einunddreißigstes Jahr. Dreiundsechzig Jahre lang, vor und nach Mitternacht, haben Frauen ihr Bestes und auch, muß ich sagen, ihr Schlechtestes gegeben.

Im Haus eines blinden Grundbesitzers am Ufer eines kaschmirischen Sees verurteilte Naseem Aziz mich zu den unumgänglichen Laken mit dem Loch, und im Wasser desselben Sees floß Ilse Lubin in die Geschichte, und ich habe ihren Todeswunsch nicht vergessen.

Noch bevor sich Nadir Khan in seiner Unterwelt versteckte, war meine Großmutter dadurch, daß sie Ehrwürdige Mutter wurde, die erste einer Reihe von Frauen geworden, die ihre Namen änderten, eine Reihe, die heute noch fortdauert – und die sogar in Nadir einging, der Qasim wurde und mit tanzenden Händen im Café Pionier saß; und nach Nadirs Weggang wurde meine Mutter Mumtaz Aziz zu Amina Sinai.

Und Alia mit der Bitterkeit von Ewigkeiten, die mich in Babysachen, durchtränkt mit ihrer Altjungfernwut, kleidete, und Emerald, die einen Tisch deckte, auf dem ich Pfefferstreuer marschieren ließ.

Da war die Rani von Cooch Neheen, deren Geld, einem summenden Mann zur Verfügung gestellt, die Optimismuskrankheit entstehen ließ, die seitdem in regelmäßigen Abständen wiederkehrt; und da war im moslemischen Viertel in Alt-Delhi eine entfernte Verwandte namens Zohra, deren kokette Annäherungsversuche die spätere Schwäche meines Vaters für Fernandas und Florys begründete.

Weiter nach Bombay, wo Winkies Vanita dem Mittelscheitel William Methwolds nicht widerstehen konnte und Nussie-die-Ente ein Babywettrennen verlor, während Mary Pereira um der Liebe willen die Namensschildchen der Geschichte vertauschte und mir eine zweite Mutter wurde . . .

Frauen und Frauen und noch einmal Frauen: Toxy Catrack, die eine Tür aufstieß, durch die später die Mitternachtskinder hereinkommen sollten; die Schreckensherrschaft ihrer Pflegerin Bi-Appah; die wetteifernde Liebe von Amina und Mary und was meine Mutter mir zeigte, als ich in einer Wäschetruhe verborgen lag: ja, die schwarze Mango, die mich zum Niesen brachte und etwas freisetzte, was alles andere als ein Erzengel war! . . . Und Evelyn Lilith Burns, Verursacherin eines Fahrradunfalls, die mich ein zweigeschossiges Hügelchen hinunter mitten in die Geschichte stieß.

Und das Äffchen. Ich darf das Äffchen nicht vergessen.

Und dann gab es noch Masha Miovic, die mich so reizte, daß ich meinen Finger verlor, und meine Tante Pia, die mein Herz mit Rachedurst erfüllte, und Lila Sabarmatik, deren verfängliche Akte meine schreckliche, manipulierende, aus der Zeitung ausgeschnittene Rache ermöglichten.

Und Frau Dubash, die den Superman-Comic fand, den ich verschenkt hatte, und ihn mit Hilfe ihres Sohnes zu Herrn Khusro Khusrovand ausbaute.

Und Mary, die ein Gespenst sah.

In Pakistan, dem Land der Unterwerfung, der Stätte der Reinheit, beobachtete ich die Verwandlung von Äffchen-zu-Sängerin und holte Brot und verliebte mich; eine Frau, Tai Bibi, erzählte mir die Wahrheit über mich selbst. Und im Herzen meiner inneren Finsternis wandte ich mich Puffias zu und wurde mit knapper Not vor einer Braut mit goldenem Gebiß gerettet.

Bei meinem Neuanfang als Buddha wohnte ich einer Latrinenreinigerin bei, und das hatte zur Folge, daß ich einem unter Strom gesetzten Pissoir ausgesetzt wurde; im Osten führte mich eine Bauersfrau in Versuchung, und die Folge war, daß die Zeit ermordet wurde; und in einem Tempel waren Huris, und wir entkamen gerade noch rechtzeitig.

Im Schatten einer Moschee stieß Resham Bibi eine Warnung aus. Und ich heiratete Parvati-die-Hexe.

»Uff, Herr!« ruft Padma aus. »Das sind zu viele Frauen!«

Ich widerspreche nicht, denn ich habe sie selbst noch nicht einmal eingeschlossen, deren Träume von Heirat und Kaschmir unweigerlich in mich eingesickert sind, so daß ich wünschte, wenn-ich-nur, wenn-ich-nur, und nun, nachdem ich mich bereits mit den Rissen abgefunden hatte, von quälender Unzufriedenheit, Wut, Furcht und Reue überfallen werde.

Aber vor allen anderen Die Witwe.

»Ich sag's ja!« Padma schlägt sich aufs Knie. »Das sind zu viele, Herr, zu viele.«

Wie sollen wir meine zu vielen Frauen verstehen? Als die mannigfaltigen Gesichter von Bharat-Mata? Oder sogar als mehr noch . . . als der dynamische Aspekt der Maja, als kosmische Energie, die als weibliches Organ dargestellt wird?

Die Maja in ihrem dynamischen Aspekt wird Schakti genannt; vielleicht ist es kein Zufall, daß im Pantheon der Hindus die aktive Kraft eines Gottes bei seiner Königin liegt! Maja-Schakti gebiert Leben, aber sie »hüllt auch das Bewußtsein in seinem Traumnetz ein«. Zu viele Frauen: sind sie alle Erscheinungsformen von Devi, der Göttin – die Schakti ist, die den Büffeldämon erschlug, die den Menschenfresser Mahisha besiegte, die Kali Durga Chandi Chamunda Uma Sati Parvati ist . . . und die, wenn sie aktiv ist, rot gefärbt ist?

»Davon weiß ich nichts.« Padma holt mich zur Erde zurück. »Es sind einfach Frauen, das ist alles.«

Als ich von meinem Höhenflug der Phantasie herunterkomme, werde ich daran erinnert, wie wichtig es ist, schnell zu sein; von dem befehlshaberischen Reißen Brechen Krachen angetrieben, gebe ich die Überlegungen auf und beginne.

Und so geschah es; so nahm Parvati ihr Schicksal selbst in die Hand; so brachte eine Lüge von meinen Lippen sie in eine verzweifelte Lage, bis sie eines Abends aus ihrem schäbigen Gewand eine Locke vom Haar eines Helden zog und klangvolle Worte zu sprechen begann.

Von Saleem verschmäht, erinnerte sich Parvati daran, wer einst sein Erzfeind gewesen war; sie nahm einen Bambusstab mit sieben Knoten, an dessen Ende ein improvisierter Haken befestigt war, hockte sich in ihre Hütte und deklamierte; mit Indras Donnerkeil in der rechten und einer Haarlocke in der linken Hand, berief sie ihn zu sich. Parvati rief nach Shiva, und ob Sie es glauben oder nicht, Shiva kam.

Von Anfang an gab es Knie und eine Nase, eine Nase und Knie, aber im Verlauf dieser ganzen Schilderung habe ich ihn ständig in den Hintergrund gedrängt (wie ich ihn einst aus dem Rat der Kinder verbannte). Er läßt sich jedoch nicht länger verheimlichen, denn eines Morgens im Mai 1974 – ist es bloß mein lückenhaftes Gedächtnis, oder habe ich recht, wenn ich glaube, daß es der 18. war, vielleicht genau der Augenblick, in dem die Wüste von Rajasthan von Indiens erster Kernexplosion erschüttert wurde? Platzte Shiva wirklich genau zu dem Zeitpunkt in mein Leben, in dem Indien ohne vorherige Warnung ins Atomzeitalter eintrat? – kam er in den Slum der Magier. Mit Uniform, Orden- und-Epauletten, Major mittlerweile, stieg Shiva von einem Armeemotorrad, und selbst durch den sittsamen Khaki seiner Armeehose konnte man leicht die phänomenalen Zwillingswölbungen seiner todbringenden Knie sehen . . . Indiens höchstdekorierter Kriegsheld, doch einst führte er in den Seitengassen von Bombay eine Bande von Unterweltlern an; einst, bevor er die sanktionierte Gewalt des Krieges entdeckte, wurden Prostituierte erdrosselt in der Gosse gefunden (ich weiß, ich weiß – kein Beweis); nun Major Shiva, aber auch Wee Willie Winkies Junge, der sich noch an die Worte längst verklungener Lieder erinnerte, »Good Night, Ladies« hallte ihm gelegentlich noch in den Ohren.

Es liegt eine gewisse Ironie hierin, die man nicht einfach übergehen darf: denn war nicht Shiva aufgestiegen, als Saleem fiel? Wer war jetzt der Slumbewohner, und wer sah aus beherrschender Höhe herab? Für die Neuerfindung von Lebensläufen gibt es nichts Besseres als einen Krieg . . . Auf jeden Fall kam an jenem Tag, der höchstwahrscheinlich der 18. Mai war, Major Shiva ins Magiergetto und schritt durch die schrecklichen Straßen des Slums mit einem seltsamen Gesichtsausdruck; es vereinte sich darin die unendliche Verachtung, die der, welcher soeben erst zu Ruhm und Ehren aufgestiegen ist, der Armut gegenüber an den Tag legt, mit etwas Mysteriöserem: denn Major Shiva, von den Zaubersprüchen Parvatis-der-Hexe zu unserer bescheidenen Bleibe gelockt, kann nicht gewußt haben, von welcher Macht er getrieben wurde.

Das Folgende ist eine Rekonstruktion des neuesten Werdegangs von Major Shiva; ich setzte die Geschichte aus den Berichten Parvatis zusammen, die ich nach unserer Heirat aus ihr herausbekam. Es scheint, mein Erzrivale gab gern mit seinen Heldentaten vor ihr an, deshalb sollten Sie vielleicht berücksichtigen, daß bei solchen Prahlereien die Wahrheit gern entstellt wird; freilich gibt es keinen Grund für die Annahme, daß das, was er Parvati erzählte und was sie mir weitergab, von den Tatsachen sehr weit entfernt war.

Als der Krieg im Osten beendet war, raunte man sich in den Straßen der Städte die Legenden von Shivas fürchterlichen Heldentaten zu, sie gelangten in Blitzesschnelle in Zeitungen und Zeitschriften und schmuggelten sich auf diese Weise in die Salons der Wohlhabenden ein, wo sie sich in Wolken, dicht wie Fliegenschwärme, auf den Ohren der Gastgeberinnen niederließen, so daß sich Shiva auf einmal sowohl hinsichtlich des gesellschaftlichen Status als auch des militärischen Rangs befördert sah und zu tausendundeiner Veranstaltung eingeladen wurde – zu Banketten, musikalischen Soiréen, Bridgepartys, diplomatischen Empfängen, parteipolitischen Konferenzen, großen Melas und auch kleineren, lokalpatriotischen Feiern, Schulsportfesten und eleganten Bällen –, wo er von den Edelsten und Schönsten im ganzen Land beklatscht und mit Beschlag belegt wurde, um die die Sagen von seinen Heldentaten wie Fliegen schwärmten, die über ihre Augäpfel krochen, so daß sie den jungen Mann durch den Schleier seiner Legende sahen; die ihre Fingerspitzen bedeckten, so daß sie ihn durch den magischen Film seines Mythos berührten; die sich auf ihren Zungen niederließen, so daß sie nicht zu ihm sprechen konnten wie zu einem gewöhnlichen sterblichen Wesen. Die indische Armee, die zu jener Zeit eine politische Schlacht gegen vorgesehene Kürzungen des Etats kämpfte, begriff den Wert eines so charismatischen Botschafters und gestattete dem Helden den Verkehr mit seinen einflußreichen Bewunderern; Shiva gab sich seinem neuen Leben mit Leib und Seele hin.

Er ließ sich einen üppigen Schnurrbart wachsen, auf den sein Bursche jeden Tag eine Pomade aus Leinsamenöl, gewürzt mit Koriander, auftrug; er vertiefte sich, immer elegant ausstaffiert, in den Salons der Mächtigen in politische Plaudereien und bekannte sich als standhaften Bewunderer Frau Gandhis, hauptsächlich aus Haß auf ihren Widersacher Morarji Desai, der unerträglich alt war, seinen eigenen Urin trank, eine Haut hatte, die wie Reispapier raschelte, und einst als Chefminister von Bombay für das Verbot von Alkohol und die gerichtliche Verfolgung junger Goondas, das heißt von Rowdys oder Unterweltlern oder, in anderen Worten, des Kindes Shiva in Person, verantwortlich war . . . aber solch müßiges Geplauder beanspruchte nur einen Bruchteil seiner Gedanken, der Rest wurde von den Damen in Anspruch genommen. Auch Shiva stiegen viel zu viele Frauen zu Kopf, und er erwarb sich in jenen berauschenden Tagen nach dem Sieg einen heimlichen Ruf, der (so prahlte er vor Parvati) rasch seinem offiziellen öffentlichen Ruhm Konkurrenz machte – eine »schwarze« Legende, die sich neben der »weißen« sehen lassen konnte. Was wurde bei den Damengesellschaften und den Kanastaabenden im ganzen Land geflüstert? Was wurde kichernd gezischelt, wo immer zwei oder drei glitzernde Damen zusammenkamen? Dies: Major Shiva wurde immer mehr zu einem notorischen Verführer, zu einem Frauenhelden, einem, der reichen Männern Hörner aufsetzte, kurzum: zu einem Sexprotz.

Frauen gab es – so erzählte er Parvati –, wo immer er hinging: ihre kurvenreichen, vogelweichen Körper erzitterten unter dem Gewicht ihres Schmucks und ihrer Begierde, ihre Augen verschleierten sich, wenn sie von seiner Legende hörten, es wäre schwer gewesen, sie zurückzuweisen, selbst wenn er es gewollt hätte. Mitfühlend lauschte er ihren kleinen Tragödien – impotente Ehemänner, Schläge, mangelnde Zuwendung –, jedweder Entschuldigung, die die herrlichen Geschöpfe vorzubringen wünschten. Wie meine Großmutter an ihrer Tankstelle (aber aus finstereren Motiven) lauschte er geduldig, wenn sie von ihren Kümmernissen erzählten; er schlürfte Whisky in der von Kronleuchtern bestrahlten Pracht von Ballsälen und sah zu, wie sie mit den Lidern flatterten und vielsagend den Atem anhielten und seufzten; und zum Schluß schafften sie es immer, ein Handtäschchen fallen zu lassen oder ein Getränk zu verschütten oder ihm das Offiziersstäbchen aus der Hand zu schlagen, so daß er sich bücken mußte, um wiederzuholen, was gefallen war, und dann sah er die Banknoten, die in ihre Sandalen gesteckt waren und niedlich unter lackierten Zehen hervorsahen. In jenen Tagen wurden (wenn man dem Major glauben kann) die entzückenden skandalösen Begums von ganz Indien schrecklich unbeholfen, und ihre Chappals erzählten von mitternächtlichen Stelldicheins, von Bougainvilleaspalieren vor Schlafzimmerfenstern, von Ehemännern, die günstigerweise weg waren, um Schiffe vom Stapel laufen zu lassen oder Tee zu exportieren oder Kugellager von den Schweden zu kaufen. Während die Unglückseligen abwesend waren, besuchte der Major ihre Häuser, um ihnen ihren kostbarsten Besitz zu stehlen: ihre Frauen fielen ihm in die Arme. Es ist gut möglich (ich habe die Zahl, die der Major selbst angegeben hat, halbiert), daß in der Hochzeit seiner Schürzenjägerei nicht weniger als zehntausend Frauen in ihn verliebt waren.

Und natürlich gab es Kinder. Die Brut unerlaubter Mitternächte. Hübsche dralle Säuglinge, gut aufgehoben in den Wiegen der Reichen. Bastarde über die Karte Indiens streuend, ging der Kriegsheld seinen Weg, aber er verlor (und auch das erzählte er Parvati) merkwürdigerweise das Interesse an jeder Frau, die schwanger wurde; gleichgültig, wie schön sinnlich liebevoll sie waren, verließ er die Schlafzimmer all jener, die seine Kinder trugen; und schöne Damen mit rotgeränderten Augen mußten ihre gehörnten Ehemänner überzeugen, ja, natürlich ist es unser Kind, Liebling, mein Leben, ist es dir nicht wie aus dem Gesicht geschnitten, und natürlich bin ich nicht traurig, warum sollte ich, das sind Freudentränen.

Eine dieser verlassenen Mütter war Roshanara, die Kindfrau des Stahlmagnaten S. P. Shetty; auf der Mahalaxmi-Rennbahn in Bombay stach sie in den mächtigen Ballon seines Stolzes. Er vertrat sich die Beine auf dem Sattelplatz, wobei er sich alle paar Meter bückte, um Damenschals und Sonnenschirme wieder zurückzugeben, die ein Eigenleben anzunehmen und aus der Hand ihrer Besitzerin zu hüpfen schienen, wenn er vorbeiging. Dort trat Roshanara Shetty ihm entgegen; sie stellte sich ihm mitten in den Weg, sah ihn an mit dem wilden Blick eines gekränkten Kindes und dachte nicht daran, sich vom Fleck zu rühren. Er tippte an sein Armeekäppi, grüßte sie kühl und versuchte vorbeizugehen. Doch sie grub ihre nadelscharfen Nägel in seinen Arm, lächelte gefährlich wie Eis und schlenderte neben ihm weiter. Während sie gingen, goß sie ihm raffiniert ihr infantiles Gift ins Ohr, und der Haß und der Groll auf ihren ehemaligen Liebhaber beflügelten sie so, daß er ihr glaubte. Kaltschnäuzig flüsterte sie, es sei so komisch, mein Gott, wie er in der High-Society herumstolzierte wie ein Hahn, während die Damen die ganze Zeit hinter seinem Rücken über ihn lachten. O ja, Major Sahib, machen Sie sich nichts vor, die Frauen der Oberschicht haben schon immer gern mit Tieren Bauern Rohlingen geschlafen, aber dafür halten wir Sie nun einmal, mein Gott, es ist ekelerregend, Ihnen beim Essen zuzusehen, wenn Ihnen die Soße übers Kinn läuft, meinen Sie, wir sehen nicht, daß Sie die Teetasse nie am Henkel halten, bilden Sie sich ein, wir hören Ihre Rülpser und Fürze nicht, Sie sind bloß unser Schoßäffchen, Major Sahib, sehr nützlich, aber im Grunde ein Clown.

Nach dem Frontalangriff Roshanara Shettys begann der junge Kriegsheld die Welt mit anderen Augen zu betrachten. Jetzt schien er, wohin er auch ging, Frauen hinter Fächern kichern zu sehen; er bemerkte seltsame belustigte Seitenblicke, die ihm vorher nie aufgefallen waren, und obwohl er versuchte, sich besser zu benehmen, hatte es keinen Zweck; je mehr er sich anstrengte, desto tolpatschiger wurde er, so daß ihm sein Essen vom Teller auf unschätzbare Kelimteppiche fiel und aus seiner Kehle Rülpser aufstiegen, die dröhnten wie ein Zug, der aus einem Tunnel auftaucht, und er gab Fürze von sich, die tobten wie Taifune. Sein glanzvolles neues Leben wurde zu einer täglichen Erniedrigung für ihn, und nun interpretierte er die Annäherungsversuche der schönen Damen neu und begriff, daß sie ihn zwangen, indem sie sich ihre Liebesbilletts unter die Zehen steckten, demütig zu ihren Füßen zu knien . . . als er begriff, daß ein Mann jegliches männliche Attribut besitzen mag und trotzdem verachtet werden kann, weil er nicht weiß, wie man einen Löffel hält, spürte er eine alte Gewalttätigkeit und einen Haß auf die da oben und ihre Macht wieder in sich wach werden. Deshalb bin ich mir sicher – deshalb *weiß* ich –, daß Shiva-von-den-Knien sich nicht zweimal bitten ließ, als der Notstand ihm die Chance bot, etwas Macht an sich zu raffen.

Am 15. Mai 1974 kehrte Major Shiva zu seinem Regiment in Delhi zurück; er behauptete, drei Tage später sei er plötzlich von dem Verlangen ergriffen worden, die Schönheit mit den untertassengroßen Augen wiederzusehen, der er zuerst vor langer Zeit in der Konferenz der Mitternachtskinder begegnet war, die Verführerin mit dem Pferdeschwanz, die ihn in Dacca um eine einzige Locke von seinem Haar gebeten hatte. Major Shiva erklärte Parvati, sein Auftauchen im Magiergetto hänge damit zusammen, daß er mit den reichen Weibsbildern der indischen High-Society Schluß machen wolle, daß er sich in ihre Schmollippen in dem Augenblick vergafft habe, als er sie zum erstenmal erblickte, und daß dies die einzigen Gründe seien, weshalb er sie bitte, mit ihm fortzugehen. Aber ich war schon mehr als großzügig gegenüber Major Shiva – in dieser meiner eigenen Version der Geschichte habe ich seinem Bericht zuviel Raum zugestanden, und deshalb muß ich darauf bestehen: Was den X-beinigen Major ins Getto lockte, war schlicht und einfach die Magie von Parvati-der-Hexe, was immer er selbst geglaubt haben mag.

Saleem war nicht im Getto, als Major Shiva mit dem Motorrad ankam; während unterirdische Kernexplosionen die Wüste von Rajasthan erschütterten, ohne daß man es sehen konnte, erfolgte auch die Explo-

sion, die mein Leben veränderte, nicht vor meinen Augen. Als Shiva
Parvati am Arm ergriff, war ich mit Picture Singh bei einer Notstands-
debatte, organisiert von einer der vielen Roten Zellen in der Stadt, und
diskutierte die Einzelheiten des nationalen Eisenbahnerstreiks; als Parvati ohne Widerworte auf dem Sozius der Honda eines Helden Platz
nahm, war ich damit beschäftigt, die Verhaftung von Gewerkschafts-
führern durch die Regierung zu brandmarken. Kurzum, während ich
völlig von der Politik und meinem Traum von der Rettung der Nation
in Anspruch genommen war, hatten Parvatis Hexenkünste das Kom-
plott inszeniert, das mit hennagefärbten Handflächen und Liedern und
einer Vertragsunterzeichnung enden sollte.
. . . Notgedrungen muß ich mich auf die Berichte anderer verlassen;
nur Shiva könnte sagen, was ihm widerfahren war, und es war Resham
Bibi, die mir Parvatis Weggang beschrieb, als ich wiederkam. Sie sagte:
»Armes Mädchen, laß sie gehen. Sie war so lange so traurig, wem kann
man da einen Vorwurf machen?« Und nur Parvati konnte mir später
erzählen, was ihr widerfuhr, während sie weg war.
Aufgrund seines nationalen Status als Kriegsheld durfte sich der Major
gewisse Freiheiten gegenüber den militärischen Vorschriften heraus-
nehmen; deshalb zog ihn niemand zur Rechenschaft, als er eine Frau in
das schließlich nicht für Verheiratete bestimmte Quartier brachte; und
er, der nicht ahnte, was diese bemerkenswerte Änderung seiner Le-
bensumstände hervorgerufen hatte, setzte sich, so wie ihm befohlen
wurde, in einen Rohrsessel, während sie ihm die Stiefel auszog, seine
Füße massierte, ihm Wasser mit gepreßtem Limonensaft brachte, seinen Burschen wegschickte, seinen Schnurrbart ölte, seine Knie liebkoste und nach alldem ein so ausgezeichnetes Birianigericht auftischte,
daß er sich nicht länger Gedanken darüber machte, was ihm zugestoßen
war, und statt dessen begann, es zu genießen. Parvati-die-Hexe verwandelte diese einfache Kaserne in einen Palast, einen Kailash, würdig
des Gottes Schiwa, und Major Shiva, versunken in den gespenstischen
Seen ihrer Augen, unerträglich erregt durch die erotische Wölbung
ihrer Lippen, widmete ihr vier ganze Monate lang seine ungeteilte
Aufmerksamkeit oder, um genauer zu sein, einhundertundsiebzehn
Nächte. Am 12. September änderte sich jedoch alles: denn Parvati
teilte ihm mit, zu seinen Füßen kniend und über seine Meinung zu dem
Thema vollkommen im klaren, daß sie ein Kind von ihm erwartete.
Von nun an ging es in der Liaison zwischen Shiva und Parvati stür-
misch zu, es gab Schläge und zerbrochene Teller: ein irdisches Echo

jener ewigen Eheschlacht der Götter, die ihre Namenspatrone der Überlieferung nach auf dem Gipfel des Kailash im Himalaja austragen ... Zu dieser Zeit fing Major Shiva an, zu trinken und auch herumzuhuren. Die Fährte der Unzucht, die der Kriegsheld in der Hauptstadt Indiens hinterließ, erinnerte stark an die Lambretta-Fahrten Saleem Sinais auf den Straßen von Karatschi; Major Shiva, der seit den Enthüllungen Roshanara Shettys in der Gesellschaft der Reichen gehandikapt war, hatte begonnen, für sein Vergnügen zu bezahlen. Und er war so phänomenal fruchtbar (wie er Parvati versicherte, während er sie verprügelte), daß er die Laufbahn manch einer liederlichen Frau ruinierte, indem er ihr ein Kind machte, das sie zu sehr liebten, um es auszusetzen; er zeugte in Delhi und Umgebung eine Armee von Gassenkindern, die das Regiment von Bastarden widerspiegelte, die er den Begums mit ihren von Kronleuchtern erhellten Salons angehängt hatte.

Am politischen Himmel zogen sich ebenfalls dunkle Wolken zusammen: in Bihar, wo Korruption Inflation Hunger Analphabetentum Landlosigkeit die Situation bestimmten, führte Jaya-Prakash Narayan ein Bündnis von Studenten und Arbeitern gegen den regierenden Indira-Kongreß an; in Gujarat gab es Krawalle, wurden Züge verbrannt und begann Morarji Desai ein Fasten bis zum Tode, um die korrupte Regierung der Kongreßpartei (unter Chimanbhai Patel) in diesem dürregeplagten Staat zu Fall zu bringen ... es versteht sich von selbst, daß ihm das gelang, ohne daß er sich zu Tode fasten mußte; kurzum, während Shiva kochte vor Wut, wurde auch das Land wütend; und was wurde ins Leben gerufen, während in Parvatis Bauch etwas wuchs? Sie kennen die Antwort: Ende 1974 gründeten J. P. Narayan und Morarji Desai die Oppositionspartei, bekannt als Janata Morcha: Volksfront. Während Major Shiva von einer Hure zur anderen taumelte, geriet auch der Indira-Kongreß ins Wanken.

Und schließlich entließ ihn Parvati aus ihrem Bann. (Keine andere Erklärung ist ausreichend; wenn er nicht verhext war, warum schob er sie nicht in dem Augenblick ab, in dem er von ihrer Schwangerschaft erfuhr? Und wenn der Bann nicht aufgehoben worden wäre, wie hätte er es dann überhaupt geschafft?) Kopfschüttelnd, als erwache er aus einem Traum, sah Major Shiva sich mit einemmal in Gesellschaft eines ballonbäuchigen Gassenmädchens, das nun in seinen Augen alles zu verkörpern schien, was er am meisten fürchtete – sie wurde die Personifikation der Slums seiner Kindheit, denen er entkommen war und die nun durch sie, durch ihr verdammenswertes Kind wieder versuchten, ihn hinab hinab hinabzuziehen . . . er zerrte sie an den Haaren zu seinem Motorrad, hievte sie auf den Rücksitz, und innerhalb kurzer Zeit stand sie verlassen am Rand des Magiergettos. Sie war dorthin abgeschoben worden, wo sie hergekommen war, und sie brachte nur ein Ding mit, das sie bei ihrem Weggang nicht besessen hatte: das Ding, das in ihr verborgen lag wie ein unsichtbarer Mann in einem Weidenkorb, das Ding, das wuchs wuchs wuchs, genau wie sie es geplant hatte.

Warum ich das sage? – Weil es wahr sein muß; weil das, was folgte, wirklich folgte; weil ich überzeugt bin, daß Parvati schwanger wurde, damit der einzige Grund, den ich gegen eine Heirat mit ihr vorzubringen hatte, hinfällig wurde. Aber ich werde die Dinge nur beschreiben und die Analyse der Nachwelt überlassen.

Eines kalten Tages im Januar, als die Rufe des Muezzins vom höchsten Minarett der Freitagsmoschee in dem Augenblick gefroren, da sie seinen Lippen entströmten, und als heiliger Schnee auf die Stadt fielen, kehrte Parvati zurück. Sie hatte gewartet, bis kein Zweifel an ihrem Zustand mehr möglich war; ihr innerer Korb wölbte sich durch die sauberen neuen Gewänder, die Shivas mittlerweile erloschene Leidenschaft ihr beschert hatte. Auf ihren Lippen, die sich ihres bevorstehenden Triumphes sicher waren, zeigte sich nicht mehr das modische Schmollen; in ihren untertassengroßen Augen leuchtete ein silbriger zufriedener Glanz, als sie auf den Stufen der Freitagsmoschee stand, damit möglichst viele Leute ihr verändertes Äußeres sahen. So traf ich sie an, als ich mit Picture Singh zur Chaya der Moschee zurückkehrte. Mir war trostlos zumute, und der Anblick Parvatis-der-Hexe auf der Treppe, mit ruhig über dem geschwollenen Bauch gefalteten Händen und dem langen Zopf, der sanft in der kristallenen Luft hin und her schwang, war nicht dazu angetan, mich aufzuheitern.

Pictureji und ich waren in die enger werdenden Gassen zwischen den Mietskasernen hinter dem Hauptpostamt gegangen, wo Erinnerungen an Wahrsager Guckkastenmänner Wunderheiler in der Luft schwebten, und hier hatte Picture Singh eine Vorstellung gegeben, die mit jedem Tag an politischer Brisanz gewann. Seine legendäre Kunstfertigkeit zog große gutmütige Mengen an, und er brachte seine Schlangen dazu, unter dem Einfluß der vibrierenden Flötenmusik seine Botschaft darzustellen. Während ich in meiner Rolle als Lehrling eine vorbereitete Ansprache vorlas, setzten Schlangen meine Rede in Szene. Ich sprach von der schändlichen Ungerechtigkeit bei der Verteilung der Güter, Schlangen führten in einer Pantomime die Posse von einem reichen Mann vor, der sich weigerte, einem Bettler Almosen zu geben. Ich sprach von Polizeischikanen Hunger Krankheit Analphabetentum, und die Schlangen tanzten dazu; dann beendete Picture Singh seine Vorführung und begann zu erklären, was die rote Revolution verändern wollte, und die Luft war von Versprechungen geschwängert, so daß gewisse Spaßvögel aus dem Publikum, sogar schon bevor die Polizei aus den Hintertüren des Postamts auftauchte, um die Versammlung mit Lathi-Angriffen und Tränengas aufzulösen, damit begannen, den Bezauberndsten Mann der Welt zu drangsalieren. Ein junger Mann, den die vieldeutige Pantomime der Schlangen, deren dramatischer Gehalt zugegebenermaßen ein wenig unklar war, vielleicht nicht überzeugt hatte, rief aus: »Ohé, Pictureji, du solltest in der Regierung sein, Mann, noch nicht einmal Indira-mata macht so schöne Versprechungen wie du!«

Dann kam das Tränengas, und wir mußten hustend spuckend blind vor der Bereitschaftspolizei fliehen, als wären wir Kriminelle, und weinten beim Laufen falsche Tränen. (So wie einst im Jallianwalabagh – aber diesmal flogen wenigstens keine Kugeln.) Wenn auch die Tränen bloß vom Tränengas herrührten, so war Picture Singh doch wegen des höhnischen Zwischenrufs in schreckliche Schwermut verfallen, weil dadurch in Frage gestellt wurde, daß er die Realität im Griff hatte, und darauf war er doch am meisten stolz. Und Gas und Stöcke brachten es mit sich, daß auch ich niedergeschlagen war, weil ich plötzlich in meinem Magen eine Motte des Unbehagens entdeckt und erkannt hatte, daß etwas in mir sich dagegen wehrte, wie Picture Singh durch den Schlangentanz die unverbesserliche Schlechtigkeit der Reichen darstellte; ich ertappte mich bei dem Gedanken: »Überall gibt es Gutes und Schlechtes – und sie haben mich aufgezogen, sie haben sich um mich gekümmert, Pictureji!« Danach begriff ich allmählich, daß Mary Pereiras Verbrechen mich zwei Welten, nicht nur einer, entfremdet hatte, daß ich, nachdem ich aus dem Haus meines Onkels ausgestoßen worden war, nie wieder richtig die Welt betreten konnte, wie Picture Singh sie sah, daß in der Tat mein Traum, das Land zu retten, ein Gebilde aus Spiegeln und Rauch war, nicht faßbar, das Geschwätz eines Idioten.

Und dann stand Parvati mit ihrem veränderten Profil in der scharfen Klarheit des Wintertages.

Es war – oder vertue ich mich? Ich muß mich beeilen, die ganze Zeit entfallen mir Dinge – ein entsetzlicher Tag. Damals – wenn es nicht ein anderer Tag war – fanden wir die alte Resham Bibi erfroren in ihrer Hütte liegend, die sie aus Dalda-Vanaspati-Verpackungskartons gebaut hatte. Sie war leuchtend blau geworden, krischnablau, blau wie Jesus, blau wie der Himmel in Kaschmir, dessen Bläue zuweilen manchen in die Augen tröpfelt; wir verbrannten sie am Ufer des Jamuna inmitten von Schlammfladen und Büffeln, und folglich verpaßte sie meine Hochzeit, was traurig war, denn wie alle alten Frauen liebte sie Hochzeiten und hatte in der Vergangenheit tatkräftig und ausgelassen bei den vorhergehenden Hennazeremonien mitgemacht und dabei die traditionellen Gesänge angestimmt, in denen die Freunde der Braut den Bräutigam und seine Familie beleidigen. Einmal waren ihre Beleidigungen so brillant und raffiniert gewesen, daß der Bräutigam daran Anstoß nahm und die Hochzeit absagte; Resham aber war unverzagt und sagte, es sei nicht ihre Schuld, wenn die jungen Männer heutzutage so bänglich und unbeständig seien wie Hühner.

Ich war abwesend, als Parvati wegging, ich war nicht anwesend, als sie wiederkehrte, und noch etwas war merkwürdig . . . wenn ich mich nicht irre, wenn es nicht an einem anderen Tag war . . . wie auch immer, mir scheint, daß an dem Tag, als Parvati zurückkehrte, in Samastipur ein indischer Kabinettsminister in seinem Eisenbahnabteil von einer Explosion in die Geschichtsbücher gejagt wurde, daß Parvati, die inmitten von Atombombenexplosionen weggegangen war, wieder zu uns zurückkehrte, als L. N. Mishra, Eisenbahn- und Bestechungsminister, diese Welt für immer verließ. Omen über Omen . . . vielleicht trieben in Bombay tote Pomfrets mit dem Bauch nach oben an die Küste.

Der 26. Januar, der Tag der Republik, ist ein guter Tag für Zauberer. Wenn die riesigen Mengen sich versammeln, um Elefanten und Feuerwerk zu sehen, ziehen die Gaukler der Stadt los, um sich ihren Lebensunterhalt zu verdienen. Für mich hat der Tag jedoch noch eine andere Bedeutung: am Tag der Republik wurde mein Eheschicksal besiegelt.

In den Tagen nach Parvatis Rückkehr gewöhnten die alten Frauen des Gettos sich an, sich schamhaft die Ohren zu halten, wenn sie an ihr vorbeigingen; sie, die ihr uneheliches Kind ohne irgendein Anzeichen von Schuld trug, lächelte arglos und ging weiter. Aber am Morgen des Tages der Republik erwachte sie und fand ein Seil, behängt mit zerfetzten Schuhen, über ihre Tür gespannt. Da begann sie untröstlich zu

weinen; diese schwerste aller Beleidigungen machte ihre Ausgeglichen-
heit zunichte. Picture Singh und ich liefen ihr über den Weg, als sie
sich ihrem (gespielten? echten?) Jammer hingab; wir hatten gerade
unsere Hütte verlassen, beladen mit Körben voll Schlangen, und Picture Singh streckte entschlossen den Kiefer vor. »Komm noch einmal
zurück in die Hütte, Hauptmann«, befahl mir der Bezauberndste Mann
der Welt, »wir müssen reden.«

Und in der Hütte: »Verzeih, Hauptmann. Aber ich muß darüber sprechen. Ich meine, es ist schrecklich für einen Mann, ohne Kinder durchs
Leben gehen zu müssen. Keinen Sohn zu haben, Hauptmann: wie
traurig für dich, oder nicht?« Und ich schwieg, war in meine eigene
Falle gelaufen, da ich mich für impotent erklärt hatte, während
Pictureji die Ehe vorschlug, die Parvatis Ehre retten und gleichzeitig das
Problem meiner von mir selbst zugegebenen Unfruchtbarkeit lösen
würde, und trotz meiner Angst vor dem Gesicht Jamilas der Sängerin,
das, wenn es sich über das Parvatis schob, die Macht hatte, mich zum
Wahnsinn zu treiben, brachte ich es nicht übers Herz abzulehnen.

Und Parvati – die das alles genauso geplant hatte, dessen bin ich mir
sicher – akzeptierte mich auf der Stelle, sagte so leicht und so oft ja, wie
sie in der Vergangenheit nein gesagt hatte, und danach sah es so aus, als
seien die Feiern zum Tag der Republik uns zu Gefallen veranstaltet
worden; mir aber ging durch den Kopf, daß wieder einmal Schicksal,
das Unausweichliche, das Gegenteil von freier Wahl, mein Leben bestimmte, daß wieder einmal ein Kind einem Vater geboren werden
sollte, der nicht sein Vater war, obwohl das Kind dank einer schrecklichen Ironie das wahre Enkelkind der Eltern seines Vaters sein sollte;
gefangen im Netz dieser ineinander verflochtenen Stammbäume mag
es mir sogar in den Sinn gekommen sein, mich zu fragen, was da
begann und was da endete, ob ein weiterer heimlicher Countdown im
Gange sei und was mit meinem Kind geboren werden würde.

Obwohl Resham Bibi nicht da war, ging die Hochzeit gut über die
Bühne. Parvatis offizieller Übertritt zum Islam (der Picture Singh ärgerte, auf dem ich aber plötzlich beharrte – ein weiterer Rückfall in
mein früheres Leben) wurde von einem rotbärtigen Hadschi vollzogen,
der sich anscheinend in der Gegenwart von so vielen spöttischen, pro-
vokativen Gottlosen unwohl fühlte. Unter dem unsteten Blick dieses
Kerls, der einer großen bärtigen Zwiebel glich, intonierte sie ihre Überzeugung, daß es keinen Gott außer Gott gebe und daß Mohammed sein

Prophet sei; sie nahm einen Namen an, den ich aus der Sammlung meiner Träume für sie ausgesucht hatte, und wurde Laylah, Nacht, so daß auch sie von den sich wiederholenden Zyklen meiner Geschichte eingeholt und ein Echo all der anderen Menschen wurde, die ihre Namen ändern mußten . . . wie meine eigene Mutter Amina Sinai wurde Parvati-die-Hexe ein neuer Mensch, um ein Kind zu bekommen.

Bei der Hennazeremonie adoptierte mich die Hälfte der Magier und erfüllte die Funktionen meiner »Familie«, die andere Hälfte übernahm Parvatis Seite, und bis spät in die Nacht wurden treffende Beleidigungen gesungen, während verschlungene Hennamuster auf ihren Handflächen und Fußsohlen trockneten, und wenn die Abwesenheit Resham Bibis den Beleidigungen eine gewisse Schärfe nahm, waren wir darüber nicht übermäßig traurig. Beim Nikah, der eigentlichen Hochzeit, saß das glückliche Paar auf einem Dais, der hastig aus Dalda-Kartons, die von Reshams abgerissener Behausung stammten, errichtet worden war, und die Magier zogen feierlich im Gänsemarsch an uns vorbei und warfen uns Kleingeld in den Schoß; und als die neue Laylah Sinai ohnmächtig wurde, lächelte jeder zufrieden, denn jede anständige Braut sollte bei der Hochzeit ohnmächtig werden, und niemand erwähnte die peinliche Möglichkeit, daß sie vielleicht umgekippt sein könnte, weil ihr übel war oder weil das Kind in ihrem Bauch sich so heftig bewegte. An diesem Abend führten die Magier eine so wunderbare Darbietung vor, daß sich das Gerücht in der ganzen Altstadt verbreitete und sich Massen von Zuschauern versammelten, moslemische Geschäftsmänner aus einer nahe gelegenen Muhalla, wo einst eine öffentliche Ankündigung gemacht worden war, und Silberschmiede und Milchshakeverkäufer vom Chandni Chowk, abendliche Spaziergänger und japanische Touristen, die (bei dieser Gelegenheit) aus Höflichkeit alle einen Mundschutz trugen, um uns nicht beim Ausatmen mit ihren Bazillen zu infizieren; rosahäutige Europäer diskutierten Kameraobjektive mit den Japanern, Verschlüsse klickten und Blitzlichter knallten, und einer der Touristen erzählte mir, daß Indien ja wirklich ein wahrhaft wunderbares Land mit vielen bemerkenswerten Traditionen sei, und alles wäre schön und vollkommen, wenn man nicht ständig indisches Essen essen müßte. Und beim Valima, der Zeremonie der Vollziehung (bei der diesmal keine blutbefleckten Laken hochgehalten wurden, weder mit noch ohne Loch, da ich meine Hochzeitsnacht mit fest geschlossenen Augen und abgewandt von meiner Frau verbracht hatte, damit mich in der Verwirrung des Dunkels nicht die unerträglichen Züge Jamilas der Sängerin heimsuchten), übertrafen die Magier noch ihre Leistungen vom Hochzeitsabend.

Aber als die ganze Aufregung sich gelegt hatte, hörte ich (mit einem guten und mit einem schlechten Ohr), wie sich das unerbittliche Geräusch der Zukunft an uns heranschlich: tick, tack, lauter und lauter, bis die Geburt Saleem Sinais – und auch die des Vaters des Kindes – in den Ereignissen der Nacht vom 25. Juni einen Spiegel fand.

Während geheimnisumwitterte Meuchelmörder Regierungsbeamte umbrachten und es um ein Haar geschafft hätten, den von Frau Gandhi persönlich ausgewählten Gerichtspräsidenten, A. N. Ray, aus dem Weg zu räumen, konzentrierten sich die Magier des Gettos auf ein anderes Geheimnis: den schwellenden Korb von Parvati-der-Hexe.

Während sich der Janata Morcha in alle möglichen bizarren Richtungen ausdehnte, bis er maoistische Kommunisten (beispielsweise Schlangenmenschen, einschließlich der gummigliedrigen Drillinge, mit denen Parvati vor unserer Ehe zusammengewohnt hatte – nach der Trauung waren wir in eine eigene Hütte gezogen, die das Getto als Hochzeitsgeschenk für uns an der Stelle errichtet hatte, wo vorher Reshams Baracke stand) und extrem rechtslastige Mitglieder der Ananda Marg umfing; bis sich ihm Linkssozialisten und konservative Swatantra-Anhänger anschlossen . . . während die Volksfront sich so grotesk ausdehnte, fragte ich, Saleem, mich unablässig, was wohl hinter der sich ausdehnenden Front meiner Frau wuchs.

Während die öffentliche Unzufriedenheit mit dem Indira-Kongreß die Regierung wie eine Fliege zu zerquetschen drohte, saß die nagelneue Laylah Sinai, deren Augen größer denn je geworden waren, regungslos da wie ein Stein, während das Gewicht des Kindes zunahm, bis es ihre Knochen zu Staub zu zermalmen drohte; und Picture Singh wiederholte in aller Unschuld eine alte Bemerkung, als er sagte: »He, Hauptmann! Es wird ganz schön groß, bestimmt ein richtiger Zehn-Chip-Mordskerl.«

Und dann kam der 12. Juni.

Geschichtsbücher Zeitungen Rundfunkprogramme berichten, daß am 12. Juni um zwei Uhr nachmittags Richter Jag Mohan Lal Sinha vom Hohen Gericht in Allahabad Ministerpräsidentin Indira Gandhi in zwei Fällen des Amtsmißbrauchs während des Wahlkampfs im Jahre 1971 für schuldig befand; noch nie zuvor wurde jedoch offenbart, daß es auch genau zwei Uhr nachmittags war, als Parvati-die-Hexe (nun Laylah Sinai) sich sicher war, daß die Wehen eingesetzt hatten.

Parvati-Laylahs Wehen dauerten dreizehn Tage. Am ersten Tag, als die Ministerpräsidentin sich weigerte zurückzutreten, obwohl die Staatsanwaltschaft bestimmt hatte, daß sie sechs Jahre lang von jedem öffentlichen Amt ausgeschlossen wurde, weigerte sich der Gebärmutterhals von Parvati-der-Hexe trotz Krämpfen, die schmerzhaft waren wie Eselstritte, hartnäckig, weiter zu werden; Saleem Sinai und Picture Singh, von den Schlangendrillingen, die die Pflichten einer Hebamme übernommen hatten, aus der Hütte ihrer Qual verbannt, mußten ihren nutzlosen Schreien zuhören, bis ein ständiger Strom von Feuerschluckern Falschspielern Fakiren vorbeikam, ihnen auf den Rücken klopfte und dreckige Witze riß; und nur meine Ohren konnten das Ticken vernehmen . . . ein Countdown, der weiß Gott zu was führte . . . bis ich von Furcht ergriffen wurde und zu Picture Singh sagte: »Ich weiß nicht, was aus ihr rauskommen wird, aber es ist bestimmt nichts Gutes . . . « Und Pictureji sprach aufmunternd: »Mach dir keine Sorgen, Hauptmann! Es wird alles gut! Ein Zehn-Chip-Mordskerl, ich schwör' es!« Und Parvati schrie und schrie, und die Nacht wurde zum Tag, und am zweiten Tag, als Frau Gandhis Wahlkandidaten in Gujarat vom Janata Morcha vernichtend geschlagen wurden, war meine Parvati von so starken Schmerzen gepeinigt, daß sie starr wie Stahl wurde, und ich weigerte mich zu essen, bis das Kind geboren oder das geschehen war, was geschehen sollte. Ich saß mit untergeschlagenen Beinen vor der Heimstatt ihres Leidens, zitterte in der Hitze vor Entsetzen und bat inständig, laß sie nicht sterben laß sie nicht sterben, obwohl ich in all den Monaten unserer Ehe nie mit ihr geschlafen hatte; trotz meiner Furcht vor der Erscheinung Jamilas der Sängerin betete und fastete ich, trotz Picture Singhs »Um Himmels willen, Hauptmann« wies ich alles zurück, und am neunten Tag trat eine schreckliche Stille im Getto ein, eine Stille, die so absolut war, daß noch nicht einmal die Rufe des Muezzins sie durchdringen konnten, eine Geräuschlosigkeit, die so ungeheuer war, daß sie das Tosen der Janata-Morcha-Demonstrationen vor dem Rashtrapati Bhavan, der Residenz des Präsidenten, ausschloß, eine von panischem Entsetzen erfüllte Stille, ebenso schrecklich, alles umhüllend, magisch wie das große Schweigen, das einst über dem Haus meiner Großeltern in Agra gehangen hatte, so daß wir am neunten Tag nicht hören konnten, wie Morarji Desai Präsident Ahmad aufforderte, die entehrte Ministerpräsidentin zu entlassen; und das einzige Geräusch auf der ganzen Welt war das klägliche Wimmern von Parvati-Laylah, als die Wehen sich wie Berge über ihr türmten und es klang, als riefe sie nach uns durch einen langen Tunnel aus Schmerz, während ich mit untergeschlagenen Beinen und dem geräuschlosen Klang des Ticktacks in meinem Gehirn dasaß und ihre Qual mich zerriß. Und in der Hütte gossen die Schlangendrillinge Wasser über Parvatis Körper, um die Feuchtigkeit zu ersetzen, die aus ihr herausschoß, und zwängten ihr einen Stock zwischen die Zähne, um sie davon abzuhalten, sich die Zunge abzubeißen, und versuchten ihr mit Gewalt die Lider über die Augen zu ziehen, die so erschreckend hervorquollen, daß die Drillinge fürchteten, sie würden herausfallen und auf dem Boden beschmutzt werden. Und dann kam der zwölfte Tag, und ich war halb tot vor Hunger, während anderswo in der Stadt der Oberste Gerichtshof Frau Gandhi davon unterrichtete, daß sie bis zum Berufungsurteil nicht zurücktreten müsse, aber weder in der Lok Sabha abstimmen noch ein Gehalt beziehen dürfe, und während die Ministerpräsidentin über diesen Teilsieg frohlockte und ihre Gegner in einer Sprache zu beschimpfen begann, auf die ein Koli-Fischweib stolz gewesen wäre, traten die Wehen meiner Parvati in eine Phase, in der sie trotz äußerster Erschöpfung die Kraft fand, eine Reihe übelriechender Flüche auszustoßen, die von Lippen kamen, aus denen jegliche Farbe gewichen war, so daß der Jauchegestank ihrer Obszönitäten uns in die Nasen stieg und es uns in der Kehle würgte, und die drei Schlangenmenschen flohen aus der Hütte und schrien, sie sei so ausgeleiert, so farblos geworden, daß man beinahe durch sie hindurchsehen könne, und daß sie bestimmt sterben werde, wenn das Kind jetzt nicht komme, und in meinen Ohren klopfte das Ticktack, das pochende Ticktack, bis ich sicher war, ja, bald bald bald. Und als die Drillinge am Abend des dreizehnten Tages zu ihrem Lager zurückkehrten, kreischten sie ja ja, sie hat angefangen zu pressen, komm, Parvati, preß es raus preß es raus, und während Parvati im Getto preßte, übten J. P. Narayan und Morarji Desai Druck auf Indira Gandhi aus, während Drillinge schrien preß es raus preß es raus, drängten die Führer des Janata Morcha Polizei und Armee, den ungesetzlichen Befehlen der amtsenthobenen Ministerpräsidentin nicht zu gehorchen, in gewissem Sinne zwangen sie also Frau Gandhi zu einem Vorstoß. Und als die Nacht sich gegen Mitternacht verfinsterte, denn nichts geschieht je zu einer anderen Zeit, begannen Drillinge zu kreischen es kommt es kommt es kommt, und anderswo gebar die Mini-

sterpräsidentin ebenfalls ein Kind . . . in der Hütte im Getto, neben der
ich mit untergeschlagenen Beinen verhungernd saß, kam endlich mein
Sohn zur Welt, der Kopf ist draußen, kreischten die Drillinge, während
Angehörige der Central Reserve Police die Führer des Janata Morcha
verhafteten, einschließlich der unwahrscheinlich alten und beinah mythischen Gestalten Morarji Desai und J. P. Narayan, preß es raus preß
es raus, und im Herzen dieser schrecklichen Mitternacht wurde, während in meinen Ohren das Ticktack pochte, ein Kind geboren, tatsächlich ein Zehn-Chip-Mordskerl, der am Ende so leicht herauspurzelte,
daß man überhaupt nicht begreifen konnte, warum das Ganze eigentlich so schwierig gewesen war. Parvati jaulte ein letztes Mal erbärmlich
auf, und schon schoß er heraus, während überall in Indien Polizisten
Leute verhafteten, alle Oppositionsführer außer Mitgliedern der mos-
kaufreundlichen kommunistischen Partei, und außerdem Lehrer
Rechtsanwälte Dichter Journalisten Gewerkschafter, praktisch jeden,
der je den Fehler begangen hatte, bei einer Rede der Madam zu niesen,
und als die drei Schlangenmenschen den Säugling gewaschen und in
einen alten Sari gewickelt und vor die Hütte gebracht hatten, damit
sein Vater ihn sehen konnte, hörte man in genau diesem Augenblick
zum ersten Mal die Worte »Notstand« und »Aufhebung der bürgerli-
chen Rechte« und »Pressezensur« und »Panzereinheiten in Alarm-
bereitschaft« und »Verhaftung subversiver Elemente«; etwas endete,
etwas wurde geboren, und genau in dem Augenblick, als das neue
Indien geboren wurde und eine anhaltende Mitternacht begann, die
erst nach zwei langen Jahren enden sollte, kam mein Sohn, das Kind
des wiedererweckten Ticktack, auf die Welt.

Und es gibt noch mehr: denn als Saleem Sinai im trüben Halbdunkel
jener endlos verlängerten Mitternacht seinen Sohn zum ersten Mal
sah, brach er in hilfloses Gelächter aus; sein Geist war vom Hunger
gepeinigt, ja, aber auch von dem Wissen, daß sein erbarmungsloses
Geschick sich wieder einmal einen grotesken kleinen Scherz geleistet
hatte. Und obwohl Picture Singh, empört über mein Gelächter, das
aufgrund meines geschwächten Zustands wie das Kichern eines Schul-
mädchens klang, wiederholt rief: »Komm schon, Hauptmann! Spiel
jetzt nicht verrückt! Es ist ein Sohn, Hauptmann, sei glücklich!«, nahm
Saleem Sinai das Ereignis auch weiterhin nur insofern zur Kenntnis, als
er hysterisch über das Schicksal kicherte, denn der Junge, der Säugling,
der Junge-mein-Sohn Aadam, Aadam Sinai, war vollkommen geformt
– das heißt, bis auf die Ohren. Zu beiden Seiten seines Kopfes flatterten

Auswüchse wie Segel, Ohren, die so ungeheuer riesig waren, daß die Drillinge nachher bekannten, sie hätten, als sein Kopf herauskam, einen schlimmen Augenblick lang geglaubt, es sei der Kopf eines winzigen Elefanten.

... »Hauptmann, Saleem Hauptmann«, bettelte Picture Singh, »sei jetzt nett! Ohren sind doch kein Grund, durchzudrehen!«

Es war einmal ein kleiner Junge, der wurde in Alt-Delhi geboren ... Nein, so geht es nicht, ich kann mich um das Datum nicht herummogeln: Aadam Sinai kam am 25. Juni 1975 in einem in nächtlichem Schatten liegenden Slum zur Welt. Und die Zeit? Die Zeit spielt auch eine Rolle. Wie ich schon sagte: nachts. Nein, man muß schon genauer sein ... Schlag Mitternacht, um die Wahrheit zu sagen. Uhrzeiger neigten sich einander zu. Oh, sprich's nur aus, sprich's nur aus: genau in dem Augenblick, in dem Indien in den Notstand gelangte, kam er an. Schweres Atmen war zu hören; und im ganzen Land herrschte Schweigen und Furcht. Und dank der verborgenen Willkürherrschaft dieser nichtsahnenden Stunde war er auf geheimnisvolle Weise an die Geschichte gefesselt, waren seine Geschicke unlösbar mit denen seines Landes verkettet worden. Seine Ankunft wurde nicht prophezeit und nicht gefeiert; keine Ministerpräsidenten schrieben ihm Briefe, doch nichtsdestotrotz, als meine Zeit der Verknüpfung endete, begann die seine. Er hatte natürlich in der ganzen Angelegenheit nichts zu sagen; schließlich konnte er sich zu der Zeit noch nicht einmal selbst die Nase putzen.

Er war das Kind eines Vaters, der nicht sein Vater war, aber auch das Kind einer Zeit, die der Realität so schweren Schaden zufügte, daß es nie wieder jemandem gelang, sie zusammenzusetzen.

Es war der wahre Urenkel seines Urgroßvaters, aber die Elephantiasis befiel seine Ohren und nicht seine Nase – denn er war zugleich der wahre Sohn von Shiva-und-Parvati; er war der elefantenköpfige Ganesch.

Er wurde mit Ohren geboren, die so ausladend flatterten, daß sie die Schüsse in Bihar und die Schreie der Hafenarbeiter in Bombay, die mit dem Lathiknüppel geprügelt wurden, gehört haben müssen ... ein Kind, das zu viel hörte und deshalb niemals sprach, stumm gemacht durch ein Übermaß an Geräuschen, so daß ich ihn von damals bis heute, vom Slum bis zur Picklesfabrik nie ein einziges Wort habe sagen hören.

Er besaß einen Nabel, der es vorzog, hervorzustehen anstatt sich hineinzuziehen, so daß Picture Singh entsetzt rief: »Sein Bimbi, Hauptmann! Sieh mal, sein Bimbi!«, und nahm vom ersten Tag an huldvoll unsere Ehrfurchtsbezeigungen entgegen.

Er war ein so ernsthaftes, artiges Kind und weigerte sich so entschieden, zu weinen oder zu wimmern, daß er das Herz seines Adoptivvaters im Sturm eroberte; dieser hörte auf, hysterisch über die grotesken Ohren zu lachen, und wiegte das stille Kind zärtlich in den Armen.

Ein Kind, das ein Lied hörte, während es in den Armen gewiegt wurde, ein Lied, gesungen im historischen Tonfall einer in Ungnade gefallenen Ayah: »Alles, was du sein willst, kannst du sein; du kannst sein, was immer du willst.«

Aber nun, da ich meinem flatterohrigen stillen Sohn das Leben geschenkt habe, müssen Fragen nach jener anderen Geburt beantwortet werden, die gleichzeitig stattfand. Unangenehme, peinliche Fragen: tröpfelte Saleems Traum von der Rettung der Nation durch das osmotische Gewebe der Geschichte in die Gedanken der Ministerpräsidentin höchstpersönlich? Wurde mein lebenslanger Glaube, der Staat und ich seien gleichzusetzen im Kopf der Madam in das in jenen Tagen berühmte Schlagwort umgewandelt: *Indien ist Indira und Indira ist Indien*? Strebten wir beide danach, die zentrale Rolle zu spielen – wurde sie von einer Gier nach Bedeutung erfaßt, die so stark war wie die meine – und war das, war das der Grund, weshalb . . . ?

Der Einfluß von Frisuren auf den Verlauf der Geschichte: das ist eine weitere kitzlige Sache. Hätte William Methwold keinen Mittelscheitel gehabt, wäre ich heute vielleicht nicht hier, und hätte die Mutter der Nation einheitlich gefärbte Haare gehabt, so hätte der Notstand, den sie ausrief, womöglich keine dunklere Seite gehabt. Aber sie hatte weißes Haar auf der einen und schwarzes auf der anderen Seite; auch der Notstand hatte eine weiße Seite – eine öffentliche, sichtbare, dokumentierte, mit der sich Historiker befassen – und eine schwarze, heimliche, makabre Seite, die verschwiegen wurde und mit der wir uns daher befassen müssen.

Indira Gandhi wurde im November 1917 als Tochter von Kamala und Jahwaharlal Nehru geboren. Ihr zweiter Vorname war Priyadarshini. Mit dem »Mahatma« M. K. Gandhi war sie nicht verwandt; ihr Familienname war das Vermächtnis ihrer Eheschließung im Jahre 1942 mit einem gewissen Feroze Gandhi, der als »Schwiegersohn der Nation« bekannt wurde. Sie hatten zwei Söhne, Rajiv und Sanjay, doch 1949 zog sie wieder ins Haus ihres Vaters und wurde offiziell die Dame des Hauses. Feroze unternahm einen Versuch, ebenfalls dort zu leben, der jedoch fehlschlug. Er wurde ein heftiger Kritiker der Regierung Nehru, deckte den Mundhra-Skandal auf und erzwang den Rücktritt des damaligen Finanzministers T. T. Krishnamachari – »T. T. K.s« höchstpersönlich. Feroze Gandhi starb 1960 im Alter von siebenundvierzig Jahren an einem Herzanfall. Sanjay Gandhi und seine Frau Maneka, ein ehemaliges Fotomodell, taten sich in der Zeit des Notstands hervor. Die Sanjay-Jugendbewegung erwies sich als besonders tüchtig während der Sterilisierungskampagne.

Ich habe diese etwas vereinfachte Zusammenfassung hinzugefügt, falls es Ihnen noch nicht klar geworden sein sollte, daß die Ministerpräsidentin Indiens anno 1975 seit fünfzehn Jahren Witwe war.

Ja, Padma, Mutter Indira hatte es wirklich auf mich abgesehen.

Mitternacht

Nein! – Doch, ich muß.

Ich will es nicht erzählen! – Aber ich habe geschworen, alles zu erzählen. – Nein, ich widerrufe, das nicht, bestimmt läßt man manches besser aus...? – Das ist nicht stichhaltig; man muß die Dinge nehmen, wie sie sind! – Aber sicher nichts von den wispernden Wänden und von Verrat und Schnippschnapp und den Frauen mit den blauen Flecken auf der Brust? – Gerade das. – Aber wie kann ich, sehen Sie mich doch an, ich reiße mich in Stücke, kann noch nicht einmal mit mir selbst übereinstimmen, rede, argumentiere wie ein Verrückter, Risse tun sich auf, das Gedächtnis läßt nach, ja, das Gedächtnis stürzt in Abgründe und wird vom Dunkel verschluckt, nur Bruchstücke bleiben, keines davon ergibt mehr einen Sinn! – Aber ich darf mir kein Urteil anmaßen; muß einfach (nachdem ich einmal angefangen habe) bis zum Ende fortfahren; Sinn und Unsinn zu bewerten steht mir nicht mehr zu (und stand mir vielleicht auch nie zu). – Aber das Entsetzliche daran, ich kann nicht will nicht darf nicht will nicht kann nicht! – Hör auf, fang an. – Nein! – Doch.

Mit dem Traum also? Ich könnte es als Traum erzählen. Ja, vielleicht als Alptraum: grün und schwarz das Haar der Witwe und zupackende Hand und Kinder mmmff und kleine Bälle und eins nach dem anderen und entzweigerissen und kleine Bälle fliegen fliegen grün und schwarz ihre Hand ist grün ihre Nägel sind schwarz so schwarz. – Keine Träume. Hier ist weder die Zeit noch der Ort dafür. Tatsachen, so wie sie erinnert werden. Nach bestem Wissen und Gewissen. So wie es war: fang an! – Keine Wahl? – Keine; wann hat es je eine gegeben? Es gibt Erfordernisse und logische Konsequenzen und Unvermeidlichkeiten und Wiederholungen; es gibt Dinge, die einem angetan werden, und Zufälle und Knüppelschläge des Schicksals; wann hat es je eine Wahl gegeben? Wann das Recht, etwas zu wählen? Wann eine frei getroffene Entscheidung, dies oder jenes oder etwas anderes zu sein? Keine Wahl; fang an! – Ja.

Hören Sie zu:

Endlose Nacht, Tage Wochen Monate ohne Sonne, oder besser (denn es ist wichtig, genau zu sein), unter einer Sonne, so kalt wie ein unter fließendem Wasser abgespülter Teller, einer Sonne, die uns in wahnsinnigem Mitternachtslicht badet; ich rede vom Winter 1975/76. In dem Winter: Dunkelheit und auch Tuberkulose.

Einst kämpfte ich in einem blauen Zimmer mit Blick aufs Meer unter dem deutenden Finger eines Fischers gegen Typhus an und wurde durch Schlangengift gerettet; im dynastischen Netz der Wiederholung gefangen, weil ich ihn als meinen Sohn anerkannt hatte, mußte nun auch unser Aadam Sinai seine ersten Monate mit dem Kampf gegen die unsichtbaren Schlangen einer Krankheit verbringen. Die Schlangen der Tuberkulose ringelten sich um seinen Hals, so daß er nach Luft schnappen mußte ... aber er war ein Kind der Ohren und des Schweigens, und wenn er spuckte, gab es keinen Laut, wenn er keuchte, krächzte es in seiner Kehle nicht. Kurzum, mein Sohn wurde krank, und obwohl seine Mutter, Parvati oder Laylah, nach ihren Zauberkräutern suchte, obwohl man ihm ständig Kräuteraufgüsse einflößte, die mit abgekochtem Wasser zubereitet wurden, ließen die geisterähnlichen Würmer der Tuberkulose sich nicht vertreiben. Ich vermutete von Anfang an etwas dunkel Metaphorisches in dieser Krankheit – weil ich überzeugt war, daß unser privater Notstand in jenen Mitternachtsmonaten, als die Ära meiner Verknüpfung mit der Geschichte sich mit der seinen überschnitt, nicht ohne Zusammenhang mit der schwereren makrokosmischen Krankheit war, unter deren Einfluß die Sonne so bleich und kränklich geworden war wie unser Sohn. Parvati tat damals (wie Padma heute) diese abstrakten Grübeleien ab und beschimpfte mich als Narren, weil ich von dem Gedanken an Licht wie besessen war: ich begann, in der Hütte, in der mein Sohn krank darniederlag, kleine Öllampen anzuzünden, und erfüllte den Raum um die Mittagszeit mit Kerzenlicht ... doch ich bestehe darauf, daß meine Diagnose richtig war. »Ich sage dir«, beharrte ich damals, »solange der Notstand dauert, wird er nicht wieder gesund.«

Zur Verzweiflung getrieben, da es ihr nicht gelang, dieses ernste Kind, das nie weinte, zu heilen, weigerte sich meine Parvati-Laylah, meinen pessimistischen Theorien zu glauben; statt dessen ließ sie sich auf jeden anderen Blödsinn ein. Als eine der älteren Frauen in der Kolonie der Magier ihr erzählte – auch Resham Bibi wäre dazu imstande gewesen –, daß die Krankheit nicht heraus könne, solange das Kind stumm bleibe, schien Parvati das plausibel zu finden. »Krankheit ist ein Kummer des Körpers«, belehrte sie mich, »sie muß unter Tränen und Stöhnen abgeschüttelt werden.« Als sie an dem Abend in die Hütte zurückkehrte, umklammerte sie ein kleines Päckchen mit grünem Pulver, das in Zeitungspapier gewickelt und mit einer blaßrosa Schnur zusammengebunden war. Sie erzählte mir, daß dies ein Präparat von solcher Kraft sei, daß es sogar einen Stein zum Schreien bringen würde. Als sie dem Kind die Medizin eingab, begannen sich seine Wangen aufzublähen, als habe es den Mund voll; die lang unterdrückten Geräusche seiner Säuglingszeit stiegen hinter seinen Lippen hoch, und wütend preßte es den Mund fest zusammen. Man konnte sehen, daß der kleine Junge dem Ersticken nahe war, als er versuchte, den sturzbachähnlichen Auswurf zurückgedrängter Töne hinunterzuschlucken, den das grüne Pulver aufgewühlt hatte; und da erkannten wir, daß wir es mit einer unerbittlichen Willenskraft zu tun hatten, die ihresgleichen suchte. Nach einer Stunde, während der mein Sohn erst safrangelb, dann gelbgrün und schließlich grasgrün wurde, hielt ich es nicht mehr aus und kläffte: »Frau, wenn der kleine Kerl unbedingt still bleiben will, brauchen wir ihn deshalb nicht umzubringen!« Ich hob Aadam hoch, um ihn zu wiegen, und spürte, wie sein kleiner Körper starr wurde; Kniegelenke Ellbogen Hals füllten sich mit dem zurückgehaltenen Tumult nicht ausgesprochener Laute, und endlich gab Parvati nach und bereitete ein Gegenmittel, für das sie Pfeilwurz und Kamille in einem Blechnapf vermengte, während sie verhalten merkwürdige Verwünschungen murmelte. Danach versuchte nie wieder jemand, Aadam Sinai zu etwas zu zwingen, was er nicht wollte; wir sahen ihm zu, wie er gegen die Tuberkulose ankämpfte, und versuchten uns mit dem Gedanken zu beruhigen, daß ein so stählerner Wille sich gewiß nicht von einer bloßen Krankheit besiegen ließe.

In jenen letzten Tagen nagten auch die inneren Motten der Verzweiflung an meiner Frau Laylah oder Parvati, denn wenn sie in der Einsamkeit unserer Ruhestunden zu mir kam, um Trost oder Wärme zu finden, sah ich in ihren Zügen immer noch die entsetzlich zerfallene Physiognomie Jamilas der Sängerin; und obwohl ich Parvati das Geheimnis beichtete und ihr offenbarte, was es mit der Erscheinung für eine Bewandtnis hatte, obwohl ich sie tröstete, indem ich darauf hinwies, daß das Gespenst, wenn es weiterhin so rasch verfiel, über kurz oder lang ganz auseinanderfallen würde, sagte sie mir schmerzerfüllt, daß Spucknäpfe und Krieg meinen Verstand aufgeweicht hätten, und verzweifelte an ihrer Ehe, die, wie nun herauskam, nie vollzogen werden würde; allmählich, ganz allmählich erschien auf ihren Lippen das ominöse Schmollen ihres Kummers ... doch was konnte ich tun? Welchen Trost konnte ich bieten – ich, Saleem Rotznase, der verarmt war, seit meine Familie mir ihren Schutz entzogen hatte, der ich mich dafür entschieden hatte (wenn es überhaupt eine Entscheidung war), von meinem Geruchssinn zu leben, mir jeden Tag ein paar Paisa zu verdienen, indem ich herausschnüffelte, was die Leute am Tag vorher gegessen hatten und wer von ihnen verliebt war; welchen Trost konnte ich ihr geben, wenn mich bereits die kalte Hand jener lauernden Mitternacht gepackt hatte und ich das Ende in der Luft riechen konnte?

Saleems Nase (Sie können es nicht vergessen haben) konnte eigenartigere Dinge als Pferdemist riechen. Die Düfte der Gefühle und Gedanken, der Geruch der Beschaffenheit von Dingen: all das wurde von mir mit Leichtigkeit herausgerochen. Als die Verfassung geändert wurde und die Ministerpräsidentin damit nahezu unumschränkte Macht erhielt, roch ich die Geister früherer Reiche in der Luft... in jener Stadt, in der die Erscheinungen von Sklavenkönigen und Moguln umgingen, von Aurangzeb dem Gnadenlosen und den letzten, rosahäutigen Eroberern, sog ich wieder einmal das scharfe Aroma des Despotismus ein. Es roch wie brennende, ölgetränkte Lumpen.

Aber selbst Leute mit mangelndem Geruchssinn hätten dahinterkommen können, daß im Winter 1975/76 etwas faul in der Hauptstadt war; was mich alarmierte, war ein eigenartigerer, persönlicherer Gestank: ein Hauch persönlicher Gefahr, in dem ich ein Paar verräterischer, Vergeltung suchender Knie ausmachte... meine erste Vorahnung, daß ein uralter Konflikt, der begann, als eine liebestolle Jungfrau Namensschildchen vertauschte, binnen kurzem in einer Orgie von Verrat und Schnippeleien enden sollte.

Vielleicht hätte ich fliehen sollen, wenn ich schon so ein warnendes Prickeln in der Nase hatte – von einer Nase alarmiert, hätte ich Fersengeld geben können. Doch es gab praktische Einwände: wo hätte ich hingehen sollen? Und wie schnell hätte ich vorankommen können, nun, da ich mit Frau und Sohn belastet war? Auch darf man nicht vergessen, daß ich schon einmal floh, und Sie wissen, wo ich landete: in den Sundarbans, dem Dschungel der Sinnestäuschung und der Vergeltung, dem ich nur um Haaresbreite entkam!... Wie auch immer, ich lief jedenfalls nicht weg.

Wahrscheinlich spielte es gar keine Rolle; Shiva – unversöhnlich, verräterisch, mein Feind von Geburt an – hätte mich am Ende gefunden. Denn wenn eine Nase auch einzigartig ausgerüstet ist, um etwas herauszuschnüffeln, kann man, wenn es ans Handeln geht, die Vorteile eines Paars greifender, würgender Knie nicht leugnen.

Ich werde mir eine letzte, paradoxe Beobachtung zum Thema gestatten: wenn ich, wie ich glaube, im Haus der klagenden Frauen die Antwort auf die Frage nach dem Sinn erhielt, die mich mein Leben lang quälte, dann hätte ich mir, indem ich mich vor jenem Palast der Vernichtung in Sicherheit gebracht hätte, diese kostbarste aller Entdeckungen vorenthalten. Um es etwas philosophischer auszudrücken: Jede Wolke hat einen Silberstreif.

Saleem-und-Shiva, Nase-und-Knie . . . wir teilten nur drei Dinge: den Augenblick unserer Geburt (und seine Folgen), die Schuld des Verrats und unseren Sohn Aadam, unsere Synthese, das ernste Kind mit den alles hörenden Ohren, das nie lächelte. Aadam Sinai war in vieler Hinsicht das genaue Gegenteil von Saleem. Ich wuchs anfangs mit schwindelerregender Geschwindigkeit; Aadam, der mit den Schlangen der Krankheit rang, wuchs fast gar nicht. Saleem hatte von Anfang an ein gewinnendes Lächeln; Aadam besaß mehr Würde und behielt sein Grinsen für sich. Während Saleem seinen Willen der gemeinsamen Tyrannei von Familie und Schicksal unterordnete, focht Aadam grimmig und weigerte sich, selbst dem Druck grünen Pulvers nachzugeben. Und während Saleem so entschlossen gewesen war, das Universum in sich aufzunehmen, daß er eine Zeitlang nicht hatte blinzeln können, zog Aadam es vor, seine Augen fest geschlossen zu halten . . . doch wenn er dann und wann geruhte, sie aufzuschlagen, fiel mir ihre Farbe auf, und die war blau. Eisblau, das Blau der Wiederholung, das schicksalsträchtige Blau des kaschmirischen Himmels . . . aber es besteht keine Notwendigkeit, weiter auszuholen.

Wir, die Kinder der Unabhängigkeit, stürzten uns ungestüm und zu schnell in unsere Zukunft; er, im Notstand geboren, wird, ist schon vorsichtiger und wartet den rechten Augenblick ab; aber wenn er handelt, wird man ihm nicht widerstehen können. Er ist jetzt schon stärker, härter, resoluter als ich: wenn er schläft, sind seine Augäpfel unter den Lidern unbeweglich. Aadam Sinai, Kind von Knien-und-Nase, gibt sich (soweit ich es beurteilen kann) keinen Träumen hin.

Wieviel bekamen diese Segelohren mit, die gelegentlich vor der Hitze ihres Wissens zu glühen schienen? Wenn er hätte reden können, hätte er mich dann vor Verrat und Bulldozern gewarnt? In einem Land, das von der Zwillingsmasse der Geräusche und Gerüche beherrscht wird, hätten wir beide ein perfektes Team sein können; aber mein kleiner

Sohn lehnte es ab zu sprechen, und ich versäumte es, dem Diktat meiner Nase zu folgen.

»Arré baap«, ruft Padma, »erzähl einfach, was passiert ist, Herr! Was ist denn so erstaunlich daran, wenn ein Baby keine Konversation macht?«

Und wieder die Spaltung in mir: Ich kann nicht. – Du mußt. – Ja.

Im April 1976 war ich immer noch in der Kolonie oder dem Getto der Magier; mein Sohn Aadam litt immer noch an seiner langwierigen Krankheit, die auf keine Behandlung anzusprechen schien. Ich war erfüllt von Vorahnungen (und von Gedanken an Flucht), aber wenn irgendein Mensch der Grund für mein Verbleiben im Getto war, dann war das Picture Singh.

Padma: Saleem verband sich auf Gedeih und Verderb mit den Magiern Delhis, einerseits aus einem Gefühl für Anstand – einem masochistischen Glauben, der ihm suggerierte, bei seinem verspäteten Abstieg in die Armut handle es sich um einen Akt der Redlichkeit (ich nahm aus dem Haus meines Onkels nicht mehr mit als zwei Hemden, weiß, zwei Hosen, ebenfalls weiß, ein T-Shirt, bedruckt mit rosa Gitarren, und Schuhe, ein Paar, schwarz); andererseits kam ich aus Loyalität, da ich durch Knoten der Dankbarkeit an meine Retterin, Parvati-die-Hexe, gebunden war; doch ich blieb – wo ich als des Lesens und Schreibens kundiger junger Mann zumindest Bankangestellter oder Lehrer an einer Abendschule für Analphabeten hätte werden können –, weil ich mein Leben lang, bewußt oder unbewußt, Väter ausfindig machte. Ahmed Sinai, Hanif Aziz, Scharfstecher Sahib, General Zulfikar: alle sind in Abwesenheit William Methwolds dienstverpflichtet worden; Picture Singh war der letzte dieser edlen Reihe. Und vielleicht überschätzte ich Picture Singh in meiner zweifachen Gier, Väter zu finden und das Vaterland zu retten; es besteht die erschreckende Möglichkeit, daß ich ihn zu einem Phantasieprodukt verzerrte (und ihn auf diesen Seiten erneut verzerrt dargestellt habe) . . . ganz gewiß stimmt es, daß er, wann immer ich mich erkundigte: »Wann wirst du unser Führer werden, Pictureji – wann kommt der große Tag?«, sich verlegen wand und antwortete: »Schlag dir das aus dem Kopf, Hauptmann. Ich bin ein armer Mann aus Rajasthan und auch der Bezauberndste Mann der Welt, mach mich nicht zu etwas anderem.« Aber ich drängte ihn: »Es gibt ein Vorbild – es gab Mian Abdullah, den Kolibri . . .«, worauf Picture sprach: »Hauptmann, du hast wirklich verrückte Ideen.«

In den ersten Monaten des Notstands verharrte Picture Singh in einem düsteren Schweigen, das (wieder einmal!) an die große Lautlosigkeit Ehrwürdiger Mutter erinnerte (die auch in meinen Sohn getröpfelt war . . .), und unterließ es, sein Publikum auf den Verkehrsstraßen und in den Seitengassen der alten und der neuen Stadt zu belehren, worauf er in der Vergangenheit bestanden hatte; doch obwohl er sagte: »Dies ist eine Zeit zum Schweigen, Hauptmann«, blieb ich überzeugt, daß es eines Tages, in einer heilbringenden Morgendämmerung am Ende der Mitternacht, irgendwie Picture Singh sein würde, der uns an der Spitze eines großen Jooloos, einer Prozession der Enteigneten, vielleicht Flöte spielend und von todbringenden Schlangen umkränzt, zum Licht führen würde . . . aber vielleicht war er doch nur ein Schlangenbeschwörer; ich leugne die Möglichkeit nicht. Ich sage nur, daß mir mein letzter Vater, groß hager bärtig, das Haar zu einem Nackenknoten nach hinten gezogen, als der leibhaftige Avatara von Mian Abdullah erschien; aber vielleicht war es alles eine Illusion, geboren aus meinem Versuch, ihn durch schiere Willensanstrengung mit den Fäden meiner Geschichte zu verknüpfen. Es hat Illusionen in meinem Leben gegeben, glauben Sie nicht, ich sei mir dessen nicht bewußt. Wir kommen jedoch zu einer Zeit jenseits aller Illusion; da mir keine Wahl bleibt, muß ich endlich schwarz auf weiß den Höhepunkt beschreiben, den ich den ganzen Abend zu umgehen versucht habe.

Erinnerungssplitter: so sollte ein Höhepunkt nicht beschrieben werden. Ein Höhepunkt sollte plötzlich zu seinem himalajahohen Gipfel ansteigen, ich aber habe nur noch Fetzen in der Hand und muß mich ruckweise auf meine Krise zubewegen wie eine Marionette an einem zerrissenen Faden. So hatte ich es nicht geplant, aber vielleicht ist die Geschichte, die man zu Ende bringt, niemals die, die man begonnen hat. (In einem blauen Zimmer hatte Ahmed Sinai einst Schlüsse für Märchen erfunden, deren ursprünglichen Schluß er längst vergessen hatte; das Messingäffchen und ich hörten über die Jahre hinweg alle möglichen Versionen der Reise Sindbads und der Abenteuer Hatim Tais . . . wenn ich noch einmal begänne, würde auch ich an einem anderen Ort enden?) Nun also, ich muß mich mit Splittern und Fetzen begnügen: wie ich vor Jahrhunderten schrieb, besteht der Trick darin, die Lücken, geleitet von den spärlichen Hinweisen, die man bekommt, zu füllen. Das meiste von dem, was in unserem Leben eine Rolle spielt, findet in unserer Abwesenheit statt; ich muß mich von der Erinnerung an eine einmal erblickte Akte mit verräterischen Initialen und den anderen verbleibenden Scherben der Vergangenheit leiten lassen, die in den geplünderten Gewölben meiner Erinnerung liegen wie zerbrochene Flaschen am Strand . . . Wie Erinnerungsfetzen flatterten im stummen mitternächtlichen Wind auch Zeitungen durch die Magierkolonie.

Vom Wind dahergetragene Zeitungen besuchten meine Hütte, um mich darüber zu informieren, daß mein Onkel Mustapha Aziz unbekannten Aktivitäten zum Opfer gefallen sei; ich unterließ es, eine Träne zu vergießen. Aber es gab noch andere Informationen, und aus diesen muß ich die Wirklichkeit konstruieren.

Auf einem Blatt Papier (das nach Rüben roch) las ich, daß die Ministerpräsidentin Indiens nirgendwo ohne ihren persönlichen Astrologen hinging. In diesem Fragment entdeckte ich mehr als Rübengeruch; auf geheimnisvolle Weise erkannte ich wieder einmal den Geruch persönlicher Gefahr. Was ich aus diesem warnenden Aroma ableiten muß: Wahrsager prophezeiten mich, hätten Wahrsager mich am Ende nicht auch ins Verderben stürzen können? Hätte eine Witwe, von den Sternen besessen, von Astrologen nicht vom geheimen Potential aller Kinder erfahren können, die zu jener längst vergangenen Mitternachtsstunde geboren waren? Und war das der Grund, weshalb ein Beamter, Fachmann für Ahnenforschung, aufgefordert wurde, eine Spur zu verfolgen . . . und weshalb er mich am Morgen danach so seltsam ansah? Ja, sehen Sie, die Stücke beginnen zusammenzupassen! Padma, wird es nicht klar? *Indira ist Indien und Indien ist Indira* . . . aber hätte sie denn nicht den Brief ihres eigenen Vaters an ein Mitternachtskind lesen können, in dem ihr die eigene, zum Wahlspruch erhobene zentrale Rolle verwehrt wurde, in dem die Rolle, Spiegel der Nation zu sein, mir zugesprochen wurde? Siehst du? *Siehst du?* . . . Und es gibt noch mehr, gibt einen noch klareren Beweis, denn hier ist ein weiterer Fetzen aus der *Times of India*, in dem Samachar, die Nachrichtenagentur, die der Witwe gehörte, ihren »Entschluß, die tiefreichende und weitverbreitete Verschwörung, die immer noch größere Kreise zieht, zu bekämpfen«, zitiert. Ich sage Ihnen: sie meinte nicht den Janata Morcha! Nein, der Notstand hatte eine schwarze so gut wie eine weiße Seite, und hier ist das Geheimnis, das zu lange unter der Maske jener unterdrückten Tage verborgen gelegen hat: das wahrste, verborgenste Motiv hinter der Ausrufung des Notstands war das Zerschlagen, das Zerschmettern, das unwiderrufliche Auseinanderbringen der Kinder der Mitternacht. (Deren Konferenz natürlich schon vor Jahren aufgelöst worden war; aber die bloße Möglichkeit, daß wir uns wiedervereinigten, genügte, damit der rote Knopf gedrückt wurde.)

Astrologen – dessen bin ich mir sicher – schlugen Alarm; in einer schwarzen Mappe mit dem Etikett MKK wurden Namen aus noch vorhandenen Aufzeichnungen zusammengetragen; aber es steckte mehr dahinter. Es gab Treuebrüche und Geständnisse, es gab Knie und eine Nase – eine Nase und auch Knie.

***

Fetzen, Splitter, Bruchstücke: mir scheint, daß ich, unmittelbar bevor ich mit dem Geruch von Gefahr in der Nase aufwachte, geträumt hatte, ich schliefe. In diesem erschreckendsten aller Träume erwachte ich und fand einen Fremden in meiner Hütte: einen poetisch aussehenden Burschen mit glatten Haaren, die sich um seine Ohren ringelten (die aber oben sehr dünn waren). Ja: in meinem letzten Schlaf vor dem, was noch beschrieben werden muß, wurde ich vom Schatten Nadir Khans besucht, der verblüfft auf einen silbernen Spucknapf mit Einlegearbeit aus Lapislazuli starrte und unsinnigerweise fragte: »Hast du den gestohlen? – Oder bist du etwa – ist es die Möglichkeit – der kleine Junge meiner Mumtaz?« Und als ich bestätigte: »Ja, niemand anders, ich bin es«, stieß die Traumerscheinung Nadir-Qasims eine Warnung hervor: »Versteck dich. Du hast nicht mehr viel Zeit. Versteck dich, solange es noch geht.«

Nadir, der sich unter meines Großvaters Teppich versteckt hatte, kam, um mir Ähnliches zu empfehlen, doch zu spät, zu spät, denn nun wurde ich auch in Wirklichkeit wach und roch den Geruch von Gefahr, als schmetterten Trompeten in meiner Nase ... ängstlich, ohne zu wissen warum, erhob ich mich; und bilde ich es mir ein, oder starrten Aadam Sinais blaue Augen ernst in die meinen? Waren auch die Augen meines Sohnes schreckerfüllt? Hatten Segelohren gehört, was eine Nase herausgeschnüffelt hatte? Verständigten Vater und Sohn sich wortlos in jenem Augenblick, bevor alles begann? Ich muß die Fragezeichen unbeantwortet stehen lassen, aber sicher ist, daß Parvati, meine Laylah Sinai, ebenfalls erwachte und fragte: »Was ist los, Herr? Was ist dir für eine Laus über die Leber gekrochen?« Und ich, ohne richtig den Grund zu kennen: »Versteck dich, bleib hier drinnen und geh nicht raus.«

Dann ging ich nach draußen.

Es muß Morgen gewesen sein, obwohl der Dämmer der endlosen Mitternacht wie ein Nebel über dem Getto hing . . . durch das trübe Licht des Notstands sah ich Kinder Himmel und Hölle spielen und Picture Singh, seinen Regenschirm unter die linke Achselhöhle geklemmt, gegen die Mauern der Freitagsmoschee urinieren; ein winziger kahler Illusionist übte sich darin, Messer durch den Hals seines zehnjährigen Lehrlings zu treiben, und ein Zauberer hatte schon Zuschauer gefunden und brachte große Wollknäuel dazu, aus den Achselhöhlen Fremder zu fallen; in einer anderen Ecke übte Chand Sahib der Musiker Trompete; dabei legte er das alte Mundstück eines zerbeulten Horns auf seine Kehle und spielte einfach, indem er die Halsmuskeln spielen ließ . . . und dort, dort drüben kamen die Schlangendrillinge von der einzigen Wasserstelle der Kolonie zurück und balancierten Surahis auf den Köpfen . . . kurzum, alles schien in Ordnung zu sein. Ich wollte mich schon wegen meiner Träume und nasalen Warnsignale ins Gebet nehmen; doch dann ging es los.

Zuerst kamen die Lastwagen und die Bulldozer die Hauptstraße entlanggedonnert; gegenüber dem Getto der Magier hielten sie an. Aus einem Lautsprecher begann es zu dröhnen: »Städtisches Verschönerungsprogramm . . . vom Zentralkomitee der Sanjay-Jugend autorisierte Aktion . . . bereiten Sie sich sofort auf die Übersiedlung in eine andere Gegend vor . . . dieser Slum ist ein Schandfleck . . . kann nicht länger geduldet werden . . . alle haben den Befehlen ohne Widerspruch zu gehorchen.« Und während ein Lautsprecher dröhnte, begannen Gestalten von Lastwagen zu steigen: hastig wurde ein leuchtend buntes Zelt aufgeschlagen, und es gab Feldbetten und Operationsbestecke . . . und nun ergoß sich aus den Wagen ein Strom elegant gekleideter junger Damen, die aus guter Familie stammten und ihre Bildung im Ausland erworben hatten, und dann ein zweiter Strom ebenso elegant gekleideter junger Männer: Freiwillige, Freiwillige der Sanjay-Jugend, die ihren Beitrag für die Gesellschaft leisteten . . . aber dann erkannte ich, nein, keine Freiwilligen, denn alle Männer hatten das gleiche Lockenhaar und Lippen wie die Schamlippen einer Frau, und die eleganten Frauen waren auch alle identisch, ihre Züge entsprachen genau denen von Sanjays Maneka, die Zeitungsfetzen als »schlaksige Schönheit« beschrieben und die einst für eine Matratzenfabrik Nachthemden vorgeführt hatte . . . und während ich mitten im Chaos des Sanierungsprogramms stand, wurde mir wieder einmal vor Augen geführt, daß die herrschende Dynastie Indiens gelernt hatte, sich zu vervielfältigen; aber dann war keine Zeit mehr zum Denken, die zahllosen Schamlippigen und schlaksigen Schönheiten ergriffen Magier und alte Bettler, Menschen wurden zu den Lastwagen gezerrt, und nun verbreitete sich ein Gerücht durch die Kolonie der Magier: »Sie machen Nasbandi – sie sterilisieren!« – Und ein zweiter Ruf: »Rettet eure Frauen und Kinder!« – Und nun beginnt der Aufstand, Kinder, die gerade eben noch Himmel und Hölle gespielt hatten, schleudern Steine auf die eleganten Eindringlinge, und hier versammelt Picture Singh die Magier um sich, schwenkt wütend einen Schirm, der einst Eintracht geschaffen hatte, nun aber in eine Waffe verwandelt worden ist, eine wild ausschlagende Don-Quijote-Lanze, und die Magier sind zu einer Verteidigungsarmee geworden, Molotow-Cocktails werden hervorgezaubert und durch die Gegend geschleudert, Ziegelsteine werden aus Zauberertaschen gezogen, es hagelt Schreie und Wurfgeschosse, und die eleganten Schamlippigen und die schlaksigen Schönheiten ziehen sich vor dem harschen Zorn der Illusionisten zurück, und dort geht Picture Singh, er führt den Angriff gegen das Vasektomie-Zelt . . . Parvati oder Laylah hat den Befehlen nicht gehorcht, sie ist nun an meiner Seite und sagt: »Mein Gott, was machen . . .«, und in diesem Augenblick setzt ein neuer und furchtbarerer Angriff auf den Slum ein: Truppen werden gegen Magier, Frauen und Kinder eingesetzt.

Einst marschierten Zauberer Kartenspieler Puppenspieler Hypnotiseure triumphierend neben einer siegreichen Armee einher; aber all das ist nun vergessen, und russische Gewehre werden an den Bewohnern des Gettos ausprobiert. Welche Chance haben kommunistische Hexenmeister gegen sozialistische Gewehre? Sie, wir rennen nun in alle Richtungen, Parvati und ich werden getrennt, als die Soldaten feuern, ich verliere Picture Singh aus den Augen, Gewehrkolben schlagen schmettern, ich sehe, wie eine von den Schlangendrillingen von den Gewehrkolben zu Boden gestoßen wird, Menschen werden an den Haaren zu den wartenden gähnenden Wagen geschleift, und auch ich renne, zu spät, sehe über die Schulter zurück, stolpere über Daldakanister leere Kisten die im Stich gelassenen Säcke der verängstigten Illusionisten, und über meine Schulter sehe ich durch die trübe Nacht des Notstands, daß all das nur ein Tarnmanöver, eine Nebenhandlung gewesen ist, denn durch die Konfusion des Krawalls rast eine mythische Gestalt auf mich zu, eine Inkarnation von Schicksal und Zerstörung: Major Shiva hat sich ins Gefecht gestürzt, und er sucht nur nach mir. Hinter mir her laufen die pumpenden Knie meines Verhängnisses . . .

. . . Das Bild eines Elendsquartiers kommt mir in den Sinn: mein Sohn!

Und nicht nur mein Sohn: ein silberner Spucknapf mit Einlegearbeit aus Lapislazuli! Irgendwo im Tumult des Gettos ist ein Kind allein gelassen worden ... irgendwo ein lange gehüteter Talisman im Stich gelassen worden. Die Freitagsmoschee sieht ungerührt zu, als ich ausweiche, mich ducke, zwischen den umkippenden Hütten umherrenne, meine Füße mich zu segelohrigem Sohn und Spucknapf lenken ... aber was für eine Chance hatte ich gegen jene Knie? Die Knie des Kriegshelden kommen näher näher näher, während ich fortrenne, die Gelenke meiner Nemesis donnern auf mich zu, und er springt, die Beine des Kriegshelden fliegen durch die Luft, schließen sich wie Kiefer um meinen Hals, Knie drücken meiner Kehle den Atem ab, ich stürze nieder, winde mich, doch die Knie halten mich umklammert, und nun sagt eine Stimme – die Stimme des Verrats Treuebruches Hasses! –, während Knie auf meiner Brust ruhen und mich in den dicken Staub des Slums pressen: »So, kleiner reicher Junge: wir treffen uns also wieder. Salaam.« Ich spuckte, Shiva lächelte.

O glänzende Knöpfe auf der Uniform eines Verräters! Schimmernd flimmernd wie Silber ... warum tat er es? Warum wurde er, der einst anarchistische Unruhestifter durch die Slums von Bombay geführt hatte, zum Kriegsherrn der Tyrannei? Warum betrog ein Mitternachtskind die Kinder der Mitternacht und führte mich meinem Verhängnis zu? Aus Liebe zur Gewalt und dem rechtfertigenden Glitzern von Uniformknöpfen? Aus alter Antipathie mir gegenüber? Oder – das leuchtet mir am meisten ein – weil er dadurch von Strafen frei blieb, die uns anderen auferlegt wurden ... ja, das muß es sein. O Geburtsrecht verweigernder Kriegsheld! O durchs Linsengericht bestochener Rivale ... Doch halt, ich muß damit aufhören und die Geschichte so einfach wie möglich erzählen: während Soldaten Magier jagten, verhafteten und aus ihrem Getto trieben, konzentrierte sich Major Shiva auf mich. Auch ich wurde mit roher Gewalt zu einem Lastwagen gezerrt; während Bulldozer in den Slum vorrückten, wurde eine Tür zugeschlagen ... in der Dunkelheit schrie ich auf: »Aber mein Sohn! – Und Parvati, wo ist sie, meine Laylah? – Picture Singh! Rette mich, Pictureji!« – Aber nun waren die Bulldozer da, und niemand hörte meine Schreie.

Parvati-die-Hexe fiel, da sie mich geheiratet hatte, dem Fluch eines gewaltsamen Todes zum Opfer, der über allen meinen Leuten liegt ... Ich weiß nicht, ob Shiva auf die Suche nach ihr ging, nachdem er mich in einen dunklen geschlossenen Wagen gesperrt hatte, oder ob er sie den Bulldozern überließ ... denn nun waren die Zerstörungsmaschinen in ihrem Element, und die jämmerlichen kleinen Buden der Barackenstadt rutschten, sanken wie toll unter der Kraft der unwiderstehlichen Geschöpfe in sich zusammen, Hütten zerbrachen wie Zweige, die kleinen Papierpakete der Puppenspieler und die Zauberkörbe der Illusionisten wurden zu einer formlosen Masse zerstampft; die Stadt wurde verschönert, und wenn es ein paar Todesfälle gab, wenn ein Mädchen mit untertassengroßen Augen und kummervoll schmollenden Lippen unter die vorrückenden Moloche geriet, nun, was hatte das schon zu bedeuten, ein Schandfleck wurde vom Antlitz der altehrwürdigen Hauptstadt entfernt... und es geht das Gerücht, daß während der Todeskrämpfe des Magiergettos ein bärtiger Riese, bekränzt von Schlangen (aber das kann auch eine Übertreibung sein), durch den Trümmerhaufen lief – VOLLE WUCHT! –, wild vor den vorrückenden Bulldozern herlief, die Krücke eines für immer zerbrochenen Schirms in der Hand hielt und nach etwas suchte, suchte, als ob von der Suche sein Leben abhinge.

Am Ende jenes Tages war der Slum, der sich im Schatten der Moschee gedrängt hatte, vom Erdboden verschwunden; doch nicht alle Magier waren gefangen, nicht alle waren zu dem stacheldrahtumzäunten Lager namens Khichripur, Risi-Pisi-Stadt, auf der anderen Seite des Flusses Jamuna weggekarrt worden. Nie fingen sie Picture Singh, und es heißt, daß am Tag, nachdem das Getto eingeebnet worden war, ein neuer Slum im Herzen der Stadt, direkt am Bahnhof von Neu-Delhi, gesichtet wurde. Bulldozer wurden dorthin geschickt, wo sich die Elendsunterkunft befinden sollte; man fand nichts. Danach wußten bald alle Einwohner der Stadt von der Existenz des umherziehenden Slums der entkommenen Illusionisten, doch die Abbruchkommandos fanden ihn nie. Es hieß, man habe ihn in Mehrauli gefunden, aber als Sterilisations- und Soldatentrupps dahin gingen, stellten sie fest, daß die Mauern des Qutb Minar nicht von den Elendshütten der Armut verunreinigt waren. Informanten sagten, er sei in den Gärten von Jantar Mantar, dem Mogul-Observatorium Jai Singhs, aufgetaucht, aber als die Zerstörungsmaschinen dorthin rasten, fanden sie nur Papageien und Sonnenuhren. Erst nach dem Ende des Notstands fand der umherziehende Slum eine feste Bleibe; aber das muß bis später warten, denn nun ist es Zeit, zu guter Letzt und ohne die Kontrolle zu verlieren, über meine Gefangenschaft in der Herberge der Witwen in Benares zu sprechen.

Einst hatte Resham Bibi geklagt: »Ai-o-ai-o!« – und sie hatte recht: Ich brachte Vernichtung in das Getto meiner Retter; Major Shiva, der zweifelsohne genau nach Anweisung der Witwe handelte, kam in die Kolonie, um meiner habhaft zu werden, während der Sohn der Witwe seine Programme zur Verschönerung der Stadt und zur Vasektomie organisierte, um ein Ablenkungsmanöver durchzuführen. Ja, natürlich war alles so geplant und (wenn ich das sagen darf) äußerst effizient geplant. Was während des Aufstands der Magier erreicht wurde: kein geringeres Bravourstück, als daß unbemerkt eine Person gefangengenommen wurde, und zwar die einzige Person auf Erden, die den Schlüssel zum Aufenthaltsort jedes einzelnen der Kinder der Mitternacht besaß – denn hatte ich mich nicht Nacht um Nacht auf jedes einzelne von ihnen eingestellt? Trug ich nicht für alle Zeit ihre Namen Adressen Gesichter im Kopf? Ich will diese Frage mit ja beantworten. Und ich wurde gefangengenommen.

Ja, natürlich war alles so geplant. Parvati-die-Hexe hatte mir alles über meinen Rivalen erzählt; ist es wahrscheinlich, daß sie mich ihm gegenüber nicht erwähnt hatte? Ich will auch diese Frage beantworten: es ist überhaupt nicht wahrscheinlich. So wußte unser Kriegsheld, wo sich in der Hauptstadt die eine Person herumdrückte, nach der seine Herren in allererster Linie suchten (noch nicht einmal mein Onkel Mustapha wußte, wo ich hinging, nachdem ich ihn verlassen hatte, aber Shiva wußte es!) – und nachdem er einmal zum Verräter geworden war, bestochen, dessen bin ich mir sicher, durch alles mögliche, vom Versprechen auf Beförderung bis hin zur Garantie persönlicher Sicherheit, war es ein leichtes für ihn, mich in die Hände seiner Herrin auszuliefern, der Madam, der Witwe mit dem verschiedenfarbigen Haar.

Shiva und Saleem, Sieger und Opfer; verstehen Sie unsere Rivalität, und Sie werden das Zeitalter, in dem Sie leben, verstehen. (Auch die Umkehrung dieser Aussage gilt.)

Noch etwas außer meiner Freiheit verlor ich an jenem Tag: Bulldozer verschlangen einen silbernen Spucknapf. Des letzten Gegenstands beraubt, der mich mit meiner greifbareren, historisch nachprüfbaren Vergangenheit verband, wurde ich nach Benares gebracht, um mit den Folgen meines inneren, von der Mitternacht gewährten Lebens konfrontiert zu werden.

Ja, dort geschah es, im Palast der Witwen an den Ufern des Ganges in der ältesten bewohnten Stadt der Welt, der Stadt, die schon alt war, als Buddha jung war, Kasi Benares Varanasi, Stadt des göttlichen Lichts,

Heimat des Prophetischen Buchs, des Horoskops der Horoskope, in dem jedes Leben, vergangenes gegenwärtiges zukünftiges, schon aufgezeichnet ist. Die Göttin Ganga strömte durch Schiwas Haar zur Erde . . . nach Benares, dem Heiligtum für Schiwa-den-Gott, wurde ich von Shiva-dem-Helden gebracht, um meinem Verhängnis ins Auge zu sehen. In der Heimat der Horoskope kam die Stunde, die von Ramram Seth in einem Raum auf einem Dach vorhergesagt wurde: »Soldaten werden ihn verhören . . . Tyrannen werden ihn schmoren!« hatte der Wahrsager vorgetragen; nun, einen ordentlichen Prozeß gab es nicht – Shivas Knie um meinen Hals gelegt, und damit hatte es sich –, aber ich roch eines Wintertags den Duft von etwas, das in einer Kasserolle geschmort wurde . . .

Folgen Sie dem Fluß, vorbei am Scindia-Ghat, wo junge Sportler in weißen Lendentüchern auf einem Arm Liegestütze machen, vorbei am Manikarnika-Ghat, der Stätte der Totenfeiern, wo man von den Hütern der Flamme heiliges Feuer erwerben kann, vorbei an dahintreibenden Kadavern von Hunden und Kühen – Unglücklichen, für die kein Feuer gekauft wurde –, vorbei an Brahmanen unter Strohschirmen, die, in Safrangelb gekleidet, am Dasashwamedh-Gath ihren Segen austeilen . . . und nun wird es hörbar, ein seltsamer Klang, wie das Bellen ferner Hunde . . . folgen Sie dem Klang, folgen Sie ihm, folgen Sie ihm, und er nimmt Gestalt an, Sie begreifen, daß es ein mächtiges endloses Klagen ist, das aus den verhangenen Fenstern eines Palastes am Fluß dringt: der Herberge der Witwen. Einst war sie die Residenz eines Maharadschas; aber das heutige Indien ist ein modernes Land, und solche Anwesen wurden vom Staat enteignet. Der Palast ist nun ein Heim für verwitwete Frauen; sie, die erkennen, daß ihr wahres Leben mit dem Tod des Ehemannes endete, denen die Erlösung in der Sati aber nicht mehr vergönnt ist, kommen in die heilige Stadt, um ihre nutzlosen Tage mit tiefempfundenem Wehklagen zu verbringen. Im Palast der Witwen lebt eine Horde Frauen, deren Brüste durch die Kraft ihrer Fäuste auf immer grün und blau geschlagen sind, deren Haar auf immer zerrauft ist und deren Stimmen brüchig sind, weil sie ihrer Trauer durch ständiges Wehklagen Ausdruck geben. Es ist ein weitläufiges Gebäude, in den oberen Stockwerken ein Labyrinth winziger Räume, unten die große Klagehalle; und ja, dort geschah es, dort zog Die Witwe mich ins geheimste Herz ihres schrecklichen Reiches, dort wurde ich in ein winziges Zimmer eingeschlossen, und die verwitweten Frauen brachten mir Gefängnisessen. Doch ich hatte auch andere Besucher: der Kriegsheld brachte zwei seiner Kollegen mit, die sich mit mir unterhalten sollten. Mit anderen Worten: ich wurde aufgefordert zu reden. Von einem schlecht zusammenpassenden Duo, der eine fett, der andere dünn, das ich Abbott-und-Costello nannte, weil es den beiden nie gelang, mich zum Lachen zu bringen.

Hier verzeichne ich einen gnädigen Gedächtnisausfall. Nichts kann mich dazu bringen, daß ich mich der Methoden entsinne, mit denen dieses humorlose uniformierte Paar die Unterhaltung bestritt; kein Chutney oder Eingelegtes ist in der Lage, die Türen aufzuschließen, hinter denen ich jene Tage weggeschlossen habe! Nein, ich hab's vergessen, kann nicht, will nicht sagen, wie sie mich dazu brachten auszupacken – aber daß die Sache zutiefst beschämend war, das kann ich nicht leugnen, nämlich daß ich trotz des humorlosen und in der Regel wenig mitfühlenden Verhaltens meines zweiköpfigen Inquisitors ganz gewiß redete. Und mehr als nur redete: unter dem Einfluß ihrer unnennbaren – vergessenen – Druckmittel wurde ich aufs äußerste redselig. Was damals (im Unterschied zu heute) über meine Lippen sprudelte: Namen Adressen Personenbeschreibungen. Ja, ich sagte ihnen alles, ich nannte alle fünfhundertachtundsiebzig (denn Parvati, wie sie mich liebenswürdigerweise informierten, war tot und Shiva zum Feind übergegangen, und der fünfhunderteinundachtzigste besorgte das Reden . . .) – durch den Verrat eines anderen zum Treuebruch gezwungen, betrog ich die Kinder der Mitternacht. Ich, der Begründer der Konferenz, saß ihrem Ende vor, während Abbott-und-Costello ohne zu lächeln von Zeit zu Zeit einwarfen: »Aha! Sehr gut! Von der haben wir gar nicht gewußt!« oder: »Sie sind sehr kooperativ; dieser Bursche war uns bis jetzt noch nicht untergekommen!«

Solche Dinge geschehen. Statistiken mögen meine Verhaftung in einen Zusammenhang stellen; auch wenn beträchtliche Meinungsverschiedenheiten über die Zahl der »politischen« Gefangenen während des Notstands herrschen, verloren zwischen dreißigtausend und einer viertel Million Menschen ganz bestimmt ihre Freiheit. Die Witwe sagte: »Es ist nur ein kleiner Prozentsatz der Bevölkerung Indiens.« Alle möglichen Dinge geschehen während eines Notstands: Züge verkehren pünktlich, Schwarzgeldhamsterer werden so eingeschüchtert, daß sie Steuern bezahlen, selbst das Wetter wird zur Räson gebracht, und Rekordernten werden eingefahren; es gibt, ich wiederhole, eine weiße ebenso wie eine schwarze Seite. Aber auf der schwarzen Seite saß ich, gefesselt in einem winzigen Raum auf einer Strohmatratze, dem einzigen Mobiliar, das mir zugestanden wurde, und teilte meine tägliche Schale Reis mit Kakerlaken und Ameisen. Und was die Kinder der Mitternacht betraf – diese furchterregende Verschwörung, die auf alle Fälle zerschlagen werden mußte, diese Bande mörderischer Desperados, vor der eine astrologiebesessene Ministerpräsidentin vor Schrecken zitterte –, die grotesken anormalen Monster der Unabhängigkeit, für die ein moderner Nationalstaat weder Zeit noch Mitgefühl haben konnte: sie waren neunundzwanzig Jahre alt, höchstens ein, zwei Monate älter oder jünger, als sie zur Herberge der Witwen gebracht wurden. Zwischen April und Dezember wurden sie zusammengetrieben, und ihr Flüstern begann die Wände zu füllen. Die Wände meiner Zelle (papierdünn, mit abblätterndem Putz, kahl) begannen, in ein schlechtes und in ein gutes Ohr zu flüstern, und berichteten von dem, was meine schändlichen Geständnisse nach sich gezogen hatten. Ein gurkennasiger Gefangener, behängt mit Eisenstangen und -ringen, die verschiedene natürliche Verrichtungen unmöglich machten – Gehen, die Benutzung des Nachttopfs aus Blech, Hocken, Schlafen –, lag zusammengekauert gegen abblätternden Putz gepreßt und flüsterte mit einer Wand.

Das war das Ende; Saleem gab seinem Schmerz nach. Mein Leben lang und auch im größeren Teil dieser Erinnerungen habe ich versucht, mein Leid hinter Schloß und Riegel zu halten, um zu verhindern, daß es meine Sätze mit seiner salzigen sentimentalen Flüssigkeit beflecke; aber jetzt kann ich nicht mehr. Man nannte mir keine Gründe (bis die Hand der Witwe . . .) für meine Einkerkerung: aber wer von den dreißigtausend oder der viertel Million bekam gesagt warum und wozu? Wer mußte es gesagt bekommen? In den Wänden hörte ich die gedämpften Stimmen der Mitternachtskinder: ich brauchte keine weiteren Erklärungen und flennte, das Gesicht gegen abblätternden Putz gepreßt.

Was Saleem zwischen April und Dezember 1976 den Wänden zuflüsterte:

. . . Liebe Kinder. Wie soll ich es sagen? Was gibt es zu sagen? Meine Schuld, meine Scham. Obwohl Entschuldigungen möglich sind: wegen Shiva konnte man mir keinen Vorwurf machen. Und alle möglichen Leute werden eingesperrt, weshalb also nicht wir? Und Schuld ist eine komplizierte Sache, denn sind wir nicht alle, jeder von uns in gewisser Hinsicht verantwortlich – bekommen wir nicht die Führer, die wir verdienen? Aber solche Entschuldigungen werden nicht geboten. Ich tat es, ich. Liebe Kinder: und meine Parvati ist tot. Und meine Jamila verschwunden. Und jeder. Verschwinden scheint ein weiteres Merkmal zu sein, das sich in meiner Geschichte stets wiederholt: Nadir Khan verschwand aus einer Unterwelt und hinterließ eine Mitteilung; Aadam Aziz verschwand ebenfalls, bevor meine Großmutter aufstand, um die Gänse zu füttern; und wo ist Mary Pereira? Ich verschwand in einem Korb, aber Laylah oder Parvati ging futsch ohne Hilfe von Zaubersprüchen. Und nun sind wir hier, vom Angesicht der Erde verschwunden. Der Fluch des Verschwindens, liebe Kinder, ist offensichtlich in euch hineingesickert. Nein, die Frage der Schuld mit mehr Abstand zu betrachten weigere ich mich kategorisch; wir sind dem, was geschieht, zu nahe, der abwägende Blick ist unmöglich. Später wird man vielleicht analysieren, warum und wozu, wird man zugrundeliegende ökonomische Tendenzen und politische Entwicklungen anführen, aber im Augenblick sind wir der Leinwand noch zu nahe, das Bild zerfällt in Punkte, nur subjektive Beurteilungen sind möglich. Subjektiv also senke ich voller Scham den Kopf. Liebe Kinder: verzeiht. Nein, ich erwarte nicht von euch, daß ihr verzeiht.

Politik, Kinder: bestenfalls ein schlimmes, schmutziges Geschäft. Wir hätten es meiden sollen, ich hätte nie vom Sinn träumen sollen. Ich komme zu dem Schluß, daß das Private, das unbedeutende individuelle Leben der Menschen der ganzen aufgeblähten makrokosmischen Aktivität vorzuziehen ist. Aber zu spät. Kann man nichts machen. Man muß die Dinge hinnehmen, wie sie kommen.

Gute Frage, Kinder: Was muß hingenommen werden? Warum werden wir hier zusammengetrieben, eins nach dem anderen, weshalb hängen Stangen und Ringe von unseren Hälsen? Und manche sind auf noch seltsamere Weise in ihrer Bewegungsfreiheit eingeengt (wenn man einer flüsternden Wand glauben darf): die mit der Gabe der Levitation ist mit den Knöcheln an Ringe gefesselt, die in den Fußboden eingelassen wurden, und ein Werwolf muß einen Maulkorb tragen; der, der durch Spiegel entweichen kann, muß durch ein Loch in einer Büchse trinken, damit er nicht durch die spiegelnde Oberfläche des Wassers verschwinden kann, und der, deren Blicke töten können, hat man einen Sack über den Kopf geworfen, und die Gesichter der behexenden Schönheiten aus Baud sind gleichermaßen von Säcken verhüllt. Einer von uns kann Metall essen, sein Kopf ist in eine Klammer eingezwängt, die nur zu den Mahlzeiten aufgeschlossen wird . . . was bereitet man für uns vor? Etwas Schlimmes, Kinder. Ich weiß noch nicht was, aber es ist im Anzug. Kinder: auch wir müssen uns bereithalten.

Gebt es weiter: einige von uns sind entkommen. Ich rieche Abwesenheiten durch die Wände. Gute Nachrichten, Kinder! Sie können uns nicht alle erwischen. Soumitra, der Zeitreisende, beispielsweise – o jugendliche Torheit! o wir Dummköpfe, die wir ihm so wenig glaubten! – ist nicht hier; er wandert vielleicht durch eine glücklichere Zeit seines Lebens, er hat sich den Suchtrupps für immer entzogen. Nein, beneidet ihn nicht: obwohl auch ich mich gelegentlich danach sehne, in die Vergangenheit zu entkommen, vielleicht in die Zeit, in der ich, der Augapfel des Universums, als Baby im Triumphzug durch die Paläste William Methwolds zog – o heimtückische Sehnsucht nach Zeiten größerer Möglichkeit, bevor sich die Geschichte wie eine Straße hinter dem Hauptpostamt in Delhi zu diesem letzten Endpunkt verjüngte! –, aber nun sind wir hier; so ein Rückblick schwächt den Geist; freut euch einfach, daß einige von uns frei sind!

Und einige von uns sind tot. Von meiner Parvati hat man es mir erzählt. Deren Züge bis zum Schluß überlagert wurden vom verwesenden Geistergesicht von. Nein, wir sind nicht mehr fünfhunderteinundachtzig. Wie viele von uns sitzen eingekerkert da und warten, in der Dezemberkälte zitternd? Ich befrage meine Nase; sie antwortet: vierhundertzwanzig, die Zahl des Betrugs und der Gaunerei. Vierhundertzwanzig, festgehalten von Witwen: und noch einer ist da, der gestiefelt durch die Herberge stolziert – ich rieche seinen Gestank, der sich nähert und sich entfernt, die Fährte des Verrats! –, Major Shiva, der Kriegsheld, Shiva-von-den-Knien, überwacht unsere Gefangenschaft. Werden sie sich mit vierhundertzwanzig zufriedengeben? Kinder: ich weiß nicht, wie lange sie noch warten werden.

… Nein, ihr macht euch über mich lustig, hört auf, macht keine Witze. Warum, weshalb, wieso-in-aller-Welt diese Gutmütigkeit, diese Gutherzigkeit in euren geflüsterten Worten, die von Wand zu Wand weitergegeben werden? Nein, ihr müßt mich verurteilen, auf der Stelle und ohne die Möglichkeit, Berufung einzulegen – quält mich nicht mit euren fröhlichen Grüßen, wenn ihr einer nach dem anderen in Zellen eingeschlossen werdet; was ist das für eine Zeit, was für ein Ort für Salaams, Namaskars, Wie-geht's-wie-steht's? – Kinder, begreift ihr nicht, sie können uns alles antun, alles – nein, wie könnt ihr so was sagen, was meint ihr mit eurem Was-können-sie-uns-schon-tun? Laßt euch sagen, meine Freunde, Stahlruten tun weh, wenn sie auf Knöchel treffen, Gewehrkolben hinterlassen Prellungen auf einer Stirn. Was sie tun können? Einem geladene elektrische Drähte in den After einführen, Kinder, und das ist nicht die einzige Möglichkeit, man kann auch an den Füßen aufgehängt werden, und eine brennende Kerze – ah, der süß-romantische Schein von Kerzenlicht! – ist alles andere als angenehm, wenn sie an die Haut gehalten wird! Hört auf jetzt, macht dieser ganzen Freundschaft ein Ende, habt ihr denn keine Angst? Wollt ihr mich nicht in tausendundein Stück zertreten zerstampfen zertrampeln? Warum diese ewigen geflüsterten Erinnerungen, diese Sehnsucht nach alten Streitereien, nach dem Krieg zwischen Idee und Materie, warum verhöhnt ihr mich mit eurer Ruhe, eurer Normalität, eurer Fähigkeit, über der Krise zu stehen? Ehrlich gesagt, ich bin verwirrt, Kinder: wie könnt ihr, neunundzwanzig Jahre alt, dasitzen und in euren Zellen kokett miteinander flüstern. Verdammt noch mal, das ist keine gesellige Zusammenkunft!

Kinder, Kinder, es tut mir leid. Ich gestehe offen, daß ich in der letzten Zeit nicht ich selbst gewesen bin. Ich bin ein Buddha gewesen und ein Geist in einem Korb und ein Möchtegern-Retter der Nation . . . Saleem ist in Sackgassen hineingerannt und hat beträchtliche Schwierigkeiten mit der Realität, seit ein Spucknapf vom Himmel fiel wie ein Stück vom . . . habt Mitleid mit mir: ich habe sogar meinen Spucknapf verloren. Aber schon wieder begehe ich einen Fehler. Ich hatte nicht vor, euch um Mitleid zu bitten, ich wollte sagen, daß ich vielleicht sehe – ich war es, nicht ihr, der nicht begriffen hat, was geschieht. Wir, die wir keine fünf Minuten reden konnten, ohne uneins zu sein, wir, die als Kinder stritten uns entzweiten uns mißtrauten uns trennten, sind plötzlich beisammen, zu einem vereinigt! O wundersame Ironie: Die Witwe, die uns herbrachte, um uns das Kreuz zu brechen, hat uns in Wahrheit zusammengebracht! O die Paranoia von Tyrannen, die von selbst Wirklichkeit wird . . . denn was können sie uns anhaben, nun, da wir alle auf derselben Seite stehen, da es keine Sprachstreitigkeiten, keine religiösen Vorurteile mehr gibt: schließlich sind wir nun neunundzwanzig, und ich sollte euch nicht Kinder nennen . . . Ja, hier ist Optimismus wie eine Krankheit: eines Tages muß sie uns hinauslassen, und dann wartet ab, und ihr werdet's erleben, vielleicht sollten wir, ich weiß nicht, eine neue politische Partei gründen, ja, die Mitternachtspartei, welche Chance hat Politik gegen Menschen, die Fische vermehren und unedle Metalle in Gold verwandeln können? Kinder, hier in dieser dunklen Zeit unserer Gefangenschaft wird etwas geboren. Sollen

Witwen ihr Schlimmstes tun; Einigkeit ist Unbesiegbarkeit! *Kinder: wir haben gewonnen!*

Es schmerzt zu sehr. Optimismus, der wie eine Rose im Misthaufen wuchs: es tut mir weh, daran zurückzudenken. Genug: ich vergesse den Rest. – Nein! – Nein, sehr wohl, ich erinnere mich ... Was ist schlimmer als Stangen Fesseln Kerzen auf der Haut? Was übertrifft Nägelausreißen und Aushungern? Ich verrate den besten, raffiniertesten Scherz der Witwe: anstatt uns zu foltern, machte sie uns Hoffnungen. Das bedeutete, sie hatte etwas – nein, mehr als etwas: das Beste von allem! – zum Wegnehmen. Und nun, sehr bald schon, muß ich beschreiben, wie sie es abschnitt.
Ektomie (aus dem Griechischen, vermutlich): das Herausschneiden. Die medizinische Wissenschaft fügt dem eine Reihe von Vorsilben hinzu, Appendektomie Tonsillektomie Mastektomie Tubektomie Vasektomie Testektomie Hysterektomie. Saleem möchte diesem Katalog von Exzisionen gern noch umsonst, gratis und kostenlos einen weiteren Artikel spenden; es ist jedoch ein Terminus, der eigentlich in die Geschichte gehört, auch wenn die Medizin damit zu tun hatte, zu tun hat:
Sperektomie: das Herausschneiden von Hoffnung.

Am Neujahrstag bekam ich Besuch. Eine Tür quietschte, teurer Chiffon raschelte. Das Muster: grün und schwarz. Ihre Brille grün, ihre Schuhe schwarz so schwarz ... In Zeitungsartikeln ist diese Frau »ein prachtvolles Mädchen mit breiten, wiegenden Hüften« genannt worden, »das ein Schmuckgeschäft geführt hatte, bevor es sich der Sozialarbeit widmete ... Während des Notstands war sie in halb offizieller Stellung für Sterilisation zuständig.« Ich aber habe meinen eigenen Namen für sie: sie war die Hand der Witwe. Die eins nach dem anderen Kinder mmmff und reißt und kleine Bälle fliegen ... grün-schwarz segelte sie in meine Zelle. Kinder: es geht los. Haltet euch bereit, Kinder. Gemeinsam sind wir stark. Laßt die Hand der Witwe die Arbeit der Witwe tun, aber danach, danach ... denkt an später. Das Jetzt verträgt es nicht, daß man darüber nachdenkt ... und sie sanft, vernünftig: »Im Grunde, seht ihr, ist alles eine Frage Gottes.«
(Hört ihr zu, Kinder? Gebt es weiter.)
»Die Menschen Indiens«, erklärte die Hand der Witwe, »verehren

unsere Gute Frau wie einen Gott. Inder können nur einen einzigen Gott verehren.«

Aber ich wuchs in Bombay auf, wo Schiwa Wischnu Ganesch Ahuramasda Allah und zahllose andere ihre Herden hatten . . . »Was ist mit dem Pantheon«, argumentierte ich, »was mit den dreihundertdreißig Millionen Göttern, die es allein schon im Hinduismus gibt? Und mit dem Islam und den Bodhisattvas . . .?« Und nun die Antwort: »Ach ja, mein Gott, *Millionen* Götter, Sie haben recht! Aber alle sind Manifestationen desselben OM. Sie sind Moslem: wissen Sie, was OM ist? Sehr gut. Für die Massen ist unsere Gute Frau eine Manifestation des OM.«

Wir sind vierhundertzwanzig; bloße 0,00007 Prozent der sechshundert Millionen zählenden Bevölkerung Indiens. Statistisch unbedeutend; selbst wenn man uns als Teil der verhafteten dreißig (oder zweihundertfünfzig) Tausend betrachtete, stellten wir bloße 1,4 (oder 0,168) Prozent dar! Aber von der Hand der Witwe erfuhr ich, daß die, die gern Götter wären, niemanden so sehr fürchteten wie andere potentielle Gottheiten, und das, und nur das, ist der Grund, weshalb wir, die magischen Kinder der Mitternacht, von der Witwe gehaßt gefürchtet vernichtet wurden, die nicht nur Ministerpräsidentin Indiens war, sondern auch danach strebte, Devi die Muttergöttin in ihrer schrecklichsten Erscheinungsform zu sein, die, welche die Schakti der Götter besitzt, ein vielgliedriges göttliches Wesen mit Mittelscheitel und schizophrenem Haar . . . und so erfuhr ich im Palast der Frauen mit den grün und blau geschlagenen Brüsten, was meine Bedeutung war.

Wer bin ich? Wer waren wir? Wir waren sind werden die Götter sein, die Sie nie hatten. Aber auch noch etwas anderes, und um das zu erklären, muß ich den schwierigen Teil zum Schluß erzählen.

Ganz überstürzt also, denn sonst kommt es nie heraus, sage ich Ihnen, daß mir am Neujahrstag 1977 von einem prachtvollen Mädchen mit wiegenden Hüften mitgeteilt wurde, daß, ja, sie sich mit vierhundertzwanzig zufriedengäben, einhundertneununddreißig seien nachweislich tot, nur eine Handvoll entkommen, so daß es nun beginnen würde, schnipp schnapp, es würde betäubt und bis zehn gezählt werden, die Zahlen marschierten eins zwei drei, und ich flüsterte der Wand zu, laß sie laß sie, wer kann sich gegen uns behaupten, solange wir leben und zusammenbleiben . . .? Und wer führte uns eins nach dem anderen in die Kellerkammer, wo, denn wir sind schließlich keine Wilden, mein

Herr, eine Klimaanlage und ein Tisch mit einer Hängelampe installiert
worden waren, und Ärzte Schwestern grün und schwarz, ihre Kittel
waren grün ihre Augen waren schwarz . . . wer, mit höckrigen unwiderstehlichen Knien, führte mich in die Kammer meines Verderbens?
Aber Sie wissen es, Sie können es erraten, es gibt nur einen Kriegshelden in dieser Geschichte; unfähig, mit der Gehässigkeit seiner Knie
zu rechten, ging ich dahin, wohin er mich befahl . . . und dann war ich
da, und ein prachtvolles Mädchen mit breiten wiegenden Hüften sagte:
»Schließlich können Sie sich nicht beklagen, Sie wollen doch nicht
leugnen, daß Sie einmal behaupteten, ein Prophet zu sein?« Denn sie
wußten alles, Padma, alles alles, sie legten mich auf den Tisch, und die
Maske senkte sich über mein Gesicht, und ich zählte bis zehn, und die
Zahlen stampften sieben acht neun . . .
Zehn.
Und: »Guter Gott, er ist immer noch bei Bewußtsein, sei brav, zähl
weiter bis zwanzig . . .«
. . . Achtzehn, neunzehn, zwan

Es waren gute Ärzte: sie überließen nichts dem Zufall. Für uns nicht
die einfache Vas- und Tubektomie, die an den gebärfreudigen Massen
durchgeführt wurde; denn da gab es eine Chance, eine winzige Chance,
daß solche Operationen rückgängig gemacht werden konnten . . . es
wurde geschnitten, aber irreversibel: Hoden wurden aus ihren Säcken
entfernt, und Gebärmütter verschwanden für immer.
Test- und hysterektomisiert, wurde den Kindern der Mitternacht die
Möglichkeit verwehrt, sich zu vermehren . . . aber das war nur ein
Nebeneffekt, denn es waren wahrhaft besondere Ärzte, und sie entzogen uns mehr als das: auch die Hoffnung wurde herausgeschnitten,
und ich weiß nicht, wie es gemacht wurde, denn die Zahlen waren über
mich hinwegmarschiert, ich war ausgezählt worden, und ich kann Ihnen nur sagen, daß uns am Ende von achtzehn Tagen, an denen pro Tag
durchschnittlich 23,33 der gefühllos machenden Operationen ausgeführt wurden, nicht nur kleine Eier und Sackinhalte fehlten, sondern
auch noch andere Dinge: in dieser Hinsicht kam ich besser weg als die
meisten, denn die Dränage oben hatte mich der Telepathie beraubt, die
die Mitternacht mir geschenkt hatte, ich hatte nichts zu verlieren, die
Sensibilität einer Nase kann nicht dräniert werden . . . aber für die
anderen, für all diejenigen, die mit noch intakten magischen Gaben in
den Palast der klagenden Frauen gekommen waren, war das Erwachen

aus der Betäubung in der Tat grausam, und durch die Wand kam im Flüsterton die Geschichte ihres Verderbens, der gequälte Aufschrei von Kindern, die ihren Zauber verloren hatten: sie hatte es uns herausgeschnitten, prachtvoll, mit breiten wiegenden Hüften hatte sie die Prozedur unserer Vernichtung geplant, und nun waren wir nichts, wer waren wir schon, bloße 0,00007 Prozent; nun konnten keine Fische mehr vermehrt oder unedle Metalle verwandelt werden; für immer verschwunden waren die Fähigkeit zu fliegen oder sich in einen Wolf zu verwandeln und die ursprünglich tausendundeins wunderbaren Versprechen einer übernatürlichen Mitternacht.

Dränage unten: das war eine nicht wieder rückgängig zu machende Operation.

Wer waren wir? Gebrochene Versprechen, geschaffen, um gebrochen zu werden.

Und nun muß ich Ihnen von dem Geruch erzählen.

***

Ja, Sie müssen alles erfahren: auch wenn es übertrieben klingt, auch wenn es melodramatisch wie ein Bombay-Film ist, Sie müssen es auf sich einwirken lassen, Sie müssen es *sehen*! Was Saleem am Abend des 18. Januar 1977 roch: etwas schmorte in einer Kasserolle, ein weiches, unaussprechliches Etwas, gewürzt mit Gelbwurz Koriander Kümmel Griechischem Heu . . . die stechenden unentrinnbaren Schwaden dessen, was ausgeschnitten und über einem schwachen schwelenden Feuer gekocht wurde.

Als an vierhundertundzwanzig eine Ektomie durchgeführt war, sorgte eine rächende Göttin dafür, daß aus gewissen ausgeschnittenen Teilen ein Currygericht mit Zwiebeln und grünen Chilis zubereitet und an die Straßenköter von Benares verfüttert wurde. (Vierhunderteinundzwanzig Ektomien wurden durchgeführt, denn einer von uns, den wir Narada oder Markandaya nannten, hatte die Fähigkeit, das Geschlecht zu wechseln; er oder sie mußte zweimal operiert werden.)

Nein, ich kann's nicht beweisen, nichts davon. Die Beweise gingen in Rauch auf: einige wurden an Straßenköter verfüttert, und später, am 20. März, wurden von einer Mutter mit verschiedenfarbigem Haar und ihrem geliebten Sohn Akten verbrannt.

Doch Padma weiß, was ich nicht mehr kann, Padma, die in ihrer Wut einst ausrief: »Mein Gott, wozu bist *du* denn gut als *Liebhaber*?«

Dieser Teil wenigstens kann überprüft werden, denn in der Hütte Picture Singhs hatte ich mich mit der Lüge, ich sei impotent, selbst verflucht. Ich kann nicht behaupten, ich sei nicht gewarnt worden, denn er sagte zu mir: »Da kann man für nichts garantieren, Hauptmann.« Das konnte man auch nicht.

Manchmal habe ich das Gefühl, tausend Jahre alt zu sein, oder, um genauer zu sein (denn noch nicht einmal jetzt kann ich auf Form verzichten), tausendundeins.

Die Hand der Witwe mit den wiegenden Hüften hatte einst ein Schmuckgeschäft besessen. Ich nahm meinen Anfang inmitten von Edelsteinen: 1915 gab es in Kaschmir Rubine und Diamanten. Meine Urgroßeltern hatten ein Edelsteingeschäft. Form – noch einmal, Wiederholung und Form –, man kann ihr nicht entkommen.

Innerhalb der Wände das hoffnungslose Geraune der niedergeschmetterten vierhundertneunzehn, während der vierhundertzwanzigste seiner Wut mit folgender Frage Ausdruck verleiht – nur ein einziges Mal, ein tobsüchtiger Augenblick ist statthaft . . . aus vollem Hals schreie ich gellend: »Und was ist mit ihm? Was ist mit Major Shiva, dem Verräter? Um ihn kümmert ihr euch nicht?« Und die Antwort von der Prachtvollen mit den breiten wiegenden Hüften: »Der Major hat sich freiwillig einer Vasektomie unterzogen.«

Und nun fängt Saleem in seiner finsteren Zelle an zu lachen, hemmungslos, von ganzem Herzen: nein, ich lachte nicht grausam über meinen Erzrivalen und übertrug auch nicht zynisch das Wort »freiwillig« auf einen anderen Begriff; nein, ich erinnerte mich an Geschichten, die Parvati oder Laylah mir erzählt hatte, an die sagenhaften Berichte von den Liebschaften des Kriegshelden, an die Legionen von Bastarden, die in den nicht sterilisierten Bäuchen großer Damen und Huren heranwuchsen; ich lachte, weil Shiva, Zerstörer der Mitternachtskinder, auch die andere Rolle erfüllt hatte, die in seinem Namen steckte, die Rolle des Schiwa-lingam, des Schöpfers Schiwa, so daß genau zur selben Zeit in den Schlafgemächern und den Elendshütten der Nation eine neue Generation von Kindern, gezeugt vom finstersten Kind der Mitternacht, für die Zukunft erzogen wurde. Jede Witwe bringt es fertig, etwas Wichtiges zu vergessen.

Ende März 1977 wurde ich unerwartet aus dem Palast der heulenden Witwen entlassen und stand blinzelnd wie eine Eule im Sonnenlicht, ohne zu wissen, wie was warum. Später, als ich mich erinnerte, wie man Fragen stellt, entdeckte ich, daß die Ministerpräsidentin für den 18. Januar (genau den Tag, an dem das Schnippschnapp endete und eine Masse in einer Kasserolle geschmort wurde: welchen weiteren Beweis wünschen Sie noch dafür, daß die Witwe uns, die vierhundertzwanzig, am meisten fürchtete) zum Erstaunen aller eine allgemeine Wahl anberaumt hatte. (Aber nun, da Sie über uns Bescheid wissen, verstehen Sie ihr übermäßiges Selbstvertrauen vielleicht besser.) Doch an jenem Tag wußte ich weder etwas von ihrer vernichtenden Niederlage noch vom Aktenverbrennen; erst später erfuhr ich, wie die zerschlissenen Hoffnungen der Nation der Obhut eines Zittergreises übergeben worden waren, der Pistazien und Cashewnüsse aß und täglich ein Glas »seines eigenen Wassers« zu sich nahm. Urintrinker waren an die Macht gekommen. Die Janata-Partei, deren einer Führer durch eine künstliche Niere behindert wurde, schien mir (als ich davon hörte) keine neue Morgenröte darzustellen, aber vielleicht war es mir nur endlich gelungen, mich von dem Optimismusvirus zu heilen — andere, die die Krankheit noch im Blut hatten, empfanden vielleicht anders. Jedenfalls hatte ich an jenem Märztag genug, mehr als genug von der Politik — oder hatte genug davon gehabt.

Vierhundertzwanzig standen blinzelnd im Sonnenlicht und im Tumult der Gassen von Benares; vierhundertzwanzig sahen einander an und sahen in ihren Augen die Erinnerung an ihre Kastration und murmelten dann, unfähig, den Anblick zu ertragen, Lebewohl und zerstreuten sich für alle Zeiten in die heilende Isolation der Massen.

Was geschah mit Shiva? Major Shiva wurde unter dem neuen Regime in Militärhaft genommen; er blieb jedoch nicht lange im Gefängnis, denn er durfte einen Besucher empfangen: Roshanara Shetty erschlich sich durch Bestechung und Koketterie den Weg in seine Zelle, dieselbe Roshanara, die auf dem Mahalaxmi-Rennplatz Gift in seine Ohren geträufelt hatte und seitdem von einem außerehelichen Sohn verrückt gemacht wurde, der sich weigerte zu sprechen und nichts tat, was er nicht tun wollte. Die Frau des Stahlmagnaten zog aus der Handtasche die riesige deutsche Pistole ihres Ehemannes und schoß dem Kriegshelden durchs Herz. Der Tod trat, wie man so sagt, auf der Stelle ein.

***

Der Major starb, ohne zu erfahren, daß einst in einem safrangelben und grünen Entbindungsheim, inmitten des mythologischen Chaos einer unvergeßlichen Mitternacht, eine winzige verstörte Frau die Namensschildchen von Säuglingen vertauscht und ihm sein Geburtsrecht verwehrt hatte, nämlich diese Welt auf dem Hügelchen, eingesponnen in Geld und gestärkte weiße Kleidung und Dinge Dinge Dinge – eine Welt, die er liebend gern besessen hätte.

Und Saleem? Nicht mehr mit der Geschichte verknüpft, oben und unten dräniert, schlug ich mich zur Hauptstadt durch, in dem Bewußtsein, daß eine Ära, die in jener längst vergangenen Mitternacht begonnen hatte, zu einer Art Ende gekommen war. Wie ich reiste: mit nichts als einer Bahnsteigkarte in der Hand wartete ich auf dem Bahnhof von Benares oder Varanasi auf der anderen Seite der Gleise und sprang, sobald der Postzug Richtung Westen abfuhr, auf das Trittbrett eines Erster-Klasse-Abteils. Und nun wußte ich endlich, was für ein Gefühl es war, sich festzuhalten, als ging's ums liebe Leben, während Ruß-Staub-Asche-Teilchen in den Augen brannten und man gegen die Tür schlug und schrie: »Ohé, Maharadsch! Aufmachen! Lassen Sie mich herein, hoher Herr, Maharadsch!« Während drinnen eine Stimme vertraute Worte äußerte: »Auf keinen Fall die Tür öffnen! Bloß Schwarzfahrer, das übliche.«

In Delhi: Saleem stellt Fragen. Haben Sie gesehen wo? Wissen Sie, ob die Zauberer? Kennen Sie einen Picture Singh? Ein Postbote, in dessen Augen die Erinnerung an Schlangenbeschwörer verblaßte, zeigte nach Norden. Und später schickte mich ein Paanhändler mit schwarzer Zunge denselben Weg zurück. Dann endlich hört die Spur auf, sich zu verzweigen; Straßenkünstler setzen mich auf die Fährte. Ein Dillidekho-Mann mit einem Guckkasten, ein Mungo-und-Kobra-Dompteur, der eine Papiermütze trägt, die aussieht wie ein Spielzeugboot, ein Mädchen an einer Kinokasse, das sich noch immer nach seiner Kindheit als Zauberlehrling zurücksehnt ... wie Fischer deuten sie mit dem Finger. Nach Westen Westen Westen, bis Saleem endlich am Shadipur-Busbahnhof am westlichen Stadtrand ankommt. Hungrig durstig geschwächt krank, hüpft er kraftlos den Bussen aus dem Weg, die hinein und heraus aus dem Depot dröhnen – farbenfreudig bemalten Bussen, die auf der Kühlerhaube Inschriften tragen wie *So Gott will!* und andere Leitsprüche, beispielsweise *Gott sei Dank!* auf der Rückfront –, und kommt schließlich zu einem Gewirr zerlumpter Zelte, die sich unter einer Eisenbahnbrücke aus Beton drängen, und sieht im Schatten des Betons einen schlangenbeschwörenden Riesen, der in einem breiten Lächeln verfaulende Zähne entblößt, und auf seinen Armen einen kleinen Jungen von ungefähr zwanzig Monaten, in einem mit rosa Gitarren bedruckten T-Shirt, mit Ohren wie Elefantenohren, mit Augen, so groß wie Untertassen, und mit einem Gesicht, so ernst wie das Grab.

Abrakadabra

Um die Wahrheit zu sagen, ich habe gelogen, was Shivas Tod betrifft. Meine erste unumwundene Lüge – obgleich meine Darstellung des Notstands als einer sechshundertfünfunddreißig Tage währenden Mitternacht vielleicht übertrieben romantisch und sicherlich durch die verfügbaren meteorologischen Daten widerlegt ist. Und dennoch, was immer man glauben mag, Lügen fällt Saleem nicht leicht, und ich lasse beschämt den Kopf hängen, da ich dies beichte ... Warum also diese einzige freche Lüge? (Weil ich in Wirklichkeit keine Ahnung habe, wo mein Wechselbalg-Rivale nach seinem Gastspiel in der Herberge der Witwen hinging; er könnte in der Hölle oder im Bordell weiter unten an der Straße sein, und es wäre mir vollkommen einerlei.) Padma, versuch es zu verstehen: ich habe immer noch Angst vor ihm. Zwischen uns ist noch nicht alles geregelt, und ich verbringe meine Tage zitternd bei dem Gedanken, daß der Kriegsheld auf irgendeine Weise das Geheimnis seiner Geburt entdeckt haben könnte – hat man ihm je eine Akte mit drei verräterischen Initialen gezeigt? – und daß er, durch den nicht wiedergutzumachenden Verlust seiner Vergangenheit erzürnt, nach mir suchen könnte, um erdrückende Rache zu fordern ... wird es so enden, wird mir das Leben durch ein Paar übermenschlicher, erbarmungsloser Knie ausgepreßt?

Deshalb flunkerte ich jedenfalls; zum ersten Mal fiel ich der Versuchung zum Opfer, die jeder Autobiograph kennt, der Illusion, daß es möglich sei – da die Vergangenheit nur in der eigenen Erinnerung und in den Worten existiert, die sie vergeblich einzukapseln suchen –, vergangene Ereignisse zu schaffen, einfach indem man sagt, sie seien geschehen. Meine gegenwärtige Angst legte eine Pistole in Roshanara Shettys Hand; Fregattenkapitän Sabarmatis Geist sah mir dabei über die Schulter, und so befähigte ich sie, sich durch Bestechung und Koketterie den Weg in seine Zelle zu erschleichen ... kurzum, die Erinnerung an eins meiner frühesten Verbrechen schuf die (fiktiven) Umstände meines letzten.

Ende der Beichte: und nun komme ich dem Ende meiner Reminiszenzen gefährlich nahe. Es ist Nacht; Padma hat ihre gewohnte Position eingenommen; an der Wand über meinem Kopf hat eine Eidechse gerade eine Fliege verschluckt; die zersetzende Augusthitze, die ausreicht, um einem das Gehirn einzulegen, blubbert fröhlich in meinen Ohren; und vor fünf Minuten gelbte und braunte die letzte Stadtbahn ihren Weg nach Süden zur Churchgate Station, so daß ich nicht hörte, was Padma mit einer Schüchternheit sagte, die eine Entschlußkraft, unüberwindlich wie Öl, verdeckte. Ich mußte sie bitten, es zu wiederholen, und die Muskeln der Ungläubigkeit begannen in ihren Waden zu zucken. Ich muß sofort aufzeichnen, daß unser Dunglotos mir einen Heiratsantrag machte, »damit ich mich um dich kümmern kann, ohne in den Augen der Welt Schande über mich zu bringen«.

Genau wie ich gefürchtet hatte! Aber nun ist es heraus, und Padma (so viel weiß ich) wird kein Nein als Antwort akzeptieren. Ich habe protestiert wie eine errötende Jungfrau: »So unerwartet! – Und was ist mit der Ektomie und dem, was an Straßenköter verfüttert wurde: macht dir das nichts? – Und Padma, Padma, da ist immer noch das, was-an-den-Knochen-kaut, es wird dich zur Witwe machen! – Und denk doch nur einmal einen Augenblick nach, da ist der Fluch des gewaltsamen Todes, denk an Parvati. – Bist du sicher, bist du ganz sicher, daß du dir sicher bist . . .?« Doch Padma preßte ihre Kiefer majestätisch zusammen, unumstößlich ist ihr Beschluß. »Hör mir einmal zu, Herr«, antwortete sie, »komm mir nicht mit wenn und aber! Vergiß das ganze hochgestochene Geschwätz. Wir müssen an die Zukunft denken.« Die Hochzeitsreise soll nach Kaschmir gehen.

Angesichts der glühenden Hitze von Padmas Entschlußkraft überfällt mich der wahnwitzige Gedanke, daß es schließlich doch möglich sein könnte, daß sie den Schluß meiner Geschichte durch ihre phänomenale Willenskraft abändern könnte, daß Risse – und selbst der Tod – der Kraft ihrer maßlosen Fürsorge weichen müßten . . . »Wir sollten an die Zukunft denken«, ermahnte sie mich – und vielleicht (zum ersten Mal, seit ich mit diesem Bericht begann, erlaube ich mir, daran zu denken), vielleicht gibt es eine! Eine Unzahl neuer Schlüsse wimmelt um meinen Kopf herum, summend wie Hitzetierchen . . . »Laß uns heiraten, Herr«, schlug sie vor, und Motten der Erregung rührten sich in meinem Gedärm, als hätte sie eine kabbalistische Formel, irgendein furchterregendes Abrakadabra ausgesprochen und mich von meinem Schicksal erlöst – doch die Wirklichkeit nagt an mir. Die Liebe besiegt nicht alles, außer in den Bombay-Filmen; Reißen Fetzen Knirschen läßt sich nicht durch eine bloße Zeremonie unterkriegen; und Optimismus ist eine Krankheit.

»An deinem Geburtstag, was hältst du davon?« regt sie an. »Mit einunddreißig ist ein Mann ein Mann und sollte eine Frau haben.«
Wie soll ich's ihr beibringen? Wie kann ich ihr sagen, daß es für diesen
Tag andere Pläne gibt, daß ich von einem Geschick bedroht bin, stets
davon bedroht war, das besessen ist von der Form und das es genießt,
an übersinnlichen Tagen das Unglück hereinbrechen zu lassen...
kurzum, wie soll ich zu ihr vom Tod sprechen? Ich kann es nicht, statt
dessen nehme ich lammfromm und mit allen Anzeichen der Dankbarkeit ihren Antrag an. Ich bin heute abend ein frisch verlobter Mann;
soll nur niemand hart über mich urteilen, weil ich mir – und dem mir
anverlobten Lotos – dieses letzte, nichtige, harmlose Vergnügen
gönne.

Padma hat, indem sie mir die Ehe antrug, ihre Bereitschaft kundgetan,
alles, was ich ihr über meine Vergangenheit erzählte, als »hochgesto-
chenes Geschwätz« abzutun; und als ich bei meiner Rückkehr Picture
Singh strahlend im Schatten einer Eisenbahnbrücke vorfand, wurde
bald klar, daß auch die Magier ihr Gedächtnis verloren hatten. Auf
irgendeinem der vielen Umzüge des Wanderslums hatten sie ihre Ge-
dächtniskraft verlegt, so daß sie nun nicht mehr urteilsfähig waren,
denn sie hatten alles vergessen, womit sie das, was sich ereignete,
hätten vergleichen können. Sogar der Notstand fiel rasch dem Vergessen anheim, und die Magier konzentrierten sich mit der Monomanie
von Schnecken auf die Gegenwart. Sie bemerkten auch nicht, daß sie
sich verändert hatten; sie hatten vergessen, daß sie je anders gewesen
waren. Der Kommunismus war aus ihnen ausgelaufen und von der
durstigen, echsenschnellen Erde verschluckt worden; in dem Durcheinander aus Hunger, Durst und Polizeischikanen, das (wie gewöhnlich)
die Gegenwart ausmachte, begannen sie, ihre Fertigkeiten zu vergessen. Mir jedoch kam diese Veränderung in meinen alten Gefährten
geradezu obszön vor. Saleem hatte das Gedächtnis verloren und es
wiedererlangt und hatte erfahren, wie unmoralisch eine solche Amne-
sie war; in seinem Kopf wurde die Vergangenheit jeden Tag lebendiger,
während die Gegenwart (von der Messer ihn für immer getrennt hatten) farblos, konfus, belanglos erschien. Ich, der ich mich an jedes Haar
auf den Köpfen der Gefängniswärter und Chirurgen erinnern konnte,
war zutiefst schockiert über die Abneigung der Magier, zurückzublik-
ken. »Menschen sind wie Katzen«, sagte ich zu meinem Sohn, »man
kann ihnen nichts beibringen.« Er sah angemessen ernst aus, hielt aber
den Mund.

Mein Sohn Aadam Sinai hatte, als ich den Phantomslum der Illusionisten wiederentdeckte, die Tuberkulose, an der er in seiner frühen Kindheit gelitten hatte, ganz und gar überwunden. Ich war mir natürlich
sicher, daß die Krankheit mit dem Sturz der Witwe verschwunden war;
Picture Singh jedoch sagte mir, daß die Heilung als Verdienst einer
bestimmten Wäscherin, Durga mit Namen, angesehen werden müsse.
Sie hatte ihn während seiner ganzen Krankheit gestillt und ihm täglich
die Gabe ihrer unerschöpflichen riesigen Brüste zukommen lassen.
»Diese Durga, Hauptmann!« sagte Picture Singh, und seine Stimme
verriet, daß er im Alter dem schlangengleichen Zauber der Wäscherin
verfallen war. »Was für eine Frau!«
Sie war eine Frau mit strotzenden Muskeln und abnormen Brüsten, aus
denen sich ein Strom von Milch ergoß, der ganze Regimenter hätte
nähren können, und mit, so wurde vage gemunkelt (wenn ich auch
vermute, daß sie selbst das Gerücht in die Welt gesetzt hatte), zwei
Schößen. Sie steckte so voller Klatsch und Tratsch wie voll Milch: jeden
Tag strömten ein Dutzend neuer Geschichten über ihre Lippen. Sie
besaß die grenzenlose Energie, die allen eigen ist, die dieses Gewerbe
betreiben; wenn sie auf ihrem Stein das Leben aus Hemden und Saris
herauswalkte, schien sie stärker zu werden, als sauge sie die Kraft aus
den Kleidern, die am Schluß platt, knopflos und zu Tode geprügelt
dalagen. Sie war ein Monster, das jeden Tag in dem Augenblick vergaß,
da er endete. Nur mit größtem Widerstreben willigte ich ein, ihre
Bekanntschaft zu machen; nur mit größtem Widerstreben nehme ich
sie in diese Seiten auf. Ihr Name roch, sogar schon bevor ich sie traf,
nach neuen Dingen; sie repräsentierte Neuheit, Anfänge, das Kommen
neuer Geschichten Ereignisse Komplikationen, und ich war an nichts
Neuem mehr interessiert. Als Pictureji mir jedoch mitteilte, daß er sie
heiraten wollte, hatte ich keine Wahl; ich werde mich indes so kurz mit
ihr befassen, wie die Genauigkeit es erlaubt.
Kurzgefaßt also: Durga die Wäscherin war ein Sukkubus! Eine blutsau-
gende Eidechse in Menschengestalt! Und ihr Einfluß auf Picture Singh
konnte nur mit ihrer Macht über die auf Steinen geschlagenen Hemden
verglichen werden: mit einem Wort, sie schlug ihn platt. Nachdem ich
sie einmal kennengelernt hatte, verstand ich, warum Picture Singh alt
und verloren aussah; da er nun des Schirms der Eintracht beraubt war,
unter dem Männer und Frauen sich versammelt hatten, um Rat und
Schatten zu suchen, schien er täglich zu schrumpfen; die Möglichkeit,
daß aus ihm ein zweiter Kolibri werden könnte, schwand vor meinen

Augen dahin. Durga jedoch blühte auf: ihr Klatsch beschäftigte sich immer mehr mit Obszönitäten, ihre Stimme wurde lauter und heiserer, bis sie mich schließlich an Ehrwürdige Mutter in ihren späteren Jahren erinnerte, als sie sich ausdehnte und mein Großvater schrumpfte. Dieser nostalgische Widerhall, der mich an meine Großeltern erinnerte, war das einzige, was mich an der Persönlichkeit der frechen Wäscherin interessierte.

Die Freigebigkeit ihrer Milchdrüsen aber kann man nicht leugnen: mit einundzwanzig Monaten saugte Aadam immer noch zufrieden an ihren Brustwarzen. Erst wollte ich darauf bestehen, daß er entwöhnt wurde, erinnerte mich dann aber, daß mein Sohn nur und genau das tat, was er wollte, und beschloß, nicht zu drängen. (Und wie sich herausstellte, tat ich gut daran.) Was ihren doppelten Schoß betraf, so hatte ich kein Verlangen zu erfahren, ob das Gerücht stimmte oder nicht, und stellte keine Nachforschungen an.

Ich erwähne Durga die Wäscherin hauptsächlich deshalb, weil sie eines Abends, als wir unsere Mahlzeit von siebenundzwanzig Reiskörnern pro Person aßen, als erste meinen Tod voraussagte. Ich hatte, aufgebracht über ihren ständigen Strom von Neuigkeiten und Getratsche, gerufen: »Durga Bibi, kein Mensch interessiert sich für deine Geschichten!« Worauf sie gelassen antwortete: »Saleem Baba, ich bin gut zu dir gewesen, weil Pictureji sagt, daß du nach deiner Haft völlig kaputt sein mußt. Aber offen gestanden, scheinst du nur noch herumlungern zu wollen. Du solltest begreifen, daß ein Mann, wenn er das Interesse an neuen Dingen verliert, dem Schwarzen Engel Tür und Tor öffnet.«

Und obwohl Picture Singh nachsichtig sagte: »Komm, Capteena, sei nicht so grob zu dem Jungen«, traf der Pfeil Durgas der Wäscherin ins Schwarze.

Ich war erschöpft nach meiner Rückkehr, fühlte mich ausgelaugt, und ich spürte, wie die Leere der Tage mich mit einem dicken klebrigen Film umgab. Und obwohl Durga sich am nächsten Morgen erbötig machte, vielleicht aus echter Reue wegen ihrer harten Worte, meine Kräfte wiederherzustellen, indem sie mich an ihrer linken Brust saugen ließ, während mein Sohn an der rechten sog, »und danach wirst du vielleicht wieder vernünftig«, begannen Vorahnungen von Sterblichkeit meine Gedanken zu beherrschen; und dann entdeckte ich im Busbahnhof von Shadipur den Spiegel der Demut und wußte, daß mein Ende nahte.

Es war ein schräg gehängter Spiegel über der Einfahrt zur Busgarage;

als ich einmal ziellos über den Vorhof des Depots spazierte, fiel er mir auf, weil sich die Sonne blitzend in ihm widerspiegelte. Mir wurde bewußt, daß ich mich monate-, vielleicht jahrelang nicht mehr im Spiegel gesehen hatte, und ich ging hinüber und stellte mich darunter. Als ich nach oben in den Spiegel blickte, sah ich mich als Zwerg mit dickem Kopf und viel zu großem Oberkörper. An meinem erniedrigend verkürzten Spiegelbild erkannte ich, daß mein Kopfhaar mittlerweile grau wie Regenwolken war; der Zwerg im Spiegel erinnerte mich mit seinem faltigen Gesicht und den müden Augen lebhaft an meinen Großvater Aadam Aziz, wie er an dem Tag ausgesehen hatte, als er uns erzählte, er habe Gott gesehen. Zu der Zeit hatten all die Leiden, die Parvati-die-Hexe geheilt hatte, als Nachwirkung der Dränage wieder angefangen, mich zu plagen; neun Finger, Hörner an den Schläfen, Mönchstonsur, Flecken im Gesicht, O-Beine, Gurkennase, kastriert und nun auch noch vor der Zeit alt geworden: ich sah im Spiegel der Demut ein menschliches Wesen, dem die Geschichte nichts mehr anhaben konnte, ein groteskes Geschöpf, befreit von dem vorherbestimmten Schicksal, das es so gebeutelt hatte, bis es halb besinnungslos war; mit einem guten und mit einem schlechten Ohr hörte ich die leisen Schritte des Schwarzen Todesengels.

Das jung-alte Gesicht des Zwerges im Spiegel zeigte einen Ausdruck tiefster Erleichterung.

Ich werde trübsinnig; wechseln wir das Thema . . . Genau vierundzwanzig Stunden, bevor die Sticheleien eines Paanverkäufers Picture Singh so provozierten, daß er sich zu einer Reise nach Bombay entschloß, traf mein Sohn Aadam Sinai die Entscheidung, die es uns ermöglichte, den Schlangenbeschwörer auf seiner Reise zu begleiten: über Nacht, ohne Vorwarnung und zur Bestürzung der Wäscherinnen-Amme, die ihre überflüssige Milch in Fünfliter-Vanaspati-Trommeln entleeren mußte, entwöhnte der segelohrige Aadam sich selbst, verweigerte lautlos die Brustwarze und verlangte wortlos feste Nahrung: Reisbrei zerkochte Linsen Kekse. Es war, als habe er beschlossen, daß ich meine eigene und nun schon sehr nahe Ziellinie erreichen dürfe.

Stumme Selbstherrschaft eines noch nicht zweijährigen Kindes: Aadam teilte uns nicht mit, wann er Hunger hatte oder müde war oder seine natürlichen Bedürfnisse verrichten wollte. Er erwartete von uns, daß wir das wußten. Die ständige Aufmerksamkeit, deren er bedurfte, ist vielleicht ein Grund, warum ich trotz aller gegenteiligen Anzeichen am Leben blieb . . . da ich in jenen Tagen nach meiner Freilassung aus der Gefangenschaft zu nichts anderem fähig war, konzentrierte ich mich darauf, meinen Sohn zu beobachten. »Ich sag' dir, Hauptmann, ein Glück, daß du zurückgekommen bist«, scherzte Picture Singh, »sonst hätte der Kleine uns noch alle zu Ayahs gemacht.« Von neuem wurde mir bewußt, daß Aadam zu einer zweiten Generation magischer Kinder gehörte, die viel robuster werden würde als die erste und ihr Schicksal nicht in Prophezeiungen oder in den Sternen suchte, sondern es im unerbittlichen Feuerofen ihres Willens schmiedete. Wenn ich in die Augen des Kindes sah, das nicht mein Sohn und zugleich doch mehr mein Erbe war, als jedes leibliche Kind es hätte sein können, fand ich in seinen leeren klaren Augen einen zweiten Spiegel der Demut, der mir zeigte, daß meine Rolle von nun an so nebensächlich wie die jedes überflüssigen alten Herrn sein würde: die traditionelle Rolle eines Rückwärtsschauenden vielleicht, eines Geschichtenerzählers . . . ich fragte mich, ob Shivas Bastardsöhne überall im Land glücklose Erwachsene ähnlich tyrannisierten, und stellte mir zum zweiten Mal jenen Stamm furchterregend starker Knirpse vor, die heranwuchsen warteten zuhörten und den Augenblick probten, in dem die Welt ihr Spielzeug würde. (Woran man diese Kinder in Zukunft erkennen kann: ihre Bimbis stehen vor, anstatt eingezogen zu sein.)

Aber es ist Zeit, die Dinge in Bewegung zu setzen: eine Stichelei, eine letzte Eisenbahn, die Richtung Süden Süden Süden fährt, eine endgültige Schlacht . . . am Tag nach Aadams Entwöhnung begleitete Saleem Picture Singh zum Connaught Place, um ihm beim Schlangenbeschwören zu assistieren. Durga die Wäscherin willigte ein, meinen Sohn mit zum Waschghat zu nehmen, wo er den Tag damit verbrachte, zuzusehen, wie Kraft aus den Kleidern der Wohlhabenden geprügelt und von der Sukkubus-Frau aufgesaugt wurde. An jenem schicksalsträchtigen Tag, als die Hitze in die Stadt zurückkehrte wie ein Bienenschwarm, wurde ich von Sehnsucht nach meinem plattgewalzten silbernen Spucknapf verzehrt. Picture Singh hatte mir einen Spucknapf-Ersatz, eine leere Dalda-Vanaspati-Büchse, besorgt, aber obwohl ich sie benutzte, um meinen Sohn mit meiner Könnerschaft in der liebenswürdigen Kunst des Triff-den-Spucknapf zu unterhalten, und lange Strahlen von Betelsaft in die schmutzige Luft der Magierkolonie spuckte, gewährte mir das keinen Trost. Eine Frage: warum solcher Schmerz über ein bloßes Behältnis von Säften? Meine Antwort lautet, daß man einen Spucknapf niemals unterschätzen sollte. Als er elegant im Salon

der Rani von Cooch Naheen prangte, gestattete er Intellektuellen, sich
in den Kunstformen der Massen zu üben; als er in einem Keller glänz-
te, verwandelte er Nadir Khans Unterwelt in ein zweites Tadsch Mahal;
als er in einem alten Blechkoffer Staub ansammelte, war er doch meine
ganze Geschichte hindurch vorhanden und assimilierte insgeheim Vorfälle in Wäschetruhen, Geistererscheinungen, Einfrieren-Auftauen,
Dränage, Exil; als er vom Himmel fiel wie eine Scheibe vom Mond,
bewirkte er eine Verwandlung: O Talisman-Spucknapf! O schönes ver-
lorenes Behältnis von Erinnerungen und Speichelsaft! Welch fühlender
Mensch würde meinen sehnsüchtigen Schmerz über seinen Verlust
nicht nachempfinden können?
. . . Neben mir saß hinten in einem gerammelt vollen Bus Picture
Singh mit Schlangenkörben, die sich unschuldig auf seinem Schoß
stapelten. Als wir durch die Stadt rumpelten und ratterten, die von den
auferstandenen Geistern früherer mythologischer Delhis erfüllt war,
umgab den Bezauberndsten Mann der Welt eine Aura blasser Verzagtheit, als sei eine Schlacht in einer fernen Dunkelkammer schon vorüber . . . bis zu meiner Rückkehr hatte niemand begriffen, daß Picturejis wirkliche und unausgesprochene Angst darin bestand, daß er alt
wurde, daß seine Kräfte nachließen, daß er bald in einer Welt, die er
nicht verstand, sich verloren vorkommen müßte und zu nichts mehr
taugen würde: wie ich klammerte Picture Singh sich an Baby Aadam,
als sei das Kind eine Taschenlampe in einem langen dunklen Tunnel.
»Ein gutes Kind, Hauptmann«, sagte er zu mir, »ein würdevolles Kind:
seine Ohren fallen kaum auf.«
An jenem Tag war mein Sohn jedoch nicht bei uns.
Auf dem Connaught Place überfielen mich die Gerüche Neu-Delhis –
der keksige Duft der J.-B.-Mangharam-Werbung, die traurige Kreidig-
keit von abbröckelndem Verputz, die tragische Fährte der Autoriksha-
fahrer, denen wegen der steigenden Benzinkosten nur noch Hunger
und Fatalismus blieben, und der Geruch nach grünem Gras, der aus
dem kreisrunden Park in der Mitte des tosenden Verkehrs aufstieg und
sich mit dem Duft von Trickbetrügern mischte, die Ausländer überredeten, unter schattigen Torbogen Schwarzgeld zu tauschen. Aus dem
India Coffee House, unter dessen Markisen das endlose Blabla von
Klatsch zu hören war, kam das weniger angenehme Aroma neuer
Geschichten, die gerade erst begannen: Intrigen Ehen Streitigkeiten,
deren Gerüche sich alle mit denen von Tee und Chili-Pakoras vermischten. Was ich auf dem Connaught Place roch: die Nähe einer narben-

gesichtigen Bettlerin, die einst Sundari-die-allzu-Schöne gewesen war, und Gedächtnisverlust und Hinwendung-zur-Zukunft und Nichts-verändert-sich-wirklich . . . ich wandte mich von diesen Geruchsmit-teilungen ab und konzentrierte mich auf die alles durchdringenden und simpleren Gerüche von (menschlichem) Urin und tierischem Dung.

Unter der Kolonnade von Block F auf dem Connaught Place hatte direkt neben einem Bücherstand ein Paanhändler seine kleine Nische. Er saß wie eine kleinere Gottheit des Platzes mit gekreuzten Beinen hinter einer grünen Glastheke: ich nehme ihn in diese letzten Seiten auf, weil er, wenn er auch das Aroma von Armut absonderte, in Wirklichkeit ein vermögender Mann war, Besitzer eines Lincoln Con-tinental, den er außer Sichtweite auf dem Connaught Circus parkte und mit dem Geld bezahlt hatte, das er mit dem Verkauf von ge-schmuggelten ausländischen Zigaretten und Transistorradios verdien-te; jedes Jahr machte er zwei Wochen Ferien im Gefängnis, die restli-che Zeit bezahlte er mehreren Polizisten ein ansehnliches Gehalt. Im Gefängnis wurde er wie ein König behandelt, hinter seiner grünen Glastheke aber sah er harmlos, gewöhnlich aus, so daß man nicht ohne weiteres erraten konnte (wenn man nicht eine so sensible Nase besaß wie Saleem), daß dies ein Mann war, der alles über alles wußte, ein Mann, der dank eines unendlichen Netzwerks von Kontakten in viele Geheimnisse eingeweiht war . . . außerdem erinnerte er mich – und gar nicht unangenehm – an einen ähnlichen Charakter, den ich zur Zeit meiner Lambretta-Fahrten in Karatschi gekannt hatte. Ich war so damit beschäftigt, die vertrauten Düfte der Sehnsucht ein-zusaugen, daß ich aufschreckte, als er zu sprechen anfing.

Wir hatten unsere Nummer neben seiner Nische aufgebaut; während Pictureji damit beschäftigt war, Flöten zu polieren und einen riesigen safrangelben Turban aufzusetzen, übernahm ich die Rolle des Markt-schreiers. »Kommen Sie zuhauf, kommen Sie zuhauf – eine solche Gelegenheit bietet sich nur einmal im Leben – Damen und Herren, kommen und sehen Sie, kommen und sehen Sie! Wen haben wir hier vor uns? Keinen gewöhnlichen Bhangi, keinen auf dem Gehsteig schlafenden Schwindler; dies, Bürger, meine Damen und Herren, ist der Bezauberndste Mann der Welt! Ja, kommt und seht, kommt und seht: Eastman-Kodak hat ihn fotografiert! Kommt näher und habt keine Angst – PICTURE SINGH ist hier!« . . . Und ähnlichen Mist, aber dann sprach der Paanhändler:

»Ich kenne eine bessere Nummer. Dieser Kerl ist nicht die Nummer Eins. O nein, ganz gewiß nicht. In Bombay gibt es einen Besseren.«
So erfuhr Picture Singh von der Existenz seines Rivalen, und deshalb ließ er die Vorstellung Vorstellung sein, ging zu dem verbindlich lächelnden Paanhändler hinüber, versuchte seinen alten Kommandoton wiederzufinden und sagte: »Sagen Sie mir die Wahrheit über diesen Betrüger, Hauptmann, sonst jag' ich Ihnen die Zähne so weit die Gurgel runter, daß sie Ihren Magen fressen.« Und der Paanhändler, der sich nicht im geringsten fürchtete, weil er wußte, daß die drei umherschleichenden Polizisten schnell einschreiten würden, um nötigenfalls ihre Gehälter zu sichern, flüsterte uns die Geheimnisse seiner Allwissenheit zu, erzählte uns, wer wann wo, bis Picture Singh mit einer Stimme, deren Entschlossenheit seine Angst überdeckte, sagte: »Diesem Kerl in Bombay werde ich zeigen, wer der Beste ist. Für zwei Bezauberndste Männer, Hauptleute, ist auf dieser einen Welt kein Platz.«
Der Verkäufer von Betelnußköstlichkeiten zuckte leicht mit den Achseln und spuckte vor unseren Füßen aus.

Wie durch ein Zauberwort öffneten die Sticheleien eines Paanhändlers die Tür, durch die Saleem in die Stadt seiner Geburt, an den Ort seiner tiefsten Sehnsucht, zurückkehrte. Ja, es war ein Sesam-öffne-dich, und als wir zu den zerlumpten Zelten unter der Eisenbahnunterführung zurückkamen, scharrte Picture Singh in der Erde und grub das verknotete Taschentuch mit seinen Rücklagen aus, das vom Dreck verfärbte Tuch, in dem er seine Altersgroschen gehortet hatte. Und als Durga die Wäscherin es ablehnte, ihn zu begleiten, mit den Worten: »Wo denkst du hin, Pictureji, bin ich denn eine Millionärin, daß ich mir Ferien und was weiß ich leisten kann?«, da wandte er sich mit fast flehendem Blick an mich und bat mich, ihn zu begleiten, damit er nicht ohne Freund in seine schlimmste Schlacht, die Prüfung seines Alters, gehen müsse . . . und Aadam hörte es auch, mit flatternden Ohren hörte er den Rhythmus des Zaubers, ich sah seine Augen aufleuchten, als ich ja sagte, und dann waren wir in einem Eisenbahnabteil dritter Klasse unterwegs nach Süden Süden Süden, und in der fünfsilbigen Monotonie der Räder hörte ich das Geheimwort: Abrakadabra Abrakadabra Abrakadabra sangen die Räder, als sie uns zurück nach Bombay trugen.
Ja, ich hatte die Kolonie der Magier für immer hinter mir gelassen; ich war Abrakadabra Abrakadabra unterwegs ins Herz einer Sehnsucht, die

mich lange genug am Leben halten sollte, daß ich diese Seiten schreiben (und entsprechend viel Pickles herstellen) konnte. Aadam und Saleem und Picture Singh quetschten sich mit einer Reihe von Körben, die fest mit Schnüren zugebunden waren, in ein Dritter-Klasse-Abteil. Die Körbe erschreckten die wie Ölsardinen in das Abteil gepackte Menschheit durch ihr anhaltendes Zischen, so daß die Menge sich weg weg weg von den bedrohlichen Schlangen drängte und uns ein gewisses Maß an Bequemlichkeit und Platz gewährt wurde, während die Räder ihre Abrakadabras in Aadams Segelohren sangen.

Auf der Fahrt nach Bombay breitete Picture Singhs Pessimismus sich aus, bis er wie es schien, zu einem eigenständigen physischen Gebilde wurde, das dem alten Schlangenbeschwörer nur noch äußerlich ähnelte. In Mathura stieg inmitten der Kakophonie der fliegenden Händler, die Tiere aus Ton und Tassen voll Chalootee verkauften, ein junger Amerikaner mit pickligem Kinn und einem Kopf, kahlgeschoren wie ein Ei, in unser Abteil; er fächelte sich mit einem Fächer aus Pfauenfedern, und das Unglück, das Pfauenfedern bringen, deprimierte Picture Singh über die Maßen. Während die unendliche Fläche der Indus-Ganges-Ebene sich vor dem Fenster ausbreitete und zu unserer Qual den heißen Irrsinn des nachmittäglichen Loo-Windes hereinschickte, hielt der geschorene Amerikaner den Reisenden im Abteil Vorträge über die Feinheiten des Hinduismus und begann, ihnen Mantras beizubringen, wobei er eine Bettelschale aus Walnußholz ausstreckte. Picture Singh war blind für dieses bemerkenswerte Schauspiel und auch taub für das Abrakadabra der Räder. »Es hat keinen Zweck, Hauptmann«, vertraute er mir düster an. »Dieser Kerl in Bombay ist bestimmt jung und stark, und ich bin dazu verdammt, von jetzt an nur noch der zweitbezauberndste Mann zu sein.« Bis wir den Bahnhof von Kotah erreichten, hatten die Gerüche des Mißgeschicks, die der Pfauenfederfächer ausströmte, von Picture Singh vollkommen Besitz ergriffen, hatten ihm so erschreckend zugesetzt, daß er, obwohl jeder im Abteil so weit weg vom Bahnsteig wie möglich ausstieg, um gegen den Zug zu pinkeln, dieses Bedürfnis augenscheinlich nicht verspürte. Als wir zur Ratlam Junction kamen, war er, während meine Erregung wuchs, in eine Trance verfallen, die nicht Schlaf, sondern die zunehmende Lähmung durch Pessimismus war. »Wenn das so weitergeht«, dachte ich, »wird er noch nicht einmal in der Lage sein, seinen Rivalen herauszufordern.« In Surat, dem ehemaligen John Company Depot, erkannte ich, daß ich bald etwas tun müßte, denn Abrakadabra brachte uns mit jeder Minute dem Hauptbahnhof von Bombay näher, und so nahm ich schließlich Picture Singhs alte Holzflöte und spielte darauf so schrecklich laienhaft, daß alle Schlangen sich vor Schmerz wanden, worauf der junge Amerikaner in Schweigen versteinerte. Ich produzierte einen so höllischen Lärm, daß niemand bemerkte, wie wir an Bassein Road, Kurla, Mahim vorbeifuhren, und überwand auf diese Weise das Miasma der Pfauenfedern; endlich rappelte Picture Singh sich auf, schüttelte mit einem schwachen Grinsen seine Verzagtheit ab und sagte: »Hör lieber auf, Hauptmann, und laß mich das Ding spielen, sonst sterben noch ein paar Leute vor Schmerz.«

Die Schlangen beruhigten sich in ihren Körben, und dann hörten die Räder mit ihrem Gesang auf, und wir waren da:

Bombay! Ich drückte Aadam heftig an mich und konnte nicht anders, ich mußte einen uralten Schrei ausstoßen: »Back-to-Bom!« jubelte ich zur Verwirrung des jungen Amerikaners, der dieses Mantra noch nie gehört hatte; und noch einmal und noch einmal und noch einmal: »Wieder da! Back-to-Bom!«

Mit dem Bus fuhren wir die Bellasis Road hinunter auf den Tardeo-Kreisverkehr zu, vorbei an Parsen mit tief in den Höhlen liegenden Augen, vorbei an Fahrradreparaturwerkstätten und iranischen Cafés; und dann war der Hornby Vellard zu unserer Rechten – wo Spaziergänger zusahen, wie Sherri die Promenadenmischung ihr Gedärm verstreute! Wo immer noch Pappbilder von Ringern über den Eingängen zum Vallabhbhai-Patel-Stadion aufragten! – und wir ratterten und rumpelten an Verkehrspolizisten mit Sonnenschirmen vorbei, am Mahalaxmi-Tempel vorbei – und dann kam die Warden Road! Das Breach-Candy-Schwimmbad! Und da, sehen Sie, die Geschäfte – aber die Namen hatten sich geändert: wo war das Paradies des Lesers mit seinen Stapeln von Superman-Comics? Wo die Tip-Top-Reinigung und Bombelli mit seiner »Ein-Meter-Schokolade«? Und mein Gott, sehen Sie, oben auf einem zweigeschossigen Hügelchen, wo einst die Paläste William Methwolds standen, bekränzt von Bougainvillea, und stolz aufs Meer hinausblickten . . . sehen Sie sich das an, ein großes rosa Monster von Gebäude, der rosenfarbene Wolkenkratzerobelisk der Narlikar-Frauen, der sich über der Zirkusmanege der Kindheit erhebt und sie in den Schatten stellt . . . ja, es war mein Bombay, aber auch wieder nicht meins, denn wir kamen zu Kemps Corner, bloß um festzustellen, daß die Reklametafeln mit dem kleinen Radscha der Air India und dem Kolynos-Kind weg waren, für immer verschwunden, und Thomas

Kemp und Co. selbst hatte sich in Luft aufgelöst . . . Hochstraßen kreuzten sich, wo früher einmal Arzneimittel ausgegeben wurden und ein Kobold in einer Chlorophyllkappe auf den Verkehr hinunterstrahlte. Elegisch murmelte ich vor mich hin: »Hält Zähne weiß, hält Zähne rein! Glanz kommt mit Kolynos ganz von allein!« Doch trotz meiner Zauberformel kehrte die Vergangenheit nicht wieder; wir ratterten die Gibbs Road hinunter und stiegen in der Nähe vom Strand von Chowpatty aus.

Chowpatty zumindest sah noch fast so aus wie früher: ein schmutziger Sandstreifen, auf dem es von Taschendieben und Spaziergängern und Verkäufern von Heiße-Channa-Channa-heiß, von Kulfi und Bhel-Puri und Chutter-Mutter wimmelte; aber ein Stück weiter hinunter am Marine Drive sah ich, was Tetrapoden erreicht hatten. Auf einem Grund, den das Narlikar-Konsortium dem Meer abgerungen hatte, ragten ungeheure Monster in den Himmel, die seltsame ausländische Namen trugen: OBEROI-SHERATON schrie es mir von weitem entgegen. Und wo war das Neonschild mit dem Jeep? . . . »Komm weiter, Pictureji«, sagte ich schließlich und preßte Aadam fest an meine Brust. »Laß uns hingehen, wo wir hin müssen, und es hinter uns bringen; die Stadt ist verändert worden.«

Was kann ich über den Mitternachts-Krypto-Klub sagen? Daß er unterirdisch gelegen, geheim (wenn auch allwissenden Paanhändlern bekannt) ist, daß seine Tür kein Schild trägt, seine Kundschaft die Creme der Bombayer Gesellschaft ist? Was sonst noch? Ach ja: geführt wird er von einem gewissen Anand »Andy« Shroff, Geschäftsmann und Playboy, den man tagsüber meistens im Sun 'n' Sand Hotel an der Juhu Beach antrifft, wo er sich inmitten von Filmstars und entthronten Prinzessinnen sonnt. Ich frage Sie: ein Inder, der Sonnenbäder nimmt? Aber anscheinend ist das ganz normal, die internationalen Playboy-Regeln müssen buchstabengetreu befolgt werden, einschließlich der, vermute ich, die eine tägliche Sonnenandacht festsetzt.

Wie naiv ich bin (und ich dachte immer, Sonny mit den Zangendellen sei der Einfältige!) – nie hätte ich es für möglich gehalten, daß es Orte wie den Mitternachts-Krypto-Klub gab! Aber natürlich gibt es sie, und Flöten und Schlangenkörbe umklammernd, klopften wir drei an seine Pforte.

Durch ein kleines Eisengitter in Augenhöhe sah man, wie sich etwas bewegte, und eine sanfte, einschmeichelnde weibliche Stimme forderte uns auf, unser Anliegen vorzutragen. Picture Singh verkündete: »Ich bin der Bezauberndste Mann der Welt. Sie beschäftigen hier einen anderen Schlangenbeschwörer als Varietékünstler; ich werde ihn herausfordern und meine Überlegenheit beweisen. Dafür will ich kein Honorar. Es ist, Capteena, eine Ehrensache.«

Es war Abend; dank einem glücklichen Zufall war Herr Anand »Andy« Shroff anwesend. Und, um es kurz zu machen, Picture Singhs Herausforderung wurde angenommen, und wir betraten jenes Lokal, dessen Name mich bereits einigermaßen irritiert hatte, weil er das Wort *Mitternacht* enthielt und weil seine Initialen einst der Deckname für meine eigene heimliche Welt gewesen waren: MKK, die Abkürzung für Metro-Kinderklub, hieß einst auch Mitternachtskinder-Konferenz und war nun von diesem verborgenen Nachtlokal usurpiert worden. Mit einem Wort: ich fühlte mich überrumpelt.

Zwillingsprobleme der blasierten kosmopolitischen Jugend der Stadt: wie sollte man in einem trockenen Staat Alkohol konsumieren und wie mit Mädchen nach bester westlicher Manier flirten, nämlich gewaltig auf die Pauke hauen, und dabei gleichzeitig absolute Geheimhaltung wahren, um die höchst orientalische Schande eines Skandals zu vermeiden? Das Mitternachts-Krypto war Herrn Shroffs Lösung für die quälenden Schwierigkeiten der Jeunesse dorée. In dieser Unterwelt der Unzucht hatte er eine Welt stygischer Dunkelheit, schwarz wie die Hölle, geschaffen; in der verschwiegenen mitternächtlichen Dunkelheit trafen sich die Liebespaare der Stadt, tranken importierte geistige Getränke und flirteten; eingesponnen in die isolierende künstliche Nacht, knutschten sie ungestraft. Die Hölle, das sind die Phantasievorstellungen anderer Leute: in jeder Saga muß wenigstens ein Abstieg in den Jahannum vorkommen, und ich folgte Picture Singh mit einem kleinen Sohn auf den Armen in die tintige Schwärze des Klubs.

Über einen üppigen schwarzen Teppich – mitternachtsschwarz, schwarz wie die Lüge, krähenschwarz, schwarz wie der Zorn, schwarz wie das »Hai-yo, schwarzer Mann!«, kurzum, über einen dunklen Läufer – wurden wir hinabgeführt von einer Kellnerin mit umwerfenden erotischen Reizen, die ihren Sari aufreizend tief auf den Hüften und eine Jasminblüte im Nabel trug; aber als wir in die Dunkelheit hinabstiegen, drehte sie sich mit einem beruhigenden Lächeln zu uns um, und ich sah, daß ihre Augen geschlossen waren; auf ihre Lider waren unirdisch glänzende Augen gemalt. Ich konnte nicht anders, ich mußte sie fragen: »Warum...?« Worauf sie schlicht sagte: »Ich bin blind, und

außerdem kommt niemand hierher, der gesehen werden möchte. Hier sind Sie in einer Welt ohne Gesichter und Namen; hier haben die Menschen weder Erinnerungen noch Familie, noch Vergangenheit; das hier ist für das *Jetzt*, für nichts als den gegenwärtigen Augenblick.«
Und die Dunkelheit umschloß uns; sie führte uns durch die Alptraumgrube, in der das Licht in Schranken und Fesseln gehalten wurde, durch jenen Ort außerhalb der Zeit, jene Negation der Geschichte ... »Setzen Sie sich hierhin«, sagte sie. »Der andere Schlangenmann kommt gleich. Wenn es Zeit ist, wird man einen Lichtstrahl auf Sie richten. Dann fangen Sie mit Ihrem Wettstreit an.«
Wir saßen dort – wie lange? Minuten, Stunden, Wochen? –, und die glühenden Augen blinder Frauen führten unsichtbare Gäste zu ihren Plätzen. Und allmählich wurde mir in der Dunkelheit bewußt, daß ich von einem leisen verliebten Geraschel umgeben war, das sich anhörte wie die Paarungen samtiger Mäuse; ich hörte, wie mit Gläsern angestoßen wurde, die in verschlungenen Armen gehalten wurden, und wie Lippen sich sanft berührten; mit einem guten und einem schlechten Ohr hörte ich die Geräusche unerlaubter Sexualität in der Mitternachtsluft ... aber nein, ich wollte nicht wissen, was vor sich ging; wenn auch meine Nase in der raschelnden Stille des Klubs alle möglichen neuen Geschichten und Anfänge, exotischen und verbotenen Liebesaffären und kleinen unsichtbaren Pannen und Wer-zu-weit-ging, einfach alle Arten pikanter Leckerbissen riechen konnte, zog ich es doch vor, sie alle zu ignorieren, denn dies war eine neue Welt, in der ich keinen Platz hatte. Mein Sohn Aadam saß jedoch mit vor Faszination glühenden Ohren neben mir; seine Augen glänzten in der Dunkelheit, als er lauschte und sich Dinge einprägte und lernte ... und dann leuchtete ein Licht auf.
Ein einzelner Lichtstrahl ergoß sich in einen Kreis auf dem Boden des Mitternachts-Krypto-Klubs. Im Schatten jenseits der erleuchteten Fläche sitzend, sahen Aadam und ich Picture Singh, der steif und mit untergeschlagenen Beinen neben einem gutaussehenden, mit Bryll eingecremten jungen Mann saß; beide waren von Musikinstrumenten und den verschlossenen Körben ihrer Kunst umgeben. Ein Lautsprecher kündigte den Beginn jenes legendären Wettstreits um den Titel des Bezauberndsten Mannes der Welt an; doch wer hörte zu? Paßte überhaupt jemand auf, oder waren sie zu sehr beschäftigt mit Lippen Zungen Händen? Und so lautete der Name von Picturejis Gegner: der Maharadscha von Cooch Naheen.

(Ich weiß nicht: es ist leicht, einen Titel anzunehmen. Aber vielleicht, vielleicht war er wirklich der Enkel jener alten Rani, die einst, vor langer Zeit, eine Freundin von Doktor Aziz gewesen war; vielleicht trat der Erbe der Gönnerin des Kolibris ironischerweise gegen den Mann an, der der zweite Mian Abdullah hätte sein können! Denkbar ist es immerhin; viele Maharadschas sind arm, seit Die Witwe ihre Zivillisten gestrichen hat.)

Wie lange kämpften sie in dieser sonnenlosen Höhle? Monate, Jahre, Jahrhunderte? Ich kann es nicht sagen: hypnotisiert sah ich zu, wie sie sich mühten, einander zu übertreffen, jede nur denkliche Schlangenart bezauberten und darum baten, daß seltene Arten aus der Bombayer Schlangenfarm (wo einst Doktor Schaapsteker . . .) geschickt würden; und der Maharadscha tat es Schlange um Schlange Picture Singh gleich. Ihm gelang es sogar, eine Boa constrictor zu beschwören, was bis dahin nur Pictureji geschafft hatte. In diesem infernalischen Klub, dessen Dunkelheit nur noch mehr bezeugte, wie sehr sein Besitzer von der Farbe Schwarz besessen war (unter deren Einfluß er seine Haut im Sun 'n' Sand jeden Tag dunkler bräunte), trieben die beiden Virtuosen Schlangen zu unmöglichen Leistungen, hießen sie sich selbst zu Knoten oder Schleifen knüpfen oder überredeten sie, Wasser aus Weingläsern zu trinken oder durch Feuerreifen zu springen . . . Müdigkeit, Hunger und Alter trotzend, gab Picture Singh die grandioseste Vorstellung seines Lebens (aber sah jemand zu? auch nur ein einziger Mensch?) – und endlich zeichnete sich ab, daß der junge Mann als erster ermüdete; seine Schlangen tanzten nicht mehr im Takt der Flöte, und schließlich gelang es Picture Singh durch ein Wunder an Fingerfertigkeit so schnell, daß ich nicht sah, was geschah, eine Kobra um den Hals des Maharadschas zu knoten.

Was Picture sagte: »Geben Sie mir den ersten Platz, Hauptmann, sonst befehle ich ihr zuzubeißen.«

Das war das Ende des Wettstreits. Das gedemütigte Prinzchen verließ den Klub, und später erzählte man, er habe sich in einem Taxi erschossen. Und an der Stätte seiner letzten großen Schlacht stürzte Picture Singh wie ein fallender Banyan zu Boden . . . blinde Kellnerinnen (einer vertraute ich Aadam an) halfen mir, ihn vom Feld zu tragen.

Aber das Mitternachts-Krypto hatte noch einen Trick in petto. Einmal in jeder Nacht suchte ein rotierender Scheinwerfer – um dem Ganzen ein wenig Würze zu geben – eins der gesetzwidrigen Paare aus und führte es den verborgenen Augen seiner Mitmenschen vor: ein Hauch von einem leuchtenden russischen Roulette, das zweifelsohne das Leben für die jungen Kosmopoliten der Stadt spannender machte . . . und wen hatte man in jener Nacht zum Opfer auserkoren? Wer, mit Schläfenhörnern Flecken im Gesicht Gurkennase, wurde von skandalösem Licht überflutet? Wer, durch den Voyeurismus der Glühbirnen so blind gemacht wie Kellnerinnen, ließ beinahe die Beine seines bewußtlosen Freundes fallen?

Saleem kehrte in die Stadt seiner Geburt zurück, um beleuchtet in einem Keller zu stehen, während Bombayer im Schutz der Dunkelheit über ihn kicherten.

***

Schnell, weil wir zum Ende der Ereignisse gekommen sind, berichte ich nun, daß Picture Singh sich in einem Hinterzimmer, in dem Licht gestattet war, von seiner Ohnmacht erholte; und während Aadam fest schlief, brachte uns eine der blinden Kellnerinnen ein belebendes Gratulationsmahl. Auf der Thali des Sieges: Samosas, Pakoras, Reis, Dal, Puris und grünes Chutney. Ja, eine kleine Aluminiumschale mit grünem Chutney, grün, mein Gott, grashüpfergrün . . . und es dauerte nicht lange, da hatte ich ein Puri in der Hand, und auf dem Puri war Chutney, und dann hatte ich es probiert und beinahe Picture Singhs Ohnmachtsnummer nachgemacht, denn es hatte mich zurückgeführt zu einem Tag, als ich mit neun Fingern aus einem Krankenhaus kam und zu Hanif Aziz ins Exil ging und das beste Chutney der Welt bekam . . . der Geschmack des Chutneys war mehr als nur ein Widerhall jenes Geschmacks vor langer Zeit – es war der alte Geschmack selbst, genau derselbe, und er vermochte es, die Vergangenheit zurückzubringen, als sei sie nie weggewesen . . . in rasender Erregung packte ich die blinde Kellnerin am Arm; kaum fähig, mich im Zaum zu halten, platzte ich heraus: »Das Chutney, wer hat das Chutney gemacht?« Ich muß gebrüllt haben, denn Picture Singh sagte: »Ruhig, Hauptmann, du weckst den Jungen auf . . . und was ist eigentlich los? Du siehst aus, als hättest du den Geist deines schlimmsten Feindes gesehen!« Und die blinde Kellnerin, ein wenig kühl: »Mögen Sie das Chutney nicht?« Ich mußte ein kolossales Gebrüll unterdrücken. »Ich mag es«, sagte ich mit einer Stimme, die zusammengepreßt wurde hinter stählernen Stangen. »Ich *mag* es – würden Sie mir nun gefälligst sagen, wo es her ist?« Und sie, erschrocken und darauf bedacht, wegzukommen: »Es stammt von Braganza-Pickles, das beste in Bombay, das weiß doch jeder.«

Ich ließ mir das Glas von ihr bringen, und da auf dem Etikett war die Adresse: von einem Gebäude mit einer flimmernden safrangelben und grünen Neongöttin über dem Tor, einer Fabrik, bewacht von Mumba-devi aus Neon, während Stadtzüge gelb und braun vorbeifuhren: Bra-ganza-Pickles (Privat) GmbH, im Norden der Stadt.

Noch ein Abrakadabra, ein Sesam-öffne-dich: auf ein Chutneyglas auf-gedruckte Worte öffneten die letzte Tür meines Lebens . . . ein unwi-derstehlicher Drang überkam mich, den Erzeuger dieses unwahrschein-lichen Chutneys der Erinnerung aufzuspüren, und ich sagte: »Pictureji, ich muß gehen . . .«

Ich weiß nicht, wie die Geschichte von Picture Singh endete; er weiger-te sich, mich auf meiner Suche zu begleiten, und ich sah in seinen Augen, daß durch die Anstrengungen seines Kampfes etwas in ihm zerbrochen war, daß sein Sieg in Wirklichkeit eine Niederlage war; aber ob er noch in Bombay ist (und vielleicht für Herrn Shroff arbeitet) oder zurück zu seiner Wäscherin ging, ob er noch am Leben ist oder nicht, kann ich nicht sagen . . . »Wie kann ich dich verlassen?« fragte ich verzweifelt, aber er antwortete: »Sei kein Narr, Hauptmann; wenn man etwas zu tun hat, dann muß man es auch tun. Geh, geh schon, was soll ich auch mit dir? Wie die alte Resham dir sagte: geh, geh schnell, geh!«

Ich nahm Aadam mit und ging.

* * *

Ende der Reise: aus der Unterwelt der blinden Kellnerinnen ging ich mit meinem Sohn auf den Armen nach Norden Norden Norden und kam schließlich dahin, wo Fliegen von Eidechsen verschluckt werden und Kessel brodeln und Frauen mit starken Armen schlüpfrige Witze erzählen, in diese Welt scharfzüngiger Vorarbeiterinnen mit konischen Brüsten, in der das Scheppern von Picklesgläsern aus der Abfüllhalle alles andere übertönt . . . und wer baute sich am Ende meines Wegs vor mir auf, mit in die Seite gestemmten Armen, auf denen die Härchen vor Schweiß glänzten? Wer fragte, direkt wie immer: »Sie da, Herr, was wollen Sie?«

»Ich!« schreit Padma aufgeregt und von der Erinnerung ein wenig peinlich berührt. »Natürlich, wer sonst? Ich ich ich!«

»Guten Tag, Begum«, sagte ich. (Padma ruft dazwischen: »Ach du – immer so höflich und alles!«) »Guten Tag, kann ich mit dem Geschäfts-führer sprechen?«

O strenge abwehrende halsstarrige Padma! »Nicht möglich, Geschäftsführer Begum ist beschäftigt. Sie müssen einen Termin àusmachen. Kommen Sie später wieder, und gehen Sie jetzt bitte.«
Hören Sie: ich wäre geblieben, hätte meine Überredungskunst spielen lassen, gedroht und sogar Gewalt angewandt, um an den Armen meiner Padma vorbeizukommen, aber da erscholl ein Schrei vom Steg her – diesem Steg, Padma, draußen vor den Büros –, von dem jemand, den ich bisher noch nicht nennen wollte, über gigantische Kessel mit Pickles und Chutney hinabsah, jemand, der klappernde Metallstufen herabgestürzt kam und dabei aus vollem Halse schrie:
»O mein Gott, o mein Gott, o Jesus süßer Jesus, Baba, mein Sohn, seht, wer gekommen ist, Arré Baba, kennst du mich denn nicht mehr, ach, wie dünn du geworden bist, komm, komm, laß dich küssen, du kriegst einen Kuchen von mir!«
Genau wie ich geahnt hatte, war die Geschäftsführer Begum von Braganza-Pickles (Privat) GmbH, die sich Frau Braganza nannte, natürlich meine ehemalige Ayah, die Verbrecherin der Mitternacht, Fräulein Mary Pereira, die einzige Mutter, die ich noch auf der Welt hatte.

Mitternacht oder um die Zeit herum. Ein Mann mit einem zusammengeklappten (und unversehrten) schwarzen Schirm kommt aus der Richtung der Eisenbahngleise auf mein Fenster zu, bleibt stehen, hockt sich hin, scheißt. Dann sieht er mich als Silhouette vor dem erleuchteten Fenster und ruft, anstatt sich über meinen Voyeurismus zu entrüsten: »Sehen Sie sich das einmal an!«, macht weiter und drückt die längste Wurst heraus, die ich je gesehen habe. »Dreißig Zentimeter!« ruft er. »Wie lang können Sie Ihre machen?« Früher, als ich noch energischer war, hätte ich seine Lebensgeschichte erzählen wollen; die Uhrzeit und der Besitz eines Schirms wären alle Verknüpfungen gewesen, die ich gebraucht hätte, um ihn in mein Leben einzuflechten, und ich hege keinen Zweifel, daß ich am Ende jedem, der mein Leben und meine verhängnisvolle Zeit verstehen will, seine Unentbehrlichkeit bewiesen hätte; nun aber bin ich nicht mehr verbunden, nicht eingestöpselt und habe nur noch Grabschriften zu verfassen. So winke ich dem Meisterscheißer, rufe zurück: »Fünfzehn, wenn ich einen guten Tag hab'« und vergesse ihn.
Morgen. Oder übermorgen. Die Risse werden bis zum 15. August warten. Noch ist ein wenig Zeit: ich werde morgen zu Ende schreiben.

***

Heute habe ich mir einen Tag freigegeben und Mary besucht. Eine lange heiße staubige Busfahrt durch Straßen, die vor Aufregung über den kommenden Unabhängigkeitstag zu brodeln beginnen, obwohl ich auch andere, trübere Düfte riechen kann: Desillusion, Bestechlichkeit, Zynismus . . . der fast einunddreißig Jahre alte Mythos der Freiheit ist nicht mehr, war er einmal war. Neue Mythen werden gebraucht; aber das geht mich nichts an.

Mary Pereira, die sich nun Frau Braganza nennt, wohnt mit ihrer Schwester Alice, nun Frau Fernandes, in einem Apartment in dem rosa Obelisken der Narlikar-Frauen auf dem zweigeschossigen Hügelchen, wo sie einst in einem mittlerweile abgerissenen Palast auf einer Dienstbotenmatte schlief. Ihr Schlafzimmer nimmt mehr oder weniger dieselben Kubikmeter Luft ein, in denen der deutende Finger eines Fischers ein paar Knabenaugen auf den Horizont hinwies. In einem Schaukelstuhl aus Teakholz schaukelt Mary meinen Sohn und singt »Red Sails in the Sunset«. Die roten Segel von Dhaus breiten sich vor dem fernen Himmel aus.

Ein recht angenehmer Tag, an dem man sich vergangener Tage erinnert. Des Tags, an dem ich feststellte, daß ein altes Kakteenbeet die Revolution der Narlikar-Frauen überlebt hatte, mir vom Mali einen Spaten lieh und eine lang vergessene Welt ausgrub: einen Blechglobus, der einen vergilbten, von Ameisen angefressenen riesengroßen Schnappschuß von einem Baby enthielt, aufgenommen von Kalidas Gupta, und den Brief eines Ministerpräsidenten. Und wir gedenken anderer Tage, die noch länger zurückliegen: zum dutzendsten Mal plaudern wir über den Umschwung des Glücks in Mary Pereiras Geschick. Wie sie alles ihrer lieben Schwester Alice verdankte. Deren armer Herr Fernandes an Farbenblindheit starb, weil er in seinem alten Ford Prefect an einer der damals noch seltenen Ampeln in der Stadt durcheinandergeriet. Wie Alice sie in Goa besuchte und ihr mitteilte, daß ihre Arbeitgeber, die gräßlichen und unternehmenden Narlikar-Frauen, bereit waren, etwas von ihrem Tetrapodengeld in eine Picklesfirma zu stecken. »Ich hab' ihnen gesagt, niemand macht Pickles und Chutney so wie unsere Mary«, hatte Alice ganz richtig gesagt, »denn sie legt ihre Gefühle hinein.« So stellte sich Alice letzten Endes als braves Mädchen heraus. Und Baba, was meinst du, wie hätte ich annehmen können, daß die ganze Welt meine armseligen Pickles essen will, selbst in England essen sie sie. Und jetzt, stell dir bloß vor, sitze ich hier, wo dein liebes Haus stand, während dir Gott-weiß-was-alles passiert ist und du so lange wie ein Bettler gelebt hast, was für eine Welt, baapu-ré!

Und bittersüße Klagen: Oh, deine arme Mama, dein armer Papa! Diese feine Dame, tot! Und der arme Mann, der nie wußte, wer ihn liebte oder wie er lieben sollte! Und sogar das Äffchen . . . aber ich unterbreche sie, nein, nicht tot: nein, nicht wahr, nicht tot. Heimlich in einem Nonnenkloster, wo sie Brot ißt.

Mary, die den Namen der armen Königin Katharina gestohlen hat, die diese Inseln den Briten gab, hat mir die Geheimnisse des Einlegens beigebracht. (Und damit eine Erziehung zu Ende geführt, die in genau diesem Luftraum begann, als ich in einer Küche stand, während sie Schuld in grünes Chutney rührte.) Jetzt sitzt sie zu Hause, hat sich im weißhaarigen Alter von den Geschäften zurückgezogen und ist noch einmal als Ayah glücklich, weil sie ein Baby aufziehen kann. »Jetzt, wo du mit deinem Geschreibsel fertig bist, Baba, solltest du dir mehr Zeit für deinen Sohn nehmen.« Aber Mary, ich habe es für ihn getan. Und sie wechselt das Thema, weil ihre Gedanken mittlerweile alle möglichen Flohsprünge machen: »O Baba, Baba, sieh dich an, wie alt du schon bist!«

Die reiche Mary, die sich nie hätte träumen lassen, daß sie einmal reich sein würde, kann immer noch nicht in einem Bett schlafen; trinkt aber sechzehn Coca-Cola am Tag, ohne sich Gedanken um ihre Zähne zu machen, die sowieso schon alle ausgefallen sind. Ein Flohhüpfer: »Warum heiratest du so plötzlich?« Weil Padma es will. Nein, sie ist nicht in anderen Umständen, wie könnte sie, bei meinem Zustand? »Okay, Baba, ich hab' ja nur gefragt.«

Und der Tag wäre friedlich zu Ende gegangen, ein dämmeriger Tag kurz vor dem Ende aller Zeit, wenn nicht Aadam Sinai nun endlich im Alter von drei Jahren, einem Monat und zwei Wochen einen Laut von sich gegeben hätte.

»Ab . . .« Arré, o mein Gott, hör zu, Baba, der Junge sagt etwas! Und Aadam, sehr bedächtig: »Abba . . .« Vater. Er nennt mich Vater. Aber nein, er ist noch nicht fertig, Anstrengung zeichnet sein Gesicht, und endlich bringt mein Sohn, der ein Magier werden muß, damit er es mit der Welt, die ich ihm hinterlasse, aufnehmen kann, sein ehrfurchterregendes erstes Wort zu Ende: ». . . kadabba.«

Abrakadabra! Aber nichts geschieht, wir verwandeln uns nicht in Kröten, keine Engel fliegen durchs Fenster herein: das Kerlchen übt nur seine Muskeln. Ich werde die Wunder nicht sehen, die er vollbringen wird . . . Während Mary Aadams Leistung feiert, gehe ich zurück zu Padma und der Fabrik: meines Sohnes erstes rätselhaftes Vordringen in die Sprache hat in meiner Nase einen beunruhigenden Geruch hinterlassen.

Abrakadabra: überhaupt kein indisches Wort, eine kabbalistische Formel, die sich vom Namen des obersten Gottes der Basilides-Gnostiker herleitet und die Zahl 365 enthält, die Zahl der Tage des Jahres und der Himmel und der Geister, die von dem Gott Abraxas ausströmen. »Was«, frage ich mich nicht zum ersten Mal, »bildet der Junge sich eigentlich ein, wer er *ist*?«

Meine Spezialmischungen: ich habe sie aufgespart. Symbolische Bedeutung des Einlegevorgangs: all die sechshundert Millionen Eier, die der Bevölkerung Indiens das Leben schenkten, könnten in ein einziges Picklesglas von üblicher Größe passen; sechshundert Millionen Spermatozoen fänden auf einem einzigen Löffel Platz. Jedes Picklesglas enthält folglich (Sie verzeihen, wenn ich einen Augenblick lang blumig werde) die erhabenste aller Möglichkeiten: die Ermöglichung der Chutnifizierung von Geschichte; die großartige Hoffnung, die Zeit einzulegen. Ich habe jedoch Kapitel eingelegt. Heute abend erreiche ich, indem ich den Deckel auf einem Glas mit der Aufschrift *Spezialformel Nr. 30: Abrakadabra* schraube, das Ende meiner langgewundenen Autobiographie; in Worten und Pickles habe ich meine Erinnerungen verewigt, wiewohl Verzerrungen bei beiden Methoden unvermeidlich sind. Wir müssen, fürchte ich, mit den Schatten der Unvollkommenheit leben.

Zur Zeit leite ich den Betrieb im Auftrag von Mary. Alice – Frau Fernandes – überwacht die Finanzen; ich bin für die schöpferische Seite unserer Arbeit zuständig. (Natürlich habe ich Mary ihr Verbrechen verziehen; ich brauche Mütter genauso wie Väter, und eine Mutter ist über jeden Vorwurf erhaben.) Inmitten der ausschließlich weiblichen Belegschaft von Braganza-Pickles wähle ich unter dem safrangelben und grünen Flimmern der Neon-Mumbadevi Mangos Tomaten Limonen von den Frauen aus, die in der Morgendämmerung mit Körben auf dem Kopf kommen. Mary mit ihrem alten Haß auf »die Mannsbilder« gestattet keinem Mann außer mir Zutritt in ihr neues bequemes Universum . . . außer mir und meinem Sohn natürlich. Alice hat immer noch ihre kleinen Affären, vermute ich; und Padma war von Anfang an in mich vernarrt, da sie in mir ein Ventil für ihr riesiges Reservoir an aufgestauter Bereitschaft zur Fürsorge sah. Für die übrigen kann ich mich nicht verbürgen, doch die furchterregende Kompetenz der Narlikar-Frauen spiegelt sich auf diesem Fabrikgelände in der Hingabe der Kesselrührerinnen mit den starken Armen.

Was braucht man für die Chutnifizierung? Rohmaterialien natürlich – Obst, Gemüse, Fisch, Essig, Gewürze. Tägliche Besuche von Koli-Weibern mit zwischen den Beinen hochgezurrten Saris. Gurken Auberginen Minze. Aber auch: Augen, blau wie Eis, die vom schmeichelnden Äußeren der Früchte nicht getäuscht werden – die die Verderbnis unter Zitronenschalen sehen; Finger, die mit federleichter Berührung das insgeheim wankelmütige Herz grüner Tomaten prüfen können; und vor allem eine Nase, die die verborgenen Sprachen dessen, was eingelegt werden muß, unterscheiden kann, seine Launen und Botschaften und Gefühle . . . bei Braganza-Pickles überwache ich die Produktion von Marys legendären Rezepten; aber es gibt auch meine Spezialmischungen, in denen ich dank meiner dränierten Nasengänge Erinnerungen, Träume, Ideen verarbeiten kann. Wenn sie einmal in Massen produziert werden, wird jeder, der sie verzehrt, wissen, was Pfefferstreuer in Pakistan erreichten oder was für ein Gefühl es war, in den Sundarbans zu sein . . . ob Sie es glauben oder nicht, es stimmt. Dreißig Gläser stehen auf einem Regal und warten darauf, auf die an Gedächtnisverlust leidende Nation losgelassen zu werden.

(Und neben ihnen steht ein leeres Glas.)

Der Prozeß der Überarbeitung sollte konstant und endlos sein; glauben Sie nicht, ich sei zufrieden mit dem, was ich getan habe! Worüber ich zum Beispiel unglücklich bin: einen zu strengen Geschmack aus den Gläsern, die Erinnerungen an meinen Vater enthalten; eine gewisse Zweideutigkeit im Liebesgeschmack von »Jamila die Sängerin« (Spezialformel Nr. 22), der Unsensible zu dem Schluß verführen könnte, ich hätte die ganze Geschichte mit dem Kindertausch erfunden, um eine inzestuöse Liebe zu rechtfertigen; etwas vage Unglaubwürdiges in dem Glas mit dem Etikett »Vorfall in einer Wäschetruhe« – das darin Eingelegte wirft Fragen auf, die nicht ganz beantwortet sind, wie beispielsweise: Warum brauchte Saleem diesen Vorfall, um seine Fähigkeiten zu erlangen? Die meisten anderen Kinder brauchten das nicht . . . Dann gibt es wiederum in »All-India Radio« und anderen eine Dissonanz in den orchestrierten Geschmacksrichtungen: Wäre Marys Geständnis für einen echten Telepathen überraschend gekommen? Manchmal scheint Saleem in der eingelegten Version von Geschichte zuwenig gewußt zu haben, manchmal zuviel . . . ja, ich sollte überarbeiten und noch einmal überarbeiten, verbessern und noch einmal verbessern; doch weder bleibt die Zeit, noch reicht die Energie. Ich sehe mich gezwungen, nicht mehr als diesen sturen Satz anzubieten: Es geschah so, weil es so geschah.

Dann ist da noch die Frage der Gewürzgrundlagen. Die Feinheiten von Gelbwurz und Kreuzkümmel, die Zartheit von Griechischem Heu, wann man große (und wann kleine) Kardamome nimmt; die unzähligen möglichen Wirkungen von Knoblauch, Garam masala, Zimtstangen, Koriander, Ingwer . . . ganz zu schweigen vom würzigen Beitrag des gelegentlichen Körnchens Schmutz. (Saleem ist nicht mehr auf Reinheit versessen.) Wegen der Gewürzgrundlagen versöhne ich mich mit den unausbleiblichen Verzerrungen des Einlegevorgangs. Einlegen heißt letzten Endes unsterblich machen: Fisch, Gemüse, Obst sind einbalsamiert in Gewürze und Essig; eine gewisse Veränderung, eine leichte Intensivierung des Geschmacks sind doch sicherlich Bagatellen? Die Kunst besteht darin, den Geschmack in der Intensität, nicht aber der Natur nach zu verändern, und vor allem, ihm (in meinen dreißig und einem Glas) Gestalt und Form – das heißt Bedeutung – zu geben. (Meine Furcht vor dem Sinnlosen habe ich schon erwähnt.)

Eines Tages probiert die Welt vielleicht die Pickles der Geschichte. Für manche Gaumen mögen sie zu stark sein, ihr Geruch mag überwältigend sein, Tränen können in die Augen steigen; trotzdem hoffe ich, daß man von ihnen sagen kann, sie besäßen den authentischen Geschmack der Wahrheit . . . sie seien trotz allem Werke der Liebe.

Ein leeres Glas . . . wie soll es enden? Glücklich, mit Mary in ihrem Schaukelstuhl aus Teakholz und einem Sohn, der zu sprechen begonnen hat? Inmitten von Rezepten und dreißig Gläsern mit Kapitelüberschriften als Etiketten? Melancholisch, in Erinnerungen an Jamila und Parvati und selbst an Evie Burns versinkend? Oder mit den magischen Kindern . . . aber sollte ich dann froh sein, daß manche entkamen, oder mit der Tragödie der zersetzenden Wirkung der Dränage schließen? (Denn in der Dränage liegt der Ursprung der Risse: mein unseliger aufgeriebener Körper, oben und unten dräniert, begann aufzureißen, weil er ausgetrocknet war. Ausgedörrt, brach er schließlich unter den Auswirkungen lebenslanger Schläge zusammen. Und nun ist da ein Reißen Fetzen Knirschen, und durch die Risse kommt ein Gestank, der der Geruch des Todes sein muß. Kontrolle: ich muß solange wie möglich die Kontrolle behalten.)

Oder mit Fragen: nun, da ich, ich schwöre es, die Risse auf meinen Handrücken und die Risse entlang meines Haaransatzes und zwischen meinen Zehen sehen kann, wieso blute ich da nicht? Bin ich schon so entleert, ausgetrocknet, eingelegt? Bin ich schon die Mumie meiner selbst?

Oder mit Träumen: denn letzte Nacht erschien mir der Geist von Ehrwürdiger Mutter, starrte durch ein Loch in einer Wolke und wartete auf meinen Tod, damit sie vierzig Tage lang einen Monsun weinen konnte . . . und ich schwebte neben meinem Körper her, sah auf das verkürzte Bild meines Ichs hinab und sah einen grauhaarigen Zwerg, der in einem Spiegel einst erleichtert ausgesehen hatte.

Nein, so geht es nicht. Ich muß die Zukunft beschreiben, wie ich die Vergangenheit beschrieben habe, sie mit der absoluten Gewißheit eines Propheten niederschreiben. Aber die Zukunft läßt sich nicht in einem Glas einmachen; ein Glas muß leer bleiben . . . Was sich nicht einlegen läßt, weil es nicht stattgefunden hat, ist, daß ich Geburtstag habe, heute einunddreißig werde, und zweifellos wird eine Heirat stattfinden, und Padma wird Hennamuster auf Handflächen und Fußsohlen und einen neuen Namen haben, vielleicht Naseem, zu Ehren des Geistes von Ehrwürdiger Mutter, der uns überwacht, und draußen vor dem Fenster werden Feuerwerk und Menschenmassen sein, denn es ist Unabhängigkeitstag, und die vielköpfigen Mengen werden auf den Straßen sein, und Kaschmir wartet. Ich werde Fahrkarten in der Tasche haben, und ein Taxi wird von einem Jungen vom Land gefahren werden, der im Café Pionier einst von Filmruhm träumte, wir werden nach Süden Süden Süden ins Herz der turbulenten Massen fahren, die sich gegenseitig und die hochgekurbelten Fenster des Taxis mit Ballons bewerfen, die mit Farbe gefüllt sind, als wäre es das Farbenfestival der Holi; und auf dem Hornby Vellard, wo man einst einen Hund hatte sterben lassen, macht die Menge, die dichte Menge, die unendliche Menge, die anschwillt, bis sie die Welt erfüllt, ein Fortkommen unmöglich, wir werden unser Taxi und die Träume seines Fahrers im Stich lassen und uns zu Fuß auf den Weg machen, hindurch durch die wimmelnde Menge, und ja, ich werde von Padma getrennt werden, mein Dunglotos wird einen Arm über die stürmische See hinweg nach mir ausstrecken, bis sie in der Menge untergeht und ich allein bin in der Unermeßlichkeit der Zahlen, die Zahlen marschieren ein zwei drei, ich werde von rechts und von links geknufft, während das Reißen Fetzen Knirschen seinen Höhepunkt erreicht, und mein Körper schreit gellend, er kann diese Behandlung nicht mehr ertragen, doch nun sehe ich vertraute Gesichter in der Menge, sie sind alle hier, mein Großvater Aadam und seine Frau Naseem, und Alia und Mustapha und Hanif und Emerald und Amina, die Mumtaz war, und Nadir, der Qasim wurde, und Pia und Zafar, der Bettnässer war, und auch General Zulfikar, sie drängen sich um mich und stoßen schieben drücken, und die Risse weiten sich, Stücke meines Körpers fallen ab, da ist Jamila, die ihr Nonnenkloster verlassen hat, um an diesem letzten Tag dabeizusein, es wird Nacht, ist Nacht geworden, ein Countdown ticktackt auf Mitternacht zu, Feuerwerk und Sterne, die aus Pappe ausgeschnittenen Figuren von Ringern, und ich erkenne, daß ich Kaschmir nie erreichen werde, wie Jehangir, der Mogulherrscher, werde ich mit Kaschmir auf den Lippen sterben, ohne das Tal der Wonnen sehen zu können, wohin Menschen gehen, um das Leben zu genießen oder es zu beenden oder beides; denn nun sehe ich weitere Gestalten in der Menge, die furchterregende Gestalt eines Kriegshelden mit todbringenden Knien, der herausgefunden hat, wie ich ihn um sein Geburtsrecht betrog, er kommt auf mich zu, bahnt sich seinen Weg durch die Menge, die nun ganz aus bekannten Gesichtern besteht, da ist Rashid der Rikschajunge Arm in Arm mit der Rani von Cooch Naheen und Ayooba Shaeed Farooq mit Mutasim dem Schönen, und aus einer anderen Richtung, der Richtung von Hadschi Alis Inselgrab, sehe ich eine mythische Erscheinung näher kommen, den Schwarzen Engel, doch als er sich mir nähert, ist sein Gesicht grün, sind seine Augen schwarz, er trägt einen Mittelscheitel, zur Linken grün, zur Rechten schwarz, seine Augen sind die Augen von Witwen; Shiva und der Engel rücken näher und näher heran, ich höre Lügen in der Nacht, alles, was du sein willst, kannst du sein, die größte Lüge von allen, ein Spalten jetzt, die Teilung Saleems, ich bin die Bombe in Bombay, seht, wie ich explodiere, Knochen splittern brechen unter dem entsetzlichen Druck der Massen, Haut und Knochen fallen hinab hinab hinab, genauso wie einst auf dem Jallianwala, aber Dyer scheint heute nicht anwesend zu sein, kein Jod, nur eine gebrochene Kreatur, die Stücke von sich selbst über die Straße verstreut, denn ich bin so viele, zu viele Personen gewesen, das Leben, anders als die Syntax, gesteht einem mehr als drei zu, und endlich schlägt irgendwo eine Uhr, zwölf Glockenschläge, Erlösung.

Ja, sie werden mich unter ihren Füßen zertrampeln, die Zahlen marschieren eins zwei drei, vierhundert Millionen fünfhundertundsechs zermahlen mich zu stimmlosen Staubkörnern, genauso wie sie, alles zu seiner Zeit, meinen Sohn zertrampeln werden, der nicht mein Sohn ist, und seinen Sohn, der nicht seiner sein wird, bis die tausendunderste Generation, bis tausendundeine Mitternacht ihre schrecklichen Gaben verliehen hat und tausendundein Kind gestorben ist, denn es ist das Vorrecht und der Fluch von Mitternachtskindern, sowohl Herr als auch Opfer ihrer Zeit zu sein, dem Eigenleben zu entsagen und in den zerstörerischen Strudel der Massen gesogen zu werden und nicht in Frieden leben und sterben zu können.

Anmerkungen

Begriffe, Wörter und Namen, deren Bedeutung aus dem Kontext hervorgeht, werden an dieser Stelle nicht mehr erklärt. Begriffe aus der indischen Mythologie können hier nicht erschöpfend beschrieben werden.

13 *Sankara Acharya:* als Heiliger verehrter Lehrer (»Acharya«), nach dem der Berg benannt ist, lebte 788–820.
15 *Purdah:* Vorhang, Frauenschleier; im übertragenen Sinne die Zurückgezogenheit der moslemischen Frau.
16 *Baba:* wörtlich Großvater, aber auch liebevolle Anrede für einen älteren Mann oder einen Jungen. – *Cyranase:* englisch cyranose, bezieht sich auf den französischen Schriftsteller Cyrano de Bergerac, der eine enorm große Nase gehabt haben soll. – *Proboscissimus:* lateinisch proboscis = Rüssel.
18 *Huka:* Wasserpfeife. – *Sahib:* Herr.
19 *Dhoti:* weißes Lendentuch aus Leinen. – *Taiji:* Die Nachsilbe -ji ist Ausdruck respektvoller Zuneigung.
20 *Chugha:* loses Übergewand. – *Isa:* arabischer Name für Jesus. – *Yara:* lieber Freund.
21 *»Kraftstoff«:* Das englische Wort »gas« bedeutet sowohl »Kraftstoff, Benzin« als auch »leeres Geschwätz«. Rushdie benutzt die Doppelbedeutung, um auf die spätere Beschäftigung von Saleems Großmutter hinzuweisen. – *Jehangir:* indischer Großmogul (1568–1627). – *Tola, Man, Sihr:* indische Gewichtseinheiten. – *Dschinn:* böser Geist im islamischen Volksglauben.
23 *Takht:* ungepolsterte Holzliege oder Sitz, auch Thron.
28 *Amma:* Mutter.
29 *Ayah:* Kindermädchen.
37 *Wallah:* adjektivbildende Partikel, die die Tätigkeit einer Person bezeichnet.
39 *Dais:* Podium im Freien.
40 *Frontier Mail:* Zug, der von Kalkutta zur Grenzstadt Peshawar fuhr.
41 *Chapati:* Fladenbrot.
42 *Dschaina:* Angehöriger einer indischen Glaubensgemeinschaft, die an das Gebot der Nichtverletzung von Lebewesen gebunden ist. – *Pakora:* Salzgebäck.
43 *Rowlatt-Gesetze:* Gesetzesvorlagen der britischen Kolonialregierung, die die Notstandsgesetze ersetzen sollten, die während des Ersten Weltkriegs in Kraft gewesen waren.
44 *Sikh:* Anhänger einer religiösen Reformbewegung.
46 *Channa:* Kichererbsen. – *Goondas:* eigentlich Gangster, aber auch professionelle Unruhestifter, die von verschiedenen Organisationen angeheuert werden.
50 *Kasaundi:* in Öl eingelegtes Gemüse.
52 *Rani von Cooch Naheen:* »Königin von Nirgendwo«.
54 *Gur:* eine Art Melasse. – *Dahi:* eine Art Dickmilch. – *Korma:* eine Art Gulasch.
55 *Maulvi:* islamischer Gelehrter, der das Arabische beherrscht.
56 *Nastaliq:* kursive Form der arabischen Schrift, verwendet für Urdu, Persisch usw.
57 *Dupatta:* Schal.
58 *wah:* Beifallskundgebung. – *Kabaddi:* beliebtes Mannschaftsspiel. – *Raj (Sanskrit):* Reich, Herrschaft, im übertragenen Sinne die britische Kolonialmacht bzw. deren Vertreter.

60 *Arré baap:* O Vater, auch: Ach du lieber Gott.

65 *Natsch:* Bajaderentanz. – *Samosa:* eine Art gefüllter, salziger Pastete.

72 *Laddoo:* süßes Gebäck.

74 *Kurta:* weite Bluse, auch Oberhemd.

75 *Bibi:* höfliche Anrede oder Bezeichnung für Frau.

76 *Schahdschahan:* indischer Großmogul (1627–1658). – *Nibu-Pani:* Limonenwasser.

77 *Halal:* entspricht dem jüdischen »koscher«. – *Orde Wingate:* befehligte eine Truppe aus Briten, Birmanen und Ghurkas. – *Subhas Chandra Bose:* Gründer der Indian National Army, die gegen die britische Kolonialmacht kämpfte. – *Satyagraha:* wörtlich Beharren auf Wahrheit; gewaltloser Widerstand im Sinne Gandhis.

84 *funtoosh:* erledigt, ruiniert.

85 *Jujumann:* Zauberer.

87 *Hakim:* Arzt.

88 *Hammal:* Bursche, Hausdiener.

90 *Lifafa Das:* Lifafa = Umschlag, Tüte; Das = Sklave. – *Dugdugeetrommel:* Trommel, an der eine Schnur mit einem Klöppel befestigt ist, damit sie mit einer Hand betätigt werden kann. – *Khichri:* Reis mit Linsen.

91 *Janum:* wörtlich mein Leben, Kosewort.

92 *Ravana:* zehnköpfiger Dämonenkönig.

93 *Freitagsmoschee:* Die Moschee, die groß genug ist, um alle Gläubigen zum Freitagsgebet aufzunehmen.

98 *Meenakshi-Tempel:* Heiligtum der fischäugigen Gefährtin Schiwas in Madurai.

99 *Badmaash:* Bösewicht.

107 *Abu Bakr:* Schwiegervater Mohammeds. – *Bhai:* Bruder.

109 *Vimto:* colaähnliches Getränk.

112 *Pomfret:* Fischart.

113 *Deo:* der ur-indogermanische Ausdruck für Gott.

115 *Lala:* Händler, Krämer. – *Pathane:* Angehöriger eines Volksstamms im nördlichen Vorderindien.

116 *Paschto:* Sprache der Pathanen.

117 *Shri Ramram:* Shri = Anredeformel, Ramram = Begrüßungsformel, etwa: Herr Grüßgott.

119 *James Andrew Dalhousie* (1812–1860): englischer Generalgouverneur der Ostindischen Kompanie (1848–1856).
Mountstuart Elphinstone (1779–1859): Gouverneur von Bombay. – *Dhau:* Segelboot, vorwiegend für die Küstenschiffahrt in Arabien und Ostafrika benutzt.

120 *Mahratten:* indischer Volksstamm.

121 *Ganpati Baba:* Der elefantenköpfige Gott Ganesch trägt auch den Namen Ganpati und wird gefeiert am vierten Tag nach dem Vollmond = Chaturthi.

122 *Kailash:* mythischer Berg des Gottes Schiwa.

126 *Raffles:* Sir T. S. Raffles (1781–1826), englischer Kolonialbeamter. – *Bi-Appah:* Rufname, bedeutet »liebe Frau«. – *Trombay:* Stadtteil im Norden von Bombay.

131 *Wee Willi Winkie:* Titel eines englischen Wiegenlieds; bedeutet soviel wie Sandmännchen; zugleich Held einer Erzählung von Rudyard Kipling.

134 *vor Scham die Ohren zuhalten:* in Indien übliche Geste.

135 *Lassi, Falooda:* ein Joghurtgetränk und Glasnudeln, die zum Eis gereicht werden.

142 *Karamstan:* in der indischen Astrologie das entscheidende Planetenhaus.

143 *Babur:* Begründer der Mogul-Dynastie (1483–1530).

146 *Nizam:* seit 1713 Titel der Herrscher von Haiderabad.

147 *Sadhu:* wandernder Asket.

160 *Der deutende Finger des Fischers:* Das beschriebene Bild stammt von John Everett Millais.

161 *Löwen von Sarnath:* die vier Löwen um das Rad (Symbol für Buddhas Gesetz, das zum erstenmal in Sarnath verkündet wurde): Bestandteil des Staatswappens der Indischen Union. – *Dharma-Tschakra:* Rad der Lehre.

169 *Shiva:* Zur Unterscheidung vom Gott Schiwa wird der Eigenname hier nach der englischen Schreibweise geschrieben.

176 *Lingam:* das in ganz Indien verehrte Sinnbild des Schiwa, entsprechend dem griechischen Phallus.

178 *Aurangseb:* indischer Großmogul (1658–1707). – *Rani von Jhansi:* Witwe des letzten Fürsten von Jhansi, die zusammen mit dem Mahrattenfürsten Nana Sahib die Große Meuterei anführte, einen Aufstand gegen die Briten im Jahre 1857.

180 *Tubri:* dudelsackähnliches Instrument. – *Naga:* Schlangengottheit. – *Morarji Desai:* Führer des oppositionellen Flügels der Kongreßpartei, 1977–79 Premierminister. – *Vallabhbhai Patel:* »starker Mann« unter Nehru, Innenminister und stellvertretender Ministerpräsident. – *Vengalil Krischnan Krischna Menon:* unter Nehru Verteidigungsminister.

183 *Fischsalan:* mit Curry gewürzte Fischsuppe. – *Biriani:* Gericht aus Fleisch und Reis.

188 *Bapu:* wörtlich Vater, Bezeichnung für Gandhi. – *Hai Ram!:* O Gott!

191 *Lathi:* langer eisenbeschlagener Knüppel der indischen Polizisten.

201 *Hatim Tai:* Figur aus TausendundeinerNacht; im übertragenen Sinn: freigebiger Mensch.

203 *Clark Kent:* Pflegevater von Superman. – *»There are no strings on me!«:* Zeile aus einem Lied aus Walt Disneys »Pinocchio«.

204 *Shri Tensing Norgay:* Sherpa, der gemeinsam mit dem Neuseeländer Edmund Hillary erstmals den Mount Everest bestieg.

206 *Rasgulla:* Milchspeise. – *Gulab-Jaman:* in Fett gesottene Milchspeise.

207 *Mantra:* Gebet, Vers, Zauberformel.

212 *Na Dir:* Diese Silben werden bei indischen Tänzen zum Zählen des Taktes benutzt.

215 *Mekka Sharif:* das edle Mekka.

220 *Sprachmärsche:* Demonstrationen anläßlich der Sprachenneuregelung unter Nehru, der keine mehrsprachigen Staaten wünschte, mit Ausnahme von Bombay und dem Pandschab.

221 *Malayalam:* eine drawidische Sprache Südindiens. – *Naga:* Bergstämme im Osten Indiens.

224 *Phaelwan:* Ringer. – *Mamu:* Onkel (Bruder der Mutter).

228 *Goojar:* Hirtenstamm. – *Chandela:* indische Herrscherdynastie (9.–11. Jh.).

232 *Bhel-Puri:* salziger Imbiß. – *Puja:* tägliche Opferandacht der Hindus für ihre Schutzgottheit. – *OM:* mystische Silbe in heiligen Texten der Hindus und Buddhisten.

235 *Ghat:* Badetreppe.

237 *Ramzàn:* Urdu für Ramadan. – *Quentin Durward:* Film nach dem gleichnamigen Roman von Sir Walter Scott. – *Eid-ul-Fitr:* Festtag des Fastenbrechens. – *Jay Silverheels:* Indianerdarsteller, spielte in dem populären amerikanischen Film »Lone Ranger«, deutsch »Der weiße Reiter«, den Gefährten von Clayton Moore, der die Hauptrolle spielte.

239 *Königin-der-Nacht:* Aus der Bezeichnung »Lilith« (nach der talmudischen Überlieferung Adams erste Frau, das Urbild der Verführerin) für Eve ergibt sich das Wortspiel mit »lily of the eve« (»Lilie-des-Abends«); »Lilie-des-Hügels« wiederum wird abgeleitet von »lily of the valley« (»Lilie-des-Tals«), dem gebräuchlichen englischen Wort für Maiglöckchen. – *Leinsamenöl:* Die Kricketschläger werden mit Leinsamenöl eingerieben, damit sie elastisch bleiben.

241 *aficionado* (spanisch): leidenschaftlicher Anhänger.

242 *Ta-ta-ba-ta:* Zusammensetzung aus Kindersprache und »ba-ta« = Knallkopf.

246 *Schwarzes Loch von Kalkutta:* Berüchtigtes Verlies im Fort von Kalkutta, wo 123 englische Gefangene am 20. Juni 1756 erstickt sein sollen.

251 *Laad Sahib:* Laad: Verballhornung von »Lord«, also soviel wie »hoher Herr«. – *Nawab:* mohammedanischer Fürstentitel Indiens.

253 *Gandharva:* Halbgottheiten. – *Varuna:* wedischer Gott.

260 *Narada:* Seher, der Krischna erblicken wollte, durch einen See zu ihm schwamm und als schöne Frau wieder auftauchte. – *Sundarbans:* wörtlich: schöne Wälder.

262 *Rama:* Königssohn, von dessen Taten das indische religiöse Nationalepos Ramajana erzählt; er konnte als einziger den Bogen spannen, der im Besitz der Familie Sitas (Tochter von König Janaka) war, und gewann sie dadurch zur Frau. – *Arjuna und Bhima:* zwei von den fünf Brüdern aus dem königlichen Geschlecht der Pandavas, Vettern und Gegner des Geschlechts der Kurus, die ihrerseits tausend Mitglieder zählte.

265 *Tiffin-Behälter:* eine Art Henkelmann. – *Paratha:* eine Art gewürzter Pfannkuchen.

275 *Elephanta:* Insel vor Bombay, mit Schiwa geweihten Tempelhöhlen, in denen häufig Schiwa und Parvati gemeinsam dargestellt sind.

276 *Khadija:* erste Frau Mohammeds. – *Maja* (Sanskrit): die als Blendwerk angesehene Erscheinungswelt in der indischen Philosophie.

280 *Haddi-Phaelwan:* knochiger Ringer.

282 *Gaylords und Kwalitys:* teure Restaurantketten. – *rutputty:* Hindi-Slang für baufällig, wackelig.

283 *Schaitan* (arabisch): Satan.

290 *Steinbock:* Umkehrung der Annahme, unter dem Zeichen des Steinbocks Geborene hätten schwache Knie und seien anfällig für Gelenkkrankheiten. – *Boß Patil:* Abgeordneter in Bombay, der aufgrund seines Einflusses und seines Auftretens den Spitznamen Boß erhielt.

292 *Hamsa:* Symbol für reine Seele. – *Parahamsa:* große reine Seele.

297 *Lok Sabha:* seit 1954 die Volkskammer im indischen Parlament.

300 *Boxstep:* eine Kombination verschiedener Tanzschritte, bei der ein Viereck auf der Tanzfläche beschrieben wird. – *Mexican Hat Dance:* nationaler Volkstanz in Mexiko bei der Brautwerbung.

304 *Das erste Zeichen von Verrücktheit:* Umkehrung eines Schülerwitzes: »Kennst du das zweite Zeichen von Verrücktheit?« – ??? – »Haare in der Handfläche.« – Jeder betrachtet seine Hand – »Und was ist das erste?« – »Danach zu gucken.«

313 *Pistaki-Lauz:* Süßigkeit mit Pistazien. – *Kulfi:* Eiscreme.

315 *Hai-yo!:* O Gott! – *Kajal:* Antimonpulver zum Umranden der Augen.

318 *Sitar:* Zupfinstrument mit langem Hals, der Klangkörper besteht aus einem Kürbis. – *Lungi:* lange Stoffbahn, als Lendentuch getragen.

319 *Garam Masala:* eine Gewürzmischung.

320 *Karna:* Kriegsheld, der auf der Seite der Kurus kämpfte. – *Baap-re-baap:* eigentlich Vater, o Vater, im übertragenen Sinn: Gott, o Gott. – *Rakshasa:* Dämon.

321 *Bharatanatyam:* ältester klassischer Tanzstil Indiens. – *Chambeli:* eine Blume, auch: aus deren Blüten gewonnene Essenz.

322 *Shehnai:* Windinstrument.

330 *Nargisi Kofta:* Fleischbällchen mit gekochtem Ei. – *Pasanda:* Fleischklößchen.

339 *Avatara:* indische Bezeichnung für die Inkarnation eines Gottes, insbesondere Wischnus.

340 *Acharya Vinobha Bhave:* Mitstreiter Gandhis und Führer der Landschenkungsbewegung. – *J. P. Narayan:* sozialistischer Kämpfer für die indische Unabhängigkeit, der aber nie ein politisches Amt bekleidete.

348 *MADE AS ENGLAND:* So wurden in Indien hergestellte Waren bezeichnet, wodurch eine bessere Qualität des Produkts suggeriert werden sollte.

350 *Hare:* Anrufung Wischnus. – *Kundalini:* Kraft des yogischen Körpers, die ihren Sitz in den Geschlechtsteilen hat, durch die sechs Kraftzentren nach oben steigt und sich im Kopf entfaltet; dadurch wird man eins mit sich selbst.

356 *Raga:* Melodienmuster, das als Ausgangsmaterial für Improvisationen benutzt wird.

357 *Dal:* Linsengericht mit Curry.

371 *Housie-Housie:* eine Art Bingospiel.

373 *Bhang, Charas:* Haschisch wird als »Bhang« gekaut, als »Charas« geraucht.

374 *Nathia Gali, Murree:* Höhenkurorte.

376 *Chaudhuri Muhammad Ali:* kurze Zeit Ministerpräsident Pakistans. – *Shahid Suhrawardy:* Moslemführer in Bengalen, Mitarbeiter Gandhis. – *J. S. Chundrigar:* Ministerpräsident Pakistans im Oktober 1957. – *F. K. Noon:* letzter Ministerpräsident vor der Machtergreifung Ayub Khans.

377 *Takaluff:* übertrieben zeremonielles Verhalten. – *im Gegensatz zu mir:* Saleem bedeutet »Friede«, Zafar »Sieg im Kampf«. – *noon* (englisch): Mittag, *sunset* = Sonnenuntergang.

383 *Vina, Sarangi, Sarod:* sitarähnliche Saiteninstrumente. – *Tabla:* Trommelpaar.

384 *Jamila die Sängerin:* Anspielung auf die gleichnamige arabische Sängerin (gestorben um 720 n. Chr. in Medina).

386 *Hadith:* die nicht kanonischen islamischen Schriften, eine der Hauptquellen der islamischen Religion. – *Purana:* in Sanskrit verfaßte Mythensammlung der Hindus. – *Grundrisse:* Gemeint ist das Werk »Grundrisse der Kritik der politischen Ökonomie« von Karl Marx.

387 *Jawan:* wörtlich junger Mann; auch: Soldat.

390 *Rajputen:* Westindischer Volksstamm. – *Hugli:* Mündungsarm des Ganges.

398 *Ibn Sina:* arabisch für Avicenna (bedeutender islamischer Denker und Arzt, 980–1037). – *Hadramaut:* Küstenlandschaft in Südarabien. – *Maslama:* Gegenprophet Mohammeds. – *Khalid ibn Sinan:* vorislamischer frommer Mann, der das Kommen des Propheten vorausgesagt haben soll.

403 *der Name des Glaubens:* Unterwerfung ist die wörtliche Übersetzung von »Islam«.

405 *Mahmud von Ghazni:* Beherrscher eines vorderasiatischen Reichs (971–1030). – *Mohammed bin Sam Ghuri:* begründete mit dem Sultanat von Delhi zugleich die islamische Herrschaft über Indien; starb 1206.

409 *Tschador* (persisch): wörtlich Decke, über den Kopf getragener Umhang der Frauen. – *Burqa* (arabisch): Umhang oder Schleier, der den Körper von Kopf bis Fuß einhüllt.

412 *Tandoori nan:* im Ofen gebackenes Brot.

413 *Sadar:* im übertragenen Sinn Basar, Stadtzentrum.

414 *Itr:* Duftkonzentrat.

414 *Shahi-Korma:* wörtlich königliches Gulasch, aus dem im Gegensatz zum gewöhnlichen Eintopf nur Fleisch ohne Knochen verwendet wird. – *PECHS:* Pakistan Employers Cooperative Housing Society: Wohnungen für Beamte.

417 *Sahibzada:* Sohn des Sahib.

418 *Kif* (arabisch): Vergnügen, Rauschzustand.

420 *Iltutmish:* einer der Begründer des Islam in Indien (13. Jahrhundert).

422 *Mehndi-Zeremonie:* Henna-Zeremonie. – *Chappals:* Ledersandalen.

438 *Kränze . . . in den Nabeln:* vielleicht Anspielung auf den Mythos von der Geburt Wischnus: er lag auf einer Lotosblüte, die aus dem Nabel Brahmas wuchs.

440 *Delhi-Durbar:* Empfänge für Mitglieder des britischen Königshauses.

442 *Babu:* eigentlich Herr, auch: während der britischen Kolonialherrschaft Bezeichnung für kleine Angestellte; davon abgeleitet: Inder mit oberflächlicher englischer Bildung.

443 *Syed Ahmad Barilwi:* einer der Begründer der moslemischen Befreiungsbewegung (mudschahid) gegen die Engländer im 19. Jahrhundert.

455 *Awami-Liga:* spaltete sich 1955 von der Moslemliga, der politischen Organisation der Mohammedaner in Indien, ab; sie trat für die Gleichberechtigung und Autonomie Bengalens innerhalb Pakistans ein.

456 *OSS:* Office of Strategic Services.

465 *Kameez:* Hemd. – *Diamant Indien:* Anspielung auf die Form des Subkontinents, auf die Bezeichnung »strahlendstes Juwel der britischen Krone« für Indien, auf Nehrus Vornamen Jawaharlal = Diamant.

475 *Ghee:* halbflüssige Butter.

478 *Zamindar:* Großgrundbesitzer.

492 *trotz des kippenden Präsidenten:* Es handelt sich um Richard Nixon, der zur Zeit des indisch-pakistanischen Krieges in die Watergate-Affäre verwickelt war.

494 *Dschellaba:* weites Männergewand.

495 *Jai Bangla!:* Heil Bangla!

506 *Lotah:* Wasserkanne. – *Surahi:* Wasserkrug aus Ton.

509 *Qutb Minar:* größtes Minarett in Delhi (aus dem 13. Jahrhundert).

511 *Parvati und Shiva:* Parvati, der Legende nach die Tochter des Himalaja, ist die Gemahlin Schiwas. – *Mem-Sahib:* Europäerin.

512 *Flie:* englisch Fly = Fliege.

514 *Rischi:* heiliger Seher.

522 *Nagaraj:* Zusammensetzung aus naga = Schlange und raj = Herrscher. Schlangengott, der die Welt auf seinen tausend Köpfen trägt, auch Königskobra.

523 *Naxaliten:* radikale linke Bewegung, in den siebziger Jahren in Naxalbani gegründet.

525 *Jana Sangh:* Mitte der fünziger Jahre gegründete indische Partei. – *Ananda-Marg:* wörtlich Weg der Glückseligkeit; religiöse Sekte, die vor Gewalttaten nicht zurückscheute, um ein Universalreich zu errichten. – *Swatantra:* bürgerlich-liberale Partei, die in Opposition zur Kongreßpartei stand.

526 *Shalwar:* Pluderhose. – *Sraktya-Zauber:* Eckenzauber.

534 *Mela:* Kirmes, auch Zusammenkunft, Empfang.

539 *Fasten bis zum Tode:* so lautete das von Gandhi geprägte Schlagwort.

564 *Khichripur:* Zusammensetzung aus Khichri (Linsengericht mit Reis) und pur (Stadt).

566 *Sati:* wörtlich gute Frau, im übertragenen Sinn Witwenverbrennung.

567 *Abbott-und-Costello:* amerikanisches Komikerpaar.

568 *die Hand der Witwe:* Maneka, Schwiegertochter Indira Gandhis. Eine Hand ist auch das Wahlsymbol der Kongreßpartei von Indira Gandhi.

570 *Salaam:* wörtlich Friede; Begrüßungsformel. – *Namaskar:* wörtlich Verbeugung, Begrüßungsformel.

573 *Bodhisattva:* erleuchteter, heiliger Mensch, künftiger Buddha.

587 *J. B. Mangharam:* Keksfabrikant.

590 *Chaloo-Tee:* wörtlich »gehender« Tee: Tee mit Zucker und Milch, der im Straßenhandel verkauft wird.

592 *Chutter-Mutter:* Knabberzeug.

593 *Jahannum* (arabisch): Hölle.

595 *Banyan:* Baum, gehört zur Familie der Ficusgewächse.

596 *Thali:* Blechteller. – *Puri:* frittiertes Brötchen.

599 *Mali:* Gärtner.

604 *Holi:* weiblicher Dämon; nach ihm wird ein bewegliches Fest benannt, das zwischen Februar und März stattfindet, unserem Karneval ähnlich.

605 *Tal der Wonnen:* so nennen die Kaschmiris ihre Heimat. K. G.

Salman Rushdie

Scham und Schande

Roman. Aus dem Englischen von Karin Graf.
341 Seiten. Geb.
(Auch in der Serie Piper 1148 lieferbar)

»Salman Rushdie verdient es, als einer der großen Geschichtenerzähler unserer Zeit bezeichnet zu werden, als magischer Realist
in der Tradition von Grass, Calvino, Borges und vor allem
García Márquez.«   The Oberserver

»Wie Márquez und Kundera, deren Zeitgenossen er auf so natürliche
Weise ist, zeigt uns Rushdie, mit was für einer Phantasie unsere
heutige Geschichte geschrieben werden muß.«
                                                    The Guardian

Vom selben Autor liegt außerdem vor:

Das Lächeln des Jaguars

Eine Reise durch Nicaragua.
Aus dem Englischen von Melanie Walz.
192 Seiten. Serie Piper 744

Salman Rushdie schildert eine Reise nach Nicaragua, die er im Juli
1986 unternahm, zu einer Zeit also, in der, wie Rushdie meint, das
Land sich weder am Anfang noch am Ende seiner Revolution befand,
sondern mittendrin. Der Inder, der seit vielen Jahren in London lebt,
betrachtet die Zustände, die er vorfindet, teils mit den Augen des
Westens, teils mit denen des Ostens. Dadurch ergibt sich ein Bild, das
immer wieder in ein anderes Licht gerückt wird. Obwohl Rushdie seine
Sympathien für die sandinistische Regierung nicht verhehlt, äußert er
freimütig seine Kritik im persönlichen Gespräch mit Daniel Ortega,
Sergio Ramirez, Ernesto Cardenal und anderen.

PIPER

Dietmar Rothermund

Mahatma Gandhi

Der Revolutionär der Gewaltlosigkeit. Eine politische Biographie
455 Seiten mit 17 Abbildungen auf Tafeln. Leinen

»Kaum einer der großen Staatsmänner des 20. Jahrhunderts hat eine so
ereignisreiche Lebensgeschichte gehabt wie Gandhi, den die Welt ›Mahatma‹,
›große Seele‹, nannte. Und wenige können diese Geschichte so kundig
beschreiben wie Dietmar Rothermund, der seit 1960 immer wieder mit
Weggefährten und Gegenspielern Gandhis zusammentraf, Gandhis
Nachfolger Nehru persönlich kannte und den indischen Befreiungskampf
studierte.

Rothermund ist genauestens vertraut mit den politischen Verhältnissen und
kulturellen Besonderheiten Indiens. In diesem Buch stützt erstmals ein
Historiker sein Urteil über die umstrittene Gestalt des Mahatma auch auf
dessen Briefe und publizistische Werke. Gandhis Weg führte vom ländlichen
Indien seiner Heimat über das Studium in London, den Einsatz für die
indische Minderheit in Südafrika bis zur Führung des indischen
Freiheitskampfes und schließlich bis zu den bitteren letzten Jahren des
einsamen Mahners, der unter den Todesschüssen eines radikalen jungen
Nationalisten fiel. In seinen Werken und besonders in seinen Briefen erweist
sich der Gesinnungsethiker Gandhi auch als Verantwortungsethiker, der
genau abwägte, welche Folgen das, was er sagte und tat, in einer bestimmten
Situation haben konnte. Das wache, teilnehmende Interesse für seine Mitwelt
war die Quelle seines politischen Einflusses. Die strengsten Anforderungen
stellte er an sich selbst, während er anderen oft mit Nachsicht begegnete.
Sein Ernst wurde ausgeglichen durch den Humor, der sich in vielen seiner
Briefe zeigt.

Rothermunds ›Mahatma Gandhi‹ ist eine fesselnde, mit Sorgfalt und
Sachkenntnis erarbeitete Biographie für den historisch und politisch
Interessierten und ein lebensnahes Lehrstück des gewaltlosen politischen
Widerstandes. Auch für all diejenigen, die an den Problemen der dritten Welt
teilnehmen, könnte es ein wichtiges Buch werden.«

Pinneberger Tageblatt

Piper

Die schönsten Seiten des Lesens

1307

1068

1391

1127

1390

686